SOB A REDOMA

STEPHEN KING
SOB A REDOMA

Tradução
Maria Beatriz de Medina

19ª reimpressão

Copyright © 2009 by Stephen King
Publicado mediante acordo com o autor através de The Lotts Agency, Ltd.

Grafia atualizada segundo o Acordo Ortográfico da Língua Portuguesa de 1990, que entrou em vigor no Brasil em 2009.

Título original
Under the Dome

Capa
Fernanda Mello sobre design original de Rex Bonomelli
Copyright © 2009 Simon & Schuster

Imagem de capa
Platinum FMD representada por Ray Brown

Revisão
Ana Kronemberger
Rita Godoy
Joana Milli

cip-Brasil. Catalogação na Fonte
Sindicato Nacional dos Editores de Livros, rj

K64s

King, Stephen
    Sob a redoma / Stephen King ; tradução de Maria Beatriz de Medina. – 1ª ed. – Rio de Janeiro : Objetiva, 2012.

    Tradução de: Under the Dome.
    isbn 978-85-8105-113-0

1. Romance americano. i. Medina, Maria Beatriz de. ii. Título.

12-5517

cdd: 813
cdu: 821.111(73)-3

Todos os direitos desta edição reservados à
editora schwarcz s.a.
Praça Floriano, 19, sala 3001 — Cinelândia
20031-050 — Rio de Janeiro — rj
Telefone: (21) 3993-7510
www.companhiadasletras.com.br
www.blogdacompanhia.com.br
facebook.com/editorasuma
instagram.com/editorasuma
twitter.com/Suma_BR

Em memória de Surendra Dahyabhai Patel.

Saudades, meu amigo.

Cê tá procurando quem
Quem cê veio procurar
no campo de futebol
é que você vai achar
esta cidade
onde nós vivemos
é pequena, filho
e pro time nós torcemos
        JAMES MCMURTRY

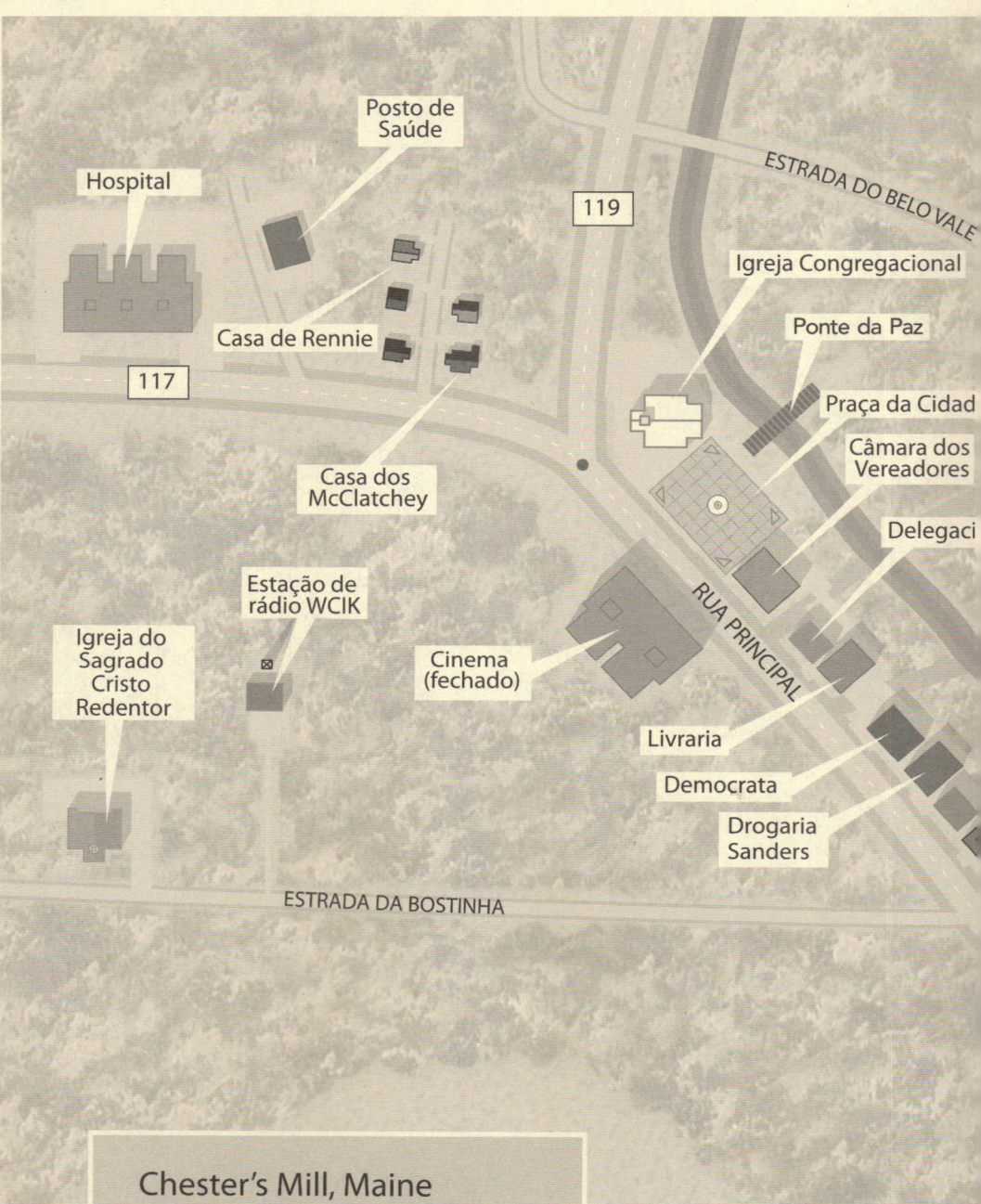

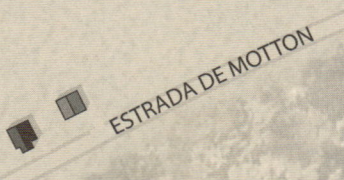

Chester's Mill, Maine

- Hospital
- Posto de Saúde
- Casa de Rennie
- Casa dos McClatchey
- Estação de rádio WCIK
- Igreja do Sagrado Cristo Redentor
- Igreja Congregacional
- Ponte da Paz
- Praça da Cidade
- Câmara dos Vereadores
- Delegacia
- Cinema (fechado)
- Livraria
- Democrata
- Drogaria Sanders

Estrada do Belo Vale
Rua Principal
Estrada da Bostinha
Estrada de Motton
117
119

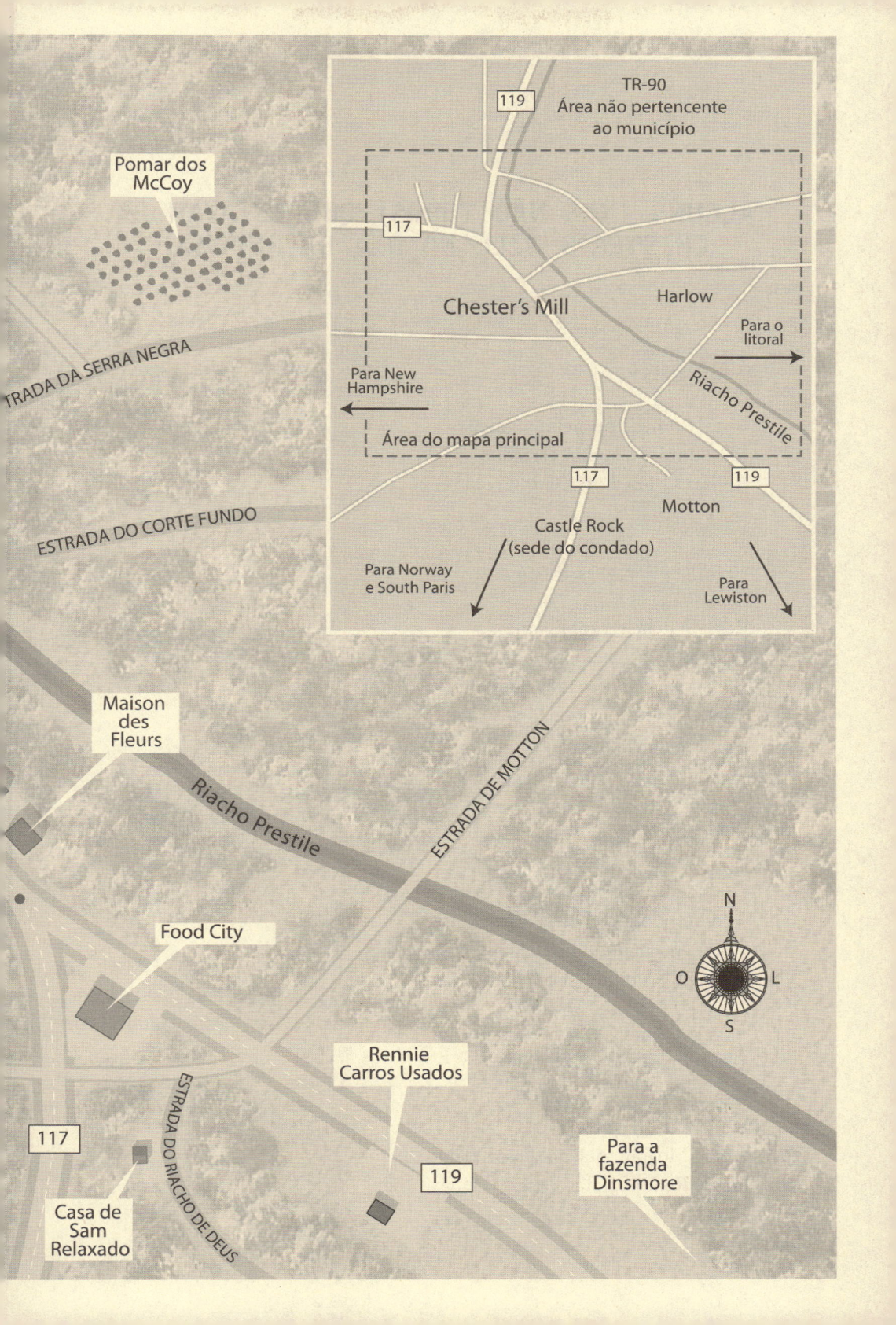

Inset map (Chester's Mill area)

- 119
- TR-90 — Área não pertencente ao município
- 117
- Chester's Mill
- Harlow
- Para o litoral
- Riacho Prestile
- Para New Hampshire
- Área do mapa principal
- 117
- 119
- Motton
- Castle Rock (sede do condado)
- Para Norway e South Paris
- Para Lewiston

Main map

- Pomar dos McCoy
- TRADA DA SERRA NEGRA
- ESTRADA DO CORTE FUNDO
- Maison des Fleurs
- Riacho Prestile
- ESTRADA DE MOTTON
- Food City
- Rennie Carros Usados
- Para a fazenda Dinsmore
- 117
- ESTRADA DO RIACHO DE DEUS
- 119
- Casa de Sam Relaxado
- N / O / L / S

ALGUNS (MAS NÃO TODOS) QUE ESTAVAM EM CHESTER'S MILL NO DIA DA REDOMA:

AUTORIDADES MUNICIPAIS

    Andy Sanders, primeiro vereador
    Jim Rennie, segundo vereador
    Andrea Grinnell, terceiro vereador

EQUIPE DO ROSA MOSQUETA

    Rose Twitchell, proprietária
    Dale Barbara, cozinheiro
    Anson Wheeler, lavador de pratos
    Angie McCain, garçonete
    Dodee Sanders, garçonete

DELEGACIA DE POLÍCIA

    Howard "Duke" Perkins, chefe de polícia
    Peter Randolph, chefe-assistente
    Marty Arsenault, policial
    Freddy Denton, policial
    George Frederick, policial
    Rupert Libby, policial
    Toby Whelan, policial
    Jackie Wettington, policial
    Linda Everett, policial
    Stacey Moggin, policial/despachante
    Junior Rennie, policial especial

Georgia Roux, policial especial
Frank DeLesseps, policial especial
Melvin Searles, policial especial
Carter Thibodeau, policial especial

ASSISTÊNCIA PASTORAL

Reverendo Lester Coggins, Igreja do Sagrado Cristo Redentor
Reverenda Piper Libby, Primeira Igreja Congregacional

EQUIPE MÉDICA

Ron Haskell, médico
Rusty Everett, auxiliar médico
Ginny Tomlinson, enfermeira
Dougie Twitchell, enfermeiro
Gina Buffalino, enfermeira voluntária
Harriet Bigelow, enfermeira voluntária

CRIANÇAS DA CIDADE

Pequeno Walter Bushey
Joe "Espantalho" McClatchey
Norrie Calvert
Benny Drake
Judy e Janelle Everett
Ollie e Rory Dinsmore

HABITANTES IMPORTANTES

Tommy e Willow Anderson, proprietários e gerentes do Bar e Restaurante do Dipper
Stewart e Fernald Bowie, proprietários e gerentes da Funerária Bowie
Joe Boxer, dentista

Romeo Burpee, proprietário e gerente da Loja de Departamentos Burpee
Phil Bushey, chef de reputação duvidosa
Samantha Bushey, sua esposa
Jack Cale, gerente de supermercado
Ernie Calvert, gerente de supermercado (aposentado)
Johnny Carver, atendente de loja de conveniência
Alden Dinsmore, criador de gado de leite
Roger Killian, criador de galinhas
Lissa Jamieson, bibliotecária da cidade
Claire McClatchey, mãe de Joe Espantalho
Alva Drake, mãe de Benny
Stubby Norman, negociante de antiguidades
Brenda Perkins, esposa do chefe Perkins
Julia Shumway, proprietária e editora do jornal local
Tony Guay, repórter esportivo
Pete Freeman, repórter fotográfico
Sam "Relaxado" Verdreaux, bêbado da cidade

FORASTEIROS

Alice e Aidan Appleton, órfãos da Redoma ("redomórfãos")
Thurston Marshall, literato com talento para a medicina
Carolyn Sturges, estudante de pós-graduação

CÃES IMPORTANTES

Horace, welsh corgi de Julia Shumway
Clover, pastor-alemão de Piper Libby
Audrey, golden retriever da família Everett

O AVIÃO E
A MARMOTA

1

A dois mil pés, onde Claudette Sanders recebia uma aula de voo, a cidade de Chester's Mill cintilava à luz da manhã como algo que acabou de ficar pronto e de ser ali pousado. Os carros rodavam pela rua principal, relampejando piscadelas de sol. A torre da Igreja Congregacional parecia tão aguda que poderia furar o céu imaculado. O sol correu pela superfície do riacho Prestile quando o Seneca V o sobrevoou, avião e água cortando a cidade na mesma rota diagonal.

— Chuck, acho que estou vendo dois meninos ao lado da Ponte da Paz! Pescando! — O seu próprio deleite a fez rir. As aulas de voo eram cortesia do marido, primeiro vereador* da cidade. Embora, na sua opinião, se Deus quisesse que o homem voasse, teria lhe dado asas, Andy era um homem fácil de convencer, e Claudette acabou conseguindo o que queria. Ela adorou a experiência desde o princípio. Mas não era só divertimento; era euforia. Aquele era o primeiro dia em que entendia mesmo por que voar era tão bom. Por que era tão legal.

Chuck Thompson, o instrutor, tocou o manche de leve e apontou o painel de instrumentos.

---

* As cidades pequenas do estado americano do Maine são administradas por uma Câmara de Vereadores (em inglês, Board of Selectmen) formada por três ou cinco representantes eleitos. Não há prefeito, e as leis são criadas e aprovadas por assembleias das quais participam os moradores da cidade. A Câmara de Vereadores tem função mais executiva do que no Brasil: convoca eleições, nomeia funcionários, especifica algumas taxas, supervisiona alguns órgãos administrativos e cria regulamentos básicos. Só as cidades maiores têm prefeitos. (N. da T.)

— Não duvido — disse ele —, mas vamos manter o lado branco para cima, Claudie, tudo bem?

— Desculpe, desculpe.

— Não há de quê. — Há anos ele ensinava aquilo às pessoas e gostava de alunos como Claudie, que ficavam ansiosos para aprender coisas novas. Logo, logo ela custaria um bom dinheiro a Andy Sanders; adorara o Seneca e já tinha dito que queria um igualzinho, só que novo. Isso representava algo por volta de um milhão de dólares. Embora não fosse exatamente mimada, era inegável que Claudie Sanders tinha gostos caros que para Andy — homem de sorte! — não era difícil satisfazer.

Chuck também gostava de dias como aquele: visibilidade ilimitada, sem vento, condições perfeitas para ensinar. Ainda assim, o Seneca balançou de leve quando ela exagerou na correção.

— Você está se esquecendo dos pensamentos felizes. Não faça isso. Chegue a 120. Vamos pela rodovia 119. E desça para 900.

Ela assim fez, o equilíbrio do Seneca novamente perfeito. Chuck relaxou.

Sobrevoaram a loja de carros usados de Jim Rennie e depois a cidade ficou para trás. Havia campos dos dois lados da 119 e árvores ardendo em cores. A sombra cruciforme do Seneca voou pelo asfalto, uma asa escura roçou rapidamente um homem-formiga com uma mochila nas costas. O homem-formiga olhou para cima e acenou. Chuck acenou de volta, embora soubesse que o sujeito não conseguiria vê-lo.

— Que dia danado de *lindo*! — exclamou Claudie. Chuck riu.

A vida deles duraria mais quarenta segundos.

2

A marmota veio bamboleando pelo acostamento da rodovia 119, na direção de Chester's Mill, embora a cidade ainda estivesse a 2,5 quilômetros e até mesmo a loja de carros usados de Jim Rennie não passasse de uma série de raios de sol faiscantes e arrumados em fila no lugar onde a estrada se curvava para a esquerda. A marmota planejara (na medida em que se pode dizer que marmotas planejam) voltar para a floresta muito antes de chegar ali. Mas, por enquanto, o acostamento estava agradável. O animal estava muito mais longe da toca do que pretendia, mas o sol lhe aquecia as costas e os aromas nítidos no nariz formavam imagens rudimentares — não quadros completos — no cérebro.

A marmota parou e se ergueu um instante nas patas traseiras. Os olhos não eram tão bons quanto antigamente, mas ainda serviam para perceber um humano andando na sua direção lá no outro acostamento.

Decidiu avançar mais um pouco ainda assim. Às vezes humanos deixavam para trás coisas boas de comer.

O animal era um sujeito velho e gordo. Nos bons tempos, atacara muitas latas de lixo e conhecia o caminho até o lixão de Chester's Mill tão bem quanto os três túneis da sua toca; sempre havia coisa boa para comer no lixão. Ele sacolejava no ritmo complacente dos velhos, observando o humano que andava do outro lado da estrada.

O homem parou. A marmota percebeu que fora avistada. À direita e logo à frente havia uma bétula caída. Ia se esconder debaixo dela, esperar que o homem passasse e depois investigar se havia algo saboroso para...

A marmota chegou até esse ponto nos seus pensamentos — e deu mais três passos bamboleantes — embora tivesse sido cortada ao meio. Então caiu à beira da estrada. O sangue jorrou e palpitou; as tripas tombaram na terra; as pernas traseiras deram dois chutes rápidos e pararam.

O seu último pensamento antes da escuridão que vem para todos nós, marmotas e seres humanos: *O que aconteceu?*

3

Todas as agulhas do painel de controle caíram como mortas.

— Ei, o que foi *isso*? — disse Claudie Sanders. Ela se virou para Chuck. Os olhos estavam arregalados, mas não havia pânico neles, só perplexidade. Não houve tempo para pânico.

Chuck não teve tempo de ver o painel de controle. Viu o nariz do Seneca se amassar na sua direção. Aí viu as duas hélices se desintegrarem.

Não houve tempo para ver mais. Não houve tempo para nada. O Seneca explodiu acima da rodovia 119 e fez chover fogo no campo. Também choveram pedaços de corpos. Um antebraço fumegante — de Claudette — pousou com um ruído surdo ao lado da marmota perfeitamente dividida.

Era 21 de outubro.

BARBIE

1

Barbie começou a se sentir melhor assim que passou pelo Food City e deixou para trás o centro da cidade. Quando viu a placa que dizia VOCÊ ESTÁ SAINDO DA CIDADE DE CHESTER'S MILL **VOLTE LOGO!**, se sentiu ainda melhor. Estava contente de ir embora, e não só porque levara uma bela duma surra em Mill. Era o simples ir em frente que o alegrava. Ele vinha perambulando debaixo da sua nuvenzinha cinzenta particular havia ao menos 15 dias antes de receber aquela merda no estacionamento do bar do Dipper.

— Basicamente, eu sou só um andarilho — disse e riu. — Um andarilho a caminho do Céu Aberto. — Ora bolas, por que não? Montana! Ou Wyoming. A fodona Rapid City, em Dakota do Sul. Qualquer lugar, menos aqui.

Ouviu um motor se aproximar, se virou, agora andando de costas — e levantou o polegar. O que viu era uma linda combinação: uma picape Ford velha e suja com uma loura jovem e viçosa atrás do volante. Louro *acinzentado*, o louro de que mais gostava. Barbie deu o seu sorriso mais envolvente. A moça que dirigia a picape respondeu com um dos dela, e ai meu Deus se ela tivesse um tiquinho mais que 19 ele comeria o seu último contracheque do Rosa Mosqueta. Jovem demais para um cavalheiro de trinta primaveras, sem dúvida, mas perfeitamente legal, como diziam na época da sua juventude alimentada a milho em Iowa.

O veículo desacelerou, ele começou a correr na sua direção... e depois a picape acelerou de novo. Ela lhe deu mais uma olhada rápida ao passar. O sorriso ainda estava no rosto, mas se tornara um sorriso arrependido. *Tive uma cólica cerebral ali por um minuto*, disse o sorriso, *mas agora recuperei a sanidade.*

E Barbie achou ter meio que a reconhecido, embora fosse impossível dizer com certeza; as manhãs de domingo no Mosqueta eram sempre um hospício. Mas ele achou que a vira com um homem mais velho, talvez o pai, os dois com o rosto quase todo enterrado em cadernos do Sunday Times. Se pudesse ter falado com ela quando passou, Barbie teria dito: *Se confiou em mim para preparar a sua linguiça com ovos, com certeza podia confiar em mim para me dar carona por alguns quilômetros.*

Mas é claro que não teve chance e simplesmente ergueu a mão numa saudaçãozinha sem ofensas. As luzes de ré da picape piscaram, como se ela estivesse reconsiderando. Depois se apagaram e o veículo se foi a toda.

Nos dias seguintes, quando as coisas em Mill começaram a ir de mal a pior, ele repassaria várias vezes esse instantezinho ao sol quente de outubro. Era naquele segundo piscar de reconsideração das luzes de ré em que ele pensava... como se no fim das contas ela o tivesse reconhecido. *É o cozinheiro do Rosa Mosqueta, tenho quase certeza. Talvez eu devesse...*

Mas talvez fosse um abismo em que homens melhores do que ele tivessem caído. Se ela *tivesse* reconsiderado, tudo na sua vida daí para a frente teria mudado. Porque ela deve ter conseguido sair; nunca mais ele viu a loura de rosto viçoso nem o Ford F-150 velho e sujo. Ela deve ter atravessado a fronteira da cidade de Chester's Mill minutos (ou até segundos) antes que fosse fechada. Se estivesse com ela, estaria fora, são e salvo.

A menos, é claro, pensaria ele depois, quando o sono não vinha, *que a parada para me recolher fosse o suficiente para ser tarde demais. Nesse caso, provavelmente eu não estaria mais aqui. Nem ela. Porque o limite de velocidade naquela direção na 119 é de 80 quilômetros por hora. E a 80 quilômetros por hora...*

Nesse ponto, ele sempre pensava no avião.

2

O avião o sobrevoou logo depois que ele passou pela loja de carros usados de Jim Rennie, lugar pelo qual Barbie não tinha amor nenhum. Não que tivesse comprado ali algum calhambeque (havia mais de ano que ele não tinha carro, vendera o último em Punta Gorda, na Flórida). Era só que Jim Rennie Jr. fora um dos caras daquela noite no estacionamento do Dipper. Um mauricinho que precisava provar alguma coisa, e o que não conseguia provar sozinho provava em grupo. Na experiência de Barbie, era assim que os Jim Juniors do mundo faziam as coisas.

Mas agora isso ficara para trás. A loja de Jim Rennie, Jim Junior, o Rosa Mosqueta (Amêijoa Frita é a Nossa Especialidade! Sempre *"Inteiras"*, Nunca

"*Fatiadas*"), Angie McCain, Andy Sanders. O pacote todo, inclusive o Dipper. (Surras no Estacionamento são a Nossa Especialidade!) Tudo para trás. E à frente? Ora, os portões da América. Adeus, cidadezinha do Maine, olá, Céu Aberto.

Ou talvez, que inferno, ele voltasse para o Sul. Por mais bonito que fosse aquele dia específico, o inverno se escondia a uma ou duas páginas do calendário. O Sul seria bom. Ele nunca fora a Muscle Shoals e gostava do som do nome. Aquilo é que era poesia, Muscle Shoals, os Baixios Musculosos, e a ideia o alegrou tanto que, quando escutou o aviãozinho se aproximar, olhou para cima e acenou com força e exuberância. Esperava em troca um abanar de asas, mas não o recebeu, embora o avião voasse devagar a baixa altitude. Barbie achou que deviam ser turistas — era um belo dia para eles, com as árvores em chamas — ou talvez algum garoto tirando o brevê, com medo demais de estragar tudo para dar importância a pedestres como Dale Barbara. Mas ele lhes desejava tudo de bom. Turistas ou um garoto ainda a seis semanas do primeiro voo solo, Barbie lhes desejava tudo de bom. Era um belo dia e cada passo para longe de Chester's Mill o deixava melhor. Panacas demais em Mill, e além disso viajar fazia bem à alma.

Talvez mudar-se em outubro devesse ser lei, pensou. *Novo lema nacional: TODO MUNDO PARTE EM OUTUBRO. Receba a sua Licença para Fazer as Malas em agosto, dê uma semana de aviso prévio em meados de setembro e então...*

Ele parou. Não muito longe à frente, do outro lado da estrada, havia uma marmota. Uma marmota danada de gorda. Lustrosa e petulante, também. Em vez de fugir correndo para o capim alto, continuava a avançar. Havia uma bétula caída com metade da copa no acostamento, e Barbie apostava que a marmota correria ali para baixo e esperaria que o bípede grande e mau fosse embora. Caso contrário, os dois se cruzariam, como andarilhos que eram, um de quatro patas indo para o Norte, o de duas, para o Sul. Barbie esperava que isso acontecesse. Seria legal.

Essas ideias passaram pela cabeça de Barbie em segundos; a sombra do avião ainda estava entre ele e a marmota, uma cruz preta correndo pela estrada. Então duas coisas aconteceram quase ao mesmo tempo.

A primeira foi a marmota. Estava inteira, e então estava em dois pedaços. Ambos se contorciam e sangravam. Barbie parou, a boca aberta com a articulação do maxilar subitamente frouxa. Foi como se a lâmina de uma guilhotina invisível tivesse caído. E foi então que, diretamente acima da marmota cortada, o pequeno avião explodiu.

3

Barbie olhou para cima. Caía do céu uma versão digna do Mundo Bizarro do lindo aviãozinho que segundos antes passara acima dele. Pétalas vermelho-alaranjadas de fogo pendiam retorcidas no ar lá em cima, uma flor que ainda se abria, uma rosa Desastre Americano. A fumaça subia em rolos do avião em queda.

Algo bateu na estrada e espalhou nacos de asfalto antes de girar como bêbado no capim alto à esquerda. Uma hélice.

Se tivesse ricocheteado pro meu lado...

Barbie teve uma rápida visão de ser cortado ao meio — como a pobre marmota — e virou-se para correr. Alguma coisa fez *tum* na sua frente e ele gritou. Mas não era a outra hélice; era uma perna de homem vestida de jeans. Ele não conseguiu ver sangue, mas a costura lateral se abrira, revelando carne branca e pelo preto e crespo.

Não havia pé.

Barbie sentiu que corria em câmera lenta. Viu apenas um dos seus pés, calçado com uma bota velha e gasta, se erguer e bater no chão. Então desapareceu atrás dele quando o outro pé foi para a frente. Tudo devagar, devagar. Como assistir ao replay de um cara tentando chegar à segunda base num jogo de beisebol.

Houve um barulhão oco e tremendo atrás dele, seguido pelo trovão de uma explosão secundária e por um golpe de calor que o atingiu do calcanhar à nuca. Isso o empurrou no caminho como uma mão quente. Depois todos os pensamentos se foram e só havia no corpo a necessidade bruta de sobreviver.

Dale Barbara correu para salvar sua vida.

4

Uns 100 metros estrada abaixo, a grande mão quente virou mão fantasma, embora o cheiro de gasolina queimada — além de um fedor mais doce que só podia ser uma mistura de plástico derretido e carne assada — fosse forte, levado até ele pela brisa leve. Barbie correu mais uns 60 metros, parou e deu meia-volta. Ofegava. Não achou que fosse a corrida; não fumava e estava em boa forma (bom... mais ou menos; as costelas do lado direito ainda doíam da surra no estacionamento do Dipper). Achou que era terror e desalento. Poderia ter sido morto por pedaços de avião caídos — não só a hélice fugida — ou morrido queimado. Foi por pura sorte que não.

Então viu algo que fez a respiração rápida parar boquiaberta. Endireitou o corpo, olhando o local do acidente. A estrada estava coalhada de destroços — era mesmo de espantar que ele não tivesse sido atingido e ao menos ferido. Uma asa retorcida jazia à direita; a outra asa apontava à esquerda, entre os rabos-de-gato não aparados, perto de onde a hélice fugida fora descansar. Além da calça vestida de jeans, ele viu um braço cortado. A mão parecia apontar para uma cabeça, como se dissesse *Aquela é minha*. Uma cabeça de mulher, a julgar pelo cabelo. Os fios elétricos que passavam ao lado da estrada tinham sido cortados. Estalavam e se retorciam no acostamento.

Além da cabeça e do braço, estava o tubo retorcido da fuselagem do avião. Barbie conseguiu ler **NJ3**. Se havia mais, fora arrancado.

Mas não foi nada disso que atraiu os seus olhos e interrompeu a respiração. A rosa Desastre agora se fora, mas ainda havia fogo no céu. Combustível em chamas, sem dúvida. Mas...

Mas escorria pelo ar num lençol fino. Além e através dele, Barbie conseguia ver o campo do Maine — ainda pacífico, ainda sem reagir, mas ainda assim em movimento. Tremulando como o ar acima de um incinerador ou de um barril em chamas. Como se alguém jogasse gasolina numa vidraça e depois pusesse fogo.

Quase hipnotizado — era assim que ele se sentia, ao menos —, Barbie começou a andar de volta para o local do acidente.

5

O primeiro impulso foi cobrir os pedaços de corpos, mas havia muitos. Agora conseguia ver outra perna (essa de calça verde) e um tronco de mulher preso numa moita de zimbro. Poderia tirar a camisa e abri-la sobre a cabeça da mulher, mas e depois? Bem, havia duas camisas a mais na mochila...

Um carro vinha da direção de Motton, a próxima cidade ao sul. Uma picape das menores, e vindo rápido. Alguém ouvira o acidente ou vira o relâmpago. Ajuda. Graças a Deus, ajuda. Cruzando a linha branca, mantendo-se bem longe do fogo que ainda corria do céu com aquele jeito esquisito de água na vidraça, Barbie balançou os braços acima da cabeça, cruzando-os em grandes **X**.

O motorista buzinou uma vez em resposta, depois pisou com força no freio, largando mais de 10 metros de borracha. Saiu do carro quase antes de o seu pequeno Toyota verde parar, um sujeito alto e magro, de cabelo comprido e grisalho ondulado e usando um boné de beisebol dos Sea Dogs. Correu para o lado da estrada, querendo contornar a principal cachoeira de fogo.

— O que aconteceu? — gritou. — Que merda foi...

Então bateu em alguma coisa. Com força. Não havia nada lá, mas Barbie viu o nariz do cara se dobrar de lado quando quebrou. O homem ricocheteou do nada, sangrando pela boca, pelo nariz e pela testa. Caiu de costas e depois conseguiu se sentar. Encarou Barbie com olhos perplexos e indagadores enquanto o sangue do nariz e da boca cascateava pela frente da camisa, e Barbie o encarou de volta.

JUNIOR E ANGIE

1

Os dois meninos que pescavam perto da Ponte da Paz não olharam para cima quando o avião passou no céu, mas Junior Rennie sim. Estava um quarteirão mais abaixo, na rua Prestile, e reconheceu o som. Era o Seneca V de Chuck Thompson. Olhou para cima, viu o avião e depois baixou a cabeça depressa quando o sol forte que brilhava entre as árvores mandou-lhe um raio de agonia nos olhos. Outra dor de cabeça. Vinha tendo várias ultimamente. Às vezes o remédio acabava com ela. Às vezes, em especial nos últimos três ou quatro meses, não.

Enxaqueca, disse o dr. Haskell. Junior só sabia que doía como o fim do mundo e com luz forte piorava, ainda mais quando estava incubando. Às vezes pensava nas formigas que ele e Frank DeLesseps tinham queimado quando crianças. Usava-se uma lente de aumento para focalizar o sol nelas enquanto se arrastavam para dentro e para fora do formigueiro. O resultado eram formigandantes refogadas. Só que agora, quando a dor de cabeça estava incubando, o cérebro era o formigueiro e os olhos viravam lentes de aumento gêmeas.

Tinha 21 anos. Teria de aguentar aquilo até os 45, quando o dr. Haskell disse que elas podiam sumir sozinhas?

Talvez. Mas nessa manhã a dor de cabeça não ia impedi-lo. Talvez a visão do 4Runner de Henry McCain ou do Prius de LaDonna McCain na rua o tivesse feito; nesse caso, ele talvez tivesse dado meia-volta, voltado para casa, tomado outro Imitrex e se deitado no quarto com as cortinas fechadas e uma compressa fria na testa. Talvez sentindo a dor começar a diminuir enquanto a enxaqueca descarrilava, mas provavelmente não. Quando aquelas aranhas negras se instalavam pra valer...

Ele olhou para cima outra vez, agora franzindo os olhos contra a luz odiosa, mas o Seneca sumira, e até o zumbido do motor (também irritante —

todos os sons eram irritantes quando a cabeça dele estava daquele jeito infernal) estava sumindo. Chuck Thompson com algum candidato a voador ou voadora. E, embora não tivesse nada contra Chuck — mal o conhecia —, Junior desejou com ferocidade súbita e infantil que o aluno de Chuck fodesse tudo e derrubasse o avião.

De preferência no meio da loja de carros do pai dele.

Outro soluço enjoado de dor se contorceu pela sua cabeça, mas mesmo assim ele subiu os degraus até a porta da casa dos McCain. Aquilo tinha que ser feito. Aquela merda já estava mais do que atrasada. Angie precisava de uma lição.

Mas só uma liçãozinha. Não vá perder o controle.

Como se convocada, a voz da mãe respondeu. Aquela voz enlouquecedora e complacente. *Junior sempre foi um menino mal-humorado, mas agora está se controlando muito melhor. Não é, Junior?*

Bom. Caramba. Ele *estava*, ao menos. O futebol havia ajudado. Mas agora não havia futebol. Agora não havia nem faculdade. Em vez disso, havia dor de cabeça. E com ela ele se sentia um filho da puta malvado.

Não vá perder o controle.

Não. Mas ele ia falar com ela, com ou sem dor de cabeça.

E, como diz o velho ditado, talvez tivesse de falar com a mão. Quem sabe? Se fizesse Angie se sentir pior, talvez se sentisse melhor.

Junior tocou a campainha.

2

Angie McCain tinha acabado de sair do chuveiro. Enfiou o roupão, amarrou o cinto e enrolou a toalha no cabelo molhado. "Tô indo", gritou, quase trotando escada abaixo até o primeiro andar. Havia um leve sorriso no seu rosto. Era Frankie, tinha quase certeza de que só podia ser Frankie. Finalmente as coisas começavam a melhorar. O babaca do chapeiro (bonitão, mas ainda assim babaca) tinha ido embora da cidade ou estava de saída, e os pais dela tinham viajado. Junte os dois e o que se tem é um sinal de Deus de que as coisas estavam começando a melhorar. Ela e Frankie poderiam deixar todo o lixo para trás e recomeçar.

Ela sabia exatamente como agir: abrir a porta e depois abrir o roupão. Bem ali, à luz da manhã de sábado, quando qualquer um que passasse poderia ver. Ela tomaria cuidado para Frankie ser o primeiro, é claro; não tinha a mínima intenção de fazer o velho e gordo sr. Wicker corar se ele é que tivesse tocado a campainha com um pacote ou uma carta registrada; mas ainda faltava ao menos meia hora para o correio.

Não, era Frankie. Tinha certeza.

Ela abriu a porta, o sorrisinho se abrindo num sorriso de boas-vindas — talvez não afortunado, porque os dentes eram bem acavalados e do tamanho de um chiclete jumbo. Uma das mãos estava no cinto do roupão. Mas ela não puxou. Porque não era Frankie. Era Junior, e ele parecia tão *zangado*...

Ela já vira esse olhar sinistro — muitas vezes, na verdade —, mas nunca tão sinistro desde o oitavo ano, quando Junior quebrou o braço do filho dos Dupree. O viadinho ousara balançar o bundão na quadra de basquete da praça da cidade e pedir para jogar. E ela imaginava que a mesma tempestade devia ter estado estampada na cara de Junior na outra noite, no estacionamento do Dipper, mas é claro que ela não estava lá, só tinha ouvido falar. Todo mundo em Mill ouvira falar. Ela fora chamada para conversar com o chefe Perkins, aquele maldito Barbie estivera lá, e aquilo também acabara por vazar.

— Junior? Junior, o que...

Então ele lhe deu um tapa, e o pensamento praticamente parou.

3

Ele não pôs muita força naquele primeiro, porque ainda estava à porta e não havia muito espaço para girar; só conseguiu puxar o braço para trás e dar uma meia-trava. Podia nem tê-la atingido (ao menos não para começar) se ela não estivesse sorrindo — meu Deus, aqueles *dentes* lhe davam arrepios desde o primário — e não o tivesse chamado de Junior.

É claro que *todo mundo* na cidade o chamava de Junior, ele pensava *em si* como Junior, mas ele nunca percebera como odiava aquilo, como *odiava* aquilo a ponto de ter vontade de morrer num monte de vermes, até ouvir aquilo sair por entre os dentes de lápides mal-assombradas da piranha que lhe causara tanto problema. Aquele som lhe atravessou a cabeça como o raio de sol quando ele ergueu os olhos para ver o avião.

Mas como tapa meia-trava, até que não foi tão ruim. Ela saiu tropeçando para trás contra o pilar da escada e a toalha voou do cabelo. Tocos castanhos molhados caíram em volta das bochechas, deixando-a parecida com a Medusa. O sorriso fora substituído por um olhar de surpresa espantada, e Junior viu um pingo de sangue escorrer pelo canto da boca. Isso era bom. Isso era ótimo. A piranha merecia sangrar pelo que fizera. Tanto *problema*, não só para ele mas também para Frankie, Mel e Carter.

A voz da mãe na cabeça: *Não vá perder o controle, querido.* Estava morta e ainda não parava de dar conselhos. *Dê uma lição nela, mas só uma liçãozinha.*

E ele podia mesmo ter conseguido, mas aí o roupão se abriu e ela estava nua por baixo. Ele conseguiu ver o retalho escuro de pelos por cima do parque de diversões, o maldito parque de diversões comichoso que causara todo aquele *problema* de merda; quando a gente pensa bem, esses parques causam todos os problemas de merda *do mundo*, e a cabeça dele pulsava, batia, socava, esmagava, rachava. Era como se fosse virar uma explosão termonuclear a qualquer momento. Uma nuvenzinha perfeita em forma de cogumelo sairia de cada orelha pouco antes de tudo explodir acima do pescoço, e Junior Rennie (que não sabia que tinha um tumor no cérebro — o velho asmático do dr. Haskell nunca sequer pensou na possibilidade, não num rapaz saudável que mal saíra da adolescência) enlouqueceu. Não foi uma manhã de sorte para Claudette Sanders nem para Chuck Thompson; de fato, não foi uma manhã de sorte para ninguém em Chester's Mill.

Mas poucos tiveram tanto azar quanto a ex-namorada de Frank DeLesseps.

4

Ela *teve* mais dois pensamentos semicoerentes quando se encostou no pilar da escada e viu os olhos arregalados dele e o jeito como mordia a língua — mordia com tanta força que os dentes afundavam nela.

Ele está maluco. Tenho que chamar a polícia antes que ele me machuque de verdade.

Ela se virou para correr pelo hall de entrada até a cozinha, onde poderia puxar o fone da parede, teclar 911 e só então começar a gritar. Deu dois passos e tropeçou na toalha que enrolara no cabelo. Recuperou o equilíbrio depressa — fora chefe de torcida no secundário e a habilidade não a abandonara —, mas já era tarde demais. A cabeça caiu para trás e os pés dela voaram na frente. Ele a agarrara pelo cabelo.

Ele a puxou contra o corpo. Ardia, como se estivesse com muita febre. Ela conseguia sentir o coração dele bater: corre-corre, fugindo consigo mesmo.

— *Sua piranha mentirosa!* — berrou ele diretamente no ouvido dela. Isso fez um espeto de dor lhe entrar fundo na cabeça. Ela também gritou, mas o som parecia leve e inconsequente em comparação com o dele. Então os braços dele se envolveram na cintura dela e ela foi impelida pelo corredor numa velocidade louca, com apenas as pontas dos dedos dos pés tocando o carpete. A ideia de ser o enfeite do capô de um carro em fuga lhe passou pela mente, e então estavam na cozinha, cheia de sol brilhante.

Junior gritou de novo. Dessa vez não de raiva, mas de dor.

5

A luz o estava matando, fritava os seus miolos uivantes, mas ele não deixou que isso o detivesse. Tarde demais para isso agora.

Ele a jogou direto no tampo de fórmica da mesa da cozinha sem desacelerar. A mesa a atingiu no estômago, depois escorregou e bateu na parede. O açucareiro, o saleiro e o pimenteiro saíram voando. O fôlego saiu de dentro dela com um grande som de sopro. Segurando-a pela cintura com uma das mãos e pelos tocos molhados do cabelo com a outra, Junior a girou e a jogou contra a geladeira. Ela a atingiu com uma pancada que derrubou quase todos os ímãs da porta. O rosto estava tonto e pálido feito papel. Agora ela sangrava pelo nariz e pelo lábio superior. O sangue era brilhante contra a pele branca. Ele viu os olhos dela se dirigirem para o bloco de açougueiro cheio de facas na bancada da pia e, quando ela tentou se erguer, ele enfiou o joelho no meio do rosto dela, com força. Houve um som abafado de esmagamento, como se alguém deixasse cair uma peça grande de porcelana — uma travessa, talvez — em outra sala.

Era isso que eu devia ter feito com Dale Barbara, pensou ele e deu um passo atrás com a base da palma das mãos apertada contra as têmporas pulsantes. Lágrimas dos olhos cheios d'água transbordaram pelas faces. Ele mordera a língua com força — o sangue escorria pelo queixo e respingava no chão —, mas Junior não sabia disso. A dor na cabeça era intensa demais.

Angie estava caída com o rosto para baixo entre os ímãs de geladeira. O maior deles dizia **O QUE ENTRA NA SUA BOCA HOJE VISITA O SEU CU AMANHÃ**. Ele achou que ela estava desmaiada, mas de repente ela começou a tremer pelo corpo todo. Os dedos tremiam como se ela se preparasse para tocar alguma coisa complexa no piano. (*O único instrumento que essa piranha já tocou foi a flauta de carne*, pensou ele.) Então as pernas dela começaram a se debater, e os braços logo em seguida. Agora parecia que Angie tentava nadar para longe dele. Estava tendo uma maldita convulsão.

— Para com isso! — berrou ele. Então, quando ela se cagou toda: — Para com isso! *Para com isso, sua piranha!*

Ele caiu de joelhos, um de cada lado da cabeça dela, que agora balançava de um lado para o outro. A testa dela batia repetidamente no azulejo, como um daqueles jóqueis de camelo saudando Alá.

— Para com isso! *Puta que pariu, para com isso!*

Ela começou a soltar um grunhido. Era surpreendentemente alto. Jesus, e se alguém a escutasse? E se ele fosse pego ali? Isso não seria como explicar ao pai por que largara a faculdade (coisa que Junior ainda não conseguira tomar coragem para fazer.) Dessa vez, seria pior do que ter a mesada cortada em 75% por causa daquela maldita briga com o chapeiro — a briga que *esta* piranha inútil tinha instigado. Dessa vez Big Jim Rennie não conseguiria enrolar o chefe Perkins e os bobalhões locais. Essa poderia ser...

De repente a imagem das paredes verdes e taciturnas da Penitenciária Estadual de Shawshank surgiu na sua cabeça. Ele não podia ir para lá, tinha a vida inteira pela frente. Mas iria. Mesmo que fizesse ela se calar agora, iria. Porque ela falaria depois. E a cara dela, que parecia muito pior do que a de Barbie depois da briga no estacionamento, falaria por ela.

A menos que ele a calasse completamente.

Junior a agarrou pelo cabelo e a ajudou a bater a cabeça contra o piso. Esperava que isso a fizesse desmaiar para que ele pudesse terminar... bem, o que quer que fosse... mas a convulsão só se intensificou. Ela começou a bater os pés contra a geladeira e o resto dos ímãs caiu feito chuva.

Ele largou o cabelo e a agarrou pela garganta. Disse "Sinto muito, Ange, não era para ter sido assim". Mas não sentia muito. Só estava apavorado, com dor e convencido de que a luta dela naquela cozinha terrivelmente iluminada nunca acabaria. Os dedos dele já estavam se cansando. Quem diria que era tão difícil esganar uma pessoa?

Em algum lugar, bem longe, ao sul, houve uma explosão. Como se alguém disparasse uma arma muito grande. Junior não prestou atenção. O que Junior fez foi redobrar a força, e finalmente a agitação de Angie começou a diminuir. Em algum lugar muito mais próximo — na casa, neste andar — começou um sonzinho de sino. Ele ergueu os olhos arregalados, a princípio certo de que era a campainha. Alguém ouvira a confusão e a polícia estava ali. A cabeça explodia, parecia que tinha deslocado todos os dedos, e tudo à toa. Uma imagem terrível lhe passou pela cabeça: Junior Rennie escoltado, entrando no tribunal do condado de Castle para ouvir a acusação com a jaqueta de algum guarda sobre a cabeça.

Então reconheceu o som. Era o mesmo barulho que o computador fazia quando a luz acabava e o no-break ligava.

Bing... Bing... Bing...

Serviço de quarto, quero um quarto, pensou e continuou esganando. Agora ela estava parada, mas ele continuou mais um minuto com a cabeça virada de lado, tentando evitar o cheiro da merda dela. Era bem a cara dela mesmo deixar um presente de despedida asqueroso daqueles! Era bem a cara delas todas! Mulheres! Mulheres e seus parques de diversão! Não passavam de formigueiros cobertos de pelo! E diziam que os *homens* é que eram o problema!

6

Ele estava parado ao lado do corpo ensanguentado, cagado e sem dúvida morto, se perguntando o que fazer agora, quando houve outra explosão distante ao sul. Uma arma, não; alto demais. Uma explosão. Talvez o aviãozinho bonitinho de Chuck Thompson tivesse mesmo caído. Não era impossível; num dia em que só se queria gritar com alguém — quebrar alguma coisinha no máximo — e ela acabava te fazendo *matar* ela, tudo era possível.

Uma sirene da polícia começou a uivar. Junior tinha certeza de que era por causa dele. Alguém olhara pela janela e o vira esganá-la. Isso o forçou a agir. Desceu o corredor até a porta da frente, chegou até a toalha que arrancara do cabelo dela com aquele primeiro tapa e parou. Eles viriam por aqui, seria exatamente por aqui que viriam. Parariam na frente, aquelas luzes novas e brilhantes de LED mandando flechas de dor pela carne urrante do seu pobre cérebro...

Ele se virou e voltou correndo para a cozinha. Olhou para baixo antes de passar sobre o corpo de Angie, não pôde evitar. No primeiro ano, às vezes ele e Frank puxavam as tranças dela e ela punha a língua para fora e envesgava os olhos. Agora os olhos estavam saindo das órbitas como bolas de gude antigas e a boca estava cheia de sangue.

Eu é que fiz isso? Fiz mesmo?

Fez. Fez sim. E até aquela única olhada passageira bastou para explicar por quê. A merda daqueles dentes. Aqueles picadores imensos.

Uma segunda sirene se uniu à primeira, depois uma terceira. Mas estavam indo embora. Obrigado, Jesus, estavam indo embora. Seguiam para o sul pela rua principal rumo àquele barulho de explosão.

Ainda assim, Junior não desacelerou. Escapou pelo quintal dos fundos da casa dos McCain, sem perceber que teria berrado a sua culpa de *alguma coisa* a quem estivesse olhando (ninguém estava). Além dos tomateiros de LaDonna, havia uma cerca alta de madeira e um portão. Havia um cadeado, mas estava aberto, pendurado nas argolas. Quando era garoto e às vezes ficava por ali, Junior nunca o vira fechado.

Abriu o portão. Dava para um matagal e um caminho que levava até o borbulhar amortecido do riacho Prestile. Certa vez, aos 13 anos, Junior espiara Frank e Angie em pé naquele caminho se beijando, os braços dela em torno do pescoço dele, a mão dele sobre o seio dela, e entendeu que a infância estava quase acabando.

Ele se inclinou e vomitou na água corrente. As manchas de sol na água eram malévolas, horríveis. Então a visão clareou o bastante para ele ver a Ponte da Paz à direita. Os meninos pescadores tinham ido embora, mas, enquanto ele olhava, dois carros da polícia desceram correndo o morro da praça.

O apito da cidade disparou. O gerador da Câmara dos Vereadores tinha sido ligado como acontecia nas quedas de luz, fazendo o apito transmitir os muitos decibéis da sua mensagem de desastre. Junior gemeu e tampou os ouvidos.

Na verdade, a Ponte da Paz era apenas um caminho coberto para pedestres, agora decrépito e desconjuntado. O nome verdadeiro era Passagem Alvin Chester, mas virara Ponte da Paz em 1969, quando alguns garotos (na época houve boatos na cidade sobre quais seriam) pintaram no lado dela um grande símbolo da paz azul. Ainda estava lá, embora desbotado como um fantasma. Nos últimos dez anos, a Ponte da Paz fora condenada. A polícia fechara as duas pontas com fita escrito NÃO PASSE, mas é claro que ainda era usada. Duas ou três noites por semana, membros da Brigada de Bobalhões do Chefe Perkins acendiam as lanternas ali, sempre numa ponta ou na outra, nunca nas duas. Não queriam prender os moleques que bebiam e namoravam, só assustá-los para que fossem embora. Todo ano, na assembleia da cidade, alguém solicitava que a Ponte da Paz fosse demolida e outro solicitava que fosse reformada, e ambas as moções eram engavetadas. Parecia que a cidade tinha a sua vontade secreta, e essa vontade secreta era de que a Ponte da Paz continuasse exatamente como estava.

Hoje, Junior Rennie ficou contente por isso.

Foi se arrastando pela margem norte do Prestile até chegar debaixo da ponte — as sirenes da polícia agora se esvaindo, o apito da cidade alto como nunca — e subiu até a rua Strout. Olhou para os dois lados e depois passou pela placa que dizia SEM SAÍDA, PONTE FECHADA. Mergulhou por debaixo da fita amarela cruzada rumo às sombras. O sol brilhava pelo teto furado, deixando cair tostões de luz nas tábuas gastas do assoalho, mas depois do fulgor daquela cozinha dos infernos havia ali uma escuridão abençoada. Pombos trocavam palavras doces nas vigas do telhado. Latas de cerveja e garrafas de Brandy Allen sabor café estavam espalhadas pelas laterais de madeira.

Nunca vou conseguir me livrar disso. Não sei se deixei algo meu sob as unhas dela, não consigo lembrar se ela me pegou ou não, mas o meu sangue está lá. E as impressões digitais. Só tenho mesmo duas opções: fugir ou me entregar.

Não, havia uma terceira. Ele podia se matar.

Tinha que ir para casa. Tinha que fechar todas as cortinas do quarto e transformá-lo numa caverna. Tomar outro Imitrex, deitar-se, talvez dormir um pouco. Então talvez conseguisse pensar. E se fossem buscá-lo enquanto estivesse dormindo? Ora, isso o pouparia do problema de escolher a Porta nº 1, a Porta nº 2 ou a Porta nº 3.

Junior atravessou a praça da cidade. Quando alguém — algum velho que ele mal reconheceu — lhe agarrou o braço e perguntou: "O que aconteceu, Junior? O que está havendo?", ele só balançou a cabeça, afastou a mão do velho e continuou andando.

Atrás dele, o apito da cidade berrava como o fim do mundo.

ESTRADAS E ATALHOS

1

Havia um jornal semanal em Chester's Mill chamado *Democrata*. O que era informação enganosa, já que proprietário e gerente — ambos os cargos exercidos pela temível Julia Shumway — eram republicanos até os ossos. O cabeçalho era mais ou menos assim:

O *DEMOCRATA* DE CHESTER'S MILL
Fund. 1890
Servindo à "Cidadezinha que Parece uma Bota!"

Mas o lema também era informação enganosa. Chester's Mill não parecia uma bota; parecia a meia esportiva de uma criança, imunda a ponto de ficar em pé sozinha. Embora tocada a sudoeste (o calcanhar da bota) pela maior e mais próspera Castle Rock, na verdade Mill era cercada por quatro cidades de área maior mas população menor: Motton, ao sul e sudeste; Harlow a leste e nordeste; o distrito TR-90, não incorporado a nenhuma delas, ao norte; e Tarker's Mills a oeste. Às vezes chamavam Chester e Tarker de Mills Gêmeas, e, na época em que as fábricas de tecido do centro e do oeste do Maine funcionavam a todo vapor, as duas transformavam o riacho Prestile num esgoto poluído e sem peixes que mudava de cor quase todo dia de acordo com o local. Naquele tempo, podia-se sair de Tarker numa canoa em água verde e estar num amarelo vivo quando passasse por Chester's Mill para chegar a Motton. Além disso, se a canoa fosse de madeira, a tinta chegava abaixo da linha d'água.

Mas a última dessas lucrativas fábricas de poluição havia fechado em 1979. As cores esquisitas haviam abandonado o Prestile e os peixes haviam voltado, mas se serviam ou não para consumo humano ainda era tema de debate. (O *Democrata* votava "Ai!")

A população da cidade era sazonal. Entre o Memorial Day, no final de maio, e o Labor Day, no início de setembro, era de quase 15 mil habitantes. No resto do ano, ficava só um pouquinho acima ou abaixo de 2 mil, dependendo do equilíbrio de mortes e nascimentos no Catherine Russell, considerado o melhor hospital ao norte de Lewiston.

Se alguém perguntasse aos veranistas quantas estradas levavam a Mill, a maioria diria que eram duas: a rodovia 117, que ia de Norway a South Paris, e a rodovia 119, que passava pelo centro de Castle Rock a caminho de Lewiston.

Os moradores há mais ou menos dez anos poderiam citar ao menos mais oito, todas asfaltadas com duas pistas, desde as estradas da Serra Negra e do Corte Fundo, que iam para Harlow, até a estrada do Belo Vale (é, tão bela quanto o nome), que ia para o norte até o TR-90.

Os residentes há trinta anos ou mais, se lhes dessem tempo para pensar no caso (talvez na salinha dos fundos do Brownie's, onde ainda havia um fogão a lenha), poderiam citar mais uma dúzia, com nomes sagrados (estrada do Riacho de Deus) e profanos (estrada da Bostinha, marcada nos mapas cartográficos apenas com um número).

No dia que ficaria conhecido como Dia da Redoma, o morador mais antigo de Chester's Mill era Clayton Brassey. Também era o morador mais antigo do condado de Castle e por isso detentor da Bengala do *Boston Post*. Infelizmente, já não sabia mais o que era uma Bengala do *Boston Post*, nem mesmo quem *ele* era. Às vezes, confundia a tataraneta Nell com a esposa, que morrera havia quarenta anos, e três anos antes o *Democrata* parara de fazer com ele a entrevista anual do "morador mais antigo". (Na última ocasião, quando lhe perguntaram o segredo da longevidade, Clayton respondeu: "Cadê o meu jantar de batizado?") A senilidade começou a se instalar pouco depois do centésimo aniversário; em 21 de outubro passado, ele fez 105 anos. Já havia sido marceneiro especializado em sancas, armários e balaústres. Nesses últimos dias, as suas especialidades eram comer gelatina sem enfiá-la no nariz e às vezes conseguir chegar ao banheiro para soltar na privada meia dúzia de pelotas manchadas de sangue.

Mas nos bons tempos — ali pelos 85 anos, digamos — ele conseguia citar quase todas as estradas que entravam e saíam de Chester's Mill, e o total era de 34. A maioria era de terra, muitas estavam esquecidas e quase todas estas serpenteavam por emaranhados profundos de florestas secundárias pertencentes à Diamond Match, à Continental Paper Company e à American Timber.

E pouco antes do meio-dia do Dia da Redoma, todas foram fechadas.

2

Na maioria dessas estradas, não aconteceu nada tão espetacular quanto a explosão do Seneca V e o desastre seguinte com o caminhão carregado de madeira, mas houve problemas. É claro que houve. Se o equivalente a um muro de pedra invisível surge de repente em volta de uma cidade inteira, tem de haver problemas.

No mesmíssimo instante em que a marmota caiu em dois pedaços, um espantalho fez o mesmo na plantação de abóboras de Eddie Chalmers, não muito longe da estrada do Belo Vale. O espantalho estava exatamente sobre a linha que separava Mill do TR-90. A sua postura dividida sempre havia divertido Eddie, que chamava o seu amedrontador de pássaros de Espantalho Sem Terra — Sr. EST, para resumir. Metade do sr. EST caiu em Mill; a outra caiu "no TR", como diziam os moradores locais.

Segundos depois, um bando de corvos que seguia para as abóboras de Eddie (os corvos nunca tiveram medo do sr. EST) bateu em alguma coisa onde antes nunca houvera nada. A maioria quebrou o bico e caiu numa massa preta na estrada do Belo Vale e nos campos dos dois lados. Por toda parte, de ambos os lados da Redoma, pássaros se chocaram e caíram mortos; os corpos seriam uma das maneiras para delinear finalmente a nova barreira.

Na estrada do Riacho de Deus, Bob Roux arrancava batatas. Parou para voltar para o almoço (mais conhecido como "janta" naquela região), sentado no velho trator Deere e escutando a música do iPod novinho em folha, presente da mulher no aniversário que seria o seu último. A casa ficava a apenas 800 metros do campo onde trabalhava, mas, infelizmente para ele, o campo ficava em Motton e a casa, em Chester's Mill. Ele bateu na barreira a 25 km/h enquanto escutava James Blunt cantar *You're Beautiful*. Não segurava com firmeza o volante do trator porque dava para ver o caminho todo até a casa e não havia nada no meio. Assim, quando o trator parou com o choque, com o arrancador de batatas se erguendo atrás e batendo no chão com força, Bob foi lançado à frente por sobre o bloco do motor e bateu direto na Redoma. O iPod explodiu no largo bolso da frente do macacão jeans, mas isso ele nunca sentiu. Quebrou o pescoço e fraturou o crânio naquele nada em que colidiu e morreu na terra pouco depois, ao lado da roda alta do trator que ainda girava. Todos sabem que nada roda melhor do que um Deere.

3

Em nenhum ponto a estrada de Motton passava mesmo por Motton; ela ficava dentro dos limites da cidade de Chester's Mill. Ali havia novas residências numa área que se chamava Eastchester desde 1975, mais ou menos. Os donos eram trintões e quarentões que iam trabalhar em Lewiston-Auburn, onde tinham empregos bem pagos, geralmente burocráticos. Todas aquelas residências ficavam em Mill, mas muitos quintais estavam em Motton. Foi o caso de Jack e Myra Evans, na estrada de Motton, 379. Myra tinha uma horta atrás da casa e, embora a maior parte dos produtos tivesse sido colhida, ainda havia umas gordas abóboras Blue Hubbard, além das morangas restantes (e muito podres). Ela estendeu o braço para uma delas quando a Redoma caiu e, embora os joelhos estivessem em Chester's Mill, por acaso ela estendia a mão para uma Blue Hubbard que crescia a uns 30 centímetros além da fronteira de Motton.

Não gritou, pois não houve dor. Não de início. Foi rápido, afiado e limpo demais para isso.

Jack Evans estava na cozinha, batendo ovos para a omelete do almoço. O LCD Soundsystem tocava *North American Scum* e Jack cantava junto quando uma vozinha disse o seu nome atrás dele. A princípio, ele não reconheceu a voz como pertencente àquela que era sua esposa havia 14 anos; parecia a voz de uma criança. Mas, quando se virou, viu que era mesmo Myra. Ela estava em pé à porta, segurando o braço direito junto ao corpo. Trouxera lama para o chão, o que não era coisa dela. Em geral, ela tirava os sapatos da horta na soleira. A mão esquerda, envolta numa luva de jardinagem imunda, segurava a mão direita, e uma coisa vermelha corria pelos dedos enlameados. Primeiro ele pensou *suco de cranberry*, mas só por um segundo. Era sangue. Jack deixou cair a terrina que segurava. Ela se estilhaçou no chão.

Myra disse o seu nome de novo naquela vozinha pequena e trêmula de criança.

— O que aconteceu? Myra, o que aconteceu com você?

— Foi um acidente — disse ela e lhe mostrou a mão direita. Só que não havia luva direita de jardinagem enlameada para combinar com a esquerda, nem mão direita. Só um toco a jorrar. Ela lhe deu um sorriso fraco e disse "Opa". Os olhos rolaram para cima e ficaram brancos. A frente dos jeans de jardinagem escureceu quando a urina correu. Então os joelhos também cederam e ela caiu. O sangue que jorrava do pulso aberto — um corte de aula de anatomia — misturou-se com os ovos batidos derramados no chão.

Quando Jack se ajoelhou ao lado dela, um caco da terrina entrou profundamente no seu joelho. Ele mal notou, embora fosse vir a mancar daquela perna pelo resto da vida. Agarrou o braço dela e apertou. O jorro terrível de sangue do pulso se reduziu, mas não parou. Ele arrancou o cinto da calça e o prendeu em torno do antebraço. Isso funcionou, mas ele não conseguiu apertar bem o cinto; a volta estava muito longe da fivela.

— Jesus Cristo — disse ele à cozinha vazia. — Jesus Cristo.

Percebeu que estava mais escuro do que antes. A luz tinha se apagado. Dava para ouvir o computador no escritório tocando o seu chamado de angústia. O LCD Soundsystem estava bem, porque a caixinha de som da pia tinha pilhas. Não que Jack desse alguma importância; perdera o gosto pelo techno.

Sangue demais. Demais.

As perguntas sobre como ela perdera a mão foram embora da sua mente. Tinha preocupações mais imediatas. Não podia soltar o torniquete para pegar o telefone; ela voltaria a sangrar e podia já estar perto de perder sangue demais. Ela teria de ir com ele. Ele tentou puxá-la pela camisa, mas primeiro ela saiu da calça e depois o colarinho começou a enforcá-la — ele ouviu a respiração ficar mais forte. Então, ele enrolou a mão no cabelo castanho e comprido e a puxou até o telefone como um homem das cavernas.

Era um celular e funcionou. Ele discou 911 e estava ocupado.

— Não é possível! — gritou para a cozinha vazia cujas luzes estavam apagadas (embora na caixa de som o grupo continuasse a tocar). — A merda do 911 não pode estar *ocupado*!

Ele apertou redial.

Ocupado.

Jack ficou sentado na cozinha com as costas contra a pia, segurando o torniquete com o máximo de força, fitando o sangue e os ovos batidos no chão, apertando periodicamente redial no telefone, sempre recebendo o mesmo *dâ-dâ-dâ* estúpido. Alguma coisa explodiu não muito longe, mas ele mal ouviu por causa da música, que estava mesmo alta (e ele nunca escutou a explosão do Seneca). Queria desligar a música, mas para alcançar a caixa de som teria de erguer Myra. Erguer ou largar o cinto por dois ou três segundos. Ele não queria fazer nada disso. E ficou ali sentado e *North American Scum* deu lugar a *Someone Great* e *Someone Great* deu lugar a *All My Friends*, e depois de mais algumas músicas finalmente o CD, que se chamava *Sound of Silver*, acabou. Quando acabou, quando houve silêncio, a não ser pelas sirenes da polícia a distância e pelo tilintar interminável do computador ali perto, Jack percebeu que a esposa não respirava mais.

Mas eu ia fazer o almoço, pensou. *Um bom almoço, daqueles que a gente não teria vergonha de convidar Martha Stewart para comer.*

Encostado na pia, ainda segurando o cinto (reabrir os dedos seria intensamente doloroso), a perna inferior direita das calças escurecendo com o sangue do joelho lacerado, Jack Evans embalou a cabeça da esposa contra o peito e começou a chorar.

4

Não muito longe dali, numa estrada abandonada da floresta de que nem mesmo o velho Clay Brassey se lembraria, um veado comia brotos tenros à beira do charco Prestile. Por acaso o pescoço estava espichado por sobre o limite da cidade de Motton e, quando a Redoma caiu, a sua cabeça tombou. Foi cortada com tanta perfeição que a façanha poderia ter sido realizada com a lâmina de uma guilhotina.

5

Demos a volta na forma de meia que é Chester's Mill e voltamos à rodovia 119. E, graças à magia da narração, nem um instante se passou desde que o sujeito sessentão do Toyota bateu de cara em algo invisível mas muito duro e quebrou o nariz. Ele está sentado e encara Dale Barbara com total perplexidade. Uma gaivota, provavelmente na viagem diária de volta do bufê saboroso do lixão da cidade de Motton para o lixão levemente menos saboroso do depósito de Chester's Mill, despenca feito pedra e cai a menos de um metro do boné dos Sea Dogs do sessentão, que o pega, limpa e põe de volta na cabeça.

Os dois homens erguem os olhos para onde veio o pássaro e veem mais uma coisa incompreensível num dia que acabaria cheio delas.

6

O primeiro pensamento de Barbie foi estar vendo uma imagem residual da explosão do avião, do jeito que às vezes a gente vê um grande ponto azul flutuando depois que alguém dispara um flash perto da nossa cara. Só que não era um ponto, não era azul e, em vez de continuar flutuando quando ele olhava em outra direção — nesse caso, na do seu novo conhecido —, o borrão que pendia no ar ficava exatamente onde estava.

Sea Dogs erguia e esfregava os olhos. Parecia ter esquecido o nariz quebrado, os lábios inchados, a testa que sangrava. Ficou em pé, quase perdendo o equilíbrio por virar muito o pescoço para trás.

— O que é aquilo? — perguntou. — Que diabos é aquilo, moço?

Uma grande mancha preta — em forma de chama de vela, se a gente usasse mesmo a imaginação — descoloria o céu azul.

— Será... uma nuvem? — perguntou Sea Dogs. A voz duvidosa sugeria que sabia que não.

Barbie respondeu:

— Acho... — Ele realmente não queria se ouvir dizendo aquilo. — Acho que foi onde o avião bateu.

— Acha *o quê*? — perguntou Sea Dogs, mas, antes que Barbie pudesse responder, um pássaro preto de bom tamanho passou a uns 15 metros de altura. Não bateu em nada — nada que conseguissem ver, ao menos — e caiu não muito longe da gaivota.

— *Viu* isso? — perguntou Sea Dogs.

Barbie fez que sim e apontou a área de capim seco em chamas à esquerda. Aquele e os dois ou três trechos à direita da estrada soltavam grossas colunas de fumaça negra para se unir à fumaça que subia dos pedaços do Seneca desmembrado, mas o fogo não se espalharia; chovera muito na véspera e o mato ainda estava úmido. Foi uma sorte, senão haveria fogo no mato correndo em ambas as direções.

— Está vendo *aquilo*? — perguntou Barbie a Sea Dogs.

— Não dá pra acreditar — disse Sea Dogs depois de dar uma boa olhada. O fogo queimara um pedaço de mato de uns 20 metros de lado, avançando até ficar quase em frente ao ponto onde Barbie e Sea Dogs se encaravam. E ali se espalhava — para oeste até a beira da estrada, para leste rumo ao hectare e meio de pasto de um criador de gado de leite —, não de forma irregular, não do jeito como o fogo costuma avançar no mato, um pouco mais à frente num ponto, um tiquinho para trás noutro — mas como se seguisse uma régua.

Outra gaivota veio voando na direção deles, essa no rumo de Motton em vez de Mill.

— Olha lá — disse Sea Dogs. — Olha aquele pássaro.

— Talvez não sofra nada — disse Barbie, erguendo os olhos e protegendo-os com a mão. — Talvez o que tem ali só impeça que eles passem se vierem do sul.

— A julgar pelo avião destruído ali, duvido — disse Sea Dogs. Falava com a voz sonhadora dos homens profundamente perplexos.

A gaivota que ia para fora bateu na barreira e caiu diretamente dentro do maior pedaço do avião em chamas.

— Impede a passagem deles nos dois sentidos — disse Sea Dogs. Falava com a voz dos homens que recebem a confirmação de uma convicção muito forte, mas ainda não provada. — É um tipo de campo de força, como nos filmes de *Star Trick*.

— *Trek* — disse Barbie.

— Hein?

— Ai, caralho! — disse Barbie. Olhava por sobre o ombro de Sea Dogs.

— Hein? — Sea Dogs olhou por cima do próprio ombro. — Puta que *pariu*!

Lá vinha um caminhão de lenha. Um dos grandes, carregado com troncos imensos bem acima do limite legal de peso. Também vinha bem acima do limite de velocidade. Barbie tentou calcular qual seria a distância necessária para um monstro daqueles parar e não conseguiu nem começar a imaginar.

Sea Dogs saiu correndo rumo ao Toyota, que estacionara atravessado na linha branca tracejada do meio da estrada. O sujeito atrás do volante do caminhão — talvez cheio de bola, talvez fumado de metanfetamina, talvez só jovem, com pressa, se sentindo imortal — o viu e meteu a mão na buzina. Não ia desacelerar.

— *Vai se foder!* — gritou Sea Dogs ao se jogar atrás no volante. Ligou o motor e tirou o Toyota da estrada de ré com a porta do motorista batendo. A pequena picape caiu na vala à beira da estrada com o nariz quadrado apontado para o céu. Sea Dogs saiu no instante seguinte. Tropeçou, caiu sobre o joelho e depois saiu correndo pelo campo.

Barbie, pensando no avião e nos pássaros — pensando naquele esquisito borrão preto que poderia ter sido o ponto de impacto do avião — também correu para o pasto, dando um pique primeiro pelas chamas baixas e pouco entusiasmadas que soltavam baforadas de cinza preta. Viu um tênis de homem — grande demais para ser de mulher — com o pé do homem ainda dentro.

Piloto, pensou. E depois: *Tenho que parar de correr desse jeito.*

— *DEVAGAR, SEU IDIOTA!* — gritou Sea Dogs para o caminhão com voz fina e em pânico, mas era tarde demais para tais instruções. Barbie, olhando para trás por sobre o ombro (impossível não olhar), achou que o caubói do caminhão tentou frear no último minuto. Deve ter visto os destroços do avião. Seja como for, não adiantou. Bateu no lado de Motton da Redoma a mais de 90 por hora, levando uma carga de quase 18 toneladas de troncos. A cabine se desintegrou ao parar de repente. O reboque sobrecarregado, prisioneiro da física, continuou avançando. Os tanques de combustível foram jogados debaixo dos troncos, se esfacelando e soltando fagulhas. Quando explodiram, a carga já estava no ar, caindo por sobre onde estivera a cabine, agora um acordeão de metal verde. Os troncos jorraram para a frente e para cima, atingiram a barreira invisível e ricochetearam em todas as direções. Fogo e fumaça preta ferveram para o alto num penacho grosso. Houve um baque terrível que rolou pelo dia como um rochedo. Depois choveram troncos sobre o lado de Motton, caindo na estrada e nos campos em volta como um enorme pega-varetas. Um deles atingiu o teto da picape de Sea Dogs e o esmagou, derramando o para-brisa no capô num borrifo de migalhas de diamante. Outro caiu bem na frente do próprio Sea Dogs.

Barbie parou de correr e só ficou olhando.

Sea Dogs se pôs de pé, caiu, se segurou no tronco que quase lhe esmagou a vida e se levantou de novo. Ficou ali, oscilando de olhos arregalados. Barbie correu na direção dele e, depois de 12 passos, bateu em algo que parecia um muro de tijolos. Cambaleou para trás e sentiu um calor descer do nariz por sobre os lábios. Limpou um punhado de sangue, olhou-o sem acreditar e depois passou a mão na camisa.

Agora vinham carros de ambas as direções, de Motton e de Chester's Mill. Três figuras correndo, embora ainda pequenas, cortavam caminho pelo pasto vindas de uma casa de fazenda na outra ponta. Vários carros buzinavam, como se isso pudesse resolver todos os problemas. O primeiro carro a chegar pelo lado de Motton parou no acostamento, bem antes do caminhão em chamas. Duas mulheres desceram do carro e pararam boquiabertas com a coluna de fogo e fumaça, protegendo os olhos com as mãos.

7

— Merda — disse Sea Dogs. Falava com voz miúda e sem fôlego. Aproximou-se de Barbie pelo campo, traçando uma diagonal prudente para o leste, para longe da pira ardente. O caminhoneiro podia estar sobrecarregado e correndo demais, pensou Barbie, mas ao menos recebera um funeral de viking.

— Viu onde aquele tronco caiu? Quase me matou. Esmagado feito barata.

— Tem celular? — Barbie teve de levantar a voz para ser ouvido acima do caminhão, que ardia furiosamente.

— Na picape — disse Sea Dogs. — Vou tentar buscar se você quiser.

— Não, espera — respondeu Barbie. Ele percebeu, com alívio súbito, que tudo aquilo podia ser um sonho do tipo irracional em que andar de bicicleta debaixo d'água ou falar da vida sexual numa língua que a gente nunca estudou parece normal.

A primeira pessoa a chegar do seu lado da barreira foi um sujeito gorducho numa velha picape GM. Barbie o reconheceu do Rosa Mosqueta: Ernie Calvert, ex-gerente do Food City, agora aposentado. De olhos arregalados, Ernie fitava a bagunça em chamas na estrada, mas estava com o celular na mão e não parava de falar. Barbie mal conseguia escutá-lo acima do rugido do caminhão incendiado, mas entendeu "Parece bem ruim" e imaginou que Ernie falava com a polícia. Ou com os bombeiros. Se fossem os bombeiros, Barbie esperava que fossem de Castle Rock. Havia dois carros-pipa no minúsculo corpo de bombeiros de Chester's Mill, mas Barbie achou que, se aparecessem por ali, o máximo que conseguiriam seria apagar um fogo no mato que ia se apagar sozinho dali a pouco. O caminhão em chamas estava perto, mas Barbie achou que não conseguiriam chegar até ele.

É um sonho, disse consigo mesmo. *Se ficar dizendo isso o tempo todo, você consegue agir.*

Às duas mulheres do lado de Motton tinha se juntado meia dúzia de homens que também protegiam os olhos. Agora havia carros estacionados em ambos os acostamentos. Mais gente saía deles e se unia à multidão. O mesmo acontecia do lado de Barbie. Era como se dois camelódromos concorrentes, ambos cheios de pechinchas suculentas, tivessem sido abertos ali: um no lado de Motton, outro no lado de Chester's Mill.

O trio da fazenda chegou — o fazendeiro e os filhos adolescentes. Os meninos corriam facilmente, o fazendeiro vinha corado e ofegante.

— Caralho! — disse o menino mais velho, e o pai lhe deu um tapa na cabeça. O garoto nem notou. Os olhos pareciam saltar. O menino mais novo estendeu a mão e, quando o mais velho a segurou, o menor começou a chorar.

— O que aconteceu aqui? — perguntou o fazendeiro a Barbie, parando para uma inspiração profunda entre *aconteceu* e *aqui*.

Barbie o ignorou. Avançou devagar na direção de Sea Dogs com a mão direita erguida num gesto de *pare*. Sem falar, Sea Dogs fez o mesmo. Quando se aproximou do lugar onde sabia que estava a barreira — só precisava olhar aquela estranha borda reta de chão queimado —, Barbie foi mais devagar. Já batera com a cara; não queria que isso acontecesse de novo.

De repente, foi varrido por um calafrio. O arrepio o percorreu dos tornozelos à nuca, onde os cabelos se mexeram e tentaram se erguer. Seu saco vibrou como um diapasão e, por um instante, houve um gosto metálico azedo na boca.

A um metro e meio dele — um metro e meio e cada vez mais perto — os olhos já arregalados de Sea Dogs se arregalaram ainda mais.

— Sentiu?

— Senti — respondeu Barbie. — Mas já passou. E você?

— Também — concordou Sea Dogs.

As mãos estendidas não chegaram a se tocar, e mais uma vez Barbie pensou numa vidraça: pôr a mão de dentro contra a mão de algum amigo do lado de fora, os dedos juntos mas sem se tocar.

Ele puxou a mão de volta. Era a que usara para limpar o sangue do nariz, e ele viu a forma vermelha dos próprios dedos pendendo no ar. Enquanto olhava, o sangue começou a se coagular. Como faria num vidro.

— Santo Deus, o que é isso? — sussurrou Sea Dogs.

Barbie não sabia a resposta. Antes que conseguisse dizer alguma coisa, Ernie Calvert lhe deu um tapinha nas costas.

— Liguei pra polícia — disse. — Estão vindo, mas ninguém atende no Corpo de Bombeiros; só uma gravação que me manda ligar para Castle Rock.

— Certo, faz isso — disse Barbie. Então outra ave despencou a uns 6 metros, caindo no pasto do fazendeiro e sumindo. Ver isso trouxe uma nova ideia à mente de Barbie, talvez provocada pelo tempo que passou carregando uma arma do outro lado do mundo. — Mas antes, acho que é melhor chamar a Guarda Aérea Nacional, lá em Bangor.

Ernie olhou-o boquiaberto.

— A *Guarda*?

— São os únicos que podem criar uma zona de proibição de voo sobre Chester's Mill — disse Barbie. — E acho melhor que façam isso logo.

MONTE DE PASSARINHO MORTO

1

O chefe de polícia de Mill não ouviu nenhuma das explosões, embora estivesse ao ar livre, varrendo folhas no gramado da sua casa na rua Morin. O rádio portátil estava em cima do capô do Honda da mulher, tocando música sacra da WCIK (as letras queriam dizer *Christ is King*, Cristo é Rei, e os habitantes mais jovens da cidade a chamavam de Rádio Jesus). Além disso, a audição dele não era mais como antigamente. A de ninguém de 67 anos seria.

Mas ele escutou a primeira sirene a cortar o dia; os ouvidos estavam tão afinados àquele som quanto os de uma mãe ao choro do filho. Howard Perkins sabia até qual era o carro e quem dirigia. Só o Três e o Quatro tinham as sirenes antigas, mas Johnny Trent levara o Três para Castle Rock com o Corpo de Bombeiros para aquele maldito exercício de treinamento. "Queima controlada", era como diziam, embora na verdade fossem homens adultos se divertindo. Então era o carro Quatro, um dos dois Dodges que restavam, e Henry Morrison estaria dirigindo.

Ele parou de varrer e ficou em pé, a cabeça inclinada. A sirene começou a sumir e ele voltou a varrer. Brenda surgiu na varanda. Quase todo mundo em Mill o chamava de Duke — o apelido era herança dos dias de escola, quando nunca perdia um filme de John Wayne que passasse no Star — mas logo depois de casados Brenda passara a chamá-lo pelo outro apelido. Aquele de que ele não gostava.

— Howie, a luz acabou. E houve *explosões*.

Howie. Sempre Howie. Mais parecia um cão latindo. Ele tentava aguentar com paciência cristã — ora, ele *era* um cristão paciente —, mas às vezes se perguntava se aquele apelido não era responsável, ao menos em parte, pelo aparelhinho que agora levava no peito.

— O quê?

Ela ergueu os olhos para o céu, marchou até o rádio no capô do carro e apertou o botão de desligar, cortando o Coral Norman Luboff no meio de *Que amigo temos em Jesus*.

— Quantas vezes já te disse para não botar essa coisa no capô do meu carro? Você vai arranhar tudo e o valor de revenda vai cair.

— Desculpa, Bren. O que foi que você disse?

— A *luz* acabou. E alguma coisa *explodiu*. Deve ser por isso que Johnny Trent está por aí.

— É o Henry — disse ele. — Johnny foi pra Rock com os bombeiros.

— Bom, seja quem for...

Outra sirene disparou, essa do tipo mais novo que Duke Perkins chamava de Passarinho. Devia ser o Dois, Jackie Wettington. Só podia ser Jackie, enquanto Randolph ficava cuidando do balcão, recostado na cadeira com os pés em cima da mesa, lendo o *Democrata*. Ou sentado na privada. Peter Randolph era um bom policial e sabia ser duro quando necessário, mas Duke não gostava dele. Em parte por ser bem óbvio que era um homem de Jim Rennie, em parte porque Randolph às vezes era mais duro do que o necessário, mas principalmente porque ele o achava preguiçoso, e Duke Perkins não suportava policiais preguiçosos.

Brenda o encarava com olhos arregalados. Fazia 43 anos que era mulher de policial e sabia que duas explosões, duas sirenes e falta de luz não podiam ser boa coisa. Se o gramado fosse varrido naquele fim de semana — ou se Howie fosse escutar o seu querido Twin Mills Wildcats enfrentar o time de futebol americano de Castle Rock —, ela ficaria surpresa.

— É melhor entrar — disse ela. — Alguma coisa aconteceu. Espero que ninguém tenha morrido.

Ele tirou o celular do cinto. Aquela maldita coisa ficava ali pendurada feito sanguessuga de manhã à noite, mas ele tinha que admitir que era prático. Não ia ligar, só ficou parado olhando, à espera de que tocasse.

Então, outra sirene de Passarinho disparou: o carro Um. Finalmente, Randolph na rua. O que significava coisa muito grave. Duke achou que o telefone não tocaria mais e ia colocá-lo de volta no cinto quando tocou. Era Stacey Moggin.

— *Stacey?* — Ele sabia que não precisava berrar naquela coisa, Brenda já lhe dissera cem vezes, mas não conseguia evitar. — *O que você está fazendo na delegacia num sábado de man...*

— Não estou, estou em casa. Peter me ligou e pediu que eu ligasse pra você, foi lá na 119 e foi feio. Ele disse... um avião e um caminhão bateram. — Ela parecia em dúvida. — Não sei como aconteceu, mas...

Um avião. Jesus. Cinco minutos antes, ou talvez um pouco mais, enquanto varria folhas e cantava junto com *Sois tão grande*...

— Stacey, foi o Chuck Thompson? Eu vi aquele Piper novo dele no ar. Voando bem baixo.

— Não sei, chefe, já disse tudo o que o Peter me disse.

Brenda não era boba; já tirava o carro dela do caminho para que ele pudesse levar o carro oficial verde-escuro até a rua. Ela pusera o rádio ao lado da pequena pilha de folhas varridas.

— Certo, Stace. Está sem luz aí do seu lado também?

— Está, e sem telefone fixo. Estou no celular. Deve ser grave, né?

— Espero que não. Pode dar uma olhada na delegacia? Aposto que aquilo lá está vazio e destrancado.

— Chego lá em cinco minutos. Você me encontra na base.

— Positivo.

Enquanto Brenda voltava pela entrada de carros, o apito da cidade disparou, com aquele som de sobe e desce que sempre deixava Duke Perkins com um aperto na boca do estômago. Ainda assim, ele parou para abraçar Brenda. Ela nunca esqueceu que ele parou para fazer aquilo.

— Não se preocupa com isso, Brennie. Está programado para disparar quando a queda de luz é geral. Vai parar em três minutos. Ou quatro. Esqueci quantos.

— Eu sei, mas detesto mesmo assim. Aquele idiota do Andy Sanders ligou o apito no 11 de Setembro, lembra? Como se fossem fazer um atentado suicida *aqui*.

Duke fez que sim. Andy Sanders *era* um idiota. Infelizmente, também era o primeiro vereador, um boneco de ventríloquo sentado no colo de Big Jim Rennie.

— Querida, tenho que ir.

— Eu sei. — Mas ela o seguiu até o carro. — O que foi? Você já sabe?

— Stacy disse que um caminhão e um avião bateram na 119.

Brenda deu um sorriso hesitante.

— Isso é piada, né?

— Não se o avião teve problemas no motor e tentou pousar na estrada — disse Duke. O sorrisinho dela sumiu e a mão fechada pousou entre os seios, uma linguagem corporal que ele conhecia bem. Ele entrou no veículo e, embora o carro oficial fosse relativamente novo, assim mesmo sentou no molde da própria bunda. Duke Perkins não era um peso-pena.

— No seu dia de folga! — exclamou ela. — Que vergonha! E quando você já podia estar com aposentadoria integral!

— Eles adoram me fazer trabalhar quando estou com o pijama de sábado — disse ele e sorriu para ela. Era trabalho aquele sorriso. Dava a impressão de que o dia seria longo. — É sempre assim, Senhor, é sempre assim. Você pode deixar uns sanduíches pra mim na geladeira?

— Um só. Você está engordando demais. Até o dr. Haskell disse isso e ele nunca dá bronca *em ninguém*.

— Um só, então. — Ele pôs a alavanca em R e depois a colocou de volta em P. Inclinou-se para fora da janela e ela percebeu que ele queria um beijo. Ela lhe deu um dos bons com o apito da cidade berrando através do ar frio de outubro, e ele acariciou o lado do pescoço dela enquanto as bocas estavam juntas, coisa que sempre a deixava arrepiada e agora ele raramente fazia.

O toque dele ali ao sol: isso ela também nunca esqueceu.

Enquanto ele descia até a rua, ela gritou alguma coisa. Ele entendeu parte, mas não tudo. Tinha mesmo de dar uma olhada na audição. Usar um aparelho de surdez se necessário. Embora provavelmente fosse a última gota de que Randolph e Big Jim precisavam para lhe dar um bom chute na bunda velha.

Duke freou e se inclinou para fora outra vez.

— Tomar cuidado com o meu *o quê*?

— *O marca-passo*! — Ela praticamente berrou. Rindo. Exasperada. Ainda sentindo a mão dele no pescoço, acariciando a pele que ainda era lisa e firme ontem mesmo; era o que parecia a ela. Ou talvez fosse na véspera, quando ouviam KC & the Sunshine Band em vez de a Rádio Jesus.

— Ah, pode apostar! — gritou ele de volta e foi embora. Quando ela o viu de novo, ele estava morto.

2

Billy e Wanda Debec nunca ouviram a dupla explosão porque estavam na rodovia 117 e porque estavam discutindo. A briga começou de um jeito bem simples, com Wanda observando que o dia estava lindo e Billy respondendo que estava com dor de cabeça e não sabia por que tinham de ir à feira de usados de Oxford Hills; ia ser o mesmo lixo todo detonado de sempre.

Wanda disse que ele não estaria com dor de cabeça se não tivesse tomado uma dúzia de cervejas na noite anterior.

Billy perguntou a ela se contara as latas no lixo reciclável (por mais que se calibrasse, Billy bebia em casa e sempre punha as latas no lixo reciclável; essas coisas, além do trabalho de eletricista, eram o seu orgulho).

Ela disse que sim, que podia apostar. Além disso...

Eles conseguiram chegar até a Feira de Patel em Castle Rock, tendo avançado de *Você bebe demais, Billy* e *Você me enche demais, Wanda* para *Bem que minha mãe me disse pra não casar com você* e *Por que você tem que ser tão escrota*. Esse virara um dueto bem manjado nos últimos dois anos de um casamento de quatro, mas naquela manhã, de repente, Billy sentiu ter chegado ao limite. Embicou no amplo estacionamento asfaltado da feira sem ligar a seta nem desacelerar e voltou para a 117 sem dar uma única olhada no retrovisor, muito menos por sobre o ombro. Atrás dele na estrada, Nora Robichaud buzinou. Elsa Andrews, sua melhor amiga, fez um muxoxo desaprovador. As duas mulheres, ambas enfermeiras aposentadas, trocaram olhares, mas nenhuma palavra. Eram amigas fazia tempo demais para que precisassem de palavras em situações assim.

Enquanto isso, Wanda perguntou a Billy onde ele pensava que ia.

Billy disse para casa tirar um cochilo. Ela que fosse à merda da feira sozinha.

Wanda observou que ele quase bateu naquelas duas senhoras (ditas senhoras agora ficando depressa para trás; Nora Robichaud achava que, na falta de alguma excelente razão, velocidades acima de 65 km/h eram obra do demônio).

Billy observou que Wanda parecia com a mãe dela e falava igual.

Wanda lhe pediu que esclarecesse o que queria dizer com aquilo.

Billy disse que mãe e filha tinham bunda gorda e língua bipartida bem no meio.

Wanda disse a Billy que ele estava de ressaca.

Billy disse a Wanda que ela era feia.

Era uma troca de sentimentos justa e completa, e quando cruzaram o limite entre Castle Rock e Motton, na direção de uma barreira invisível surgida não muito depois de Wanda iniciar a animada discussão ao dizer que o dia estava lindo, Billy passava dos 90, quase a velocidade máxima do velho Chevy de Wanda.

— Que fumaça é aquela? — perguntou Wanda de repente, apontando para nordeste, na direção da 119.

— Não sei — disse ele. — Será que a minha sogra peidou? — Isso o fez rir e ele começou a gargalhar.

Wanda Debec percebeu que, finalmente, bastava. Quase num passe de mágica, aquilo deixou o mundo e o futuro mais claros. Ela ia se virar para ele, as palavras *Quero o divórcio* na ponta da língua, quando chegaram ao limite entre Motton e Chester's Mill e bateram na barreira. O velho Chevy era equipado com airbags, mas o de Billy não se abriu e o de Wanda não se abriu completamente. O volante afundou o peito de Billy; a coluna de direção lhe esmagou o coração; ele morreu quase instantaneamente.

A cabeça de Wanda colidiu com o painel, e o deslocamento súbito e catastrófico do bloco do motor do carro lhe quebrou uma das pernas (a esquerda) e um dos braços (o direito). Ela não percebeu dor nenhuma, só a buzina tocando, o carro de repente em diagonal no meio da estrada com a frente esmagada e a visão toda vermelha.

Quando Nora Robichaud e Elsa Andrews fizeram a curva logo ao sul (já discutiam animadamente a fumaça que subia a nordeste havia vários minutos e parabenizavam-se por ter tomado a estrada menos movimentada naquela manhã), Wanda Debec se arrastava pela faixa branca apoiada nos cotovelos. O sangue corria pelo rosto e quase o cobria. Ela fora meio escalpelada por um pedaço do para-brisa destruído e uma imensa dobra de pele pendia sobre a face esquerda como uma mandíbula fora do lugar.

Nora e Elsa se entreolharam horrorizadas.

— Que cagada no pijama! — disse Nora, e isso foi tudo o que se falou entre elas. Elsa desceu assim que o carro parou e correu para a mulher que cambaleava. Para uma senhora idosa (acabara de fazer 70 anos), Elsa era de uma agilidade notável.

Nora desligou o carro e se juntou à amiga. Juntas, levaram Wanda até o velho mas cuidadíssimo Mercedes de Norma. O casaco de Wanda passara de marrom a um tom baço e enlameado; parecia que mergulhara as mãos em tinta vermelha.

— C'dê o Billy? — perguntou ela, e Nora viu que quase todos os dentes da pobre mulher tinham caído. Três deles estavam presos na frente do casaco ensanguentado. — C'dê o Billy, tá vindo? Qu'houv'?

— O Billy tá bem, e você também — disse Nora e fez uma pergunta a Elsa com os olhos. Elsa fez que sim e correu para o Chevy, agora parcialmente obscurecido pelo vapor que saía do radiador rompido. Uma olhada pela porta aberta do carona, pendurada por uma dobradiça, bastou para dizer a Elsa, enfermeira por quase quarenta anos (último empregador: DR Ron Haskell, em que DR significa Débil Retardado), que Billy não estava nada bem. A moça com metade do cabelo pendurado de cabeça para baixo ao lado da cabeça agora era viúva.

Elsa voltou ao Mercedes e sentou-se no banco de trás ao lado da moça, que estava semi-inconsciente.

— Ele morreu e ela logo vai morrer também se a gente não chegar rapidinho ao Cathy Russell — disse ela a Nora.

— Guenta aí, então — disse Nora e afundou o pé. O Mercedes tinha um motor potente e avançou. Nora se desviou habilmente do Chevrolet Debec e bateu na barreira invisível enquanto ainda acelerava. Pela primeira vez em vinte anos, Nora se esquecera de pôr o cinto de segurança e saiu pelo para-brisa, onde quebrou o nariz na barreira invisível, igualzinho a Bob Roux. A moça foi lançada entre os bancos da frente do Mercedes e pelo para-brisa estilhaçado, e caiu de cara no capô com as pernas manchadas de sangue abertas. Estava descalça. Os mocassins (comprados na última feira de usados de Oxford Hills a que fora) tinham caído no primeiro acidente.

Elsa Andrews bateu nas costas do assento do motorista e ricocheteou, tonta, mas no geral intacta. A princípio, a porta ficou emperrada, mas se abriu quando a forçou com o ombro. Ela desceu do carro e olhou os destroços. As poças de sangue. O Chevy esmagado, ainda fumegando de leve.

— O que aconteceu? — perguntou. Essa também fora a pergunta de Wanda, embora Elsa não se lembrasse. Ficou parada em meio à bagunça de cromo e vidro ensanguentado, depois pôs as costas da mão esquerda na testa, como se quisesse ver se estava com febre.

— O que aconteceu? O que acabou de acontecer? Nora? Norita? Cadê você, querida?

Então ela viu a amiga e soltou um grito de horror e pesar. Um corvo que observava do alto de um pinheiro no lado de Mill da barreira grasnou uma vez, um grito que soou como um muxoxo de riso desdenhoso.

As pernas de Elsa amoleceram. Ela recuou até que o traseiro bateu na frente esmagada do Mercedes.

— Norita — disse ela. — Ah, querida. — Algo lhe cutucou a nuca. Não tinha certeza, mas achou que devia ser um cacho do cabelo da moça ferida. Só que agora, claro, era a moça morta.

E a pobre e doce Nora, com quem às vezes trocara goles ilícitos de gim ou vodca na lavanderia do Cathy Russell, as duas rindo como meninas que saem para acampar. Os olhos de Nora estavam arregalados, fitando o sol brilhante do meio-dia, e a cabeça virada num ângulo horrível, como se tivesse morrido tentando olhar por sobre o ombro para ver se Elsa estava bem.

Elsa, que *estava* bem — "apenas abalada", como diziam de alguns sobreviventes sortudos no seu tempo de pronto-socorro —, começou a chorar. Deslizou pelo lado do carro (rasgando o casaco numa ponta de metal) e sentou-se no asfalto da 117. Ainda estava lá sentada e ainda chorando quando Barbie e o seu novo amigo de boné dos Sea Dogs deram com ela.

3

Acontece que Sea Dogs era Paul Gendron, vendedor de carros do norte do estado que havia dois anos se aposentara e fora morar na fazenda dos pais em Motton. Barbie soube disso e muito mais sobre Gendron entre a partida dos dois da cena do acidente na 119 e a descoberta de outro — não tão espetacular mas ainda bem horrendo — no lugar onde a rodovia 117 entrava em Mill. Barbie estaria mais que disposto a apertar a mão de Gendron, mas delicadezas como aquela teriam de permanecer suspensas até que encontrassem o lugar onde terminava a barreira invisível.

Ernie Calvert conseguira falar com a Guarda Aérea Nacional em Bangor, mas fora posto na espera antes que conseguisse dizer por que ligava. Enquanto isso, as sirenes que se aproximavam anunciavam a chegada iminente da lei local.

— Só não esperem os bombeiros — disse o fazendeiro que viera correndo com os filhos pelo campo. O nome dele era Alden Dinsmore, e ainda tentava recuperar o fôlego. — Estão lá em Castle Rock, queimando uma casa para treinar. Poderiam ter um bom treino bem aq... — Então ele viu o filho caçula se aproximar do ponto onde a marca ensanguentada da mão de Barbie parecia estar secando, pendurada apenas no ar ensolarado. — Rory, sai daí!

Rory, cheio de curiosidade, o ignorou. Estendeu a mão e bateu no ar, logo à direita da marca da mão de Barbie. Mas antes Barbie viu a pele do braço do garoto, debaixo das mangas esfarrapadas do moletom cortado dos Wildcats, se arrepiar. Havia algo ali, algo que disparava quando a gente chegava perto. O único lugar onde Barbie tivera sensação parecida fora perto do grande gerador elétrico de Avon, na Flórida, aonde certa vez fora dar uns amassos numa moça.

O som do punho do garoto foi como uma batidinha na lateral de uma travessa de pirex. Silenciou a pequena multidão falante de espectadores que fitavam os restos ardentes do caminhão (e, em alguns casos, tiravam fotos com os celulares).

— Que balde de merda! — disse alguém.

Alden Dinsmore arrastou o filho pelo colarinho esfarrapado do moletom e lhe deu um tapa atrás da cabeça, como há pouco fizera com o irmão mais velho.

— Nunca mais faça isso! — gritou Dinsmore, sacudindo o menino. — *Nunca mais* faça isso, quando não souber o que é!

— Pai, é que nem uma parede de vidro! É...

Dinsmore o sacudiu mais um pouco. Ainda ofegava, e Barbie temeu por seu coração.

— *Nunca mais*! — repetiu e empurrou o garoto contra o irmão mais velho. — Toma conta desse idiota, Ollie.

— Sim, senhor — disse Ollie e fez uma careta para o irmão.

Barbie olhou na direção de Mill. Agora podia ver as luzes piscantes de um carro da polícia se aproximarem, mas bem à frente dele — como se escoltasse os policiais em virtude de alguma autoridade superior — havia um grande veículo preto que parecia um caixão sobre rodas. O Hummer de Big Jim Rennie. Foi como se os inchaços e escoriações da briga no estacionamento do Dipper pulsassem de empatia ao ver aquilo.

É claro que Rennie Pai não estivera lá, mas o filho fora o principal instigador, e Big Jim protegera Junior. Se para isso fosse preciso dificultar a vida de um chapeiro itinerante em Mill — dificultar o suficiente para que o dito chapeiro decidisse simplesmente desmontar acampamento e sair da cidade —, melhor ainda.

Barbie não queria estar ali quando Big Jim chegasse. Ainda mais com a polícia. O chefe Perkins o tratara bem, mas aquele outro — Randolph — o olhara como se Dale Barbara fosse bosta de cachorro num sapato social.

Barbie virou-se para Sea Dogs e perguntou:

— Interessado num passeio? Você do seu lado, eu do meu? Ver até onde essa coisa vai?

— E sair daqui antes que chegue aquele barulhento lá? — Gendron também vira o Hummer chegando. — Meu amigo, tô nessa. Leste ou oeste?

4

Foram para oeste, rumo à rodovia 117, e não acharam o fim da barreira, mas viram as maravilhas que criou ao descer. Ramos de árvores tinham sido cortados, criando caminhos para o céu onde antes não havia. Tocos de árvore cortados ao meio. E havia cadáveres emplumados por toda parte.

— Monte de passarinho morto — disse Gendron. Ajeitou o boné na cabeça com mãos que tremiam de leve. O rosto estava pálido. — Nunca vi tantos.

— Você está bem? — perguntou Barbie.

— Fisicamente? É, acho que sim. Mentalmente, é como se eu estivesse maluco. E você?

— Também — disse Barbie.

Três quilômetros a oeste da 119, chegaram à estrada do Riacho de Deus e ao corpo de Bob Roux, caído ao lado do trator, que ainda funcionava. Barbie se moveu instintivamente na direção do homem caído e mais uma vez bateu na barreira... só que dessa vez se lembrou no último segundo e desacelerou a tempo de não ensanguentar o nariz outra vez.

Gendron se ajoelhou e tocou o pescoço grotescamente inclinado do fazendeiro.

— Morto.

— O que é esse monte de coisa em torno dele? Esses caquinhos brancos?

Gendron pegou o pedaço maior.

— Acho que é uma daquelas traquitanas de música de computador. Deve ter quebrado quando ele bateu no... — Ele fez um gesto. — O troço aí.

Vindo da cidade, começou uma algazarra, mais alta e rouca do que o apito da cidade.

Gendron olhou rapidamente naquela direção.

— Sirene de incêndio — disse. — Não vai adiantar muito.

— Os bombeiros estão vindo de Castle Rock — disse Barbie. — Dá para ouvir.

— É? Então seus ouvidos estão melhores que os meus. Me diz o seu nome de novo, amigo.

— Dale Barbara. Barbie pros amigos.

— Então, Barbie, e agora?

— Continuar, acho. Não podemos fazer mais nada por esse cara.

— Pois é, não podemos nem chamar ninguém — disse Gendron com pesar. — Não com o meu celular lá no carro. E você, não tem celular?

Barbie tinha, mas o largara no apartamento agora vago, junto com meias, camisas, calças e roupa de baixo. Partira para o mundo só com a roupa do corpo, pois não havia nada de Chester's Mill que quisesse levar. A não ser algumas boas lembranças, e para essas não precisava de mala nem mochila.

Tudo aquilo era complicado demais para explicar a um estranho, e ele apenas fez que não com a cabeça.

Havia uma manta velha sobre o assento do Deere. Gendron desligou o trator, pegou a manta e cobriu o corpo.

— Espero que estivesse ouvindo algo de que gostava quando aconteceu — disse Gendron.

— É — disse Barbie.

— Vem. Vamos até o fim desse sei lá o quê. Quero apertar sua mão. Posso até me emocionar e te dar um abraço.

5

Pouco depois de descobrir o corpo de Roux — agora estavam bem perto do desastre da 117, embora nenhum dos dois soubesse — chegaram a um riachinho. Os dois ficaram ali um instante, cada um de um lado da barreira, observando com espanto e silêncio.

Finalmente, Gendron disse:

— Deus todo-poderoso.

— Como está do seu lado? — perguntou Barbie. No dele, só via a água se erguer e se espalhar pelo mato. Era como se o riacho encontrasse uma represa invisível.

— Não sei descrever. Nunca vi algo assim. — Gendron parou, coçando as duas bochechas, esticando para baixo o rosto já comprido, até ficar meio parecido com o gritador no quadro de Edvard Munch. — Já vi sim. Uma vez. Mais ou menos. Quando levei uns peixinhos dourados pro aniversário de 6 anos da minha filha. Ou talvez naquele ano fossem 7. Levei da loja até a casa num saco plástico, e é isso que parece: água no fundo de um saco plástico. Só que reta em vez de curva. A água se empilha contra essa... coisa e depois escorre pra lá e pra cá do seu lado.

— Não passa nada?

Gendron se curvou, as mãos nos joelhos, e franziu os olhos.

— É, parece que um pouco passa. Mas não muito, só um fiozinho. E nada do lixo que a água traz. Sabe, gravetos e folhas, essas coisas.

Os dois foram em frente, Gendron do lado dele, Barbie do seu. Mas, até então, nenhum dos dois pensara em termos de dentro e fora. Não tinha lhes ocorrido que a barreira podia não ter fim.

6

Então chegaram à rodovia 117, onde houvera outro acidente horrível — dois carros e ao menos duas mortes de que Barbie pudesse se certificar. Achou que havia outra vítima curvada atrás do volante de um Chevrolet velho praticamente destruído. Só que dessa vez também havia uma sobrevivente, sentada ao lado de um Mercedes-Benz esmagado, com a cabeça abaixada. Paul Gendron correu até ela, enquanto Barbie só podia ficar ali e observar. A mulher viu Gendron e lutou para se levantar.

— Não, senhora, nada disso, nem tenta fazer isso — disse ele.

— Acho que estou bem — disse ela. — Só... sabe como é, meio abalada. — Por alguma razão, isso a fez rir, embora o rosto estivesse inchado de lágrimas.

Naquele momento, apareceu outro carro vindo bem devagar, dirigido por um velhote que encabeçava um desfile de mais quatro motoristas, sem dúvida impacientes. Ele viu o acidente e parou. Os carros atrás dele também pararam.

Elsa Andrews estava em pé agora, e suficientemente a par de tudo para fazer aquela que seria a pergunta do dia:

— No que a gente bateu? Não foi no outro carro, Nora contornou o outro carro.

Gendron respondeu com total sinceridade.

— Não sei, dona.

— Pergunta se ela tem celular — disse Barbie. Depois, gritou para os espectadores reunidos. — Ei! Quem tem celular?

— Eu tenho, moço — disse uma mulher, mas, antes que pudesse dizer mais alguma coisa, todos ouviram se aproximar um som *uâp-uâp-uâp*. Era um helicóptero. Barbie e Gendron trocaram olhares chocados.

O helicóptero era azul e branco e voava baixo. Fazia um ângulo na direção do pilar de fumaça que marcava o caminhão batido na 119, mas o ar estava perfeitamente claro, com aquele efeito quase de lente de aumento que os melhores dias do norte da Nova Inglaterra parecem causar, e Barbie conseguiu ler com facilidade o grande **13** azul na lateral. E ver o olho do logotipo da rede de TV CBS. Era um helicóptero de reportagem, vindo de Portland. Já devia estar na área, pensou Barbie. E era um dia perfeito para filmar um acidente suculento para o noticiário das seis.

— Ah, não — gemeu Gendron, sombreando os olhos. Depois, gritou: — *Voltem, seus idiotas! Voltem!*

Barbie se uniu a ele.

— *Não! Para! Sai daí!*

Claro que foi inútil. Mais inútil ainda era ele agitar os braços em grandes gestos de "sai daí".

Perplexa, Elsa olhou Gendron e Barbie.

O helicóptero baixou até o nível das árvores e parou.

— Acho que vai ficar tudo bem — respirou Gendron. — O pessoal de lá também deve estar acenando. O piloto deve ter visto...

Mas aí o helicóptero se virou para o norte, na intenção de fazer a curva por sobre o pasto de Alden Dinsmore para ter um ponto de vista diferente, e bateu na barreira. Barbie viu uma das hélices se quebrar. O helicóptero mergulhou, caiu e girou, tudo ao mesmo tempo. Depois, explodiu, fazendo chover fogo na estrada e nos campos do outro lado da barreira.

O lado de Gendron.

O lado de fora.

7

Na casa onde fora criado, Junior Rennie se esgueirou feito ladrão. Ou um fantasma. Estava vazia, é claro; o pai devia estar lá no gigantesco pátio de carros usados da rodovia 119 — que Frank, amigo de Junior, chamava às vezes de Sagrado Tabernáculo dos Sem Entrada — e nos últimos quatro anos Francine Rennie não saía mais do Cemitério Serra Aprazível. O apito da cidade se calara, e as sirenes da polícia tinham sumido em algum lugar ao sul. A casa estava num silêncio abençoado.

Ele tomou dois Imitrex, deixou a roupa no chão e entrou no chuveiro. Quando saiu, viu que havia sangue na camisa e nas calças. Não cuidaria disso agora. Chutou a roupa para debaixo da cama, puxou as cortinas, se enfiou no leito e puxou a coberta por sobre a cabeça, como fazia quando criança, com medo do monstro do armário. Ficou ali deitado tremendo, a cabeça gongando com todos os sinos do inferno.

Cochilava quando a sirene de incêndio disparou, sacudindo-o para acordar. Começou a tremer de novo, mas a dor de cabeça estava melhor. Dormiria um pouco e depois pensaria no que fazer. Matar-se ainda parecia de longe a melhor opção. Porque iam pegá-lo. Ele não poderia nem voltar e fazer a limpa; não teria tempo antes que Henry ou LaDonna McCain voltassem das tarefas de sábado. Poderia fugir — talvez — mas só quando a cabeça parasse de doer. E é claro que teria que se vestir. Não dá para começar a vida de fugitivo nu feito uma isca.

No geral, matar-se provavelmente seria melhor. Só que aí o filho da puta do chapeiro é que venceria. E quando se pensa pra valer no caso, tudo aquilo tinha sido culpa da porra do chapeiro.

No mesmo instante o apito de incêndio parou. Junior dormiu com as cobertas sobre a cabeça. Quando acordou, eram nove da noite. A dor de cabeça sumira.

E a casa ainda estava vazia.

SURUMBAMBA

1

Quando pisou no freio e parou o seu Alpha Hummer H3 (cor: Pérola Negra; acessórios: tudo que você puder imaginar), Big Jim Rennie estava três minutos inteiros à frente dos policiais da cidade, exatamente do jeito que ele gostava. Sempre à frente da concorrência, esse era o lema de Rennie.

Ernie Calvert ainda estava ao telefone, mas ergueu a mão numa saudação meia boca. O cabelo estava despenteado e ele parecia quase insano de empolgação.

— Oi, Big Jim, consegui falar com eles!

— Com eles quem? — perguntou Rennie, sem prestar muita atenção. Olhava a pira ainda ardente do caminhão e os destroços do que, claramente, era um avião. Aquela bagunça poderia ser como um olho roxo na cidade, ainda mais com os dois carros de bombeiros novos em Rock. Um exercício de treinamento que ele aprovara... mas a assinatura de Andy Sanders é que estava nos documentos, porque Andy era o primeiro vereador. Isso era bom. Rennie era um crente convicto no Quociente de Protegibilidade, como costumava dizer, e ser segundo vereador era um excelente exemplo da ação desse quociente; tinha-se todo o poder (ao menos quando o primeiro vereador era um zero à esquerda como Sanders), mas raramente se levava a culpa quando algo dava errado.

E isso era o que Rennie, que entregara o coração a Jesus aos 16 anos e não usava palavras chulas, chamava de "surumbamba". Era preciso tomar providências. Era preciso impor o controle. E não dava para contar com aquele cu velho do Howard Perkins para isso. Perkins talvez tivesse sido um chefe de polícia adequadíssimo vinte anos atrás, mas este era um novo século.

O cenho de Rennie se franziu ainda mais quando ele examinou o local. Espectadores demais. É claro que sempre eram demais em situações como aquela; todo mundo adora sangue e destruição. E alguns pareciam praticar um jogo muito esquisito: ver até que ponto conseguiam se inclinar, ou coisa parecida.

Muito esquisito.

— Ei, vocês, se afastem daí! — gritou. Tinha uma voz boa para dar ordens, alta e confiante. — Aí é local de acidente!

Ernie Calvert — outro idiota, a cidade estava cheia deles, Rennie supunha que todas as cidades eram assim — lhe puxou a manga. Parecia mais empolgado do que nunca.

— Consegui falar com a Guarda Aérea Nacional, Big Jim, e...

— Com quem? Com *o quê*? Do que você está falando?

— A Guarda Aérea Nacional!

Cada vez pior. Gente brincando e esse idiota chamando a...

— Ernie, por que você ligou para eles, pelo amor de Deus?

— Porque ele disse... o cara disse... — Mas Ernie não se lembrava exatamente do que Barbie dissera, por isso continuou. — Bom, seja como for, o coronel da Guarda Aérea escutou o que eu contei e aí me pôs em contato com o escritório da Segurança Interna em Portland. Direto!

Rennie bateu as mãos nas bochechas, o que fazia muito quando estava exasperado. Ficava parecendo Jack Benny, o humorista, mas com olhos frios. Como ele, Big Jim contava piadas de vez em quando (sempre piadas limpas). Contava piadas porque vendia carros e sabia que políticos *devem* contar piadas, ainda mais em época de eleições. Assim, mantinha um pequeno estoque rotativo de "graças" (no sentido de "Aí, pessoal, querem ouvir uma graça?"). Decorava-as como o turista em terra estranha escolherá frases para situações como *Onde fica o banheiro* ou *Tem hotel com internet nessa aldeia?*

Mas agora ele não fez piada.

— Segurança Interna! *Pra que*, com todos os diabos melequentos? — *Melequento* era, de longe, o vitupério favorito de Rennie.

— Porque o rapaz disse que tem alguma coisa ali na estrada. E tem, Jim! Uma coisa que não dá pra ver! Dá para se encostar nela! Está vendo? Estão fazendo isso ali. Ou... se você jogar uma pedra, ela bate e volta! Veja! — Ernie catou uma pedra e jogou. Rennie não se deu ao trabalho de olhar para onde a pedra foi; avaliou que, se atingisse um dos espectadores, o sujeito berraria. — O caminhão bateu nela... nessa coisa aí... e o avião também! E aí o cara me disse que...

— Calma. De que cara exatamente estamos falando?

— É um rapaz — disse Rory Dinsmore. — Cozinheiro do Rosa Mosqueta. Quem pede um hambúrguer meio malpassado, é ele que faz. O meu pai disse que é dificílimo conseguir o ponto certo, porque ninguém sabe preparar, mas esse cara sabe. — O rosto dele se abriu num sorriso de doçura extraordinária. — Eu sei o nome dele.

— Cala a boca, Roar — avisou o irmão. O rosto do sr. Rennie se fechara. Na experiência de Ollie Dinsmore, era assim que ficavam os professores logo antes de castigar a gente com uma semana de suspensão.

Rory, entretanto, nem deu atenção.

— É um nome de menina! É *Baaarbara*.

Bem quando penso que não vou mais ouvir falar dele, aquele melequento aparece de novo, pensou Rennie. *Aquela droga daquele imprestável inútil.*

Ele se virou para Ernie Calvert. A polícia estava quase chegando, mas Rennie achou que tinha tempo de dar fim a esse último resto de maluquice provocada por Barbara. Não que Rennie o visse por ali. Nem esperava por isso, não mesmo. Coisa mesmo de Barbara, sair se metendo, criar confusão e depois fugir.

— Ernie — disse ele —, você foi mal informado.

Alden Dinsmore se intrometeu.

— Sr. Rennie, não sei como o senhor pode dizer isso quando nem sabe qual a informação.

Rennie sorriu para ele. Ao menos, retesou os lábios.

— Eu conheço Dale Barbara, Alden; *essa* informação eu tenho. — E se virou para Ernie Calvert. — Agora, se você...

— Psiu — disse Calvert, erguendo a mão. — Atenderam.

Big Jim Rennie não gostava de psiu, ainda mais de um gerente de mercearia aposentado. Puxou o telefone da mão de Ernie como se ele fosse um ajudante que o segurasse só para isso.

Uma voz no celular disse: "Quem fala?" Só duas palavras, mas foram suficientes para Rennie saber que tratava com um burocrata filho da mãe. O Senhor sabia que ele tratara com muitos desses nas suas três décadas como autoridade municipal, e os federais eram os piores.

— Aqui fala James Rennie, segundo vereador de Chester's Mill. E o senhor, quem é?

— Donald Wozniak, Segurança Interna. Sei que o senhor tem algum tipo de problema aí na autoestrada 119. Algum tipo de interdição.

Interdição? Interdição? Que tipo de linguagem era aquela num policial federal?

— O senhor está mal informado — disse Rennie. — O que temos é um avião, um avião *civil*, um avião *local*, que tentou pousar na estrada e bateu num caminhão. A situação está totalmente sob controle. Não precisamos da ajuda do Departamento de Segurança Interna.

— Senhor Rennie — disse o fazendeiro —, *não* foi isso que aconteceu.

Rennie o dispensou com a mão e começou a andar na direção do primeiro carro da polícia. Hank Morrison estava descendo. Grande, 1,95 metro, mais ou menos, mas basicamente inútil. E, atrás dele, a moça dos peitões. Wettington era o sobrenome e era pior que inútil: boca esperta dominada por cabeça burra. Mas, atrás *dela*, Peter Randolph estava estacionando. Randolph era o vice-chefe, o tipo de homem de que Rennie gostava. Um homem que fazia acontecer. Se Randolph estivesse de plantão na noite em que Junior se meteu em encrencas naquele diabo de bar estúpido, Big Jim duvidava que o sr. Dale Barbara ainda estivesse na cidade hoje para criar problemas. Na verdade, o sr. Barbara poderia estar atrás das grades lá em Rock. O que Rennie acharia ótimo.

Enquanto isso, o homem da Segurança Interna — será que eles têm coragem de se dizer agentes? — ainda enchia a paciência.

Rennie o interrompeu.

— Obrigado pelo seu interesse, sr. Wozner, mas já resolvemos o caso. — Apertou o botão END sem se despedir. Depois, jogou o telefone de volta para Ernie Calvert.

— Jim, acho que isso não foi muito inteligente.

Rennie o ignorou e observou Randolph parar atrás da perua da tal Wettington, as luzes do teto piscando. Pensou em andar até lá para receber Randolph e rejeitou a ideia antes que se formasse inteiramente na cabeça. Que Randolph fosse até ele. Era assim que devia funcionar. E como *funcionaria*, por Deus.

2

— Big Jim — disse Randolph. — O que aconteceu aqui?

— Acho que é óbvio — disse Big Jim. — O avião de Chuck Thompson teve uma discussãozinha com um caminhão. Parece que a briga empatou. — Agora ele conseguia ouvir as sirenes vindo de Castle Rock. Quase com certeza do corpo de bombeiros (Rennie esperou que os seus dois carros novos — e caríssimos — estivessem entre eles; seria melhor que ninguém percebesse que os caminhões novos estavam fora da cidade quando a surumbamba aconteceu). As ambulâncias e a polícia viriam logo atrás.

— Não foi isso que aconteceu — disse, teimoso, Alden Dinsmore. — Eu estava na horta ali do lado e vi o avião simplesmente...

— Melhor afastar essas pessoas daqui, não acha? — perguntou Rennie a Randolph, apontando os curiosos. Havia um bom número deles ao lado do caminhão, mantendo distância prudente dos restos ardentes, e mais ainda no lado de Mill. Começava a parecer uma convenção.

Randolph se dirigiu a Morrison e Wettington.

— Hank — disse ele e apontou os espectadores de Mill. Alguns tinham começado a examinar os pedaços espalhados do avião de Thompson. Havia gritos de horror quando mais partes do corpo eram descobertas.

— Falou — disse Morrison e se pôs em ação.

Randolph indicou a Wettington os espectadores ao lado do caminhão.

— Jackie, você cuida... — Mas aí Randolph se interrompeu.

Os amantes de desastres no lado sul do acidente estavam em pé no pasto de um lado da estrada e até os joelhos nos arbustos do outro lado. As bocas abertas lhes davam um ar de interesse estúpido que Rennie conhecia muito bem; via-o todo dia em rostos isolados e em massa todo mês de março, na assembleia da cidade. Só que aquelas pessoas não estavam olhando o caminhão em chamas. E agora Peter Randolph, que com certeza não era burro (brilhante também não, faltava muito para isso, mas ao menos sabia de que lado do pão ficava a manteiga), olhava o mesmo lugar que o resto deles, e com a mesma expressão de espanto, boquiaberto. E Jackie Wettington também.

Era a fumaça que o resto olhava. A fumaça que subia do caminhão em chamas.

Era escura e oleosa. As pessoas a favor do vento deviam estar quase sufocando com ela, ainda mais com a leve brisa que soprava do sul, mas não estavam. E Rennie viu o porquê. Era difícil acreditar, mas viu direitinho. A fumaça *realmente* seguia para o norte, ao menos a princípio, mas depois fazia uma curva, quase um ângulo reto, e subia reto para o céu como se numa chaminé. E deixava para trás um resíduo marrom-escuro. Uma longa mancha que parecia flutuar no ar.

Jim Rennie sacudiu a cabeça para limpar a imagem, mas ainda estava lá quando parou.

— O que é isso? — perguntou Randolph. A sua voz estava suave de espanto.

Dinsmore, o fazendeiro, se colocou diante de Randolph.

— *Aquele* cara — apontando para Ernie Calvert — estava falando no telefone com o Departamento de Segurança Interna, e *esse* cara — apontando para Rennie num gesto teatral de tribunal de que Rennie não gostou nada — tirou o telefone da mão dele e desligou! Ele não devia ter feito isso, Pete. Porque isso aí não foi uma batida. O avião não estava nem perto do chão. Eu vi. Estava cobrindo umas plantas contra a geada e *vi*.

— Eu também vi — disse Rory, e dessa vez foi o irmão Ollie que estapeou as costas da cabeça de Rory. Rory começou a choramingar.

Alden Dinsmore disse:

— Ele *bateu* em alguma coisa. Na mesma coisa em que o caminhão bateu. Está ali, dá para tocar. Aquele rapaz, o cozinheiro, disse que era preciso criar uma zona de voo proibido aí e tinha razão. Mas o sr. Rennie — apontando Rennie de novo como se achasse que era um danado de um Perry Mason em vez de um sujeito que ganhava o pão de cada dia aplicando tubos de sucção no peitinho das vacas — nem quis *falar*. Só desligou.

Rennie não se rebaixou a responder.

— Estamos perdendo tempo — disse a Randolph. Aproximando-se um pouco mais e falando quase num sussurro, acrescentou: — O chefe está vindo. O meu conselho seria parecer esperto e controlar esse lugar antes que ele chegue. — Ele lançou ao fazendeiro um olhar frio e momentâneo. — Mais tarde você pode pegar o depoimento das testemunhas.

Mas o enlouquecedor foi que Alden Dinsmore teve a última palavra.

— Aquele tal de Barber estava certo. Ele estava certo e Rennie estava errado.

Rennie marcou Alden Dinsmore para providências futuras. Mais cedo ou mais tarde, os fazendeiros sempre recorriam aos vereadores de chapéu na mão — querendo um direito de passagem, uma exceção no zoneamento, alguma coisa —, e quando o sr. Dinsmore voltasse a aparecer, não teria facilidade, se Rennie pudesse interferir. E em geral interferia.

— Controla o local! — disse a Randolph.

— Jackie, afasta aquelas pessoas — disse o vice-chefe, apontando os curiosos do lado do acidente do caminhão. — Marca o perímetro.

— Senhor, eu acho que aquelas pessoas na verdade estão em Motton...

— Não me importa, afasta todo mundo. — Randolph deu uma olhada por sobre o ombro para onde Duke Perkins se esforçava para sair do carro verde de chefe — carro que Randolph sonhava em estacionar na sua porta. E estacionaria, com a ajuda de Big Jim Rennie. Dali a três anos no máximo. — A polícia de Castle Rock vai te agradecer quando chegar aqui, pode acreditar.

— E aquilo... — Ela apontou a mancha de fumaça, que ainda se espalhava. Vistas através dela, as árvores coloridas de outubro pareciam de um cinza escuro uniforme e o céu tinha um tom insalubre e amarelado de azul.

— Fica longe daquilo — disse Randolph e foi ajudar Hank Morrison a marcar o perímetro no lado de Chester's Mill. Mas primeiro precisava falar com Perk.

Jackie se aproximou das pessoas ao lado do caminhão. A multidão daquele lado crescia sem parar enquanto os que tinham chegado primeiro usavam o celular. Alguns tinham apagado pequenos incêndios no mato, o que era bom, mas agora estavam simplesmente por ali, olhando. Ela usou o mesmo gesto de enxotar que Hank usava no lado de Mill e recitou o mesmo mantra.

— Pra trás, pessoal, já acabou tudo, não tem nada pra ver que vocês ainda não viram, liberem a estrada pros bombeiros e pra polícia, pra trás, liberem a área, vão pra casa, pra t...

Ela bateu em alguma coisa. Rennie não fazia ideia do que era, mas pôde ver o resultado. A aba do quepe dela bateu primeiro. Curvou-se e o quepe caiu para trás. Um instante depois, aqueles peitos insolentes dela — um par de obuses melequentos, era o que eram — se achataram. Em seguida, o nariz dela se esmagou e soltou um jato de sangue que respingou em alguma coisa... e começou a escorrer em pingos longos, como tinta na parede. Ela caiu sobre as nádegas bem acolchoadas com uma expressão de choque no rosto.

Nisso, o danado do fazendeiro meteu o nariz.

— Viu? O que foi que eu disse?

Randolph e Morrison não tinham visto. Perkins também não; os três estavam confabulando junto ao capô do carro do chefe. Rennie pensou rapidamente em ir até Wettington, mas outros faziam isso e, além disso, ela ainda estava um pouco perto demais da coisa em que tinha batido. Em vez disso, correu na direção dos homens, o rosto determinado e a barriga grande e dura projetando autoridade do tipo bota-pra-quebrar. No caminho, reservou um olhar para Dinsmore, o fazendeiro.

— Chefe — disse ele, se enfiando entre Morrison e Randolph.

— Big Jim — disse Perkins, cumprimentando com a cabeça. — Estou vendo que não perdeu tempo.

Talvez fosse ironia, mas Rennie, macaco velho e matreiro, não ia morder a isca.

— Acho que tem mais coisa acontecendo aqui do que parece. Acho melhor alguém entrar em contato com o Departamento de Segurança Interna. — Fez uma pausa, com a seriedade que a ocasião pedia. — Não quero dizer que há terrorismo envolvido... mas não diria que não há.

3

Duke Perkins olhou para além de Big Jim. Ernie Calvert e Johnny Carver, dono do Posto de Gasolina & Mercearia Mill, ajudavam Jackie a se levantar. Ela estava tonta e o nariz sangrava, mas, fora isso, parecia bem. Ainda assim, toda aquela situação era esquisita. É claro que qualquer acidente com vítimas era um pouco assim, mas ali havia mais coisa errada.

Por exemplo, o avião não estava tentando pousar. Havia pedaços demais, espalhados demais, para que ele acreditasse nisso. E os espectadores. Também não fazia sentido. Randolph não notara, mas Duke Perkins sim. Eles deveriam ter formado uma única aglomeração grande e espalhada. Era como sempre acontecia, como consolo diante da morte. Só que ali eles tinham formado *duas* aglomerações, e a que ficava para lá do limite de Motton estava estranhamente próxima do caminhão ainda em chamas. Não que houvesse perigo, na avaliação dele... mas por que não vinham para cá?

Os primeiros caminhões dos bombeiros fizeram a curva ao sul. Três deles. Duke ficou contente ao ver que o segundo da fila tinha CORPO DE BOMBEIROS DE CHESTER'S MILL – CARRO Nº 2 pintado em dourado na lateral. A multidão se afastou mais para dentro do mato, para lhes dar espaço. Duke voltou a atenção para Rennie.

— O que aconteceu aqui? Você sabe?

Rennie abriu a boca para responder, mas antes que começasse Ernie Calvert falou.

— Há uma barreira cruzando a estrada. Não dá para ver, mas está lá, chefe. O caminhão bateu nela. O avião também.

— É isso aí! — exclamou Dinsmore.

— A policial Wettington também bateu — disse Johnny Carver. — Sorte que ela estava andando devagar. — Ele pusera o braço em torno de Jackie, que parecia meio tonta. Duke observou o sangue dela na manga da jaqueta ENCHI O TANQUE NO POSTO MILL de Carver.

No lado de Motton, outro caminhão dos bombeiros chegou. Os dois primeiros formaram um V e bloquearam a estrada. Os bombeiros já pulavam e desenrolavam mangueiras. Duke conseguiu ouvir o gemido de uma ambulância vinda de Castle Rock. *Cadê a nossa?*, perguntou a si mesmo. Será que também fora para aquele maldito treinamento? Ele não gostou de pensar naquilo. Quem, no seu juízo perfeito, mandaria uma ambulância para uma casa vazia em chamas?

— Parece haver uma barreira invisível... — começou Rennie.

— É, já percebi — disse Duke. — Não sei o que é direito, mas já entendi. — Ele se afastou de Rennie e foi até a policial que sangrava, sem ver o vermelho-escuro que inundou o rosto do primeiro vereador com aquele fora.

— Jackie? — perguntou Duke, tocando-a de leve no ombro. — Está tudo bem?

— Está. — Ela tocou o nariz, cujo fluxo de sangue estancava. — Será que quebrou? Não parece quebrado.

— Não quebrou, mas vai inchar. Mas deve estar bom na época do Baile da Colheita.

Ela esboçou um leve sorriso.

— Chefe — disse Rennie —, acho mesmo que devíamos chamar alguém. Se não for a Segurança Interna — pensando melhor, parece meio radical —, então talvez a Polícia Estadual...

Duke o afastou. Foi educado, mas inequívoco. Quase um empurrão. Rennie fechou as mãos em punho e as abriu de novo. Subira na vida empurrando e não sendo empurrado, mas isso não alterava o fato de que punho fechado era coisa de idiotas. Bastava olhar o próprio filho. Ainda assim, ofensas tinham de ser anotadas e resolvidas. Em geral, mais tarde... mas às vezes mais tarde era melhor.

Mais doce.

— Peter! — gritou Duke a Randolph. — Chama o posto de saúde e pergunta onde diabos está a nossa ambulância! Eu quero ela aqui!

— O Morrison pode fazer isso — disse Randolph. Ele pegara a câmera no carro e tirava fotos da cena.

— *Você* pode fazer isso, e já.

— Chefe, eu acho que Jackie não está tão mal assim, e ninguém mais...

— Quando eu quiser a sua opinião, eu peço, Peter.

Randolph começou a olhar de cara feia até ver a expressão no rosto de Duke. Jogou a câmera de volta no banco da frente do carro e pegou o celular.

— Como foi isso, Jackie? — perguntou Duke.

— Não sei. Primeiro veio uma sensação esquisita, como quando se encosta sem querer nos pinos da tomada na hora em que liga na parede. Passou, mas aí eu bati... caramba, não sei no que foi que eu bati.

Um som de *aahh* veio dos espectadores. Os bombeiros tinham dirigido as mangueiras para o caminhão em chamas, mas além dele parte da espuma voltava. Batia em alguma coisa e jorrava de volta, criando um arco-íris no ar. Duke nunca vira nada parecido na vida... a não ser no lava-carros, quando se olham os jatos de alta pressão baterem no para-brisa.

Depois, viu também um arco-íris no lado de Mill: um pequeno. Uma espectadora — Lissa Jamieson, bibliotecária da cidade — foi na direção dele.

— Lissa, se afasta daí! — gritou Duke.

Ela o ignorou. Era como se estivesse hipnotizada. Ficou a centímetros de onde um jato de alta pressão batia no ar e voltava, com as mãos abertas. Ele conseguiu ver gotas de umidade faiscarem no cabelo dela, puxado para trás e preso num coque na nuca. O pequeno arco-íris se rompeu e voltou a se formar atrás dela.

— É só névoa! — gritou ela, parecendo extasiada. — Toda aquela água lá e aqui só tem uma névoa! Como a de um umidificador.

Peter Randolph afastou o celular e balançou a cabeça.

— Tem sinal, mas a ligação não completa. Acho que todos esses espectadores — ele fez um grande arco com o braço — misturaram tudo.

Duke não sabia se isso era possível, mas era verdade que quase todos os que via falavam ao celular ou tiravam fotos. Quer dizer, a não ser Lissa, que ainda fazia a sua imitação de ninfa dos bosques.

— Vai pegar ela — disse Duke a Randolph. — Puxa ela de volta antes que decida tirar os cristais ou coisa assim.

A cara de Randolph sugeriu que essas missões estavam muito abaixo do nível do seu salário, mas foi. Duke deu uma risada. Foi curta, mas genuína.

— Pelo amor de Deus, qual foi a graça? — perguntou Rennie. Mais policiais do Condado de Castle surgiam no lado de Motton. Se Perkins não ficasse atento, Castle Rock iria acabar controlando tudo aquilo. E recebendo os malditos créditos.

Duke parou de rir, mas ainda sorria. Sem-vergonha.

— É uma surumbamba — disse ele. — Não é essa a sua palavra, Big Jim? E, na minha experiência, às vezes rir é a única maneira de lidar com uma surumbamba.

— Não sei do que você está falando! — Rennie quase gritou. Os filhos de Dinsmore se afastaram dele e ficaram junto do pai.

— Eu sei. — disse Duke suavemente. — E tudo bem. Agora você só precisa entender que eu sou a principal autoridade da lei no local, ao menos até que o xerife do condado chegue aqui, e você é um vereador. Não tem nenhuma autoridade oficial, logo, eu gostaria que se afastasse.

Duke ergueu a voz e apontou para onde o policial Henry Morrison esticava a fita amarela, contornando para isso dois pedaços maiores da fuselagem do avião.

— Eu gostaria que *todos* se afastassem e nos deixassem trabalhar! Sigam o vereador Rennie. Ele vai levar vocês pra trás da fita amarela.

— Não gostei disso, Duke — disse Rennie.

— Que Deus te abençoe, mas eu não dou a mínima — disse Duke. — Se afasta daqui, Big Jim. Fica pra lá da fita. Não há por que o Henry passar a fita duas vezes.

— Chefe Perkins, não se esqueça de como falou comigo hoje. Porque eu não vou me esquecer.

Rennie foi pisando duro na direção da fita. Os outros espectadores o seguiram, a maioria olhando por sobre o ombro para observar os borrifos d'água que vinham da barreira suja de diesel e formavam uma linha de umidade na estrada. Alguns mais espertos (Ernie Calvert, por exemplo) já tinham notado que a linha seguia com exatidão a fronteira entre Motton e Mill.

Rennie sentiu a tentação infantil de romper com o peito a fita cuidadosamente esticada por Hank Morrison, mas se conteve. No entanto, não ia dar a volta para sujar a calça Land's End nas bardanas do mato. Tinha custado sessenta dólares. Passou por baixo, erguendo a fita com a mão. A barriga tornava impossível se abaixar muito.

Atrás dele, Duke caminhava lentamente na direção do lugar onde Jackie sofrera a colisão. Mantinha uma das mãos estendidas diante do corpo, como o cego que tateia o caminho numa sala desconhecida.

Foi aqui que ela caiu... e aqui...

Ele sentiu a energia que ela descreveu, mas, em vez de passar, ela se aprofundou numa dor dilacerante no oco do ombro esquerdo. Ele só teve tempo de recordar a última coisa que Brenda dissera — *Toma cuidado com o seu marca-passo* — e então o aparelho lhe explodiu no peito com força bastante para romper o moletom dos Wildcats que vestira naquela manhã em homenagem ao jogo da tarde. Sangue, retalhos de algodão e pedacinhos de carne atingiram a barreira.

A multidão fez *aaaaahh*.

Duke tentou dizer o nome da esposa e não conseguiu, mas viu o rosto dela com clareza na mente. Ela sorria.

Depois, escuridão.

4

O garoto era Benny Drake, 14 anos, e um dos Razors. Os Razors eram um clube de skate pequeno mas dedicado, desdenhado pela polícia local mas na verdade nada ilegal, apesar da exigência de providências quanto a isso por parte dos vereadores Rennie e Sanders (na última assembleia da cidade em março, essa mesma dupla dinâmica conseguiu postergar um item do orçamento que financiaria uma área segura para skatistas no parque da cidade, atrás do coreto).

O adulto era Eric "Rusty" Everett, de 37 anos, auxiliar médico que trabalhava com o dr. Ron Haskell, que Rusty costumava chamar de Maravilhoso Mágico de Oz. *Porque*, explicaria ele (se pudesse revelar tamanha deslealdade a alguém que não fosse a mulher), *ele costuma ficar atrás da cortina enquanto eu faço o serviço.*

Agora ele verificava a validade da última vacina contra tétano do jovem Drake. Outono de 2009, ótimo. Ainda mais considerando-se que o jovem Drake tinha levado a maior vaca numa pista de cimento e arrebentado a batata da perna. Não um desastre total, mas bem pior que uma simples ralação no asfalto.

— A luz voltou, cara — disse o jovem Drake.

— Gerador, cara — disse Rusty. — Serve pro hospital *e* pro posto de saúde. Radical, né?

— Clássico — concordou o jovem Drake.

Por um instante o adulto e o adolescente olharam sem falar a ferida de 15 centímetros na panturrilha de Benny Drake. Limpa da terra e do sangue, parecia feia mas não mais absolutamente horrível. O apito da cidade tinha parado, mas longe, a distância, dava para ouvir as sirenes. Depois o apito de incêndio disparou, fazendo ambos pularem.

A ambulância vai sair, pensou Rusty. *Certeza absoluta. Twitch e Everett atacam outra vez. Melhor acabar logo com isso.*

A não ser pelo fato de que o rosto do garoto estava muito branco, e Rusty achou que havia lágrimas a ponto de escorrer de seus olhos.

— Com medo? — perguntou Rusty.

— Um pouco — disse Benny Drake. — Mamãe vai me descascar.

— É disso que você tem medo? — Porque apostava que Benny Drake já tinha sido descascado algumas vezes. Tipo muitas vezes, cara.

— Hum... será que vai doer muito?

Rusty estava escondendo a seringa. Agora, injetou 3cm^3 de xilocaína e epinefrina — um composto amortecedor que ele ainda chamava de novocaína. Demorou para infiltrar a ferida, para não machucar o menino mais do que o necessário.

— Mais ou menos assim.

— U-hu! — disse Benny. — Firmeza, neném. Na moral.

Rusty riu.

— Fez o *full pipe* antes da vaca? — Como skatista aposentado há muito tempo, estava sinceramente interessado.

— Só *half pipe*, mas foi sinistro! — disse Benny, se alegrando. — Quantos pontos você acha que precisa? Norrie Calvert levou 12 quando se estabacou em Oxford no verão.

— Menos, menos — disse Rusty. Conhecia Norrie, uma minigótica cuja suprema aspiração parecia ser suicidar-se num skate antes de pegar a primeira barriga. Ele apertou perto do machucado com a ponta da agulha da seringa. — Dá pra sentir?

— Dá, sim, cara, e como dá. Aí, ouviu esse pancadão pra lá? — Benny apontou vagamente para o sul, sentado na mesa de exames só de cueca, sangrando na cobertura de papel.

— Não — disse Rusty. Na verdade, ouvira dois: não pancadões, mas, como temia, explosões. Tinha que se apressar. E cadê o Mágico de Oz? Fazendo a ronda, segundo Ginny. O que provavelmente queria dizer cochilando na sala dos médicos do Cathy Russell. Era lá que o Maravilhoso Mágico fazia a maioria das rondas hoje em dia.

— E agora, dá pra sentir? — Rusty cutucou de novo com a agulha. — Não olha, olhar é roubar.

— Não, cara, nada. Cê tá me zoando.

— Tô não. Você tá anestesiado. — *Em mais de um sentido*, pensou Rusty. — Então lá vamos nós. Deita, relaxa e boa viagem pelas Linhas Aéreas Cathy Russell. — Ele passou soro fisiológico esterilizado na ferida, cortou a pele solta com o seu bisturi de estimação, o nº 10. — Seis pontos com o melhor nylon 4-0.

— Show — disse o garoto. E depois: — Acho que vou vomitar.

Rusty lhe entregou uma cuba de êmese, conhecida nessas circunstâncias como vasilha de vômito.

— Usa isso. Se desmaiar, vai ser por sua conta e risco.

Benny não desmaiou. Também não vomitou. Rusty punha uma compressa de gaze esterilizada sobre a ferida quando veio uma batidinha na porta, seguida pela cabeça de Ginny Tomlinson.

— Posso falar com você um minuto?

— Não se preocupa comigo — disse Benny. — Eu sou como um radical... livre. — Viadinho insolente.

— No corredor, Rusty? — disse Ginny. Não deu nem uma olhada no garoto.

— Volto logo, Benny. Fica aí sentado e descansa.

— Relax. Sem estresse.

Rusty seguiu Ginny até o corredor.

— Hora da ambulância? — perguntou. Atrás de Ginny, na sala de espera ensolarada, a mãe de Benny olhava de cara feia um livrinho com um casal romântico na capa.

Ginny fez que sim.

— Na 119, na fronteira da cidade com Tarker. Tem outro acidente na *outra* fronteira da cidade, em Motton, mas disseram que todos os envolvidos naquele já eram. Colisão de avião com caminhão. O avião estava tentando pousar.

— Tá de *sacanagem* comigo!

Alva Drake olhou em volta, franzindo a testa, e depois voltou ao livro. Ou, ao menos, a olhar para ele, enquanto tentava decidir se o marido a apoiaria se tentasse prender Benny em casa até os 18 anos.

— Não é pouca merda, não — disse Ginny. — Tem notícias de outras colisões também...

— Que esquisito.

— ... mas o sujeito na fronteira de Tarker ainda está vivo. Acho que capotou com um caminhão de entregas. Uma confusão. Twitch está esperando.

— Você termina o garoto?

— Pode deixar. Anda, vai.

— E o dr. Rayburn?

— Tava com pacientes no Stephens Memorial. — Era o hospital de Norway-South Paris. — Ele tá a caminho, Rusty. Vai.

Ele parou no meio do caminho para dizer à sra. Drake que Benny estava bem. Alva não pareceu ficar muito alegre com a notícia, mas agradeceu. Dougie Twitchell — Twitch — estava fumando um cigarro e tomando sol, sentado no para-choque da antiquada ambulância que Jim Rennie e os seus parceiros vereadores continuavam não trocando. Segurava o PX portátil, que pululava de falação: vozes estourando como pipoca e pulando umas por cima das outras.

— Joga fora esse canudo cancerígeno e vamos embora — disse Rusty. — Você sabe aonde a gente vai, né?

Twitch deu um peteleco na guimba. Apesar do apelido ("convulsão"), era o enfermeiro mais calmo que Rusty conhecia, e isso já era grande coisa.

— Eu sei o que o Gin-Gin te contou: fronteira entre Tarker e Chester, certo?

— Isso. Caminhão virado.

— Pois é, os planos mudaram. Vamos pro outro lado. — Ele apontou o horizonte sul, onde subia um pilar grosso e preto de fumaça. — Já teve vontade de ver um avião caído?

— Já vi — disse Rusty. — No serviço militar. Dois caras. Dava pra passar no pão o que restou. Isso bastou, maluco. Ginny disse que estão todos mortos por lá, então por quê...

— Talvez sim, talvez não — disse Twitch —, mas agora Perkins está mal e pode não ter morrido.

— O *chefe* Perkins?

— Esse mesmo. Acho que o prognóstico não é bom se o marca-passo explodiu no peito dele, que é o que o Peter Randolph está dizendo, mas ele *é* o Chefe de Polícia. Líder Destemido.

—Twitch. Amigo. Um marca-passo não explode assim. É totalmente impossível.

— Então talvez ele ainda *esteja* vivo e a gente possa fazer uma boa ação — disse Twitch. A meio caminho do capô da ambulância, ele pegou o maço de cigarros.

— Você não vai fumar na ambulância — disse Rusty.

Twitch o olhou com tristeza.

— A menos que a gente divida.

Twitch suspirou e lhe passou o maço.

— Ah, Marlboro — disse Rusty. — O meu aperitivo predileto.

— Assim você me mata — disse Twitch.

5

Passaram direto pelo sinal vermelho em que a rodovia 117 desembocava na 119, no centro da cidade, a sirene aos berros, os dois fumando como demônios (com as janelas abertas, que era o procedimento padrão), escutando o blá-blá-blá do rádio. Rusty não entendia quase nada, mas uma coisa era clara: teria de trabalhar até bem depois das quatro horas.

— Cara, não sei o que aconteceu — disse Twitch —, mas isso é fato: a gente vai ver um genuíno desastre de avião. Depois do fato, é verdade, mas a cavalo dado não se olham os dentes.

— Twitch, você é doente.

Havia muito trânsito, a maior parte indo para o Sul. Alguns podiam mesmo ter o que fazer por lá, mas Rusty achou que a maioria era de moscas humanas atraídas pelo cheiro de sangue. Twitch passou por uma fila de quatro carros sem problema nenhum; a pista da 119 que seguia para o Norte estava estranhamente vazia.

— Olha! — disse Twitch, apontando. — Helicóptero da TV! Vamos aparecer no noticiário das seis, Grande Rusty! Paramédicos heroicos lutam para....

Mas foi aí que o voo da imaginação de Dougie Twitchell terminou. À frente deles — no local do acidente, presumiu Rusty — o helicóptero deu uma ré súbita. Por um momento, deu para ler o número **13** pintado do lado e ver o olho do logotipo da CBS. Depois ele explodiu, fazendo chover fogo do céu sem nuvens do início da tarde.

Twitch gritou:

— *Jesus, me desculpa! Não era a sério!* — E então, como criança, fazendo doer o coração de Rusty mesmo com o choque: — *Retiro tudo!*

6

— Tenho que voltar — disse Gendron. Tirou o boné dos Sea Dogs e limpou com ele o rosto pálido, sujo, ensanguentado. O nariz inchara até parecer o polegar de um gigante. Os olhos espiavam no meio de círculos escuros. — Sinto muito, mas o meu nariz está doendo demais, e... sabe, não sou mais tão jovem quanto antigamente. Além disso... — Ele ergueu os braços e os deixou cair. Estavam um de frente para o outro e Barbie daria um bom abraço no sujeito e uns tapinhas nas costas, se fosse possível.

— Um choque no sistema, não é? — perguntou a Gendron.

Este soltou uma gargalhada.

— Aquele helicóptero foi o toque final. — E ambos olharam a nova coluna de fumaça.

Barbie e Gendron tinham vindo do local do acidente na 117 depois de assegurar que as testemunhas chamassem o socorro para Elsa Andrews, a única sobrevivente. Ao menos, ela não parecia muito ferida, embora o coração estivesse obviamente partido com a perda da amiga.

— Então volta. Devagar. Não se apressa. Descansa quando precisar.

— Vai em frente?

— Vou.

— Ainda acha que vai encontrar o final?

Barbie ficou um instante em silêncio. A princípio tivera certeza, mas agora...

— Espero que sim — disse.

— Então, boa sorte. — Gendron cumprimentou Barbie com o boné antes de colocá-lo de volta na cabeça. — Espero apertar a sua mão antes que o dia termine.

— Eu também — disse Barbie. E parou. Andara pensando. — Você pode me fazer um favor, se conseguir usar o celular?

— Claro.

— Liga pra base do Exército em Fort Benning. Pede pra falar com o oficial de ligação e diz pra ele que precisa entrar em contato com o coronel James O. Cox. Diz que é urgente, que está ligando em nome do capitão Dale Barbara. Guardou tudo?

— Dale Barbara. É você. James Cox é o outro. Guardei.

— Se conseguir falar com ele... Não tenho certeza de que vai conseguir, mas *se*... Diz a ele o que está acontecendo aqui. Diz que, se ninguém entrou em contato com a Segurança Interna, que é pra ele fazer isso. Pode me fazer esse favor?

Gendron fez que sim.

— Pode deixar, vou tentar. Boa sorte, soldado.

Barbie preferiria não ser mais chamado assim, mas fez um esboço de continência com o dedo na testa. Depois foi em frente, procurando o que não achava mais que encontraria.

7

Encontrou uma estrada na floresta mais ou menos paralela à barreira. Estava cheia de mato e sem uso, mas bem melhor do que abrir caminho entre arbustos e espinheiros. De vez em quando, desviava-se para oeste, tateando a barreira entre Chester's Mill e o mundo externo. Estava sempre lá.

Quando chegou ao ponto em que a 119 entrava na cidade-irmã de Tarker's Mills, Barbie parou. O motorista do caminhão de entregas virado fora levado por algum bom samaritano do outro lado da barreira, mas o caminhão lá estava, bloqueando a estrada como um grande animal morto. As portas traseiras tinham se aberto com o impacto. O asfalto estava coberto de embalagens de bolinhos recheados, rocamboles, pãezinhos e biscoitos de manteiga de amendoim. Havia um rapaz com uma camiseta de George Strait sentado num toco, comendo um desses últimos. Tinha um celular na mão. Ergueu os olhos para Barbie.

— Oi. Você veio de... — e apontou vagamente para trás de Barbie. Parecia cansado, amedrontado e desiludido.

— Do outro lado da cidade — disse Barbie. — Isso.

— Uma parede invisível no caminho todo? Fronteira fechada?

— É.

O rapaz fez que sim e apertou um botão no celular.

— Dusty? Ainda está aí? — Escutou um pouco mais e continuou. — Certo. — Desligou o aparelho. — Eu e o meu amigo Dusty começamos a leste daqui. Nos dividimos. Ele foi pro Sul. Estamos mantendo contato por telefone. Quando conseguimos, claro. Agora ele está lá onde o helicóptero caiu. Diz que está enchendo de gente por lá.

Barbie podia apostar que sim.

— Nenhuma abertura nessa coisa em nenhum lugar do seu lado?

O rapaz fez que não. Não disse mais nada, nem precisava. Podiam ter deixado passar alguma abertura, Barbie sabia que era possível — buracos do tamanho de janelas ou de portas —, mas duvidava.

Achou que estavam isolados.

E PRO TIME NÓS TORCEMOS

1

Barbie voltou andando pela rodovia 119 até o centro da cidade, uma distância de uns 5 quilômetros. Quando chegou lá, eram seis horas. A rua principal estava quase deserta, mas viva com o rugido dos geradores; dúzias deles, pelo som. O semáforo no cruzamento da 119 com a 117 estava apagado, mas o Rosa Mosqueta estava aceso e lotado. Olhando pela vitrine grande da frente, Barbie viu que todas as mesas estavam ocupadas. Mas, quando entrou, não ouviu nenhuma das conversas de sempre: política, os Red Sox, a economia local, os Patriots, carros e picapes recém-comprados, os Celtics, o preço da gasolina, os Bruins, ferramentas elétricas recém-compradas, os Twin Mills Wildcats. E também nada dos risos de sempre.

Havia um televisor sobre o balcão e todos assistiam. Barbie observou, com aquela sensação de descrença e deslocamento que todos os que realmente se veem no local de um grande desastre devem sentir, que Anderson Cooper, da CNN, estava na rodovia 119 com a massa ainda fumegante do caminhão destruído ao fundo.

A própria Rose atendia às mesas, correndo às vezes de volta ao balcão para receber um pedido. Cachos finos escapavam da rede e pendiam em torno do rosto. Ela parecia cansada e estressada. O balcão deveria ser território de Angie McCain das quatro até fechar, mas Barbie não viu sinal dela naquela hora. Talvez estivesse fora da cidade quando a barreira caiu. Se assim fosse, talvez não voltasse ao balcão por um bom tempo.

Anson Wheeler — que Rosie sempre chamava só de "garoto", embora o rapaz tivesse ao menos 25 anos — pilotava a chapa e Barbie se apavorou ao pensar o que Anse faria com algo mais complicado que feijão com salsicha, o especial tradicional de sábado do Rosa Mosqueta. Coitado do rapaz ou garota que pedisse no jantar comida de café da manhã e tivesse de enfrentar os ovos fritos nucleares de Anson. Ainda assim, era bom que estivesse ali, porque além da falta de Angie também não havia sinal de Dodee Sanders. Embora essa aí não precisasse de um desastre para faltar ao trabalho. Não era exatamente preguiçosa, mas se distraía à toa. E na hora de pensar... caramba, o que dizer? O pai dela — Andy Sanders, primeiro vereador de Mill — jamais seria candidato à Mensa, a associação de quem tem QI elevado, mas perto de Dodee era um Einstein.

Na TV, pousavam helicópteros atrás de Anderson Cooper, soprando o seu cabelo branco e charmoso e quase lhe afogando a voz. Os helicópteros pareciam Pave Lows. Barbie andara bastante neles enquanto servia no Iraque. Agora um oficial do Exército havia entrado no quadro, coberto o microfone de Cooper com a mão enluvada e falava ao ouvido do repórter.

Os fregueses reunidos no Rosa Mosqueta murmuraram entre si. Barbie entendeu a inquietação. Ele mesmo a sentiu. Quando um homem fardado cobria o microfone de um repórter famoso da TV sem nem pedir licença, sem dúvida era o Fim dos Tempos.

O sujeito do Exército — um coronel, mas não o *seu* coronel, ver Cox completaria a sensação de deslocamento mental de Barbie — terminou o que tinha a dizer. A luva fez um barulho ventoso quando a tirou do microfone. Saiu da visão da câmera, o rosto num vazio impassível. Barbie reconheceu o jeito: um pau-mandado do Exército.

Cooper dizia: "A imprensa está sendo avisada de que temos que recuar um quilômetro até uma loja de beira de estrada chamada Raymond's Roadside Store." Os fregueses murmuraram em discordância. Todos conheciam a Raymond's Roadside em Motton, onde a placa na vitrine dizia CERVEJA GELADA SANDUÍCHES QUENTES ISCA FRESCA. "Essa área, a menos de 100 metros do que estamos chamando de barreira por falta de nome melhor, foi declarada de segurança nacional. Continuaremos nossa cobertura assim que possível, mas agora voltamos a Washington, Wolf."

A chamada na faixa vermelha abaixo da tomada ao vivo dizia **ÚLTIMAS NOTÍCIAS CIDADE DO MAINE ISOLADA O MISTÉRIO AUMENTA**. E, no canto superior direito, em vermelho, a palavra **GRAVE** piscava como o letreiro de neon de um bar. *Tome Cerveja Grave*, pensou Barbie e quase riu.

Wolf Blitzer ocupou o lugar de Anderson Cooper. Rose tinha uma queda por Blitzer e à tarde, nos dias da semana, só deixava sintonizarem a TV no programa dele; ela o chamava de "meu Wolfie". Esta noite Wolfie usava gravata, mas o nó estava malfeito e Barbie achou que o resto da roupa parecia caseira demais.

— Recapitulando a nossa reportagem — disse o Wolfie de Rose —, hoje, mais ou menos à uma da tarde...

— Foi antes disso, bem antes — disse alguém.

— E Myra Evans, é verdade? — perguntou mais alguém. — Está morta mesmo?

— Está — respondeu Fernald Bowie. O único agente funerário da cidade, Stewart Bowie, era o irmão mais velho de Fern. Fern às vezes o ajudava quando estava sóbrio, e naquela noite parecia sóbrio. Sóbrio de tão chocado. — Agora calem a boca que eu quero ouvir.

Barbie também queria, porque agora Wolfie tratava da questão que mais o preocupava e dizia o que ele queria saber: que o espaço aéreo acima de Chester's Mill fora declarado zona proibida ao tráfego aéreo. Na verdade, todo o oeste do Maine e leste de New Hampshire, de Lewiston-Auburn até North Conway, era zona proibida. O presidente estava sendo informado. E, pela primeira vez em nove anos, a cor do Alerta Nacional de Ameaças tinha passado do laranja.

Julia Shumway, proprietária e editora do *Democrata*, deu uma olhada em Barbie quando este passou pela sua mesa. Então o sorrisinho preso e sigiloso que era a sua especialidade, quase marca registrada, piscou-lhe no rosto.

— Parece que Chester's Mill não quer que o senhor vá embora, sr. Barbara.

— Está parecendo — concordou Barbie. Não o surpreendeu que ela soubesse que ele tentara ir embora e o motivo. Ele passara tempo suficiente em Mill para saber que Julia Shumway sabia tudo o que valia a pena saber.

Rose o viu enquanto servia feijão com salsicha (mais uma relíquia defumada que um dia fora uma costeleta de porco) a um grupo de seis amontoados numa mesa para quatro. Ficou paralisada com um prato em cada mão e mais dois no braço, olhos arregalados. Depois, sorriu. Foi daqueles cheios de felicidade e alívio indisfarçáveis e alegrou o coração dele.

Isso é que é um lar, pensou ele. *Macacos me mordam se não é.*

— Santo molho, Dale Barbara, não esperava nunca mais ver você!

— Ainda tem o meu avental? — perguntou Barbie. Com certa timidez. Afinal de contas, Rose o acolhera, só um andarilho com algumas referências rabiscadas na mochila, e lhe dera emprego. Ela lhe dissera que entendia perfeitamente por que ele achava que tinha que cair fora, que não era bom ter o pai de Junior Rennie como inimigo, mas Barbie ainda sentia que a deixara numa enrascada.

Rose pousou a carga de pratos em qualquer lugar onde houvesse lugar para eles e correu para Barbie. Era uma mulherzinha gorducha e teve de ficar na ponta dos pés para abraçá-lo, mas conseguiu.

— Estou tão feliz, mas tão feliz de ver você! — cochichou. Barbie a abraçou também e lhe deu um beijo no alto da cabeça.

— Big Jim e Junior não vão ficar — disse. Mas ao menos não havia nenhum Rennie ali; a isso ele tinha de ser grato. Barbie sabia muito bem que, ao menos por enquanto, ele ficara ainda mais interessante para os millenses reunidos do que a própria cidade natal deles na TV nacional.

— Big Jim Rennie que venha! — disse ela. Barbie riu, achando graça da ferocidade, mas contente com a sua discrição. Ela ainda cochichava: — Achei que você tivesse ido embora.

— Quase fui, mas saí atrasado.

— Você viu... aquilo?

— Vi. Depois te conto. — Ele a soltou, afastou-a à distância de um braço e pensou: *Rose, se você tivesse dez anos a menos... ou mesmo cinco...*

— E então, posso pegar o meu avental?

Ela limpou os cantos dos olhos e fez que sim.

— *Por favor*, pega de volta. Tira o Anson de lá antes que ele mate todo mundo.

Barbie lhe fez uma continência, contornou o balcão, entrou na cozinha e mandou Anson Wheeler para a frente, dizendo-lhe que cuidasse dos pedidos e da limpeza antes de ajudar Rose no salão. Anson se afastou da chapa com um suspiro de alívio. Antes de ir para o balcão, apertou com as duas mãos a mão direita de Barbie.

— Graças a Deus, cara. Nunca vi tanta correria. Estava perdidinho.

— Não se preocupe. Vamos alimentar os 5 mil.

Anson, pouco conhecedor da Bíblia, não entendeu.

— Hein?

— Nada, nada.

A campainha que ficava no canto da entrada do balcão tocou.

— Pedido! — gritou Rose.

Barbie agarrou uma espátula antes de pegar a comanda — a chapa estava uma bagunça, sempre ficava assim quando Anson se entregava àquelas mudanças cataclísmicas induzidas pelo calor a que dava o nome de cozinhar —, enfiou o avental na cabeça, amarrou nas costas e olhou o armário acima da pia. Estava cheio de bonés de beisebol, que serviam de chapéu de chef para os chapeiros do Rosa Mosqueta. Escolheu um dos Sea Dogs em homenagem a Paul Gendron (agora nos braços dos seus, esperava Barbie), enfiou-o na cabeça com a aba para trás e estalou os dedos.

Então, pegou a primeira comanda e foi trabalhar.

2

Às 21h15, mais de uma hora depois do horário normal de fechar aos sábados, Rose levou até a porta os últimos fregueses. Barbie trancou-a e virou a plaquinha de ABERTO para FECHADO. Observou aqueles últimos quatro ou cinco atravessarem a rua até o parque da cidade, onde havia umas cinquenta pessoas reunidas conversando. Olhavam para o sul, onde uma grande luz branca formava uma bolha acima da 119. Não as luzes da TV, avaliou Barbie; era o Exército americano, criando e patrulhando um perímetro. E como patrulhar um perímetro à noite? Ora, pondo sentinelas e iluminando a terra de ninguém, é claro.

Terra de ninguém. O som daquilo não lhe agradava.

Por outro lado, a rua principal estava estranhamente escura. Havia luz elétrica brilhando em alguns prédios onde os geradores funcionavam e lâmpadas de emergência a pilha acesas na Loja de Departamentos Burpee, no Posto de Gasolina & Mercearia, na Livraria e Sebo Mill, no Food City, no pé do morro da rua principal e meia dúzia de outras, mas as luzes da rua estavam apagadas e viam-se velas acesas na maioria das janelas do segundo andar, onde havia apartamentos.

Rose sentou-se à mesa do meio do salão, fumando um cigarro (proibido em locais públicos, mas Barbie jamais denunciaria). Tirou a rede do cabelo e deu a Barbie um sorriso cansado quando ele se sentou diante dela. Atrás deles, Anson limpava o balcão, o cabelo comprido até os ombros, agora libertado do boné dos Red Sox.

— Achei que o 4 de Julho era pesado, mas hoje foi pior — disse Rose. — Se você não tivesse aparecido, eu estaria encolhida ali no canto, berrando pela minha mãe.

— Passou uma loura num F-150 — disse Barbie, sorrindo ao lembrar. — Quase me deu uma carona. Se tivesse dado, talvez eu estivesse longe. Por outro lado, o que aconteceu com Chuck Thompson e aquela mulher no avião podia ter acontecido comigo. — O nome de Thompson aparecera na cobertura da CNN; a mulher não fora identificada.

Mas Rose sabia.

— Era Claudette Sanders. Tenho quase certeza. Dodee me disse ontem que a mãe dela teria aula hoje.

Havia um prato de batatas fritas entre eles na mesa. Barbie ia estender a mão para pegar uma delas. Nisso, parou. De repente, não queria mais batata frita. Não queria mais nada. E a poça vermelha na beira do prato estava mais parecida com sangue do que com ketchup.

— Então foi por isso que Dodee não veio.

Rose deu de ombros.

— Pode ser. Não tenho certeza. Não tive notícias dela. E nem esperava, com os telefones desligados.

Barbie supôs que ela quisesse dizer os telefones fixos, mas até lá na cozinha ouvira pessoas se queixando de dificuldades com o celular. A maioria supôs que fosse porque todo mundo tentava usá-los ao mesmo tempo, sobrecarregando as áreas de cobertura. Outros achavam que o fluxo de jornalistas — talvez já fossem centenas, com Nokias, Motorolas, iPhones e BlackBerries — era a causa do problema. Barbie tinha uma suspeita pior; era uma situação de segurança nacional, afinal de contas, numa época em que o país inteiro estava paranoico com o terrorismo. Algumas chamadas se completavam, mas cada vez menos conforme a noite avançava.

— É claro — disse Rose — que Dodee, com aquela cabeça de vento, também pode ter achado uma brilhante ideia matar o serviço e ir ao Shopping Auburn.

— O sr. Sanders sabe que era Claudette que estava no avião?

— Não tenho certeza, mas ficaria muito espantada se ainda não soubesse. — E ela cantou, numa vozinha pequena mas afinada: "Esta cidade onde nós vivemos..."

Barbie sorriu um pouco e cantou de volta o verso seguinte: "É pequena, filho, e pro time nós torcemos." Era de uma canção antiga de James McMurtry que, no verão anterior, ganhara nova e misteriosa popularidade por dois meses em algumas estações de rádio do oeste do Maine que tocavam música country. Não a WCIK, é claro; James McMurtry não era o tipo de artista apoiado pela Rádio Jesus.

Rose apontou as batatas fritas.

— Não vai comer mais?

— Não. Perdi o apetite.

Barbie também não caía de amores por Andy Sanders com o seu eterno sorriso nem por Dodee, a Doidinha, que quase com certeza ajudara a querida amiga Angie a espalhar o boato que provocara o problema de Barbie no Dipper, mas a ideia de que aqueles pedaços de corpo (era a perna vestida de verde que o olho da mente não parava de querer ver) pertenceram à *mãe* de Dodee... à *esposa* do primeiro vereador...

— Eu também — disse Rose e apagou o cigarro no ketchup. Ele fez um *pfisss* e, por um momento horrível, Barbie achou que ia vomitar. Virou a cabeça e fitou pela vitrine a rua principal, embora não houvesse nada para ver ali. Olhando de dentro, estava tudo escuro.

— O presidente vai falar à meia-noite — anunciou Anson do balcão. Atrás dele, vinha o gemido baixo e constante da lavadora de louça. Ocorreu a Barbie que a grande e velha Hobart poderia estar fazendo o último serviço, ao menos por algum tempo. Teria de convencer Rosie disso. Ela relutaria, mas entenderia a razão. Era uma mulher prática e inteligente.

A mãe de Dodee Sanders. Jesus. Qual será a probabilidade?

Ele percebeu que a probabilidade não era tão pequena assim. Se não fosse a sra. Sanders, poderia ter sido qualquer um que ele conhecia. *É pequena a cidade, filho, e pro time nós torcemos.*

— Chega de presidente pra mim por hoje — disse Rose. — Ele vai ter que cuidar sozinho da América Salve Salve. Cinco horas é bem cedo. — Aos domingos, o Rosa Mosqueta só abria às sete da manhã, mas havia os preparativos. Sempre os preparativos. E nos domingos, isso queria dizer pãezinhos de canela. — Se quiserem, fiquem aí pra assistir. Só não se esqueçam de trancar tudo antes de ir embora. Na frente *e* nos fundos. — Ela começou a se levantar.

— Rose, temos que conversar sobre amanhã — disse Barbie.

— Ná-ná-ni-ná-não, amanhã é outro dia. Deixa pra lá agora, Barbie. Cada coisa a seu tempo. — Mas ela deve ter visto alguma coisa na cara dele, porque voltou a se sentar. — Tudo bem, por que essa cara horrível?

— Quando foi a última vez que você comprou gás?

— Semana passada. Estamos com bom estoque. É só por isso que você está preocupado?

Não era, mas fora onde a preocupação começara. Barbie fez as contas. O Rosa Mosqueta tinha dois cilindros ligados. Cada um com capacidade de 1.230 ou 1.325 litros, ele não se lembrava direito. Verificaria pela manhã, mas se Rose estava certa, tinham mais de 2.200 litros à disposição. Isso era bom. Um pouco de sorte num dia que fora de um azar espetacular para a cidade como um todo. Mas não havia como saber quanto azar ainda estava por vir. E 2.200 litros de gás não durariam para sempre.

— Qual a taxa de consumo? — perguntou ele. — Você faz ideia?

— Qual a importância disso?

— É que agora o seu gerador está fazendo este lugar funcionar. Lâmpadas, fogão, geladeira, bombas. O aquecedor, também, se ficar frio e ele entrar em ação. E para isso o gerador está queimando gás.

Ficaram em silêncio um instante, ouvindo o rugido constante do Honda quase novo atrás do restaurante.

Anson Wheeler veio e sentou-se.

— O gerador usa 7,5 litros de gás por hora com 60% de utilização — disse ele.

— Como você sabe disso? — perguntou Barbie.

— Li na etiqueta. Com tudo ligado, como estamos desde o meio-dia, quando a luz acabou, provavelmente são 11 litros por hora. Talvez um pouco mais.

A reação de Rose foi imediata.

— Anse, apaga todas as luzes menos as da cozinha. Agora mesmo. E baixa o termostato do aquecedor. — Ela reconsiderou. — Não, melhor desligar.

Barbie sorriu e lhe mostrou o polegar erguido. Ela entendera. Nem todo mundo em Mill entenderia. Nem todo mundo em Mill ia *querer* entender.

— Tudo bem.

Mas Anson parecia em dúvida.

— Você não acha que amanhã de manhã... amanhã à tarde, no máximo...?

— O presidente dos Estados Unidos vai fazer um discurso na televisão — disse Barbie. — À meia-noite. O que *você* acha, Anse?

— Acho que é melhor apagar a luz — foi a resposta.

— E o termostato, não se esqueça — disse Rose. Quando ele saiu correndo, ela disse a Barbie: — Vou fazer o mesmo em casa quando subir. — Viúva há dez anos ou mais, ela morava em cima do restaurante.

Barbie concordou. Ele virara uma das toalhinhas de mesa de papel ("Já visitou esses 20 pontos turísticos do Maine?") e fazia contas no verso. De 100 a 115 litros de gás queimados desde o surgimento da barreira. Isso lhes deixava uns 2.100 litros. Se Rose conseguisse reduzir o gasto a 95 litros por dia, poderia, teoricamente, funcionar por três semanas. Se reduzisse para 75 litros por dia — o que talvez conseguisse fechando entre o café da manhã e o almoço e, novamente, entre o almoço e o jantar —, poderia continuar funcionando por quase um mês.

O que é ótimo, pensou. *Porque se essa cidade não reabrir daqui a um mês, não vai restar mais nada para cozinhar.*

— Em que está pensando? — perguntou Rose. — E que números são esses? Não estou entendendo nada.

— É porque vocês estão olhando de cabeça para baixo — disse Barbie e percebeu que todos os moradores da cidade fariam o mesmo. Eram números que ninguém gostaria de olhar de cabeça para cima.

Rose virou para si o rascunho improvisado de Barbie. Leu os números para si mesma. Então, ergueu a cabeça e, chocada, encarou Barbie. Nesse instante, Anson desligou quase todas as luzes e os dois ficaram se entreolhando numa penumbra que, ao menos para Barbie, era horrivelmente convincente. Aquela encrenca poderia ser séria.

— Vinte e oito dias? — perguntou ela. — Acha que precisamos planejar para *quatro semanas*?

— Não sei se sim nem se não, mas quando estava no Iraque alguém me arranjou um exemplar do *Livro vermelho* do camarada Mao. Eu o levava no bolso e li de cabo a rabo. A maior parte dele faz mais sentido que os nossos políticos nos seus melhores dias. Uma coisa que nunca esqueci foi: *Torça pelo sol, mas construa diques*. Acho que é o que nós... que você, quer dizer...

— Nós — disse ela e tocou a mão dele. Ele a virou e segurou a dela.

— Certo, nós. Acho que é pra isso que devemos planejar. O que significa fechar entre as refeições, reduzir o uso do forno — nada de pãezinhos de canela, por mais que eu adore tanto quanto todo mundo — e nada de lavadora de pratos. É velha e gasta energia demais. Sei que Dodee e Anson não vão gostar da ideia de lavar pratos à mão...

— Acho que por enquanto não podemos contar com a volta de Dodee, e talvez nunca mais. Não com a mãe morta. — Rose suspirou. — Quase torço para que ela *tenha* ido ao Shopping Auburn. Mas acho que tudo vai estar no jornal amanhã.

— Talvez. — Barbie não fazia ideia de quanta informação sairia ou entraria em Chester's Mill caso a situação não se resolvesse logo, com alguma explicação racional. Talvez pouca. Achou que o famoso Cone do Silêncio de Maxwell Smart logo cairia sobre eles, se já não tivesse caído.

Anson voltou à mesa à qual Barbie e Rose estavam sentados. Vestira o casaco.

— Posso ir embora agora, Rose?

— Claro — disse ela. — Amanhã às seis?

— Não é meio tarde? — Ele sorriu e acrescentou: — Não que eu esteja me queixando.

— Vamos abrir mais tarde. — Ela hesitou. — E fechar entre as refeições.

— Sério? Legal. — O olhar dele passou para Barbie. — Você tem onde ficar hoje à noite? Porque pode ficar lá em casa. Sada foi pra Derry visitar a família. — Sada era a mulher de Anson.

Na verdade, Barbie tinha onde dormir, quase em frente, do outro lado da rua.

— Obrigado, vou voltar ao meu apartamento. Está pago até o fim do mês, então por que não? Hoje de manhã, deixei a chave com Petra Searles na farmácia antes de ir embora, mas tenho uma cópia no meu chaveiro.

— Certo. Até amanhã de manhã, Rose. Vai vir também, Barbie?

— Eu não perderia isso por nada.

O sorriso de Anson se ampliou.

— Excelente.

Quando ele saiu, Rose esfregou os olhos e olhou Barbie com tristeza.

— Quanto tempo isso vai durar? A sua melhor estimativa.

— Eu não *tenho* nenhuma estimativa, porque não sei o que aconteceu. Nem quando vai *parar* de acontecer.

Bem baixinho, Rose disse:

— Barbie, você está me assustando.

— Eu estou me assustando. Nós dois precisamos dormir. Tudo vai parecer melhor de manhã.

— Depois dessa discussão, por mais cansada que esteja, vou precisar de um sonífero para conseguir dormir — disse ela. — Mas graças a Deus você voltou.

Barbie lembrou o que pensara sobre suprimentos.

— Outra coisa. Se o Food City abrir amanhã...

— Eles sempre abrem domingo. Das dez às seis.

— *Se* abrirem amanhã, você vai ter que fazer compras.

— Mas a Sysco entrega... — Ela parou e o fitou com tristeza. — Na terça, mas a gente não pode contar com isso, não é? É claro que não.

— Não — disse ele. — Ainda que o errado se conserte de repente, o Exército pode deixar a cidade de quarentena, ao menos por um tempo.

— O que eu devo comprar?

— Tudo, principalmente carne. Carne, carne, carne. Se a loja abrir. Não sei se vai abrir. Jim Rennie pode convencer o gerente...

— Jack Cale. Ele assumiu quando Ernie Calvert se aposentou no ano passado.

— Pois Rennie pode convencer ele a fechar até segunda ordem. Ou fazer o chefe Perkins *ordenar* o fechamento.

— Você não soube? — perguntou Rose, e ao ver a cara de paisagem dele: — Não, não soube. Duke Perkins morreu, Barbie. Morreu lá — e indicou o sul.

Barbie a fitou, espantado. Anson não desligara a televisão e, atrás deles, o Wolfie de Rose dizia mais uma vez ao mundo que uma força inexplicada segregara uma cidadezinha do oeste do Maine, que a área fora isolada pelas Forças Armadas, que os chefes do Estado-Maior conjunto estavam reunidos em Washington, que o presidente falaria ao país à meia-noite, mas enquanto isso pedia ao povo americano que se unisse a ele em oração pelos habitantes de Chester's Mill.

3

— Pai? *Pai?*

Junior Rennie estava no alto da escada, a cabeça inclinada, escutando. Não houve resposta e a TV estava em silêncio. A esta hora o pai *sempre* já voltara do trabalho e estava diante da televisão. Nas noites de sábado, ele trocava a CNN e a FOX News pelo Animal Planet ou pelo History Channel. Mas não naquela noite. Junior pôs o relógio no ouvido para se assegurar de que ainda estava funcionando. Estava, e o horário que apontava fazia sentido pois estava escuro lá fora.

Uma ideia terrível lhe ocorreu: Big Jim podia estar com o chefe Perkins. Os dois, naquele minuto, podiam estar discutindo como prender Junior com o mínimo possível de confusão. E por que teriam esperado tanto? Para tirá-lo da cidade protegido pela escuridão. Para levá-lo para a cadeia lá em Castle Rock. Depois o julgamento. E depois?

Depois a penitenciária de Shawshank. Após alguns anos lá, provavelmente ele a chamaria só de Shank, como o resto dos assassinos, ladrões e sodomitas.

— Que estupidez — sussurrou ele, mas seria mesmo? Acordara pensando que matar Angie tinha sido só um sonho, tinha que ser, porque ele nunca mataria ninguém. Surrar, talvez, mas *matar*? Ridículo. Ele era... era... ora bolas, *uma pessoa comum*!

Então olhou as roupas debaixo da cama, viu o sangue nelas e tudo voltou. A toalha caindo do cabelo dela. A borboleta peluda, a estimulá-lo de certa forma. O som complicado de esmagamento detrás do rosto dela quando ele a atacou com o joelho. A chuva de ímãs de geladeira e o jeito como ela se debateu.

Mas aquilo não era eu. Aquilo era....

— Era a dor de cabeça. — Isso. Verdade. Mas quem acreditaria? Ele teria mais sorte se dissesse que tinha sido o mordomo. — *Pai?*

Nada. Não estava em casa. Nem na delegacia, conspirando contra ele. Não o seu pai. Ele não faria isso. Seu pai sempre dizia que a família vinha em primeiro lugar.

Mas a família vinha *mesmo* em primeiro lugar? É claro que ele *dizia* isso; afinal de contas, era cristão e dono de metade da WCIK; mas Junior achava que, para o pai, os Carros Usados de Jim Rennie vinham antes da família, e ser o primeiro vereador podia vir antes do Sagrado Tabernáculo dos Sem Entrada.

Junior podia ser — era possível — o terceiro da fila.

Ele percebeu (pela primeira vez na vida; foi um genuíno relâmpago de percepção) que só estava imaginando. Que talvez não conhecesse mesmo o pai.

Voltou ao quarto e acendeu a lâmpada do teto. Ela lançou uma luz estranha e instável, que brilhou com força e depois foi ficando mais fraca. Por um instante, Junior achou que havia algo errado nos seus olhos. Depois percebeu que dava para ouvir o gerador funcionando. E não só o da casa dele. A cidade estava sem luz. Sentiu uma onda de alívio. Uma grande falta de luz explicava tudo. Queria dizer que o pai provavelmente estava na sala de reuniões da Câmara de Vereadores, discutindo o problema com aqueles outros dois idiotas, Sanders e Grinnell. Talvez espetando alfinetes no mapão da cidade, imitando George Patton. Berrando com a Western Maine Power e chamando todos de monte de melequentos preguiçosos.

Junior pegou a roupa ensanguentada, tirou tudo do jeans — carteira, troco, chaves, pente, um comprimido extra para dor de cabeça — e redistribuiu nos bolsos da calça limpa. Desceu correndo, enfiou a roupa incriminadora na máquina de lavar, regulou para água quente, depois pensou melhor, ao lembrar uma coisa que a mãe lhe dissera quando ainda não tinha 10 anos: água fria para tirar manchas de sangue. Quando girou o botão para LAVAGEM FRIA/ENXÁGUE FRIO, Junior ficou pensando se teria sido naquela época que o pai começara com o hobby de foder com a secretária ou se ainda deixava o pênis melequento em casa.

Ligou a máquina e pensou no que fazer depois. Sem a dor de cabeça, descobriu que *conseguia* pensar.

Decidiu que, afinal de contas, devia voltar à casa de Angie. Não queria — Deus todo-poderoso, era a *última* coisa que queria fazer —, mas provavelmente devia examinar o local. Passar por lá e ver quantos carros da polícia havia. E se a van dos legistas do condado estava lá ou não. Os legistas eram a questão. Sabia disso porque via *CSI*. Já vira a grande van azul e branca antes de visitar o tribunal do condado com o pai. E se estivesse na casa dos McCain...

Vou fugir.

Isso. O mais depressa para o mais longe possível. Mas antes, voltaria para visitar o cofre no escritório do pai. O pai achava que Junior não sabia a combinação daquele cofre, mas ele sabia. Assim como sabia a senha do computador do pai, e portanto da queda do pai por assistir ao que Junior e Frank DeLesseps chamavam de biscoito recheado: duas negras, um branco. Havia muito dinheiro naquele cofre. Milhares de dólares.

E se você vir a van e voltar e ele estiver aqui?

A grana primeiro, então. A grana agora mesmo.

Ele entrou no escritório e, por um instante, achou ter visto o pai sentado na cadeira de espaldar alto onde assistia aos noticiários e documentários sobre a natureza. Adormecera ou... e se tivesse sofrido um enfarte? Nos últimos três anos, Big Jim tivera problemas cardíacos de vez em quando, principalmente arritmia. Costumava ir ao Cathy Russell e o dr. Haskell ou o dr. Rayburn lhe davam alguma coisa e ele voltava ao normal. Haskell adoraria fazer isso para sempre, mas Rayburn (que o pai chamava de "melequento que estudou demais") finalmente insistira que Big Jim devia consultar um cardiologista do Hospital Central do Maine, em Lewiston. O cardiologista disse que ele precisava de um procedimento para acabar com aquele batimento irregular de uma vez por todas. Big Jim (que tinha pavor de hospital) disse que precisava conversar mais com Deus, e que chamava esse procedimento de *oração*. Enquanto isso, tomava os comprimidos e, nos últimos meses, parecia bem, mas agora... talvez...

— Pai?

Nenhuma resposta. Junior ligou o interruptor. A lâmpada do teto se acendeu com o mesmo brilho instável, mas desfez a sombra que Junior pensara ser a nuca do pai. Não ficaria tão triste assim se o carburador do pai travasse, mas no geral ficou contente por não ter sido naquela noite. Seria complicação demais.

Ainda assim, com grandes passos leves de cautela de desenho animado, andou até a parede em que ficava o cofre, esperando a luz dos faróis pela janela que anunciaria a volta do pai. Tirou o quadro que cobria o cofre (Jesus fazendo o Sermão da Montanha) e girou a combinação. Teve de girar duas vezes antes que a tranca cedesse, porque a mão tremia.

O cofre estava lotado de dinheiro e pilhas de folhas de papel que pareciam pergaminho com as palavras **TÍTULO AO PORTADOR** carimbadas. Junior assoviou baixinho. A última vez que abrira o cofre — para furtar cinquentinha para a Feira de Fryeburg, no ano anterior — havia muito dinheiro, mas bem menos do que isso. E nenhum **TÍTULO AO PORTADOR**. Pensou na placa da escrivaninha do pai na loja de carros: JESUS APROVARIA ESTE NEGÓCIO? Mesmo naquela angústia e medo, Junior encontrou tempo para se perguntar se Jesus aprovaria o negócio que o pai andara fazendo nos bastidores naqueles dias.

— Os negócios dele não importam, tenho que cuidar dos meus — disse em voz baixa. Pegou quinhentos em notas de cinquenta e vinte, começou a fechar o cofre, pensou melhor e pegou algumas de cem também. Dada a abundância obscena de grana ali dentro, o pai talvez nem notasse. Se notasse, era possível que entendesse por que Junior pegara. E talvez aprovasse. Como Big Jim sempre dizia, "Deus ajuda a quem se ajuda".

Nesse espírito, Junior se ajudou com mais quatrocentos. Depois, fechou o cofre, girou o botão e pendurou Jesus de volta na parede. Agarrou um casaco no armário do saguão e saiu, enquanto o gerador rugia e a lavadora Maytag ensaboava o sangue de Angie das suas roupas.

4

Não havia ninguém na casa dos McCain.

Ninguém mesmo.

Junior se demorou no outro lado da rua, numa chuva moderada de folhas de bordo, sem saber se devia confiar no que via: a casa às escuras, o 4Runner de Henry McCain e o Prius de LaDonna ainda invisíveis. Parecia bom demais para ser verdade, bom além da conta.

Talvez estivessem no parque da cidade. Muita gente estava lá naquela noite. Deviam estar discutindo a falta de luz, embora Junior não conseguisse se lembrar de nenhuma reunião assim quando faltava luz; a maioria ia para casa dormir, com certeza de que, a menos que houvesse uma baita tempestade, a luz voltaria quando acordassem para tomar o café da manhã.

Talvez a causa da falta de luz fosse algum acidente espetacular, do tipo que os noticiários da TV anunciavam na cobertura normal. Junior tinha uma vaga lembrança de um cara que lhe perguntara o que estava acontecendo pouco depois do acidente de Angie. Seja como for, Junior tomara o cuidado de não falar com ninguém no caminho até ali. Andara pela rua principal de cabeça baixa, com a gola levantada (na verdade, quase trombara com Anson Wheeler quando saiu do Rosa Mosqueta). A luz da rua estava apagada e isso ajudava a preservar a sua anonimidade. Outro presente dos deuses.

E agora isso. Um terceiro presente. Um presente *gigantesco*. Seria mesmo possível que o corpo de Angie ainda não tivesse sido descoberto? Ou aquilo seria uma armadilha?

Junior imaginou o xerife do condado de Castle ou um detetive da polícia estadual dizendo: *Só temos que ficar escondidos e esperar, rapazes. O criminoso sempre volta à cena do crime. Todo mundo sabe disso.*

Bobagem de televisão. Ainda assim, enquanto atravessava a rua (impelido, ao que parecia, por uma força externa a ele), Junior não parava de esperar que refletores acendessem, espetando-o como uma borboleta num pedaço de cartolina; não parava de esperar que alguém gritasse, talvez num megafone: "*Pare onde está e levante as mãos!*"

Nada aconteceu.

Quando chegou à entrada de carros da casa, coração disparado no peito e sangue batucando nas têmporas (mas sem dor de cabeça ainda, e isso era bom, bom sinal), a casa continuava escura e silenciosa. Nem o gerador rugia, embora houvesse um na casa vizinha à dos Grinnell.

Junior olhou por sobre o ombro e viu uma imensa bolha branca de luz se erguer acima das árvores. Alguma coisa ao sul da cidade, ou talvez lá em Motton. A fonte do acidente que fizera a energia cair? Provavelmente.

Foi até a porta dos fundos. A porta da frente ainda estaria destrancada se ninguém tivesse voltado desde o acidente de Angie, mas ele não queria entrar pela frente. Entraria se fosse preciso, mas talvez não. Afinal de contas, estava numa maré de sorte.

A maçaneta girou.

Junior enfiou a cabeça na cozinha e sentiu imediatamente o cheiro de sangue — um odor parecido com goma em spray, só que estragada. Disse: "Oi? Alô! Alguém em casa?" Quase certo que não, mas se houvesse, se por alguma possibilidade maluca Henry ou LaDonna tivessem estacionado no parque e voltado para casa a pé (sem ver a filha morta no chão da cozinha), ele gritaria. Claro! Gritaria e "descobriria o corpo". Isso não ajudaria em nada com a temida van dos legistas, mas lhe daria um pouco de tempo.

— Alô! Sr. McCain? Sra. McCain? — Então, num relâmpago de inspiração: — Angie? Está em casa?

Ele a chamaria daquele jeito se a tivesse matado? Claro que não! Mas aí uma ideia terrível o trespassou. E se ela respondesse? Respondesse de onde jazia no chão? Respondesse com uma golfada de sangue?

— Toma jeito — murmurou. É, ele tinha que aguentar, mas era difícil. Ainda mais no escuro. Além disso, na Bíblia coisas daquelas aconteciam o tempo todo. Na Bíblia, às vezes as pessoas voltavam à vida, como os zumbis de *A noite dos mortos-vivos*.

— Alguém em casa?

Chongas. *Niente*.

Os olhos tinham se ajustado à penumbra, mas não o suficiente. Precisava de luz. Devia ter trazido uma lanterna de casa, mas era fácil esquecer essas coisas quando a gente está acostumado a só ligar o interruptor. Junior entrou na cozinha, passando por cima do corpo de Angie, e abriu uma das duas portas do outro lado. Era uma despensa. Dava para perceber as prateleiras de comida engarrafada e enlatada. Tentou a outra porta e teve mais sorte. Era a lavanderia. E a menos que se enganasse sobre o formato da coisa na prateleira logo à direita, ainda estava na maré de sorte.

Não se enganara. Era uma lanterna, boa e forte. Precisava ter cuidado ao acendê-la na cozinha — fechar as janelas seria uma ideia excelente — mas na lavanderia podia usá-la à vontade. Ali estava bem.

Sabão em pó. Água sanitária. Amaciante. Um balde e uma Feiticeira. Ótimo. Sem gerador, só haveria água fria, mas provavelmente seria suficiente para encher um balde na torneira, e depois, é claro, havia os vários vasos sanitários. E era fria a água que queria. Fria para o sangue.

Ele limparia como a dona de casa demoníaca que sua mãe já fora, atenta à exortação do marido: "casa limpa, mãos limpas, coração limpo". Limparia o sangue. Depois limparia tudo o que se lembrasse de ter tocado e tudo o que poderia ter tocado sem se lembrar. Mas primeiro...

O corpo. Tinha que fazer alguma coisa com o corpo.

Junior decidiu que, por enquanto, a despensa serviria. Arrastou-a pelos braços e depois os soltou: *flump*. Em seguida, se pôs a trabalhar. Cantou entre dentes quando rearrumava os ímãs de geladeira e depois fechou as cortinas. Quando a torneira começou a falhar, já enchera o balde até quase transbordar. Outro bônus.

Ainda estava esfregando, o trabalho já adiantado mas longe de terminar, quando veio a batidinha na porta da frente.

Junior ergueu os olhos arregalados, os lábios franzidos num esgar de horror de quem não estava achando a menor graça.

— Angie? — Era uma moça, e chorava. — Angie, você tá aí? — Mais batidas, e então a porta se abriu. Parecia que a maré de sorte acabara. — Angie, *por favor*, esteja em casa. Vi o seu carro na garagem...

Merda. A garagem! Ele nunca conferira a merda da garagem!

— Angie? — Soluços de novo. Alguém que ele conhecia. Meu Deus, seria aquela idiota da Dodee Sanders? Era. — Angie, ela disse que a minha mãe morreu! A sra. Shumway disse que ela *morreu*!

Junior torceu para que ela fosse primeiro lá em cima olhar o quarto de Angie. Mas ela desceu o corredor na direção da cozinha, andando devagar e com cuidado no escuro.

— Angie? Tá na cozinha? Parece que eu vi uma luz.

A cabeça de Junior começava a doer de novo, e era culpa daquela bocetuda intrometida e maconheira. O que acontecesse depois... também seria culpa dela.

5

Dodee Sanders ainda estava meio doidona e um pouco bêbada; estava de ressaca; a mãe morrera; tateava no escuro o corredor da casa da melhor amiga; pisou em alguma coisa que deslizou debaixo dos pés e quase caiu de bunda pra cima. Agarrou-se no corrimão da escada, virou dois dedos dolorosamente para trás e gritou. Ela entendia mais ou menos tudo o que estava lhe acontecendo, mas ao mesmo tempo era impossível acreditar. Sentia que entrara numa dimensão paralela, como num filme de ficção científica.

Curvou-se para ver no que escorregara. Parecia uma toalha. Algum idiota deixara uma toalha no chão do corredor. Então achou que alguém se movia na escuridão à frente. Na cozinha.

— Angie? É você?

Nada. Ainda sentia que havia alguém ali, mas talvez não.

— Angie? — Ela avançou de novo, mantendo a mão direita que pulsava — os dedos iam inchar, ela achou que já estavam inchando — ao lado do corpo. Estendeu a mão esquerda à frente, tateando o ar escuro. — Angie, *por favor*, esteja aí! A minha mãe morreu, não é piada, a sra. Shumway me disse e ela não brinca, eu *preciso* de você!

O dia começara tão bem. Ela acordara cedo (bom... às dez; para ela, era cedo) e não tivera a mínima intenção de faltar ao trabalho. Aí Samantha Bushey ligou para dizer que comprara umas Bratz novas no e-Bay e perguntar se Dodee queria ir à casa dela para ajudar a torturá-las. Torturar Bratz era uma coisa que começara no segundo grau — compravam as bonecas em vendas de garagem, depois as enforcavam, enfiavam pregos naquela cabeça estúpida, banhavam-nas com fluido de isqueiro e punham fogo —, e Dodee sabia que já tinham passado da época, que agora eram adultas, ou quase. Era coisa de crianças.

Também um tanto sinistro, se for pensar bem. Mas o fato era que Sammy morava sozinha na estrada de Motton — era apenas um trailer, mas só dela, já que o marido tinha ido embora na primavera — e o Pequeno Walter dormia praticamente o dia inteiro. Além disso, Sammy costumava ter uma erva ótima. Dodee achava que arranjava com os caras com quem saía. O trailer dela era popular nos fins de semana. Mas o fato era que Dodee tinha resolvido largar a erva. Nunca mais, desde toda aquela confusão com o cozinheiro. Nunca mais já durava mais de uma semana no dia em que Sammy ligou.

— Você pode ficar com Jade e Yasmin — instigava Sammy. — E estou com um ótimo você-sabe-o-quê. — Ela sempre falava assim, como se quem ouvisse não fosse entender do que ela estava falando. — E a gente também pode você-sabe-o-quê.

Dodee também sabia o que era *aquele* você-sabe-o-quê e sentiu um arrepiozinho Lá Embaixo (na você-sabe-o-quê dela), muito embora aquilo *também* fosse coisa de criança e já devessem ter deixado para trás há muito tempo.

— Acho que não, Sam. Tenho que trabalhar às duas e...

— Yasmin está esperando — disse Sammy. — E você sabe que detesta aquela piranha.

Bom, isso era verdade. Yasmin era a mais piranha das Bratz, na opinião de Dodee. E ainda teria quatro horas antes das duas. Outro *e*, e daí se chegasse um pouco atrasada? Rose a demitiria? Quem mais aceitaria aquele emprego de merda?

— Certo. Mas só um pouco. E só porque eu odeio a Yasmin.

Sammy deu uma risadinha.

— Mas chega de você-sabe-o-quê. *Nenhum* dos você-sabe-o-quê.

— Sem problemas — disse Sammy. — Venha logo.

Então Dodee pegou o carro e foi, e é claro que descobriu que torturar Bratz não tinha graça quando não se estava meio doidona, então ficou meio doidona e Sammy também. Fizeram juntas uma cirurgia plástica em Yasmin com soda cáustica, que foi hilária. Aí Sammy quis mostrar a ela a camisolinha nova que comprara na Deb e, embora estivesse ficando meio gorducha, ainda estava ótima aos olhos de Dodee, talvez porque estavam meio doidas — chapadas, na verdade — e como o Pequeno Walter ainda dormia (o pai insistira em dar ao filho o nome de um velho cantor de blues, e todo aquele *sono*, uau, Dodee achava que o Pequeno Walter era retardado, o que não seria surpresa com o tanto de bagulho que Sam fumara quando estava grávida), acabaram indo para a cama de Sammy e praticando um pouco do velho você-sabe-o-quê. Depois dormiram, e quando Dodee acordou, o Pequeno Walter berrava — que merda, liga para o NewsCenter 6 — e já passava das cinco. Tarde demais para ir trabalhar e, além disso, Sam aparecera com uma garrafa de Johnnie Walker Black, e deram um trago, dois tragos, três-tragos-quatro, e Sammy decidiu que queria ver o que aconteceria com uma Baby Bratz no micro-ondas, só que a luz acabara.

Dodee voltara para a cidade a mais ou menos 25km/h, ainda alta e paranoica como nunca, olhando o tempo todo o retrovisor com medo da polícia, sabendo que se fosse parada seria por aquela piranha ruiva da Jackie Wettington. Ou o pai teria tirado uma folga da loja e sentiria o cheiro de bebida no seu hálito. Ou a mãe estaria em casa, tão cansada daquela aula de voo estúpida que decidira ficar em casa em vez de ir ao Bingo Estrela do Oriente.

Deus, por favor, rezou. *Por favor, me tira disso e eu nunca mais você-sabe-o-quê de novo. Nenhum dos você-sabe-o-quê. Nunca mais na vida.*

Deus ouviu a oração dela. Não havia ninguém em casa. Lá também a luz acabara, mas naquele estado alterado Dodee nem notou. Subiu até o quarto, tirou as calças e a camisa e se deitou. Só uns minutinhos, disse a si mesma. Então jogou as roupas cheirando a beque na máquina de lavar e entrou no chuveiro. Estava com o cheiro do perfume de Sammy, que ela devia comprar aos litros no Burpee.

Só que, sem luz, não pôde ligar o despertador, e quando as batidas na porta a acordaram, já estava escuro. Ela agarrou o roupão e desceu, com certeza repentina de que seria a policial ruiva de peitão, que vinha prendê-la por dirigir alcoolizada. Talvez por provar maconha também. Dodee achava que aquele outro você-sabe-o-quê não era ilegal, mas não tinha certeza absoluta.

Não era Jackie Wettington. Era Julia Shumway, editora do *Democrata*. Estava com uma lanterna na mão. Jogou a luz no rosto de Dodee — que provavelmente estava inchado de sono, os olhos com certeza ainda vermelhos e o cabelo emaranhado — e a baixou de novo. A luz se refletiu o bastante para revelar o rosto de Julia, e Dodee viu ali uma solidariedade que a deixou confusa e assustada.

— Pobre menina — disse Julia. — Você não sabe, não é?

— Não sei o quê? — perguntara Dodee. Foi então que o sentimento de universo paralelo começou. — Não sei *o quê?*

E Julia Shumway contou a ela.

6

— Angie? Angie, *por favor*!

Tateando pelo corredor. A mão pulsando. A *cabeça* pulsando. Ela podia ter procurado o pai — a sra. Shumway se oferecera para levá-la, começando pela Funerária Bowie —, mas o sangue gelou ao pensar naquele lugar. Além disso, era Angie que ela queria. Angie, que a abraçaria com força sem nenhum interesse em você-sabe-o-quê. Angie, que era a sua melhor amiga.

Uma sombra saiu da cozinha e se moveu depressa na sua direção.

— Você está aí, graças a Deus! — Ela começou a chorar mais alto e correu para a figura com os braços estendidos. — Ah, é horrível! Eu estou sendo punida por ser uma menina má, eu sei que estou!

A figura escura estendeu os braços, que não envolveram Dodee num abraço. Em vez disso, as mãos nas pontas dos braços se fecharam na sua garganta.

O BEM DA CIDADE, O BEM DO POVO

1

Andy Sanders estava mesmo na Funerária Bowie. Andara até lá levando uma carga pesada: perplexidade, pesar, o coração partido.

Estava sentado na Sala de Recordação I, a sua única companhia no caixão na frente da sala. Gertrude Evans, 87 anos (ou talvez 88) morrera de insuficiência cardíaca congestiva dois dias antes. Andy mandara um bilhete de pêsames, embora só Deus soubesse quem o recebera: o marido de Gert morrera havia uma década. Não importava. Ele sempre mandava pêsames quando um eleitor seu morria, um bilhete escrito à mão numa folha de papel cor de creme timbrado com GABINETE DO PRIMEIRO VEREADOR. Achava que fazia parte do seu dever.

Big Jim não dava importância a essas coisas. Big Jim vivia ocupado demais administrando o que chamava de "nosso negócio", querendo dizer Chester's Mill. Administrava a cidade como se fosse a sua ferrovia particular, na verdade, mas Andy nunca se ressentira disso; ele entendia que Big Jim era *esperto*. Entendia outra coisa também: sem Andrew DeLois Sanders, provavelmente Big Jim não seria eleito nem para dirigir a carrocinha. Big Jim sabia vender carros prometendo pechinchas de dar água na boca, financiamento facilitadíssimo e brindes como aspiradores de pó coreanos baratos, mas daquela vez que tentou obter a representação da Toyota, a empresa preferiu Will Freeman. Dadas as suas vendas e a localização na 119, Big Jim não conseguiu entender por que a Toyota fora tão estúpida.

Andy conseguia. Talvez não fosse o urso mais inteligente da floresta, mas sabia que Big Jim não tinha calor humano. Era um homem duro (alguns — os que se deram mal com aqueles financiamentos facilitadíssimos, por exemplo — diriam de coração duro) e persuasivo, mas também gelado. Andy, por sua vez, tinha calor humano para dar e vender. Quando fazia campanha na cidade na época das eleições, dizia a todos que ele e Big Jim eram como Tico e Teco, Batman e Robin, pão e manteiga, e que Chester's Mill não seria a mesma sem os dois juntos (e o terceiro que por acaso pegasse carona — naquele momento, Andrea Grinnell, irmã de Rose Twitchell). Andy sempre gostara da parceria com Big Jim. Financeiramente, claro, ainda mais nos últimos dois ou três anos, mas também de coração. Big Jim sabia fazer as coisas e por que *deveriam* ser feitas. *Estamos nisso a longo prazo*, dizia. *Fazemos isso pela cidade. Pelo povo. Pelo próprio bem deles.* E isso era bom. Fazer o bem era bom.

Mas agora... nessa noite...

— Detestei aquelas aulas de voo desde o princípio — disse ele, e começou a chorar de novo. Logo soluçava ruidosamente, mas tudo bem, porque Brenda Perkins partira com lágrimas silenciosas depois de ver os restos mortais do marido e os irmãos Bowie estavam no andar térreo. Tinham muito trabalho a fazer (Andy entendia, de um jeito vago, que algo muito ruim acontecera). Fern Bowie saíra para fazer uma boquinha no Rosa Mosqueta e, quando voltasse, Andy tinha certeza de que o mandaria embora, mas Fern passou pelo corredor sem nem olhar para onde estava Andy, as mãos entre os joelhos, a gravata frouxa, o cabelo em desordem.

Fern descera para a "sala de trabalho", como ele e o irmão Stewart costumavam dizer. (Horrível, horrível!) Duke Perkins estava lá. E também aquele maldito Chuck Thompson, que talvez não tivesse convencido a sua mulher a tomar aquelas aulas de voo, mas também não a convencera a desistir. Talvez houvesse outros lá também.

Claudette com certeza.

Andy soltou um gemido e apertou as mãos com mais força. Não conseguiria viver sem ela; não havia como viver sem ela. E não só porque a amava mais do que a própria vida. Era Claudette (junto com injeções regulares de dinheiro, não registradas e cada vez maiores, de Jim Rennie) que mantinha a drogaria funcionando; por conta própria, Andy teria falido antes da virada do século. Ele era especialista em pessoas, não em contas ou livros-caixa. Sua mulher era a especialista em números. Ou fora.

Quando o mais-que-perfeito ressoou na sua cabeça, Andy gemeu de novo.

Claudette e Big Jim tinham colaborado até para consertar os livros da cidade daquela vez em que o governo do estado fizera uma auditoria. Supostamente seria de surpresa, mas Big Jim soubera com antecedência. Não muita; só o suficiente para trabalharem com o programa de computador que Claudette chamava de DR. LIMPEZA, porque sempre produzia números limpos. Saíram daquela auditoria limpinhos da silva em vez de ir para a cadeia (o que não seria justo, já que o que faziam — quase tudo, na verdade — era para o próprio bem da cidade).

A verdade sobre Claudette Sanders era a seguinte: ela fora um Jim Rennie mais bonito, um Jim Rennie mais *gentil*, com quem ele podia dormir e a quem contava os seus segredos, e a vida sem ela era impensável.

Andy começou a chorar de novo, e foi então que Big Jim pôs a mão no seu ombro e apertou. Não o ouvira chegar, mas não levou um susto. Quase esperara a mão, porque o dono dela sempre aparecia quando Andy mais precisava.

— Achei que o encontraria aqui — disse Big Jim. — Andy... parceiro... sinto muito, muito mesmo.

Andy se levantou com dificuldade, deixou os braços caírem em torno do corpanzil de Big Jim e começou a chorar no paletó do outro.

— *Eu disse a ela que aquelas aulas eram perigosas! Eu disse a ela que Chuck Thompson era um panaca, igualzinho ao pai dele!*

Big Jim lhe esfregou as costas com a palma consoladora.

— Eu sei. Mas agora ela está num lugar melhor, Andy. Hoje ela jantou com Jesus Cristo: rosbife, ervilhas frescas, purê de batata com molho! Que tal essa ideia? Você devia se agarrar a ela. Acha que a gente deveria orar?

— Isso! — soluçou Andy. — Isso, Big Jim! Ora comigo!

Ajoelharam-se e Big Jim rezou por muito tempo pela alma de Claudette Sanders (abaixo deles, na sala de trabalho, Stewart Bowie escutou, ergueu os olhos para o teto e observou: "Aquele homem caga por cima e por baixo").

Depois de quatro ou cinco minutos de *enxergamos através do espelho* e *quando eu era menino, pensava como menino* (Andy não entendeu direito a pertinência desse último, mas não ligou; estar de joelhos com Big Jim já confortava), Rennie acabou — "EmnomedeJesusamém" — e ajudou Andy a se levantar.

Cara a cara, peito a peito, Big Jim agarrou Andy pelo alto dos braços e o olhou nos olhos.

— Então, parceiro — disse. Sempre chamava Andy de parceiro quando a situação era grave. — Está pronto para trabalhar?

Andy o fitou em silêncio.

Big Jim fez que sim com a cabeça, como se Andy tivesse protestado de forma sensata (naquelas circunstâncias).

— Eu sei que é duro. Não é justo. Péssima hora para pedir. E você teria todo o direito, Deus sabe que teria, se me desse um soco bem na minha fuça melequenta. Mas às vezes a gente tem que pôr em primeiro lugar o bem-estar dos outros, não é verdade?

— O bem da cidade — disse Andy. Pela primeira vez desde que recebera a notícia de Claudie, viu uma nesga de luz.

Big Jim concordou. Estava com uma cara solene, mas os olhos brilhavam. Andy teve uma ideia estranha: *ele parece dez anos mais novo.*

— Está certo. Somos guardiões, parceiro. Guardiões do bem comum. Nem sempre é fácil, mas nunca é desnecessário. Mandei a tal Wettington caçar a Andrea. Disse a ela que levasse a Andrea para a sala de reuniões. Algemada, se for preciso. — Big Jim riu. — Ela vai estar lá. E o Pete Randolph está fazendo a lista de todos os policiais disponíveis na cidade. Não são suficientes. Temos que cuidar disso, parceiro. Se essa situação continuar, a autoridade vai ser fundamental. Então, o que você diz? Vai vestir a camisa por mim?

Andy fez que sim. Achou que isso afastaria a cabeça dele daquilo tudo. Mesmo que não afastasse, ele precisava dar uma de abelha e sair zumbindo. Olhar o caixão de Gert Evans estava começando a lhe dar arrepios. As lágrimas silenciosas da viúva do chefe lhe tinham arrepiado também. E não seria difícil. Ele só precisaria ficar sentado lá na mesa da sala de reuniões e erguer a mão quando Big Jim erguesse a dele. Andrea Grinnell, que nunca parecia totalmente acordada, faria o mesmo. Se fosse necessário implementar algum tipo de medida de emergência, Big Jim cuidaria disso. Big Jim cuidaria de tudo.

— Vamos — respondeu Andy.

Big Jim lhe deu um tapinha nas costas, jogou o braço sobre os ombros estreitos de Andy e o levou para fora da Sala das Recordações. Era um braço pesado. Carnudo. Mas era bom.

Ele nunca pensou na filha. No seu pesar, Andy Sanders se esqueceu completamente dela.

2

Julia Shumway andava devagar pela rua da Commonwealth, lar dos moradores mais ricos da cidade, rumo à rua principal. Depois de dez anos de divórcio feliz, morava em cima da redação do *Democrata* com Horace, o seu velho welsh corgi. Ela o batizara em homenagem ao grande sr. Greeley, recordado por um único lema — "Para o Oeste, rapaz, para o Oeste" —, mas cuja razão verdadeira para ser famoso, na cabeça de Julia, era o trabalho como editor de jornal. Se fizesse metade do que Greeley fizera no *New York Tribune*, Julia se consideraria um sucesso.

É claro que o Horace *dela* sempre a considerava um sucesso, o que fazia dele o melhor cão do mundo no entender de Julia. Ela o levaria para passear assim que chegasse em casa e depois melhoraria ainda mais a sua imagem aos olhos dele, espalhando uns pedacinhos do bife da véspera por cima da ração. Isso faria os dois se sentirem bem, e ela queria se sentir bem — com alguma coisa, qualquer coisa —, porque estava perturbada.

Esse estado não era novo para ela. Morara em Mill por todos os seus 43 anos e, nos dez últimos, gostara cada vez menos do que via na cidade natal. Estava preocupada com a decadência inexplicável do sistema de esgotos da cidade e da usina de tratamento de lixo, apesar de todo o dinheiro gasto com eles, com o fechamento iminente da Cloud Top, a estação de esqui da cidade, temia que James Rennie estivesse roubando da cidade mais do que ela suspeitava (e ela suspeitava que ele roubava muito há décadas). E, é claro, estava preocupada com essa coisa nova, que quase lhe parecia grande demais para ser compreendida. Toda vez que tentava entender aquilo, a cabeça se fixava numa parte pequena mas concreta: a incapacidade cada vez maior de usar o celular, por exemplo. E ela não *recebera* nenhuma ligação, o que era muito preocupante. O problema não eram amigos e parentes de fora da cidade tentando entrar em contato; ela deveria estar sendo bombardeada de ligações de outros jornais: o *Sun*, de Lewiston, o *Press Herald*, de Portland, talvez até o *New York Times*.

Alguém mais em Mill estaria com o mesmo problema?

Ela devia ir à fronteira com Motton e ver com os próprios olhos. Se não pudesse usar o telefone para chamar Pete Freeman, o seu melhor fotógrafo, poderia tirar algumas fotos com a Nikon de Emergência, como dizia. Tinha sabido que agora havia uma espécie de zona de quarentena na barreira, no lado de Motton e de Tarker's Mills — provavelmente no das outras cidades também —, mas sem dúvida conseguiria se aproximar pelo seu lado. Poderiam mandá-la embora, mas se a barreira era tão impenetrável quanto diziam, mandar seria o máximo que poderiam fazer.

— Paus e pedras podem quebrar meus ossos, mas palavras não me atingem — disse ela. A verdade absoluta. Se palavras pudessem feri-la, Jim Rennie a teria mandado para a UTI depois da reportagem que fez sobre aquela auditoria estadual ridícula de três anos atrás. Sem dúvida ele falara à vontade em processar o jornal, mas ficara na falação; ela chegou a pensar num editorial sobre o assunto, principalmente porque tinha um título ótimo: PROCESSO SUMIU, NINGUÉM SABE, NINGUÉM VIU.

Portanto, sim, estava preocupada. Fazia parte do serviço. Mas não estava acostumada a se preocupar com o próprio comportamento, e agora, parada na esquina entre a Comm e a Principal, estava preocupada. Em vez de entrar à esquerda na Principal, ela olhou para trás, para o caminho de onde viera. E falou no murmúrio baixo que costumava reservar para Horace: "Eu não devia ter deixado aquela garota sozinha."

Julia não teria feito isso se tivesse ido de carro. Mas fora a pé e, além disso... Dodee fora tão *insistente*. Também havia um cheiro estranho. Maconha? Talvez. Não que Julia fizesse muita objeção. Fumara o seu quinhão no decorrer da vida. E talvez acalmasse a garota. Embotasse o fio da dor enquanto era mais afiado e com mais probabilidade de cortar.

— Não se preocupa comigo — dissera Dodee —, eu encontro o meu pai. Mas primeiro tenho que me vestir. — E indicou o roupão que usava.

— Posso esperar — respondera Julia... embora não *quisesse* esperar. Tinha uma longa noite à frente, começando com os deveres para com o cachorro. Horace devia estar quase estourando agora, pois perdera o passeio das cinco; e estaria com fome. Depois de cuidar disso, ela tinha mesmo que ir até aquilo que todos estavam chamando de barreira. Ver com os próprios olhos. Fotografar o que houvesse para ser fotografado.

E nem isso seria o fim. Teria que ver como publicar uma edição extra do *Democrata*. Para ela era importante, e achava que podia ser importante para a cidade. É claro que tudo isso podia acabar amanhã, mas Julia estava com a sensação — em parte na cabeça, em parte no coração — de que não acabaria.

Ainda assim. Dodee Sanders não devia ter ficado sozinha. Parecia estar se aguentando, mas podia ser só choque e negação disfarçados de calma. E fuminho, claro. Mas ela *fora* coerente.

— Não precisa esperar. Não quero que espere.

— Não sei se ficar sozinha agora é aconselhável, querida.

— Eu vou para a casa da Angie — disse Dodee, e pareceu se alegrar um pouco com a ideia, embora as lágrimas continuassem a correr pelo rosto. — Ela vai comigo procurar o papai. — Ela fez que sim. — É a Angie que eu quero.

Na opinião de Julia, a menina dos McCain só tinha um tiquinho mais de bom-senso do que a outra, que herdara a aparência da mãe, mas, infelizmente, o cérebro do pai. Mas Angie era amiga e ninguém mais do que Dodee Sanders precisava de amigos naquela noite.

— Eu posso ir com você... — Sem vontade. Sabendo que, mesmo no seu atual estado de recentíssimo luto, a menina provavelmente conseguiria entender isso.

— Não, são só alguns quarteirões.

— Então...

— Sra. Shumway... a senhora *tem certeza*? Tem certeza de que a minha mãe...?

Com muita relutância, Julia assentira. Recebera de Ernie Calvert a confirmação do número da cauda do avião. Recebera dele outra coisa também, algo que seria mais adequado para a polícia. Julia teria insistido com Ernie para que ele lhes entregasse, não fosse a notícia consternadora de que Duke Perkins morrera e que aquele pilantra incompetente do Randolph estava no comando.

O que Ernie lhe deu foi a carteira de motorista de Claudette, manchada de sangue. Ficou no bolso de Julia enquanto ela esteve à soleira da porta dos Sanders e no seu bolso permaneceu. Ela a entregaria a Andy ou a essa mocinha pálida de cabelo despenteado quando chegasse a hora... mas a hora não era aquela.

— Obrigada — disse Dodee, com um tom de voz tristemente formal. — Agora, por favor, vai embora. Não quero ser grosseira, mas... — Não terminou a frase, só fechou a porta sobre ela.

E o que Julia Shumway fizera? Obedecera à ordem de uma mocinha de 20 anos tomada de tristeza que podia estar doidona demais para ser responsável por si mesma. Mas naquela noite havia outras responsabilidades, por mais duro que fosse. Horace, por exemplo. E o jornal. Todos podiam rir das fotos preto e branco granuladas de Pete Freeman e da cobertura completa de festas locais como a Noite Encantada da Dança da Escola Secundária Mill; podiam afirmar que só servia para forrar a caixinha do gato; mas precisavam dele, ainda mais quando acontecia algo de ruim. Julia queria que o jornal saísse amanhã, mesmo que tivesse de virar a noite. O que, com os dois repórteres regulares passando o fim de semana fora da cidade, provavelmente teria.

Julia viu que, na verdade, aguardava com expectativa esse desafio, e a cara triste de Dodee Sanders começou a escapulir da sua mente.

3

Horace olhou-a com reprovação quando ela entrou, mas não havia manchas molhadas no carpete nem pacotinhos marrons debaixo da cadeira do saguão — o lugar mágico que ele parecia considerar invisível para os olhos humanos. Ela lhe pôs a guia, levou-o lá fora e esperou pacientemente enquanto, cambaleando, ele mijava junto ao bueiro preferido; Horace tinha 15 anos, velho para um corgi. Enquanto ele se aliviava, ela fitou a bolha branca de luz no horizonte ao Sul. Parecia uma imagem saída de um filme de ficção científica de Steven Spielberg. Estava maior do que nunca e dava para ouvir o *uupapa-uupa-uupa* dos helicópteros, fraco mas constante. Chegou a ver a silhueta de um deles, passando veloz por aquele alto arco de brilho. Quantos malditos refletores será que tinham armado lá? Era como se o norte de Motton tivesse se transformado numa zona de pouso no Iraque.

Horace agora andava em círculos preguiçosos, farejando o lugar perfeito para terminar o ritual de eliminação da noite, fazendo aquela dança canina popularíssima, o Passo da Bosta. Julia aproveitou a oportunidade para experimentar o celular outra vez. Como acontecera tantas vezes naquela noite, recebeu a série normal de bipes... e depois, só o silêncio.

Vou ter que xerocar o jornal. O que significa uns 750 exemplares, no máximo.

Havia vinte anos que o *Democrata* não tinha gráfica própria. Até 2002, Julia levava a arte-final de cada semana até a gráfica View Printing, em Castle Rock, e agora nem precisava mais disso. Mandava as páginas por e-mail na noite de terça-feira, e o jornal pronto, embaladinho em plástico, era entregue pela gráfica antes das sete da manhã seguinte. Para Julia, que crescera lidando com correções a lápis e laudas datilografadas que "iam para o prego" depois de prontas, aquilo parecia mágica. E, como toda mágica, não muito confiável.

Naquela noite, a desconfiança se justificava. Talvez ainda pudesse enviar as páginas por e-mail para a gráfica, mas ninguém conseguiria entregar o jornal pronto pela manhã. Ela calculava que, de manhã, ninguém conseguiria chegar a menos de 8 quilômetros da fronteira de Mill. *Nenhuma* das fronteiras. Por sorte, havia um bom geradorzão na antiga sala da impressora, a máquina de xerox era um monstro e havia mais de quinhentas resmas de papel estocadas nos fundos. Se conseguisse que Pete Freeman a ajudasse... ou Tony Guay, que cobria esportes.

Enquanto isso, Horace finalmente assumira a posição. Quando terminou, ela entrou em ação com um saquinho verde chamado Doggie Doo, perguntando-se o que Horace Greeley pensaria de um mundo no qual catar da sarjeta bosta de cachorro, além de socialmente esperado, era também uma responsabilidade imposta pela lei. Ela achou que talvez tivesse se matado.

Depois de encher e fechar o saquinho, ela experimentou o telefone outra vez. Nada.

Levou Horace para dentro e lhe deu comida.

4

O celular tocou quando ela abotoava o casaco para ir de carro até a barreira. Estava com a câmera pendurada no ombro e quase a deixou cair ao remexer o bolso. Olhou o número e viu as palavras NÚMERO NÃO IDENTIFICADO.

— Alô? — disse, e devia haver alguma coisa na sua voz, porque Horace — que aguardava junto à porta, mais do que disposto a uma expedição noturna agora que estava limpo e alimentado — apontou as orelhas e virou a cabeça para olhá-la.

— Sra. Shumway? — Voz de homem. Abrupta. Oficial.

— *Srta.* Shumway. Com quem estou falando?

— Coronel James Cox, srta. Shumway. Exército dos Estados Unidos.

— E a que devo a honra da ligação? — Ela ouviu o sarcasmo na própria voz e não gostou, não era profissional, mas estava com medo, e o sarcasmo sempre fora sua reação ao medo.

— Preciso fazer contato com um homem chamado Dale Barbara. A senhorita conhece?

É claro que conhecia. E se surpreendera ao vê-lo no Mosqueta mais cedo. Ele era maluco de ainda estar na cidade? A própria Rose não dissera ontem mesmo que ele pedira demissão? A história de Dale Barbara era uma das centenas que Julia conhecia mas não publicava. Quem edita um jornal de cidade pequena fecha os olhos a muitas coisas complicadas. É preciso escolher as lutas. Do mesmo modo que tinha certeza de que Junior Rennie e os amigos escolhiam as deles. E ela duvidava muito que os boatos sobre Barbara e Angie, a melhor amiga de Dodee, fossem verdadeiros. No mínimo, achava que Barbara teria mais bom gosto.

— Srta. Shumway? — Ríspido. Oficial. Uma voz do lado de fora. Só por isso ela já não gostaria do dono da voz. — Está me ouvindo?

— Estou. É, eu conheço Dale Barbara. Trabalha como cozinheiro no restaurante da rua principal. Por quê?

— Parece que ele não tem celular e ninguém atende no restaurante...

— Está fechado...

— ... e os telefones fixos não funcionam, naturalmente.

— Nada parece funcionar direito na cidade hoje, coronel Cox. Inclusive os celulares. Mas notei que o senhor não teve dificuldade de me encontrar, o que me faz achar que talvez seus parceiros sejam os responsáveis. — Sua fúria, como o sarcasmo, vinda do medo, a surpreendeu. — O que o senhor *fez*? O que vocês *fizeram*?

— Nada. Até onde eu sei, nada.

Ela ficou tão surpresa que não conseguiu pensar no que dizer depois. O que era muito improvável na Julia Shumway que os antigos moradores de Mill conheciam.

— Quanto aos celulares, sim — disse ele. — As ligações de e para Chester's Mill estão praticamente interrompidas agora. No interesse da segurança nacional. E com todo o devido respeito, a senhorita faria o mesmo no nosso lugar.

— Duvido muito.

— Duvida? — Ele parecia interessado, não zangado. — Numa situação sem precedentes na história do mundo e indicativa de tecnologias muito além do que nós ou qualquer pessoa consegue sequer entender?

Mais uma vez, ela se viu sem resposta.

— É importantíssimo que eu fale com o capitão Barbara — disse ele, voltando ao roteiro original. De certa forma, Julia ficou surpresa por ele ter saído tanto do padrão.

— *Capitão* Barbara?

— Reformado. A senhorita consegue encontrá-lo? Leve o celular. Vou lhe dar um número pra ligar. A ligação vai se completar.

— Por que eu, coronel Cox? Por que o senhor não ligou para a delegacia? Ou para algum dos vereadores? Acho que os três estão por aqui.

— Nem tentei. Cresci numa cidade pequena, srta. Shumway...

— Ponto pra você.

— ... e, na minha experiência, nas cidades pequenas os políticos sabem um pouco, os policiais sabem muito e o editor do jornal local sabe tudo.

Isso a fez rir contra a vontade.

— Por que se preocupar em telefonar se vocês dois podem se encontrar frente a frente? Comigo como acompanhante, é claro. Eu vou até o meu lado da barreira, estava de saída quando o senhor ligou. Procuro Barbie e...

— Ele ainda é chamado assim, é? — Cox parecia divertido.

— Vou procurá-lo e levo ele comigo. Podemos ter uma minientrevista coletiva.

— Não estou no Maine. Estou em Washington. Com os chefes do Estado-Maior conjunto.

— Isso é pra me impressionar? — Embora impressionasse um pouco.

— Srta. Shumway, estou ocupado e provavelmente a senhora também. Assim, no interesse de resolver essa coisa...

— O senhor acha isso possível?

— Pode parar — disse ele. — Sem dúvida a senhorita foi repórter antes de ser editora e tenho certeza de que fazer perguntas é natural para a senhorita, mas agora o tempo é um fator importante. A senhorita vai fazer o que pedi?

— Faço. Mas se quer ele, vai ter a mim também. Vamos até a 119 e telefonamos de lá.

— Não — disse ele.

— Tudo bem — disse ela, amigável. — Foi muito bom conversar com o senhor, coronel...

— Deixe eu acabar. O seu lado da 119 está totalmente TOFU. Isso significa...

— Conheço a expressão, coronel, já li muito Tom Clancy. O que exatamente o senhor quer dizer em relação à rodovia 119?

— Desculpe a vulgaridade, mas é que aquilo lá parece a noite de estreia de um bordel gratuito. Metade da cidade estacionou carros e picapes nos dois lados da estrada e no pasto de um criador de gado de leite.

Ela pousou a câmera no chão, pegou um bloco de notas no bolso do casaco e rabiscou *Cel. James Cox* e *Como noite de estreia de bordel gratuito*. Depois acrescentou *fazenda Dinsmore?* É, provavelmente ele estava falando da propriedade de Alden Dinsmore.

— Tudo bem — disse ela —, o que o senhor sugere?

— Olha, a senhorita tem toda a razão, não posso impedir que vá até lá. — Ele suspirou, o som parecendo indicar que o mundo era injusto. — E não posso impedir que a senhorita publique isso no seu jornal, embora ache que não importa, já que ninguém fora de Chester's Mill vai ver.

Ela parou de sorrir.

— O senhor se incomodaria de explicar isso?

— Eu me incomodaria sim, e a senhorita vai entender por conta própria. A minha sugestão é que, se quer ver a barreira, embora na verdade não dê para *ver*, como acredito que já lhe disseram, é melhor levar o capitão Barbara até onde ela corta a estrada municipal número 3. Conhece a estrada municipal número 3?

Por um instante, não. Depois percebeu do que ele falava e riu.

— Alguma coisa engraçada, srta. Shumway?

— Em Mill, o pessoal chama de Estrada da Bostinha. Porque na estação das chuvas é uma bosta de estrada.

— Muito interessante.

— Nenhuma multidão na Bostinha, então?

— Nenhuma agora.

— Tudo bem. — Ela pôs o bloco no bolso e pegou a câmera. Horace continuava a aguardar com paciência junto à porta.

— Ótimo. Quando posso aguardar a sua ligação? Ou melhor, a ligação do Barbie no seu celular?

Ela olhou o relógio e viu que acabava de passar das dez. Em nome de Deus, como ficara tão tarde tão cedo?

— Vamos estar lá por volta de dez e meia, supondo que eu consiga encontrá-lo. E acho que eu consigo.

— Tudo bem. Diz pra ele que o Ken disse oi. É uma...

— Uma brincadeira, certo, eu entendi. Alguém vai nos encontrar?

Houve uma pausa. Quando ele falou de novo, ela sentiu a relutância. — Vai haver luzes, sentinelas e soldados cuidando de um bloqueio na estrada, mas receberam ordens de não falar com os moradores.

— Não falar... *por quê*? Em nome de Deus, *por quê*?

— Se essa situação não se resolver, srta. Shumway, tudo isso vai ficar claro. A maior parte a senhorita, que parece ser muito inteligente, vai entender sozinha.

— Bom, foda-se muito, coronel! — gritou ela, ferida. Na porta, Horace espetou as orelhas.

Cox riu, um grande riso nada ofendido.

— Certo, minha senhora, escutei muito bem. Dez e meia?

Ela ficou tentada a dizer não, mas é claro que não seria possível.

— Dez e meia. Supondo que eu o encontre. Ligo para o senhor?

— A senhorita ou ele, mas é com ele que eu preciso falar. Vou aguardar com a mão no telefone.

— Então me dá o número mágico. — Ela prendeu o telefone contra o ombro e remexeu no bolso de novo atrás do bloco. É claro que a gente sempre precisa do bloco outra vez depois de guardá-lo; é um fato da vida quando se é repórter, coisa que ela era agora. De novo. O número que ele lhe deu a assustou mais do que tudo o que dissera. O código de área era 000.

— Mais uma coisa, srta. Shumway: a senhorita usa marca-passo? Aparelho auditivo? Algo do tipo?

— Não. Por quê?

Ela pensou que ele não ia responder, mas respondeu.

— Perto da Redoma, há uma certa interferência. Não faz mal nenhum para a maioria das pessoas, que sente só um choque elétrico leve que some um ou dois segundos depois, mas com os aparelhos eletrônicos é um inferno. Alguns desligam; a maioria dos celulares, por exemplo, se chegarem a menos de um metro e meio; e outros explodem. Se a senhorita levar um gravador, ele vai desligar. Já um iPod ou algo sofisticado como um BlackBerry pode explodir.

— O marca-passo do chefe Perkins explodiu? Foi isso que matou ele?

— Dez e meia. Leva o Barbie e não esquece do recado de que o Ken disse oi.

Ele desligou, deixando Julia em silêncio ao lado do cachorro. Ela tentou ligar para a irmã em Lewiston. Os números tocaram... e nada. Silêncio total, como antes.

A Redoma, pensou ela. — *No final, ele não falou barreira; ele falou Redoma.*

5

Barbie tirara a camisa e estava sentado na cama para desamarrar o tênis quando veio a batidinha na porta, à qual se chegava subindo um lance externo de escada ao lado da Drogaria Sanders. A batida não foi bem-vinda. Ele andara quase o dia inteiro, depois vestira um avental e cozinhara quase a noite inteira. Estava exausto.

E se fosse Junior com alguns amigos, prontos a lhe preparar uma festa de boas-vindas? Podia-se dizer que era improvável e até paranoico, mas o dia fora um festival de improbabilidades. Além disso, Junior, Frank DeLesseps e o resto da turma estavam entre os poucos que ele não vira naquela noite no Mosqueta. Achou que deviam estar na 119 ou na 117 xeretando, mas de repente alguém lhes dissera que ele voltara à cidade e tivessem planejado algo para mais tarde. Tipo agora.

A batida soou de novo. Barbie se levantou e pôs a mão sobre a TV portátil. Não era lá uma arma, mas causaria algum dano se jogada no primeiro que tentasse passar pela porta. Havia uma vara de madeira no armário, mas os três cômodos eram pequenos e ela era comprida demais para ser girada com eficiência. Também havia o canivete suíço do Exército, mas ele não ia cortar nada. Não a menos que tivesse que...

— Sr. Barbara? — Era uma voz de mulher. — Barbie? Está em casa?

Ele tirou a mão da TV e atravessou a cozinhazinha.

— Quem é? — Mas enquanto perguntava, reconheceu a voz.

— Julia Shumway. Tenho um recado de alguém que quer falar com você. Ele me mandou dizer que o Ken disse oi.

Barbie abriu a porta e a deixou entrar.

6

Na sala de reuniões revestida de pinho no subsolo da Câmara de Vereadores de Chester's Mill, o rugido do gerador lá dos fundos (um idoso Kelvinator) era só um zumbido amortecido. A mesa no meio da sala era de um belo bordo vermelho, polida até brilhar, com 3,5 metros de comprimento. Naquela noite, a maioria das cadeiras que a cercavam estava vazia. Os quatro presentes à Reunião de Avaliação de Emergência, como dizia Big Jim, estavam amontoados numa das pontas. O próprio Big Jim, embora fosse só o segundo vereador, estava à cabeceira da mesa. Atrás dele havia um mapa mostrando a meia de atletismo do formato da cidade.

Os presentes eram os vereadores e Peter Randolph, chefe de polícia em exercício. O único que parecia inteiramente atento era Rennie. Randolph parecia chocado e apavorado. Andy Sanders, naturalmente, estava tonto de pesar. E Andrea Grinnell — uma versão obesa e grisalha de Rose, a irmã mais nova — parecia apenas tonta. Isso não era novo.

Quatro ou cinco anos antes, numa manhã de janeiro, Andrea escorregara na calçada coberta de gelo a caminho de verificar a caixa do correio. Caíra com força suficiente para rachar dois discos nas costas (estar com uns 35 ou 40 quilos a mais com certeza não ajudou). O dr. Haskell receitara OxyContin, aquele novo remédio milagroso, para aliviar a dor que, sem dúvida, era excruciante. E desde então ela o tomava. Graças ao bom amigo Andy, dono da drogaria local, Big Jim sabia que Andrea começara tomando 40 mg por dia e que agora chegara a 400 mg. Era uma informação útil.

Big Jim disse:

— Devido à terrível perda do Andy, vou presidir essa reunião se ninguém se opuser. Todos sentimos muito, Andy.

— Pode apostar, senhor — disse Randolph.

— Obrigado — disse Andy e, quando Andrea lhe cobriu rapidamente a mão com a dela, os seus olhos voltaram a se encher de lágrimas.

— Agora, todos temos uma ideia do que aconteceu aqui — disse Big Jim —, embora ninguém na cidade ainda entenda...

— Aposto que ninguém fora da cidade também — disse Andrea.

Big Jim a ignorou.

— ... e a presença militar não parece disposta a se comunicar com as autoridades eleitas da cidade.

— Problema com os telefones, senhor — disse Randolph. Ele era bastante íntimo de todas aquelas pessoas; de fato, considerava Big Jim um amigo, mas ali na sala achava melhor usar senhor e senhora. Perkins fizera o mesmo e, ao menos nisso, provavelmente o velho tinha razão.

Big Jim acenou com a mão como se enxotasse uma mosca incômoda.

— Alguém podia ter ido até o lado de Motton ou Tarker e mandado me chamar, nos chamar, e ninguém se dispôs a fazer isso.

— Senhor, a situação ainda é muito... há... fluida.

— Sem dúvida, sem dúvida. E é bem possível que por isso ninguém tenha nos deixado a par até agora. Pode ser, é verdade, e oro para que seja essa a resposta. Espero que todos estejam orando.

Todos concordaram devidamente.

— Mas agora... — Big Jim olhou em volta muito sério. Ele *se sentia* sério. Mas também se sentia empolgado. E *pronto*. Não achava impossível que a sua foto saísse na capa da revista *Time* antes do fim do ano. Os desastres, ainda mais do tipo provocado por terroristas, nem sempre eram completamente ruins. Veja só o que fizeram por Rudy Giuliani. — *Agora*, senhora e senhores, acho que temos que encarar a possibilidade bem real de estarmos por nossa conta e risco.

Andrea cobriu a boca com a mão. Os olhos brilharam, de medo ou excesso de analgésico. Talvez ambos.

— Será mesmo, Jim?

— Torcer pelo melhor, se preparar para o pior, é o que Claudette sempre diz. — disse Andy, numa voz de profunda meditação. — Dizia, quer dizer. Ela me fez um belo café da manhã hoje. Ovos mexidos e um resto de queijo para tacos. Meu Deus!

As lágrimas, que tinham diminuído, começaram a jorrar de novo. Mais uma vez, Andrea cobriu a mão dele. Dessa vez, Andy a segurou. *Andy e Andrea*, pensou Big Jim, e um sorriso fino amassou a metade inferior do rosto carnudo. *Os Irmãos Burraldos.*

— Torcer pelo melhor, planejar para o pior — disse ele. — Que bom conselho. Neste caso, o pior pode significar dias isolados do mundo exterior. Ou uma semana. Talvez até um mês. — Na verdade, ele não acreditava nisso, mas fariam mais rápido o que ele queria se ficassem com medo.

Andrea repetiu:

— Será mesmo?

— Simplesmente não sabemos — disse Big Jim. Ao menos, essa era a verdade nua e crua. — Como saber?

— Talvez devêssemos fechar o Food City — disse Randolph. — Ao menos por enquanto. Caso contrário, vai encher que nem antes de uma nevasca.

Rennie estava irritado. Tinha uma pauta e isso estava nela, mas não em primeiro lugar.

— Ou talvez não seja boa ideia — disse Randolph, ao ler o rosto do segundo vereador.

— Na verdade, Pete, *não* acho que seja boa ideia — disse Big Jim. — Mesmo princípio de nunca declarar feriado bancário quando há pouco dinheiro circulando. Só se provoca uma corrida.

— Estamos falando em fechar os bancos também? — perguntou Andy. — O que fazer com os caixas eletrônicos? Tem um no Brownie's... no Posto de Gasolina & Mercearia Mill... na minha drogaria, naturalmente... — Ele parecia vago, e de repente se animou. — Acho até que vi um no Posto de Saúde, embora não tenha muita certeza.

Rennie se perguntou se Andrea andara emprestando ao outro algum comprimido.

— Só estava fazendo uma metáfora, Andy. — Mantendo a voz baixa e gentil. Era bem o tipo de coisa a esperar quando as pessoas fugiam da pauta. — Numa situação dessas, comida *é* dinheiro, por assim dizer. O que eu estou dizendo é que os negócios devem continuar como sempre. Isso vai manter a população tranquila.

— Ah — disse Randolph. Isso ele entendia. — Captei.

— Mas é preciso conversar com o gerente do supermercado... Como é o nome dele? Cade?

— Cale — disse Randolph. — Jack Cale.

— E também com Johnny Carver do Posto e Mercearia e... quem é que administra o Brownie's depois que o Dil Brown morreu?

— Velma Winter — disse Andrea. — Ela é de fora, mas é bem legal.

Rennie gostou de ver Randolph escrevendo os nomes na sua caderneta.

— Diz a essas três pessoas que cerveja e destilados estão proibidos até segunda ordem. — O seu rosto se apertou numa expressão de prazer bem assustadora. — E o Dipper está *fechado*.

— Muita gente não vai gostar dessa lei seca — disse Randolph. — Gente como Sam Verdreaux. — Verdreaux era o pau-d'água mais famoso da cidade, exemplo perfeito, na opinião de Big Jim, de por que a Lei Seca original nunca deveria ter sido revogada.

— Sam e os outros como ele vão ter que se aguentar quando os seus estoques pessoais de cerveja e pinga acabarem. Não podemos ter metade da cidade se embebedando como se fosse véspera de ano-novo.

— Por que não? — perguntou Andrea. — Vão acabar com o estoque existente e aí, pronto.

— E se saírem quebrando tudo enquanto isso?

Andrea se calou. Não conseguia entender *por que* sairiam quebrando tudo — *não* se tivessem comida —, mas ela já descobrira que, em geral, discutir com Jim Rennie era improdutivo e sempre cansativo.

— Vou mandar alguns rapazes falarem com eles — disse Randolph.

— Conversa *pessoalmente* com Tommy e Willow Anderson. — Os Anderson eram os donos do Dipper's. — Eles podem criar problemas. — Ele baixou a voz. — Radicais.

Randolph concordou.

— Radicais de esquerda. Penduraram no bar um retrato do tio Barack.

— Exatamente. — *E*, ele não precisava dizer, *Duke Perkins deixava aqueles dois hippies melequentos continuarem com os bailes e o rock aos berros e a bebedeira até uma da manhã. Protegia os dois. E veja o problema que isso causou para o meu filho e os amigos dele*. Virou-se para Andy Sanders. — Além disso, tranca muito bem todos os remédios controlados. Sem Nasonex nem Lyrica, esse tipo de coisa. Você sabe o que eu quero dizer.

— Tudo o que as pessoas usam pra ficarem doidonas — disse Andy — já tá bem trancado. — Parecia pouco à vontade com esse rumo da conversa. Rennie sabia por que, mas não se preocupava agora com os seus vários interesses comerciais; eles tinham assuntos mais urgentes.

— Ainda assim é melhor tomar mais precauções.

Andrea parecia alarmada. Andy lhe deu tapinhas amistosos na mão.

— Não se preocupa — disse —, sempre temos o suficiente para cuidar de quem realmente precisa.

Andrea sorriu para ele.

— A questão é: essa cidade vai se manter sóbria até o final da crise — disse Big Jim. — Estamos de acordo? Levantem as mãos.

As mãos se levantaram.

— Agora — disse Rennie — posso voltar pra onde eu queria começar? — Olhou para Randolph, que abriu ambas as mãos num gesto que dizia, ao mesmo tempo, *vá em frente* e *sinto muito*.

— Precisamos admitir que a população tem razão de estar assustada. E quem está assustado acaba aprontando, com ou sem bebida.

Andrea olhou o console à direita de Big Jim: interruptores que controlavam a TV, a rádio AM/FM e o sistema de gravação embutido, inovação que Big Jim detestava.

— Aquilo não devia estar ligado?

— Não vejo necessidade.

O bendito sistema de gravação (sombras de Richard Nixon) fora ideia de um paramédico intrometido chamado Eric Everett, um filho da putinski de uns 30 e poucos anos conhecido na cidade como Rusty. Everett levantara a ideia da idiotice do sistema de gravação nas reuniões da Câmara havia dois anos, apresentando-a como um grande salto à frente. A proposta fora uma surpresa malvista por Rennie, que raramente se surpreendia, ainda mais com quem não fosse da política.

Big Jim dissera que o custo seria proibitivo. Essa tática costumava funcionar com ianques pães-duros, mas não daquela vez; Everett apresentara números, provavelmente fornecidos por Duke Perkins, mostrando que o governo federal pagaria 80%. Um Troço Qualquer de Auxílio a Desastres; um resto dos anos gastadores de Clinton. Rennie se vira vencido.

Isso não era algo frequente e ele não gostou, mas estava na política há muito mais tempo do que Eric "Rusty" Everett cutucava próstatas e sabia que havia uma grande diferença entre perder uma batalha e perder a guerra.

— Então alguém não deveria fazer uma ata? — perguntou Andrea timidamente.

— Acho melhor manter isso informal, por enquanto — disse Big Jim. — Só entre nós quatro.

— Bom... se você acha...

— Dois podem manter segredo quando um deles está morto — disse Andy, sonhador.

— Isso mesmo, parceiro — disse Rennie, como se fizesse sentido. Virou-se para Randolph. — Eu diria que a nossa maior preocupação, a nossa maior responsabilidade pra com a cidade, é manter a ordem enquanto a crise durar. O que significa polícia.

— Exatamente! — disse Randolph espertamente.

— Agora, tenho certeza de que o chefe Perkins está nos olhando lá de cima...

— Com a minha mulher — disse Andy. — Com Claudie. — Deu uma assoada no nariz catarrento que Big Jim preferiria dispensar. Ainda assim, deu tapinhas amistosos na mão livre de Andy.

— Isso mesmo, Andy, os dois juntos, banhados na glória de Jesus. Mas pra nós aqui na Terra... Pete, que força você consegue reunir?

Big Jim sabia a resposta. Sabia a resposta de quase todas as suas perguntas. Assim a vida era mais simples. Havia 18 policiais lotados em Chester's Mill, 12 em horário integral, seis em meio expediente (estes últimos com mais de 60 anos, o que deixava o seu serviço muito atraente de tão barato). Daqueles

18, ele tinha certeza de que cinco dos que trabalhavam em horário integral estavam fora da cidade: tinham ido ao jogo de futebol da escola secundária naquele dia com a mulher e a família ou à queima controlada em Castle Rock. Um sexto, o chefe Perkins, estava morto. E, embora jamais falasse mal dos mortos, Rennie tinha certeza de que a cidade estava bem melhor com Perkins no paraíso do que ali, tentando controlar uma surumbamba bem além da sua capacidade limitada.

— Vou lhes dizer uma coisa, amigos — disse Randolph —, não é tanta assim. Temos Henry Morrison e Jackie Wettington, que foram comigo ao Código Três inicial. Temos também Rupe Libby, Fred Denton e George Frederick, embora ele esteja com tanta asma que não sei se vai ser útil. Estava planejando se aposentar mais cedo no final desse ano.

— Coitado do George — disse Andy. — Ele praticamente vive à base de Advair.

— E, como sabem, Marty Arsenault e Toby Whelan não estão lá muito bem hoje em dia. A única de meio expediente que posso dizer que está em forma é Linda Everett. Com aquele maldito exercício dos bombeiros e o jogo de futebol, isso não podia ter acontecido em hora pior.

— Linda Everett? — perguntou Andrea, um pouco interessada. — A mulher de Rusty?

— Pffff! — Big Jim costumava dizer *pfff* quando estava irritado. — É só uma guarda de trânsito metida a besta.

— Sim, senhor — disse Randolph —, mas se qualificou na prova de tiro ao alvo em Rock no ano passado e tem armamento. Não há razão para ela não usá-lo e trabalhar. Talvez não em horário integral, os Everett têm filhos, mas ela pode ajudar. Afinal de contas, *é* uma crise.

— Sem dúvida, sem dúvida. — Mas imagine se Rennie ia querer ver Everetts pulando feito boneco de mola em todo canto para onde ele se virasse. Conclusão: não queria a mulher daquele melequento na equipe principal. Ainda mais porque ela ainda era bem nova, 30 anos, no máximo, e bonita pra diabo. Ele tinha certeza de que seria má influência sobre os outros homens. Mulheres bonitas sempre são. Wettington e os seus peitos bombásticos já eram ruins demais.

— Então — disse Randolph —, dos 18 só ficaram oito.

— Você esqueceu de se contar — disse Andrea.

Randolph bateu o punho na testa, como se tentasse fazer o cérebro pegar no tranco.

— Ah, claro. Certo. Nove.

— Não basta — disse Rennie. — Precisamos engordar a tropa. Só temporariamente, entende, até que essa situação se resolva.

— Em quem você está pensando, senhor? — perguntou Randolph.

— No meu filho, pra começar.

— Junior? — Andrea ergueu as sobrancelhas. — Ele nem tem idade pra votar... ou tem?

Big Jim visualizou rapidamente o cérebro de Andrea: 15% de sites de compra prediletos, 80% de receptores de ópio, 2% de memória e 3% de verdadeiro processo de pensamento. Mas era com aquilo que ele teria que trabalhar. *E*, disse a si mesmo, *a estupidez dos parceiros torna a vida mais simples*.

— Na verdade, já tem 21 anos. Faz 22 em novembro. E por sorte ou pela graça de Deus, veio da faculdade pra passar o fim de semana em casa.

Peter Randolph sabia que Junior Rennie viera da faculdade *permanentemente*; vira isso escrito no caderno telefônico da sala do falecido chefe no início da semana, embora não soubesse como Duke obtivera a informação nem por que a achara importante a ponto de anotá-la. Havia outra coisa escrita também: *Problemas comportamentais?*

Mas provavelmente não era uma boa hora para passar essa informação a Big Jim.

Rennie continuava, agora com a voz entusiasmada do apresentador de um programa de auditório que anuncia um prêmio especialmente suculento na Rodada de Bônus.

— *E* Junior tem três amigos que também seriam adequados: Frank DeLesseps, Melvin Searles e Carter Thibodeau.

Mais uma vez, Andrea ficou inquieta.

— Hum... esses não eram os garotos... os rapazes... envolvidos naquela altercação no Dipper's...?

Big Jim lhe deu um sorriso de ferocidade tão afável que Andrea se encolheu na cadeira.

— Aquela história foi exagerada. *E* provocada pelo álcool, como a maioria dos problemas. Além disso, o tal Barbara é que provocou. E por isso não houve acusações. Foi uma bobagem. Estou errado, Peter?

— De jeito nenhum — disse Randolph, embora ele também parecesse inquieto.

— Todos eles têm ao menos 21 anos e acredito que Carter Thibodeau tenha 23.

Thibodeau tinha mesmo 23 anos e estava trabalhando em meio expediente como mecânico no Posto de Gasolina & Mercearia Mill. Fora demitido de dois empregos anteriores — questões de temperamento, disseram a Randolph —, mas parecia ter se acalmado no posto. Johnny dizia que nunca vira ninguém com tanto jeito para sistemas de exaustão e sistema elétrico.

— Todos já caçaram juntos, têm boa pontaria...

— Torça para que ninguém tenha que comprovar *isso* — disse Andrea.

— Ninguém vai atirar em ninguém, Andrea, e ninguém está sugerindo que esses rapazes se tornem policiais em horário integral. O que eu estou dizendo é que precisamos completar um plantel extremamente desfalcado, e *logo*. O que acha, chefe? Podem trabalhar até que a crise acabe e nós os pagaremos com o fundo de contingência.

Randolph não gostava da ideia de Junior andando armado pelas ruas de Chester's Mill — Junior com os possíveis *problemas comportamentais* —, mas também não gostava da ideia de enfrentar Big Jim. E poderia mesmo ser boa ideia ter mais alguns homens à mão. Mesmo que fossem jovens. Ele não previa problemas na cidade, mas poderiam controlar a multidão onde as principais estradas chegavam à barreira. Se a barreira ainda estivesse lá. E se não estivesse? Problema resolvido.

Deu um sorriso de jogador do mesmo time.

— Sabe, acho que é uma ótima ideia, senhor. Manda eles pra delegacia amanhã às dez...

— Às nove seria melhor, Pete.

— Às nove está bom — disse Andy com a sua voz sonhadora.

— Algo mais a discutir? — perguntou Rennie.

Não havia mais nada. Andrea estava com cara de quem teria algo a dizer, mas não conseguia se lembrar do que era.

— Então vou fazer a pergunta — disse Rennie. — A comissão vai pedir ao chefe interino Randolph que aceite Junior, Frank DeLesseps, Melvin Searles e Carter Thibodeau como policiais com salário mínimo da categoria? Sendo que o período de serviço vai durar até a solução dessa situação maluca? Os que estiverem a favor, votem do jeito normal.

Todos levantaram a mão.

— A medida está aprov...

Ele foi interrompido por duas explosões que pareciam tiros. Todos pularam. Então veio a terceira, e Rennie, que trabalhara com motores quase a vida toda, reconheceu o que eram.

— Relaxa, gente. É só a descarga. O gerador está limpando a gargan...

O idoso gerador explodiu uma quarta vez e desligou. A luz se apagou, deixando-os por um instante num negrume estígio. Andrea guinchou.

À esquerda dele, Andy Sanders disse:

— Meu Deus, Jim, o gás...

Rennie estendeu a mão livre e segurou o braço de Andy. Andy se calou. Quando Rennie começou a relaxar a mão, a luz voltou à sala comprida revestida de pinho. Não as luzes fortes do teto, mas as lâmpadas quadradas de emergência montadas nos cantos. Sob o seu brilho fraco, os rostos reunidos na ponta da mesa de reuniões pareciam amarelos e anos mais velhos. Pareciam assustados. Até Big Jim Rennie parecia assustado.

— Sem problemas — disse Randolph, com uma animação que parecia fabricada e não orgânica. — O botijão secou, só isso. Tem bastante no depósito da cidade.

Andy deu uma olhada em Big Jim. Não foi mais do que um passar de olhos, mas Rennie achou que Andrea tinha visto. O que ela poderia vir a entender era outra questão.

Ela esquecerá depois da próxima dose de Oxy, disse a si mesmo. *Pela manhã, com certeza.*

Enquanto isso, o suprimento de gás da cidade — ou a sua falta — não o preocupava muito. Cuidaria da situação quando fosse necessário.

— Certo, parceiros, sei que estão tão ansiosos quanto eu para sair daqui, então vamos para o próximo ponto. Acho que devíamos confirmar o Pete oficialmente como nosso chefe de polícia interino.

— Claro, por que não? — perguntou Andy. Parecia cansado.

— Se não há mais discussões — disse Big Jim —, eu vou fazer a pergunta. — Votaram como ele queria que votassem.

Sempre votavam.

7

Junior estava sentado no degrau da frente da grande casa dos Rennie na rua Mill quando as luzes do Hummer do pai surgiram pela entrada de automóveis. Junior estava em paz. A dor de cabeça não voltara. Angie e Dodee foram guardadas na despensa dos McCain, onde estariam bem — ao menos por algum tempo. O dinheiro que pegara estava de volta ao cofre do pai. Tinha uma arma no bolso — o 38 de coronha de madrepérola que o pai lhe dera quando fez 18 anos. Agora, ele e o pai conversariam. Junior escutaria com muita atenção o que o Rei dos Sem Entrada tivesse a dizer. Se sentisse que o pai sabia o que ele, Junior, fizera — ele não via como seria possível, mas o pai sabia tanto —, Junior o mataria. Depois disso, apontaria a arma para si mesmo. Porque não haveria como fugir, não naquela noite. Talvez nem amanhã. No caminho de volta, parara no parque da cidade e escutara as conversas que havia por lá. O que diziam era loucura, mas a grande bolha de luz ao sul — e a outra menor a sudoeste, por onde a 117 seguia para Castle Rock — indicava que, naquela noite, por acaso, a loucura podia ser verdade.

A porta do Hummer se abriu e bateu. O pai andou na direção dele, a pasta batendo na coxa. Não parecia desconfiado, cansado nem zangado. Sentou-se ao lado de Junior no degrau sem dizer palavra. Então, num gesto que pegou Junior totalmente de surpresa, pôs a mão na nuca do rapaz e apertou de leve.

— Já soube? — perguntou.

— Um pouco — disse Junior. — Mas não entendi.

— Nenhum de nós entendeu. Acho que agora vão vir uns dias difíceis enquanto isso se resolve. Por isso, tenho que te pedir uma coisa.

— O que é? — A mão de Junior se fechou na coronha da pistola.

— Você vai fazer sua parte? Você e os seus amigos? Frankie? Carter e o garoto Searles?

Junior ficou calado, aguardando. Que merda era *aquela*?

— Agora Peter Randolph é o chefe interino. Vai precisar de gente para completar o efetivo da polícia. Homens bons. Está disposto a trabalhar como policial até essa maldita surumbamba acabar?

Junior sentiu uma vontade louca de gritar de riso. Ou de triunfo. Ou ambos. A mão de Big Jim ainda estava na sua nuca. Não apertava. Não beliscava. Quase... acariciava.

Junior soltou a arma no bolso. Ocorreu-lhe que *ainda* estava com sorte — a maré de sorte mais sortuda de todas.

Naquele dia, matara duas garotas que conhecia desde a infância. No dia seguinte, seria um policial da cidade.

— Claro, pai — disse ele. — Se precisa de nós, estamos *aí*. — E, pela primeira vez em quatro anos, talvez (senão mais), beijou o rosto do pai.

ORAÇÕES

1

Barbie e Julia Shumway não falaram muito; não havia muito a dizer. O carro deles, pelo que Barbie podia ver, era o único na estrada, mas saía luz da maioria das janelas dos sítios depois que se afastaram da cidade. Lá, onde sempre havia trabalho a fazer e ninguém confiava muito na empresa de energia elétrica, quase todos tinham gerador. Quando passaram pela torre da WCIK, as duas lâmpadas vermelhas no alto piscavam como sempre. A cruz elétrica na frente do prédio do pequeno estúdio também estava iluminada, um farol branco e brilhante na escuridão. Acima dela, as estrelas transbordavam pelo céu na profusão extravagante de sempre, uma catarata sem fim de energia que não precisava de gerador.

— Eu costumava vir pescar por aqui — disse Barbie. — É tranquilo.

— Dava sorte?

— Muita, mas às vezes o ar cheira como a cueca suja dos deuses. Adubo ou sei lá. Nunca ousei comer o que eu pescava.

— Adubo não; bosta mental. Também chamada de cheiro da retidão moral.

— Como assim?

Ela apontou a forma de uma torre escura que bloqueava as estrelas.

— A Igreja do Sagrado Cristo Redentor — disse ela. — São os donos da WCIK ali atrás. Também chamada de Rádio Jesus.

Ele deu de ombros.

— Acho que eu já vi a torre. E conheço a estação. Meio difícil não conhecer quando se mora aqui e se tem rádio. Fundamentalista?

— Fazem os batistas mais empedernidos parecerem frouxos. Eu sou da Congregacional. Não suporto Lester Coggins, detesto todo aquele ha-ha-você-

-vai-pro-inferno-a-gente-não. Cada qual com seu cada qual, sei lá. Embora eu *já* tenha me perguntado muitas vezes como é que eles conseguem ter uma estação de rádio de 50 mil watts.

— Oferendas de amor?

Ela fez um muxoxo.

— Talvez eu devesse perguntar ao Jim Rennie. Ele é diácono.

Julia tinha um Prius Hybrid bem-cuidado, carro que Barbie não esperaria de uma republicana empedernida e dona de jornal (embora achasse que combinava com uma frequentadora da Primeira Igreja Congregacional). Mas era silencioso e o rádio funcionava. O único problema é que, ali, no lado oeste da cidade, o sinal da WCIK era tão forte que cobria tudo na faixa de FM. E naquela noite eles transmitiam uma merda sacra tocada num acordeão que feria a cabeça de Barbie. Parecia polca tocada por uma orquestra morrendo de peste bubônica.

— Por que você não muda pra AM? — perguntou ela.

Foi o que ele fez e só achou blá-blá-blá noturno até encontrar uma estação esportiva quase no fim do dial. Ali, soube que, antes do jogo entre os Red Sox e os Mariners em Fenway Park, houve um minuto de silêncio pelas vítimas do que o locutor chamou de "evento no oeste do Maine".

— Evento — disse Julia. — Típico de locutor esportivo de rádio. Melhor desligar.

Menos de 2 quilômetros depois da igreja, começaram a ver um brilho entre as árvores. Chegaram a uma curva e à claridade de holofotes quase do tamanho dos refletores das pré-estreias de Hollywood. Dois apontavam na direção deles; outros dois estavam virados para cima. Cada buraco da estrada se destacava em nítido relevo. Os troncos das bétulas pareciam fantasmas estreitos. Barbie sentiu que entravam num filme *noir* do final dos anos 1940.

— Para, para, para — disse ele. — Não é bom chegar mais perto. Parece que não tem nada lá, mas pode acreditar que tem. Deve explodir toda a parte eletrônica do seu carrinho, no mínimo.

Ela parou e os dois desceram. Por um instante, ficaram só em pé na frente do carro, franzindo os olhos para a luz forte. Julia ergueu uma das mãos para proteger os olhos.

Estacionados além das luzes, um de frente para o outro, havia dois caminhões militares com a carroceria coberta de lona marrom. Por precaução, tinham colocado cavaletes na estrada, os pés escorados com sacos de areia. Rugiam motores continuamente na escuridão — não um gerador, mas vários. Barbie viu cabos elétricos grossos que se afastavam dos holofotes e entravam na floresta, onde outras luzes brilhavam entre as árvores.

— Vão iluminar o perímetro — disse ele, e girou o dedo no ar, como um juiz de beisebol indicando a corrida à base principal. — Luzes em torno da cidade inteira, iluminando pra dentro e pra cima.

— Por que pra cima?

— Pra alertar e afastar o tráfego aéreo. Quer dizer, se algum avião passar por aqui. Aposto que estão preocupados principalmente com esta noite. Amanhã vão ter o espaço aéreo de Mill tão fechado quanto um saco de dinheiro do Tio Patinhas.

No lado escuro dos holofotes, mas visíveis pela luz que escapava pela traseira, havia meia dúzia de soldados armados em posição de descanso, de costas para eles. Deviam ter ouvido a aproximação do carro, com todo aquele silêncio, mas nenhum deles olhou em volta.

— Ei, rapazes! — gritou Julia.

Nenhum se virou. Barbie não esperava que se virassem — no caminho, Julia contara a Barbie o que Cox lhe dissera —, mas tinha que tentar. E como sabia ler as insígnias, sabia *o que* tentar. O Exército poderia comandar o espetáculo — o envolvimento de Cox indicava isso —, mas esses camaradas não eram do Exército.

— Oi, fuzileiros! — gritou.

Nada. Barbie se aproximou. Viu uma linha horizontal escura pendendo no ar acima da estrada, mas a ignorou por enquanto. Estava mais interessado nos homens que guardavam a barreira. Ou a Redoma. Julia dissera que Cox a chamara de Redoma.

— Estou surpreso de ver vocês do Reconhecimento aqui na terrinha — disse ele, chegando um pouco mais perto. — Aquele probleminha no Afeganistão já acabou, é?

Nada. Chegou mais perto. O barulho áspero da terra sob os sapatos parecia muito alto.

— Está cheio de viadinhos no Reconhecimento, me falaram. Estou mesmo aliviado, sabe? Se a situação fosse mesmo ruim, teriam mandado os Rangers.

— Isca de puta — murmurou um deles.

Não era muito, mas Barbie se sentiu encorajado.

— Calma, calma, parceiros, calma, vamos conversar.

Nada mais. E ele não queria chegar ainda mais perto da barreira (ou da Redoma). A pele não se arrepiou e os pelinhos da nuca não ficaram em pé, mas ele sabia que a coisa estava ali. Dava para sentir.

E dava para ver: aquela tira pendendo no ar. Ele não sabia que cor teria à luz do dia, mas adivinhava ser vermelha, a cor do perigo. Era tinta spray e ele apostaria tudo o que tinha no banco (atualmente, pouco mais de 5 mil dólares) que dava a volta na barreira toda.

Como uma listra numa manga de camisa, pensou.

Fechou o punho e bateu no seu lado da tira, produzindo de novo aquele som de nó de dedo em vidro. Um dos fuzileiros pulou.

Julia começou:

— Não sei se é uma boa...

Barbie a ignorou. Estava começando a se zangar. Parte dele esperara o dia todo para se zangar e ali estava a oportunidade. Ele sabia que não adiantava descarregar naqueles rapazes — eram apenas figurantes —, mas era difícil se controlar.

— Ei, fuzileiros! Ajudem um irmão.

— Desiste, parceiro. — Embora quem falava não se virasse, Barbie sabia que era o comandante daquele grupinho. Reconheceu o tom de voz, ele mesmo o usara. Muitas vezes. — Temos as nossas ordens, logo ajude *você* um irmão. Em outra ocasião, em outro lugar, eu adoraria te pagar uma cerveja ou te dar um chute na bunda. Mas não aqui, não agora. O que você diz?

— Tudo bem — disse Barbie. — Mas vendo que estamos todos do mesmo lado, não tenho que gostar. — Virou-se para Julia. — Está com o celular?

Ela o entregou.

— Você devia arranjar um. Estão fazendo muito sucesso.

— Eu tenho — disse Barbie. — Um descartável, comprei baratinho na Best Buy. Quase nunca usei. Deixei na gaveta quando tentei sair da cidade. Não vi por que não deixar lá hoje.

Ela lhe entregou o dela.

— Acho que você mesmo vai ter que teclar o número. Tenho muito o que fazer. — Ela ergueu a voz para que os soldados em pé além das luzes brilhantes conseguissem escutá-la. — Sou editora do jornal local, afinal de contas, e quero algumas fotos. — Ela levantou a voz mais um pouquinho. — Ainda mais de alguns soldados de costas para uma cidade em dificuldades.

— Minha senhora, espero que não faça isso — disse o comandante. Era um sujeito grandalhão, de costas largas.

— Vem me impedir — convidou ela.

— Acho que a senhora sabe que nós não podemos fazer isso — disse ele. — Quanto a estarmos de costas, são essas as nossas ordens.

— Fuzileiro — disse ela —, pode pegar as suas ordens, enrolar bem enroladinhas, dobrar bem dobradinhas e enfiar onde a qualidade do ar é questionável. — À luz brilhante, Barbie viu algo notável: a boca de Julia numa linha dura e implacável e os olhos cheios de lágrimas.

Enquanto Barbie teclava o número com o estranho código de área, ela pegou a câmera e começou a tirar fotos. O flash não era muito forte comparado com os grandes holofotes alimentados por geradores, mas Barbie viu os soldados se encolherem cada vez que disparava. *Devem estar torcendo para a maldita insígnia não aparecer*, pensou.

2

O coronel James O. Cox, do Exército dos Estados Unidos, dissera que ficaria sentado com a mão no fone às dez e meia. Barbie e Julia Shumway tinham se atrasado um pouco e Barbie só telefonou quando eram 22h40, mas a mão de Cox devia mesmo estar no fone, porque o aparelho só deu meio toque e o antigo chefe de Barbie disse: "Alô, Ken falando."

Barbie ainda estava zangado, mas riu assim mesmo.

— Sim, senhor. E continuo a ser a puta que fica com toda a merda boa.

Cox também riu, pensando, sem dúvida, que tinham começado bem.

— Como vai, capitão Barbara?

— Vou bem, senhor. Mas, com todo o respeito, agora é só Dale Barbara. As únicas coisas que eu capitaneio hoje em dia são a chapa e as fritadeiras do restaurante local e não estou a fim de conversa fiada. Estou perplexo, senhor, e como só vejo as costas de um monte de fuzileiros isca de puta que não querem se virar para me olhar nos olhos, também estou bem pê da vida.

— Entendido. E *você* precisa entender uma coisa do meu lado. Se houvesse alguma coisa que todos esses homens pudessem fazer para ajudar ou dar fim a essa situação, você estaria olhando para a cara e não para a bunda deles. Acredita nisso?

— Estou escutando, senhor. — O que não era exatamente uma resposta.

Julia ainda tirava fotos. Barbie foi para a beira da estrada. Dessa nova posição, via uma barraca montada além dos caminhões. Também o que poderia ser uma pequena barraca-refeitório e um estacionamento cheio de mais caminhões. Os fuzileiros montavam um acampamento ali e, provavelmente, outros maiores onde as rodovias 119 e 117 saíam da cidade. Isso indicava permanência. O seu coração se entristeceu.

— A jornalista está aí? — perguntou Cox.

— Está aqui. Tirando fotos. E, senhor, transparência total, o que o senhor me contar, eu conto pra ela. Agora eu estou deste lado.

Julia parou o que fazia por tempo bastante para dar a Barbie um sorrisinho.

— Entendido, capitão.

— Senhor, me chamar assim não lhe faz ganhar pontos.

— Tudo bem, então só Barbie. Assim fica melhor?

— Sim, senhor.

— Quanto ao que a senhorita decidir publicar... pelo bem dos moradores dessa sua cidadezinha, espero que ela tenha bom-senso suficiente na hora de escolher.

— Eu aposto que ela tem, sim.

— E se ela mandar imagens por e-mail pra alguém de fora — alguma revista semanal ou o *New York Times*, por exemplo —, talvez vocês venham a ver sua internet seguir o mesmo caminho dos telefones fixos.

— Senhor, isso é sujeira da gro...

— A decisão seria tomada bem acima do meu posto. Só estou avisando.

— Eu digo a ela — suspirou Barbie.

— Me diz o quê? — perguntou Julia.

— Que se você tentar transmitir essas fotos, eles podem descontar na cidade impedindo o acesso à internet.

Julia fez um gesto que Barbie não costumava associar com belas damas republicanas. Ele retornou sua atenção para o celular.

— Quanto o senhor pode me contar?

— Tudo o que eu sei — disse Cox.

— Obrigado, senhor. — Embora Barbie duvidasse que Cox fosse mesmo contar tudo. O Exército nunca contava tudo o que sabia. Ou que pensava que sabia.

— Estamos chamando a coisa de Redoma — disse Cox —, mas não é uma Redoma. Ao menos, não achamos que seja. Achamos que é uma cápsula cujas bordas se encaixam exatamente nas fronteiras da cidade. E entenda-se esse "exatamente" de forma literal.

— O senhor sabe até que altura vai?

— Parece chegar a uns 14.300 metros, por aí. Não sabemos se o topo é plano ou se é arredondado. Ao menos não por enquanto.

Barbie não disse nada. Estava embasbacado.

— E a profundidade... ninguém sabe. Agora só podemos dizer que é de mais de 300 metros. Essa é a profundidade atual de uma escavação que estamos fazendo na fronteira entre Chester's Mill e o distrito não incorporado ao norte.

— TR-90. — Aos ouvidos de Barbie, a sua voz soou baixa e apática.

— Isso. Começamos num poço de cascalho que já tinha uns 12 metros. Vi imagens espectrográficas que não dá pra entender. Camadas longas de rochas metamórficas cortadas ao meio. Não há lacuna, mas dá pra ver a mudança onde a parte norte da camada caiu um pouquinho. Verificamos os registros do sismógrafo da estação meteorológica de Portland e bingo. Houve um pequeno abalo às 11h44 da manhã. Dois ponto um na escala Richter. Foi quando aconteceu.

— Ótimo — disse Barbie. Achou ter sido sarcástico, mas estava espantado e perplexo demais para ter certeza.

— Nada disso é conclusivo, mas é convincente. É claro que a exploração mal começou, mas por enquanto parece que a coisa tanto desce quanto sobe. E se *sobe* 8 quilômetros...

— Como o senhor sabe? Radar?

— Negativo, essa coisa não aparece no radar. Não há como saber que está ali até bater nela ou até chegar tão perto que não dá pra parar. O custo humano quando a coisa subiu foi baixíssimo, mas houve um inferno de pássaros mortos em volta. Dentro *e* fora.

— Eu sei. Já vi. — Julia acabara de tirar as fotos. Estava em pé ao lado dele, escutando a conversa de Barbie. — Então, como o senhor sabe até que altura vai? Laser?

— Não, ele também passa. Temos usado mísseis com ogivas vazias. Desde as quatro da tarde, estamos fazendo sortidas de aviões F-15A decolando de Bangor. Fico surpreso de você não ter escutado.

— Posso ter ouvido alguma coisa — disse Barbie. — Mas a minha cabeça estava ocupada com outras questões. — Como o avião. E o caminhão. Os mortos na rodovia 117. Parte do baixíssimo custo humano.

— Eles ricocheteavam... então a 14.300 metros e tal, zípete-zum, lá foram eles. Cá entre nós, fico surpreso de não termos perdido nenhum daqueles pilotos de caça.

— Vocês já a sobrevoaram?

— Há menos de duas horas. Missão bem-sucedida.

— Quem fez isso, coronel?

— Não sabemos.

— Fomos nós? É alguma experiência que deu errado? Ou, que Deus nos ajude, algum tipo de experiência? O senhor me deve a verdade. O senhor deve a verdade a essa cidade. Esse povo está apavorado.

— Compreensível. Mas não fomos nós.

— Se fôssemos, o senhor saberia?

Cox hesitou. Quando voltou a falar, a voz estava mais baixa.

— Temos boas fontes no meu departamento. Quando peidam na Agência de Segurança Nacional, a gente escuta. O mesmo acontece no Grupo Nove, em Langley, e em mais alguns negociozinhos de que você nunca ouviu falar.

Era possível que Cox estivesse falando a verdade. E era possível que não. Era um cumpridor do seu dever, afinal de contas; se estivesse de sentinela ali naquele frio escuro de outono com o resto dos fuzileiros isca de puta, Cox também estaria em pé de costas. Não gostaria, mas ordens são ordens.

— Alguma possibilidade de que seja um tipo de fenômeno natural? — perguntou Barbie.

— Que se ajusta exatamente às fronteiras humanas de uma cidade inteira? Cada buraco, cada cantinho? O que você acha?

— Eu tinha que perguntar. É permeável? O senhor sabe?

— A água passa — disse Cox. — Ao menos um pouco.

— Como é possível? — Embora ele tivesse visto com os próprios olhos o jeito estranho como a água se comportava; ele e Gendron tinham visto.

— Não sabemos, como poderíamos? — Cox parecia exasperado. — Estamos trabalhando nisso há menos de 12 horas. Todos estão trocando tapinhas nas costas só por terem descoberto até que altura vai. Podemos descobrir, mas por enquanto não sabemos.

— Ar?

— Ar passa bastante. Montamos uma estação de monitoramento onde a sua cidade faz limite com... hum.... — Barbie ouviu de leve o farfalhar do papel. — Harlow. Fizeram o que chamam de "teste de sopro". Acho que devem medir a pressão do ar que sai comparada à do ar que ricocheteia. Seja como for, o ar passa, e muito mais do que água, mas os cientistas dizem que a passagem não é completa. Isso vai foder de vez o clima de vocês, parceiro, mas ninguém sabe quanto nem como. Ora, talvez transforme Chester's Mill em Palm Springs. — Ele deu um risinho bastante fraco.

— Particulados? — Barbie achou que sabia essa resposta.

— Nada — disse Cox. — Matéria particulada não passa. Ao menos, não achamos que passe. E preste atenção, isso acontece em ambos os sentidos. Se a matéria particulada não entra, também não sai. Isso significa que a emissão dos automóveis...

— Ninguém tem muito espaço pra dirigir. Chester's Mill talvez tenha 6,5 quilômetros na parte mais larga. Na diagonal... — Ele olhou para Julia.

— Onze, no máximo — disse ela.

— Também não achamos que os poluentes do aquecimento sejam um grande problema — disse Cox. — Tenho certeza de que todos na cidade têm um bom sistema de aquecimento a gasolina bem caro; hoje, na Arábia Saudita, eles usam adesivos nos carros dizendo "Eu Coração a Nova Inglaterra"; mas esses sistemas modernos precisam de eletricidade pra fornecer uma fagulha constante. Provavelmente a reserva de gasolina é boa, considerando que a temporada de aquecimento das casas ainda não começou, mas acho que não lhes será muito útil. A longo prazo, isso pode ser bom, do ponto de vista da poluição.

— Acha mesmo? Vem cá quando estiver 30 graus abaixo de zero com o vento soprando a... — Ele parou um instante. — O vento *vai* soprar?

— Não sabemos — disse Cox. — Me pergunta amanhã e talvez eu tenha ao menos uma teoria.

— Podemos queimar lenha — disse Julia. — Diz isso a ele.

— A srta. Shumway diz que podemos queimar lenha.

— É preciso tomar cuidado com isso, capitão Barbara... Barbie. Claro que vocês têm muita madeira aí e não precisam de eletricidade pra queimá-la, mas lenha produz cinza. Que inferno, produz carcinógenos.

— A temporada de aquecimento aqui começa... — Barbie olhou para Julia.

— Quinze de novembro — disse ela. — Mais ou menos.

— A srta. Shumway diz meados de novembro. Então me diga que vão resolver isso até lá.

— Só posso dizer que vamos tentar ao máximo. O que me leva à razão dessa conversa. Todos os geniozinhos, os que conseguimos reunir até agora, concordam que lidamos com um campo de força...

— Como o de *Star Trick* — disse Barbie. — Teletransporte, Snotty.

— Como é?

— Nada, nada. Continue, senhor.

— Todos concordam que campos de força não aparecem à toa. Alguma coisa próxima ao campo ou no meio dele tem de gerá-lo. O nosso pessoal acha que o centro é mais provável. "Como o cabo de um guarda-chuva", disse um deles.

— O senhor acha que é trabalho interno?

— Achamos que é uma *possibilidade*. E acontece de termos um soldado condecorado na cidade...

Ex-soldado, pensou Barbie. *E as condecorações mergulharam no Golfo do México faz 18 meses.* Mas ficou com a ideia de que o seu tempo de serviço acabara de ser ampliado, quisesse ou não. Mantido por exigência popular, como se costuma dizer.

— ... cuja especialidade no Iraque era achar fábricas de bombas da Al-Qaeda. Achar e fechar.

Pois é. Basicamente, outro gerador. Ele pensou em todos aqueles pelos quais Julia Shumway e ele tinham passado no caminho até ali, rugindo no escuro, fornecendo luz e calor. Consumindo gás. Percebeu que gás e baterias, mais ainda do que comida, tinham se tornado o novo padrão-ouro de Chester's Mill. De uma coisa ele sabia: a população *queimaria* lenha. Se esfriasse e o gás acabasse, queimariam muita. Madeira de lei, madeira barata, madeira velha. E que se fodessem os carcinógenos.

— Não seria como os geradores que estão funcionando no seu lado do mundo agora à noite — disse Cox. — A coisa capaz de fazer isso... não sabemos *como* seria, nem quem conseguiria construir um troço desses.

— Mas o Tio Sammy quer — disse Barbie. Segurava o celular com tanta força que quase conseguiria quebrá-lo. — Na verdade é essa a prioridade, não é, senhor? Porque uma coisa dessas poderia mudar o mundo. Os moradores da cidade são estritamente secundários. Efeito colateral, na verdade.

— Ah, não sejamos melodramáticos — disse Cox. — Nesse caso, os nossos interesses coincidem. Ache o gerador, se é que ele existe. Ache do jeito que achou aquelas fábricas de bombas e o desligue. Problema resolvido.

— Se estiver aqui.

— Se estiver aí, isso. Vai tentar?

— Tenho opção?

— Não que eu saiba, mas sou militar de carreira. Pra nós, livre-arbítrio não é opção.

— Ken, esse é o treinamento de incêndio mais fodido que você já me arranjou.

Cox demorou para responder. Embora houvesse silêncio na linha (a não ser por um leve zumbido agudo que poderia significar que a conversa estava sendo gravada), Barbie quase conseguia ouvir o outro pensando. Depois, Cox disse:

— É verdade, mas você ainda fica com toda a merda boa, seu puto.

Barbie riu. Não conseguiu segurar.

3

No caminho de volta, ao passar pela forma escura que era a Igreja do Sagrado Cristo Redentor, ele se virou para Julia. À luz das lâmpadas do painel, o rosto dela parecia cansado e solene.

— Não vou te pedir que guarde segredo sobre tudo isso — disse ele —, mas acho que você deveria se calar sobre uma coisa.

— O gerador que pode ou não estar na cidade. — Ela tirou uma das mãos do volante, esticou-a para trás e passou-a na cabeça de Horace, como se para consolar e tranquilizar.

— É.

— Porque se houver um gerador criando o campo, criando a Redoma do seu coronel, então alguém deve estar cuidando dele. Alguém daqui.

— Cox não disse isso, mas tenho certeza de que é o que ele acha.

— Isso eu guardo. E não vou mandar nenhuma foto por e-mail.

— Ótimo.

— Afinal, elas têm que sair primeiro no *Democrata*. — Julia continuou acariciando o cachorro. Gente que dirigia com uma mão só costumava deixar Barbie nervoso, mas não naquela noite. A Bostinha e a 119 eram só deles. — Também entendo que às vezes o bem maior é mais importante do que uma ótima reportagem. Ao contrário do *New York Times*.

— Na mosca — disse Barbie.

— E se você encontrar o gerador, não vou ter que passar muitos dias fazendo compras no Food City. Detesto aquele lugar. — Ela pareceu se espantar. — Acha que vão abrir amanhã?

— Eu diria que sim. As pessoas podem demorar pra entender a nova ordem quando a velha se altera.

— Acho melhor fazer umas comprinhas dominicais — disse ela, pensativa.

— Aproveita pra dar um alô a Rose Twitchell. Provavelmente ela vai estar com o fiel Anson Wheeler. — Ao recordar o conselho que dera a Rose, riu e disse: — Carne, carne, carne.

— Como é?

— Se você tem um gerador em casa...

— Claro que eu tenho, moro em cima do jornal. Não é uma casa; é um ótimo apartamento. O gerador foi dedução fiscal. — Ela disse isso com orgulho.

— Então compra carne. Carne e enlatados, enlatados e carne.

Ela pensou um pouco. O centro da cidade estava logo à frente. Havia bem menos luzes do que de costume, mas ainda eram muitas. *Por quanto tempo?*, pensou Barbie. E Julia perguntou:

— O seu coronel te deu alguma ideia de como achar esse gerador?

— Nenhuma — disse Barbie. — Achar merda sempre foi o meu serviço. Disso, ele sabe. — Ele parou e perguntou: — Você acha que poderia ter algum contador Geiger na cidade?

— Eu sei que tem. No subsolo da Câmara de Vereadores. Na verdade, o subsubsolo, por assim dizer. Tem um abrigo antirradiação lá.

— Tá brincando!

Ela riu.

— Que nada, Sherlock. Fiz uma reportagem sobre ele há três anos. Pete Freeman tirou as fotos. No subsolo tem uma sala de reuniões grande e uma cozinhazinha. O abrigo fica meio lance de escadas abaixo da cozinha. De bom tamanho. Construído na década de 1950, quando o capital especulativo era todo investido aqui e sobrava dinheiro.

— *A hora final* — disse Barbie.

— É, é isso aí, e também *Alas, Babylon*. É um lugar bem deprimente. As fotos do Pete me lembraram o bunker do *Führer* pouco antes do fim. Tem uma espécie de despensa, prateleiras e mais prateleiras de enlatados, e meia dúzia de catres. E alguns equipamentos fornecidos pelo governo, como um contador Geiger.

— Os enlatados devem estar uma delícia depois de cinquenta anos.

— Na verdade eles renovam o estoque de vez em quando. Tem até um pequeno gerador que foi ligado depois do 11 de Setembro. Na prestação de contas da cidade, dá pra ver a dotação do abrigo a cada quatro anos. Eram uns trezentos dólares. Hoje são seiscentos. Você já tem o seu contador Geiger. — Ela lhe deu uma olhada rápida. — Claro que James Rennie cuida de tudo o que é da Câmara como se fosse propriedade pessoal, do sótão ao abrigo antirradiação, e vai querer saber pra que você quer o contador.

— Big Jim Rennie não vai saber — disse ele.

Ela aceitou sem comentários.

— Quer ir comigo até a redação? Assistir ao discurso do presidente enquanto começo a compor o jornal? Vai ser um serviço sujo e rápido, isso eu posso dizer. Uma reportagem, meia dúzia de fotos pra consumo local, nada de anúncio de Liquidação de Outono na Burpee.

Barbie pensou no caso. Estaria ocupado no dia seguinte, não só cozinhando como fazendo perguntas. Voltando ao velho serviço, tudo outra vez, à moda antiga. Por outro lado, se voltasse à sua casa em cima da drogaria, conseguiria dormir?

— Tudo bem. Provavelmente eu não deveria dizer isso, mas tenho muito talento pra office boy. E também faço um belo café.

— Moço, está contratado. — Ela ergueu do volante a mão direita aberta e Barbie bateu nela, palma contra palma.

— Posso perguntar mais uma coisa? Estritamente pra não ser publicada?

— Claro — disse ele.

— Esse gerador de ficção científica. Você acha que vai encontrar?

Barbie pensou bem enquanto ela estacionava ao lado da fachada que abrigava a redação do *Democrata*.

— Não — disse, finalmente. — Seria fácil demais.

Ela deu um suspiro e concordou. Depois, segurou os dedos dele.

— Acha que ajudaria se eu rezasse pelo seu sucesso?

— Mal não vai fazer — respondeu Barbie.

4

No Dia da Redoma, só havia duas igrejas em Chester's Mill; ambas ofereciam mercadoria do ramo protestante (embora de maneiras bem diferentes). Os católicos iam à igreja de Nossa Senhora das Águas Serenas, em Motton, e os cerca de dez ou 12 judeus à Congregação Beth Shalom, em Castle Rock, quando sentiam necessidade de consolo espiritual. Já houvera uma igreja Unitária, mas morrera por abandono no final da década de 1980. Todos concordavam que, mesmo assim, era uma coisa meio hippie. Agora o prédio abrigava a livraria Novos e Usados Mill.

Naquela noite, os dois pastores de Chester's Mill estavam "presos pelo joelho", como dizia Big Jim Rennie, mas o modo de falar, o estado de espírito e as expectativas eram muito diferentes.

A reverenda Piper Libby, que cuidava do seu rebanho no púlpito da Primeira Igreja Congregacional, não acreditava mais em Deus, embora não dividisse isso com seus congregantes. Lester Coggins, por sua vez, acreditava a ponto de martírio ou loucura (duas palavras para a mesma coisa, talvez).

A reverenda Libby, ainda com roupas caseiras — e ainda bastante bonita, mesmo aos 45 anos, para ficar bem com elas —, ajoelhou-se diante do altar em quase total escuridão (a Congregacional não tinha gerador), com Clover, o seu pastor-alemão, deitado atrás dela com o focinho nas patas e os olhos a meio-pau.

— Olá, Não-Está — disse Piper. Não-Está era o nome particular que ela vinha dando a Deus. No início do outono, fora o Grande Talvez. No verão, o

Onipotente Pode-Ser. Ela gostara desse; tinha certa graça. — Você sabe a minha situação... Devia saber, já tenho Lhe enchido bastante os ouvidos... Mas não é disso que vim falar hoje. O que talvez seja um alívio pra Você.

Ela suspirou.

— Estamos numa confusão aqui, Amigo. Espero que Você entenda, porque eu certamente não. Mas nós dois sabemos que amanhã isso aqui vai estar cheio de gente atrás de ajuda contra desastres celestes.

Fazia silêncio dentro da igreja e do lado de fora. "Silêncio demais", como dizem nos filmes antigos. Ela já vira Mill tão silenciosa numa noite de sábado? Não havia trânsito e as batidas graves da banda de fim de semana que estivesse tocando no Dipper's (sempre anunciada como **DIRETO DE BOSTON!**) estavam ausentes.

— Não vou Lhe pedir que me mostre a Sua vontade, porque não estou mais convencida de que Você *tenha* mesmo vontade. Mas na possibilidade improvável de que Você esteja aí, afinal de contas, sempre há a possibilidade, fico muito contente de admitir, por favor, me ajude a dizer algo útil. Esperança não no paraíso, mas bem aqui na Terra. Porque... — Ela não se surpreendeu ao notar que começara a chorar. Agora ela chorava muito, embora sempre sozinha. Os habitantes da Nova Inglaterra desaprovavam com veemência lágrimas públicas de políticos e religiosos.

Clover, sentindo a angústia dela, gemeu. Piper lhe disse que se calasse e se virou de volta para o altar. Ela costumava pensar na cruz que havia ali como a versão religiosa da gravatinha da Chevrolet, um logotipo que só passara a existir porque alguém vira o desenho no papel de parede de um quarto de hotel em Paris cem anos antes e gostara dele. Quem considerava divinos aqueles símbolos só podia ser lunático.

Ainda assim, perseverou.

— Porque, como tenho certeza de que Você sabe, a Terra é o que nós temos. Do que temos certeza. Eu quero ajudar o meu povo. Esse é o meu trabalho e eu ainda quero fazê-lo. Supondo que Você esteja aí e que Se importa, pressupostos frágeis, admito, então, por favor, me ajude. Amém.

Ela se levantou. Não tinha lanterna, mas não previa dificuldades para encontrar a saída sem esbarrar em nada. Conhecia o lugar passo a passo e obstáculo a obstáculo. E também o amava. Não se enganava a respeito da falta de fé nem do amor teimoso a essa ideia.

— Vamos, Clove — disse ela. — Presidente daqui a meia hora. O outro Grande Não-Está. A gente pode ouvir no rádio do carro.

Clover a seguiu placidamente, sem se perturbar com questões de fé.

5

Lá na estrada da Bostinha (sempre chamada de Número Três pelos fiéis da Sagrado Redentor), havia uma cena muito mais dinâmica, sob brilhante luz elétrica. A casa de culto de Lester Coggins possuía um gerador tão novo que as etiquetas de transporte ainda estavam coladas na lateral laranja vivo. Ficava em abrigo próprio, também pintado de laranja, ao lado do depósito atrás da igreja.

Lester era um homem de 50 anos tão bem-conservado — tanto pela genética quanto pelo esforço extenuante de cuidar do templo do corpo — que não parecia ter mais de 35 (as aplicações criteriosas de xampu tonalizante masculino ajudavam nesse aspecto). Naquela noite, vestia apenas um short de ginástica com ORAL ROBERTS GOLDEN EAGLES escrito na perna direita, e quase todos os músculos do corpo se destacavam.

Durante os cultos (dos quais havia cinco por semana), Lester orava num tremolo extasiado de pastor televisivo, transformando o nome do Cara Lá de Cima numa coisa que parecia saída de um pedal de wah-wah com excesso de amplificação: não *Deus*, mas *DEU-UEU-UEU-UEUS!* Nas orações particulares, às vezes ele caía na mesma cadência sem perceber. Mas quando estava profundamente perturbado, quando precisava mesmo se aconselhar com o Deus de Moisés e Abraão, Aquele que viajara de dia como um pilar de fumaça e à noite como um pilar de fogo, Lester fazia o seu lado da conversa num grunhido profundo que o fazia parecer um cão prestes a atacar um intruso. Não sabia disso porque não havia ninguém na vida para ouvi-lo orar. Piper Libby era viúva, perdera o marido e os dois filhos pequenos num acidente há três anos; Lester Coggins era um solteirão que, quando adolescente, tivera pesadelos masturbatórios em que erguia os olhos para ver Maria Madalena em pé à porta do seu quarto.

A igreja era quase tão nova quanto o gerador, construída de madeira de bordo, vermelha e cara. Também era simples a ponto de ser dura. Atrás das costas nuas de Lester, estendia-se uma fila tripla de bancos sob um teto de vigas. À frente dele, ficava o púlpito: apenas um leitoril com uma Bíblia e uma grande cruz de sequoia pendurada diante de uma cortina de púrpura real. O balcão do coro ficava acima, à direita, com instrumentos musicais — inclusive a Stratocaster que o próprio Lester tocava às vezes — agrupados num canto.

— Deus, ouvi minha oração — disse Lester na sua voz grunhida de estou-mesmo-orando. Numa das mãos, segurava um pedaço de corda pesada com 12 nós, um nó para cada discípulo. O nono nó, o que significava Judas, fora pintado de preto. — Deus, ouvi a minha oração, peço em nome de Jesus crucificado e subido aos céus.

Ele começou a açoitar as próprias costas com a corda, primeiro sobre o ombro esquerdo, depois sobre o direito, o braço se erguendo e dobrando num movimento suave. Os bíceps e deltoides nada desprezíveis começaram a suar. Quando atingia a pele já com muitas cicatrizes, a corda com nós produzia um barulho de batedor de carpetes. Ele já fizera isso muitas vezes, mas nunca com tanta força.

— Deus, ouvi a minha *oração*! Deus, ouvi a *minha* oração! Deus, *ouvi* a minha oração! *Deus*, ouvi a minha oração!

Tap e *tap* e *tap* e *tap*. A ferroada como fogo, como urtiga. A afundar pelas estradas e retornos dos seus miseráveis nervos humanos. Ao mesmo tempo terríveis e terrivelmente satisfatórios.

— Senhor, pecamos nesta cidade, e sou o maior dos pecadores. Dei ouvidos a Jim Rennie e acreditei nas suas mentiras. Sim, acreditei, e eis o preço, e agora é como já foi. Não é apenas um que paga pelo pecado de um, mas muitos. O Senhor se enraivece devagar, mas quando a Vossa fúria vem, é como as tempestades que varrem o trigal, baixando não só uma haste, mas todas. Semeei o vento e colhi tempestade, não só para um, mas para muitos.

Havia outros pecados e outros pecadores em Mill — ele sabia disso, não era ingênuo, praguejavam, dançavam, trepavam, usavam drogas sobre as quais ele sabia demais — e sem dúvida mereciam ser punidos, ser *flagelados*, mas isso era verdade em *todas* as cidades, com certeza, e esta era a única que fora isolada para esse terrível ato de Deus.

Ainda assim... ainda assim... seria possível que essa estranha maldição não se devesse ao *seu* pecado? Sim. Possível. Mas não provável.

— Senhor, preciso saber o que fazer. Estou na encruzilhada. Se a Vossa vontade for que eu suba neste púlpito amanhã de manhã e confesse o que aquele homem me levou a fazer — os pecados que cometemos juntos, os pecados de que participei sozinho —, então o farei. Mas isso seria o fim do meu ministério, e é difícil para mim acreditar que seja essa a Vossa vontade numa hora tão decisiva. Se a Vossa vontade for que eu espere... espere para ver o que acontece depois... espere e ore com o meu rebanho para que esse fardo nos seja tirado... então farei. A Vossa vontade será cumprida, Senhor. Agora e sempre.

Ele parou a flagelação (conseguia sentir gotas quentes e confortadoras correndo pelas costas nuas; vários nós da corda tinham começado a ficar vermelhos) e virou o rosto manchado de lágrimas para as vigas do teto.

— Porque esse povo precisa de mim, Senhor. O Senhor *sabe* que precisam, agora mais do que nunca. Então... se for da Vossa vontade que essa taça seja removida dos meus lábios... por favor, dai-me um sinal.

Ele esperou. E então, o Senhor Deus disse a Lester Coggins:

— Vou mostrar-te um sinal. Vá até a tua Bíblia, como fizeste quando criança depois daqueles teus sonhos horríveis.

— Agora mesmo — disse Lester. — *Agorinha* mesmo.

Ele pendurou no pescoço a corda com nós, que lhe imprimiu no peito e nos ombros uma ferradura de sangue, e depois subiu ao púlpito com mais sangue escorrendo pelo oco da espinha e umedecendo a faixa elástica do short.

Ficou no púlpito como se fosse pregar (embora nunca, nem nos piores pesadelos, tivesse sonhado em pregar com tão pouca roupa), fechou a Bíblia que ali estava aberta e depois os olhos.

— Senhor, a Vossa vontade será feita. Peço em nome do Vosso filho, crucificado em vergonha e que ascendeu para a glória.

E o Senhor disse:

— Abre o Meu Livro e vê o que vês.

Lester fez o que lhe diziam (tomando cuidado para não abrir a grande Bíblia perto demais do meio — aquele era um serviço para o Antigo Testamento). Mergulhou o dedo na página não vista, depois abriu os olhos e se curvou para olhar. Era o segundo capítulo do Deuteronômio, versículo 28. E leu:

"O Senhor te ferirá com loucura, com cegueira e com pasmo de coração."

Pasmo do coração provavelmente era bom, mas no total aquilo não era encorajador. Nem claro. Então o Senhor falou de novo e disse:

— Não pare aí, Lester.

Ele leu o versículo 29:

— *Apalparás ao meio-dia...*

— Sim, Senhor, sim — disse entredentes e continuou lendo.

— *... como o cego apalpa nas trevas, e não prosperarás nos teus caminhos; serás oprimido e roubado todos os dias, e não haverá quem te salve.*

— Ficarei cego? — perguntou Lester, a sua voz grunhida de oração subindo de leve. — Oh, Senhor, por favor, não fazeis isso... mas se for a Vossa vontade...

Então o Senhor lhe falou de novo e disse:

— Levantou-se do lado burro da cama hoje, Lester?

Os olhos dele se arregalaram. Era a voz de Deus, mas a frase era uma das favoritas da sua mãe. Um verdadeiro milagre.

— Não, Senhor, não.

— Então olha de novo. O que estou a te mostrar?
— Algo sobre loucura. Ou cegueira.
— Qual dos dois crês mais provável?

Lester examinou os versículos. A única palavra repetida era *cego*.

— É isso... Senhor, é este o meu sinal?

O Senhor respondeu, dizendo:

— Em verdade, sim, mas não a tua cegueira; pois agora os teus olhos veem com mais clareza. Procura tu o cego que enlouqueceu. Quando o vires, dirás à tua congregação o que Rennie andou aprontando por aí e o teu papel nisso. Os dois devem contar. Falaremos mais sobre isso, mas, por enquanto, Lester, vai dormir. Estás pingando no chão.

Lester foi, mas antes limpou os pequenos respingos de sangue na madeira de lei atrás do púlpito. Fez isso de joelhos. Não orou enquanto trabalhava, mas meditou sobre os versículos. Sentiu-se muito melhor.

Por enquanto, falaria apenas em termos gerais sobre os pecados que poderiam ter trazido aquela barreira desconhecida entre Mill e o mundo exterior; mas procuraria o sinal. Um cego ou cega que enlouquecera, em verdade, sim.

6

Brenda Perkins escutava a WCIK porque o marido gostava (*tinha* gostado), mas jamais poria os pés dentro da Igreja do Sagrado Redentor. Era congregacionista até os ossos e fazia questão de que o marido fosse com ela.

Tinha feito questão. Howie só entraria mais uma vez na igreja. Deitado lá, sem saber de nada, enquanto Piper Libby pregava a sua elegia fúnebre.

Essa percepção, tão nítida e imutável, a atingiu. Pela primeira vez desde que recebera a notícia, Brenda relaxou e gemeu. Talvez porque agora podia. Agora estava sozinha.

Na televisão, o presidente — parecendo solene e assustadoramente velho — dizia:

— Meus compatriotas americanos, vocês querem respostas. E prometo lhes dar respostas assim que as tiver. Nessa questão, não haverá segredos. A minha janela para os eventos será a sua janela. Esta é a minha promessa solene...

— Claro, e você tem uma ponte pra me vender — disse Brenda, e isso a fez chorar ainda mais, porque era uma das frases de Howie. Desligou a TV e deixou o controle remoto cair no chão. Teve vontade de pisar nele e quebrá-lo mas não o fez, principalmente porque conseguia ver Howie balançando a cabeça e lhe dizendo para não ser boba.

Em vez disso, entrou no pequeno escritório dele, querendo tocá-lo de algum jeito enquanto sua presença ali ainda estivesse fresca. *Precisava* tocá-lo. Nos fundos, o gerador roncava. *Gordo e contente*, teria dito Howie. Ela detestara a despesa com aquilo quando Howie o encomendara após o 11 de Setembro (*Só pra prevenir*, dissera), mas agora se arrependia de todas as palavras irritadas que dissera a respeito. Sentir saudades dele no escuro teria sido ainda mais terrível, mais solitário.

A mesa dele estava vazia, a não ser pelo laptop, que estava aberto. O protetor de tela era a foto de um antigo jogo da Liga Juvenil de Beisebol. Howie e Chip, então com 11 ou 12 anos, usavam as camisetas verdes dos Monarcas da Drogaria Sanders; a foto fora tirada no ano em que Howie e Rusty Everett levaram o time da Sanders à final do campeonato estadual. Chip estava com o braço em torno do pai e Brenda abraçava os dois. Um dia bom. Mas frágil. Frágil como uma taça de cristal. Quem saberia disso na época, quando ainda era possível esperar um pouco?

Ela ainda não conseguira entrar em contato com Chip, e a ideia desse telefonema — supondo que conseguisse dá-lo — a descompôs completamente. Aos soluços, caiu de joelhos ao lado da escrivaninha do marido. Não fechou as mãos; ficou com as mãos postas, palma contra palma, como fazia quando criança, ajoelhada com o pijama de flanela ao lado da cama, recitando o mantra *Deus abençoe a mamãe, Deus abençoe o papai, Deus abençoe o meu peixinho dourado que ainda não tem nome.*

— Deus, aqui é Brenda. Não quero ele de volta... quer dizer, querer eu quero, mas sei que o Senhor não pode fazer isso. Só me dê forças pra aguentar isso, ok? E eu queria saber se... Não sei se é blasfêmia ou não, provavelmente é, mas eu queria saber se... Se o Senhor deixaria ele falar comigo mais uma vez. Talvez me tocar mais uma vez, como hoje de manhã.

Ao pensar nisso — os dedos dele na pele dela sob o sol —, ela chorou ainda mais.

— Eu sei. O Senhor não lida com espíritos, só com o Espírito Santo, é claro, mas quem sabe num sonho? Sei que é pedir muito, mas... Ah, Senhor, tenho um buraco tão grande dentro de mim agora. Não sabia que as pessoas *podiam* ter buracos assim e tenho medo de cair lá dentro. Se o Senhor fizer isso por mim, faço qualquer coisa pelo Senhor. O Senhor só precisa pedir. Por favor, Senhor, só um toque. Ou uma palavra. Mesmo que seja num sonho. — Ela respirou fundo e molhado. — Obrigada. A vossa vontade será feita, é claro. Quer eu goste ou não. — Ela deu um risinho fraco. — Amém.

Ela abriu os olhos e se levantou, segurando a escrivaninha para se apoiar. Uma das mãos esbarrou no computador e a tela se iluminou de repente. Ele sempre se esquecia de desligá-lo, mas ao menos o mantinha na tomada para que a bateria não se esgotasse. E mantinha a área de trabalho bem mais arrumada do que ela fazia; a dela estava sempre cheia de arquivos baixados e lembretes eletrônicos. Na área de trabalho de Howie, sempre havia só três pastas empilhadas abaixo do ícone do disco rígido: ATUAL, onde ficavam relatórios das investigações em andamento; TRIBUNAL, onde ficava a lista de quem (inclusive ele) teria que prestar depoimento, onde e por quê. A terceira pasta era MANSÃO DA RUA MORIN, onde ele guardava tudo que tivesse a ver com a casa. Ela achou que, se abrisse esta, talvez achasse algo sobre o gerador, e seria bom saber como mantê-lo funcionando pelo maior tempo possível. Provavelmente Henry Morrison, da delegacia, não se incomodaria de mudar o cilindro de gás, mas e se não houvesse outro para trocar? Nesse caso, ela teria que comprar mais no Burpee ou no Posto de Gasolina & Mercearia antes que acabassem.

Ela pôs o dedo no mousepad e parou. Havia uma quarta pasta na tela, escondidinha lá no canto esquerdo. Nunca a vira antes. Brenda tentou se lembrar da última vez em que olhara a tela desse computador mas não conseguiu.

VADER era o nome da pasta.

Bom, só havia uma única pessoa na cidade que Howie chamava de Vader, como em Darth Vader: Big Jim Rennie.

Curiosa, ela levou o cursor à pasta e clicou duas vezes, para ver se era protegida por senha.

Era. Tentou WILDCATS, que abria a pasta ATUAL (ele não se incomodava em proteger TRIBUNAL), e funcionou. Na pasta havia dois documentos. Um se chamava INVESTIGAÇÃO EM ANDAMENTO. O outro era um PDF chamado CARTA DE PROGEM. Em "howiês", isso queria dizer procurador-geral do estado do Maine. Ela clicou.

Brenda examinou a carta do procurador-geral com espanto cada vez maior, enquanto as lágrimas secavam no rosto. A primeira coisa em que os olhos caíram foi a saudação: não *Prezado Chefe de Polícia Perkins*, mas *Caro Duke*.

Embora a carta fosse redigida em "advoguês" e não em "howiês", algumas expressões se destacaram como se estivessem negritadas. **Apropriação indébita de bens e serviços municipais** foi a primeira. **Envolvimento do vereador Sanders parece praticamente certo** foi a segunda. Em seguida, **Essa prevaricação é mais ampla e profunda do que imaginávamos há três meses.**

E, quase no final, parecendo não só em negrito como em maiúsculas: *PRODUÇÃO E VENDA DE DROGAS ILÍCITAS*.

Parecia que a sua oração fora atendida e de um jeito completamente inesperado. Brenda sentou-se na cadeira de Howie, clicou em INVESTIGAÇÃO EM ANDAMENTO na pasta VADER e deixou o marido falar com ela.

7

O discurso do presidente — longo em consolo, curto em informações — terminou à 0h21. Rusty Everett assistiu a ele no saguão do terceiro andar do hospital, deu uma última olhada nos gráficos e foi para casa. Na carreira médica, já chegara ao fim do dia mais cansado do que naquele, mas nunca se sentira mais desanimado nem mais preocupado com o futuro.

A casa estava às escuras. Ele e Linda tinham discutido a compra de um gerador no ano passado (e no ano anterior) porque sempre faltava luz em Chester's Mill quatro ou cinco dias em cada inverno e, em geral, também umas duas vezes no verão; a Western Maine Power não era uma empresa de energia elétrica muito confiável. A conclusão fora que simplesmente não tinham como pagar. Talvez se Lin conseguisse ser efetivada em tempo integral na polícia, mas nenhum dos dois queria isso enquanto as meninas ainda fossem pequenas.

Ao menos temos um bom fogão e uma pilha de lenha daquelas. Se precisarmos.

Havia uma lanterna no porta-luvas, mas quando a acendeu ela emitiu uma luz fraca por cinco segundos e morreu. Rusty murmurou um palavrão e disse a si mesmo que precisava comprar pilhas amanhã — ou hoje mais tarde. Supondo que as lojas abrissem.

Se mesmo depois de 12 anos eu não encontrar o meu caminho por aqui, sou um macaco.

É, bem. Ele *se sentia* meio como um macaco naquela noite — um recém-capturado e trancado numa jaula no zoológico. O cheiro ao menos era o mesmo. Talvez um banho antes de dormir...

Nada disso. Sem luz, sem banho.

Era uma noite clara e, embora não houvesse lua, havia um bilhão de estrelas acima da casa, com a mesma cara de sempre. Talvez a barreira não existisse por cima. O presidente não falara dessa questão, e talvez os encarregados de investigar ainda não soubessem. Se Mill estivesse no fundo de um poço recém-criado em vez de presa debaixo de alguma campânula esquisita, talvez tudo desse certo. O governo poderia lançar suprimentos de avião. Sem dúvida, se o país podia gastar centenas de bilhões de dólares para salvar empresas, podia mandar de paraquedas alguns bolinhos prontos e alguns geradores bobos.

Subiu os degraus do pórtico tirando o chaveiro do bolso, mas quando chegou à porta viu algo pendurado em cima da fechadura. Curvou-se, franzindo os olhos, e sorriu. Era uma minilanterna. Na Liquidação de Verão da Burpee, Linda comprara seis por cinco pratas. Na época, ele achou que era uma despesa idiota e se lembrava até de pensar: *As mulheres compram coisas em liquidação pela mesma razão que os homens escalam montanhas: porque estão lá.*

Uma argolinha de metal saía da parte de baixo da lanterna. Passando por ela, estava o cadarço de um dos seus tênis velhos. Um bilhete tinha sido colado no cadarço com fita adesiva. Ele o tirou e jogou a luz em cima.

Oi, meu doce. Espero que esteja bem. As Jotinhas finalmente dormiram. Preocupadas e nervosas, mas acabaram capotando. Tenho que trabalhar amanhã o dia todo e é o <u>dia todo</u> mesmo, de 7 às 7, diz Peter Randolph (o novo chefe — AI). Marta Edmunds disse que ia ficar com as meninas, que Deus a abençoe. Tenta não me acordar. (Embora talvez eu não esteja dormindo.) Temo que dias difíceis virão, mas a gente sobrevive. Muita comida na despensa, graças a Deus.

Querido, sei que você está cansado, mas pode dar uma volta com a Audrey? Ela ainda está fazendo aquele Ganido Esquisito dela. Será que ela sabia que isso ia acontecer? Dizem que os cães conseguem sentir os terremotos, de repente...?

Judy & Jannie dizem que amam o papai. Eu também.

Amanhã a gente dá um jeito de conversar, não é? Conversar e dar uma conferida. Estou meio assustada.

Lin

Ele também estava assustado e nada contente de a esposa ter que trabalhar 12 horas no dia seguinte quando ele teria que trabalhar 16 e até mais. E também nada contente de Judy e Janelle passarem o dia todo com Marta quando *elas* sem dúvida também estariam assustadas.

Mas o que o deixava menos contente ainda era ter que levar a golden retriever para passear quase à uma da manhã. Achava possível que ela *tivesse* sentido a chegada da barreira; sabia que os cães eram sensíveis a muitos fenômenos iminentes, não só a terremotos. Só que, se assim fosse, aquilo que ele e Linda chamavam de Ganido Esquisito devia ter acabado, certo? Naquela noite, no caminho de volta, os outros cachorros da cidade estavam quietíssimos. Sem latidos, sem uivos. Também não ouvira outros relatos de cães fazendo o Ganido Esquisito.

Talvez esteja dormindo na caminha ao lado do fogão, pensou ele ao destrancar a porta da cozinha.

Audrey não estava dormindo. Foi direto até ele, não pulando alegre como sempre — *Você chegou! Você chegou! Ah, graças a Deus, você chegou!* —, mas deslizando, quase *se esgueirando*, com o rabo enfiado entre as pernas, como se esperasse um golpe (que nunca recebera) em vez de um carinho na cabeça. E, isso mesmo, ela estava de novo fazendo o Ganido Esquisito. Na verdade, isso vinha de antes da barreira. Ela parava uns 15 dias e Rusty começava a esperar que tivesse acabado; então começava de novo, às vezes baixinho, às vezes alto. Hoje era alto — ou talvez só parecesse alto na cozinha escura em que as luzinhas digitais do fogão e do micro-ondas estavam apagadas e a lâmpada que Linda costumava deixar acesa acima da pia, escura.

— Para com isso, menina — disse ele. — Você vai acordar a casa inteira.

Mas Audrey não parou. Forçou a cabeça suavemente contra o joelho dele e o olhou dentro do facho de luz brilhante e estreito que ele trazia na mão direita. Ele juraria que o olhar era pidão.

— Tudo bem — disse ele. — Tudo bem, tudo bem. Passeio.

A guia pendia de um gancho ao lado da porta da despensa. Quando foi pegá-la (pendurando a lanterna no pescoço pelo cadarço), ela meneava na frente dele, mais como gato do que como cachorro. Se não fosse a lanterna, ele teria tropeçado nela. Seria um final grandioso para aquele dia de merda.

— Só um minuto, só um minuto, espera.

Mas ela latiu para ele e recuou.

— Quieta, Audrey! Quieta!

Em vez de se calar, ela latiu de novo, o som alto e chocante na casa adormecida. Ele levou um susto. Audrey correu para a frente, agarrou com os dentes a perna da calça dele e começou a andar de ré para o saguão, tentando puxá-lo junto.

Agora curioso, Rusty se deixou levar. Quando viu que ele ia, Audrey o soltou e correu para a escada. Subiu dois degraus, olhou para trás e latiu de novo.

Uma luz se acendeu no andar de cima, no quarto deles.

— Rusty? — Era Lin, a voz meio tonta.

— Sou eu sim — gritou ele, o mais baixo que pôde. — Na verdade, é a Audrey.

Ele seguiu o cachorro escada acima. Em vez de subir do jeito puladinho de sempre, Audrey parava toda hora para olhar para trás. Para quem tem cachorro, a expressão do animal costuma ser perfeitamente legível, e o que Rusty via agora era ansiedade. As orelhas de Audrey estavam caídas, o rabo ainda entre as pernas. O Ganido Esquisito subira para um novo nível. De repente, Rusty imaginou que houvesse um ladrão na casa. A porta da cozinha estava trancada, Lin costumava ser boa nisso de trancar tudo quando ficava sozinha com as meninas, mas...

Linda chegou ao alto da escada, amarrando o roupão de atoalhado. Audrey a viu e latiu de novo. Um latido de sai da minha frente.

— Audi, *para* com isso! — disse ela, mas Audrey passou correndo, esbarrando na perna direita de Lin com força suficiente para derrubá-la contra a parede. Então, desceu o corredor na direção do quarto das meninas, onde tudo ainda estava em silêncio.

Lin pescou a sua minilanterna no bolso do roupão.

— Meu Deus do *céu*...

— Acho melhor você voltar pro quarto — disse Rusty.

— Porra nenhuma! — Ela correu à frente dele, o facho claro da lanterninha pulando.

As meninas tinham 7 e 5 anos e, recentemente, tinham entrado na "fase da privacidade feminina", como dizia Lin. Audrey chegou à porta delas, ergueu-se e começou a arranhá-la com as patas da frente.

Rusty alcançou Lin assim que ela abriu a porta. Audrey entrou num pulo, sem sequer olhar a cama de Judy. A menina de 5 anos estava profundamente adormecida.

Janelle não dormia. Nem estava acordada. Rusty entendeu tudo assim que o facho das duas lanternas convergiu sobre ela e se xingou por não ter notado antes o que acontecia, o que devia acontecer desde agosto, talvez até desde julho. Porque o comportamento de Audrey — o Ganido Esquisito — estava bem documentado. Ele simplesmente não vira a verdade bem diante do nariz.

Janelle, de olhos abertos mas totalmente virados para cima, não estava em convulsão — graças a Deus —, mas tremia toda. Derrubara a coberta com os pés, provavelmente no início, e com o facho duplo das lanternas dava para ver a mancha úmida na calça do pijama. A ponta dos dedos se mexia, como se ela se preparasse para tocar piano.

Audrey sentou-se ao lado da cama, fitando a mocinha com atenção enlevada.

— O que tá havendo com ela? — gritou Linda.

Na outra cama, Judy se mexeu e falou.

— Mãe? Tá na hora do café? Perdi o ônibus?

— Ela está tendo um ataque — disse Rusty.

— Ora, ajuda ela! — gritou Linda. — *Faz alguma coisa! Ela vai morrer?*

— Não — disse Rusty. A parte do seu cérebro que continuava analítica sabia, quase com certeza, que era só epilepsia menor, como deviam ter sido os outros ataques, senão já saberiam. Mas era diferente quando a vítima era da família.

Judy sentou-se de repente na cama, jogando bichos de pelúcia para todo lado. Os olhos estavam arregalados e apavorados e não se consolou muito quando Linda a arrancou da cama e a abraçou com força.

— *Faz ela parar! Faz ela parar, Rusty!*

Se fosse epilepsia menor, pararia sozinha.

Por favor, Senhor, faça com que pare sozinha, pensou ele.

Pôs as palmas das mãos no lado da cabeça de Jan, que tremia e se agitava, e tentou girá-la para cima, para garantir que as vias aéreas continuassem abertas. A princípio, não conseguiu; o maldito travesseiro de espuma lutava com ele. Jogou-o no chão. Ele bateu em Audrey ao cair, mas ela nem se mexeu e só manteve o olhar enlevado.

Então Rusty conseguiu inclinar para trás a cabeça de Jannie e ouvi-la respirar. Não era rápido; também não havia nenhuma ânsia por oxigênio.

— Mãe, o que tá acontecendo com a Jan Jan? — perguntou Judy, começando a chorar. — Ela tá maluca? Tá doente?

— Maluca, não, e só um pouco doente. — Rusty se espantou com a calma da sua voz. — Por que você não vai com a mamãe lá pra nossa...

— *Não!* — gritaram as duas juntas, na harmonia perfeita de um dueto.

— Tudo bem — disse ele —, mas fiquem quietas. Não assustem ela quando acordar, porque é capaz de já estar assustada. Um *pouco* assustada — emendou. — Boa menina, Audi. Muito, *muito* boa menina.

Esses cumprimentos costumavam provocar em Audrey paroxismos de alegria, mas não naquela noite. Ela sequer balançou o rabo. Então, de repente, a cadela soltou um latidinho e se deitou, pousando o focinho numa das patas. Segundos depois, os tremores de Jan sumiram e os olhos se fecharam.

— Que coisa! — disse Rusty.

— O quê? — Agora Linda estava sentada na beira da cama de Judy com a menina no colo. — *O quê?*

— Acabou — disse Rusty.

Mas não tinha acabado. Ainda não. Quando Jannie voltou a abrir os olhos, eles estavam normais, mas não o viram.

— A Grande Abóbora! — gritou Janelle. — É culpa da Grande Abóbora! Você tem que parar a Grande Abóbora!

Rusty a sacudiu de leve.

— Você estava sonhando, Jannie. Um pesadelo, acho. Mas acabou e você está bem.

Por um instante ela ainda não estava totalmente ali, embora os olhos mudassem e ele soubesse que agora ela o via e ouvia.

— Acaba com o Halloween, papai! Você tem que acabar com o Halloween!

— Pode deixar, querida. O Halloween acabou. Completamente.

Ela piscou e depois ergueu a mão para afastar da testa o cabelo suado e embaraçado.

— O quê? *Por quê?* Eu ia ser a Princesa Leia! Por que tudo tem que dar errado na minha vida? — Ela começou a chorar.

Linda se aproximou — com Judy atrás, segurando a barra do roupão da mãe — e pegou Janelle no colo.

— Você ainda pode ser a Princesa Leia, querida, eu prometo.

Jan olhava os pais com espanto, desconfiança e medo crescente.

— O que vocês estão *fazendo* aqui? E por que *ela* tá acordada? — Apontando Judy.

— Você mijou na cama — disse Judy, metida, e quando Jan notou, notou e começou a chorar mais alto, Rusty teve vontade de dar umas boas palmadas em Judy. Ele se sentia um pai bastante esclarecido geralmente (ainda mais se comparado aos que costumava ver se esgueirando no Posto de Saúde com os filhos de braço quebrado e olho roxo), mas não naquela noite.

— Não importa — disse Rusty, abraçando Jan com força. — Não foi sua culpa. Você teve um probleminha, mas agora já acabou.

— Ela tem que ir pro hospital? — perguntou Linda.

— Só pro Posto de Saúde, e não agora. Amanhã de manhã. Vou dar um jeito nisso com os remédios certos.

— INJEÇÃO, NÃO! — berrou Jannie e começou a chorar com mais força ainda. Rusty adorou aquele som. Era um som saudável. Forte.

— Nada de injeção, querida. Comprimidos.

— Tem certeza? — perguntou Lin.

Rusty olhou a cadela, agora deitada calmamente com o focinho na pata, esquecida de todo o drama.

— A *Audrey* tem certeza — disse ele. — É melhor ela passar a noite aqui com as meninas.

— Oba! — gritou Judy. Caiu de joelhos e abraçou Audi com extravagância.

Rusty pôs o braço em volta da esposa. Ela descansou a cabeça no ombro dele, como se estivesse cansada demais para sustentá-la.

— Por que agora? — perguntou ela. — Por que *agora*?

— Não sei. Só temos que agradecer porque foi só epilepsia menor. Nessa questão, a sua oração fora atendida.

LOUCURA, CEGUEIRA E PASMO DO CORAÇÃO

1

Joe Espantalho não acordou cedo; ficou acordado até tarde. A noite inteira, na verdade.

Esse seria Joseph McClatchey, 13 anos, também chamado de Rei dos Geeks e Esqueleto, morador da rua Mill, 19. Com 1,85m e 68kg, era mesmo esquelético. E era um incontestável crânio. Joe só ficou na oitava série porque os pais eram terminantemente contrários à prática de "pular" de ano.

Ele não se importou. Os amigos (para um gênio magrela de 13 anos, os tinha em número surpreendente) estavam lá. Além disso, os deveres eram facílimos e havia muitos computadores para mexer; no Maine, cada aluno do secundário ganhava o seu. É claro que alguns dos melhores sites eram bloqueados, mas Joe não demorou a vencer esses pequenos incômodos. Ele não tinha problemas em dividir a informação com os amigos mais íntimos, entre os quais estavam aqueles dois intrépidos jiraias do skate, Norrie Calvert e Benny Drake. (No período de estudo diário na biblioteca, Benny gostava especialmente de surfar pelo site Louras de Calcinha Branca.) Sem dúvida, o segredo compartilhado explicava parte da popularidade de Joe, mas não toda; os garotos simplesmente o achavam gente boa. O adesivo colado na sua mochila provavelmente era o que chegava mais perto de explicar o porquê. Dizia **COMBATER O PODER ESTABELECIDO**.

Joe era um aluno nota 10, armador confiável e às vezes brilhante do time de basquete da escola secundária (vaga na universidade ainda no sétimo ano!) e um craque no futebol. Sabia tocar piano e dois anos antes ganhara o segundo lugar no Concurso Natalino de Talentos da Cidade com uma dança descontraída e hilariante para "Redneck Woman", de Gretchen Wilson. Fez os adultos da plateia aplaudirem e gritarem de tanto rir. Lissa Jamieson, bibliotecária-chefe da cidade, disse a ele que, se quisesse, podia ganhar a vida com aquilo, mas ser Napoleon Dynamite quando crescesse não era a ambição de Joe.

— Foi roubado — dissera Sam McClatchey, olhando entristecido a medalha de segundo lugar do filho. Devia ser mesmo verdade; o vencedor daquele ano fora Dougie Twitchell, que vinha a ser irmão da terceira vereadora. Twitch fizera malabarismo com uma dúzia de bastões, cantando *Moon River*.

Joe não se importara se havia sido ou não roubado. Perdera o interesse pela dança, assim como perdia o interesse pela maioria das coisas logo que as dominava até certo ponto. Mesmo o amor pelo basquete, que no quinto ano achara que seria eterno, estava passando.

Só a paixão pela internet, aquela galáxia eletrônica de possibilidades infinitas, não parecia esfriar.

A sua ambição, que não contava nem aos pais, era ser presidente dos Estados Unidos. *Talvez*, pensava às vezes, *eu faça a dança de* Napoleon Dynamite *na cerimônia de posse. Aquela merda ficaria no YouTube pra sempre.*

Joe ficou a noite toda na internet no dia em que a Redoma surgiu. Os McClatchey não tinham gerador, mas o laptop de Joe estava carregado e pronto para funcionar. Além disso, ele tinha meia dúzia de baterias de reserva. Incentivara os outros sete ou oito garotos do seu clube informal de computação a também ter baterias a mais, e ele sabia onde haveria outras caso necessário. Talvez nem fosse; a escola tinha um excelente gerador e ele achava que conseguiria recarregar lá sem problemas. Mesmo que a Escola Secundária Mill fechasse, o zelador, sr. Allnut, sem dúvida o ajudaria; o sr. Allnut também era fã de lourasdecalcinhabranca.com. Sem falar dos downloads de música country que Joe Espantalho lhe arranjava de graça.

Naquela primeira noite, Joe praticamente esgotou a sua conexão wi-fi indo de blog em blog com a agilidade nervosa do sapo que pula em pedras quentes. Cada blog era mais terrível que o anterior. Os fatos eram poucos, as teorias da conspiração vicejavam. Joe concordava com o pai e a mãe, que chamavam os teóricos da conspiração mais esquisitos que viviam na (e pela) internet de "malucos paranoicos", mas também acreditava na ideia de que, quando se vê um monte de bosta de cavalo, é porque há algum pônei ali pela vizinhança.

No que o Dia da Redoma se transformava em Dia Dois, todos os blogs sugeriam a mesma coisa: o pônei, neste caso, não era o terrorismo, os invasores do espaço nem o Grande Cthulhu, mas o conhecido complexo industrial-militar. Os detalhes variavam de um site a outro, mas três teorias básicas surgiam em todos. Uma era que a Redoma consistia em algum tipo de experiência insensível na qual os moradores de Chester's Mill eram porquinhos-da-índia. Outra, que era uma experiência que dera errado e fugira ao controle ("exatamente como naquele filme *O nevoeiro*", escreveu um blogueiro). A terceira era que não havia experiência alguma, só um pretexto criado friamente para justificar a guerra com os pretensos inimigos dos Estados Unidos. "E VENCEREMOS!", escreveu Toldja-So87. "Porque, com essa nova arma, QUEM VAI NOS ENCARAR? Meus amigos, NÓS VIRAMOS OS NEW ENGLAND PATRIOTS* DAS NAÇÕES!!!!"

Joe não sabia se alguma dessas teorias era verdadeira. Ele não se importava muito. O que lhe interessava era o denominador comum a todas, o governo.

Era hora de uma manifestação, que naturalmente ele comandaria. E também não na cidade, mas lá na rodovia 119, onde poderiam esfregá-la no nariz do Sistema. No início talvez fosse só a turma de Joe, mas a coisa cresceria. Disso ele não tinha dúvida. O Sistema provavelmente ainda mantinha longe as tropas da imprensa, mas mesmo com 13 anos Joe era esperto o bastante para saber que isso não tinha tanta importância assim. Porque havia *gente* dentro daquelas fardas e cérebros pensantes atrás de ao menos algumas caras sem expressão. A presença militar como um todo podia representar o Sistema, mas haveria indivíduos escondidos no todo e alguns seriam blogueiros secretos. Espalhariam a notícia e alguns talvez acompanhassem seus relatos com fotos tiradas com o celular: Joe McClatchey e os amigos com cartazes dizendo ACABEM COM O SEGREDO, PAREM COM A EXPERIÊNCIA, LIBERTEM CHESTER'S MILL etc. etc.

— Preciso pôr cartazes na cidade também — murmurou. Mas isso não seria problema. Todos os seus camaradas tinham impressora. E bicicleta.

Joe Espantalho começou a mandar e-mails à primeira luz da aurora. Logo faria a ronda na sua bicicleta e pediria a Benny Drake que o ajudasse. Talvez Norrie Calvert também. Em geral, os membros do grupo de Joe se levantavam tarde nos fins de semana, mas Joe achou que todo mundo na cidade acordaria cedo naquela manhã. Sem dúvida o Sistema logo derrubaria a internet, como fizera com os celulares, mas por enquanto ela era a arma de Joe, a arma do povo.

Era hora de combater o poder.

2

— Parceiros, levantem a mão — disse Peter Randolph. Estava cansado, com os olhos inchados, em pé diante dos novos recrutas, mas também sentia uma certa

---

* Equipe de futebol americano da região metropolitana de Boston. (N. da T.)

felicidade carrancuda. O carro verde de chefe estava no estacionamento da delegacia, o tanque recém-enchido e pronto para sair. Agora era dele.

Os novos recrutas — Randolph pretendia chamá-los de Policiais Especiais no relato formal aos vereadores — ergueram a mão, obedientes. Na verdade, eram cinco, e um não era um rapaz, e sim uma moça robusta chamada Georgia Roux. Era cabeleireira desempregada e namorada de Carter Thibodeau. Junior sugerira ao pai que talvez devessem incluir uma moça para que todos ficassem contentes, e Big Jim concordara na mesma hora. A princípio, Randolph resistiu à ideia, mas quando Big Jim presenteou o novo chefe com o seu mais feroz sorriso, Randolph cedeu.

E tinha que admitir, enquanto recebia o juramento (com alguns policiais regulares como plateia), que eles sem dúvida pareciam durões o bastante. Junior perdera alguns quilos no verão passado e não estava nem perto do peso que tinha quando era um dos atacantes do time de futebol americano da escola, mas ainda contava com uns 85 quilos, e os outros, inclusive a moça, eram autênticos atletas.

Iam repetindo as palavras depois dele, frase por frase: Junior na extrema esquerda, ao lado do amigo Frankie DeLesseps; depois Thibodeau e a moça Roux; Melvin Searles na outra ponta. Searles exibia um sorriso vago de vou-à--festa-da-cidade. Randolph apagaria rapidinho *aquela* merda da cara dele se tivesse três semanas para treinar os garotos (droga, uma já resolvia), mas não tinha.

A única coisa em que ele *não* cedera a Big Jim fora na questão das armas de fogo. Rennie as defendera, insistindo que aqueles eram "jovens equilibrados, tementes a Deus" e dizendo que ele mesmo as forneceria, se necessário.

Randolph fizera que não.

— A situação é instável demais. Vejamos primeiro como eles se comportam.

— Se um deles se machucar enquanto você vê como se comportam...

— Ninguém vai se machucar, Big Jim — disse Randolph, torcendo para estar certo. — Aqui é Chester's Mill. Se fosse Nova York, talvez fosse diferente.

3

Então Randolph disse:

— E, da melhor maneira possível, protegerei e servirei ao povo desta cidade.

Eles repetiram com tanta doçura quanto uma turma da Escola Dominical no Dia dos Pais. Até Searles, com o seu sorriso ausente, fez tudo direito. E pareciam bons. Nada de armas, ainda, mas ao menos tinham rádios. Cassetetes também. Stacey Moggin (que também cumpriria um turno na rua) achara camisas do fardamento para todos, menos para Carter Thibodeau. Não tinham nada que coubesse nele porque os ombros eram largos demais, mas a camisa azul simples que trouxera de casa parecia boa. Não era o fardamento regular, mas estava limpa. E a insígnia prateada presa no bolso esquerdo transmitia a mensagem necessária.

Talvez desse certo.

— E que Deus me ajude — disse Randolph.

— E que Deus me ajude — repetiram.

Com o canto do olho, Randolph viu a porta se abrir. Era Big Jim. Juntou-se nos fundos da sala a Henry Morrison, ao fungante George Frederick, a Fred Denton e ao olhar desconfiado de Jackie Wettington. Randolph sabia que Rennie estava lá para assistir ao juramento do filho. E como ainda estava sem graça por ter se recusado a dar armas aos novos rapazes (recusar qualquer coisa a Big Jim ia contra a natureza politicamente afinada de Randolph), o novo chefe então improvisou para agradar ao segundo vereador.

— E não vou levar desaforo pra casa.

— E não vou levar desaforo pra casa! — repetiram. Com entusiasmo. Agora todos sorrindo. Ansiosos. Prontos para ir à rua.

Big Jim fazia que sim e lhe mostrava o polegar erguido. Randolph sentiu-se expandir, sem saber que essas palavras se voltariam contra ele: *Não vou levar desaforo pra casa.*

4

Naquela manhã, quando Julia Shumway entrou no Rosa Mosqueta, a maior parte dos que foram tomar o café da manhã já tinha ido para a igreja ou para o fórum improvisado na praça. Eram nove horas. Barbie estava sozinho; nem Dodee Sanders nem Angie McCain tinham aparecido, o que não surpreendeu ninguém. Rose fora ao Food City. Anson fora com ela. Seria bom se voltassem cheios de mantimentos, mas Barbie só acreditaria quando visse as mercadorias.

— Estamos fechados até o almoço — disse ele —, mas temos café.

— E pãozinho de canela? — perguntou Julia, esperançosa.

Barbie negou com a cabeça.

— Rose não fez. Pra preservar o gerador o máximo possível.

— Faz sentido — disse ela. — Só café, então.

Ele levara consigo a garrafa térmica e serviu o café.

— Você parece cansada.

— Barbie, *todo mundo* tá parecendo cansado hoje. E apavorado.

— Como vai o jornal?

— Tinha esperança de que saísse às dez, mas parece que só às três da tarde mesmo. O primeiro *Democrata* extra desde que o Prestile transbordou em 2003.

— Problemas de produção?

— Não, desde que o meu gerador continue funcionando. Só quero ir ao mercado pra ver se surge uma multidão. E fazer a reportagem, se surgir. Pete Freeman já está lá pra tirar fotos.

Barbie não gostava daquela palavra, *multidão*.

— Jesus, espero que se comportem.

— Vão se comportar; aqui é Mill, afinal de contas, não Nova York.

Barbie não estava bem certo de que, sob estresse, houvesse tanta diferença assim entre ratos do campo e ratos da cidade, mas ficou de boca fechada. Ela conhecia os moradores melhor do que ele.

E Julia, como se lesse a mente dele:

— É claro que eu posso estar errada. Por isso mandei Pete. — Ela olhou em volta. Ainda havia algumas pessoas no balcão da frente, terminando os ovos e o café, e é claro que a mesa grande dos fundos — a "mesa do papo furado" em língua ianque — estava cheia de velhos ruminando o que acontecera e discutindo o que poderia acontecer depois. No entanto, o centro do restaurante era só dela e de Barbie.

— Tenho algumas coisas pra te contar — disse ela em voz baixa. — Para de esvoaçar feito Willie the Waiter* e senta.

Foi o que Barbie fez, e serviu-se de café. Era o fundo da garrafa e tinha gosto de óleo diesel... mas é claro que era no fundo da garrafa que ficava o grosso da cafeína.

Julia enfiou a mão no bolso do vestido, tirou o celular e o passou para ele.

— O seu amigo Cox ligou de novo às sete da manhã. Aposto que também não dormiu muito ontem à noite. Pediu que eu te desse isso. Não sabia que você tem o seu.

Barbie deixou o telefone ficar onde estava.

---

* Personagem animado de um anúncio de cerveja da década de 1940. (N. da T.)

— Se ele já espera um relatório, superestimou demais a minha capacidade.

— Ele não disse isso. Disse que, se precisasse falar com você, queria poder conseguir.

Isso fez Barbie decidir. Empurrou o celular para ela de volta. Ela o pegou, sem parecer surpresa.

— Disse também que, se ele não te der notícias até as cinco da tarde, você devia telefonar. Ele vai ter mais informações. Quer o número com o DDD esquisito?

Ele suspirou.

— Quero.

Ela o escreveu num guardanapo: numerozinhos bonitos.

— Acho que vão tentar alguma coisa.

— O quê?

— Ele não disse; foi só uma sensação que eu tive de que tem várias opções na mesa.

— Ah, deve ter. O que mais você tá pensando?

— Quem disse que tou pensando alguma coisa?

— Foi só uma sensação que eu tive — disse ele, sorrindo.

— Certo, o contador Geiger.

— Tava pensando em conversar com Al Timmons sobre isso. — Al era o zelador da Câmara de Vereadores, freguês do Rosa Mosqueta. Barbie tinha boas relações com ele.

Julia fez que não.

— Não? Por que não?

— Adivinha quem fez a Al um empréstimo pessoal sem juros pra mandar o filho caçula pra Universidade Herança Cristã do Alabama?

— Seria Jim Rennie?

— Isso. Agora vamos ao Show do Milhão, onde quem sabe ganha! Adivinha quem assinou os papéis do limpa-neve de Al?

— Imagino que também tenha sido Jim Rennie.

— Correto. E como você é o cocô de cachorro que o vereador Rennie não consegue tirar da sola do sapato, pedir ajuda a quem deve favores a ele talvez não seja boa ideia. — Ela se inclinou à frente. — Mas também acontece que eu sei quem tem todas as chaves do reino: Câmara de Vereadores, hospital, posto de saúde, escolas, é só escolher.

— Quem?

— O falecido chefe de polícia. E acontece que eu conheço muito bem a mulher... a viúva dele. Ela não tem nenhum amor por James Rennie. Além disso, sabe guardar segredo quando alguém a convence de que é preciso.

— Julia, o marido dela ainda nem esfriou.

Julia pensou na lúgubre salinha de velório dos Bowie e fez uma careta de tristeza e desagrado.

— Talvez não, mas provavelmente já está na temperatura ambiente. Mas eu entendo o seu ponto de vista e aplaudo a sua compaixão. Só que... — Ela agarrou a mão dele. Isso surpreendeu Barbie, mas não lhe desagradou. — Essas não são circunstâncias comuns. E por mais que esteja de coração partido, Brenda Perkins vai entender. Você tem um serviço a fazer. Eu posso convencer ela disso. Você é o infiltrado.

— O infiltrado — disse Barbie e, de repente, lhe vieram duas lembranças mal recebidas: um ginásio em Fallujah e um iraquiano aos prantos, praticamente nu a não ser pelo *hijab* que se desenrolava. Depois daquele dia e daquele ginásio, ele perdera a vontade de ser um infiltrado. Mas ali ele era.

— Então eu...

Era uma manhã quente demais para outubro e, embora a porta agora estivesse trancada (as pessoas podiam sair, mas não entrar), as janelas estavam abertas. Pelas que davam para a rua principal, veio um barulho metálico oco e um grito de dor. Foi seguido por gritos de protesto.

Barbie e Julia se entreolharam por cima das xícaras de café, com a mesma expressão apreensiva de surpresa.

Está começando agora, pensou Barbie. Sabia que não era verdade; começara ontem, quando a Redoma caíra, mas ao mesmo tempo tinha certeza de que *era* verdade.

As pessoas no balcão correram até a porta. Barbie se levantou para se juntar a eles, e Julia foi atrás.

Na rua, na ponta norte da praça da cidade, o sino da torre da Primeira Igreja Congregacional começou a tocar, convocando os fiéis para o culto.

5

Junior Rennie estava se sentindo ótimo. Não tivera nenhuma sombra de dor de cabeça naquela manhã e o café da manhã estava quietinho no estômago. Achou que conseguiria até almoçar. Isso era bom. Ele não se dava muito bem com comida ultimamente; na metade das vezes, bastava olhar para sentir ânsia de vômito. Mas não naquela manhã. Panquecas com bacon, cara.

Se é o apocalipse, pensou, *devia ter vindo mais cedo.*

Cada Policial Especial fora posto para trabalhar em dupla com alguém da força regular em tempo integral. Junior tirou Freddy Denton, e isso também era bom. Denton, cada vez mais calvo mas ainda em forma aos 50 anos, era um durão famoso... mas havia exceções. Fora presidente do Wildcat Boosters Club quando Junior jogava futebol americano na escola secundária e diziam que nunca penalizara nenhum jogador da escola. Junior não podia falar por todos, mas sabia que Frankie DeLesseps fora salvo por Freddy uma vez e ele mesmo já ouvira duas vezes o velho "Não vou expulsar você dessa vez mas da próxima vá mais devagar". Junior podia ter sido posto para trabalhar com Wettington, que não entendia de futebol americano e devia achar que *first down* queria dizer finalmente deixar um cara meter nela. Ela tinha um belo airbag, mas já ouviu falar em *zé-manê*? Além disso, ele não gostara muito do olhar gelado que ela lhe lançara após o juramento, quando ele e Freddy passaram por ela a caminho da rua.

Tenho pra você um espacinho sobrando na despensa, se se meter comigo, Jackie, pensou, e riu. Meu Deus, o calor e a luz no rosto eram tão bons! Há quanto tempo não se sentia tão bem?

Freddy o olhou.

— Qual é a graça, Junes?

— Nada, nada — disse Junior. — Estou numa maré de sorte, é só isso.

O serviço — ao menos naquela manhã — era patrulhar a pé a rua principal ("Para anunciar a nossa presença", dissera Randolph), subindo por um lado, descendo pelo outro. Um trabalho bastante agradável sob o sol quente de outubro.

Estavam passando pelo Posto & Mercearia Mill quando ouviram vozes acaloradas lá dentro. Uma era de Johnny Carver, o sócio-gerente. A outra era arrastada demais para Junior identificar, mas Freddy Denton ergueu os olhos para o céu.

— Sam Relaxado Verdreaux, era só o que faltava — disse. — Que merda! E não são nem nove e meia da manhã.

— Quem é Sam Verdreaux? — perguntou Junior.

A boca de Freddy se franziu numa linha branca que Junior conhecia desde a época em que jogavam futebol. Era a cara de *Que merda, muita coisa pra explicar*. E também *Que merda, pra que que eu fui falar?*

— Junes, você não conhece ainda a fina flor da sociedade de Mill. Mas já, já vai ser apresentado.

Carver dizia:

— Eu *sei* que já passou das nove, Sammy, e estou vendo que você tem dinheiro, mas não posso mais te vender vinho. Nem agora de manhã, nem à tarde, nem à noite. Talvez nem amanhã, a menos que essa confusão se resolva. Isso é coisa do Randolph. Ele é o novo chefe.

— É merda nenhuma! — respondeu a outra voz, mas tão arrastada que chegou aos ouvidos de Junior como se fosse *Emélnium*. — Pete Randolph é só resto de bosta no cu de Duke Perkins.

— Duke morreu e Randolph proibiu a venda de bebida. Sinto muito, Sam.

— Só uma garrafinha de T-Bird — gemeu Sam. *Soumagarrfimtebâr.* — Preciso dela. *Eeee* eu vou pagar. Vamos lá. Há quanto tempo eu sou seu freguês?

— Ah, merda. — Embora soasse enojado de si mesmo, Johnny estava se virando para olhar o mostruário comprido de cerveja e vinho quando Junior e Freddy vieram pelo corredor. Provavelmente, ele decidira que uma única garrafa daquele vinho barato seria um preço baixo a pagar para tirar da loja o velho pé de cana, ainda mais porque havia outros fregueses olhando e esperando ansiosos o desenrolar dos acontecimentos.

O cartaz escrito à mão com letras de imprensa no caixa dizia terminantemente NENHUMA VENDA DE BEBIDA ALCOÓLICA ATÉ SEGUNDA ORDEM, mas ainda assim o babaca estendia a mão para as bebidas, a mercadoria no meio. Era ali que ficava a pinga barata. Junior estava na polícia há menos de duas horas, mas sabia que *aquilo* era má ideia. Se Carver cedesse ao pau-d'água desgrenhado, outros fregueses menos nojentos exigiriam o mesmo privilégio.

Freddy Denton aparentemente concordava.

— Não faz isso — disse a Johnny Carver. E a Verdreaux, que o encarava com olhos vermelhos de toupeira pega num incêndio no mato: — Não sei se você tem neurônios suficientes no cérebro pra ler o cartaz, mas eu sei que ouviu ele falar: nada de bebida hoje. Então, chispa. Fora. Está empesteando a loja.

— Seu guarda, o senhor não pode fazer isso — disse Sam, erguendo-se até o alto do seu 1,65m. Usava calças de sarja imundas, uma camiseta do Led Zeppelin, mocassins velhos com o calcanhar arrebentado. Parecia que o cabelo fora cortado pela última vez quando Bush II ia bem nas pesquisas. — Tenho os meus direitos. É um país livre. Está escrito assim na Constituição da Independência.

— A Constituição foi cancelada em Mill — disse Junior, sem a mínima ideia de que era uma profecia. — Então, sebo nas canelas e fora. — Meu Deus, como se sentia bem! Num único dia passara de tristeza e fatalidade a euforia e animação!

— Mas...

Sam ficou um momento ali parado com o lábio inferior tremendo, tentando arranjar mais argumentos. Junior observou com nojo e fascínio que os olhos do velho fodido se enchiam de lágrimas. Sam ergueu as mãos, que tremiam muito mais do que a boca frouxa. Só tinha mais um argumento a apresentar, mas era difícil de falar diante de uma plateia. Como era preciso, falou.

— Eu preciso mesmo, Johnny. Não é brincadeira. Só um pouco, pra parar de tremer. Vai durar bastante. E eu não vou aprontar nada. Juro pela minha mãe. Só vou pra casa. — Para Sam Relaxado, a casa era um barraco no fundo de um terreno horrivelmente nu com peças de carros velhos aqui e ali.

— Talvez eu devesse... — começou Johnny Carver.

Freddy o ignorou.

— Relaxado, nunca que uma garrafa durou na sua mão.

— Não me chama assim! — gritou Sam Verdreaux. As lágrimas transbordaram dos olhos e deslizaram pelo rosto.

— A sua calça está aberta, vovô — disse Junior, e quando Sam olhou para a braguilha das calças imundas, Junior enfiou o dedo pela parte mole sob o queixo do velho e lhe torceu o nariz. Um truque de escola primária, sem dúvida, mas não perdera o encanto. Junior chegou a dizer o que então diziam: "Roupa encardida, fuça torcida!"

Freddy Denton riu. Algumas pessoas também. Até Johnny Carver sorriu, embora parecesse não sentir muita vontade.

— Fora daqui, Relaxado — disse Freddy. — Está um lindo dia. Você não vai querer perdê-lo na cadeia.

Mas alguma coisa — talvez ser chamado de Relaxado, talvez ter o nariz torcido, talvez ambos — reacendeu parte da antiga fúria que espantara e amedrontara os parceiros de Sam quando ele era lenhador no lado canadense do Merimachee, quarenta anos antes. O tremor sumiu dos lábios e das mãos, ao menos temporariamente. Os olhos arderam sobre Junior, e ele soltou um ruído encatarrado mas inegavelmente desdenhoso ao limpar a garganta. Quando falou, a voz não se arrastava mais.

— Vai se foder, garoto. Você não é da polícia e nem futebol americano sabia jogar. Dizem que nunca chegou nem ao time reserva da faculdade.

O olhar passou para o policial Denton.

— E você, Guarda Belo. A venda aos domingos é legal depois das nove horas. É assim desde a década de 1970 e *acabou* a história.

Agora era para Johnny Carver que olhava. O sorriso de Johnny sumira e os fregueses que assistiam fizeram silêncio total. Uma mulher levou a mão à garganta.

— Tenho dinheiro, meio circulante, e vou levar o que é meu.

Começou a contornar o balcão. Junior o agarrou pelas costas da camisa e pelo traseiro da calça, girou-o e o levou para a frente da loja.

— *Ei!* — gritava Sam, enquanto os pés pedalavam sobre as velhas tábuas enceradas. — *Tira as mãos de mim! Tira essas mãos de merda...*

Pela porta, descendo os degraus, Junior segurava o velho à sua frente. Era leve como um saco de penas. E, Jesus, ele estava *peidando*! Pou-pou-pou, como uma maldita metralhadora.

A caminhonete fechada de Stubby Norman estava estacionada junto ao meio-fio, aquela com COMPRO E VENDO MÓVEIS e ANTIGUIDADES PELO MELHOR PREÇO nas laterais. O próprio Stubby estava ao lado dela, boquiaberto. Junior não hesitou. Jogou o velho bêbado que não parava de falar na lateral do veículo, de cabeça. A chapa metálica soltou um belo *BONNG!*

Só ocorreu a Junior que poderia ter matado aquela bosta fedorenta quando Sam Relaxado caiu feito pedra, metade na calçada, metade na sarjeta. Mas era preciso mais do que um choque na lateral de uma caminhonete velha para matar Sam Verdreaux. Ou para calá-lo. Ele berrou e depois passou a gritar. Ficou de joelhos. Jorrava escarlate pelo rosto, vindo do couro cabeludo, onde a pele se abrira. Ele limpou um pouco, olhou, descrente, e depois ergueu os dedos que pingavam.

O trânsito de pedestres na calçada parara tão completamente que alguém poderia achar que era um jogo de estátuas. Os pedestres fitavam de olhos arregalados o homem ajoelhado que mostrava a palma cheia de sangue.

— *Vou processar essa merda de cidade por violência policial!* — vociferou Sam. — *E EU VOU GANHAR!*

Freddy desceu os degraus da loja e ficou ao lado de Junior.

— Vamos lá, pode dizer — falou Junior.

— Dizer o quê?

— Que eu exagerei.

— Exagerou o caralho. Você ouviu o que o Pete disse: Não leve desaforo pra casa. Parceiro, isso começa aqui e agora.

Parceiro! O coração de Junior se alegrou com a palavra.

— *Você não pode me expulsar se eu tenho dinheiro!* — rugia Sam. — *Não pode me bater! Sou um cidadão americano! Vou te levar pro tribunal!*

— Boa sorte, então — disse Freddy. — O tribunal fica em Castle Rock e, pelo que eu sei, a estrada que vai até lá foi bloqueada.

Ele pôs o velho de pé. O nariz de Sam também sangrava e o fluxo transformara a camisa num babador vermelho. Freddy enfiou a mão nas costas da calça para pegar um par de algemas plásticas (*Tenho que arranjar uma dessas*, pensou Junior com admiração). Um instante depois, estavam nos pulsos de Sam.

Freddy olhou as testemunhas em volta — as que estavam na rua, as que lotavam a entrada do Posto & Mercearia.

— Este homem está sendo preso por perturbar a paz, interferir com o trabalho da Polícia e tentar um ataque! — disse com uma voz de corneta que Junior lembrava muito bem da época do campo de futebol. Gritada da lateral do campo, nunca deixara de irritá-lo. Agora, soava deliciosa.

Acho que eu estou crescendo, pensou Junior.

— Também está sendo preso por violar a nova lei seca baixada pelo chefe Randolph. Olhem bem! — Freddy sacudiu Sam. Voou sangue do rosto e do cabelo imundo de Sam. — Estamos numa situação de crise, amigos, mas há um novo xerife na cidade e ele pretende cuidar de tudo. É melhor se acostumar, entender e aprender a gostar. É o meu conselho. É só seguir e tenho certeza de que nós passaremos por essa situação sem problemas. Resistam e... — Ele apontou as mãos de Sam, algemadas com plástico às costas.

Algumas pessoas chegaram a aplaudir. Para Junior Rennie, o som foi como água fresca num dia quente. Então, quando Freddy começou a levar o velho ensanguentado à força pela rua, Junior sentiu os olhos caírem sobre ele. Uma sensação tão nítida que poderiam ser dedos a lhe cutucar a nuca. Ele se virou e lá estava Dale Barbara. Em pé com a editora do jornal a olhá-lo com olhos neutros. Barbara, que batera bastante nele naquela noite no estacionamento. Que machucara todos os três, antes que o peso dos números finalmente começasse a virar a situação.

A sensação boa de Junior começou a ir embora. Quase conseguia senti-la voando pelo alto da cabeça, como se fosse um passarinho. Ou morcegos de uma torre.

— O que *você* tá fazendo aqui? — perguntou a Barbara.

— Tenho uma pergunta melhor — disse Julia Shumway, lançando mão do seu sorrisinho apertado. — O que *você* tá fazendo, agredindo um homem com um quarto do seu peso e três vezes a sua idade?

Junior não conseguiu pensar em nada para dizer. Sentiu o sangue lhe corar o rosto e se espalhar pelas bochechas. De repente, viu a piranha do jornal na despensa dos McCain, fazendo companhia a Angie e Dodee. Barbara, também. Talvez deitado em cima da piranha do jornal, como se estivessem no meio do rala e rola.

Freddy veio salvar Junior. Falou com calma. Usava a cara impassível de policial conhecida no mundo inteiro.

— Qualquer problema com a atuação da polícia deve ser levado ao novo chefe, senhora. Enquanto isso, é bom lembrar que, por enquanto, estamos por conta própria. Às vezes, quando se está por conta própria, é preciso se estabelecerem certos exemplos.

— Às vezes, quando se está por conta própria, as pessoas fazem coisas de que se arrependem depois — respondeu Julia. — Em geral quando a investigação começa.

Os cantos da boca de Freddy viraram para baixo. Depois ele arrastou Sam pela calçada.

Junior olhou Barbie mais um instante e disse:

— É bom ter cuidado com essa sua boca perto de mim. E cuidado com o que faz. — Ele tocou de propósito a nova insígnia brilhante com o polegar. — Perkins morreu e eu sou a lei.

— Junior — disse Barbie —, você não parece muito bem. Está doente?

Junior o encarou com olhos um tanto arregalados. Depois se virou e foi atrás do novo parceiro. Os punhos estavam cerrados.

6

Em tempo de crise, a população tende a recorrer aos familiares em busca de consolo. Isso é verdade tanto para os religiosos quanto para os pagãos. Naquela manhã não houve surpresas para os fiéis de Chester's Mill: Piper Libby pregou a esperança na Congregacional, e Lester Coggins pregou o fogo do inferno na Sagrado Cristo Redentor. Ambas as igrejas estavam lotadas.

O sermão de Piper foi sobre o Evangelho de João: *Um novo mandamento vos dou: que vos ameis uns aos outros; assim como eu vos amei a vós, que também vós vos ameis uns aos outros.* Ela disse aos que enchiam os bancos da Igreja Congregacional que a oração era importante em épocas de crise — o consolo da oração, o poder da oração —, mas que também era importante ajudar os outros, contar com os outros e amar os outros.

— Deus nos põe à prova com coisas que não entendemos — disse ela. — Às vezes, é uma doença. Às vezes, é a morte inesperada de um ente querido. — Ela olhou com solidariedade para Brenda Perkins, sentada de cabeça baixa e com as mãos no colo do vestido preto. — E agora há uma barreira inexplicável que nos isolou do mundo exterior. Não a entendemos, mas também não entendemos a doença, a dor nem a morte inesperada de pessoas boas. Perguntamos a Deus por que, e no Antigo Testamento a resposta é aquela que Ele deu a Jó: "Onde estavas tu, quando eu lançava os fundamentos da terra?" E no Novo Testamento, o mais esclarecido, eis a resposta que Jesus deu aos seus discípulos: "Amai-vos uns aos outros como eu vos amei." É o que temos que fazer hoje e todos os dias até que essa coisa acabe: nos amarmos uns aos outros. Ajudar uns aos outros. E aguardar que a prova termine, como sempre acontece com as provas de Deus.

O sermão de Lester Coggins veio de Números (seção da Bíblia em que o otimismo não é a tônica): *Estareis pecando contra o SENHOR; e estai certos de que vosso pecado vos há de atingir.*

Como Piper, Lester mencionou o conceito da prova — um sucesso eclesiástico em todas as surumbambas da história —, mas seu tema principal tinha a ver com o contágio do pecado e como Deus cuidava dessas infecções, que parecia espremê-las com os Seus Dedos do mesmo modo que um homem espremia uma espinha incômoda até que o pus espirrasse como Colgate santo.

E como, mesmo à luz clara de uma linda manhã de outubro, ainda estava mais do que meio convencido de ser seu o pecado pelo qual a cidade estava sendo punida, Lester foi de uma eloquência especial. Houve lágrimas em muitos olhos e soavam gritos de *"Sim, Senhor!"* do canto de um amém a outro. Às vezes, quando estava inspirado assim, grandes ideias novas ocorriam a Lester ainda enquanto pregava. Uma delas foi naquele dia, e ele a proferiu imediatamente, sem muita pausa para pensar. Não precisava pensar. Algumas coisas são simplesmente claras demais, faiscantes demais, para não estarem certas.

— Esta tarde, vou até onde a rodovia 119 cruza o misterioso Portão de Deus — disse ele.

— Sim, Jesus! — gritou uma mulher em lágrimas. Outros bateram palmas ou as ergueram em testemunho.

— Por volta das duas horas. Vou me ajoelhar lá naquele pasto, *pois é*, e vou orar a Deus para que nos livre dessa aflição.

Dessa vez os gritos de *Sim, Senhor* e *Sim, Jesus* e *Glória a Deus* foram mais altos.

— Mas antes — Lester ergueu a mão com que açoitara as costas nuas na escuridão da noite. — Antes, vou orar sobre o *PECADO* que causou essa *DOR* e essa *TRISTEZA* e essa *AFLIÇÃO!* Se estiver sozinho, talvez Deus não me escute. Se estiver com dois, ou três, ou mesmo cinco, talvez Deus *NEM ASSIM* me escute, podem dizer amém.

Podiam. Disseram. Todos agora erguiam as mãos e balançavam de um lado para o outro, presos naquela febre do bom Deus.

— Mas se *TODOS VOCÊS* forem... se formos orar em círculo bem ali no capim de Deus, sob o céu azul de Deus... à vista dos soldados que eles dizem que guardam a obra da Mão justa de Deus... se *TODOS VOCÊS* forem, se *NÓS TODOS* formos orar juntos, então talvez consigamos chegar ao fundo desse pecado e arrastá-lo para a luz, para que morra, e fazer um *milagre* de Deus Todo-Poderoso! *VOCÊS IRÃO? VOCÊS SE AJOELHARÃO COMIGO?*

É claro que iriam. É claro que se ajoelhariam. Todos gostam de uma honesta reunião de oração perante Deus nos bons e nos maus tempos. E quando a banda tocou *Whate'er My God Ordains is Right* ("Tudo o que Deus ordena está certo", em sol, com Lester na guitarra solo), cantaram até quase levantar o teto.

Jim Rennie estava lá, claro; fora Big Jim que organizara a carreata.

7

FIM DO SEGREDO!
LIBERTEM CHESTER'S MILL!
MANIFESTEM-SE!!!!

ONDE? Na Fazenda Dinsmore, na rodovia 119 (Basta procurar o **CAMINHÃO BATIDO** e os **AGENTES MILITARES DA OPRESSÃO**)!

QUANDO? 14 horas, HOO (Hora da Opressão de Outono)!

QUEM? VOCÊ e todos os Amigos que puder trazer! Diga que **QUEREMOS CONTAR À MÍDIA A NOSSA HISTÓRIA!** Diga que **QUEREMOS SABER QUEM FEZ ISSO CONOSCO!**

E POR QUÊ!
Principalmente, diga que **QUEREMOS SAIR!!!**

Esta cidade **É NOSSA!** Temos que lutar por ela!
TEMOS QUE TOMÁ-LA DE VOLTA!!!!

Há alguns cartazes disponíveis, mas é melhor trazer o seu (e lembre-se: palavrões são contraproducentes).

**COMBATER O PODER!
DERRUBAR O SISTEMA!**

Comitê pela Libertação de Chester's Mill

8

Na cidade, quem mais poderia adotar como lema pessoal a antiga frase de Nietzsche — "O que não me mata me torna mais forte" — era Romeo Burpee, um trambiqueiro com topetão de Elvis tiozão e botas pontudas de elástico lateral. Devia o nome à mãe franco-americana romântica; o sobrenome ao pai ianque e inflexível, prático até os ossos secos de pão-duro. Romeo sobrevivera à infância de insultos impiedosos — fora umas surras de vez em quando — e se tornara o homem mais rico da cidade. (Quer dizer... não, Big Jim era o homem mais rico da cidade, mas boa parte da sua riqueza tinha necessariamente de ficar escondida.) Rommie possuía a maior e mais lucrativa loja de departamentos independente de todo o estado. Na década de 1980, os seus possíveis sócios no empreendimento lhe disseram que estava louco de usar um nome tão feio quanto Burpee, que mais parecia um arroto. A resposta de Rommie foi que, se o nome não fizera mal à Burpee Seeds, não faria mal a ele. E agora o maior sucesso do verão eram camisetas com QUE TAL UM AÇAÍ NO BURPEE? escrito. Viram *só*, seus banqueiros sem imaginação?

Em boa medida, ele tivera sucesso ao reconhecer a grande oportunidade e persegui-la impiedosamente. Por volta das dez horas daquela manhã de domingo — pouco depois de ver Sam Relaxado ser arrastado para a delegacia — outra grande oportunidade surgiu. Como sempre acontece quando a gente está de olho nelas.

Romeo observou crianças colando cartazes. Feitos em computador e com aparência muito profissional. Os garotos — a maioria de bicicleta, alguns de skate — faziam um bom trabalho para cobrir a rua principal. Uma manifestação de protesto na 119. Romeu ficou imaginando de quem fora *aquela* ideia.

Alcançou um deles e perguntou.

— Foi ideia minha — disse Joe McClatchey.

— Sério?

— Claro que é sério — disse Joe.

Rommie deu cinco pratas ao garoto, ignorando os seus protestos e enfiando a nota no fundo do bolso das costas dele. Valia a pena pagar por informações. Rommie achou que o povo iria à manifestação do garoto. Todos adoravam exprimir o medo, a frustração e a raiva virtuosa.

Pouco depois de mandar Joe Espantalho continuar, Romeo começou a ouvir gente falando sobre uma reunião de oração à tarde, comandada pelo pastor Coggins. Mesma bendita hora, mesmo bendito local.

Com certeza era um sinal. Que dizia: OPORTUNIDADE DE VENDAS AQUI.

Romeo entrou na loja, onde os negócios iam devagar. Quem foi às compras naquele domingo estava no Food City ou no Posto & Mercearia Mill. E eram minoria. A maioria estava na igreja ou em casa assistindo ao noticiário. Toby Manning estava atrás da registradora, assistindo à CNN numa televisãozinha a pilha.

— Desliga essa charlatã e fecha a registradora — disse Romeo.

— O senhor tem certeza?

— Tenho. Pega a tenda grande no depósito. Manda a Lily ajudar.

— A tenda da Liquidação de Verão?

— Essa é a fofa — disse Romeo. — Vamos armá-la lá naquele capinzal onde caiu o avião do Chuck Thompson.

— O pasto do Alden Dinsmore? E se ele quiser dinheiro?

— A gente paga. — Romeo estava calculando. A loja vendia de tudo, inclusive produtos alimentícios com desconto, e havia mais ou menos umas mil embalagens de salsicha em oferta no congelador industrial dos fundos da loja. Ele as comprara da Happy Boy HQ, em Rhode Island (empresa agora falecida, um pequeno problema com micróbios, graças a Deus não *E. coli*), esperando vendê-las a moradores e turistas que estivessem planejando churrascos para o 4 de Julho. Não vendera tanto quanto esperava graças à maldita recessão, mas as guardara mesmo assim, com a teimosia do macaco que segura uma castanha. E agora, talvez...

Sirva-os naquelas varetinhas de jardim de Taiwan, pensou ele. *Ainda tenho um bilhão daquela bosta. É só dar um nome bonitinho, como Frank-A-Ma-Bobs.* Além disso, tinham talvez umas cem caixinhas de pó para limonada e laranjada Yummy Tummy, outro item com desconto que até então dera prejuízo.

— Vamos levar também a churrasqueira a gás. — Agora a cabeça dele funcionava como uma máquina de somar, e era assim que Romeo gostava que funcionasse.

Toby começava a se empolgar.

— No que o senhor está pensando, sr. Burpee?

Rommie foi inventariar tudo o que achava que teria de registrar como prejuízo. Aqueles cata-ventos baratinhos... o resto dos fogos do 4 de Julho... as balas velhas que estava guardando para o Halloween...

— Toby — disse ele —, vamos fazer a maior festa ao ar livre que essa cidade já viu. Anda. Temos muito a fazer.

9

Rusty fazia a ronda no hospital com o dr. Haskell quando o walkie-talkie que Linda insistira que levasse zumbiu no bolso.

A voz dela estava baixinha, mas nítida.

— Rusty, tenho mesmo que ir trabalhar. Randolph disse que parece que metade da cidade vai lá para a barreira da 119 hoje à tarde, alguns pra uma reunião de oração, outros pra uma manifestação. Romeo Burpee vai montar uma tenda e vender cachorro-quente, por isso pode esperar um monte de pacientes com gastroenterite hoje à noite.

Rusty gemeu.

— Vou ter que deixar as meninas com a Marta mesmo. — Linda parecia preocupada e na defensiva, uma mulher que sabia que, de repente, não era suficiente para cuidar de tudo. — Vou explicar a ela o problema da Jannie.

— Certo. — Ele sabia que, se lhe dissesse para ficar em casa, ela ficaria... e só conseguiria preocupá-la, bem na hora em que as preocupações começavam a diminuir um pouco. E se uma multidão aparecesse *mesmo* por lá, ela seria necessária.

— Obrigada — disse ela. — Obrigada por compreender.

— Só não esquece de mandar a cachorra pra Marta junto com as meninas — disse Rusty. — Você sabe o que o Haskell disse.

O dr. Ron Haskell — O Mágico — fora superprestativo com a família Everett naquela manhã. Fora superprestativo desde o início da crise, na verdade. Rusty nunca esperaria isso, mas estava muito grato. E podia ver, pelos olhos inchados e pela boca frouxa do velho, que Haskell estava pagando o preço. O Mágico era velho demais para crises médicas; hoje em dia, cochilar no saguão do terceiro andar estava mais de acordo com a sua velocidade. Mas, além de Ginny Tomlinson e Twitch, agora eram só Rusty e O Mágico para proteger o forte. Por muito azar, a Redoma caíra numa linda manhã de fim de semana na qual quem podia sair da cidade tinha saído.

Haskell, embora com quase 70 anos, ficara no hospital com Rusty até as 11 da noite anterior, quando Rusty literalmente o empurrou porta afora, e voltara às sete da manhã, quando Rusty e Linda chegaram com as filhas. E também com Audrey, que pareceu aceitar com bastante calma o novo ambiente do Cathy Russell. Judy e Janelle entraram ladeando a grande golden retriever, tocando-a para se tranquilizar. Janelle parecia apavoradíssima.

— O que há com o cachorro? — perguntou Haskell e, quando Rusty lhe explicou, fez um sinal de cabeça e disse a Janelle: — Vamos dar uma olhada, querida.

— Vai doer? — perguntou Janelle apreensiva.

— Hmmm... Será que ganhar bala depois de eu olhar os seus olhos dói?

Quando o exame acabou, os adultos deixaram as duas meninas e a cachorra no consultório e foram para o corredor. Os ombros de Haskell estavam caídos. O cabelo parecia ter embranquecido da noite para o dia.

— Qual o diagnóstico, Rusty? — perguntou Haskell.

— Epilepsia menor. Acho que causada por nervosismo e preocupação, mas Audi vem fazendo aquele Ganido Esquisito há meses.

— Certo. Vamos começar com Zarontin. Concorda?

— Concordo. — Rusty ficou comovido por ser consultado. Começava a se arrepender das coisas feias que dissera e pensara sobre Haskell.

— E mantenha o cachorro com ela, certo?

— Claro.

— Ela vai ficar bem, Ron? — perguntou Linda. Ainda não planejava trabalhar; planejava passar o dia em atividades tranquilas com as meninas.

— Ela *está* bem — disse Haskell. — Muitas crianças têm ataques de epilepsia menor. A maioria só tem um ou dois. Outras têm mais, por alguns anos, e depois eles passam. Raramente há danos duradouros.

Linda pareceu aliviada. Rusty torceu para que ela nunca viesse a saber o que Haskell não estava lhe contando: que, em vez de encontrar o caminho para sair da mata neurológica, algumas crianças sem sorte se afundavam mais, avançando para a epilepsia maior. E os ataques da epilepsia maior *podem* causar danos. Podem matar.

Agora, depois de terminar a ronda da manhã (só meia dúzia de pacientes, um deles uma nova mamãe sem complicações) e torcer por uma xícara de café antes de correr para o Posto de Saúde, essa ligação de Linda.

— Tenho certeza de que a Marta vai gostar de ficar com Audi — disse ela.

— Ótimo. Você vai ficar com o rádio da polícia enquanto estiver de serviço, não é?

— Vou, claro.

— Então deixa o seu pessoal com a Marta. Combinem um canal de comunicação. Se acontecer alguma coisa com a Janelle, eu vou correndo.

— Tá bem. Obrigada, querido. Você não teria um jeito de dar uma chegada lá hoje à tarde?

Enquanto pensava nisso, Rusty viu Dougie Twitchell descer o corredor. Tinha um cigarro enfiado atrás da orelha e andava daquele jeito não-dou-a-mínima de sempre, mas Rusty viu preocupação no seu rosto.

— Talvez eu consiga matar o trabalho por uma hora. Mas não prometo.

— Tudo bem, mas seria tão bom ver você...

— Também acho. Toma cuidado. E fala pra todo mundo pra não comer cachorro-quente. Provavelmente faz 10 mil anos que estão guardados no congelador do Burpee.

— É salsicha de mastodonte — disse Linda. — Câmbio e desligo, meu doce. Te procuro.

Rusty enfiou o walkie-talkie no bolso do guarda-pó branco e se virou para Twitch.

— O que há? E tira esse cigarro da orelha. Isso aqui é um hospital.

Twitch catou o cigarro do seu local de descanso e o olhou.

— Eu ia fumar junto do depósito.

— Má ideia — disse Rusty. — É lá que ficam guardados os cilindros de gás.

— Foi isso que eu vim te contar. A maioria deles sumiu.

— Bobagem. Aquelas coisas são *imensas*. Não me lembro se contêm 11 mil ou 19 mil litros.

— O que você quer dizer? Que eu esqueci de olhar atrás da porta?

Rusty começou a esfregar as têmporas.

— Se *eles*, sejam quem forem, levarem mais de três ou quatro dias pra acabar com esse campo de força, vamos precisar de muito gás.

— Até parece que eu não sei — disse Twitch. — De acordo com a ficha na porta, devia ter sete daqueles bichinhos, mas só tem dois. — Ele guardou o cigarro no bolso do guarda-pó branco. — Olhei o outro depósito só pra ter certeza, achei que alguém tivesse transferido os cilindros...

— Por que fariam isso?

— Não sei, Ó Grande Sábio. De qualquer jeito, o outro é o depósito dos suprimentos mais importantes do hospital: material de jardinagem. Lá as ferramentas estão todas presentes e contadas, mas a bosta do adubo sumiu.

Rusty não dava a mínima para o adubo; estava preocupado com o gás.

— Bom, na hora do vamos ver, arranjamos mais no depósito da cidade.

— Você vai ter que brigar com o Rennie.

— Quando o Cathy Russell talvez seja a única opção se aquele coração dele travar? Duvido. Acha que tem possibilidade de eu dar uma escapulida hoje à tarde?

— Isso é com O Mágico. Parece que agora ele é o oficial comandante.

— Onde ele está?

— Dormindo no saguão. Ronca feito um condenado. Quer... acordar ele?

— Não — disse Rusty. — Deixa ele dormir. E de Mágico eu não chamo ele mais. Depois do que trabalhou desde que essa merda caiu, acho que merece coisa melhor.

— Tudo bem, sensei. Você atingiu um novo nível de iluminação.

— É isso aí, gafanhoto — disse Rusty.

10

Agora, veja isso; veja muito bem.

São 14h40 de outro dia lindíssimo e maravilhoso de outono em Chester's Mill. Se a imprensa não tivesse sido afastada, estaria no paraíso das oportunidades para fotos — e não só porque as árvores estão totalmente em chamas. Os moradores presos na cidade migraram em massa para o pasto das vacas de Alden Dinsmore. Alden combinou uma taxa de uso com Romeo Burpee: seiscentos dólares. Ambos estão contentes, o fazendeiro porque arrancou do comerciante bem mais do que a oferta inicial de duzentos dólares, Romeo porque pagaria mil se pressionado.

Dos manifestantes e dos que clamam por Jesus, Alden não recebeu um único tostão furado. Mas isso não significa que não vá cobrar; o fazendeiro Dinsmore nasceu à noite, mas não ontem à noite. Quando essa oportunidade apareceu, ele demarcou uma grande área de estacionamento logo ao norte do local onde na véspera os fragmentos do avião de Chuck Thompson encontraram o seu descanso; e lá estacionou a mulher (Shelley), o filho mais velho (Ollie; você se lembra de Ollie) e o empregado (Manuel Ortega, um ianque sem greencard tão bom quanto todos os outros). Alden está cobrando cinco dólares por carro, uma fortuna para um pequeno produtor de leite que, nos últimos dois anos, mal conseguiu manter a fazenda longe das mãos do Keyhole Bank. Houve queixas sobre a cobrança, mas não muitas; cobram mais pelo estacionamento na Feira de Fryeburg e, a menos que quisessem estacionar à beira da estrada — já tomada nos dois lados pelos que chegaram cedo — e depois de andar quase um quilômetro até onde tudo acontecia, não tinham opção.

E que cena estranha e variada! Um circo de três picadeiros, sem dúvida, com os cidadãos comuns de Mill no papel de astros. Quando Barbie chega com Rose e Anse Wheeler (o restaurante fechou de novo, reabrirá para o jantar — só sanduíches frios, nada de chapa), os três fitam a cena em silêncio boquiabertos. Tanto Julia Shumway quanto Pete Freeman tiram fotos. Julia para o bastante para dar a Barbie o seu sorriso atraente mas um tanto voltado para dentro.

— Belo espetáculo, não acha?

Barbie sorri.

— Sim, senhora.

No primeiro picadeiro desse circo, temos os moradores que responderam aos cartazes pendurados por Joe Espantalho e seus voluntários. O quórum da manifestação foi bem satisfatório, quase duzentos, e os sessenta cartazes que os garotos fizeram (o mais popular: **DEIXA A GENTE SAIR, PORRA!!**) foram distribuídos em segundos. Por sorte, muitos trouxeram *mesmo* cartazes próprios. O favorito de Joe é o que tem grades de cadeia pintadas sobre um mapa de Mill. Lissa Jamieson não se limita a segurá-lo e o sacode agressivamente para baixo e para cima. Jack Evans está lá, pálido e triste. Seu cartaz é uma colagem de fotografias da mulher que sangrou até a morte na véspera. E grita: **QUEM MATOU A MINHA MULHER?**. Joe Espantalho sente pena dele... mas que cartaz fantástico! Se a imprensa pudesse ver aquele, cagaria toda nas calças de felicidade.

Joe organizou os manifestantes num grande círculo que gira bem diante da Redoma, marcada por uma linha de passarinhos mortos no lado de Chester's Mill (os do lado de Motton foram removidos pelos militares). O círculo dá à turma de Joe — é como ele vê aquelas pessoas — a oportunidade de brandir os seus cartazes para os guardas ali postados, que mantêm as costas resoluta e enlouquecedoramente viradas. Joe também distribuiu "palavras de ordem" impressas. Ele as escreveu com Norrie Calvert, a skatista ídola de Benny Drake. Além de ser sinistra em cima da pranchinha, Norrie fazia umas rimas simples mas massa, tá ligado? Uma delas é: *Rá-rá-rá! Ril-ril-ril! Libertem logo Chester's Mill!* Outra: *Foram vocês! Foram vocês! Confessem de uma vez!* Joe, com verdadeira relutância, vetara outra obra-prima de Norrie que dizia: *Fomos amordaçados! Fomos amordaçados! Cadê a imprensa, seus viados?*

— A gente tem que ser politicamente correto nisso — foi o que dissera a ela. Agora o que ele está pensando é se Norrie Calvert é jovem demais para beijar. E se ela usaria a língua se ele a beijasse. Ele nunca beijou uma garota, mas se iam todos morrer como insetos famintos presos debaixo de um Tupperware, talvez fosse melhor beijar essa enquanto havia tempo.

No segundo picadeiro, está o círculo de orações do pastor Coggins. Estão realmente recebendo dons de Deus. E, numa bela demonstração de *détente* eclesiástica, o coro da Sagrado Redentor foi aumentado por uma dúzia de homens e mulheres do coro da Congregacional. Cantam *Poderosa fortaleza é o nosso Deus*, e um bom número de habitantes não afiliados que conhecem a letra cantam junto. As vozes sobem para o imaculado céu azul, e as exortações agudas de Lester e os *améns* e *aleluias* de apoio do círculo de fiéis entretecem o canto em contraponto perfeito (embora não em harmonia — isso seria ir longe demais). O círculo de orações não para de crescer, com outros moradores se ajoelhando para orar também, deixando temporariamente os pecados de lado para erguer as mãos dadas em súplica. Os soldados lhes viraram as costas; Deus, talvez não.

Mas o picadeiro central do circo é o maior e o mais extraordinário. Romeo Burpee armou a tenda da Liquidação de Verão bem longe da Redoma e 60 metros a leste do círculo de oração, calculando o local com base na leve brisa que sopra. Quer se assegurar de que a fumaça da sua fila de churrasqueiras portáteis chegue tanto aos que oram quanto aos que protestam. A única concessão ao aspecto religioso da tarde é mandar Toby Manning desligar o gravador, que berrava aquela música de James McMurtry sobre viver em cidade pequena; não combinou bem com *How Great Thou Art* e *Won't You Come to Jesus*. O negócio vai bem e só vai melhorar. Disso Romeo tem certeza. Os cachorros-quentes — que degelam enquanto assam — podem incomodar certas barrigas mais tarde, mas têm o cheiro *perfeito* no sol quente da tarde; cheiro de quermesse de bairro, e não de grude da cadeia. As crianças correm brandindo cata-ventos e ameaçando pôr fogo no capim de Dinsmore com as estrelinhas que sobraram do 4 de Julho. Há copinhos de papel vazio que continham refresco cítrico em pó (horrível) ou café feito às pressas (pior ainda) jogados por toda parte. Mais tarde, Romeo mandará Toby Manning pagar dez pratas a algum garoto, talvez o de Dinsmore, para catar o lixo. Relações com a comunidade, sempre importantes. Agora, porém, Romeo está totalmente focado na caixa registradora improvisada, uma embalagem de papelão que já conteve papel higiênico Charm. Recebe verdinhas compridas e devolve prata curta: é o jeito americano de fazer negócios, meu bem. Cobra quatro pilas por cachorro-quente e quem disse que ninguém pagaria? Espera fazer ao menos 3 mil até o pôr do sol, talvez muito mais.

E vejam! Eis Rusty Everett! Conseguiu sair, afinal! Que bom! Ele quase gostaria de ter ido buscar as meninas — com certeza elas se divertiriam aqui, e ver tanta gente se divertindo poderia reduzir o medo —, mas talvez fosse empolgação demais para Jannie.

Avista Linda ao mesmo tempo que ela o vê e começa a acenar freneticamente, quase dando pulinhos. Com o cabelo preso nas tranças robustas de Policial Destemida que quase sempre usa quando trabalha, Lin parece uma líder de torcida da oitava série. Está em pé com Rose, irmã de Twitch, e o rapaz que prepara os pedidos no restaurante. Rusty fica um pouco surpreso; achava que Barbara tinha saído da cidade. Pegou o lado ruim de Big Jim Rennie. Uma briga de bar, foi o que disseram a Rusty, embora não estivesse de plantão quando os participantes chegaram para ser remendados. Ótimo para Rusty. Ele já tinha remendado o seu quinhão de fregueses do Dipper's.

Ele abraça a esposa, lhe beija a boca e depois tasca um beijo no rosto de Rose. Aperta a mão do cozinheiro e é reapresentado.

— Olha aqueles cachorros-quentes — lamenta Rusty. — Oh, céus.

— É melhor preparar os penicos, doutor — diz Barbie, e todos riem. É espantoso rir nessas circunstâncias, mas não são os únicos... e, meu bom Deus, por que não? Quem não consegue rir quando a situação vai mal, rir e fazer uma festinha, está morto ou a fim de morrer.

— Isso é divertido — diz Rose, sem saber que a diversão logo acabará. Um Frisbee passa voando. Ela o agarra no ar e o lança de volta a Benny Drake, que pula para pegá-lo e depois gira para jogá-lo para Norrie Calvert, que o pega pelas costas, a exibida! O círculo de orações ora. O coro misto, que agora realmente encontrou a voz certa, passou para o eterno campeão de audiência *Avante, soldados cristãos*. Uma menina, no máximo a idade de Judy, a saia esvoaçando em torno dos joelhos gorduchos, passa com uma estrelinha numa das mãos e um copinho da limonada horrorosa na outra. Os manifestantes giram e regiram num círculo cada vez maior, entoando *Rá-rá-rá! Ril-ril-ril! Libertem logo Chester's Mill!* No céu, nuvens fofinhas com a parte inferior sombreada flutuam para o norte vindas de Motton... e depois se dividem ao se aproximar dos soldados, contornando a Redoma. O céu diretamente acima é de um azul sem nuvens nem falhas. No pasto de Dinsmore, há quem estude essas nuvens e se pergunte como será o futuro da chuva em Chester's Mill, mas isso ninguém fala em voz alta.

— Queria saber se a gente ainda vai estar se divertindo domingo que vem — diz Barbie.

Linda Everett o olha. Não é um olhar amistoso.

— Claro que você acha que antes disso...

Rose a interrompe.

— Olha lá. Aquele garoto não devia estar dirigindo aquele carrinho tão depressa, vai acabar virando. *Detesto* esses quadriciclos.

Todos olham o pequeno veículo de pneu-balão e o veem cortar uma diagonal pelo feno branco de outubro. Não na direção deles exatamente, mas com certeza na direção da Redoma. Vai depressa demais. Alguns soldados escutam o motor se aproximar e finalmente se viram.

— Jesus Cristo, não permita que ele bata — gemeu Linda Everett.

Rory Dinsmore não bate. Seria melhor se tivesse batido.

11

As ideias são como micróbios de resfriado: mais cedo ou mais tarde, alguém pega. Os chefes do Estado-Maior conjunto já tinham contraído aquela: fora ventilada em várias reuniões das quais participou o coronel James O. Cox, antigo chefe de Barbie. Mais cedo ou mais tarde, alguém em Mill acabaria contaminado pela mesma ideia, e não era de todo surpreendente que esse alguém fosse Rory Dinsmore, de longe a ferramenta mais afiada da caixa da família Dinsmore ("Não sei de *onde* ele tirou isso", disse Shelley Dinsmore quando Rory levou para casa o primeiro boletim nota 10... e com voz mais preocupada do que orgulhosa). Se morasse na cidade — e se tivesse computador, o que não tinha —, Rory, sem dúvida, participaria do grupo de Joe Espantalho McClatchey.

Rory fora proibido de comparecer ao festival/reunião de oração/manifestação; em vez de comer cachorros-quentes esquisitos e ajudar no estacionamento, o pai lhe deu a ordem de ficar em casa e alimentar as vacas. Quando terminou, teria de untar os seus úberes com pomada de lanolina, serviço que ele detestava. "E quando aquelas tetas estiverem lisinhas e brilhantes", disse o pai, "pode varrer os celeiros e amarrar alguns fardos de feno".

Ele estava sendo castigado por se aproximar da Redoma ontem depois que o pai proibiu expressamente. E realmente *batendo* nela, pelo amor de Deus. Dessa vez, apelar à mãe, coisa que quase sempre funcionava, não adiantou.

— Você podia ter morrido — disse Shelley. — Além disso, o seu pai disse que você falou coisa feia.

— Eu só disse o nome do cozinheiro! — protestou Rory, e por isso o pai mais uma vez lhe deu a maior bronca, enquanto Ollie olhava com aprovação calada e presunçosa.

— Você é esperto demais para o seu próprio bem — disse Alden.

Em segurança atrás do pai, Ollie lhe mostrou a língua. Mas Shelley viu... e deu a maior bronca em *Ollie*. No entanto, não lhe proibiu os prazeres e atrações da feira improvisada daquela tarde.

— E não encosta naquele maldito tratorzinho — disse Alden, apontando o quadriciclo estacionado na sombra entre os estábulos 1 e 2. — Se precisar mexer com o feno, carrega. Vai deixar você mais forte. — Pouco depois, os Dinsmore burros saíram juntos, cruzando o pasto rumo à tenda de Romeo. O esperto ficou para trás com um forcado e um pote de pomada de lanolina do tamanho de um vaso de flores.

Rory cumpriu as tarefas de mau humor mas com atenção; a mente veloz às vezes o punha em encrencas, mas apesar de tudo era um bom filho, e a ideia de fugir às tarefas-castigo nunca lhe passou pela cabeça. A princípio, *nada* lhe passou pela cabeça. Ele estava naquele estado de graça em que a cabeça fica quase vazia e que às vezes é solo muito fértil; é a terra na qual, de repente, brotam os nossos sonhos mais vistosos e as maiores ideias (tanto as boas quanto as terrivelmente más), geralmente já crescidas. Mas sempre há uma cadeia de associações.

Quando começou a varrer o corredor principal do celeiro 1 (ele resolveu deixar o odioso untar das tetas para o final), Rory escutou um rápido *pop-pôu-pá* que só podia ser uma fieira de traques. Soava um pouco como tiros de espingarda. Isso o fez pensar na espingarda .30-.30 do pai, pendurada no armário da frente. Os meninos eram proibidos de tocá-la, a não ser sob estrita supervisão — praticando tiro ao alvo ou na temporada de caça —, mas ninguém trancava o armário e a munição ficava na prateleira de cima.

E veio a ideia. Rory pensou: *Eu poderia abrir um buraco naquela coisa. Talvez estourá-la.* Viu uma imagem bem clara e nítida de tocar uma bola de encher com um fósforo.

Largou a vassoura e correu para casa. Como muita gente inteligente (em especial crianças inteligentes), o seu ponto forte era a inspiração, não a reflexão. Se tivesse uma ideia daquelas (o que seria bem improvável), o irmão mais velho pensaria: *se um avião não conseguiu passar, nem um caminhão a toda, qual a chance de uma bala?* Também poderia ter raciocinado: *Já estou de castigo por desobedecer, e isso é desobediência elevada à nona potência.*

Bom... não, Ollie provavelmente não pensaria assim. A capacidade matemática de Ollie se encerrara na multiplicação simples.

Rory, no entanto, já aprendia a álgebra do pré-vestibular, e matando a pau. Se lhe perguntassem como uma bala conseguiria o que um caminhão e um avião não tinham conseguido, ele diria que o efeito do impacto de uma Winchester Elite XP³ seria muito maior do que o deles. Fazia sentido. Por um lado, a velocidade seria maior. Por outro, o impacto propriamente dito estaria concentrado na ponta de uma bala de 11 gramas. Estava certo de que funcionaria. Tinha a elegância inquestionável de uma equação algébrica.

Rory viu o seu rosto sorridente (mas modesto, é claro) na primeira página do jornal *USA Today*; entrevistado em programas noturnos; sentado num balão enfeitado de flores num desfile em sua homenagem, com meninas do tipo rainha do baile a cercá-lo (provavelmente de vestido tomara que caia, talvez de maiô), enquanto ele acenava para a multidão e o confete caía em ondas. Ele seria O MENINO QUE SALVOU CHESTER'S MILL!

Pegou a espingarda no armário, buscou a escadinha e agarrou uma caixa de munição da prateleira. Enfiou dois cartuchos na culatra (um de reserva) e depois saiu correndo com a espingarda acima da cabeça como um *rebelista* vencedor (mas é preciso admitir: travou a alavanca de segurança sem sequer pensar). A chave do quadriciclo Yamaha que o tinham proibido de dirigir estava pendurada com as outras chaves no celeiro 1. Ele segurou o chaveiro com os dentes enquanto, com cordões elásticos, prendia a espingarda na traseira do quadriciclo. Ficou se perguntando se haveria algum som quando furasse a Redoma. Talvez devesse ter pegado os protetores de ouvido na prateleira de cima do armário, mas voltar para buscá-los era impensável; tinha que fazer aquilo *agora*.

É assim com as grandes ideias.

Ele contornou o celeiro 2 com o quadriciclo, parando apenas o suficiente para avaliar a multidão no pasto. Empolgado como estava, sabia que não devia se dirigir para onde a Redoma atravessava a estrada (e onde as manchas das colisões de ontem ainda pendiam como sujeira numa vidraça não lavada). Alguém poderia detê-lo antes que estourasse a Redoma. Aí, em vez de ser O MENINO QUE SALVOU CHESTER'S MILL, acabaria sendo O MENINO QUE ESPREMEU TETAS DE VACA POR UM ANO. É, e na primeira semana teria que fazer isso de joelhos, com a bunda doída demais para sentar. Alguém acabaria recebendo o crédito pela *sua* grande ideia.

Então, seguiu numa diagonal que o levaria até a Redoma a uns 500 metros da tenda, marcando o lugar de parar pelas marcas esmagadas no feno. Essas ele sabia que tinham sido feitas pelos passarinhos caídos. Viu os soldados estacionados naquela área se virarem com o barulho do quadriciclo que se aproximava. Ouviu gritos de aviso do povo na feira e nas orações. O canto do hino parou discordante.

O pior de tudo: ele viu o pai acenar para ele o boné sujo da John Deere e berrar *"RORY PUTA QUE PARIU PARA!"*

Rory fora longe demais para parar e, bom filho ou não, não *queria* parar. O quadriciclo bateu num montinho e ele pulou no assento, segurando-se com ambas as mãos e rindo feito doido. O seu boné da Deere estava virado para trás e ele nem se lembrava de tê-lo virado. O quadriciclo adernou mas decidiu ficar em pé. Quase lá agora, e um dos soldados fardados também lhe gritava que parasse.

Rory parou e tão de repente que quase deu uma cambalhota sobre o corrimão do Yamaha. Esqueceu de pôr o veículo no neutro e o tratorzinho deu um sacolejo à frente, chegando a bater na Redoma antes de parar. Rory ouviu o barulho do metal amassado e o do farol se estilhaçando.

Os soldados, com medo de serem atingidos pelo veículo (o olho que não vê nada para deter o objeto que se aproxima desperta instintos fortes), pularam para os lados, deixando um belo buraco e poupando Rory da necessidade de lhes dizer que se afastassem de uma possível explosão. Queria ser herói, mas não queria matar nem machucar ninguém com isso.

Tinha que se apressar. As pessoas mais próximas do ponto no qual parara eram as que estavam no estacionamento e amontoadas em torno da tenda da Liquidação de Verão, e corriam como doidas. O pai e o irmão estavam entre eles, ambos gritando para que não fizesse o que planejava fazer.

Rory soltou a espingarda dos elásticos, apoiou a coronha no ombro e mirou a barreira invisível, um metro e meio acima de um trio de pardais mortos.

— *Não, garoto, má ideia!* — berrou um dos soldados.

Rory não lhe deu atenção, porque era uma *boa* ideia. As pessoas da tenda e do estacionamento já estavam perto. Alguém — foi Lester Coggins, que corria muito melhor do que tocava guitarra — gritou:

— *Em nome de Deus, filho, não faz isso!*

Rory puxou o gatilho. Não; só tentou. A trava de segurança ainda estava no lugar. Ele olhou por sobre o ombro e viu o pastor alto e magro da igreja dos bíblias ultrapassar o pai ofegante e de cara vermelha. A fralda da camisa de Lester saíra da calça e flutuava. Os olhos dele estavam arregalados. O chapeiro do Rosa Mosqueta vinha logo atrás. Agora estavam a menos de 60 metros e parecia que o reverendo engatara a quarta marcha.

Rory soltou a trava.

— *Não, garoto, não!* — gritou o soldado outra vez, ao mesmo tempo que se agachava do seu lado da Redoma e erguia as mãos abertas.

Rory não lhe deu atenção. É assim com as grandes ideias. Atirou.

Infelizmente para Rory, foi um tiro perfeito. O projétil de alto impacto atingiu a Redoma a queima-roupa, ricocheteou e voltou feito uma bola de borracha numa corda. Rory não sentiu dor imediata, mas um imenso lençol de luz branca lhe encheu a cabeça quando o menor dos dois fragmentos do projétil lhe arrancou o olho esquerdo e se abrigou no cérebro. O sangue voou num jorro e depois correu pelos seus dedos quando ele caiu de joelhos, agarrando o rosto.

12

— Estou cego! Estou cego! — gritava o menino, e imediatamente Lester pensou no versículo em que o seu dedo caíra: *loucura, cegueira e pasmo do coração*.

— Estou cego! Estou cego!

Lester afastou as mãos do menino e viu o buraco cheio e vermelho. Os restos do olho pendiam na bochecha de Rory. Quando virou a cabeça para Lester, os restos respingados caíram no capim.

Lester teve um momento para abrigar a criança nos braços antes que o pai chegasse e o arrancasse dele. Tudo bem. Era assim que devia ser. Lester pecara e pedira orientação ao Senhor. A orientação fora dada, a resposta fornecida. Agora sabia o que tinha que fazer quanto aos pecados a que fora levado por James Rennie.

Uma criança cega lhe mostrara o caminho.

PIOR *NÃO* É IMPOSSÍVEL

1

Mais tarde, Rusty Everett se lembraria é da confusão. A única imagem que se destacou com total clareza foi o tronco nu do pastor Coggins: carne branca como barriga de peixe e as costelas bem marcadas.

Barbie, entretanto — talvez por ter sido encarregado pelo coronel Cox de voltar ao papel de investigador —, viu tudo. E a sua lembrança mais clara não foi de Coggins sem camisa; foi de Melvin Searles lhe apontando o dedo e depois inclinando a cabeça de leve — linguagem de sinais que todo homem reconhece como *Isso não vai ficar assim, neném.*

O que todos os outros recordaram — o que fez com que entendessem a situação da cidade talvez mais do que todo o resto — foram os gritos do pai a segurar nos braços o menino ferido e ensanguentado e a mãe berrando *"Ele está bem, Alden? ELE ESTÁ BEM?"* enquanto se esforçava para levar os 20 quilos a mais do seu corpanzil até a cena.

Barbie viu Rusty Everett abrir caminho à força no círculo que se juntava em torno do menino e se unir aos dois homens ajoelhados, Alden e Lester. Alden embalava o filho nos braços enquanto o pastor Coggins fitava tão boquiaberto quanto um portão com a dobradiça quebrada. A mulher de Rusty estava logo atrás dele. Rusty caiu de joelhos entre Alden e Lester e tentou tirar do rosto as mãos do menino. Alden — o que não surpreende, na opinião de Barbie — prontamente lhe deu um soco. O nariz de Rusty começou a sangrar.

— Não! Deixa ele ajudar! — berrou a mulher do auxiliar médico.

Linda, pensou Barbie. *O nome dela é Linda, e ela é policial.*

— Não, Alden! Não! — Linda pôs a mão no ombro do fazendeiro e ele se virou, parecendo prestes a socá-*la*. Todo o bom-senso sumira do seu rosto;

era um animal protegendo a cria. Barbie avançou para segurar o punho dele caso o fazendeiro o erguesse e, depois, teve uma ideia melhor.

— Médico, aqui! — gritou, curvando-se diante do rosto de Alden e tentando tirar Linda do seu campo de visão.

— Médico! Médico, méd... — Barbie foi puxado para trás pelo colarinho e girado. Teve tempo apenas de registrar Mel Searles, um dos amigos de Junior, e perceber que usava a camisa azul da farda e uma insígnia. *Pior é impossível*, pensou Barbie, mas, para provar que estava errado, Searles *o* socou no rosto, como fizera naquela noite no estacionamento do Dipper's. Errou o nariz de Barbie, que provavelmente era o alvo, mas amassou os seus lábios contra os dentes.

Searles afastou o punho para bater de novo, mas Jackie Wettington — a parceira de má vontade de Mel naquele dia — lhe agarrou o braço antes.

— Não faça isso! — berrou ela. — Policial, *não faça isso*!

Por um instante, a questão ficou pendente. Então Ollie Dinsmore, seguido de perto pela mãe que ofegava e soluçava, passou entre eles, forçando Searles a dar um passo atrás.

Searles baixou o punho.

— Tá bem — disse. — Mas você está numa cena de crime, panaca. Cena de investigação policial. Qualquer coisa assim.

Barbie limpou o sangue da boca com o punho e pensou: *Pior não é impossível. Essa é que é a merda — não é.*

2

A única parte que Rusty escutou foi Barbie gritando *médico*. Agora ele mesmo disse.

— Médico, sr. Dinsmore. Rusty Everett. O senhor me conhece. Deixa eu olhar o menino.

— Deixa, Alden! — gritou Shelley. — Deixa ele cuidar do Rory!

Alden soltou um pouco o garoto, que, de joelhos, balançava de frente para trás, a calça jeans encharcada de sangue. Rory cobrira o rosto com as mãos de novo. Rusty as segurou — com jeitinho, com jeitinho é melhor — e as puxou para baixo. Torcera para que não fosse tão ruim quanto temia, mas a órbita estava vazia e em carne viva, despejando sangue. E o cérebro atrás daquela órbita estava bastante ferido. A novidade foi que o olho que restava virou insensível para o céu, fitando o nada.

Rusty começou a tirar a camisa, mas o pregador já tirara a sua. O torso de Coggins, magro e branco na frente, riscado de vergões vermelhos nas costas, escorria suor. Ele a estendeu.

— Não — disse Rusty. — Rasga, rasga.

Por um instante, Lester não pescou. Então rasgou a camisa ao meio. O resto do contingente da polícia vinha chegando, e alguns policiais regulares — Henry Morrison, George Frederick, Jackie Wettington, Freddy Denton — berravam para que os novos recrutas ajudassem a fazer a multidão recuar, a abrir espaço. Os recém-contratados o fizeram, com entusiasmo. Algumas das pessoas amontoadas foram derrubadas, inclusive Samantha Bushey, famosa torturadora de Bratz. Sammy levava o Pequeno Walter num canguru e, quando caiu de bunda, os dois começaram a urrar. Junior Rennie passou por cima dela mal lhe dando uma olhada e agarrou a mãe de Rory, quase erguendo do chão a mãe do menino ferido antes que Freddy Denton o detivesse.

— Não, Junior, não! Essa é a mãe do garoto! Solta ela!

— *Brutalidade policial!* — berrou Sammy Bushey de onde estava caída no capim. — *Brutalidade poli...*

Georgia Roux, a mais nova contratada no que havia se tornado o departamento de polícia de Peter Randolph, chegou com Carter Thibodeau (de mãos dadas, aliás). Georgia enfiou a bota num dos seios de Sammy — não foi bem um pontapé — e disse:

— Cala a boca, sapata.

Junior largou a mãe de Rory e foi ficar com Mel, Carter e Georgia. Fitavam Barbie. Junior somou os seus olhos aos deles, achando que o chapeiro era como uma moeda azarada que aparecia toda hora. Achou que *Baarbie* ficaria muito bem numa cela, ao lado de Sam Relaxado. Também achou que ser policial sempre fora o seu destino; com certeza ajudara a reduzir a dor de cabeça.

Rusty pegou metade da camisa rasgada de Lester e a rasgou de novo. Dobrou um pedaço, começou a colocá-lo sobre a ferida aberta no rosto do menino; mudou de ideia e o entregou ao pai.

— Segura isso na...

As palavras mal saíram; a garganta estava cheia do sangue do nariz socado. Rusty pigarreou, virou a cabeça, cuspiu um catarro meio coagulado no capim e tentou de novo.

— Segura isso sobre a ferida, pai. Faz pressão. Mão na nuca e *aperta*.

Tonto mas obediente, Alden Dinsmore fez o que lhe mandavam. Na mesma hora, o curativo improvisado ficou vermelho, mas ainda assim o homem parecia mais calmo. Ter o que fazer ajudava. Geralmente ajudava.

Rusty jogou o pedaço restante para Lester. "Mais!", disse, e Lester começou a rasgar a camisa em pedaços menores. Rusty ergueu a mão de Dinsmore e removeu o primeiro pedaço, que agora estava encharcado e inútil. Shelley Dinsmore guinchou ao ver a órbita vazia.

— Ah, meu menino! *Meu menino!*

Peter Randolph chegou correndo, bufando e ofegante. Ainda assim, estava bem à frente de Big Jim, que, ciente de que seu coração era meio deficiente, se arrastava pelo declive do pasto por sobre o capim que o resto da multidão pisoteara e transformara em caminho largo. Pensava na surumbamba que aquilo virara. No futuro, só haveria reuniões da cidade com licença oficial. E se tivesse algo a ver com isso (teria; sempre tinha), seria bem difícil obter uma licença.

— Afasta mais essa gente! — grunhiu Randolph ao policial Morrison. E, quando Henry foi cumprir a ordem: — *Pra trás, gente! Precisamos de ar!*

Morrison vociferou:

— *Policiais, formem um cordão! Empurrem todos pra trás! Quem resistir, algema nele!*

A multidão começou a dar uma lenta marcha a ré. Barbie se demorou.

— Sr. Everett... Rusty... precisa de ajuda? Está tudo bem?

— Tudo — disse Rusty, e a sua cara disse a Barbie tudo o que precisava saber: o auxiliar médico estava bem, só o nariz machucado. O garoto não estava e jamais estaria, mesmo que sobrevivesse. Rusty aplicou outra compressa limpa na órbita cheia de sangue do menino e pôs a mão do pai sobre ela outra vez.

— Nuca — disse. — Aperta com força. *Com força.*

Barbie começou a recuar, mas aí o garoto falou.

3

— É Halloween. Você não pode... *a gente* não pode...

Rusty parou no ato de dobrar outro pedaço da camisa numa compressa. De repente, estava de volta ao quarto das filhas, ouvindo Janelle gritar *É culpa da Grande Abóbora!*

Ergueu os olhos para Linda. Ela também escutara. Os olhos dela estavam arregalados, a cor fugira das faces antes coradas.

— Linda! — Rusty gritou com ela. — Pega o walkie-talkie! Liga pro hospital! Fala pro Twitch pra trazer a ambulância...

— *O fogo!* — gritou Rory Dinsmore numa voz aguda e trêmula. Lester o encarava como Moisés devia ter encarado a sarça ardente. — *O fogo! O ônibus pegou fogo! Tá todo mundo gritando! Cuidado com o Halloween!*

Agora a multidão estava em silêncio, ouvindo a criança delirar. Até Jim Rennie escutou ao chegar ao fim da multidão e começar a abrir caminho com cotoveladas.

— Linda! — gritou Rusty. — Pega o walkie-talkie! *Precisamos da ambulância!*

Ela despertou visivelmente, como se alguém acabasse de bater palmas na frente do seu rosto. Puxou o walkie-talkie do cinto.

Rory caiu para a frente no capim amassado e começou a ter uma convulsão.

— *O que está acontecendo?* — Esse era o pai.

— *Deus do céu, ele vai morrer!* — Essa era a mãe.

Rusty virou a criança, que tremia e se contorcia (tentando não pensar em Jannie enquanto o fazia, mas isso, óbvio, era impossível), e virou o queixo do garoto para cima, para manter abertas as vias aéreas.

— Vem cá, pai — disse a Alden. — Não me deixa na mão agora. Aperta a nuca. Pressão na ferida. Vamos parar o sangramento.

A compressão podia fazer afundar ainda mais o fragmento que arrancara o olho do garoto, mas Rusty se preocuparia com isso depois. Isso se o garoto não morresse ali mesmo no capim.

Ali perto — mas, ah, tão longe — um dos soldados finalmente falou. Mal saído da adolescência, parecia triste e aterrorizado.

— Nós tentamos detê-lo. Ele não quis ouvir. Não pudemos fazer nada.

Pete Freeman, a Nikon pendurada pela correia perto do joelho, presenteou o jovem guerreiro com um sorriso de amargura singular.

— Acho que a gente sabe disso. Se não sabíamos antes, agora com certeza sabemos.

4

Antes que Barbie pudesse se misturar à multidão, Mel Searles o agarrou pelo braço.

— Tira as mãos de mim — disse Barbie pacificamente.

Searles lhe mostrou os dentes na sua versão de sorriso.

— Só sonhando, seu filho da mãe. — Então, levantou a voz. — Chefe. Ei, chefe!

Peter Randolph virou-se para ele com impaciência, franzindo o cenho.

— Esse cara interferiu comigo enquanto eu tentava controlar o local. Posso prender?

Randolph abriu a boca, possivelmente para dizer *Não me faz perder tempo*. Então, olhou em volta. Jim Rennie finalmente chegara até o grupinho que observava Everett trabalhar com o menino. Rennie deu a Barbie o olhar vazio de um réptil numa pedra; depois, olhou de volta para Randolph e, de leve, concordou com a cabeça.

Mel viu. O sorriso se ampliou.

— Jackie? Policial Wettington, quer dizer. Pode me emprestar as algemas?

Junior e o resto do seu grupo também sorriam. Isso era melhor do que olhar um garoto sangrando, e *muito* melhor que policiar um monte de santos do pau oco e malucos com cartazes.

— A vingança é doce, *Baaaar-bie* — disse Junior.

Jackie parecia insegura.

— Pete... Chefe, quero dizer... Acho que o cara só estava tentando aju...

— Algema ele — disse Randolph. — Depois verificamos o que ele estava tentando fazer. Enquanto isso, quero limpar essa bagunça. — Ergueu a voz. — Acabou, gente! Já se divertiram, e vejam só no que deu! *Agora, pra casa!*

Jackie removia do cinto o par de algemas de plástico (não tinha a mínima intenção de entregá-las a Mel Searles, ela mesma as colocaria) quando Julia Shumway falou. Ela estava logo atrás de Randolph e Big Jim (na verdade, Big Jim lhe dera uma cotovelada no caminho até onde tudo acontecia).

— Eu não faria isso, chefe Randolph, a menos que o senhor queira ver o Departamento de Polícia se envergonhar na primeira página do *Democrata*. — Ela usava o seu sorriso de Mona Lisa. — Com o senhor tão novo no cargo e tal.

— Do que você está falando? — perguntou Randolph. O cenho estava ainda mais franzido, transformando o rosto numa série de fendas desagradáveis.

Julia ergueu a câmera, uma versão um pouco mais antiga da de Pete Freeman.

— Tenho várias fotos do sr. Barbara ajudando Rusty Everett com o menino ferido, algumas do policial Searles puxando o sr. Barbara sem nenhuma razão visível... e uma do policial Searles socando o sr. Barbara na boca. Também sem nenhuma razão visível. Não sou muito boa fotógrafa, mas essa saiu mesmo ótima. Quer ver, chefe Randolph? É fácil, a câmera é digital.

A admiração de Barbie por ela se aprofundou, porque achou que era blefe. Se tirara fotos, por que segurava a tampa da lente na mão esquerda, como se tivesse acabado de tirá-la?

— É mentira, chefe — disse Mel. — Ele tentou me bater. Pergunta ao Junior.

— Acho que as minhas fotos vão mostrar que o jovem sr. Rennie estava tentando controlar a multidão e estava de costas quando o soco ocorreu — disse Julia.

Randolph a olhou com raiva.

— Eu poderia confiscar a sua câmera — disse ele. — Como prova.

— Claro que poderia — concordou ela alegremente —, e Pete Freeman tiraria uma foto sua fazendo isso. Aí o senhor poderia tirar a câmera do *Pete*... Mas todo mundo aqui veria.

— De que lado você está, Julia? — perguntou Big Jim. Usava o seu sorriso feroz: o sorriso de um tubarão prestes a arrancar um pedaço da bunda de algum nadador gorducho.

Julia virou para ele o seu sorriso, os olhos acima tão inocentes e inquisidores quanto os de uma criança.

— *Existem* lados, James? Além daquele lá — ela apontou os soldados que assistiam — e o daqui?

Big Jim a mediu, os lábios agora se curvando para o outro lado, um sorriso invertido. Depois, abanou a mão enojada para Randolph.

— Vamos deixar isso pra lá, sr. Barbara — disse Randolph. — Cabeça quente.

— Obrigado — disse Barbie.

Jackie pegou o braço do seu jovem parceiro irritado.

— Vamos, policial Searles. Essa parte acabou. Vamos mandar esse pessoal de volta.

Searles foi com ela, mas não antes de se virar para Barbie e fazer o gesto: dedo para cima, a cabeça levemente inclinada. *Isso não vai ficar assim, neném.*

Jack Evans e Toby Manning, ajudante de Rommie, surgiram com uma maca improvisada, feita de lona e mastros de barraca. Rommie abrira a boca para perguntar o que eles pensavam que estavam fazendo e depois a fechou. O dia no campo fora cancelado mesmo, então que importava?

5

Quem tinha carro entrou no seu. E aí todos tentaram ir embora ao mesmo tempo.

Previsível, pensou Joe McClatchey. *Totalmente previsível.*

A maioria dos policiais foi trabalhar para desfazer o engarrafamento resultante, embora até o grupo de garotos (Joe estava em pé com Benny Drake e Norrie Calvert) percebesse que o novo e aperfeiçoado pelotão não tinha ideia do que estava fazendo. O som dos xingamentos dos *home* era nítido no ar de verão ("*Não sabe dar marcha a ré nessa merda, caralho!*"). Apesar da confusão, ninguém metia a mão na buzina. Provavelmente, a maioria estava atordoada demais para buzinar.

— Olha esses idiotas — disse Benny. — Quantos litros de gasolina vocês acham que eles estão queimando pela descarga? Parece que acham que o estoque não vai acabar nunca.

— Pode crer — disse Norrie. Era durona, uma garota rock'n'roll de cidade pequena com um *mullet* de cantor country, mas agora parecia pálida, triste e assustada. Pegou a mão de Benny. O coração de Joe Espantalho se partiu, mas logo se remendou quando ela pegou a dele também.

— Lá vai o cara que quase foi preso — disse Benny, apontando com a mão livre. Barbie e a dona do jornal atravessavam o pasto rumo ao estacionamento improvisado com mais 60 ou 80 pessoas, algumas arrastando desanimadas os cartazes de protesto.

— A Maria Jornalista lá não tava tirando foto nenhuma, sabia? — disse Joe Espantalho. — Eu tava bem atrás dela. Sagaz ela.

— É — disse Benny —, mas eu não queria estar no lugar dele. Até essa merda acabar, a polícia pode fazer o que quiser.

Era verdade, refletiu Joe. E os policiais novos não eram nada legais. Junior Rennie, por exemplo. A história da prisão de Sam Relaxado já corria pela cidade.

— O que é que você quer dizer? — perguntou Norrie a Benny.

— Por enquanto nada. Por enquanto ainda está tudo legal. — Ele reconsiderou. — *Bem* legal. Mas se isso continua... lembram do *Senhor das moscas*? — Tinham lido na aula de inglês.

— "Mata a porca" — entoou Benny. — "Corta a garganta dela. Bate com força." Muita gente chama os canas de porco, mas vou dizer o que eu acho; acho que os canas *acham* os porcos quando a merda é feia. Talvez porque eles também fiquem com medo.

Norrie Calvert começou a chorar. Joe Espantalho pôs o braço em volta dela. Com cuidado, como se achasse que esse tipo de coisa podia fazer os dois explodirem, mas ela virou o rosto para a camisa dele e o abraçou. Foi um abraço de um braço só, porque com o outro ela ainda segurava a mão de Benny. Joe achou que nunca sentira em toda sua vida nada tão estranhamente emocionante quanto as lágrimas dela molhando a camisa dele. Por cima da cabeça da garota, deu a Benny um olhar de reprovação.

— Desculpa, cara — disse Benny e deu um tapinha nas costas dela. — Sem medo.

— *O olho dele foi arrancado!* — ela chorava. As palavras eram abafadas pelo peito de Joe. Depois ela o largou. — Isso não tem mais graça. Isso *não tem* graça.

— Não. — Joe falou como se descobrisse uma grande verdade. — Não tem.

— Olha — disse Benny. Era a ambulância. Twitch sacolejava pelo pasto de Dinsmore com as luzes vermelhas do teto piscando. A irmã dele, dona do Rosa Mosqueta, caminhava na frente, guiando-o em torno dos buracos piores. Uma ambulância no capinzal, sob o céu claro de uma tarde de outubro: era o toque final.

De repente, Joe Espantalho não queria mais protestar. Também não queria exatamente ir para casa.

Naquele momento, a única coisa que queria no mundo era sair da cidade.

6

Julia se enfiou atrás do volante do carro mas não deu a partida; ficariam ali algum tempo e não fazia sentido gastar gasolina. Inclinou-se por cima de Barbie, abriu o porta-luvas e pegou um velho maço de cigarros American Spirits.

— Suprimento de emergência — disse à guisa de desculpa. — Quer um?

Ele fez que não.

— Incomoda? Porque eu posso esperar.

Ele fez que não outra vez. Acendeu o cigarro e soprou a fumaça pela janela aberta. Ainda estava quente — um verdadeiro veranico, sem dúvida —, mas não ficaria assim. Mais uma semana ou duas e o clima ia piorar, como diziam os antigos. *Ou talvez não*, pensou. *Diabos, quem sabe?* Se a Redoma continuasse ali, ela não tinha dúvida de que muitos meteorologistas considerariam a questão do clima ali dentro, mas e daí? Os Yodas do Weather Channel não conseguiam prever nem para que lado ia uma nevasca e, na opinião de Julia, mereciam tanto crédito quanto os gênios políticos que tagarelavam o dia todo na mesa do papo furado do Rosa Mosqueta.

— Obrigado por falar naquela hora — disse ele. — Você me salvou o lombo.

— Notícia quente, meu caro: seu lombo ainda está no fumeiro. Vai fazer o que da próxima vez? Mandar seu amigo Cox chamar a União Americana de Liberdade Civil? Talvez eles até se interessem, mas acho que ninguém do escritório de Portland vai vir a Chester's Mill tão cedo.

— Não seja tão pessimista. A Redoma pode ser soprada pro mar agora à noite. Ou só se dissipar. A gente não sabe.

— Sem chance. Isso é coisa do governo, de *algum* governo, e aposto que seu coronel Cox sabe disso.

Barbie ficou calado. Acreditara em Cox quando este dissera que os Estados Unidos não eram responsáveis pela Redoma. Não porque Cox fosse necessariamente digno de confiança, mas porque Barbie não achava que os Estados Unidos tivessem a tecnologia necessária. Nem os outros países, aliás. Mas o que ele sabia? O seu último serviço fora ameaçar iraquianos assustados. Às vezes com a arma encostada na cabeça deles.

Frankie DeLesseps, amigo de Junior, estava na rodovia 119 ajudando a orientar o tráfego. Usava a camisa azul do uniforme com calças jeans; provavelmente na sede do departamento não havia calças da farda do tamanho dele. Era alto o filho da puta. E Julia viu, com receio, que usava uma arma no quadril. Menor do que os Glocks usados pela polícia regular de Mill, provavelmente pertencia a ele, mas ainda assim era uma arma.

— Vai fazer o que se a Juventude Hitlerista for atrás de você? — perguntou, erguendo o queixo na direção de Frankie. — Boa sorte se quiser se queixar de brutalidade policial quando eles te prenderem e decidirem terminar o que começaram. Só tem dois advogados na cidade. Um está senil e o outro tem um Porsche Boxster que o Jim Rennie conseguiu pra ele com desconto. É isso que me contaram.

— Eu sei me cuidar.

— Ah, que macho.

— O que houve com o seu jornal? Parecia pronto quando eu saí ontem à noite.

— Tecnicamente, você saiu hoje de manhã. E tá pronto, sim. O Pete, eu e alguns amigos vamos cuidar pra que seja distribuído. Só não vi razão pra começar com três quartos da cidade vazios. Quer ser entregador de jornal voluntário?

— Gostaria, mas tenho que fazer um zilhão de sanduíches. Hoje à noite só vai ter comida fria no restaurante.

— Talvez eu dê uma passada lá. — Ela jogou pela janela o cigarro, apenas meio fumado. Depois de pensar um instante, saiu do carro e o apagou com o pé. Começar um incêndio ali no mato seco não seria bom, ainda mais com os novos caminhões de bombeiro da cidade presos em Castle Rock.

— Passei mais cedo pela casa do chefe Perkins — disse ela ao sentar-se de novo atrás do volante. — Só que, é claro, agora é só da Brenda.

— Como ela está?

— Terrível. Mas quando disse que você queria falar com ela e que era importante, embora eu não dissesse o assunto, ela concordou. Depois de anoitecer deve ser melhor. Acho que o seu amigo vai estar impaciente...

— Para de chamar o Cox de meu amigo. Ele não é meu amigo.

Os dois observaram em silêncio o menino ferido ser posto na parte de trás da ambulância. Os soldados também observavam. Provavelmente contra as ordens, e isso fez Julia sentir-se um pouco melhor a respeito deles. A ambulância começou a corcovear no caminho de volta pelo pasto, as luzes piscando.

— Isso é horrível — disse ela com voz fraca.

Barbie pôs o braço em torno dos ombros dela. Ela se tensionou um instante e depois relaxou. Olhando bem para a frente — para a ambulância, que agora entrava numa pista aberta no meio da rodovia 119 —, disse:

— E se eles me fecharem, amigo? E se o Rennie e a sua polícia de estimação decidirem fechar o meu jornalzinho?

— Isso não vai acontecer — disse Barbie. Mas ficou pensando. Se aquilo durasse muito tempo, achou que, em Chester's Mill, todos os dias poderiam se transformar no Dia em que Tudo Pode Acontecer.

— Ela estava pensando em outra coisa — disse Julia Shumway.

— A sra. Perkins?

— É. Em vários aspectos, foi uma conversa estranhíssima.

— Ela está de luto pelo marido — disse Barbie. — O luto deixa as pessoas estranhas. Eu disse oi pro Jack Evans, a mulher dele morreu ontem, quando a Redoma caiu, e ele me olhou como se não me conhecesse, embora desde a primavera passada eu sirva a ele o meu famoso bolo de carne das quartas-feiras.

— Conheço Brenda Perkins desde que ela era Brenda Morse — disse Julia. — Quase quarenta anos. Achei que ela ia me dizer o que incomodava ela... mas não disse.

Barbie apontou a estrada.

— Acho que agora dá pra ir.

Quando Julia ligou o motor, o celular trinou. Ela quase deixou cair a bolsa na pressa de achá-lo. Ouviu e depois o entregou a Barbie com o seu sorriso irônico.

— Pra você, chefe.

Era Cox, e Cox tinha algo a dizer. Bastante coisa, na verdade. Barbie o interrompeu o suficiente para lhe dizer o que acontecera com o menino que agora seguia para o Cathy Russell, mas Cox não fez ou não quis fazer relação entre a história de Rory Dinsmore e o que falava. Escutou com toda a educação e depois continuou. Ao terminar, fez a Barbie uma pergunta que seria uma ordem se Barbie ainda usasse farda e ainda estivesse sob o seu comando.

— Senhor, eu entendo o que perguntou, mas o senhor não entende a... Acho que dá pra chamar de situação política daqui. E o meu pequeno papel nela. Tive alguns problemas antes dessa história da Redoma e...

— Nós sabemos tudo sobre isso — disse Cox. — Uma altercação com o filho do segundo vereador e alguns amigos dele. Você quase foi preso, de acordo com o que está na minha pasta.

Uma pasta. Agora ele tem uma pasta. Que Deus me ajude.

— São informações boas até certo ponto — disse Barbie —, mas eu vou lhe dar um pouco mais. Uma, o chefe de polícia que *impediu* que eu fosse preso morreu na 119, não muito longe de onde eu estou falando, na verdade...

Baixinho, num mundo que agora não podia visitar, Barbie ouviu um farfalhar de papel. De repente, sentiu que gostaria de matar o coronel James O. Cox com as próprias mãos, simplesmente porque o coronel James O. Cox podia ir ao McDonald's quando quisesse e ele, Dale Barbara, não.

— Nós sabemos tudo sobre isso também — disse Cox. — Problema com o marca-passo.

— Dois — continuou Barbie —, o novo chefe, que é amiguinho íntimo do único membro poderoso da Câmara de Vereadores dessa cidade, contratou uns policiais novos. São os caras que tentaram me arrancar a cabeça dos ombros no estacionamento da boate local.

— Você vai ter que se elevar acima disso, certo, coronel?

— Está me chamando de coronel por quê? *O senhor* é o coronel.

— Parabéns — disse Cox. — Além de se realistar a serviço do seu país, você recebeu uma promoção absolutamente *estonteante*.

— Não! — gritou Barbie. Julia o olhou apreensiva, mas ele mal notou. — Não, não quero!

— Pois é, mas recebeu — disse Cox calmamente. Vou mandar por e-mail pra sua amiga editora uma cópia da papelada básica antes de derrubarmos a internet da sua pobre cidadezinha.

— *Derrubar?* Você não pode derrubar a internet assim!

— A papelada foi assinada pelo presidente da República em pessoa. Vai dizer não a ele? Parece que ele fica meio irritado quando é contrariado.

Barbie não respondeu. A sua mente era um turbilhão.

— Você precisa conversar com os vereadores e com o chefe de polícia — disse Cox. — Precisa dizer a eles que o presidente impôs estado de sítio em Chester's Mill e que você é o oficial comandante. Tenho certeza de que vai sofrer alguma resistência inicial, mas as informações que eu acabei de dar ajudarão a fazer de você o intermediário entre a cidade e o mundo exterior. E eu conheço o seu poder de persuasão. Pude vê-lo em primeira mão no Iraque.

— Senhor — disse ele, passando a mão no cabelo. — O senhor entendeu *completamente errado* a situação daqui. — Sua orelha pulsava devido ao maldito celular. — É como se o senhor entendesse a ideia da Redoma, mas não o que está acontecendo nessa cidade por causa dela. E não se passaram nem trinta horas.

— Então me ajude a entender.

— O senhor diz que o presidente quer que eu faça isso. Suponha que eu ligasse pra lá e mandasse ele tomar no cu?

Julia o olhava horrorizada, e na verdade isso o inspirou.

— Suponha mesmo que eu dissesse que sou um agente infiltrado da Al--Qaeda e que o meu plano é matar ele. Pôu, uma bala na cabeça. Que tal?

— Tenente Barbara... *coronel* Barbara, perdão... pode parar por aí.

Barbie achava que ainda não.

— Ele poderia mandar o FBI me prender? O Serviço Secreto? O maldito Exército Vermelho? Não, senhor. Não poderia.

— Nós temos planos de mudar isso, como já expliquei. — Cox não parecia mais à vontade e bem-humorado, só um velho ranzinza conversando com outro.

— E se der certo, pode mandar o órgão federal da sua preferência vir me prender. Mas se nós continuarmos isolados, quem aqui vai me dar ouvidos? Mete isso na cabeça: *essa cidade se isolou.* Não só dos Estados Unidos, mas do mundo inteiro. Não há nada que possamos fazer, nem nós nem o senhor.

Baixinho, Cox disse:

— Nós estamos tentando ajudar vocês.

— O senhor diz isso e eu quase acredito. E o resto das pessoas daqui? Quando olham pra ver que tipo de ajuda os impostos deles trazem, veem soldados montando guarda virados de costas. Que bela mensagem isso transmite.

— Você está falando muito pra quem disse não.

— *Não* estou dizendo não. Mas estou só a uns dois passos de ser preso, e me proclamar comandante provisório não vai ajudar.

— Suponhamos que eu telefone pro primeiro vereador... qual é o nome dele... Sanders... e conte pra ele...

— Foi o que eu quis dizer sobre o pouco que o senhor sabe. É como o Iraque de novo, só que dessa vez o senhor está em Washington em vez de estar no local, e parece tão por fora quanto o resto dos soldados de poltrona. Escuta bem, senhor: *pouca* informação é pior do que nenhuma.

— Pouco aprendizado é perigoso — disse Julia, sonhadora.

— Se não é o Sanders, quem é?

— James Rennie. O *segundo* vereador. Ele é o chefão por aqui.

Houve uma pausa. Depois, Cox disse:

— Talvez nós possamos deixar a internet no ar. De qualquer forma, há entre nós quem ache que derrubá-la é pura reação por reflexo.

— Por que você pensaria isso? — perguntou Barbie. — Vocês não sabem que se deixarem que a gente acesse a internet a receita do pão de amora da tia Sarah vai acabar sendo revelada?

Julia sentou-se bem ereta e fez com a boca: *Querem cortar a internet?* Barbie levantou um dedo na direção dela — *Espera*.

— Escuta, Barbie. Suponhamos que a gente ligue pra esse tal de Rennie pra dizer que a internet vai ser cortada, sinto muito, situação de crise, medidas extremas etc. etc. Então você pode convencer ele da sua utilidade fazendo com que a gente mude de ideia.

Barbie pensou no caso. Podia dar certo. Por algum tempo, ao menos. Ou não.

— Além disso — disse Cox, animado —, você vai dar outras informações pra eles. Talvez salve algumas vidas, mas com certeza vai poupar muita gente do maior susto das suas vidas.

— Os celulares liberados também, além da internet — disse Barbie.

— Aí é difícil. Acho que eu consigo manter a internet pra vocês, mas... escuta aqui, cara. No comitê que preside essa bagunça tem ao menos uns cinco ao estilo Curtis LeMay* e pra eles todo mundo em Chester's Mill é terrorista até prova em contrário.

— O que esses terroristas hipotéticos podem fazer pra prejudicar os Estados Unidos? Fazer um atentado suicida contra a Igreja Congregacional?

---

* General da Força Aérea americana. Famoso por ter idealizado os planos de bombardeio sistemático a cidades japonesas na Segunda Guerra Mundial. (N. da T.)

— Barbie, você está ensinando missa ao vigário.

É claro que provavelmente era verdade.

— Vai tentar?

— Vou ter que falar com o senhor depois sobre isso. Espera o meu telefonema antes de agir. Antes, tenho que conversar com a viúva do falecido chefe de polícia.

Cox insistiu.

— Não vai contar pra ninguém a parte da nossa conversa sobre a negociação, certo?

Novamente, Barbie se espantou ao ver como até Cox — um livre-pensador, pelo padrão militar — não conseguia entender direito as mudanças que a Redoma já provocara. Ali, o tipo de segredo de Cox não tinha mais importância.

Nós contra eles, pensou Barbie. *Agora, somos nós contra eles. Quer dizer, a menos que a ideia maluca deles dê certo.*

— Senhor, preciso mesmo continuar a conversa depois; esse celular está com um caso grave de bateria fraca. — Mentira que contou sem remorsos. — E o senhor precisa esperar que eu converse com o senhor antes de falar com mais alguém.

— Só não se esqueça, o Big Bang está marcado para amanhã às 13h. Se quiser manter a viabilidade, é melhor se adiantar.

Manter a viabilidade. Outra expressão sem sentido debaixo da Redoma. A menos que fosse aplicada a ter gás para o gerador.

— A gente conversa — disse Barbie. Bateu o telefone antes que Cox dissesse mais alguma coisa. A 119 agora estava quase limpa, embora DeLesseps ainda estivesse ali, de braços cruzados, encostado no seu carrão antigo e potente. Quando Julia passou pelo Nova, Barbie viu um adesivo em que estava escrito BUNDA, BAGULHO OU BUFUNFA — CARONA NÃO É DE GRAÇA. E uma lâmpada giratória magnética da polícia no painel. Achou que o contraste resumia tudo o que estava errado em Chester's Mill agora.

Enquanto voltavam, Barbie lhe contou tudo o que Cox dissera.

— Na verdade, o que eles estão planejando não é muito diferente do que aquele garoto acabou de tentar — disse ela, com voz consternada.

— Bom, é *um pouco* diferente — disse Barbie. — O garoto tentou com uma espingarda. Eles arranjaram um míssil Cruise. Melhor chamar de teoria do Big Bang.

Ela sorriu. Não era o sorriso de sempre; perplexo e descorado, deixava-a com 60 anos em vez de 43.

— Acho que vou publicar outro número do jornal antes do que eu pensava.

— Extra, extra, leiam tudo! — concordou Barbie.

7

— Oi, Sammy — disse alguém. — Como vai?

Samantha Bushey não reconheceu a voz e se virou na sua direção com cautela, amarrando o canguru enquanto se virava. O Pequeno Walter dormia e pesava uma tonelada. O traseiro doía da queda e os seus sentimentos também estavam feridos — aquela maldita Georgia Roux chamara ela de sapata. Georgia Roux, que viera se lamuriar perto do trailer de Sammy mais de uma vez, tentando arranjar um papelote de pó para ela e para o monstro musculoso com quem andava.

Era o pai de Dodee. Sammy falara com ele milhares de vezes, mas não lhe reconhecera a voz; mal *o* reconhecera. Parecia velho e triste — alquebrado, de certo modo. Sequer olhou para os peitos dela, o que era sempre a primeira coisa.

— Oi, sr. Sanders. Caramba, nem vi o senhor na... — Ela fez um gesto na direção do pasto amassado e da tenda grande, agora meio despencada e parecendo desamparada. Embora não tanto quanto o sr. Sanders.

— Eu estava sentado na sombra. — A mesma voz hesitante, saindo por um sorriso ferido que parecia pedir desculpas e era duro de se ver. — Mas tomei alguma coisa. Não está quente pra outubro? Caramba, como está. Achei que era uma tarde gostosa, uma verdadeira tarde da *cidade*, até que aquele menino...

Carácoles, ele estava chorando.

— Sinto muitíssimo sobre a sua mulher, sr. Sanders.

— Obrigado, Sammy. É muita gentileza sua. Quer que eu leve o bebê até o carro pra você? Acho que já dá pra ir embora, a estrada está quase vazia.

Essa oferta Sammy não poderia recusar, ainda que ele *estivesse* chorando. Ela tirou o Pequeno Walter do canguru — era como pegar um bolão de massa de pão morna — e o entregou. O Pequeno Walter abriu os olhos, deu um sorriso vidrado, arrotou e voltou a dormir.

— Acho que ele está com a fralda cheia — disse o sr. Sanders.

— É, ele é uma máquina regular de bosta. Esse é o Pequeno Walter!

— Walter é um belo nome à moda antiga.

— Obrigada. — Dizer a ele que o primeiro nome do bebê na verdade era Pequeno não parecia valer a pena... e ela tinha certeza de que já conversara com ele sobre isso, afinal de contas. Ele só não lembrava. Andar com ele assim, ainda que ele levasse o bebê, foi o final mais corta-barato possível para a tarde mais corta-barato possível. Ao menos ele acertara quanto ao trânsito: o empurra-empurra automotivo finalmente se desfizera. Sammy se perguntou quanto tempo demoraria para a cidade toda voltar a andar de bicicleta.

— Nunca gostei da ideia de ela andar naquele avião — disse o sr. Sanders. Parecia estar continuando o assunto de alguma conversa anterior. — Às vezes cheguei até a me perguntar se a Claudie estava dormindo com aquele cara.

A mãe de Dodee dormindo com Chuck Thompson? Sammy ficou ao mesmo tempo chocada e curiosa.

— Provavelmente não — disse ele, e suspirou. — Seja como for, agora não importa. Você viu a Dodee? Ela não voltou pra casa ontem à noite.

Sammy quase disse *Claro, ontem à tarde*. Mas se a Dodete não tinha passado a noite em casa, contar isso só deixaria ainda mais preocupado o papaizete da Dodete. E faria Sammy ter uma longa conversa com um cara que tinha lágrimas correndo pelo rosto e catarro pendurado na narina. Não seria legal.

Tinham chegado ao carro dela, um Chevrolet velho com câncer na caixa de ar. Ela pegou o Pequeno Walter e fez uma careta com o cheiro. Não havia só um pacote na fralda, aquilo era um caminhão cheio!

— Não, sr. Sanders, não vi.

Ele fez que sim e depois limpou o nariz com as costas da mão. O catarro pendurado sumiu, ou ao menos foi para outro lugar. Aquilo foi um alívio.

— Provavelmente foi ao shopping com a Angie McCain e depois ao Peg's da tia em Sabattus, e aí não conseguiu voltar à cidade.

— É, provavelmente é isso. — E quando Dodee aparecesse bem ali em Mill, ele teria uma surpresa agradável. Deus sabia que ele a merecia. Sammy abriu a porta do carro e pôs o Pequeno Walter no banco do carona. Desistira da cadeirinha meses atrás. Atrapalhava demais. Além disso, ela era uma motorista muito cuidadosa.

— Foi bom ver você, Sammy. — Uma pausa. — Você vai orar pela minha mulher?

— Ahhh... claro, sr. Sanders, sem problema.

Ela começou a entrar no carro e se lembrou de duas coisas: que Georgia Roux lhe chutara o peito com aquela maldita bota de motoqueiro — provavelmente com força suficiente para deixar uma mancha roxa — e que Andy Sanders, de coração partido ou não, era o primeiro vereador da cidade.

— Sr. Sanders?

— Diga, Sammy.

— Alguns policiais foram muito violentos por aqui. O senhor podia tomar alguma providência. Sabe, antes que saia do controle.

O sorriso infeliz dele não mudou.

— Pois é, Sammy, entendo como vocês, jovens, veem a polícia... Eu também já fui jovem. Mas temos uma situação bem complicada aqui. E quanto mais depressa impusermos um pouco de autoridade, melhor pra todos. Você entende, não é?

— Claro — disse Sammy. O que ela entendia é que o pesar, por mais genuíno que fosse, não parecia impedir o jorro de bobagens dos políticos. — Até logo, a gente se vê.

— Eles formam uma boa equipe — disse Andy, vagamente. — Pete Randolph vai cuidar para que todos trabalhem juntos. Vistam a mesma camisa. Façam... há... a mesma dança. Protejam e sirvam, sabe como é.

— Claro — disse Samantha. A dança de proteger e servir, com um chutinho nos peitos de vez em quando. Ela se afastou com o Pequeno Walter dormindo de novo no assento. O cheiro de bosta de bebê era terrível. Ela abriu as janelas e olhou pelo retrovisor. O sr. Sanders ainda estava em pé no estacionamento improvisado, agora quase totalmente deserto. Ergueu a mão para ela.

Sammy ergueu a sua, pensando onde Dodee *passara* a noite se não fora para casa. Depois deixou para lá — na verdade não era da conta dela — e ligou o rádio. A única coisa que pegava bem era a Rádio Jesus, e ela desligou.

Quando ergueu os olhos, Frankie DeLesseps estava em pé na estrada diante dela com a mão erguida, como um policial de verdade. Ela teve de pisar fundo no freio para não o atingir e depois pôs a mão no bebê para impedir que caísse. O Pequeno Walter acordou e começou a berrar.

— Olha só o que você fez! — gritou ela com Frankie (com quem já ficara por dois dias no secundário, quando Angie foi para o acampamento da fanfarra). — O bebê quase caiu no chão!

— Cadê a cadeirinha? — Frankie se inclinou na janela, os bíceps destacados. Músculos grandes, pinto pequeno, esse era Frankie DeLesseps. No que dizia respeito a Sammy, Angie podia ficar com ele.

— Não é da sua conta.

Um policial de verdade poderia ter-lhe dado uma multa — pelo desrespeito à autoridade e pela lei da cadeirinha —, mas Frankie só sorriu.

— Viu a Angie?

— Não. — Dessa vez era verdade. — Vai ver ficou presa fora da cidade. — Embora, para Sammy, quem estava *na* cidade é que estava preso.

— E a Dodee?

Sammy disse não de novo. Foi praticamente obrigada, porque Frankie poderia conversar com o sr. Sanders.

— O carro da Angie está na casa dela — disse Frankie. — Eu olhei a garagem.

— Grande coisa. Podem ter ido a algum lugar no Kia da Dodee.

Ele pareceu pensar a respeito. Agora estavam quase sozinhos. O engarrafamento era só lembrança. Então, ele disse:

— A Georgia machucou seu melãozinho, neném? — E, antes que ela pudesse responder, ele estendeu a mão e lhe agarrou o peito. Sem gentileza nenhuma também. — Quer um beijinho pra melhorar?

Ela lhe deu um tapa na mão. À sua direita, o Pequeno Walter berrava e berrava. Às vezes, ela queria entender por que Deus inventara de fazer os homens, queria mesmo! Sempre berrando ou agarrando, agarrando ou berrando.

Agora Frankie não sorria.

— É melhor você ficar na sua — disse ele. — A situação agora é outra.

— Vai fazer o quê? Me prender?

— Vou pensar em coisa melhor — disse ele. — Anda, vai embora. E se *vir* a Angie, diz que eu quero falar com ela.

Ela foi embora, zangada e — não gostava de admitir isso a si mesma, mas era verdade — um pouco assustada. Menos de um quilômetro adiante, estacionou e trocou a fralda do Pequeno Walter. Havia uma sacola para fraldas sujas atrás, mas ela estava irritada demais para dar bola para isso. Jogou a Pamper cagada na beira da estrada, não muito longe da grande placa que dizia:

JIM RENNIE CARROS USADOS
NACIONAIS & IMPORTADOS
FACILITAMOS O PAGAMENTO!
COM BIG JIM NEGOCIANDO, QUEM ENTRA A PÉ
JÁ SAI RODANDO!

Passou por alguns garotos de bicicleta e se perguntou de novo quanto tempo levaria para que todos as usassem. Só que não chegaria a tanto. Alguém resolveria aquilo antes, como acontece naqueles filmes de desastre a que ela gostava de assistir na televisão quando estava doidona: vulcões em erupção em Los Angeles, zumbis em Nova York. E quando a situação voltasse ao normal, Frankie e Carter Thibodeau iam voltar ao que eram: zé-manés de cidade pequena sem grana nenhuma no bolso. Mas, até lá, era melhor ficar na dela.

No fim das contas, ainda bem que mantivera a boca fechada sobre Dodee.

8

Rusty escutou o monitor de pressão arterial começar a bipar freneticamente e viu que iam perder o menino. Na verdade, iam perdê-lo desde a ambulância — diabos, desde o instante em que o ricochete o atingira —, mas o som do monitor transformou a verdade em manchete. Rory devia ter sido levado de helicóptero na mesma hora, direto lá do lugar onde, com tanta infelicidade, se ferira. Em vez disso, estava numa sala de cirurgia subequipada e quente demais (o ar-condicionado fora desligado para economizar o gerador), operado por um médico que devia ter se aposentado anos antes, um auxiliar que nunca assistira um caso de neurocirurgia e uma única enfermeira exausta que agora falava.

— Fibrilação, dr. Haskell.

O monitor cardíaco também cantava. Agora era um coro.

— Eu sei, Ginny. Eu que matei. — Ele parou. — Quer dizer, *escutei*. Jesus.

Por um momento, ele e Rusty se entreolharam por sobre a forma do menino envolta em lençóis. Os olhos de Haskell estavam límpidos e atentos — esse não era o mesmo burocrata equipado de estetoscópio que passara os últimos anos se arrastando por quartos e corredores do Cathy Russell como um fantasma opaco —, mas ele parecia terrivelmente velho e frágil.

— Tentamos — disse Rusty.

Na verdade, Haskell fizera mais que tentar; lembrara a Rusty um daqueles romances de esportes que adorava quando garoto em que o arremessador mais velho sai do banco para um último arremesso e a glória no sétimo jogo da World Series. Mas só Rusty e Ginny Tomlinson haviam restado na arquibancada, e dessa vez não haveria final feliz para o velho cavalo de batalha.

Rusty instalara o soro fisiológico, acrescentando manitol para reduzir o edema cerebral. Haskell saíra correndo da sala de cirurgia para fazer o hemograma no laboratório na outra ponta do corredor. Tinha que ser Haskell; Rusty não era qualificado e não havia técnicos de laboratório. O Catherine Russell agora estava com pavorosa escassez de pessoal. Rusty achou que o menino podia ser a primeira prestação do que a cidade acabaria tendo que pagar pela falta de profissionais.

Piorou. O menino era A negativo e não havia esse tipo de sangue no pequeno estoque. Mas tinham O negativo, doador universal, e deram quatro unidades a Rory, deixando exatamente nove no estoque. Provavelmente, dar o sangue ao menino fora o mesmo que jogá-lo pelo ralo da pia, mas isso ninguém disse. Enquanto o menino recebia a transfusão, Haskell mandou Ginny até o cubículo do tamanho de um armário que servia de biblioteca para o hospital. Ela voltou com um exemplar em frangalhos de *Neurocirurgia: uma visão geral*. Haskell operou com o livro ao lado, um otoscópio sobre as páginas para mantê-las abertas. Rusty achou que nunca esqueceria o gemido do serrote, o cheiro do pó de osso no ar estranhamente quente ou o coágulo de sangue gelificado que escorreu depois que Haskell removeu o tampão.

Por alguns minutos, Rusty chegara a se permitir esperanças. Com a pressão do hematoma aliviada pelo orifício, os sinais vitais de Rory se estabilizaram — ou tentaram. Então, enquanto Haskell decidia se o fragmento de bala estava ao alcance, tudo começou a piorar de novo e rápido.

Rusty pensou nos pais, que aguardavam cheios de esperança e desespero. Agora, em vez de levar Rory na maca para fora da sala de cirurgia, rumo à UTI do Cathy Russell, onde os pais poderiam entrar um pouco para vê-lo, parecia que Rory faria uma viagem direto para o necrotério.

— Se fosse uma situação comum, eu deixaria ligados os aparelhos de manutenção da vida e conversaria com os pais sobre doação de órgãos — disse Haskell. — Mas é claro que, se fosse uma situação comum, ele não estaria aqui. E mesmo que estivesse, eu não tentaria operá-lo usando um... um maldito manual de automóvel. — Ele pegou o otoscópio e o jogou do outro lado da sala de cirurgia. Bateu nos azulejos verdes, lascou um deles e caiu no chão.

— Epinefrina, doutor? — perguntou Ginny. Calma, fria e controlada... mas parecia cansada a ponto de cair ali mesmo.

— Não fui claro? Não vou prolongar a agonia do menino. — Haskell estendeu a mão para o interruptor vermelho atrás do respirador. Algum espertinho, Twitch, talvez, colara um pequeno adesivo escrito HURRA! — Você se opõe, Rusty?

Rusty pensou no caso e depois, lentamente, fez que não com a cabeça. O reflexo plantar fora positivo, indicando lesão cerebral grave, mas o principal era que ali não havia chance. Nunca houvera, na verdade.

Haskell desligou o interruptor. Rory Dinsmore respirou uma vez sozinho, com dificuldade, pareceu tentar uma segunda vez e desistiu.

— A hora é... — Haskell olhou o grande relógio na parede. — Cinco e quinze da tarde. Anota isso como hora do óbito, Ginny?

— Anoto, doutor.

Haskell tirou a máscara, e Rusty notou, preocupado, que os lábios do velho estavam azuis.

— Vamos sair daqui — disse ele. — O calor está me matando.

Mas não era o calor; era o coração. Ele caiu no meio do corredor, a caminho de dar a má notícia a Alden e Shelley Dinsmore. No fim das contas, Rusty acabou ministrando epinefrina, mas não adiantou. Nem a massagem cardíaca. Nem o ressuscitador.

Hora do óbito, 17h49. Ron Haskell sobreviveu ao seu último paciente por 34 minutos cravados. Rusty sentou-se no chão, encostado na parede. Ginny dera a notícia aos pais de Rory; de onde estava sentado, com o rosto nas mãos, dava para Rusty ouvir os guinchos de tristeza e pesar da mãe. Ressoavam pelo hospital quase vazio. Era como se nunca fossem parar.

9

Barbie pensou que a viúva do chefe devia ter sido uma mulher belíssima. Mesmo agora, com círculos escuros em torno dos olhos e uma escolha de roupas indiferente (jeans desbotados e uma camisa que sem dúvida era de pijama), Brenda Perkins chamava a atenção. Ele pensou que, talvez, as pessoas inteligentes raramente perdessem a boa aparência — isso se a tivessem, claro — e viu a luz límpida da inteligência nos seus olhos. Viu outra coisa, também. Ela podia estar de luto, mas isso não lhe matara a curiosidade. E naquele momento o objeto dessa curiosidade era ele.

Por sobre o ombro, ela olhou o carro de Julia que se afastava na direção da rua e ergueu as mãos: *Aonde você vai?*

Julia se inclinou para fora da janela e gritou:

— Tenho que cuidar da publicação do jornal! Também tenho que ir ao Rosa Mosqueta pra dar a má notícia ao Anson Wheeler: hoje ele é responsável pelos sanduíches! Não se preocupa, Bren, o Barbie é de confiança!

E antes que Brenda pudesse responder ou fazer objeção, Julia desceu a rua Morin, uma mulher com uma missão. Barbie preferiria ter ido com ela, tendo como único objetivo a criação de quarenta sanduíches mistos de presunto e queijo e quarenta de atum.

Com a partida de Julia, Brenda voltou à inspeção. Estavam em lados opostos da porta de tela. Barbie se sentiu como um candidato a emprego numa entrevista difícil.

— É mesmo? — perguntou Brenda.
— O quê, senhora?
— De confiança?

Barbie pensou no caso. Dois dias antes, diria que era, é claro que era, mas naquela tarde sentia-se mais como o soldado de Fallujah do que como o chapeiro de Chester's Mill. Preferiu dizer que era bem treinado, o que a fez sorrir.

— Bom, quanto a isso eu mesma é que vou ter que tirar conclusões — disse ela. — Muito embora minha capacidade de avaliação não esteja boa. Sofri uma perda.

— Eu sei, senhora. Sinto muitíssimo.

— Obrigada. O enterro vai ser amanhã. Vai sair daquela funerariazinha Bowie furreca que continua de pé sei lá como, já que todo mundo da cidade usa a Crosman, em Castle Rock. O povo chama o estabelecimento do Stewart Bowie de Celeiro de Enterros do Bowie. Stewart é um idiota e o irmão Fernald é pior ainda, mas agora eles são tudo o que temos. Tudo o que *eu* tenho. — Ela suspirou como uma mulher diante de uma tarefa imensa. *E por que não?*, pensou Barbie. *A morte de um ente querido pode significar muitas coisas, e trabalho é uma delas, sem dúvida.*

Ela o surpreendeu saindo para a varanda com ele.

— Venha até os fundos comigo, sr. Barbara. Posso convidar o senhor pra entrar depois, mas só quando estiver tranquila a seu respeito. Em geral, eu aceitaria sem discutir a referência que Julia deu do seu caráter, mas essa não é uma situação comum. — Ela o levava pela lateral da casa, pela grama bem aparada e bem varrida, sem as folhas de outono. À direita havia uma cerca de tábuas para separar os Perkins da casa vizinha; à esquerda, havia canteiros de flores bem-cuidados.

— As flores eram jurisdição do meu marido. Talvez o senhor ache um passatempo estranho pra um homem da lei.

— Na verdade, não acho, não.

— Também nunca achei. O que nos deixa na minoria. Cidades pequenas abrigam imaginações pequenas. Grace Metalious e Sherwood Anderson tinham razão nisso. Além disso — continuou ela enquanto contornavam o canto atrás da casa e entravam num quintal confortável —, aqui vai ficar claro mais tempo. Tenho gerador, mas pifou hoje cedo. Acho que acabou o gás. Tenho um cilindro extra, mas não sei trocar. Eu implicava com Howie por causa do gerador. Ele queria me ensinar a cuidar, eu me recusava a aprender. Era mais por pirraça. — Uma lágrima desceu de um olho e pelo rosto. Ela a limpou sem dar muita bola. — Eu pediria desculpas a ele agora se pudesse. Admitiria que ele estava certo. Mas não posso fazer isso, né?

Barbie sabia reconhecer uma pergunta retórica.

— Se for só o cilindro — disse ele —, eu posso trocar.

— Obrigada — disse ela, levando-o até uma mesa de jardim com uma caixa térmica ao lado. — Ia pedir ao Henry Morrison que fizesse isso e ia comprar mais cilindros no Burpee, mas, quando cheguei à rua hoje à tarde, o Burpee estava fechado e Henry tinha ido para o pasto do Dinsmore, junto com todo mundo. Acha que consigo comprar mais cilindros amanhã?

— Talvez — disse Barbie. Na verdade, duvidava disso.

— Soube do garotinho — disse ela. — Gina Buffalino, da casa aqui ao lado, veio me contar. Fiquei tristíssima. Será que ele sobrevive?

— Não sei. — E, porque a intuição lhe disse que a sinceridade seria o caminho mais curto para a confiança (por mais provisória que fosse) dessa mulher, acrescentou: — Acho que não.

— Não. — Ela suspirou e limpou os olhos de novo. — Não, achei que foi bem grave. — Ela abriu a caixa térmica. — Tenho água e Diet Coke. Era o único refrigerante que eu deixava o Howie tomar. Qual o senhor prefere?

— Água, senhora.

Ela abriu duas garrafas de Poland Spring e os dois beberam. Ela o fitou com os olhos tristemente curiosos.

— Julia me contou que o senhor quer a chave da prefeitura. Eu entendo por que o senhor quer. Também entendo por que não quer que Jim Rennie saiba...

— Talvez tenha que saber. A situação mudou. Sabe...

Ela ergueu a mão e balançou a cabeça. Barbie parou.

— Antes de tudo, eu quero que me fale do problema que teve com Junior e a turma dele.

— Senhora, o seu marido não...

— Howie raramente falava dos casos dele, mas *desse* ele falou. Acho que ele ficou muito incomodado. Quero ver se sua história bate com a dele. Se bater, podemos falar de outras coisas. Caso contrário, vou pedir ao senhor que saia daqui, embora possa levar a sua garrafa d'água.

Barbie apontou o cubículo vermelho no canto esquerdo da casa.

— É o gerador?

— É.

— Se eu trocar o cilindro enquanto conversamos, a senhora consegue me escutar?

— Claro.

— E quer a história toda, né?

— Isso mesmo. E se me chamar de senhora outra vez, vou ter que te dar um soco.

A porta do pequeno abrigo do gerador estava fechada com um trinco de latão brilhante. O homem que até ontem morara ali cuidava bem das suas coisas... embora fosse uma pena aquele cilindro único. Barbie decidiu que, qualquer que fosse o andamento da conversa, se encarregaria de tentar lhe arranjar mais alguns amanhã.

Enquanto isso, disse consigo, *diz pra ela tudo o que ela quer saber sobre aquela noite.* Mas seria mais fácil falar de costas para ela; não gostaria de dizer que o problema começara porque Angie McCain o vira como uma amizade colorida ligeiramente madura.

Regra da transparência, lembrou a si mesmo, e contou a sua história.

10

O que ele lembrava com mais clareza do verão passado era a música de James McMurtry que parecia tocar em todo lugar — *Talkin' at the Texaco* era o nome. E o verso que lembrava com mais clareza era o que dizia que, em uma cidade pequena, "cada um sabe seu lugar". Quando Angie começou a ficar perto demais dele enquanto preparava os lanches ou encostar o seio no braço dele enquanto se esticava para pegar alguma coisa que poderia ter pedido a ele que pegasse, o verso lhe veio à cabeça. Ele sabia quem era o namorado dela e sabia que Frankie DeLesseps fazia parte da estrutura de poder da cidade, mesmo que fosse só em função da amizade com o filho de Big Jim Rennie. Dale Barbara, por outro lado, não passava de um sujeito sem eira nem beira. No esquema de coisas de Chester's Mill, ele *não tinha* lugar.

Certa noite, ela envolveu o quadril dele com a mão e lhe deu um apertãozinho na virilha. Ele reagiu e viu, pelo sorriso maroto dela, que ela sentira a sua reação.

— Pode fazer também, se quiser — disse ela. Estavam na cozinha, e ela torcera um pouquinho para cima a bainha da minissaia, lhe dando um vislumbre da calcinha rosa de babadinhos. — É mais do que justo.

— Eu passo — disse ele, e ela lhe mostrou a língua.

Ele vira esse tipo de coisa em meia dúzia de cozinhas de restaurante, chegara a ir na onda de vez em quando. Podia ser só o desejo passageiro de uma mocinha por um parceiro de trabalho mais velho e de aparência moderadamente boa. Mas aí Angie e Frankie terminaram e, certa noite, quando Barbie levava o lixo para a caçamba dos fundos antes de fechar, ela chegou com vontade.

Ele se virou e ela estava lá, passando os braços pelos ombros dele e beijando-o. No início, ele correspondeu. Angie soltou um dos braços o suficiente para pegar a mão dele e colocá-la sobre o seio esquerdo. Isso lhe despertou o cérebro. Era um seio bom, jovem e firme. Também era encrenca. *Ela* era encrenca. Ele tentou recuar e, quando ela ficou pendurada por uma mão só (as unhas agora fincadas na sua nuca) e tentou forçar os quadris contra ele, ele a empurrou com um pouco mais de força do que pretendia. Ela caiu contra a caçamba de lixo, encarou-o com raiva, tocou a traseira da calça jeans e o encarou com mais raiva ainda.

— Obrigada! Agora fiquei com a calça toda suja!
— Você devia saber a hora de largar — disse ele suavemente.
— Você gostou!
— Talvez — foi a resposta —, mas eu não gosto de você. — E quando ele viu a mágoa e a raiva se aprofundarem no rosto dela, acrescentou: — Quer dizer, eu gosto, mas não desse jeito. — Mas claro que as pessoas acabam dizendo o que realmente querem dizer quando estão abaladas.

Quatro noites depois, no Dipper's, alguém despejou um copo de cerveja nas costas da sua camisa. Ele se virou e viu Frankie DeLesseps.

— Gostou disso, *Baaarbie*? Se gostou, eu faço de novo; hoje é a noite de dois paus a jarra. É claro, se não gostou, a gente pode ir lá fora.

— Não sei o que ela te contou, mas está errado — disse Barbie. A jukebox tocava... não era a música de McMurtry, mas foi o que ele escutou na cabeça: *Cada um sabe seu lugar*.

— O que ela me *contou* é que ela disse não e você continuou e comeu ela assim mesmo. Quanto mais do que ela você pesa? Quarenta quilos? Pra mim isso tem cara de estupro.

— Eu não fiz isso. — Sabia que provavelmente não adiantava.
— Quer ir lá fora, seu filho da puta, ou é covarde demais?
— Covarde demais — disse Barbie, e, para sua surpresa, Frankie se afastou. Barbie decidiu que já tivera cerveja e música demais naquela noite e estava se levantando para ir embora quando Frankie voltou, dessa vez não com um copo, mas com uma jarra.

— Não faz isso — disse Barbie, mas é claro que Frankie não lhe deu atenção. Direto no rosto. Uma chuveirada de Bud Light. Várias pessoas meio bêbadas riram e aplaudiram.

— Agora a gente pode ir lá fora e acertar as contas — disse Frankie —, senão eu posso esperar. A última chamada vem aí, *Baaarbie*.

Barbie foi, percebendo que se não fosse naquela hora seria depois, e acreditando que, se derrubasse Frankie logo, antes que muita gente visse, tudo acabaria. Poderia até pedir desculpas e dizer que nunca comera Angie. Não acrescentaria que Angie dera em cima dele, embora achasse que muita gente sabia (Rose e Anson com certeza). Talvez, com o nariz sangrando para acordá-lo, Frankie visse o que, para Barbie, era muito óbvio: essa era a ideia de retribuição daquela babaca.

A princípio, pareceu que daria certo. Frankie estava com pés firmes no cascalho, a sombra jogada em duas direções pelo brilho das lâmpadas de sódio dos dois lados do estacionamento, os punhos erguidos feito um boxeador. Mau, forte e estúpido: só mais um brigão de cidade pequena. Acostumado a derrubar adversários com um único golpe forte e depois catá-los e lhes dar um monte de golpes pequenos até pedirem arrego.

Ele avançou e soltou a sua arma não tão secreta assim: um *uppercut* que Barbie evitou com o expediente simples de inclinar a cabeça um pouquinho para o lado. Barbie contra-atacou com um soco direto no plexo solar. Frankie caiu com uma expressão de espanto no rosto.

— Isso não é necess... — começou Barbie, e foi então que Junior Rennie o atingiu por trás, nos rins, provavelmente com as mãos unidas para formar um único punho grande. Barbie tropeçou para a frente e encontrou Carter Thibodeau pelo caminho, que saía do meio de dois carros e lhe deu um chute circular. Poderia ter quebrado o maxilar se acertasse, mas Barbie ergueu o braço a tempo. Isso explicava o pior dos hematomas, ainda num amarelo nada bonito quando ele tentou sair da cidade no Dia da Redoma.

Ele se virou de lado, vendo que fora uma emboscada planejada e sabendo que tinha que cair fora antes que alguém se ferisse de verdade. Não necessariamente ele. Não tinha problema em correr; não era orgulhoso. Deu três passos antes que Melvin Searles lhe pusesse o pé na frente. Barbie caiu de cara no cascalho e os pontapés começaram. Ele cobriu a cabeça, mas um temporal de botas lhe golpeou as pernas, a bunda, os braços. Uma o pegou bem nas costelas, pouco antes de ele conseguir se ajoelhar atrás da caminhonete fechada de móveis usados de Stubby Norman.

Então o bom-senso lhe fugiu e ele parou de pensar em sair correndo. Levantou-se, encarou os outros e lhes estendeu as mãos, as palmas para cima, os dedos se agitando. Chamando. O lugar onde estava agora era estreito. Teriam de vir um por um.

Junior tentou primeiro; seu entusiasmo foi recompensado com um chute na barriga. Barbie estava de Nike e não de bota, mas o chute foi forte e Junior se curvou atrás da caminhonete, tentando respirar. Frankie passou por cima dele e Barbie o atingiu duas vezes no rosto — golpes doloridos, mas não fortes o bastante para quebrar nada. O bom-senso começara a se reafirmar.

O cascalho rangeu. Ele se virou a tempo de pegar o que vinha de Thibodeau, que dera a volta por trás dele. O golpe o atingiu na têmpora. Barbie viu estrelas. ("Ou talvez uma delas fosse um cometa", disse a Brenda, abrindo a válvula do novo cilindro de gás.) Thibodeau veio e Barbie deu-lhe um chute forte na canela. O sorriso de Thibodeau virou careta. Caiu de joelhos, parecendo um jogador de futebol americano a segurar a bola para uma tentativa de gol de campo. Mas quem segura a bola não costuma agarrar o tornozelo.

Absurdamente, Carter Thibodeau gritou:

— Lutador sujo filho da puta!

— Olha quem fa... — foi o que Barbie conseguiu dizer até Melvin Searles lhe meter o cotovelo em volta do pescoço. Barbie jogou o seu cotovelo para trás rumo ao abdômen de Searles e ouviu o grunhido de ar escapando. Sentiu o cheiro também: cerveja, cigarro, Slim Jims. Estava se virando, sabendo que provavelmente Thibodeau pularia sobre ele de novo antes que pudesse abrir caminho à força para sair do corredor entre carros para onde recuara, já sem se importar. O rosto latejava, as costelas latejavam, e de repente decidiu — parecia sensato — mandar os quatro para o hospital. Eles poderiam discutir o que era ou não luta suja quando assinassem o gesso uns dos outros.

Foi então que o chefe Perkins, chamado por Tommy ou Willow Anderson, donos do bar, entrou no estacionamento com faróis acesos e a luz do teto piscando para lá e para cá. Os brigões foram iluminados como atores num palco.

Perkins tocou a sirene uma vez; ela fez meio uóóinn e morreu. Saiu do carro, erguendo o cinto por sobre a sua considerável circunferência.

— Muito cedo na semana pra isso, né, gente?

Ao que Junior Rennie respondeu.

11

Isso Brenda não precisava que ele contasse; ouvira de Howie e não ficara surpresa. Desde criança, o garoto de Big Jim era um mentiroso fluente, ainda mais se seu interesse estava em jogo.

— Ao que ele respondeu: "Foi o chapeiro que começou." Acertei?

— Na mosca. — Barbie apertou o botão para ligar o gerador, que rugiu, vivo. Sorriu para ela, embora sentisse o rosto corar. A história que acabara de contar não era sua favorita. Embora provavelmente a preferisse àquela outra do ginásio em Fallujah. — É isso aí: luz, câmera, ação.

— Obrigada. Quanto tempo vai durar?

— Só uns dois dias, mas talvez até lá esteja resolvido.

— Ou não. Acho que você sabe o que te salvou de uma viagem até a cadeia do condado naquela noite.

— Claro — respondeu Barbie. — O seu marido viu acontecer. Quatro contra um. Era meio difícil não ver.

— Qualquer outro policial talvez *não* visse, mesmo estando bem na frente dos olhos. E foi sorte Howie estar de plantão naquela noite; era dia de George Frederick, que não foi trabalhar por estar com dor de estômago. — Ela fez uma pausa. — Chamemos de providência em vez de sorte.

— Tem razão — concordou Barbie.

— Quer entrar, sr. Barbara?

— Por que não sentamos aqui? Se a senhora não se incomodar. Está agradável.

— Por mim, tudo bem. O tempo logo vai esfriar. Será?

Barbie disse que não sabia.

— Quando Howie levou vocês todos pra delegacia, DeLesseps disse a ele que o senhor estuprou Angie McCain. Foi isso o que aconteceu?

— Essa foi a primeira versão dele. Depois ele disse que talvez não fosse bem estupro, mas ela se assustou e me mandou parar, e eu não parei. Isso seria estupro em segundo grau, eu acho.

Ela deu um sorrisinho.

— Que nenhuma feminista lhe ouça dizer que há graus de estupro.

— É, melhor não. Seja como for, o seu marido me levou pra sala de interrogatório — cuja identidade secreta parece ser a de armário de vassouras...

Brenda deu uma gargalhada.

— ... e depois fez a Angie entrar. Mandou ela sentar de modo a me olhar nos olhos. Putz, a gente estava quase colado. É preciso preparo mental pra mentir sobre coisas importantes, ainda mais quando se é jovem. Eu descobri isso no Exército. O seu marido também sabia disso. Disse a ela que o caso iria pro tribunal. Explicou a pena por falso testemunho. Resumindo a história, ela desmentiu tudo. Disse que não houve nem sexo, quanto mais estupro.

— Howie tinha um lema: "A razão antes da lei." Era a base do jeito como ele cuidava de tudo. *Não* vai ser como Peter Randolph vai cuidar de tudo, não só porque ele é meio confuso das ideias, mas em especial porque não vai ser capaz de lidar com o Rennie. Meu marido era. Howie disse que, quando a notícia da sua... discussão... chegou ao sr. Rennie, ele insistiu pra que você fosse julgado por *alguma* coisa. Ficou furioso. Sabia disso?

— Não. — Mas não ficou surpreso.

— Howie disse ao sr. Rennie que, se aquilo chegasse ao tribunal, ele cuidaria pra que *tudo* chegasse, inclusive os quatro contra um no estacionamento. Acrescentou que um bom advogado de defesa talvez até conseguisse incluir no caso algumas histórias de Frankie e Junior no colégio. Houve várias, embora nada parecido com o que aconteceu a você.

Ela balançou a cabeça.

— Junior Rennie nunca foi um *grande* garoto, mas era relativamente inofensivo. Foi no último ano, mais ou menos, que ele mudou. Howie percebeu e ficou incomodado. Descobri que Howie sabia coisas sobre o filho *e* sobre o pai... — Ela se interrompeu. Barbie pôde ver que ela ponderava se continuava ou não e decidiu que não. Como esposa da autoridade policial de uma cidade pequena, ela aprendera a ser discreta, e era um hábito difícil de desaprender.

— Howie aconselhou você a sair da cidade antes que Rennie achasse outro modo de criar problemas, não foi? Imagino que você foi pego por essa tal Redoma antes que conseguisse.

— Sim e sim. Posso tomar aquela Diet Coke agora, sra. Perkins?

— Me chame de Brenda. E eu te chamarei de Barbie, se o nome é esse. Por favor, sirva-se.

Barbie se serviu.

— Você quer a chave do abrigo antirradiação pra pegar o contador Geiger. Eu posso e vou lhe ajudar nisso. Mas parece que você disse que Jim Rennie tem que saber, e com essa ideia eu me incomodo. Talvez seja o pesar nublando a minha cabeça, mas eu não entendo... Por que você quer entrar numa disputa e bater de frente com ele? Big Jim entra em pânico quando *qualquer um* desafia a autoridade dele, e de você ele já não gosta, pra começar. Nem lhe deve nenhum favor. Se o meu marido ainda fosse o chefe, talvez vocês dois pudessem ir falar juntos com Rennie. Acho que eu até gostaria disso. — Ela se inclinou à frente, olhando-o muito séria com os seus olhos cercados de uma mancha escura. — Mas Howie se foi, e é provável que você acabe numa cela em vez de sair por aí atrás de um gerador misterioso.

— Eu sei disso tudo, mas tem algo novo. A Força Aérea vai lançar um míssil Cruise na Redoma às 13 horas de amanhã.

— Ai, meu Jesus.

— Já lançaram outros mísseis, mas só pra determinar até que altura vai a barreira. O radar não serve pra isso. E tinham ogiva oca. Este vai ter uma ogiva bem cheia. Tipo arrasa-forte.

Ela empalideceu visivelmente.

— Em que parte da cidade vão lançar o míssil?

— O ponto de impacto vai ser onde a Redoma corta a estrada da Bostinha. Julia e eu estivemos lá ontem à noite. Vai explodir a um metro e meio do chão.

Ela abriu a boca num espanto nada elegante.

— Não é possível!

— Infelizmente é. Vão lançar de um B-52, que vai seguir uma rota pré--programada. Quero dizer *realmente* programada. Até cada elevaçãozinha, cada buraco, depois que chega à altura do alvo. Essas coisas são *estranhíssimas*. Se explodir e não passar, todo mundo da cidade só vai levar um baita susto; vai soar como o fim do mundo. Mas se *passar*...

A mão dela foi para a garganta.

— Qual vai ser o estrago? Barbie, não há caminhão de bombeiros aqui!

— Eu tenho certeza de que eles terão equipamento contra incêndio de prontidão. Quanto ao estrago? — Ele deu de ombros. — A área toda vai ter que ser evacuada, isso não se discute.

— É sensato? Isso que estão planejando é sensato?

— Essa pergunta é irrelevante, sra... Brenda. Já tomaram a decisão. Mas isso não é o pior. — E, ao ver a expressão dela: — Pra mim, não pra cidade. Fui promovido a coronel. Por ordem do presidente da República.

Ela ergueu os olhos para o céu.

— Que bom.

— Esperam de mim que declare estado de sítio e, basicamente, assuma o controle de Chester's Mill. Jim Rennie não vai adorar saber disso?

Ela o surpreendeu caindo na gargalhada. E Barbie se surpreendeu rindo também.

— Entende o meu problema? A cidade não precisa saber do empréstimo do contador Geiger, mas *precisa* saber do míssil que vem nessa direção. Julia Shumway vai espalhar a notícia se eu não fizer isso, mas as autoridades precisam saber por mim. Porque...

— Eu sei por quê. — Graças ao sol que se avermelhava, o rosto de Brenda perdera a palidez. Mas ela esfregava os braços sem pensar. — Pra você impor a sua autoridade aqui... que é o que o seu superior quer que você faça...

— Acho que o Cox é mais como um parceiro agora — disse Barbie.

Ela suspirou.

— Andrea Grinnell. Vamos levar o problema até ela. Depois conversamos com Rennie e Andy Sanders juntos. Ao menos vamos ser mais numerosos, três contra dois.

— A irmã de Rose? Por quê?

— Não sabia que ela é a terceira vereadora da cidade? — E, quando ele fez que não: — Não fique tão sem graça. Muitos não sabem, embora ela ocupe o cargo há vários anos. Pros dois homens, ela não passa de um carimbo, ou seja, pra Rennie, já que Andy Sanders também é um carimbo... E ela tem... problemas... mas no fundo é durona. Ou era.

— Que problemas?

Ele achou que ela guardaria aquilo para si, mas não.

— Dependência de drogas. Analgésicos. Não sei até que ponto.

— E acho que ela compra os remédios na farmácia de Sanders.

— É. Sei que não é uma solução perfeita e você vai ter que tomar muito cuidado, mas... por pura conveniência, Jim Rennie pode ser obrigado a aceitar por algum tempo sua colaboração. Quanto à sua real liderança? — Ela balançou negativamente a cabeça. — Ele vai limpar a bunda com qualquer declaração de estado de sítio, seja ou não assinada pelo presidente. Eu... — Ela se calou. Os olhos dela olhavam para atrás dele e se arregalavam.

— Sra. Perkins? Brenda? O que é?

— Ai — disse ela. — Ai, meu *Deus*!

Barbie se virou para olhar e também ficou calado de espanto. O sol se punha vermelho como costumava acontecer no fim da tarde, depois de dias quentes, bonitos e sem chuva. Mas nunca na vida ele vira um pôr do sol como aquele. Fazia ideia de que os únicos que viam coisas assim eram os que estavam na vizinhança de violentas erupções vulcânicas.

Não, pensou. *Nem eles. Isso é novo em folha.*

O sol que se punha não era uma bola. Era uma forma imensa de gravata-borboleta vermelha, com um centro circular ardente. O céu a oeste estava manchado como se coberto por uma fina película de sangue, que se tornava alaranjado ao subir. O horizonte era quase invisível através daquele brilho nebuloso.

— Jesus Cristo, é como tentar olhar pelo para-brisa sujo quando a gente dirige na direção do sol — disse ela.

E é claro que era, só que a Redoma era o para-brisa. Começara a juntar poeira e pólen. Poluentes também. E ia piorar.

Vamos ter que lavá-la, pensou ele, e imaginou filas de voluntários com baldes e panos. Absurdo. Como a lavariam até 12 metros de altura? Ou trinta? Ou trezentos?

— Isso tem que acabar — sussurrou ela. — Liga pra eles e diz pra lançarem o maior míssil possível, e danem-se as consequências. Porque isso tem que acabar.

Barbie não disse nada. Não estava bem certo de que conseguiria falar mesmo que tivesse algo a dizer. Aquele brilho vasto e empoeirado lhe roubara as palavras. Era como olhar através de uma escotilha para o inferno.

NIUC-NIUC-NIUC

1

Jim Rennie e Andy Sanders assistiram ao estranho pôr do sol nos degraus da Funerária Bowie. Tinham que ir para a outra "Reunião de Avaliação de Emergência" às sete horas na Câmara de Vereadores, e Big Jim queria chegar cedo para se preparar, mas por ora ficaram onde estavam observando o dia morrer a sua morte estranha e manchada.

— Parece o fim do mundo — disse Andy com voz baixa e espantada.

— Bobagem! — retrucou Big Jim, e se sua voz soara ríspida até para ele, era porque um pensamento similar vinha lhe passando pela cabeça. Pela primeira vez desde que a Redoma caíra, lhe ocorrera que a situação poderia estar além da capacidade deles de administrar, a capacidade *dele* de administrar, e rejeitava a ideia com fúria. — Você está vendo Jesus Cristo Nosso Senhor descer dos céus?

— Não — admitiu Andy. O que via eram moradores da cidade que conhecia desde sempre agrupados na rua principal, sem falar, só observando aquele estranho pôr do sol com a mão protegendo os olhos.

— Está *me* vendo? — insistiu Big Jim.

Andy se virou para ele.

— Claro que sim — disse. Meio perplexo. — Claro que sim, Big Jim.

— Então eu não fui Arrebatado — concluiu Big Jim. — Eu entreguei o meu coração a Jesus anos atrás e, se fosse o Fim dos Dias, eu não estaria aqui. Nem você, certo?

— Acho que não — respondeu Andy, mas estava em dúvida. Se fossem Salvos, lavados no Sangue do Cordeiro, por que tinham acabado de conversar com Stewart Bowie sobre fechar o "seu negocinho", como dizia Big Jim? E como tinham entrado num negócio daqueles, para começar? O que uma fábrica de metanfetamina tem a ver com ser Salvo?

Se perguntasse a Big Jim, Andy sabia qual seria a resposta: às vezes, os fins justificam os meios. Nesse caso, os fins haviam parecido admiráveis um dia: a nova Igreja do Sagrado Redentor (a velha era pouco mais que um barraco de tábuas com uma cruz de madeira em cima); a estação de rádio que salvara só Deus sabia quantas almas; os 10% que pagavam de dízimo — os cheques emitidos prudentemente por um banco das ilhas Cayman — à Sociedade Missionária Senhor Jesus para ajudar os "irmãozinhos marrons", como dizia o pastor Coggins.

Mas ao olhar aquele imenso pôr do sol borrado que parecia indicar que todas as questões humanas eram minúsculas e desimportantes, Andy teve que admitir que essas coisas não passavam de desculpas. Sem o dinheiro da metanfetamina, sua farmácia teria falido seis anos atrás. Mesma coisa com a funerária. Mesma coisa — provavelmente, embora o homem ao seu lado jamais fosse admitir — com os Carros Usados de Jim Rennie.

— Eu sei o que você está pensando, parceiro — disse Big Jim.

Andy ergueu os olhos para ele timidamente. Big Jim sorria... mas não o sorriso feroz. Esse era gentil, compreensivo. Andy sorriu de volta, ou tentou. Devia muito a Big Jim. Só que agora coisas como a farmácia e o BMW de Claudie pareciam bem menos importantes. De que adiantava um BMW, mesmo com estacionamento automático e aparelhagem de som ativada por voz, para uma esposa morta?

Quando isso acabar e a Dodee voltar, eu vou dar o BMW pra ela, decidiu Andy. *É o que a Claudie teria gostado.*

Big Jim ergueu a mão de dedos grossos para o sol em declínio que parecia se espalhar pelo céu a oeste como um grande ovo envenenado.

— Você fica achando que tudo isso é culpa nossa, de certa forma. Que Deus está punindo a gente por sustentar a cidade quando os tempos eram difíceis. E isso simplesmente não é verdade, parceiro. Isso não é obra de Deus. Se você dissesse que a derrota no Vietnã foi obra de Deus o aviso de Deus de que os Estados Unidos estavam se perdendo no caminho espiritual, eu teria que concordar. Se dissesse que o 11 de Setembro foi a reação do Ser Supremo à nossa Suprema Corte, que disse às criancinhas para não começarem mais o dia com uma oração ao Deus que as criou, eu teria que aceitar. Mas Deus punir Chester's Mill porque nós não quisemos acabar como mais um pontinho moribundo na estrada, tipo Jay ou Millinocket? — Ele fez que não. — Não, senhor. Não.

— Nós também pusemos um bom troco no bolso — disse Andy timidamente.

Isso era verdade. Tinham feito mais que promover suas empresas e estender a mão amiga aos irmãozinhos marrons; Andy tinha conta pessoal nas ilhas Cayman. E para cada dólar que Andy tinha — ou os Bowie, aliás —, ele apostaria que Big Jim guardara três. Talvez até quatro.

— "Pois o operário é digno do seu sustento" — disse Big Jim com voz pedante, mas gentil. — Mateus, 10, 10. — Ele deixou de citar o versículo anterior: *Não vos provereis de ouro, nem de prata, nem de cobre, em vossos cintos.*

Olhou o relógio.

— Por falar em trabalho, parceiro, é melhor a gente ir andando. Temos muito a decidir. — Ele começou a andar. Andy foi atrás, sem tirar os olhos do pôr do sol, que ainda era luminoso o bastante para fazê-lo pensar em carne contaminada. Então Big Jim parou de novo.

— Seja como for, você ouviu Stewart; fechamos aquilo lá. "Tudo acabado e abotoado", como disse o menininho depois da primeira mijada. Ele mesmo falou com o Chef.

— *Aquele* cara — disse Andy com azedume.

Big Jim deu uma risadinha.

— Não se preocupa com o Phil. Nós estamos fechados e vamos *ficar* fechados até a crise acabar. Na verdade, esse pode ser o sinal de que devemos fechar para sempre. Um sinal do Todo-poderoso.

— Seria bom — disse Andy. Mas ele teve uma ideia deprimente: se a Redoma sumisse, Big Jim mudaria de ideia, e quando isso acontecesse, Andy iria junto. Stewart Bowie e o irmão Fernald também. Ansiosamente. Em parte porque o dinheiro era inacreditável, sem impostos, ainda por cima, e em parte porque estavam naquilo até o pescoço. Ele se lembrou de algo que uma estrela do cinema disse há muito tempo: "Quando descobri que não gostava de atuar, estava rica demais para parar."

— Não se preocupa tanto — aconselhou Big Jim. — Vamos trazer o gás de volta à cidade daqui a uns 15 dias, quer essa situação da Redoma se resolva, quer não. A gente usa os caminhões de areia da cidade. Sabe dirigir com câmbio manual, não sabe?

— Sei — respondeu Andy com tristeza.

— E — alegrou-se Big Jim quando teve uma ideia — podemos usar o rabecão do Stewie! Aí podemos trazer alguns cilindros mais cedo ainda!

Andy nada disse. Odiava a ideia de terem se apropriado (era a palavra que Big Jim usava) de tanto gás de várias fontes da cidade, mas parecera a maneira mais segura. Estavam fabricando em grande escala e precisavam ferver muito e dissipar muitos gases ruins. Big Jim ressaltara que comprar gás em grande quantidade podia chamar a atenção. Bem como comprar grande quantidade dos vários medicamentos que compunham aquele lixo podia chamar a atenção e causar problemas.

Ter uma farmácia ajudara muito, embora o volume de pedidos de coisas como Robitussin e Sudafed deixasse Andy terrivelmente nervoso. Ele achava que *aquilo* seria a queda deles, se queda houvesse. Até agora nunca pensara no imenso reservatório de gás atrás do estúdio da WCIK.

— Por sinal, vamos ter muita eletricidade na Câmara hoje. — Big Jim falou com o ar de quem revela uma surpresa agradável. — Eu disse ao Randolph pra mandar o meu filho e o amigo dele, Frankie, ao hospital pegar um cilindro deles pro nosso gerador.

Andy ficou alarmado.

— Mas nós já pegamos...

— Eu sei — disse Rennie, consolador. — Eu sei que nós pegamos. Não se preocupa com o Cathy Russell, eles têm bastante por enquanto.

— Você podia ter buscado um na rádio... tem tanto lá...

— Era mais perto — disse Big Jim. — E mais seguro. Pete Randolph é um dos nossos, mas isso não quer dizer que eu queira que ele saiba do nosso negocinho. Nem agora nem nunca.

Isso deixou Andy ainda mais certo de que Big Jim não queria de fato desistir da fábrica.

— Jim, se começarmos a trazer o gás de volta pra cidade, onde a gente vai dizer que estava? Vamos contar ao povo que a Fada do Gás levou e depois mudou de ideia e devolveu?

Rennie franziu a testa.

— Tá achando engraçado, parceiro?

— Não! Acho *assustador*!

— Eu tenho um plano. Vamos anunciar um depósito de combustível da cidade e racionar o gás conforme necessário. Óleo combustível pra aquecimento também, se conseguirmos descobrir como usar sem eletricidade. Detesto a ideia de racionamento, é antiamericana até os ossos, mas é como a história da formiga e do gafanhoto, sabe. Tem melequentos na cidade que iam usar tudo num mês e depois vir gritando pra *nós* cuidarmos deles ao primeiro sinal de uma onda de frio!

— Você não acha que isso vai durar um *mês*, acha?

— Claro que não, mas é como se dizia no passado: torcer pelo melhor, se preparar pro pior.

Andy pensou em ressaltar que já tinham usado boa quantidade dos suprimentos da cidade para fazer cristal, mas sabia o que Big Jim diria: *Como é que íamos saber?*

É claro que não havia como. Quem, no seu juízo perfeito, esperaria essa redução súbita de todos os recursos? Planejamos para *mais do que suficiente*. Era o jeito americano. *Insuficiente* era um insulto à mente e ao espírito.

— Você não é o único que não vai gostar da ideia de racionamento — comentou Andy.

— É pra isso que temos polícia. Sei que todos lamentamos a morte do Howie Perkins, mas agora ele está com Jesus e nós temos Pete Randolph. Que vai ser melhor pra cidade nessa situação. Porque ele *atende*. — Big Jim apontou o dedo para Andy. — Os moradores de uma cidade como essa, de qualquer cidade, aliás, não passam de crianças quando se trata do interesse próprio. Quantas vezes eu já disse isso?

— Várias — respondeu Andy, e suspirou.

— E o que nós temos que mandar crianças fazerem?

— Comer as verduras se quiserem sobremesa.

— Exato! E às vezes isso significa estalar o chicote.

— Isso me lembra outra coisa — disse Andy. — Conversei com Sammy Bushey lá no pasto de Dinsmore... uma das amigas da Dodee. Ela disse que um dos policiais foi muito duro por lá. Duro *demais*. É preciso conversar sobre isso com o chefe Randolph.

Jim lhe franziu a testa.

— Você esperava o que, parceiro? Luvas de pelica? Quase houve um quebra-quebra por lá. Quase tivemos um melequento dum *quebra-quebra* bem aqui em Chester's Mill.

— Eu sei disso, você tá certo, mas é que...

— Eu conheço essa moça Bushey. Conheço a família inteira. Usuários de drogas, ladrões de carros, contraventores, caloteiros e sonegadores. Do tipo que a gente costumava chamar de lixo branco pobre antes que passasse a ser politicamente incorreto. É nessa gente que temos que ficar de olho agora. *Essas mesmas pessoas*. São elas que vão acabar com a cidade se tiverem um fiapo de oportunidade. É isso que você quer?

— Não, é claro que não...

Mas Big Jim estava empolgado.

— Toda cidade tem as suas formigas, o que é bom, e os seus gafanhotos, que não são tão bons, mas nós podemos conviver com eles porque os entendemos e podemos obrigar que façam o que é melhor pra eles, mesmo que seja preciso apertar um pouco. Mas toda cidade também tem os seus enxames de gafanhotos, como na Bíblia, e é isso que são as pessoas como os Bushey. É nessa hora que temos que baixar o sarrafo. Você pode não gostar, eu posso não gostar, mas a liberdade pessoal vai ter que dar uma voltinha até isso acabar. E vamos nos sacrificar também. Não vamos fechar o nosso negocinho?

Andy não queria ressaltar que, na verdade, eles não tinham opção, já que não havia como enviar a mercadoria para fora da cidade, e preferiu um simples sim. Não queria discutir mais e temia a reunião iminente, que poderia se arrastar até a meia-noite. Ele só queria ir para a sua casa vazia, tomar uma bebida forte e depois se deitar e pensar em Claudie e chorar até dormir.

— O importante agora, parceiro, é manter a situação equilibrada. Isso significa lei, ordem e supervisão. *Nossa* supervisão, porque não somos gafanhotos, somos formigas. *Formigas-soldados.*

Big Jim pensou melhor. Quando falou de novo, o tom de voz era bem profissional.

— Estou repensando a decisão de manter o Food City aberto como sempre. Não estou dizendo que vamos fechá-lo, ao menos não agora, mas temos que ficar de olho nele nos próximos dias. Como um *falcão* melequento. O mesmo com o Posto e Mercearia. E pode não ser má ideia nos apropriarmos de alguns alimentos mais perecíveis para o nosso...

Ele parou, franzindo os olhos nos degraus da Câmara de Vereadores. Não acreditava no que via e ergueu a mão para bloquear o pôr do sol. Ainda estavam lá: Brenda Perkins e Dale Barbara, aquele coisa-ruim criador de caso. E não sozinhos. Sentada entre eles, e conversando animada com a viúva do chefe Perkins, estava Andrea Grinnell, a terceira vereadora. Pareciam estar passando folhas de papel de mão em mão.

Big Jim não gostou daquilo.

Nem um pouco.

2

Ele começou a avançar, querendo dar fim à conversa, fosse qual fosse o assunto. Antes que desse meia dúzia de passos, um menino correu até ele. Era um dos filhos dos Killian. Era uma família de umas 12 pessoas vivendo numa granja dilapidada perto da fronteira da cidade com Tarker's Mills. Nenhum dos garotos era muito inteligente — o que era de se esperar honestamente, levando em consideração os pais de cujas pobres entranhas tinham brotado —, mas todos eram membros bem-vistos da Sagrado Redentor; todos Salvos, em outras palavras. Este era o Ronnie... ao menos foi o que Rennie pensou, mas era difícil ter certeza. Todos tinham a mesma cabecinha redonda, as mesmas sobrancelhas salientes e o nariz adunco.

O menino usava uma camiseta esfarrapada da WCIK e trazia um bilhete.

— Ô, sr. Rennie! — chamou ele. — Caramba, procurei o senhor pela cidade toda!

— Acho que não tenho tempo agora pra conversar com você, Ronnie — disse Big Jim. Ainda olhava o trio sentado nos degraus da Câmara. Os Três Patetas do coisa-ruim. — Talvez ama...

— É Richie, sr. Rennie. Ronnie é o meu irmão.

— Richie. É claro. Agora, se me dá licença... — Big Jim continuou andando.

Andy pegou o bilhete do menino e alcançou Rennie antes que chegasse ao trio sentado nos degraus.

— É melhor dar uma olhada nisso.

O que Big Jim olhou primeiro foi o rosto de Andy, mais contraído e preocupado do que nunca. Depois, pegou o bilhete.

James —
Preciso vê-lo hoje à noite. Deus falou comigo. Agora eu preciso falar com você antes de me dirigir à cidade. Por favor, responda. Richie Killian vai me entregar a sua mensagem.
Reverendo Lester Coggins

Não estava escrito Les; nem mesmo Lester. Não. *Reverendo Lester Coggins*. Isso não era bom. Por que, ah, por que tudo tinha que acontecer ao mesmo tempo?

O menino estava em pé diante da livraria, olhando lá para dentro com a camiseta desbotada e as calças jeans largas e meio caídas como um órfão do coisa-ruim. Big Jim lhe fez um sinal. O menino foi correndo, ansioso. Big Jim tirou do bolso a caneta (em cujo corpo estava escrito em ouro: "COMPRAR COM BIG JIM É GOSTOSO ASSIM") e rabiscou uma resposta de quatro palavras: *Meia-noite. Minha casa.* Dobrou e entregou ao menino.

— Leva isso de volta pra ele. E *não* leia.

— Não vou ler! Sem chance! Deus te abençoe, sr. Rennie.

— A você também, filho. — Ele observou o menino sair correndo.

— O que foi *isso*? — perguntou Andy. E, antes que Big Jim respondesse: — A fábrica? Será a metan...

— Cala a boca. — Andy deu um passo atrás, chocado. Big Jim nunca o mandara se calar. A situação devia ser grave.

— Uma coisa de cada vez — disse Big Jim, e marchou rumo ao problema seguinte.

3

Ao ver Rennie se aproximar, o primeiro pensamento de Barbie foi: *Ele anda como um homem que está doente e não sabe.* Ele também andava como um homem que passara a vida se dando bem. Usava o seu mais carnívoro sorriso amistoso ao pegar as mãos de Brenda e apertá-las. Ela permitiu isso com calma e boa vontade.

— Brenda — disse ele. — Minhas mais profundas condolências. Eu devia ter ido visitar você antes... e é claro que eu vou ao funeral... mas andei meio ocupado. Todos andamos.

— Entendo — respondeu ela.

— Sentimos muita falta de Duke — disse Big Jim.

— Isso é verdade — interrompeu Andy, parando atrás de Big Jim: um rebocador na esteira de um transatlântico. — Sem dúvida.

— Muito obrigada aos dois.

— E embora eu adorasse discutir suas preocupações... Posso ver que você as tem... — O sorriso de Big Jim se alargou, embora não chegasse nem perto dos seus olhos. — Nós temos uma reunião muito importante. Andrea, você poderia ir na frente e arrumar aqueles arquivos?

Embora estivesse com quase 50 anos, naquele momento Andrea parecia uma criança pega roubando torta quente da janela. Começou a se levantar (fazendo uma careta de dor nas costas), mas Brenda lhe segurou o braço, e com firmeza. Andrea voltou a sentar-se.

Barbie percebeu que tanto Grinnell quanto Sanders estavam morrendo de medo. Não era a Redoma, ao menos não naquele momento; era Rennie. E pensou de novo: *Pior* não *é impossível.*

— Acho que é melhor você arranjar um tempinho pra nós, James — disse Brenda com voz agradável. — Sem dúvida você compreende que, se isso não fosse importante, *muito* importante, eu estaria em casa, chorando o meu marido.

Big Jim se viu sem palavras, o que era raro. As pessoas na rua que tinham observado o pôr do sol agora observavam essa reunião improvisada. Talvez dando a Barbara uma importância que ele não merecia, simplesmente por estar sentado na proximidade da terceira vereadora da cidade e da viúva do falecido chefe de polícia. Os três passando de um para outro uma folha de papel como se fosse uma carta de Sua Santidade, o Papa. De quem fora a ideia daquela exibição pública? Da mulher de Perkins, é claro. Andrea não tinha inteligência suficiente. Nem coragem para se colocar no caminho dele daquele jeito tão público.

— Bom, talvez nós possamos lhe conceder alguns minutos. Não é, Andy?

— Claro — disse Andy. — Temos sempre alguns minutos para a sra. Perkins. Sinto muito por Duke.

— E sinto muito pela sua mulher — disse ela, muito séria.

Os olhos deles se cruzaram. Foi um genuíno Momento de Ternura que deixou Big Jim com vontade de arrancar os cabelos. Sabia que não devia permitir que tais sentimentos tomassem conta dele — fazia mal à pressão, e o que fazia mal à pressão fazia mal ao coração —, mas às vezes era difícil. Ainda mais quando acabara de receber um bilhete de um sujeito que sabia demais e agora acreditava que Deus queria que ele falasse à cidade. Se Big Jim estava certo a respeito do que andava pela cabeça de Coggins, esse assunto atual era fichinha.

Só que podia *não* ser fichinha. Porque Brenda Perkins nunca gostara dele, e Brenda Perkins era a viúva do homem que a cidade agora considerava — sem absolutamente nenhuma boa razão — um herói. A primeira coisa que tinha a fazer...

— Vamos entrar — disse. — Conversamos na sala de reuniões. — Seu olhar se voltou para Barbie. — O senhor faz parte disso, sr. Barbara? Porque não consigo imaginar por quê.

— Isso pode ajudar — respondeu Barbie, entregando-lhe as folhas de papel que estavam sendo passadas de mão em mão. — Já estive no Exército. Era tenente. Parece que prorrogaram o meu serviço militar. Também fui promovido.

Rennie pegou os papéis segurando-os pelo cantinho, como se estivessem muito quentes. A carta era bem mais elegante que o bilhete sujo que Richie Killian lhe entregara e de remetente bem mais conhecido. O cabeçalho dizia, simplesmente: **DA CASA BRANCA**. Tinha a data do dia.

Rennie tateou o papel. Uma profunda ruga vertical se formara entre as suas sobrancelhas densas.

— Esse não é o papel timbrado da Casa Branca.

É claro que é, seu idiota, Barbie sentiu vontade de dizer. *Foi entregue uma hora atrás pelo esquadrão de elfos da FedEx. O doidinho filho da puta só precisou se teleportar para dentro da Redoma, sem problemas.*

— Não, não é. — Barbie tentou manter a voz amistosa. — Chegou como PDF, pela internet. A sra. Shumway baixou e imprimiu.

Julia Shumway. Outra criadora de caso.

— Leia, James — disse Brenda com calma. — É importante.

Big Jim leu.

4

Benny Drake, Norrie Calvert e Joe Espantalho McClatchey estavam diante da sede do *Democrata* de Chester's Mill. Cada um com a sua lanterna. Benny e Joe levavam a deles na mão; a de Norrie estava enfiada no grande bolso da frente do casaco de moletom. Olhavam para a Câmara rua acima, onde parecia que várias pessoas — inclusive os três vereadores e o chapeiro do Rosa Mosqueta — faziam uma conferência.

— O que estará acontecendo? — perguntou Norrie.

— Merda de adultos — respondeu Benny, com supremo desinteresse, e bateu à porta do jornal. Como ninguém atendeu, Joe passou por ele e experimentou a maçaneta. A porta se abriu. Na mesma hora ele soube que a sra. Shumway não tinha escutado os três; a copiadora funcionava à toda enquanto ela conversava com o repórter esportivo do jornal e o cara que andara tirando fotos do dia no campo.

Ela viu os garotos e acenou para que entrassem. As folhas de papel caíam rapidamente na bandeja da copiadora. Pete Freeman e Tony Guay se revezavam tirando-as e empilhando-as.

— Aí estão vocês — disse Julia. — Estava com medo de que não viessem. Estamos quase prontos. Se a maldita copiadora não fizer cagada, é claro. — Joe, Benny e Norrie receberam com apreciação essa encantadora palavrinha, cada um resolvendo usá-la assim que possível.

— Vocês pediram permissão aos seus pais? — perguntou Julia. — Não quero um monte de pais zangados no meu pescoço.

— Pedimos, sim — disse Norrie. — Todos nós.

Freeman amarrava com barbante um maço de papéis. E fazia um péssimo serviço, notou Norrie. Ela sabia dar cinco tipos de nós diferentes. E amarrar iscas de pesca. O pai lhe ensinara. Por sua vez, ela lhe mostrara como fazer um *nosegrind* na cerca e, quando ele caiu pela primeira vez, riu até as lágrimas correrem pelo rosto. Ela achava que tinha o melhor pai do universo.

— Quer que eu faça isso? — perguntou Norrie.

— Se você sabe fazer melhor, claro. — Pete se afastou.

Ela avançou, Joe e Benny bem juntos atrás. Então ela viu a grande manchete preta no número extra de uma folha só e parou.

— Que merda!

Assim que a palavra saiu ela pôs a mão na boca, mas Julia só concordou com a cabeça.

— É mesmo merda das mais autênticas. Espero que todos tenham vindo de bicicleta e espero que todos tenham cestinhas. Não dá pra carregar isso aí de skate.

— Foi o que você disse, foi como nós viemos — respondeu Joe. — A minha não tem cestinha, mas tem bagageiro.

— E eu amarro o fardo dele — disse Norrie.

Pete Freeman, que observava com admiração a menina amarrar rapidamente os fardos (com um laço que parecia uma borboleta), disse:

— Não duvido. Estão ótimos.

— É, eu sou demais — disse Norrie objetivamente.

— Trouxeram lanternas? — perguntou Julia.

— Trouxemos — responderam os três juntos.

— Ótimo. O *Democrata* não usa jornaleiros há trinta anos e não quero comemorar a volta do sistema com um de vocês atropelado na esquina da Principal ou da Prestile.

— Isso ia ser mesmo muito chato — concordou Joe.

— Todas as casas e lojas das duas ruas recebem um exemplar, certo? Mais a Morin e a avenida Saint Anne. Depois disso, se espalhem. Façam o possível, mas quando for nove horas, vão pra casa. Deixem os que sobrarem nas esquinas. Ponham uma pedra em cima pra não voarem.

Benny olhou de novo a manchete:

ATENÇÃO, CHESTER'S MILL!
EXPLOSIVOS SERÃO DETONADOS NA BARREIRA!
SISTEMA DE LANÇAMENTOS DE MÍSSEIS CRUISE
RECOMENDADA A EVACUAÇÃO DA ZONA OESTE

— Duvido que dê certo — disse Joe, sombrio, examinando o mapa, obviamente desenhado à mão, na parte de baixo do jornal. A fronteira entre Chester's Mill e Tarker's Mills fora destacada em vermelho. Havia um **X** preto onde a estrada da Bostinha passava pelo limite da cidade. O **X** fora legendado como **Ponto de Impacto**.

— Sai pra lá, garoto — retrucou Tony Guay.

5

DA CASA BRANCA

Cumprimentos e saudações
à CÂMARA DE VEREADORES DE CHESTER'S MILL:
   Andrew Sanders
   James P. Rennie
   Andrea Grinnell

Caros senhores e senhora:

   Em primeiro lugar, os saúdo e quero exprimir a profunda preocupação e os melhores votos do nosso país. O dia de amanhã foi declarado Dia de Oração nacional; em todo o país, igrejas vão estar abertas para que gente de todas as fés possa rezar pelos senhores e pelos que trabalham para entender e reverter o que ocorreu nas fronteiras da sua cidade. Quero assegurá-los de que não vamos descansar até que o povo de Chester's Mill seja libertado e os responsáveis por sua prisão sejam punidos. Essa situação será resolvida, e logo: eis minha promessa aos senhores e ao povo de Chester's Mill. Falo com todo o peso solene do meu cargo como seu comandante em chefe.
   Em segundo lugar, esta carta apresenta aos senhores o coronel Dale Barbara, do Exército dos Estados Unidos. O cel. Barbara serviu no Iraque, onde foi condecorado com a Estrela de Bronze, a Medalha de Honra ao Mérito e duas medalhas Purple Heart. Foi chamado de volta ao Exército e promovido para que possa servir de canal entre os senhores e nós. Sei que, como americanos leais, os senhores lhe darão toda a assistência. E como o ajudarem, nós os ajudaremos.
   A minha intenção original, de acordo com o conselho que recebi dos chefes do Estado-Maior conjunto e dos ministros de Defesa e de Segurança Interna, era proclamar o estado de sítio em Chester's Mill e nomear o cel. Barbara governador militar provisório. Contudo, o cel. Barbara me assegurou que isso não

será necessário. Ele afirma que espera toda cooperação dos vereadores e da polícia local. Acredita que seu cargo deveria ser de "aconselhamento e consentimento". Eu concordei com a sua opinião, sujeita a revisões.

Em terceiro lugar, sei que os senhores estão preocupados com a incapacidade de telefonar para amigos e familiares. Compreendemos sua preocupação, mas é fundamental que mantenhamos esse "apagão telefônico" para reduzir o risco de troca de informações secretas entre Chester's Mill e o exterior. Os senhores podem achar que é uma preocupação desnecessária; posso lhes garantir que não é. Não é impossível que alguém em Chester's Mill tenha informações a respeito da barreira que cerca a cidade. Ligações "internas" serão completadas.

Em quarto lugar, continuaremos por enquanto a manter o apagão da imprensa, embora essa questão continue sujeita a revisões. Pode chegar uma hora em que seja benéfico que as autoridades da cidade e o cel. Barbara deem uma entrevista coletiva, mas por enquanto acreditamos que o fim rápido dessa crise tornará irrelevante esse encontro com a imprensa.

A minha quinta questão diz respeito à comunicação pela internet. Os chefes do Estado-Maior conjunto são extremamente favoráveis ao apagão temporário das comunicações por e-mail, e tendo a concordar com eles. Entretanto, o cel. Barbara apresentou fortes argumentos a favor de permitir aos cidadãos de Chester's Mill que continuem a ter acesso à internet. Ele ressalta que o tráfego de e-mails pode ser legalmente acompanhado pela Agência de Segurança Nacional e que, na prática, essas comunicações podem ser censuradas com mais facilidade do que as transmissões de celulares. Como ele é o "nosso homem no local", concordei nessa questão, em parte por razões humanitárias. No entanto, essa decisão também está sujeita a revisões; pode haver mudanças na política. O cel. Barbara participará integralmente de tais revisões e esperamos uma relação de trabalho tranquila entre ele e todas as autoridades da cidade.

Em sexto lugar, apresento-lhes uma boa possibilidade de que essa difícil prova possa terminar amanhã mesmo, às 13 horas. O cel. Barbara explicará a operação militar marcada para esse horário. Ele me assegura que, com os bons serviços dos senhores e da sra. Julia Shumway, proprietária do jornal local, será possível informar aos cidadãos de Chester's Mill o que esperar.

E finalmente: os senhores são cidadãos dos Estados Unidos da América e jamais os abandonaremos. A nossa promessa mais firme, baseada nos nossos mais elevados ideais, é simples: nenhum homem, mulher ou criança ficará para trás. Todos os recursos que precisarmos empregar para dar fim ao seu confinamento serão utilizados. Todo dólar que for preciso gastar será gasto. Em troca, esperamos dos senhores fé e cooperação. Por favor, deem-nos ambos.

     Com todas as orações e desejos de sucesso,
     sinceramente,

6

Qualquer que fosse o limpador de latrina escrevinhador que tivesse redigido aquilo para ele, o canalha o assinara em pessoa, e usando os seus três nomes, inclusive o nome terrorista do meio. Big Jim não votara nele e, naquele momento, caso pudesse se teleportar até diante dele, sentia que ficaria contentíssimo de estrangulá-lo.

E Barbara.

O desejo mais profundo de Big Jim era assoviar para chamar Pete Randolph e trancar o Coronel Chapeiro numa cela. Dizer-lhe que poderia comandar a sua maldita ordem de estado de sítio do porão da delegacia, com Sam Verdreaux servindo de ajudante de ordens. Talvez Sam Relaxado conseguisse segurar o delirium tremens tempo suficiente para bater continência sem enfiar o polegar no olho.

Mas não agora. Não ainda. Algumas expressões da carta do Guardinha Preto em Chefe se destacavam:

E como o ajudarem, nós os ajudaremos.
Uma relação de trabalho tranquila entre ele e todas as autoridades da cidade.
Essa decisão também está sujeita a revisões.
Esperamos dos senhores fé e cooperação.

Essa última era a mais comovente. Big Jim tinha certeza de que o filho da mãe pró-aborto não sabia nada sobre fé; para ele, aquela era apenas uma palavra da moda; mas quando falava de cooperação, ele sabia *exatamente* o que estava dizendo, e Jim Rennie também: *a luva é de pelica, mas não se esqueça do punho de ferro dentro dela.*

O presidente exprimia apoio e solidariedade (Rennie viu Grinnell, a drogada, realmente se encher de lágrimas ao ler a carta), mas quando se olhavam as entrelinhas, via-se a verdade. Era uma carta de ameaça pura e simples. Cooperem ou perdem a internet. Cooperem porque faremos uma lista dos bons e dos maus, e ninguém vai querer ficar do lado dos maus quando entrarmos. Porque nós *vamos* nos lembrar.

Coopera, parceiro. Senão já sabe.

Rennie pensou: *nunca entregarei minha cidade a um chapeiro que ousou pôr as mãos no meu filho e depois ousou questionar a minha autoridade. Isso nunca vai acontecer, seu macaco. Nunca.*

Também pensou: *Calma, pega leve.*

Deixe o Coronel Chapeiro explicar o grande plano dos militares. Se funcionar, ótimo. Se não funcionar, o mais novo coronel do Exército americano vai descobrir um significado todo novo para a expressão *no coração do território inimigo.*

Big Jim sorriu e disse:

— Vamos entrar, que tal? Parece que temos muito a conversar.

7

Junior sentou-se no escuro com as suas namoradas.

Era estranho, até *ele* achou, mas também era um consolo.

Quando ele e os outros policiais novos voltaram à delegacia depois da cagada colossal no pasto de Dinsmore, Stacey Moggin (ainda fardada e com cara de cansada) lhes dissera que podiam cumprir mais um turno de quatro horas se quisessem. Ao menos por algum tempo, iria haver uma oferta generosa de horas extras, e quando chegasse a hora de a cidade pagar, dissera Stacey, ela tinha certeza de que também haveria um abono... provavelmente pago pelo governo dos Estados Unidos, cheio de gratidão.

Carter, Mel, Georgia Roux e Frank DeLesseps tinham todos concordado em cumprir as horas extras. Na verdade não foi pelo dinheiro; estavam se divertindo demais no serviço. Junior também, mas uma das suas dores de cabeça estava incubando. Aquilo era deprimente, depois de se sentir absolutamente fantástico o dia todo.

Ele dissera a Stacey que preferia não ir, se estivesse tudo bem. Ela lhe assegurou que estava, mas lembrou que ele teria que voltar ao serviço no dia seguinte às sete da manhã. "Nós vamos ter muito a fazer", disse ela.

Na escada, Frankie puxou o cinto para cima e disse:

— Acho que vou dar uma passadinha na casa da Angie. Ela deve ter saído com a Dodee, mas detesto pensar que pode ter escorregado no chuveiro, pode estar lá paralisada ou coisa pior.

Junior sentiu um bolo na garganta. Um pontinho branco começou a dançar na frente do olho esquerdo. Parecia dançar e rebolar no ritmo do coração, que acabara de se acelerar.

— Posso passar lá, se você quiser — disse a Frankie. — É caminho.

— Mesmo? Não se incomoda?

Junior fez que não. O ponto branco na frente do olho disparou loucamente, nauseante, quando ele balançou a cabeça. Depois voltou a se acalmar.

Frankie baixou a voz.

— Sammy Bushey discutiu comigo lá no pasto.

— Aquela arrombada — disse Junior.

— É claro. Ficou falando: "Vai fazer o que, me prender?" — Frankie subiu a voz num falsete irritado que arranhou os nervos de Junior. O ponto branco dançarino pareceu ficar mesmo vermelho e por um instante ele pensou em pôr as mãos ao redor do pescoço do velho amigo e apertar até lhe sufocar a vida, para que ele, Junior, nunca mais fosse submetido àquele falsete.

— Tava pensando — continuou Frankie — em dar uma ida até lá quando a gente for embora. Dar uma lição a ela. Sabe, "Respeite a polícia local".

— Ela é uma vaca. E sapata também.

— Opa, melhor ainda. — Frankie parara, olhando o pôr do sol esquisito. — Até que essa coisa da Redoma tem um lado bom. A gente pode fazer quase tudo o que quiser. Ao menos por enquanto. Pensa só nisso, parceiro. — Frankie apertou a virilha.

— Claro — respondeu Junior —, mas não estou com muito tesão, não.

Só que agora ele *estava*. Quer dizer, mais ou menos. Não é que ele fosse *foder* com elas ou coisa assim, mas...

— Mas vocês ainda são as minhas namoradas — disse Junior na escuridão da despensa. Primeiro usou a lanterna, mas depois desligou. O escuro era melhor. — Vocês não acham?

Elas não responderam. *Se respondessem*, pensou Junior, *eu teria um grande milagre pra contar pro papai e pro reverendo Coggins*.

Ele estava encostado numa parede forrada de prateleiras cheias de enlatados. Apoiara Angie à sua direita e Dodee à esquerda. Ménage à trois, como diziam no fórum da *Penthouse*. As garotas não estavam tão bonitas assim com a lanterna acesa, o rosto inchado e os olhos salientes só escondidos em parte pelo cabelo solto, mas assim que ele a apagou... Ei! Pareciam até vivas!

Quer dizer, a não ser pelo cheiro. Começara a parecer uma mistura de merda velha e podridão. Mas não era ruim demais, porque havia outros cheiros mais agradáveis ali: café, chocolate, melado, frutas secas e, talvez, açúcar mascavo.

Também um leve aroma de perfume. De Dodee? De Angie? Ele não sabia. O que ele sabia era que a dor de cabeça voltara a melhorar e aquele incômodo ponto branco sumira. Baixou a mão e envolveu com ela o seio de Angie.

— Não se incomoda que eu faça isso, né, Ange? Eu sei que você é namorada do Frankie, mas vocês meio que terminaram, e além disso, é só uma pegadinha. E também... detesto ter que te contar, mas acho que hoje à noite ele vai pular a cerca.

Tateou com a mão livre e achou uma das mãos de Dodee. Estava gelada, mas assim mesmo ele a pôs na virilha.

— Opa, Dodes — disse ele. — Que sem vergonha. Mas segue teu instinto, moça; põe pra fora teu lado mau.

Ele teria que enterrá-las, claro. Logo. A Redoma podia explodir como uma bolha de sabão, ou os cientistas dariam um jeito de dissolvê-la. Quando isso acontecesse, a cidade se encheria de investigadores. E se a Redoma permanecesse, haveria algum tipo de comitê para procurar comida indo de casa em casa atrás de suprimentos.

Logo. Mas não agora. Porque isso dava tranquilidade.

E era meio excitante. É claro que ninguém ia entender, mas ninguém *tinha que* entender. Porque...

— É o nosso segredinho — sussurrou Junior no escuro. — Não é, meninas?

Elas não responderam (embora fossem responder, na hora certa).

Junior ficou ali sentado abraçando as moças que assassinara e, em algum momento, adormeceu.

8

Quando Barbie e Brenda Perkins saíram da Câmara de Vereadores às 11 horas, a reunião ainda continuava. A princípio, os dois desceram a rua principal até a

Morin sem falar muito. Ainda havia uma pequena pilha do número extra do *Democrata* na esquina da Principal com a Maple. Barbie puxou uma folha de sob a pedra que ancorava a pilha. Brenda tinha uma lanterninha na bolsa e jogou o facho sobre a manchete.

— Ver isso impresso devia tornar mais fácil acreditar, mas não — disse ela.

— Não — concordou ele.

— Você colaborou com a Julia nisso pra assegurar que James não tentasse esconder — afirmou ela. — Não foi?

Barbie fez que não.

— Ele nem tentaria, porque não seria possível. Quando o míssil acertar o alvo, vai fazer um barulhão infernal. Julia só queria ter certeza de que o Rennie não iria torcer a notícia a favor dele, seja lá como fosse. — Ele deu um tapinha na folha. — Pra ser totalmente franco, vejo isso como um seguro. O vereador Rennie vai pensar: "Se nisso ele estava à minha frente, que outras informações ele tem que eu não tenho?"

— James Rennie pode ser um adversário perigoso, meu amigo. — Eles voltaram a andar. Brenda dobrou o jornal e o enfiou debaixo do braço. — O meu marido estava investigando ele.

— Por quê?

— Não sei quanto devo lhe contar — disse ela. — As opções parecem ser tudo ou nada. E Howie não tinha nenhuma prova concreta, disso eu *sei*. Embora estivesse bem perto.

— A questão não são as provas — disse Barbie. — A questão é eu ficar fora da cadeia se amanhã não der certo. Se o que você sabe pode me ajudar nisso...

— Se ficar fora da cadeia é sua única preocupação, estou decepcionada.

Não era só, e Barbie desconfiou que a viúva Perkins sabia. Ele prestara muita atenção à reunião, e embora Rennie tivesse se esforçado ao máximo para ser simpático e docemente sensato, ainda assim Barbie ficara horrorizado. Achou que, por trás dos ohs e ahs e céus, o homem era uma ave de rapina. Exerceria o controle até que lhe fosse arrancado; tomaria tudo o que fosse preciso até que o impedissem. Isso o tornava perigoso para todos, não só para Dale Barbara.

— Sra. Perkins...

— Brenda, esqueceu?

— Brenda, tudo bem. Digamos assim, Brenda: se a Redoma continuar onde está, essa cidade vai precisar de ajuda de alguém que não seja um vendedor de carros usados com delírios de grandeza. Não posso ajudar ninguém se eu estiver no calabouço.

— O meu marido acreditava que o Big Jim estava metendo a mão.

— Como? Em quê? E quanto?

— Vamos ver o que acontece com o míssil — disse ela. — Se não der certo, eu te conto tudo. Se der, vou conversar com a promotoria do condado quando a poeira baixar... e, nas palavras de Ricky Ricardo, de *I love Lucy*, James Rennie "vai ter muit'axplicar".

— Você não é a única que está esperando pra ver o que acontece com o míssil. Hoje, o Rennie se fez de sonso. Se o Cruise ricochetear em vez de atravessar, acho que nós vamos ver o outro lado dele.

Ela desligou a lanterninha e ergueu os olhos.

— Olha as estrelas — disse ela. — Tão brilhantes. A Ursa Menor... Cassiopeia... a Ursa Maior. Todas iguais. Acho isso confortador. E você?

— Também.

Não disseram nada por algum tempo, só olhando a cintilação esparramada da Via Láctea.

— Mas elas sempre fazem com que eu me sinta bem pequena e bem... bem efêmera. — Ela riu e depois disse, com bastante timidez: — Se incomoda de me dar o braço, Barbie?

— De jeito nenhum.

Ela lhe segurou o cotovelo. Ele pôs a mão em cima da mão dela. Depois, a levou para casa.

9

Big Jim encerrou a reunião às 23h12, Peter Randolph lhes deu boa noite e foi embora. Planejava começar a evacuação do lado oeste da cidade às sete da manhã em ponto e esperava limpar toda a área em torno da estrada da Bostinha até o meio-dia. Andrea foi atrás, andando devagar, com as mãos apoiadas na parte inferior das costas. Era uma postura com a qual todos já estavam acostumados.

Embora a reunião com Lester Coggins não lhe saísse da cabeça (e dormir; ele não acharia ruim dormir um pouquinho), Big Jim lhe perguntou se poderia esperar mais alguns minutinhos.

Ela o olhou com cara de interrogação. Atrás dele, ostensivamente, Andy Sanders empilhava as pastas e as guardava no armário de aço cinzento.

— E feche a porta — disse Big Jim com voz agradável.

Agora preocupada, ela fez o que ele mandava. Andy continuou a fazer o serviço doméstico do fim do dia, mas os ombros estavam caídos, como se quisesse se proteger de um golpe. Fosse lá o que fosse que Jim ia lhe contar, Andy já sabia. E, a julgar pela postura dele, não era coisa boa.

— Em que você está pensando, Jim? — perguntou ela.

— Nada grave. — O que significava que era. — Mas *me* pareceu, Andrea, que você estava muito íntima daquele tal Barbara antes da reunião. Da Brenda também, aliás.

— Brenda? Isso é... — Ela ia dizer *ridículo*, mas isso parecia forte demais. — É bobagem. Conheço Brenda há trinta an...

— E o sr. Barbara há três meses. Isso se comer as panquecas e o bacon de alguém servir de base de conhecimento.

— Acho que agora ele é o coronel Barbara.

Big Jim sorriu.

— É difícil levar isso a sério quando a coisa mais próxima de fardamento que ele usa são jeans e camiseta.

— Você viu a carta do presidente.

— Vi alguma coisa que Julia Shumway poderia ter feito naquele computador coisa-ruim dela. Estou errado, Andy?

— Não — respondeu Andy, sem se virar. Ainda estava arrumando. E depois rearrumando o que já arrumara, ao que parecia.

— E supondo que *fosse* do presidente? — disse Big Jim. O sorriso que ela odiava se abria no seu rosto largo de queixo duplo. Andrea observou, com certo fascínio, que conseguia ver os pelos eriçados do queixo, talvez pela primeira vez, e entendeu por que Jim tomava tanto cuidado ao se barbear. Os tocos de pelo lhe davam um sinistro ar nixoniano.

— Bem... — Agora a preocupação era quase medo. Ela queria dizer a Jim que só estava sendo educada, mas na verdade fora um pouco mais, e adivinhou que Jim percebera. Ele percebia muita coisa. — Ora, ele *é* o comandante em chefe, não é?

Big Jim fez um gesto de *pfff*.

— Sabe o que é um comandante, Andrea? Vou explicar. É alguém que merece lealdade e obediência porque pode oferecer recursos pra ajudar quem precisa. Devia ser uma troca justa.

— Isso! — concordou ela, ansiosa. — Recursos como esse tal míssil Cruiser.

— E se funcionar, vai estar tudo bem.

— Como poderia não funcionar? Ele disse que deve ter uma ogiva de meia tonelada!

— Se a gente considerar que não sabe nada sobre a Redoma, como vamos ter certeza? Como ter certeza de que não vai explodir a Redoma e só deixar uma cratera de um quilômetro de profundidade onde ficava Chester's Mill?

Ela o olhou desalentada. Com as mãos na lombar, esfregando e amassando o lugar onde a dor morava.

— Bom, isso está nas mãos de Deus — disse ele. — E você tem razão, Andrea; pode dar certo. Mas se não der, estamos por nossa conta e risco, e, no que me diz respeito, um comandante em chefe incapaz de ajudar os seus cidadãos não vale uma gota de mijo num penico frio. Se não der certo, e se não nos mandar a todos pra Santa Glória, alguém vai ter que assumir o controle dessa cidade. E vai ser um vagabundo que o presidente tocou com a varinha mágica dele ou vão ser as autoridades eleitas e já no cargo? Está vendo onde eu quero chegar?

— O coronel Barbara me pareceu muito competente — sussurrou ela.

— *Pare de chamar ele assim!* — berrou Big Jim. Andy deixou cair uma pasta, e Andrea deu um passo atrás, soltando um guincho de medo ao mesmo tempo.

Depois se endireitou, recuperando por um instante parte do aço ianque que lhe dera coragem para concorrer a vereadora pela primeira vez.

— Não grite comigo, Jim Rennie. Conheço você desde que cortava figurinhas do catálogo da Sears no primeiro ano pra colar em papel pardo, portanto não grite.

— Ai, meu Deus, ficou *ofendidinha*. — O sorriso feroz agora se abria de orelha a orelha, animando a parte de cima do rosto numa máscara perturbadora de jovialidade. — Que pena, que meleca, né? Mas já é tarde e eu estou cansado e já gastei todo o meu estoque diário de xarope doce. Então presta bem atenção e não me obriga a repetir. — Ele deu uma olhada no relógio. — São 23h35 e eu quero estar em casa à meia-noite.

— Não entendo o que você quer de mim!

Ele ergueu os olhos como se não conseguisse acreditar na estupidez dela.

— Em resumo? Quero saber se você vai ficar do meu lado, meu e de Andy, se essa ideia ridícula do míssil não der certo. E não do lado de um lavador de pratos recém-chegado.

Ela endireitou os ombros e soltou as costas. Conseguiu encarar os olhos dele, mas os lábios tremiam.

— E se eu achar que o coronel Barbara, ou o sr. Barbara, se preferir assim, está mais qualificado pra gerenciar uma situação de crise?

— Ah, nesse caso vou ter que concordar com o Grilo Falante — disse Big Jim. — Que a sua consciência seja o seu guia. — A voz dele se reduziu a um murmúrio que era mais assustador do que o berro. — Mas tem aqueles comprimidos que você toma. Aquele tal de OxyContin.

Andrea sentiu a pele esfriar.

— O que tem?

— Andy reservou um bom estoque pra você, mas se você apostar no cavalo errado nessa nossa corrida aqui, pode ser que os comprimidos sumam. Não é, Andy?

Andy começara a lavar a máquina de café. Parecia infeliz e não ousou cruzar o olhar com os olhos lacrimosos de Andrea, mas não havia hesitação na resposta.

— É — disse ele. — Num caso desses, talvez eu tenha que jogar eles no vaso sanitário da farmácia. É perigoso ter medicamentos como aquele com a cidade isolada e tudo o mais.

— Você não faria isso! — gritou ela. — Eu tenho receita!

— A única receita que você precisa é ficar ao lado de quem mais conhece essa cidade, Andrea — disse Big Jim gentilmente. — Por ora, é o único tipo de receita que vai te fazer bem.

— Jim, eu preciso dos meus comprimidos. — Ela escutou o choro na própria voz, como o da mãe nos últimos dias dela, quando ficara presa no leito, e detestou. — *Preciso* deles!

— Eu sei disso — disse Big Jim. — Deus lhe impôs uma dor muito grande. — *Sem falar de uma quedinha por morfina*, pensou ele.

— Basta fazer a coisa certa — recomendou Andy. Os olhos com olheiras escuras estavam tristes e sérios. — Jim sabe o que é melhor pra cidade, sempre soube. Nós não precisamos que ninguém de fora venha nos ensinar.

— Se eu ajudar, vou continuar a receber os meus comprimidos?

O rosto de Andy se acendeu num sorriso.

— Pode apostar! Posso até me encarregar de aumentar um tiquinho a dose. Digamos, mais 100 miligramas por dia? Será que ajuda? Parece que você não está se sentindo muito bem.

— Acho que um pouco mais seria bom — disse Andrea devagar. Baixou a cabeça. Não bebia nada, nem um copo de vinho, desde a noite da formatura do curso secundário em que passou muito mal, nunca fumara um baseado, jamais vira cocaína a não ser na TV. Era boa pessoa. *Muito* boa pessoa. Então como caíra naquela arapuca? Levando um tombo ao pegar a correspondência? Era o que bastava pra transformar alguém em um viciado em drogas? Se fosse, que coisa injusta. Que coisa horrível. — Mas só 40 miligramas. Acho que mais 40 são suficientes.

— Tem certeza? — perguntou Big Jim.

Ela não tinha certeza nenhuma. Isso é que era o diabo.

— Oitenta, talvez — disse ela, e limpou as lágrimas do rosto. E, num sussurro: — Você está me chantageando.

O sussurro foi baixo, mas Big Jim escutou. Estendeu-lhe a mão. Ela se encolheu, mas Big Jim só lhe pegou a mão. Com gentileza.

— Não — disse ele. — Isso seria pecado. Nós estamos ajudando você. E tudo o que nós queremos em troca é que você nos ajude.

10

Ouviu-se um *tum*.

Fez Sammy levantar da cama mesmo depois de ter fumado meia trouxinha e bebido três cervejas de Phil antes de desmoronar às dez da noite. Sempre guardava uma dúzia de latinhas na geladeira e ainda pensava nelas como "cervejas de Phil", embora ele tivesse sumido desde abril. Ela ouvira boatos de que ele ainda estava na cidade, mas não acreditou. Claro que, se ele ainda estivesse por ali, ela o teria visto *alguma hora* nos últimos seis meses, não teria? Era uma cidade pequena, como dizia aquela música.

Tum!

Isso a fez se sentar reta num pulo e tentar ouvir o choro do Pequeno Walter. Mas não ouviu, e pensou: *Meu Deus, aquele maldito berço quebrou! E se ele não consegue nem chorar...*

Ela jogou o cobertor para o lado e correu para a porta. Mas bateu na parede à esquerda. Quase caiu. Maldito escuro! Maldita empresa de energia! Maldito Phil, sumindo e a deixando assim, sem ninguém para cuidar dela quando caras como Frank DeLesseps a maltratavam e a assustavam e...

Tum!

Ela tateou o alto da cômoda e achou a lanterna. Ligou-a e correu para a porta. Começou a virar à esquerda no quarto onde o Pequeno Walter dormia, mas o *tum* soou de novo. Não vinha da esquerda, vinha da frente, do outro lado da bagunça da sala. Havia alguém na porta da frente do trailer. E agora vinham risos abafados. Quem estava lá já parecia meio bêbado.

Ela andou pela sala, a camiseta de dormir repuxada ao redor das coxas roliças (engordara um pouco depois que Phil fora embora, uns 20 quilos, mas quando essa merda da Redoma acabasse pretendia entrar no NutriSystem e voltar ao peso do tempo da escola) e abriu a porta.

Lanternas — quatro delas, e fortes — a atingiram no rosto. Detrás delas, vieram mais risos. Um daqueles risos mais parecia um *niuc-niuc-niuc*, como o de Curly, dos Três Patetas. *Aquele* ela reconheceu, porque o ouvira o tempo todo no curso secundário. Mel Searles.

— Olha só você! — disse Mel. — Toda bonita e sem ninguém pra chupar.

Mais risos. Sammy levantou o braço para proteger os olhos, mas não adiantou; as pessoas atrás das lanternas eram apenas sombras. Mas um daqueles risos parecia de mulher. Talvez isso fosse bom.

— Desliguem essas lanternas antes que eu fique cega! E calem a boca, vão acordar o bebê!

Mais risos, mais altos do que nunca, mas três das quatro lanternas se apagaram. Ela virou a sua lanterna para fora da porta, mas não se tranquilizou com o que viu. Frankie DeLesseps e Mel Searles ao lado de Carter Thibodeau e Georgia Roux. Georgia, a garota que pusera o pé no peito de Sammy naquela tarde e a chamara de sapata. Uma mulher, mas não uma mulher *segura*.

Estavam usando as insígnias. E estavam mesmo bêbados.

— O que vocês querem? Já é tarde.

— Queremos fumo — disse Georgia. — Você vende, então vende um pouco pra nós.

— Quero ficar alto que nem o Everest — disse Mel, e riu. *Niuc-niuc-niuc.*

— Não tenho mais — disse Sammy.

— Bobagem, isso aqui fede a maconha — disse Carter. — Vende um pouco pra nós. Não seja pentelha.

— É — disse Georgia. À luz da lanterna de Sammy, os olhos dela tinham um brilho prateado. — Não importa que a gente seja da polícia.

Todos morreram de rir com isso. Com certeza iam acordar o bebê.

— Não! — Sammy tentou fechar a porta. Thibodeau empurrou-a para abrir de novo. Fez isso com a mão apenas aberta, mais fácil, impossível, mas Sammy recuou aos trambolhões. Tropeçou no maldito trenzinho do Pequeno Walter e caiu de bunda pela segunda vez naquele dia. A barra da camiseta subiu.

— Oooh, calcinha rosa, tá esperando a namorada? — perguntou Georgia, e todos caíram na gargalhada de novo. As lanternas que tinham sido apagadas se reacenderam sobre ela.

Sammy puxou a camiseta para baixo quase com força bastante para rasgar o decote. Aí, desequilibrada, se levantou, os fachos das lanternas dançando para cima e para baixo no seu corpo.

— Seja uma boa anfitriã e nos convide pra entrar — disse Frankie, entrando à força pela porta. — Muito obrigado. — O seu facho percorreu a sala. — Que chiqueiro.

— Um chiqueiro pra uma porca! — berrou Georgia, e todos caíram na gargalhada de novo. — Se eu fosse o Phil, voltava do sumiço só pra chutar essa sua bunda de merda! — Ela ergueu o punho; Carter Thibodeau bateu o punho no dela.

— Ele ainda tá escondido na rádio? — perguntou Mel. — Pirando a cachola? Ficando paranoico por Jesus?

— Não sei o que vocês... — Ela não tinha mais raiva, só medo. Aquele era o mesmo jeito desconexo com que as pessoas falavam nos pesadelos que vinham quando se fumava baseado com pó de anjo. — O Phil foi embora!

Os quatro visitantes se entreolharam e, depois, riram. O *niuc-niuc-niuc* idiota de Searles subiu acima dos outros.

— Foi-se! Escafedeu-se! — cacarejou Frankie.

— Ah, *foi*! — respondeu Carter, e depois *eles* bateram os punhos.

Georgia agarrou um monte de livros na prateleira de cima da estante de Sammy e deu uma olhada.

— Nora Roberts? Sandra Brown? Stephenie Meyer? Você lê esses troços? Não sabe que o bom é Harry Potter? — Ela ergueu os livros, depois afastou as mãos e os deixou cair no chão.

O bebê ainda não tinha acordado. Era um milagre.

— Se eu vender um baseado pra vocês, vocês vão embora? — perguntou Sammy.

— Claro — disse Frankie.

— E depressa — disse Carter. — Temos que trabalhar amanhã cedo. Destacamento de e-va-*cu*-ação. Então, tira essa bunda daí e vai pegar.

— Esperem aqui. — Ela foi até a quitinete e abriu o congelador, agora quente, tudo ia derreter, por alguma razão isso lhe deu vontade de chorar, e pegou um dos sacos de 4 litros de fumo que guardava lá. Havia mais três.

Ela começou a se virar, mas alguém a agarrou antes que conseguisse e outro lhe arrancou o saco da mão.

— Deixa eu ver aquela calcinha rosa de novo — disse Mel no seu ouvido. — Quero ver se tem DOMINGO escrito na bunda. — Ele levantou a camiseta dela até a cintura. — Não, não tem.

— Para com isso! *Para*!

Mel riu: *Niuc-niuc-niuc*.

O flash da lanterna feriu-lhe os olhos, mas ela reconheceu a cabeça estreita atrás: Frankie DeLesseps.

— Você me agrediu hoje — disse ele. — Além disso, me bateu e machucou o meu negocinho. E eu só fiz isso. — Ele estendeu a mão e agarrou de novo o peito dela.

Ela tentou se desviar. O facho de luz voltado para o rosto dela inclinou-se um instante para o teto. Depois desceu depressa. A dor lhe explodiu na cabeça. Ele batera nela com a lanterna.

— *Ai! Ai, isso dói! PARA com isso!*

— Que merda, não doeu nada. Você tem sorte de eu não te prender por vender maconha. Fica parada se não quiser levar outra.

— Esse fumo tá fedendo — disse Mel, com voz objetiva. Estava atrás dela, ainda segurando a camiseta.

— Ela também — disse Georgia.

— Vamos ter que confiscar a erva, sua vaaaca — disse Carter. — Sinto muito.

Frankie agarrara de novo o peito dela.

— Fica quieta. — Ele beliscou o mamilo. — Fica quieta!

A voz dele ficando rouca. A respiração mais rápida. Ela sabia onde aquilo ia parar. Fechou os olhos. *Desde que o bebê não acorde*, pensou ela. *E que eles não façam mais. Não façam pior.*

— Anda — disse Georgia. — Mostra pra ela o que ela tá perdendo desde que o Phil foi embora.

Frankie apontou a sala com a lanterna.

— Vai pro sofá. E abre as pernas.

— Não vai ler os direitos dela antes? — perguntou Mel, e riu. *Niuc-niuc-niuc.* Sammy achou que, se tivesse de escutar aquele riso mais uma vez, a cabeça explodiria. Mas partiu para o sofá, a cabeça baixa, os ombros caídos.

Carter a agarrou no caminho, virou-a e jogou o facho da lanterna de baixo para cima no próprio rosto, transformando-o numa máscara de duende.

— Vai contar isso pra alguém, Sammy?

— N-N-Não.

A máscara de duende fez que sim.

— É bom que seja assim. Porque ninguém vai mesmo acreditar em você. A não ser nós, é claro, e aí nós vamos ter que voltar e foder *de verdade* com você.

Frankie a empurrou para o sofá.

— Fode ela — disse Georgia, excitada, jogando a luz sobre Sammy. — *Fode* essa piranha!

Os três rapazes a foderam. Frankie foi o primeiro, sussurrando "Você tem que aprender a ficar de boca fechada a não ser quando estiver de joelhos" enquanto metia nela.

Carter foi o seguinte. Enquanto a cavalgava, o Pequeno Walter acordou e começou a gritar.

— Cala a boca, garoto, vou ter que ler seus direitos! — berrou Mel Searles, e depois riu.

Niuc-niuc-niuc.

11

Era quase meia-noite.

Linda Everett dormia profundamente no seu lado da cama; tivera um dia exaustivo, tinha que trabalhar amanhã cedo (destacamento de e-va-*cu*-ação) e nem a preocupação com Janelle conseguiu mantê-la acordada. Não roncava exatamente, mas do seu lado da cama vinha um leve som de *quip-quip-quip*.

Rusty tivera um dia igualmente cansativo, mas não conseguia dormir e não era com Jan que estava preocupado. Achava que estaria bem, ao menos por enquanto. Conseguiria controlar as convulsões se não piorassem. Se o Zarontin da farmácia do hospital acabasse, conseguiria mais na farmácia Sanders.

Era no dr. Haskell que não parava de pensar. E em Rory Dinsmore, é claro. Rusty não parava de ver a órbita dilacerada e cheia de sangue no lugar onde ficava o olho do menino. Não parava de ouvir Ron Haskell dizer a Ginny *Eu que matei. Quer dizer, escutei.*

Só que ele *tinha* matado, de certa forma.

Ele se virou na cama, tentando deixar as lembranças para trás, e no lugar o que veio foi Rory murmurando *É Halloween*. Sobreposta, a voz da filha: *É culpa da Grande Abóbora! Você tem que parar a Grande Abóbora!*

A filha tivera uma convulsão. O menino Dinsmore recebera um ricochete de bala no olho e um fragmento no cérebro. O que isso revelava?

Não revelava nada. O que dizia aquele escocês em Lost? *Não confunda coincidência com destino?*

Talvez fosse isso. Talvez fosse. Mas *Lost* fora há muito tempo. O escocês talvez tivesse dito *Não confunda destino com coincidência.*

Ele se virou para o outro lado e dessa vez viu a manchete preta da página única do *Democrata* daquela noite: **EXPLOSIVOS SERÃO DETONADOS NA BARREIRA!**

Não adiantava. Por enquanto, dormir estava fora de questão, e a pior coisa que se pode fazer numa situação dessas é tentar abrir caminho à força para a terra dos sonhos.

Lá embaixo havia ao menos metade do famoso pão de laranja e uva-do-monte que Linda fazia; ele o vira na bancada ao chegar. Rusty decidiu que comeria um pedaço na mesa da cozinha e folhearia o último número da *American Family Physician*. Se um artigo sobre coqueluche não lhe desse sono, nada mais daria.

Ele se levantou, um homem grande vestido com o pijama azul que era a sua roupa noturna de sempre, e saiu em silêncio, para não acordar Linda.

No meio da escada, parou e inclinou a cabeça.

Audrey gemia, baixinho e grave. No quarto das meninas. Rusty foi até lá e abriu a porta. A golden retriever, apenas uma forma indistinta entre as camas das meninas, se virou para olhá-lo e deu outro daqueles gemidos graves.

Judy estava deitada de lado com uma das mãos sob o rosto, respirando fundo e devagar. Com Jannie, a história era outra. Ela rolava inquieta de um lado para o outro, chutando a roupa de cama e murmurando. Rusty passou por cima do cachorro e sentou-se na cama, debaixo do mais novo pôster de *boy band* de Jannie.

Ela estava sonhando. Pela expressão perturbada, não era um sonho bom. E os murmúrios pareciam protestos. Rusty tentou entender as palavras, mas antes que conseguisse ela parou.

Audrey gemeu de novo.

A camisola de Jan estava toda torcida. Rusty a endireitou, puxou as cobertas e afastou o cabelo da testa da menina. Os olhos dela se moviam rapidamente de um lado para o outro debaixo das pálpebras, mas ele não observou tremor dos membros, nenhum movimento dos dedos, nenhum estalo característico dos lábios. Sono REM e não convulsão, quase com certeza. O que levava a uma pergunta interessante: os cachorros também farejavam pesadelos?

Ele se curvou e beijou o rosto de Jan. Quando o fez, os olhos dela se abriram, mas ele não teve certeza de que ela o via. Poderia ser um sintoma de epilepsia menor, mas Rusty achou que não. Audi teria latido, disso ele teve certeza.

— Volta a dormir, querida — disse ele.

— Ele tem uma bola de beisebol dourada, papai.

— Eu sei, meu amor, volta a dormir.

— É uma bola *má*.

— Não. É boa. As bolas de beisebol são boas, ainda mais as douradas.

— Ah — disse ela.

— Volta a dormir.

— Tá bem, papai. — Ela se virou e fechou os olhos. Houve um instante de movimento debaixo das cobertas e depois ela ficou imóvel. Audrey, que ficara deitada no chão com a cabeça erguida a observá-los, pôs o focinho na pata e também adormeceu.

Rusty ficou ali sentado algum tempo, escutando a respiração das filhas, dizendo a si mesmo que na verdade não havia nada a temer, que as pessoas falavam dormindo nos sonhos o tempo todo. Disse a si mesmo que tudo estava bem; bastava olhar o cão adormecido no chão, se duvidasse; mas no meio da noite era difícil ser otimista. Quando ainda faltavam longas horas para a aurora, os maus pensamentos ganhavam carne e osso e começavam a caminhar. No meio da noite, os pensamentos viravam zumbis.

Ele decidiu que não queria o pão de laranja e uva-do-monte, afinal. Queria era se aconchegar junto da esposa adormecida na cama quente. Mas, antes de sair do quarto, fez um carinho na cabeça sedosa de Audrey.

— Fica de olho, menina — sussurrou. Audi abriu rapidamente os olhos e o fitou.

Ele pensou: *golden retriever* — uma *cadela dourada*. E, em seguida, a ligação perfeita: uma *bola de beisebol dourada*. Uma bola *má*.

Naquela noite, apesar da recém-descoberta privacidade feminina das garotas, Rusty deixou a porta delas aberta.

12

Lester Coggins estava sentado na varanda de Rennie quando Big Jim voltou. Lia a Bíblia com uma lanterna. Isso não deixou Big Jim inspirado com a devoção do reverendo; só piorou um humor que já não estava bom.

— Deus o abençoe, Jim — disse Coggins, se levantando. Quando Big Jim lhe estendeu a mão, Coggins a agarrou com o punho fervoroso e a apertou.

— Abençoe você também — respondeu Big Jim com coragem.

Coggins lhe deu um último aperto forte de mão e soltou.

— Jim, estou aqui porque tive uma revelação. Eu a pedi na noite passada, pois é, estava muito perturbado, e aconteceu hoje à tarde. Deus falou comigo, tanto pelas Escrituras quanto por meio daquele menininho.

— O garoto Dinsmore?

Coggins beijou as mãos cruzadas com um estalo barulhento e depois as ergueu para o céu.

— Esse mesmo. Rory Dinsmore. Que Deus o tenha por toda a eternidade.

— Ele está jantando com Jesus agora — disse Big Jim automaticamente. Examinava o reverendo à luz da própria lanterna e o que via não era bom. Embora a noite esfriasse rapidamente, o suor brilhava na pele de Coggins. Os olhos estavam arregalados, mostrando branco demais. O cabelo estava eriçado em cachos e guarda-chuvas despenteados. No geral, parecia alguém cujos parafusos estavam meio soltos e logo, logo cairiam.

Big Jim pensou: *Isso não é bom.*

— Sim — disse Coggins —, tenho certeza. Participando do grande banquete... entre os braços eternos...

Big Jim achou que seria difícil fazer as duas coisas ao mesmo tempo, mas ficou calado quanto a isso.

— E na verdade a morte dele teve um propósito, Jim. Foi isso que eu vim lhe contar.

— Pois me conte lá dentro — disse Big Jim, e antes que o ministro pudesse responder: — Viu o meu filho?

— Junior? Não.

— Há quanto tempo você está aqui? — Big Jim acendeu a luz do saguão abençoando o gerador.

— Uma hora. Talvez um pouco menos. Sentado no degrau... lendo... orando... meditando.

Rennie teve vontade de saber se alguém o vira, mas não perguntou. Coggins já estava nervoso, e uma pergunta dessas poderia deixá-lo mais nervoso ainda.

— Vamos pro escritório — disse ele, e mostrou o caminho, a cabeça baixa, arrastando-se devagar com os seus grandes passos planos. Visto de trás, lembrava um urso vestido com roupas humanas, um urso velho e lento, mas ainda perigoso.

13

Além do quadro do Sermão da Montanha com o cofre atrás, havia muitíssimas placas nas paredes do escritório de Big Jim, premiando-o por vários atos de serviço comunitário. Havia ainda um retrato emoldurado de Big Jim apertando a mão de Sarah Palin e outro dele apertando a mão do Grande Número 3, Dale Earnhardt, quando o piloto fizera uma campanha para angariar fundos para alguma instituição de caridade para crianças no Crash-A-Rama anual de Oxford Plains. Havia até um retrato de Big Jim apertando a mão de Tiger Woods, que parecia um negro de alma branca.

O único bibelô de lembrança sobre a escrivaninha era uma bola de beisebol banhada a ouro num berço de acrílico. Embaixo (também em acrílico), havia um autógrafo que dizia: *A Jim Rennie, muito obrigado pela ajuda na produção do Torneio Beneficente de Softball de 2007 do oeste do Maine!* Estava assinado *Bill "Spaceman" Lee.*

Enquanto se sentava na cadeira de espaldar alto atrás da escrivaninha, Big Jim pegou a bola no berço e começou a jogar de uma mão para a outra. O objeto era bom de jogar, ainda mais quando ele estava um pouco nervoso: bonito e pesado, as costuras douradas batendo confortáveis contra a palma da mão. Às vezes, Big Jim se perguntava como seria ter uma bola de ouro *maciço*. Talvez cuidasse disso quando essa confusão da Redoma acabasse.

Coggins sentou-se do outro lado da escrivaninha, na cadeira dos clientes. A cadeira dos suplicantes. Que era onde Big Jim queria que ele ficasse. Os olhos do reverendo iam de um lado para o outro, como os de quem assiste a um jogo de tênis. Ou talvez ao cristal do hipnotizador.

— E agora, Lester, o que foi que aconteceu? Conta tudo. Mas sem se alongar muito, pode ser? Preciso dormir um pouco. Tenho muito a fazer amanhã.

— Vamos orar juntos primeiro, Jim?

Big Jim sorriu. Era o sorriso feroz, mas não na potência máxima. Ao menos ainda não.

— Por que não me põe a par do que há antes? Eu gosto de saber por que estou orando antes de me ajoelhar.

Lester se alongou, sim, mas Big Jim mal notou. Escutou com consternação cada vez maior e próxima do horror. A narrativa do reverendo foi desconjuntada e salpicada de citações bíblicas, mas a ideia básica era óbvia: ele decidira que o negocinho deles desagradara ao Senhor a ponto de Ele emborcar sobre a cidade toda uma grande terrina de vidro. Lester orara para saber o que fazer a respeito, flagelando-se ao mesmo tempo (a flagelação devia ter sido metafórica — Big Jim assim esperava, certamente), e o Senhor o levara a algum versículo da Bíblia sobre loucura, cegueira, castigo etc. etc.

— O Senhor disse que ia *mim dá* um sinal e...

— *Mingau?* — Big Jim ergueu as sobrancelhas grossas.

Lester o ignorou e foi em frente, suando como um homem com malária, os olhos ainda seguindo a bola dourada. Para lá... para cá.

— Foi como na época em que eu era adolescente e gozava na cama.

— Les, isso é... um pouco de informação demais. — Jogando a bola de uma mão para a outra.

— Deus disse que me mostraria cegueira, mas não a *minha* cegueira. E, hoje à tarde, naquele pasto, Ele me mostrou! Não mostrou?

— Bem, acho que é uma interpretação...

— Não! — Coggins pulou de pé. Começou a andar em círculos no tapete, a Bíblia na mão. Com a outra, puxava o cabelo. — Deus disse que, quando eu visse aquele sinal, teria que contar à congregação exatamente o que você vem apront...

— Só eu? — perguntou Big Jim. Fez isso com voz meditativa. Jogava a bola de uma mão para a outra um pouco mais depressa. *Smac. Smac. Smac.* De um lado para o outro, contra palmas que eram carnudas, mas ainda firmes.

— Não — disse Lester, com uma espécie de gemido. Ele andava mais depressa agora, sem mais olhar a bola. Brandia a Bíblia com a mão não ocupada pela tentativa de arrancar o cabelo pela raiz. No púlpito, quando ficava muito animado, às vezes também fazia aquilo. Na igreja ficava bom, mas ali era simplesmente enfurecedor. — Era você e eu e Roger Kalian, os irmãos Bowie e... — Ele baixou a voz. — E aquele outro. O Chef. Acho que aquele homem é louco. Se não era quando começou na primavera passada, sem dúvida hoje é.

Olha só quem fala, amiguinho, pensou Big Jim.

— Estamos todos envolvidos, mas sou eu e você que temos que confessar, Jim. Foi o que o Senhor me disse. É isso que significa a cegueira do menino; por isso ele *morreu*. Vamos confessar e queimar aquele Celeiro de Satanás atrás da igreja. Depois, Deus vai nos deixar sair.

— Você vai sair mesmo, Lester. Direto pra Penitenciária Estadual de Shawshank.

— Eu aceitarei a punição que Deus escolher. E satisfeito.

— E eu? Andy Sanders? Os irmãos Bowie? E Roger Killian! Ele tem nove filhos pra sustentar, acho! E se nós não ficarmos assim tão satisfeitos, Lester?

— Não posso fazer nada. — Agora, Lester começou a bater nos próprios ombros com a Bíblia. Para lá e para cá; primeiro um lado, depois o outro. Big Jim percebeu que sincronizava a bola de beisebol dourada com os golpes do pregador. *Uac... e smac. Uac... e smac. Uac... e smac.* — Sinto pelos filhos dos Killian, claro, mas... Êxodo, capítulo 20, versículo cinco: "Porque eu, o Senhor teu Deus, sou um Deus zeloso, que visito a iniquidade dos pais nos filhos até a terceira e quarta geração." Temos que nos curvar a isso. Temos que limpar esse cancro, ainda que doa; endireitar o que fizemos de errado. Isso significa confissão e purificação. Purificação pelo fogo.

Big Jim ergueu a mão que não segurava a bola de beisebol dourada.

— Epa, epa, *epa*. Pensa no que você está dizendo. Em tempos normais, essa cidade depende de mim... e de você, é claro... Mas em época de crise, ela *precisa* de nós. — Ele se levantou, empurrando a cadeira para trás. Fora um dia comprido e terrível, ele estava cansado, e agora aquilo. Era o tipo da coisa que deixava um homem furioso.

— Pecamos — falava Coggins com teimosia, ainda se golpeando com a Bíblia. Como se achasse que não havia problema nenhum em tratar o Livro Sagrado de Deus daquele jeito.

— O que nós fizemos, Les, foi evitar que milhares de meninos passassem fome na África. Nós pagamos até para tratar as doenças infernais deles. Também construímos uma igreja nova e a estação de rádio cristã mais poderosa do nordeste.

— E forramos o bolso, não se esqueça disso! — guinchou Coggins. Dessa vez, ele se golpeou bem no rosto com o Livro Sagrado. Uma linha de sangue escorreu de uma das narinas. — Forramos o bolso com dinheiro imundo das drogas! — Ele se golpeou de novo. — E a Rádio Jesus é gerenciada por um lunático que cozinha o veneno que as crianças põem dentro das veias!

— Na verdade, eu acho que a maioria fuma.

— Isso é pra ser *engraçado*?

Big Jim contornou a escrivaninha. As têmporas pulsavam e uma cor de tijolo lhe surgia no rosto. Mas tentou mais uma vez, em voz baixa, como se falasse com uma criança que estivesse tendo um ataque.

— Lester, a cidade precisa da minha liderança. Se você sair abrindo a boca, não vou poder exercer essa liderança. Não que alguém vá acreditar em você...

— *Todos* vão acreditar! — gritou Coggins. — Quando virem a oficina do demônio que eu permiti que você criasse atrás da minha igreja, *todos* vão acreditar! E, Jim, você não vê? Quando o pecado for conhecido... quando a ferida estiver limpa... Deus vai remover a Sua barreira! A crise vai acabar! Eles não vão *precisar* da sua liderança!

Foi então que James P. Rennie explodiu.

— *Eles sempre vão precisar dela!* — rugiu, e girou a bola de beisebol no punho fechado.

Ela rasgou a pele da têmpora esquerda de Lester quando este se virou para encará-lo. O sangue escorreu pelo lado do rosto. O olho esquerdo brilhava no meio do sangue. Ele se inclinou à frente com as mãos estendidas. A Bíblia aberta bateu em Big Jim como uma boca balbuciante. O sangue tamborilou no tapete. O ombro esquerdo do suéter de Lester já estava ensopado.

— *Não, essa não é a vontade do Se...*

— É a *minha* vontade, seu inseto criador de caso. — Big Jim girou o punho de novo e dessa vez atingiu a testa do reverendo bem no meio. Big Jim sentiu o choque ir até o ombro do outro. Mas Lester ainda avançava cambaleando e brandindo a Bíblia. Parecia que tentava falar.

Big Jim deixou a bola cair ao seu lado. O ombro latejava. Agora o sangue *se despejava* no tapete e nem assim aquele filho da mãe caía; ainda avançava, tentando falar e cuspindo escarlate numa névoa fina.

Coggins trombou com a frente da escrivaninha — o sangue respingou no bloco que antes estava imaculado — e depois começou a escorregar ao longo dela. Big Jim tentou erguer a bola de novo e não conseguiu.

Eu sabia que todos aqueles lançamentos no colégio iam cobrar o preço algum dia, pensou.

Passou a bola para a mão esquerda e a girou de lado e para cima. Encontrou o queixo de Lester, tirando de prumo a parte inferior do rosto e espirrando mais sangue à luz não muito firme do lustre do teto. Algumas gotas atingiram o vidro leitoso.

— *Dê!* — gritou Lester. Ainda tentava se esgueirar em torno da escrivaninha. Big Jim recuou para o buraco dos joelhos.

— Pai?

Junior estava em pé na porta, olhos arregalados, boquiaberto.

— *Dê!* — disse Lester, e começou a patinar na direção da nova voz. Ergueu a Bíblia. — *Dê... Dê... Dê-ê-USS...*

— *Não fica aí parado, me ajuda!* — rugiu Big Jim para o filho.

Lester começou a cambalear na direção de Junior, balançando a Bíblia com extravagância para cima e para baixo. O suéter estava ensopado; as calças tinham ficado de um marrom lamacento; o rosto sumira, enterrado em sangue.

Junior correu para recebê-lo. Quando Lester começou a desmoronar, Junior o agarrou e o segurou em pé.

— Te peguei, reverendo Coggins, peguei, não se preocupe. — Então, Junior fechou as mãos em volta da garganta grudenta de sangue de Lester e começou a apertar.

14

Cinco intermináveis minutos depois.

Big Jim sentou-se na sua cadeira — *esparramou-se* na sua cadeira — com a gravata, posta exatamente para a reunião, afrouxada e a camisa desabotoada. Massageava o troncudo peito esquerdo. Ali debaixo, o coração ainda galopava e disparava arritmias, mas não mostrava sinais de realmente entrar em parada cardíaca.

Junior saiu. A princípio, Rennie achou que ia buscar Randolph, o que seria um erro, mas ele estava tão sem fôlego que não conseguiu chamar o garoto de volta. Logo ele voltou sozinho, trazendo o encerado da traseira da picape. Big Jim observou Junior sacudi-lo no chão — de um jeito estranhamente profissional, como se já tivesse feito isso mil vezes. *São todos aqueles filmes violentos a que eles assistem hoje em dia*, pensou Big Jim. Esfregando a carne flácida que já fora tão firme e tão rija.

— Eu... ajudo... — ofegou, sabendo que não conseguiria.

— O senhor fica aí sentado e recupera o fôlego. — O filho, de joelhos, lhe deu um olhar obscuro e ilegível. Poderia haver amor nele, sem dúvida Big Jim torcia para que houvesse, mas também havia outras coisas.

Te peguei? Havia *te peguei* naquele olhar?

Junior rolou Lester para cima do encerado. O encerado estalou. Junior estudou o corpo, rolou-o um pouco mais e depois dobrou por cima dele a ponta do encerado. Era um encerado verde. Big Jim o comprara no Burpee. Comprara em oferta. Ele se lembrava de Toby Manning dizendo: *O senhor está fazendo um negoção com esse encerado, sr. Rennie.*

— Bíblia — disse Big Jim. Ainda ofegava, mas se sentia um pouco melhor. O coração se acalmando, graças a Deus. Quem adivinharia que a escalada ficaria tão íngreme depois dos 50? E pensou: *Tenho que começar a fazer exercícios. Voltar à forma. Deus só nos dá um corpo.*

— Isso mesmo, boa lembrança — murmurou Junior. Agarrou a Bíblia ensanguentada, enfiou-a entre as coxas de Coggins e começou a enrolar o corpo.

— Ele entrou à força, filho. Estava doido.

— Claro. — Junior não parecia interessado naquilo. Parecia interessado em enrolar o corpo... e só.

— Era ele ou eu. Você tem que... — Outra tremidinha no peito. Jim abriu a boca para respirar, tossiu, socou o peito. O coração se acalmou de novo. — Você tem que levar ele pra Sagrado Redentor. Quando encontrarem ele, tem um cara... talvez... — Era no Chef que estava pensando, mas talvez dar um jeito de o Chef levar a culpa não fosse boa ideia. Chef Bushey sabia demais. Por outro lado, provavelmente resistiria à prisão. Nesse caso talvez não o pegassem vivo.

— Tenho um lugar melhor — disse Junior. Parecia sereno. — E se você tá pensando em jogar a culpa em alguém, tenho uma ideia *melhor*.

— Quem?

— A porra do Dale Barbara.

— Você sabe que não gosto desse tipo de palavreado...

Olhando-o por sobre o encerado, os olhos faiscantes, Junior disse de novo:

— *A porra do... Dale... Barbara.*

— Como?

— Ainda não sei. Mas é melhor lavar essa maldita bola de ouro se quer ficar com ela. E se livrar desse bloco aí.

Big Jim se levantou. Agora se sentia melhor.

— Você é um bom menino por ajudar assim o seu velho pai, Junior.

— Se o senhor diz — respondeu Junior. Agora havia uma grande panqueca verde no tapete. Com pés saindo pela ponta. Junior puxou o encerado por cima deles, mas a ponta não ficou. — Preciso de fita adesiva.

— Se não vai levar ele pra igreja, então onde...

— Não se preocupa — disse Junior. — É seguro. O reverendo pode ficar lá até a gente descobrir como pôr o Barbara no esquema.

— Vejamos o que acontece amanhã antes de a gente agir.

Junior o olhou com uma expressão de desprezo distante que Big Jim nunca vira. Ocorreu-lhe que agora o filho tinha muito poder sobre ele. Mas, com certeza, o seu próprio *filho*...

— Vamos ter que enterrar o tapete. Graças a Deus não é aquele carpete de parede a parede que você tinha antes. E o lado bom é que a maior parte da sujeira ficou nele. — Depois, levantou a panquecona e a levou pelo corredor. Dali a alguns minutos, Rennie ouviu a picape sair.

Big Jim pensou na bola de beisebol dourada. *Eu devia me livrar disso também*, pensou ele, mas sabia que não conseguiria. Era praticamente uma herança de família.

Além disso, qual seria o problema? Qual seria o problema, se estivesse limpa?

Quando Junior voltou, uma hora depois, a bola de beisebol dourada brilhava de novo no seu berço de acrílico.

ATAQUE DE MÍSSIL IMINENTE

1

"ATENÇÃO! AQUI FALA A POLÍCIA DE CHESTER'S MILL! ESTA ÁREA ESTÁ SENDO EVACUADA! SE ESTÁ ESCUTANDO, VENHA NA DIREÇÃO DA VOZ! ESTA ÁREA ESTÁ SENDO EVACUADA!"

Thurston Marshall e Carolyn Sturges sentaram-se na cama, escutando esse estranho alarido e entreolhando-se com olhos arregalados. Eram professores do Emerson College, em Boston: Thurston, catedrático de Inglês (e editor convidado do último número de *Ploughshares*); Carolyn, professora-assistente do mesmo departamento. Eram amantes já há seis meses e o botão estava longe de cair da roseira. Estavam na cabaninha que Thurston tinha em Chester Pond, que fica entre a estrada da Bostinha e o riacho Prestile. Tinham ido lá passar o fim de semana prolongado e ver as "folhas de outono" caírem, mas a maior parte da folhagem que admiraram desde a tarde de sexta-feira fora da variedade pubiana. Não havia TV na cabana; Thurston Marshall abominava. Havia rádio, mas não tinham ligado. Eram oito e meia da manhã de segunda-feira, 23 de outubro. Nenhum deles fazia a mínima ideia de que havia algo errado até aquela voz estridente os acordar.

"ATENÇÃO! AQUI FALA A POLÍCIA DE CHESTER'S MILL! A ÁREA..."

Mais perto. Se aproximando.

— Thurston! O bagulho! Onde você deixou?

— Fica tranquila — disse ele, mas o tremor na voz indicava que era incapaz de seguir o próprio conselho.

Era um homem alto e magro com um monte de cabelo grisalho que costumava amarrar num rabo de cavalo. Agora estava solto, quase nos ombros. Tinha 60 anos; Carolyn, 23.

— Todos esses acampamentozinhos ficam desertos nessa época do ano, eles só vão e voltam até a estrada da Bost...

Ela lhe deu um soco no ombro — nunca fizera isso antes.

— O carro está na entrada! Vão ver o carro!

Um *hum, merda* nasceu no rosto dele.

— ... EVACUADA! SE ESTÁ ESCUTANDO, VENHA NA DIREÇÃO DA VOZ! ATENÇÃO! ATENÇÃO! — Agora bem perto. Thurston ouvia outras vozes amplificadas também, gente usando megafone, *policiais* usando megafone, mas esse estava quase em cima deles. — A ÁREA ESTÁ SENDO EVAC... — Houve um momento de silêncio. E depois: — OLÁ, CABANA! SAIAM DAÍ! PRA FORA!

Ah, era um pesadelo.

— *Onde você deixou o bagulho?* — Ela o socou de novo.

O bagulho estava na sala. Num saco plástico agora semivazio, ao lado de um prato com o queijo e as bolachas da noite anterior. Se alguém entrasse, seria a primeira coisa que veria.

— AQUI É A POLÍCIA! NÃO ESTAMOS AQUI DE BOBEIRA! ESTA ÁREA ESTÁ SENDO EVACUADA! SE ESTIVEREM AÍ, SAIAM ANTES QUE A GENTE PRECISE ARRASTAR VOCÊS!

Porcos, pensou ele. *Porcos de cidade pequena com cabeça de porco de cidade pequena.*

Thurston pulou da cama e correu pelo quarto, o cabelo ao vento, a bunda magra contraída.

O avô construíra a cabana depois da Segunda Guerra Mundial e ela só tinha dois cômodos: um grande quarto que dava para o lago e a sala/cozinha. A luz vinha de um velho gerador Henske, que Thurston desligara antes de irem se deitar; seu ruído irregular não era exatamente romântico. As brasas do fogo da noite passada — não realmente necessário, mas *très romantique* — ainda piscavam de sono na lareira.

Talvez eu esteja errado, quem sabe eu pus o bagulho de volta na pasta...

Infelizmente, não. O bagulho estava lá, bem ao lado dos restos de queijo brie que tinham saboreado antes de começar a fodelança da véspera.

Ele correu até lá, e veio uma batidinha na porta. Não, uma *martelada* na porta.

— Um minutinho! — gritou Thurston, todo atrapalhado. Carolyn estava parada na porta do quarto enrolada num lençol, mas ele mal notou. A mente de Thurston, que ainda sofria de paranoia residual devido aos excessos da noite anterior, rolava com ideias desconexas: perda da cátedra, polícia do pensamento de *1984*, perda da cátedra, a reação enojada dos três filhos (de duas esposas anteriores) e, é claro, perda da cátedra. — Um minutinho, um segundo, deixa eu me vestir...

Mas a porta se abriu, e, contrariando diretamente umas nove garantias constitucionais diferentes, dois rapazes entraram. Um tinha um megafone. Ambos usavam jeans e camisas azuis. Os jeans eram quase reconfortantes, mas as camisas tinham ombreiras e distintivos.

Não precisamos de porra de distintivo nenhum, pensou Thurston, entorpecido.*

— *Saiam daqui!* — guinchou Carolyn.

— Dá só uma olhada, Junes — disse Frankie DeLesseps. — É *Tesudo e Cachorra – Feitos Um Para o Outro*.

Thurston agarrou o saco plástico, escondeu-o nas costas e o jogou na pia. Junior observava o equipamento que essa ação revelou.

— É a piroca mais magra e comprida que já vi — disse. Parecia cansado e a aparência se justificava de forma honesta, só dormira duas horas, mas se sentia bem, absolutamente ótimo como sempre. Nem vestígio de dor de cabeça.

Esse trabalho combinava com ele.

— *FORA!* — berrou Carolyn.

— É melhor calar a boca, querida, e vestir alguma coisa — disse Frankie. — Todo mundo desse lado da cidade está sendo evacuado.

— *Essa casa é nossa! CAI FORA, SEU MERDA!*

Frankie estava sorrindo. Nisso, parou. Passou pelo homem magro e nu parado junto à pia (*tremendo* junto à pia seria mais exato) e agarrou Carolyn pelos ombros. Deu-lhe uma sacudida forte.

— Não seja desbocada, querida. Estou tentando evitar que você acabe fritando o seu cu. Você e o seu namor...

— *Tira as mãos de mim! Você vai pra cadeia por isso! O meu pai é advogado!* — Ela tentou lhe dar um tapa. Frankie, que não era de acordar cedo, nunca fora, lhe agarrou a mão e a dobrou para trás. A força não foi muita, mas Carolyn gritou. O lençol caiu no chão.

— Epa! Que baita airbag! — confidenciou Junior ao boquiaberto Thurston Marshall. — Consegue dar conta disso, velhinho?

---

* Alusão a um diálogo famoso do filme *O tesouro de Sierra Madre* (1948), de John Huston (N. da T.)

— Vistam-se, vocês dois — disse Frankie. — Não sei até que ponto vocês são burros, mas bastante burros devem ser, porque ainda estão aqui. Não sabem que...

Ele parou. Olhou do rosto da mulher para o do homem. Ambos igualmente aterrorizados. Igualmente desconcertados.

— Junior! — disse.

— O quê?

— A Peituda da Silva e o enrugadinho não sabem o que está acontecendo.

— *Não ouse me chamar de nenhum nome sexista, seu...*

Junior ergueu a mão.

— Senhora, vá se vestir. Os senhores têm que sair daqui. A Força Aérea dos Estados Unidos vai disparar um míssil Cruise contra esta parte da cidade... — ele olhou o relógio — em pouco menos de cinco horas.

— VOCÊ TÁ LOUCO? — berrou Carolyn.

Junior deu um profundo suspiro. Ele achava que agora entendia um pouco melhor aquilo de ser policial. Era um ótimo emprego, mas como as pessoas eram *estúpidas*.

— Se ricochetear, a senhora só vai ouvir uma explosão forte. Talvez faça a senhora mijar nas calças, se estiver de calças, mas não vai machucar ninguém. Mas, se passar, o mais provável é que a senhora seja grelhada, já que é um míssil bem grande e os senhores estão a menos de 3 quilômetros do lugar onde dizem que será o ponto de impacto.

— Ricochetear *no que*, seu idiota? — perguntou Thurston. Com o bagulho jogado na pia, ele agora usava uma das mãos para cobrir as partes pudendas... ou ao menos tentava; sua máquina do amor era mesmo muito comprida e magra.

— A Redoma — disse Frankie. — E não gostei do seu jeito de falar. — Deu um passo comprido à frente e socou no estômago o atual editor convidado de *Ploughshares*. Thurston soltou um *uuufe* áspero, se dobrou para a frente, cambaleou, quase se aguentou de pé, caiu de joelhos e vomitou o equivalente a uma xícara de gosma branca e fina que ainda cheirava a queijo brie.

Carolyn segurava o pulso que inchava.

— Você vai pra cadeia por isso — prometeu ela a Junior, com voz baixa e trêmula. — Bush e Cheney já foram faz tempo. Isso aqui não é mais os Estados Unidos da Coreia do Norte.

— Eu sei — disse Junior, com paciência admirável para quem pensava que não seria nada mau estrangular um pouquinho; havia um escuro monstro-de-gila no seu cérebro que achava que uma estranguladinha seria o modo perfeito de começar o dia.

Mas não. Não. Ele tinha que cumprir o seu papel e terminar a evacuação. Tinha feito o Juramento do Dever, ou o que quer que fosse aquela merda lá.

— Eu *sei* disso — repetiu ele. — Mas o que vocês imbecis de Massachusetts não sabem é que também não estão mais nos Estados Unidos da *América*. Agora vocês estão no Reino de Chester e, se não se comportarem direitinho, vão acabar nas *Masmorras* de Chester. Juro. Sem telefone, sem advogado, sem devido processo legal. Estamos tentando salvar a vida de vocês aqui. São burros demais para entender isso?

Ela o encarava, espantada. Thurston tentou se levantar, não conseguiu e rastejou na direção dela. Frankie o ajudou com um chute no traseiro. Thurston gritou de choque e dor.

— Isso é por nos atrasar, vovô — disse Frankie. — Admiro o seu bom gosto pra garotas, mas nós temos muito que fazer.

Junior olhou a moça. Bela boca. Lábios de Angelina. Apostava que ela conseguiria, como dizia o outro, chupar o cromado de um engate de trailer.

— Se ele não conseguir se vestir sozinho, ajuda ele. Temos que verificar mais quatro cabanas e, quando voltarmos, é bom vocês estarem naquele Volvo de vocês a caminho da cidade.

— *Não estou entendendo nada!* — choramingou Carolyn.

— Não me espanta — disse Frankie, pescando na pia o saco de maconha. — Não sabia que esse troço deixa a gente estúpido?

Ela começou a chorar.

— Não se preocupe — disse Frankie. — Vou confiscar e daqui a alguns dias, pronto, vocês voltam a ficar espertos sozinhos.

— Você nem leu os nossos direitos — chorava ela.

Junior se espantou. Depois, riu.

— Vocês têm o direito de saírem correndo daqui e calarem a porra da boca, tá? Nessa situação, são os únicos direitos que vocês têm. Entendido?

Frankie examinava a erva confiscada.

— Junior — disse —, quase não tem semente aqui. É da *boa*!

Thurston alcançara Carolyn. Levantou-se, peidando alto ao se erguer. Junior e Frankie se entreolharam. Tentaram se segurar — afinal de contas, eram homens da lei — e não conseguiram. Caíram na gargalhada ao mesmo tempo.

— *Charlie Trombone voltou à cidade!* — berrou Frankie, e os dois bateram nas palmas das mãos um do outro.

Thurston e Carolyn, na porta do quarto, cobriam a nudez mútua num abraço, encarando os intrusos que não paravam de rir. Ao fundo, como vozes num pesadelo, os megafones continuavam a anunciar que a área estava sendo evacuada. Agora a maioria das vozes amplificadas recuava na direção da Bostinha.

— Não quero ver esse carro quando voltarmos — disse Junior. — Ou eu *fodo* com vocês.

Eles saíram. Carolyn se vestiu e ajudou Thurston — o estômago doía demais para que ele se curvasse e calçasse os sapatos. Quando terminaram, os dois choravam. No carro, no caminho que levava à estrada da Bostinha, Carolyn tentou falar com o pai pelo celular. Só obteve silêncio.

No cruzamento da Bostinha com a 119, havia um carro da polícia estacionado no meio da estrada. Uma policial robusta de cabelo vermelho apontou para o acostamento sem asfalto e acenou para que o usassem. Em vez disso, Carolyn parou e desceu. Ergueu o pulso inchado.

— Nós fomos atacados! Por dois caras que diziam ser policiais! Um se chama Junior e o outro, Frankie! Eles...

— Tira o teu cu daqui, senão quem vai atacar vocês sou eu — disse Georgia Roux. — E eu estou falando sério, queridinha.

Carolyn a fitou, espantada. Enquanto ela dormia, o mundo inteiro virara de cabeça para baixo e caíra num episódio de *Além da imaginação*. Só podia ser; nenhuma explicação fazia sentido. A qualquer momento, ouviriam a voz de Rod Serling.

Ela voltou ao Volvo (o adesivo no para-choque, desbotado mas ainda legível: OBAMA 2012! SIM, NÓS **AINDA** PODEMOS) e contornou o carro da polícia. Havia outro policial mais velho lá dentro, verificando itens numa prancheta. Ela pensou em apelar para ele, depois achou melhor não.

— Tenta o rádio — disse ela. — Vamos ver se está *mesmo* acontecendo alguma coisa.

Thurston ligou o rádio e só captou Elvis Presley e os Jordanaires, cantando *How Great Thou Art*e.

Carolyn desligou o rádio, pensou em dizer *O pesadelo está oficialmente completo,* mas não disse. Só queria cair fora de Estranhópolis o mais depressa possível.

2

No mapa, a estradinha de Chester Pond era uma linha fina parecida com um anzol, quase inexistente. Depois de sair da cabana dos Marshall, Junior e Frankie ficaram por algum tempo sentados no carro de Frankie, estudando o mapa.

— Não deve ter mais ninguém pra lá — disse Frankie. — Não nessa época do ano. O que você acha? Ligamos o foda-se e voltamos pra cidade? — Ele apontou o polegar para a cabana. — Eles já devem estar indo, e se não estiverem, quem dá a mínima?

Junior pensou no caso um instante e depois fez que não. Tinham feito o Juramento do Dever. Além disso, ele não estava com vontade de voltar e enfrentar o pai enchendo o saco dele para saber o que fizera com o corpo do reverendo. Agora Coggins fazia companhia às namoradas na despensa dos McCain, mas o pai não tinha necessidade de saber disso. Ao menos não até o velho descobrir como culpar Barbara por aquilo. E Junior acreditava que o pai *descobriria*. Big Jim Rennie era ótimo nisso de jogar a culpa nos outros.

Agora não importa nem que ele descubra que eu larguei a faculdade, pensou Junior, *porque eu sei de coisa pior sobre ele. Muito pior.*

Não que largar a faculdade parecesse muito importante agora; era troca-do miúdo comparado ao que estava acontecendo em Mill. Mas ainda assim era preciso ter cuidado. Junior não achava o pai incapaz de jogar a culpa *nele*, se a situação exigisse.

— Junior? Terra chamando Junior...

— Tou aqui — disse ele, um pouco irritado.

— Voltamos pra cidade?

— Vamos conferir as outras cabanas. São menos de 500 metros e, se a gente voltar pra cidade, o Randolph vai arranjar alguma coisa pra gente fazer.

— Eu queria fazer uma boquinha.

— Onde? No Mosqueta? Quer veneno de rato nos ovos mexidos, cortesia de Dale Barbara?

— Ele não ousaria.

— Tem certeza?

— Tá bom, tá bom. — Frankie ligou o carro e voltou para a estradinha de terra. As folhas de cores vivas pendiam imóveis das árvores, e o ar parecia sufocante. Mais para julho do que para outubro. — Mas é melhor que aqueles imbecis de Massachusetts tenham ido embora quando a gente voltar, ou eu vou ter que apresentar a Peituda da Silva ao meu vingador de capacete.

— Pode deixar que eu seguro ela — disse Junior. — Iipii-ai-ai, filha da puta.

3

As três primeiras cabanas estavam visivelmente vazias; eles nem se deram ao trabalho de descer do carro. A essa altura, a estradinha de terra se resumia a um par de marcas de pneus com uma lombada coberta de capim entre elas. As árvores a cobriam dos dois lados e alguns galhos mais baixos quase raspavam o teto do carro.

— Acho que a última é logo depois dessa curva — disse Frankie. — A estrada acaba nesse ancoradourozinho de mer...

— *Cuidado!* — berrou Junior.

Saíram da curva e havia dois garotos, um menino e uma menina, em pé na estrada. Não fizeram nenhuma tentativa de sair da frente. O rosto deles estava vazio, chocado. Se Frankie não tivesse medo de destruir o sistema de exaustão do Toyota na lombada do meio da estradinha, se estivesse indo um tiquinho mais depressa que fosse, teria atropelado os dois. Em vez disso, meteu o pé no freio e o carro parou a meio metro deles.

— Meu Deus, foi quase — disse. — Acho que eu vou ter um enfarte.

— Se o meu pai não teve, você também não vai ter — disse Junior.

— Há?

— Nada, nada.

Junior saiu do carro. As crianças ainda estavam ali. A menina era mais alta e mais velha. Talvez 9 anos. O menino parecia ter uns 5. O rosto dos dois estava sujo e pálido. Ela segurava a mão dele. Ergueu os olhos para Junior, mas o menino olhava à frente, como se examinasse algo interessante no farol do Toyota do lado do motorista.

Junior viu o terror no rosto dela e se ajoelhou bem à sua frente.

— Tá tudo bem, querida?

Foi o menino que respondeu. Falou enquanto ainda examinava o farol.

— Eu quero a minha mãe. E quero café da minhã.

Frankie foi até lá.

— Eles são de verdade? — Falou isso numa voz que dizia *Estou brincando, mas não muito*. Estendeu a mão e tocou o braço da menina.

Ela se assustou um pouco e o olhou.

— A mamãe não voltou. — A menina falava em voz baixa.

— Como é o seu nome, querida? — perguntou Junior. — E quem é a sua mãe?

— Eu me chamo Alice Rachel Appleton — respondeu ela. — Ele se chama Aidan Patrick Appleton. A nossa mãe se chama Vera Appleton. O nosso pai se chama Edward Appleton, mas ele e a mamãe se divorciaram ano passado e agora ele mora em Piano, lá no Texas. A gente mora em Weston, Massachusetts, Oak Way, número 16. Nosso telefone é... — Ela o recitou com a exatidão atonal das gravações de auxílio à lista.

Junior pensou, *Caceta. Mais imbecis de Massachusetts.* Mas fazia sentido; quem mais ia queimar gasolina tão cara só para ver aquelas merdas de folha caírem daquelas merdas de árvores?

Agora Frankie também estava de joelhos.

— Alice — disse ele —, presta atenção, querida. Onde a sua mãe tá agora?

— Não sei. — Lágrimas, grandes globos transparentes, começaram a escorrer pelo seu rosto. — A gente veio ver as folhas. E também a gente ia andar de caiaque. A gente gosta de caiaque, não gosta, Aide?

— Tô com fome — disse Aidan com tristeza, e também começou a chorar.

Ver os dois assim fez Junior ficar com vontade de chorar também. Ele se lembrou de que era policial. Policiais não choravam, ao menos não em serviço. Perguntou outra vez à menina onde estava a mãe, mas foi o menino que respondeu.

— Ela foi buscar bulinho.

— É bolinho recheado — disse Alice. — Mas foi buscar outras coisas também. Porque o sr. Killian não cuidou da cabana como ele devia. A mamãe disse que eu tinha que cuidar do Aidan porque eu já sou grande e ela não ia demorar, ia só ali no Yoder. Ela disse que era pra não deixar o Aide chegar perto do lago.

Junior estava começando a entender a situação. Parece que a mulher esperara encontrar a cabana cheia de comida — ao menos as coisas básicas —, mas, se ela conhecesse Roger Killian direito, saberia que não se devia confiar nele. O homem era um imbecil classe A e passara a falta de intelecto para a prole toda. Yoder era uma lojinha nojenta do outro lado da fronteira de Tarker's Mills, especializada em cerveja, café com aguardente e espaguete em lata. Em geral, seriam vinte minutos para ir, vinte para voltar. Só que ela não voltara, e Junior sabia por quê.

— Ela foi no sábado de manhã? — perguntou. — Foi isso, não foi?

— Eu *quero* ela! — chorava Aidan. — E quero o meu *café da minhã*! Minha barriga tá doendo!

— Foi — disse a menina. — No sábado de manhã. A gente tava vendo desenho animado, só que agora não pode ver mais nada, porque a luz acabou.

Junior e Frankie se entreolharam. Duas noites sozinhos no escuro. A menina com uns 9 anos, o menino com 5. Junior não gostava de pensar naquilo.

— Têm alguma coisa pra comer? — perguntou Frankie a Alice Appleton. — Querida? Alguma coisa?

— Tinha uma cebola na gaveta dos legumes — sussurrou ela. — A gente dividiu ao meio. Com açúcar.

— Caralho — disse Frankie. E depois: — Eu não disse isso. Vocês não me ouviram dizer isso. Um momentinho.

Ele voltou ao carro, abriu a porta do passageiro e começou a vasculhar o porta-luvas.

— Aonde você ia, Alice? — perguntou Junior.

— Pra cidade. Procurar a mamãe e achar comida. A gente ia andar até o acampamento de lá e cortar caminho pelo bosque. — Ela apontou vagamente para o norte. — Achei que ia ser mais rápido. — Junior sorriu, mas gelou por dentro. Ela não apontava para Chester's Mill; apontava na direção do TR-90. Quilômetros de mata secundária fechada e trechos pantanosos. Mais a Redoma, é claro. Lá, quase com certeza Alice e Aidan morreriam de fome; João e Maria sem o final feliz.

E nós chegamos muito perto de dar meia-volta. Jesus.

Frankie voltou. Tinha uma barra de chocolate recheada. Parecia velha e amassada, mas ainda estava na embalagem. O jeito que as crianças fixaram os olhos nela fez Junior pensar nos garotos que às vezes a gente vê nos noticiários. Aquele olhar em rostos americanos era horrível, irreal.

— Foi só o que eu achei — disse Frankie, rasgando a embalagem. — Na cidade a gente arranja coisa melhor.

Ele quebrou a barra de chocolate ao meio e deu um pedaço a cada criança. O doce sumiu em cinco segundos. Quando terminou sua parte, o menino enfiou os dedos na boca. As bochechas se esvaziaram ritmicamente quando ele os chupou.

Como um cachorro lambendo a gordura de uma varinha, pensou Junior.

Ele se virou para Frankie.

— Não vamos esperar até chegar à cidade. Vamos parar na cabana onde estavam o velho e a garota. E o que eles tiverem lá esses garotos vão comer.

Frankie concordou e pegou o menino no colo. Junior pegou a menininha. Sentiu o cheiro do suor, do medo dela. Acariciou o seu cabelo como se assim pudesse afastar aquele fedor oleoso.

— Está tudo bem, querida — disse ele. — Você e o seu irmão também. Vocês estão bem. Estão em segurança.

— Jura?

— Juro. — Os braços dela se apertaram no pescoço dele. Foi uma das melhores coisas que Junior sentiu na vida.

4

O lado oeste de Chester's Mill era a parte menos povoada da cidade e, às 9h15 daquela manhã, estava quase totalmente deserto. O único carro da polícia que restava na Bostinha era a Unidade 2. Jackie Wettington dirigia e Linda Everett ia no banco do carona. O chefe Perkins, policial de cidade pequena das antigas, jamais mandaria duas mulheres juntas, mas é claro que o chefe Perkins não estava mais no comando e as próprias mulheres gostaram da novidade. Homens, principalmente policiais com as suas bravatas intermináveis, eram muito chatos.

— Pronta pra voltar? — perguntou Jackie. — O Rosa Mosqueta vai estar fechado, mas talvez a gente consiga implorar uma xícara de café.

Linda não respondeu. Pensava no lugar onde a Redoma cortava a Bostinha. Ir até lá havia sido inquietante, e não só porque as sentinelas ainda estavam em pé de costas e nem se mexeram quando ela lhes deu bom-dia pelo alto-falante no teto do carro. Havia sido inquietante porque agora havia um enorme **X** vermelho pintado com spray na Redoma, pendendo no ar como um holograma de ficção científica. Era o ponto de impacto previsto. Parecia impossível que um míssil disparado a 300 ou 500 quilômetros dali conseguisse atingir um ponto tão pequeno, mas Rusty lhe garantira que era possível.

— Lin? —

Ela voltou ao aqui e agora.

— Claro, eu estou pronta se você estiver.

O rádio estalou.

— Unidade 2, Unidade 2, está ouvindo, câmbio?

Linda soltou o microfone.

— Base, aqui é o 2. Estou ouvindo, Stacey, mas a recepção por aqui não é muito boa, câmbio?

— Todo mundo diz a mesma coisa — comentou Stacey Moggin. — É pior perto da Redoma, melhor mais perto da cidade. Mas vocês ainda estão na Bostinha, não é? Câmbio.

— É — respondeu Linda. — Acabamos de verificar os Killian e os Boucher. Todos já foram. Se aquele míssil atravessar, o Roger Killian vai ter um monte de galinhas assadas por lá.

— A gente faz um piquenique. Pete quer falar com você. Chefe Randolph, quero dizer. Câmbio.

Jackie estacionou o carro ao lado da estrada. Houve uma pausa com estalos de estática e depois Randolph falou. Ele não usava *câmbios*, nunca usara.

— Verificou a igreja, Unidade 2?

— A Sagrado Redentor? — perguntou Linda. — Câmbio.

— É a única que eu conheço por aí, policial Everett. A não ser que uma mesquita hinduísta tenha brotado da noite pro dia.

Linda achava que os hinduístas não frequentavam mesquitas, mas não parecia a hora certa de fazer correções. Randolph estava com voz cansada e ranzinza.

— A Sagrado Redentor não estava no nosso setor — disse ela. — Estava no setor de dois policiais novos. Thibodeau e Searles, acho. Câmbio.

— Verifique de novo — disse Randolph, soando mais irritado do que nunca. — Ninguém viu o Coggins, e uns paroquianos dele querem se conjugar com ele, ou sei lá como eles falam.

Jackie pôs o dedo na têmpora e fingiu dar um tiro em si mesma. Linda, que queria voltar e ver as filhas na casa de Marta Edmunds, concordou.

— Certo, Chefe — disse Linda. — Pode deixar. Câmbio.

— Verifique também o presbitério. — Houve uma pausa. — E a estação de rádio. Aquela maldita coisa não para de berrar, e deve ter alguém por lá.

— Pode deixar. — Ela começou a dizer *câmbio e desligo*, mas pensou em outra coisa. — Chefe, tem algo de novo na TV? O presidente disse alguma coisa? Câmbio?

— Não tenho tempo pra ficar escutando tudo o que aquele pateta abre a boca pra dizer. Vai, cata o pastor e diz pra ele sentar o bundão dele bem aqui. E eu quero o bundão de vocês bem sentado aqui também. Já.

Linda prendeu o microfone no lugar e olhou Jackie.

— O nosso bundão bem sentado lá? — perguntou Jackie. — O nosso *bundão*?

— *Ele* é um bundão — disse Linda.

A observação devia ser uma piada, mas soou sem graça. Por um instante, só ficaram sentadas no carro em marcha lenta, sem conversar. Então, Jackie falou numa voz que era quase baixa demais para ser ouvida.

— Isso é tão ruim.

— Randolph no lugar de Perkins, é isso?

— Isso e os novos policiais. — Ela pôs aspas verbais nesta última palavra. — Aqueles *garotos*. Quer saber? Quando eu bati o cartão, Henry Morrison me disse que Randolph contratou mais dois hoje de manhã. Vieram da rua com Carter Thibodeau e o Pete simplesmente contratou, sem perguntar nada.

Linda sabia o tipo de gente que andava com Carter, no Dipper's e no Posto & Mercearia, cuja garagem usavam para tunar as motos financiadas.

— Mais dois? Por quê?

— O Pete disse ao Henry que nós podemos precisar deles se o míssil não funcionar. "Pra garantir que a situação não saia do controle", disse ele. E você sabe quem pôs *essa* ideia na cabeça dele.

Linda sabia muito bem.

— Ao menos não estão armados.

— Alguns estão. Não armas do departamento; armas pessoais. Amanhã, se isso não acabar hoje, quero dizer, todos vão estar. E hoje de manhã o Pete deixou eles irem juntos, em vez de colocar cada um em dupla com um policial de verdade. Que belo treinamento, hein? Vinte e quatro horas, pegar ou largar. Já percebeu que agora esses garotos são mais numerosos que nós?

Em silêncio, Linda pensou a respeito.

— Juventude Hitlerista — disse Jackie. — Não paro de pensar nisso. Talvez seja exagero, mas peço a Deus que isso termine hoje e eu não precise descobrir.

— Não consigo ver Peter Randolph como Hitler.

— Nem eu. Ele se parece mais com Hermann Goering. Quando penso em Hitler, penso no Rennie. — Ela engrenou o carro, fez o retorno e seguiu rumo à Igreja do Sagrado Cristo Redentor.

5

A igreja estava destrancada e vazia, o gerador desligado. O presbitério estava em silêncio, mas o Chevrolet do reverendo Coggins estava parado na pequena garagem. Olhando lá dentro, Linda conseguiu ler dois adesivos no para-choque. O da direita: SE EU FOR ARREBATADO HOJE, QUE ALGUÉM SEGURE O VOLANTE! O da esquerda se gabava: O MEU OUTRO CARRO TEM 10 MARCHAS.

Linda chamou a atenção de Jackie para o segundo.

— Ele tem uma bicicleta, já vi ele andando nela. Mas ela não está na garagem, logo talvez ele tenha ido à cidade. Pra poupar gasolina.

— Pode ser — respondeu Jackie. — E acho bom darmos uma olhada na casa pra garantir que ele não escorregou no chuveiro e quebrou o pescoço.

— Quer dizer que vamos ter que ver ele nu?

— Ninguém disse que o trabalho da polícia era bonito — disse Jackie. — Vamos.

A casa estava trancada, mas em cidades nas quais boa parte da população é de moradores sazonais, a polícia sabe como entrar. Verificaram os lugares mais comuns para deixar uma chave extra. Foi Jackie quem a achou, pendurada num ganchinho atrás do basculante da cozinha. Abriu a porta dos fundos.

— Reverendo Coggins? — chamou Linda, enfiando a cabeça pela porta. — É a polícia, reverendo Coggins, o senhor está aí?

Nenhuma resposta. Entraram. O andar térreo estava limpo e arrumado, mas deu a Linda uma sensação desconfortável. Ela disse a si mesma que era só por estar na casa dos outros. A casa de um *religioso*, e sem ser convidada.

Jackie subiu a escada.

— Reverendo Coggins? Polícia. Se o senhor estiver aí, responda, por favor.

Linda ficou no pé da escada, olhando para cima. A casa tinha alguma coisa *errada*. Isso a fez pensar em Janelle, tremendo durante a convulsão. Aquilo também fora errado. Uma certeza esquisita lhe entrou na cabeça: se Janelle estivesse ali agora, teria outra convulsão. E começaria a falar de coisas esquisitas. O Halloween e a Grande Abóbora, talvez.

Era um lance de escadas perfeitamente normal, mas ela não queria subir, só queria que Jackie dissesse que o lugar estava vazio para que pudessem ir para a estação de rádio. Mas, quando a parceira a chamou lá em cima, Linda subiu.

6

Jackie estava no meio do quarto de Coggins. Havia uma cruz simples de madeira numa das paredes e uma placa na outra. A placa dizia O SENHOR OLHA PELOS PASSARINHOS. A colcha da cama estava virada. Havia marcas de sangue no lençol embaixo.

— E isso — disse Jackie. — Dá a volta aqui.

Com relutância, Linda deu. Caído no chão de madeira polida, entre a cama e a parede, havia um pedaço de corda com nós. Os nós estavam ensanguentados.

— Parece que alguém bateu nele — disse Jackie, de cara feia. — Talvez com força suficiente para que ele desmaiasse. Depois puseram ele na... — Ela olhou a outra mulher. — Não?

— Estou vendo que você não teve uma família religiosa — disse Linda.

— Tive sim. Adorávamos a Santíssima Trindade: Papai Noel, o Coelhinho da Páscoa e a Fada dos Dentes. E você?

— Batistas normais, mas já ouvi falar de coisas assim. Acho que ele estava se flagelando.

— Argh! As pessoas faziam isso quando pecavam, não é?

— É. E acho que nunca saiu totalmente de moda.

— Então faz sentido. Mais ou menos. Vai no banheiro e olha o vaso sanitário.

Linda não se mexeu. A corda com nós já era bastante ruim, a sensação da casa — meio que vazia demais — era pior.

— Pode ir. Não vai morder você, e aposto um dólar contra um centavo que você já viu coisa pior.

Linda entrou no banheiro. Havia duas revistas em cima da tampa do vaso sanitário. Uma era devocional, *O andar de cima*. A outra se chamava *Xotinhas orientais*. Linda duvidava que essa fosse vendida em muitas livrarias religiosas.

— Então — disse Jackie. — Já dá pra ver o quadro? Ele senta no vaso, estrangula o sabiá...

— Estrangula o *sabiá*? — Linda deu uma risadinha, apesar dos nervos. Ou por causa deles.

— Era como a minha mãe costumava dizer — explicou Jackie. — Seja como for, depois que acaba, faz uma sessãozinha de corda pra expiar os pecados, aí se deita e tem alegres sonhos asiáticos. Hoje de manhã, se levanta, renovado e sem pecado, faz as orações matinais e vai pra cidade de bicicleta. Faz sentido?

Fazia. Só não explicava por que a casa lhe parecia tão errada.

— Vamos verificar a estação de rádio — disse ela. — Depois, vamos nós pra cidade tomar café. Eu pago.

— Ótimo — disse Jackie. — Quero o meu puro. De preferência, na seringa.

7

O estúdio da WCIK, um prédio baixo, quase todo de vidro, também estava trancado, mas alto-falantes montados sob o telhado tocavam *Good Night, Sweet Jesus*, na interpretação daquele famoso cantor soul Perry Como. Atrás do estúdio, se projetava a torre de transmissão, as luzes vermelhas que piscavam do alto mal visíveis na luz forte da manhã. Perto da torre havia uma estrutura comprida, parecida com um celeiro, que Linda supôs abrigar o gerador da emissora e os suprimentos de que precisasse para continuar transmitindo o milagre do amor de Deus para o oeste do Maine, o leste de New Hampshire e talvez os planetas mais próximos do sistema solar.

Jackie bateu de leve, depois com força.

— Acho que não tem ninguém aí — disse Linda... mas aquele lugar também parecia errado. E o ar tinha um cheiro engraçado, abafado e podre. Lembrou-lhe o cheiro da cozinha da mãe, mesmo depois de bem arejada. Porque a mãe fumava feito chaminé e acreditava que tudo que valia a pena comer era frito numa frigideira pelando bem untada com muita banha de porco.

Jackie balançou a cabeça.

— Escutamos alguém, não foi? — Linda não tinha como responder, porque era verdade. Ao virem do presbitério, escutaram um DJ de voz macia anunciar a gravação seguinte como "Outra mensagem do amor de Deus em música".

Dessa vez, a caçada à chave foi mais demorada, mas Jackie finalmente a encontrou num envelope colado com fita adesiva debaixo da caixa do correio. Junto dela havia um pedaço de papel no qual alguém rabiscara **1 6 9 3**.

A chave era uma cópia e agarrava um pouco, mas, depois de certa insistência, funcionou. Assim que entraram, ouviram o bipe agudo do sistema de segurança. O tecladinho ficava na parede. Quando Jackie digitou os números, os bipes desistiram. Agora só havia música. Perry Como dera lugar a algo instrumental; Linda achou que soava suspeitosamente como o solo de órgão de *In-A-Gadda-Da-Vida*. Ali, os alto-falantes eram mil vezes melhores do que os de fora, e a música mais alta, quase como se estivesse viva.

Alguém trabalha nessa barulheira santíssima e virtuosa?, quis saber Linda. *Atende ao telefone? Faz negócios? Como é que conseguem?*

Ali também havia algo errado. Linda tinha certeza. O lugar lhe parecia mais do que assustador; era absolutamente perigoso. Quando viu que Jackie abrira o coldre da pistola automática de serviço, Linda fez o mesmo. A sensação da coronha sob a mão era boa. *A Tua coronha e o Teu cajado me consolam*, pensou ela.

— Olá! — chamou Jackie. — Reverendo Coggins? Alguém aí?

Ninguém atendeu. A mesa da recepção estava vazia. À esquerda dela, havia duas portas fechadas. Bem à frente, uma janela que corria pelo comprimento todo da sala principal. Dava para Linda ver luzes piscando lá dentro. O estúdio da emissora, supôs.

Jackie empurrou as portas fechadas com o pé para abri-las, mantendo-se bem longe. Atrás de uma delas havia um escritório. Atrás da outra, uma sala de reuniões de luxo surpreendente, dominada por uma gigantesca TV de tela plana. Estava ligada, mas sem som. Anderson Cooper, quase em tamanho natural, parecia fazer o seu programa na rua principal de Castle Rock. Os prédios estavam cobertos de bandeiras e fitas amarelas. Linda viu um cartaz na loja de ferragens que dizia: LIBERTEM MILL. Isso fez Linda se sentir ainda mais estranha. O letreiro que corria pelo pé da tela dizia FONTES DO DEPARTAMENTO DE DEFESA AFIRMAM QUE CHOQUE DE MÍSSIL É IMINENTE.

— Por que a televisão está ligada? — perguntou Jackie.

— Porque quem estava cuidando do galinheiro deixou do jeito que... — Uma voz tonitruante a interrompeu.

— Essa foi a versão de Raymond Howell para *Christ, My Lord and Leader*.

As duas mulheres pularam.

— E aqui fala Norman Drake, para lembrar você de três fatos importantes: você está ouvindo a Hora do Avivamento na WCIK, Deus ama você e mandou o seu Filho para morrer por você na cruz do Calvário. São 9h25 da manhã e, como sempre gostamos de lembrar, o tempo é curto. Já entregou o *seu* coração ao Senhor? Voltamos em seguida.

Norman Drake deu lugar a um diabo eloquente que vendia a Bíblia inteira em DVD, e o melhor era que se podia pagar em prestações mensais e devolver o produto se não ficasse tão feliz quanto um pinto no lixo. Linda e Jackie foram até a janela do estúdio da emissora e olharam. Nem Norman Drake nem o diabo eloquente estavam lá, mas quando o comercial terminou e o DJ voltou para anunciar a próxima música de louvor, uma luz verde ficou vermelha e uma luz vermelha ficou verde. Quando a música começou, outra luz vermelha ficou verde.

— É automático! — exclamou Jackie. — A porra toda!

— Então por que dá pra sentir que tem alguém aqui? E não diga que não tá sentindo.

Jackie não disse.

— Porque é esquisito. O DJ dá até a hora certa. Querida, essa aparelhagem deve ter custado uma fortuna! E ainda falam sobre fantasmas na máquina... Quanto tempo você acha que ainda vai funcionar?

— Provavelmente até o gás acabar e o gerador parar. — Linda avistou outra porta e a abriu com o pé, como Jackie fizera... só que, ao contrário de Jackie, ela sacou a arma e a segurou, com a trava de segurança e o gatilho para baixo, ao lado da perna.

Era um banheiro e estava vazio. No entanto, na parede havia o retrato de um Jesus muito caucasiano.

— Eu não sou religiosa — disse Jackie —, de forma que você vai ter que me explicar por que alguém ia querer Jesus vendo ele cagar.

Linda balançou a cabeça.

— Vamos sair daqui antes que eu enlouqueça — disse ela. — Esse lugar é a versão radiofônica de um navio fantasma.

Jackie olhou em volta inquieta.

— Bom, o clima é medonho, com isso eu concordo.

De repente, ela ergueu a voz num grito áspero que fez Linda pular. Quis dizer a Jackie para não gritar assim. Porque alguém poderia escutar e vir. Ou *alguma coisa*.

— *Ei! Olá! Tem alguém aí? Última chance!*

Nada. Ninguém.

Lá fora, Linda respirou fundo.

— Uma vez, quando eu era adolescente, fui com uns amigos a Bar Harbor, e paramos pra fazer piquenique num retorno de onde se via a paisagem. Nós éramos meia dúzia. Estava um dia bonito e dava pra ver praticamente tudo até a Irlanda. Quando acabamos de comer, eu disse que queria tirar uma foto. Os meus amigos não paravam de brincar e bagunçar e eu continuava andando pra trás, tentando enquadrar todo mundo. Então uma das moças — Arabella, a minha melhor amiga na época — parou de tentar pôr chifrinhos no parceiro e berrou: "Para, Linda, *para*!" Eu parei e olhei em volta. Sabe o que eu vi?

Jackie fez que não.

— O oceano Atlântico. Eu tinha recuado até o precipício na beirada da área de piquenique. Tinha uma placa avisando, mas nenhuma cerca nem parapeito. Mais um passo e eu teria caído. E o jeito como eu me senti lá foi o jeito como eu me senti aqui.

— Lin, estava *vazio*.

— Acho que não. E acho que você também acha.

— Era mesmo muito estranho. Mas nós olhamos as salas...

— O estúdio, não. Além disso, a televisão tava ligada, e a música, alta demais. Acha que eles deixam sempre tão alta assim?

— Como é que eu vou saber o que os fanáticos religiosos fazem? — perguntou Jackie. — Talvez estivessem esperando o Apocalipe.

— *Lipse.*

— Pode ser. Quer verificar o depósito?

— De jeito nenhum — disse Linda, e isso fez Jackie dar um risinho debochado.

— Certo. O relatório é nenhum sinal do reverendo, certo?

— Certo.

— Então vamos pra cidade. E pro café.

Antes de entrar no banco do carona da Unidade 2, Linda deu mais uma olhada no prédio do estúdio, ali envolto em chatíssima alegria radiofônica. Não havia outros sons; ela percebeu que não escutava nenhum passarinho cantar, e se perguntou se todos tinham se suicidado, jogando-se na Redoma. Claro que isso não era possível. Ou era?

Jackie apontou o microfone.

— Quer que eu chame alguém pelo alto-falante? Dizendo que, se tiver alguém escondido aí, é melhor que vá direto pra cidade? Porque... acabei de pensar nisso... podem estar com medo da gente.

— O que eu quero é que você pare de zanzar por aqui e que a gente vá embora.

Jackie não discutiu. Desceu de ré a entradinha curta até a Bostinha e seguiu com o carro na direção de Mill.

8

O tempo passou. A música religiosa tocou. Norman Drake voltou e anunciou que eram 9h34, Horário de Verão Deus Te Ama. Isso foi seguido por um anúncio dos Carros Usados de Jim Rennie, com a voz do segundo vereador em pessoa. "É a nossa Liquidação Espetacular de Outono, e, rapaz, veja só quantos carros nós temos!", disse Big Jim com uma voz tristonha de eu-é-que-me-dou-mal. "Temos Fords, Chevrolets, Plymouths! Temos um raro Dodge Ram e um Mustang mais raro ainda! Pessoal, tenho um, dois, não, *três* Mustangs que parecem novos, um deles o famoso conversível V6, e todos com a famosa Garantia Cristã de Jim Rennie. Cuidamos do que vendemos, financiamos e fazemos tudo a preço baixo. E agora" — ele deu uma risadinha mais triste do que nunca — "*Temos que* limpar o *PÁTIO*! Então venham! A cafeteira está sempre ligada, amigo, comprar com Big Jim é gostoso assim!"

Uma porta que nenhuma das duas notara se abriu nos fundos do estúdio. Lá dentro havia mais luzes piscantes — toda uma galáxia. A sala era pouco mais que um cubículo lotado de fios, derivadores, roteadores e caixas eletrônicas. Dava para achar que não havia lugar para um homem. Mas o Chef era mais do que magro; era emaciado. Os olhos eram apenas faíscas afundadas no crânio. A pele era pálida e manchada. Os lábios se dobravam frouxos para dentro sobre gengivas que tinham perdido quase todos os dentes. A camisa e as calças estavam imundas, e os quadris eram asas nuas; agora, os dias de cueca do Chef tinham ficado na lembrança. Dificilmente Sammy Bushey reconheceria o marido desaparecido. Numa das mãos, segurava um sanduíche de geleia e manteiga de amendoim (agora só podia comer coisas macias) e, na outra, uma Glock 9mm.

Foi até a janela que dava para o estacionamento, pensando em correr até lá e matar as intrusas se ainda estivessem ali; quase o fizera quando estavam lá dentro. Só que ficara com medo. Porque na verdade não se pode matar demônios. Quando seus corpos humanos morriam, bastava voar para outro hospedeiro. Quando estavam entre corpos, os demônios pareciam melros-pretos. Chef vira isso em sonhos muito reais que vinham nas ocasiões cada vez mais raras em que dormia.

Mas elas tinham ido embora. O seu atmã fora forte demais para elas.

Rennie lhe dissera que tinha que ficar trancado lá nos fundos, e Chef Bushey ficara, mas talvez tivesse que ligar de novo um dos panelões, porque na semana passada houvera uma grande remessa para Boston e estavam quase sem estoque. Ele precisava fumar. Era disso que o seu atmã se alimentava hoje em dia.

Mas por enquanto era suficiente. Ele abrira mão do blues tão importante para ele na época de Phil Bushey — B. B. King, Koko e Hound Dog Taylor, Muddy e Howlin' Wolf, até o imortal Little Walter — e desistira de trepar; praticamente desistira de usar o intestino, estava com prisão de ventre desde julho. Mas tudo bem. O que humilhava o corpo alimentava o atmã.

Ele conferiu mais uma vez o estacionamento e a estrada mais além para garantir que os demônios não estavam escondidos e, depois, enfiou a automática nas costas do cinto e seguiu para o depósito, que hoje em dia, na verdade, era mais uma fábrica. Uma fábrica que estava fechada, mas ele podia mudar isso e mudaria se necessário.

Chef foi buscar o cachimbo.

9

Rusty Everett olhava o depósito atrás do hospital. Usava uma lanterna, porque ele e Ginny Tomlinson — agora chefe administrativa dos serviços médicos de Chester's Mill, por mais louco que isso fosse — decidiram apagar a luz de todas as instalações que não precisassem absolutamente de iluminação. À esquerda, no seu abrigo, ele escutava o grande gerador rugindo, comendo cada vez mais fundo o atual cilindro comprido de gás.

A maior parte dos cilindros sumiu, dissera Twitch, e por Deus, tinham sumido mesmo. *De acordo com a ficha na porta, devia haver sete, mas só há dois.*

Nisso, Twitch estava errado. Só havia um. Rusty passou o facho da lanterna pelo **CR HOSP** azul pintado com estêncil na lateral prateada do tanque, abaixo do logotipo da empresa de entregas Dead River.

— Eu falei — disse Twitch atrás dele, fazendo Rusty pular.

— Falou errado. Só tem um.

— Bobagem! — Twitch passou pela porta. Olhou enquanto Rusty passava o facho da lanterna, iluminando caixas de suprimentos cercando uma área central grande, e grandemente vazia. E disse: — *Não* é bobagem.

— Não.

— Líder destemido, alguém está roubando o nosso gás.

Rusty não queria acreditar nisso, mas não havia outra explicação. Twitch se acocorou.

— Olha aqui — Rusty se apoiou no joelho. O terreno atrás do hospital fora asfaltado no verão anterior e, sem o tempo frio para rachá-lo ou fazê-lo ceder, ao menos, ainda não, a área era um lençol preto e liso. Era fácil ver o rastro de pneus diante das portas de correr do depósito.

— Parece que foi um caminhão-guincho — observou Twitch.

— Ou qualquer outro caminhão grande.

— Ainda assim, talvez seja bom verificar o depósito atrás da Câmara de Vereadores. Twitch não confia no Grande Chefe Rennie. Ele ser mau.

— Por que levaria o nosso gás? Os vereadores têm bastante por lá.

Foram até a porta que dava para a lavanderia do hospital, também fechada, ao menos por enquanto. Havia um banco ao lado da porta. Um cartaz colado nos tijolos dizia FUMAR AQUI SERÁ PROIBIDO A PARTIR DE 1º DE JANEIRO. PARE AGORA E EVITE A CORRERIA!

Twitch puxou os Marlboros e os ofereceu a Rusty. Este os rejeitou, depois pensou melhor e aceitou um. Twitch os acendeu.

— Como sabe? — perguntou.

— Como sei o quê?

— Que eles têm bastante gás. Você foi olhar?

— Não — disse Rusty. — Mas se *iam* roubar, por que de nós? Além de gente fina achar que roubar do hospital local é falta de educação, a agência do Correio está logo aqui ao lado. Lá também deve ter.

— Talvez Rennie e os amigos já tivessem roubado o gás do Correio. Quanto teriam, de qualquer modo? Um cilindro? Dois? Migalhas.

— Não entendo *por que* precisaram. Não faz sentido.

— Nada disso faz nenhum sentido — disse Twitch, e deu um bocejo tão imenso que Rusty escutou os maxilares estalarem.

— Você terminou o seu turno, não é? — Rusty teve um momento para pensar na característica surreal daquela pergunta. Desde a morte de Haskell, Rusty se tornara o médico-chefe, e Twitch, enfermeiro há apenas três dias, era agora o que Rusty fora: auxiliar médico.

— É. — Twitch suspirou. — O sr. Carty não vai viver até o fim do dia.

Rusty pensara a mesma coisa sobre Ed Carty, que sofria de câncer terminal no estômago, uma semana atrás, e ainda se aguentava.

— Em coma?

— Exato, sensei.

Twitch podia contar os outros pacientes nos dedos de uma das mãos — o que, como Rusty sabia, era uma sorte extraordinária. Achou que talvez até se sentisse privilegiado se não estivesse tão cansado e com tanta preocupação.

— George Werner eu consideraria estável.

Werner, morador de Eastchester, 60 anos e obeso, sofrera um enfarte no Dia da Redoma. Rusty pensou que sobreviveria... desta vez.

— Quanto a Emily Whitehouse... — Twitch deu de ombros. — Não é bom, sensei.

Emmy Whitehouse, 40 anos e sem um quilo a mais, sofrera o seu enfarte uma hora mais ou menos depois do acidente de Rory Dinsmore. Fora muito pior do que o de George Werner, porque ela era maníaca por exercícios e sofrera o que o dr. Haskell chamava de "explosão de academia".

— A menina Freeman está melhorando, Jimmy Sirois está se aguentando e Nora Coveland está superlegal. Alta depois do almoço. No total, não é tão ruim assim.

— Não — disse Rusty —, mas vai piorar, garanto. E... se você sofresse uma lesão catastrófica na cabeça, ia querer que eu operasse você?

— Claro que não — disse Twitch. — Fico torcendo pro Gregory House aparecer.

Rusty apagou o cigarro na lata e olhou o depósito quase vazio. Talvez *devesse* dar uma olhada no depósito atrás da Câmara de Vereadores... que mal faria?

Dessa vez, foi ele que bocejou.

— Quanto tempo você aguenta? — perguntou Twitch. Toda a caçoada sumira da sua voz. — Só pergunto porque agora a cidade só tem você.

— Quanto for preciso. O que me preocupa é ficar tão cansado que acabe cometendo erros. E enfrentar coisas muito além da minha capacidade. — Pensava em Rory Dinsmore... e em Jimmy Sirois. Pensar em Jimmy era pior, porque Rory agora estava além da possibilidade de erros médicos. Jimmy, por outro lado...

Rusty se viu de volta à sala de cirurgia, escutando o bipe suave do equipamento. Viu-se olhando a perna nua e pálida de Jimmy, com uma linha preta desenhada no lugar onde teria que cortar. Pensou em Dougie Twitchell experimentando o seu talento de anestesista. Sentiu Ginny Tomlinson pôr um bisturi na sua mão enluvada e depois olhá-lo por cima da máscara com aqueles olhos frios e azuis.

Que Deus me poupe disso, pensou.

Twitch pôs a mão no braço de Rusty.

— Calma — disse ele. — Um dia de cada vez.

— Caralho, uma *hora* de cada vez — disse Rusty, e se levantou. — Tenho que ir ao Posto de Saúde, ver o que está havendo por lá. Graças a *Cristo* isso não aconteceu no verão; teríamos nas mãos 3 mil turistas e 700 crianças no acampamento.

— Quer que eu vá?

Rusty fez que não..

— Dá uma olhada de novo no Ed Carty, tá? Pra ver se ele ainda está na terra dos vivos.

Rusty deu mais uma olhada no depósito; depois, contornou a quina do prédio e andou na diagonal rumo ao Posto de Saúde, do outro lado da rua Catherine Russell.

10

É claro que Ginny estava no hospital; ela daria ao novo pacote de alegria da sra. Coveland uma última pesada antes de mandar os dois para casa. A recepcionista de plantão no Posto de Saúde era Gina Buffalino, de 17 anos, com exatamente seis semanas de experiência clínica. Como desembrulhadora de balas. Quando Rusty entrou, ela deu uma olhada de bicho no meio da estrada que fez o coração dele se apertar, mas a sala de espera estava vazia, e isso era bom. *Muito* bom.

— Alguma ligação? — perguntou Rusty.

— Uma. A sra. Venziano, lá na estrada Serra Negra. O bebê ficou com a cabeça presa na grade do chiqueirinho. Ela queria uma ambulância. Eu... eu disse a ela pra passar azeite na cabeça do bebê e ver se conseguia tirar ele assim. Deu certo.

Rusty sorriu. Talvez ainda houvesse esperança para esse bebê. Gina, parecendo divinamente aliviada, sorriu de volta.

— Ao menos o lugar está vazio — disse Rusty. — O que é ótimo.

— Vazio, não. A sra. Grinnell está aqui... Andrea? Eu pedi que ficasse na três. — Gina hesitou. — Ela parecia muito nervosa.

O coração de Rusty, que já se animava, afundou de novo. Andrea Grinnell. Nervosa. O que significava que queria aumentar a receita de OxyContin. Que ele, em sã consciência, não poderia lhe dar, mesmo supondo que Andy Sanders tivesse estoque suficiente para lhe vender.

— Certo. — Ele seguiu para a sala de exames número três, no corredor, parou e olhou para trás. — Você não me mandou mensagem.

Gina corou.

— Ela pediu especificamente que não mandasse.

Isso deixou Rusty intrigado, mas só um segundo. Andrea podia ter um problema com remédios, mas não era burra. Sabia que, se estivesse no hospital, provavelmente Rusty estaria com Twitch. E por acaso Dougie Twitchell era o irmão caçula dela, que mesmo com 39 anos tinha que ser protegido dos fatos ruins da vida.

Rusty parou na porta com o **3** preto decalcado, tentando se recompor. Ia ser difícil. Andrea não era um dos alcoólatras desafiadores que afirmavam que o álcool não fazia parte dos seus problemas de jeito nenhum; nem era um dos viciados em metanfetamina que vinham surgindo com frequência cada vez maior no último ano. A responsabilidade de Andrea pelo seu problema era mais difícil de identificar, e isso complicava o tratamento. Sem dúvida ela sentira muita dor depois da queda. O Oxy fora a melhor coisa para ela e lhe permitira aguentar a dor para dormir e começar a terapia. Não foi culpa dela se o remédio que lhe permitia isso era aquele que os médicos às vezes chamavam de heroína de caipira.

Ele abriu a porta e entrou, ensaiando a recusa. *Gentil, mas com firmeza*, disse a si mesmo. *Gentil, mas com firmeza.*

Ela estava sentada na cadeira do canto debaixo do cartaz sobre colesterol, joelhos unidos, a cabeça baixa sobre a bolsa no colo. Era uma mulher grande que agora parecia pequena. De certa forma, diminuída. Quando ergueu a cabeça para olhá-lo e ele viu como o rosto dela estava exausto — as linhas fundas cercando a boca, a pele das olheiras quase preta —, mudou de ideia e decidiu afinal redigir a receita num dos blocos cor-de-rosa do dr. Haskell. Talvez depois que a crise da Redoma acabasse ele tentasse levá-la para um programa de desintoxicação; podia ameaçar contar ao irmão, se preciso fosse. Agora, no entanto, daria o que ela precisava. Porque raramente a vira tão acabada.

— Eric... Rusty... Eu estou numa encrenca.

— Eu sei. Dá pra ver. Vou te passar uma...

— Não! — Ela o olhava quase com horror. — Nem que eu implore! Sou viciada em drogas e tenho que me livrar! Não passo de uma maldita *viciada*! — O rosto dela se dobrou sobre si mesmo. Ela tentou forçá-lo a se endireitar, mas não conseguiu. Então, pôs as mãos por cima. Grandes soluços contorcidos e difíceis de escutar lhe passaram pelos dedos.

Rusty foi até ela, ajoelhou-se e a envolveu com o braço.

— Andrea, é bom que queira parar, é excelente, mas talvez não seja a melhor hora...

Ela o olhou com olhos vermelhos, as lágrimas escorrendo.

— Tem razão, é a *pior* hora, mas tem que ser agora! E você não pode contar pro Dougie nem pra Rose. Pode me ajudar? Isso é possível? Porque eu não consegui, não sozinha. Aqueles odiosos comprimidos cor-de-rosa! Ponho eles no armário dos remédios, digo "Hoje chega", e uma hora depois estou tomando de novo! Nunca estive numa situação assim, nunca na minha vida toda.

Ela baixou a voz, como se confessasse um grande segredo.

— Acho que não são mais as minhas costas, acho que é o meu *cérebro* mandando as costas doerem para eu continuar tomando aquelas malditas pílulas.

— Por que agora, Andrea?

Ela só balançou a cabeça.

— Pode me ajudar ou não?

— Posso, mas se você está pensando em parar de vez, não faz isso. Em primeiro lugar, você pode...

Por um breve instante, ele viu Jannie tremendo na cama, balbuciando sobre a Grande Abóbora.

— Você pode ter convulsões.

Ela não registrou isso ou não deu importância.

— Quanto tempo?

— Pra superar a parte física? Duas semanas. Talvez três. — *E isso se for acelerado*, pensou, mas não disse.

Ela lhe agarrou o braço. A mão estava muito fria.

— Lento demais.

Uma ideia extremamente desagradável surgiu na mente de Rusty. Talvez apenas paranoia transitória causada pelo estresse, mas convincente.

— Andrea, alguém está chantageando você?

— Está brincando? Todo mundo sabe que eu tomo esses comprimidos, a cidade é pequena. — O que, para Rusty, na verdade não respondia à pergunta. — Qual o tempo mais curto possível?

— Com injeções de B$_2$, mais tiamina e vitaminas, você pode conseguir em dez dias. Mas vai se sentir horrível. Não vai conseguir dormir, vai ter síndrome de pernas inquietas. E não vai ser leve; o termo não é "chutar o vício" à toa. E vai precisar de alguém pra te dar doses reduzidas, alguém que guarde os comprimidos e não entregue a você quando pedir. Porque você vai pedir.

— Dez dias? — Ela pareceu esperançosa. — E até lá isso pode ter acabado também, não é? Essa coisa da Redoma?

— Talvez hoje à tarde. É o que todos nós esperamos.

— Dez dias — disse ela.

— Dez dias.

E, pensou ele, *você vai desejar essa coisa maldita pelo resto da vida*. Mas isso ele também não disse em voz alta.

11

O Rosa Mosqueta estivera movimentadíssimo para uma manhã de segunda-feira... mas é claro que nunca houve uma manhã de segunda-feira como aquela na história da cidade. Ainda assim, os fregueses foram embora de boa vontade quando Rose anunciou que a chapa estava desligada e que só voltaria a ligá-la às cinco da tarde.

— Até lá, talvez vocês todos possam jantar no Moxie, em Castle Rock! — terminou ela. Isso gerou aplausos espontâneos, ainda que o Moxie fosse um famoso poço imundo de gordura.

— Sem almoço? — perguntou Ernie Calvert.

Rose olhou Barbie, que ergueu as mãos até o ombro. *Não me pergunte*.

— Sanduíches — disse Rose. — Até acabar.

Isso gerou mais aplausos. Todos pareciam surpreendentemente animados naquela manhã; houve risos e zombarias. Talvez o melhor sinal da melhora da saúde mental da cidade estivesse nos fundos do restaurante, onde a mesa do papo furado reabrira a sessão.

A TV sobre o balcão, agora ligada direto na CNN, era boa parte da razão. Os locutores tinham pouco a divulgar além de boatos, mas a maioria deles estava esperançosa. Vários cientistas entrevistados disseram que havia uma boa probabilidade de o Cruise passar e dar fim à crise. Um deles estimou a probabilidade de sucesso como "mais do que 80%". *Mas é claro que ele está no MIT, em Cambridge*, pensou Barbie. *Pode se dar ao luxo de ser otimista*.

Agora, enquanto raspava a chapa, bateram à porta. Barbie virou-se para olhar e viu Julia Shumway com três crianças amontoadas em volta. Faziam com que ela parecesse uma professora de oitava série num passeio no campo. Barbie foi até a porta, enxugando as mãos no avental.

— Se deixarmos entrar todo mundo que quer comer, os mantimentos acabam num instante — disse Anson, irritado, enquanto limpava as mesas. Rose fora ao Food City comprar mais carne.

— Acho que ela não quer comer — disse Barbie, e estava certo.

— Bom dia, coronel Barbara — disse Julia com o seu sorrisinho de Mona Lisa. — Vivo com vontade de chamar você de major Barbara. Como na...

— Na peça, eu sei. — Barbie já ouvira isso algumas vezes. Umas 10 mil. — Essa é a sua milícia?

Um dos meninos era altíssimo e magérrimo, com um chumaço de cabelo castanho-escuro; outro era um baixinho de bermudas largas e uma camiseta desbotada do 50 Cent; a terceira era uma mocinha bonita com um raio na bochecha. Um decalque e não uma tatuagem, mas ainda lhe dava um certo savoir-faire. Ele percebeu que, se lhe dissesse que ela parecia uma versão colegial de Joan Jett, ela não saberia do que ele estava falando.

— Norrie Calvert — disse Julia, tocando o ombro da fera. — Benny Drake. E esse copo d'água fino e comprido é Joseph McClatchey. A manifestação de protesto de ontem foi ideia dele.

— Mas eu não queria que ninguém se machucasse — disse Joe.

— E não foi por culpa sua que se machucaram — retrucou Barbie. — Fica frio.

— É você mesmo que manda no galinheiro? — perguntou Benny, olhando-o de cima a baixo.

Barbie riu.

— Não — disse ele. — Não vou nem *tentar* mandar no galinheiro, a menos que seja absolutamente necessário.

— Mas você conhece os soldados lá fora, não é? — perguntou Norrie.

— Pessoalmente, não. Pra começar, são fuzileiros navais. Eu era do Exército.

— Segundo o coronel Cox, você ainda é do Exército — disse Julia. Usava o sorrisinho frio, mas os olhos dançavam de empolgação. — Podemos conversar? O jovem sr. McClatchey teve uma ideia e eu achei brilhante. Se der certo.

— Vai dar certo — disse Joe. — Quando se trata de mer... coisas de computador, *eu* é que mando no galinheiro.

— Vamos até o escritório — disse Barbie, e os escoltou até o balcão.

12

Era brilhante, isso era, mas já eram dez e meia e, se queriam mesmo que aquilo acontecesse, teriam que correr. Ele se virou para Julia.

— Está com o seu cel...

Julia o colocou habilmente na palma da mão dele antes que terminasse.

— O número do Cox está na memória.

— Ótimo. Agora, se eu soubesse acessar a memória...

Joe pegou o telefone.

— De onde você veio, da Idade das Trevas?

— Isso! — respondeu Barbie. — Quando os cavaleiros eram corajosos e as belas damas andavam sem roupa de baixo.

Norrie riu muito com isso e, quando ergueu a mão fechada, Barbie bateu o seu punho grande no pequeno punho dela.

Joe apertou alguns botões no teclado minúsculo. Escutou e depois entregou o celular a Barbie.

Cox devia estar sentado com a mão no fone, porque já estava falando quando Barbie pôs o celular de Julia no ouvido.

— Como vai, coronel? — perguntou Cox.

— Basicamente, ok.

— Já é um bom começo.

Pra você é fácil falar, pensou Barbie.

— Imagino que tudo ficará basicamente ok até o míssil ricochetear ou passar e causar muitos danos à floresta e às fazendas do nosso lado, o que os cidadãos de Chester's Mill vão adorar. O que vocês acham?

— Não sei. Ninguém está fazendo previsões.

— Não é o que nós estamos ouvindo na TV.

— Não tenho tempo de acompanhar os apresentadores. — A voz de Cox indicava a Barbie que ele estava dando de ombros. — Estamos esperançosos. Achamos que vai ser um tiro certeiro. Pra cunhar uma expressão.

Julia abria e fechava as mãos num gesto de *E daí?*

— Coronel Cox, estou aqui sentado com quatro amigos. Um deles é um rapaz chamado Joe McClatchey que teve uma ideia muito boa. Vou passar o telefone pra ele agora... — Joe balançava a cabeça negativamente com força suficiente para fazer o cabelo voar. Barbie não lhe deu atenção. — ... pra ele explicar. — E entregou o celular a Joe. — Fala — disse.

— Mas...

— Não discute com o chefe do galinheiro, meu filho. Fala.

Joe falou, a princípio com vergonha, com muitos *ahs* e *hãs* e *sabe*, mas conforme a ideia tomava conta dele, se apressou, ficou mais articulado. Depois, escutou. Dali a pouco, começou a sorrir. Alguns instantes mais tarde, disse: "Sim, senhor! Obrigado, senhor!" e devolveu o celular a Barbie.

— Olha, vão tentar aumentar a nossa wi-fi antes de atirar o míssil! Caralho, isso é *quente*! — Julia lhe segurou o braço e Joe disse: — Desculpa, sra. Shumway, eu quis dizer *caramba!*

— Isso não importa, você consegue mesmo fazer a coisa funcionar?

— Tá brincando? De boa.

— Coronel Cox? — perguntou Barbie. — É verdade isso sobre a internet?

— Não podemos impedir nada que vocês aí queiram tentar — disse Cox. — Acho que foi você quem me fez ver isso. Portanto, também podemos ajudar. Vocês terão a internet mais rápida do mundo, ao menos hoje. Você tem um garoto bem inteligente aí, aliás.

— Sim, senhor, foi essa a minha impressão — disse Barbie, e mostrou a Joe o polegar levantado. O garoto resplandecia.

— Se a ideia do menino der certo e você gravar — disse Cox —, vê se nos manda uma cópia. É claro que nós vamos fazer a nossa gravação, mas os cientistas encarregados dessa coisa vão querer ver como fica o choque do seu lado da Redoma.

— Acho que podemos fazer melhor do que isso — disse Barbie. — Se Joe conseguir montar tudo, acho que quase toda a cidade vai ser capaz de assistir ao vivo.

Dessa vez, foi Julia que ergueu o punho. Sorrindo, Barbie bateu com o dele.

13

— Mas que meeerda — disse Joe. O espanto no seu rosto o deixou com cara de 8 anos em vez de 13. A confiança de chicote sumira da sua voz. Ele e Barbie estavam em pé a uns 30 metros de onde a estrada da Bostinha corria contra a Redoma. Não era para os soldados que olhava, embora eles tivessem se virado para observar; o que o fascinou foi a faixa de alerta e o grande **X** vermelho pintado na Redoma com tinta spray.

— Estão mudando o lugar do bivaque, ou sei lá como vocês dizem — comentou Julia. — As barracas sumiram.

— Claro. Em cerca de... — Barbie olhou o relógio — noventa minutos, vai ficar bem quente por lá. Filho, é melhor pôr mãos à obra.

Mas agora que estavam realmente ali, na estrada deserta, Barbie começou a duvidar que Joe pudesse fazer o que prometera.

— É, mas... tá vendo as *árvores*?

A princípio, Barbie não entendeu. Olhou Julia, que deu de ombros. Então Joe apontou, e ele viu. As árvores do lado de Tarker dançavam com um vento moderado de outono, soltando folhas em jorros coloridos a flutuar em torno dos fuzileiros de sentinela que observavam. No lado de Mill, os galhos mal se mexiam e a maioria das árvores ainda estava com a folhagem completa. Barbie tinha quase certeza de que passava ar pela barreira, mas não com força. A Redoma amortecia o vento. Ele se lembrou de quando ele e Paul Gendron, o sujeito com boné dos Sea Dogs, chegaram ao riachinho e viram a água se amontoar.

— As folhas lá, veja... — disse Julia. — Não sei... *apáticas*, sei lá. Moles.

— É porque eles têm vento do lado deles e nós, só uma baforada de brisa — disse Barbie, e depois se perguntou se era isso mesmo. Ou *só* isso. Mas de que adiantava especular sobre a qualidade atual do ar de Chester's Mill, se não havia nada que pudessem fazer?

— Vamos, Joe. Faz o seu serviço. — Tinham passado pela casa dos McClatchey no Prius de Julia para pegar o PowerBook de Joe. (A sra. McClatchey fizera Barbie jurar que cuidaria da segurança do filho, e Barbie assim jurara.) Agora, Joe apontava a estrada.

— Aqui?

Barbie ergueu as mãos até o lado do rosto e olhou o **X** vermelho.

— Um pouco à esquerda. Dá pra experimentar? Ver como está?

— Dá. — Joe abriu o PowerBook e o ligou. O som de carrilhão do Mac ao ligar soou bonito como sempre, mas Barbie achou que nunca vira nada tão surreal quanto o computador prateado pousado no asfalto remendado da estrada da Bostinha com a tela para cima. Parecia resumir com perfeição os últimos três dias.

— A bateria está cheia, e deve funcionar pelo menos seis horas — disse Joe.

— Não vai dormir? — perguntou Julia.

Joe lhe deu um olhar indulgente de *Mãe, por favor*. Depois, se virou para Barbie.

— Se o míssil assar o meu Pro, promete me comprar outro?

— O Tio Sam te compra outro — prometeu Barbie. — Eu mesmo faço a requisição.

— Massa. — Joe se curvou sobre o PowerBook. Havia um barrilzinho prateado no alto da tela. Joe lhes dissera que aquilo era algum milagre computadorizado atual chamado iSight. Passou o dedo no touchpad do computador, teclou ENTER e, de repente, a tela se encheu com uma imagem brilhante da estrada da Bostinha. No nível do solo, cada lombadinha e cada irregularidade do asfalto pareciam uma montanha. A meia distância, Barbie conseguia ver, até os joelhos, os fuzileiros de sentinela.

— Senhor, ele tem a imagem, senhor? — perguntou um deles.
Barbie ergueu os olhos.

— Digamos assim, fuzileiro... Se eu estivesse fazendo uma inspeção, você estaria fazendo flexões com o meu pé na sua bunda. Tem um arranhão na sua bota esquerda. Inaceitável numa missão que não é de combate.

O fuzileiro olhou a bota, que estava mesmo arranhada. Julia riu. Joe, não. Estava absorto.

— Está baixo demais. Sra. Shumway, a senhora tem alguma coisa no carro que a gente possa usar pra... — Ele ergueu a mão a mais ou menos um metro de altura da estrada.

— Tenho — respondeu ela.

— E pega a minha sacolinha da academia, por favor. — Ele mexeu mais um pouco no PowerBook e depois estendeu a mão. — Celular.

Barbie o entregou. Joe apertou os botõezinhos com velocidade ofuscante. E depois:

— Benny? Ah, Norrie, ok. Vocês tão aí?... Ótimo. Aposto que nunca estiveram numa cervejaria. Prontos? *Excelente*. Esperem. — Ele escutou, depois sorriu. — Tá brincando? Cara, pelo que estou vendo, a conexão é *fantástica*. O wi-fi tá *bombando*. Vai voar. — Ele fechou o celular e o devolveu a Barbie.

Julia voltou com a sacola da academia de Joe e uma caixa de papelão contendo exemplares não distribuídos da edição extra do *Democrata* de domingo. Joe pôs o PowerBook em cima da caixa de papelão (a elevação súbita da imagem do nível do chão deixou Barbie meio zonzo), conferiu e declarou que estava tudo pronto. Remexeu na sacola da academia, tirou uma caixa preta com uma antena e a ligou no computador. Os soldados estavam agrupados do outro lado da Redoma, observando com interesse. *Agora sei como o peixe se sente no aquário*, pensou Barbie.

— Parece tudo certo — murmurou Joe. — Sinal verde.

— Você não devia ligar pro...

— Se estiver funcionando, eles vão me ligar — disse Joe. E depois: — Oh, oh, temos problemas.

Barbie pensou que se referia ao computador, mas o garoto nem o olhava. Barbie seguiu os olhos de Joe e viu o carro verde do chefe de polícia. Não vinha depressa, mas as luzes piscavam.

Pete Randolph saiu de trás do volante. Pelo lado do carona (o carro balançou um pouco quando o seu peso saiu da suspensão), Big Jim Rennie emergiu.

— Que diabos vocês pensam que estão fazendo? — perguntou.

O telefone na mão de Barbie zumbiu. Ele o entregou a Joe sem tirar os olhos do vereador e do chefe de polícia que se aproximavam.

14

A placa acima da porta do Dipper's dizia BEM-VINDOS AO MAIOR SALÃO DE DANÇA DO MAINE!, e, pela primeira vez na história da casa, aquele salão estava lotado às 11h45 da manhã. Tommy e Willow Anderson recebiam à porta quem chegava, um pouco como os ministros que recebem paroquianos na igreja. Nesse caso, a Primeira Igreja das Bandas de Rock Diretamente de Boston.

A princípio, a plateia ficou em silêncio, porque na grande tela só havia uma palavra azul: ESPERA. Benny e Norrie tinham ligado o seu equipamento e passado a recepção da TV para Input 4. Então, de repente, a estrada da Bostinha apareceu ao vivo, até com as folhas coloridas regirando em torno dos fuzileiros de sentinela.

A multidão explodiu em gritos e aplausos.

Benny e Norrie bateram as mãos abertas, mas para Norrie isso não bastou; ela o beijou na boca, e com força. Foi o momento mais feliz da vida de Benny, melhor ainda do que ficar na vertical por um *full pipe*.

— Liga pra ele! — exigiu Norrie.

— Agora mesmo — respondeu Bennie. O rosto ardia como se fosse pegar fogo, mas ele sorria. Apertou REDIAL e pôs o telefone no ouvido. — Cara, conseguimos! A imagem é tão radical que...

Joe interrompeu.

— Houston, temos um problema.

15

— Não sei o que vocês pensam que estão fazendo — disse o chefe Randolph, —, mas quero uma explicação e, antes dela, essa coisa desligada. — Ele apontou o PowerBook.

— Sinto muito, senhor — disse um dos fuzileiros. Usava a divisa de segundo tenente. — Esse é o coronel Barbara e ele tem aprovação oficial do governo para esta operação.

A isso, Big Jim deu o seu sorriso mais sarcástico. Uma veia do pescoço pulsava.

— Esse homem só é coronel de baderneiros. Ele cuida da cozinha do restaurante local.

— Senhor, as minhas ordens...

Big Jim sacudiu o dedo para o segundo tenente.

— Em Chester's Mill, o único governo oficial que reconhecemos agora é o nosso, soldado, e eu sou o representante. — Ele se virou para Randolph. — Chefe, se esse garoto não desligar, puxe a tomada.

— Não estou vendo nenhuma tomada — respondeu Randolph. Ele olhava de Barbie para o segundo tenente dos fuzileiros e para Big Jim. Começara a suar.

— Então enfia a bota na maldita tela! Apaga isso!

Randolph deu um passo à frente. Joe, com cara de assustado mas decidido, ficou na frente do PowerBook sobre a caixa de papelão. Ainda estava com o celular na mão.

— É melhor não fazer isso! Ele é meu e não estou fazendo nada ilegal!

— Volta, chefe — disse Barbie. — É uma ordem. Se o senhor ainda reconhece o governo do país onde mora, vai obedecer.

Randolph olhou em volta.

— Jim, talvez...

— Talvez nada — disse Big Jim. — Agora, *aqui* é o país onde você mora. *Apaga esse computador meleq*uento.

Julia avançou, agarrou o PowerBook e o virou para que a câmera iVision captasse os recém-chegados. Tentáculos de cabelo tinham escapado do seu coque profissional e pendiam sobre as faces rosadas. Barbie achou que ela estava lindíssima.

— Pergunta à Norrie se está vendo! — gritou para Joe.

O sorriso de Big Jim se congelou numa careta.

— Mulher, baixe isso!

— Pergunta se estão vendo!

Joe falou ao telefone. Escutou. E disse:

— Estão. Estão vendo o sr. Rennie e o policial Randolph. A Norrie diz que querem saber o que está acontecendo.

Houve desânimo na cara de Randolph; fúria na de Rennie.

— *Quem* quer saber? — perguntou Randolph.

— Montamos uma transmissão ao vivo para o Dipper's... — respondeu Julia.

— *Aquele* antro do pecado! — disse Big Jim. Os punhos estavam cerrados. Barbie calculou que o homem provavelmente pesava uns 50 quilos a mais, e fazia uma careta ao mover o braço direito, como se estivesse contundido, mas parecia que ainda tinha forças. E agora parecia louco a ponto de bater... mas se nele, em Julia ou no garoto, Barbie não sabia. Talvez nem Rennie.

— Todos estão se reunindo lá desde 11h15 — disse ela. — A notícia corre depressa. — Ela sorriu com a cabeça inclinada de lado. — Quer dar um alô ao seu eleitorado, Big Jim?

— É um blefe — disse Big Jim.

— Por que eu blefaria sobre algo tão fácil de verificar? — Ela se virou para Randolph. — Liga pra um dos seus policiais e pergunta onde é a grande reunião da cidade agora de manhã. — E voltou a Jim. — Se desligar isso aqui, centenas de pessoas vão saber que você os impediu de ver um evento que tem importância vital pra cidade. A vida deles depende disso, na verdade.

— Você não tem permissão!

Barbie, em geral muito bom para se controlar, sentiu a calma se desfazer. Não é que o homem fosse estúpido; era óbvio que não. E era exatamente isso que deixava Barbie furioso.

— Qual é o seu problema exatamente? Está vendo algum perigo aqui? Porque não vejo nenhum. A ideia é ligar essa coisa, deixar transmitindo e cair fora.

— Se o míssil não funcionar, pode causar pânico. Tudo bem uma coisa fracassar; *ver* fracassar é outra coisa bem diferente. Podem fazer qualquer loucura.

— O senhor tem uma péssima opinião do povo que governa, vereador.

Big Jim abriu a boca para retorquir — algo como *E já foi justificada várias vezes*, era a aposta de Barbie —, mas aí se lembrou de que boa parte da cidade assistia ao confronto numa televisão de tela grande. Talvez em alta definição.

— Gostaria que tirasse esse sorriso sarcástico da cara, Barbara.

— Agora estamos policiando expressões também? — perguntou Julia.

Joe Espantalho cobriu a boca, mas não antes que Randolph e Big Jim vissem o sorriso do garoto. E ouvissem a risadinha que escapou por entre os dedos.

— Gente — disse o segundo tenente —, é melhor vocês saírem do local. O tempo está passando.

— Julia, vira essa câmera pra mim — disse Barbie.

Foi o que ela fez.

16

O Dipper's nunca estivera tão cheio, nem mesmo no show inesquecível do réveillon de 2009, com os Vatican Sex Kittens. E nunca ficara tão silencioso. Mais de quinhentas pessoas estavam ali em pé, ombro a ombro, quadril a quadril, assistindo à câmera do PowerBook Pro de Joe fazer uma curva de 45° e pousar em Dale Barbara.

— É o meu menino — murmurou Rose Twitchell, e sorriu.

— Olá, pessoal — disse Barbie, e a imagem era tão boa que várias pessoas responderam *olá*. — Sou Dale Barbara e fui realistado como coronel do Exército dos Estados Unidos.

Isso foi recebido com surpresa geral.

— Esse vídeo aqui na estrada da Bostinha é inteiramente de minha responsabilidade, e, como vocês devem ter concluído, houve uma divergência de opiniões entre mim e o vereador Rennie sobre continuar ou não a transmissão.
— Dessa vez a reação foi mais barulhenta. E nada satisfeita.

— Não temos tempo de discutir detalhes do comando agora de manhã — continuou Barbie. — Vamos virar a câmera para o ponto que o míssil deve atingir. Se a transmissão vai continuar ou não cabe à decisão do seu segundo vereador. Se ele interromper a transmissão, a responsabilidade é dele. Obrigado pela atenção.

Ele saiu do enquadramento. Por um momento, a reunião no salão de baile viu apenas a floresta; depois, a imagem girou de novo, baixou e se fixou no **X** flutuante. Além dele, as sentinelas carregavam o resto do equipamento em dois caminhões grandes.

Will Freeman, proprietário e gerente da revendedora Toyota local (e nada amigo de James Rennie), falou diretamente para a TV.

— Deixa pra lá, Jimmy, senão até o final da semana vai haver vereadores novos em Mill.

Houve um murmúrio geral de aprovação. Os moradores da cidade ficaram em silêncio, assistindo e esperando para ver se o programa previsto — chato e insuportavelmente empolgante ao mesmo tempo — continuaria ou se a transmissão seria interrompida.

17

— O que você quer que eu faça, Big Jim? — perguntou Randolph. Tirou um lenço do bolso da calça e limpou a nuca.

— O que *você* quer fazer? — respondeu Big Jim.

Pela primeira vez desde que pegara as chaves do carro verde de chefe, Pete Randolph achou que adoraria passar o cargo a outra pessoa. Suspirou e disse:

— Quero deixar pra lá.

Big Jim fez que sim, como se dissesse *Então a culpa é sua*. Depois, sorriu — isto é, se repuxar os lábios pode ser assim descrito.

— Bom, você é o chefe. — Virou-se para Barbie, Julia e Joe Espantalho. — Fomos superados na manobra. Não fomos, sr. Barbara?

— Posso garantir que não há nenhuma manobra acontecendo aqui, senhor — disse Barbie.

— Bos... *bobagem*. Essa é, pura e simplesmente, uma luta pelo poder. Já vi muito disso no meu tempo. Já vi dar certo... e já vi dar errado. — Ele se aproximou de Barbie, ainda tomando cuidado com o braço direito dolorido. De perto, Barbie conseguia sentir o cheiro de água de colônia e suor. Rennie respirava com força. Baixou a voz. Talvez Julia não ouvisse o que veio depois. Mas Barbie, sim.

— Vocês estão todos na frigideira, filho. Cada fiapo. Se o míssil passar, você ganha. Se ricochetear... *cuidado comigo*. — Por um momento, os seus olhos, quase enterrados nas dobras fundas de carne mas faiscando com inteligência fria e clara, encontraram os de Barbie e os prenderam. Depois ele se virou. — Vamos, chefe Randolph. Essa situação já está bastante complicada, graças ao sr. Barbara e aos seus amigos. Vamos voltar à cidade. É bom estar com os soldados a postos em caso de quebra-quebra.

— Essa é a coisa mais ridícula que já ouvi! — exclamou Julia.

Big Jim lhe abanou a mão sem se virar.

— Quer ir até o Dipper's, Jim? — perguntou Randolph. — Temos tempo.

— Não ponho os pés naquele antro de meretrizes — disse Big Jim. Abriu a porta do carona do carro da polícia. — O que eu quero é uma soneca. Mas não vai dar, porque há muito a fazer. Tenho grandes responsabilidades. Não pedi, mas tenho.

— Alguns homens são grandes, outros têm a grandeza lançada sobre eles, não é isso, Jim? — perguntou Julia. Ela estava com o seu sorriso frio.

Big Jim se virou para ela, e a expressão nua de ódio no seu rosto a fez dar um passo atrás. Depois, Rennie a desdenhou.

— Vamos, chefe.

O carro voltou a Mill, as luzes ainda piscando na luz nebulosa e estranhamente de verão.

— Ufa — disse Joe. — Carinha assustador.

— Exatamente os meus sentimentos — disse Barbie.

Julia examinava Barbie, todos os vestígios de sorriso sumidos.

— Você tinha um inimigo — disse ela. — Agora tem um inimigo visceral.

— Acho que você também.

Ela fez que sim.

— Pro bem de nós dois, torço para essa coisa do míssil dar certo.

— Coronel Barbara, estamos indo embora — disse o segundo tenente. — Eu me sentiria muito melhor se visse os senhores irem também.

Barbie concordou e, pela primeira vez em anos, bateu continência.

18

Um B-52 que decolara da Base Aérea de Carswell nas primeiras horas daquela manhã de segunda-feira ficou de prontidão acima de Burlington, Vermont, desde 10h40 (a Força Aérea acredita em chegar cedo ao baile sempre que possível). A missão recebeu o codinome de ILHA GRANDE. O piloto e comandante era o major Gene Ray, que servira nas guerras do Golfo e do Iraque (em conversas particulares, referia-se a esta última como "a puta exibição de Big Dubya"). Tinha dois mísseis Cruise Fasthawk no compartimento de bombas. Era uma boa arma, o Fasthawk, mais confiável e poderosa do que o velho Tomahawk, mas era muito estranho planejar o lançamento de um deles com ogiva quente num alvo americano.

Às 12h53, uma luz vermelha do painel de controle se alaranjou. O piloto automático assumiu o controle do avião e começou a colocá-lo em posição. Lá embaixo, Burlington sumiu sob as asas.

Ray falou ao microfone.

— É quase hora do show, senhor.

Em Washington, o coronel Cox respondeu:

— Câmbio, major. Boa sorte. Destrua a canalha.

— É o que vai acontecer — disse Ray.

Às 12h54, a luz alaranjada começou a pulsar. Às 12h55, ficou verde. Ray ligou o interruptor marcado como 1. Não houve nenhuma sensação, apenas um leve *uuch* vindo de trás, mas ele viu o Fasthawk começar o seu voo no vídeo. Rapidamente, ele se acelerou até a velocidade máxima, deixando no céu um rastro como o arranhão de uma unha.

Gene Ray fez o sinal da cruz, terminando com um beijo na base do polegar. "Vá com Deus, meu filho", disse.

A velocidade máxima do Fasthawk era de 5.600km/h. A 80km do alvo — cerca de 50km a oeste de Conway, New Hampshire, e agora no lado leste das montanhas Brancas — o computador calculou e depois autorizou a aproximação final. Na descida, a velocidade do míssil caiu de 5.600km/h para 3.000km/h. Ele seguia a rodovia 302, que é a rua principal de North Conway. Os pedestres ergueram os olhos inquietos quando o Fasthawk passou por cima.

— Esse jato não está baixo demais? — perguntou uma mulher no estacionamento do Settlers Green Outlet Village à sua colega de compras, protegendo os olhos. Se o sistema de direção do Fasthawk pudesse falar, teria dito: "Você ainda não viu nada, doçura."

O míssil passou pela fronteira entre o Maine e New Hampshire a 900 metros de altura, provocando uma explosão sônica que rilhou dentes e quebrou janelas. Quando percebeu a rodovia 119, o sistema de orientação passou primeiro para 300 metros de altitude, depois para 150. Nisso o computador funcionava a toda, colhendo dados do sistema de orientação e fazendo mil correções de trajetória por minuto.

Em Washington, o coronel James O. Cox disse:

— Aproximação final, gente. Segurem a dentadura.

O Fasthawk achou a estrada da Bostinha e caiu quase ao nível do solo, ainda voando a uma velocidade de quase Mach 2, lendo todos os morros e curvas, o rastro ardendo com brilho demais para se olhar, deixando na sua esteira um fedor venenoso de propelente. Arrancou folhas de árvores, chegou a pôr fogo em algumas. Implodiu uma barraquinha de beira de estrada em Tarker's Hollow, fazendo tábuas e abóboras esmagadas voarem para o céu. Seguiu-se a explosão, fazendo pessoas se jogarem no chão com as mãos sobre a cabeça.

Isso vai dar certo, pensou Cox. *Como não daria?*

19

No Dipper's, havia agora oitocentas pessoas amontoadas. Ninguém falava, embora os lábios de Lissa Jamieson se movessem em silêncio enquanto ela rezava para qualquer alma superior da Nova Era que estivesse então lhe exigindo atenção. Segurava um cristal numa das mãos; a reverenda Piper Libby segurava contra os lábios o crucifixo da mãe.

— Aí vem ele — disse Ernie Calvert.
— Onde? — perguntou Marty Arsenault. — Não vejo na...
— *Escutem*! — exclamou Brenda Perkins.

Eles o ouviram chegar: um *hum* sobrenatural e cada vez maior, vindo do lado oeste da cidade, um *mmmm* que em segundos virou *MMMMMM*. Na grande tela da TV, não viram quase nada até meia hora depois, bem depois que o míssil fracassara. Para os que ainda estavam no bar de beira de estrada, Benny Drake conseguiu retardar a gravação até avançá-la quadro a quadro. Viram o míssil vir deslizando pela curva da Bostinha. Estava a no máximo 1,20m do chão, quase beijando a própria sombra. No quadro seguinte, o Fasthawk, com uma ogiva bélica de fragmentação projetada para explodir com o contato, ficou parado no meio do ar onde antes havia o bivaque dos fuzileiros.

Nos quadros seguintes, a tela se encheu de um branco tão brilhante que os espectadores protegeram os olhos. Então, quando o branco começou a desbotar, viram os fragmentos do míssil — muitíssimos travessões pretos contra a explosão que se reduzia — e uma imensa marca queimada onde havia antes o **X** vermelho. O míssil atingira exatamente o alvo.

Depois disso, o povo no Dipper's viu a floresta do lado de fora da Redoma explodir em chamas. Viram o asfalto daquele lado primeiro se romper, depois começar a derreter.

20

— Lança o outro — disse Cox devagar, e Gene Ray obedeceu. Quebrou mais janelas e assustou mais gente no leste de New Hampshire e no oeste do Maine.

De resto, o resultado foi o mesmo.

ENQUADRADO

1

Na rua Mill, 19, lar da família McClatchey, houve um instante de silêncio quando a gravação acabou e então Norrie Calvert caiu em prantos. Benny Drake e Joe McClatchey, depois de se entreolharem por sobre a cabeça abaixada da garota com a mesma expressão de *O que eu faço agora?*, abraçaram os ombros trêmulos de Norrie e seguraram o pulso um do outro, num tipo de aperto de mão especial.

— Então é *isso*? — perguntou Claire McClatchey sem acreditar. A mãe de Joe não chorava, mas era por pouco; os olhos brilhavam. Tinha nas mãos o retrato do marido, tirara-o da parede pouco depois de Joe chegar com os amigos e o DVD. — Isso é *tudo*?

Ninguém respondeu. Barbie estava empoleirado no braço da poltrona onde Julia se sentara. *Posso estar numa encrenca daquelas agora*, pensou. Mas não foi o seu *primeiro* pensamento; este foi o de que a cidade estava numa encrenca daquelas.

A sra. McClatchey se levantou. Ainda segurava o retrato do marido. Sam fora à feira de usados que funcionava todo sábado no autódromo de Oxford até que o tempo esfriasse demais. O seu passatempo era reformar móveis, e ele costumava encontrar boas peças nas barraquinhas de lá. Três dias depois, ainda estava em Oxford, dividindo o espaço do Motel Raceway com vários pelotões de repórteres e pessoal da TV; ele e Claire não podiam conversar por telefone, mas mantinham contato por e-mail. Até então.

— O que aconteceu com o seu computador, Joey? — perguntou ela.

— Explodiu?

Joe, o braço ainda em torno dos ombros de Norrie, a mão ainda segurando o pulso de Benny, fez que não.

— Acho que não — disse. — Provavelmente só derreteu. — Virou-se para Barbie. — O calor pode fazer o bosque pegar fogo por lá. Alguém devia tomar alguma providência.

— Acho que não tem caminhão de bombeiros na cidade — comentou Benny. — Ou talvez só um ou dois velhos.

— Vou ver o que eu consigo fazer — disse Julia. Claire McClatchey se elevava acima dela; era bem fácil ver a quem Joe puxara em termos de altura. — Barbie, provavelmente vai ser melhor se eu cuidar disso sozinha.

— Por quê? — Claire parecia perplexa. Uma das lágrimas afinal transbordou e correu pelo rosto. — Joe disse que o governo pôs o senhor no comando, sr. Barbara... o presidente em pessoa!

— Eu tive um desentendimento com o sr. Rennie e o chefe Randolph por causa do vídeo — explicou Barbie. — Foi meio tenso. Duvido que qualquer um deles receba bem meus conselhos agora. Julia, acho que também não vão gostar muito dos seus. Ao menos não por enquanto. Se o Randolph tiver alguma competência, vai mandar um monte de agentes pra lá com o que restou no corpo de bombeiros. No mínimo, vai haver mangueiras e extintores portáteis.

Julia pensou no assunto e disse:

— Vamos ali fora um instante, Barbie?

Ele olhou a mãe de Joe, mas Claire não lhes dava mais atenção. Afastara o filho e estava sentada junto de Norrie, que tinha o rosto enfiado no seu ombro.

— Cara, o governo me deve um computador — disse Joe quando Barbie e Julia foram andando rumo à porta da frente.

— Anotado — disse Barbie. — E obrigado, Joe. Você trabalhou bem.

— Muito melhor do que a porra do míssil deles — murmurou Benny.

Na escada da frente da casa dos McClatchey, Barbie e Julia ficaram em silêncio, olhando a praça da cidade, o riacho Prestile e a ponte da Paz. Então, numa voz grave e zangada, Julia disse:

— Ele não tem. Esse é o problema. Essa é a porra do problema.

— Quem não tem o quê?

— Peter Randolph não tem competência alguma. Não tem nem o mínimo. Eu estudei com ele desde o jardim de infância, quando era o campeão do xixi na calça, até o fim do primeiro grau, quando fazia parte da Brigada dos Puxadores de Elástico de Sutiã. Tinha um cérebro nota 2 que levava 5 no boletim porque o pai era da diretoria, e a capacidade cerebral dele não aumentou. O nosso sr. Rennie se cercou de imbecis. A Andrea Grinnell é uma exceção, mas é uma viciada em drogas. OxyContin.

— Dores nas costas — disse Barbie. — A Rose me contou.

As árvores da praça tinham perdido as folhas em quantidade suficiente para Barbie e Julia verem a rua principal. Agora estava deserta — a maioria ainda estaria no Dipper's discutindo o que tinha visto —, mas as calçadas logo se encheriam de moradores estonteados e incrédulos voltando para casa. Homens e mulheres que ainda não ousariam perguntar o que viria depois.

Julia suspirou e passou as mãos pelo cabelo.

— O Jim Rennie acha que, se mantiver todo o controle nas mãos, tudo vai se resolver em algum momento. Ao menos pra ele e pros amigos. É o pior tipo de político: egoísta, egocêntrico demais pra perceber que está dando um passo muito maior que as pernas e, no fundo, um covarde por trás daquela casca de deixa-comigo. Quando a situação ficar muito ruim, ele vai mandar a cidade pro inferno se achar que assim ele consegue se safar. O líder covarde é o mais perigoso dos homens. Você é que devia estar dirigindo o espetáculo.

— Aprecio a sua confiança...

— Mas isso não vai acontecer, seja o que for que o seu coronel Cox e o presidente dos Estados Unidos queiram. Não vai acontecer nem que 50 mil pessoas descessem marchando a Quinta Avenida em Nova York brandindo cartazes com a sua cara. Não com essa merda de Redoma ainda sobre a nossa cabeça.

— Cada vez que eu te escuto falar, você parece menos republicana — observou Barbie.

Ela lhe deu um soco no bíceps com um punho surpreendentemente pesado.

— Não estou brincando.

— Não — concordou Barbie. — Não estamos brincando. É hora de convocar eleições. E insisto que você se candidate a vereadora.

Ela o olhou suplicante.

— Acha que o Jim Rennie vai permitir eleições enquanto a Redoma estiver no lugar? Em que mundo você está vivendo, amigo?

— Não subestime a vontade da cidade, Julia.

— E *você*, não subestime James Rennie. Ele manda aqui há séculos e todos passaram a aceitá-lo. E ele tem muito talento na hora de encontrar bodes expiatórios. Um cara de fora daqui, sem eira nem beira, na verdade, seria perfeito na atual situação. Será que a gente conhece alguém assim?

— Eu estava esperando uma ideia sua, não uma análise política.

Por um instante, ele achou que ela ia bater nele de novo. Então ela respirou fundo e sorriu.

— Você vem todo cheio de com-licença mas tem os seus espinhos, né?

O apito da Câmara de Vereadores começou a dar uma série de toques curtos no ar quente e parado.

— Alguém avisou de um incêndio — disse Julia. — Acho que a gente sabe onde.

Olharam para oeste, onde a fumaça que subia sujava o azul. Barbie achou que a maior parte tinha que vir do lado de Tarker's Mill, mas que quase com certeza o calor teria causado pequenos incêndios também no lado de Chester.

— Quer uma ideia? Pois aqui está uma. Vou procurar a Brenda, que deve estar em casa ou no Dipper's, como todo mundo, e sugerir que ela assuma a operação de combate a incêndios.

— E se ela disser que não?

— Tenho quase certeza de que não vai dizer. Ao menos não tem vento, não desse lado da Redoma, então provavelmente é só mato e capim. Ela vai chamar alguns camaradas pra ajudar e vai escolher os certos. Vão ser os que o Howie chamaria.

— Nenhum dos novos policiais, suponho.

— Isso é com ela, mas duvido que chame Carter Thibodeau ou Melvin Searles. Nem Freddy Denton. Ele é policial há cinco anos, mas eu sei pela Brenda que Duke planejava demiti-lo. Freddy se fantasia de Papai Noel todo ano na escola primária e as crianças adoram, ele tem um ótimo ho-ho-ho. Também tem um lado mau.

— Lá vem você com o Rennie de novo.

— É.

— Vingança pode dar merda.

— Eu também posso dar merda quando é preciso. Brenda também, quando se irrita.

— Então vai fundo. E vê se ela fala com aquele tal Burpee. Na hora de apagar fogo no mato, eu confio mais nele do que em todos os restos de corpo de bombeiros da cidade. Ele tem de tudo naquela loja.

Ela fez que sim.

— É uma excelente ideia.

— Tem certeza de que não quer que eu vá junto?

— Você tem mais o que fazer. Bren te deu a chave de Duke do abrigo antirradiação?

— Deu.

— Então o incêndio pode ser exatamente a distração de que você precisa. Vai buscar o contador Geiger. — Ela deu uns passos na direção do Prius, parou e se virou. — Provavelmente, encontrar o gerador, supondo que exista, é a melhor solução pra cidade. Talvez a única. E, Barbie?

— Estou aqui, senhora — disse ele, com um sorrisinho.

Ela não sorriu.

— Enquanto não ouvir o discurso eleitoral de Big Jim Rennie, não o subestime. Há razões pra ele durar tanto.

— Entendi, ele é bom na hora de matar a cobra e mostrar o pau.

— Pois é. E dessa vez a cobra pode ser você.

Ela se foi, atrás de Brenda e Romeo Burpee.

2

Os que testemunharam a tentativa fracassada da Força Aérea de furar a Redoma saíram do Dipper's mais ou menos como Barbie havia imaginado: devagar, de cabeça baixa, sem falar muito. Vários estavam de braços dados uns com outros, alguns choravam. Três carros da polícia da cidade estavam estacionados diante do Dipper's e havia meia dúzia de policiais encostados neles, preparados para encrencas. Mas não houve nenhuma.

O carro verde da chefia de polícia estava estacionado mais acima, em frente ao terreno da Brownie's (onde um cartaz escrito à mão na vitrine dizia FECHADO ATÉ A "LIBERDADE!" PERMITIR REABASTECIMENTO DE ESTOQUE). O chefe Randolph e Jim Rennie estavam dentro do carro, observando.

— Pronto — disse Big Jim com satisfação inconfundível. — Espero que eles estejam contentes.

Randolph o olhou, curioso.

— Você *não* queria que funcionasse?

Big Jim fez uma careta quando o ombro dolorido deu uma pontada.

— Claro que queria, mas nunca achei que daria certo. E aquele sujeito com nome de mulher e a nova amiguinha dele, a Julia, conseguiram deixar todo mundo animado e esperançoso, né? Ah, sim, pode apostar! Sabe que ela nunca me apoiou nas eleições naquele lixo que ela edita? Nenhuma vez.

Ele apontou os pedestres que seguiam como um rio de volta à cidade.

— Dá uma boa olhada, parceiro: eis aonde leva a incompetência, as falsas esperanças e o excesso de informações. Agora eles estão só infelizes e desapontados, mas quando superarem isso vão ficar enlouquecidos. Vamos precisar de mais polícia.

— *Mais?* Já temos 18 policiais, contando os de meio expediente e os agentes novos.

— Não é suficiente. E nós temos...

O apito da cidade começou a martelar o ar com toques curtos. Olharam para oeste e viram a fumaça subir.

— Nós temos que agradecer a Barbara e Shumway — terminou Big Jim.

— Talvez a gente devesse cuidar daquele incêndio.

— É problema de Tarker's Mill. E do governo americano, é claro. Eles provocaram o incêndio com aquele míssil melequento, eles que cuidem disso.

— Mas se o calor provocar um incêndio do nosso lado...

— Para de agir feito uma velha e me leva de volta à cidade. Preciso encontrar Junior. Ele e eu precisamos conversar.

3

Brenda Perkins e a reverenda Piper Libby estavam no estacionamento do Dipper's, ao lado do Subaru de Piper.

— Eu nunca achei que daria certo — explicava Brenda —, mas mentiria se dissesse que eu não fiquei desapontada.

— Eu também — concordou Piper. — Amargamente. Eu te daria carona até a cidade, mas tenho que visitar um paroquiano.

— Espero que não seja na Bostinha — disse Brenda, apontando com o polegar a fumaça que subia.

— Não, do outro lado. Eastchester. Jack Evans. Perdeu a mulher no Dia da Redoma. Um acidente horroroso. Não que tudo isso não seja horroroso.

Brenda concordou.

— Eu vi ele no pasto do Dinsmore, levando um cartaz com a foto da mulher. Coitado.

Piper foi até a janela aberta do lado do motorista, onde Clover, sentado atrás do volante, observava a multidão partir. Remexeu no bolso, lhe deu um biscoito e disse:

— Sai pra lá, Clove. Você sabe que não passou no exame de motorista. — A Brenda, confidenciou: — Ele não sabe nem estacionar.

O pastor-alemão pulou para o lado do carona. Piper abriu a porta do carro e contemplou a fumaça.

— Tenho certeza de que a floresta do lado de Tarker's Mills está ardendo bem, mas isso não devia nos preocupar. — Ela deu a Brenda um sorriso amargo. — Nós temos a Redoma pra nos proteger.

— Boa sorte — disse Brenda. — Dê os meus pêsames ao Jack. E o meu amor.

— Pode deixar... — disse Piper, e saiu. Brenda ia saindo do estacionamento com as mãos no bolso da calça jeans, se perguntando como conseguiria passar o resto do dia, quando Julia Shumway chegou e a ajudou a descobrir.

4

Os mísseis que explodiram contra a Redoma não acordaram Sammy Bushey; foi o estrondo de madeira caída, seguido dos gritos de dor do Pequeno Walter, que a despertou.

Quando foram embora, Carter Thibodeau e os amigos levaram todo o fumo da geladeira, mas não revistaram o lugar, e a caixa de sapatos com a caveira de ossos cruzados mal desenhada ainda estava no armário. Havia também a seguinte mensagem, nas letras de imprensa mal traçadas e inclinadas para trás de Phil Bushey: ESSA MERDA É MINHA! QUEM TOCAR, MORRE!

Não havia maconha dentro (Phil sempre desdenhara maconha como "droga de coquetel"), e ela não se interessava pelo saco de cristal. Tinha certeza de que os "guardas" adorariam fumá-lo, mas achava que cristal era merda de maluco pra gente maluca; quem mais inalaria fumaça com resíduo de lixa de acender fósforo marinado em acetona? Mas havia outro saquinho menor que continha meia dúzia de sossega-leão, e quando o grupo de Carter foi embora, ela engoliu um deles com a cerveja quente da garrafa guardada debaixo da cama onde agora dormia sozinha... quer dizer, a não ser quando levava Pequeno Walter para dormir com ela. Ou Dodee.

Ela pensou rapidamente em tomar todos os comprimidos e dar fim ao lixo da sua vida infeliz de uma vez por todas; já podia até ter feito isso, se não fosse o Pequeno Walter. Se ela morresse, quem cuidaria dele? Ele poderia até morrer de fome no berço, uma ideia horrível.

Ela não considerava o suicídio, mas nunca se sentira tão triste, deprimida e ferida na vida. Suja, também. Já fora degradada antes, bem sabia Deus, às vezes por Phil (que, antes de perder o interesse pelo sexo por completo, gostava de trepadas chapadas a três), às vezes por outros, às vezes por si mesma; Sammy Bushey nunca entendera o conceito de ser sua própria melhor amiga.

Sem dúvida já fizera muito sexo casual. Certa vez, no secundário, depois que o time de basquete dos Wildcats ganhou o campeonato da Série D, ela deu para quatro dos titulares, um atrás do outro, numa festa pós-jogo (o quinto havia apagado num canto). A ideia estúpida foi dela mesma. Ela também já havia vendido o que Carter, Mel e Frankie DeLesseps tomaram à força. Geralmente para Freeman Brown, dono do Brownie's, onde fazia quase todas as compras porque ele lhe dava crédito. Era velho e não cheirava muito bem, mas vivia tarado e na verdade isso era uma vantagem. Fazia com que fosse rápido. Seis bombadas no colchão do depósito costumava ser o limite, seguido de um grunhido e uma careta. Nunca era o ponto alto da semana dela, mas era reconfortante saber que a linha de crédito lá estava, ainda mais quando a grana acabava no fim do mês e o Pequeno Walter precisava de fraldas.

E Brownie nunca a tinha machucado.

O que acontecera na noite passada fora diferente. DeLesseps não fora tão ruim assim, mas Carter a machucara lá dentro e a fizera sangrar por baixo. O pior veio em seguida; quando Mel Searles baixou as calças, exibia uma ferramenta como as que ela já vira nos filmes pornô a que Phil assistia antes que o interesse pelo cristal superasse o interesse pelo sexo.

Searles entrara nela com tudo e, embora ela tentasse recordar o que fizera com Dodee dois dias antes, não adiantou. Continuou tão seca quanto agosto sem chuva. Isso é, até que o que Carter Thibodeau apenas arranhara se rasgou. Então houve lubrificação. Ela sentiu a poça embaixo dela, quente e grudenta. Também havia umidade no rosto, lágrimas que corriam pela bochecha e se acumulavam no oco da orelha. Durante a cavalgada interminável de Mel Searles, ela achou que ele poderia até matá-la. Se a matasse, o que aconteceria com o Pequeno Walter?

E, entretecida naquilo tudo, o guincho da voz de gralha de Georgia Roux: *Fode ela, fode ela, fode essa piranha! Faz ela uivar!*

E Sammy uivou mesmo. Uivou muito, e o Pequeno Walter também, no seu berço no quarto.

No final, mandaram que ficasse de bico fechado e a deixaram sangrando no sofá, ferida mas viva. Ela vira as lanternas se moverem pelo teto da sala e depois sumir quando partiram rumo à cidade. Então ficaram só ela e o Pequeno Walter. Ela andara com ele para lá e para cá, para lá e para cá, só parando uma vez para vestir uma calcinha (a cor-de-rosa, não; essa ela não queria usar nunca mais) e enfiar nela um monte de papel higiênico. Tinha Tampax, mas a ideia de pôr alguma coisa lá dentro era assustadora.

Finalmente, a cabeça de Pequeno Walter caiu pesada sobre o seu ombro, e ela sentiu a baba lhe umedecer a pele: sinal seguro de que estava real e verdadeiramente adormecido. Ela o pôs de volta no berço (rezando para que dormisse a noite toda) e depois tirou a caixa de sapato do armário. Primeiro o sossega-

-leão — algum tipo de sonífero forte, ela não sabia direito qual — reduziu a dor Lá Embaixo e depois apagou tudo. Ela dormiu mais de 12 horas.

E agora isso.

Os berros do Pequeno Walter eram como uma luz forte perfurando uma neblina pesada. Ela pulou da cama e correu até o quarto dele, sabendo que o maldito berço, que Phil montara meio doidão, finalmente desmoronara. O Pequeno Walter o sacudira muito na noite passada enquanto os "policiais" se ocupavam dela. O berço deve ter se enfraquecido até que, naquela manhã, quando o menino acordou... Pequeno Walter caíra no chão com os destroços. Ele engatinhou na direção dela com sangue correndo de um corte na testa.

— *Pequeno Walter!* — ela gritou e o pegou no colo. Virou-se, tropeçou num pedaço quebrado do berço, caiu sobre o joelho, se levantou e correu para o banheiro com o bebê chorando nos braços. Abriu a torneira e obviamente não saiu água: não havia energia para a bomba do poço funcionar. Agarrou uma toalha e limpou a seco o rosto dele, expondo o corte — não era fundo, mas comprido e rasgado. Deixaria cicatriz. Ela apertou a toalha contra o corte com o máximo de força que ousou, tentando ignorar os novos guinchos de dor e incômodo do Pequeno Walter. O sangue pingou nos seus pés descalços em gotas do tamanho de moedas. Quando olhou para baixo, viu que a calcinha azul que vestira depois que os "policiais" saíram estava agora encharcada e de um roxo lamacento. Primeiro pensou que era sangue do Pequeno Walter. Mas as coxas também estavam riscadas de sangue.

5

Ela deu um jeito de fazer o Pequeno Walter ficar quieto até lhe pôr três band-aids de Bob Esponja na ferida e lhe vestir uma camiseta e o único macacão limpo que restava (no babador, um bordado vermelho proclamava DIABINHO DA MAMÃE). Vestiu-se enquanto o Pequeno Walter engatinhava em círculos no chão do quarto, os soluços enlouquecidos reduzidos a fungadas frouxas. Começou jogando no lixo a calcinha ensopada de sangue e vestindo outra. Encheu-a com um pano de prato dobrado e levou outro para mais tarde. Ainda sangrava. Não um jorro, mas um fluxo bem mais pesado do que nas piores menstruações. E durara a noite toda. A cama estava ensopada.

Ela preparou a bolsa do Pequeno Walter e depois o pegou no colo. Ele era pesado e ela sentiu uma dor nova Lá Embaixo: o tipo de dor de barriga soluçante que a gente tem quando come coisa estragada.

— Vamos pro Posto de Saúde — disse ela — e não se preocupa, Pequeno Walter, o dr. Haskell vai consertar a gente. Além disso, cicatriz não é muito problema pra um menino. Às vezes as garotas acham até sexy. Vou o mais rápido que puder e logo a gente chega lá. — Ela abriu a porta. — Vai dar tudo certo.

Mas o Toyota velho e enferrujado não estava nada certo. Os "policiais" não haviam feito nada com os pneus de trás, mas haviam furado os dois da frente. Sammy olhou o carro por um bom tempo, sentindo se instalar uma depressão ainda mais profunda. Uma ideia, passageira mas nítida, lhe passou pela cabeça: poderia dividir os sossega-leão restantes com Pequeno Walter. Poderia esmagar os dele e colocá-los numa das mamadeiras Playtex que ele chamava de "beque". Podia disfarçar o gosto com leite achocolatado. Pequeno Walter adorava leite achocolatado. Junto com a ideia veio o nome de um dos velhos discos de Phil: *Nada importa, e se importasse?**

Ela afastou a ideia.

— Não sou esse tipo de mãe — disse ao Pequeno Walter.

Ele a olhou de um modo que lembrava Phil, mas de um jeito bom: a expressão que parecia estupidez perplexa no marido de quem se separara era bobinha e adorável no filho. Ela lhe beijou o nariz e ele sorriu. Foi bonito, um sorriso bonito, mas os band-aids na testa estavam ficando vermelhos. Isso não era tão bonito.

— Mudança de planos — disse ela, e voltou a entrar. A princípio, não conseguiu achar o canguru, mas finalmente o avistou atrás do Sofá da Curra, como o chamaria a partir daí. Conseguiu finalmente enfiar o Pequeno Walter nele, embora levantá-lo fizesse tudo doer de novo. O pano de prato na calcinha estava agourentamente molhado, mas, quando olhou o gancho da calça de moletom, não havia manchas. Isso era bom.

— Pronto para o passeio, Pequeno Walter?

Pequeno Walter só acomodou a bochecha no oco do ombro dela. Às vezes, a sua falta de palavras a incomodava — ela tinha amigas cujos filhos balbuciavam frases inteiras com menos de um ano e meio, e o Pequeno Walter só sabia nove ou dez palavras — mas não hoje. Hoje, ela tinha mais com que se preocupar.

O dia parecia desanimadoramente quente para a última semana de outubro; o céu lá em cima era de um azul muito pálido, e a luz, um tanto borrada. Ela sentiu na mesma hora o suor vir ao rosto e ao pescoço, e a virilha pulsava

---

* *Nothin' Matters, And What If It Did?*, álbum de 1980 do cantor John Cougar, também conhecido como John Cougar Mellencamp e John Mellencamp. (N. da T.)

muito — parecia piorar a cada passo e ela só dera alguns. Pensou em voltar e pegar uma aspirina, mas isso não faria a hemorragia piorar? E ela achava que nem tinha.

Também havia outra coisa, algo que mal ousava admitir. Se entrasse em casa de novo, não tinha certeza de que teria disposição para sair outra vez.

Havia um pedaço branco de papel sob o limpador de para-brisa esquerdo. Tinha **Só um bilhete de SAMMY** impresso no alto, cercado de margaridas. Tirado do bloquinho da cozinha dela. A ideia causou uma certa ofensa cansada. Rabiscado sob as margaridas, havia isso: *Conta pra alguém e furamos mais do que os pneus*. E embaixo, com outra letra: *Da próxima vez a gente vira você e brinca do outro lado*.

— Nem sonhando, seu filho da puta — disse ela, com voz fraca e cansada.

Amassou o bilhete, jogou-o ao lado do pneu furado — o coitado do Corolla parecia tão cansado e triste quanto ela — e seguiu caminho até o fim da entrada, parando para se encostar alguns segundos na caixa do correio. O metal estava quente na pele, o sol escaldante na nuca. E quase nenhum sopro de brisa. Outubro devia ser fresco e revigorante. *Talvez seja aquele troço de aquecimento global*, pensou. Foi a primeira a ter essa ideia, mas não a última, e a palavra que acabou pegando não foi *global*, mas *local*.

A estrada de Motton se estendia diante dela, deserta e sem encantos. A mais ou menos 1,5 quilômetro dali, ficavam as casas novas e bonitas de Eastchester, para onde as mães e os pais trabalhadores da classe mais alta de Mill voltavam no final do dia passado nas lojas, escritórios e bancos de Lewiston-Auburn. À direita, ficava o centro de Chester's Mill. E o Posto de Saúde.

— Pronto, Pequeno Walter?

Pequeno Walter não disse que sim nem que não. Roncava no oco do ombro da mãe e babava na camiseta de Donna, a Búfala, que ela usava. Sammy respirou fundo, tentou ignorar a pulsação que vinha da Terra Lá Embaixo, levantou o canguru e partiu rumo à cidade.

Quando o assovio começou a tocar no alto da Câmara, com os toques curtos que indicavam incêndio, primeiro achou que era sua cabeça, que decididamente estava estranha. Depois viu a fumaça, mas ficava longe, a oeste. Nada que preocupasse a ela e ao Pequeno Walter... a menos que viesse alguém que quisesse olhar o fogo mais de perto. Se isso ocorresse, sem dúvida seriam gentis o bastante para lhe dar uma carona até o Posto de Saúde no caminho da empolgação*:*

Ela começou a cantar a música de James McMurtry que fizera sucesso no verão passado; chegou até "A gente passa na calçada às oito e quinze, a cidade é pequena, não tem mais cerveja" e parou. A boca estava seca demais para cantar. Ela piscou e viu que estava prestes a cair na sarjeta, e nem mesmo era aquela perto de onde estava quando começara a andar. Ela atravessara a rua, um jeito ótimo de ser atropelada em vez de conseguir carona.

Olhou por cima do ombro, com esperanças de trânsito. Nada. A estrada para Eastchester estava vazia, o asfalto quente mas não a ponto de cintilar.

Ela voltou para o lado que considerava seu, agora trocando as pernas, sentindo os joelhos moles. *Marinheiro bêbado*, pensou. *O que está fazendo com um marinheiro bêbado, de manhã tão cedo?* Mas não era de manhã, era de tarde, ela dormira o dia todo, e quando olhou para baixo, viu que o gancho da calça ficara roxo, como a calcinha que usara antes. *Isso não vai sair, e só tenho mais duas calças para usar.* Então ela lembrou que uma delas tinha um buracão no traseiro e começou a chorar. As lágrimas pareciam frias no rosto ardente.

— Tudo bem, Pequeno Walter — disse ela. — O dr. Haskell vai dar um jeito. Tudo bem. Bem demais. Bem como...

Então uma rosa preta começou a se abrir diante dos seus olhos, e as últimas forças se esvaíram das pernas. Sammy a sentiu ir embora, correndo dos músculos como água. Ela caiu, agarrando-se a um último pensamento: *De lado, de lado, não vai esmagar o bebê!*

Isso ela conseguiu. Ficou caída no acostamento da estrada de Motton, imóvel sob o sol indistinto, como o de julho. O Pequeno Walter acordou e começou a chorar. Tentou sair do canguru e não conseguiu; Sammy o abotoara muito bem e ele estava preso. O Pequeno Walter começou a chorar com mais força. Uma mosca lhe pousou na testa, provou o sangue que escorria entre as imagens de Bob Esponja e Patrick e saiu voando. Provavelmente para avisar o QG das Moscas da deliciosa guloseima e convocar reforços.

Gafanhotos cantavam no capim.

O apito da cidade buzinava.

O Pequeno Walter, preso à mãe inconsciente, choramingou um pouco no calor, então desistiu e ficou calado, olhando em volta inquieto com o suor rolando pelo cabelo fino em grandes gotas transparentes.

6

Em pé, ao lado da bilheteria fechada do Globe Theater e sob sua marquise meio torta (o Globe fechara cinco anos antes), Barbie tinha boa visão da Câmara de Vereadores e da delegacia de polícia. Seu bom amigo Junior estava sentado nos degraus desta última, massageando as têmporas como se o berreiro ritmado do apito lhe machucasse a cabeça.

Al Timmons saiu da Câmara e desceu a rua andando. Usava o macacão cinzento de zelador, mas tinha binóculos pendurados no pescoço e um extintor costal — sem água, pela facilidade com que o levava. Barbie adivinhou que Al ligara o apito de incêndio.

Vai embora, Al, pensou Barbie. *Que tal?*

Meia dúzia de caminhões subiu a rua. Os dois primeiros eram abertos, o terceiro fechado. Os três da frente eram pintados de um amarelo tão vivo que quase gritava. Os abertos tinham LOJA DE DEPARTAMENTOS BURPEE decalcado nas portas. O baú do caminhão fechado tinha o lendário lema QUE TAL UM AÇAÍ NO BURPEE? Romeo em pessoa estava no caminhão da frente. O seu cabelo era a maravilha de sempre, com ondas e espirais. Brenda Perkins ia no carona. Na traseira da picape havia pás, mangueiras e uma bomba de sucção nova em folha, ainda emplastrada de adesivos do fabricante.

Romeo parou ao lado de Al Timmons.

— Pula aí atrás, parceiro — convidou ele, e Al pulou. Barbie se afastou o mais que pôde na sombra da marquise do teatro abandonado. Não queria ser convocado para ajudar a combater o incêndio na estrada da Bostinha; tinha compromissos ali mesmo na cidade.

Junior não se afastava da escada da delegacia e ainda esfregava as têmporas e segurava a cabeça. Barbie esperou que os caminhões sumissem e depois atravessou a rua correndo. Junior não ergueu os olhos e, um momento depois, foi encoberto da visão de Barbie pelo volume coberto de hera da Câmara de Vereadores.

Barbie subiu os degraus e parou para ler o cartaz no quadro de avisos: ASSEMBLEIA MUNICIPAL QUINTA-FEIRA ÀS 19h SE A CRISE NÃO SE RESOLVER. Lembrou-se de Julia dizer: *Enquanto não ouvir o discurso eleitoral de Big Jim Rennie, não o subestime.* Talvez tivesse uma oportunidade na noite da quinta-feira; sem dúvida Rennie faria o seu discurso para se manter no controle da situação.

E ter mais poder, disse a voz de Julia na sua cabeça. *Isso ele também vai querer, é claro. Pelo bem da cidade.*

O prédio da Câmara fora construído de cantaria havia 160 anos, e o vestíbulo estava fresco e escuro. O gerador estava desligado; não havia por que ligá-lo sem ninguém ali.

Só que havia alguém na sala das assembleias. Barbie ouviu vozes, duas, de crianças. As altas portas de carvalho estavam escancaradas. Ele olhou lá dentro e viu um homem magro com um monte de cabelo grisalho sentado na frente, à mesa dos vereadores. Diante dele havia uma menininha bonita de uns 10 anos. No meio dos dois, um tabuleiro de xadrez; o cabeludo apoiava o queixo na mão, estudando a próxima jogada. Mais abaixo, no corredor entre os bancos, uma moça pulava carniça com um menino de 4 ou 5 anos. Os jogadores de xadrez eram estudiosos; a moça e o menino estavam rindo.

Barbie começou a se afastar, mas tarde demais. A moça ergueu os olhos.

— Ei! Oi!

Ela pegou o menino no colo e foi na direção dele. Os jogadores de xadrez também olharam. Adeus, furtividade.

A moça estendia a mão que não usava para segurar o traseiro do menininho.

— O meu nome é Carolyn Sturges. Aquele cavalheiro é o meu amigo Thurston Marshall. O garotinho é Aidan Appleton. Fala oi, Aidan.

— Oi — disse Aidan, baixinho, e depois enfiou o polegar na boca. Fitava Barbie com olhos redondos, azuis e levemente curiosos.

A menina veio depressa pelo corredor e ficou ao lado de Carolyn Sturges. O cabeludo veio atrás mais devagar. Parecia cansado e abalado.

— Eu me chamo Alice Rachel Appleton — disse ela. — Irmã mais velha do Aidan. Tira o dedo da boca, Aide.

Aide não tirou.

— Muito prazer em conhecer — disse Barbie. Não lhes revelou o nome. Na verdade, quase queria estar com um bigode falso. Mas talvez desse tudo certo. Tinha quase certeza de que eram todos forasteiros.

— O senhor é autoridade na cidade? — perguntou Thurston Marshall. — Se for, eu quero apresentar queixa.

— Sou só o zelador — disse Barbie, e se lembrou de que, quase com certeza, tinham visto Al Timmons sair. Droga, talvez até tivessem conversado com ele. — O outro zelador. Os senhores já devem conhecer o Al.

— Eu quero a minha mãe — disse Aidan Appleton. — Estou com *saudades*!

— Conhecemos, sim — respondeu Carolyn Sturges. — Ele disse que o governo disparou um míssil no que está nos prendendo aqui, que só conseguiu ricochetear e provocar um incêndio.

— É verdade — disse Barbie, e antes que pudesse dizer mais Marshall o interrompeu.

— Quero registrar queixa. Na verdade, quero registrar uma ocorrência. Fui atacado por um suposto policial. Ele me deu um soco no estômago. Tirei a vesícula faz alguns anos e estou com medo de ter sofrido lesões internas. E Carolyn sofreu agressão verbal. Foi chamada de um nome que a degradava sexualmente.

Carolyn lhe pousou a mão no braço.

— Antes de fazermos acusações, Thurse, é bom lembrar que tínhamos B-A-G-U-L-H-O.

— Bagulho! — disse Alice na mesma hora. — Às vezes mamãe fuma maconha, porque ajuda quando ela está M-E-N-S-T-R-U-A-D-A.

— Ah — disse Carolyn. — Certo. — O seu sorriso era fraco.

Marshall esticou o corpo até ficar ereto.

— Posse de maconha é contravenção — explicou. — O que fizeram comigo é lesão corporal! E dói *horrivelmente*!

Carolyn lhe deu um olhar em que o afeto se misturava à exasperação. De repente, Barbie entendeu o que havia entre os dois. A Primavera Sexy encontrara o Outono Erudito e agora estavam presos um ao outro, refugiados na Nova Inglaterra numa versão de *Entre quatro paredes*.

— Thurse... Acho que essa ideia de contravenção não vai dar em nada no tribunal. — Sorriu para Barbie como se pedisse desculpas. — Nós tínhamos muito. Eles levaram.

— Talvez fumem as provas — disse Barbie.

Ela riu. O namorado grisalho, não. As suas sobrancelhas peludas se franziram.

— Ainda assim, eu pretendo apresentar queixa.

— Eu esperaria — disse Barbie. — A situação aqui... bom, digamos que um soco no estômago não vai ser considerado grande coisa enquanto nós ainda estivermos sob a Redoma.

— *Eu* considero grande coisa, meu jovem amigo zelador.

Agora a moça parecia mais exasperada do que afetuosa.

— Thurse...

— O bom disso é que também não vão dar muita atenção a um pouco de fumo — disse Barbie. — Talvez seja uma aposta casada, como dizem os jogadores. Como acharam as crianças?

— Os policiais que conhecemos na cabana de Thurston nos viram no restaurante — explicou Carolyn. — A dona disse que estavam fechados até o jantar, mas ficou com pena de nós quando dissemos que éramos de Massachusetts. Ela nos serviu sanduíches e café.

— Ela nos serviu *manteiga de amendoim com geleia* e café — corrigiu Thurston. — Não havia opção, nem mesmo atum. Eu disse a ela que manteiga de amendoim gruda no céu da boca, mas ela disse que era o racionamento. Não é a coisa mais maluca que já se ouviu?

Barbie também achava que era maluca, mas como a ideia fora dele, nada disse.

— Quando vi os policiais entrarem, me preparei pra mais problemas — disse Carolyn —, mas parece que Aide e Alice amaciaram eles.

Thurston fungou.

— Não a ponto de pedirem desculpas. Ou será que eu pulei essa parte?

Carolyn deu um suspiro e se virou de novo para Barbie.

— Disseram que talvez a pastora da igreja Congregacional conseguisse nos achar uma casa vazia pra ficarmos até isso acabar. Acho que seremos pais adotivos, ao menos por um tempo.

Ela acariciou o cabelo do menino. Thurston Marshall não parecia muito satisfeito com a ideia de virar pai adotivo, mas pôs o braço nos ombros da menina, e Barbie gostou dele por isso.

— Um dos policiais era *Juuuuu-nior* — disse Alice. — Ele é legal. E gato. Frankie não é tão bonito, mas também foi legal. Ele deu chocolate pra gente. Mamãe diz que a gente não deve aceitar balas de estranhos, mas... — Ela deu de ombros para indicar que a situação mudara, fato que ela e Carolyn pareciam entender bem melhor do que Thurston.

— Não foram legais antes — disse Thurston. — Não foram legais quando me deram um soco no estômago, Caro.

— É preciso aceitar o doce e o amargo — filosofou Alice. — Minha mãe sempre diz.

Carolyn riu. Barbie também, e depois de um instante foi a vez de Marshall, embora segurasse a barriga ao rir e olhasse a jovem namorada com certa censura.

— Subi a rua e bati na porta da igreja — disse Carolyn. — Ninguém atendeu e entrei. A porta estava destrancada, mas não tinha ninguém lá. Tem alguma ideia de quando a pastora vai voltar?

Barbie fez que não.

— Se eu fosse vocês, pegaria o tabuleiro e iria até o presbitério. Fica nos fundos. Procurem uma mulher chamada Piper Libby.

— *Cherchez la femme* — disse Thurston.

Barbie deu de ombros, e concordou.

— Ela é boa gente, e Deus sabe que há casas vazias em Mill. Vocês quase vão poder escolher. E é provável que encontrem mantimentos na despensa de todas elas.

Isso o fez pensar de novo no abrigo antirradiação.

Enquanto isso, Alice agarrara as peças de xadrez, que enfiou no bolso, e o tabuleiro, que pegou no colo.

— O sr. Marshall ganhou de mim em todos os jogos até agora — disse a Barbie. — Ele fala que é pai-ternalismo deixar crianças vencerem só porque são crianças. Mas eu estou jogando melhor, não é, sr. Marshall?

Ela sorriu para ele. Thurston Marshall sorriu de volta. Barbie achou que esse quarteto improvável poderia se entender.

— A juventude tem precedência, Alice querida — disse ele. — Mas não imediatamente.

— Eu quero a mamãe — queixou-se Aidan.

— Ah, se houvesse como entrar em contato com ela... — comentou Carolyn. — Alice, tem certeza de que não se lembra do e-mail dela? — E, para Barbie: — A mãe deixou o celular na cabana, logo *isso* não adianta.

— Ela tem hotmail — respondeu Alice. — Só sei isso. Às vezes ela diz que já foi *hot*, mas que o papai deu um jeito nisso.

Carolyn olhava o amigo mais velho.

— Vamos cair fora daqui?

— Vamos. É melhor ir pro presbitério e torcer pra pastora voltar logo da sua missão de misericórdia, seja ela qual for.

— O presbitério também pode estar destrancado — disse Barbie. — Se não estiver, olhem debaixo do capacho.

— Eu nunca presumiria — comentou ele.

— *Eu*, sim — disse Carolyn, e riu. O som fez o menininho sorrir.

— Pré-*zuum*! — gritou Alice Appleton, e saiu voando pelo corredor central com os braços abertos, abanando o tabuleiro de xadrez numa das mãos. — Pré-*zuum*, pré-*zuum*, *vamos*, gente, vamos pré-*zumir*!

Thurston suspirou e correu atrás dela.

— Se o tabuleiro quebrar, Alice, você nunca vai me vencer.

— Vou sim, porque a *juventude* tem *precedência*! — gritou ela por cima do ombro. — Além disso, se quebrar, a gente cola! *Vamos*!

Aidan se remexeu com impaciência no colo de Carolyn. Ela o pôs no chão para correr atrás da irmã. Carolyn estendeu a mão.

— Obrigada, senhor...

— De nada — disse Barbie, apertando a mão dela. Depois, se virou para Thurston. O homem tinha o aperto de mão molenga que Barbie associava a homens cujo equilíbrio entre inteligência e exercício estava totalmente fora de prumo.

Eles saíram atrás das crianças. Na porta de duas folhas, Thurston Marshall olhou para trás. Um raio de sol nebuloso vindo das janelas altas caiu sobre o seu rosto, fazendo com que parecesse mais velho do que era. Fazendo com que parecesse ter 80 anos.

— Editei o número mais recente de *Ploughshare* — disse. A voz tremia de tristeza e indignação. — É uma excelente revista literária, uma das melhores do país. Eles não têm o direito de me dar um soco no estômago nem de rir de mim.

— Não mesmo — concordou Barbie. — É claro que não. Cuidem bem desses garotos.

— Vamos cuidar — respondeu Carolyn, pegando o braço do outro e o apertando. — Vem, Thurse.

Barbie esperou até ouvir a porta externa se fechar e foi em busca da escada que levava à sala de reuniões e à cozinha da Câmara de Vereadores. Julia dissera que o abrigo antirradiação ficava meio lance de escadas mais abaixo.

7

A primeira ideia de Piper foi que alguém deixara um saco de lixo à beira da estrada. Depois ela chegou mais perto e viu que era um corpo.

Ela freou e saiu do carro tão depressa que caiu e ralou o joelho. Quando se levantou, viu que não era um corpo só, eram dois: uma mulher e uma criança pequena. Ao menos a criança estava viva, mexendo os braços de leve.

Ela correu até eles e virou a mulher de costas. Era jovem e vagamente conhecida, mas não era da congregação de Piper. O rosto e a testa estavam muito machucados. Piper soltou o menino do canguru e, quando o segurou no colo e lhe acariciou o cabelo, ele começou um choro rouco.

Os olhos da mulher se abriram com o som, e Piper viu que as calças dela estavam ensopadas de sangue.

— Pequen'oter — grunhiu a mulher, e Piper não entendeu direito.

— Não se preocupe, tenho água no carro. Fica quietinha. Eu peguei o menino, ele está bem. — Sem saber se estava ou não. — Vou cuidar dele.

— Pequen'oter — disse de novo a mulher de calça ensanguentada, e fechou os olhos.

Piper correu até o carro com o coração batendo tão forte que dava para sentir nos olhos. A língua tinha gosto de cobre. *Deus, me ajude*, rezou, e não conseguiu pensar em mais nada, então pensou de novo: *Deus, meu Deus, me ajude a ajudar essa mulher.*

O Subaru tinha ar-condicionado, mas ela não o usava mesmo com o calor daquele dia; raramente o ligava. Achava que não era muito ecológico. Mas agora ligou, a toda. Deitou o bebê no banco de trás, fechou as janelas, bateu as portas, começou a voltar na direção da moça caída na terra e teve uma ideia terrível: e se a criança conseguisse subir no banco, apertasse o botão errado e a deixasse trancada do lado de fora?

Meu Deus, como eu sou estúpida. A pior pastora do mundo numa verdadeira hora de crise. Ajude-me a não ser tão estúpida.

Ela correu de volta, abriu de novo a porta do motorista, olhou por sobre o banco e viu o menino ainda deitado onde o deixara, mas agora chupando o polegar. Os olhos dele se viraram rapidamente para ela, depois voltaram para o teto, como se ele visse ali alguma coisa interessante. Desenhos animados mentais, talvez. Ele suara toda a pequena camiseta debaixo do macacão. Piper torceu de um lado para o outro o controle eletrônico no pulso até que se soltou do chaveiro. Depois correu até a mulher, que tentava se sentar.

— Não faz isso — disse Piper, ajoelhando-se ao lado e pondo o braço em torno dela. — Acho que você não deve...

— Pequen'oter — grasnou a mulher.

Merda, esqueci a água! Deus, por que me deixou esquecer a água?

Agora a mulher tentava ficar em pé. Piper não gostou da ideia, que ia contra tudo o que sabia sobre primeiros socorros, mas que outra opção havia? A estrada estava deserta e não podia deixá-la ali no sol escaldante, isso seria pior, muito pior. Então, em vez de fazê-la se sentar de novo, Piper a ajudou a se levantar.

— Devagar — disse, agora segurando a mulher pela cintura e guiando o melhor possível os seus passos cambaleantes. — Devagar e sempre chegamos lá, devagar e sempre ganhamos a corrida. No carro está fresco. E lá tem água.

— Pequen'oter! — A mulher balançou, se endireitou, tentou apressar um pouco o passo.

— Água — disse Piper. — Certo. Depois eu te levo pro hospital.

— Post... Sud.

Isso Piper entendeu, e fez que não com a cabeça.

— De jeito nenhum. Você vai direto pro hospital. Você e o bebê, os dois.

— Pequen'oter — sussurrou a mulher. Parou, balançando, a cabeça baixa, o cabelo caindo na cara, enquanto Piper abria a porta do carona e a ajudava a entrar.

Piper tirou a garrafa de Poland Spring do console do meio e a destampou. A mulher a agarrou antes que Piper a entregasse e bebeu ansiosamente, com água escorrendo pelo pescoço e pingando do queixo até escurecer o alto da camiseta.

— Como é seu nome? — perguntou Piper.

— Sammy Bushey. — Então, embora o estômago doesse com a água, aquela rosa negra começou a se abrir de novo diante dos olhos de Sammy. A garrafa caiu da sua mão no tapete, gorgolejando, quando ela desmaiou.

Piper dirigiu o mais depressa possível, o que era bem depressa, já que a estrada de Morton continuava deserta, mas, quando chegou ao hospital, descobriu que o dr. Haskell morrera na véspera e que Everett, seu assistente, não estava lá.

Sammy foi examinada e internada pelo famoso médico especialista Dougie Twitchell.

8

Enquanto Ginny tentava interromper a hemorragia vaginal de Sammy Bushey e Twitch dava soro ao desidratadíssimo Pequeno Walter, Rusty Everett estava sentado em silêncio num banco na ponta da praça que dava para a Câmara de Vereadores. O banco ficava sob os braços abertos de um abeto azul bem alto, e ele achou que a sombra era escura o bastante para deixá-lo praticamente invisível. Desde que não se mexesse muito, é claro.

Havia coisas interessantes para olhar.

Planejara ir direto até o depósito nos fundos da Câmara (Twitch o chamara de barraco, mas o prédio comprido de madeira que também guardava os quatro limpa-neves de Mill era na verdade um tanto mais grandioso do que isso) e verificar a situação do gás por lá, mas depois um dos carros da polícia parou com Frankie DeLesseps ao volante. Junior Rennie saíra do lado do carona. Os dois conversaram alguns instantes e depois DeLesseps foi embora no carro.

Junior foi até a escada da delegacia, mas, em vez de entrar, sentou-se ali, esfregando as têmporas como se estivesse com dor de cabeça. Rusty decidiu esperar. Não queria ser visto conferindo o suprimento de energia da cidade, menos ainda pelo filho do segundo vereador.

Em certo momento, Junior tirou o celular do bolso, abriu, escutou, disse alguma coisa, escutou mais um pouco, disse outra coisa e depois o fechou. Voltou a esfregar as têmporas. O dr. Haskell dissera alguma coisa sobre aquele rapaz. Enxaqueca, não era? Parecia mesmo enxaqueca. Não era só a esfregação das têmporas; era o jeito como mantinha a cabeça abaixada.

Pra minimizar a luz, pensou Rusty. *Deve ter deixado em casa o Imitrex ou o Zomig. Supondo que Haskell tenha receitado isso, é claro.*

Rusty ia se levantando, querendo seguir pela travessa da Commonwealth até os fundos da Câmara de Vereadores — era óbvio que Junior não andava muito observador —, quando viu outra pessoa e se sentou de novo. Dale Barbara, o chapeiro que, segundo os boatos, fora promovido ao posto de coronel (pelo próprio presidente da República, diziam alguns), estava em pé debaixo da marquise do Globe, ainda mais enfiado na sombra que o próprio Rusty. E Barbara também parecia de olho no jovem sr. Rennie.

Interessante.

Aparentemente, Barbara chegou à mesma conclusão de Rusty: Junior não estava vigiando, só esperando. Talvez que alguém o buscasse. Barbara atravessou a rua correndo e, assim que ficou protegido da possível vista de Junior pela própria Câmara de Vereadores, parou para examinar o quadro de avisos na frente. Depois, entrou.

Rusty decidiu ficar mais um tempo sentado onde estava. Era bom ficar debaixo da árvore e estava curioso sobre quem Junior esperava. Ainda havia gente voltando do Dipper's (alguns iriam ficar lá por muito mais tempo se houvesse bebida alcoólica). A maioria, como o rapaz sentado nos degraus lá do outro lado, estava de cabeça baixa. Não por causa de dores, supôs Rusty, mas por causa do desânimo. Ou talvez desse no mesmo. Certamente algo a considerar.

Agora veio um bebedor de gasolina preto e quadrado que Rusty conhecia bem: o Hummer de Big Jim Rennie. Buzinou impaciente para um trio de moradores da cidade que andava pela rua, tocando-os como ovelhas.

O Hummer estacionou na delegacia. Junior ergueu os olhos mas não se levantou. A porta se abriu. Andy Sanders saiu de trás do volante, Rennie, do banco do carona. Rennie deixando Sanders dirigir a sua amada pérola negra? Sentado no seu banco, Rusty ergueu as sobrancelhas. Achava nunca ter visto ninguém que não fosse o próprio Big Jim atrás do volante daquela monstruosidade. *Talvez tenha decidido promover Andy de criado a chofer*, pensou, mas quando viu Big Jim subir os degraus até onde o filho ainda estava sentado, mudou de ideia.

Como a maioria dos paramédicos veteranos, Rusty era um ótimo diagnosticista a distância. Jamais basearia nisso um tratamento, mas dá para diferenciar o homem que implantou uma prótese de quadril há seis meses do que sofre de hemorroidas simplesmente pelo jeito de andar; dá para identificar o torcicolo pelo jeito como uma mulher vira o corpo todo em vez de só olhar para trás por sobre o ombro; dá para ver a criança que pegou uma boa safra de piolhos no acampamento de verão pelo modo como não para de coçar a cabeça. Ao subir a escada, Big Jim mantinha o braço grudado à ladeira superior da considerável barriga, a linguagem corporal clássica de quem sofreu recentemente um estiramento do ombro, da parte de cima do braço ou de ambos. Afinal de contas, não era tão surpreendente que Sanders fosse delegado a piloto da fera.

Os três conversaram. Junior não se levantou, mas Sanders se sentou ao seu lado, remexeu o bolso e tirou algo que cintilou à luz nebulosa do sol no fim da tarde. Os olhos de Rusty eram bons, mas ele estava ao menos 50 metros longe demais para identificar o objeto. Vidro ou metal; era tudo o que sabia dizer com certeza. Junior o pôs no bolso e depois os três conversaram mais um pouco. Rennie fez um gesto na direção do Hummer — fez isso com o braço bom —, e Junior fez que não. Depois, Sanders apontou o Hummer. Junior negou de novo, baixou a cabeça e voltou a massagear as têmporas. Os dois homens se entreolharam, Sanders dobrando o pescoço para trás porque ainda estava sentado no degrau. E à sombra de Big Jim, o que Rusty achou adequado. Big Jim deu de ombros e abriu as mãos — o gesto de *o que se pode fazer?*. Sanders se levantou e os dois entraram no prédio da delegacia, Big Jim parando tempo suficiente para dar um tapinha no ombro do filho. Junior não reagiu a isso. Continuou sentado onde estava, como se pretendesse ficar ali para sempre. Sanders se fez de porteiro para Big Jim, fazendo-o entrar antes de ir atrás.

Os dois vereadores mal tinham saído dali quando um quarteto saiu da Câmara: um homem mais velho, uma moça, uma menina e um menino. A menina segurava a mão do menino e levava um tabuleiro de xadrez. Rusty achou que o menino parecia quase tão desconsolado quanto Junior... e olha só, também esfregava uma das têmporas com a mão livre. Os quatro atravessaram a travessa da Commonwealth e passaram diretamente na frente do banco de Rusty.

— Oi — disse a menininha animada. — O meu nome é Alice. Esse é o Aidan.

— Vamos morar no peixestéril — disse muito sério o menininho chamado Aidan. Ainda esfregava a têmpora e parecia muito pálido.

— Vai ser empolgante — disse Rusty. — Às vezes *eu* queria morar num peixestéril.

O homem e a mulher chegaram. Estavam de mãos dadas. Pai e filha, supôs Rusty.

— Na verdade, só queremos conversar com a reverenda Libby — disse a mulher. — O senhor sabe se ela já voltou?

— Não faço ideia — disse Rusty.

— Então vamos lá esperar. No peixestéril. — Ela sorriu para o homem mais velho ao dizer isso. Rusty decidiu que talvez não fossem pai e filha, afinal de contas. — Foi o que o zelador disse que devíamos fazer.

— Al Timmons? — Rusty vira Al pular na traseira de um caminhão da Loja de Departamentos Burpee.

— Não, o outro — explicou o homem mais velho. — Disse que talvez a reverenda pudesse nos ajudar a encontrar onde ficar.

Rusty fez que sim.

— Ele se chamava Dale?

— Acho que ele não chegou a dizer o nome — respondeu a mulher.

— *Vamos*! — O menino largou a mão da irmã e puxou a da mulher. — Quero brincar daquele outro jogo que você falou. — Mas soava mais rabugento do que ansioso. Um leve choque, talvez. Ou algum mal-estar físico. Se fosse este último, Rusty torceu para ser apenas um resfriado. A última coisa de que Mill precisava agora era um surto de gripe.

— Perderam a mãe, ao menos temporariamente — disse a mulher em voz baixa. — Nós estamos tomando conta deles.

— Que bom — disse Rusty, e falava a sério. — Filho, está com dor de cabeça?

— Não.

— Dor de garganta?

— Não — respondeu o menino chamado Aidan. Os seus olhos solenes examinaram Rusty. — Sabe? Se não tiver gostosuras ou travessuras este ano, não vou nem ligar.

— Aidan *Appleton* — gritou Alice, parecendo excessivamente chocada.

Rusty deu um pulinho no banco; não conseguiu impedir. Depois, sorriu.

— Não? Por quê?

— Porque mamãe é que leva a gente e mamãe foi comprar timento.

— Ele quis dizer mantimentos — explicou com superioridade a menina chamada Alice.

— Ela foi buscar bulinho — disse Aidan. Parecia um velhinho — um velhinho *preocupado*. — Vô tê medo de ir pro Halloweenin sem a mamãe.

— Vamos, Caro — disse o homem. — Temos que...

Rusty se levantou do banco.

— Posso falar com a senhora um minutinho? Vamos até ali.

Caro parecia cansada e perplexa, mas foi com ele até o lado do abeto azul.

— O menino mostrou algum sintoma convulsivo? — perguntou Rusty. — Por exemplo, parar de repente o que está fazendo... sabe, ficar parado algum tempo... ou com olhar fixo... estalando os lábios...

— Não, nada parecido — disse o homem, indo até eles.

— Não — concordou Caro, mas parecia assustada.

O homem percebeu e franziu uma testa impressionante para Rusty.

— O senhor é médico?

— Auxiliar médico. Achei que talvez...

— Bem, sem dúvida nós apreciamos a sua preocupação, senhor...

— Eric Everett. Podem me chamar de Rusty.

— Apreciamos a sua preocupação, sr. Everett, mas acredito que não se aplica. Lembre-se de que essas crianças estão sem a mãe...

— E passaram duas noites sozinhas sem comer nada — acrescentou Caro. — Tentavam ir para a cidade por conta própria quando aqueles dois... *policiais* — ela torceu o nariz, como se sentisse mau cheiro — os encontraram.

Rusty fez que sim com a cabeça.

— Acho que isso explica. Embora a menina pareça bem.

— As crianças reagem de jeitos diferentes. E é melhor irmos andando. Eles estão se afastando de nós, Thurse.

Alice e Aidan corriam pela praça, chutando jorros coloridos de folhas caídas, com Alice agitando o tabuleiro de xadrez e gritando "*Peixestéril! Peixestéril!*" a plenos pulmões. O menino acompanhava o seu passo e também gritava.

O menino teve uma fuga momentânea, foi só, pensou Rusty. *O resto foi coincidência. Nem isso. Que menino americano não pensaria em Halloween na segunda metade de outubro?* Uma coisa era certa: se lhes perguntassem depois, essas pessoas se lembrariam exatamente de onde e quando tinham visto Eric "Rusty" Everett. Adeus, furtividade.

O homem grisalho ergueu a voz.

— Crianças! Mais devagar!

A moça olhou bem para Rusty e depois lhe estendeu a mão.

— Obrigada pela preocupação, sr. Everett. Rusty.

— Talvez seja exagerada. Doença profissional.

— Pois está totalmente perdoado. Esse é o fim de semana mais maluco da história do mundo. Deve ser por isso.

— Pode apostar. E, se precisar de mim, vá ao hospital ou ao Posto de Saúde. — Apontou a direção do Cathy Russell, que ficaria visível entre as árvores assim que o resto das folhas caísse. *Se* caísse.

— Ou neste banco — disse ela, ainda sorrindo.

— Ou neste banco, isso mesmo. — Também sorrindo.

— Caro! — Thurse parecia impaciente. — *Vamos*!

Ela deu a Rusty um pequeno aceno — não mais que uma mexidinha da ponta dos dedos — e depois correu atrás dos outros. Corria de leve, graciosa. Rusty ficou pensando: será que Thurse sabia que moças que sabiam correr de leve e graciosas quase sempre largavam os amantes mais velhos, mais cedo ou mais tarde? Talvez soubesse. Talvez já tivesse lhe acontecido.

Rusty observou o grupo atravessar a praça na direção da torre da igreja Congregacional. Finalmente, as árvores os encobriram. Quando olhou de volta o prédio da delegacia, Junior Rennie tinha sumido.

Rusty ficou sentado onde estava mais alguns instantes, batucando os dedos na coxa. Depois, tomou uma decisão e se levantou. Procurar no depósito da cidade os cilindros de gás sumidos do hospital poderia esperar. Estava mais curioso para descobrir o que o único oficial do Exército de Mill fazia na Câmara de Vereadores.

9

O que Barbie fazia enquanto Rusty cruzava a Commonwealth até a Câmara de Vereadores era assoviar entredentes. O abrigo antirradiação tinha o comprimento de um vagão-restaurante da Amtrak e as prateleiras estavam cheias de enlatados. A maior parte parecia suspeita: pilhas de sardinhas, fileiras de salmão e de um troço chamado Fritadetes de Siri Snow, que Barbie torceu sinceramente para nunca ter que provar. Havia caixas de produtos secos, inclusive muitos latões plásticos marcados ARROZ, TRIGO, LEITE EM PÓ e AÇÚCAR. Havia pilhas de engradados rotulados ÁGUA POTÁVEL. Contou dez caixas grandes de EXCEDENTE BOLACHAS GOV. EUA. Outras duas estavam rotuladas EXCEDENTE CHOCOLATE GOV. EUA. Na parede acima delas havia um cartaz amarelado dizendo 700 CALORIAS POR DIA E A FOME SE SACIA.

— Vai sonhando — murmurou Barbie.

Havia uma porta na outra ponta. Ele a abriu num breu, tateou, achou um interruptor. Outro cômodo, não tão grande, mas nada pequeno. Parecia velho e sem uso — sujo, não; ao menos Al Timmons devia saber que existia, porque alguém andara tirando pó das prateleiras e passando um pano no chão —, mas com certeza abandonado. A água armazenada estava em garrafas de vidro, e ele não as via desde um breve período na Arábia.

Esse segundo cômodo tinha uma dúzia de camas de campanha, cobertores azuis simples e colchões dentro de capas plásticas fechadas com zíper, esperando o uso. Havia mais suprimentos, inclusive meia dúzia de cilindros de papelão rotulados KIT SANITÁRIO e uma dúzia marcados MÁSCARAS RESPIRATÓRIAS. Havia um pequeno gerador auxiliar que poderia fornecer um pouco de energia. Estava funcionando; devia ter ligado quando ele acendeu a luz. Ao lado do pequeno gerador havia duas prateleiras. Numa, havia um rádio que parecia ter sido novo lá para 1975, quando "Convoy", de C. W. McCall, tocava no rádio. Na outra prateleira, havia dois aquecedores elétricos e uma caixa de metal pintada de amarelo vivo. O logotipo na lateral era de uma época em que CD significa outra coisa e não compact disc. Era o que ele viera buscar.

Barbie pegou a caixa e quase a deixou cair — era pesada. Na frente, havia um medidor escrito CONTAGEM POR SEGUNDO. Quando se ligava o instrumento e se virava o sensor para alguma coisa, a agulha deveria ficar no verde, subir para o meio amarelo do mostrador... ou ir até o vermelho. Isso Barbie supunha que não seria bom.

Ele o ligou. A lampadinha continuou apagada e a agulha tranquila contra o **0**.

— Pilha gasta — disse alguém atrás dele. Barbie quase teve um troço. Virou-se e viu um homem louro, alto e robusto em pé na porta entre os dois cômodos.

Por um instante, o nome lhe fugiu, embora o sujeito fosse ao restaurante quase toda manhã de domingo, às vezes com a mulher, sempre com as duas filhinhas. Então se lembrou.

— Rusty Evers, certo?

— Quase; é Everett. — O recém-chegado estendeu a mão. Com uma certa cautela, Barbie foi até ele e a apertou. — Vi você entrar. E isso — ele indicou o contador Geiger com a cabeça — provavelmente não é má ideia. *Alguma* coisa deve estar mantendo aquilo no lugar. — Ele não disse o que era *aquilo*, nem precisava.

— Ainda bem que aprova. Você quase me provocou um enfarte. Mas acho que saberia cuidar disso. É médico, não é?

— Auxiliar médico — disse Rusty. — Isso significa...

— Eu sei o que significa.

— Muito bem, ganhou o sistema de cozinhar sem água! — Rusty apontou o contador. — Isso provavelmente usa bateria seca de 6 volts. Tenho certeza de que vi algumas no Burpee. Mas não sei se tem alguém lá agora. Então... talvez outra missão de reconhecimento?

— Exatamente o que nós vamos reconhecer?

— O depósito de suprimentos lá atrás.

— E nós vamos fazer isso porque...

— Aí depende do que encontrarmos. Se for o que nós perdemos no hospital, eu e você podemos trocar algumas informações.

— Quer me contar o que perdeu?

— Gás, meu irmão.

Barbie pensou no caso.

— Que se dane. Vamos dar uma olhada.

10

Junior ficou no pé da escada bamba que corria pela lateral da Drogaria Sanders, pensando se conseguiria subir com a cabeça doendo daquele jeito. Talvez. Provavelmente. Por outro lado, achou que poderia chegar no meio e o crânio explodir como fogos de réveillon. O ponto estava de volta na frente dos olhos, pulando e rebolando junto com o coração, mas não era mais branco. Agora ficara vermelho vivo.

Eu me sentiria bem no escuro, pensou. *Na despensa, com as minhas namoradas.*

Se tudo desse certo, poderia ir para lá. Agora a despensa da casa dos McCain na rua Prestile parecia o lugar mais desejável da face da terra. É claro que Coggins também estava lá, mas e daí? Junior podia empurrar para o lado *aquele* panaca gritador de evangelho. E Coggins tinha que ficar escondido, ao menos por enquanto. Junior não tinha interesse nenhum em proteger o pai (e não se surpreendeu nem se horrorizou com o que o velho fizera; sempre soubera que, no fundo, Big Jim Rennie era um assassino), mas *tinha* interesse em acertar as contas bem acertadinhas com Dale Barbara.

Se cuidarmos de tudo direito, poderemos fazer mais do que tirar ele do caminho, dissera Big Jim pela manhã. *Podemos usá-lo para unir a cidade diante dessa crise. E aquela jornalista melequenta. Estou pensando nela, também.* Ele pusera a mão quente e dramática no ombro de Junior. *Somos uma equipe, meu filho.*

Talvez não para sempre, mas por enquanto estavam no mesmo barco. E dariam um jeito em *Baaarbie*. Junior chegou a pensar que Barbie era responsável pela sua dor de cabeça. Se ele estivera mesmo no exterior — Iraque, diziam

—, podia ter trazido para casa lembranças esquisitas do Oriente Médio. Veneno, por exemplo. Junior comera muito no Rosa Mosqueta. Seria fácil para Barbara pôr um tiquinho na sua comida. Ou no café. E se Barbie não estivesse trabalhando na chapa, poderia ter convencido Rose a pôr o veneno. Aquela arrombada estava sob o seu feitiço.

Junior subiu a escada devagar, parando a cada quatro degraus. A cabeça não explodiu e, quando chegou ao fim, vasculhou o bolso atrás da chave do apartamento que Andy Sanders lhe dera. A princípio não a encontrou e achou que poderia ter perdido, mas finalmente os dedos deram com ela debaixo de algumas moedinhas.

Olhou em volta. Algumas pessoas ainda voltavam do Dipper's, mas ninguém olhava para ele ali, no patamar em frente ao apartamento de Barbie. A chave girou na fechadura e ele entrou.

Não acendeu a luz, embora o gerador de Sanders devesse estar alimentando o apartamento. A penumbra tornava menos visível o ponto pulsante diante dos olhos. Curioso, olhou em volta. Havia livros: prateleiras e mais prateleiras. *Baaarbie* planejava deixá-los para trás quando desse o fora da cidade? Ou combinara com alguém — talvez com Petra Searles, que trabalhava no andar de baixo — para mandá-los para algum lugar? Se assim fosse, talvez tivesse combinado coisa parecida para a remessa do tapete do chão da sala — um artefato com cara de jóquei de camelo que provavelmente Barbie catara no bazar local quando não havia suspeitos para torturar nem menininhos para enrabar.

Junior decidiu que ele não combinara a remessa das coisas. Nem precisaria, porque nunca planejara ir embora. Depois que essa ideia lhe ocorreu, Junior se perguntou por que não vira isso logo. *Baaarbie* gostava dali; jamais iria embora de livre vontade. Era feliz como um verme em vômito de cachorro.

Acha algo que ele não possa repudiar, instruíra Big Jim. *Algo que só possa ser dele. Está me entendendo?*

O que você acha que eu sou, pai, estúpido? pensava Junior agora. *Se sou, como é que tirei o seu cu da reta ontem à noite?*

Mas o pai tinha um pulso poderoso quando ficava puto, isso era inegável. Nunca batera nem espancara Junior quando criança, algo que o rapaz sempre atribuíra à influência benigna da falecida mãe. Agora suspeitava que era porque o pai sabia, no fundo do coração, que se começasse talvez não conseguisse parar.

— Tal pai, tal filho — disse Junior com uma risadinha. A cabeça doeu, mas ele riu mesmo assim. Como era aquele ditado que dizia que o riso era o melhor remédio?

Entrou no quarto de Barbie, viu a cama feita com perfeição e pensou rapidamente como seria maravilhoso dar uma boa cagada bem ali no meio. É, e depois se limpar com a fronha. *Será que você ia gostar,* Baaarbie?

Em vez disso, foi até a cômoda. Três ou quatro jeans na gaveta de cima, mais dois shorts cáqui. Debaixo dos shorts havia um celular, e por um instante achou que era o que procurava. Mas não. Era um aparelho baratinho, daqueles que os garotos da faculdade chamavam de descartável. Barbie poderia dizer que não era dele.

Havia meia dúzia de conjuntos de camiseta sem manga e cueca e outros quatro ou cinco pares de meias esportivas simples na segunda gaveta. Nada na terceira gaveta.

Olhou debaixo da cama, a cabeça dando chutes e pancadas — é, então não melhorara. E nada lá embaixo, nem poeira. *Baaarbie* era arrumadinho. Junior pensou em tomar o Imitrex que estava no bolso do peito, mas não tomou. Já tomara dois, sem absolutamente nenhum efeito além do gosto metálico no fundo da garganta. Sabia de que remédio precisava: a despensa escura na rua Prestile. E a companhia das namoradas.

Enquanto isso, estava ali. E tinha que haver *alguma coisa*.

— Uma coisinha — sussurrou. — Tem que ter alguma coisinha.

Voltou à sala, limpando a água do canto do latejante olho esquerdo (sem notar que estava manchada de sangue) e parou, tomado por uma ideia. Voltou à cômoda e reabriu a gaveta de meias e roupa de baixo. As meias estavam enroladas. Na época do colégio, Junior às vezes escondia um baseado ou bolinhas nas meias enroladas; certa vez, escondera uma das calcinhas fio dental de Adriette Nedeau. As meias eram um bom esconderijo. Tirou as bolinhas bem feitas uma de cada vez, apertando-as.

Acertou em cheio na terceira bola, algo que parecia uma chapinha de metal. Não, duas. Desenrolou as meias e sacudiu a que estava pesada em cima da cômoda.

O que caiu foram as placas de identificação de Dale Barbara. E, apesar da terrível dor de cabeça, Junior sorriu.

Enquadrado, Baaarbie, pensou. *Fodido e enquadrado.*

11

No lado de Tarker's Mill da estrada da Bostinha, o incêndio provocado pelos mísseis Fasthawk ainda ardia, mas ao anoitecer estaria apagado, os bombeiros de quatro cidades, reforçados por um destacamento misto de soldados do Exército e fuzileiros navais, trabalhavam nele e estavam ganhando. Teria se apagado ainda mais cedo, avaliou Brenda Perkins, se os bombeiros de lá não tivessem que brigar com um vento forte. Do lado de Mill, não havia esse problema. Hoje, era uma bênção. Mais tarde, poderia ser uma maldição. Não havia como saber.

Naquela tarde, Brenda não ia deixar o problema incomodá-la, porque se sentia bem. Se alguém lhe indagasse naquela manhã quando achava que voltaria a se sentir bem, teria dito *Talvez ano que vem. Talvez nunca.* E tinha inteligência bastante para saber que a sensação provavelmente não duraria. Noventa minutos de exercício intenso tinham muito a ver com aquilo; exercício liberava endorfinas, quer numa corrida, quer batendo no mato com as costas da pá. Mas era mais do que as endorfinas. Era estar encarregada de um serviço importante, que ela podia fazer.

Outros voluntários foram até a fumaça. Havia 14 homens e três mulheres dos dois lados da Bostinha, alguns ainda segurando as pás e os tapetes de borracha que tinham usado para apagar as chamas rastejantes, alguns com os extintores portáteis que estiveram nas costas agora soltos e pousados no piso de terra socada da estrada. Al Timmons, Johnny Carver e Nell Toomey enrolavam mangueiras e as jogavam na traseira do caminhão de Burpee. Tommy Anderson, do Dipper's, e Lissa Jamieson — meio Nova Era, mas também forte como um cavalo — levavam para um dos outros caminhões a bomba de sucção que tinham usado para tirar água do riacho da Bostinha. Brenda ouviu risos e percebeu que não era a única que sentia nessa hora o barato da endorfina.

O mato dos dois lados da estrada estava enegrecido e ainda fumegava, e várias árvores tinham ardido, mas era tudo. A Redoma bloqueara o vento e ajudara de outra maneira também, represando parcialmente o riacho e transformando a área deste lado num pântano em formação. O fogo do outro lado foi bem diferente. Os homens que o combatiam lá eram aparições cintilantes vistas através do calor e da fuligem que se acumulava sobre a Redoma.

Romeo Burpee foi andando até ela. Segurava numa das mãos uma vassoura encharcada e na outra, um tapete de borracha. A etiqueta de preço ainda estava colada no lado de baixo do tapete. As palavras nela estavam chamuscadas, mas legíveis: NO BURPEE, TODO DIA É DIA DE LIQUIDAÇÃO! Ele o largou e estendeu a mão suja.

Brenda ficou surpresa, mas gostou. Apertou-a com firmeza.

— Por que isso, Rommie?

— Por ter feito aqui um serviço danado de bom — disse ele.

Ela riu, sem graça mas contente.

— Qualquer um teria feito, dadas as condições. Foi só um fogo de contato, e a terra está tão molhada que provavelmente se apagaria sozinho até o pôr do sol.

— Talvez — disse ele; depois, apontou por entre as árvores uma clareira rala com um muro de pedra caindo aos pedaços serpenteando por ela. — Ou talvez pegasse naquele mato alto, depois nas árvores do outro lado, e depois ia ser um Deus nos acuda. Poderia arder uma semana ou um mês. Ainda mais sem o maldito corpo de bombeiros. — Ele virou a cabeça de lado e cuspiu. — Mesmo sem vento, o fogo pode arder se tiver o que queimar. Tem minas lá no sul que queimaram por vinte, trinta anos. Li na *National Geographic*. Sem vento debaixo da terra. E como saber se não ia aparecer um vento? Não sabemos nadica do que essa coisa faz ou não faz.

Ambos olharam a Redoma. A fuligem e as cinzas tinham-na deixado visível — mais ou menos — até uma altura de uns 30 metros. Também se reduzira a vista do lado de Tarker, e Brenda não gostou disso. Não era nada em que quisesse pensar profundamente, porque poderia roubar um pouco da sensação boa do trabalho daquela tarde, mas não; ela não gostava mesmo daquilo. E a fez se lembrar do estranho pôr do sol manchado da véspera.

— Dale Barbara precisa ligar pro seu amigo em Washington — disse ela. — Dizer que, quando apagarem o fogo do lado deles, vão ter que lavar essa coisa. Não podemos fazer isso do nosso lado.

— Boa ideia — disse Romeo. Mas ele pensava em outra coisa. — Está percebendo alguma coisa no seu pessoal, senhora? Porque eu percebo.

Brenda ficou espantada.

— Não são o meu pessoal.

— Ah, são sim — disse ele. — Era você que dava ordens, por isso viraram o seu pessoal. Está vendo algum policial?

Ela deu uma olhada.

— Nenhum — disse Romeo. — Nem Randolph, nem Henry Morrison, nem Freddy Denton, nem Rupe Libby, nem Georgie Frederick... e nenhum dos novos também. Aqueles garotos.

— Provavelmente estão ocupados com... — Ela se calou.

Romeo fez que sim.

— Isso. Ocupados com o quê? Você não sabe, nem eu. Mas não importa o que seja, acho que não gosto disso. Nem acho que vale a pena se preocupar com isso. Vai ter uma assembleia municipal na quinta-feira à noite e, se a situação ainda estiver assim, acho que devia haver algumas mudanças. — Ele parou.

— Talvez eu esteja sendo inconveniente, mas acho que você devia se candidatar a chefe dos Bombeiros e da Polícia.

Brenda pensou a respeito, pensou no arquivo que encontrara chamado VADER e depois balançou a cabeça devagar.

— É cedo demais pra algo assim.

— Que *tall* só chefe dos Bombeiros? Que *tall*? — O sotaque afrancesado de Lewiston mais forte agora na voz dele.

Brenda olhou em volta, para o mato fumegante e as árvores velhas e chamuscadas. Feio, claro, como algo saído da foto de um campo de batalha da Primeira Guerra Mundial, mas não mais perigoso. Os que foram até lá tinham cuidado bem disso. O pessoal. O *seu* pessoal.

Ela sorriu.

— Nisso eu posso pensar.

12

Na primeira vez que desceu o corredor do hospital, Ginny Tomlinson corria, respondendo a um bipe que berrava más notícias, e Piper não teve oportunidade de falar com ela. Sequer tentou. Ficara na sala de espera tempo suficiente para entender o quadro: três pessoas — duas enfermeiras e uma adolescente desembrulhadora de balas chamada Gina Buffalino — encarregadas de um hospital inteiro. Estavam conseguindo, mas mal e mal. Quando Ginny voltou, andava devagar. Os ombros estavam caídos. Uma ficha médica pendia de uma das mãos.

— Ginny? — perguntou Piper. — Tudo bem?

Piper achou que Ginny brigaria com ela, mas a outra lhe deu um sorriso cansado em vez de um rugido. E se sentou ao seu lado.

— Tudo. — Só cansada. — Ela fez uma pausa. — E Ed Carty acabou de morrer.

Piper lhe segurou a mão.

— Sinto muito saber disso.

Ginny lhe apertou os dedos.

— Não precisa. Sabe como as mulheres falam sobre os partos? Que esse foi fácil, aquele foi difícil?

Piper fez que sim.

— A morte também é assim. O sr. Carty estava há muito tempo em trabalho de parto, mas agora acabou.

Para Piper, a ideia pareceu bonita. Achou que poderia usá-la num sermão... só que dava para adivinhar que ninguém ia querer ouvir sermões sobre a morte no próximo domingo. Não se a Redoma ainda estivesse lá.

Ficaram um pouco sentadas, Piper tentando pensar na melhor maneira de perguntar o que tinha que perguntar. No final, nem precisou.

— Ela foi estuprada — disse Ginny. — Provavelmente mais de uma vez. Fiquei com medo de que Twitch tivesse que tentar uma sutura, mas consegui estancar com um tampão vaginal. — Ela fez uma pausa. — Fiquei chorando. Ainda bem que a moça estava mal demais pra notar.

— E o menino?

— Um ano e meio, saudável, normal, mas nos deu um susto. Teve uma miniconvulsão. Provavelmente, insolação. Mais desidratação... fome... e também estava ferido. — Ginny desenhou uma linha na testa.

Twitch veio pelo corredor e se sentou junto delas. Parecia estar a anos-luz do seu modo alegre de sempre.

— Os homens que curraram ela também machucaram o bebê? — A voz de Piper estava calma, mas uma fissura fina e vermelha se abria na sua mente.

— O Pequeno Walter? Acho que ele só caiu — disse Twitch. — Sammy disse alguma coisa sobre o berço ter se desmanchado. Não foi muito coerente, mas acho que foi um acidente. Ao menos *essa* parte.

Piper o olhava pensativa.

— *Era isso* que ela estava dizendo. Achei que era "pouco d'água".

— Claro que ela queria água — disse Ginny —, mas o primeiro nome do bebê de Sammy é Pequeno, segundo nome Walter. Acho que se inspiraram num gaitista de blues. Ela e Phil... — Ginny fez o gesto de sugar um baseado e prender a fumaça.

— Ah, Phil era muito mais do que xinxeiro — disse Twitch. — No quesito drogas, Phil Bushey era multitarefa.

— Ele morreu? — perguntou Piper.

Twitch deu de ombros.

— Desde a primavera que não vejo. Se tiver morrido, já foi tarde.

Piper lhe deu um olhar reprovador.

Twitch baixou um pouco a cabeça.

— Desculpe, reverenda. — Virou-se para Ginny. — Alguma notícia de Rusty?

— Ele precisava dar uma saída — foi a resposta —, e eu disse que tudo bem. Vai voltar logo, tenho certeza.

Piper ficou sentada entre os dois, calma por fora. Por dentro, a fissura vermelha crescia. O gosto na boca era amargo. Ela se lembrou de uma noite em que o pai a proibiu de ir ao rinque de patinação do shopping porque ela dera uma resposta ríspida à mãe (quando adolescente, Piper Libby fora uma fonte abundante de respostas ríspidas). Ela subira, ligara para a amiga com quem combinara se encontrar e disse a essa amiga, com voz perfeitamente agradável e tranquila, que surgira um imprevisto e que não poderia se encontrar com ela. Que tal na semana que vem? Claro, há-há, pode apostar, divirta-se, não, tudo bem, té logo. Depois, quebrara o quarto todo. Terminou arrancando da parede o adorado pôster do Oasis e rasgando-o em pedaços. A essa altura já chorava convulsivamente, não de tristeza, mas com uma daquelas fúrias que devastaram os seus anos de adolescência como furacões de categoria cinco. Em certo momento, o pai subiu e ficou à porta, olhando. Quando finalmente o viu ali, ela o fitou desafiadora, ofegante, pensando em como o odiava. Como odiava ambos os pais. Se morressem, ela poderia morar com a tia Ruth em Nova York. A tia Ruth sabia se divertir. Não era como certas pessoas. Ele lhe estendeu as mãos abertas. Fora um gesto um tanto humilde, que esmagara a fúria da filha, e quase lhe esmagara o coração.

Se não controlar seu temperamento, seu temperamento vai controlar você, disse o pai, e depois se afastou, descendo o corredor de cabeça baixa. Ela não bateu a porta atrás dele. Fechou-a com cuidado e silêncio.

Foi naquele ano que ela fez do seu temperamento tão frequentemente vil a sua prioridade máxima. Matá-lo por completo seria como matar parte de si mesma, mas ela achou que, se não fizesse algumas mudanças fundamentais, uma parte importante dela continuaria com 15 anos por muito, muito tempo. Começou a se esforçar para impor o controle, e quase sempre conseguiu. Quando sentia o controle escorregar, lembrava-se do que o pai dissera e daquele gesto de mãos abertas, e dos passos lentos dele pelo corredor do andar de cima da casa onde ela se criou. Ela falou no funeral do pai, nove anos depois: *O meu pai me disse a coisa mais importante que já ouvi*. Não revelou o que era essa coisa, mas a mãe sabia; estava sentada no banco da frente da igreja na qual hoje a filha era pastora.

Nos últimos vinte anos, quando sentia ânsia de explodir com alguém — e muitas vezes a ânsia era quase incontrolável, porque as pessoas podiam ser muito estúpidas, muito *burras* de propósito —, ela lembrava a voz do pai: *Se não controlar seu temperamento, seu temperamento vai controlar você*.

Mas agora a fissura vermelha se alargava, e ela sentia a antiga ânsia de jogar tudo longe. De arranhar a pele até fazer o sangue sair.

— Perguntou a ela quem foi?

— Claro que sim — disse Ginny. — Ela não quer dizer. Está apavorada.

Piper recordou que primeiro pensou que a mãe e o bebê caídos à beira da estrada eram um saco de lixo. E é claro que eram um saco de lixo para quem fizera aquilo. Ela se levantou.

— Vou conversar com ela.

— Talvez agora não seja boa ideia — disse Ginny. — Ela tomou um sedativo e...

— Deixa ela tentar — disse Twitch. O rosto dele estava pálido. As mãos estavam cruzadas entre os joelhos. Os nós dos dedos estalavam sem parar. — Vai fundo, reverenda.

13

Os olhos de Sammy estavam a meio-pau. Abriram-se devagar quando Piper se sentou ao lado do leito.

— Você... foi você que...

— Fui — disse Piper, e pegou a mão dela. — Sou Piper Libby.

— Obrigada — disse Sammy. Os seus olhos começaram a se fechar de novo.

— Agradeça me dizendo o nome dos homens que te curraram.

No quarto obscurecido — quente, com o ar-condicionado do hospital desligado —, Sammy fez que não.

— Disseram que iam me machucar. Se eu falasse. — Ela olhou Piper. Foi um olhar bovino, cheio de resignação surda. — Podem machucar o Pequeno Walter também.

Piper fez que sim.

— Eu entendo que esteja assustada — disse. — Agora me diz quem foi. Diz os nomes.

— Você não me *ouviu*? — Agora sem olhar Piper. — Disseram que iam machucar...

Piper não tinha tempo para isso; a moça apagaria a qualquer momento. Ela segurou com força o pulso de Sammy.

— Eu quero os nomes, e você vai me contar.

— Não tenho *coragem*! — Sammy começou a derramar lágrimas.

— Você vai me contar porque, se eu não aparecesse, você talvez já estivesse morta. — Ela parou e depois enfiou o resto da adaga. Mais tarde talvez se arrependesse, mas não agora. Agora a moça na cama era só um obstáculo entre ela e o que precisava saber. — Sem falar do seu filho. Ele também poderia estar morto. Salvei a sua vida, salvei a dele e eu *quero os nomes*.

— Não. — Mas a moça já estava enfraquecendo, e parte da reverenda Piper Libby estava até gostando daquilo. Mais tarde se enojaria; mais tarde pensaria *Você não é tão diferente assim daqueles rapazes, forçar a barra é forçar a barra*. Mas agora, sim, havia prazer, assim como houvera prazer em arrancar o precioso pôster da parede e rasgá-lo em pedacinhos.

Eu gosto porque é amargo, pensou. *E porque é o meu coração.*

Ela se inclinou sobre a moça que chorava.

— Limpa a cera dos ouvidos, Sammy, porque você precisa ouvir uma coisa. O que eles fizeram vão fazer de novo. E quando fizerem, quando alguma outra moça aparecer ensanguentada e talvez grávida do filho de um estuprador, eu vou vir te procurar, e vou dizer...

— *Não! Para!*

— "Você participou. Você estava lá, instigando eles."

— *Não!* — gritou Sammy. — *Eu não, foi a Georgia! Foi a Georgia que ficou instigando eles!*

Piper sentiu um nojo frio. Uma mulher. Uma mulher estivera lá. Na cabeça dela, a fissura vermelha se abriu mais. Logo começaria a cuspir lava.

— Me diz os nomes — ordenou.

E Sammy disse.

14

Jackie Wettington e Linda Everett estavam estacionadas diante do Food City. Ia fechar às cinco da tarde, em vez das oito da noite. Randolph as mandara lá achando que fechar mais cedo poderia causar problemas. Uma ideia ridícula, porque o supermercado estava quase vazio. Não havia nem uma dúzia de carros no estacionamento, e os poucos compradores que restavam andavam num estupor lento, como se tivessem o mesmo pesadelo. As duas policiais só viram um caixa, um adolescente chamado Bruce Yardley. O garoto dava o troco em dinheiro e anotava vales em vez de passar cartões de crédito. O balcão das carnes parecia vazio, mas ainda havia muito frango e as prateleiras de secos e enlatados estavam quase todas cheias.

Esperavam que os últimos fregueses saíssem quando o celular de Linda tocou. Ela olhou a identificação da chamada e sentiu uma pontada de medo na boca do estômago. Era Marta Edmunds, que cuidava de Janelle e Judy quando Linda e Rusty trabalhavam — como acontecia, quase sem parar, desde que a Redoma caíra. Ela retornou a ligação.

— Marta? — disse, rezando para não ser nada, Marta perguntando se podia levar as meninas à pracinha, algo assim. — Está tudo bem?

— É... Está. Quer dizer, acho que está. — Linda detestou a preocupação que sentiu na voz de Marta. — Mas... sabe aquela história das convulsões?

— Meu Deus... Ela teve outra?

— Acho que sim — confirmou Marta, e continuou sem pausas: — Agora estão ótimas, na outra sala, colorindo.

— O que aconteceu? Diga!

— Estavam no balanço. Eu estava cuidando das flores, preparando pro inverno...

— Marta, *por favor*! — disse Linda, e Jackie lhe pôs a mão no braço.

— Desculpe. Audi começou a latir e eu me virei. Disse "Querida, você está bem?" Ela não respondeu, só saiu do balanço e se sentou embaixo, sabe, onde tem aquele buraco de tanto os pés passarem ali. Ela não *caiu* nem nada, só sentou. Olhava bem pra frente e dava aqueles estalos com a boca que você me disse para observar. Corri até lá... sacudi ela... e ela disse... deixa eu lembrar...

Aí vem, pensou Linda. *Acaba com o Halloween, você tem que acabar com o Halloween.*

Mas não. Era algo totalmente diferente.

— Ela disse: "As estrelas cor-de-rosa estão caindo. As estrelas cor-de-rosa estão caindo em linha." Depois, disse: "Está tão escuro, e tudo fede." Depois, acordou, e agora está tudo bem.

— Graças a Deus — respondeu Linda, e só então pensou na filha de 5 anos. — Judy está bem? Ficou nervosa?

Houve uma longa pausa na linha e, então, Marta disse:

— Ah.

— *Ah?* O que você quer dizer com *ah*?

— Foi a *Judy*, Linda. Não foi a Janelle. Dessa vez foi a Judy.

15

Quero brincar daquele outro jogo que você falou, dissera Aidan a Carolyn Sturges quando pararam na praça para conversar com Rusty. O outro jogo em que ela pensara era "batatinha frita um, dois, três", embora Carolyn não se lembrasse direito das regras — o que não surpreende, já que não brincava daquilo desde que tinha 6 ou 7 anos.

Mas assim que ficou em pé ao lado de uma árvore no quintal espaçoso do "peixestéril" se lembrou das regras. E também, inesperadamente, Thurston, que parecia não só disposto como ansioso para brincar.

— Lembrem-se — disse ele às crianças (que pareciam nunca ter conhecido o prazer de Batatinha Frita um dois três) —, ela pode dizer "batatinha frita um, dois, três" com a rapidez que quiser, e quem ela pegar se mexendo quando se virar tem que voltar pro início.

— Ela não vai *me* pegar — disse Alice.

— Nem eu — acrescentou Aidan, decidido.

— Isso vamos ver — disse Carolyn, e se virou para a árvore. — Ba-ta-ti--nha... fri-ta... UM DOIS TRÊS!

Ela se virou. Alice estava parada com um sorriso nos lábios e uma das pernas esticada num grande passo de gigante. Thurston, também sorrindo, estava com os braços esticados com garras de *Fantasma da Ópera*. Ela percebeu um leve movimento de Aidan, mas nem pensou em mandá-lo voltar. Ele parecia contente e ela não tinha a mínima intenção de estragar nada.

— Ótimo — disse. — Que lindas estátuas. Vamos lá de novo. — Ela se virou para a árvore e repetiu a cantilena, invadida pelo medo antigo, infantil e delicioso de saber que havia gente chegando enquanto estava de costas. — Batatinhafrita UMDOISTRÊS!

Ela girou. Agora Alice estava a apenas vinte passos. Aidan estava mais ou menos uns dez passos atrás dela, tremendo num pé só, a casca de um machucado bem visível no joelho. Thurse estava atrás do menino, uma mão no peito como um orador, sorrindo. Alice é que a alcançaria, mas tudo bem; no segundo jogo a menina iria para a árvore e o irmão ganharia. Disso ela e Thurse cuidariam.

Carolyn se virou de novo para a árvore.

— Batatinhafri...

Então Alice gritou.

Carolyn se virou e viu Aidan Appleton caído no chão. A princípio, achou que ele ainda tentava brincar. Um dos joelhos — o machucado — estava erguido, como se ele tentasse correr de costas. Os olhos arregalados fitavam o céu. Os lábios estavam curvados num biquinho em O. Havia uma mancha escura se espalhando no short. Ela correu até lá.

— O que aconteceu com ele? — perguntou Alice. Carolyn viu toda a tensão daquele fim de semana terrível se amontoar no seu rosto. — Ele está bem?

— Aidan? — perguntou Thurse. — Está bem, parceiro?

Aidan continuava a tremer, os lábios parecendo sugar um canudinho invisível. A perna curvada desceu e chutou. Os ombros se contorceram.

— Ele está tendo algum tipo de convulsão — disse Carolyn. — Talvez pelo excesso de excitação. Acho que vai ficar bem se a gente der alguns...

— As estrelas cor-de-rosa estão caindo — disse Aidan. — Elas deixam linhas atrás. É bonito. Assusta. Todo mundo está olhando. Nada de gostosuras, só travessuras. Difícil respirar. Ele diz que se chama Chef. A culpa é dele. Ele é o culpado.

Carolyn e Thurston se entreolharam. Alice estava ajoelhada ao lado do irmão, segurando a mão dele.

— Estrelas cor-de-rosa — disse Aidan. — Caem, caem, ca...

— *Acorda!* — berrou Alice bem junto ao rosto dele. — *Para de assustar a gente!*

Thurston Marshall tocou de leve o ombro da menina.

— Querida, acho que isso não ajuda.

Alice não lhe deu atenção.

— Acorda, seu... seu CABEÇA DE BAGRE!

E Aidan acordou. Olhou sem entender o rosto riscado de lágrimas da irmã. Depois olhou Carolyn e sorriu — o sorriso mais doce que ela já vira na vida.

— Ganhei? — perguntou ele.

16

O gerador do depósito da Câmara de Vereadores estava malcuidado (alguém enfiara uma antiga pia de estanho galvanizado debaixo dele para recolher o óleo que pingava e, na avaliação de Rusty, era tão eficiente no gasto de energia quanto o Hummer de Big Jim). Mas ele estava mais interessado no cilindro prateado preso ao aparelho.

Barbie olhou rapidamente o gerador, fez uma careta com o cheiro e foi até o cilindro.

— Não é tão grande quanto eu esperava — disse, embora fosse muito maior do que os cilindros que usavam no Rosa Mosqueta ou o que trocara para Brenda Perkins.

— É o chamado "tamanho municipal" — disse Rusty. — Eu lembro disso na assembleia da cidade ano passado. Sanders e Rennie fizeram o maior rebu porque com os cilindros menores economizaríamos muita grana "nesses tempos de energia cara". Cada um contém 3 mil litros.

— O que significa um peso de... de quê? Três toneladas? — Rusty fez que sim. — Mais o peso do cilindro. É muito pra *levantar*, seria preciso uma empilhadeira ou um macaco hidráulico, mas não pra carregar. Uma picape Ram está na categoria das 3 toneladas e provavelmente pode levar mais. Um desses cilindros de tamanho médio caberia na caçamba. Saindo um pouquinho por trás e pronto. — Rusty deu de ombros. — Basta pendurar uma bandeira vermelha nele e tudo bem.

— É o único que tem aqui — disse Barbie. — Quando acabar, a luz da Câmara vai apagar.

— A não ser que Rennie e Sanders saibam onde tem mais — completou Rusty. — E eu aposto que sabem.

Barbie passou a mão sobre as letras azuis pintadas no cilindro: **CR HOSP**.

— Foi isso que você perdeu.

— Não perdemos; foi roubado. É o que eu estou pensando. Só que devia ter mais cinco cilindros nossos aqui, porque sumiu um total de seis.

Barbie examinou o longo depósito. Apesar dos limpa-neves guardados e dos caixotes de peças de reposição, o lugar parecia vazio. Principalmente em torno do gerador.

— Nem estou pensando no que roubaram do hospital; cadê o resto dos cilindros da *cidade*?

— Não sei.

— E pra que estariam sendo usados?

— Não sei — respondeu Rusty —, mas pretendo descobrir.

ESTRELAS COR-DE-ROSA CAINDO

1

Barbie e Rusty saíram e respiraram fundo ao ar livre. Havia um travo de fumaça do incêndio recém-apagado a oeste da cidade, mas o ar parecia bem fresco depois dos vapores de exaustão no depósito. Uma brisinha lânguida tocou de leve o rosto dos dois. Barbie levava o contador Geiger numa sacola de compras marrom que achara no abrigo antirradiação.

— Essa merda não vai aguentar — disse Rusty. O rosto estava fechado e decidido.

— E o que você vai fazer? — perguntou Barbie.

— Agora? Nada. Vou voltar pro hospital e fazer a ronda. Mas hoje à noite pretendo bater na porta do Jim Rennie e pedir uma boa explicação. É melhor que ele possa explicar, e é melhor que esteja com o resto do nosso gás, porque o do hospital vai acabar depois de amanhã, mesmo desligando tudo o que não for essencial.

— A situação pode estar resolvida até depois de amanhã.

— Você acredita nisso?

Em vez de responder, Barbie disse:

— Pressionar o vereador Rennie agora pode ser bem perigoso.

— Só agora? Nada mostra tão bem que você é novo na cidade. Eu ouço isso sobre Big Jim por todos os 10 mil anos, mais ou menos, em que ele vem mandando na cidade. Ou ele manda o povo se catar ou implora paciência. "Pelo bem da cidade", é o que ele diz. Esse é o número um na parada de sucessos dele. Em março, a assembleia da cidade é uma piada. Uma lei que autorize um novo sistema de esgotos? Sinto muito, a cidade não pode arcar com tanto imposto. Uma lei pra autorizar mais zonas comerciais? Grande ideia, a cidade precisa de mais receita, vamos construir um Walmart na 117. O Estudo Ambiental de Cidades Pequenas da Universidade do Maine diz que tem efluentes demais no lago Chester? Os vereadores recomendam o engavetamento da discussão porque todo mundo sabe que esses estudos científicos são feitos por ateus humanistas radicais de coração mole. Mas o *hospital* é pro bem da cidade, você não acha?

— É, acho. — Barbie ficou um pouco confuso com essa explosão.

Rusty fitou o chão com as mãos no bolso de trás. Depois, ergueu os olhos.

— Disseram que o presidente te mandou assumir o controle. Acho que está mais do que na hora de você fazer isso.

— É uma ideia. — Barbie sorriu. — Só que... Rennie e Sanders têm a polícia deles; cadê a minha?

Antes que Rusty respondesse, o celular tocou. Ele o abriu e olhou a telinha.

— Linda? O quê?

Ele escutou.

— Tudo bem, entendi. Se você tem certeza de que as duas estão bem *agora*... E foi mesmo a Judy? Não foi a Janelle?

Escutou um pouco mais e continuou.

— Acho que no fundo a notícia é boa. Eu vi duas outras crianças hoje de manhã, ambas com convulsões transitórias que passaram depressa, bem antes que eu as visse, e ficaram bem depois. Ligaram sobre mais três. Ginny T. cuidou de mais uma. Pode ser um efeito colateral da força que alimenta a Redoma.

Ele escutou.

— Porque eu não tive *tempo* — disse ele. A voz paciente, sem confronto.

Barbie conseguiu imaginar a pergunta que provocara a resposta: *Crianças tiveram convulsões o dia todo e só agora você me conta?*

— Vai buscar as meninas? — perguntou Rusty. Escutou. — Certo. Isso é bom. Se pressentir algo errado, me liga logo. Eu vou correndo. E deixe a Audi sempre com elas. Isso. Há-há. Amo você também. — Ele pendurou o celular no cinto e passou as duas mãos pelo cabelo com força suficiente para os olhos parecerem chineses por um tempinho. — Meu Jesus Cristinho.

— Quem é a Audi?

— A nossa golden retriever.

— Me fala dessas convulsões.

Rusty explicou, sem omitir o que Jannie dissera sobre o Halloween e o que Judy dissera sobre estrelas cor-de-rosa.

— Isso de Halloween parece o que o menino Dinsmore estava delirando — disse Barbie.

— Parece, não é?

— E as outras crianças? Alguma delas falou de Halloween? Ou estrelas cor-de-rosa?

— Os pais com quem eu conversei hoje disseram que os filhos balbuciavam durante as convulsões, mas ficaram apavorados demais pra prestar atenção.

— As crianças não se lembram?

— Elas nem sabem que tiveram convulsões.

— Isso é normal?

— Não é anormal.

— Alguma possibilidade de a sua caçula estar imitando a mais velha? Talvez... sei lá... querendo atenção?

Rusty não pensara nisso; na verdade, não tivera tempo. Agora pensou.

— É possível, mas não provável. — Apontou com a cabeça o antiquado contador Geiger amarelo na sacola. — Vai sair procurando com essa coisa?

— Eu, não — disse Barbie. — Essa gracinha é propriedade municipal e as autoridades constituídas não vão muito com a minha cara. Não seria bom se me pegassem com ele. — E estendeu a sacola para Rusty.

— Não posso. Estou ocupado demais por enquanto.

— Eu sei — disse Barbie, e explicou a Rusty o que queria que fizesse. Rusty ouviu com atenção, sorrindo um pouco.

— Tudo bem — disse. — Pra mim está bom. O que você vai fazer enquanto eu cumpro a sua missão?

— Preparar o jantar no Rosa Mosqueta. O especial de hoje é frango à Barbara. Quer que eu mande uma quentinha pro hospital?

— Maravilha — respondeu Rusty.

2

No caminho de volta para o Cathy Russell, Rusty parou na redação do *Democrata* e entregou o contador Geiger a Julia Shumway.

Ela escutou a transmissão das instruções de Barbie, sorrindo de leve.

— Esse aí sabe delegar funções, isso eu tenho que admitir. Cuido disso com prazer.

Rusty pensou em avisá-la para ter cuidado com quem a visse com o contador Geiger da cidade, mas não precisou. A sacola sumiu debaixo da escrivaninha.

A caminho do hospital, telefonou para Ginny Tomlinson e perguntou sobre o caso de convulsão que ela atendera.

— Um garotinho chamado Jimmy Wicker. O avô telefonou. Bill Wicker?

Rusty o conhecia. Bill entregava a correspondência.

— Ficou tomando conta do Jimmy enquanto a mãe do garoto foi abastecer o carro. Aliás, o Posto e Mercearia está quase sem gasolina comum, e Johnny Carver teve coragem de subir o preço pra três dólares o litro. *Três!*

Rusty suportou isso com paciência, pensando que era melhor do que ter essa conversa com Ginny frente a frente. Estava quase chegando ao hospital. Quando ela terminou de reclamar, ele perguntou se o pequeno Jimmy dissera alguma coisa durante a convulsão.

— Disse, sim. Bill contou que ele balbuciou bastante. Acho que era alguma coisa sobre estrelas cor-de-rosa. Ou Halloween. Ou talvez eu esteja confundindo com o que Rory Dinsmore disse depois do tiro. Todo mundo falou disso.

É claro que falaram, pensou Rusty, preocupado. *E vão falar disso também se descobrirem. Como provavelmente vai acontecer.*

— Tudo bem — disse ele. — Obrigado, Ginny.

— Quando você volta, caubói?

— Já estou quase aí.

— Ótimo. Porque temos uma nova paciente. Sammy Bushey. Foi currada.

Rusty gemeu.

— Tem mais. Piper Libby trouxe ela pra cá. Não consegui tirar da moça o nome dos agressores, mas acho que a Piper conseguiu. Saiu daqui como se o cabelo estivesse pegando fogo e o cu... — Uma pausa. Ginny deu um bocejo tão alto que Rusty ouviu. — ... o cu em chamas.

— Ginny, querida, quando foi que você dormiu pela última vez?

— Estou bem.

— Vai pra casa.

— Está *brincando*? — Com voz horrorizada.

— Não. Vai pra casa. Dorme. E não liga o despertador. — Então, ele teve uma ideia. — No caminho, dá uma passadinha no Rosa Mosqueta, que tal? Vão servir frango. Soube de fonte confiável.

— Sammy Bushey...

— Cuido dela em cinco minutos. E você vai dar uma de abelha e sair zumbindo.

Ele desligou o celular antes que ela pudesse protestar outra vez.

3

Big Jim Rennie sentia-se muitíssimo bem para quem cometera um assassinato na noite da véspera. Em parte, era porque não considerava aquilo assassinato, assim como não considerava assassinato a morte da falecida esposa. Fora o câncer que a levara. Inoperável. É verdade que ele talvez tivesse lhe dado analgésicos demais na última semana, e no final ainda teve que ajudá-la com um travesseiro no rosto (mas de leve, bem de leve, retardando a respiração dela, passando-a para os braços de Jesus), mas fizera aquilo por amor e gentileza. O que aconteceu com o reverendo Coggins foi um pouco mais violento — confessadamente — mas, o homem fora muito *teimoso*. Totalmente incapaz de pôr o bem-estar da cidade à frente do seu.

— Bom, hoje à noite ele vai jantar com Cristo Senhor — disse Big Jim. — Rosbife, purê de batata com molho, torta de maçã de sobremesa. — Ele mesmo comia um grande prato de fettuccine Alfredo, cortesia da empresa Stouffer. Um monte de colesterol, supunha, mas não havia dr. Haskell por ali para importuná-lo.

— Durei mais que você, seu cocô velho — disse Big Jim ao escritório vazio e riu de bom humor. O prato de macarrão e o copo de leite (Big Jim Rennie não bebia álcool) estavam sobre o borrador da escrivaninha. Ele costumava comer no escritório e não achou necessário mudar isso só porque Lester Coggins encontrara ali o seu fim. Além disso, o cômodo estava mais uma vez arrumado e limpíssimo. Ah, ele achava que uma daquelas unidades de investigação que apareciam na TV conseguiria encontrar muitos respingos de sangue com luminol, luzes especiais e coisas assim, mas nenhuma daquelas pessoas estaria ali em um futuro próximo. Quanto a Pete Randolph fazer alguma investigação sobre o assunto... só se fosse piada. Randolph era um idiota.

— Mas — disse Big Jim à sala vazia com voz professoral — ele é o *meu* idiota.

Big Jim sugou os últimos fios de macarrão, limpou com um guardanapo o considerável queixo e voltou a fazer anotações no bloco de papel amarelo ao lado do borrador. Fizera muitas anotações desde sábado; havia muito a fazer. E se a Redoma continuasse ali, haveria mais ainda.

Big Jim meio que *esperava* que ficasse no lugar, ao menos por enquanto. A Redoma trouxera desafios que ele tinha certeza de conseguir enfrentar (com a ajuda de Deus, é claro). A primeira providência era consolidar o seu domínio sobre a cidade. Para isso, precisava de mais do que um bode expiatório; precisava de um bicho-papão. A opção óbvia era Barbara, o homem que o comandante em chefe do partido democrata mandara para substituir James Rennie.

A porta do escritório se abriu. Quando Big Jim ergueu os olhos das anotações, o filho estava ali em pé. O rosto estava pálido e sem expressão. Ultimamente, havia algo errado com Junior. Mesmo ocupado como estava com os problemas da cidade (e a outra questão; essa também o mantivera ocupado), Big Jim percebia. Mas ainda assim sentia confiança no rapaz. Mesmo que Junior o abandonasse, Big Jim tinha certeza de que daria um jeito. Passara a vida criando a própria sorte; isso não mudaria agora.

Além do mais, o rapaz removera o corpo. Aquilo o tornava parte disso. O que era bom — na verdade, era a essência da vida nas cidades pequenas. Numa cidade pequena, todos tinham que fazer parte de tudo. Como é que dizia aquela música idiota? *E pro time nós torcemos.*

— Filho? — perguntou. — Tá tudo bem?

— Tudo — respondeu Junior. Não estava, mas estava melhor, a última dor de cabeça asquerosa finalmente passando. Ficar com as namoradas ajudara, como ele sabia que ajudaria. A despensa dos McCain não cheirava muito bem, mas depois de ficar um pouco ali sentado, segurando as mãos delas, ele se acostumara. Achou que conseguiria até gostar daquele cheiro.

— Encontrou alguma coisa no apartamento dele?

— Encontrei. — Junior lhe disse o que encontrara.

— Excelente, filho. Excelente mesmo. E você pode me contar onde pôs... onde pôs ele?

Devagar, Junior fez que não com a cabeça, mas os olhos permaneceram o tempo todo no mesmo lugar: presos no rosto do pai. Era meio esquisito.

— O senhor não precisa saber. Já disse isso. É um lugar seguro, e isso basta.

— Então agora você vai *me* dizer o que eu preciso saber. — Mas disse isso sem o ardor de sempre.

— Neste caso, vou.

Big Jim examinou o filho com atenção.

— Tem certeza de que você está bem? Está pálido.

— Estou bem. É só dor de cabeça. Já está passando.

— Por que não come alguma coisa? Ainda tem fettuccine no congelador e o micro-ondas esquenta muito bem. — Ele sorriu. — É bom aproveitar enquanto a gente pode.

Os olhos escuros e pensativos caíram um instante na poça de molho branco no prato de Big Jim e depois subiram de novo até o rosto do pai.

— Não estou com fome. Quando eu devo encontrar os corpos?

— *Corpos?* — Big Jim o fitou. — O que você quer dizer com *corpos?*

Junior sorriu, os lábios se erguendo só o bastante para mostrar a ponta dos dentes.

— Nada, nada. Vai ser melhor pra credibilidade se você se surpreender como todo mundo. Digamos assim... quando a gente puxar o gatilho, essa cidade vai ter vontade de enforcar *Baaarbie* num pé de maçã verde. Quando quer começar? Hoje à noite? Porque vai dar certo.

Big Jim pensou na pergunta. Olhou o bloco amarelo. Estava coalhado de anotações (e respingado de molho alfredo), mas só uma estava sublinhada: *piranha do jornal*.

— Hoje não. Podemos usá-lo pra mais do que a morte Coggins se jogarmos direito.

— E se a Redoma sumir durante o jogo?

— Sem problemas — disse Big Jim. Pensando, *E se o sr. Barbara conseguir escapulir da armação, pouco provável, mas as baratas sempre conseguem achar rachaduras quando a luz se acende, sempre temos você. Você e os seus outros corpos.* — Agora vai comer alguma coisa, mesmo que seja só uma salada.

Mas Junior não se mexeu.

— Não espere demais, pai — disse ele.

— Não vou esperar.

Junior examinou o caso, examinou *o pai* com aqueles olhos escuros que agora pareciam tão estranhos, e depois pareceu perder o interesse. Bocejou.

— Vou subir pro quarto e dormir um pouco. Depois eu como.

— Não deixa de comer. Você está ficando magro demais.

— Ser magro está na moda — respondeu o filho, e deu um sorriso vazio que era ainda mais inquietante do que os olhos. Para Big Jim, parecia o sorriso de uma caveira. Isso o fez pensar no sujeito que agora só se intitulava o Chef, como se a vida anterior como Phil Bushey tivesse sido eliminada. Quando Junior saiu do escritório, Big Jim deu um suspiro de alívio sem nem tomar consciência disso.

Pegou a caneta: tanta coisa a fazer. Ele faria, e faria direito. Não era impossível que, quando aquilo acabasse, a foto dele fosse parar na capa da revista *Time*.

4

Com o gerador ainda funcionando — embora isso não fosse durar muito tempo, a menos que ela encontrasse mais alguns cilindros de gás —, Brenda Perkins conseguiu ligar a impressora do marido e fazer uma cópia em papel de tudo o que estava na pasta VADER. A lista inacreditável de crimes que Howie compilara — e que, aparentemente, estava prestes a usar na época da sua morte — lhe pareceu mais real em papel que na tela do computador. E quanto mais olhava, mais parecia se encaixar no Jim Rennie que ela conhecia quase a vida toda. Sempre soubera que ele era um monstro; só não sabia que era um monstro tão *grande*.

Até as coisas sobre a igreja fanática de Coggins se encaixavam... embora, se ela tivesse lido direito, na verdade não era uma igreja, mas uma enorme Brastemp santa que lavava dinheiro em vez de roupa. Dinheiro de uma operação de produção de drogas que, nas palavras do marido, "talvez seja uma das maiores na história dos Estados Unidos".

Mas havia problemas, como admitiam tanto o chefe de polícia Howie "Duke" Perkins quanto o procurador-geral do estado. Os problemas explicavam por que a fase de coleta de provas da Operação Vader demorara tanto. Jim Rennie não era só um monstro grande; ele era um monstro *esperto*. Por isso sempre se contentara em ser segundo vereador. Tinha Andy Sanders para lhe abrir caminho.

E para servir de alvo — isso também. Por muito tempo, fora só contra Andy que Howie conseguira provas concretas. Ele era testa de ferro e provavelmente nem sabia, por ser um imbecil tão alegre e efusivo. Andy era o primeiro vereador, o primeiro diácono da Sagrado Redentor, o primeiro no coração dos habitantes da cidade e na frente de um rastro de documentos empresariais que acabavam sumindo nos tortuosos pântanos financeiros de Nassau e da ilha Grand Cayman. Se Howie e o procurador-geral do estado tivessem se mexido cedo demais, ele também teria sido o primeiro a ser fotografado segurando um número. Talvez o único, caso acreditasse nas promessas inevitáveis de Big Jim de que tudo acabaria bem se Andy ficasse calado. E provavelmente ficaria. Quem melhor do que um bobo para fazer de bobo?

No verão anterior, a situação começara a evoluir rumo ao que Howie considerava o fim do jogo. Foi quando o nome de Rennie começou a aparecer em alguns documentos obtidos pelo procurador-geral, principalmente nos de uma empresa de Nevada chamada Town Ventures. O dinheiro da Town Ventures sumira a oeste e não a leste, não nas Antilhas, mas na China continental, país em que os principais ingredientes dos remédios descongestionantes podiam ser comprados no atacado com pouca ou nenhuma pergunta.

Por que Rennie permitira tamanha exposição? Howie Perkins só conseguira pensar numa razão: o dinheiro crescera depressa demais para uma única e santa máquina de lavar. Depois, o nome de Rennie surgiu em documentos relativos a meia dúzia de outras igrejas fundamentalistas do nordeste. A Town Ventures e as outras igrejas (sem mencionar meia dúzia de emissoras de rádio religiosas e rádios AM, nenhuma tão grande quanto a WCIK) foram o primeiro grande erro de Rennie. Deixaram pontas soltas. Essas pontas poderiam ser puxadas e, mais cedo ou mais tarde — geralmente, mais cedo —, tudo se revelaria.

Você não conseguiu largar o osso, não é?, pensou Brenda, sentada à escrivaninha do marido, estudando os documentos. *Ganhou milhões, talvez dezenas de milhões, e o risco foi ficando absurdo, mas nem assim conseguiu largar. Como o macaco que fica preso porque não consegue largar a comida. Já tinha uma baita fortuna e continuava morando naquela velha casa de três andares e vendendo carros naquela pocilga da 119. Por quê?*

Mas ela sabia. Não era o dinheiro; era a cidade. Que ele considerava a cidade *dele*. Sentado numa praia em algum lugar da Costa Rica ou administrando uma propriedade bem guardada na Namíbia, Big Jim viraria Small Jim. Porque um homem sem uma meta, mesmo se tiver uma conta bancária recheada de dinheiro, é sempre um homem pequeno.

Se ela lhe mostrasse o que tinha, conseguiria um acordo com ele? Obrigá-lo a parar em troca de silêncio? Não tinha certeza. E temia o confronto. Seria feio, talvez perigoso. Gostaria de ter Julia Shumway com ela. E Barbie. Só que agora Dale Barbara já era outro alvo.

A voz de Howie, calma e firme, falou na cabeça dela. *Você pode se dar ao luxo de esperar um pouco — eu mesmo esperei pelas últimas provas —, mas não espere demais, querida. Porque quanto mais tempo durar esse cerco, mais perigoso ele ficará.*

Ela pensou em Howie dando ré na entrada de automóveis, parando para pôr os lábios nos dela à luz do sol, a boca dele quase tão conhecida dela quanto a própria, e certamente tão amada quanto. Acariciando o lado do seu pescoço ao mesmo tempo. Como se soubesse que o fim estava próximo e que o último toque teria que valer por todos. Uma ideia fácil e romântica, é claro, mas ela quase acreditou, e os olhos se encheram de lágrimas.

De repente, os documentos e todas as tramoias neles contidas ficaram menos importantes. Nem a Redoma parecia muito importante. O que importava era o buraco que se abrira tão de repente na sua vida, sugando a felicidade que ela dera como certa. Ela se perguntou se o pobre idiota do Andy Sanders se sentia do mesmo jeito. Achou que sim.

Vou esperar 24 horas. Se a Redoma ainda estiver lá amanhã à noite, procuro Rennie com isso aqui — com cópias *disso aqui — e digo a ele que vai ter que renunciar em favor de Dale Barbara. Digo que, se não fizer isso, vai ler nos jornais tudo sobre o seu negócio com drogas.*

— Amanhã — murmurou, e fechou os olhos. Dois minutos depois, dormia na cadeira de Howie.

Em Chester's Mill, chegara a hora do jantar. Algumas refeições (como frango à moda para umas cem pessoas) foram preparadas em fogões elétricos ou a gás, cortesia dos geradores que ainda funcionavam na cidade, mas também houve quem recorresse ao fogão de lenha para poupar o gerador ou porque agora era só lenha que tinham. A fumaça subiu de centenas de chaminés no ar parado.

E se espalhou.

5

Depois de entregar o contador Geiger — o destinatário o aceitou de boa vontade, até com ansiedade, e prometeu começar a usá-lo terça de manhã —, Julia foi à Loja de Departamentos Burpee com Horace na coleira. Romeo lhe dissera que tinha em estoque um par de fotocopiadoras Kyocera novas em folha, ambas ainda na embalagem original. Ela poderia usá-las.

— Também tenho um pouco de gás escondido — disse, fazendo um carinho em Horace. — Você vai ter o que precisar, enquanto eu puder cuidar disso, ao menos. Precisamos manter o jornal funcionando, não é? Mais importante do que nunca, não acha?

Era exatamente o que ela achava, e lhe disse isso. Também lhe deu um beijo no rosto.

— Fico te devendo uma, Rommie.

— Que tal um bom desconto no meu folheto semanal de propaganda quando tudo acabar? — Depois, cutucou o lado do nariz com o indicador, como se tivessem um grande segredo. Talvez tivessem mesmo.

Quando Julia saiu, o celular tocou. Ela o tirou do bolso da calça.

— Alô, Julia falando.

— Boa noite, sra. Shumway.

— Ah, coronel Cox, que maravilha ouvir a sua voz — disse ela animada. — O senhor não pode imaginar como nós, ratos do campo, ficamos emocionados com ligações de fora da cidade. Como anda a vida fora da Redoma?

— No geral, boa, provavelmente — disse ele. — Aqui onde eu estou, está meio capenga. Sabe dos mísseis?

— Eu vi eles atingirem o alvo. E ricochetearem. Causaram um belo incêndio do seu lado...

— Não é o *meu*....

— ... e outro bastante bom do nosso.

— Queria falar com o coronel Barbara — disse Cox. — Que deveria estar com a porra do celular dele agora.

— Tá certo, porra! — gritou ela, com a voz mais animada. — E os que estão na porra do inferno deviam ter uma porra de água gelada! — Ela parou diante do Posto & Mercearia, agora bem fechado. O cartaz escrito à mão na vitrine dizia: **HR DE AB AMANHÃ 11-14 <u>CHEGUE CEDO!</u>**

— Sra. Shumway...

— A gente discute o coronel Barbara num instantinho — disse Julia. — Agora, quero saber duas coisas. Primeiro, quando vão permitir a imprensa na Redoma? Porque o povo dos Estados Unidos merece mais do que a opinião do governo a respeito disso, não acha?

Ela esperava que ele dissesse que *não* achava, que não haveria *New York Times* nem CNN na Redoma em futuro próximo, mas Cox a surpreendeu.

— Provavelmente sexta, se nenhum dos outros truques que temos na manga funcionar. Qual a outra coisa que a senhora quer saber? Seja rápida, porque não sou assessor de imprensa. A faixa salarial deles é bem mais alta.

— O senhor me ligou, logo, vai ter que falar comigo. Vai ter que me engolir, coronel.

— Sra. Shumway, com todo o devido respeito, o seu celular não é o único de Chester's Mill a que eu tenho acesso.

— Disso eu tenho certeza, mas acho que Barbie não vai falar com o senhor se o senhor me dispensar. Ele não está lá muito contente com o novo cargo de potencial comandante da paliçada.

Cox suspirou.

— Qual é a pergunta?

— Quero saber a temperatura ao sul ou a leste da Redoma — a temperatura *verdadeira*, ou seja, longe do incêndio que vocês provocaram.

— Por que...

— O senhor tem essa informação ou não? Eu acho que tem ou que pode conseguir. Acho que bem agora o senhor está diante de uma tela de computador e tem acesso a tudo, talvez até ao número do manequim da minha lingerie. — Ela fez uma pausa. — E se o senhor disser 44, desligo agora mesmo.

— Está exibindo o senso de humor, sra. Shumway, ou a senhora é sempre assim?

— Estou cansada e assustada. Deve ser por isso.

Houve uma pausa no lado de Cox. Ela achou ter escutado o clique das teclas do computador. Então, ele disse:

— Está fazendo 8 graus em Castle Rock. Isso serve?

— Serve. — A disparidade não era tanta quanto ela temia, mas ainda era considerável. — Estou vendo o termômetro na vitrine do Posto & Mercearia Mill. Marca 14,5 graus. Uma diferença de 6,5 graus entre locais a uns 30 quilômetros de distância. A menos que haja uma baita frente quente passando pelo oeste do Maine hoje à noite, eu diria que há algo errado aqui. Não concorda?

Ele não respondeu à pergunta, mas o que ele *disse* a fez parar de pensar naquilo.

— Vamos tentar outra coisa. Aí pelas nove da noite de hoje. Era o que eu queria contar ao Barbie.

— Nós esperamos que o Plano B funcione melhor do que o Plano A. Neste instante, acho que o nomeado pelo presidente está alimentando a multidão no Rosa Mosqueta. Dizem que o prato é frango à moda. — Ela conseguia ver as luzes rua abaixo, e a barriga roncou.

— Pode anotar e passar o recado? — E ela ouviu o que ele não acrescentou: *sua bruaca briguenta?*

— Com prazer — disse ela. Sorrindo. Porque ela *era* uma bruaca briguenta. Quando tinha que ser.

— Vamos tentar um ácido experimental. Um composto hidrofluorídrico sintético. Nove vezes mais corrosivo do que o normal.

— Viva melhor com a química.

— Dizem que, teoricamente, com ele é possível abrir um buraco em 3 quilômetros de pedra.

— O senhor trabalha pra gente muito divertida, coronel.

— Vamos tentar no lugar onde a estrada de Motton vai pra... — Houve um farfalhar de papel. — Onde vai pra Harlow. Espero estar lá.

— Então direi ao Barbie pra pedir a alguém que lave a louça.

— Também vai nos dar o prazer da sua companhia, sra. Shumway?

Ela abriu a boca para dizer *Não perderia isso por nada* e foi então que o inferno explodiu na rua.

— O que está acontecendo aí? — perguntou Cox.

Julia não respondeu. Fechou o celular e o enfiou no bolso, já correndo na direção dos gritos. E mais alguma coisa. Algo que soava como um *rugido*.

O tiro veio quando ela ainda estava a meio quarteirão de distância.

6

Piper voltou para o presbitério e encontrou Carolyn, Thurston e os pequenos Appleton à sua espera. Ficou contente ao vê-los, porque afastaram sua mente de Sammy Bushey. Ao menos temporariamente.

Ela escutou Carolyn descrever a convulsão de Aidan Appleton, mas o menino agora parecia bem — comendo uma pilha enorme de biscoitos tipo goiabinha. Quando Carolyn perguntou se devia levar o menino ao médico, Piper respondeu:

— Se não houver recaída, acho que podemos supor que a causa foi a fome e a empolgação da brincadeira.

Thurston sorriu com melancolia.

— Nós estávamos todos empolgados. Nos divertindo.

Quanto ao possível alojamento, Piper pensou primeiro na casa dos Mc-Cain, que ficava perto. Só que ela não sabia onde eles guardavam a cópia da chave.

Alice Appleton estava no chão, dando migalhas de biscoito a Clover. Entre uma oferta e outra, o pastor-alemão fazia a velha cena do meu-focinho-no-seu-tornozelo-porque-eu-sou-o-seu-melhor-amigo.

— É o melhor cachorro que eu já vi — ela disse a Piper. — Eu queria que *nós* pudéssemos ter um cachorro.

— Eu tenho um dragão — ofereceu Aidan. Estava sentado confortavelmente no colo de Carolyn.

Alice sorriu com indulgência.

— É o A-M-I-G-U invisível dele.

— Sei — disse Piper. Ela achou que poderiam quebrar uma janela na casa dos McCain; em tempo de guerra, urubu é frango.

Mas, quando se levantou para ver se o café estava pronto, teve uma ideia melhor.

— A casa dos Dumagen. Eu devia ter pensado nisso antes. Foram a uma conferência em Boston. Coralee Dumagen me pediu que regasse as plantas durante a viagem.

— Eu dou aulas em Boston — disse Thurston. — Em Emerson. Editei o número mais recente da *Ploughshare*. — E suspirou.

— A chave está debaixo de um vaso de flores à esquerda da porta — disse Piper. — Acho que eles não têm gerador, mas na cozinha tem um fogão a lenha. — Ela hesitou, pensando *Gente da cidade*. — Sabem usar fogão a lenha pra cozinhar sem pôr fogo na casa?

— Fui criado em Vermont — disse Thurston. — A minha tarefa foi cuidar dos fogões, o da casa *e* o do estábulo, até ir pra faculdade. O mundo dá voltas, não é? — E suspirou de novo.

— Tenho certeza de que tem mantimentos na despensa — disse Piper.

Carolyn concordou.

— Foi o que o zelador da Câmara de Vereadores disse.

— E o *Juuuun-ior* também — intrometeu-se Alice. — Ele é policial. E é *gato*.

A boca de Thurston se retorceu.

— O policial gato da Alice me atacou — disse. — Ele ou o outro. Nem sei qual é qual.

As sobrancelhas de Piper se ergueram.

— Deu um soco no estômago de Thurse — disse Carolyn, baixinho. — Chamou a gente de imbecis de Massachusetts, acho que tecnicamente somos mesmo, e riram de nós. Pra mim, foi essa a pior parte, o jeito como riram de nós. Melhoraram depois que encontraram os garotos, mas... — Ela balançou a cabeça. — Estavam descontrolados.

E foi assim que Piper voltou a Sammy. Sentiu uma pulsação começar ao lado do pescoço, muito lenta e forte, mas manteve a voz calma.

— Qual era o nome do outro policial?

— Frankie — respondeu Carolyn. — Junior o chamou de Frankie D. Conhece esses caras? Deve conhecer, não é?

— Conheço — disse Piper.

7

Ela explicou à nova família improvisada onde ficava a casa dos Dumagen — tinha a vantagem de ficar perto do Cathy Russell, caso o menino tivesse outra convulsão — e, depois que se foram, ficou algum tempo sentada à mesa da cozinha, tomando chá. Tomava o chá devagar. Um golinho e descansava a xícara. Outro golinho e descansava a xícara. Clover gemeu. Estava afinado com ela, e ela achou que o cão conseguia sentir a sua raiva.

Talvez mude o meu cheiro. Talvez o deixe mais ácido ou coisa assim.

Uma imagem se formava. Nada bonita. Um monte de policiais novos, muito jovens, contratados há menos de 48 horas e já enlouquecendo. O tipo de liberdade que tinham tomado com Sammy Bushey e Thurston Marshall não contaminaria policiais veteranos como Henry Morrison e Jackie Wettington — ao menos ela achava que não —, mas e Fred Denton? Toby Whelan? Talvez. *Provavelmente.* Com Duke no comando, esses camaradas tinham se comportado direito. Não eram bons, eram o tipo de policial que te dá bronca sem necessidade depois de um sinal de trânsito, mas tudo bem. Sem dúvida eram os melhores que o orçamento da cidade podia pagar. Mas a mãe dela gostava de dizer: "O barato sai caro." E com Peter Randolph no comando...

Era preciso fazer alguma coisa.

Só que ela precisava controlar o seu temperamento. Senão ele a controlaria.

Ela pegou a guia no gancho junto à porta. Clover se ergueu de repente, o rabo balançando, as orelhas apontadas, os olhos brilhantes.

— Vamos, seu bobão. Vamos apresentar uma queixa.

O pastor ainda lambia as migalhas de biscoito do focinho quando ela o levou porta afora.

8

Enquanto andava pela praça da cidade com Clover seguindo impecavelmente à sua direita, Piper sentiu que *tinha* controlado seu temperamento. Sentiu-se assim até ouvir o riso. Veio quando ela e Clover se aproximavam da delegacia. Ela observou os caras exatos cujos nomes arrancara de Sammy Bushey: DeLesseps, Thibodeau, Searles. Georgia Roux também estava presente, Georgia que os incitara, de acordo com Sammy: *Fode essa piranha.* Freddy Denton também estava lá. Estavam sentados no alto da escada de pedra da delegacia, tomando refrigerante, tagarelando. Duke Perkins jamais permitiria uma coisa daquelas, e Piper refletiu que, se pudesse vê-los de onde estava, se contorceria no túmulo com tanta rapidez que os seus restos mortais pegariam fogo.

Mel Searles disse alguma coisa e todos caíram de novo na gargalhada, rindo e dando tapinhas uns nos outros. Thibodeau estava com o braço em volta da garota Roux, a ponta dos dedos na lateral do seio dela. Ela disse alguma coisa e todos riram ainda mais.

Piper achou que riam do estupro — como fora divertido — e, depois disso, o conselho do pai não teve mais chance. A Piper que cuidava dos pobres e doentes, que celebrava casamentos e presidia funerais, que aos domingos pregava caridade e tolerância, foi empurrada com violência para os fundos da mente, onde só poderia observar como se olhasse por uma vidraça torta e ondulada. Foi a outra Piper que assumiu o controle, aquela que destruíra o quarto aos 15 anos, chorando lágrimas de raiva, não de tristeza.

Havia uma praça calçada de ardósia conhecida como praça Memorial de Guerra entre a Câmara e o prédio de tijolos mais novo da delegacia. No centro havia uma estátua de Lucien Calvert, pai de Ernie Calvert, que recebera postumamente uma Estrela de Prata por heroísmo na guerra da Coreia. O nome de outros habitantes de Chester's Mill mortos em combate desde a Guerra Civil estava gravado na base da estátua. Também havia dois mastros, a bandeira americana hasteada num deles, a bandeira do estado, com fazendeiro, marinheiro e alce, no outro. Ambas pendiam moles à luz avermelhada do pôr do sol iminente. Piper Libby passou entre os mastros como uma mulher num sonho, Clover ainda atrás do seu joelho direito, com orelhas erguidas.

Os "policiais" no alto da escada tiveram outro vigoroso ataque de riso, e ela pensou nos gigantes de uma das histórias de fadas que o pai às vezes lhe contava. Gigantes numa caverna, se regozijando com as pilhas de ouro maldosamente obtidas. Então, a viram e silenciaram.

— Boa noite, reverenda — disse Mel Searles, levantando-se e dando ao cinto uma puxadinha de autoimportância. *Em pé na presença de uma dama*, pensou Piper. *Será que a mãe lhe ensinou isso? Provavelmente. A fina arte do estupro provavelmente aprendeu em outro lugar.*

Ele ainda sorria quando ela chegou aos degraus, mas depois titubeou e ficou cauteloso, pois deve ter visto a expressão dela. Exatamente qual era essa expressão ela não sabia. Por dentro, o rosto parecia paralisado. Imóvel.

Ela viu o maior deles observá-la com atenção. Thibodeau, o rosto tão imóvel quanto o dela parecia estar. *Ele é como Clover*, pensou. *Sente o cheiro. A fúria.*

— Reverenda? — perguntou Mel. — Está tudo bem? Houve algum problema?

Ela subiu os degraus, nem depressa, nem devagar, Clover ainda seguindo impecavelmente junto ao joelho direito.

— Pode *apostar* que há um problema — disse ela, erguendo os olhos para ele.

— O que...

— *Você* — disse ela. — *Você* é o problema.

Ela o empurrou. Mel não esperava isso. Ainda segurava o copo de refrigerante. Caiu no colo de Georgia Roux, abanando os braços inutilmente para se equilibrar, e por um instante o refrigerante foi uma arraia escura pendendo contra o céu avermelhado. Georgia gritou de surpresa quando Mel caiu sobre ela. Ela recuou, derramando o seu refrigerante. Este foi direto para a laje larga de granito diante das portas duplas. Piper sentiu cheiro de uísque ou bourbon. As Coca-Colas deles tinham sido incrementadas com o que o resto da cidade não podia mais comprar. Não admira que estivessem rindo.

A fissura vermelha dentro da sua cabeça se abriu mais.

— A senhora não pode... — começou Frankie, levantando-se. Ela o empurrou. Numa galáxia muito, muito distante, Clover, em geral o mais doce dos cães, rugia.

Frankie caiu de costas, espantado, olhos arregalados, por um instante parecendo o menino da escola dominical que devia ter sido.

— *Estupro* é o problema! — berrou Piper. — *Estupro!*

— Cala a boca — disse Carter. Ainda estava sentado e, embora Georgia se encolhesse contra ele, Carter continuava calmo. Os músculos dos braços se contraíram debaixo da camisa azul de mangas curtas. — Cala a boca e sai daqui agora mesmo, se não quiser passar a noite numa cela lá embai...

— São vocês que vão pra uma cela — disse Piper. — Todos vocês.

— Faz ela calar a boca — disse Georgia. Não choramingava, mas era por pouco. — Faz ela calar a boca, Cart.

— Senhora... — Freddy Denton. A camisa do uniforme para fora das calças e hálito de bourbon. Duke teria dado uma olhada e o posto na rua. Poria *todos* na rua. Começou a se levantar e dessa vez foi *ele* quem caiu de costas, um olhar de surpresa no rosto que seria cômico em outras circunstâncias. Era bom que todos estivessem sentados enquanto ela estava em pé. Facilitava. Mas, ah, como as têmporas pulsavam. Voltou a atenção para Thibodeau, o mais perigoso, que ainda a olhava com calma enlouquecedora. Como se ela fosse a monstruosidade que ele pagara 25 cents para ver numa barraca de feira. Mas ele a olhava *de baixo*, essa era a vantagem dela.

— Mas não vai ser uma cela lá embaixo — disse ela, falando diretamente com Thibodeau. — Vai ser em Shawshank, onde fazem com valentões de playground como você o que você fez com aquela moça.

— Sua piranha estúpida — disse Carter. Falava como se comentasse o clima. — Nós nem chegamos perto da casa dela.

— É isso mesmo — disse Georgia, sentando-se reta de novo. Havia Coca-Cola respingada numa das bochechas, onde uma violenta erupção de acne adolescente estava sarando (mas ainda se agarrava aos últimos postos avançados). — Além disso, todo mundo sabe que Sammy Bushey não passa de uma lésbica arrombada e mentirosa.

Os lábios de Piper se abriram num sorriso. Virou-se para Georgia, que se encolhia para longe da mulher louca que surgira de repente na escada enquanto tomavam umas ao pôr do sol.

— Como é que você sabe o nome da lésbica arrombada e mentirosa? *Eu* não falei.

A boca de Georgia despencou num **O** de horror. E, pela primeira vez, algo cintilou por trás da calma de Carter Thibodeau. Se medo ou só chateação, Piper não sabia.

Frank DeLesseps levantou-se cautelosamente.

— É melhor a senhora não sair por aí espalhando acusações sem provas, reverenda Libby.

— Nem atacando policiais — disse Freddy Denton. — Posso deixar passar dessa vez; todo mundo está estressado; mas a senhora vai ter que parar e desistir dessas acusações agora mesmo. — Ele fez uma pausa e acrescentou, pouco convincente: — E dos empurrões, é claro.

O olhar de Piper continuava fixo em Georgia, a mão direita fechada com tanta força em torno do punho de plástico preto da guia de Clover que pulsava. O cachorro estava com as patas da frente abertas e a cabeça baixa, ainda rugindo. Parecia um poderoso motor externo em marcha lenta. O pelo da nuca se eriçava a ponto de esconder a coleira.

— Como você sabe o nome dela, Georgia?

— Eu... eu... eu só achei...

Carter agarrou o ombro dela e apertou.

— Cala a boca, linda. — Então, para Piper, ainda sem se levantar (*porque não quer ser empurrado, que covarde*), disse: — Não sei que tipo de abelha se enfiou nessa cabeça de Jesus, mas ontem à noite nós estávamos todos na fazenda de Alden Dinsmore. Queríamos ver se conseguíamos tirar alguma informação dos soldadinhos estacionados na 119, mas não conseguimos. A casa dela é do outro lado da cidade.

Ele olhou os amigos.

— Isso — disse Frankie.

— Exatamente — concordou Mel, olhando Piper desconfiado.

— É! — completou Georgia. O braço de Carter estava de novo em torno dela e o momento de dúvida se fora. Desafiadora, ela encarava Piper.

— Georgia aqui *supôs* que a senhora gritava sobre Sammy — continuou Carter, com a mesma calma enfurecedora.

— Porque ela é a maior picareta mentirosa da cidade. — O riso cantado de Mel Searles.

— Mas vocês não usaram camisinha — disse Piper. Sammy lhe contara isso e, quando ela viu o rosto de Thibodeau se endurecer, soube que era verdade. — Vocês não usaram proteção e eles coletaram amostras. — Ela não sabia se *isso* era verdade, e não se importou. Pelos olhos que se arregalavam, pôde ver que acreditavam, e a crença deles bastava. — Quando compararem o seu DNA com o que encontraram...

— Chega — disse Carter. — Cala a boca.

Ela virou para ele o seu sorriso furioso.

— Não, sr. Thibodeau. Está só começando, meu filho.

Freddy Denton tentou alcançá-la. Ela o empurrou e sentiu o braço esquerdo ser segurado e torcido. Ela se virou e encarou os olhos de Thibodeau. Agora não havia calma; os olhos brilhavam de raiva.

Olá, irmão, pensou ela, incoerente.

— Foda-se, sua piranha fodida — observou ele, e desta vez ela é que foi empurrada.

Piper caiu de costas pela escada, tentando instintivamente se encolher e rolar, não querendo bater a cabeça nos degraus de pedra, sabendo que poderiam lhe esmagar o crânio. Matá-la ou, pior, deixá-la como um vegetal. Em vez disso, ela bateu o ombro esquerdo, e houve ali um uivo súbito de dor. Dor *conhecida*. Vinte anos antes, ela deslocara aquele ombro jogando futebol na escola, e com certeza acabara de deslocá-lo de novo.

As pernas voaram por cima da cabeça e ela deu uma cambalhota para trás, torcendo o pescoço, caindo de joelhos e rasgando a pele em ambos. Finalmente, descansou sobre a barriga e o peito. Rolara quase até a base da escada. O rosto sangrava, o nariz sangrava, os lábios sangravam, o pescoço doía, mas, ah meu Deus, o ombro era o pior, amassado e torto de um jeito que ela bem conhecia. A última vez que vira algo parecido fora dentro de uma camiseta de nylon vermelho dos Wildcats. Ainda assim, conseguiu se levantar, agradecendo a Deus por ainda ter controle sobre as pernas; poderia também ter ficado paralisada.

Ela soltara a guia no meio da escada e Clover pulou sobre Thibodeau, os dentes agarrando o peito e a barriga sob a camisa, rasgando a camisa, derrubando Thibodeau para trás, buscando os órgãos vitais do rapaz.

— *Tirem ele de cima de mim!* — gritou Carter. Agora nada de calma. — *Ele vai me matar!*

E, sim, Clover estava tentando. As patas da frente estavam plantadas nas coxas de Carter, subindo e descendo enquanto o rapaz se debatia. Parecia um pastor-alemão numa bicicleta. Mudou o ângulo do ataque e mordeu fundo o ombro de Carter, provocando outro grito. Depois, Clover partiu para a garganta. Carter pôs as mãos no peito do cão bem a tempo de salvar a traqueia.

— *Façam ele parar!*

Frank tentou pegar a guia solta. Clover se virou e lhe mordeu os dedos. Frank recuou, e Clover voltou a atenção para o homem que empurrara a sua dona escada abaixo. O focinho se abriu, revelando uma linha dupla de dentes brancos e brilhantes, e ele se jogou rumo ao pescoço de Thibodeau. Carter ergueu a mão e guinchou em agonia quando Clover a pegou e começou a sacudi-la como um dos seus queridos brinquedos de pano. Só que os brinquedos de pano não sangravam como a mão de Carter.

Cambaleante, Piper subiu a escada, segurando o braço esquerdo contra o tórax. O rosto era uma máscara de sangue. Um dente pendia no canto da boca como um resto de comida.

— TIRA ELE DE CIMA DE MIM, JESUS, TIRA O SEU MALDITO CACHORRO DE CIMA DE MIM!

Piper abria a boca para dizer a Clover que parasse quando viu Fred Denton puxar a arma.

— *Não!* — gritou. — *Não, eu mando ele parar!*

Fred se virou para Mel Searles e apontou o cachorro com a mão livre. Mel se adiantou e chutou os quartos de Clover. Chutou alto e com força, como antes (não há muito tempo) chutara bolas de futebol. Clover foi lançado de lado, soltando a mão dilacerada e ensanguentada de Thibodeau, com dois dedos agora apontando em direções incomuns, como placas tortas.

— *NÃO!* — gritou Piper de novo, tão alto e com tanta força que o mundo ficou cinzento diante dos seus olhos. — *NÃO MACHUCA O MEU CACHORRO!*

Fred não lhe deu atenção. Quando Peter Randolph veio correndo pelas portas duplas, as fraldas da camisa de fora, as calças abertas, o exemplar de *Outdoors* que estava lendo no banheiro ainda numa das mãos, Fred também não prestou atenção. Apontou a automática da polícia para o cachorro e disparou.

O som foi ensurdecedor na praça fechada. O alto da cabeça de Clover subiu num jorro de sangue e osso. Ele deu um passo rumo à dona que gritava e sangrava... outro... e depois caiu.

Fred, a arma ainda na mão, avançou e agarrou Piper pelo braço ferido. O calombo no ombro dela rugiu um protesto. E ela manteve os olhos no cadáver do cão, que criara desde filhote.

— Você está presa, sua puta maluca — disse Fred. Ele jogou o rosto, pálido, suado, os olhos parecendo prontos para pular das órbitas, tão perto do dela que ela sentiu as gotas de saliva. — Tudo o que disser pode e será usado contra esse seu cu de maluca.

Do outro lado da rua, os comensais saíam do Rosa Mosqueta, Barbie entre eles, ainda de boné e avental. Julia Shumway chegou primeiro.

Captou a cena, sem ver os detalhes, mais como uma *gestalt* resumida: cão morto; policiais reunidos; mulher sangrando e gritando com um ombro mais alto do que o outro; policial careca — Freddy Maldito Denton — sacudindo-a pelo braço preso àquele ombro; mais sangue nos degraus, indicando que Piper caíra por eles. Ou fora empurrada.

Julia fez algo que nunca fizera antes: enfiou a mão na bolsa, abriu a carteira e subiu a escada, mostrando-a e berrando *"Imprensa! Imprensa! Imprensa!"*

Ao menos parou de tremer.

9

Dez minutos depois, na sala que há tão pouco tempo fora de Duke Perkins, Carter Thibodeau, com uma atadura nova no ombro e toalhas de papel em torno da mão, estava sentado no sofá embaixo das fotos e diplomas emoldurados de Duke. Georgia estava sentada ao seu lado. Grandes gotas de suor se destacavam na testa de Thibodeau, mas depois de dizer "Acho que não quebrou nada", ele ficou calado.

Fred Denton estava sentado numa cadeira no canto. A sua arma estava na mesa do chefe. Ele a entregara de boa vontade e só dissera "Tive que fazer aquilo, é só olhar a mão do Cart".

Piper estava na cadeira de escritório que agora era de Peter Randolph. Julia limpara quase todo o sangue do rosto de Piper com mais toalhas de papel. A mulher tremia de choque e muita dor, mas estava tão calada quanto Thibodeau. Os olhos estavam secos.

— Clover só atacou ele — ela ergueu o queixo para Carter — depois que ele me empurrou pela escada. O empurrão me fez soltar a guia. O que o meu cachorro fez se justifica. Ele estava me protegendo de um ataque criminoso.

— *Ela* é que *nos* atacou! — gritou Georgia. — Essa piranha maluca *nos* atacou! Subiu a escada cuspindo toda essa merda...

— Cala a boca — disse Barbie. — Todos vocês, calem a boca. — Ele olhou para Piper. — Essa não é a primeira vez que a senhora desloca o ombro, não é?

— Quero o senhor fora daqui, sr. Barbara — disse Randolph... mas sem muita convicção.

— Eu posso cuidar disso — disse Barbie. — E você, pode?

Randolph não respondeu. Mel Searles e Frank DeLesseps estavam em pé do lado de fora da porta. Pareciam preocupados.

Barbie se virou de novo para Piper.

— É uma subluxação, uma separação parcial. Não é grave. Posso pôr de volta no lugar antes que a senhora vá para o hospital...

— *Hospital?* — guinchou Fred Denton. — Ela está pre...

— Cala a boca, Freddy — disse Randolph. — Ninguém está preso. Ao menos, ainda não.

Barbie fixou os olhos de Piper nos seus.

— Mas tenho que fazer isso agora, antes que o inchaço piore. Se esperar que Everett faça isso no hospital, vão ter que te dar anestesia. — Ele se inclinou para ela e murmurou junto à sua orelha: — E enquanto estiver apagada, eles vão contar a versão deles, e você não vai contar a sua.

— O que você está dizendo? — perguntou Randolph rispidamente.

— Que vai doer — respondeu Barbie. — Não é, reverenda?

Ela fez que sim.

— Vá em frente. A treinadora Gromley fez a mesma coisa ali na lateral do campo, e ela era uma rematada idiota. Mas faça logo. E por favor, não estrague nada.

Barbie disse:

— Julia, pega uma tipoia na caixa de primeiros socorros e depois me ajuda a deitar ela de costas.

Julia, muito pálida e se sentindo enjoada, fez o que lhe foi pedido.

Barbie sentou-se no chão à esquerda de Piper, tirou um sapato e depois, com ambas as mãos, agarrou o antebraço dela, logo acima do pulso.

— Não conheço o método da treinadora Gromley — disse ele —, mas era assim que fazia um paramédico que eu conheci no Iraque. A senhora vai contar até três e gritar "osso da sorte".

— "Osso da sorte" — repetiu Piper, achando graça apesar da dor. — Tá bem, você é o médico.

Não, pensou Julia; agora, na cidade, o mais próximo de um médico era Rusty Everett. Ela falara com Linda e conseguira o celular dele, mas a ligação caíra imediatamente na caixa postal.

A sala ficou em silêncio. Até Carter Thibodeau observava. Barbie fez um sinal de cabeça para Piper. Surgiram-lhe gotas de suor na testa, mas ela fez uma cara bem séria, e Barbie a respeitou muitíssimo por isso. Ele enfiou o pé calçado de meia na axila esquerda dela, prendendo bem. Então, enquanto puxava o braço devagar mas com firmeza, pressionou com o pé.

— Certo, então vamos nós. Conte agora.

— Um... dois... três... *OSSO DA SORTE!*

Quando Piper gritou, Barbie puxou. Todos na sala ouviram o barulho alto da articulação voltando para o lugar. O calombo na blusa de Piper sumiu num passe de mágica. Ela berrou, mas não desmaiou. Ele passou a tipoia pelo pescoço dela e imobilizou o braço o máximo possível.

— Melhor? — perguntou.

— Melhor — respondeu ela. — Muito melhor, graças a Deus. Ainda dói, mas bem menos.

— Eu tenho aspirina na bolsa — disse Julia.

— Dá pra ela a aspirina e cai fora — disse Randolph. — Todos vocês, menos Carter, Freddy, a reverenda e eu.

Julia o olhou sem acreditar.

— Está brincando? A reverenda vai pro hospital. Consegue andar, Piper?

Trêmula, Piper se levantou.

— Acho que sim. Um pouco.

— Sente-se, reverenda Libby — disse Randolph, mas Barbie sabia que ela estava de saída. Conseguiu perceber na voz de Randolph.

— Por que você não me obriga? — Com cuidado, ela ergueu o braço esquerdo e a tipoia. O braço tremeu, mas estava funcionando. — Tenho certeza de que você pode deslocá-lo de novo com facilidade. Vamos. Mostra a esses... esses *garotos*... que você é igualzinho a eles.

— E eu publico tudo no jornal! — afirmou Julia, animada. — A circulação vai dobrar!

— Sugiro que o senhor adie esse assunto pra amanhã, chefe — disse Barbie. — É melhor essa senhora receber analgésicos mais fortes do que aspirina e Everett examinar os machucados no joelho. Com a Redoma, vai ser bem difícil ela fugir.

— O cachorro dela tentou me matar — disse Carter. Apesar da dor, parecia calmo de novo.

— Chefe Randolph, DeLesseps, Searles e Thibodeau são culpados de estupro. — Piper cambaleava agora, abraçada por Julia, mas a voz estava clara e firme. — Roux é cúmplice.

— Não sou merda nenhuma! — guinchou Georgia.

— Têm que ser suspensos imediatamente.

— Ela está mentindo — disse Thibodeau.

O chefe Randolph parecia um espectador de partida de tênis. Finalmente, firmou o olhar em Barbie.

— Vai me dizer o que fazer, garoto?

— Não, senhor, só faço sugestões com base na minha experiência de policiamento no Iraque. O senhor que tome as suas decisões.

Randolph relaxou.

— Tudo bem, então. Tudo bem. — Ele olhou para baixo, cenho franzido em pensamentos. Todos o viram notar que o zíper ainda estava aberto e resolver o probleminha. Depois, ergueu os olhos de novo e disse: — Julia, leve a reverenda Piper pro hospital. Quanto ao senhor, sr. Barbara, vá pra onde quiser desde que saia daqui. Vou tomar o depoimento dos meus policiais hoje à noite e o da reverenda Libby amanhã.

— Espera — disse Thibodeau. Estendeu os dedos tortos para Barbie. — Você pode fazer alguma coisa quanto a isso aqui?

— Não sei — disse Barbie, torcendo para que a voz tivesse saído amistosa. A animosidade inicial passara e agora vinha a política do depois, da qual se recordava bem do tempo que lidara com policiais iraquianos que não eram tão diferentes assim do homem no sofá e dos outros que se amontoavam à porta. Em resumo, ser gentil com gente em quem dava vontade de cuspir. — Você consegue dizer *osso da sorte*?

10

Rusty desligara o celular antes de bater à porta de Big Jim. Agora Big Jim estava sentado atrás da escrivaninha, Rusty na cadeira diante dela — a cadeira dos suplicantes e solicitantes.

O escritório (Rennie provavelmente dizia que sua empresa funcionava ali na declaração de imposto de renda) tinha um cheiro agradável de pinho, como se tivesse passado por faxina recente, mas nem assim Rusty gostava dele. Não era só o quadro com um Jesus agressivamente caucasiano fazendo o Sermão da Montanha ou as placas autoelogiosas ou o piso de madeira de lei que devia estar protegido por tapete; era tudo isso e mais alguma coisa. Rusty Everett dava muito pouco peso ou crédito ao sobrenatural, mas ainda assim aquele cômodo parecia quase mal-assombrado.

É porque ele te assusta um pouco, pensou. *É só isso.*

Rusty, torcendo para que o que sentia não aparecesse no rosto nem na voz, contou a Rennie o sumiço dos cilindros de gás do hospital. Que encontrara um deles no depósito atrás da Câmara de Vereadores, alimentando o gerador. E que era o *único*.

— Portanto, tenho duas perguntas — disse Rusty. — Como um cilindro do hospital foi parar no centro da cidade? E pra onde foram os outros?

Big Jim se recostou na cadeira, pôs as mãos na nuca e olhou o teto, pensativo.

Rusty se viu fitando o troféu com uma bola de beisebol na escrivaninha de Rennie. Diante dele, havia um bilhete de Bill Lee, que já fora dos Boston Red Sox. Dava para ler o bilhete porque estava virado para fora. É claro que estava. Era para os visitantes verem e se maravilharem. Assim como as fotos na parede, a bola de beisebol proclamava que Big Jim Rennie era íntimo de Gente Famosa: *Olhai os meus autógrafos, poderosos, e desesperai-vos*. Para Rusty, a bola de beisebol e o bilhete virado para fora pareciam resumir a má sensação que a sala lhe provocava. Era uma vitrine, um minúsculo atestado de prestígio e poder numa cidadezinha.

— Não sabia que você tinha permissão de espionar o nosso depósito — observou Big Jim para o teto. Os dedos carnudos ainda estavam cruzados na nuca. — Será que você é autoridade na cidade e eu nem sabia? Se for assim, engano meu; *bobeira* minha, como diz o Junior. Achei que você era basicamente um enfermeiro com um bloco de receituário.

Rusty via isso como técnica, mais do que tudo: Rennie estava tentando irritá-lo. Desviar a sua atenção.

— Não sou autoridade — respondeu —, mas sou funcionário do hospital. E contribuinte.

— E?

Rusty sentiu o rosto corar.

— E essas coisas fazem com que o depósito também seja *meu*. — Esperou para ver se Big Jim reagiria a isso, mas o homem atrás da escrivaninha continuou impassível. — Além disso, não estava trancado. E isso nem vem ao caso, não é? Eu vi o que eu vi e gostaria de uma explicação. Como funcionário do hospital.

— E contribuinte. Não se esqueça disso.

Rusty ficou olhando para ele, sem sequer mover a cabeça.

— Eu não tenho nada para lhe dar — disse Rennie.

Rusty ergueu as sobrancelhas.

— É mesmo? Pensei que o senhor tinha os dedos no pulso da cidade. Não foi o que disse da última vez que concorreu a vereador? E agora vai me dizer que não sabe explicar onde foi parar o gás da cidade? Não acredito.

Pela primeira vez, Rennie pareceu se incomodar.

— Não me importa se você acredita ou não. Pra mim, isso é novidade. — Mas os olhos dardejaram ligeiramente para o lado enquanto falava, como se quisessem verificar que a foto autografada de Tiger Woods ainda estava lá; a clássica revelação do mentiroso.

— O hospital está quase sem gás — disse Rusty. — Sem ele, para os poucos que ainda estamos de serviço vai ser como trabalhar numa barraca-hospital da Guerra Civil. Os nossos pacientes atuais, como um enfartado e um caso grave de diabete que pode exigir amputação, vão ficar em péssima situação se ficarmos sem energia. O possível amputado é Jimmy Sirois. O carro dele está no estacionamento. O para-choque tem um adesivo dizendo VOTE EM BIG JIM.

— Vou investigar — disse Big Jim. Falava com o ar de quem faz um favor. — O gás da cidade deve estar guardado em algum outro depósito. Quanto ao seu, não faço ideia.

— *Que* outro depósito? Tem o corpo de bombeiros e a pilha de sacos de areia na estrada do Riacho de Deus, nem uma cabana tem por lá, mas são os únicos que eu conheço.

— Sr. Everett, eu sou um homem ocupado. Agora o senhor vai me dar licença.

Rusty se levantou. As mãos queriam se fechar, mas ele não deixou.

— Vou perguntar mais uma vez — disse. — Bem diretamente. O senhor sabe onde estão os cilindros que sumiram?

— Não. — Dessa vez, foi para Dale Earnhardt que os olhos de Rennie fugiram. — E não vou ler nenhuma insinuação nessa pergunta, meu filho, senão terei que me ofender. Agora, por que não vai embora e dá uma olhada em Jimmy Sirois? Diga a ele que Big Jim deseja melhoras e que vai visitá-lo assim que o festival de implicância diminuir um pouco.

Rusty ainda se segurava para controlar a raiva, mas estava perdendo a batalha.

— *Ir embora*? Acho que o senhor se esqueceu que é um servidor público e não um ditador particular. Por enquanto, eu sou o médico-chefe desta cidade, e quero uma resp...

O celular de Big Jim tocou. Ele o pegou. Escutou. As linhas em volta da boca caída para baixo ficaram mais sinistras.

— Que *meleca*! Toda vez que viro as *costas*... — Escutou um pouco mais e continuou. — Se tem gente com você aí na sala, Pete, feche a arapuca antes que ela abra demais e você caia dentro. Liga pro Andy. Já estou indo e nós três resolvemos isso.

Desligou o telefone e se levantou.

— Tenho que ir à delegacia. Se é emergência ou mais implicância, só vou saber quando chegar lá. E acho que precisam de você no hospital ou no Posto de Saúde. Parece que há um problema com a reverenda Libby.

— Por quê? O que aconteceu?

Nas órbitas duras e pequenas, os olhos frios de Big Jim o examinaram.

— Tenho certeza de que vão lhe contar a história. Não sei até que ponto será verdade, mas tenho certeza de que vão lhe contar. Portanto, faz o seu serviço, meu jovem, que eu vou fazer o meu.

Rusty passou pelo saguão e saiu da casa, as têmporas pulsando. A oeste, o pôr do sol era um espetáculo fúnebre e sangrento. O ar estava quase completamente parado, mas ainda assim fedia a fumaça. No pé da escada, Rusty ergueu o dedo e o apontou para o servidor público que aguardava que saísse da sua propriedade antes que ele, Rennie, também saísse. Rennie fez um muxoxo para o dedo, mas Rusty não o baixou.

— Ninguém precisa me mandar fazer o meu serviço. E parte dele é procurar aquele gás. Se eu o encontrar no lugar errado, outra pessoa vai fazer o *seu* serviço, vereador Rennie. Isso é uma promessa.

Big Jim lhe deu um aceno desdenhoso.

— Sai daqui, meu filho. Vai trabalhar.

11

Nas 55 primeiras horas de existência da Redoma, mais de duas dúzias de crianças tiveram convulsões. Algumas, como as das meninas Everett, foram notadas. Muitas outras não foram, e nos dias que se seguiram a atividade convulsiva rapidamente cairia a zero. Rusty compararia isso aos pequenos choques que todos sentiam quando se aproximavam demais da Redoma. Da primeira vez, sentia-se aquele frisson quase elétrico que eriçava os pelos da nuca; depois, a maioria não sentia nada. Era como se fossem vacinados.

— Você quer dizer que a Redoma é como catapora? — perguntou Linda depois. — A gente pega uma vez e está protegido pelo resto da vida?

Janelle tivera duas convulsões, assim como um garotinho chamado Norman Sawyer, mas em ambos os casos a segunda convulsão fora mais leve do que a primeira e sem nenhum balbucio para acompanhar. A maioria das crianças que Rusty examinou só teve uma, aparentemente sem efeitos colaterais.

Só dois adultos tiveram convulsões naquelas primeiras 55 horas, ambos por volta do pôr do sol de segunda-feira e ambos com causas fáceis de descobrir.

No caso de Phil Bushey, também chamado de Chef, a causa foi uma dose excessiva do seu próprio produto. Mais ou menos na hora em que Rusty e Big Jim se separaram, Chef Bushey estava sentado ao lado do depósito nos fundos da WCIK, olhando sonhador o pôr do sol (tão perto assim do alvo dos mísseis, o escarlate do céu era ainda mais escurecido pela fuligem da Redoma), o cachimbo de metanfetamina mal preso numa das mãos. Viajava pelo menos até a ionosfera; talvez uns 150km mais além. Nas poucas nuvens baixas que flutuavam naquela luz sangrenta, viu o rosto da mãe, do pai, do avô; viu também Sammy e o Pequeno Walter.

Todos os rostos na nuvem sangravam.

Quando o pé direito começou a se contorcer e depois o esquerdo acompanhou o ritmo, ele nem ligou. As contorções faziam parte da viagem, todo mundo sabia. Mas aí as mãos começaram a tremer e o cachimbo caiu no capim alto (amarelado e murcho em consequência do trabalho fabril ali realizado). Um instante depois, a cabeça começou a se sacudir de um lado para o outro.

É isso, pensou ele com uma calma que, em parte, era alívio. *Finalmente exagerei. Estou de saída. Provavelmente desta pra melhor.*

Mas ele não saiu para lugar nenhum, nem sequer *caiu* duro. Deslizou de lado devagar, se contorcendo e observando uma bola de gude preta subir no céu vermelho. Ela se expandiu numa bola de boliche e depois numa bola de praia cheia demais. Continuou crescendo até ocupar o céu vermelho.

O fim do mundo, pensou ele. *Provavelmente pra melhor.*

Por um instante, acreditou que estava errado, porque as estrelas apareceram. Só que eram da cor errada. Eram cor-de-rosa. Aí, meu Deus, começaram a cair, deixando para trás longos rastros cor-de-rosa.

Depois veio o fogo. Uma fornalha a rugir, como se alguém tivesse aberto um alçapão escondido e transformado Chester's Mill num inferno.

— É a nossa gostosura — murmurou. O cachimbo estava apertado contra o braço e causou uma queimadura que, mais tarde, ele veria e sentiria. Ficou se contorcendo no capim amarelo com os olhos virados para cima, as córneas a refletir o fúnebre pôr do sol. — A nossa gostosura de Halloween. Primeiro a travessura... depois a gostosura.

O fogo se transformava num rosto, uma versão alaranjada dos outros rostos sangrentos que vira nas nuvens pouco antes da convulsão. Era o rosto de Jesus, que estava zangado com ele.

E falava. Falava com *ele*. Dizia a ele que trazer o fogo era responsabilidade *dele. Dele.* O fogo e a... a...

— A pureza — murmurou, caído no capim. — Não... a *purificação*.

Jesus agora não parecia tão zangado. E estava sumindo. Por quê? Porque o Chef entendera. Primeiro viriam as estrelas cor-de-rosa; depois, o fogo purificador; depois, o sofrimento teria fim.

O Chef se acalmou quando a convulsão se transformou no primeiro sono de verdade das últimas semanas, talvez dos últimos meses. Quando acordou, estava totalmente escuro; todos os vestígios vermelhos sumidos do céu. Ele estava gelado até os ossos, mas nada molhado.

Sob a Redoma, não havia mais orvalho.

12

Enquanto o Chef observava o rosto de Cristo no pôr do sol infeccionado daquela noite, a terceira vereadora Andrea Grinnell estava sentada no sofá, tentando ler. O gerador pifara — será que algum dia funcionara? Não conseguia se lembrar. Mas tinha um aparelhinho chamado Mighty Brite, uma lâmpada automática que Rose, a irmã, pusera na sua meia de Natal do ano anterior. Até agora, não tivera oportunidade de usá-la, mas funcionava bem. Bastava prendê-la no livro e ligar. Facílimo. Logo, luz não era problema. As palavras, infelizmente, eram. Não paravam de se contorcer pela página, às vezes até trocando de lugar umas com as outras, e a prosa de Nora Roberts, geralmente claríssima, não significava absolutamente nada. Mas Andrea continuava tentando, porque não conseguia pensar em mais nada a fazer.

A casa fedia, mesmo com as janelas abertas. Ela estava com diarreia e o vaso sanitário não dava mais descarga. Estava com fome, mas não conseguia comer. Tentara um sanduíche às cinco da tarde — um inofensivo sanduíche de queijo — e vomitara no cesto de lixo da cozinha minutos depois de engolir. Uma vergonha, porque comer aquele sanduíche dera muito trabalho. Suava intensamente — já trocara de roupa uma vez, provavelmente trocaria de novo se conseguisse — e os pés não paravam de tremer e sacolejar.

Não é à toa que falam em chutar o vício, pensou. *E não vou conseguir de jeito nenhum ir à reunião de emergência de hoje, se é que Jim ainda pretende fazê-la.*

Considerando a última conversa que tivera com Big Jim e Andy Sanders, talvez fosse bom; se aparecesse, eles simplesmente a agrediriam um pouco mais. Iam obrigá-la a fazer o que não queria. Melhor ficar longe até se livrar dessa... dessa...

— Dessa *merda* — disse ela, e afastou dos olhos o cabelo molhado. — Essa porra dessa merda que está no meu organismo.

Assim que voltasse a ser quem era, enfrentaria Jim Rennie. Devia ter feito isso há muito tempo. Faria isso apesar da dor nas costas, que era horrível sem o seu OxyContin (mas não a agonia candente que esperara; essa fora uma surpresa bem-vinda). Rusty queria que ela tomasse metadona. *Metadona*, pelo amor de Deus! Heroína com pseudônimo!

Se está pensando em parar a frio, não faz isso, dissera ele. *Você pode ter convulsões.*

Mas ele dissera que assim poderia levar dez dias, e ela achava que não conseguiria esperar tanto. Não com aquela Redoma horrível sobre a cidade. Melhor se livrar logo. Depois de tirar essa conclusão, jogara todos os comprimidos — não só a metadona, mas os últimos OxyContins que achara no fundo da gaveta da mesinha de cabeceira — no vaso sanitário. Foram só duas descargas e o vaso morreu, e agora ela estava ali sentada, tremendo e tentando se convencer de que fizera a coisa certa.

Era a única coisa, pensou. *Isso praticamente acaba com o certo e o errado.*

Ela tentou virar a página do livro e a mão estúpida bateu no Mighty Brite. O aparelho caiu no chão. A mancha de brilho que lançava foi até o teto. Andrea a olhou e, de repente, se projetou acima de si. E depressa. Era como subir num elevador veloz e invisível. Só teve um instante para olhar para baixo e ver o seu corpo ainda no sofá, indefeso, se contorcendo. Uma baba espumosa escorria da boca para o queixo. Ela viu a umidade se espalhar no gancho da calça jeans e pensou *Droga, vou ter que me trocar de novo, tudo bem. Quer dizer, se eu sobreviver.*

Depois atravessou o teto, o quarto de cima, o sótão com as caixas escuras empilhadas e abajures aposentados e daí para a noite. A Via Láctea se espalhava lá em cima, mas estava errada. A Via Láctea ficara cor-de-rosa.

E então começou a cair.

Em algum lugar — longe, bem longe lá embaixo — Andrea ouviu o corpo que deixara para trás. Ele gritava.

13

Barbie achou que Julia e ele discutiriam o que acontecera com Piper Libby na viagem para fora da cidade, mas ficaram quase o tempo todo em silêncio, perdidos em pensamentos. Nenhum disse que se sentira aliviado quando o pôr do sol vermelho e antinatural finalmente começou a se desfazer, mas ambos se sentiram.

Julia tentou ligar o rádio, só encontrou a WCIK berrando *All Prayed Up* e desligou de novo.

Barbie só falou uma vez, isso pouco depois de saírem da rodovia 119 e começarem a ir para oeste, ao longo do asfalto mais estreito da estrada de Motton, onde as árvores se projetavam dos dois lados.

— Fiz a coisa certa?

Na opinião de Julia, ele fizera muitas coisas certas durante o confronto na sala do chefe de polícia, inclusive o tratamento bem-sucedido de dois pacientes com luxação, mas ela sabia do que ele estava falando.

— Fez. Era a hora mais perfeitamente errada de se impor no comando.

Ele concordou, mas se sentia cansado e desanimado, nem um pouco à altura do serviço que começava a ver diante dele.

— Tenho certeza de que os inimigos de Hitler disseram quase a mesma coisa. Disseram em 1934 e acertaram. Em 1936, e acertaram. Também em

1938. Diziam que era "a hora errada de questioná-lo". E quando se deram conta de que a hora certa finalmente havia chegado, estavam protestando em Auschwitz ou Buchenwald.

— Isso aqui não é a mesma coisa — disse ela.

— Você acha que não?

Ela não respondeu, mas entendia o que ele dissera. Diziam que Hitler fora instalador de papel de parede; Jim Rennie era vendedor de carros usados. Seis por meia dúzia.

À frente, dedos de brilho cintilavam entre as árvores. Deixavam um entalhe de sombras no asfalto remendado da estrada de Motton.

Havia vários caminhões militares estacionados do outro lado da Redoma — naquela ponta da cidade era Harlow ali do outro lado — e trinta ou quarenta soldados ocupados iam de lá para cá. Todos tinham máscaras contra gases penduradas no cinto. Um caminhão-tanque prateado com a frase **PERIGO EXTREMO MANTENHA DISTÂNCIA** dera marcha a ré até quase encostar num contorno de porta pintado com spray na superfície da Redoma. Uma mangueira plástica estava presa a uma válvula na traseira do caminhão-tanque. Dois homens seguravam a mangueira, que terminava numa varinha do tamanho de uma caneta Bic. Esses homens usavam capacete e macacão brilhante. Tinham tanques de ar nas costas.

No lado de Chester's Mill, havia um único espectador. Lissa Jamieson, bibliotecária da cidade, estava ao lado de uma antiga bicicleta feminina Schwinn com um porta-caixa de leite no bagageiro traseiro. Atrás do porta-leite, havia um adesivo dizendo QUANDO O PODER DO AMOR FOR MAIOR QUE O AMOR AO PODER, O MUNDO TERÁ PAZ — JIMI HENDRIX.

— O que você está fazendo aqui, Lissa? — perguntou Julia, saindo do carro. Ergueu a mão para proteger os olhos da luz forte.

Lissa mexia nervosamente no ankh que usava pendurado no pescoço com uma corrente de prata. Olhou de Julia para Barbie, depois voltou os olhos para Julia.

— Eu saio pra passear de bicicleta quando estou nervosa ou preocupada. Às vezes pedalo até meia-noite. Me acalma o *pneuma*.* Eu vi as luzes e vim até a luz. — Ela disse isso como se fosse um encantamento e soltou o ankh para fazer no ar um tipo de símbolo complicado. — O que *vocês* estão fazendo aqui?

---

* Palavra do grego arcaico que significa "respiração", geralmente usada como sinônimo de "espírito" ou "alma" em contexto religioso. (N. da T.)

— Viemos assistir a um experimento — disse Barbie. — Se der certo, você pode ser a primeira a sair de Chester's Mill.

Lissa sorriu. O sorriso parecia um pouco forçado, mas Barbie gostou dela pelo esforço.

— Se eu sair, perco o especial de terça no Rosa Mosqueta. Não costuma ser bolo de carne?

— O plano é bolo de carne — concordou, sem acrescentar que, se a Redoma continuasse no lugar até a terça-feira seguinte, a *specialité de la maison* talvez fosse quiche de abobrinha.

— Eles não falam — disse Lissa. — Já tentei.

Um homem baixote como um hidrante saiu de trás do caminhão-tanque e veio para a luz. Vestia calças cáqui, jaqueta de tecido impermeável e um chapéu com o logotipo dos Maine Black Bears. A primeira coisa a espantar Barbie foi que James O. Cox engordara. A segunda foi a jaqueta grossa, fechada até o queixo, que já era quase duplo. Ninguém mais — Barbie, Julia ou Lissa — usava casaco. Não havia necessidade disso no lado deles.

Cox bateu continência. Barbie devolveu o gesto e a verdade é que a sensação foi bem boa.

— Olá, Barbie — disse Cox. — Como vai o Ken?

— O Ken vai bem — disse Barbie. — E eu continuo a ser a puta que fica com toda a merda boa.

— Não dessa vez, coronel — disse Cox. — Dessa vez, parece que você se fodeu no drive-thru.

14

— Quem é ele? — sussurrou Lissa. Ainda dedilhava o ankh. Julia achou que logo a corrente arrebentaria, se ela não parasse. — E o que eles estão fazendo aqui?

— Tentando nos tirar daqui — respondeu Julia. — E depois daquele fracasso dos mais espetaculares hoje de manhã, tenho a dizer que é mais inteligente tentar em silêncio. — Ela se adiantou. — Olá, coronel Cox. Sou a sua editora de jornal predileta. Boa noite.

O sorriso de Cox foi só um pouquinho azedo — e ponto para ele, pensou ela.

— Sra. Shumway. A senhora é ainda mais bonita do que eu pensei.

— Uma coisa eu tenho que dizer, o senhor é hábil na conversa fia... — Barbie a alcançou a 3 metros de onde Cox estava e a segurou.

— O que foi? — perguntou ela.

— A câmera. — Ela quase esquecera que estava pendurada no pescoço até que ele a apontou. — É digital?

— É, é a câmera reserva de Pete Freeman. — Ela começou a perguntar por que e, então, entendeu. — Você acha que a Redoma vai fritá-la.

— No melhor dos casos — disse Barbie. — Lembra do que aconteceu com o marca-passo do chefe Perkins.

— Merda — disse ela. — *Merda!* Talvez a minha Kodak velha esteja no carro.

Lissa e Cox se entreolhavam com o que, para Barbie, parecia fascinação mútua.

— O que vocês vão fazer? — perguntou ela. — Vai haver outra explosão?

Cox hesitou. Barbie disse:

— Pode ser franco, coronel. Se não contar, eu conto.

Cox suspirou.

— Insiste na transparência total, não é?

— Por que não? Se essa coisa funcionar, o povo de Chester's Mill vai te endeusar. A única razão pra manter segredo é a força do hábito.

— Não. É ordem dos meus superiores.

— Eles estão em Washington — disse Barbie. — E a imprensa está em Castle Rock, a maioria provavelmente assistindo a filmes de mulher pelada no pay-per-view. Aqui só estamos nós, os pés-rapados.

Cox suspirou e apontou a porta pintada com spray.

— É ali que os homens de roupa protetora vão aplicar o nosso composto experimental. Se tivermos sorte, o ácido vai corroer e vamos conseguir abrir aquele pedaço da Redoma do mesmo jeito que um pedaço da vidraça da janela se solta depois de passar o cortador de vidro.

— E se não tivermos sorte? — perguntou Barbie. — E se a Redoma se decompuser soltando gases venenosos e matar nós todos? As máscaras contra gás são pra isso?

— Na verdade — disse Cox —, os cientistas acham mais provável que o ácido inicie uma reação química que pode fazer a Redoma pegar fogo. — Ele viu o espanto no rosto de Lissa e acrescentou: — Eles consideram as duas possibilidades muito remotas.

— Eles *podem* — disse Lissa, regirando o ankh. — Não são eles que vão ser envenenados nem assados.

— Entendo a sua preocupação, senhora... — começou Cox.

— Melissa — corrigiu Barbie. Para ele, de repente, passou a ser importante que Cox entendesse que havia *gente* debaixo da Redoma, não alguns milhares de contribuintes anônimos. — Melissa Jamieson. Lissa para os amigos. É a bibliotecária da cidade. Também é orientadora educacional do 6º ao 9º ano da escola e acho que dá aulas de ioga.

— Desisti delas — disse Lissa com um sorriso nervoso. — Coisas demais pra fazer.

— Muito prazer em conhecê-la, srta. Jamieson — disse Cox. — Olhe, vale a pena correr o risco.

— Se nós pensarmos diferente, poderíamos impedir o senhor? — perguntou ela.

A isso Cox não respondeu diretamente.

— Não há nenhum sinal de que essa coisa, seja o que for, esteja enfraquecendo ou se biodegradando. A menos que nós consigamos rompê-la, acreditamos que vocês vão ficar aí em longo prazo.

— Tem alguma ideia do que causou isso? Qualquer que seja?

— Nenhuma — disse Cox, mas os seus olhos se mexeram de um jeito que Rusty Everett reconheceria pela conversa com Big Jim.

Barbie pensou: *Por que você está mentindo? Aquela reação reflexa de novo? Os civis são como cogumelos, é mantê-los no escuro e alimentá-los com merda?* Provavelmente era só isso. Mas ele ficou nervoso.

— É forte? — perguntou Lissa. — O seu ácido é forte?

— É o mais corrosivo que existe, pelo que sabemos — respondeu Cox, e Lissa deu dois grandes passos atrás.

Cox virou-se para os homens com a roupa espacial.

— Estão prontos, rapazes?

Eles ergueram os polegares enluvados. Atrás deles, toda a atividade parou. Os soldados ficaram assistindo, com a mão na máscara de gás.

— Aí vamos nós — disse Cox. — Barbie, sugiro que escolte essas duas belas moças até ao menos 50 metros da...

— Olhem as *estrelas* — disse Julia. A sua voz era suave, espantada. A cabeça estava virada para cima e, no seu rosto maravilhado, Barbie viu a criança que ela tinha sido trinta anos antes.

Olhou para cima e viu o Grande Carro, a Grande Ursa, Órion. Todos no seu lugar... só que tinham saído de foco e ficado cor-de-rosa. A Via Láctea se transformara num derramamento de chiclete pela redoma maior da noite.

— Cox — disse ele. — Está *vendo* aquilo?

Cox ergueu os olhos.

— Vendo o quê? As estrelas?

— Como elas parecem para vocês?

— Bom... muito brilhantes, é claro... sem muita poluição luminosa nessa região... — Então uma ideia lhe ocorreu e ele estalou os dedos. — O que você está vendo? Elas mudaram de cor?

— São lindas — disse Lissa. Os olhos dela estavam arregalados e brilhantes. — Mas dão medo também.

— Estão cor-de-rosa — disse Julia. — O que está havendo?

— Nada — respondeu Cox, mas soou estranhamente relutante.

— O quê? — perguntou Barbie. — Conta logo. — E acrescentou, sem pensar: — Senhor.

— Recebemos o relatório meteorológico às 19 horas — disse Cox. — Ênfase especial nos ventos. Só por precaução... bom, só por precaução. Fiquemos assim. A corrente de jato atualmente está vindo para oeste, até Nebraska ou Kansas, seguindo para o sul e depois subindo pelo litoral leste. Padrão bem comum no final de outubro.

— O que isso tem a ver com as estrelas?

— Quando vem até o norte, o jato passa sobre muitas cidades fabris. O que ele traz desses locais está se acumulando sobre a Redoma em vez de ser levado pro norte, pro Canadá e o Ártico. Já há o bastante pra criar um tipo de filtro óptico. Tenho certeza de que não é perigoso...

— *Ainda* não — interrompeu Julia. — E daqui a uma semana, um mês? Vocês vão lavar o nosso espaço aéreo a 9 mil metros quando começar a ficar *escuro* aqui?

Antes que Cox pudesse responder, Lissa Jamieson gritou e apontou o céu. E então cobriu o rosto.

As estrelas cor-de-rosa estavam caindo, deixando atrás de si rastros brilhantes.

15

— Me dopa mais — disse Piper com voz sonhadora enquanto Rusty lhe ouvia o coração.

Rusty deu uns tapinhas na mão direita de Piper — a esquerda estava muito esfolada.

— Nada disso — retrucou. — A senhora está oficialmente doidona.

— Jesus quer que eu fique mais dopada — disse ela na mesma voz sonhadora. — Quero ficar mais alta que o apanha-mel.

— Acho que é "mais alta que um arranha-céu", mas vou pensar no caso.

Ela se sentou. Rusty tentou fazê-la se deitar de novo, mas só ousava empurrar o ombro direito, e isso não era suficiente.

— Amanhã posso sair daqui? Tenho que falar com o chefe Randolph. Aqueles garotos curraram Sammy Bushey.

— E podiam ter matado a senhora — retrucou ele. — Luxação ou não, a senhora teve uma sorte enorme. Deixe que eu me preocupo com a Sammy.

— Aqueles policiais são perigosos. — Ela pôs a mão direita no pulso dele. — Não podem continuar na polícia. Vão machucar mais alguém. — Lambeu os lábios. — A minha boca está tão seca...

— Isso eu posso resolver, mas a senhora vai ter que se deitar.

— Pegou amostras de esperma da Sammy? Pode comparar com as dos garotos? Se puder, vou perseguir Peter Randolph até ele conseguir as amostras de DNA. Vou persegui-lo dia e noite.

— Não temos equipamento pra comparar DNA — disse Rusty. *E também não há amostras de esperma. Porque Gina Buffalino a lavou, a pedido da própria Sammy.* — Vou te trazer algo para beber. Todas as geladeiras, menos as do laboratório, estão desligadas para economizar energia, mas temos um isopor na sala das enfermeiras.

— Suco — disse ela, fechando os olhos. — Suco seria bom. Laranja ou maçã. V8, não. Salgado demais.

— Maçã. — disse ele. — Hoje à noite, só líquidos.

— Estou com saudades do meu cachorro — sussurrou Piper, e virou a cabeça. Rusty achou que provavelmente ela já teria dormido quando voltasse com a caixinha de suco.

No meio do corredor, Twitch dobrou a esquina da sala das enfermeiras numa corrida desenfreada. Os olhos estavam enlouquecidos e arregalados.

— Vem cá fora, Rusty.

— Assim que eu der à reverenda Libby o...

— Não, agora. Você tem que ver isso.

Rusty voltou correndo até o quarto 29 e espiou. Piper roncava de um jeito nada adequado a uma dama — o que não surpreendia, devido ao nariz inchado.

Seguiu Twitch pelo corredor, quase correndo para acompanhar os passos largos do outro.

— O que é? — querendo dizer *o que foi agora?*

— Não sei explicar, e provavelmente você não acreditaria. Tem que ver com os próprios olhos.

Ele escancarou a porta do saguão e saiu.

Em pé na rua, além da marquise protetora por onde chegavam os pacientes, estavam Ginny Tomlinson, Gina Buffalino e Harriet Bigelow, a amiga que Gina recrutara para ajudar no hospital. As três estavam abraçadas como se quisessem se consolar e fitavam o céu.

Este estava cheio de ardentes estrelas cor-de-rosa, e muitas pareciam cair, deixando para trás rastros compridos e quase fluorescentes. Um arrepio subiu pelas costas de Rusty.

Judy previu isso, pensou. *"As estrelas cor-de-rosa estão caindo em linha."*

E estavam. Estavam.

Era como se o próprio firmamento caísse sobre a cabeça deles.

16

Alice e Aidan Appleton dormiam quando as estrelas cor-de-rosa começaram a cair, mas Thurston Marshall e Carolyn Sturges, não. Os dois foram para o quintal da casa dos Dumagen e assistiram à queda em brilhantes linhas. Algumas linhas se entrecruzavam e, quando isso acontecia, parecia que runas rosadas se destacavam no céu antes de se apagar.

— Será o fim do mundo? — perguntou Carolyn.

— De jeito nenhum — respondeu ele. — É uma chuva de meteoros. São muito comuns no outono aqui na Nova Inglaterra. Acho que é tarde demais para as Perseidas, logo, provavelmente é uma chuva extemporânea, talvez poeira e pedaços de pedra de algum asteroide que explodiu há um trilhão de anos. Pense só nisso, Caro!

Ela não queria.

— As chuvas de meteoros são sempre cor-de-rosa?

— Não — disse ele. — Acho que provavelmente é branca fora da Redoma, mas nós a vemos através de uma camada de poeira e matéria particulada. Poluição, em outras palavras. Isso mudou a cor.

Ela pensou no assunto enquanto observavam o silencioso ataque de raiva rosa no céu.

— Thurse, o menininho... Aidan... quando teve aquele ataque ou seja lá o que for, ele disse...

— Eu me lembro do que ele disse. "As estrelas cor-de-rosa estão caindo, elas deixam linhas atrás."

— Como é que ele sabia?

Thurston só balançou a cabeça.

Carolyn o abraçou com mais força. Em épocas assim (embora nunca tivesse havido uma época exatamente assim na vida dela), ficava contente de Thurston ter idade para ser seu pai. Naquele momento, ela gostaria que ele *fosse* o seu pai.

— Como é que ele sabia que isso ia acontecer? Como é que ele *sabia*?

17

Aidan dissera outra coisa durante o seu momento de profecia: *Todo mundo está olhando*. E às nove e meia daquela noite de segunda-feira, quando a chuva de meteoros atingiu o seu ponto máximo, aquilo era verdade.

A notícia se espalha por celular e e-mail, mas principalmente à moda antiga: boca a boca. Às 22h15, a rua principal está cheia de gente que assiste o silencioso show de fogos de artifício. A maioria igualmente silenciosa. Alguns choram. Leo Lamoine, membro fiel da congregação do Sagrado Redentor do falecido reverendo Coggins, grita que é o Apocalipse, que vê os Quatro Cavaleiros no céu, que o Arrebatamento logo começará, *et cœtera, et cœtera*. Sam Relaxado Verdreaux, de volta às ruas desde as três da tarde, sóbrio e mal-humorado, diz a Leo que, se não fechar a boca sobre o Chupocalipso, verá estrelas só suas. Rupe Libby, da polícia de Chester's Mill, a mão na coronha da arma, diz aos dois para calar a boca e parar de assustar os outros. Como se já não estivessem assustados. Willow e Tommy Anderson estão no estacionamento do Dipper's, e Willow chora com a cabeça no ombro de Tommy. Rose Twitchell está ao lado de Anson Wheeler na frente do Rosa Mosqueta; ambos ainda estão de avental e também abraçados. Norrie Calvert e Benny Drake estão com os pais, e quando a mão de Norrie segura a de Benny, ele a agarra com um arrepio que as estrelas cadentes cor-de-rosa não conseguem igualar. Jack Cale, atual gerente do Food City, está no estacionamento do supermercado. No fim da tarde, Jack chamou Ernie Calvert, o antigo gerente, e pediu ajuda para fazer um inventário completo dos suprimentos disponíveis. Estavam bem adiantados no serviço, com esperanças de terminar à meia-noite, quando o furor explodiu na rua principal. Agora, estão lado a lado, assistindo à queda das estrelas cor-de-rosa. Stewart e Fernald Bowie estão diante da funerária, olhando para cima. Na calçada em frente à funerária, estão Henry Morrison e Jackie Wettington com Chaz Bender, que dá aulas de História na escola secundária. "É só uma chuva de meteoros vista através de uma névoa de poluição", diz Chaz a Jackie e Henry... mas mesmo assim parece espantado.

O fato de que o acúmulo de matéria particulada realmente mudou a cor das estrelas faz o povo entender a situação de uma maneira nova, e aos poucos o choro se torna mais generalizado. É um som suave, quase como chuva.

Big Jim está menos interessado num monte de luzes sem sentido no céu do que no modo como as pessoas vão *interpretá-las*. Esta noite, espera que simplesmente vão para casa. Mas amanhã tudo pode ser diferente. E o medo que vê na maioria das caras talvez não seja tão ruim. Quem sente medo precisa de um líder forte, e se há uma coisa que Big Jim Rennie sabe que pode exercer é uma liderança forte.

Ele está diante da porta da delegacia com o chefe Randolph e Andy Sanders. Logo abaixo deles, amontoados, suas crianças-problema: Thibodeau, Searles, aquela vadiazinha Roux e Frank, amigo de Junior. Big Jim desce os degraus em que Libby caíra mais cedo (*ela nos faria um favor se tivesse quebrado o pescoço*, pensa ele) e dá um tapinha no ombro de Frankie.

— Que tal o espetáculo, Frankie?

Os grandes olhos assustados do rapaz o deixam com cara de 12 anos, em vez dos 22 ou sabe-se lá quantos ele tenha.

— O que é isso, sr. Rennie? O senhor sabe?

— Chuva de meteoros. É só Deus dando oi pro Seu povo.

Frank DeLesseps relaxa um pouco.

— Vamos entrar — diz Big Jim, sacudindo o polegar para Randolph e Andy, que ainda olham o céu. — Vamos conversar um pouco e depois eu chamo vocês quatro. Quero que todos contem a mesma história melequenta que eu contar. Entenderam?

— Sim, sr. Rennie — responde Frankie.

Mel Searles fita Big Jim, os olhos arregalados como pires e a boca aberta. Big Jim acha que o QI do rapaz deve chegar a setenta. Não que isso seja necessariamente ruim.

— Parece o fim do mundo, sr. Rennie — diz ele.

— Bobagem. Já está Salvo, meu filho?

— Acho que sim — responde Mel.

— Então não precisa se preocupar. — Big Jim os examina um a um, terminando com Carter Thibodeau. — E hoje à noite, rapazes, o caminho da salvação é todos contarem a mesma história.

Nem todos veem as estrelas cor-de-rosa. Como os meninos Appleton, as garotinhas de Rusty Everett estão num sono profundo. Piper também. E Andrea Grinnell. E o Chef, caído de pernas abertas no capim seco ao lado do laboratório que talvez seja a maior fábrica de metanfetamina dos Estados Unidos. O mesmo com Brenda Perkins, que chorou até dormir no sofá com as páginas de VADER espalhadas na mesinha de centro diante dela.

Os mortos também não veem, a menos que olhem de um lugar mais claro que essa planície escurecida onde exércitos ignorantes se digladiam à noite. Myra Evans, Duke Perkins, Chuck Thompson e Claudette Sanders estão enfiados lá na Funerária Bowie; o dr. Haskell, o sr. Carty e Rory Dinsmore, no necrotério do hospital Catherine Russell; Lester Coggins, Dodee Sanders e Angie McCain ainda estão na despensa dos McCain. Junior também. Está entre Dodee e Angie, segurando as mãos das duas. A cabeça dói, mas só um pouco. Ele acha que talvez passe a noite ali.

Na estrada de Motton, em Eastchester (não muito longe do lugar onde acontece a tentativa de romper a Redoma com um composto ácido experimental sob o estranho céu cor-de-rosa), Jack Evans, marido da falecida Myra, está no quintal com uma garrafa de Jack Daniels numa das mãos e a sua arma predileta de proteção doméstica, uma Ruger SR9, na outra. Ele bebe e assiste à queda das estrelas cor-de-rosa. Sabe o que são e, a cada uma, faz um desejo, e deseja a morte, porque sem Myra ele perdeu o pé na vida. Talvez conseguisse viver sem ela, e talvez conseguisse viver como um rato numa gaiola de vidro, mas não consegue aguentar os dois. Quando a queda de meteoros fica mais intermitente — isso por volta das 22h15, uns 45 minutos após o início da chuva —, ele engole o resto do uísque, joga a garrafa no capim e explode o cérebro. É o primeiro suicídio oficial de Mill.

Não será o último.

18

Barbie, Julia e Lissa Jamieson observaram em silêncio os dois soldados com roupa espacial remover a ponta fina da extremidade da mangueira de plástico. Colocaram-na num saco plástico opaco fechado com zíper e depois puseram o saco num estojo de metal com as palavras **MATERIAL PERIGOSO** pintadas. Trancaram-no com chaves separadas e depois tiraram o capacete. Pareciam cansados, com calor e desanimados.

Dois homens mais velhos — velhos demais para serem soldados — tiraram um equipamento de aparência complicada do local da experiência com ácido, realizada três vezes. Barbie achou que os camaradas mais velhos, talvez cientistas da Agência de Segurança Nacional, tinham feito algum tipo de análise espectrográfica. Ou tentado fazer. As máscaras contra gases usadas durante o procedimento de teste estavam agora puxadas para o alto da cabeça, como chapéus esquisitos. Barbie teria perguntado a Cox o que os testes deveriam revelar, e Cox talvez até lhe desse uma resposta franca, mas Barbie também estava desanimado.

Lá em cima, os últimos meteoroides cor-de-rosa riscavam o céu.

Lissa apontou para Eastchester.

— Ouvi um barulho que parecia um tiro. Vocês ouviram?

— Talvez o escapamento de algum carro ou um garoto soltando foguetes — disse Julia. Também estava cansada e desanimada. Em certo momento, quando ficou claro que a experiência, o teste com ácido, por assim dizer, não daria certo, Barbie a vira limpar os olhos. Mas isso não a impedira de tirar fotos com a Kodak.

Cox andou na direção deles, a sombra lançada em duas direções pelos refletores que tinham sido acesos. Fez um gesto para o lugar onde a forma da porta fora pintada na Redoma.

— Acho que essa pequena aventura custou aos contribuintes americanos uns 750 mil dólares, isso sem contar as despesas de pesquisa e desenvolvimento da criação do composto ácido. Que comeu a tinta que nós jogamos ali e, fora isso, não fez absolutamente merda nenhuma.

— Olha o palavreado, coronel — disse Julia, com um fantasma do seu antigo sorriso.

— Obrigada, Senhora Editora — disse Cox, azedo.

— Achava mesmo que ia dar certo? — perguntou Barbie.

— Não, mas também não achava que viveria para ver um homem em Marte, e os russos dizem que vão mandar quatro em 2020.

— Ah, entendo — disse Julia. — Os marcianos ficaram sabendo e estão possessos.

— Se assim for, retaliaram contra o país errado — retorquiu Cox... e Barbie viu algo nos olhos dele.

— Quanta certeza você tem, Jim? — perguntou baixinho.

— Como é?

— De que a Redoma foi criada por extraterrestres.

Julia deu dois passos à frente. O rosto estava pálido, os olhos ardentes.

— Conta pra gente o que você sabe, caramba!

Cox ergueu a mão.

— Pare. Não sabemos *nada*. Mas há uma teoria. Sim. Marty, vem cá.

Um dos cavalheiros mais velhos que fizeram os testes se aproximou da Redoma. Segurava a máscara contra gases pela correia.

— Sua análise? — indagou Cox, ao ver a hesitação do outro — Pode falar abertamente.

— Bom... — Marty deu de ombros. — Vestígios minerais. Solo e poluentes aerotransportados. Fora isso, nada. Segundo a análise espectrográfica, essa coisa não está aí.

— E o HY-908? — E, para Barbie e as mulheres: — O ácido.

— Sumiu — disse Marty. — A coisa que não está aí engoliu.

— Pelo que você sabe, isso é possível?

— Não. Mas a Redoma não é possível, pelo que nós sabemos.

— E isso leva você a acreditar que a Redoma pode ser criação de alguma forma de vida com conhecimento mais avançado de física, química, biologia, seja o que for?

Quando Marty hesitou de novo, Cox repetiu o que já dissera.

— Pode falar abertamente.

— É uma possibilidade. Também é possível que algum supervilão terreno a tenha criado. Um Lex Luthor do mundo real. Ou pode ser obra de um país renegado, como a Coreia do Norte.

— Sem assumir o crédito? — perguntou Barbie com ceticismo.

— Eu me inclino para os extraterrestres — disse Marty. Deu uma batidinha na Redoma sem piscar; já levara o seu choquinho. — A maioria dos cientistas que estão trabalhando nisso também, se é que podemos dizer que estamos trabalhando quando, na verdade, não estamos *fazendo* nada. É a Regra de Sherlock: depois de eliminar o impossível, a resposta, por mais improvável que seja, é o que sobrar.

— Alguém ou alguma coisa pousou num disco voador e exigiu ser levado ao nosso líder? — perguntou Julia.

— Não — respondeu Cox.

— Você saberia se isso acontecesse? — perguntou Barbie, e pensou: *Estamos mesmo discutindo isso? Ou eu estou sonhando?*

— Não necessariamente — disse Cox, depois de uma breve hesitação.

— Ainda poderia ser meteorológico — disse Marty. — Cacete, até biológico, uma coisa viva. Há uma escola de pensamento que acha que essa coisa na verdade é algum tipo de híbrido de *E. coli*.

— Coronel Cox — disse Julia baixinho —, nós somos a experiência de alguém? Porque é o que está parecendo.

Enquanto isso, Lissa Jamieson olhava as casas bonitas do bairrinho de Eastchester. A maioria das luzes estava apagada, ou porque quem morava lá não tinha gerador ou porque estavam poupando energia.

— Foi um tiro — disse ela. — Tenho certeza de que foi um tiro.

SENTINDO

1

Além da política municipal, Big Jim Rennie só tinha um vício, e era o basquete feminino estudantil — a equipe do Lady Wildcats, para ser exato. Comprava entradas para toda a temporada desde 1998 e assistia ao menos a uma dúzia de jogos por ano. Em 2004, o ano em que o Lady Wildcats ganhou o campeonato estadual da Classe D, ele foi a todos. E embora, inevitavelmente, os autógrafos que todos notavam quando convidados a entrar no seu escritório doméstico fossem os de Tiger Woods, Dale Earnhardt e Bill "Spaceman" Lee, o de que ele mais se orgulhava — o seu tesouro — era o de Hanna Compton, a pequena armadora caloura que levara o Lady Wildcats àquela única bola de ouro.

Quem compra entradas para toda a temporada passa a conhecer os outros compradores de entradas para toda a temporada e suas razões para serem fãs do jogo. Muitos são parentes das jogadoras (e muitas vezes promotores dos clubes de apoio que vendiam bolos e faziam campanhas de arrecadação para os jogos fora de casa, cada vez mais caros). Outros são puristas do basquete, que dizem, com certa razão, que os jogos femininos estudantis são simplesmente melhores. As jovens jogadoras têm uma ética de equipe raramente igualada pelos rapazes (que adoram correr, enterrar e atirar lá do meio da quadra). O ritmo é mais lento, permitindo ver o jogo por dentro e apreciar cada tabela, cada jogada em dupla. Os fãs do jogo feminino adoram o placar baixíssimo que os fãs do basquete masculino desdenham e afirmam que o jogo feminino valoriza a defesa e as faltas, que são a própria definição da velha escola da bola ao cesto.

Também há os caras que só gostam de ver meninas adolescentes de pernas compridas correndo de calças curtas.

Big Jim tinha todas essas razões para gostar do esporte, mas a paixão brotara de uma fonte totalmente diferente que ele nunca externava ao discutir os jogos com os outros fãs. Não seria boa política.

As meninas levavam o esporte para o pessoal e isso fazia com que odiassem melhor.

Os meninos queriam vencer, é claro, e às vezes os jogos ficavam violentos se fossem contra rivais tradicionais (no caso dos Mill Wildcats, os desprezados Castle Rock Rockets), mas com os meninos a questão era, acima de tudo, realização individual. Exibir-se, em outras palavras. E quando acabava, acabava.

As meninas, por outro lado, detestavam perder. Levavam a derrota para o vestiário e a alimentavam. O mais importante é que detestavam e odiavam *em equipe*. Muitas vezes Big Jim via o ódio mostrar a cabeça; por uma briga pela bola solta no meio do segundo tempo com o placar empatado, ele conseguia captar aquela vibração *Não vai não, sua piranha, essa bola é MINHA*. Ele a captava e se alimentava dela.

Até 2004, as Lady Wildcats só tinham participado do torneio estadual uma vez em vinte anos, num jogo único contra Buckfield. Então surgira Hanna Compton. A maior odiadora de todos os tempos, na opinião de Big Jim.

Como filha de Dale Compton, lenhador magérrimo de Tarker's Mills que vivia bêbado e adorava discutir, a atitude sai-da-minha-frente de Hanna lhe viera naturalmente. No primeiro ano, jogara na categoria sub-17 quase a temporada inteira; a técnica só a promoveu para a sub-19 nos dois últimos jogos, em que marcou mais pontos do que todo mundo e deixou a adversária dos Richmond Bobcats se contorcendo no piso depois de uma defesa dura mas legal.

Quando aquele jogo acabou, Big Jim chamara a técnica Woodhead num canto.

— Se essa garota não jogar no ano que vem, você é doida — disse ele.

— Eu não sou doida — respondeu a técnica Woodhead.

Hanna começara quente e terminara mais quente ainda, abrindo uma trilha que os fãs das Wildcats ainda comentariam anos depois (média da temporada: 27,6 pontos por jogo). Conseguia avistar e marcar uma cesta de três pontos quando quisesse, mas o que Big Jim mais gostava era vê-la abrir a defesa e partir para a cesta, o rosto de nariz achatado franzido de concentração, os olhos pretos e brilhantes ameaçando quem se metesse no seu caminho, o rabinho de cavalo espetado atrás dela como um dedo médio erguido. O segundo vereador e primeiro vendedor de carros usados de Mill se apaixonara.

No jogo do campeonato de 2004, o Lady Wildcats estava dez pontos à frente do Rock Rockets quando Hanna foi expulsa por faltas. Para sorte do Cats, só faltava um minuto e 16 segundos de jogo. Acabaram vencendo por um ponto. Do total de 86 pontos, Hanna Compton marcara estonteantes *63*.

Naquela primavera, seu pai criador de caso se acabou atrás do volante de um Cadillac novinho, vendido a ele por James Rennie pai a preço de custo com 40% de desconto. O negócio de Big Jim não eram os carros novos, mas quando queria um "por baixo do pano", sempre conseguia.

Sentado na sala de Peter Randolph, com os últimos meteoros cor-de-rosa ainda caindo do lado de fora (e as suas crianças-problema esperando — ansiosamente, torcia Big Jim — para serem chamadas e conhecer o seu destino), Big Jim recordou aquele jogo de basquete fabuloso, *mítico* até; especificamente os oito primeiros minutos do segundo tempo, que começara com as Lady Wildcats perdendo por nove pontos.

Hanna dominara o jogo com uma brutalidade obstinada digna de Joseph Stalin dominando a Rússia, os olhos negros faiscando (e aparentemente fixos num nirvana do basquete além da visão dos mortais comuns), o rosto travado naquele muxoxo eterno que dizia *Eu sou melhor que você, sou a melhor, sai da minha frente senão te fodo*. Tudo o que ela lançou naqueles oito minutos entrou, inclusive um lançamento absurdo do meio da quadra feito quando os seus pés se emaranharam e ela se livrou da bola só para não cometer falta andando com ela.

Havia expressões para definir esse tipo de estado, sendo a mais comum "*estar inspirado*". Mas aquela de que Big Jim gostava era *sentindo*, como em "Ela agora está mesmo *sentindo*". Como se o jogo tivesse uma textura divina além do alcance dos jogadores comuns (embora às vezes até jogadores comuns *sentissem* e se transformassem por pouco tempo em deuses e deusas, cada defeito corporal sumido durante a divindade transitória), uma textura que em noites especiais podia ser tocada: um drapejado rico e maravilhoso como o que deve adornar os salões de madeira de lei de Valhalla.

Hanna Compton nunca jogara no último ano do secundário; a final do campeonato fora o seu jogo de despedida. Naquele verão, dirigindo bêbado, o pai se matou e levou consigo a mulher e as três filhas quando voltava para Tarker's Mills, vindo do Brownie, onde tinham ido tomar milk shakes. O Cadillac com desconto foi o seu caixão.

O acidente com múltiplas vítimas virara manchete no oeste do Maine — naquela semana, o *Democrata* de Julia Shumway saiu com tarja preta nas bordas —, mas Big Jim não sentira pesar. Suspeitava que Hanna jamais jogaria na faculdade; lá as moças eram maiores e ela ficaria limitada à reserva, para só jogar em situações específicas. Ela nunca suportaria isso. Seu ódio tinha que ser alimentado pela ação constante na quadra. Big Jim entendia totalmente. Tinha total empatia. Era a principal razão pela qual nunca pensara em sair de Mill.

No mundo maior, ganharia mais dinheiro, mas a riqueza era a cerveja da vida. O poder era o champanhe.

Administrar Mill era bom nos dias comuns, mas em tempos de crise era muito melhor. Em épocas assim, dava para voar nas asas puras da intuição, sabendo que não tinha como agir errado, simplesmente *não tinha como*. Era possível adivinhar a defesa antes mesmo que os defensores se unissem e marcar pontos sempre que se lançava a bola. Ele *sentia*, e a melhor época para isso acontecer era numa final de campeonato.

Aquela era a *sua* final de campeonato e tudo lhe facilitava o caminho. Ele tinha a sensação — a crença total — de que nada daria errado durante essa ocasião mágica; até coisas que pareciam erradas virariam oportunidades em vez de obstáculos, como o lançamento desesperado de Hanna que fizera todo o Centro Cívico Derry se levantar, os fãs de Mills gritando, os de Castle Rock rugindo de descrença.

Sentindo. E era por isso que ele não se cansava, embora devesse estar exausto. Era por isso que não se preocupava com Junior, apesar da reticência e da vigilância pálida do filho. Era por isso que não se preocupava com Dale Barbara e o círculo de amigos criadores de caso de Barbara, principalmente a piranha do jornal. Era por isso que, quando Peter Randolph e Andy Sanders o olharam embasbacados, Big Jim só sorriu. Podia se dar ao luxo de sorrir. Estava *sentindo*.

— Fechar o supermercado? — perguntou Andy. — Isso não vai deixar um monte de gente nervosa, Big Jim?

— O supermercado e o Posto e Mercearia — corrigiu Big Jim, ainda sorrindo. — Com o Brownie não precisamos nos preocupar, já está fechado. O que é bom; é um lugarzinho sujo. — *Que vende revistinhas sujas*, ele não acrescentou.

— Jim, tem muitos suprimentos no Food City — disse Randolph. — Conversei com Jack Cale sobre isso essa tarde mesmo. A carne é pouca, mas o resto todo ainda se aguenta.

— Eu sei — disse Big Jim. — Eu sei o que é estoque, e Cale também sabe. Tem que saber, afinal de contas ele é judeu.

— Bom, só quero dizer que até agora está tudo em perfeita ordem, porque o povo mantém a despensa bem abastecida. — Ele se animou. — Agora, entenderia mandar o Food City funcionar *menos* horas. Acho que dá para convencer o Jack. Provavelmente ele já está pensando nisso.

Big Jim fez que não, ainda sorrindo. Ali estava outro exemplo de como as coisas ficam do nosso jeito quando estamos *sentindo*. Duke Perkins diria que seria um erro impor mais tensão à cidade, ainda mais depois do inquietante evento celestial daquela noite. Mas Duke morrera e isso era mais do que conveniente; era divino.

— Fechados — repetiu. — Os dois. Bem fechadinhos. E quando reabrirem, *nós* é que vamos controlar os suprimentos. Tudo vai durar mais e a distribuição vai ser mais justa. Vou anunciar o plano de racionamento na assembleia de quinta-feira. — Ele parou. — Se até lá a Redoma não tiver sumido, é claro.

— Não sei se temos autoridade pra fechar lojas, Big Jim — disse Andy, hesitante.

— Numa crise como essa, além da autoridade, temos a responsabilidade. — Ele deu um tapinha amistoso nas costas de Pete Randolph. O novo chefe de polícia de Mill não esperava por isso e soltou um guincho de susto.

— E se houver pânico? — Andy franzia a testa.

— Bom, essa é uma possibilidade — disse Big Jim. — Quando chutamos um ninho de camundongos, é bem capaz que eles saiam correndo. Talvez tenhamos que aumentar mais a nossa força policial se essa crise não terminar logo. É, bem mais.

Randolph se espantou.

— Já temos quase vinte policiais agora. Inclusive... — Ele indicou a porta com a cabeça.

— É — disse Big Jim —, e, por falar nesses caras, é melhor mandar eles entrarem, chefe, pra gente acabar com isso e mandar eles pra casa dormir. Acho que vão ter um dia cheio amanhã.

E se sofrerem um pouco, melhor ainda. Merecem, por não serem capazes de guardar a mangueira dentro das calças.

2

Frank, Carter, Mel e Georgia entraram arrastando os pés como suspeitos numa acareação policial. Estavam de cara amarrada e desafiadora, mas o desafio era frágil; Hanna Compton riria deles. Os olhos baixos estudavam os sapatos. Para Big Jim, era óbvio que esperavam ser demitidos ou coisa pior, e para ele estava tudo bem. O medo era a emoção mais fácil para se trabalhar.

— Ora, ora — disse ele. — Eis aqui os bravos policiais.

Georgia Roux murmurou alguma coisa entredentes.

— Fale mais alto, doçura. — Big Jim pôs na orelha a mão em concha.

— Eu disse que a gente não fez nada de errado — repetiu ela. Ainda naquele murmúrio de a-professora-tá-me-perseguindo.

— Então exatamente *o que* vocês fizeram? — E, quando Georgia, Frank e Carter começaram todos a falar ao mesmo tempo, ele apontou Frankie. — Você. *E fala direito, pelo amor de Deus.*

— Nós *estivemos* lá — disse Frank —, mas ela nos convidou.

— Isso! — gritou Georgia, cruzando os braços debaixo do busto considerável. — *Ela...*

— Calada. — Big Jim apontou para ela um dedo carnudo. — Um fala por todos. É como funciona quando se forma uma equipe. Vocês são uma equipe?

Carter Thibodeau entendeu até onde iria aquilo.

— Somos, sr. Rennie.

— Fico feliz em saber. — Big Jim fez um sinal de cabeça para Frank continuar.

— Ela disse que tinha umas cervejas — explicou Frank. — Foi a única razão pra irmos até lá. Não se pode comprar cerveja na cidade, o senhor sabe. De qualquer modo, ficamos ali sentados tomando cerveja, só uma latinha cada um, e praticamente não estávamos de serviço...

— Vocês não estavam de serviço *de jeito nenhum* — interrompeu o chefe. — Não foi isso o que você quis dizer?

Frank concordou com todo o respeito.

— Sim, senhor, foi o que eu quis dizer. Tomamos a cerveja e achamos melhor ir embora, mas ela disse que apreciava o que nós estávamos fazendo, cada um de nós, e queria agradecer. Então ela praticamente abriu as pernas.

— Mostrando a perereca, sabe — esclareceu Mel com um sorriso amplo e vazio.

Big Jim fez uma careta e agradeceu em silêncio por Andrea Grinnell não estar lá. Viciada em drogas ou não, ela talvez ficasse politicamente correta numa situação daquelas.

— Ela nos levou pro quarto, um de cada vez — disse Frankie. — Sei que foi uma péssima decisão, e nós todos sentimos muito, mas foi totalmente voluntário da parte dela.

— Tenho certeza de que sim — disse o chefe Randolph. — Aquela moça tem péssima reputação. O marido também. Vocês não viram nenhuma droga por lá?

— Não, senhor. — Um coro em quatro vozes.

— E vocês não machucaram ela? — perguntou Big Jim. — Dizem que ela afirmou que apanhou e sei lá mais o quê.

— Ninguém machucou ela — disse Carter. — Posso dizer o que eu acho que aconteceu?

Big Jim fez um sinal afirmativo com a mão. Começava a achar que o sr. Thibodeau tinha futuro.

— Provavelmente ela caiu depois que nós fomos embora. Talvez algumas vezes. Estava muito bêbada. O Conselho Tutelar devia tirar dela aquele bebê antes que ela o mate.

Ninguém pegou a deixa. Na atual situação da cidade, a sede do Conselho Tutelar em Castle Rock poderia muito bem ficar na Lua.

— Então basicamente vocês estão limpos — disse Big Jim.

— Limpíssimos — respondeu Frank.

— Bom, acho que estamos satisfeitos. — Big Jim olhou em volta. — Estamos satisfeitos, cavalheiros?

Andy e Randolph fizeram que sim, parecendo aliviados.

— Ótimo — disse Big Jim. — Agora, hoje foi um dia longo, um dia *cheio*, e tenho certeza de que todos precisamos dormir. Principalmente vocês, jovens policiais, porque vão estar de volta ao serviço às sete da manhã. O supermercado e o Posto e Mercearia vão ficar fechados enquanto durar a crise, e o chefe Randolph achou que seria bom vocês ficarem de guarda no Food City para o caso de surgirem indivíduos que não aceitem de bom grado a nova ordem das coisas. Acha que dá conta, sr. Thibodeau? Com o seu... o seu ferimento de guerra?

Carter dobrou o braço.

— Estou bem. O cachorro dela não atingiu o tendão.

— Posso mandar Fred Denton com eles também — disse o chefe Randolph, entendendo o espírito da coisa. — Wettington e Morrison no Posto e Mercearia vão ser suficientes.

— Jim — disse Andy —, talvez nós devêssemos pôr os policiais mais experientes no Food City e os *menos* experientes na loja menor...

— Acho que não — disse Big Jim. Sorrindo. *Sentindo.* — São esses jovens que nós queremos no Food City. Esses mesmos. E outra coisa. Um passarinho me contou que alguns de vocês têm levado armas no carro, um ou dois usado armas até quando patrulham a pé.

Isso foi recebido com silêncio.

— Vocês são policiais *em experiência* — disse Big Jim. — Se têm armas pessoais, é o seu direito como americanos. Mas se eu souber que algum de vocês estava armado na guarda diante do Food City amanhã, lidando com a gente boa desta cidade, a passagem de vocês pela polícia acaba.

— Certíssimo — disse Randolph.

Big Jim examinou Frank, Carter, Mel e Georgia.

— Tudo bem com isso? Todos vocês?

Eles não pareceram contentes. Big Jim não esperava que ficassem contentes, mas estavam se saindo bem. Thibodeau não parava de flexionar os ombros e os dedos, testando-os.

— E se elas não estiverem carregadas? — perguntou Frank. — E se só estiverem ali, tipo, como aviso?

Big Jim ergueu um dedo professoral.

— Vou lhe dizer o que o meu pai me dizia, Frank: arma descarregada não existe. Somos uma cidade boa. Todos vão se comportar, é nisso que eu aposto. Se *eles* mudarem, *nós* mudamos. Entendeu?

— Entendi, sr. Rennie. — Frank não parecia nada feliz. E Big Jim não via problema nisso.

Ele se levantou. Só que, em vez de os mandar embora, Big Jim estendeu as mãos. Viu a hesitação e fez um sinal positivo com a cabeça, ainda sorrindo.

— Venham cá. Amanhã vai ser um grande dia e não queremos que este aqui se acabe sem uma palavra de oração. Então me deem as mãos.

Eles deram. Big Jim fechou os olhos e baixou a cabeça. "Meu Senhor..."

Isso levou algum tempo.

3

Barbie subiu a escada externa do apartamento faltando poucos minutos para a meia-noite, ombros caídos de cansaço, pensando que só o que queria no mundo eram seis horas fora dele antes de ouvir o despertador e ir para o Rosa Mosqueta preparar o café da manhã.

O cansaço foi embora assim que acendeu a luz — que, por cortesia do gerador de Andy Sanders, ainda funcionava.

Alguém estivera ali.

O sinal era tão sutil que, a princípio, não conseguiu delimitá-lo. Fechou os olhos, abriu e os deixou vaguear ao acaso pela combinação de sala e quitinete, tentando absorver tudo. Os livros que planejara deixar para trás não tinham sido mexidos nas prateleiras; as cadeiras estavam no lugar, uma sob a lâmpada, a outra junto à única janela da sala, com a vista para o beco lá de fora; a xícara de café e o prato de torradas ainda no escorredor de pratos ao lado da pia minúscula.

Então veio o clique, como costuma acontecer quando a gente não se força demais. Era o tapete. Que ele chamava de tapete Não Lindsay.

Com um 1,5 metro de comprimento e 60 centímetros de largura, Não Lindsay tinha um desenho em losangos que se repetia em azul, vermelho, branco e marrom. Ele o comprara em Bagdá, mas um policial iraquiano em quem confiava garantira ser de fabricação curda. "Muito antigo, muito bonito", dissera o policial. O nome dele era Latif abd al-Khaliq Hassan. Um bom soldado. "Parece turco, mas não não não." Sorriso amplo. Dentes brancos. Uma semana depois daquele dia na feira, a bala de um franco-atirador explodira o cérebro de Latif abd al-Khaliq Hassan, entrando bem pelo meio da nuca. "Turco não, iraquiano!"

O vendedor de tapetes usava uma camiseta amarela que dizia NÃO ATIREM EM MIM, SOU SÓ O PIANISTA. Latif o escutou, concordando. Riram-se juntos. Depois o mercador fez um gesto de punheta espantosamente americano e eles riram mais ainda.

— O que foi? — perguntara Barbie.

— Ele diz que senador americano comprou cinco desses. Lindsay Graham. Cinco tapete, quinhentos dólar. Quinhentos à vista, para a imprensa. Mais debaixo do pano. Mas todos tapetes do senador falsos. Isso isso isso. Esse aqui não falso, esse aqui verdadeiro. Eu, Latif Hassan, estou dizendo, Barbie. Tapete não Lindsay Graham.

Latif erguera a mão e ele e Barbie bateram as palmas. Fora um bom dia. Quente, mas bom. Comprara o tapete por duzentos dólares americanos e um aparelho de DVD Coby que funcionava em todos os territórios. Não Lindsay era a sua única lembrança do Iraque, e nunca pisava nele. Sempre o contornava. Planejara deixá-lo para trás quando partisse de Mill — achava que, bem no fundo, a ideia era deixar o *Iraque* para trás quando fosse embora de Mill, mas sem chance. Para onde quer que fosse, lá estava. A grande verdade zen da época.

Ele não pisava no tapete, era supersticioso quanto a isso, sempre o contornava, como se pisar nele fosse ativar algum computador de Washington e ele se visse de volta em Bagdá ou na maldita Fallujah. Mas *alguém* pisara, porque Não Lindsay estava mexido. Enrugado. E meio torto. Estava perfeitamente reto quando saíra pela manhã, mil anos antes.

Entrou no quarto. A colcha estava esticada como sempre, mas aquela sensação de que alguém estivera ali era igualmente forte. Seria um cheiro de suor que ficara? Alguma vibração psíquica? Barbie não sabia e não se importava. Foi até a cômoda, abriu a gaveta de cima e viu que os jeans superdesbotados que antes estava no alto da pilha agora estava embaixo. E os shorts cáqui, que guardara com o zíper para cima, estavam com o zíper para baixo.

Foi imediatamente para a segunda gaveta, a das meias. Levou menos de cinco segundos para verificar que as placas de identificação tinham sumido, e não ficou surpreso. Não, nem um pouco surpreso.

Pegou o celular descartável que também planejara deixar para trás e voltou para a sala. A lista telefônica conjunta de Tarker e Chester estava em cima da mesinha junto à porta, um catálogo tão fino que era quase um panfleto. Procurou o número que queria, sem esperar que estivesse lá; chefes de polícia não costumam deixar na lista o telefone da residência.

Só que parecia que deixavam, nas cidades pequenas. Ao menos este deixara, embora fosse discreto: **H e B Perkins Rua Morin 28**. Embora já passasse de meia-noite, Barbie digitou o número sem hesitação. Não podia se dar ao luxo de esperar. Estava achando que o tempo poderia ser curtíssimo.

4

O telefone tocava. Howie, sem dúvida, ligando para dizer que ia demorar, para trancar a casa e ir para a cama...

Então ela se lembrou outra vez, como presentes desagradáveis que chovem de uma pinhata do mal: a percepção de que Howie estava morto. Ela não sabia quem estaria ligando — ela verificou o relógio de pulso — à meia-noite e vinte, mas não era Howie.

Fez uma careta ao sentar-se, esfregando o pescoço, amaldiçoando ter adormecido no sofá, amaldiçoando também quem a acordara numa hora tão imprópria e a fizera recordar a sua nova e estranha solteirice.

Então lhe ocorreu que só poderia haver uma razão para um telefonema tão tardio: a Redoma sumira ou fora aberta. Ela bateu a perna na mesinha de centro com força suficiente para chacoalhar os papéis que lá estavam e depois mancou até o telefone ao lado da cadeira de Howie (como doía olhar aquela cadeira vazia) e o agarrou.

— O quê? *O quê?*

— É Dale Barbara.

— Barbie! Ela quebrou? A Redoma quebrou?

— Não. Adoraria ser por isso que estou ligando, mas não é.

— Então *por quê*? É quase meia-noite e meia!

— Você disse que o seu marido estava investigando Jim Rennie.

Brenda parou, começando a entender. Ela pusera a palma da mão no lado do pescoço, no lugar que Howie acariciara pela última vez.

— Estava, mas eu lhe disse, ele não tinha absoluta...

— Eu me lembro do que você disse — interrompeu Barbie. — Você precisa me escutar, Brenda. Consegue fazer isso? Está acordada?

— Agora estou.

— O seu marido fez anotações?

— Fez. No laptop. Eu imprimi. — Ela olhava o dossiê VADER, espalhado na mesinha de centro.

— Ótimo. Amanhã de manhã, quero que ponha as folhas impressas num envelope e leve para Julia Shumway. Diga a ela que guarde em lugar seguro. Num cofre de verdade, se ela tiver. Uma caixa-forte de dinheiro ou um arquivo trancado a chave, se não tiver. Diga a ela que só abra se algo acontecer a você ou a mim ou a nós dois.

— Você está me assustando.

— Caso contrário, ela *não* deve abrir. Se você disser isso, ela vai obedecer? O meu instinto diz que sim.

— É claro que vai obedecer, mas por que ela não pode olhar?

— Porque se a editora do jornal local vir o que o seu marido tinha contra Big Jim e Big Jim *souber* que ela viu, a maior parte da vantagem que nós temos sumirá. Isso você entendeu?

— E-entendi...

Ela se viu desejando com desespero que Howie é que estivesse ali, conversando depois da meia-noite.

— Eu disse que podia ser preso hoje se o míssil não desse certo. Lembra que eu disse isso?

— É claro.

— Pois é, não fui. Aquele filho da puta gordo sabe esperar. Mas não vai esperar mais. Tenho quase certeza de que vai acontecer amanhã; quero dizer, hoje, mais tarde. Isto é, se você não conseguir impedir ameaçando divulgar a sujeira que o seu marido desenterrou.

— Você acha que vão te prender pelo quê?

— Não faço ideia, mas não vai ser por furto de loja. E quando eu estiver na cadeia, acho que vou sofrer um acidente. Vi muitos acidentes assim no Iraque.

— Isso é loucura. — Mas tinha a plausibilidade horrenda que ela às vezes sentira em pesadelos.

— Pense bem, Brenda. Rennie tem algo a esconder, precisa de um bode expiatório e o novo chefe de polícia come na mão dele. Os astros estão alinhados.

— Eu planejava fazer uma visita a ele, de qualquer modo — disse Brenda. — E ia levar Julia comigo, por segurança.

— Não leva a Julia — disse ele —, mas não vá sozinha.

— Você acha mesmo que ele...

— Não sei o que ele faria, até onde iria. Em quem você confia, além da Julia?

Ela se lembrou daquela tarde, o fogo quase apagado, parada ao lado da estrada da Bostinha, sentindo-se bem apesar da tristeza por estar cheia de endorfinas. Romeo Burpee a lhe dizer que ela devia ao menos concorrer a chefe dos bombeiros.

— Rommie Burpee — disse ela.

— Ótimo, então é ele.

— Conto a ele o que o Howie tinha no...

— Não — disse Barbie. — Ele é só a sua apólice de seguro. Tem mais uma: tranca o laptop do seu marido.

— Tudo bem... mas se eu trancar o laptop e deixar as cópias impressas com a Julia, o que eu vou mostrar ao Jim? Acho que eu devia imprimir outra cópia...

— Não. Uma voando por aí já é suficiente. Ao menos por enquanto. Inspirar nele o medo de Deus é uma coisa. Deixar ele apavorado o tornaria imprevisível demais. Brenda, você acredita que ele é um canalha?

Ela não hesitou.

— De todo o coração. — *Porque Howie acreditava nisso; pra mim, é o que basta.*

— E se lembra do que tem no dossiê?

— Não os números exatos nem o nome de todos os bancos que usavam, mas o suficiente.

— Então ele vai acreditar em você — disse Barbie. — Com ou sem uma segunda cópia da papelada, ele vai acreditar em você.

5

Brenda pôs o dossiê VADER num envelope de papel pardo. Na frente, escreveu o nome de Julia. Colocou o envelope na mesa da cozinha, depois foi até o escritório de Howie e trancou o laptop no cofre. O cofre era pequeno e ela teve que virar o Mac de lado, mas no final coube direitinho. Terminou dando duas voltas em vez de uma no disco do segredo, seguindo as instruções do marido morto. Quando terminou, a luz apagou. Por um instante, uma parte primitiva dela teve certeza de que as apagara apenas dando aquela volta a mais no disco.

Depois, percebeu que o gerador lá dos fundos parara de funcionar.

6

Quando Junior chegou em casa às 6h15 da manhã de terça-feira, o rosto pálido com barba por fazer, o cabelo eriçado em maços, Big Jim estava sentado à mesa da cozinha, com um roupão de banho branco mais ou menos do tamanho da maior vela de um navio. Tomava uma Coca-Cola.

Junior a indicou com a cabeça.

— Um dia bom começa com um bom café da manhã.

Big Jim ergueu a lata, deu um gole e a pousou.

— Não tem café. Quer dizer, tem, mas não tem luz. Acabou o gás do gerador. Por que você não pega uma latinha também? Ainda estão bem geladas e pelo jeito uma te cairia bem.

Junior abriu a geladeira e espiou o interior escuro.

— É pra eu acreditar que você não pode arranjar mais gás a hora que quiser?

Big Jim se irritou um pouco com isso e depois relaxou. Era uma pergunta sensata e não significava que Junior soubesse alguma coisa. *Fogem os ímpios, sem que ninguém os persiga*, lembrou Big Jim a si mesmo.

— Digamos que talvez não seja boa política nesse momento.

— A-hã. — Junior fechou a porta da geladeira e sentou-se no outro lado da mesa. Olhou o pai com uma certa sensação vazia de divertimento (que Big Jim confundiu com afeição).

A família que mata unida permanece unida, pensou Junior. *Ao menos por enquanto. Enquanto for...*

— Político — disse.

Big Jim fez que sim e examinou o filho, que suplementava a bebida matutina com um pedaço de carne-seca Big Jerk.

Não perguntou *Onde você esteve?* Não perguntou *O que há de errado com você?*, embora fosse óbvio, à implacável luz da manhã que inundava a cozinha, que havia algo errado. Mas *fez* uma pergunta.

— Há corpos. Plural. É isso mesmo?

— É. — Junior deu uma grande mordida no bastão de carne-seca e o engoliu com Coca-Cola. A cozinha estava estranhamente silenciosa sem o zumbido da geladeira e o borbulhar da máquina de café.

— E todos esses corpos podem ser jogados na porta do sr. Barbara?
— Podem. Todos.

Outra mordida. Outra engolida. Junior a olhá-lo com firmeza, esfregando a têmpora esquerda ao mesmo tempo.

— Seria plausível você encontrar esses corpos por volta do meio-dia de hoje?

— Sem problema.

— E a prova contra o nosso sr. Barbara, é claro.

— Isso. — Junior sorriu. — A prova é boa.

— Não apareça na delegacia agora de manhã, filho.

— É melhor ir — disse Junior. — Vai ser esquisito se eu não for. Além disso, não estou cansado. Dormi com... — Ele balançou a cabeça. — Dormi, só.

Big Jim também não perguntou *Com quem você dormiu?* Tinha outras preocupações além de com quem ficava o filho; estava contente porque o garoto não estivera entre os sujeitos que tinham feito o serviço naquela mulherzinha baixo nível da estrada de Motton. Fazer o serviço naquele tipo de garota era uma boa maneira de pegar alguma coisa e ficar doente.

Ele já está doente, sussurrou uma voz na cabeça de Big Jim. Podia ser a voz sumida da esposa. *É só olhar pra ele.*

Provavelmente a voz estava certa, mas nessa manhã ele tinha preocupações maiores do que o transtorno alimentar de Junior Rennie, ou o que quer que fosse.

— Eu não disse pra você ir dormir. Quero você na patrulha motorizada e quero que faça um serviço pra mim. Basta ficar longe do Food City enquanto isso. Acho que vai haver problemas por lá.

Os olhos de Junior se animaram.

— Que tipo de problemas?

Big Jim não respondeu diretamente.

— Você consegue achar Sam Verdreaux?

— Claro. Deve estar naquele barraquinho lá na estrada do Riacho de Deus. Geralmente estaria dormindo, mas hoje é mais provável que esteja acordado, sacudindo com delirium tremens.

Junior deu uma risadinha com a imagem, fez uma careta e voltou a esfregar a têmpora.

— Acha mesmo que eu sou a pessoa certa pra falar com ele? Ele não é o meu maior fã agora. Provavelmente até me deletou da página dele no Facebook.

— Não entendi.

— É uma piada, pai. Esquece.

— Acha que ele te recebe bem se você oferecer 3 litros de uísque? E mais depois, se ele fizer um bom serviço?

— Aquele gambá velho me receberia bem se eu oferecesse meio copo de vinho barato.

— Pega o uísque no Brownie — disse Big Jim. Além de alimentos baratos, cartilhas e tabuadas, o Brownie era uma das três lojas com permissão de vender bebidas alcoólicas em Mill, e a delegacia tinha as chaves das três. Big Jim passou a chave por cima da mesa. — Porta dos fundos. Não deixa ninguém te ver entrar.

— O que o Sam Relaxado tem que fazer em troca da bebida?

Big Jim explicou. Junior escutou impassível... a não ser pelos olhos injetados, que dançaram. Só tinha uma pergunta: daria certo?

Big Jim fez que sim.

— Vai dar. Estou *sentindo*!

Junior deu outra mordida na tira de carne-seca e outro gole no refrigerante.

— Eu também, pai — disse. — Eu também.

7

Quando Junior saiu, Big Jim foi para o escritório com o roupão adejando grandiosamente atrás dele. Tirou o celular da gaveta central da escrivaninha, onde o deixava o máximo possível. Achava que celulares eram coisas sem Deus que só serviam para encorajar muita conversa fiada e inútil; quantas horas-homem se perderam em blá-blá-blás inúteis naquelas coisas? E que tipo de raios nocivos disparavam na cabeça de quem jogava conversa fora?

Ainda assim, podiam ser úteis. Ele calculava que Sam Verdreaux faria o que Junior lhe dissesse, mas também sabia que seria idiotice não se assegurar.

Escolheu um número na lista "oculta" de telefones do celular, que só podia ser consultada com um código numérico. O telefone tocou meia dúzia de vezes antes de atenderem. "*O que foi?*", berrou o progenitor da gigantesca ninhada Killian.

Big Jim fez uma careta e afastou o celular da orelha um segundo. Quando o trouxe de volta, ouviu sons cacarejantes ao fundo.

— Está no galinheiro, Rog?

— Há... sim senhor, Big Jim, tô sim. As galinhas têm que comer, chova ou faça sol. — Uma guinada de 180 graus, da irritação ao respeito. E Roger Killian *tinha que* ser respeitoso; Big Jim fizera dele um baita milionário. Se ainda desperdiçava a vida que poderia ser boa e sem preocupações financeiras se levantando ao amanhecer para alimentar um monte de galinhas, era a vontade de Deus. Roger era burro demais para parar. Era a natureza que Deus lhe dera, e sem dúvida hoje seria muito útil a Big Jim.

E à cidade, pensou. *É pela cidade que eu faço isso. Pelo bem da cidade.*

— Roger, tenho um serviço pra você e os seus três filhos mais velhos.

— Só tem dois em casa — disse Roger. Com o seu forte sotaque ianque, isso soou como "sotemdozemcaz". — Ricky e Randall tão aqui, mas Roland tava em Oxford comprando ração quando o diabo dessa Redoma caiu. — Ele parou e pensou no que acabara de dizer. Ao fundo, as galinhas cacarejavam. — Desculpe a blasfêmia.

— Tenho certeza de que Deus o perdoará — disse Big Jim. — Então você e os *dois* mais velhos. Vocês podem estar na cidade às... — Big Jim fez as contas. Não demorou. Quando estamos *sentindo*, poucas decisões demoram. — Digamos, às nove, 9h15 no máximo?

— Vou ter que acordar os dois, mas tudo bem — disse Roger. — O que nós vamos fazer? Levar um pouco do gás guard...

— Não — interrompeu Big Jim —, e fica quieto sobre isso, Deus te ama. Escuta só.

Big Jim falou.

Roger Killian, Deus o amava, escutou.

Ao fundo, cerca de oitocentas galinhas cacarejavam enquanto se entupiam de ração cheia de esteroides.

8

— O quê? *O quê? Por quê?*

Jack Cale estava sentado atrás da escrivaninha no pequeno escritório lotado da gerência do Food City. A mesa estava coberta de listas de estoque que ele e Ernie Calvert tinham finalmente terminado à uma da madrugada, a esperança de terminar mais cedo frustrada pela chuva de meteoros. Agora ele as pegava — escritas à mão em folhas de papel ofício amarelo — e sacudia diante de Peter Randolph, em pé na porta da sala. O novo chefe vestira o uniforme completo para a visita.

— Olha isso, Pete, antes de fazer alguma coisa idiota.

— Sinto muito, Jack. O mercado está fechado. Vai reabrir na quinta-feira como depósito de alimentos. Partes iguais pra todos. Vamos registrar tudo, a Food City Corp. não vai perder um centavo, prometo...

— A questão não é *essa*. — Jack quase gemia. Tinha uns 30 e poucos anos, rosto de bebê, com um tufo de cabelo ruivo e crespo que, nesse momento, torturava com a mão que não segurava as folhas amarelas... que Peter Randolph não dava sinais de que iria pegar.

— Aqui! Aqui! Em nome do super-hiper Jesus Malasartes, do que você está falando, Peter Randolph?

Ernie Calvert veio rolando do depósito no subsolo. Era barrigudo, de rosto vermelho, o cabelo grisalho aparado no corte militar que usara a vida toda. Vestia um guarda-pó do Food City.

— Ele quer fechar o mercado! — exclamou Jack.

— Pelo amor de Deus, vai fazer isso por que se ainda tem tanta comida? — perguntou Ernie, zangado. — Por que vai assustar o povo assim? Logo eles vão ficar bem assustados, se isso continuar. De quem foi essa ideia idiota?

— Os vereadores aprovaram — disse Randolph. — Se tiver algum problema com o plano, leva à assembleia especial da cidade quinta-feira à noite. Se tudo isso não acabar até lá, é claro.

— *Que* plano? — berrou Ernie. — Você está me dizendo que Andrea Grinnell foi favorável a isso? Duvido!

— Acho que ela está gripada — disse Randolph. — De cama. E Andy decidiu. Big Jim apoiou a decisão. — Ninguém lhe dissera que explicasse assim; ninguém precisara. Randolph sabia como Big Jim gostava de trabalhar.

— Em algum momento pode ser preciso um racionamento — disse Jack —, mas por que agora? — Ele sacudiu as folhas de papel outra vez, o rosto quase tão rubro quanto o cabelo. — Por que, quando ainda tem *tanto*?

— É a melhor hora para começar a poupar — disse Randolph.

— Que lindo, vindo de um homem com um barco a motor no lago Sebago e um Vectra Winnebago na frente da porta — contrapôs Jack.

— Sem esquecer o Hummer do Big Jim — acrescentou Ernie.

— Chega — disse Randolph. — Os vereadores decidiram...

— Ora, *dois* deles decidiram — retorquiu Jack.

— Você quer dizer que *um* deles decidiu — continuou Ernie. — E nós sabemos qual.

— ... e eu trouxe o recado, e ponto final. Põe um cartaz na vitrine. MERCADO FECHADO ATÉ SEGUNDA ORDEM.

— Pete. Veja. Seja sensato. — Ernie não parecia mais zangado; agora parecia quase implorar. — Isso vai deixar o povo apavorado. Se está decidido, que tal se eu pusesse FECHADO PARA INVENTÁRIO, REABRIMOS EM BREVE? Talvez acrescentar PEDIMOS DESCULPAS PELA INCONVENIÊNCIA TEMPORÁRIA. Com TEMPORÁRIA em vermelho ou coisa assim.

Peter Randolph fez que não com a cabeça, devagar e com gravidade.

— Não posso permitir, Ern. Não poderia permitir nem se você ainda fosse funcionário da empresa, como ele. — Com a cabeça, mostrou Jack Cale, que baixara as folhas do inventário para torturar o cabelo com ambas as mãos. — FECHADO ATÉ SEGUNDA ORDEM. É o que os vereadores disseram, e eu transmito as ordens deles. Além disso, mentira tem sempre perna curta.

— Pois é, tudo bem, Duke Perkins diria a eles que pegassem essa ordem específica e *limpassem* a bunda com ela — disse Ernie. — Pete, você devia ter vergonha de ser moleque de recados daquele gordo de merda. Ele diz pula, e você pergunta a altura.

— É bom calar a boca agora mesmo se não quiser saber o que é bom — disse Randolph, apontando-lhe o dedo. O dedo tremia um pouco. — Se não quiser passar o resto do dia na cadeia por desacato à autoridade, é melhor calar a boca e obedecer. Essa é uma situação de crise...

Ernie o olhou sem acreditar.

— Desacato à autoridade? Isso não existe!

— Agora existe. Se não acredita, experimenta.

9

Mais tarde — tarde demais para servir de alguma coisa — Julia Shumway juntaria as peças de como começara o quebra-quebra no Food City, embora não chegasse a ter oportunidade de publicar. Mesmo que tivesse, ela o faria como pura reportagem jornalística: quem, onde, quando, como e por quê. Se tivesse que escrever sobre o âmago emocional do fato, não conseguiria. Como explicar que pessoas que ela conhecia a vida toda, pessoas que respeitava, pessoas que amava, se transformassem numa turba? Disse a si mesma: *eu entenderia melhor se estivesse lá desde o início e visse como começou*, mas era pura racionalização, recusa a encarar a fera sem ordem nem razão que surge quando se provocam pessoas amedrontadas. Já vira feras assim nos noticiários da TV, geralmente em países estrangeiros. Nunca esperara ver uma delas na sua própria cidade.

E não havia necessidade. Era a isso que não parava de voltar. A cidade estava isolada fazia apenas setenta horas, e cheia de todo tipo de mantimento; só o gás estava misteriosamente sumido.

Mais tarde, ela diria: *Foi o momento em que a cidade finalmente se deu conta do que estava acontecendo.* É provável que tivesse um fundo de verdade, mas essa ideia não a satisfez. Com certeza absoluta, o máximo que podia dizer (e só disse a si mesma) era que vira a cidade enlouquecer e depois daquilo nunca mais seria a mesma pessoa.

10

As duas primeiras pessoas a verem o cartaz são Gina Buffalino e sua amiga Harriet Bigelow. As duas usam o uniforme branco de enfermeira (isso fora ideia de Ginny Tomlinson; ela achou que o branco inspiraria mais confiança entre os pacientes do que os aventais listrados) e estão umas gracinhas neles. Também parecem cansadas, apesar da resistência juvenil. Foram dois dias duros e há outro igual à espera depois de uma noite de pouco sono. Vieram comprar chocolate — querem comprar o suficiente para todos menos o pobre diabético Jimmy Sirois, esse é o plano — e conversam sobre a chuva de meteoros. A conversa para quando veem o cartaz na porta.

— O mercado *não pode* estar fechado — diz Gina sem acreditar. — Hoje é terça-feira de manhã. — Ela encosta o rosto no vidro com as mãos em concha para se proteger do brilho do sol matutino.

Enquanto ela se ocupa dessa forma, chega Anson Wheeler com Rose Twitchell na carona. Deixaram Barbie no Rosa Mosqueta para terminar o serviço do café da manhã. Rose já desceu da pequena van com o seu nome pintado na lateral antes mesmo que Anson desligue o motor. Tem uma longa lista de mantimentos e quer comprar o máximo possível o mais cedo possível. Então vê FECHADO ATÉ SEGUNDA ORDEM colado na porta.

— Como assim? Falei com Jack Cale ontem à noite e ele não disse nada sobre isso.

Ela fala com Anson, que vem na sua esteira, mas quem responde é Gina Buffalino.

— E ainda tem muita mercadoria. Todas as prateleiras estão cheias.

Outras pessoas vêm chegando. O mercado deve abrir daqui a cinco minutos, e Rose não é a única que planejou começar cedo as compras; gente de toda a cidade acordou, viu que a Redoma ainda estava no lugar e decidiu estocar mantimentos. Mais tarde, ao lhe pedirem que explicasse essa súbita corrida de fregueses, Rose diria: "A mesma coisa acontece todo inverno quando a meteorologia passa o alerta de tempestade para alerta de nevasca. Sanders e Rennie não poderiam ter escolhido um dia pior para implantar essa bobagem."

Entre os madrugadores estão as unidades Dois e Quatro da polícia de Chester's Mill. Logo atrás delas chega Frank DeLesseps no seu Nova (ele arrancou o adesivo BUNDA, BAGULHO OU BUFUNFA, achando que dificilmente seria digno de um homem da lei). Carter e Georgia estão no Dois; Mel Searles e Freddy Denton, no Quatro. Estacionaram mais abaixo, na frente da Maison des Fleurs de LeClerc, por ordem do chefe Randolph.

— Não precisam ir até lá cedo demais — Foi a instrução. — Esperem até que haja uns 12 carros no estacionamento. Sabe-se lá, de repente eles só leem o cartaz e vão pra casa.

É claro que não é o que acontece, como Big Jim Rennie sabia que não aconteceria. E o surgimento dos policiais — principalmente esses, em sua maioria tão jovens e inexperientes — serve de incitação e não de calmante. Rose é a primeira a lhes fazer um discurso. Escolhe Freddy, mostra-lhe a lista comprida de mantimentos, depois aponta a vitrine, onde a maioria das coisas que quer está arrumadinha nas prateleiras.

No começo, Freddy é educado, sabendo que há pessoas olhando (não uma multidão, ainda não), mas é difícil manter a calma com essa zé-mané faladeira na frente. Ela não percebe que ele só está cumprindo ordens?

— Quem você acha que alimenta essa cidade, Fred? — pergunta Rose. Anson põe a mão no ombro dela. Rose sacode o ombro para retirá-la. Ela sabe que Freddy está enxergando raiva em vez da angústia profunda que ela sente, mas não consegue se segurar.

— Acha que um caminhão da Sysco cheio de mantimentos vai cair de paraquedas do céu?

— Senhora...

— Ah, para com isso! Desde quando eu sou senhora pra você? Há vinte anos você come panquecas de amora e aquele bacon horrível e mole que você gosta no meu restaurante quatro ou cinco vezes por semana e sempre me chama de Rosie. Mas não vai comer panquecas amanhã a menos que eu compre *farinha*, *gordura*, *melado* e... — Ela se interrompe. — Finalmente! Bom-senso! Graças a Deus!

Jack Cale abre uma das portas duplas. Mel e Frank estão parados diante dela e só lhe sobra espaço para se espremer entre eles. Os candidatos a fregueses — já são quase duas dúzias, embora ainda falte um minuto para as nove, hora de abertura oficial do mercado — avançam, mas param quando Jack pega uma chave do molho do cinto e tranca a porta de novo. Há um gemido coletivo.

— Por que diabos você fez isso? — grita Bill Wicker, indignado. — A minha mulher me mandou comprar ovos!

— Reclamem com os vereadores e o chefe Randolph — responde Jack. O cabelo se espalha por todo lado. Ele lança um olhar furioso a Frank DeLesseps e outro mais furioso ainda a Mel Searles, que, sem sucesso, tenta reprimir um sorriso, talvez até o famoso *niuc-niuc-niuc*. — Só sei que eu *vou* reclamar. Por enquanto, chega dessa merda. Fui. — Ele passa pela multidão de cabeça baixa, o rosto ainda mais ardido que o cabelo. Lissa Jamieson, que acaba de chegar de bicicleta (tudo na sua lista caberia na caixa de leite empoleirada no bagageiro de trás; suas necessidades são pequenas, quase minúsculas), tem que se desviar para evitá-lo.

Carter, Georgia e Freddy estão enfileirados diante da grande vitrine envidraçada, onde, num dia comum, Jack poria os carrinhos de mão e o adubo. Os dedos de Carter têm band-aids, e uma atadura mais grossa faz volume sob a camisa. Freddy põe a mão na coronha da arma enquanto Rose Twitchell continua a reclamar com ele, e Carter adoraria dar um bofetão nela. Os dedos estão bem, mas o ombro dói pra cacete. O grupinho de candidatos a compradores se tornou uma grande aglomeração, e mais carros entram no estacionamento.

No entanto, antes que o policial Thibodeau consiga realmente estudar a multidão, Alden Dinsmore entra no seu espaço pessoal. Está com cara de cansado e parece ter perdido 10 quilos desde a morte do filho. Usa uma faixa preta de luto no braço esquerdo e anda meio zonzo.

— Preciso entrar, filho. A minha mulher me mandou comprar enlatado. — Alden não diz qual enlatado. Talvez tudo enlatado. Ou talvez só esteja pensando na cama vazia no andar de cima, aquela que nunca mais voltará a ser ocupada, e o pôster do Foo Fighters que nunca mais voltará a ser olhado, e o modelo de avião na escrivaninha que nunca mais será terminado, e tenha esquecido por completo.

— Sinto muito, sr. Dimmesdale — disse Carter. — Não posso permitir.

— É Dinsmore — diz Alden com voz confusa. Começa a caminhar rumo à porta. Está trancada, ele não tem como entrar, mas Carter ainda lhe dá um bom empurrão para trás. Pela primeira vez, Carter sente alguma solidariedade com os professores que costumavam mandá-lo de castigo para a secretaria no colégio; é irritante quando não nos dão atenção.

Além disso, está quente e o ombro dele dói, apesar dos dois Percocets que a mãe lhe deu. Vinte e quatro graus às nove da manhã é raro em outubro, e o azul desbotado do céu diz que ao meio-dia estará mais quente, e mais ainda às três da tarde.

Alden recua e esbarra em Gina Buffalino, e ambos cairiam se não fosse Petra Searles — nada leve, ela — a firmá-los. Alden não parece zangado, só perplexo.

— Minha mulher mandou comprar enlatado — explica ele a Petra.

Um murmúrio vem das pessoas reunidas. Não é um som zangado — ainda não. Vieram buscar mantimentos e os mantimentos estão lá, mas a porta está trancada. Agora um homem foi empurrado por um moleque que largou a escola e que até semana passada era mecânico.

Gina olha Carter, Mel e Frank DeLesseps com olhos arregalados. Aponta.

— São esses os caras que estupraram ela! — diz à amiga Harriet sem baixar a voz. — São os caras que estupraram a Sammy Bushey!

O sorriso some do rosto de Mel; a ânsia de *niuc-niuc-niuc* sumiu.

— Cala a boca — diz ele.

Atrás da multidão, Ricky e Randall Killian chegam numa picape Chevrolet Canyon. Sam Verdreaux vem não muito atrás, andando, é claro; Sam perdeu para sempre a carteira de motorista em 2007.

Gina dá um passo atrás, fitando Mel com olhos arregalados. Ao seu lado, Alden Dinsmore se projeta como um robô-fazendeiro com a pilha gasta.

— Vocês acham que são da polícia? He-lô-ôu?

— Aquela história de estupro foi mentira da piranha — diz Frank. — E é melhor parar de berrar sobre isso antes que você seja presa por perturbar a ordem.

— É isso aí — diz Georgia. Ela se aproximou um pouco mais de Carter. Ele a ignora. Está examinando a multidão. E agora o nome é esse mesmo. Se é que cinquenta pessoas formam uma multidão. Tem mais chegando também. Carter gostaria de estar armado. Não gosta da hostilidade que vê.

Velma Winter, que gerencia o Brownie (ou gerenciava, antes que fechasse), chega com Tommy e Willow Anderson. Velma é uma mulher grande e robusta com um cabelo à la Bobby Darin e poderia ser a rainha guerreira do País das Sapatas, mas enterrou dois maridos e a história que se conta na mesa do papo furado do Rosa Mosqueta é que trepou com os dois até morrerem e que procura o número três no Dipper's às quartas-feiras; é a noite do karaokê country, que atrai público mais velho. Agora ela se planta diante de Carter, mãos nos quadris carnudos.

— Fechado, é? — diz, com voz profissional. — Quero ver a papelada.

Carter se confunde e estar confuso o deixa zangado.

— Pra trás, piranha. Não preciso de papelada. O chefe nos mandou aqui. Os vereadores deram a ordem. Vai virar depósito de alimentos.

— Racionamento? É isso que você quer dizer? — Ela dá um muxoxo. — Não na *minha* cidade. — Ela se enfia entre Mel e Frank e começa a socar a porta. — Abre! *Abre isso aí!*

— Não tem ninguém aí — diz Frank. — É melhor parar.

Mas Ernie Calvert não tinha saído. Ele vem pelo corredor de macarrão, farinha e açúcar. Velma o vê e começa a bater com mais força.

— Abre, Ernie! Abre!

— Abre! — concordam vozes da multidão.

Frank olha Mel e faz um sinal de cabeça. Juntos, agarram Velma e arrastam os seus 100 quilos para longe da porta. Georgia Roux se virou e está acenando para Ernie voltar. Ernie não volta. A merda do imbecil fica ali parado.

— *Abre!* — vocifera Velma. — *Abre! Abre!*

Tommy e Willow se juntam a ela. E também Bill Wicker, o carteiro. E Lissa, o rosto brilhando — a vida toda quis participar de uma manifestação espontânea, e eis a sua chance. Ela ergue o punho fechado e começa a sacudi-lo no tempo — duas sacudidas pequenas em *aa-* e uma grande em *bre*. Outros a imitam. *Abre* vira *Aa-bre! Aa-bre! Aa-bre!* Agora todos brandem os punhos nesse ritmo de dois mais um — talvez setenta pessoas, talvez oitenta, e não para de chegar gente. A fina linha azul diante do mercado parece mais fina do que nunca. Os quatro policiais mais jovens olham para Freddy Denton pedindo ideias, mas Freddy não tem ideias.

Mas ele tem uma arma. *É melhor dar um tiro pro ar bem depressa, careca*, pensa Carter, *ou essa gente vai nos derrubar*.

Mais dois policiais — Rupert Libby e Toby Whelan — descem a rua principal vindo da delegacia (onde estavam tomando café e assistindo à CNN), passando por Julia Shumway, que vem correndo com a câmera pendurada no ombro.

Jackie Wettington e Henry Morrison também partem na direção do supermercado, mas aí o walkie-talkie no cinto de Henry estala. É o chefe Randolph, mandando Henry e Jackie ficarem de guarda no Posto & Mercearia.

— Mas nós ouvimos... — começa Henry.

— As ordens são essas — diz Randolph, sem acrescentar que são ordens que ele apenas transmite —, de um poder mais alto, aliás.

— *Aa-bre! Aa-bre! Aa-bre!* — A multidão brande saudações de punho fechado no ar quente. Ainda com medo, mas também empolgada. Entrando no clima. O Chef os olharia e veria um monte de doidões novatos, bastando apenas uma música do Grateful Dead na trilha sonora para completar o quadro.

Os Killian e Sam Verdreaux abrem caminho pela multidão. Repetem a palavra de ordem — não como disfarce protetor, mas porque a vibração da multidão que vira turba é forte demais para resistir —, mas não se dão ao trabalho de brandir o punho; eles têm trabalho a fazer. Ninguém lhes dá muita atenção. Mais tarde, só alguns se lembrarão de ter visto os três.

A enfermeira Ginny Tomlinson também abre caminho pela multidão. Veio dizer às meninas que precisa delas no Cathy Russell; há novos pacientes, um deles em estado grave. Essa seria Wanda Crumley, de Eastchester. Os Crumley moram ao lado dos Evans, perto da fronteira de Motton. Pela manhã, quando Wanda foi ver como Jack estava, encontrou-o morto a menos de 6 metros de onde a Redoma cortara a mão da esposa. Estava caído de costas, com uma garrafa ao lado e o cérebro secando na grama. Wanda correu de volta para casa, gritando o nome do marido, e mal o alcançara quando foi derrubada por um enfarte. Wendell Crumley teve sorte de não bater com o pequeno Subaru a caminho do hospital — fez quase todo o caminho a 130 por hora. Agora Rusty está com Wanda, mas Ginny acha que Wanda — 50 anos, gorda, fumante inveterada — não vai sobreviver.

— Meninas — diz ela. — Precisamos de vocês no hospital.

— Foram eles, sra. Tomlinson! — grita Gina. Ela *tem* que gritar para ser ouvida acima do canto da multidão. Aponta os policiais e começa a chorar; em parte por medo e cansaço, no mais por revolta. — Foram eles que estupraram ela!

Dessa vez, Ginny olha para além dos uniformes e percebe que Gina está certa. Ginny Tomlinson não sofre do gênio reconhecidamente incontrolável de Piper Libby, mas tem lá o seu gênio, e aqui há um fator agravante: ao contrário de Piper, Ginny viu Sammy sem as calças. A vagina lacerada e inchada. Grandes hematomas nas coxas que só puderam ser vistos depois que o sangue foi lavado. Tanto sangue.

Ginny esquece que precisa das meninas no hospital. Esquece de tirá-las de uma situação instável e perigosa. Esquece até o enfarte de Wanda Crumley. Ela avança, acotovelando alguém no caminho (por acaso é Bruce Yardley, o caixa e empacotador que brande o punho fechado como todo mundo), e se aproxima de Mel e Frank. Ambos estudam a multidão cada vez mais hostil e não a veem chegar.

Ginny ergue as duas mãos, parecendo, por um instante, o bandido que se rende ao xerife num bangue-bangue. Depois, gira as duas mãos e estapeia os dois rapazes ao mesmo tempo.

— Seus *canalhas*! — berra. — Como *puderam* fazer aquilo? Como puderam ser tão *covardes*? Tão imundos, *cruéis*? Vocês vão pra *cadeia* por isso, todos vo...

Mel não pensa, só reage. Dá um soco no meio do rosto dela, quebrando-lhe os óculos e o nariz. Ela cambaleia para trás, sangrando, aos gritos. O chapeuzinho de enfermeira à moda antiga, que o choque soltou dos grampos que o prendiam, cai da cabeça. Bruce Yardley, o jovem caixa, tenta segurá-la e não consegue. Ginny bate numa fila de carrinhos de compra. Eles vão rolando como um trenzinho. Ela cai de quatro, chorando de dor e choque. Gotas brilhantes de sangue do nariz — não apenas quebrado, esfacelado — começam a cair no grande ST amarelo de NÃO ESTACIONE.

A multidão fica temporariamente em silêncio, chocada, enquanto Gina e Harriet correm até onde Ginny está agachada.

Então a voz de Lissa Jamieson se ergue, um soprano límpido e perfeito:
— *SEUS PORCOS CANALHAS!*

É quando o bloco de pedra voa. O primeiro a jogar a pedra nunca é identificado. Pode ser o único crime do qual Sam Relaxado Verdreaux saiu impune.

Junior o deixou na parte alta da cidade, e Sam, com visões de uísque dançando na cabeça, saiu à procura da pedra certa na margem leste do riacho Prestile. Tinha que ser grande, mas não grande demais, senão não conseguiria jogá-la com precisão, muito embora antigamente — um século antes, parecia às vezes; outras, parecia bem perto — tivesse sido arremessador titular dos Mills Wildcats no primeiro jogo do torneio estadual do Maine. Finalmente encontrou, não muito longe da Ponte da Paz: meio quilo ou 700 gramas, tão gostosa na mão quanto um ovo de ganso.

Mais uma coisa, dissera Junior ao deixar Sam Relaxado. Essa mais uma coisa não era de Junior, mas isso Junior não disse a Sam, assim como o chefe Randolph não dissera a Wettington e Morrison quem os mandara ficar no posto. Não seria boa política.

Mira na garota. Foi a última palavra de Junior a Sam Relaxado antes de deixá-lo. *Ela merece, por isso não erra.*

Enquanto Gina e Harriet, de uniforme branco, se ajoelham ao lado da enfermeira que sangra e soluça de quatro (e enquanto a atenção de todos os outros também está presa ali), Sam gira o braço como girou naquele dia longínquo de 1970, solta e faz o seu primeiro tiro certeiro em mais de quarenta anos.

Em mais de um sentido. O pedaço de meio quilo de granito rajado de quartzo atinge Georgia Roux bem na boca, estilhaçando o maxilar em cinco pontos e todos os dentes menos quatro. Girando os braços, ela cai contra a vidraça, a mandíbula pendurada de forma grotesca, quase no peito, a boca escancarada despejando sangue.

Um instante depois, mais duas pedras voam, uma de Ricky, outra de Randall Killian. A de Ricky bate nas costas da cabeça de Bill Allnut e derruba o zelador na calçada, não muito longe de Ginny Tomlinson. *Merda!* pensa Ricky. *Era para eu ter atingido a porra de um policial!* Não só a ordem era essa; de certo modo, era o que sempre quisera fazer.

A mira de Randall é melhor. Ele atinge Mel Searles bem no meio da testa. Mel cai como um saco do correio.

Há uma pausa, um momento para inspirar. Pense num carro equilibrado em duas rodas, decidindo se cai ou não. Veja Rose Twitchell olhando em volta, perplexa e assustada, sem saber direito o que está acontecendo, muito menos o que fazer. Veja Anson pôr o braço na cintura dela. Ouça Georgia Roux uivar pela boca pendente, os gritos estranhamente parecidos com o som que o vento faz quando passa pela corda encerada e bem esticada no meio de uma lata. O sangue jorra sobre a língua lacerada enquanto ela berra. Veja os reforços. Toby Whelan e Rupert Libby (ele é primo de Piper, embora ela não se gabe do parentesco) são os primeiros a chegar à cena. Examinam... e recuam. Depois vem Linda Everett. Está a pé, com Marty Arsenault, outro policial de meio expediente, ofegando atrás. Começa a empurrar a multidão, mas Marty — que nem vestiu a farda hoje de manhã, só rolou da cama e enfiou um jeans — a segura pelo ombro. Linda quase se solta dele, depois pensa nas filhas. Com vergonha da própria covardia, deixa que Marty a leve até onde Rupe e Toby observam os acontecimentos. Dos quatro, só Rupe está armado esta manhã, e ele atiraria? De jeito nenhum; ele vê a própria esposa na multidão, de mãos dadas com a mãe (a sogra, Rupe não se incomodaria de atingir). Veja Julia chegar logo atrás de Linda e Marty, ofegante, mas já agarrando a câmera soltando a tampa da lente na pressa de começar a fotografar. Veja Frank DeLesseps se ajoelhar ao lado de Mel bem na hora de evitar outra pedra, que zune acima da sua cabeça e abre um buraco numa das portas do supermercado.

Então...

Então alguém berra. Quem, jamais se saberá, não haverá sequer concordância sobre o sexo de quem berrou, embora a maioria pense em mulher, e Rose dirá a Anson mais tarde que tem quase certeza de que foi Lissa Jamieson.

— *VAMOS PEGAR!*

Outra pessoa berra "*COMIDA!*", e a multidão avança.

Freddy Denton dá um tiro de pistola para o ar. Depois baixa a arma, em pânico, prestes a esvaziá-la na multidão. Antes que consiga, alguém a arranca à força. Ele cai, gritando de dor. Então a ponta de uma bota grande e velha de fazendeiro — de Alden Dinsmore — faz contato com a sua têmpora. As luzes não se apagam totalmente para o policial Denton, mas se escurecem bastante, e na hora em que voltam a se acender o Grande Saque ao Supermercado já acabou.

O sangue se infiltra pela atadura do ombro de Carter Thibodeau e pequenas rosetas florescem na camisa azul, mas, ao menos por enquanto, ele não percebe a dor. Não tenta correr. Firma os pés e descarrega na primeira pessoa que chega ao seu alcance. Por acaso é Charles "Stubby" Norman, que tem uma loja de antiguidades na ponta da cidade, na 117. Stubby cai, segurando a boca que jorra.

— *Pra trás, seus merdas!* — ruge Carter. — *Pra trás, seus filhos da puta! Nada de saques! Pra trás!*

Marta Edmunds, a babá de Rusty, tenta ajudar Stubby e, em troca do esforço, ganha de Frank DeLesseps um soco na maçã do rosto. Ela titubeia, segurando o lado da cara e olhando incrédula o rapaz que acabou de lhe bater... e então, com Stubby embaixo, é jogada no chão pelo avanço da onda de fregueses em potencial.

Carter e Frank começam a distribuir socos, mas só acertam três golpes antes de serem distraídos por um grito estranho e ululante. É a bibliotecária da cidade, o cabelo pendendo em volta do rosto geralmente bondoso. Ela empurra uma fila de carrinhos e pode estar gritando banzai. Frank dá um pulo para sair da frente, mas os carrinhos dão conta de Carter e o fazem voar. Ele agita os braços, tentando ficar em pé, e na verdade quase consegue, a não ser pelos pés de Georgia. Tropeça neles, cai de costas e é pisoteado. Rola de barriga para baixo, cruza as mãos sobre a cabeça e espera que acabe.

Julia Shumway clica, clica, clica. Talvez as fotos revelem o rosto de pessoas que conhece, mas ela só vê estranhos no visor. Uma turba.

Rupe Libby puxa a arma e dispara quatro tiros para o ar. O barulho de tiros rola pela manhã quente, plano e declamatório, uma linha de pontos de exclamações auditivos. Toby Whelan mergulha de volta no carro, batendo a cabeça e derrubando o quepe (com POLICIAL DE CHESTER'S MILL na frente, em amarelo). Cata o megafone no banco de trás, o leva aos lábios e grita: "PAREM O QUE ESTÃO FAZENDO! PRA TRÁS! POLÍCIA! PAREM! ISSO É UMA ORDEM!

Julia o fotografa.

A multidão não dá atenção aos tiros nem ao megafone. Não dá atenção a Ernie Calvert quando ele vem pelo lado do prédio com o guarda-pó verde se agitando em torno do bombear dos joelhos.

— *Venham pros fundos!* — berra. — *Ninguém precisa fazer isso, já abri lá nos fundos!*

A multidão está decidida a arrombar e entrar. Todos se lançam contra as portas com os adesivos que dizem ENTRADA, SAÍDA e PREÇO BAIXO TODO DIA. A princípio as portas aguentam, depois a fechadura se quebra sob o peso conjunto da multidão. Os primeiros a chegar são esmagados contra as portas e se machucam: dois com costelas quebradas, uma entorse no pescoço, dois braços quebrados.

Toby Whelan começa a erguer o megafone outra vez, depois o baixa, com cuidado meticuloso, sobre o capô do carro no qual ele e Rupe chegaram. Pega o quepe de POLICIAL, limpa, põe de novo na cabeça. Ele e Rupe andam na direção da loja e param, indefesos. Linda e Marty Arsenault se unem a eles. Linda vê Marta e a leva até o grupinho de policiais.

— O que aconteceu? — pergunta Marta, tonta. — Alguém me bateu? O lado do meu rosto está todo quente. Quem está com Judy e Janelle?

— A sua irmã ficou com elas hoje de manhã — diz Linda, e a abraça. — Não se preocupe.

— Cora?

— Wendy. — Cora, irmã mais velha de Marta, mora há anos em Seattle. Linda desconfia que Marta sofreu uma concussão. Acha que o dr. Haskell deveria examiná-la, depois lembra que Haskell está no necrotério do hospital ou na Funerária Bowie. Rusty agora está sozinho, e hoje vai ficar muito ocupado.

Carter meio que carrega Georgia para a Unidade 2. Ela ainda uiva aqueles gritos estranhos de fio na lata. Mel Searles recuperou algo assemelhado a um enevoado de consciência. Frankie o leva até Linda, Marta, Toby e os outros policiais. Mel tenta erguer a cabeça, depois a deixa cair de volta sobre o peito. A testa ferida derrama sangue; a camisa está ensopada.

Uma torrente de gente entra no mercado. Disparam pelos corredores empurrando carrinhos ou agarrando cestas na pilha ao lado dos sacos de carvão (QUE TAL UM CHURRASCO DE OUTONO?, diz o cartaz). Manuel Ortega, empregado de Alden Dinsmore, e o seu bom amigo Dave Douglas vão direto para o caixa e começam a apertar os botões, agarrando o dinheiro e enfiando-o no bolso, rindo como idiotas o tempo todo.

Agora o supermercado está cheio; é dia de liquidação. Nos congelados, duas mulheres brigam pelo último Bolo de Limão Pepperidge Farm. Na delicatessen, um homem golpeia outro com uma linguiça, dizendo-lhe que deixe um pouco da maldita carne para os outros. O comprador de carne se vira e soca o nariz do que brande a linguiça. Logo rolam pelo chão, os punhos voando.

Outras brigas estouram. Rance Conroy, proprietário e único funcionário da Conroy Serviços e Peças Elétricas do Oeste do Maine ("Nossa especialidade é sorrir"), soca Brendan Ellerbee, professor de ciências aposentado da Universidade do Maine, quando este chega antes dele ao último saco grande de açúcar. Ellerbee cai, mas se agarra ao saco de 5 quilos de açúcar Domino's, e quando Conroy tenta arrancá-lo, Ellerbee resmunga *"Pois toma!"*, e o joga na cara do outro. O saco de açúcar se rasga, envolvendo Rance Conroy numa nuvem branca. O eletricista cai numa das gôndolas, o rosto branco como o de um mímico, berrando que não enxerga nada, que está cego. Carla Venziano, com o bebê no canguru às costas olhando por sobre o ombro dela, empurra Henrietta Clavard para longe da prateleira de arroz Texmati; o bebê Steven adora arroz, também adora brincar com as embalagens plásticas vazias, e Carla quer garantir que ele tenha bastante. Henrietta, que fez 84 anos em janeiro, cai de pernas abertas sobre o nó esquelético que era a sua bunda. Lissa Jamieson tira do caminho Will Freeman, dono da revendedora Toyota local, para pegar o último frango do balcão-frigorífico. Antes que consiga, uma adolescente com uma camiseta escrita IRA PUNK o agarra, mostra a língua para Libby e sai alegre e apressada.

Há um som de vidro estilhaçado seguido de gritos calorosos compostos principalmente (mas não só) de vozes masculinas. Abriram a geladeira de cerveja. Muitos fregueses, talvez planejando UM CHURRASCO DE OUTONO, correm naquela direção. Em vez de *Aa-bre*, agora cantam *"Cer-ve-ja! Cer-ve-ja! Cer-ve-ja!"*

Outros seguem para o depósito dos fundos e para o subsolo. Logo, homens e mulheres acumulam vinho aos garrafões e caixotes. Alguns levam caixotes na cabeça, como carregadores nativos num antigo filme de selva.

Julia, os sapatos esmagando cacos de vidro, clica, clica, clica.

Lá fora, o resto dos policiais da cidade vem chegando, inclusive Jackie Wettington e Henry Morrison, que por consentimento mútuo abandonaram o Posto & Mercearia. Juntam-se aos outros policiais num amontoado unido e preocupado que fica de lado e só assiste. Jackie vê o rosto chocado de Linda Everett e a abraça. Ernie Calvert se une a elas, gritando "Tão desnecessário! Tão completamente desnecessário!", as lágrimas correndo pelas bochechas gorduchas.

— O que fazemos agora? — pergunta Linda, o rosto apertado contra o ombro de Jackie. Marta fica perto dela, olhando boquiaberta o mercado e apertando a palma da mão contra o machucado descolorido que incha depressa no lado do rosto. Além deles, o Food City transborda berros, risos, um grito de dor ocasional. Lançam-se objetos; Linda vê um rolo de papel higiênico se desenrolar como serpentina ao fazer um arco sobre os produtos domésticos.

— Querida — diz Jackie —, eu simplesmente não sei.

11

Anson agarrou a lista de compras de Rose e entrou correndo no mercado com ela antes que a própria Rose conseguisse impedir. Ela hesitou ao lado da van do restaurante, torcendo e destorcendo as mãos, sem saber se ia ou não atrás dele. Acabara de decidir ficar onde estava quando um braço se enfiou em torno dos seus ombros. Ela levou um susto, virou a cabeça e viu Barbie. A profundidade do seu alívio chegou a lhe amolecer os joelhos. Segurou com força o braço dele, em parte como consolo, principalmente para não desmaiar.

Barbie sorria, sem muito humor.

— Divertido, hein, menina?

— Eu não sei o que fazer — disse ela. — Anson está lá... *todo mundo está lá*... e a polícia só fica *ali parada*!

— Provavelmente não querem apanhar mais do que já apanharam. E não estão errados. Isso foi bem planejado e executado com primor.

— Do que você está falando?

— Nada, nada. Quer tentar parar com isso antes que piore?

— Como?

Ele mostrou o megafone que pegara no capô do carro onde Toby Whelan o deixara. Quando tentou entregá-lo, Rose se afastou, com as mãos no peito.

— Faz isso você, Barbie.

— Não. É você que alimenta eles há anos, é você que todo mundo conhece, é a você que eles vão dar ouvidos.

Ela pegou o megafone, embora hesitasse.

— Não sei o que dizer. Não consigo pensar em nadica de nada que faça eles pararem. Toby Whelan já tentou. Nem deram atenção a ele.

— Toby tentou dar ordens — disse Barbie. — Dar ordens a uma turba é como dar ordens a um formigueiro.

— Eu ainda não sei o que...

— Vou te explicar. — Barbie falava calmamente, e isso a acalmou. Ele parou o suficiente para chamar Linda Everett. Ela e Jackie vieram juntas, os braços na cintura uma da outra.

— Pode falar com o seu marido? — perguntou Barbie.

— Se o celular dele estiver ligado.

— Diga a ele pra vir pra cá, na ambulância, se possível. Se ele não atender, pega o carro da polícia e vai até o hospital.

— Ele tem pacientes...

— Ele tem pacientes bem aqui. Só que ainda não sabe. — Barbie apontou Ginny Tomlinson, agora sentada e encostada na parede cinzenta do mercado e as mãos segurando o rosto ensanguentado. Gina e Harriet Bigelow se agacharam ao lado dela, mas quando Gina tentou estancar a hemorragia do nariz radicalmente alterado de Ginny com um lenço dobrado, esta gritou de dor e virou a cabeça. — A começar por uma das duas enfermeiras formadas que restam, se não estou enganado.

— O que *você* vai fazer? — perguntou Linda, tirando o celular do cinto.

— Eu e Rose vamos fazer todo mundo parar. Não é, Rose?

12

Rose parou no lado de dentro da porta, hipnotizada pelo caos à sua frente. Havia um cheiro ardente de vinagre no ar, misturado aos aromas de salmoura e cerveja. Havia mostarda e ketchup respingados como vômito vistoso no linóleo do corredor 3. Uma nuvem de açúcar misturado com farinha se erguia no corredor 5. As pessoas empurravam por ele carrinhos cheios, muitas tossindo e limpando os olhos. Alguns carrinhos derrapavam ao rolar por um aluvião de feijões derramados.

— Fica aqui um segundo — disse Barbie, embora Rose não mostrasse sinais de se mexer; estava hipnotizada com o megafone agarrado entre os seios.

Barbie encontrou Julia tirando fotos nas registradoras saqueadas.

— Para com isso e vem comigo — disse ele.

— Não, eu tenho que fazer isso, não tem mais ninguém. Não sei cadê o Pete Freeman, e o Tony...

— Você não tem que fotografar, você tem que impedir. Antes que aconteça algo muito pior. — Ele apontava Fern Bowie, que passava por eles com um cestinho cheio numa das mãos e uma cerveja na outra. O supercílio estava ferido e o sangue pingava pelo rosto, mas Fern parecia contente com tudo.

— Como?

Ele a leva até Rose.

— Pronta, Rose? Hora do espetáculo.

— Eu... bom...

— Lembre, *serena*. Não é pra tentar detê-los; só baixar a temperatura.

Rose inspirou fundo e levou o megafone à boca.

— OI, GENTE, AQUI É ROSE TWITCHELL, DO ROSA MOSQUETA.

Para seu crédito eterno, ela soava *mesmo* serena. Todos olharam em volta quando ouviram a voz — não porque parecesse urgente, como Barbie sabia, mas porque não parecia. Vira isso em Takrit, Fallujah, Bagdá. Principalmente depois de bombardeios em locais públicos lotados, quando a polícia e os transportes de soldados chegavam.

— POR FAVOR, TERMINEM AS COMPRAS LOGO, COM TODA A CALMA POSSÍVEL.

Algumas pessoas deram uma risadinha ao ouvir isso, depois se entreolharam como se acordassem. No corredor 7, Carla Venziano, envergonhada, ajudou Henrietta Clavard a se levantar. *Tem Texmati bastante pra nós duas*, pensou Carla. *Deus do céu, o que foi que me passou pela cabeça?*

Com a cabeça, Barbie sinalizou para Rose continuar, dizendo *Café* sem falar. A distância, dava para ouvir o doce gorjeio da ambulância se aproximando.

— QUANDO ACABAREM, VENHAM TOMAR UM CAFÉ NO ROSA MOSQUETA. ESTÁ FRESQUINHO E É POR CONTA DA CASA.

Alguns bateram palmas. Alguns pulmões fortes gritaram "*E quem quer café? A gente tem CERVEJA!*" Risos e gritos saudaram essa tirada.

Julia puxou a manga de Barbie. A testa dela estava franzida numa careta que Barbie achou muito republicana.

— Eles não estão comprando, estão roubando.

— Você quer editorializar ou tirar eles daqui antes que alguém morra por causa de um quilo de Café Blue Mountain? — perguntou.

Ela pensou no caso e concordou, a testa franzida cedendo lugar àquele sorriso virado para dentro de que ele começava a gostar muito.

— Faz sentido, coronel — disse ela.

Barbie se virou para Rose, fez um gesto como se virasse uma manivela e ela recomeçou. Ele passou a acompanhar as duas mulheres pelos corredores, começando com a delicatessen e a seção de laticínios, a mais vazia, procurando alguém que estivesse empolgado a ponto de interferir. Não havia ninguém. Rose ganhava confiança e o mercado se aquietava. Havia gente indo embora. Muitos empurravam carrinhos cheios de mercadorias, mas Barbie ainda achava que era bom sinal. Quanto mais cedo saíssem melhor, por mais merda que levassem... e o segredo era serem chamados de fregueses e não de ladrões. Devolva a alguém o respeito próprio e, na maioria dos casos — não em todos, mas na maioria —, também se devolve à pessoa a capacidade de pensar ao menos com um pouco de clareza.

Anson Wheeler se uniu a eles, empurrando um carrinho cheio de mantimentos. Parecia um pouco envergonhado e o braço sangrava.

— Alguém me bateu com um vidro de azeitonas — explicou. — Agora estou cheirando a sanduíche italiano.

Rose entregou o megafone a Julia, que começou a transmitir a mesma mensagem com a mesma voz agradável: terminem as compras e saiam calmamente.

— A gente não pode levar isso — disse Rose, apontando o carrinho de Anson.

— Mas a gente precisa, Rosie — respondeu ele. Soava como quem pede desculpas, mas com firmeza. — Precisa mesmo.

— Então vamos deixar o dinheiro — disse ela. — Quer dizer, se ninguém tiver levado a minha bolsa do carro.

— Hum... acho que não vai dar certo — disse Anson. — Alguns caras roubaram o dinheiro das registradoras. Ele vira quem, mas não queria dizer. Não com a editora do jornal local ali ao lado.

Rose ficou horrorizada.

— O que está acontecendo aqui? Deus do céu, o que está *acontecendo*?

— Não sei — disse Anson.

Lá fora, a ambulância estacionou, a sirene morrendo num grunhido. Um ou dois minutos depois, enquanto Barbie, Rose e Julia ainda percorriam os corredores com o megafone (agora a multidão diminuía), alguém disse atrás deles:

— Já basta. Me dá isso.

Barbie não ficou surpreso ao ver o chefe interino Randolph, vestido até a goela com o uniforme de gala. Lá estava ele, tarde demais. Bem na hora.

Rose estava com o megafone, exaltando as virtudes do café gratuito no Rosa Mosqueta. Randolph o tirou da mão dela e, na mesma hora, começou a dar ordens e fazer ameaças.

— SAIAM AGORA! AQUI É O CHEFE PETER RANDOLPH E ESTOU MANDANDO SAÍREM AGORA! LARGUEM O QUE ESTIVEREM SEGURANDO E SAIAM AGORA! SE LARGAREM O QUE PEGARAM E SAÍREM AGORA, NÃO SERÃO INDICIADOS!

Rose olhou Barbie, desanimada. Ele deu de ombros. Não importava. O ânimo da turba já se fora. Os policiais ainda capazes de andar — até Carter Thibodeau, cambaleando, mas em pé — começaram a apressar as pessoas. Vários "fregueses" que não largaram as cestas cheias foram derrubados pelos policiais, e Frank DeLesseps virou um carrinho de compras carregado. O seu rosto estava sério, pálido, zangado.

— Não vai mandar esses garotos pararem com isso? — perguntou Julia a Randolph.

— Não, sra. Shumway, não vou — respondeu Randolph. — Essas pessoas são saqueadores e é assim que elas devem ser tratadas.

— A culpa é de quem? Quem fechou o mercado?

— Sai da minha frente — disse Randolph. — Tenho mais o que fazer.

— Uma pena que o senhor não estivesse aqui quando invadiram — observou Barbie.

Randolph o olhou. O olhar era inamistoso, mas satisfeito. Barbie suspirou. Em algum lugar, um relógio fazia tique-taque. Ele sabia, e Randolph também. Logo soaria o alarme. Se não fosse a Redoma, ele poderia fugir. Mas é claro que, se não fosse a Redoma, nada daquilo estaria acontecendo.

Lá na frente, Mel Searles tentou tirar de Al Timmons o cesto de compras lotado. Quando Al não entregou, Mel o arrancou... e aí empurrou o velho. Al gritou de dor, vergonha e revolta. O chefe Randolph riu. Era um som curto, entrecortado, sem alegria — *Rá! Rá! Rá!* — e nele Barbie achou que escutava no que Chester's Mill logo se transformaria se a Redoma não sumisse.

— Vamos, senhoras — disse. — Vamos sair daqui.

13

Rusty e Twitch estavam enfileirando os feridos — cerca de uma dúzia no total — junto à parede de cimento do mercado quando Barbie, Julia e Rose saíram. Anson estava em pé junto da van do Rosa Mosqueta com uma toalha de papel apertada no braço que sangrava.

O rosto de Rusty estava sério, mas se animou um pouco quando viu Barbie.

— Ei, parceiro. Hoje você fica comigo. Na verdade, você é o meu novo enfermeiro.

— Você está superestimando demais o meu talento pra triagem — disse Barbie, mas foi na direção de Rusty.

Linda Everett passou correndo por Barbie e se jogou nos braços de Rusty. Ele lhe deu um rápido abraço.

— Posso ajudar, querido? — perguntou. Era Ginny que ela olhava, e com horror. Ginny viu o olhar e, cansada, fechou os olhos.

— Não — disse Rusty. — Faz o que precisa ser feito. Eu estou com Gina e Harriet, e arranjei o enfermeiro Barbara.

— Vou fazer o possível — disse Barbie, e quase acrescentou: *Até ser preso, quero dizer.*

— Vai dar tudo certo — disse Rusty. Em voz baixa, acrescentou: — Gina e Harriet são as ajudantes de maior boa vontade do mundo, mas depois de dar comprimidos e colar band-aids, ficam perdidas.

Linda se curvou para Ginny.

— Sinto muitíssimo — disse.

— Vai dar tudo certo — disse Ginny, mas não abriu os olhos.

Linda deu no marido um beijo e um olhar preocupado, depois voltou para onde Jackie Wettington estava de bloco na mão, tomando o depoimento de Ernie Calvert. Ernie limpou os olhos várias vezes enquanto falava.

Rusty e Barbie trabalharam lado a lado por mais de uma hora, enquanto os policiais passavam a fita amarela da polícia na frente do mercado. Em certo instante, Andy Sanders veio verificar as baixas, fazendo tsc-tsc e balançando a cabeça. Barbie escutou-o perguntar a alguém o que seria do mundo quando os moradores da cidade chegavam a fazer uma coisa daquelas. Também apertou a mão do chefe Randolph e lhe disse que aquele era um trabalho infernal.

Infernal mesmo.

14

Quando estamos *sentindo*, interrupções detestáveis somem. A briga se torna nossa amiga. O azar vira bilhete premiado. Não aceitamos tais coisas com gratidão (emoção reservada para fresquinhos e fracassados, na opinião de Big Jim Rennie), mas como o que merecemos. *Sentir* é como andar num balanço mágico, e é preciso (de novo, na opinião de Big Jim) voar com altivez.

Se saísse da grande propriedade dos Rennie na rua Mill um pouco mais cedo ou mais tarde, não teria visto o que viu e teria lidado com Brenda Perkins de um jeito totalmente diferente. Mas saiu exatamente na hora certa. É o que acontece quando se está *sentindo*; a defesa desmorona e a gente corre pela abertura mágica assim criada, fazendo um lançamento fácil.

Foi o coro de gritos *Aa-bre! Aa-bre!* que o levou a sair do escritório, onde fazia anotações para o que planejava chamar de Governo de Emergência... do qual o alegre e sorridente Andy Sanders seria o titular e Big Jim, o poder atrás do trono. *Se não estiver quebrado, não tente consertar* era a Regra Número Um do manual de funcionamento político de Big Jim, e ter Andy à frente sempre funcionara como que por encanto. A maioria dos moradores de Chester's Mill sabia que ele era um idiota, mas isso não importava. É possível aplicar o mesmo logro no povo várias vezes, porque 98% dele é composto de idiotas ainda maiores. E, embora Big Jim nunca tivesse planejado uma campanha política em escala tão grandiosa — chegava a ser uma ditadura municipal —, não tinha dúvidas de que daria certo.

Não incluíra Brenda Perkins na lista de possíveis fatores complicadores, mas não importava. Quando estamos *sentindo*, os fatores complicadores têm mania de desaparecer. Isso a gente também aceita como algo que merecemos.

Ele desceu a calçada até a esquina da Mill com a Principal, uma distância de no máximo cem passos, com a barriga balançando placidamente à sua frente. A Praça da Cidade estava bem do outro lado. Um pouco mais morro abaixo, do outro lado da rua, ficavam a Câmara de Vereadores e a delegacia de polícia, com a praça Memorial de Guerra no meio.

Da esquina não conseguia ver o Food City, mas dava para ver toda a parte comercial da rua principal. E ele viu Julia Shumway. Ela saiu correndo da redação do *Democrata*, a câmera na mão. Correu pela rua na direção do som do coro, tentando pendurar a câmera no ombro enquanto corria. Big Jim a observou. Era mesmo engraçado — a ânsia dela para chegar ao desastre mais recente.

E ficou mais engraçado. Ela parou, se virou, correu de volta, experimentou a porta da redação do jornal, viu que estava aberta e a trancou. Depois saiu correndo outra vez, ansiosa para observar os amigos e vizinhos se comportando mal.

Ela está percebendo pela primeira vez que, depois que a fera sai da jaula, pode morder qualquer um em qualquer lugar, pensou Big Jim. *Mas não se preocupe, Julia; vou cuidar de você, como sempre fiz. Talvez tenha que baixar o tom naquele seu panfleto velho, mas esse não é um preço pequeno a pagar pela sua segurança?*

É claro que era. E se ela insistisse...

— Às vezes acontecem coisas — disse Big Jim. Estava em pé na esquina com as mãos no bolso, sorrindo. E quando ouviu os primeiros gritos... o som de vidro quebrado... os tiros... o sorriso se alargou. *Acontecem coisas* não era exatamente o que Junior diria, mas Big Jim achou que era bastante parecido para o jeito gov...

O sorriso se dobrou numa careta quando avistou Brenda Perkins. A maioria das pessoas da rua principal se dirigia para o Food City para ver o que era toda aquela confusão, mas Brenda *subia* em vez de descer a rua principal. Talvez fosse para a casa de Rennie... o que não seria bom.

O que ela ia querer comigo agora de manhã? O que seria tão importante a ponto de superar um quebra-quebra no supermercado local?

Era perfeitamente possível que ele fosse a última coisa na cabeça de Brenda, mas o seu radar soava e ele a observou com atenção.

Ela e Julia passaram por lados opostos da rua. Nenhuma viu a outra. Julia tentava correr enquanto ajeitava a câmera. Brenda fitava o volume vermelho e decrépito da Loja de Departamentos Burpee. Tinha uma sacola de compras de lona que balançava junto ao joelho.

Quando chegou ao Burpee, Brenda experimentou a porta sem sucesso. Depois, recuou e olhou em volta, do jeito que todos fazem quando encontram um obstáculo inesperado aos seus planos e tentam decidir o que fazer em seguida. Ainda poderia ter visto Julia se olhasse para trás, mas não olhou. Olhou para a esquerda, para a direita, para o outro lado da rua principal, para a redação do *Democrata*.

Depois de outra olhada no Burpee, atravessou a rua até o *Democrata* e experimentou a porta. Também trancada, é claro; Big Jim vira Julia trancá-la. Brenda tentou de novo, sacudindo a porta mais do que o necessário. Bateu. Espiou. Depois recuou, as mãos na cintura, a sacola balançando. Quando voltou a subir a rua principal — com esforço, sem mais olhar para os lados —, Big Jim recuou para a sua casa com passos rápidos. Não sabia por que queria assegurar que Brenda não o visse espiando... mas não *precisava* saber. Quando estamos *sentindo*, só é preciso agir com base no instinto. Essa é a beleza da coisa.

O que ele *sabia* era que, se Brenda batesse à sua porta, ele estaria preparado. Fosse o que fosse que ela queria.

15

Amanhã de manhã quero que você leve as cópias a Julia Shumway, dissera Barbie. Mas a redação do *Democrata* estava trancada e às escuras. Quase com certeza, Julia estava na confusão que acontecia no mercado. Provavelmente Pete Freeman e Tony Guay também estavam lá.

Então o que ela faria com o dossiê VADER de Howie? Se houvesse uma caixa de correspondência, poderia ter jogado nela o envelope de papel pardo da sacola. Só que não *havia* caixa de correspondência.

Brenda achou que devia ir atrás de Julia no mercado ou voltar para casa e esperar que tudo se acalmasse e que Julia voltasse para a redação. Por não estar num estado de espírito lá muito lógico, nenhuma das opções a atraiu. Quanto à primeira, parecia haver um quebra-quebra a todo vapor no Food City, e Brenda não queria se envolver. Quanto à outra... Era obviamente a melhor opção. A opção *sensata*. *Quem espera sempre alcança* não era dos ditados favoritos de Howie?

Mas esperar nunca fora o forte de Brenda, e a mãe dela também tinha um ditado: *Não deixe para amanhã o que pode fazer hoje*. Era o que ela queria fazer agora. Enfrentá-lo, aguardar as suas imprecações, negações, justificativas e depois lhe apresentar as opções: renunciar a favor de Dale Barbara ou ler tudo sobre as suas façanhas sujas no *Democrata*. Para ela, o confronto era um remédio amargo, e o melhor a fazer com remédios amargos era engolir o mais depressa possível e depois lavar a boca. Ela planejava lavar a dela com uma dose dupla de bourbon, e também não esperaria até o meio-dia para isso.

Só que...

Não vá sozinha. Barbie também dissera isso. E quando perguntara em quem ela confiava, ela respondera Romeo Burpee. Mas a loja de Burpee também estava fechada. O que lhe restava?

A questão era se Big Jim realmente a machucaria ou não, e Brenda achava que a resposta era não. Acreditava que, fisicamente, estava a salvo de Big Jim, mesmo com toda a preocupação de Barbie — preocupação que, sem dúvida, resultava em parte da sua experiência na guerra. Esse foi um erro de cálculo pavoroso da parte dela, mas compreensível; ela não era a única a se agarrar à ideia de que o mundo era como fora antes que a Redoma caísse.

16

O que ainda lhe deixava o problema do dossiê VADER.

Brenda podia ter mais medo da língua de Big Jim do que de agressões físicas, mas sabia que seria louca se fosse até a porta dele com o envelope ainda nas mãos. Ele poderia tirá-lo dela, mesmo que ela dissesse não ser a única cópia. *Isso* ela achava que ele faria.

A meio caminho do morro da praça da Cidade, ficava a rua Prestile, que passava pela parte superior da praça. A primeira casa era a dos McCain. A outra ao lado era de Andrea Grinnell. E, embora quase sempre Andrea ficasse oculta pelos parceiros vereadores, Brenda sabia que ela era honesta e não tinha amores por Big Jim. O mais estranho é que era Andy Sanders que Andrea tinha mais tendência a adorar, embora Brenda não conseguisse entender como é que alguém conseguia levar *Andy* a sério.

Talvez ele tenha algum tipo de domínio sobre ela, disse a voz de Howie dentro da sua cabeça.

Brenda quase riu. Isso era ridículo. O importante a respeito de Andrea era que ela fora uma Twitchell antes de se casar com Tommy Grinnell, e os Twitchell eram gente rija, mesmo quando tímidos. Brenda achou que podia deixar com Andrea o envelope que continha o dossiê VADER... desde que a casa *dela* também não estivesse vazia e trancada. Ela achava que não estaria. Não tinham lhe dito que Andrea estava gripada?

Brenda atravessou a Principal, ensaiando o que diria: *Pode guardar isso pra mim? Volto daqui a meia hora. Se eu não voltar pra buscar, dê esse envelope a Julia, no jornal. E conte tudo ao Dale Barbara.*

E se ela perguntasse por que tanto mistério? Brenda decidiu que seria franca. A notícia de que pretendia forçar Jim Rennie a renunciar provavelmente faria mais bem a Andrea do que uma dose dupla de Coristina.

Apesar da vontade de terminar logo a missão desagradável, Brenda parou um instante diante da casa dos McCain. Parecia deserta, mas nisso não havia nada de estranho; muitas famílias estavam fora da cidade quando a Redoma caiu. Era outra coisa. Um leve cheiro, em primeiro lugar, como se houvesse comida estragada lá dentro. De repente, o dia ficou mais quente, o ar mais abafado, e o som do que acontecia no Food City pareceu muito distante. Brenda percebeu a que aquilo se resumia: ela se sentia vigiada. Ficou pensando em como aquelas janelas com venezianas pareciam olhos fechados. Mas não completamente fechadas, não. Olhos que *espiavam*.

Para com isso, mulher. Você tem mais o que fazer.

Ela andou até a casa de Andrea e só parou uma vez para olhar por sobre o ombro. Viu só uma casa com venezianas fechadas, sentada tristonha no leve fedor dos mantimentos apodrecidos. Só carne cheiraria tão mal tão depressa. Henry e LaDonna deviam ter muita carne no congelador, pensou ela.

17

Era Junior que observava Brenda, Junior de joelhos, Junior só de cueca, a cabeça socando e batendo. Observava da sala de estar, espiando pela borda da veneziana fechada. Quando ela se afastou, ele voltou para a despensa. Teria que abandonar logo as namoradas, sabia disso, mas por enquanto as queria. E queria o escuro. Queria até o fedor que se elevava da sua pele cada vez mais enegrecida.

Qualquer coisa, qualquer coisa que aliviasse a cabeça que doía ferozmente.

18

Depois de girar três vezes a antiga campainha de manivela, Brenda se resignou finalmente a voltar para casa. Dava meia-volta quando escutou passos lentos e arrastados se aproximarem da porta. Arrumou no rosto um pequeno sorriso de *olá, vizinha*. Este se congelou quando viu Andrea — faces pálidas, olheiras escuras, cabelo em desalinho, agarrando o cinto de um roupão junto ao corpo, de pijama por baixo. E a casa fedia também — não a carne podre, mas a vômito.

O sorriso de Andrea estava tão descorado quanto o rosto e a testa.

— Eu sei com que cara estou — disse ela. As palavras saíram num grasnido. — É melhor eu não te convidar a entrar. Estou melhorando, mas ainda pode ser contagioso.

— Você consultou o dr... — Não, é claro que não. O dr. Haskell estava morto. — Falou com Rusty Everett?

— Falei, sim — respondeu Andrea. — Ele me disse que logo eu estarei bem.

— Você está suando.

— Ainda um pouquinho de febre, mas passando. Posso lhe ajudar com algo, Bren?

Ela quase disse que não — não queria sobrecarregar uma mulher que ainda estava visivelmente mal com uma responsabilidade como aquela na sacola —, mas aí Andrea lhe disse algo que a fez mudar de ideia. Os grandes fatos às vezes têm rodinhas pequenas.

— Sinto muito por Howie. Eu adorava aquele homem.

— Obrigada, Andrea. — *Não só pela solidariedade, mas por chamá-lo de Howie em vez de Duke.*

Para Brenda, ele sempre seria Howie, seu querido Howie, e o dossiê VADER era a sua última obra. Provavelmente a sua maior obra. De repente, Brenda decidiu *colocá-lo* para trabalhar, e sem mais delongas. Enfiou a mão na sacola e tirou o envelope de papel pardo com o nome de Julia escrito na frente.

— Pode guardar isso pra mim, querida? Só por algum tempo? Tenho um serviço a fazer e não queria levar isso comigo.

Brenda responderia a qualquer pergunta que Andrea fizesse, mas aparentemente ela não queria fazer nenhuma. Só pegou o envelope grosso com um tipo de cortesia distraída. E isso era bom. Poupava tempo. Também manteria Andrea fora da história e poderia evitar algum revés político mais adiante.

— Com prazer — disse Andrea. — E agora... Se me dá licença... Acho melhor eu ir me deitar. Mas não vou dormir! — acrescentou, como se Brenda fizesse objeções ao seu plano. — Vou escutar quando você voltar.

— Obrigada — disse Brenda. — Está tomando suco?

— Aos montes. Não se preocupe, querida. Eu vou cuidar do seu envelope.

Brenda ia agradecer de novo, mas a terceira vereadora de Mill já tinha fechado a porta.

19

No final da conversa com Brenda, o estômago de Andrea começou a se agitar. Ela segurou, mas a luta era perdida. Falara alguma coisa sobre suco, dissera a Brenda que não se preocupasse e depois fechara a porta na cara da pobre coitada para correr para o banheiro fedorento, fazendo *urc-urcs* guturais lá no fundo da garganta.

Havia uma mesa lateral junto ao sofá da sala e, às cegas, foi ali que ela jogou o envelope de papel pardo quando passou correndo. O envelope escorregou pela superfície polida e caiu pelo outro lado, no espaço escuro entre a mesinha e o sofá.

Andrea conseguiu chegar ao banheiro, mas não ao vaso sanitário... o que dava na mesma; este já estava quase cheio com a mistura fedorenta e estagnada que fora a produção do seu corpo por aquela noite interminável. Ela se inclinou sobre a pia, vomitando até lhe parecer que o próprio esôfago se soltaria e cairia na porcelana respingada, ainda quente e pulsante.

Isso não aconteceu, mas o mundo ficou cinzento e, de salto alto, se afastou dela cambaleante, ficando cada vez menor e menos tangível enquanto ela balançava e tentava não desmaiar. Quando se sentiu um pouco melhor, desceu devagar o corredor com as pernas moles, deslizando a mão pela madeira para manter o equilíbrio. Tremia e conseguia escutar o clicar irrequieto dos dentes, um som horrível que parecia captar não com os ouvidos, mas com o fundo dos olhos.

Nem sequer pensou em tentar chegar ao quarto no andar de cima e, em vez disso, foi para a varanda dos fundos, fechada com tela. A varanda estaria fria demais para ser confortável com o mês de outubro tão avançado, mas hoje o ar estava abafado. Ela mais desmoronou do que se deitou no antigo divã, no seu abraço mofado mas um tanto consolador.

Daqui a um minuto eu me levanto, disse a si mesma. *Tiro da geladeira a última garrafa de Poland Spring e lavo esse gosto horrível da bo...*

Aí os seus pensamentos escapuliram. Ela caiu num sono pesado e profundo, do qual nem mesmo as contorções incansáveis dos pés e mãos a acordaram. Teve muitos sonhos. Um era de um incêndio terrível do qual muita gente fugia, tossindo, com ânsia de vômito, procurando ar que ainda fosse fresco e limpo. Outro era de Brenda Perkins indo até a sua porta e lhe dando um envelope. Quando Andrea o abriu, uma torrente interminável de comprimidos rosados de OxyContin se despejou. Quando ela acordou, já era noite e os sonhos estavam esquecidos.

E a visita de Brenda Perkins também.

20

— Vamos pro escritório — disse Big Jim alegremente. — Ou prefere beber alguma coisa primeiro? Tenho Coca-Cola, mas acho que está quente. O gerador pifou ontem à noite. O gás acabou.

— Mas suponho que você saiba onde pode arranjar mais — disse ela.

Ele ergueu as sobrancelhas, questionador.

— A metanfetamina que você anda fabricando — continuou ela, com paciência. — Pelo que entendo, com base nas anotações de Howie, é isso que você vem cozinhando em grandes fornadas. "Uma quantidade estonteante", foi como ele explicou. Isso deve gastar muito gás.

Agora que havia entrado a sério no assunto, ela percebeu que o nervosismo se esvaíra. Sentia até um certo prazer frio em observar a cor se acumular no rosto dele e lhe cruzar a testa.

— Não sei do que você está falando. Acho que o seu pesar... — Ele suspirou, abriu as mãos de dedos rombudos. — Entra. Vamos falar sobre isso e eu vou te deixar despreocupada.

Ela sorriu. O fato de que *conseguia* sorrir foi quase uma revelação, e ajudou ainda mais a imaginar Howie olhando-a — de algum lugar. E também lhe dizendo para tomar cuidado. A este conselho ela planejava obedecer.

No gramado na frente da casa de Rennie, havia duas cadeiras Adirondack em meio às folhas caídas.

— Aqui fora está muito bom pra mim — disse ela.

— Prefiro falar de negócios lá dentro.

— Prefere ver sua foto na primeira página do *Democrata*? Porque eu posso conseguir isso.

Ele fez uma careta como se ela lhe tivesse batido, e por apenas um instante ela viu ódio naqueles olhinhos fundos e porcinos.

— Duke nunca gostou de mim, e suponho que seja natural que os sentimentos dele tenham sido transmitidos para...

— O nome dele era *Howie*!

Big Jim jogou as mãos para o alto como se dissesse que não adiantava argumentar com certas mulheres, e a levou para as cadeiras viradas para a rua Mill. Brenda Perkins falou por quase meia hora, ficando mais fria e mais zangada enquanto falava. O laboratório de metanfetamina, com Andy Sanders e, quase com certeza, Lester Coggins como sócios minoritários. O tamanho atordoante da coisa. A provável localização. Os distribuidores intermediários aos quais tinham prometido proteção em troca de informações. O rastro de dinheiro. O modo como a operação ficou tão grande que o farmacêutico local não podia mais fornecer com segurança os ingredientes necessários e fora preciso importar do exterior.

— O material chegava à cidade em caminhões identificados como Sociedade Bíblica Gedeão — disse Brenda. — O comentário de Howie foi "quase esperto demais".

Big Jim ficou sentado olhando a silenciosa rua residencial. Ela conseguia sentir a raiva e o ódio se irradiando dele. Era como o calor de um prato de forno.

— Você não pode provar nada disso — disse ele, finalmente.

— Isso não vai ter importância se o dossiê de Howie for parar no *Democrata*. Pode não ser o devido processo legal, mas com certeza, se tem alguém que vá entender que a gente contorne coisinhas assim, é você.

Ele fez um gesto de desdém com a mão.

— Ah, tenho certeza de que há um *dossiê* — disse ele —, mas o meu nome não está em nada disso.

— Está na papelada da Town Ventures — respondeu ela, e Big Jim se balançou na cadeira como se ela tivesse lançado o punho e o atingido na têmpora.

— Town Ventures, com sede em Carson City. E de Nevada o rastro de dinheiro vai pra cidade de Chongqing, capital farmacêutica da República Popular da China. — Ela sorriu. — Achou que era esperto, não achou? Tão esperto.

— Onde está esse dossiê?

— Deixei um exemplar com Julia hoje de manhã. — Envolver Andrea naquilo era a última coisa que faria. E achar que estava nas mãos da editora do jornal o faria ceder bem mais depressa. Talvez achasse que ele ou Andy Sanders conseguiriam pressionar Andrea.

— Há outros exemplares?
— O que você acha?

Ele pensou um instante e depois, disse:

— Eu não envolvi a cidade nisso.

Ela nada disse.

— Foi pelo *bem* da cidade.

— Você fez muito pelo bem da cidade, Jim. Temos o mesmo sistema de tratamento de esgotos que tínhamos em 1960, o lago Chester está poluído, o distrito comercial moribundo... — Agora ela estava ereta, agarrando os braços da cadeira. — Seu verme hipócrita de merda.

— O que você quer? — Ele fitava a rua vazia bem à frente. Uma veia grande pulsava na têmpora.

— Que você anuncie a sua renúncia. Barbie assume por ordem do presiden...

— Nunca vou renunciar em favor *daquele* melequento. — Ele se virou para olhá-la. Sorria. Era um sorriso aterrador. — Você não deixou nada com a Julia, porque a Julia está no mercado, assistindo à luta por comida. Você pode ter o dossiê de Duke trancado em algum lugar, mas não deixou um exemplar com *ninguém*. Você tentou Rommie, depois Julia, depois veio pra cá. Eu vi você subindo o morro da praça da Cidade.

— Eu estava — respondeu ela. — Eu estava com ele. — E se ela dissesse onde o deixara? Azar para Andrea. Ela começou a se levantar. — Você teve a sua chance. Agora eu vou embora.

— O seu outro erro foi achar que estaria em segurança aqui na rua. Uma rua *vazia*. — A voz dele era quase gentil, e quando ele lhe tocou o braço, ela se virou para olhá-lo. Ele lhe agarrou o rosto. E torceu.

Brenda Perkins escutou um estalo amargo, como um galho com muito gelo que se quebra, e o som foi seguido de grande escuridão, tentando chamar o nome do marido ao partir.

21

Big Jim entrou e, no armário do saguão, pegou um boné de brinde da Carros Usados de Jim Rennie. Também um par de luvas. E uma abóbora na despensa. Brenda ainda estava na sua cadeira Adirondack, com o queixo no peito. Ele olhou em volta. Ninguém. O mundo era dele. Pôs o boné na cabeça dela (baixando a aba), as luvas nas mãos e a abóbora no colo. Serviria perfeitamente bem, pensou, até que Junior voltasse e a levasse para onde ela pudesse fazer parte da conta do açougue Dale Barbara. Até então, seria apenas mais um boneco de Halloween.

Ele verificou a sacola. Continha a carteira, um pente e um romance. Então *aí* não havia problema. Caberiam bem lá embaixo, atrás da fornalha apagada.

Ele a deixou com o chapéu frouxo na cabeça e a abóbora no colo e entrou para guardar a sacola e esperar o filho.

NO XADREZ

1

O pressuposto do vereador Rennie de que ninguém vira Brenda ir até a sua casa naquela manhã estava correto. Mas ela *fora* vista nas suas andanças matutinas, não por uma pessoa, mas por três, inclusive uma que também morava na rua Mill. Se Big Jim soubesse, o conhecimento o teria feito parar para pensar? Difícil; a essa altura, ele já estava comprometido com sua trajetória e era tarde demais para dar meia-volta. Mas talvez o levasse a refletir (pois, a seu modo, ele *era* um homem reflexivo) sobre a semelhança entre assassinato e Elma Chips: é impossível parar num só.

2

Big Jim não viu os observadores quando desceu até a esquina da Mill com a Principal. Nem Brenda quando subiu o morro da praça da Cidade. Isso porque eles não queriam ser vistos. Estavam abrigados dentro da Ponte da Paz, que por acaso era uma estrutura condenada. Mas isso não era o pior. Se Claire McClatchey visse os cigarros, teria parido um tijolo. Na verdade, teria parido dois. E sem dúvida nunca mais deixaria Joe sair com Norrie Calvert, nem mesmo se o destino da cidade dependesse da associação dos dois, porque foi Norrie quem levou o fumo — Winstons amassados e tortos, que achara numa prateleira da garagem. O pai parara de fumar no ano anterior e o maço estava coberto por uma fina gaze de poeira, mas os cigarros lá dentro pareceram normais para Norrie. Eram só três, mas três era o perfeito: um para cada um. Pensem nisso como um ritual de boa sorte, instruiu ela.

— Vamos fumar feito índios rezando pros deuses pra terem sucesso na caçada. E aí a gente vai trabalhar.

— Parece bom — disse Joe. Sempre sentira curiosidade pelo ato de fumar. Não entendia a graça, mas devia haver, porque muita gente ainda fumava.

— Que deuses? — perguntou Benny Drake.

— Os deuses que você quiser — respondeu Norrie, olhando-o como se ele fosse a criatura mais burra do universo. — Deus *Deus*, se é dele que você gosta. — De short jeans desbotado e camiseta rosa sem mangas, o cabelo solto, emoldurando o rostinho de raposa em vez de repuxado para trás no costumeiro rabo de cavalo, ela estava ótima aos olhos dos dois meninos. Maravilhosa, na verdade. — *Eu* rezo pra Mulher Maravilha.

— A Mulher Maravilha não é deusa — disse Joe, pegando um dos Winstons idosos e endireitando-o. — A Mulher Maravilha é super-herói. — Ele pensou. — Talvez super-heroína.

— Pra mim é deusa — respondeu Norrie, com uma sinceridade de olhos sérios que não se podia contrariar, muito menos ridicularizar. Ela endireitava cuidadosamente o seu cigarro. Benny deixou o dele do jeito que estava; achava que cigarros tortos tinham um certo toque cool. — Até os 9 anos eu tinha as Pulseiras do Poder da Mulher Maravilha, mas aí perdi. Acho que aquela piranha da Yvonne Nedeau roubou.

Ela riscou o fósforo e o encostou primeiro no cigarro de Joe Espantalho, depois no de Benny. Quando tentou usá-lo para acender o seu, Benny o apagou com um sopro.

— Pra que você fez isso? — perguntou ela.

— Três no mesmo fósforo. Dá azar.

— Você *acredita* nisso?

— Não muito — respondeu Benny —, mas hoje nós vamos precisar de toda sorte possível. — Ele deu uma olhada na sacola de compras na cestinha da bicicleta e sugou o cigarro. Tragou um pouco e tossiu para expelir a fumaça, olhos cheios d'água. — Isso tem gosto de cocô de pantera!

— Já fumou muito disso, né? — perguntou Joe. Tragou o seu próprio cigarro. Não queria parecer um fresquinho, mas também não queria começar a tossir nem, quem sabe, a vomitar. A fumaça queimava, mas de um jeito meio bom. Talvez tivesse alguma graça, afinal de contas. Só que já se sentia meio tonto.

Pega leve nas tragadas, pensou. *Desmaiar vai ser quase tão caído quanto vomitar*. A menos, talvez, que desmaiasse no colo de Norrie Calvert. Isso seria supercool.

Norrie enfiou a mão no bolso do short e tirou uma tampinha de garrafa de suco Verifine.

— A gente pode usar isso como cinzeiro. Quero fazer o ritual índio do fumo, mas não quero pôr fogo na Ponte da Paz. — Ela então fechou os olhos. Os lábios começaram a se mexer. O cigarro estava entre os dedos, criando cinza.

Benny olhou para Joe, deu de ombros e fechou os olhos.

— Poderoso GI Joe, por favor, escute a oração do seu humilde soldado Drake...

Norrie o chutou sem abrir os olhos.

Joe se levantou (meio tonto, mas não muito; arriscou outra tragada quando se levantou) e, passando pelas bicicletas estacionadas, andou até a ponta da ponte coberta que dava para a praça da cidade.

— Aonde você vai? — perguntou Norrie sem abrir os olhos.

— Eu rezo melhor quando olho a natureza — disse Joe, mas na verdade só queria respirar ar fresco. Não era o fumo ardente; ele até que gostara. Eram os outros cheiros dentro da ponte — madeira apodrecida, bebida velha e um aroma químico azedo que parecia vir do Prestile lá embaixo (esse era um cheiro, o Chef poderia lhe ter dito, que a gente passava a amar).

Mesmo o ar lá fora não estava tão maravilhoso assim; tinha um traço levemente *usado* que fez Joe pensar na viagem a Nova York que fizera com os pais no ano anterior. O metrô tinha um cheiro meio assim, principalmente já à noite, quando ficava lotado de gente voltando para casa.

Bateu as cinzas na mão. Quando as espalhou, avistou Brenda Perkins subindo o morro.

Um instante depois, uma mão lhe tocou o ombro. Leve e delicada demais para ser de Benny.

— Quem é? — perguntou Norrie.

— Conheço de cara, não de nome — respondeu ele.

Benny se juntou a eles.

— É a sra. Perkins. A viúva do xerife.

Norrie lhe deu uma cotovelada.

— Chefe de polícia, seu burro.

Benny deu de ombros.

— Dá na mesma.

Eles a observaram, principalmente porque não havia mais ninguém para observar. O resto da cidade estava no supermercado, aparentemente na maior guerra de comida do mundo. Os três garotos tinham investigado, mas de longe; não precisaram de persuasão para se afastar, dado o equipamento valioso que lhes fora confiado.

Brenda atravessou a Principal, entrou na Prestile, parou diante da casa dos McCain e depois foi até a da sra. Grinnell.

— Vamos embora — disse Benny.

— Não podemos ir embora enquanto ela estiver ali — disse Norrie.

Benny deu de ombros.

— Qual o problema? Se ela nos vir, somos só uns garotos de bobeira na praça da cidade. E quer saber? Provavelmente ela não nos veria nem se olhasse direto pra nós. Adultos *nunca* veem garotos.

Ele pensou melhor.

— A menos que estejam de skate.

— Ou fumando — acrescentou Norrie. Todos olharam os cigarros.

Joe apontou com o polegar a sacola de compras na cestinha pendurada no guidom da Schwinn High Plains de Benny.

— Eles também têm uma tendência a ver garotos que estejam brincando com propriedade cara da cidade.

Norrie pendurou o cigarro no canto da boca. Isso a deixou maravilhosamente dura, maravilhosamente bonita, maravilhosamente *adulta*.

Os meninos voltaram a observar. Agora a viúva do chefe de polícia conversava com a sra. Grinnell. Não foi uma conversa demorada. A sra. Perkins tirou da sacola um envelope grande e marrom quando subiu os degraus, e eles a viram entregá-lo à sra. Grinnell. Alguns segundos depois, a sra. Grinnell praticamente bateu a porta na cara da visita.

— Uôu, que grosseria — disse Benny. — Uma semana de castigo.

Joe e Norrie riram.

A sra. Perkins ficou um instante onde estava, como se estivesse perplexa, e depois desceu os degraus. Agora estava virada para a praça e, instintivamente, as três crianças recuaram mais para as sombras da ponte coberta. Isso fez com que a perdessem de vista, mas Joe encontrou uma cômoda rachadura na parede de madeira e espiou por ela.

— Voltando para a Principal — relatou. — Ok, agora está subindo o morro... agora está atravessando a rua outra vez...

Benny segurou um microfone imaginário.

— Veja no noticiário das 11.

Joe o ignorou.

— Agora está entrando na *minha* rua. — Ele se virou para Benny e Norrie. — Acha que ela vai falar com a minha mãe?

— A rua Mill tem quatro quarteirões, parceiro — disse Benny. — Qual a chance?

Joe se sentiu aliviado, embora não conseguisse pensar numa razão para a visita da sra. Perkins à sua mãe ser uma coisa ruim. Só que a mãe estava preocupadíssima com o pai dele fora da cidade, e Joe detestaria vê-la ainda mais nervosa do que já estava. Ela quase o proibira de participar daquela expedição. Ainda bem que a srta. Shumway fizera ela desistir *dessa* ideia, principalmente ao lhe dizer que Dale Barbara mencionara Joe especificamente para o serviço (que Joe — Benny e Norrie também — prefeririam chamar de "a missão").

— Sra. McClatchey — dissera Julia —, se tem alguém capaz de usar esse aparelho, Barbie acha que provavelmente é o seu filho. Pode ser importantíssimo.

Isso fizera Joe se sentir bem, mas ver a cara da mãe — preocupada, exausta — o fez se sentir mal. Não fazia nem três dias que a Redoma caíra e ela já emagrecera. E o jeito como não largava a foto do pai também o fazia se sentir mal. Era como se ela achasse que ele tinha morrido em vez de só estar preso num motel por aí, provavelmente tomando cerveja e assistindo à HBO.

Mas ela concordara com a srta. Shumway.

— Ele é mesmo esperto com máquinas, é verdade. Sempre foi. — Ela o olhou da cabeça aos pés e suspirou. — Quando você ficou tão alto, meu filho?

— Não sei — respondera ele com veracidade.

— Se eu te deixar fazer isso, você vai tomar cuidado?

— E leva os seus amigos com você — disse Julia.

— Benny e Norrie? Claro.

— Além disso — acrescentara Julia —, seja um pouco discreto. Sabe o que isso significa, Joe?

— Sim, senhora, sei, sim.

Significava não seja pego.

3

Brenda sumiu entre as árvores que ladeavam a rua Mill.

— Ok — disse Benny. — Vamos lá.

Apagou com cuidado o cigarro no cinzeiro improvisado e depois pegou a sacola de compras na cestinha de arame da bicicleta. Dentro da sacola estava o antigo contador Geiger amarelo, que passara de Barbie para Rusty para Julia... e, finalmente, para Joe e o seu grupo.

Joe pegou a tampa de suco e apagou o cigarro, pensando que gostaria de experimentar de novo quando tivesse tempo para se concentrar na experiência.

Por outro lado, talvez fosse melhor não. Era viciado em computadores, em quadrinhos de Brian K. Vaughan e em skate. Talvez já fossem vícios suficientes.

— Vai vir gente — disse a Benny e Norrie. — Talvez muita gente, depois que se cansarem de brincar no supermercado. É bom torcer pra não prestarem atenção em nós.

Na sua cabeça, ouviu a srta. Shumway dizer à mãe dele como aquilo podia ser importante para a cidade. Não precisou dizer a *ele*, que provavelmente entendia isso melhor que elas.

— Mas se algum *policial* aparecer... — disse Norrie.

Joe fez que sim.

— De volta à sacola. E pegamos o Frisbee.

— Acha mesmo que tem algum tipo de gerador alienígena enterrado debaixo da praça da cidade? — perguntou Benny.

— Eu disse que *pode* ter — respondeu Joe, mais rispidamente do que pretendia. — Tudo é possível.

Na verdade, Joe achava mais do que possível; achava provável. Se não tivesse origem sobrenatural, a Redoma era um campo de força. Um campo de força tinha que ser gerado. Para ele, era uma situação CQD, mas não queria dar esperanças demais aos outros. Nem a si, aliás.

— Vamos começar a procurar — disse Norrie. Ela passou por baixo da frouxa fita amarela da polícia. — Espero que vocês tenham rezado bastante.

Joe não acreditava em orações para coisas que podia fazer sozinho, mas fizera uma rápida oração por outra coisa: que, se achassem o gerador, Norrie Calvert lhe desse outro beijo. Bom e demorado.

4

De manhã cedo, durante a reunião pré-exploração na sala dos McClatchey, Joe Espantalho tirara o tênis direito e depois a meia esportiva branca.

— O sapo não lava o pé, não lava porque não quer... — cantarolou Benny alegremente.

— Cala a boca, seu estúpido — respondeu Joe.

— Não chama o seu amigo de estúpido — disse Claire McClatchey, mas lançando a Benny um olhar reprovador.

Norrie não acrescentou nenhuma respostinha sua, só observou com interesse Joe pôr a meia no tapete da sala e alisá-la com a palma da mão.

— Eis Chester's Mill — disse Joe. — O mesmo formato, certo?

— Certissíssimo — concordou Benny. — O nosso destino é morar numa cidade que se parece com as meias esportivas do Joe McClatchey.

— Ou o sapato da velha — acrescentou Norrie.

— "Era uma vez uma velha que morava num sapato"... — recitou a sra. McClatchey. Ela estava sentada no sofá com o retrato do marido no colo, como no fim da tarde da véspera quando a srta. Shumway chegara com o contador Geiger. — "Tinha tantos filhos que não sabia o que fazer."

— Boa, mãe — disse Joe, tentando não rir. A versão escolar se transformara em *Tinha tantos filhos porque só queria foder*.

Ele olhou a meia de novo.

— Então, meias têm centro?

Benny e Norrie pensaram no caso. Joe esperou. O fato de uma pergunta dessas atrair o interesse deles era uma das coisas de que ele gostava nos amigos.

— Não como os centros de círculos e quadrados — disse Norrie, finalmente. — Essas são formas geométricas.

— Acho que tecnicamente as meias também são formas geométricas — disse Benny —, mas eu não sei o nome. Meiágono?

Norrie riu. Até Claire sorriu um pouco.

— No mapa, Mill parece mais um hexágono — disse Joe —, mas não importa. É só usar o bom-senso.

Norrie apontou o lugar da meia onde a parte de baixo em forma de pé se transformava no tubo de cima.

— Aqui. Aqui fica o meio.

Joe marcou o lugar com a ponta da caneta.

— Acho que isso não vai sair, moço — suspirou Claire. — Mas acho que você vai mesmo precisar de meias novas. — E, antes que ele fizesse a próxima pergunta, disse: — No mapa, isso seria mais ou menos onde fica a praça da cidade. É lá que vocês vão procurar?

— É lá onde vamos procurar *primeiro* — disse Joe, um pouco desanimado por terem lhe roubado o estrondo explicativo.

— Porque se houver um gerador — ponderou a sra. McClatchey —, você acha que ficaria no meio do município. Ou o mais perto possível de lá.

Joe fez que sim.

— Ótimo, sra. McClatchey — disse Benny, e levantou a mão. — Toca aqui, mãe do meu irmão espiritual.

Com um sorriso fraco, ainda segurando o retrato do marido, Claire McClatchey bateu a mão aberta na de Benny. Depois, disse:

— Ao menos a praça da cidade é um lugar seguro. — Ela parou para pensar melhor, franzindo a testa de leve. — Assim espero, ao menos, mas quem sabe?

— Não se preocupa — disse Norrie. — Eu tomo conta deles.

— Então me promete que, se acharem mesmo alguma coisa, vocês vão deixar os especialistas cuidarem de tudo — disse Claire.

Mãe, pensou Joe, *acho que talvez* nós *é que sejamos os especialistas*. Mas não disse. Sabia que isso a preocuparia ainda mais.

— Falou — disse Benny, e ergueu a mão outra vez. — Toca aqui de novo, mãe do meu...

Dessa vez ela ficou com as duas mãos no retrato.

— Adoro você, Benny, mas às vezes você cansa.

Ele deu um sorriso triste.

— A minha mãe diz exatamente a mesma coisa.

5

Joe e os amigos andaram morro abaixo até o coreto que ficava no meio da praça. Atrás deles, o riacho Prestile murmurava. Agora estava baixo, represado pela Redoma onde entrava em Chester's Mill, a noroeste. Se a Redoma ainda estivesse no lugar amanhã, Joe achou que ele não passaria de um lamaçal.

— Ok — disse Benny. — Chega de andar à toa. Hora dos jiraias do skate salvarem Chester's Mill. Vamos ligar o brinquedinho.

Com cuidado (e verdadeira reverência), Joe ergueu o contador Geiger da sacola. A bateria que o alimentava era um soldado morto há muito tempo, e os terminais tinham uma camada grossa de gosma grudenta, mas um pouco de bicarbonato resolvera a corrosão, e Norrie descobrira não uma, mas três baterias de seis volts no armário de ferramentas do pai.

— Ele é meio maníaco nisso de pilhas e baterias — confidenciara a garota — e vai se matar tentando aprender a andar de skate, mas eu adoro ele.

Joe pôs o polegar no interruptor e depois os olhou de cara feia.

— Sabem, essa coisa pode não ler nadica de nada em todos os lugares aonde formos e ainda ser um gerador, só não ser um gerador que emita ondas alfa ou be...

— *Liga* isso, pelo amor de Deus! — disse Benny. — O suspense está me matando.

— Ele tem razão — disse Norrie. — Liga isso.

Mas havia algo interessante. Tinham testado o contador Geiger várias vezes em volta da casa de Joe e funcionara bem; quando o testaram num relógio velho com mostrador fluorescente, a agulha deu um bom sacolejo. Todos se revezaram. Mas agora que estavam na rua — em campo, por assim dizer —, Joe se sentia paralisado. Havia suor na testa. Dava para sentir as gotas se formarem e se preparem para escorrer.

Poderia ter ficado ali parado um bom tempo se Norrie não pusesse a mão sobre a dele. Depois, Benny acrescentou a sua. Os três terminaram ligando o interruptor juntos. A agulha do mostrador de CONTAGEM POR SEGUNDO pulou imediatamente para +5, e Norrie apertou o ombro de Joe. Depois, se acomodou em +2 e ela relaxou a mão. Não tinham experiência com contadores de radiação, mas todos adivinharam que só estavam vendo a contagem de fundo.

Lentamente, Joe andou em volta do coreto, estendendo o tubo Geiger-Müller com o seu fio espiralado de telefone. A lâmpada de ligado brilhava alaranjada e a agulha balançava um pouquinho de vez em quando, mas em geral ficava perto do zero do mostrador. Os pulinhos que viam provavelmente eram causados pelos seus próprios movimentos. Joe não se surpreendeu — parte dele sabia que não seria assim tão fácil —, mas, ao mesmo tempo, ficou amargamente desapontado. Era realmente extraordinário como o desapontamento e a falta de surpresa se complementavam tão bem, eram como gêmeos idênticos.

— Deixa comigo — disse Norrie. — Talvez eu tenha mais sorte.

Ele entregou o aparelho sem protestar. Pela hora seguinte, eles percorreram a praça da cidade em todas as direções, se revezando com o contador Geiger. Viram um carro entrar na rua Mill, mas não notaram Junior Rennie, que estava novamente se sentindo melhor, atrás do volante. Nem ele os notou. Uma ambulância desceu correndo o morro da praça da Cidade na direção do Food City, com as luzes piscando e a sirene aos gritos. Isso eles olharam por algum tempo, mas estavam novamente absorvidos quando Junior reapareceu pouco depois, dessa vez atrás do volante do Hummer do pai.

Nunca usaram o Frisbee que tinham levado como camuflagem; estavam preocupados demais. Também não teve importância. Poucos moradores da cidade que iam para casa se deram ao trabalho de olhar a praça. Alguns estavam machucados. A maioria levava alimentos libertados, e alguns empurravam carrinhos de compras cheios. Quase todos pareciam envergonhados.

Ao meio-dia, Joe e os amigos estavam prestes a desistir. Também estavam com fome.

— Vamos lá pra casa — disse Joe. — Mamãe prepara alguma coisa pra gente comer.

— Ótimo — disse Benny. — Tomara que seja chop suey. O chop suey da sua mãe é irado.

— Podemos atravessar a Ponte da Paz e tentar o outro lado primeiro? — perguntou Norrie.

Joe deu de ombros.

— Tudo bem, mas lá só tem árvores. Além disso, vamos nos afastar do centro.

— É, mas... — Ela se calou.

— Mas o quê?

— Nada. Só uma ideia. Provavelmente estúpida.

Joe olhou para Benny. Benny deu de ombros e entregou à amiga o contador Geiger.

Eles voltaram à Ponte da Paz e passaram por baixo da frouxa fita da polícia. A passagem estava escura, mas não escura demais para impedir que Joe olhasse por cima do ombro de Norrie e visse a agulha do contador se agitar quando passaram pelo meio, caminhando em fila indiana para não forçar demais as tábuas apodrecidas sob os pés. Quando saíram do outro lado, uma placa informava VOCÊ ESTÁ SAINDO DA PRAÇA DA CIDADE DE CHESTER'S MILL, CRIADA EM 1808. Um caminho muito usado subia uma elevação cheia de carvalhos, freixos e bétulas. A folhagem de outono pendia mole, parecendo triste e não alegre.

Quando chegaram ao sopé do caminho, a agulha do mostrador CONTAGEM POR SEGUNDO estava entre +5 e +10. Além de +10, a calibragem do medidor subia rapidamente para +500 e depois para +1.000. A parte superior do mostrador estava marcada em vermelho. A agulha estava a quilômetros de lá, mas Joe tinha certeza de que a posição atual indicava mais do que só a contagem de fundo.

Benny olhava a agulha que tremia de leve, mas Joe olhava Norrie.

— No que você está pensando? — perguntou. — Não fica com medo de dizer, porque afinal de contas a ideia não parece nada estúpida.

— Não — concordou Benny. Ele deu um tapinha no mostrador CONTAGEM POR SEGUNDO. A agulha pulou e depois parou em +7 ou +8.

— Fiquei pensando que um gerador e um transmissor são praticamente a mesma coisa — disse Norrie. — E transmissores não precisam ficar no meio, só no alto.

— A torre da CIK não — disse Benny. — Fica numa clareira, transmitindo o Jesus. Já vi.

— É, mas essa coisa é, tipo assim, superpoderosa — respondeu Norrie. — O meu pai disse que tem 100 mil watts ou coisa assim. Talvez o que a gente esteja procurando tenha um alcance menor. Aí pensei: "Qual é a parte mais alta da cidade?"

— Serra Negra — disse Joe.

— Serra Negra — concordou ela, e ergueu o punho fechado.

Joe bateu no punho dela e apontou.

— Três quilômetros pra lá. Talvez 4. — Ele virou o tubo Geiger-Müller naquela direção e todos observaram, fascinados, a agulha chegar a +10.

— Caralho — disse Benny.

— Não, obrigada — disse Norrie. Dura como sempre... mas corando. Só um pouquinho.

— Tem um velho pomar lá na estrada da Serra Negra — disse Joe. — Dá pra ver Mill inteira de lá — o TR-90 também. Ao menos é o que o meu pai diz. Pode estar lá. Norrie, você é um gênio. — No fim das contas, ele não teve de esperar que ela o beijasse. Ele fez as honras, embora não ousasse mais do que o canto da boca da garota.

Ela pareceu gostar, mas ainda havia uma linha franzida entre os olhos.

— Talvez não seja nada. A agulha não está exatamente enlouquecendo. Podemos ir até lá de bicicleta?

— Claro! — disse Joe.

— Depois do almoço — acrescentou Benny. Ele se considerava o mais prático.

6

Enquanto Joe, Benny e Norrie almoçavam na casa dos McClatchey (era mesmo chop suey) e Rusty Everett, com a ajuda de Barbie e de duas adolescentes, tratava as baixas do saque do supermercado no Cathy Russell, Big Jim Rennie estava sentado no escritório, repassando uma lista e marcando os itens solucionados.

Viu o seu Hummer entrar diante da casa e marcou mais um item: Brenda desovada com os outros. Achou que estava pronto — o mais pronto possível, ao menos. E mesmo que a Redoma sumisse naquela tarde, achou que estava a salvo.

Junior entrou e largou as chaves do Hummer na escrivaninha de Big Jim. Estava pálido e, mais do que nunca, precisava se barbear, mas não parecia mais o cão chupando manga. O olho esquerdo estava vermelho, mas não chamejante.

— Tudo pronto, filho?

Junior fez que sim.

— A gente vai pra cadeia? — Ele falava com uma curiosidade quase desinteressada.

— Não — disse Big Jim. A ideia de que poderia ir para a cadeia jamais lhe passara pela cabeça, nem quando a bruxa Perkins aparecera ali e começara a fazer acusações. Sorriu. — Mas o Dale Barbara vai.

— Ninguém vai acreditar que ele matou Brenda Perkins.

Big Jim continuou a sorrir.

— Vão, sim. Estão assustados e vão acreditar. É assim que funciona.

— Como você sabe?

— Porque eu estudo História. Você devia experimentar algum dia.

Estava na ponta da língua perguntar a Junior por que saíra de Bowdoin — largara, fora reprovado ou fora expulso? Mas não era hora nem lugar. Em vez disso, perguntou ao filho se estava disposto a cumprir mais uma missão.

Junior esfregou a têmpora.

— Acho que sim. Perdido por um, perdido por mil.

— Você vai precisar de ajuda. Acho que podia levar Frank, mas prefiro o garoto Thibodeau, se ele hoje já estiver andando. Mas não o Searles. Um bom rapaz, mas estúpido.

Junior nada disse. Big Jim se perguntou de novo o que haveria com o filho. Mas será que queria mesmo saber? Talvez quando a crise passasse. Enquanto isso, havia panelas e frigideiras demais no fogão, e logo o jantar seria servido.

— O que você quer que eu faça?

— Deixa eu verificar uma coisa antes.

Big Jim pegou o celular. Toda vez que fazia isso, esperava achá-lo tão inútil quanto tetas num touro, mas ainda funcionava. Ao menos para ligações dentro da cidade, que para ele era só o que importava. Escolheu a delegacia. Tocou três vezes na sede da polícia até que Stacey Moggin atendeu. A voz dela estava estressada, bem diferente do jeito profissional de sempre. Big Jim não se surpreendeu, dadas as festividades da manhã; dava para ouvir um belo alvoroço ao fundo.

— Polícia — disse ela. — Se não for emergência, por favor tente mais tarde. Estamos muito ocup...

— É Jim Rennie, meu bem. — Ele sabia que Stacey detestava ser chamada de *meu bem*. E era por isso que ele a chamava assim. — Vai chamar o chefe. Xô-xô.

— Agora ele está tentando separar uma briga na frente da recepção — disse ela. — Talvez o senhor pudesse ligar dep...

— Não, não posso ligar depois — disse Big Jim. — Você acha que eu ligaria se não fosse importante? Vai até lá, meu bem, e joga spray de pimenta no mais agressivo. Depois mande o Pete ao escritório pra...

Ela não o deixou terminar e também não o deixou na espera. O fone bateu na mesa com barulho. Big Jim não se abateu; quando implicava com alguém, gostava de saber que estava conseguindo. A distância, ouviu alguém chamar alguém de ladrão filhodaputa. Isso o fez sorrir.

Um instante depois foi posto na espera, sem que Stacey se desse ao trabalho de informar. Por algum tempo, Big Jim ficou ouvindo conselhos sensatos. Depois, atenderam ao telefone. Era Randolph, parecendo sem fôlego.

— Fala depressa, Jim, porque isso aqui está um hospício. Os que não foram pro hospital com costelas quebradas parecem uns marimbondos enlouquecidos. Todos jogam a culpa uns nos outros. Estou tentando não encher as celas lá embaixo, mas parece que metade quer ir pra lá.

— Aumentar o tamanho da tropa lhe parece uma ideia melhor hoje, chefe?

— Jesus Cristo, claro. Levamos uma surra. Estou com um policial novo — aquela moça Roux — no hospital com toda a parte de baixo do rosto quebrada. Parece a noiva de Frankenstein.

O sorriso de Big Jim se alargou. Sam Verdreaux conseguira. Mas é claro que era outro aspecto de estar *sentindo*; quando a gente *tinha que* passar a bola, naquelas ocasiões pouco frequentes em que não podíamos lançá-la pessoalmente, sempre a passávamos para a pessoa certa.

— Alguém acertou ela com uma pedra. Mel Searles também. Ficou um tempo desmaiado, mas parece que já melhorou. Mas foi feio. Mandei ele pra ser remendado no hospital.

— Bem, isso é lamentável — disse Big Jim.

— Alguém atacou diretamente os meus policiais. Mais de *um* alguém, acho. Big Jim, será que nós conseguimos mesmo mais voluntários?

— Acho que você vai encontrar muitos recrutas dispostos entre os melhores jovens desta cidade — disse Big Jim. — Na verdade, conheço vários na congregação do Sagrado Redentor. Os filhos dos Killian, por exemplo.

— Jim, os meninos Killian são mais burros do que portas.

— Eu sei disso, mas também são fortes e sabem obedecer. — Ele fez uma pausa. — Também sabem atirar.

— Vamos armar os novos policiais? — Randolph parecia em dúvida e esperançoso ao mesmo tempo.

— Depois do que aconteceu hoje? É claro. Estava pensando em dez ou 12 jovens bons, de confiança, pra começar. Frank e Junior podem ajudar a escolher. E vamos precisar de mais se essa situação não se resolver até semana que vem. Pague com vales. Deixe que eles escolham primeiro os suprimentos, se e quando começar o racionamento. Eles e as famílias.

— Certo. Pode mandar o Junior pra cá? Frank está aqui, Thibodeau também. Ficou um tanto machucado no mercado e teve que trocar a atadura do ombro, mas está quase bom. — Randolph baixou a voz. — Ele disse que o Barbara trocou a atadura. E fez um bom serviço.

— Isso é fantástico, mas o nosso sr. Barbara não vai trocar ataduras por muito tempo. E eu tenho outro serviço pro Junior. Pro policial Thibodeau também. Mande ele pra cá.

— Por quê?

— Se você precisasse saber, eu lhe contaria. Basta mandar que ele venha pra cá. Junior e Frank podem fazer a lista dos possíveis recrutas mais tarde.

— Bom... Se é o que você... — Randolph foi interrompido por um novo alvoroço. Alguma coisa caiu ou foi jogada. Houve um barulhão quando algo se estilhaçou.

— *Parem com isso!* — berrou Randolph.

Sorrindo, Big Jim afastou o fone da orelha. Conseguia escutar perfeitamente mesmo assim.

— *Pega esses dois... esses dois não, seu idiota, os OUTROS dois... NÃO, não é pra prender! Quero todos eles fora daqui! Chuta a bunda deles se não forem embora de outro jeito!*

Um momento depois, ele falava de novo com Big Jim.

— Estou começando a esquecer por que eu quis esse emprego.

— Tudo vai se ajeitar — disse Big Jim para acalmá-lo. — Até amanhã você vai ter cinco novos funcionários, garanhões novos e jovens, e mais cinco na quinta-feira. Ao menos mais cinco. Agora manda o jovem Thibodeau pra cá. E vê se aquela cela no fundo do corredor está preparada pra um novo ocupante. O sr. Barbara vai usá-la a partir desta tarde.

— Sob que acusação?

— Que tal quatro assassinatos, mais incitar o saque ao supermercado local? Isso serve? — Ele desligou antes que Randolph respondesse.

— O que você quer que eu faça junto com o Carter? — perguntou Junior.

— Hoje à tarde? Primeiro, um pequeno reconhecimento e planos. Eu ajudo com os planos. Depois você participa da prisão do Barbara. Acho que vai gostar.

— Vou mesmo.

— Depois que o Barbara estiver no xadrez, você e o policial Thibodeau jantem direito, porque o verdadeiro serviço é hoje à noite.

— O quê?

— Pôr fogo na redação do *Democrata*, que tal?

Os olhos de Junior se arregalaram.

— Por quê?

A pergunta do filho foi uma decepção.

— Porque, para o futuro próximo, ter um jornal não é do interesse da cidade. Alguma objeção?

— Pai, já pensou que você pode estar maluco?

Big Jim fez que sim.

— Como uma raposa — respondeu.

7

— Tantas vezes eu estive nessa sala — disse Ginny Tomlinson com sua nova voz nebulosa — e nenhuma vez me imaginei na mesa.

— Mesmo que tivesse, não imaginaria ser tratada pelo cara que te serve bife com ovos de manhã.

Barbie tentava manter o bom humor, mas vinha remendando e fazendo curativos desde que chegara ao Cathy Russell na primeira corrida da ambulância, e estava cansado. Desconfiava que muito daquilo era estresse: estava apavorado, com medo de fazer alguém piorar em vez de melhorar. Via a mesma preocupação na cara de Gina Buffalino e Harriet Bigelow, e elas não tinham o relógio de Jim Rennie fazendo tique-taque na cabeça para agravar a situação.

— Acho que vai demorar até eu conseguir comer outro bife! — disse Ginny.

Rusty lhe ajeitara o nariz antes de cuidar dos outros pacientes. Barbie ajudara, segurando os lados da cabeça dela com o máximo de gentileza e murmurando palavras de encorajamento. Rusty tapou-lhe as narinas com gaze embebida em cocaína medicinal. Deu ao anestésico dez minutos para fazer efeito (aproveitando o tempo para tratar um pulso torcido e pôr uma atadura elástica no joelho inchado de uma obesa), depois puxou as tiras de gaze com pinças e pegou o bisturi. O auxiliar médico foi admiravelmente rápido. Antes que Barbie mandasse Ginny dizer *osso da sorte*, Rusty enfiara o cabo do bisturi na narina mais aberta, encostara-o no septo nasal e o usara como alavanca.

Como um homem soltando uma calota, pensou Barbie ao escutar o barulho miúdo mas perfeitamente audível do nariz de Ginny voltando a uma posição próxima do normal. Ela não gritou, mas as unhas abriram buracos no papel que cobria a mesa de exames, e lágrimas escorreram pelo rosto.

Agora estava calma — Rusty lhe dera dois Percocets —, mas ainda vazavam lágrimas do olho menos inchado. As bochechas estavam roxas e inchadas. Barbie achou que ela lembrava um pouco Rocky Balboa depois da luta com Apollo Creed.

— Veja o lado bom — disse ele.

— Existe?

— Com toda certeza. A moça Roux vai passar um mês tomando sopa e milk-shake.

— Georgia? Eu soube que ela foi atingida. Ela está mal?

— Vai sobreviver, mas vai demorar muito pra ficar bonita.

— Essa nunca seria a Miss Flor de Maçã. — E, falando mais baixo: — Era ela gritando?

Barbie fez que sim. Parecia que os uivos de Georgia tinham enchido todo o hospital.

— Rusty deu morfina, mas ela demorou muito tempo pra apagar. Deve ter a constituição de um cavalo.

— E a consciência de um crocodilo — acrescentou Ginny com a sua voz nebulosa. — Não desejo a ninguém o que aconteceu com ela, mas ainda é um argumento danado de bom a favor da compensação cármica. Há quanto tempo eu estou aqui? O meu maldito relógio quebrou.

Barbie olhou o seu.

— 14h30, agora. E acho que isso te deixa com umas cinco horas e meia no caminho da recuperação.

Ele girou os quadris, ouviu as costas estalarem e sentiu que se relaxavam um pouco. Concluiu que a canção de Tom Petty estava certa: a espera era a pior parte. Admitiu que se sentiria mais à vontade depois que estivesse mesmo numa cela. A menos que estivesse morto. A ideia de que talvez fosse conveniente matá-lo por resistir à prisão lhe passou pela cabeça.

— Por que você está sorrindo? — perguntou ela.

— Nada. — Ele ergueu as pinças. — Agora fica quieta e me deixa trabalhar. Quanto mais cedo a gente começa, mais cedo termina.

— Eu preciso me levantar pra ajudar.

— Se tentar, só vai conseguir cair direto no chão.

Ela olhou as pinças.

— Você sabe o que fazer com isso aí?

— Pode apostar. Ganhei medalha de ouro na Olimpíada de Remoção de Caquinhos de Vidro.

— O seu quociente de bobagens consegue ser mais alto que o do meu ex-marido.

Ela sorriu um pouco. Barbie achou que rir doía, mesmo com os analgésicos, e gostou dela por isso.

— Você não vai ser que nem aqueles médicos sacais que viram uns tiranos quando é a vez deles de serem tratados, vai? — perguntou ele.

— O dr. Haskell era assim. Uma vez ele enfiou uma lasca enorme na unha do polegar e, quando o Rusty se ofereceu pra tirar, o Mágico disse que queria um especialista.

Ela riu, fez uma careta e gemeu.

— Talvez você se sinta melhor se souber que o policial que te deu o soco levou uma pedra na cabeça.

— Mais carma. Ele está bem?

— Está.

Mel Searles saíra andando do hospital duas horas antes com uma atadura na cabeça.

Quando Barbie se inclinou na direção dela com as pinças, Ginny virou a cabeça instintivamente. Ele a girou de volta, apertando a mão, com a máxima gentileza, na bochecha menos inchada.

— Eu sei que você precisa fazer isso — disse ela. — É que eu sou que nem criança com os meus olhos.

— Com a força que ele te atingiu, ainda bem que o vidro está em volta e não dentro deles.

— Eu sei disso. Só não me machuca, tá?

— Tudo bem — disse ele. — Logo, logo você vai estar de pé, Ginny. Vou ser rápido.

Ele enxugou as mãos para ter certeza de que estavam secas (não quisera as luvas, não confiava nos dedos com elas) e se curvou. Havia talvez meia dúzia de caquinhos de lente quebrada dos óculos espalhados nas sobrancelhas e em volta dos olhos, mas o que mais o preocupava era uma adaga minúscula logo abaixo do canto do olho esquerdo. Barbie tinha certeza de que Rusty a teria tirado se tivesse visto, mas ele se concentrara no nariz dela.

Seja rápido, pensou. *Quem hesita acaba fodido.*

Ele puxou o caco com a pinça e o jogou numa vasilha de plástico na bancada. Uma miçanguinha de sangue se formou no local onde estivera. Ele soltou a respiração.

— Tudo certo. O resto não é nada. Mar de almirante.

— Deus te ouça — disse Ginny.

Ele acabara de remover o último caco quando Rusty abriu a porta da sala de exames e disse a Barbie que precisava de uma ajudinha. O auxiliar médico segurava numa das mãos uma latinha de pastilhas para a garganta Sucrets.

— Ajuda com o quê?

— Uma hemorroida que anda feito homem — disse Rusty. — Essa ferida anal quer ir embora com o lucro desonesto dele. Em circunstâncias normais, eu adoraria ver aquelas costas miseráveis saírem pela porta, mas agora ele pode nos ser útil.

— Ginny? — perguntou Barbie. — Você está bem?

Ela fez um aceno na direção da porta. Ele chegara até lá, indo atrás de Rusty, quando ela chamou:

— Ei, bonitão.

Ele se virou e ela lhe jogou um beijo.

Barbie o pegou.

8

Só havia um dentista em Chester's Mill. O nome dele era Joe Boxer. O consultório ficava no fim da travessa Strout, onde a sala de atendimento tinha uma bela vista do riacho Prestile e da Ponte da Paz. O que era bom se você estivesse sentado. A maioria dos visitantes dessa sala ficava reclinada, só tendo para olhar as várias dúzias de fotos do chihuahua de Joe Boxer coladas no teto.

— Numa delas, parece que a porra do cachorro está soltando um barro — disse Dougie Twitchell a Rusty depois de uma visita. — Talvez seja só o jeito que aquele tipo de cachorro senta, mas eu acho que não. Eu acho que passei meia hora olhando um trapo com olhos cagar enquanto o Box arrancava dois sisos do meu maxilar. Com uma chave de fenda, foi o que pareceu.

A placa pendurada na frente do consultório do dr. Boxer parecia um calção de basquete com tamanho suficiente para caber num gigante de contos de fadas. Era vistosa, pintada de verde e amarelo — as cores dos Mills Wildcats. A placa dizia JOSEPH BOXER, DENTISTA. E embaixo: **BOXER É RÁPIDO!** E ele era bastante rápido, todos concordavam, mas não aceitava plano de saúde, só pagamento em dinheiro. Se um lenhador chegasse com as gengivas supuradas e as bochechas inchadas como as de um esquilo com a boca cheia de nozes e começasse a falar do seu plano odontológico, Boxer lhe diria que fosse buscar o dinheiro com a Anthem ou a Blue Cross ou qualquer que fosse o plano e depois o procurasse.

Uma pequena concorrência na cidade talvez o obrigasse a aliviar essa política draconiana, mas a meia dúzia que tentou se lançar em Mill desde o início dos anos 90 tinha desistido. Especulava-se, sem nenhuma prova, que Jim Rennie, bom amigo de Joe Boxer, talvez tivesse algo a ver com a escassez de concorrência. Enquanto isso, podia-se ver Boxer passeando todo dia no seu Porsche com um adesivo que dizia O MEU OUTRO CARRO *TAMBÉM* É PORSCHE!

Enquanto Rusty descia o corredor com Barbie atrás, Boxer seguia para a porta principal. Ou tentava; Twitch o segurava pelo braço. Pendurado no outro braço do dr. Boxer havia uma cesta cheia de waffles Eggo. Nada mais; só pacotes e pacotes de Eggo. Barbie se perguntou, não pela primeira vez, se não estaria caído na vala que passava atrás do estacionamento do Dipper's, surrado até desmaiar e com um terrível pesadelo de cérebro lesado.

— *Não* vou ficar! — gania Boxer. — Tenho que levar isso aqui pro freezer lá de casa! O que você quer não tem quase nenhuma chance de dar certo, então tira as mãos de mim.

Barbie observou a borboleta de curativo que dividia ao meio uma das sobrancelhas de Boxer e a atadura maior no antebraço direito. Parecia que o dentista travara um bom combate pelos seus waffles congelados.

— Fala pra esse brutamontes tirar as mãos de mim — disse ao ver Rusty. — Já fui tratado e agora vou pra casa.

— Ainda não — disse Rusty. — Você foi tratado de graça, e agora eu espero que retribua.

Boxer era um homem miúdo de 1,62m, mas esticou-se ao máximo e encheu o peito.

— Quem espera nunca alcança. Não vejo como trocar cirurgia bucal, que, aliás, o estado do Maine não me credenciou a fazer, por um par de ataduras. Eu trabalho pra viver, Everett, e pretendo ser pago pelo meu trabalho.

— Você será pago no céu — disse Barbie. — Não é o que o seu amigo Rennie diria?

— Ele não tem nada a ver com...

Barbie se aproximou um passo e espiou a cesta de compras de plástico verde de Boxer. As palavras **PROPRIEDADE DE FOOD CITY** estavam impressas na alça. Boxer tentou, sem muito sucesso, esconder dele a cesta.

— Por falar em pagamento, você pagou por esses waffles?

— Não seja ridículo. Todo mundo estava levando tudo. Tudo o que *eu* peguei foi isso. — Desafiador, encarou Barbie. — Tenho um freezer muito grande e por acaso adoro waffles.

— "Todo mundo estava levando tudo" não será uma boa defesa se você for acusado de saque — disse Barbie pacificamente.

Para Boxer, era impossível se erguer ainda mais, mas ele conseguiu. O rosto estava tão vermelho que ficara quase roxo.

— Então me leva ao tribunal! *Que* tribunal? Caso encerrado. Rá!

Começou a dar as costas de novo. Barbie estendeu a mão e o segurou, não pelo braço, mas pela cesta.

— Só vou confiscar isso aqui, então, certo?

— Você não pode fazer isso!

— Não? Então me leva ao tribunal. — Barbie sorriu. — Ah, esqueci... *que* tribunal?

O dr. Boxer o olhou com raiva, os lábios repuxados para mostrar a ponta dos dentinhos perfeitos.

— Vamos assar esses waffles velhos lá no refeitório — disse Rusty. — Nham! Delícia!

— É, enquanto temos eletricidade pra isso — murmurou Twitch. — Depois podemos espetá-los no garfo e assar no incinerador lá atrás.

— Vocês não podem fazer isso!

— Vou ser perfeitamente claro — disse Barbie. — A menos que você faça o que Rusty quer, eu não tenho a mínima intenção de largar os seus Eggos.

Chaz Bender, que tinha um band-aid na ponte do nariz e outro no lado do pescoço, riu. Sem muita gentileza.

— Paga logo, doutor! — gritou. — Não é isso que o senhor sempre diz?

Boxer pôs os olhos raivosos primeiro em Bender, depois em Rusty.

— O que você quer é quase impossível de dar certo. Isso você devia saber.

Rusty abriu a caixa de Sucrets e a estendeu. Lá dentro, havia seis dentes.

— Torie McDonald catou esses aqui no lado de fora do supermercado. Ela ficou de joelhos e meteu os dedos nas poças de sangue da Georgia Roux pra encontrar. E se quer comer Eggos no café da manhã em um futuro próximo, doutor, é bom colocar eles de volta na cabeça da Georgia.

— E se eu simplesmente for embora?

Chaz Bender, o professor de história, avançou um passo. Os punhos estavam fechados.

— Nesse caso, meu amigo mercenário, vou lhe dar uma bela surra no estacionamento.

— Eu ajudo — disse Twitch.

— Eu não ajudo — disse Barbie —, mas assisto.

Houve risos e alguns aplausos. Barbie, ao mesmo tempo, se divertia e se enojava.

Os ombros de Boxer arriaram. De repente, era apenas um homenzinho no meio de uma situação grande demais para ele. Pegou a caixa de Sucrets e olhou para Rusty.

— Um cirurgião-dentista trabalhando em condições ótimas talvez conseguisse reimplantar os dentes, e eles podem até se enraizar, embora ele deva tomar cuidado pra não dar garantias ao paciente. Se eu fizer isso, ela vai ter sorte se conseguir um ou dois de volta. O mais provável é que caiam na traqueia e ela sufoque.

Uma mulher robusta com muito cabelo ruivo chamejante empurrou Chaz Bender com os ombros.

— Vou ficar com ela e cuidar pra que isso não aconteça. Eu sou a mãe dela.

O dr. Boxer deu um suspiro.

— Ela está inconsciente?

Antes que ele pudesse continuar, dois carros da polícia de Chester's Mill, um deles o carro verde do chefe, pararam na entrada. Freddy Denton, Junior Rennie, Frank DeLesseps e Carter Thibodeau saíram do carro da frente. O chefe Randolph e Jackie Wettington saíram do carro do chefe. A mulher de Rusty saiu do banco de trás. Todos estavam armados e, quando se aproximaram da porta principal do hospital, puxaram as armas.

A pequena multidão que assistira ao confronto com Joe Boxer se afastou murmurando, alguns esperando, sem dúvida, serem presos por roubo.

Barbie se virou para Rusty Everett.

— Olha pra mim — disse.

— Como assim...

— Olha pra mim! — Barbie ergueu os braços, girando-os para mostrar os dois lados. Depois, levantou a camiseta, mostrando primeiro a barriga plana, depois virando para exibir as costas. — Está vendo marcas? Hematomas?

— Não...

— Garanta que *eles* fiquem cientes disso — disse Barbie.

Ele só teve tempo para isso. Randolph comandou os seus policiais porta adentro.

— Dale Barbara? Um passo à frente.

Antes que Randolph erguesse a arma e a apontasse para ele, Barbie obedeceu. Porque acidentes acontecem. Às vezes de propósito.

Barbie viu a perplexidade de Rusty e gostou ainda mais dele pela inocência. Viu Gina Buffalino e Harriet Bigelow de olhos arregalados. Mas sua atenção estava mais voltada para Randolph e seus reforços. Todos os rostos estavam pétreos, mas nos de Thibodeau e DeLesseps ele viu inegável satisfação. Para eles, era a retribuição pela noite no Dipper's. E a vingança seria maligna.

Rusty ficou na frente de Barbie, como se o protegesse.

— Não faz isso — murmurou Barbie.

— Rusty, *não*! — gritou Linda.

— Peter? — perguntou Rusty. — O que houve? Barbie está ajudando, e vem fazendo um serviço danado de bom.

Barbie ficou com medo de afastar para o lado o grande auxiliar médico e até de tocá-lo. Em vez disso, ergueu as mãos, bem devagar, com as palmas para fora.

Quando viram os braços dele subirem, Junior e Freddy Denton foram até Barbie, e depressa. No caminho, Junior esbarrou em Randolph, e a Beretta fechada no punho do chefe disparou. O som foi ensurdecedor na área da recepção. A bala entrou no chão a menos de 10 centímetros do sapato direito de Randolph, fazendo um buraco surpreendentemente grande. O cheiro de pólvora foi imediato e espantoso.

Gina e Harriet gritaram e dispararam pelo corredor principal abaixo, pulando agilmente por cima de Joe Boxer, que engatinhava de cabeça baixa, com o cabelo normalmente arrumado caído no rosto. Brendan Ellerbee, que fora tratar o queixo levemente deslocado, chutou o antebraço do dentista quando ele passou veloz. A caixa de Sucrets caiu da mão de Boxer, bateu na mesa da recepção e voou aberta, espalhando os dentes que Torie McDonald catara com tanto cuidado.

Junior e Freddy agarraram Rusty, que não fez esforço para lutar contra eles. Parecia totalmente confuso. Empurraram-no para o lado. Rusty saiu aos trambolhões pelo saguão, tentando se manter de pé. Linda o agarrou e os dois caíram juntos no chão.

— *Que merda é essa?* — rugia Twitch. — *Qual é a merda?*

Carter Thibodeau, mancando de leve, se aproximou de Barbie, que viu que ele vinha mas manteve as mãos para cima. Baixá-las poderia fazer com que o matassem. E talvez não só ele. Agora que uma arma disparara, a possibilidade de outras dispararem era muito maior.

— Olá, chefe — disse Carter. — Andou fazendo travessuras, hein? — Deu um soco no estômago de Barbie.

Barbie tensionara os músculos prevendo o golpe, mas ainda assim se dobrou ao meio. O filhodamãe era forte.

— *Para com isso!* — rugiu Rusty. Ainda parecia perplexo, mas agora também estava zangado. — *Para com isso agora mesmo!*

Tentou se levantar, mas Linda pôs os dois braços em torno dele e o segurou.

— Não — disse ela. — Não, ele é perigoso.

— *O quê?* — Rusty virou a cabeça e a fitou com descrença. — Está *maluca*?

Barbie ainda estava com as mãos para cima, mostrando-as para os policiais. Curvado para a frente como estava, parecia fazer salamaleques.

— Thibodeau — disse Randolph. — Pra trás. Já basta.

— Larga essa arma, seu idiota! — gritou Rusty para Randolph. — Quer matar alguém?

Randolph lhe deu um breve olhar de desdém e se virou para Barbie.

— Endireite-se, filho.

Barbie se endireitou. Doeu, mas conseguiu. Sabia que, se não tivesse se preparado para o soco de Thibodeau na barriga, estaria encolhido no chão, tentando respirar. E será que Randolph teria tentado chutá-lo para ficar de pé? Os outros policiais ajudariam, apesar dos espectadores no saguão, alguns dos quais voltavam para ver melhor? É claro, porque estavam de sangue quente. Era assim que funcionava.

— Você está preso pelos assassinatos de Angela McCain, Doreen Sanders, Lester A. Coggins e Brenda Perkins — disse Randolph.

Todos os nomes atingiram Barbie, mas o último bateu com mais força. O último foi um soco. Aquela mulher tão doce. Ela esquecera de tomar cuidado. Barbie não podia culpá-la — ela ainda estava com profundo pesar pelo marido —, mas podia culpar a si mesmo por deixá-la procurar Rennie. Por encorajá-la.

— O que houve? — perguntou a Randolph. — Pelo amor de Deus, o que vocês fizeram?

— Como se você não soubesse — disse Freddy Denton.

— Que tipo de maluco você é? — perguntou Jackie Wettington. O rosto dela era uma máscara contorcida de ódio, os olhos miúdos de raiva.

Barbie ignorou os dois. Fitava o rosto de Randolph com as mãos ainda erguidas acima da cabeça. Bastava uma desculpa mínima e cairiam sobre ele. Até Jackie, em geral a mais agradável das mulheres, poderia participar, embora com ela fosse ser preciso uma razão em vez de uma mera desculpa. Ou talvez não. Às vezes, até gente boa explode.

— Uma pergunta melhor — disse ele a Randolph — é o que você deixou o Rennie fazer. Porque essa sujeira é dele, e você sabe disso. Dá pra sentir o dedo dele por toda parte.

— Calado. — Randolph virou-se para Junior. — Põe as algemas nele.

Junior estendeu as mãos para Barbie, mas, antes que pudesse tocar o punho erguido, Barbie pôs as mãos para trás e se virou. Rusty e Linda Everett ainda estavam no chão, Linda com os braços em volta do peito do marido num restritivo abraço de urso.

— Fique lembrado — disse Barbie a Rusty quando lhe puseram as algemas plásticas... e quando foram apertadas até entrar na pouca carne acima do pulso.

Rusty se levantou. Quando Linda tentou segurá-lo, ele a empurrou e lhe deu um olhar que ela nunca vira. Havia dureza nele, e reprovação, mas também havia pena.

— Peter — disse ele, e quando Randolph começou a se virar para o outro lado, ergueu a voz num grito. — *Estou falando com você!* Olha pra mim quando eu falar!

Randolph se virou. O rosto dele era de pedra.

— Ele sabia que você estava vindo aqui pra buscá-lo.

— Claro que sabia — disse Junior. — Pode ser maluco, mas não é burro.

Rusty não deu atenção a isso.

— Ele me mostrou os braços, o rosto, levantou a camisa pra mostrar o peito e as costas. Não tem nenhuma marca, a não ser o hematoma onde o Thibodeau deu o soco.

— Três mulheres? — disse Carter. — Três mulheres e um *pastor*? Ele mereceu.

Rusty não tirou os olhos de Randolph.

— Isso é armação.

— Com todo o respeito, Eric, esse não é o seu departamento — disse Randolph. Pusera a arma no coldre. O que foi um alívio.

— É verdade — disse Rusty. — Eu sou um remendão, não sou policial nem advogado. O que eu estou dizendo é que, se eu o vir de novo enquanto estiver sob a sua custódia e ele estiver com um monte de cortes e hematomas, que Deus te ajude.

— O que você vai fazer, chamar a União da Liberdade Civil? — perguntou Frank DeLesseps. Os lábios estavam brancos de fúria. — O seu amigo aqui surrou quatro pessoas até a morte. O pescoço de Brenda Perkins estava quebrado. Uma das moças era a minha noiva e ela foi sexualmente molestada. Provavelmente depois de morrer, assim como antes, é o que parece.

A maior parte da multidão que fugira com o tiro voltara para assistir, e agora subia dela um gemido suave e horrorizado.

— É esse o cara que você está defendendo? Você também devia ir pra cadeia!

— Frank, cala a boca! — disse Linda.

Rusty olhou Frank DeLesseps, o garoto de quem cuidara quando tivera catapora e sarampo, piolhos que pegara no acampamento de verão, o pulso quebrado quando se jogara na segunda base, e certa vez, quando tinha 12 anos, um caso especialmente grave de contato com hera venenosa. Viu muito pouca semelhança entre aquele menino e este homem.

— E se eu for preso? E daí, Frankie? E se a sua mãe tiver outra crise de vesícula, como no ano passado? Espero a hora da visita na cadeia pra cuidar dela?

Frank avançou, erguendo a mão para um tapa ou um soco. Junior o segurou.

— Ele vai ter o que merece, não se preocupe. Todos do lado de Barbara vão ter. Tudo a seu tempo.

— Lado? — Rusty parecia sinceramente perplexo. — Do que você está falando, *lados*? Isso aqui não é uma porra de jogo de futebol.

Junior sorriu como se soubesse um segredo.

Rusty se virou para Linda.

— São os seus parceiros que estão falando. Você gosta desse jeito de falar?

Por um momento, ela não conseguiu olhar para ele. Depois, com um esforço, olhou.

— Estão furiosos, é só isso, e eu acho que eles têm razão. Eu também estou. Quatro pessoas, Eric, não ouviu? Ele matou quatro pessoas e é quase certo que estuprou ao menos duas das mulheres. Eu ajudei a tirar elas do carro na funerária Bowie. Vi as manchas.

Rusty balançou a cabeça.

— Eu acabei de passar a manhã com ele e só o vi ajudar os outros sem machucar ninguém.

— Deixa pra lá — disse Barbie. — Calma, grandalhão. Não é ho...

Junior o cutucou na costela. Com força.

— Você tem o direito de permanecer calado, babacão.

— Foi ele — disse Linda. Ela estendeu a mão para Rusty, viu que ele não ia pegá-la e a deixou cair junto ao corpo. — Acharam as placas de identificação dele na mão da Angie McCain.

Rusty ficou sem fala. Só conseguiu observar Barbie ser empurrado até o carro do chefe e trancado no banco de trás, com as mãos ainda algemadas às costas. Houve um momento em que os olhos de Barbie encontraram os de Rusty. Barbie balançou a cabeça. Uma vez só, mas com força e firmeza.

Então foi levado embora.

Houve silêncio no saguão. Junior e Frank tinham ido com Randolph. Carter, Jackie e Freddy Denton seguiram para o outro carro. Linda ficou olhando o marido com súplica e raiva. Então a raiva sumiu. Ela deu um passo na direção dele, erguendo os braços, querendo ser abraçada, mesmo que só por uns segundos.

— Não — disse ele.

Ela parou.

— O que *deu* em você?

— O que deu em *você*? Não viu o que acabou de acontecer aqui?

— Rusty, ela estava segurando a *identificação* dele!

Ele concordou com a cabeça, devagar.

— Conveniente, não acha?

O rosto dela, que estivera ao mesmo tempo ferido e esperançoso, agora ficou paralisado. Ela notou que os braços ainda estavam estendidos para ele e os baixou.

— Quatro pessoas — disse ela —, três surradas a ponto de ficarem desfiguradas. Os lados *existem*, e você precisa pensar bem de que lado está.

— Você também, querida — disse Rusty.

Lá fora, Jackie chamou:

— Linda, vamos!

De repente, Rusty percebeu que tinha plateia e que muitos ali tinham votado várias vezes em Jim Rennie.

— Pensa bem, Lin. E pensa em pra quem Pete Randolph trabalha.

— *Linda!* — chamou Jackie.

Linda Everett saiu de cabeça baixa. Não olhou para trás. Rusty ficou bem até ela entrar no carro. Então começou a tremer. Achou que, se não se sentasse logo, cairia.

Uma mão pousou no seu ombro. Era Twitch.

— Tudo bem, chefe?

— Tudo. — Como se dizer isso fizesse ficar bem. Barbie fora levado para a cadeia e ele tivera a primeira verdadeira discussão com a mulher em... quanto tempo? Quatro anos? Mais provavelmente, seis. Não, ele não estava bem.

— Uma pergunta — disse Twitch. — Se essa gente foi assassinada, pra que levaram os corpos até a Funerária Bowie em vez de trazer pra cá e fazer autópsia? De quem foi essa ideia?

Antes que Rusty pudesse responder, as luzes se apagaram. O gerador do hospital ficara finalmente sem combustível.

9

Depois de observá-los limpar até o fim o chop suey (que continha a última carne moída), Claire fez um sinal para que as três crianças ficassem em pé diante dela na cozinha. Ela os olhou solenemente, e eles retornaram o olhar — tão jovens e assustadoramente decididos. Então, com um suspiro, entregou a Joe a mochila. Benny espiou lá dentro e viu três sanduíches de geleia com manteiga de amendoim, três ovos cozidos recheados, três garrafas de chá Snapple com suco de fruta e meia dúzia de biscoitos de aveia e passas. Embora ainda de barriga cheia, ele se alegrou.

— Excelentíssima, sra. McC! A senhora é uma verdadeira...

Ela não ligou; toda a sua atenção estava fixada em Joe.

— Eu entendi que isso pode ser importante, e vou junto. Posso até levar vocês até lá, se...

— Não precisa, mãe — disse Joe. — É um passeio tranquilo.

— Seguro, também — acrescentou Norrie. — Não tem quase ninguém na rua.

Os olhos de Claire estavam fixos nos do filho, com o Olhar Fatal das Mães.

— Quero duas promessas. Primeira, que vocês vão voltar pra casa antes de escurecer... e isso não quer dizer a última luz do crepúsculo, quer dizer com o sol ainda no céu. Segunda, se acharem mesmo alguma coisa, marquem o lugar e deixem tudo *absoluta e completamente* pra lá. Admito que vocês três possam ser as melhores pessoas pra procurar esse sei-lá-o-quê, mas cuidar disso é trabalho de adulto. Então, vocês me dão a sua palavra? Prometam, senão eu vou ter que ir junto como acompanhante.

Benny ficou em dúvida.

— Nunca desci a estrada da Serra Negra, sra. McC, mas eu já passei por lá. Acho que o seu Civic, tipo assim, não ia dar muita conta do serviço.

— Então prometam, ou vocês não vão sair daqui. Que tal?

Joe prometeu. Os outros dois também. Norrie chegou a fazer o sinal da cruz. Joe começou a pôr a mochila no ombro. Claire enfiou nela o celular.

— Não perde isso, menino.

— Não vou perder, mãe. — Joe estava num pé e noutro, ansioso para ir embora.

— Norrie? Posso confiar que você vai segurar as rédeas se esses dois enlouquecerem?

— Pode, senhora — respondeu Norrie Calvert, como se ela não tivesse se arriscado mil vezes a morrer ou ficar desfigurada com o skate só no ano passado. — Pode sim.

— Assim espero — disse ela. — Assim espero.

Claire esfregou as têmporas como se estivesse ficando com dor de cabeça.

— Almoço maravilhoso, sra. McC — disse Benny, e ergueu a mão. — Toca aqui!

— Meu Deus, o que eu estou fazendo? — perguntou Claire. E bateu na mão de Benny.

10

Atrás do balcão da altura do peito no saguão da delegacia de polícia onde as pessoas iam se queixar de problemas como furto, vandalismo e o cachorro do vizinho que não parava de latir, ficava a sala de controle. Continha escrivaninhas, armários de aço e uma copa onde um cartaz mal-humorado anunciava CAFÉ E ROSQUINHAS NÃO SÃO DE GRAÇA. Também era a área de fichamento. Ali, Barbie foi fotografado por Freddy Denton e teve as impressões digitais tiradas por Henry Morrison, enquanto Peter Randolph e Denton ficavam por perto de arma na mão.

— Mole, deixa mole! — gritou Henry. Esse não era o homem que gostava de conversar com Barbie sobre a rivalidade entre Yankees e Red Sox na hora do almoço no Rosa Mosqueta (sempre um sanduíche de bacon, alface e tomate com um picles de pepino com endro ao lado). Esse era um sujeito que gostaria de dar um soco no nariz de Dale Barbara. Com força. — Não é pra você dobrar, eu é que faço isso, deixa eles moles!

Barbie pensou em dizer a Henry que era difícil relaxar as mãos quando se estava tão perto de homens armados, ainda mais sabendo que os homens não se incomodariam em usar tais armas. Em vez disso manteve a boca fechada e se concentrou em relaxar as mãos para Henry poder colher as impressões. Ele não era mau nisso, não mesmo. Em outras circunstâncias, Barbie podia ter perguntado a Henry por que se davam ao trabalho, mas ficou de boca fechada sobre isso também.

— Ok — disse Henry quando achou que as impressões estavam boas. — Levem ele lá pra baixo. Quero lavar as mãos. Só de tocar nele já me sinto sujo.

Jackie e Linda haviam estado num canto. Agora, quando Randolph e Denton guardaram as armas e agarraram os braços de Barbie, as duas puxaram as delas. Estavam apontadas para baixo, mas prontas.

— Eu vomitaria tudo o que você me preparou se pudesse — disse Henry. — Você me dá nojo.

— Não fui eu — disse Barbie. — Pensa nisso, Henry.

Morrison só olhou para o outro lado. *Pensar está em falta aqui hoje*, pensou Barbie. E tinha certeza de que era assim que Rennie gostava.

— Linda — disse ele. — Sra. Everett.

— Não fale comigo.

O rosto dela estava pálido como papel, a não ser pelas meias-luas arroxeadas e escuras debaixo dos olhos. Pareciam hematomas.

— Vamos, docinho — disse Freddy, e meteu os dedos fechados na base das costas de Barbie, bem acima do rim. — A sua suíte te aguarda.

11

Joe, Benny e Norrie foram de bicicleta para o norte, pela rodovia 119. A tarde quente parecia de verão, o ar úmido e enevoado. Nem uma brisa soprava. Os grilos cantavam sonolentos no mato alto ao lado da estrada. O céu no horizonte tinha um jeito amarelo que Joe primeiro achou que fossem nuvens. Depois, percebeu que era uma mistura de pólen e poluição na superfície da Redoma. Ali, o riacho Prestile passava ao lado da estrada, e eles deviam tê-lo ouvido rir enquanto corria para sudeste rumo a Castle Rock, ansioso para se juntar ao vigoroso Androscoggin, mas só ouviram os grilos e alguns corvos crocitando preguiçosos nas árvores.

Passaram pela estrada do Corte Fundo e chegaram à estrada da Serra Negra mais ou menos 1,5 quilômetro adiante. Era de terra, com muitos buracos, e indicada por duas placas tortas e marcadas pelo gelo. A da esquerda dizia RECOMENDA-SE TRAÇÃO NAS 4 RODAS. A da direita acrescentava: LIMITE DE PESO NA PONTE 4 TONELADAS — CAMINHÕES DE GRANDE PORTE PROIBIDOS. Ambas as placas estavam crivadas de buracos de bala.

— Eu gosto de cidades onde o pessoal pratica tiro regularmente — disse Benny. — Assim eu me sinto protegido do Alcaide.

— É Al-Qaeda, bobão — disse Joe.

Benny balançou a cabeça, com um sorriso indulgente.

— Estou falando do *Alcaide*, aquele bandido mexicano terrível que se mudou para o oeste do Maine para evitar...

— Vamos experimentar o contador Geiger — disse Norrie, apeando da bicicleta.

Este voltara ao bagageiro da High Plains Schwinn de Benny. Tinham aninhado o aparelho numas toalhas velhas do cesto de trapos de Claire. Benny o pegou e o entregou a Joe, o estojo amarelo sendo a coisa mais viva naquela paisagem nebulosa. O sorriso de Benny sumira.

— Você faz isso. Eu estou nervoso demais.

Joe examinou o contador Geiger e depois o entregou a Norrie.

— Seus covardes — disse ela, sem grosseria, e o ligou. A agulha pulou imediatamente para +50. Joe a fitou e sentiu o coração pular de repente na garganta em vez de no peito.

— Uau! — disse Benny. — Decolamos!

Norrie passou os olhos da agulha, que estava firme (mas ainda a meio mostrador do vermelho), para Joe.

— Continuamos?

— Caraca, claro — disse ele.

12

Não estava faltando luz na delegacia — ao menos, não ainda. Um corredor de azulejos verdes percorria a extensão do porão sob luzes fluorescentes que lançavam um brilho imutável e deprimente. Aurora ou meia-noite, ali embaixo era sempre meio-dia. O chefe Randolph e Freddy Denton escoltavam Barbie (se é que se podia usar essa palavra, considerando os punhos agarrados ao alto dos braços) pelos degraus. As duas policiais, as armas ainda na mão, seguiam atrás.

À esquerda ficava a sala do arquivo. À direita havia cinco celas, duas de cada lado e uma no final. A última era a menor, com um catre estreito quase pendurado em cima do sanitário de aço sem assento, e foi para lá que o fizeram andar à força.

Por ordem de Pete Randolph — que a recebera de Big Jim — até os piores participantes do saque do supermercado tinham sido libertados depois de assinarem confissões de culpa (para onde poderiam ir?), e todas as celas deveriam estar vazias. Foi uma surpresa, então, quando Melvin Searles saiu correndo da número 4, onde estava escondido. A atadura em volta da cabeça escorregara e ele usava óculos escuros para mascarar os olhos de um roxo extravagante.

Numa das mãos, levava uma meia esportiva com algo pesado dentro: um cassetete improvisado. A primeira impressão indistinta de Barbie foi de que estava prestes a ser atacado pelo Homem Invisível.

— Canalha! — gritou Mel, e girou o porrete. Barbie se abaixou. A arma zumbiu sobre a sua cabeça, atingindo o ombro de Freddy Denton. Freddy urrou e largou Barbie. Atrás deles, as mulheres gritavam.

— *Assassino* de merda! Quem você pagou pra arrebentar a minha cabeça? Hein?

Mel girou a arma de novo e, dessa vez, atingiu o bíceps do braço esquerdo de Barbie. O braço pareceu cair morto. Não era areia na meia, mas algum tipo de peso de papel. Provavelmente vidro ou metal, mas ao menos era redondo. Se tivesse um ângulo, ele estaria sangrando.

— Seu puto filho duma puta! — rugiu Mel, e girou de novo a meia carregada. O chefe Randolph se jogou para trás, também soltando Barbie. Este agarrou o alto da meia, fazendo uma careta quando o peso que estava dentro girou a parte de baixo em volta do seu pulso. Puxou com força para trás e conseguiu arrancar a arma improvisada de Mel Searles. Ao mesmo tempo, a atadura de Mel caiu sobre os óculos escuros, como uma venda.

— Parado, parado! — gritou Jackie Wettington. — Para com isso, prisioneiro, esse é o seu único aviso!

Barbie sentiu um pequeno círculo frio se formar entre as omoplatas. Não conseguia ver, mas sabia, sem olhar, que Jackie puxara a arma. *Se ela atirar em mim, é aí que a bala vai parar. E talvez atire, porque numa cidade pequena onde grandes problemas são quase desconhecidos, até os profissionais são amadores.*

Ele largou a meia. O que estava nela fez barulho no linóleo. Depois, levantou as mãos.

— Senhora, já larguei! — gritou. — Senhora, estou desarmado, por favor, baixe a arma!

Mel afastou a atadura caída. Ela se desenrolou às suas costas como a cauda do turbante de um *swami*. Bateu duas vezes em Barbie, uma no plexo solar e outra na boca do estômago. Dessa vez Barbie não estava preparado, e o ar explodiu dos seus pulmões com um *PÁ* aspero. Ele se dobrou para a frente, depois caiu de joelhos. Mel deu com o punho na sua nuca — ou talvez fosse Freddy; até onde Barbie sabia, podia até ter sido o próprio Líder Destemido — e ele se espalhou no chão, o mundo ficando tênue e indistinto. A não ser por uma lasca no linóleo. Essa ele conseguia ver muito bem. Com fantástica clareza, na verdade, e por que não? Estava a menos de uma polegada dos seus olhos.

— Parem, parem, *parem de bater nele!* — A voz vinha de grande distância, mas Barbie estava bem certo de que pertencia à mulher de Rusty. — *Ele caiu, não estão vendo que ele caiu?*

Pés se arrastaram em torno dele numa dança complicada. Alguém pisou no seu traseiro, tropeçou, gritou "*Merda!*", e depois chutaram o seu quadril. Tudo acontecia muito longe. Talvez doesse depois, mas agora não era tão mau assim.

Mãos o agarraram e o puseram em pé. Barbie tentou erguer a cabeça, mas no geral era mais fácil apenas deixá-la pender. Foi empurrado pelo corredor rumo à cela dos fundos, o linóleo verde deslizando sob os pés. O que Denton dissera lá em cima? *A sua suíte te aguarda.*

Mas duvido que haja balas de hortelã no travesseiro e a cama preparada à noite, pensou Barbie. Também não se incomodava. Só queria ficar sozinho para lamber as feridas.

Fora da cela, alguém pôs o sapato na sua bunda para apressá-lo ainda mais. Ele voou à frente, erguendo o braço direito para não cair de cara na parede verde de cimento. Tentou erguer também o braço esquerdo, mas ainda estava dormente do cotovelo para baixo. No entanto, conseguiu proteger a cabeça, e isso era bom. Ricocheteou, cambaleou e caiu de novo de joelhos, dessa vez ao lado do catre, como se prestes a rezar antes de dormir. Atrás dele, a porta da cela estrondou nos trilhos ao fechar.

Barbie apoiou as mãos no catre e se ergueu, o braço esquerdo já funcionando um pouco. Virou-se bem a tempo de ver Randolph indo embora com andar combativo — punhos fechados, cabeça baixa. Atrás dele, Denton desenrolava o que restara da atadura de Searles, enquanto este olhava com fúria (o poder do olhar um tanto enfraquecido pelos óculos escuros, agora tortos sobre o nariz). Além dos policiais homens, no pé da escada, estavam as mulheres. Tinham expressões idênticas de desalento e confusão. O rosto de Linda Everett estava mais pálido do que nunca, e Barbie pensou ver o brilho das lágrimas nas pestanas.

Barbie juntou toda a sua força de vontade e a chamou.

— Policial Everett!

Ela deu um pulinho, espantada. Alguém já a chamara de policial Everett? Talvez alunos da escola, quando ela cuidava do cruzamento, que provavelmente fora a sua responsabilidade mais pesada como policial de meio expediente. Até esta semana.

— Policial Everett! Senhora! Por favor, senhora!

— Calado! — disse Freddy Denton.

Barbie não lhe deu atenção. Achava que ia desmaiar ou quase, mas por enquanto fez uma cara feia e se aguentou.

— Diz pro seu marido examinar os corpos! Principalmente o da sra. Perkins! Senhora, ele *tem* que examinar os corpos! Eles não vão pro hospital! Rennie não vai permitir que...

Peter Randolph deu um passo à frente. Barbie viu o que ele tirara do cinto de Freddy Denton e tentou erguer os braços sobre o rosto, mas estavam simplesmente pesados demais.

— Já basta, filho — disse Randolph. Ele enfiou o tubo de spray de pimenta entre as grades e apertou o gatilho.

13

No meio da ponte Serra Negra comida de ferrugem, Norrie parou a bicicleta e ficou olhando o outro lado do corte.

— É melhor a gente ir andando — disse Joe. — Usar a luz do dia enquanto podemos.

— Eu sei, mas olha — disse Norrie, apontando.

Do outro lado, no pé da margem íngreme e de pernas abertas na lama seca onde corria o Prestile antes que a Redoma começasse a sufocar o seu fluxo, estavam os corpos de quatro veados: um macho, duas fêmeas e um filhote. Todos de bom tamanho; fora um belo verão em Mill e eles tinham se alimentado bem. Joe viu nuvens de moscas enxameando sobre as carcaças, conseguia até escutar o seu zumbido preguiçoso. Era um som que, em dias comuns, seria coberto pela água corrente.

— O que aconteceu com eles? — perguntou Benny. — Acha que tem algo a ver com o que nós estamos procurando?

— Se você está falando de radiação — disse Joe —, acho que não funciona tão depressa.

— A não ser que seja radiação muito *alta* — disse Norrie, inquieta.

Joe apontou a agulha do contador Geiger.

— Talvez, mas ainda não está muito alta. Mesmo que estivesse lá no vermelho, acho que não mataria animais do tamanho de um veado em só três dias.

— Aquele veado está com a pata quebrada, dá pra ver daqui — disse Benny.

— Tenho certeza de que uma das fêmeas tem *duas* — completou Norrie. Ela protegia os olhos do sol. — As da frente. Tá vendo como estão tortas?

Joe achou que parecia que a fêmea morrera enquanto tentava fazer algum número difícil de ginástica.

— Acho que elas pularam — disse Norrie. — Pularam da margem como dizem que aqueles ratinhos fazem.

— Merengues — disse Benny.

— *Lemingues*, seu cabeça de minhoca — corrigiu Joe.

— Estavam tentando fugir de alguma coisa? perguntou Norrie. — Será que foi isso?

Nenhum dos meninos respondeu. Ambos pareciam mais jovens do que na semana anterior, como crianças obrigadas a escutar em torno da fogueira histórias assustadoras demais. Os três ficaram parados ao lado das bicicletas, olhando os veados mortos e escutando o zumbido sonolento das moscas.

— Vamos? — perguntou Joe.

— Acho que a gente precisa — disse Norrie. Ela passou a perna sobre o quadro da bicicleta e ficou ali montada.

— Certo — disse Joe, e montou na sua bicicleta.

— Ollie — disse Benny —, olha só no que você me meteu.

— Hein?

— Nada, nada — disse Benny. — Pedala, meu irmão espiritual, pedala.

Do outro lado da ponte, puderam ver que todos os veados tinham patas quebradas. Um dos filhotes também estava com o crânio esmagado, provavelmente quando caiu sobre uma pedra grande que, num dia comum, estaria coberta de água.

— Experimenta o contador Geiger outra vez — disse Joe.

Norrie o ligou. Dessa vez, a agulha dançou logo abaixo de +75.

14

Pete Randolph exumou um velho gravador cassete de uma das gavetas da escrivaninha de Duke Perkins, testou-o e descobriu que as pilhas ainda estavam boas. Quando Junior Rennie entrou, Randolph apertou REC e pôs o pequeno Sony no canto da escrivaninha, onde o rapaz pudesse vê-lo.

A mais recente enxaqueca de Junior tinha diminuído para um murmúrio abafado no lado esquerdo da cabeça, e ele se sentia bastante calmo; ele e o pai tinham ensaiado aquilo e Junior sabia o que dizer.

— Vai ser estritamente um jogo fácil — dissera Big Jim. — Uma formalidade.

E assim foi.

— Como você encontrou os corpos, filho? — perguntou Randolph, se reclinando na cadeira giratória atrás da escrivaninha. Removera todos os itens pessoais de Perkins e os guardara num arquivo no outro lado da sala. Agora que Brenda morrera, achou que podia jogar tudo no lixo. Objetos pessoais não serviam para nada quando não havia parentes próximos.

— Bom — disse Junior —, eu estava voltando da patrulha lá na 117... perdi toda a confusão do supermercado...

— Sorte sua — disse Randolph. — Foi de virar o cu do avesso, com o perdão da má palavra. Café?

— Não, obrigado, senhor. Costumo ter enxaqueca, e parece que com café piora.

— É mesmo um mau hábito. Não tão mau quanto os cigarros, mas ruim. Sabia que eu fumava antes de ser Salvo?

— Não, senhor, não sabia. — Junior torcia para que aquele idiota parasse de tagarelar e o deixasse contar a história para que pudesse sair de lá.

— Pois é, por Lester Coggins. — Randolph abriu as mãos sobre o peito. — Imersão de corpo inteiro no Prestile. Dei o meu coração a Jesus bem ali. Não tenho sido um frequentador muito fiel da igreja, sem dúvida bem menos fiel do que o seu pai, mas o reverendo Coggins era um bom homem. — Randolph balançou a cabeça. — Dale Barbara tem muito peso na consciência. Sempre supondo que ele tenha consciência.

— Sim, senhor.

— Muito a responder, também. Dei-lhe um jato de pimenta, e é só um adiantamento do que ele espera. Pois é. Você voltava da patrulha e...?

— E comecei a pensar que alguém me disse que tinha visto o carro da Angie na garagem. Sabe, a garagem dos McCain.

— Quem disse isso?

— Frank? — Junior esfregou a têmpora. — Acho que pode ter sido o Frank.

— Continua.

— Então, olhei por uma das janelas da garagem, e o carro dela *estava* lá. Fui até a porta da frente e toquei a campainha, mas ninguém atendeu. Aí dei a volta até os fundos porque fiquei preocupado. Tinha... um cheiro.

Randolph concordou com a cabeça em solidariedade.

— Basicamente, você seguiu o seu nariz. Bom trabalho de polícia, filho.

Junior olhou Randolph intensamente, sem saber se era piada ou uma ofensa disfarçada, mas os olhos do chefe pareciam não conter nada além de sincera admiração. O rapaz percebeu que o pai conseguira achar um auxiliar (na verdade, a primeira palavra que lhe ocorreu foi *cúmplice*) ainda mais burro do que Andy Sanders. Ele achava que seria impossível.

— Vamos, termina. Sei que é doloroso pra você. É doloroso pra todos nós.

— Sim, senhor. Basicamente, foi como o senhor disse. A porta dos fundos estava destrancada e eu segui o meu nariz até a despensa. Mal pude acreditar no que encontrei ali.

— Viu as plaquinhas de identificação nessa hora?

— Vi. Não. Mais ou menos. Vi que a Angie tinha *alguma coisa* na mão... numa corrente... mas não saberia dizer o que era e não queria tocar em nada. — Junior baixou os olhos com recato. — Eu sei que sou só um recruta.

— Boa decisão — disse Randolph. — Decisão *esperta*. Sabe, em circunstâncias normais nós teríamos aqui toda uma equipe de técnicos do escritório do procurador-geral do estado, íamos mesmo fazer picadinho do Barbara, mas essas não são circunstâncias normais. Ainda sim, eu diria que nós temos o bastante. Ele foi um idiota ao esquecer aquelas plaquinhas.

— Peguei o celular e chamei o meu pai. Com base em todas as conversas pelo rádio, eu imaginei que o senhor estaria ocupado por aqui...

— Ocupado? — Randolph ergueu os olhos. — Filho, você não viu nada. Fez o mais certo chamando o seu pai. Ele praticamente faz parte do departamento.

— Papai catou dois policiais, Fred Denton e Jackie Wettington, e eles vieram até a casa dos McCain. Linda Everett chegou enquanto o Freddy fotografava a cena do crime. Depois o Stewart Bowie e o irmão dele apareceram com o carro fúnebre. O meu pai achou que era melhor, com toda aquela confusão no hospital por causa do saque e tudo.

Randolph concordou.

— Exato. Ajudar os vivos, guardar os mortos. Quem achou as placas de identificação?

— Jackie. Ela abriu a mão da Angie com um lápis e elas caíram direto no chão. Freddy tirou fotos de tudo.

— É útil no julgamento — disse Randolph. — Que nós mesmos teremos que fazer, se essa coisa da Redoma não se resolver. Mas nós podemos. É como diz a Bíblia: a fé move montanhas. A que horas você encontrou os corpos, filho?

— Perto do meio-dia. *Depois de levar algum tempo me despedindo das minhas namoradas.*

— E chamou o seu pai imediatamente?

— Imediatamente, não. — Junior deu um olhar franco a Randolph. — Primeiro tive que ir lá fora vomitar. Estavam tão machucadas. Nunca tinha visto nada parecido na vida. — Ele soltou um longo suspiro, tomando o cuidado de dar uma tremidinha. O gravador provavelmente não captaria a tremidinha, mas Randolph se lembraria dela. — Quando acabei, foi então que eu liguei pro papai.

— Certo, acho que é isso. — Mais nenhuma pergunta sobre os horários nem sobre a "patrulha da manhã", nem mesmo um pedido para que Junior escrevesse um relatório (o que era bom, já que nesses dias escrever lhe dava inevitavelmente dor de cabeça). Randolph se inclinou à frente para desligar o gravador. — Obrigado, Junior. Por que não tira o resto do dia de folga? Vai pra casa descansar. Você parece exausto.

— Eu gostaria de estar aqui quando o senhor o interrogasse. O Barbara.

— Bom, não precisa se preocupar em perder isso hoje. Vamos dar 24 horas pra que ele cozinhe no próprio suco. Ideia do seu pai, e das boas. Vamos interrogar ele amanhã, à tarde ou à noite, e você vai estar aqui. Dou a minha palavra. Vamos interrogá-lo *vigorosamente*.

— Sim, senhor. Ótimo.

— Nada daquela história de ter direito de ficar calado.

— Não, senhor.

— E, graças à Redoma, nada de entregá-lo ao xerife do condado também. — Randolph olhou Junior intensamente. — Filho, vai ser mesmo como um daqueles casos: o que acontece em Vegas fica em Vegas.

Junior não sabia se dizia *sim, senhor* ou *não, senhor*, porque não fazia ideia do que o idiota atrás da escrivaninha estava falando.

Randolph o segurou com aquele olhar intenso mais um ou dois instantes, como se quisesse se assegurar de que se entendiam, depois bateu palmas uma vez e se levantou.

— Vai pra casa, Junior. Você deve estar um pouco abalado.

— Sim, senhor, estou. E acho que eu vou. Descansar, quero dizer.

— Eu tinha um maço de cigarros no bolso quando o reverendo Coggins me mergulhou — disse Randolph, num tom de voz de reminiscência saudosa. Pôs o braço em torno dos ombros de Junior enquanto andavam até a porta. Junior manteve a expressão atenta e respeitosa, mas estava com vontade de gritar com o peso daquele braço. Era como usar uma gravata de carne. — É claro que se estragaram. E nunca mais comprei outro maço. Salvo da erva do diabo pelo Filho de Deus. Que tal essa graça?

— Fantástica — Junior conseguiu dizer.

— Brenda e Angie vão receber quase toda a atenção, é claro, e isso é normal: cidadã importante da cidade e moça com toda a vida pela frente... mas o reverendo Coggins também tinha os seus fãs. Sem mencionar uma congregação grande e amorosa.

Com o canto do olho esquerdo, Junior conseguia ver a mão de dedos grossos de Randolph. Imaginou o que Randolph faria se ele virasse a cabeça de repente e a mordesse. Arrancasse um daqueles dedos, talvez, e o cuspisse no chão.

— Não se esqueça da Dodee. — Ele não sabia por que dissera aquilo, mas funcionou. A mão de Randolph caiu do seu ombro. O homem parecia estupefato. Junior percebeu que ele *tinha* esquecido Dodee.

— Meu Deus — disse Randolph. — Dodee. Alguém ligou para avisar o Andy?

— Não sei, senhor.

— Será que o seu pai ligou?

— Ele anda ocupadíssimo.

Era verdade. Big Jim estava em casa, no escritório, redigindo o discurso que faria na assembleia da cidade na noite de quinta-feira. O que faria pouco antes de a população aprovar o governo de emergência dos vereadores por toda a extensão da crise.

— É melhor ligar pra ele — disse Randolph. — Mas talvez seja melhor rezar antes. Quer se ajoelhar comigo, filho?

Junior preferiria derramar fluido de isqueiro nas calças e pôr fogo no saco, mas não disse nada.

— Fale com Deus sozinho, e ouvirá a resposta d'Ele com mais clareza. É o que o meu pai sempre diz.

— Tudo bem, filho. É um bom conselho.

Antes que Randolph dissesse mais alguma coisa, Junior escapuliu da sala e depois da delegacia. Foi para casa a pé, mergulhado em pensamentos, chorando a perda das namoradas e imaginando se conseguiria outra. Talvez mais de uma.

Sob a Redoma, todo tipo de coisa seria possível.

15

Pete Randolph *tentou* rezar, mas estava com coisa demais na cabeça. Além disso, o Senhor ajuda a quem se ajuda. Não achava que isso estivesse na Bíblia, mas ainda assim era verdade. Ligou para o celular de Andy Sanders, na lista de números espetada no quadro de avisos da parede. Torceu para que não atendessem, mas o sujeito atendeu ao primeiro toque — não era sempre assim?

— Alô, Andy. Aqui é o chefe Randolph. Tenho uma notícia bem ruim, meu amigo. Talvez seja melhor se sentar.

Foi uma conversa difícil. Penosíssima, na verdade. Quando finalmente acabou, Randolph ficou sentado, batucando na escrivaninha. Pensou — de novo — que, se Duke Perkins é que estivesse sentado atrás daquela escrivaninha, ele não ficaria muito triste. Talvez nada triste. Aquele era um serviço muito mais sujo e difícil do que imaginara. A sala particular não valia o aborrecimento. Nem mesmo o carro verde de chefe; toda vez que entrava atrás do volante e a bunda escorregava para o oco que o traseiro mais carnudo de Duke deixara, a mesma ideia lhe vinha: *você não está à altura.*

Sanders estava indo para lá. Queria confrontar Barbara. Randolph tentara dissuadi-lo, mas a meio caminho da sugestão de que Andy aproveitaria melhor o tempo de joelhos, rezando pela alma da esposa e da filha — sem mencionar a força para carregar sua cruz —, Andy desligara.

Randolph suspirou e teclou outro número. Depois de dois toques, a voz mal-humorada de Big Jim estava no seu ouvido.

— O quê? *O quê?*

— Sou eu, Jim. Sei que você está trabalhando e detesto interrompê-lo, mas pode vir até aqui? Preciso de ajuda.

16

As três crianças estavam em pé na luz meio rasa da tarde, sob um céu que agora tinha uma óbvia nuance amarelada, e olhavam o urso morto ao lado do poste telefônico. O poste se inclinava meio torto. A pouco mais de um metro da base, a madeira creosotada estava lascada e respingada de sangue. Outras coisas, também. Coisas brancas que Joe achou que eram fragmentos de osso. E coisas esfarinhadas e cinzentas que tinham de ser do cére...

Ele se virou, tentando controlar a garganta. Quase conseguiu também, mas aí Benny vomitou — um som alto e molhado de *iurp* — e Norrie a seguir. Joe desistiu e se uniu ao clube.

Quando voltaram a se controlar, Joe soltou a mochila, tirou as garrafas de Snapple e as distribuiu. Usou o primeiro gole para enxaguar a boca e cuspir. Norrie e Benny fizeram o mesmo. Depois beberam. O chá doce estava morno, mas ainda parecia um paraíso na garganta ardida de Joe.

Norrie deu dois passos cautelosos na direção do monte preto que zumbia de moscas junto ao poste.

— Que nem os veados — disse ela. — O coitado não tinha nenhuma margem de rio pra pular e rachou a cabeça no poste do telefone.

— Talvez estivesse com raiva — disse Benny com voz aguda. — Talvez os veados também.

Joe achou que havia uma possibilidade técnica, mas não acreditou.

— Fiquei pensando nessa coisa de suicídio. — Ele detestava o tremor que ouviu na sua voz, mas não conseguia controlá-lo. — Baleias e golfinhos fazem isso, encalham nas praias de propósito, eu vi na TV. E o meu pai disse que os povos também.

— Pol — disse Norrie. — Polvos.

— Não importa. O meu pai disse que, quando o meio ambiente fica poluído, eles comem os próprios tentáculos.

— Cara, quer que eu vomite de novo? — perguntou Benny. Parecia rabugento e cansado.

— É isso que está acontecendo aqui? — perguntou Norrie. — O ambiente poluído?

Joe deu uma olhada no céu amarelado. Depois apontou para sudoeste, onde pendia um resíduo preto do fogo causado pelo choque do míssil a descolorir o ar. A mancha parecia ter entre 60 e 90 metros de altura e 1,5 quilômetro de largura. Talvez mais.

— É — disse ela —, mas isso é diferente. Não é?

Joe deu de ombros.

— Se de repente vamos sentir muita vontade de nos suicidar, talvez voltar seja melhor — disse Benny. — Eu tenho muito a viver. Ainda nem consegui zerar *Warhammer*!

— Experimenta o contador Geiger no urso — sugeriu Norrie.

Joe segurou o tubo do sensor na direção da carcaça do animal. A agulha não caiu, mas também não subiu.

Norrie apontou para leste. À frente deles, a estrada saía da faixa espessa de carvalhos negros que davam nome à serra. Assim que saíssem das árvores, Joe achou que conseguiriam ver o pomar de macieiras no alto.

— Vamos ao menos continuar até sairmos das árvores — disse ela. — Fazemos a leitura lá e, se ainda estiver subindo, nós voltamos à cidade e contamos ao dr. Everett ou àquele tal de Barbara ou aos dois. Eles que resolvam.

Benny ficou em dúvida.

— Não sei.

— Se sentirmos algo estranho, voltamos na mesma hora — disse Joe.

— Se for pra ajudar, devíamos tentar — disse Norrie. — Quero sair de Mill antes de ficar completamente maluca aqui fechada.

Ela sorriu para mostrar que era piada, mas não *parecia* piada, e Joe achou que não era. Muita gente brincava dizendo que Mill era uma cidade pequena — provavelmente por isso a canção de James McMurtry se tornara tão popular — e, intelectualmente falando, ele achava que era mesmo. Demograficamente também. Só conseguia se lembrar de uma única asiática — Pamela Chen, que às vezes ajudava Lissa Jamieson na biblioteca — e não havia nenhum negro desde que a família Laverty se mudara para Auburn. Não havia nenhum McDonald's, muito menos um Starbucks, e o cinema tinha fechado. Mas até então sempre parecera geograficamente grande para ele, com muito espaço para percorrer. Era espantoso como encolhera na sua cabeça assim que percebeu que ele, a mãe e o pai não podiam mais se amontoar no carro da família e ir comer mariscos fritos em Lewiston ou tomar sorvete no Yoder's. Além disso, a cidade tinha muitos recursos, só que não durariam para sempre.

— Tem razão — concordou. — É importante. Vale a pena o risco. Ao menos, eu penso assim. Pode ficar aqui se quiser, Benny. Essa parte da missão é estritamente voluntária.

— Não, eu vou também — retrucou Benny. — Se eu deixar vocês irem sem mim, vão me classificar abaixo dos cachorros.

— Já é lá que você está! — gritaram Joe e Norrie em uníssono, depois se entreolharam e riram.

17

— Isso mesmo, *chora*!

A voz vinha de muito longe. Barbie se esforçou naquela direção, mas era difícil abrir os olhos ardentes.

— Você tem muito pra *chorar*!

A pessoa que fazia essas declarações parecia estar, ela própria, chorando. E a voz era conhecida. Barbie tentou ver, mas as pálpebras estavam pesadas e inchadas. Debaixo delas, os olhos pulsavam na batida do seu coração. Os seios da face estavam tão cheios que os ouvidos estalavam quando engolia.

— Por que você matou ela? Por que matou o meu bebê?

Algum filhodaputa me jogou gás de pimenta. Denton? Não, Randolph.

Barbie conseguiu abrir os olhos colocando o punho sobre as sobrancelhas e puxando-as para cima. Viu Andy Sanders do lado de fora da cela, com lágrimas correndo pelo rosto. E o que Sanders via? Um cara numa cela, e um cara numa cela sempre parece culpado.

— *Ela era tudo o que eu tinha!* — gritou Sanders.

Randolph estava atrás dele, com cara de envergonhado e trocando de pé como um garoto que há vinte minutos espera permissão para ir ao banheiro. Mesmo com os olhos ardendo e os seios da face pulsando, Barbie não ficou surpreso por Randolph ter deixado Sanders descer até ali. Não porque Sanders fosse o primeiro vereador da cidade, mas porque Peter Randolph achava quase impossível dizer não.

— Tá bem, Andy — disse Randolph. — Já basta. Você queria vê-lo e eu deixei, ainda que não seja muito sensato. Ele foi enquadrado direitinho e vai pagar pelo que fez. Agora, vamos subir que eu te sirvo uma xícara de...

Andy agarrou a frente da farda de Randolph. Era 10 centímetros mais baixo, mas mesmo assim Randolph ficou apavorado. Barbie lhe deu razão. Via o mundo por uma película vermelha escura, mas conseguia enxergar com bastante clareza a fúria de Andy Sanders.

— Me dá a sua arma! Um julgamento é bom demais pra ele! Ele pode se safar, de qualquer forma! Tem amigos poderosos, o Jim falou! Eu quero uma reparação! *Mereço* uma reparação, *por isso me dá a sua arma*!

Barbie achava que, em Randolph, a vontade de agradar não chegaria a ponto de entregar a arma a Andy para que pudesse matá-lo na cela como um rato num barril, mas não tinha certeza absoluta; poderia haver alguma razão além da necessidade covarde de agradar para Randolph levar Sanders até ali embaixo, e levá-lo sozinho.

Ele lutou para se levantar.

— Sr. Sanders. — Um pouco do gás de pimenta lhe caíra na boca. A língua e a garganta estavam inchadas, a voz um grasnido anasalado e pouco convincente. — Eu não matei a sua filha, senhor. Não matei ninguém. Se pensar bem, o senhor vai ver que o seu amigo Rennie precisa de um bode expiatório e que eu sou o mais conveniente...

Mas Andy não estava em condições de pensar em nada. Deixou as mãos caírem sobre o coldre de Randolph e começou a agarrar o Glock que havia ali. Alarmado, Randolph lutou para segurá-lo onde estava.

Nesse momento, um personagem de barriga grande desceu a escada, movendo-se com graça apesar do volume.

— Andy! — trovejou Big Jim. — Andy, parceiro, vem cá!

Ele abriu os braços. Andy parou de lutar pela arma e correu para ele como uma criança chorosa para os braços do pai. E Big Jim o abraçou.

— Eu quero uma arma! — balbuciou Andy, erguendo para Big Jim o rosto riscado de lágrimas e cremoso de catarro. — Me arranja uma arma, Jim! Agora! Agora mesmo! Quero matar ele pelo que ele fez! É o meu direito de pai! Ele matou a minha menininha!

— Talvez não só ela — disse Big Jim. — Talvez não só Angie, Lester e a pobre Brenda também.

Isso interrompeu a inundação verbal. Andy fitou a laje do rosto de Big Jim. Atônito. Fascinado.

— Talvez a sua mulher também. Duke. Myra Evans. Todos os outros.

— O quê...

— Alguém é responsável pela Redoma, parceiro... não é verdade?

— É... — Andy não era capaz de mais nada, mas Big Jim fez que sim, benevolente.

— E me parece que quem fez isso precisava de ao menos um homem aqui dentro. Alguém pra mexer a panela. E quem mexe melhor a panela que um cozinheiro de lanchonete? — Abraçou os ombros de Andy e o levou até o chefe Randolph. Big Jim deu uma olhada no rosto vermelho e inchado de Barbie como se olhasse algum tipo de inseto. — Nós vamos encontrar provas. Disso eu não tenho dúvidas. Ele já mostrou que não tem inteligência suficiente pra esconder os rastros dele.

Barbie fixou a sua atenção em Randolph.

— Isso é armação — disse ele naquela voz anasalada de buzina. — Pode ter começado porque Rennie precisava de cobertura, mas agora é só um jogo de poder muito óbvio. Talvez o senhor ainda não seja descartável, chefe, mas quando for, vai cair também.

— Calado — disse Randolph.

Rennie acariciava o cabelo de Andy. Barbie lembrou de sua mãe e como ela costumava acariciar Missy, a cocker spaniel da família, quando esta ficou velha, estúpida e incontinente.

— Ele vai pagar, Andy, você tem a minha palavra. Mas antes nós vamos obter todos os detalhes: o que, quando, por que e quem mais esteve envolvido. Porque ele não está nisso sozinho, pode apostar o seu tutu-ru-tu. Ele tem cúmplices. Ele vai pagar, mas primeiro vamos espremê-lo até tirar todas as informações.

— Como? — perguntou Andy. Agora, quase enlevado, olhava Big Jim. — Como ele vai pagar?

— Ora, se ele souber levantar a Redoma, e não acho impossível, acho que vamos ter que nos satisfazer em mandá-lo pra Shawshank. Prisão perpétua sem condicional.

— Não basta — sussurrou Andy.

Rennie ainda acariciava a cabeça de Andy.

— Se a Redoma não sumir? — Ele sorriu. — Nesse caso, nós mesmos teremos que julgá-lo. E quando o considerarmos culpado, vamos executá-lo. Prefere assim?

— Prefiro — sussurrou Andy.

— Eu também, parceiro. — Acariciando. Acariciando. — Eu também.

18

Eles saíram juntos do bosque, um ao lado do outro, e pararam, olhando o pomar.

— Tem alguma coisa lá em cima! — disse Benny. — Estou vendo! — A voz dele soava empolgada, mas para Joe também parecia estranhamente distante.

— Eu também — disse Norrie. — Parece uma... uma... — *Torre de rádio* eram as palavras que ela queria dizer, mas nunca chegou a proferir. Só conseguiu soltar um som de *rrr-rrr-rrr*, como uma criança que brinca de caminhão numa caixa de areia. Depois, caiu da bicicleta e ficou na estrada, com os braços e pernas se debatendo.

— Norrie? — Joe a olhou, mais estupefato do que alarmado, e depois olhou Benny. Os olhos dos dois se encontraram só por um momento e, então, Benny também caiu, puxando a bicicleta por cima do corpo.

Começou a se debater, chutando para o lado a High Plains. O contador Geiger voou para a vala, com o mostrador para baixo.

Joe cambaleou na sua direção e estendeu um braço que parecia se esticar feito borracha. Virou para cima a caixa amarela. A agulha pulara para +200, pouco abaixo da zona vermelha de perigo. Ele viu isso e depois caiu num buraco negro cheio de chamas alaranjadas. Achou que vinham de um enorme monte de abóboras — uma pira fúnebre de cabeças de abóbora ardentes. Em algum lugar, vozes chamavam: perdidas e aterrorizadas. Então as trevas o engoliram.

19

Quando Julia entrou na redação do *Democrata* depois de sair do supermercado, Tony Guay, o ex-repórter de esportes que agora era o departamento de reportagem inteiro, digitava no seu laptop. Ela lhe entregou a câmera e disse:

— Para o que você estiver fazendo e imprime isso aqui.

Ela se sentou ao computador para redigir a reportagem. Guardara a abertura na cabeça enquanto subia a rua principal: *Ernie Calvert, ex-gerente do Food City, chamou todos para irem pelos fundos. Disse que abriria as portas para eles. Mas era tarde demais. O saque começara.* Era um bom lide. O problema era que não conseguia escrever. Não parava de apertar as teclas erradas.

— Vai lá pra cima e se deita — disse Tony.

— Não, eu tenho que escrever...

— Você não vai escrever nada desse jeito. Está tremendo que nem uma vara verde. Isso é choque. Fica deitada por uma hora. Vou baixar as fotos e mandar pro seu computador. Transcrevo as suas anotações também. Sobe.

Ela não gostou do que ele dizia, mas reconheceu a sensatez. Só que acabou sendo mais de uma hora. Ela não dormia bem desde a noite de sexta-feira, que parecia um século antes, e mal pôs a cabeça no travesseiro caiu num sono profundo.

Quando acordou, viu, em pânico, que as sombras no quarto tinham ficado compridas. Era o fim da tarde. E Horace! Mijaria num canto qualquer e lhe mostraria a cara mais envergonhada do mundo, como se a culpa fosse dele e não dela.

Ela calçou o tênis, correu para a cozinha e encontrou o corgi não à porta, chorando para sair, mas tranquilamente adormecido no seu cobertor entre o fogão e a geladeira. Havia um bilhete na mesa da cozinha, preso entre o saleiro e o pimenteiro.

3 da tarde

Julia —

Pete F. e eu colaboramos na reportagem do supermercado. Não está uma maravilha, mas vai ficar quando você der uma mexida. As fotos que você tirou também não estão ruins. Rommie Burpee veio dizer que ainda tem muito papel, então nesse setor estamos bem. Ele também disse que você precisa escrever um editorial sobre o que aconteceu. "Totalmente desnecessário", foi o que ele falou. "E totalmente incompetente. A não ser que <u>quisessem</u> que acontecesse. Não acho que ele não seria capaz, e não é do Randolph que eu estou falando." Pete e eu concordamos que é preciso um editorial, mas temos que ver onde estamos pisando até conhecermos todos os fatos. Também concordamos que você precisava dormir pra escrever do jeito que tem que ser escrito. As bolsas debaixo dos seus olhos já tinham virado malas, chefa! Vou pra casa ficar *um pouco com a minha mulher e as crianças. Pete foi até a delegacia. Dizem que aconteceu "algo grande" e ele quer descobrir o que foi.*

Tony G.

PS: Levei Horace pra passear. Ele fez o serviço completo.

Julia, não querendo que Horace esquecesse que ela fazia parte da sua vida, acordou-o tempo suficiente para que ele engolisse metade de um petisco e depois desceu para revisar a reportagem e escrever o editorial que Tony e Pete sugeriam. Assim que começou, o celular tocou.

— Shumway, *Democrata*.

— Julia! — Era Pete Freeman. — Acho que é melhor você vir aqui. Marty Arsenault está na recepção e não vai me deixar entrar. Mandou que eu esperasse do lado de fora! Ele nem é policial, não passa de um lenhador burro que cata um dinheirinho controlando o tráfego no verão, mas agora está agindo como se fosse o Chefe Fodão da Montanha da Piroca.

— Pete, tenho uma tonelada de coisas pra fazer aqui, então a menos que...

— Brenda Perkins morreu. Angie McCain também, Dodee Sanders...

— O quê? — Ela se levantou tão de repente que a cadeira virou.

— ... e Lester Coggins também. Foram mortos. E olha só: Dale Barbara foi preso por assassinato. Está na cela lá embaixo.

— Já estou indo praí.

— Ah, merda — disse Pete. — Aí vem Andy Sanders, e está se debulhando em lágrimas. Devo tentar um comentário ou...

— Não se o homem perdeu a filha três dias depois de perder a mulher. Nós não somos o *New York Post*. Já estou a caminho.

Ela desligou sem esperar resposta. A princípio, se sentiu bastante calma; se lembrou até de trancar a redação. Mas assim que se viu na calçada, no calor e debaixo do céu manchado de fumo, a calma se desfez e ela começou a correr.

20

Joe, Norrie e Benny ficaram se debatendo na estrada da Serra Negra sob uma luz solar que era difusa demais. Um calor quente demais caiu sobre eles. Um corvo nada suicida pousou num cabo telefônico e os fitou com olhos brilhantes e inteligentes. Crocitou uma vez e depois saiu batendo as asas pelo estranho ar da tarde.

— Halloween — murmurou Joe.

— Manda eles pararem de *gritar* — gemeu Benny.

— Sem sol — disse Norrie. As suas mãos tatearam o ar. Ela chorava. — Sem sol, ai, meu Deus, não tem mais sol.

No alto da Serra Negra, no pomar de macieiras que dava para toda a cidade de Chester's Mill, uma brilhante luz malva relampejou.

A cada 15 segundos, relampejava de novo.

21

Julia subiu correndo as escadas da delegacia, o rosto ainda inchado de sono, o cabelo espetado nas costas. Quando Pete fez menção de entrar junto, ela fez que não.

— Melhor ficar aqui. Posso te chamar quando conseguir a entrevista.

— Adoro pensamento positivo, mas não espere por isso — disse Pete. — Logo depois do Andy, adivinha quem chegou? — Ele apontou o Hummer estacionado na frente de um hidrante. Linda Everett e Jackie Wettington estavam por perto, absortas na conversa. Ambas pareciam estressadíssimas.

Dentro da delegacia, Julia primeiro se espantou com o calor — o ar-condicionado fora desligado, provavelmente para poupar combustível. Depois, com o número de rapazes ali sentados, inclusive dois dos sabe deus quantos irmãos Killian —, não havia como confundir aqueles narizes compridos e cabeças pontudas. Parecia que todos preenchiam formulários.

— E se a gente não *tiver* nenhum último emprego? — perguntou um a outro.

Havia gritos lacrimosos vindos lá de baixo: Andy Sanders.

Julia seguiu para a sala de controle, onde fora visitante frequente por anos e até contribuíra para o fundo do café com rosquinhas (uma cestinha de vime). Nunca fora impedida, mas dessa vez Marty Arsenault disse:

— Não pode entrar aí, srta. Shumway. Ordens.

Ele falava com uma voz conciliadora, como se pedisse desculpas, que provavelmente não usara com Pete Freeman.

Bem nessa hora Big Jim Rennie e Andy Sanders subiram a escada, vindos do Galinheiro, como diziam os policiais de Mill. Andy chorava. Big Jim o abraçava e dizia palavras de consolo. Peter Randolph vinha atrás. A farda de Randolph resplandecia, mas o rosto acima dela era de um homem que escapara por pouco da explosão de uma bomba.

— Jim! Pete! — chamou Julia. — Quero conversar com vocês, pro *Democrata*!

Big Jim se virou tempo suficiente para lhe dar um olhar dizendo que quem estava no inferno também queria água gelada. Depois, começou a levar Andy para a sala do chefe. Rennie falava sobre orações.

Julia tentou passar pela recepção. Ainda parecendo pedir desculpas, Marty lhe agarrou o braço.

— Quando você me pediu que tirasse do jornal aquela sua discussãozinha com a sua mulher no ano passado, eu te atendi — disse ela. — Porque senão você perderia o emprego. Portanto, se ainda te resta um pouquinho de gratidão, *me solta*.

Marty a soltou.

— Eu tentei impedir mas a senhora não atendeu — murmurou ele. — Lembra disso.

Julia atravessou a sala de controle.

— Só um minutinho — disse ela a Big Jim. — Você e o chefe Randolph são as autoridades da cidade e vão falar comigo.

Dessa vez, o olhar que Big Jim lhe deu era zangado, além de desdenhoso.

— Não. Não vamos. Você não tem o que fazer aqui.

— E ele, tem? — perguntou ela, indicando Andy Sanders com a cabeça. — Se o que eu soube sobre Dodee está certo, ele é a *última* pessoa que devia ter permissão de ir lá embaixo.

— *Aquele filhodaputa matou a minha menina querida!* — baliu Andy.

Big Jim apontou o dedo para Julia.

— Você vai ter a sua reportagem quando nós estivermos dispostos a contar. Antes, não.

— Quero falar com Barbara.

— Ele está preso por quatro assassinatos. Está maluca?

— Se o pai de uma das supostas vítimas pode descer pra falar com ele, por que não eu?

— Porque você não é vítima nem parente de vítima — disse Big Jim. O lábio superior se ergueu, expondo os dentes.

— Ele tem advogado?

— Não tenho mais nada a dizer, mu...

— *Ele não precisa de advogado, ele precisa ir pra forca! ELE MATOU A MINHA MENINA QUERIDA!*

— Vamos, parceiro — disse Big Jim. — Entregamos isso ao Senhor em oração.

— Que tipo de provas vocês têm? Ele confessou? Se não confessou, que tipo de álibi ele apresentou? Como se encaixa com a hora das mortes? Vocês sabem a hora das mortes, aliás? Se os corpos acabaram de ser descobertos, como poderiam? Levaram tiros, foram esfaqueados ou...

— Pete, livre-se dessa coisa-que-rima-com-aranha — disse Big Jim, sem se virar. — Se não sair sozinha, põe ela pra fora. E diga a quem estiver na recepção que está demitido.

Marty Arsenault fez uma careta e passou a mão nos olhos. Big Jim escoltou Andy até a sala do chefe e fechou a porta.

— Ele foi formalmente acusado? — perguntou Julia a Randolph. — Você sabe que não se pode fazer a acusação sem advogado. Não é legal.

E, embora ainda não parecesse perigoso, só atordoado, Pete Randolph disse algo que fez o coração de Julia gelar.

— Até que a Redoma suma, Julia, creio que legal é aquilo que a gente decidir que é.

— Quando eles foram mortos? Me diga isso, ao menos.

— Bem, parece que as duas moças foram pri...

A porta da sala se abriu, e ela não teve a mínima dúvida de que Big Jim ficara em pé do outro lado, escutando. Andy estava sentado atrás da escrivaninha que agora era de Randolph, com o rosto nas mãos.

— Manda ela *embora*! — rugiu Big Jim. — Não quero ter que mandar de novo.

— Você não pode manter o preso incomunicável nem negar informações ao povo dessa cidade! — gritou Julia.

— Você está errada nos dois casos — retrucou Big Jim. — Já ouviu o ditado "quem não faz parte da solução faz parte do problema"? Pois é, você não resolve nada ficando aqui. Você é uma intrometida insuportável. Sempre foi. E se não for embora, será presa. Fique avisada.

— Ótimo! Me prende! Me enfia numa cela lá embaixo! — Ela estendeu as mãos com os pulsos juntos, como se fosse receber algemas.

Por um instante, ela achou que Jim Rennie ia lhe bater. A vontade ficou claríssima no rosto dele. Em vez disso, ele disse a Pete Randolph:

— Pela última vez, tira essa intrometida daqui. Se ela resistir, ponha-a pra fora *à força*.

E bateu a porta.

Sem olhar nos olhos dela, com as faces cor de tijolo recém-queimado, Randolph lhe segurou o braço. Dessa vez, Julia foi. Quando passou pela recepção, Marty Arsenault disse, com mais desconsolo do que raiva:

— Agora, veja só. Perdi o meu emprego pra um *desses* brutamontes, que não sabem distinguir o cu do cotovelo.

— Você não perdeu o emprego, Marts — disse Randolph. — Disso eu convenço ele.

Um instante depois, ela estava do lado de fora, piscando à luz do sol.

— E então — perguntou Pete Freeman. — Que tal?

22

Benny foi o primeiro a acordar. E fora o calor — a camisa estava grudada no peito não tão heroico assim —, ele se sentia bem. Rastejou até Norrie e a sacudiu. Ela abriu os olhos e o fitou, tonta. O cabelo estava grudado no rosto suado.

— O que aconteceu? — perguntou ela. — Acho que eu dormi. Tive um sonho, só que não consigo me lembrar do que foi. Mas foi ruim. Disso eu sei.

Joe McClatchey rolou de barriga e se pôs de joelhos.

— Jo-Jo? — perguntou Benny. Não chamava o amigo de Jo-Jo desde o quarto ano. — Você tá bem?

— Estou. As abóboras pegaram fogo.

— *Que* abóboras?

Joe sacudiu a cabeça. Não conseguia se lembrar. Só sabia que queria ir para a sombra e tomar o resto do Snapple. Então pensou no contador Geiger. Pescou-o da vala e viu, com alívio, que ainda funcionava; parece que as coisas fabricadas no século XX eram resistentes.

Mostrou a Benny a leitura de +200 e tentou mostrar a Norrie, mas ela estava olhando a encosta da Serra Negra até o pomar lá em cima.

— O que é aquilo? — perguntou e apontou.

A princípio, Joe não viu nada. Depois, uma luz roxa e brilhante piscou. Era quase brilhante demais para olhar. Pouco depois, piscou de novo. Ele olhou o relógio, tentando marcar o tempo entre as piscadas, mas o relógio parara às 16h02.

— Acho que é o que nós estávamos procurando — disse ele, se pondo de pé. Esperava que as pernas estivessem moles, mas não estavam. Fora o excesso de calor, ele se sentia bastante bem. — Agora vamos cair fora daqui, antes que fiquemos estéreis ou coisa assim.

— Cara — disse Benny —, quem vai querer filhos? Podem sair iguais a mim. — Mesmo assim, montou na bicicleta.

Voltaram pelo caminho por onde vieram, só parando para descansar e beber quando estavam na ponte, de volta à rodovia 119.

SAL

1

As policiais ao lado do H3 de Big Jim ainda conversavam — Jackie agora dava baforadas nervosas num cigarro —, mas cortaram o papo assim que Julia Shumway passou por elas pisando duro.

— Julia? — chamou Linda hesitante. — O que...

Julia continuou andando. A última coisa que queria enquanto ainda fervia por dentro era conversar com mais representantes da lei e da ordem que agora parecia existir em Chester's Mill. Ela já andara meio caminho até a redação do *Democrata* quando percebeu que não era só raiva que sentia. Não era nem a maior parte do que sentia. Ela parou sob a placa da Livros Novos e Usados de Mill (FECHADO ATÉ SEGUNDA ORDEM, dizia o cartaz escrito à mão na vitrine), em parte para esperar que o coração disparado se acalmasse, principalmente para olhar dentro de si. Não demorou muito.

— Eu estou mais é apavorada mesmo — disse, e teve um sobressalto com o som da própria voz. Não tivera a intenção de falar em voz alta.

Pete Freeman a alcançou.

— Você está bem?

— Ótima. — Era mentira, mas saiu bem firme e decidida. É claro que não sabia o que o seu rosto estava dizendo. Esticou o braço e tentou achatar o cabelo da nuca que a cama arrepiara. Ele baixou... e pulou de novo. *Como se não bastasse, cabelo rebelde*, pensou ela. *Que ótimo. O toque final.*

— Achei que o Rennie ia mesmo mandar o nosso novo chefe prender você — disse Pete. Estava de olhos arregalados e, naquele momento, parecia muito mais novo do que os seus 30 e poucos anos.

— Eu tinha esperanças. — Julia enquadrou com as mãos uma manchete invisível. — "REPÓRTER DO *DEMOCRATA* CONSEGUE ENTREVISTA EXCLUSIVA NA CADEIA COM SUSPEITO DE ASSASSINATO".

— Julia? O que está acontecendo aqui? Quer dizer, além da Redoma? Viu todos aqueles caras preenchendo formulários? Achei bem assustador.

— Vi — respondeu Julia —, e pretendo escrever sobre isso. Pretendo escrever sobre *tudo* isso. E, na assembleia da cidade quinta-feira à noite, acho que não vou ser a única com boas perguntas pra James Rennie.

Ela pôs a mão no braço de Pete.

— Vou ver o que consigo descobrir sobre esses assassinatos e aí escrevo o que tiver. Além de um editorial o mais forte possível sem calúnias vazias. — Ela deu um risinho sem humor. — No departamento calúnia, Jim Rennie é que tem o mando de campo.

— Não entendi o que você...

— Tudo bem, vamos trabalhar. Só preciso de alguns minutos pra me recompor. Depois talvez consiga descobrir com quem falar primeiro. Porque não temos muito tempo, se queremos imprimir hoje à noite.

— Xerocar — disse ele.

— Hein?

— Xerocar hoje à noite.

Ela lhe deu um sorriso trêmulo e o enxotou para que fosse em frente. Na porta da redação, ele olhou para trás. Ela acenou para mostrar que estava bem e espiou pela vitrine empoeirada da livraria. O cinema do centro da cidade estava fechado havia meia década e o drive-in fora da cidade fechara há muito tempo (o estacionamento secundário de Rennie ficava onde a tela grande se erguia acima da 119), mas sabe-se lá como Ray Towle conseguira manter funcionando o seu sebinho sujo. Parte da vitrine consistia em livros de autoajuda. O restante da vitrine estava atulhado de brochuras com mansões envoltas em neblina, damas angustiadas e galãs musculosos de peito nu, a pé e a cavalo. Vários dos ditos galãs brandiam espadas e pareciam usar apenas roupa de baixo. SEXO E AMOR EM HISTÓRIAS DE TERROR!, dizia o cartaz desse lado.

Histórias de terror mesmo.

Como se a Redoma já não fosse ruim o bastante, estranha *o bastante, ainda há o Vereador do Inferno.*

Ela percebeu que o que mais a preocupava — o que mais a *assustava* — era a rapidez com que estava acontecendo. Rennie se acostumara a ser o galo mais forte e malvado do galinheiro, e seria de esperar que tentasse finalmente reforçar o seu domínio sobre a cidade — digamos, depois de uma semana ou um mês de isolamento do mundo exterior. Mas fazia apenas três dias e pouco. Suponhamos que Cox e seus cientistas conseguissem abrir a Redoma naquela noite. Suponhamos que até sumisse sozinha. Big Jim encolheria imediatamente de volta ao tamanho anterior, só que também levaria ovo na cara.

— Que ovo? — ela se perguntou, ainda olhando as HISTÓRIAS DE TERROR. — Ele só diria que fez o melhor possível em circunstâncias complicadas. E todos acreditariam.

Provavelmente era verdade. Mas isso ainda não explicava por que o homem não esperara para fazer a sua jogada.

Porque algo deu errado e ele foi obrigado. E também...

— E também acho que ele não é totalmente normal — disse ela às brochuras empilhadas. — Acho que nunca foi.

Mesmo que fosse verdade, como explicar pessoas com a despensa ainda cheia saqueando o supermercado local? Não fazia sentido, a menos...

— A menos que ele tenha instigado.

Isso era ridículo, o Especial da Casa no Café Paranoico. Não era? Ela achou que poderia perguntar a alguns participantes do saque do Food City o que tinham visto, mas os assassinatos não seriam mais importantes? Ela era a única repórter de verdade disponível, afinal de contas, e...

— Julia? Srta. Shumway?

Julia estava tão absorta em pensamentos que quase pulou fora dos sapatos. Deu meia-volta e teria caído se Jackie Wettington não a segurasse. Linda Everett estava junto, e fora ela quem falara. Ambas pareciam apavoradas.

— Podemos conversar? — perguntou Jackie.

— É claro. Escutar os outros falarem é o que eu faço. O lado ruim é que eu escrevo o que eles dizem. Vocês duas sabem disso, não sabem?

— Mas você não pode usar o nosso nome — disse Linda. — Se não concordar, pode esquecer tudo.

— No que me diz respeito — disse Julia, sorrindo —, vocês são apenas uma fonte próxima à investigação. Serve assim?

— Se prometer responder às nossas perguntas também — disse Jackie. — Concorda?

— Está bem.

— Você estava no supermercado, não estava? — perguntou Linda.

Muitíssimo estranhíssimo.

— Estava. Vocês duas também. Então vamos conversar. Comparar anotações.

— Aqui, não — disse Linda. — Na rua, não. É público demais. Nem na redação do jornal.

— Calma, Lin — disse Jackie, pondo a mão no ombro dela.

— Calma *você* — disse Linda. — Não é você que tem um marido que acha que você ajudou a atropelar um inocente.

— Eu *não tenho* marido — disse Jackie, com bastante sensatez, pensou Julia, e sorte dela; muitas vezes, os maridos eram um fator complicador. — Mas conheço um lugar aonde a gente pode ir. É discreto e fica sempre destrancado. — Ela reconsiderou. — Ao menos, ficava. Depois da Redoma, já não sei.

Julia, que estivera pensando em quem entrevistar primeiro, não tinha a mínima intenção de deixar essas duas escapulirem.

— Vamos — disse ela. — Vamos andando em calçadas opostas até passarmos da delegacia, pode ser?

Com isso, Linda conseguiu sorrir.

— Ótima ideia — disse.

2

Piper Libby se ajoelhou cuidadosamente diante do altar da Primeira Igreja Congregacional, fazendo uma careta, mesmo tendo posto uma almofada no genuflexório para seus joelhos roxos e inchados. Segurou-se com a mão direita, mantendo junto ao corpo o braço esquerdo recentemente luxado. Parecia bem — doía menos do que os joelhos, na verdade —, mas ela não tinha a mínima intenção de forçá-lo sem necessidade. Seria facílimo luxá-lo outra vez; tinha sido informada disso (*severamente*) após a lesão de futebol no colégio. Cruzou as mãos e fechou os olhos. Sua língua foi imediatamente para o buraco onde até ontem havia um dente. Mas havia um buraco pior na sua vida.

— Olá, Não-Está — disse. — Sou eu de novo, de volta pra mais uma porção do Seu amor e misericórdia. — Uma lágrima escorreu debaixo da pálpebra inchada e desceu pela bochecha também inchada (e colorida também). — Meu cachorro está por aí? Só pergunto porque sinto muita falta dele. Se estiver, espero que o Senhor lhe dê o equivalente espiritual de um bom osso. Ele merece.

Mais lágrimas agora, lentas, quentes, ardentes.

— Provavelmente não está. A maioria das grandes religiões concorda que os cachorros não vão pro céu, embora algumas seitas secundárias — e a *Reader's Digest*, creio — discordem.

É claro que se *não* houvesse céu, a pergunta era irrelevante. E a ideia dessa existência sem céu, dessa *cosmologia* sem céu, era onde o que restava da sua fé parecia cada vez mais à vontade. Talvez o esquecimento; talvez algo pior. Digamos, uma imensa planície vazia sob céu branco; um lugar onde a hora era sempre tempo algum, o destino, lugar nenhum, e os companheiros, ninguém. Em outras palavras, só um grande Não-Está: para os maus policiais, as mulheres que pregavam, as crianças que se matavam por acidente e os pastores-alemães idiotas que morriam tentando proteger as donas. Nenhum Ser a separar o joio do trigo. Havia algo histriônico (para não dizer blasfemo) em rezar para um conceito desses, mas às vezes ajudava.

— Mas a questão não é o céu — continuou. — A questão agora é tentar entender quanto do que aconteceu com Clover foi culpa minha. Eu sei que tenho que assumir uma parte dela; meu temperamento me dominou. De novo. O meu estudo religioso afirma que, pra começar, foi Você que pôs em mim esse pavio curto, e que cabe a mim lidar com ele, mas eu detesto essa ideia. Não a rejeito completamente, mas detesto. Parece aquela coisa dos mecânicos, quando a gente leva o carro pra consertar e eles sempre acham um modo de jogar na gente a culpa do problema. Você deixou o motor ligado demais, deixou o motor ligado de menos, esqueceu de soltar o freio de mão, esqueceu de fechar a janela e a chuva caiu na fiação. E sabe o que é pior? Se o Senhor Não-Está, não posso nem jogar um pouco da culpa no Senhor. E o que resta? A merda da genética?

Ela suspirou.

— Desculpe o palavrão; o Senhor pode fingir que Não-Estava? Era o que a minha mãe sempre fazia. Enquanto isso tenho outra pergunta. O que eu faço agora? Essa cidade está numa encrenca terrível, e eu queria fazer algo pra ajudar, só que não consigo decidir o quê. Estou me sentindo tola, fraca, confusa. Acho que se eu fosse um daqueles eremitas do Antigo Testamento diria que preciso de um sinal. Nesse momento, até CEDA A VEZ ou REDUZA A VELOCIDADE EM ÁREA ESCOLAR seria ótimo.

Assim que ela acabou de dizer isso, a porta da rua se abriu e se fechou com um estrondo. Piper olhou por sobre o ombro, meio esperando ver um anjo, com asas, túnica branca brilhante e tudo. *Se ele quiser lutar, vai ter que curar o meu braço primeiro*, pensou.

Não era um anjo; era Rommie Burpee. Metade da camisa estava para fora das calças, pendendo sobre a perna quase até o meio da coxa, e ele parecia tão abatido quanto ela. Começou a descer pelo corredor central até que a viu e parou, tão surpreso de ver Piper quanto ela de vê-lo.

— Ai, caramba — disse ele, só que com o sotaque afrancesado de Lewiston saiu *Ai, carramba*. — Sinto muito, não sabia que você estava aí. Volto mais tarde.

— Não — disse ela, e lutou para ficar em pé, usando novamente só o braço direito. — Já acabei mesmo.

— Na verdade sou catolique — disse ele (*É mesmo?*, pensou Piper) —, mas não há igreja catolique em Mill... e é clarro que você sabe, já que é pastorra... e sabe o que dizem sobre qualquer porto numa tempestade. Pensei em entrrar e rezar um pouco por Brrenda. Sempre gostei daquela mulher. — Ele esfregou a mão no rosto. O atrito da palma na barba malfeita parecia alto demais no silêncio vazio da igreja. O seu topete de Elvis pendia em torno das orelhas. — Amava mesmo. Nunca disse, mas acho que ela sabia.

Piper o fitou com horror crescente. Não saíra do presbitério o dia todo e, embora soubesse o que acontecera no Food City — vários paroquianos tinham telefonado —, não sabia de Brenda Perkins.

— Brenda? O que aconteceu com ela?

— Assassinada. Outros também. Dizem que foi aquele tal de Barbie. Ele foi prreso.

Piper bateu a mão sobre a boca e cambaleou. Rommie correu à frente e pôs o braço firme em torno da cintura dela. E era assim que estavam diante do altar, quase como um homem e uma mulher prestes a se casar, quando a porta do vestíbulo se abriu de novo e Jackie fez Linda e Julia entrarem.

— Talvez não seja um lugar tão bom assim, afinal de contas — disse Jackie.

A igreja era uma caixa de ressonância e, embora ela não tenha falado alto, Piper e Romeo Burpee ouviram-na perfeitamente.

— Não vão embora — disse Piper. — Não se for sobre o que aconteceu. Eu não consigo acreditar que o sr. Barbara... Eu diria que ele seria incapaz. Consertou o meu braço depois da luxação. Foi muito gentil nisso. — Ela parou para pensar melhor. — O mais gentil possível, dadas as circunstâncias. Venham cá pra frente. Por favor, venham cá pra frente.

— Pode-se consertar uma luxação e ainda assim ser capaz de matar — disse Linda, mas mordendo o lábio e torcendo a aliança.

Jackie pôs a mão no pulso dela.

— Vamos manter isso em silêncio, Lin... tá lembrada?

— Tarde demais — disse Linda. — Já nos viram com a Julia. Se ela redigir a reportagem e esses dois disserem que nos viram com ela, vão nos culpar.

Piper não entendeu direito o que Linda falava, mas teve uma ideia geral. Ergueu o braço direito e o girou.

— Sra. Everett, a senhora está na minha igreja, e o que se diz aqui fica aqui.

— Jura? — perguntou Linda.

— Juro. Então por que não conversamos? Eu orava por um sinal e eis vocês todos aqui.

— Não acredito nesse tipo de coisa — retrucou Jackie.

— Nem eu, na verdade — concordou Piper, e riu.

— Não gosto disso — disse Jackie. Era a Julia que se dirigia. — Não importa o que ela diga, aqui tem gente demais. Perder o emprego, como o Marty, é uma coisa. Eu dou um jeito, o salário é uma porcaria mesmo. Mas deixar Jim Rennie danado comigo... — Ela balançou a cabeça. — Não é boa ideia.

— Não tem gente demais — disse Piper. — É o número certinho. Sr. Burpee, sabe guardar segredo?

Rommie Burpee, que fizera vários negócios questionáveis no seu tempo, fez que sim e pôs o dedo sobre os lábios.

— Boca fechada — disse ele. Que soou como *bocfechade*.

— Vamos para o presbitério — disse Piper. Quando viu que Jackie parecia em dúvida, Piper estendeu para ela a mão esquerda... com todo o cuidado. — Vem, vamos pensar juntos. Talvez com uma dosezinha de uísque?

Com isso, finalmente Jackie se convenceu.

3

**31 QUEIMAR LIMPAR QUEIMAR LIMPAR
A BESTA SERÁ LANÇADA NO LAGO DE FOGO ARDENTE (AP 19:20)
"ONDE SERÃO ATORMENTADOS DIA E NOITE P/ SEMPRE" (20:10)
QUEIMAR OS MAUS
PURIFICAR OS SANTOS
QUEIMAR LIMPAR QUEIMAR LIMPAR 31**

31 JESUS DE FOGO VEM AÍ 31

Os três homens amontoados na cabine do barulhento caminhão de Obras Públicas olharam essa mensagem enigmática com algum espanto. Fora pintada no depósito atrás do estúdio da WCIK, em preto sobre vermelho, e com letras tão grandes que cobriam quase toda a superfície.

O homem do meio era Roger Killian, o criador de galinhas com a ninhada de cabeça pontuda. Virou-se para Stewart Bowie, que estava ao volante do caminhão.

— O que isso quer dizer, Stewie?

Foi Fern Bowie que respondeu.

— Quer dizer que o maldito Phil Bushey está mais maluco do que nunca, é isso que quer dizer.

Ele abriu o porta-luvas do caminhão, tirou um par de luvas de trabalho engorduradas e revelou um revólver 38. Verificou se estava carregado, fechou o tambor de volta com um movimento do pulso e enfiou a arma no cinto.

— Sabe, Fernie — disse Stewart —, esse é um jeito ótimo de explodir sua fábrica de bebês.

— Não se preocupa comigo, se preocupa com *ele* — disse Fern, apontando o estúdio. De lá, o som baixinho da música evangélica vazava até eles. — Tá ficando doidão com o seu próprio produto já há quase um ano, e é tão confiável quanto nitroglicerina.

— Agora Phil quer que chamem ele de Chef — disse Roger Killian.

Tinham parado primeiro na frente do estúdio e Stewart tocara a grande buzina do caminhão, não uma, mas várias vezes. Phil Bushey não saíra. Devia estar lá dentro escondido; podia estar perambulando pelo bosque atrás da emissora; era possível até, pensou Stewart, que estivesse no laboratório. Paranoico. Perigoso. O que ainda não transformava a arma em boa ideia. Ele se inclinou, puxou-a do cinto de Fern e a enfiou embaixo do assento do motorista.

— Ei! — gritou Fern.

— Você não vai atirar lá — disse Stewart. — Pode explodir a gente até a Lua. — Para Roger, disse: — Quando foi a última vez que você viu aquele filho da puta esquelético?

Roger pensou no assunto.

— Faz ao menos quatro semanas, desde o último grande carregamento que saiu da cidade. Quando veio aquele grande helicóptero Chinook. — Ele pronunciou *xinuque*. Rommie Burpee entenderia.

Stewart ponderou. Nada bom. Se Bushey estava no mato, tudo bem. Se estava escondido no estúdio, paranoico, achando que eram federais, talvez também sem problema... a não ser que resolvesse sair atirando, claro.

Mas, se estivesse no depósito... isso *podia* ser um problema.

— Tem uns pedações de madeira na carroceria do caminhão — disse Stewart ao irmão. — Pega um. Se o Phil aparecer e der piti, meta-lhe o pau na cachola.

— E se estiver armado? — perguntou Roger, com bastante sensatez.

— Não vai estar — disse Stewart. E, embora na verdade não tivesse certeza disso, recebera as suas ordens: dois cilindros de gás a serem entregues no hospital o mais depressa possível. *E vamos remover o resto de lá assim que pudermos*, dissera Big Jim. *Oficialmente, estamos fora do ramo de metanfetamina.*

Foi quase um alívio; quando ficaram presos por aquela tal Redoma, Stewart pretendia sair também do ramo fúnebre. Mudar-se para algum lugar quente, como Jamaica ou Barbados. Nunca mais queria ver um morto. Mas não queria ser ele a dar ao "Chef" Bushey a notícia de que iam fechar, e informara Big Jim disso.

Deixa que eu me preocupo com o Chef, dissera Big Jim.

Stewart levou o grande caminhão alaranjado para os fundos do prédio e estacionou junto à porta de trás. Deixou o motor em marcha lenta para usar o guincho e a cremalheira.

— Olha aquilo — maravilhou-se Roger Killian. Fitava o oeste, onde o sol se punha numa mancha vermelha perturbadora. Logo afundaria abaixo da grande mancha preta deixada pelo fogo no mato e se apagaria num eclipse sujo.
— Isso aí não é o máximo?

— Para de babar — disse Stewart. — Quero terminar isso e ir embora. Fernie, pega um pau aí. Escolhe um bom.

Fern subiu no guincho e pegou um pedaço de tábua velha mais ou menos do tamanho de um taco de beisebol. Segurou-o com as duas mãos e lhe deu uma girada experimental.

— Esse serve.

— Sorvete Baskin-Robbins — disse Roger com voz sonhadora. Ainda protegia os olhos franzidos, virado para oeste. Franzir os olhos não lhe caía bem; ficava parecendo um gigante malvado de conto de fadas.

Stewart parou enquanto destrancava a porta dos fundos, um processo complicado que envolvia uma senha e dois cadeados.

— Que bobagem é essa aí?

— Trinta e um sabores — disse Roger. Ele sorriu, revelando um conjunto de dentes podres nunca visitado por Joe Boxer nem provavelmente por nenhum dentista.

Stewart não entendeu nada do que Roger dizia, mas o irmão, sim.

— Não tem nada a ver com anúncio de sorvete aí do lado do prédio — disse Fern. — A não ser que haja Baskin-Robbins no Apocalipse.

— Calem a boca, vocês dois — mandou Stewart. — Fernie, prepara esse pau. — Empurrou a porta para abri-la e espiou lá dentro. — Phil?

— Chama ele de Chef — aconselhou Roger. — Como aquele preto cozinheiro de *South Park*. É assim que ele gosta.

— Chef? — gritou Stewart. — Está aí dentro, Chef?

Nenhuma resposta. Stewart entrou com cuidado no escuro, como se esperasse que lhe agarrassem a mão a qualquer momento, e encontrou o interruptor. Ligou-o, revelando um salão que se estendia por uns três quartos do comprimento do depósito. As paredes eram de madeira nua sem acabamento, os espaços entre as ripas tapados com espuma de isolamento cor-de-rosa. O salão estava quase cheio de cilindros e botijões de gás de todos os tamanhos e marcas. Não fazia ideia de quantos havia ali no total, mas, se o obrigassem a adivinhar, diria entre 400 e 600.

Stewart caminhou devagar pelo corredor central, espiando as letras pintadas nos cilindros. Big Jim lhe dissera exatamente quais pegar, dissera que estariam perto dos fundos, e, por Deus, estavam. Parou diante dos cinco cilindros tamanho municipal com **CR HOSP** escrito do lado. Estavam entre cilindros que haviam sido surrupiados da agência dos Correios e outros com **MILL MIDDLE SCHOOL** escrito do lado.

— Temos que levar dois — disse a Roger. — Traz a corrente e nós prendemos eles. Fernie, você vai até ali e experimenta aquela porta que dá pro laboratório. Se não estiver trancada, tranque. — Jogou o chaveiro para Fern.

Este preferiria não cumprir a tarefa, mas era um irmão obediente. Desceu pelo corredor entre as pilhas de cilindros de gás. Terminavam a 3 metros da porta — e a porta, ele viu com o coração apertado, estava entreaberta. Atrás dele, ouviu o clangor da corrente e depois o gemido do cabrestante e o barulho grave do primeiro cilindro sendo arrastado até o caminhão. Soava muito longe, ainda mais quando imaginou o Chef agachado do outro lado da porta, maluco, de olhos vermelhos. Todo fumado e segurando uma Intratec 9mm.

— Chef? — perguntou. — Está aí, parceiro?

Nenhuma resposta. E, embora não tivesse que fazer aquilo — provavelmente, ele é que era louco de fazer aquilo —, a curiosidade foi mais forte e ele usou o bastão improvisado para empurrar a porta.

As luzes fluorescentes do laboratório estavam acesas, mas fora isso essa parte do depósito Cristo É Rei parecia vazia. Os vinte e tanto fogões — grandes grelhas elétricas, cada uma ligada ao seu próprio exaustor e cilindro de gás — estavam desligados. As panelas, os vasilhames e os frascos caros estavam todos nas prateleiras. O lugar fedia (sempre federa, sempre federia, pensou Fern), mas o chão estava varrido e não havia sinal de desordem. Numa das paredes havia um calendário dos Carros Usados de Rennie, ainda na página de agosto. *Provavelmente quando o filho da puta perdeu o contato com a realidade*, pensou Fern. *Só saiu flutuaaaaando.* Aventurou-se um pouco mais no laboratório. Fizera de todos eles homens ricos, mas nunca gostara de lá. O cheiro era parecido demais com a sala de preparação do andar de baixo das capelas fúnebres.

Um canto fora separado por um pesado painel de aço. Havia uma porta no meio. Era ali, Fern sabia, que ficava armazenado o produto do Chef, cristal meth para cachimbo longo, guardada não em saquinhos de 4 litros, mas em sacões de lixo. E não era material de segunda, não. Nenhum doido que vasculhasse ruas de Nova York ou Los Angeles atrás de uma dose conseguiria acreditar naquele estoque. Quando cheio, o lugar guardava o suficiente para abastecer todos os Estados Unidos por meses, talvez até um ano.

Por que Big Jim deixou ele fazer tanto?, era o que Fern queria saber. *E por que nós fomos junto? O que a gente tinha na cabeça?* Não conseguiu encontrar resposta para essa pergunta a não ser a óbvia: porque podiam. A combinação do gênio de Bushey com todos aqueles ingredientes chineses baratos os deixara inebriados. Ela também financiava a CIK Corporation, que fazia a obra de Deus em toda a Costa Leste. Quando alguém o questionava, Big Jim sempre ressaltava isso. E citava as Escrituras: *Pois digno é o trabalhador do seu salário* — Evangelho de Lucas — e *Não atarás a boca ao boi quando debulha* — Primeira Epístola a Timóteo.

Fern nunca conseguira entender direito aquilo sobre bois.

— Chef? — Avançando mais um pouquinho. — Amigo?

Nada. Olhou para cima e viu galerias de madeira nua correndo pelos dois lados do prédio. Eram usadas para armazenamento, e o conteúdo das caixas de papelão ali empilhadas interessaria muito ao FBI, à FDA e à Agência de Álcool, Fumo, Armas de Fogo e Explosivos. Não havia ninguém ali, mas Fern espiou algo que achou que era novo: um cabo branco que corria ao longo do corrimão de ambas as galerias, preso à madeira por grampos grossos. Fio elétrico? Indo para o quê? Aquele maluco teria instalado mais fogões ali? Se assim fosse, Fern não via nenhum. O cabo parecia grosso demais para alimentar apenas um aparelho simples, como uma TV ou um rá...

— Fern! — gritou Stewart, o fazendo pular. — Se ele não está aí, vem nos ajudar! Quero sair daqui! Dizem que vai ter notícias na TV às seis e quero ver se eles descobriram alguma coisa!

Em Chester's Mill, "eles" passara a significar, cada vez mais, qualquer coisa ou pessoa no mundo além das fronteiras da cidade.

Fern foi, sem olhar por sobre a porta e, portanto, não vendo a que os novos cabos elétricos estavam presos: um tijolão de matéria branca parecida com argila que descansava na sua própria prateleirinha. Era explosivo.

Receita pessoal do Chef.

4

Enquanto voltavam para a cidade, Roger disse:
— Halloween. É 31 também.
— Você é uma reserva regular de informações — disse Stewart.
Roger deu um tapa no lado da cabeça de formato infeliz.
— Guardo tudo — disse ele. — Não faço de propósito. É só um talento.
Stewart pensou: *Jamaica. Ou Barbados. Um lugar quente, por certo. Assim que a Redoma sumir. Nunca mais quero ver nenhum Killian. Nem ninguém desta cidade.*
— Também tem 31 cartas no baralho — disse Roger.
Fern o fitou.
— Que merda você está...
— Só brincando, só brincando com você — disse Roger, e deu um aterrorizante guincho de riso que fez a cabeça de Stewart doer.
Agora estavam chegando ao hospital. Stewart viu um Ford Taurus cinzento saindo do Catherine Russell.
— Ei, é o dr. Rusty — disse Fern. — Aposto que ele vai ficar contente de receber o material. Buzina pra ele, Stewie.
Stewart buzinou.

5

Quando os Sem Deus se foram, Chef Bushey finalmente largou o controle de porta de garagem que tinha nas mãos. Ficara observando os irmãos Bowie e Roger Killian da janela do banheiro masculino do estúdio. O polegar ficou no botão o tempo todo em que estiveram no depósito, mexendo nas suas coisas. Se saíssem com o produto, ele apertaria o botão e explodiria a fábrica toda pelos ares.
— Está nas Suas mãos, meu Jesus — murmurara. — Quando a gente costumava dizer quando era criança, não quero mas vou.
E Jesus cuidou de tudo. Chef teve a sensação de que Ele cuidaria quando ouvisse George Dow e os Gospel-Tones saírem pela antena, cantando "God, How You Care For Me", e foi uma sensação verdadeira, um verdadeiro Sinal do Alto. Não tinham ido buscar o cristal, só dois inúteis cilindros de gás.
Observou-os indo embora, depois desceu lentamente pelo caminho entre os fundos do estúdio e as instalações combinadas de laboratório e depósito.

Agora era o *seu* prédio, o *seu* cristal, ao menos até que Jesus viesse e levasse tudo para si.

Talvez no Halloween.

Talvez antes.

Era muito em que pensar, e naqueles dias era mais fácil pensar quando estava fumado.

Muito mais fácil.

6

Julia deu um golinho na sua dose de uísque, fazendo-a durar, mas as policiais engoliram as delas como heróis. Não foi suficiente para que ficassem bêbadas, mas lhes soltou a língua.

— O fato é que eu estou horrorizada — disse Jackie Wettington. Ela olhava para baixo, brincando com o copo vazio, mas quando Piper ofereceu outra dose, ela fez que não. — Isso nunca aconteceria se Duke ainda estivesse vivo. É nisso que eu não paro de pensar. Mesmo que ele tivesse razões pra acreditar que Barbara assassinara a mulher dele, teria seguido o devido processo legal. Era assim que ele era. E permitir que o pai de uma vítima desça até o Galinheiro pra agredir o acusado? *Nunca!* — Linda concordava com a cabeça. — Fico com medo do que pode acontecer com o cara. Além disso...

— Se aconteceu com Barbie, pode acontecer com qualquer um? — perguntou Julia.

Jackie fez que sim. Mordendo os lábios. Brincando com o copo.

— Se alguma coisa acontecer a ele, não quero dizer necessariamente algo super-radical, como um linchamento, só um acidente na cela, acho que nunca mais consigo vestir a farda.

A preocupação básica de Linda era mais simples e direta. O marido acreditava que Barbie era inocente. No calor da fúria (e da repugnância pelo que tinham achado na despensa dos McCain), ela rejeitara aquela ideia — afinal de contas, as plaquinhas de identificação de Barbie estavam na mão cinzenta e enrijecida de Angie McCain. Mas quanto mais pensava no caso, mais se preocupava. Em parte porque respeitava, e sempre respeitara, a capacidade de Rusty de avaliar as coisas, mas também por causa do que Barbie gritara pouco antes de Randolph lhe jogar gás de pimenta. *Diz pro seu marido examinar os corpos. Ele* tem *que examinar os corpos!*

— E outra coisa — disse Jackie, ainda regirando o copo. — Não se joga gás de pimenta num prisioneiro só porque ele está berrando. Já tivemos noites de sábado, principalmente depois de jogos importantes, em que aquilo lá parecia o zoológico na hora da comida. A gente só deixa eles gritarem. Acabam se cansando e indo dormir.

Enquanto isso, Julia estudava Linda. Quando Jackie terminou, Julia disse:

— Repete de novo o que o Barbie disse.

— Ele queria que Rusty examinasse os corpos, principalmente o de Brenda Perkins. Disse que não iriam pro hospital. Ele *sabia* disso. Estão na Funerária Bowie, e isso não está certo.

— É foda mesmo, se forram assassinados — disse Romeo. — Opa, desculpa a má palavra, reverenda.

Piper lhe fez um gesto de tudo bem.

— Se foi ele quem matou, não entendo por que sua preocupação mais urgente seria mandar examinarem os corpos. Por outro lado, se não foi, talvez achasse que a autópsia o inocentaria.

— Brenda foi a vítima mais recente — disse Julia. — É isso mesmo?

— É — disse Jackie. — Já havia rigor mortis, mas ainda não total. Ao menos, foi assim que me pareceu.

— Ainda não era total — disse Linda. — E como o rigor mortis começa umas três horas depois da morte, mais ou menos, provavelmente Brenda morreu entre quatro e oito da manhã. Eu diria mais perto das oito, mas não sou médica. — Ela suspirou e passou as mãos pelo cabelo. — Claro que Rusty também não é, mas ele poderia descobrir a hora da morte com mais exatidão se tivesse sido chamado. Ninguém fez isso. Nem eu. Estava tão assustada... tanta coisa acontecendo...

Jackie afastou o copo.

— Escuta, Julia, você estava com Barbara no supermercado hoje de manhã, não estava?

— Estava.

— Um pouco depois das nove. Foi quando o saque começou.

— É.

— Ele chegou primeiro ou foi você? Porque eu não sei.

Julia não conseguiu se lembrar, mas a sua impressão era de que chegara primeiro, de que Barbie viera depois, logo após Rose Twitchell e Anson Wheeler.

— Nós esfriamos a situação — disse ela —, mas foi ele que nos mostrou o jeito certo. Provavelmente salvou ainda mais gente de ficar gravemente ferida. Não consigo encaixar isso com o que você achou naquela despensa. Tem alguma ideia de qual foi a ordem das mortes? Além de Brenda ter sido a última?

— Angie e Dodee primeiro — disse Jackie. — A decomposição de Coggins estava menos avançada, logo, ele foi depois.

— Quem os encontrou?

— Junior Rennie. Ficou desconfiado porque viu o carro de Angie na garagem. Mas isso não importa. *Barbara* é que é importante aqui. Tem certeza de que ele chegou depois de Rose e Anse? Porque isso não soa bem.

— Tenho, porque ele não estava na van da Rose. Só os dois saíram. Então, se supusermos que ele não estava ocupado matando gente, onde estaria...?

Mas isso era óbvio.

— Piper, posso usar o seu celular?

— É claro.

Julia consultou rapidamente o livreto da lista telefônica local e usou o aparelho de Piper para ligar para o restaurante.

Rose foi seca ao atender:

— Estamos fechados até segunda ordem. Um bando de escrotos prendeu o meu cozinheiro.

— Rose? É Julia Shumway.

— Ah, Julia. — Rose soou só um tiquinho menos truculenta. — O que você quer?

— Estou tentando verificar um possível álibi do Barbie. Está interessada em ajudar?

— Porra, se estou. A ideia de que Barbie assassinou aquelas pessoas é ridícula. O que você quer saber?

— Quero saber se ele estava no restaurante quando começou o saque do Food City.

— É claro. — Rose parecia perplexa. — Onde mais ele estaria logo depois do café da manhã? Quando eu e Anson saímos, ele estava limpando as chapas.

7

O sol estava se pondo, e conforme as sombras ficavam mais compridas, Claire McClatchey ficava mais nervosa. Finalmente, foi à cozinha fazer o que vinha adiando: usar o celular do marido (que ele esquecera de levar na manhã de sábado; ele vivia esquecendo o aparelho) e ligar para o dela. Estava morrendo de medo de que tocasse quatro vezes e ela ouvisse a própria voz, alegre e cantarolante, gravada antes que a cidade onde morava se tornasse uma prisão de grades invisíveis. *Alô, aqui é a secretária eletrônica da Claire. Deixe a sua mensagem depois do bipe.*

E o que ela diria? *Joey, liga de volta se você não estiver morto?*

Estendeu a mão para os botões e hesitou. *Lembre-se, se ele não atender da primeira vez, é porque está de bicicleta e não pode tirar o celular da mochila antes que a secretária eletrônica atenda. Ele vai estar pronto quando você ligar pela segunda vez, porque vai saber que é você.*

Mas... e se a secretária atendesse pela segunda vez? E pela terceira? Por que ela o deixara ir, para início de conversa? Devia estar maluca.

Ela fechou os olhos e viu uma imagem com clareza de pesadelo: os postes telefônicos e as vitrines das lojas da rua principal cobertos de fotos de Joe, Benny e Norrie, parecendo aqueles garotos que a gente via nos quadros de aviso das paradas do pedágio, cujas legendas sempre continham as palavras VISTO PELA ÚLTIMA VEZ EM.

Ela abriu os olhos e teclou rapidamente os números antes que perdesse a coragem. Estava preparando o recado — *Ligo de novo em dez segundos e dessa vez é melhor atender, mocinho* — e se espantou quando o filho atendeu, a voz alta e clara, no meio do primeiro toque.

— Mãe! Oi, mãe! — Vivo e mais do que vivo: fervilhante de empolgação, pela voz.

Cadê você?, ela tentou dizer, mas a princípio não conseguiu. Nenhuma palavra. As pernas pareciam moles e borrachosas; encostou-se na parede para não cair no chão.

— Mãe? Você taí?

Ao fundo, ela ouviu um carro passar, e Benny, de longe mas nítido, cumprimentando alguém: "Dr. Rusty! Fala, cara, e aí?" Finalmente, conseguiu engrenar a voz.

— Estou, sim. Cadê você?

— No alto do morro da praça da Cidade. Ia ligar porque tá escurecendo, pra te dizer pra não se preocupar, e o celular tocou na minha mão. Me deu o maior susto.

Ora, isso dava um freio na velha roda das broncas maternas, não dava? *No alto do morro da praça da Cidade. Chegam aqui em dez minutos. Benny provavelmente querendo mais um quilo de comida. Graças a Deus.*

Norrie estava falando com Joe. Soava como *Conta pra ela, conta pra ela.* Em seguida era a voz do filho em seu ouvido de novo, tão alto e exultante que ela teve que segurar o aparelho um pouco mais longe da orelha.

— Mãe, acho que encontramos! Tenho quase certeza! Tá no pomar no alto da Serra Negra!

— Encontraram o que, Joey?

— Não sei com certeza, não quero tirar conclusões apressadas, mas provavelmente a coisa que gera a Redoma. Só pode ser. Nós vimos uma luz piscando, como aquelas que põem nas torres de rádio pra avisar os aviões, só que no chão e roxa em vez de vermelha. A gente não chegou perto o bastante pra ver mais. Desmaiamos, todos nós. Quando acordamos, a gente estava bem, mas aí começou a ficar tar...

— *Desmaiaram*? — Claire quase gritou. — O que você quer dizer com *desmaiaram*? Volta pra casa! Volta imediatamente pra casa, tenho que examinar você!

— Tudo bem, mãe — disse Joe para acalmá-la. — Acho que é tipo... Sabe como é quando a pessoa toca na Redoma a primeira vez e leva um choquinho, e depois não leva mais? Acho que é assim. Acho que a gente desmaia a primeira vez e depois fica, assim, vacinado. Inteiraço. É o que a Norrie também acha.

— Não quero nem saber o que ela acha ou deixa de achar, mocinho! Volta pra casa agora mesmo pra eu ver se você tá bem, senão vou vacinar é o seu traseiro!

— Tudo bem, mas a gente precisa falar com aquele tal de Barbara. Ele é que pensou no contador Geiger, e caramba, ele acertou na mosca. Temos que falar com o dr. Rusty também. Ele acabou de passar por nós. Benny tentou chamar, mas ele não parou. Vamos pedir que ele e o sr. Barbara vão até aí em casa, tudo bem? Precisamos ver o que fazer agora.

— Joe... O sr. Barbara está...

Claire parou. Deveria contar ao filho que o sr. Barbara, que alguns tinham começado a chamar de coronel Barbara, fora preso, acusado de vários assassinatos?

— O quê? — perguntou Joe. — O que tem ele?

O triunfo feliz da sua voz dera lugar à ansiedade. Ela achou que ele conseguia interpretar o estado de espírito dela tão bem quanto ela interpretava o dele. E sem dúvida ele depositara muita esperança em Barbara; Benny e Norrie também, provavelmente. Não era uma notícia que pudesse esconder dele (por mais que preferisse), mas não precisava contar pelo telefone.

— Vem pra casa — disse ela. — Conversamos aqui. E, Joe, estou orgulhosíssima de você.

8

Jimmy Sirois morreu no final daquela tarde, enquanto Joe Espantalho e os amigos voavam rumo à cidade nas suas bicicletas.

Rusty ficou sentado no corredor com o braço em torno de Gina Buffalino, deixando-a chorar junto ao seu peito. Houve uma época em que ele se sentiria extremamente desconfortável sentado desse jeito com uma moça que mal tinha 17 anos, mas os tempos tinham mudado. Só era preciso olhar aquele corredor — agora iluminado por sibilantes lampiões Coleman em vez das lâmpadas fluorescentes que brilhavam calmas no teto rebaixado — para saber que os tempos tinham mudado. O seu hospital se tornara uma galeria de sombras.

— Não foi culpa sua — disse. — Nem sua, nem minha, nem dele. Ele não pediu pra ter diabetes

Apesar de que, Deus sabia, havia quem convivesse com isso por anos. Gente que se cuidava. Jimmy, semieremita que morava sozinho na estrada do Riacho de Deus, não era dessas pessoas. Quando finalmente fora ao Posto de Saúde — quinta-feira passada, foi isso —, sequer conseguira sair do carro, só ficou buzinando até Ginny ver quem era e qual era o problema. Quando Rusty tirou as calças do velho, viu uma perna direita flácida que estava de um azul frio e morto. Ainda que tudo tivesse dado certo com Jimmy, a lesão dos nervos provavelmente teria sido irreversível.

— Não dói nada, doutor — afirmara Jimmy a Ron Haskell pouco antes de entrar em coma. Ficara perdendo e recuperando a consciência desde então, a perna piorando, Rusty adiando a amputação, muito embora soubesse que teria de ser feita para que Jimmy tivesse alguma chance.

Quando a luz acabou, o soro com antibiótico de Jimmy e dois outros pacientes continuou a pingar, mas os fluxômetros pararam, tornando impossível ajustar a dose com precisão. Pior ainda, o monitor cardíaco e o respirador de Jimmy pararam. Rusty desconectou o respirador, pôs uma máscara valvulada sobre o rosto do velho e deu a Gina um curso rápido de como usar o ventilador portátil. Ela era boa naquilo, e muito confiável, mas por volta das 6h Jimmy acabara morrendo.

Agora ela estava inconsolável.

A mocinha ergueu do peito dele o rosto riscado de lágrimas e disse:

— Será que eu fiz demais? De menos? Será que sufoquei e matei ele?

— Não. Provavelmente, Jimmy ia morrer de qualquer jeito, e assim foi poupado de uma amputação muito desagradável.

— Acho que não consigo mais — disse ela, voltando a chorar. — É assustador demais. Agora é *horrível*.

Rusty não sabia o que responder, mas nem precisou.

— Você vai ficar bem — disse uma voz rascante de nariz entupido. — Tem que ficar, querida, porque nós precisamos de você.

Era Ginny Tomlinson, subindo devagar o corredor na direção deles.

— Você não devia estar em pé — disse Rusty.

— Talvez não — concordou Ginny, e se sentou do outro lado de Gina com um suspiro de alívio. O nariz coberto e o esparadrapo debaixo dos olhos a deixavam parecida com um goleiro de hóquei depois de um jogo difícil. — Mas mesmo assim estou de volta ao serviço.

— Talvez amanhã... — começou Rusty.

— Não, agora. — Ela pegou a mão de Gina. — E você também, querida. Na escola de enfermagem, aquela enfermeira velha e dura sempre dizia: "Você pode ir embora quando o sangue secar e o rodeio acabar."

— E se eu cometer um erro? — Gina sussurrou:

— Todo mundo comete. O segredo é cometer o mínimo possível. E eu vou te ajudar. Você e a Harriet. Então, o que me diz?

Em dúvida, Gina fitou o rosto inchado de Ginny, a lesão acentuada por um velho par de óculos que Ginny achara em algum lugar.

— Tem certeza de que você está em condições, sra. Tomlinson?

— Você me ajuda, eu te ajudo. Ginny e Gina, as Garotas Guerreiras! — Ela ergueu o punho. Conseguindo dar um sorrisinho, Gina bateu os nós dos dedos contra os de Ginny.

— Tá tudo muito bom, tá tudo muito bem — disse Rusty —, mas se começar a se sentir tonta, cata uma cama e se deita um pouco. Ordens do dr. Rusty.

Ginny fez uma careta, já que o sorriso que os lábios tentaram puxou as asas do nariz.

— Nem preciso de cama, basta me apossar do velho sofá do Ron Haskell no saguão.

O celular de Rusty tocou. Ele acenou para as mulheres. Elas foram conversando, o braço de Gina na cintura de Ginny.

— Alô, Eric falando — disse ele.

— Aqui é a mulher do Eric — disse uma voz fraca. — Ligando pra se desculpar com Eric.

Rusty foi até um consultório vazio e fechou a porta.

— Não precisa se desculpar — disse ele... embora não tivesse certeza de que fosse verdade. — Foi o calor do momento. Soltaram ele? — Parecia-lhe uma pergunta perfeitamente sensata, em se tratando do Barbie que ele começava a conhecer.

— Prefiro não falar sobre isso por telefone. Pode vir até a casa, querido? Por favor. Nós precisamos conversar.

Rusty achou que realmente podia. Tivera um paciente em estado grave que simplificara consideravelmente a sua vida profissional ao morrer. E, embora ficasse aliviado por voltar a falar com a mulher que amava, não gostou da nova cautela que ouviu na voz dela.

— Posso — disse —, mas não por muito tempo. Ginny está em pé outra vez, mas se eu não ficar de olho ela vai exagerar. Jantar?

— É. — Ela parecia aliviada. Rusty ficou contente. — Descongelo um pouco de canja. É melhor comer o máximo possível do que está congelado enquanto ainda temos energia pra guardar sem estragar.

— Mais uma coisa. Você ainda acha que o Barbie é culpado? Não importa o que os outros pensam, você acha?

Uma longa pausa. Então ela disse:

— Conversamos quando você chegar. — E com isso, desligou.

Rusty estava com a bunda encostada na mesa de exames. Ficou um instante com o celular na mão, depois apertou a tecla END. Agora não tinha certeza de muitas coisas — sentia-se um homem nadando no mar da perplexidade —, mas de uma coisa não duvidava: a mulher achava que alguém poderia estar à escuta. Mas quem? O Exército? A Segurança Nacional?

Big Jim Rennie?

— Ridículo — disse Rusty à sala vazia. Depois foi procurar Twitch para lhe dizer que ia dar uma saída.

9

Twitch concordou em ficar de olho em Ginny e cuidar para que ela não exagerasse, mas pediu algo em troca: antes de sair, Rusty teria de examinar Henrietta Clavard, que se ferira na confusão no supermercado.

— O que houve com ela? — perguntou Rusty, temendo o pior. Para uma velha senhora, Henrietta era forte e estava em forma, mas 84 anos eram 84 anos.

— Ela disse, literalmente: "Uma daquelas ordinárias das irmãs Mercier quebrou a merda da minha bunda." Ela acha que foi a Carla Mercier. Que agora é Venziano.

— Certo — disse Rusty, e depois murmurou, sem razão específica: — É pequena a cidade, filho, e pro time nós torcemos. Está mesmo?

— Está o que, sensei?

— Quebrada.

— Não sei. Ela não quer me mostrar. Ela disse, literalmente *de novo*: "Só vou mostrar os meus países baixos pra olhos profissionais."

Eles caíram na gargalhada, tentando sufocar o som.

Do outro lado da porta fechada, a voz roufenha e dolorosa de uma velha disse:

— É a bunda que está quebrada, não os ouvidos. Eu escutei tudo.

Rusty e Twitch riram ainda mais. Twitch chegara a um tom alarmante de vermelho.

Atrás da porta, Henrietta disse:

— Se a bunda fosse sua, parceiros, vocês estariam rindo pelo outro lado da cara.

Rusty entrou, ainda sorrindo.

— Sinto muito, sra. Clavard.

Ela estava em pé e não sentada e, para imenso alívio dele, sorria.

— Não foi nada — respondeu ela. — *Alguma* coisa nessa barafunda tem que ser engraçada. Que seja eu. — Ela pensou melhor. — Além disso, eu estava lá roubando junto com todo mundo. Devo ter merecido.

10

A bunda de Henrietta estava bem machucada, mas não quebrada. Isso era bom, porque uma fratura de cóccix não é motivo de risadas. Rusty lhe deu um creme para amortecer a dor, confirmou que tinha Advil em casa e a mandou embora, mancando mas satisfeita. Tão satisfeita, ao menos, quanto uma senhora da sua idade e temperamento poderia ficar.

Na segunda tentativa de fuga, cerca de 15 minutos depois do telefonema de Linda, Harriet Bigelow o deteve quase na porta do estacionamento.

— Ginny disse que você devia saber que Sammy Bushey foi embora.

— Embora pra onde? — perguntou Rusty. Isso sob o velho pressuposto da escola primária de que a única pergunta estúpida era a que a gente não fazia.

— Ninguém sabe. Ela simplesmente foi embora.

— Vai ver foi ao Rosa Mosqueta pra ver se estão servindo o jantar. Espero que sim, porque se tentar ir a pé até em casa, vai romper os pontos.

Harriet pareceu alarmada.

— Será que ela pode sangrar até a morte? Sangrar até a morte pela vuvuzela... isso seria *horrível*!

Rusty já ouvira muitos nomes para a vagina, mas este era novo.

— Talvez não, mas ela acabaria voltando aqui pra uma longa estada. E o bebê?

Harriet ficou chocada. Ela era uma coisinha sincera que tinha um jeito de piscar distraidamente por trás das lentes grossas dos óculos quando estava nervosa; o tipo de garota, pensou Rusty, que podia acabar com um colapso mental uns 15 anos depois de se formar com distinção em faculdades de prestígio como Smith ou Vassar.

— O bebê! Ahmeudeus, Pequeno Walter! — Ela desceu às pressas o corredor antes que Rusty a detivesse e voltou parecendo aliviada. — Ainda está aqui. Não é muito animado, mas parece ser da natureza dele.

— Então ela provavelmente volta. Não importa quais sejam os outros problemas dela, ela ama o garoto. De um jeito meio desligado.

— Hein? — Mais piscadelas furiosas.

— Nada, nada. Eu volto assim que puder, Hari. Mantenha o plano de voo.

— Manter *que* plano de voo? — Agora as pálpebras pareciam a ponto de pegar fogo.

Rusty quase disse *Quero dizer, mantenha o mastro em pé*, mas também não daria certo. Na terminologia de Harriet, mastro provavelmente combinava com vuvuzela.

— Continue a trabalhar — disse ele.

Harriet ficou aliviada.

— Isso eu posso fazer, dr. Rusty, sem problemas.

Rusty virou-se para ir, mas agora havia um homem ali — magro, não era feio descontando o nariz adunco, um monte de cabelo grisalho amarrado atrás num rabo de cavalo. Parecia um pouco com o falecido Timothy Leary. Rusty começava a duvidar se que conseguiria ir embora.

— Precisa de ajuda, senhor?

— Na verdade, eu estava pensando que talvez eu pudesse ajudá-lo. — Ele estendeu a mão ossuda. — Thurston Marshall. Eu e a minha parceira estávamos passando o fim de semana em Chester Pond e ficamos presos nesse sei lá o quê.

— Sinto muito — disse Rusty.

— O fato é que eu tenho alguma experiência médica. Apresentei objeção de consciência durante a bagunça do Vietnã. Pensei em ir para o Canadá, mas tinha planos... bom, não importa. Registrei a objeção de consciência e servi dois anos como ordenança num hospital de veteranos em Massachusetts.

Isso era interessante.

— O Edith Nourse Rogers?

— Esse mesmo. Talvez os meus conhecimentos estejam um pouco desatualizados, mas...

— Sr. Marshall, a vaga é sua.

11

Quando Rusty entrou na 119, ouviu uma buzina. Olhou o espelho e viu um dos caminhões de Obras Públicas da cidade preparando-se para entrar no Catherine Russell. Era difícil dizer à luz vermelha do sol poente, mas achou que Stewart Bowie estava ao volante. O que viu numa segunda olhada lhe alegrou o coração: parecia haver dois cilindros de gás na carroceria do caminhão. Mais tarde se preocuparia em descobrir de onde tinham vindo, talvez fizesse algumas perguntas, mas por enquanto ficou apenas aliviado ao saber que logo as luzes voltariam, com respiradores e monitores ligados. Talvez não a longo prazo, mas ele ligara o modo um-dia-de-cada-vez.

No alto do morro da praça da Cidade, viu Benny Drake, o seu antigo paciente skatista, e dois amigos. Um era o garoto McClatchey que passara o vídeo ao vivo do choque do míssil. Benny acenou e gritou, querendo obviamente que Rusty parasse para uma prosa. Rusty acenou de volta, mas não desacelerou. Estava ansioso para ver Linda. E também para ouvir o que ela tinha a dizer, é claro, mas principalmente para vê-la, abraçá-la e acabar de fazer as pazes.

12

Barbie precisava mijar, mas segurou. Fizera interrogatórios no Iraque e sabia como a coisa funcionava por lá. Ainda não sabia se ali seria igual, mas talvez fosse. Tudo avançava muito rápido e Big Jim mostrara uma capacidade implacável de acompanhar os tempos. Como a maioria dos demagogos talentosos, nunca subestimava a capacidade do público-alvo de aceitar absurdos.

Barbie também estava com muita sede e não se surpreendeu quando um dos novos policiais apareceu com um copo d'água numa das mãos e, na outra, uma folha de papel com uma caneta presa. É, era assim que funcionava; era assim que funcionava em Fallujah, Takrit, Hilla, Mossul e Bagdá. Parecia que também era como funcionava agora em Chester's Mill.

O novo policial era Junior Rennie.

— Olha só — disse Junior. — Agora você não parece muito disposto a surrar os outros com os seus maravilhosos truques do Exército. — Ergueu a mão que segurava a folha de papel e esfregou a têmpora esquerda com a ponta dos dedos. O papel farfalhou.

— Você também não parece muito bem.

Junior baixou a mão.

— Estou estalando de folha.

Agora, *isso* foi esquisito, pensou Barbie; havia quem dissesse estalando de novo, outros diziam novo em folha, mas ninguém, até onde ele sabia, dizia *estalando de folha*. Provavelmente não era nada, mas...

— Tem certeza? O seu olho está todo vermelho.

— Estou ótimo, maravilhoso. E não estou aqui pra falar de mim.

Barbie, que sabia por que Junior estava ali, disse:

— É água?

Junior olhou o copo como se o tivesse esquecido.

— É. O chefe disse que você poderia estar com sede. Quinta-feira numa terça, sabe. — Ele deu uma gargalhada, como se essa incoerência fosse a coisa mais engraçada que já saíra da sua boca. — Quer?

— Quero, obrigado.

Junior estendeu o copo. Barbie estendeu a mão. Junior puxou o copo de volta. É claro. Era assim que funcionava.

— Por que você matou eles? Estou curioso, *Baaarbie*. Angie não quis mais dar pra você? Aí você tentou a Dodee e descobriu que ela preferia lamber racha que engolir piroca? Talvez o Coggins tenha visto o que não devia? E a Brenda desconfiou. Por que não? Ela também era policial, né? Por injeção!

Junior cantarolava riso, mas por trás do humor só havia uma sinistra vigilância. E dor. Barbie tinha bastante certeza disso.

— O quê? Não vai dizer nada?

— Já disse. Eu gostaria de um copo d'água. Estou com sede.

— É, aposto que sim. Aquele gás de pimenta é uma merda, não é? Eu soube que você serviu no Iraque. Como era por lá?

— Quente.

Junior cantarolou de novo. Um pouco da água do copo respingou no seu pulso. As mãos estavam tremendo um pouco? E vazavam lágrimas pelo canto do olho inflamado. *Junior, que diabos está errado com você? Enxaqueca? Outra coisa?*

— Você matou alguém?
— Só com a minha comida.

Junior sorriu, como se dissesse *Boa, boa.*

— Lá você não era chapeiro, *Baaaarbie*. Era oficial de ligação. Ao menos na descrição do seu posto. Meu pai procurou você na internet. Não tem muita coisa, mas tem um pouco. Ele acha que você era interrogador. Talvez até agente secreto. Você era tipo Jason Bourne do exército?

Barbie nada disse.

— Vamos lá, matou alguém? Ou eu devia perguntar *quantos* você matou? Fora os que você apagou aqui, claro.

Barbie nada disse.

— Cara, aposto que essa água tá boa. Veio da geladeira lá em cima. Geladinha!

Barbie nada disse.

— Vocês voltam cheios de problemas. Ao menos, é o que eu aprendo e vejo na TV. Certo ou mentira? Verdade ou errado?

Não é enxaqueca que deixa ele assim. Ao menos, nenhuma enxaqueca que eu conheça.

— Junior, a sua cabeça dói muito?
— Não dói nada.
— Há quanto tempo você tem dor de cabeça?

Junior pôs o copo com cuidado no chão. Estava armado esta noite. Puxou a arma e a apontou para Barbie entre as grades. O cano tremia de leve.

— Quer continuar brincando de médico?

Barbie olhou a arma. Aquilo não estava no roteiro, ele tinha quase certeza; Big Jim tinha planos para ele, e provavelmente não eram agradáveis, mas não incluíam um tiro em Dale Barbara dentro de uma cela quando qualquer um lá em cima poderia descer correndo e ver que a porta da cela ainda estava trancada e a vítima, desarmada. Mas não confiava que Junior seguisse o roteiro, porque Junior estava doente.

— Não — disse ele. — Nada de médico. Sinto muito.
— Claro, você sente muito, tá bom. Sente pra baralho. — Mas Junior ficou satisfeito. Pôs a arma no coldre e pegou de novo o copo d'água. — Minha teoria é que vocês voltam todos fudidos por causa do que viram e fizeram por

lá. Você sabe, TEPT, DST, TPM, um desses. A minha teoria é que você simplesmente pirou. É por aí?

Barbie nada disse.

Junior não parecia mesmo muito interessado. Estendeu o copo entre as grades.

— Pega, pega.

Barbie estendeu a mão para o copo, achando que seria novamente tirado, mas não foi. Provou. Nem fria, nem boa de beber.

— Vai — disse Junior. — Só juntei meio saleiro, mas isso você consegue aguentar, não é? Você salga o seu pão, não salga?

Barbie só olhou para Junior.

— Você salga o seu pão? Você salga, seu filho da puta? Hein?

Barbie estendeu o copo para fora, entre as grades.

— Fica com ele, fica — disse Junior, magnânimo. — E pega isso também.

Ele passou o papel e a caneta pelas grades. Barbie os pegou e olhou o papel. Era bem o que esperava. Havia um lugar para que ele assinasse o nome embaixo.

Ele o estendeu de volta. Junior recuou com um passo quase de dança, sorrindo e fazendo que não com a cabeça.

— Fica com isso também. O meu pai disse que você não assinaria agora, mas pensaria no caso. E pensaria em receber um copo d'água sem sal dentro. E comida. Um grande cheeseburger no paraíso. Talvez uma Coca. Tem algumas geladas lá em cima. Você não gostaria de uma boa de uma Tota-Tola?

Barbie nada disse.

— Você salga o seu pão? Vamos lá, não seja tímido. Você salga, seu cara de bunda?

Barbie nada disse.

— Você vai ceder. Quando tiver fome e sede suficientes, vai ceder. É o que o meu pai disse, e ele costuma acertar nessas coisas. Ta-tá, *Baaaarbie!*

Começou a descer o corredor e se virou.

— Você nunca devia ter posto as mãos em mim, sabe. Esse foi o seu grande erro.

Enquanto Junior subia as escadas, Barbie observou que o rapaz mancava um pouquinho — ou *arrastava* a perna. Era isso, arrastava a perna para a esquerda e puxava o corrimão com a mão direita para compensar. Ficou pensando no que Rusty Everett acharia desses sintomas. Ficou pensando se chegaria a ter a oportunidade de perguntar.

Barbie examinou a confissão não assinada. Gostaria de rasgá-la e espalhar os pedacinhos no chão fora da cela, mas seria uma provocação desnecessária. Agora estava entre as garras do gato, e a melhor coisa a fazer seria ficar quieto. Pôs o papel no catre com a caneta em cima. Depois pegou o copo d'água. Salgada. Cheia de sal. Conseguia sentir o cheiro. O que o levou a pensar em como Chester's Mill estava agora... só que já não seria assim? Mesmo antes da Redoma? Big Jim e os seus amigos não tinham semeado o chão de sal havia já algum tempo? Barbie achava que sim. Também achava que, se saísse vivo daquela delegacia, seria um milagre.

Mesmo assim, nisso eles eram amadores; tinham se esquecido do sanitário. Talvez nenhum deles jamais tivesse estado num país onde até um pouco d'água de vala pareceria ótima quando se carregava 40kg de equipamento e a temperatura era de 46 graus. Barbie despejou a água salgada no canto da cela. Depois, mijou no copo e o deixou debaixo do catre. Então, ajoelhou-se diante do sanitário como um homem em oração e bebeu até sentir o estômago inchado.

13

Linda estava sentada nos degraus da frente quando Rusty estacionou. Nos fundos, Jackie Wettington empurrava as Jotinhas no balanço e as meninas insistiam para que empurrasse com mais força para balançarem mais alto.

Linda foi até ele com os braços abertos. Ela o beijou na boca, se afastou para olhá-lo e o beijou de novo, com as mãos no rosto dele e a boca aberta. Ele sentiu o toque rápido e úmido da língua dela e, imediatamente, começou a ficar duro. Ela sentiu e pressionou o corpo contra ele.

— Uau — disse ele. — Devíamos brigar mais vezes em público. E se você não parar, vamos fazer outra coisa em público.

— Vamos, mas não em público. Primeiro, preciso dizer de novo que eu sinto muito?

— Não.

Ela pegou a mão dele e o levou até os degraus.

— Ótimo. Porque nós temos muito o que conversar. Coisa séria.

Ele pôs a outra mão em cima da dela.

— Sou todo ouvidos.

Ela lhe contou o que acontecera na delegacia — Julia mandada embora depois que Andy Sanders tivera permissão de descer para ver o prisioneiro.

Contou que fora à igreja para que ela e Jackie pudessem conversar em particular com Julia, e depois a conversa no presbitério, com Piper Libby e Rommie Burpee adicionados à mistura. Quando lhe falou do início do rigor que tinham observado no corpo de Brenda Perkins, os ouvidos de Rusty se aguçaram.

— Jackie! — exclamou. — Tem certeza do rigor?

— Muita! — exclamou ela de volta.

— Ei, papai! — gritou Judy. — Eu e Jannie vamos dar a volta toda!

— Não vão, não — gritou Rusty de volta, e se levantou para mandar beijos com a palma da mão. Cada menina pegou um; na hora de pegar beijos, elas eram craques.

— A que horas você viu os corpos, Lin?

— Acho que era umas dez e meia. A confusão do supermercado já tinha acabado há muito tempo.

— E se Jackie estiver certa sobre o rigor ter só começado... mas não podemos ter certeza absoluta disso, podemos?

— Não, mas escuta. Conversei com Rose Twitchell. Barbara foi para o Rosa Mosqueta às *dez para as seis*. A partir daí até a descoberta dos corpos, ele tem um álibi. Então quando ele teria que ter matado ela? Às cinco? Cinco e meia? Qual a probabilidade disso, se o rigor mal começava cinco horas depois?

— Improvável, mas não impossível. O rigor mortis é afetado por muitas variáveis. A temperatura do local de armazenamento do corpo, por exemplo. Tava quente na despensa?

— Tava — admitiu ela, depois cruzou os braços sobre os seios e segurou os ombros. — Quente e *fedorento*.

— Entende o que eu quero dizer? Nessas circunstâncias, ele poderia ter matado Brenda em algum lugar às *quatro* da manhã e depois levado ela pra lá e deixado na...

— Achei que você estava do lado dele.

— Estou, e realmente não é provável, porque a despensa estaria muito mais fria às quatro da manhã. Além disso, por que ele estaria com Brenda às quatro da manhã? O que os policiais diriam? Que estavam trepando? Mesmo que mulheres mais velhas, *muito* mais velhas, fossem a preferência dele... três dias depois da morte do marido de um casamento de mais de 30 anos?

— Diriam que não foi consensual — disse ela friamente. — Diriam que foi estupro. O mesmo que já estão dizendo daquelas duas garotas.

— E o Coggins?

— Se querem enquadrar ele, vão pensar em alguma coisa.

— Julia vai publicar tudo isso?

— Ela vai escrever a reportagem e fazer algumas perguntas, mas não vai falar da história do rigor que estava começando. O Randolph pode ser estúpido demais pra adivinhar de onde veio a informação, mas o Rennie saberia.

— Ainda pode ser perigoso — disse Rusty. — Se amordaçarem ela, não vai poder nem ir reclamar com a União Americana de Direitos Civis.

— Acho que ela não se importa. Está danadíssima. Acha até que o saque do supermercado foi armado.

Provavelmente foi, pensou Rusty. Mas o que ele disse foi:

— Droga, eu gostaria de ter visto aqueles corpos.

— Talvez ainda possa.

— Eu sei o que você está pensando, querida, mas você e Jackie podem perder o emprego. Ou pior, se for este o jeito de Big Jim se livrar de problemas incômodos.

— Não podemos simplesmente deixar isso...

— Também pode não adiantar nada. *Provavelmente* não vai adiantar. Se o rigor mortis de Brenda Perkins começou entre as quatro e as oito, já deve ser total agora e eu não vou conseguir descobrir muita coisa no corpo. O médico-legista do condado de Castle talvez conseguisse, mas ele está tão fora de alcance quanto a União de Direitos Civis.

— Talvez haja outra coisa. Algo no cadáver dela ou nos outros. Você sabe aquele cartaz que põem em algumas salas de autópsia? "É aqui que os mortos falam com os vivos"?

— É um tiro no escuro. Sabe o que seria melhor? Que alguém tivesse visto a Brenda viva depois que o Barbie chegou ao trabalho hoje de manhã, às dez pras seis. Isso abriria no fundo do barco deles um buraco grande demais pra taparem.

Judy e Janelle, de pijama, vieram correndo receber abraços. Rusty cumpriu o seu dever nesse aspecto.

Jackie Wettington, atrás delas, ouviu o último comentário de Rusty e disse:

— Vou perguntar por aí.

— Mas discretamente — disse ele.

— Pode apostar. E só pra registrar, eu ainda não tou totalmente convencida. As plaquinhas de identificação dele *estavam* na mão da Angie.

— E ele nem notou que tinham sumido desde que perdeu até a hora em que os corpos foram encontrados?

— Que corpos, pai? — perguntou Jannie.

Ele suspirou.

— É complicado, querida. Não é coisa pra menininhas.

Os olhos dela disseram que tudo bem. Enquanto isso, a irmã mais nova fora colher algumas flores tardias, mas voltou de mãos abanando.

— Estão morrendo — relatou. — Todas marrons e nojentas nas bordas.

— Provavelmente está quente demais pra elas — disse Linda, e por um instante Rusty achou que ela ia chorar. Ele aproveitou a brecha.

— Meninas, vão escovar os dentes. Peguem água na jarra em cima da pia da cozinha. Jannie, você foi nomeada enchedora de copos. Agora vão. — Ele se virou para as mulheres. Para Linda em particular. — Você tá bem?

— Sim. É só que... isso fica me atingindo de diversas maneiras. Penso: "Essas flores não tinham nada que morrer", e aí penso "nada disso tinha que acontecer, pra começar".

Ficaram calados um instante, pensando. Depois, Rusty falou.

— Devíamos esperar pra ver se o Randolph me pede pra examinar os corpos. Se ele pedir, dou a minha olhada sem nenhum risco de escaldar vocês duas. Caso contrário, isso já nos diz alguma coisa.

— Enquanto isso, Barbie está na cadeia — disse Linda. — Podem estar tentando arrancar dele uma confissão bem agora.

— Vamos supor que vocês usem as insígnias e me levem até a funerária? — perguntou Rusty. — Depois, vamos supor que eu ache alguma coisa que inocente o Barbie. Acha que eles vão dizer "Ah, desculpa, foi mal" e soltar ele? E depois deixar que ele assuma o comando? Porque é isso que o governo quer; é o que toda a cidade diz. Acha que o Rennie deixaria... — O celular tocou. — Essas coisas são a pior invenção que existe — disse, mas ao menos não era o hospital.

— Sr. Everett? — Uma mulher. Ele conhecia a voz, mas não conseguia recordar o nome.

— Sim, mas a menos que seja uma emergência, estou meio ocupado ag...

— Não sei se é emergência, mas é muitíssimo importante. E como o sr. Barbara... ou coronel Barbara, acho... foi preso, é com o senhor que eu tenho que falar.

— Sra. McClatchey?

— Isso, mas o senhor tem que falar com Joe. Fala com ele.

— Dr. Rusty? — A voz era insistente, quase sem fôlego.

— Oi, Joe. O que é?

— Acho que nós achamos o gerador. Agora a gente faz *o quê*?

A noite escureceu tão de repente que os três levaram um susto, e Linda agarrou o braço de Rusty. Mas era só a grande mancha de fumaça no lado oeste da Redoma. O sol caíra atrás dela.

— Onde?

— Serra Negra.

— Tinha radiação, filho? — Sabendo que teria de haver; de que outro jeito teriam achado?

— A última leitura foi +200 — disse Joe. — Abaixo da zona de perigo. O que a gente faz?

Rusty passou a mão livre pelo cabelo. Coisa demais acontecendo. Coisa demais, depressa demais. Principalmente para um remendador de cidade pequena que nunca se considerara um tomador de decisões, muito menos um líder.

— Hoje, não. Já está quase escuro. Cuidamos disso amanhã. Enquanto isso, Joe, você tem que me prometer uma coisa. Guarda isso com você. Você sabe, Benny e Norrie sabem e a sua mãe sabe. Que continue assim.

— Certo. — Joe pareceu desapontado. — Temos muito pra te contar, mas acho que dá pra esperar até amanhã. — Ele respirou fundo. — É meio assustador, não é?

— É, sim, filho — concordou Rusty. — É meio assustador.

14

O homem encarregado do destino de Mill estava sentado no escritório comendo um sanduíche de carne enlatada com pão de centeio em grandes mordidas equinas quando Junior entrou. Antes, Big Jim dera um supercochilo de 45 minutos. Agora se sentia renovado e mais uma vez pronto para a ação. A superfície da escrivaninha estava cheia de folhas de papel ofício amarelo, anotações que mais tarde ele queimaria no incinerador lá nos fundos. Melhor prevenir do que remediar.

O escritório estava iluminado com lampiões Coleman que lançavam uma luz branca e brilhante. Deus sabia que ele tinha acesso a muito gás — suficiente para iluminar a casa e fazer funcionar os aparelhos por cinquenta anos — mas, por enquanto, os Coleman eram melhores. Quando passassem na rua, ele queria que todos vissem aquele brilho branco e soubessem que o vereador Rennie não tinha vantagens especiais. Que o vereador Rennie era igualzinho a eles, só que mais confiável.

Junior mancava. O rosto estava exausto.

— Ele não confessou.

Big Jim não esperara que Barbara confessasse tão cedo e ignorou isso.

— O que você tem? Parece pálido demais.

— Outra dor de cabeça, mas agora já está passando. — Era verdade, embora tivesse estado péssima durante a sua conversa com Barbie. Aqueles olhos cinza-azulados viam ou pareciam ver demais.

Eu sei o que você fez com elas na despensa, eles diziam. *Eu sei de tudo.*

Ele precisara de toda a sua força de vontade para não puxar o gatilho da arma quando a sacou e escurecer para sempre aquele maldito olhar penetrante.

— Você está mancando também.

— É por causa daqueles garotos que nós achamos perto do lago Chester. Levei um deles no colo e acho que estirei um músculo.

— Tem certeza de que é só isso? Você e Thibodeau têm trabalho a fazer — Big Jim olhou o relógio — daqui a umas três horas e meia, e você não pode pôr tudo a perder. Precisa funcionar com perfeição.

— Por que não assim que escurecer?

— Porque a bruxa está preparando o jornal lá com aqueles dois duendezinhos. Freeman e o outro. O repórter esportivo que sempre malha os Wildcats.

— Tony Guay.

— Esse. Não dou a mínima se eles se ferirem, ela principalmente — o lábio superior de Big Jim se ergueu, na imitação canina de sorriso —, mas não deve haver testemunhas. Ao menos, não testemunhas oculares. O que as pessoas *escutarem*... é coisa bem diferente.

— O que você quer que escutem, pai?

— Tem certeza de que você está em condições? Porque eu posso mandar o Frank no seu lugar com o Carter.

— *Não!* Eu te ajudei com o Coggins, te ajudei com a velha hoje de manhã e *mereço* fazer isso!

Big Jim pareceu avaliar o filho. Depois, concordou.

— Tudo bem. Mas não seja pego nem visto.

— Fica tranquilo. O que você quer que... as testemunhas auditivas escutem?

Big Jim lhe contou. Big Jim lhe contou tudo. Era bom, pensou Junior. Ele tinha que admitir: o seu velho e querido pai não errava uma.

15

Quando Junior subiu para "descansar a perna", Big Jim terminou o sanduíche, limpou a gordura do queixo e ligou para o celular de Stewart Bowie. Começou com a pergunta que todo mundo faz quando liga para um celular.

— Onde você está?

Stewart disse que estavam a caminho da funerária para tomar um drinque. Como sabia o que Big Jim achava de bebidas alcoólicas, disse isso com o jeito desafiador dos trabalhadores: *fiz o meu serviço, agora é hora do prazer.*

— Tudo bem, mas veja bem, só um. O serviço da noite ainda não acabou pra você. Nem pro Fern e pro Roger.

Stewart protestou incansavelmente.

Depois que ele terminou o que tinha a dizer, Big Jim continuou.

— Quero vocês três na Escola Fundamental às nove e meia. Vai haver alguns policiais novos lá, inclusive os garotos do Roger, aliás, e quero vocês lá também. — Teve uma inspiração. — Na verdade, vou tornar vocês sargentos da Força de Segurança Municipal de Chester's Mill.

Stewart lembrou a Big Jim que ele e Fern tinham que cuidar de quatro novos cadáveres. Com o forte sotaque ianque, a palavra saiu como *cadóvis*.

— Esse pessoal da casa dos McCain pode esperar — disse Big Jim. — Estão mortos. Estamos com uma situação de emergência nas mãos por aqui, caso você não tenha percebido. Até terminar, todos temos que nos esforçar. Fazer a nossa parte. Torcer para o time. Nove e meia na Escola Fundamental. Mas tenho outra coisa pra fazerem antes. Não vai demorar. Chama o Fern.

Stewart perguntou por que Big Jim queria falar com Fern, que ele considerava — com certa justiça — o Irmão Burro.

— Não é da sua conta. Passa o telefone pra ele.

Fern disse alô. Big Jim nem retribuiu.

— Você foi dos Voluntários, não foi? Até eles se desmobilizarem?

Fern disse que realmente participara desse grupo adjunto extraoficial do Corpo de Bombeiros of Chester's Mill, sem acrescentar que saíra um ano antes de os Voluntários se desmobilizarem (depois que os vereadores recomendaram que não lhes fossem encaminhados recursos do orçamento de 2008). Também não acrescentou que as atividades de levantamento de fundos de fim de semana dos Voluntários estavam reduzindo o tempo que ele tinha para beber.

— Quero que você vá à delegacia e pegue a chave do Corpo de Bombeiros — disse Big Jim. — Veja se os extintores costais que o Burpee usou ontem estão na garagem. Disseram que foi onde ele e a mulher de Perkins deixaram, e é bom que seja verdade.

Fern disse que achava que os extintores costais eram da loja de Burpee, o que meio que fazia com que pertencessem a Rommie. Os Voluntários tiveram alguns, mas os venderam no eBay quando o grupo se desmobilizou.

— Talvez *tenham sido* dele, mas não são mais — disse Big Jim. — Enquanto essa crise durar, são propriedade da cidade. Vamos fazer o mesmo com tudo que for preciso. É pro bem de todos. E se Romeo Burpee acha que vai fundar os Voluntários de novo, está muito enganado.

Fern disse, cautelosamente, que soubera que Rommie fizera um excelente trabalho ao apagar o fogo de contato na Bostinha depois do choque do míssil.

— Aquilo não foi mais do que guimba de cigarro fumegando no cinzeiro — zombou Big Jim. Uma veia pulsava na sua têmpora e o coração batia forte demais. Sabia que comera muito depressa, de novo, mas simplesmente não conseguia evitar. Quando tinha fome, engolia o que estivesse pela frente até que acabasse. Era a sua natureza. — Qualquer um apagaria. *Você* apagaria. A questão é, eu sei quem votou em mim da última vez e quem não votou. Os que não votaram não ganham nenhum docinho melequento.

Fern perguntou a Big Jim o que ele, Fern, deveria fazer com os extintores.

— Só confirme se estão na garagem do Corpo de Bombeiros. Depois vai até a Escola Fundamental. Nós vamos estar na quadra.

Fern disse que Roger Killian queria falar com ele.

Big Jim ergueu os olhos, mas esperou.

Roger queria saber qual dos seus filhos iria entrar para a polícia.

Big Jim suspirou, remexeu a confusão de papéis sobre a escrivaninha e encontrou o que tinha a lista de novos agentes. A maioria estava no curso secundário e todos eram rapazes. O mais novo, Mickey Wardlaw, só tinha 15 anos, mas era grande e forte. No time de futebol americano, fora o pilar direito da linha ofensiva até ser expulso por bebedeira.

— Ricky e Randall.

Roger protestou que eram os mais velhos e os únicos em que podia confiar para as tarefas do sítio. Quem, perguntou ele, ia ajudar com as galinhas?

Big Jim fechou os olhos e pediu forças a Deus.

16

Sammy tinha plena consciência da dor baixa e recorrente na barriga — como cólica menstrual — e de pontadas muito mais fortes que vinham lá de baixo. Seria difícil não notar, porque sentia uma nova a cada passo. Ainda assim, continuou se arrastando pela 119 na direção da estrada de Motton. Continuaria, por mais que doesse. Tinha um destino em mente, e também não era o seu trailer. O que ela queria não estava no trailer, mas ela sabia onde poderia achar. Andaria até lá nem que levasse a noite inteira. Se a dor ficasse muito forte, havia cinco comprimidos de Percocet no bolso da calça e ela poderia mastigá-los. Funcionavam mais depressa quando a gente mastigava. Phil lhe dissera.

Fode ela.
Vamos voltar e foder de verdade *com você.*
Fode essa piranha.
Você tem que aprender a ficar de boca fechada a não ser quando estiver de joelhos.
Fode ela, fode essa piranha.
Ninguém vai mesmo acreditar em você.

Mas a reverenda Libby acreditara, e vejam o que aconteceu com ela. Ombro luxado; cachorro morto.

Fode essa piranha.

Sammy achou que escutaria aquela voz de guincho de porco excitado na cabeça até morrer.

Por isso ela andava. Lá em cima, as primeiras estrelas cor-de-rosa faiscavam, as fagulhas vistas por uma vidraça suja.

Surgiram faróis, fazendo a sua sombra pular comprida na estrada à frente. Um velho caminhão chocalhante de fazenda freou e parou. — Ei, você, sobe aqui — disse o homem atrás do volante. Só que soou como *Eivcêê, sob'ki*, porque era Alden Dinsmore, pai do falecido Rory, que estava bêbado.

Ainda assim, Sammy subiu — se movendo com cuidados de inválido. Alden nem notou. Havia uma lata de 480ml de Budweiser entre as suas pernas e um engradado meio vazio ao lado dele. Latas vazias rolavam e chocalhavam em volta dos pés de Sammy.

— Tá indo pra onde? — perguntou Alden. — Pra cima? Pra baixo?

Ele riu para mostrar que, bêbado ou não, sabia fazer piada.

— Só até a estrada de Motton, senhor. O senhor vai pra lá?

— Pra onde você quiser — disse Alden. — Tô só dirigindo. Dirigindo e pensando no meu garoto. Morreu sab'do.

— Sinto muito pela sua perda.

Ele fez que sim e bebeu.

— Meu pai morreu nuinvern'passad, sabia? Morreu sufocado, coitado. Enf-zema. Passou o último ano de vida no oxigênio. Rory que trocava os cilindros. 'Dorava aquele veio canalha.

— Sinto muito. — Ela já dissera isso, mas o que mais *havia* para dizer?

Uma lágrima se esgueirou pela bochecha dele.

— Vou pra onde você quiser, moça. Vou dirigir até a cerveja acabar. Quer c'veja?

— Quero, obrigada.

A cerveja estava quente, mas ela bebeu avidamente. Estava com muita sede. Pescou um dos Percocets do bolso e o engoliu com outro grande gole. Sentiu o barato lhe atingir a cabeça. Era legal. Pescou outro comprimido e o ofereceu a Alden.

— Quer um? Fazem a gente se sentir melhor.

Ele o pegou e o engoliu com cerveja, sem se dar ao trabalho de perguntar o que era. Ali estava a estrada de Motton. Ele viu o cruzamento tarde demais e fez uma curva aberta, derrubando a caixa de correio dos Crumley. Sammy não ligou.

— Pega outra, moça.

— Obrigada, senhor. — Ela pegou outra cerveja e abriu a lata.

— Quervê meu garoto? — Com o brilho das luzes do painel, os olhos de Alden pareciam úmidos e amarelos. Eram os olhos de um cachorro que caíra num buraco e quebrara a perna. — Quervê o meu garoto Rory?

— Quero — respondeu Sammy, — Quero, sim. Eu estava lá, sabe.

— Todo mundo tava. Luguei o pasto. Devo ter aj'dado a matar el'. Num sabia. A gente nunca sabe, né?

— É — disse Sammy.

Alden enfiou a mão no bolso da frente do macacão e tirou uma carteira velha. Tirou as duas mãos do volante para abri-la, franzindo os olhos e virando os bolsinhos de celuloide.

— Meus fil' me deraessa ca'teira — disse. — Rory e Orrie. Orrie indatá vivo.

— Bela carteira — disse Sammy, se inclinando para segurar o volante. Fizera o mesmo para Phil quando moravam juntos. Muitas vezes. O caminhão do sr. Dinsmore foi de um lado para o outro em arcos lentos e um tanto solenes, quase pegando outra caixa de correio. Mas tudo bem; o pobre coitado estava só a 30, e a estrada de Motton estava deserta. No rádio, a WCIK tocava baixinho *Sweet Hope of Heaven*, com os Blind Boys of Alabama.

Alden jogou a carteira para ela.

— Taí. Meu garot'. Co'avô.

— Pode dirigir enquanto eu olho? — perguntou Sammy.

— Claro. — Alden pegou o volante de novo. O caminhão começou a andar um pouco mais depressa e um pouco mais reto, embora estivesse mais ou menos montado na linha branca.

Era uma fotografia colorida desbotada de um menino e um velho abraçados. O velho usava um boné dos Red Sox e uma máscara de oxigênio. O menino tinha um grande sorriso no rosto.

— É um menino bonito, senhor — disse Sammy.

— É, m'n'no b'nito. B'nito e espert'. — Alden soltou um zurro de dor sem lágrimas. Parecia um asno. Voou cuspe dos lábios. O caminhão mergulhou e se endireitou.

— Eu também tenho um menino bonito — disse Sammy. Ela começou a chorar. Ela lembrou que antigamente adorava torturar bonecas Bratz. Agora sabia como era estar no micro-ondas. Queimar no micro-ondas. — Vou beijar ele quando o vir. Beijar de novo.

— V'cê beija ele — disse Alden.

— Beijo, sim.

— Beija ele e abraça ele e pega ele no colo.

— Vou sim, senhor.

— Eu beijaria o meu se p'desse. Beijaria a b'chechinha cuticuti.

— Eu sei que sim, senhor.

— Mas a gente ent'rrou ele. Hoje d'm'nhã. Bem no lugar.

— Sinto muito pela sua perda.

— Toma outra cerveja.

— Obrigada. — Ela pegou outra cerveja. Estava ficando bêbada. Que delícia ficar bêbada.

Desse jeito, avançaram até que as estrelas cor-de-rosa ficaram mais brilhantes lá em cima, piscando mas não caindo: nada de chuva de meteoros hoje à noite. Passaram pelo trailer de Sammy, onde ela nunca mais iria, sem desacelerar.

17

Eram quase 19h45 quando Rose Twitchell bateu na vidraça da porta do *Democrata*. Julia, Pete e Tony estavam junto a uma mesa comprida, criando cópias do mais recente número de quatro páginas do jornal. Pete e Tony as montavam; Julia as grampeava e colocava na pilha.

Quando viu Rose, Julia acenou energicamente. Rose abriu a porta e titubeou um pouco.

— Caramba, tá quente aqui.

— Desliguei o ar-condicionado pra poupar combustível — disse Pete Freeman —, e a copiadora esquenta quando é muito usada. E hoje foi. — Mas parecia orgulhoso. Rose achou que todos pareciam orgulhosos.

— Achei que você estaria ocupadíssima no restaurante — disse Tony.

— Bem ao contrário. Daria pra matar um veado lá hoje à noite. Acho que muita gente não quer olhar a minha cara porque o meu chapeiro foi preso por assassinato. E acho que muita gente não quer mostrar a cara por causa do que aconteceu no Food City hoje de manhã.

— Vem cá e pega um exemplar — disse Julia. — Você está na capa, Rose.

No alto, em vermelho, estavam as palavras **GRÁTIS** EDIÇÃO DA CRISE DA REDOMA **GRÁTIS**. Embaixo, nas letras corpo 16 que Julia nunca usara até as duas últimas edições do *Democrata*:

SAQUE E MORTES: A CRISE SE APROFUNDA

A foto era da própria Rose. Estava de perfil. O megafone nos lábios. Havia um cacho de cabelo solto na testa e ela parecia lindíssima. Ao fundo, o corredor de suco e macarrão, com várias garrafas de molho de tomate quebradas no chão. A legenda dizia: **Controle do saque: Rose Twitchell, dona do Rosa Mosqueta, acalma o saque ao supermercado com ajuda de Dale Barbara, que foi preso por assassinato (ver reportagem abaixo e Editorial na pág. 4).**

— Meu Deus — disse Rose. — Bom, ao menos você pegou o meu melhor lado. Se é que ele existe.

— Rose — disse Tony Guay solenemente —, você está parecendo a Michelle Pfeiffer.

Rose fez um muxoxo e lhe deu uma banana. Já estava se voltando para o editorial.

PÂNICO AGORA, VERGONHA DEPOIS
Por Julia Shumway

Em Chester's Mill, nem todos conhecem Dale Barbara — é relativamente recém-chegado à nossa cidade —, mas a maioria já comeu sua comida no Rosa Mosqueta. Quem o conhece diria, até hoje, que ele era um verdadeiro ganho para a comunidade, fazendo a sua parte como árbitro dos jogos de softball em julho e agosto, ajudando a Feira do Livro da Escola Fundamental em setembro e recolhendo lixo no Dia Municipal da Limpeza, há apenas 15 dias.

Eis que, hoje, "Barbie" (como é chamado pelos que o conhecem) foi preso por quatro assassinatos chocantes.

Assassinatos de pessoas bem conhecidas e muito amadas nesta cidade. Pessoas que, ao contrário de Dale Barbara, passaram aqui suas vidas quase inteiras.

Em circunstâncias normais, "Barbie" teria sido levado para a cadeia em Castle County, teria direito a um telefonema e lhe designariam um advogado caso não pudesse pagar. Teria sido formalmente acusado e especialistas que sabem o que fazem teriam começado a investigação.

Nada disso aconteceu, e todos sabemos por quê: por causa da Redoma que agora isolou a nossa cidade do resto do mundo. Mas o devido processo legal e o bom-senso também ficaram de fora? Por mais chocante que seja o crime, acusações sem provas não bastam para justificar o modo como Dale Barbara foi tratado nem para explicar a recusa do novo chefe de polícia a responder perguntas ou a permitir que esta repórter verificasse se Dale Barbara ainda está vivo, embora o primeiro vereador Andrew Sanders, pai de Dorothy Sanders, recebesse permissão não só de visitar esse preso sem acusação formal como de vilipendiá-lo...

— Uau — disse Rose, erguendo os olhos. — Vai mesmo imprimir isso?

Com um gesto, Julia indicou os exemplares empilhados.

— Já está impresso. Por quê? Alguma objeção?

— Não, mas... — Rose examinava rapidamente o resto do editorial, que era muito comprido e cada vez mais favorável a Barbie. Terminava com um apelo para que todos que tivessem informações sobre os crimes se apresentassem e a sugestão de que, quando a crise acabasse, como certamente acabaria, o comportamento dos moradores em relação a esses assassinatos seria minuciosamente examinado, não só no Maine e nos Estados Unidos, mas no mundo inteiro. — Não tem medo de encrenca?

— Liberdade de expressão, Rose — disse Pete, soando bastante inseguro.

— É o que Horace Greeley faria — disse Julia com firmeza, e, ao som do seu nome, o corgi, que estava dormindo na sua cama, no canto, ergueu os olhos. Viu Rose e veio pedir um carinho, que Rose ficou contente em lhe dar.

— Tem mais do que o que está aí? — perguntou Rose, dando um tapinha no editorial.

— Um pouco — respondeu Julia. — Estou segurando. Esperando mais.

— Barbie jamais faria uma coisa dessas. Mas mesmo assim eu temo por ele.

Um dos celulares espalhados na escrivaninha tocou. Tony o pegou.

— *Democrata*, Guay. — Escutou e depois estendeu o telefone para Julia. — Coronel Cox. Pra você. Não parece muito satisfeito.

Cox. Julia tinha se esquecido completamente dele. Pegou o telefone.

— Srta. Shumway, preciso falar com Barbie e descobrir se houve progresso na tomada do controle administrativo da cidade.

— Acho que isso não vai acontecer tão cedo — disse Julia. — Ele está preso.

— *Preso*? Acusado de quê?

— Assassinato. Quatro, pra ser exata.

— Você está brincando.

— Parece que eu estou brincando, coronel?

Houve um momento de silêncio. Dava para escutar muitas vozes ao fundo. Quando Cox voltou a falar, a voz estava baixa.

— Explique.

— Não, coronel Cox, acho que não. Fiquei escrevendo sobre isso durante as últimas duas horas e, como minha mãe costumava dizer quando eu era pequena, não mastigo o mesmo repolho duas vezes. O senhor ainda está no Maine?

— Em Castle Rock. A nossa base avançada é aqui.

— Então sugiro que o senhor me encontre onde já nos encontramos. Na estrada de Motton. Não posso lhe dar um exemplar do *Democrata* de amanhã, embora seja gratuito, mas posso segurar junto à Redoma e o senhor pode ler.

— Me manda por e-mail.

— Não. Acho o e-mail antiético no ramo jornalístico. Nisso sou muito antiquada.

— Minha cara, a senhora é muito irritante.

— Posso ser irritante, mas não sou sua cara.

— Me diga uma coisa: isso é armação? Tem a ver com Sanders e Rennie?

— Coronel, de acordo com a sua experiência, o urso defeca na floresta?

Silêncio. Depois, ele disse:

— Encontro a senhora daqui a uma hora.

— Vou levar mais gente. A patroa de Barbie. Acho que o senhor vai se interessar pelo que ela tem a dizer.

— Ótimo.

Julia desligou.

— Quer dar um passeinho comigo até a Redoma, Rose?

— Se isso pode ajudar Barbie, claro.

— Podemos torcer, mas estou achando que aqui estamos por nossa conta. — Julia voltou a sua atenção para Pete e Tony. — Vocês dois terminam de grampear aqueles? Deixem empilhados junto à porta e tranquem tudo ao sair. Durmam bem, porque amanhã nós todos vamos virar pequenos jornaleiros. Esse jornal vai receber tratamento à moda antiga. Todas as casas da cidade. As fazendas próximas. E Eastchester, é claro. Muita gente nova por lá, teoricamente menos suscetível à magia de Big Jim.

Pete ergueu as sobrancelhas.

— O nosso sr. Rennie é o time da casa — disse Julia. — Vai subir no banquinho na assembleia de emergência quinta-feira à noite e tentar dar corda na cidade como se fosse um relógio. Mas os visitantes dão o pontapé inicial. — Ela apontou os jornais. — Esse é o nosso pontapé inicial. Se bastante gente ler, ele vai ter que responder a algumas perguntas difíceis antes de começar o discurso. Talvez a gente consiga atrapalhar um pouco o ritmo dele.

— Talvez muito, se descobrirmos quem atirou as pedras no Food City — disse Pete. — E sabe o que mais? Acho que a gente descobre. Acho que essa coisa toda foi improvisada. Vai haver um monte de pontas soltas.

— Só espero que Barbie ainda esteja vivo quando nós começarmos a puxá-las — disse Julia. Ela olhou o relógio. — Vamos, Rosie, vamos dar um passeio. Quer vir, Horace?

Horace quis.

18

— Pode me deixar aqui, senhor — disse Sammy. Era uma casa agradável, estilo rancho, em Eastchester. Embora a casa estivesse às escuras, o gramado estava iluminado, porque agora estavam perto da Redoma, onde holofotes tinham sido instalados no limite entre Chester's Mill e Harlow.

— Quer outra cerveja pra viagem, moça?

— Não, senhor, pra mim é o fim da viagem. — Embora não fosse. Ela ainda teria de voltar à cidade. No brilho amarelo lançado pela luz da Redoma, Alden Dinsmore parecia ter 85 em vez de 45 anos. Ela nunca vira um rosto tão triste... a não ser talvez o dela, no espelho do quarto do hospital, antes de partir nesta viagem. Ela se inclinou e beijou o rosto dele. A barba por fazer lhe espetou os lábios. Ele pôs a mão no lugar e chegou a sorrir um pouco.

— O senhor agora devia ir pra casa. Tem que pensar na sua esposa. E no seu outro filho pra cuidar.

— Acho qu'ocê tá certa.

— *Estou* certa.

— Você vai ficar bem?

— Vou, sim, senhor. — Ela desceu e depois se virou de novo para ele. — E o senhor?

— Vou tentar — respondeu ele.

Sammy bateu a porta e ficou na entrada da casa, vendo-o dar meia-volta. Ele caiu na vala, mas estava seca e ele conseguiu sair. Seguiu na direção da 119, meio em zigue-zague. Depois as luzes de ré se endireitaram numa linha mais ou menos reta. Estava de novo no meio da estrada — fodendo a linha branca, como diria Phil —, mas ela achou que daria tudo certo. Já eram quase oito e meia agora, totalmente escuro, e ela não achava que ele encontraria alguém.

Quando as luzes de ré piscaram e sumiram, ela foi até a casa escura. Não era grande coisa se comparada a algumas casas velhas e boas no morro da praça da Cidade, mas era melhor do que tudo o que ela já tivera. Era bonita por dentro, também. Já fora até lá com Phil, na época em que ele só vendia uns baseados e cozinhava um pouco de *meth* nos fundos do trailer para uso pessoal. Antes que começasse a ter aquelas ideias estranhas sobre Jesus e a frequentar aquele lixo de igreja onde acreditavam que todo mundo ia para o inferno, menos eles. Foi na religião que os problemas de Phil começaram. Ela o levou a Coggins, e Coggins ou alguém o transformou no Chef.

As pessoas que tinham morado ali não eram doidões; doidões não conseguiriam manter uma casa dessas por muito tempo, fumariam as prestações. Mas Jack e Myra Evans *gostavam* de um bequezinho de vez em quando, e Phil Bushey tinha o máximo prazer em fornecer. Eram boa gente, e Phil os tratara bem. Naquela época, ele ainda era capaz de tratar bem os outros.

Myra lhes serviu refresco de café. Na época, Sammy estava grávida de uns sete meses do Pequeno Walter, o maior barrigão, e Myra lhe perguntou se ela preferia menino ou menina. Sem olhá-la de cima nem um pouquinho. Jack levara Phil até o pequeno escritório-solário para pagá-lo e Phil a chamara.

— Ei, querida, você vai adorar isso!

Tudo parecia ter sido há muito tempo.

Ela experimentou a porta da frente. Estava trancada. Ela pegou uma das pedras decorativas que contornavam o canteiro de flores de Myra e ficou em frente à janela panorâmica, pesando-a na mão. Depois de pensar um pouco, foi até os fundos em vez de quebrá-la. Pular a janela seria difícil no seu estado atual. E mesmo que fosse capaz (e cuidadosa), poderia se cortar a ponto de interferir com o resto dos seus planos para a noite.

Além disso, era uma casa bonita. Não queria vandalizá-la se não precisasse.

E não precisou. O corpo de Jack fora levado, a cidade ainda funcionava bem o bastante para isso, mas ninguém pensara em trancar a porta dos fundos. Sammy entrou direto. Não havia gerador e estava mais escuro do que no cu do gambá, mas havia uma caixa de fósforos no fogão, e o primeiro que ela acendeu lhe mostrou uma lanterna na mesa da cozinha. Serviu muito bem. A luz iluminou o que parecia uma mancha de sangue no chão. Ela a afastou dali depressa e correu até o solário-escritório de Jack Evans. Ficava ao lado da sala de estar, um cubículo tão pequeno que na verdade só havia espaço para uma escrivaninha e um armário com portas de vidro.

Ela passou o facho da lanterna pela escrivaninha e depois o ergueu para que se refletisse nos olhos vidrados do troféu mais precioso de Jack: a cabeça de um alce que ele matara no TR-90 três anos antes. Fora a cabeça de alce que Phil a chamara para ver.

— Tirei a sorte grande naquele ano — contara Jack. — E derrubei ele com aquilo. — Apontou a espingarda de caça no armário. Era uma coisa com mira, de aparência assustadora.

Myra chegara à porta, gelo chacoalhando no copo de chá gelado, parecendo sofisticada, bonita, divertida — o tipo de mulher que Sammy sabia muito bem que ela jamais seria.

— Custou uma fortuna, mas eu deixei ele comprar depois que prometeu me levar pra passar uma semana nas Bermudas em dezembro que vem.

— Bermudas — disse Sammy agora, olhando a cabeça de alce. — Mas ela nunca chegou a ir. Que coisa mais triste.

Phil, pondo o envelope com o dinheiro no bolso de trás das calças, dissera:

— Uma espingarda fantástica, mas não serve muito pra proteção doméstica.

— Cuidei disso também — respondera Jack, e embora não mostrasse a Phil exatamente como, dera um tapinha significativo no tampo da escrivaninha. — Arranjei umas portáteis ótimas.

Phil concordara com a mesma ênfase. Sammy e Myra trocaram um olhar de *meninos, sempre meninos* em perfeita harmonia. Ela ainda se lembrava de como aquele olhar a fizera se sentir bem, se sentir *incluída*, e supôs que era parte da razão de ter ido até ali em vez de outro lugar, outro lugar mais perto da cidade.

Parou para mastigar outro Percocet e depois começou a abrir as gavetas da escrivaninha. Estavam destrancadas, assim como a caixa de madeira na terceira que abriu. Lá dentro estava a arma extra do falecido Jack Evans: uma pistola automática Springfield XD .45. Ela a pegou e, depois de cutucar um pouco, ejetou o pente. Estava cheio, e havia outro de reserva na gaveta. Ela pegou também. Depois, foi até a cozinha procurar uma sacola para levar a arma. E as chaves, é claro. Do que quer que estivesse estacionado na garagem dos falecidos Jack e Myra. Não tinha a intenção de voltar a pé para a cidade.

19

Julia e Rose discutiam o que o futuro poderia reservar para a cidade quando o seu presente quase terminou. Teria terminado se tivessem encontrado o velho caminhão da roça em Esty Bend, a cerca de 2,5 quilômetros do seu destino. Mas Julia chegou à curva a tempo de ver que o caminhão estava na pista dela, e vindo de frente na sua direção.

Sem pensar, virou com força o volante do Prius para a esquerda, indo para a outra pista, e os dois veículos escaparam um do outro por centímetros. Horace, que estava sentado no banco de trás com a costumeira expressão prazerosa de legal-passeio, caiu no chão com um latidinho surpreso. Foi o único som. Nenhuma das mulheres berrou, sequer gritou. Foi rápido demais para isso. A morte ou ferimentos graves passaram por elas num instante e se foram.

Julia voltou para a sua pista, parou no acostamento e desligou o motor do Prius. Olhou para Rose. Esta devolveu o olhar, de olhos arregalados e boca aberta. Atrás, Horace voltou ao banco e deu um único latido, como se perguntasse por que a demora. Com o som, as duas riram e Rose começou a dar tapinhas no peito, acima da prateleira substancial dos peitos.

— Meu coração, meu coração — disse.

— É — respondeu Julia. — O meu também. Viu como foi por pouco?

Rose riu de novo, abalada.

— Tá brincando? Querida, se eu estivesse com o braço pra fora da janela, aquele filhodaputa teria me amputado o cotovelo.

Julia balançou a cabeça.

— Bêbado, provavelmente.

— Bêbado *com certeza* — disse Rose, e fez um muxoxo.

— Está bem pra continuar?

— Você está? — perguntou Rose.

— Estou — respondeu Julia. — E você, Horace?

Horace latiu que já nascera bem.

— Um quase acidente leva embora o azar — disse Rose. — É o que o vovô Twitchell costumava afirmar.

— Espero que ele esteja certo — disse Julia, dando a partida de novo. Observou com atenção se vinham mais faróis, mas a próxima luz que viram foi dos holofotes instalados em Harlow, do lado de fora da Redoma. Não viram Sammy Bushey. Ela as viu; estava na frente da garagem dos Evans, com as chaves do Malibu dos Evans na mão. Depois que as duas passaram, levantou a porta da garagem (teve de fazer isso manualmente, e doeu bastante) e entrou atrás do volante.

20

Havia um beco entre a Loja de Departamentos Burpee e o Posto & Mercearia Mill que ligava a rua principal à rua Oeste. Era usado principalmente por caminhões de entrega. Às 21h15 daquela noite, Junior Rennie e Carter Thibodeau subiram o beco numa escuridão quase perfeita. Numa das mãos, Carter levava uma lata de 20 litros, vermelha com uma faixa diagonal do lado. GASOLINA, dizia a palavra na faixa. Na outra mão, segurava um megafone a pilha. Esse tinha sido branco, mas Carter enrolara o aparelho com fita isolante preta para que não se destacasse caso alguém olhasse na direção deles antes que conseguissem sumir no beco.

Junior usava mochila. A cabeça não doía mais e a perna praticamente parara de mancar. Tinha certeza de que o corpo estava finalmente vencendo o que quer que o fodera. Talvez um resto de algum tipo de vírus. Dava para pegar todo tipo de merda na faculdade, e ser expulso por surrar aquele moleque provavelmente fora uma bênção disfarçada.

Do fundo do beco, viam bem o *Democrata*. A luz se derramava pela calçada vazia, e dava para ver Freeman e Guay se movendo lá dentro, carregando pilhas de papel até a porta e deixando-as ali. A velha estrutura de madeira que abrigava o jornal e o apartamento de Julia ficava entre a Drogaria Sanders e a livraria, mas separada das duas — por uma calçada pavimentada no lado da livraria e por um beco como aquele onde ele e Carter agora se escondiam no lado da drogaria. Era uma noite sem vento, e Junior achou que, se o pai mobilizasse os soldados com rapidez suficiente, não haveria efeitos colaterais. Não que ele se importasse. Se todo o lado leste da rua principal pegasse fogo, seria ótimo para ele. Só mais problemas para Dale Barbara. Ainda sentia aqueles olhos frios e avaliadores sobre ele. Não era direito ser olhado daquela forma, ainda mais quando o homem que olhava estava atrás das grades. Maldito *Baaarbie*.

— Eu devia ter atirado nele — murmurou Junior.

— Hein? — perguntou Carter.

— Nada. — Ele limpou a testa. — Calor.

— É. Frankie diz que, se isso continuar, nós vamos acabar ressecados como ameixas. Quando é que nós temos que agir?

Junior deu de ombros, mal-humorado. O pai lhe dissera, mas ele não conseguia se lembrar direito. Dez horas, talvez. Mas de que importava? Que aqueles dois lá queimassem. E se a piranha do jornal estivesse lá em cima — talvez relaxando com o seu consolo favorito depois de um dia duro — que queimasse também. Mais problemas para *Baaarbie*.

— Vamos agora — disse.

— Tem certeza, cara?

— Está vendo alguém na rua?

Carter olhou. A rua principal estava deserta e quase toda escura. Os geradores atrás da redação do jornal e da drogaria eram os únicos que conseguia escutar. Deu de ombros.

— Tudo bem. Por que não?

Junior soltou as fivelas da mochila e abriu a tampa. No alto, havia dois pares de luvas leves. Deu um par a Carter e calçou o outro. Embaixo havia um pacote enrolado numa toalha de banho. Abriu-o e pôs quatro garrafas de vinho vazias no asfalto remendado. No fundo da mochila, havia um funil de lata. Junior o pôs numa das garrafas e estendeu a mão para a gasolina.

— Melhor eu fazer — disse Carter. — As suas mãos estão tremendo.

Junior as olhou com surpresa. Não se sentia trêmulo, mas elas estavam tremendo mesmo.

— Eu não estou com medo, se é o que você está pensando.

— Nunca disse que você estava. Não é coisa da cabeça. Qualquer um consegue ver. Você tem que procurar o Everett, porque está com alguma coisa e agora na cidade ele é o que chega mais perto de um médico.

— Estou b...

— Cala a boca antes que alguém te escute. Pega a merda da toalha enquanto eu faço isso.

Junior tirou a arma do coldre e deu um tiro no olho de Carter. A cabeça dele explodiu, sangue e cérebro por toda parte. E Junior se inclinou sobre ele, atirando *de novo, de novo, de n...*

— Junes?

Junior sacudiu a cabeça para afastar a visão — tão viva que fora alucinatória — e percebeu que a mão realmente agarrara a coronha da pistola. Talvez aquele vírus ainda não tivesse saído do seu organismo.

E talvez não fosse um vírus, afinal de contas.

Então, o quê? O quê?

O cheiro fragrante de gasolina atingiu a sua narina com força suficiente para fazer os olhos arderem. Carter começara a encher a primeira garrafa. *Glug glug glug*, lá se foi a lata de gasolina. Junior abriu o zíper do bolso lateral da mochila e tirou as tesouras de costura da mãe. Usou-as para cortar quatro tiras da toalha. Enfiou uma dentro da primeira garrafa, depois a puxou para fora e enfiou lá dentro a outra ponta, deixando pendurado um pedaço de pano encharcado de gasolina. Repetiu o processo com as outras.

Para isso as mãos não tremiam demais.

21

O coronel Cox de Barbie mudara desde a última vez que Julia o vira. Fizera a barba para ir até lá às 21h30 e o cabelo estava penteado, mas a calça cáqui estava amassada e hoje a jaqueta impermeável parecia larga, como se tivesse emagrecido. Estava diante de algumas manchas de tinta spray que restaram da experiência malsucedida com o ácido, e franzia a testa para aquela forma de parêntese como se achasse que conseguiria atravessar caso se concentrasse o suficiente.

Feche os olhos e bata os calcanhares três vezes, pensou Julia. *Porque não há lugar tão bom quanto a Redoma.*

Ela apresentou Rose a Cox e Cox a Rose. Durante o rápido olá-como-vai dos dois, Julia olhou em volta, não gostando do que via. Os holofotes ainda estavam no lugar, brilhando para o céu como se assinalassem uma faiscante estreia em Hollywood, e havia um gerador ronronante para alimentá-los, mas os caminhões tinham sumido, bem como a grande barraca verde do quartel-general que fora armada uns 40 ou 50 metros estrada abaixo. Um pedaço de capim amassado marcava o lugar onde ficara. Havia dois soldados com Cox, mas tinham o ar de ainda-não-estou-pronto-para-o-horário-nobre que ela associava a assessores e adidos. Provavelmente as sentinelas não tinham ido embora, mas foram afastadas, criando um perímetro além da distância da voz de qualquer pobre coitado do lado de Mill que aparecesse e perguntasse o que estava acontecendo.

Pergunte agora, implore depois, pensou Julia.

— Me explica tudo, srta. Shumway — disse Cox.

— Primeiro, me responde uma pergunta.

Ele ergueu os olhos (ela achou que lhe daria um tapa por isso, se pudesse chegar até ele; os seus nervos ainda estavam abalados depois do quase acidente na viagem até ali). Mas ele lhe disse que perguntasse.

— Nós fomos abandonados?

— Claro que não. — Ele respondeu prontamente, mas não a olhou nos olhos. Ela achou que era um sinal pior do que o jeito estranhamente vazio que via agora no lado de fora da Redoma — como se tivesse havido ali um circo que já tinha ido embora.

— Lê isso — disse ela, e encostou a primeira página do jornal do dia seguinte na superfície invisível da Redoma, como uma mulher colando um cartaz de liquidação na vitrine de uma loja de departamentos. Houve um leve tamborilar fugidio nos seus dedos, como o tipo de choque de estática que levamos ao tocar em metal numa manhã fria de inverno, quando o ar está seco. Depois disso, nada.

Ele leu o jornal todo, dizendo a ela quando virar as páginas. Levou dez minutos. Quando terminou, ela disse:

— Como o senhor provavelmente percebeu, o espaço dos anunciantes se reduziu muito, mas eu me orgulho porque a qualidade do texto aumentou. Sacanagem parece pôr pra fora o que eu tenho de melhor.

— Srta. Shumway...

— Ah, por que não me chama de Julia? Já somos praticamente velhos amigos.

— Tá bem. Você é Julia e eu sou JC.

— Vou tentar não confundir você com aquele que andou sobre as águas.

— Você acredita que esse tal de Rennie está se transformando em ditador? Uma espécie de Manuel Noriega do nordeste?

— É a progressão rumo ao Pol Pot que me preocupa.

— Acha possível?

— Há dois dias eu riria da ideia; ele é um vendedor de carros usados quando não preside reuniões de vereadores. Mas há dois dias nós não havíamos tido um saque de supermercado. Nem sabíamos desses assassinatos.

— Barbie, não — disse Rose, sacudindo a cabeça com cansaço teimoso. — *Nunca.*

Cox não deu atenção a isso — não porque ignorasse Rose, sentiu Julia, mas porque achava a ideia ridícula demais para valer atenção. Isso melhorou a imagem que ela fazia dele, ao menos um pouco.

— Você acha que o Rennie cometeu os assassinatos, Julia?

— Andei pensando nisso. Tudo o que ele fez desde que a Redoma apareceu — de proibir a venda de bebida alcoólica a nomear chefe de polícia um rematado imbecil — foi político, visando aumentar o poder dele.

— Você está dizendo que assassinato não faz parte do repertório dele?

— Não necessariamente. Quando a mulher dele morreu, houve boatos de que ele havia dado uma ajudinha. Não digo que fossem verdadeiros, mas o fato de surgirem boatos desse tipo diz alguma coisa sobre como o povo vê o homem em questão.

Cox grunhiu em concordância.

— Mas por mais que eu tente não consigo ver o que haveria de político em assassinar e abusar sexualmente de duas adolescentes.

— Barbie *nunca* faria — disse Rose de novo.

— O mesmo com Coggins, embora aquele ministério dele, ainda mais a estação de rádio, seja meio suspeito, com recursos demais. Mas Brenda Perkins? *Essa* pode ter sido política.

— E você não pode mandar os fuzileiros navais detê-lo, não é? — perguntou Rose. — Vocês aí só podem observar. Como garotos olhando um aquário onde o peixe maior fica com toda a comida e depois começa a comer os pequenos.

— Eu posso derrubar as ligações de celular — meditou Cox. — A internet também. Isso eu posso fazer.

— A polícia tem walkie-talkies — disse Julia. — Ele vai passar a adotá-los. E na assembleia de quinta-feira à noite, quando o povo se queixar da perda dos vínculos com o mundo exterior, vai pôr a culpa em você.

— Estamos planejando uma entrevista coletiva na sexta-feira. Eu posso cancelar.

Julia gelou com a ideia.

— Nem ouse. Aí ele não teria que se explicar para o mundo exterior.

— Além disso — disse Rose —, se o senhor derrubar os telefones e a internet, ninguém vai poder dizer ao senhor nem a mais ninguém o que ele está fazendo.

Cox ficou em silêncio um instante, olhando o chão. Depois, ergueu a cabeça.

— E o gerador hipotético que está mantendo a Redoma? Alguma sorte?

Julia não tinha certeza de que queria dizer a Cox que tinham encarregado da procura um garoto de escola. No fim das contas, nem precisou, porque foi então que o apito de incêndio da cidade começou a tocar.

22

Pete Freeman largou a última pilha de papéis junto à porta. Depois se endireitou, pôs as mãos na nuca e alongou a espinha. Tony Guay ouviu o estalo do outro lado da sala.

— Isso aí parece ter doído.
— Nada, é ótimo.
— A minha mulher já está dormindo a essa hora — disse Tony —, e eu tenho uma garrafa escondida na garagem. Quer tomar um trago no caminho de casa?
— Não, acho que eu só vou... — começou Pete, e foi então que a primeira garrafa quebrou a janela. Ele viu o pavio em chamas com o canto do olho e deu um passo atrás. Um só, mas o salvou de ficar gravemente queimado, talvez até de cozinhar vivo.

A janela e a garrafa se estilhaçaram. A gasolina se incendiou e criou uma chama brilhante em formato de arraia. Pete se abaixou e virou o corpo ao mesmo tempo. A arraia de fogo voou por ele, inflamando uma manga da camisa antes de cair no tapete diante da mesa de Julia.

— *Que mer...* — começou Tony, e então outra garrafa veio em arco pelo buraco. Esta bateu no tampo da mesa de Julia e rolou por ela, espalhando fogo entre os papéis ali jogados e pingando mais fogo pela frente. O cheiro de gasolina queimada era quente e forte.

Pete correu para o bebedor no canto, batendo contra o corpo a manga da camisa. Meio sem jeito, ergueu o garrafão d'água contra o corpo e segurou a camisa em chamas (o braço por baixo agora ardendo como se queimado de sol) debaixo do gargalo que cuspia.

Outro coquetel molotov veio voando da noite. Errou o alvo, se estilhaçou na calçada e acendeu uma fogueirinha no concreto. Tentáculos de gasolina em chamas correram para a sarjeta e foram embora.

— *Joga água no carpete!* — berrou Tony. — *Joga antes que tudo pegue fogo!*

Pete só o olhou, ofegante e estonteado. A água do garrafão do bebedor continuou a se derramar numa parte do carpete que, infelizmente, não precisava se molhar.

Embora as suas reportagens sempre fossem estritamente sobre esporte juvenil estudantil, Tony Guay fora atleta poliesportivo no secundário. Dez anos depois, os reflexos ainda estavam praticamente intatos. Tomou o garrafão de Pete e o segurou primeiro sobre a mesa de Julia e depois sobre o fogo do carpete. O fogo já estava se espalhando, mas talvez... se fosse rápido... e se houvesse mais um ou dois garrafões no corredor que dava para o depósito de material...

— *Mais!* — gritou para Pete, que olhava boquiaberto os restos fumegantes da manga da camisa. — *No corredor dos fundos!*

Por um instante, Pete não entendeu. Então percebeu e disparou para o corredor. Tony deu a volta na mesa de Julia, deixando os últimos litros d'água caírem nas chamas, tentando abrir um espaço ali.

Nisso o último coquetel molotov veio voando do escuro, e foi ele que realmente causou danos. Caiu diretamente sobre as pilhas de jornais que os homens tinham colocado perto da porta da frente. A gasolina em chamas correu pelas tábuas do assoalho na frente da redação e ardeu. Vista através das labaredas, a rua principal era uma miragem ondulante. Do outro lado da miragem, na calçada oposta, Tony conseguiu ver duas figuras indistintas. O calor crescente fazia parecer que estavam dançando.

— LIBERTEM DALE BARBARA OU ISSO VAI SER SÓ O COMEÇO! — mugiu uma voz amplificada. — SOMOS MUITOS, E VAMOS PÔR FOGO NESSA MALDITA CIDADE INTEIRA! LIBERTEM DALE BARBARA OU PAGUEM O PREÇO!

Tony olhou para baixo e viu um riacho quente de fogo correr entre os seus pés. Não tinha mais água para apagá-lo. Logo acabaria de comer o carpete e provaria a madeira velha e seca por baixo. Enquanto isso, toda a frente da redação estava em chamas.

Tony largou o garrafão vazio e recuou. O calor já era intenso; conseguia sentir que lhe esticava a pele. *Se não fossem os malditos jornais, eu poderia...*

Mas era tarde demais para poderias. Virou-se e viu Pete junto à porta dos fundos com outro garrafão de Poland Spring nos braços. A maior parte da manga carbonizada da camisa caíra. A pele embaixo estava muito vermelha.

— *Tarde demais!* — berrou Tony. Ele se pôs a boa distância da mesa de Julia, que agora era um pilar de fogo indo até o teto, e ergueu o braço para proteger o rosto do calor. — *Tarde demais, sai pelos fundos!*

Pete Freeman não precisou de nova ordem. Jogou o garrafão no fogo cada vez maior e correu.

23

Carrie Carver raramente tinha algo a ver com o Posto & Mercearia Mill; embora a lojinha tivesse permitido a ela e ao marido uma vida bastante boa no decorrer dos anos, ela se considerava Acima Disso Tudo. Mas, quando Johnny sugeriu que fossem até lá na van e levassem os enlatados que restavam para casa — "para guardar em segurança", foi o jeito delicado como ele explicou —, ela concordou na mesma hora. E, embora em geral não fosse muito trabalhadora (assistir a programas de tribunal era mais adequado à sua velocidade), ela se voluntariou para ajudar. Não estivera no Food City, mas quando foi até lá mais tarde para inspecionar os danos com a amiga Leah Anderson, as vitrines estilhaçadas e o sangue ainda na calçada a deixaram muito assustada. Essas coisas a deixaram com medo do futuro.

Johnny carregou para fora as caixas de latas de sopa, picadinho, feijão e molho; Carrie as colocou na carroceria do Dodge Ram. Estavam na metade do serviço quando o incêndio começou na rua. Ambos ouviram a voz amplificada. Carrie achou ter visto duas ou três pessoas correndo pelo beco ao lado do Burpee, mas não tinha certeza. Mais tarde, ela *teria* certeza e aumentaria o número de pessoas sombrias para ao menos quatro. Talvez cinco.

— O que isso significa? — perguntou ela. — Querido, o que isso significa?

— Que o maldito canalha assassino não está sozinho — disse Johnny. — Quer dizer que ele tem uma quadrilha.

A mão de Carrie estava no seu braço, e agora ela lhe enfiou as unhas. Johnny soltou o braço e correu para a delegacia, berrando *fogo* a plenos pulmões. Em vez de ir atrás, Carrie Carver continuou carregando a picape. Estava com mais medo do futuro do que nunca.

24

Além de Roger Killian e dos irmãos Bowie, havia dez novos policiais da nova Força de Segurança Municipal de Chester's Mill sentados nas arquibancadas da quadra da escola fundamental, e Big Jim mal começara o seu discurso sobre a responsabilidade deles quando o apito de incêndio disparou. *O moleque se adiantou*, pensou. *Não posso confiar nele nem pra salvar a minha alma. Nunca pude, mas agora ele está muito pior.*

— Bom, rapazes — disse ele, voltando a atenção especialmente para o jovem Mickey Wardlaw, que brutamontes! — Eu tinha muito mais a dizer, mas parece que nós vamos ter um pouco mais de emoção. Fern Bowie, você sabe se temos extintores costais na garagem do Corpo de Bombeiros?

Fern disse que dera uma olhada lá mais cedo, só para ver de que tipo de equipamento dispunham, e que havia quase uma dúzia de extintores costais. Todos cheios d'água, também, o que era ótimo.

Big Jim, para quem o sarcasmo deveria ser reservado aos que tinham inteligência suficiente para entender, disse que era o bom Deus cuidando deles. Disse também que, se não fosse alarme falso, ele assumiria o comando, com Stewart Bowie como vice.

Pronto, sua bruxa intrometida, pensou enquanto os novos policiais, ansiosos e de olhos brilhantes, se levantavam das arquibancadas. *Vamos ver agora se você gosta de se meter no que é meu.*

25

— Aonde você vai? — perguntou Carter. Ele levara o carro, com os faróis apagados, até onde a rua Oeste entroncava na rodovia 117. O prédio que havia ali era um posto Texaco que fechara em 2007. Ficava perto da cidade, mas dava boa cobertura, o que o tornava conveniente. No caminho por onde tinham vindo, o apito de incêndio buzinava enlouquecido e as primeiras luzes do fogo, mais rosadas do que alaranjadas, subiam no céu.

— Hein? — Junior olhava o brilho cada vez mais forte. Aquilo lhe dava tesão. Dava vontade de ainda ter uma namorada.

— Perguntei aonde você vai. O seu pai disse pra arranjar um álibi.

— Deixei a Unidade 2 atrás do correio — disse Junior, tirando os olhos do fogo com relutância. — Eu e Freddy Denton juntos. E ele vai *dizer* que estávamos juntos. A noite inteira. Posso ir daqui. Talvez voltar pela rua Oeste. Dar uma olhada pra ver como está indo. — Ele deu uma risadinha aguda, quase uma risadinha de menina, que fez Carter lhe lançar um olhar estranho.

— Não dá uma olhada muito demorada. Vivem prendendo incendiários porque voltam pra olhar o fogo. Vi isso no *Mais procurados da América*.

— Só que quem vai levar a culpa dessa merda é o *Baaarbie* — disse Junior. — E você? Pra onde vai?

— Pra casa. A mamãe vai dizer que fiquei lá a noite toda. Ela tem que trocar o curativo do meu ombro; essa maldita mordida dói como o diabo. Tomar uma aspirina. Depois vou ajudar a apagar o incêndio.

— Eles têm coisa mais forte do que aspirina no Posto de Saúde e no hospital. Na drogaria também. Precisamos cuidar dessa merda.

— Sem dúvida — disse Carter.

— Ou... você fuma? Acho que posso arranjar um pouco.

— *Meth*? Nunca mexi com isso. Mas até que gostaria de um Oxy.

— Oxy! — exclamou Junior. Por que nunca pensara nisso? Provavelmente cuidaria muito melhor da dor de cabeça do que Zomig e Imitrix. — É isso aí, cara! Falou e disse!

Ele ergueu o punho. Carter bateu o seu no dele, mas não tinha a mínima intenção de ficar doidão com Junior. Agora Junior estava esquisito.

— É melhor ir andando, Junes.

— Estou indo. — Junior abriu a porta e saiu andando, ainda mancando um pouco.

Carter se surpreendeu ao ver como ficara aliviado quando Junior foi embora.

26

Barbie acordou com o som do apito de incêndio e viu Melvin Searles em pé na frente da cela. O zíper do rapaz estava aberto e ele segurava na mão o pinto considerável. Quando viu que tinha a atenção de Barbie, começou a mijar. A meta claramente era atingir o catre. Não conseguiu, e se contentou com um **S** respingado no concreto.

— Vai, Barbie, bebe — disse. — Você deve estar com sede. É meio salgado, mas e daí?

— O que é que está queimando?

— Como se você não soubesse — disse Mel, sorrindo. Ainda estava pálido, devia ter perdido um bom volume de sangue, mas a atadura em volta da cabeça estava firme e sem manchas.

— Finja que eu não sei.

— Os seus amiguinhos queimaram o jornal — disse Mel, e agora o sorriso mostrou os dentes. Barbie percebeu que o garoto estava furioso. Assustado, também. — Tentando nos amedrontar pra soltarmos você. Só que nós *não... temos... medo!*

— Por que eu queimaria o jornal? Por que não a Câmara de Vereadores? E quem seriam esses amiguinhos meus?

Mel enfiava o pinto de volta nas calças.

— Amanhã você não vai estar com sede, Barbie. Não se preocupa com *isso*. Temos um balde d'água cheinho preparado pra você, e uma esponja junto.

Barbie ficou calado.

— Viu aquela merda sobre afogamento simulado no Iraque? — Mel fez que sim, como se soubesse que Barbie vira. — Agora você vai experimentar em primeira mão. — Apontou o dedo entre as grades. — Vamos descobrir quem são os seus confederados, seu bosta. E vamos descobrir o que você fez pra isolar essa cidade. Aquela merda de afogamento simulado? Aquilo *ninguém* aguenta.

Ele começou a ir embora e se virou.

— E nada de água doce, também. Salgada. Sempre. Pensa só.

Mel saiu, descendo o corredor do porão com a cabeça ferida abaixada. Barbie sentou-se no catre, olhou a cobra de urina de Mel que secava no chão e escutou o apito de incêndio. Pensou na garota da picape. A loura que quase lhe deu carona e depois mudou de ideia. Fechou os olhos.

CINZAS

1

Rusty estava parado no retorno diante do hospital, observando as chamas subirem em algum ponto da rua principal, quando o celular preso ao cinto tocou a sua musiquinha. Twitch e Gina estavam com ele, Gina segurando o braço de Twitch como se buscasse proteção. Ginny Tomlinson e Harriet Bigelow estavam ambas dormindo na sala de pessoal. Thurston Marshall, o velho que se voluntariara, fazia a ronda da medicação. Surpreendentemente, ele era ótimo. As luzes e o equipamento tinham voltado a funcionar e, por enquanto, tudo estava tranquilo. Até o apito disparar, Rusty chegara mesmo a ousar se sentir bem.

Viu LINDA na tela e disse:

— Querida? Está tudo bem?

— Aqui, está. As crianças estão dormindo.

— Você sabe o que pegou...

— A redação do jornal. Fica calado e escuta, porque eu vou desligar o meu celular daqui a um minuto e meio pra que ninguém me chame pra ajudar a apagar o incêndio. A Jackie está aqui. Vai olhar as meninas. Você precisa me encontrar na funerária. Stacey Moggin também vai pra lá. Ela passou aqui mais cedo. Está conosco.

O nome, embora conhecido, não evocou imediatamente um rosto na cabeça de Rusty. E o que retumbou foi *Está conosco*. Estava mesmo começando a haver lados, começando a haver *conosco* e *com eles*.

— Lin...

— Me encontra lá. Dez minutos. É seguro enquanto estiverem apagando o incêndio, porque os irmãos Bowie estão no grupo. Foi o que a Stacey disse.

— Como é que eles reuniram um grupo tão dep...

— Não sei e não me interessa. Você vem?

— Vou.

— Ótimo. Não usa o estacionamento ao lado. Dá a volta pelos fundos até o menor.

Então a voz sumiu.

— O que está pegando fogo? — perguntou Gina. — Você sabe?

— Não — disse Rusty. — Porque ninguém ligou. — Ele olhou os dois, com intensidade.

Gina não entendeu, mas Twitch, sim.

— Ninguém mesmo.

— Eu só saí, talvez seja um chamado, mas vocês não sabem pra onde. Eu não disse. Certo?

Gina ainda parecia perplexa, mas fez que sim. Porque agora esse pessoal era o seu pessoal; ela não questionava esse fato. Por que questionaria? Só tinha 17 anos. *Nós e eles*, pensou Rusty. *Péssima receita, em geral. Ainda mais pra quem tem 17 anos.*

— Provavelmente foi um chamado — disse ela. — Não sabemos pra onde.

— Não mesmo — concordou Twitch. — Você gafanhoto, nós formiguinhas.

— Não deem muita importância a isso, vocês dois — disse Rusty. Mas *era* importante, ele já sabia. Era encrenca. Gina não era a única criança no rolo; ele e Linda tinham duas, agora profundamente adormecidas e sem saber que mamãe e papai poderiam estar navegando numa tempestade forte demais para o barquinho deles.

Ainda assim...

— Eu já volto — disse Rusty, e torceu para que não fosse só pensamento positivo.

2

Sammy Bushey entrou no estacionamento do Catherine Russell com o Malibu dos Evans pouco depois de Rusty seguir para a Funerária Bowie; os dois se cruzaram em sentidos opostos no morro da praça da Cidade.

Twitch e Gina tinham ido para dentro e o retorno diante da porta principal do hospital estava deserto, mas ela não parou ali; com uma arma no banco ao lado, a gente fica cuidadoso. (Phil diria paranoico.) Foi até os fundos e estacionou numa vaga para funcionários. Agarrou o 45, enfiou-o na cintura do jeans e cobriu-o com a camiseta. Atravessou o terreno e parou na porta da lavanderia, lendo o cartaz que dizia FUMAR AQUI SERÁ PROIBIDO A PARTIR DE 1º DE JANEIRO. Olhou a maçaneta e soube que, se ela não girasse, desistiria. Seria um sinal de Deus. Por outro lado, se a porta estivesse destrancada...

Estava. Ela se esgueirou, um fantasma pálido que mancava.

3

Thurston Marshall estava cansado — exausto seria mais exato —, mas mais feliz do que se sentia há anos. Era perverso, sem dúvida; ele era um catedrático, um poeta publicado, o editor de uma revista literária de prestígio. Tinha uma mulher jovem e linda para dividir a cama, mulher essa que era inteligente e achava ele maravilhoso. Que dar comprimidos, passar pomada e esvaziar comadres (sem falar em limpar a bunda cagada do garoto Bushey uma hora atrás) o deixasse mais feliz do que essas coisas quase *tinha que* ser perverso, e no entanto era isso mesmo. Os corredores de hospital com cheiro de desinfetante e lustrador de piso o conectavam à sua juventude. As lembranças tinham sido muito nítidas naquela noite, desde o aroma generalizado de óleo de patchuli no apartamento de David Perna até o lenço de cabeça com desenho indiano que Thurse usara à luz de velas na cerimônia fúnebre de Bobby Kennedy. Fez a ronda cantarolando *Big Leg Woman* bem baixinho entre os dentes.

Deu uma espiada na sala dos médicos e viu a enfermeira de nariz quebrado e a auxiliar de enfermagem bonitinha — Harriet era o nome dela — dormindo nas camas de armar que tinham sido levadas para lá. O sofá estava vazio, e logo ele recuperaria algumas horas de sono ali ou voltaria à casa na avenida Highland que agora era o seu lar. Provavelmente voltaria.

Acontecimentos estranhos.

Mundo estranho.

Mas antes, mais uma olhada naqueles em quem já pensava como seus pacientes. Não demoraria muito naquele hospital minúsculo. A maioria dos quartos estava vazia mesmo. Bill Allnut, que fora obrigado a ficar acordado até as nove por causa do ferimento sofrido na confusão do Food City, agora dormia profundamente e roncava, deitado de lado para tirar a pressão do grande corte atrás da cabeça.

Wanda Crumley estava duas portas mais além. O monitor cardíaco bipava e a pressão estava um pouco melhor, mas ela recebia 5 litros de oxigênio e

Thurse temia que fosse um caso perdido. Gordura demais; cigarro demais. O marido e a filha caçula estavam com ela. Thurse fez para Wendell Crumley o V da vitória (que no seu tempo fora o sinal da paz), e Wendell, sorrindo com coragem, fez o mesmo.

Tansy Freeman, da apendicectomia, lia uma revista.

— Por que o apito de incêndio está tocando? — perguntou ela.

— Não sei, querida. Como está a dor?

— Nota três — disse ela, objetivamente. — Talvez dois. Ainda posso ir pra casa amanhã?

— O dr. Rusty é que resolve, mas a minha bola de cristal diz que sim. — E, sem nenhuma razão que conseguisse entender, o jeito como o rosto dela se alegrou com isso lhe deu vontade de chorar.

— A mãe do bebê voltou — disse Tansy. — Eu a vi passar.

— Ótimo — disse Thurse. Embora o bebê não fosse um problema tão grande. Chorara uma ou duas vezes, mas principalmente dormia, comia ou ficava no berço, apático, fitando o teto. O nome dele era Walter (Thurse não sabia que o *Pequeno* que o precedia no cartão da porta também era nome próprio), mas Thurston Marshall o chamava de Garoto Clorpromazina.

Então abriu a porta do quarto 23, que tinha a plaquinha amarela BEBÊ A BORDO presa com uma ventosa plástica, e viu que a moça — vítima de estupro, Gina lhe cochichara — estava sentada na cadeira ao lado da cama. Estava com o bebê no colo e lhe dava uma mamadeira.

— Está tudo bem... — Thurse deu uma olhada no outro nome no cartão da porta. — ... sra. Bushey?

Ele pronunciou *Bouchez*, mas Sammy não se deu ao trabalho de corrigir nem de lhe dizer que, na escola, os meninos a chamavam, rimando, de *Bushey the Tushie* — Bushey, a bunduda.

— Está, sim, doutor — respondeu ela.

Thurse também não se deu ao trabalho de corrigir a imprecisão dela. Aquela alegria indefinida, o tipo que vem com lágrimas escondidas, inchou um pouco mais. Quando pensou em como chegara perto de não se voluntariar... se Caro não o tivesse estimulado... ele perderia isso.

— O dr. Rusty vai ficar contente com sua volta. E Walter também. Precisa de analgésico?

— Não. — Era verdade. As partes privadas ainda doíam e pulsavam, mas isso estava muito longe. Ela se sentia flutuando acima de si mesma, presa à terra pelo mais fino dos fios.

— Ótimo. Isso significa que você está melhorando.

— Isso — disse Sammy. — Logo eu fico boa.

— Quando terminar de dar a mamadeira pra ele, deite-se, está bem? O dr. Rusty vai vir examiná-la pela manhã.

— Está bem.

— Boa noite, sra. Bouchez.

— Boa noite, doutor.

Thurse fechou a porta com cuidado e prosseguiu pelo corredor. No final, ficava o quarto da moça Roux. Uma olhada ali e ele encerrava o serviço.

Ela estava apática, mas acordada. O rapaz que a visitava, não. Estava sentado no canto, dormindo na única cadeira do quarto com uma revista esportiva no colo e as pernas compridas estendidas à frente.

Georgia chamou Thurse e, quando ele se curvou sobre ela, cochichou alguma coisa. Devido à voz baixa e à boca ferida, quase sem dentes, ele só entendeu uma ou duas palavras. Chegou mais perto.

— Dá acohda el'. — Para Thurse, ela falava como Homer Simpson. — Fô o ú'ico que feio me visitá.

Thurse concordou. O horário de visita já passara há muito tempo, é claro, e dada a camisa azul e a arma, o rapaz provavelmente seria chamado à atenção por não atender ao apito de incêndio, mas mesmo assim, que mal havia? Um bombeiro a mais ou a menos provavelmente não faria a mínima diferença, e se o sujeito estava tão adormecido a ponto de o apito não o acordar, era bem provável que não ajudasse muito mesmo. Thurse pôs o dedo sobre os lábios e soprou um *shhhh* para mostrar à moça que eram conspiradores. Ela tentou sorrir e fez uma careta.

Apesar disso, não lhe ofereceu analgésicos; de acordo com a ficha no pé da cama, a dose máxima que recebera iria até as duas da manhã. Em vez disso, só saiu, fechou a porta com cuidado e voltou pelo corredor adormecido. Não notou que a porta do quarto BEBÊ A BORDO estava novamente escancarada.

O sofá do saguão o chamou sedutor quando passou, mas Thurston afinal decidira voltar à avenida Highland.

E dar uma olhada nas crianças.

4

Sammy ficou sentada na cama com o Pequeno Walter no colo até o novo médico ir embora. Depois, beijou o filho nas duas bochechas e na boca.

— Você é um bebê bonzinho — disse ela. — Mamãe vai te ver no céu, se deixarem ela entrar. Acho que deixam. Ela já cumpriu a pena dela no inferno.

Ela o deitou no berço e abriu a gaveta da mesinha de cabeceira. Pusera a arma lá dentro para que o Pequeno Walter não mexesse nela quando o pegasse no colo e lhe desse de mamar pela última vez. Agora, tirou-a de lá.

5

A parte baixa da rua Principal estava bloqueada por carros de polícia parados de frente um para o outro, com as luzes do teto piscando. Uma multidão silenciosa e desanimada — quase deprimida — estava atrás deles, observando.

Normalmente, Horace, o corgi, era um cão silencioso, que limitava o seu repertório vocal a uma saraivada de latidos de boas-vindas ou um latidinho ocasional para lembrar a Julia que ainda estava presente e operante. Mas, quando ela estacionou no meio-fio da Maison des Fleurs, ele soltou um rugido baixo no banco de trás. Julia estendeu a mão cegamente para trás para lhe acariciar a cabeça. Consolando-se ao consolar.

— Julia, meu Deus — disse Rose.

Saíram do carro. A intenção original de Julia era deixar Horace lá dentro, mas quando ele deu outro daqueles uivos pequenos e desolados — como se soubesse, como se realmente soubesse —, ela pescou a guia no banco do passageiro, abriu a porta de trás para que ele saísse e prendeu a guia à coleira. Pegou a sua câmera pessoal, uma Casio de bolso, no compartimento da porta antes de fechá-la. Abriram caminho pela multidão de transeuntes na calçada, Horace à frente, puxando a guia.

Rupe, primo de Piper Libby, policial em meio expediente que fora para Mill havia cinco anos, tentou detê-las.

— Ninguém além deste ponto, senhoras.

— É minha casa — disse Julia. — Lá em cima está tudo o que eu tenho no mundo, roupas, livros, objetos pessoais, tudo. Embaixo fica o jornal que o meu bisavô fundou. Só deixou de sair quatro vezes em mais de 120 anos. Agora está virando fumaça. Se você quer me impedir de ver isso acontecer, e ver de perto, vai ter que atirar em mim.

Rupe pareceu hesitar, mas quando ela avançou de novo (Horace agora junto ao joelho dela, erguendo a cabeça desconfiado para o careca), Rupe saiu da frente. Mas só momentaneamente.

— Você, não — disse a Rose.

— Eu sim. A menos que você queira laxante no próximo milk-shake de chocolate que pedir.

— Senhora... Rose... Eu estou cumprindo ordens.

— Que o diabo leve as suas ordens — disse Julia, com mais cansaço do que desafio. Pegou Rose pelo braço e a levou pela calçada, só parando quando sentiu o brilho contra o rosto aumentar de preaquecer para assar.

O *Democrata* estava um inferno. Os policiais, cerca de uma dúzia, nem tentavam apagar o fogo, mas tinham muitos extintores costais (alguns ainda com adesivos que conseguia ler com facilidade à luz do fogo: MAIS UMA PROMOÇÃO ESPECIAL BURPEE!) e molhavam a drogaria e a livraria.

Dada a falta de vento, Julia achou que poderiam salvar as duas... e portanto o resto dos prédios comerciais no lado leste da rua.

— Maravilhoso terem chegado tão depressa — disse Rose.

Julia nada disse, só observou as chamas rugirem para a escuridão, tapando as estrelas cor-de-rosa. Estava chocada demais para chorar.

Tudo, pensou. *Tudo.*

Então, se lembrou do fardo de jornais que jogara no carro antes de sair para se encontrar com Cox e corrigiu para *Quase tudo*.

Pete Freeman passou pelo anel de policiais que banhava a frente e o lado norte da Drogaria Sanders. Os únicos lugares limpos no seu rosto eram onde as lágrimas tinham cortado a fuligem.

— Julia, sinto muito! — Ele quase chorava. — Nós quase conseguimos apagar... íamos apagar... mas aí a última... a última garrafa que os canalhas jogaram caiu nos papéis junto da porta e... — Ele passou no rosto a manga que restava na camisa, espalhando ali a fuligem. — Sinto muito, muito mesmo!

Ela o abraçou como se ele fosse um bebê, embora Pete fosse 15 centímetros mais alto e quase 50 quilos mais pesado do que ela. Ela o abraçou, tentando tomar cuidado com o braço ferido dele, e perguntou:

— O que aconteceu?

— Bombas incendiárias — soluçou ele. — Aquela porra daquele Barbara.

— Ele está na cadeia, Pete.

— Os amigos dele! Os malditos *amigos* dele! Foram eles que fizeram isso!

— *O quê?* Você viu eles?

— Ouvi — respondeu o outro, afastando-se para olhá-la. — Teria sido difícil não ouvir. Estavam de megafone. Disseram que, se não libertassem o

Dale Barbara, queimariam a cidade inteira. — Ele deu um sorriso amargo. — Libertar? A gente devia é *enforcar* ele. Se me derem uma corda, eu mesmo faço isso.

Big Jim veio andando devagar. O fogo pintava as suas bochechas de laranja. Os olhos cintilavam. O sorriso era tão aberto que chegava quase ao lóbulo das orelhas.

— O que você pensa do seu amigo Barbie agora, Julia?

Julia deu um passo na direção dele, e devia haver algo no seu rosto, porque Big Jim deu um passo atrás, como se temesse apanhar dela.

— Isso não faz sentido. Nenhum. E você sabe disso.

— Ah, eu acho que faz. Se conseguir se obrigar a pensar na ideia de que foram Dale Barbara e os amigos dele que criaram a Redoma, acho que faz muito sentido. Foi um ato de terrorismo, puro e simples.

— Bobagem. Eu estava do lado dele, o que significa que o *jornal* estava do lado dele. Ele *sabia* disso.

— Mas eles disseram... — começou Pete.

— Claro — disse ela, mas não olhou para ele. Os seus olhos ainda estavam fixos no rosto de Rennie, iluminado pelo fogo. — *Eles* disseram, *eles* disseram, mas quem diabos são *eles*? Pergunte a si mesmo, Pete. Pergunte o seguinte a si mesmo: se não foi Barbie, que não tinha motivos, então quem *tinha* motivos? Quem se beneficia ao fechar a boca encrenqueira de Julia Shumway?

Big Jim virou-se e acenou para dois policiais novos — só identificáveis como policiais pelos lenços azuis amarrados no bíceps. Um era um brutamontes altos cujo rosto indicava que mal passava de uma criança, fosse qual fosse o seu tamanho. O outro só podia ser um Killian; aquela cabeça pontuda era tão identificável quanto um selo comemorativo.

— Mickey. Richie. Tirem essas duas mulheres do local.

Horace estava sentado na ponta da guia, rugindo para Big Jim. Este deu ao cachorrinho um olhar de desprezo.

— E se não forem voluntariamente, têm a minha permissão de pegá-las e jogá-las no capô do carro de polícia mais próximo.

— Isso não vai ficar assim — disse Julia, apontando o dedo para ele. Agora ela começava a chorar, mas as lágrimas eram quentes e dolorosas demais para serem de tristeza. — Isso não vai ficar assim, seu filho da puta.

O sorriso de Big Jim reapareceu. Era tão brilhante quanto o acabamento do seu Hummer. E igualmente negro.

— Vai, sim — disse ele. — Já está.

6

Big Jim começou a andar na direção do fogo — queria observar até que não restasse mais nada do jornal da intrometida, a não ser uma pilha de cinzas — e engoliu uma porção de fumaça. De repente, o coração parou no peito e o mundo pareceu passar flutuando por ele como um tipo de efeito especial. Depois o coração voltou a funcionar, mas numa azáfama de batidas irregulares que o fizeram ofegar. Ele deu um soco no lado esquerdo do peito e tossiu com força, macete para melhorar a arritmia que o dr. Haskell lhe ensinara.

A princípio, o coração continuou com o galope irregular (*toque*... pausa... *toque toque toque*... pausa), mas aí se acomodou no ritmo normal. Por um instante apenas, ele o viu encaixado num denso glóbulo de gordura amarela, como uma coisa que tivesse sido enterrada viva e que lutasse para se libertar antes que o ar acabasse. Depois, mandou a imagem embora.

Estou bem. É só excesso de trabalho. Nada que sete horas de sono não curem.

O chefe Randolph se aproximou, um extintor pendurado nas costas largas. O rosto estava coberto de suor.

— Jim? Você está bem?

— Ótimo — disse Big Jim. E estava. Estava. Era o ponto alto da sua vida, a oportunidade de obter a grandeza de que sempre soubera que era capaz. Nenhum coração fracote ia lhe tirar aquilo. — Só cansado. Venho trabalhando praticamente sem parar.

— Vai pra casa — aconselhou Randolph. — Nunca achei que agradeceria a Deus pela Redoma, e não estou agradecendo agora, mas ao menos serve de quebra-vento. Tudo vai dar certo. Tenho homens no telhado da drogaria e da livraria pro caso de cair alguma fagulha. Pode ir e...

— Que homens? — O coração se acalmando, se acalmando. Ótimo.

— Henry Morrison e Toby Whelan na livraria. Georgie Frederick e um dos garotos novos na drogaria. Um dos Killian, acho. Rommie Burpee se apresentou pra subir com eles.

— Você está com o walkie-talkie?

— É claro que estou.

— E Frederick com o dele?

— Todos os regulares estão.

— Diga ao Frederick que fique de olho no Burpee.

— Rommie? Por que, pelo amor de Deus?

— Não confio nele. Pode ser amigo de Barbara. — Embora não fosse com Barbara que Big Jim se preocupava no caso de Burpee. O sujeito tinha sido amigo de Brenda. E era esperto.

O rosto suado de Randolph se franziu.

— Quantos você acha que são? Quantos do lado do filhodaputa?

Big Jim balançou a cabeça.

— É difícil dizer, Pete, mas a coisa é grande. Deve ter sido planejada por muito tempo. Não se pode só olhar os novatos da cidade e dizer que têm que ser eles. Algumas pessoas nisso podem estar aqui há anos. Décadas, até. É o que chamam de disfarce perfeito.

— Jesus. Mas *por que*, Jim? *Por que*, em nome de Deus?

— Não sei. Algum teste, talvez, e nós como cobaias. Ou talvez seja uma luta pelo poder. Pra mim, aquele bandido da Casa Branca seria bem capaz disso. O importante é que vai ser preciso reforçar a segurança e ficar de olho nos mentirosos que tentarem sabotar a nossa tentativa de manter a ordem.

— Você acha que *ela*... — ele inclinou a cabeça na direção de Julia, que observava a sua empresa subir como fumaça com o cão sentado ao lado, ofegando com o calor.

— Não sei com certeza, mas do jeito que ela estava hoje à tarde? Invadindo a delegacia, berrando que queria falar com ele? O que te parece?

— É — disse Randolph. Olhava Julia Shumway com atenção de olhos vazios. — E pôr fogo na própria casa, quer disfarce melhor?

Big Jim lhe apontou o dedo como se dissesse *Pode ter acertado na mosca*.

— Tenho que ir dormir. Passe a mensagem ao George Frederick. Diga a ele pra ficar bem de olho naquele canadense de Lewiston.

— Está bem. — Randolph resgatou o walkie-talkie.

Atrás deles, Fernald Bowie berrou:

— O telhado vai cair! Vocês aí na rua, pra trás! Homens em cima dos outros prédios, atenção, atenção!

Big Jim, com uma das mãos na porta do motorista do Hummer, assistiu ao telhado do *Democrata* afundar, soltando um jorro de fagulhas direto para o céu negro. Os homens postados nos prédios adjacentes verificaram se os extintores costais dos parceiros estavam prontos e ficaram em posição de sentido, aguardando as fagulhas de mangueira na mão.

A expressão no rosto de Julia Shumway quando o telhado do *Democrata* caiu fez mais bem ao coração de Big Jim do que todos os medicamentos e marca-passos melequentos do mundo. Por anos fora forçado a aguentar a arenga semanal dela e, embora não admitisse que sentira medo dela, com certeza se incomodara.

Mas olha ela agora, pensou. *Parece que voltou pra casa e achou a mãe morta no penico*.

— Você parece melhor — disse Randolph. — As suas cores estão voltando.

— Estou *me sentindo* melhor — disse Big Jim. — Mesmo assim, vou pra casa. Tirar uma soneca.

— Boa ideia — disse Randolph. — Precisamos de você, meu amigo. Agora mais do que nunca. E se essa tal Redoma não sumir... — Ele balançou a cabeça, os olhos de bassê nunca saindo do rosto de Big Jim. — Não sei como conseguiríamos sobreviver sem você, por assim dizer. Eu amo Andy Sanders como se fosse meu irmão, mas ele não tem muito miolo. E Andrea Grinnell não tem valido um tostão desde que caiu e machucou as costas. Você é a cola que mantém Chester's Mill inteira.

Big Jim ficou comovido com isso. Agarrou o braço de Randolph e apertou.

— Eu daria a minha vida por esta cidade. De tanto que eu a amo.

— Sei disso. Eu também. E ninguém vai roubá-la de nós.

— Acertou em cheio — disse Big Jim.

Ele foi embora, subindo na calçada para contornar o bloqueio posto na parte norte do bairro comercial. O coração estava firme no peito outra vez (bem, quase), mas ainda assim ele estava preocupado. Teria de consultar Everett. Não gostava da ideia; Everett era outro intrometido disposto a causar problemas numa hora em que a cidade tinha que se unir. Além disso, nem era médico. Big Jim quase se sentiria melhor se confiasse seus problemas médicos a um veterinário, só que não havia nenhum na cidade. Teria de torcer para que, se precisasse de remédios, algo para regularizar os batimentos cardíacos, Everett soubesse qual o tipo certo.

Bom, pensou, *seja o que for que ele me receitar, posso conferir com Andy.*

Claro, mas não era isso o que mais o perturbava. Era outra coisa que Pete dissera: *Se essa tal Redoma não sumir...*

Big Jim não estava preocupado com isso. Bem ao contrário. Se a Redoma *sumisse* — isto é, cedo demais —, estaria numa boa encrenca, mesmo que o laboratório de metanfetamina não fosse descoberto. Sem dúvida haveria melequentos que questionariam as suas decisões. Uma das regras da vida política que ele aprendera bem cedo era *Os que podem, fazem; os que não podem, questionam as decisões dos que podem.* Talvez não entendessem que tudo o que fazia ou mandava fazer, até a pedra atirada no mercado naquela manhã, era com a intenção de cuidar da cidade. Os amigos de Barbara no lado de fora teriam uma tendência especial a entender tudo errado, porque não *quereriam* entender. O fato de que Barbara *tinha* amigos, amigos poderosos, no lado de fora era algo que Big Jim não questionava desde que vira a carta do presidente. Mas por enquanto eles não podiam fazer nada. E era assim que Big Jim queria que tudo continuasse por ao menos mais 15 dias. Talvez até um ou dois meses.

A verdade era que ele gostava da Redoma.

Não a longo prazo, é claro, mas até que o gás lá na emissora de rádio fosse redistribuído? Até que o laboratório fosse desmontado e o depósito que o abrigava fossem queimados (outro crime a jogar na porta dos amigos conspiradores de Dale Barbara)? Até que Barbara pudesse ser julgado e executado por um pelotão de fuzilamento da polícia? Até que a culpa pelo que fora feito durante a crise pudesse ser repartida pelo máximo possível de pessoas, e o crédito atribuído a uma só, ou seja, ele?

Até então, a Redoma era uma boa.

Big Jim decidiu que se ajoelharia para orar por isso antes de dormir.

7

Sammy mancou pelo corredor do hospital, olhando o nome nas portas e abrindo as que não tinham nomes só para ter certeza. Começava a temer que a piranha não estivesse ali quando chegou àquela última porta e viu o cartão desejando melhoras ali pregado. Mostrava um cachorro de desenho animado dizendo "Soube que você não estava se sentindo muito bem". Sammy tirou a arma de Jack Evans da cintura da calça (que agora estava um pouco mais frouxa, ela finalmente conseguira emagrecer um pouco, antes tarde do que nunca) e usou o cano da automática para abrir o cartão. Dentro, o cachorro desenhado lambia os testículos e dizia: "Precisa de uma lambidinha?" Estava assinado *Mel*, *Jim Jr.*, *Carter* e *Frank*, e era exatamente o tipo de cartão de mau gosto que Sammy esperaria deles.

Ela empurrou a porta com o cano da arma. Georgia não estava sozinha. Isso não perturbou a profunda calma que Sammy sentia, a sensação de paz quase atingida. Teria perturbado se o homem que dormia no canto fosse um inocente — o pai ou o tio da piranha, digamos —, mas era Frankie, o Agarrador de Tetas. O que a estuprara primeiro, dizendo-lhe que era melhor aprender a guardar a boca para quando estivesse de joelhos. O fato de estar dormindo não mudava nada. Porque caras como ele sempre acordam e recomeçam a foder tudo.

Georgia não estava dormindo; sentia dor demais, e o cabeludo que fora ver como ela estava não lhe oferecera mais sedativos. Viu Sammy, e os seus olhos se arregalaram.

— V'cê— disse ela. — Sai d'qui.

Sammy sorriu.

— Você está falando igual ao Homer Simpson — disse.

Georgia viu a arma e os seus olhos se arregalaram. Abriu a boca agora quase desdentada e gritou.

Sammy continuou a sorrir. O sorriso aumentou, na verdade. O grito era música para os seus ouvidos e bálsamo para as suas feridas.

— Fode aquela piranha — disse. — Certo, Georgia? Não foi o que você disse, sua arrombada sem coração?

Frank acordou e olhou em volta confuso, de olhos arregalados. A bunda escorregara até a borda da cadeira e, quando Georgia guinchou de novo, ele se mexeu e caiu no chão. Agora estava armado — todos estavam — e procurou a arma, dizendo:

— Larga isso, Sammy, larga isso, somos todos amigos aqui, vamos ser amigos aqui.

— Você tem mais é que calar essa boca e só abrir quando estiver ajoelhado chupando o pau do seu amiguinho Junior — disse Sammy. Então, puxou o gatilho da Springfield. A explosão da automática foi ensurdecedora no quarto pequeno. O primeiro tiro passou acima da cabeça de Frankie e estilhaçou a janela. Georgia gritou de novo. Agora tentava sair da cama, o tubo de soro e os fios do monitor soltos. Sammy a empurrou e ela caiu de costas, meio torta.

Frankie ainda não conseguira sacar a arma. Com o medo e a confusão, segurara o coldre em vez da arma, e só conseguira puxar o cinto para a direita. Sammy deu dois passos na direção dele, segurou a pistola com ambas as mãos como vira as pessoas fazerem na TV e atirou de novo. O lado esquerdo da cabeça de Frankie saiu. Uma aba de couro cabeludo bateu na parede e ficou ali grudada. Ele bateu a mão na ferida. O sangue jorrou entre os dedos. Então os dedos sumiram, mergulhando na esponja que escorria de onde ficara o crânio.

— *Chega!* — gritou. Os olhos dele estavam imensos e mergulhados em lágrimas. — *Chega, chega! Não me machuca!* — E depois: — *Mãe! MAMÃE!*

— Não adianta, a sua mãe não criou você direito — disse Sammy, e atirou de novo, desta vez no peito. Ele pulou contra a parede. A mão largou a cabeça destroçada e bateu no chão, respingando na poça de sangue que já se formava ali. Ela deu um terceiro tiro, no lugar que a ferira. Depois, se virou para a que estava na cama.

Georgia se encolhera numa bola. O monitor acima dela bipava feito doido, provavelmente porque ela puxara os fios ligados a ele. O cabelo caía nos olhos. Não parava de gritar.

— Não foi o que você disse? — perguntou Sammy. — Fode essa piranha, não foi?

— *Desc'pa!*

— Hein?

Georgia tentou de novo.

— *Desc'pa! Desc'pa, Hammy!* — Então, o supremo absurdo: — *Eu retiro t'do!*

— Você *não pode!* — Sammy deu um tiro na cara de Georgia e outro no pescoço. Ela pulou do mesmo jeito que Frankie e depois ficou parada.

Sammy ouviu o barulho de gente correndo e gritos do lado de fora do quarto. Gritos sonolentos de preocupação de alguns quartos também. Sentia muito causar tanta confusão, mas às vezes não havia outro jeito. Às vezes certas coisas tinham de ser feitas. E, depois de feitas, haveria paz.

Ela encostou a arma na têmpora.

— Eu te amo, Pequeno Walter. Mamãe ama o filhinho dela.

E puxou o gatilho.

8

Rusty usou a rua Oeste para contornar o incêndio e depois entrou na parte baixa da rua Principal, no cruzamento com a 117. A funerária estava às escuras, a não ser por pequenas velas elétricas nas janelas da frente. Deu a volta até o estacionamento menor, como a esposa instruíra, e parou o carro ao lado do comprido Cadillac fúnebre cinzento. Em algum lugar ali perto, um gerador estrepitava.

Estendia a mão para a maçaneta da porta quando o celular cantarolou. Desligou-o sem olhar quem estaria ligando e, quando ergueu os olhos de novo, havia um policial em pé ao lado da janela do carro. Um policial de arma na mão.

Era uma mulher. Quando ela se abaixou, Rusty viu uma nuvem de cabelo louro e crespo e, finalmente, teve um rosto para juntar ao nome que a esposa mencionara. A despachante e recepcionista do turno da manhã. Rusty supôs que tinha assumido o horário integral no Dia da Redoma ou logo depois. Também supôs que se autodesignara para aquela missão.

Ela pôs a pistola no coldre.

— Oi, dr. Rusty. Stacey Moggin. O senhor me tratou quando me queimei com sumagre, dois anos atrás. Sabe, na minha... — Ela deu uns tapinhas no traseiro.

— Eu me lembro. É bom ver você com as calças vestidas, srta. Moggin. Ela riu como falara: baixinho.

— Espero não ter assustado o senhor.

— Um pouco. Estava desligando o celular, e de repente você estava aí.

— Desculpe. Pode entrar. Linda está esperando. Não temos muito tempo. Vou ficar de vigia na frente. Dou dois toques no walkie-talkie de Linda se vier alguém. Se forem os Bowie, vão estacionar na lateral e nós podemos ir embora pela rua Leste sem ninguém ver. — Ela inclinou a cabeça um pouco e sorriu. — Quer dizer... é meio otimista demais, mas ao menos sem sermos identificados. Se tivermos sorte.

Rusty a seguiu, se orientando pelo facho nebuloso do cabelo dela.

— Teve que arrombar, Stacey?

— Claro que não. Tinha uma chave lá na delegacia. A maioria das lojas da rua Principal nos dá as chaves.

— E por que você sabe disso?

— Porque tudo isso é uma bobagem causada pelo medo. Duke Perkins teria acabado com isso há muito tempo. Agora, vamos. E seja rápido.

— Isso eu não posso prometer. Aliás, não posso prometer nada. Não sou legista.

— O mais depressa possível, então.

Rusty entrou atrás dela. Um instante depois, os braços de Linda estavam em torno dele.

9

Harriet Bigelow gritou duas vezes e desmaiou. Gina Buffalino só ficou olhando, vidrada pelo choque.

— Tirem Gina daqui — disse Thurse com rispidez. Chegara ao estacionamento, ouvira os tiros e voltara correndo. Para encontrar isso. Esse massacre.

Ginny pôs o braço nos ombros de Gina e a levou de volta para o corredor, onde os pacientes ambulatórios — como Bill Allnut e Tansy Freeman — estavam em pé, assustados, de olhos arregalados.

— Tira essa aqui do caminho — disse Thurse a Twitch, apontando Harriet. — E baixa a saia dela, dá um pouco de decência à coitada da moça.

Twitch fez o que lhe mandavam. Quando ele e Ginny voltaram ao quarto, Thurse estava ajoelhado ao lado do corpo de Frank DeLesseps, que morrera porque fora representar o namorado de Georgia e ficara até depois da hora. Thurse puxara o lençol sobre Georgia, que já floria papoulas de sangue.

— Há algo que nós possamos fazer, doutor? — perguntou Ginny. Ela sabia que ele não era médico, mas com o choque a palavra saiu automaticamente. Olhava o corpo esparramado de Frank, e a mão cobria a boca.

— Há. — Thurse se levantou e os joelhos ossudos estalaram como tiros de pistola. — Chamar a polícia. Isso é uma cena de crime.

— Todos os que estão de serviço devem estar apagando o incêndio lá embaixo — disse Twitch. — Os que não estão, devem estar a caminho de lá ou dormindo com o telefone desligado.

— Então chama *alguém*, pelo amor de Jesus, e descubra se temos que fazer alguma coisa antes de limpar a bagunça. Tirar fotos, ou sei lá o quê. Não que haja muita dúvida sobre o que aconteceu. E me dê licença um minuto. Vou vomitar.

Ginny ficou de lado para que Thurston pudesse entrar no minúsculo banheiro anexo ao quarto. Fechou a porta, mas o som do vômito ainda foi alto, o som da partida de um motor com sujeira presa em algum lugar.

Ginny sentiu correr pela cabeça uma onda de desmaio que pareceu erguê-la e deixá-la leve. Ela a combateu. Quando olhou Twitch outra vez, ele acabava de fechar o celular.

— Rusty não atende — disse. — Deixei recado. Mais alguém? Que tal Rennie?

— Não! — Ela quase tremeu. — Ele, não.

— A minha irmã? Quero dizer, Andi?

Ginny só o olhou.

Twitch a fitou um momento e depois baixou os olhos.

— Talvez não — murmurou.

Ginny o tocou acima do pulso. A pele dele estava fria com o choque. Achou que a dela também estaria.

— Se te serve de consolo — disse —, acho que ela está tentando largar. Veio falar com Rusty e tenho quase certeza de que era por isso.

Twitch passou as mãos pelos lados do rosto, transformando-o por um instante numa máscara de tristeza de ópera bufa.

— Isso é um pesadelo.

— É — respondeu Ginny simplesmente. Então, pegou o celular de novo.

— Pra quem você vai ligar? — Twitch conseguiu dar um sorrisinho. — Caça-fantasmas?

— Não. Se Andi e Big Jim estão fora, quem sobrou?

— Sanders, mas ele é mais inútil do que bosta e você sabe disso muito bem. Por que simplesmente não arrumamos a bagunça? Thurston está certo, o que aconteceu aqui é óbvio.

Thurston saiu do banheiro. Limpava a boca com uma tolha de papel.

— Porque há regras, rapaz. E nessas circunstâncias, é mais importante do que nunca segui-las. Ou ao menos fazer aquele velho último esforço.

Twitch ergueu os olhos e viu o cérebro de Sammy Bushey secando no alto de uma parede. O que ela usara para pensar agora parecia uma massa de aveia. Ele caiu em lágrimas.

10

Andy Sanders estava sentado no apartamento de Dale Barbara, ao lado da cama de Dale Barbara. A janela estava cheia com o brilho alaranjado do prédio do *Democrata* em chamas ao lado. Acima dele, ouvia passos e vozes abafadas — homens no telhado, supunha.

Levara consigo um saco de papel pardo quando subiu da farmácia lá embaixo pela escada interna. Agora tirou o conteúdo: um copo, uma garrafa de água Dasani e um vidro de comprimidos. Os comprimidos eram de OxyContin. O rótulo dizia GUARDAR PARA A. GRINNELL. Eram cor-de-rosa, os vinte. Tirou alguns, contou, tirou mais. Vinte. Quatrocentos miligramas. Talvez não fosse suficiente para matar Andrea, que tivera tempo de desenvolver tolerância, mas ele tinha certeza de que serviriam para ele.

O calor do fogo ao lado vinha assando pela parede. A pele estava molhada de suor. Tinha que haver ao menos cem ali, talvez mais. Limpou o rosto com a colcha.

Essa sensação não vai durar muito tempo. Haverá brisa fresca no paraíso e todos nos sentaremos pra jantar juntos à mesa do Senhor.

Usou o fundo do copo para moer os comprimidos cor-de-rosa até virarem pó, para garantir que o narcótico agisse todo de uma vez. Como um martelo na cabeça de um touro. Basta deitar-se na cama, fechar os olhos e então, boa noite, doce farmacêutico, que os anjos com seu canto ao repouso te acompanhem.

Eu... e Claudie... e Dodee. Juntos pela eternidade.

Acho que não, irmão.

Era a voz de Coggins, Coggins com o seu jeito mais austero e declamatório. Andy parou no ato de esmagar as pílulas.

Suicidas não ceiam com os seus entes queridos, meu amigo; vão para o inferno e jantam carvões em brasa que queimam para sempre na barriga. Consegue me dar um aleluia a isso? Consegue dizer amém?

— Bobajada — sussurrou Andy, e voltou a moer as pílulas. — Você caiu de focinho no cocho como todos nós. Por que eu acreditaria em você?

Porque eu falo a verdade. A sua mulher e a sua filha estão lá em cima olhando você agora, implorando que não faça isso. Não consegue ouvi-las?

— Não — respondeu Andy. — E isso também não é você. É só a parte covarde da minha cabeça. Andou comigo a vida inteira. Foi assim que Big Jim conseguiu me dominar. Foi assim que entrei nessa furada da metanfetamina. Não precisava do dinheiro, sequer *entendia* todo aquele dinheiro, só não sabia dizer não. Mas dessa vez consigo. Não, senhor. Não tenho mais nenhuma razão pra viver e vou embora. Tem mais alguma coisa a dizer?

Parecia que Lester Coggins não tinha mais nada. Andy terminou de reduzir as pílulas a pó e encheu o copo d'água. Pôs o pó cor-de-rosa no copo usando o lado da mão e depois mexeu com o dedo. Os únicos sons eram o fogo e os gritos indistintos dos homens que o combatiam e, em cima, o *tump-tump-tump* de outros homens andando no seu telhado.

— Goela abaixo — disse ele... mas não bebeu. A mão estava no copo, mas aquela sua parte covarde, aquela parte que não queria morrer muito embora toda vida que importava tivesse acabado, ficou onde estava.

— Não, você não vai ganhar dessa vez — disse ele, mas largou o copo para que pudesse limpar o rosto suado com a colcha outra vez. — Não sempre e não dessa vez.

Ele levou o copo aos lábios. O doce esquecimento rosado nadava lá dentro. Mas o pôs de novo sobre a mesinha de cabeceira.

A parte covarde ainda dominando. *Maldita* parte covarde.

— Senhor, me mande um sinal — sussurrou. — Me mande um sinal de que tomar isso está certo. Mesmo que a única razão seja não haver outro jeito de eu sair desta cidade.

Ao lado, o telhado do *Democrata* caiu com uma algazarra de fagulhas. Acima dele, alguém — parecia Romeo Burpee — berrou: "*Prrontos, rapazes, mais prrontos do que nunca!*"

Prontos. Era o sinal, com certeza. Andy Sanders ergueu de novo o copo cheio de morte, e dessa vez a parte covarde não lhe baixou o braço. A parte covarde parecia ter desistido.

No bolso, o celular tocou as notas de abertura de *You're Beautiful*, um lixo sentimental que fora escolha de Claudie. Por um instante ele quase bebeu assim mesmo, mas aí uma voz sussurrou que *este* também poderia ser um sinal. Não sabia dizer se era a voz da parte covarde, de Coggins ou do fundo do seu coração. E, como não sabia, atendeu ao telefone.

— Sr. Sanders? — Uma voz de mulher, cansada, infeliz, assustada. Andy sentiu empatia. — Aqui é Virginia Tomlinson, do hospital.

— Ginny, claro! — Parecendo o seu antigo eu alegre e prestativo. Era esquisitíssimo.

— Acho que temos um problema aqui. O senhor pode vir pra cá?

A luz perfurou a escuridão confusa na cabeça de Andy. Encheu-o de espanto e gratidão. Ouvir alguém dizer *Pode vir?* Será que esquecera como isso era bom? Achava que sim, embora fosse por isso que se candidatara a vereador pela primeira vez. Não para exercer o poder; isso era coisa de Big Jim. Só para estender a mão amiga. Fora assim que começara; talvez fosse como poderia acabar.

— Sr. Sanders? O senhor está ouvindo?

— Estou. Espera aí, Ginny, vou agorinha mesmo. — Ele fez uma pausa. — E nada disso de sr. Sanders. É Andy. Estamos nisso juntos, sabe.

Ele desligou, levou o copo até o banheiro e despejou o conteúdo cor-de-rosa no vaso. A sensação boa — aquela sensação de luz e espanto — durou até que apertou o botão da descarga. Então a depressão caiu sobre ele de novo como um casaco velho e fedorento. Necessário? Isso era bem engraçado. Ele era apenas o velho e estúpido Andy Sanders, o boneco sentado no colo de Big Jim. O megafone. O tagarela. O homem que lia as moções e propostas de Big Jim como se fossem suas. O homem que era útil de dois em dois anos, fazendo campanha e espalhando o encanto velho e batido. Coisas de que Big Jim era incapaz ou não gostava de fazer.

Havia mais comprimidos no vidro. Havia mais Dasani na geladeira lá embaixo. Mas Andy não pensou a sério nisso; fizera uma promessa a Ginny Tomlinson e era homem de palavra. Mas o suicídio não fora rejeitado, só guardado para mais tarde. Engavetado, como diziam na política das cidades pequenas. E seria bom sair desse quarto, que quase fora sua câmara mortuária.

Estava se enchendo de fumaça.

11

A sala de trabalho mortuário da funerária Bowie ficava no subsolo, e Linda se sentiu segura para acender a luz. Rusty precisaria dela para o exame.

— Olha essa bagunça — disse ele, mostrando com o braço o chão azulejado sujo e com marcas de pés, as latas de cerveja e refrigerante nos balcões, uma lata de lixo aberta num canto com algumas moscas zumbindo em cima. — Se o Conselho Estatal de Serviços Fúnebres visse isso, ou o Departamento de Saúde, isso aqui seria fechado num minuto. Minuto de Nova York, onde tudo é rápido.

— Aqui não é Nova York — lembrou-lhe Linda. Ela olhava a mesa de aço inoxidável no meio da sala. A superfície estava embaçada por substâncias que provavelmente era melhor nem identificar, e havia um papel de chocolate amassado num dos drenos. — Acho que não estamos mais nem no Maine. Depressa, Eric, esse lugar fede.

— De vários jeitos — disse Rusty. A bagunça o incomodava; inferno, ela o *ofendia*. Daria um soco na boca de Stewart Bowie só por causa do papel de chocolate, descartado na mesa onde os mortos da cidade tinham o sangue drenado do corpo.

Do outro lado da sala, havia seis gavetas de aço inoxidável. Vindo de algum lugar atrás deles, Rusty conseguia ouvir o ronco constante do equipamento de refrigeração.

— Aqui não falta gás — murmurou. — Os irmãos Bowie estão vivendo à larga no aconchego.

Não havia nomes no lugar para cartões na frente das gavetas — outro sinal de desleixo — e Rusty abriu todas. As duas primeiras estavam vazias, o que não o surpreendeu. A maioria dos que tinham morrido até agora debaixo da Redoma, como Ron Haskell e os Evans, tinha sido enterrada depressa. Jimmy Sirois, sem parentes próximos, ainda estava no pequeno necrotério do Cathy Russell.

As outras quatro continham os corpos que ele viera examinar. O cheiro de decomposição se espalhou assim que puxou as gavetas rolantes. Cobriu o cheiro desagradável mas menos agressivo dos conservantes e unguentos fúnebres. Linda se afastou mais, com ânsia de vômito.

— Não vomita, Linny — disse Rusty, indo até os armários do outro lado da sala. A primeira gaveta só continha números antigos da revista *Field & Stream*, e ele soltou uma praga. Mas a de baixo tinha o que ele precisava. Enfiou a mão debaixo de um trocarte que parecia nunca ter sido lavado e puxou um par de máscaras de plástico verde ainda na embalagem. Entregou uma a Linda e vestiu a outra. Olhou a gaveta seguinte e se apropriou de um par de luvas de borracha. Eram de um amarelo vivo, infernalmente vistosas.

— Se você acha que vai vomitar apesar da máscara, sobe e fica com a Stacey.

— Vou ficar bem. Tenho que testemunhar.

— Não sei até que ponto o seu testemunho serviria; afinal de contas, você é minha mulher.

— Eu tenho que testemunhar — repetiu ela. — Só seja o mais rápido possível.

As gavetas estavam imundas. Isso não o surpreendeu depois de ver o resto da área de preparação, mas ainda assim lhe deu nojo. Linda lembrara de trazer um velho gravador cassete que achara na garagem. Rusty apertou RECORD, testou o som e ficou levemente surpreso ao perceber que não era muito ruim. Pôs o pequeno Panasonic numa das gavetas vazias e calçou as luvas. Levou mais tempo do que deveria; as mãos suavam. Provavelmente haveria talco ou polvilho Johnson para bebês em algum lugar, mas ele não pretendia perder tempo procurando. Já se sentia um ladrão. Diabos, ele *era* um ladrão.

— Certo, lá vamos nós. São 22h45, 24 de outubro. Esse exame está sendo realizado na sala de preparação da Funerária Bowie. Que está imunda, aliás. Uma vergonha. Vejo quatro corpos, três mulheres e um homem. Duas mulheres são jovens, têm por volta de 20 anos. São Angela McCain e Dodee Sanders.

— Dorothy — disse Linda, no outro lado da mesa de preparação. — O nome dela... era... Dorothy.

— Corrigindo. Dorothy Sanders. A terceira mulher está no final da meia-idade. Brenda Perkins. O homem tem uns 40 anos. É o reverendo Lester Coggins. Que fique registrado que posso identificar todos eles.

Ele acenou para a esposa e apontou os corpos. Ela olhou, e os olhos se encheram de lágrimas. Ela ergueu a máscara tempo suficiente para dizer:

— Sou Linda Everett, do Departamento de Polícia de Chester's Mill. O número do meu emblema é 7-7-5. Também reconheço os quatro corpos. — Ela pôs a máscara de volta no lugar. Mais acima, os olhos imploravam.

Rusty lhe fez um sinal para se afastar. Afinal de contas, era tudo uma farsa. Sabia disso, e apostava que Linda também. Mas não se sentia deprimido. Quisera seguir a carreira médica desde menino, sem dúvida seria médico se não tivesse tido de largar a escola para cuidar dos pais, e o que o impulsionara a dissecar rãs e olhos de vaca quando estava nas aulas de biologia do segundo ano secundário era o que o impulsionava agora: pura curiosidade. A necessidade de saber. E ele *saberia*. Talvez não tudo, mas ao menos *algumas* coisas.

É aqui que os mortos ajudam os vivos. Linda não disse isso?

Não importava. Tinha certeza de que ajudariam, se pudessem.

— Não houve maquiagem dos corpos pelo que posso ver, mas os quatro foram embalsamados. Não sei se o processo foi terminado, mas desconfio que não, porque os tampões da artéria femoral ainda estão no lugar.

— Angela e Dodee, desculpe, Dorothy, apanharam muito e estão em estado avançado de decomposição. Coggins também apanhou — muito, ao que parece — e também está em decomposição, mas não tanto; a musculatura do rosto e dos braços mal começou a amolecer. Brenda, Brenda Perkins, quero dizer... — Ele se calou e se curvou sobre ela.

— Rusty? — perguntou Linda, nervosa. — Querido?

Ele esticou a mão enluvada, pensou melhor, descalçou a luva e pôs a mão sobre a garganta dela. Então, ergueu a cabeça de Brenda e tateou o nó grande e grotesco logo abaixo da nuca. Baixou a cabeça e depois virou o corpo sobre o quadril, para olhar as costas e as nádegas.

— Jesus — disse.

— Rusty? O que foi?

Para começar, ela ainda está coberta de merda, pensou... mas isso não ficaria registrado. Nem mesmo se Randolph ou Rennie só ouvissem os primeiros sessenta segundos antes de esmagar a fita sob o calcanhar do sapato e queimassem os restos. Não acrescentaria aquele detalhe à profanação de Brenda.

Mas se lembraria.

— *O quê?*

Ele umedeceu os lábios e disse:

— Brenda Perkins mostra livor mortis nas nádegas e coxas, indicando que está morta há pelo menos 12 horas, mais provavelmente 14. Há hematomas importantes nas duas faces. São marcas de mão. Disso não tenho dúvida alguma. Alguém lhe segurou o rosto e virou a cabeça com força para a esquerda, fraturando as vértebras atlas e axis, C1 e C2. Provavelmente também fraturou a coluna.

— Ai, Rusty — gemeu Linda.

Rusty ergueu primeiro uma das pálpebras de Brenda, depois a outra. Viu o que temia.

— O hematoma das faces e as petéquias na esclera, ou manchas de sangue no branco dos olhos, indicam que a morte não foi instantânea. Ela não conseguiu respirar e se asfixiou. Pode ou não ter ficado consciente. Esperemos que não. Infelizmente, é só o que posso dizer. As moças, Angela e Dorothy, estão mortas há mais tempo. O estado de decomposição indica que ficaram guardadas em lugar quente.

Ele desligou o gravador.

— Em outras palavras, não vejo nada que inocente totalmente Barbie e nada que já não soubéssemos.

— E se as mãos dele não combinarem com os hematomas no rosto de Brenda?

— As marcas são difusas demais para ter certeza. Lin, eu me sinto o homem mais estúpido da Terra.

Ele empurrou as duas moças — que deveriam estar passeando pelo Auburn Mall, vendo o preço dos brincos, comprando roupas na Deb, comparando namorados — de volta à escuridão. Depois, virou-se para Brenda.

— Me arranja um pano. Vi alguns empilhados ao lado da pia. Até pareciam limpos, o que é quase um milagre nessa pocilga.

— O que você...

— Só me dá um pano. Melhor dois. Molhados.

— Não temos tempo pra...

— Arranjamos tempo. — Linda observou em silêncio o marido limpar cuidadosamente as nádegas e as costas das coxas de Brenda Perkins. Quando terminou, jogou os trapos sujos no canto, achando que, se os irmãos Bowie estivessem ali, enfiaria um na boca de Stewart e o outro na do filho da puta do Fernald.

Beijou a testa fria de Brenda e a empurrou de volta para o refrigerador. Começou a fazer o mesmo com Coggins e parou. O rosto do reverendo recebera só uma limpeza muito superficial; ainda havia sangue nas orelhas, nas narinas e entranhado na testa.

— Linda, molha outro pano.

— Querido, já se passaram quase dez minutos. Amo você por demonstrar respeito aos mortos, mas temos os vivos pra...

— Acho que nós temos algo aqui. Não foi o mesmo tipo de surra. Consigo ver mesmo sem... molha um pano.

Ela não discutiu mais, só molhou outro pano, torceu e o entregou. Então, observou o marido limpar o resto de sangue do rosto do morto, trabalhando com gentileza, mas sem o amor que mostrara por Brenda.

Ela não gostava muito de Lester Coggins (que certa vez afirmara no seu programa de rádio semanal que os garotos que fossem assistir ao show de Miley

Cyrus se arriscavam a ir para o inferno), mas ainda assim o que Rusty descobria lhe machucava o coração.

— Meu Deus, ele parece um espantalho depois de usado por um monte de garotos para treinar pontaria com pedras.

— Eu disse. Não é o mesmo tipo de surra. Essa não foi com punhos nem com pés.

Linda apontou.

— O que é aquilo na têmpora?

Rusty não respondeu. Acima da máscara, os olhos brilhavam de espanto. Mais uma coisa, também: compreensão, que começava a nascer.

— O que é, Eric? Parecem... Não sei... *uma costura!*

— Pode apostar. — A máscara balançou quando a boca por trás dela abriu um sorriso. Não de felicidade; de satisfação. E do tipo mais sinistro. — E na testa também. Tá vendo? E no maxilar. Esse aqui *quebrou* o maxilar.

— Que tipo de arma deixa marcas assim?

— Uma bola de beisebol — disse Rusty, fechando a gaveta. — Não uma bola comum, mas uma banhada a ouro, sim. Se girada com força suficiente, acho que deixaria. Acho que *deixou*.

Ele baixou a testa até a dela. As máscaras se chocaram. Ele a olhou nos olhos.

— Jim Rennie tem uma. Vi na escrivaninha dele quando fui reclamar com ele do sumiço do gás. Não sei dos outros, mas acho que sabemos onde Lester Coggins morreu. E quem o matou.

12

Depois que o telhado desmoronou, Julia não aguentou mais olhar.

— Vem pra casa comigo — disse Rose. — O quarto de hóspedes é seu enquanto quiser.

— Obrigada, mas não. Agora preciso ficar sozinha, Rosie. Quer dizer, com Horace, sabe. Preciso pensar.

— Onde você vai ficar? Vai ficar bem?

— Vou. — Sem saber se ficaria ou não. A cabeça parecia bem, processos de pensamento todos em ordem, mas ela se sentia como se alguém desse uma baita injeção de novocaína na sua emoção. — Talvez eu apareça mais tarde.

Quando Rosie foi embora, andando pelo outro lado da rua (e se virando para lhe dar um último aceno preocupado), Julia voltou ao Prius, pôs Horace no banco da frente e sentou-se atrás do volante. Procurou Pete Freeman e Tony Guay e não os viu em lugar algum. Talvez Tony tivesse levado Pete até o hospital para fazer um curativo no braço. Era um milagre que nenhum deles tivesse se ferido gravemente. E se ela não tivesse levado Horace consigo quando foi se encontrar com Cox, o cão teria sido incinerado junto com todo o resto.

Quando essa ideia lhe veio, ela percebeu que as suas emoções não estavam dormentes, afinal de contas, apenas escondidas. Um som, um tipo de lamento, começou a sair dela. Horace espetou as orelhas consideráveis e a olhou ansioso. Ela tentou parar e não conseguiu.

O jornal do seu pai.
O jornal do seu avô.
Do seu bisavô.
Cinzas.

Ela desceu até a rua Oeste e, quando chegou ao estacionamento abandonado ao lado do Globe, entrou. Desligou o motor, puxou Horace para perto dela e chorou por cinco minutos, encostada num ombro peludo e musculoso. É louvável que Horace tenha suportado isso com paciência.

Depois de chorar até acabar, ela se sentiu melhor. Mais calma. Talvez fosse a calma do choque, mas ao menos conseguia pensar de novo. E o que pensou foi no último fardo de jornais que restava no bagageiro. Ela se inclinou por cima de Horace (que lhe deu uma lambida amistosa no pescoço) e abriu o porta-luvas. Estava cheio de tralha, mas ela achou que em algum lugar... quem sabe...

E, como um dom de Deus, lá estava. Uma caixinha de plástico cheia de marcadores de mapas, elásticos, tachinhas e clipes de papel. Os elásticos e clipes não serviriam para o que ela tinha em mente, mas as tachinhas e marcadores de mapas...

— Horace — disse ela —, quer dar um passeio?

Horace latiu que queria mesmo dar um passeio.

— Ótimo — disse. — Eu também.

Ela pegou os jornais e voltou a pé para a rua Principal. Agora o prédio do *Democrata* era apenas um monte fumegante de escombros, com policiais despejando água (*daqueles extintores costais tão convenientes*, pensou ela, *todos cheios e prontos para usar*). Olhar aquilo feria o coração de Julia — claro que sim —, mas não tanto agora que tinha algo a fazer.

Ela desceu a rua com Horace andando ao seu lado com toda a pompa, e em cada poste telefônico prendeu um exemplar do último número do *Demo-*

crata. A manchete — **SAQUE E MORTES: A CRISE SE APROFUNDA** — parecia brilhar à luz do fogo. Agora preferiria ter optado por uma única palavra: **CUIDADO**.

Continuou até que os jornais acabaram.

13

Do outro lado da rua, o walkie-talkie de Peter Randolph estalou três vezes: *breque-breque-breque*. Urgente. Temendo o que ouviria, ele apertou o botão de transmitir e disse:

"Chefe Randolph. Câmbio."

Era Freddy Denton que, como oficial comandante do turno da noite, era agora, na prática, o chefe-assistente.

— Pete, acabei de receber um telefonema do hospital. Duplo assassinato...

— *O QUÊ?* — gritou Randolph. Mickey Wardlaw, um dos novos policiais, o fitava como um caipira da Mongólia na primeira vez que vai à feira na cidade.

Denton continuou, parecendo calmo ou cheio de si. Se fosse o segundo, Deus o ajudasse.

— ... e um suicídio. Quem atirou foi aquela moça que fez a acusação de estupro. As vítimas são nossas, chefe. Roux e DeLesseps.

— *Você... está... de SACANAGEM!*

— Mandei Rupe e Mel Searles pra lá — disse Freddy. — O lado bom é que tudo acabou e não vamos ter que enquadrá-la no galinheiro junto com Barb...

— Você mesmo devia ter ido, Fred. Você é o oficial superior.

— E *quem* iria ficar na mesa então?

Randolph não tinha resposta para essa pergunta — era inteligente ou estúpida demais. Achou melhor ir para o Cathy Russell.

Não quero mais esse emprego. Não. Nem um tiquinho.

Mas era tarde demais. E com Big Jim para ajudá-lo, ele conseguiria. Era nisso que tinha que se concentrar; Big Jim o ajudaria a aguentar.

Marty Arsenault lhe deu um tapinha no ombro. Randolph quase pulou para lhe bater. Arsenault não notou; olhava o outro lado da rua, onde Julia Shumway estava passeando com o cachorro. Passeando com o cachorro e... o quê?

Distribuindo jornais, era isso. Prendendo-os no diabo dos malditos postes telefônicos.

— Aquela puta não para — disse entredentes.

— Quer que eu vá até lá e obrigue ela a parar? — perguntou Arsenault.

Marty parecia ansioso para cumprir a tarefa, e Randolph quase a concedeu. Depois, fez que não.

— Ela só vai começar a fazer um discurso sobre os malditos direitos civis. Como se não notasse que deixar todo mundo apavorado não traz nenhum benefício à cidade. — Ele balançou a cabeça. — Provavelmente não nota. Ela é incrivelmente... — Havia uma palavra para o que ela era, uma palavra esquisita que lera no curso secundário. Não esperava se lembrar, mas conseguiu. — Incrivelmente ingênua.

— Vou dar um jeito nela, chefe, vou, sim. O que ela vai fazer, chamar o advogado?

— Deixa ela se divertir. Ao menos assim ela não pega no nosso pé. É melhor eu ir pro hospital. O Denton disse que aquela tal Bushey assassinou Frank DeLesseps e Georgia Roux. E depois se matou.

— Jesus — sussurrou Marty, o rosto perdendo a cor. — O senhor acha que isso também é coisa do Barbara?

Randolph começou a dizer que não e aí pensou melhor. E pensou na acusação de estupro da moça. O suicídio lhe dava ares de verdade, e os boatos de que policiais de Mill tivessem feito uma coisa daquelas seriam ruins para o moral do departamento e, portanto, para a cidade. Não precisava que Jim Rennie lhe dissesse isso.

— Não sei — respondeu —, mas é possível.

Os olhos de Marty se enchiam d'água, devido à fumaça ou à tristeza. Talvez ambas.

— Temos que deixar o Big Jim a par disso, Pete.

— Eu deixo. Enquanto isso — Randolph mostrou Julia com o queixo — fica de olho nela, e quando ela finalmente se cansar e for embora, arranca tudo aquilo e joga no lugar certo. — Ele indicou a tocha que antes fora um jornal. — Põe o lixo no lixo.

Marty deu uma risadinha.

— Entendido, chefe.

E foi exatamente o que o policial Arsenault fez. Mas não antes que outros moradores da cidade pegassem alguns para examinar sob luz mais forte — meia dúzia, talvez dez. Foram passados de mão em mão nos dois ou três dias seguintes, e lidos até quase literalmente se desfazer.

14

Quando Andy chegou ao hospital, Piper Libby já estava lá. Sentada num banco do saguão, conversando com duas moças que usavam as calças e os blusões de náilon branco das enfermeiras... embora para Andy parecessem jovens demais para serem enfermeiras de verdade. Ambas tinham chorado e pareciam a ponto de chorar de novo, mas Andy pôde ver que a reverenda Libby tinha sobre elas um efeito calmante. Uma coisa que nunca fora difícil para ele era avaliar as emoções humanas. Às vezes, gostaria de ser melhor na parte do raciocínio.

Ginny Tomlinson estava ali perto, conversando baixinho com um sujeito de aparência mais idosa. Ambos pareciam abalados e estupefatos. Ginny viu Andy e se aproximou dele. O sujeito mais idoso veio atrás. Ela o apresentou como Thurston Marshall e disse que estava ajudando.

Andy deu ao novo conhecido um grande sorriso e um aperto de mão caloroso.

— Prazer em conhecê-lo, Thurston. Sou Andy Sanders. Primeiro vereador.

Piper olhou lá do banco e disse:

— Andy, se você fosse mesmo o primeiro vereador, punha um freio no segundo.

— Entendo que você teve uns dias difíceis — disse Andy, ainda sorrindo. — Todos nós tivemos.

Piper lhe deu um olhar de especial frieza e depois perguntou às mocinhas se não gostariam de ir com ela até o refeitório tomar um chá.

— Uma xícara cairia bem mesmo — disse ela.

— Eu chamei ela depois de te chamar — disse Ginny, como se pedisse desculpas, depois que Piper levou embora as duas auxiliares de enfermagem. — E liguei pra delegacia. Falei com Fred Denton. — Ela franziu o nariz como quem sente um cheiro ruim.

— Ora, Freddy é um bom rapaz — disse Andy, sincero. Seu coração não estava em nada daquilo; seu coração tinha vontade de ainda estar na cama de Dale Barbara, planejando tomar a água cor-de-rosa envenenada, mas ainda assim os velhos hábitos entraram em ação facilmente. Acabava que a ânsia de deixar tudo bem, de acalmar águas revoltas, era como andar de bicicleta. — Me conte o que aconteceu aqui.

Foi o que ela fez. Andy escutou com calma surpreendente, considerando que conhecia a família DeLesseps desde sempre e que, no secundário, saíra uma vez com a mãe de Georgia Roux (Helen beijava com a boca aberta, o que era legal, mas tinha mau hálito, o que não era). Achou que a sua atual planura emocional tinha tudo a ver com a consciência de que, se o telefone não tivesse tocado naquele momento, agora ele estaria inconsciente. Talvez morto. Uma coisa dessas muda o jeito de ver o mundo.

— Dois dos nossos mais novos policiais — disse ele. Soava para si próprio como a gravação que a gente escuta quando liga para o cinema para saber os horários. — Uma já muito ferida quando tentava acalmar aquela confusão no supermercado. Meu Deus, meu Deus.

— Provavelmente não é a melhor hora pra dizer isso, mas não gosto muito do seu departamento de polícia — disse Thurston. — Só que, como agora o policial que realmente me socou está morto, registrar queixa seria irrelevante.

— Qual policial? Frank ou a moça Roux?

— O rapaz. Eu o reconheci apesar do... do desfiguramento fatal.

— Frank DeLesseps socou você? — Andy simplesmente não acreditava nisso. Frankie lhe entregara o jornal *Lewiston Sun* por quatro anos, sem nunca falhar um dia. Bom, pensando melhor, um ou dois, mas foi por grandes tempestades de neve. E uma vez teve sarampo. Ou foi caxumba?

— Se era esse o nome dele.

— Bom... uau... isso é... — Era o quê? E que importância tinha? O que tinha importância? Mas Andy avançou com heroísmo. — Isso é lamentável, senhor. Em Chester's Mill, acreditamos em cumprir com as nossas responsabilidades. Em fazer o que é certo. Só que, agora, estamos meio que na mira das armas. Circunstâncias fora do nosso controle, o senhor sabe.

— E *como* sei! — disse Thurse. — No que me diz respeito, já são águas passadas. Mas, senhor... aqueles policiais eram absurdamente jovens. E *muito* malcomportados. — Ele fez uma pausa. — A senhorita que me acompanha também foi atacada.

Andy simplesmente não conseguia acreditar que esse sujeito dissesse a verdade. Policiais de Chester's Mill não machucavam ninguém, a menos que provocados (*gravemente* provocados); isso era coisa de cidade grande, onde ninguém sabe se relacionar direito. É claro que ele diria que uma moça matar dois policiais e depois tirar a própria vida também era o tipo de coisa que não acontecia em Mill.

Não adianta, pensou Andy. *Além de fora da cidade, ele é de fora do estado. É por isso.*

— Agora que você está aqui, Andy, não sei direito o que pode fazer — disse Ginny. — Twitch está cuidando dos corpos e...

Antes que ela pudesse continuar, a porta se abriu. Uma moça entrou, trazendo pela mão duas crianças de aparência sonolenta. O sujeito mais velho — Thurston — abraçou-a enquanto as crianças, uma menina e um menino, olhavam. Ambos estavam descalços e usavam camisetas como camisolas. A do menino, que lhe chegava aos tornozelos, dizia PRISIONEIRO 9091 e PROPRIEDADE DA PENITENCIÁRIA ESTADUAL DE SHAWSHANK. A filha e os netos de Thurston, supôs Andy, e isso o fez sentir de novo saudades de Claudette e Dodee. Afastou a imagem delas. Ginny o chamara para ajudar, e era óbvio que ela precisava de ajuda. Que, sem dúvida, seria escutar enquanto ela contasse toda a história outra vez — não para o bem dele, mas dela. Assim, poderia entender a verdade e começar a aceitá-la em paz. Andy não se incomodava. Sempre fora bom ouvinte, e seria melhor do que olhar três cadáveres, um deles a casca descartada do seu antigo entregador de jornais. Escutar era simples quando a gente se dedicava a isso, até um imbecil saberia escutar, mas Big Jim nunca tivera jeito para a coisa. Big Jim era melhor para falar. E planejar — isso também. Tinham sorte de tê-lo ali numa época daquelas.

Enquanto Ginny desenrolava o segundo recitativo, um pensamento ocorreu a Andy. Um pensamento importante, possivelmente.

— Alguém aqui...

Thurston voltou com os recém-chegados atrás.

— Vereador Sanders... Andy... esta é a minha parceira, Carolyn Sturges. E essas são as crianças de que estamos tomando conta. Alice e Aidan.

— Quero a minha chupeta — queixou-se Aidan.

— Você é *velho* demais pra usar chupeta — disse Alice, e lhe deu uma cotovelada.

O rosto de Aidan se amassou, mas ele não chegou a chorar.

— Alice — disse Carolyn Sturges —, isso é maldade. E o que nós sabemos sobre gente malvada?

Alice se animou.

— *Gente malvada é uma merda!* — gritou ela, e caiu na gargalhada. Depois de pensar um instante, Aidan a imitou.

— Sinto muito — disse Carolyn a Andy. — Não tinha ninguém pra cuidar deles, e Thurse parecia tão *atormentado* quando ligou...

Era difícil acreditar, mas parecia possível que o velho estivesse de amassos com a moça. Para Andy, a ideia tinha interesse apenas passageiro, embora em outras circunstâncias ele pudesse ter ponderado profundamente a respeito, sopesando posições, imaginando se ela lhe dava beijos de língua com aquela boca úmida etc. etc. Agora, entretanto, ele tinha outras coisas a pensar.

— Alguém contou ao marido de Sammy que ela morreu? — perguntou.

— Phil Bushey? — Era Dougie Twitchell, descendo o corredor e chegando à recepção. Os ombros estavam caídos e a pele, acinzentada. — O filhodaputa abandonou ela e saiu da cidade. Meses atrás. — Os seus olhos caíram sobre Alice e Aidan Appleton. — Desculpem, crianças.

— Tudo bem — disse Caro. — Na nossa casa, a linguagem é livre. Assim é muito mais verdadeiro.

— É verdade — Alice elevou a voz. — Podemos dizer merda e mijo quando a gente quiser ao menos até a mamãe voltar.

— Mas piranha não — amplificou Aidan. — Piranha é *ex*-ista.

Caro não deu atenção ao jogo paralelo.

— Thurse? O que aconteceu?

— Não na frente das crianças — respondeu ele. — Com ou sem liberdade de linguagem.

— Os pais do Frank estão fora da cidade — disse Twitch —, mas entrei em contato com Helen Roux. Ela aceitou a notícia com bastante calma.

— Bêbada? — perguntou Andy.

— Como um gambá. — Andy se afastou um pouco corredor acima. Alguns pacientes, vestidos de pijama e com chinelos do hospital, estavam de costas para ele. Supôs que olhando a cena do massacre. Não tinha vontade de fazer o mesmo e ficou contente por Dougie Twitchell ter cuidado do que precisava ser cuidado. Ele era político e farmacêutico. O seu trabalho era ajudar os vivos, não processar os mortos. E ele sabia algo que aquelas pessoas não sabiam. Não podia lhes contar que Phil Bushey ainda estava na cidade, vivendo como eremita na emissora de rádio, mas podia contar a Phil que a esposa de quem se separara estava morta. Podia e devia. É claro que era impossível prever qual seria a reação de Phil; ele não estava bem esses dias. Poderia explodir. Poderia até matar o portador de más notícias. Mas isso seria tão horrível assim? Os suicidas podiam ir para o inferno e jantar carvões em brasa por toda a eternidade, mas as vítimas de assassinato, Andy tinha bastante certeza, iam para o céu e comiam rosbife e torta de pêssego à mesa do Senhor por toda a eternidade.

Com os seus entes queridos.

15

Apesar do cochilo que dera mais cedo, Julia estava mais cansada do que nunca, ou assim parecia. E, a menos que aceitasse o oferecimento de Rosie, não tinha para onde ir. A não ser o carro, é claro.

Ela voltou a ele, soltou a guia de Horace para que ele pudesse pular no banco do passageiro e depois se sentou atrás do volante, tentando pensar. Gostava bastante de Rose Twitchell, mas Rosie ia querer revisar todo aquele dia longo e angustiante. E ia querer saber, no mínimo, o que fazer com Dale Barbara. Esperaria ideias de Julia, e Julia não tinha nenhuma.

Enquanto isso, Horace a encarava, perguntando, com orelhas inclinadas e olhos brilhantes, o que viria agora. Ele a fez pensar na mulher que perdera o cachorro *dela*: Piper Libby. Piper a receberia e lhe daria uma cama sem lhe encher os ouvidos. E depois de uma noite de sono, Julia talvez conseguisse pensar de novo. Até planejar um pouco.

Ela ligou o Prius e subiu até a Congregacional. Mas o presbitério estava às escuras, com um bilhete preso na porta. Julia tirou a tachinha, levou o bilhete até o carro e o leu junto à luz da redoma.

Fui até o hospital. Houve um tiroteio por lá.

Julia começou a fazer de novo aquele som de lamento e, quando Horace começou a gemer como se tentasse harmonizar, ela se obrigou a parar. Deu marcha a ré e depois deixou o Prius em ponto morto tempo bastante para devolver o bilhete ao lugar onde o achara, caso outro paroquiano (ou paroquiana) com o peso do mundo nas costas aparecesse à procura do conselheiro espiritual que restava em Mill.

E agora, onde? Rosie, afinal? Mas talvez Rosie já estivesse dormindo. O hospital? Julia se obrigaria a ir para lá, apesar do choque e do cansaço, se tivesse alguma utilidade, mas já não havia mais jornal para noticiar o que ocorrera, e sem isso não havia por que se expor a novos horrores.

Saiu de ré pela entrada de automóveis e entrou na ladeira da praça da Cidade sem ideia de aonde ia até que chegou à rua Prestile. Dali a três minutos, estacionava na entrada da casa de Andrea Grinnell. Mas essa casa também estava às escuras. Ninguém atendeu quando bateu à porta. Sem ter como saber que Andrea estava na cama do andar de cima, profundamente adormecida pela primeira vez desde que largara os comprimidos, Julia supôs que tivesse ido para a casa do irmão Dougie ou que estivesse com algum amigo.

Enquanto isso, Horace, sentado no capacho, a olhava, à espera de que, como sempre, ela assumisse o comando. Mas Julia estava vazia demais para assumir o comando e cansada demais para ir mais longe. Estava mais do que meio convencida de que faria o carro sair da estrada e mataria os dois se tentasse ir a algum lugar.

O que não lhe saía da cabeça não era o prédio em chamas onde armazenara a sua vida, mas o modo como o coronel Cox olhara quando ela lhe perguntou se tinham sido abandonados.

Negativo, dissera ele. *Claro que não.* Mas não conseguira olhá-la nos olhos ao dizer isso.

Havia um balanço na varanda. Se necessário, ela poderia se deitar ali. Mas talvez...

Ela experimentou a porta e viu que estava destrancada. Hesitou; Horace, não. Firme na crença de que era bem-vindo em toda parte, ele entrou na mesma hora. Julia o seguiu na outra ponta da guia, pensando: *Agora o meu cachorro toma as decisões. Esse é o ponto a que cheguei.*

— Andrea? — chamou ela, baixinho. — Andi, você está aí? Sou eu, Julia.

Lá em cima, deitada de costas e roncando como um motorista de caminhão depois de uma viagem de quatro dias, só uma parte de Andrea se mexeu: o pé esquerdo, que ainda não abandonara os solavancos e batucadas da crise de abstinência.

Havia penumbra na sala, mas não estava totalmente escuro; Andi deixara na cozinha uma lâmpada a pilha. E havia um cheiro. As janelas estavam abertas, mas sem brisa o cheiro de vômito não saíra completamente. Tinham lhe dito que Andrea estava doente? Gripe, talvez?

Talvez seja gripe, mas também pode ser crise de abstinência se aqueles comprimidos que ela toma acabaram.

Fosse o que fosse, doença era doença, e pessoas doentes não costumam gostar de ficar sozinhas. O que significava que a casa estava vazia. E ela estava tão cansada. Do outro lado da sala havia um belo sofá comprido a chamá-la. Se chegasse no dia seguinte e encontrasse Julia ali, Andi entenderia.

— Ela pode até me preparar uma xícara de chá — disse ela. — E vamos rir disso tudo. — Embora a ideia de algum dia rir de alguma coisa parecesse totalmente inviável para ela agora. — Vem, Horace.

Ela soltou a guia e cruzou a sala. Horace a observou até que ela se deitou e pôs uma almofada do sofá debaixo da cabeça. Então, ele se deitou e pôs o focinho na pata.

— Bom menino — disse ela e fechou os olhos. O que viu nesse momento foram os olhos de Cox sem encontrar os dela. Porque Cox achava que estavam debaixo da Redoma a longo prazo.

Mas o corpo conhece graças das quais o cérebro não tem consciência. Julia adormeceu com a cabeça a menos de um metro do envelope pardo que Brenda tentara lhe entregar naquela manhã. Em algum momento, Horace pulou no sofá e se enrolou entre os joelhos dela. E foi assim que Andrea os encontrou quando desceu na manhã do dia 25 de outubro, sentindo-se como era de verdade, como não se sentia havia anos.

16

Havia quatro pessoas na sala de Rusty: Linda, Jackie, Stacey Moggin e o próprio Rusty. Ele serviu copos de chá gelado e resumiu o que encontrara no porão da Funerária Bowie. A primeira pergunta veio de Stacey, e era puramente prática.

— Vocês se lembraram de trancar tudo?

— Claro — respondeu Linda.

— Então me deem a chave. Tenho que pôr de volta no lugar.

Nós e eles, pensou Rusty de novo. *Esse vai ser o tema dessa conversa. Já é o tema dela. Os nossos segredos. O poder deles. Os nossos planos. Os interesses deles.*

Linda entregou a chave e perguntou a Jackie se as meninas tinham dado trabalho.

— Nenhuma convulsão, se é isso que te preocupa. Dormiram feito cordeirinhos durante o tempo todo em que vocês estiveram fora.

— O que nós vamos fazer agora? — perguntou Stacey. Era pequenina, mas decidida. — Se quiserem prender Rennie, nós quatro vamos ter que convencer o Randolph a fazer isso. Nós três como policiais, Rusty como legista em exercício.

— Não! — disseram Jackie e Linda juntas, Jackie com determinação, Linda com medo.

— Nós temos uma hipótese, mas nenhuma prova verdadeira — disse Jackie. — Duvido que Pete Randolph acredite em nós, mesmo que tivéssemos fotografias do Big Jim quebrando o pescoço da Brenda. Agora ele e Rennie estão juntos, pro bem e pro mal. E a maioria dos policiais vai ficar do lado do Pete.

— Principalmente os novos — disse Stacey, e ajeitou a nuvem de cabelo louro. — Muitos não são lá muito inteligentes, mas são dedicados. E gostam de andar armados. Além disso — ela se inclinou à frente —, hoje tem mais uns seis ou oito. Tudo garoto de escola. Grandes, estúpidos e entusiasmados. Eles me deixam apavorada. E mais uma coisa. Thibodeau, Searles e Junior Rennie estão pedindo aos novatos que indiquem ainda *mais*. Daqui a um ou dois dias, não vai ser mais uma força policial, vai ser um exército de adolescentes.

— Nenhum nos daria ouvidos? — perguntou Rusty. Não com descrença, exatamente; simplesmente tentava conferir a situação. — Nenhum mesmo?

— Henry Morrison, talvez — disse Jackie. — Ele já percebeu o que está acontecendo e não gosta. Mas os outros? Eles vão na onda. Em parte por estarem com medo, em parte porque gostam do poder. Caras como Toby Whelan e George Frederick nunca tiveram poder; caras como Freddy Denton são só maus.

— E isso significa o quê? — perguntou Linda.

— Significa que por enquanto guardamos isso em segredo. Se o Rennie matou quatro pessoas, ele é muito, muito perigoso.

— Esperar vai torná-lo mais e não menos perigoso — foi a objeção de Rusty.

— Temos que pensar na Judy e na Janelle, Rusty — disse Linda. Ela roía as unhas, coisa que Rusty não a via fazer havia anos. — Não podemos correr o risco de acontecer alguma coisa a elas. Não quero pensar nisso e não quero que você pense nisso.

— Eu também tenho um filho — disse Stacey. — Calvin. Só tem 5 anos. Tive que juntar toda a minha coragem pra ficar de guarda na funerária agora à noite. A ideia de contar isso àquele idiota do Randolph... — Ela não precisou terminar; a palidez do rosto era eloquente.

— Ninguém está te pedindo isso — disse Jackie.

— Até agora, só posso provar que a bola de beisebol foi usada no Coggins — disse Rusty. — Pode ter sido usada por qualquer um. Droga, até o filho dele poderia usá-la.

— Na verdade isso não seria um choque pra mim — comentou Stacey. — Junior tem andado esquisito ultimamente. Foi expulso da Bowdoin por brigar. Não sei se o pai dele sabe, mas a polícia ligou pro ginásio onde aconteceu e eu vi o relatório dos telefonemas. E as duas moças... se foram crimes sexuais...

— Foram — disse Rusty. — Muito asqueroso. É melhor nem saber.

— Mas Brenda não foi atacada sexualmente — disse Jackie. — Pra mim, isso indica que Coggins e Brenda foram diferentes das moças.

— Talvez o Junior tenha matado as moças e o velho, Brenda e Coggins — disse Rusty, à espera de que alguém risse. Ninguém riu. — Se for isso, por quê?

Todos balançaram a cabeça.

— Tem que haver um motivo — disse Rusty —, mas duvido que tenha sido sexo.

— Você acha que ele tem algo a esconder — palpitou Jackie.

— Acho, sim. E tenho uma ideia de alguém que talvez saiba o que é. Está trancado no subsolo da delegacia de polícia.

— Barbara? — perguntou Jackie. — Por que o Barbara saberia?

— Porque andou conversando com a Brenda. Tiveram um pequeno tête-à-tête no quintal dela um dia depois de a Redoma cair.

— Como é que você sabe disso? — perguntou Stacey.

— É que os Buffalino moram ao lado dos Perkins, e a janela do quarto da Gina dá pro quintal do vizinho. Ela viu e me contou. — Ele viu Linda olhá-lo e deu de ombros. — O que você quer que eu diga? É uma cidade pequena. Pro time nós todos torcemos.

— Espero que você tenha dito a ela que ficasse de boca fechada — disse Linda.

— Não disse porque quando ela me contou não havia nenhuma razão pra desconfiar que Big Jim poderia ter matado Brenda. Nem batido na cabeça do Lester com um suvenir em forma de bola de beisebol. Eu nem sabia que eles estavam mortos.

— Ainda não sabemos se o Barbie sabe alguma coisa — retrucou Stacey. — Além da receita de um omelete maravilhoso de queijo com champignon.

— Alguém vai ter que perguntar a ele — disse Jackie. — Eu sou voluntária.

— Mesmo que ele saiba alguma coisa, de que adianta? — perguntou Linda. — Agora isso aqui é quase uma ditadura. Estou me dando conta agora. Acho que isso prova que sou meio lerda.

— Prova mais que você confia nos outros do que é lerda — disse Jackie —, e normalmente confiar é uma coisa boa. Quanto ao coronel Barbara, só vamos saber se vai adiantar depois que nós perguntarmos. — Ela fez uma pausa. — E a questão não é nem essa, sabe. Ele é inocente. Essa é a questão.

— E se matarem ele? — perguntou Rusty sem rodeios. — Um tiro quando tentava fugir.

— Tenho bastante certeza de que isso não vai acontecer — respondeu Jackie. — Big Jim quer fazer um julgamento-espetáculo. É só o que se fala na delegacia. — Stacey concordou. — Querem fazer com que todos acreditem que o Barbara é uma aranha que tece uma imensa teia de conspirações. Aí vão executá-lo. Mas mesmo que avancem à velocidade máxima, isso ainda leva alguns dias. Semanas, se tivermos sorte.

— Não vamos ter essa sorte — afirmou Linda — se o Rennie quiser andar depressa.

— Talvez você tenha razão, mas primeiro o Rennie tem que encarar a assembleia especial da cidade na quinta-feira. E vai querer interrogar o Barbara. Se o Rusty sabe que ele esteve com a Brenda, então o Rennie sabe.

— É claro que sabe — disse Stacey. Com voz impaciente. — Estavam juntos quando o Barbara mostrou ao Jim a carta do presidente.

Todos pensaram nisso por um minuto, em silêncio.

— Se o Rennie está escondendo alguma coisa — ponderou Linda —, vai precisar de tempo pra se livrar dela.

Jackie riu. Naquela sala tensa, o som foi quase um choque.

— Boa sorte com isso. Seja lá o que for, ele não pode pôr nada na carroceria de um caminhão e sair da cidade.

— Algo a ver com o gás? — perguntou Linda.

— Talvez — disse Rusty. — Jackie, você serviu, não foi?

— No Exército. Dois períodos. Polícia do Exército. Nunca estive em combate, embora tenha visto muitas baixas, principalmente no segundo período. Würzburg, Alemanha, Primeira Divisão de Infantaria. Sabe, a Vermelhona? A maior parte do tempo, interrompi brigas de bar e fiquei de guarda na frente do hospital de lá. Conheci caras como o Barbie, e daria tudo pra que ele estivesse fora daquela cela, aqui do nosso lado. Há razões para o presidente pôr ele no comando. Ou tentar. — Ela fez uma pausa. — Talvez seja possível tirar ele de lá. Vale a pena pensar.

As duas outras mulheres — policiais que por acaso também eram mães — nada disseram, mas Linda mordiscava as unhas de novo e Stacey torturava o cabelo.

— Eu sei — disse Jackie.

Linda fez que não.

— Se você não tem filhos dormindo lá em cima que dependem de você pra fazer o café da manhã, não sabe, não.

— Talvez não, mas perguntem o seguinte a si mesmas: se nós estivermos isolados do mundo exterior, e estamos, e se o homem no comando é um maluco assassino, e talvez seja, a situação vai melhorar se a gente simplesmente ficar aqui sentada sem fazer nada?

— Se tirarem ele de lá — perguntou Rusty —, o que vão fazer com ele? Não podem, digamos, colocá-lo no Programa de Proteção às Testemunhas.

— Não sei — respondeu Jackie com um suspiro. — Só sei que o presidente ordenou que ele assumisse o comando e que Big Jim Bostalhão Rennie prendeu ele por assassinato pra que isso não acontecesse.

— Vocês não vão fazer nada agora — disse Rusty. — Nem mesmo tentar conversar com ele. Há outra coisa em andamento aqui que pode mudar tudo.

Ele lhes falou do contador Geiger — de como chegara às suas mãos, a quem ele o passara e o que Joe McClatchey afirmava ter encontrado com ele.

— Não sei — disse Stacey, em dúvida. — Parece bom demais pra ser verdade. O garoto McClatchey tem... quanto? Catorze anos?

— Treze, acho. Mas é um menino inteligente e, se ele diz que encontraram um pico de radiação na estrada da Serra Negra, eu acredito. Se *acharam* a coisa que gera a Redoma e se nós conseguirmos desligá-la...

— Então isso acaba! — gritou Linda. Os olhos dela brilhavam. — E Jim Rennie desmorona que nem... um balão de Ação de Graças furado!

— Não seria bom? — perguntou Jackie Wettington. — Se passasse na TV, talvez eu até acreditasse.

17

— Phil? — chamou Andy. — *Phil?*

Teve de elevar a voz para ser ouvido. Bonnie Nandella e The Redemption levavam *My Soul is a Witness* a todo volume. Todos aqueles *ooo-oohs* e *oooa-iééés* eram meio desnorteantes. Até a luz forte dentro da sala de transmissão da WCIK era desnorteante; antes de ficar embaixo daquelas lâmpadas fluorescentes, Andy não percebera como o resto de Mill estava escuro. E como ele tinha se adaptado.

— Chef?

Nenhuma resposta. Ele deu uma olhada na TV (CNN com o som desligado) e depois espiou dentro do estúdio pela janela comprida. As lâmpadas também estavam acesas ali, e todo o equipamento funcionava (isso lhe dava arrepios, embora Lester Coggins tivesse explicado com grande orgulho como o computador gerenciava tudo), mas não havia sinal de Phil.

De repente, sentiu cheiro de suor, velho e azedo. Virou-se e Phil estava bem atrás dele, como se tivesse surgido do chão. Segurava numa das mãos um objeto que parecia um controle de porta de garagem. Na outra, havia uma pistola. A pistola estava apontada para o peito de Andy. O dedo curvado em torno do gatilho tinha os nós brancos e o cano tremia de leve.

— Oi, Phil — disse Andy. — Chef, quero dizer.

— O que *você* está fazendo aqui? — perguntou Chef Bushey. O cheiro do seu suor era fermentado, esmagador. Os jeans e a camiseta da WCIK estavam imundos. Os pés estavam descalços (talvez responsáveis pela chegada em silêncio) e cobertos de terra. O cabelo devia ter sido lavado um ano antes. Ou não. O pior eram os olhos, injetados e aflitos. — É melhor falar depressa, velhote, senão nunca mais fala mais nada.

Andy, que havia pouco tempo brincara com a morte na água rosa, recebeu com equanimidade a ameaça do Chef, para não dizer com alegria.

— Faça o que tiver que fazer, Phil. Chef, quero dizer.

Chef ergueu as sobrancelhas com surpresa. Era turva, mas genuína.

— É?

— É claro.

— Por que você veio aqui?

— Vim trazer más notícias. Sinto muitíssimo.

Chef pensou no caso, depois sorriu, revelando os poucos dentes que restavam.

— Não há más notícias. Cristo está voltando, e essa é a boa notícia que engole todas as más notícias. É a Faixa Bônus das Boas Notícias. Não concorda?

— Concordo e digo aleluia. Infelizmente, ou felizmente, acho; teríamos que dizer felizmente, a sua mulher já está com Ele.

— Como é?

Andy estendeu a mão e empurrou o cano da arma para o chão. Chef não tentou impedi-lo.

— Samantha está morta, Chef. Sinto dizer que ela tirou a própria vida hoje à noite.

— Sammy? Morta? — Chef largou a arma na caixa de saída de uma escrivaninha próxima. Também baixou o controle de porta de garagem, mas não o largou; nos dois últimos dias, não saíra da sua mão, nem durante os períodos de sono cada vez menos frequentes.

— Sinto muito, Phil. Chef.

Andy explicou as circunstâncias da morte de Sammy do modo como as entendia, concluindo com a notícia confortadora de que "a criança" estava bem. (Mesmo no seu desespero, Andy Sanders era do tipo que vê o copo meio cheio.)

Chef fez um gesto com o controle da porta da garagem, espantando para longe o bem-estar do Pequeno Walter.

— Ela detonou dois macacos?

Com isso, Andy se enrijeceu.

— Eram policiais, Phil. Bons seres humanos. Ela estava atormentada, tenho certeza, mas ainda assim foi uma coisa muito ruim. Você precisa retirar isso.

— Como é?

— Não gostei de você chamar os policiais de macacos.

Chef reconsiderou.

— Tá, tá, ok, ok, eu retiro isso.

— Obrigado.

Chef se curvou com a sua altura nada desprezível (era como receber a reverência de um esqueleto) e espiou o rosto de Andy.

— Filho da puta corajoso, você, hein?

— Não — disse Andy, com franqueza. — É só que eu não me importo.

Chef pareceu ver algo que o preocupou. Segurou o ombro de Andy.

— Irmão, você está bem?

Andy caiu em prantos e despencou numa cadeira de escritório debaixo de um cartaz anunciando que CRISTO ASSISTE A TODOS OS CANAIS, CRISTO ESCUTA TODAS AS FREQUÊNCIAS. Descansou a cabeça na parede abaixo desse lema estranhamente sinistro, chorando como uma criança castigada por roubar geleia. Fora o *irmão* que causara aquilo; aquele *irmão* totalmente inesperado.

Chef puxou uma cadeira de trás da escrivaninha do gerente da emissora e estudou Andy com a expressão do naturalista que observa algum animal raro no ambiente selvagem. Dali a pouco, disse:

— Sanders! Você veio aqui pra que eu te matasse?

— Não — disse Andy entre soluços. — Talvez. É. Não sei. Mas tudo na minha vida deu errado. A minha mulher e a minha filha estão mortas. Acho que Deus pode estar me punindo por vender essa merda...

Chef concordou.

— Pode ser.

— ... e eu estou procurando respostas. Ou uma conclusão. Ou alguma coisa. Claro que também queria te contar da sua esposa, é importante fazer o que é certo...

Chef lhe deu um tapinha no ombro.

— Você fez, cara. Agradeço. Ela não era grande coisa na cozinha e cuidava da casa como um porco num monte de esterco, mas sabia dar uma trepada *sobrenatural* quando estava doidona. Qual era o problema dela com aqueles dois meganhas?

Mesmo na sua tristeza, Andy não tinha a intenção de citar a acusação de estupro.

— Acho que estava nervosa com a Redoma. Sabe da Redoma, Phil? Chef?

Chef acenou com a mão de novo, aparentemente na afirmativa.

— O que você diz sobre a *meth* está certo. Vender é errado. Uma afronta. Mas fazer... é a vontade de Deus.

Andy deixou as mãos caírem e espiou o Chef com os olhos inchados.

— Acha mesmo? Porque não tenho certeza de que isso está certo.

— Já experimentou?

— Não! — gritou Andy. Era como se o Chef lhe perguntasse se já tivera relações sexuais com um cocker spaniel.

— Você tomaria remédios se o médico mandasse?
— Ora... claro, mas...
— Meth é remédio. — Chef o olhou solenemente e bateu com o dedo no peito de Andy para dar ênfase. Ele roera a unha até o sabugo ensanguentado. — *Meth é remédio.* Repete.
— Meth é remédio — repetiu Andy, com bastante boa vontade.
— Isso mesmo. — Chef se levantou. — É remédio pra melancolia. Quem disse foi Ray Bradbury. Já leu Ray Bradbury?
— Não.
— Era uma puta *cabeça*. Ele *sabia*. Descreveu a foda do *barato*, aleluia. Vem comigo. Vou mudar a sua vida.

18

O primeiro vereador de Chester's Mill se afeiçoou à metanfetamina como uma rã às moscas.

Havia um sofá velho e puído atrás dos fogões enfileirados, e ali Andy e Chef Bushey se acomodaram sob uma imagem de Cristo de motocicleta (título: *Seu parceiro de estrada invisível*), passando o cachimbo de lá para cá. Quando queima, a *meth* tem cheiro de mijo de três dias num penico descoberto, mas depois da primeira bafórada hesitante, Andy sentiu com firmeza que o Chef estava certo: vender aquilo poderia ser obra de Satã, mas a coisa em si tinha que ser de Deus. O mundo entrou num foco maravilhoso e delicadamente trêmulo, como nunca vira antes. O coração disparou, os vasos sanguíneos do pescoço incharam como cabos pulsantes, as gengivas comicharam e as bolas se contraíram do jeito mais deliciosamente adolescente. Melhor do que tudo isso, o cansaço que caíra sobre os seus ombros e enlameara o seu pensamento sumiu. Sentiu que conseguiria remover montanhas com um carrinho de mão.

— No Jardim do Éden havia uma Árvore — disse o Chef, passando-lhe o cachimbo. Tentáculos de fumaça verde saíam de ambas as pontas. — A Árvore do Bem e do Mal. Saca essa?

— Claro. Está na Bíblia.

— Pode crer. E naquela Árvore havia uma Maçã.

— Isso, isso. — Andy deu uma bafórada tão pequena que na verdade era um golinho. Queria mais, queria *tudo*, mas temia que, caso se servisse de uma tragada de encher o pulmão, a cabeça explodiria para fora do pescoço e voaria pelo laboratório como um foguete, soltando labaredas de exaustão pelo toco.

— A polpa daquela Maçã é a Verdade, e a casca daquela Maçã é *Meth* — disse o Chef.

Andy o olhou.

— Isso é fantástico.

O Chef concordou.

— Isso, Sanders. É mesmo. — Pegou o cachimbo de volta. — Essa porra é boa ou o quê?

— É *sensacional*.

— Cristo vai voltar no Halloween — afirmou o Chef. — Talvez alguns dias antes, não sei direito. Já é a *temporada* de Halloween, sabe. Temporada da bruxa filha da mãe. — Entregou o cachimbo a Andy e depois apontou com a mão que segurava o controle de porta de garagem. — Está vendo aquilo? No final do corredor. Em cima da porta do depósito.

Andy olhou.

— O quê? Aquela massa branca? Que parece barro?

— Não é barro — explicou o Chef. — Aquilo é o Corpo de Cristo, Sanders.

— E aqueles fios que saem dele?

— Veias com o Sangue de Cristo correndo por elas.

Andy pensou na ideia e a achou brilhante.

— Ótimo. — Pensou mais um pouco. — Amo você, Phil. Chef, quer dizer. Estou contente de ter vindo aqui.

— Eu também — disse o Chef. — Escuta, quer dar um passeio? Tenho um carro em algum lugar, acho, mas estou tremendo um pouco.

— Claro — disse Andy. Ele se levantou. O mundo oscilou um ou dois instantes e se firmou. — Aonde você quer ir?

O Chef lhe disse.

19

Ginny Tomlinson estava adormecida na mesa da recepção, com a cabeça sobre a capa de uma revista *People* — Brad Pitt e Angelina Jolie pulando na espuma de alguma ilhota sensual onde os garçons traziam drinques com guarda-soizinhos de papel. Quando algo a acordou às 2h15 da madrugada de quarta-feira, havia uma aparição diante dela: um homem alto e esquálido, de olhos fundos e cabelo espetado em todas as direções. Usava uma camiseta da WCIK e jeans que flutuavam baixos nos quadris magros. A princípio ela achou que era um pesadelo com cadáveres ambulantes, mas depois sentiu o cheiro dele. Nenhum sonho poderia feder tanto.

— Sou Phil Bushey — disse a aparição. — Vim buscar o corpo da minha mulher. Vou enterrar ela. Me mostra onde ela está.

Ginny não discutiu. Ela lhe daria *todos* os corpos só para se livrar dele. Passou com ele por Gina Buffalino, que estava em pé junto a uma maca, observando o Chef com apreensão pálida. Quando se virou para olhá-la, ela se encolheu.

— Já arranjou a fantasia de Halloween, criança? — indagou o Chef.

— Já...

— Quem você vai ser?

— Glinda — disse a moça baixinho. — Mas acho que não vou mesmo à festa. É em Motton.

— Eu vou de Jesus — disse o Chef. Ele seguiu Ginny, um fantasma sujo com All Stars sujos de cano alto. Depois se virou. Sorria. Os olhos estavam vazios. — E estou puto.

20

Dez minutos depois, Chef Bushey saiu do hospital levando nos braços o corpo de Sammy enrolado num lençol. Um pé descalço, com as unhas pintadas de esmalte pink lascado, balançava. Ginny segurou a porta para ele. Não olhou para ver quem estava atrás do volante do carro em marcha lenta no retorno, e por isso Andy ficou vagamente agradecido. Esperou até ela entrar de volta; depois saiu e abriu uma das portas de trás para o Chef, que depositou o seu fardo com facilidade para um homem que agora não parecia mais do que pele enrolada numa estrutura de osso. *Talvez*, pensou Andy, *a* meth *também dê forças*. Se assim fosse, as suas afrouxavam. A depressão vinha voltando. O cansaço também.

— Tudo bem — disse o Chef. — Dirija. Mas primeiro me passa isso aí.

Ele entregara o controle de porta de garagem para Andy guardar. Andy o devolveu.

— Até a funerária?

Chef o olhou como se estivesse maluco.

— De volta pra estação da rádio. É lá que Cristo vai primeiro quando voltar.

— No Halloween.

— Isso mesmo — disse o Chef. — Ou talvez antes. Enquanto isso, você me ajuda a enterrar essa filha de Deus?

— É claro — disse Andy. Depois, timidamente: — Talvez antes a gente pudesse fumar um pouco mais.

Chef riu e deu um tapinha no ombro de Andy.

— Gostou, não foi? Sabia que você ia gostar.

— Remédio para a melancolia — disse Andy.

— Verdade, irmão. Verdade.

21

Barbie ficou deitado no catre, esperando a aurora e o que viesse depois. Na época do Iraque, ele se treinara para não se *preocupar* com o que viesse depois, e embora na melhor das hipóteses essa habilidade fosse imperfeita, até certo ponto ele conseguia. Afinal, havia apenas duas regras para conviver com o medo (ele passara a acreditar que *vencer* o medo era mito), e agora as repetia para si enquanto esperava.

Tenho que aceitar as coisas que não controlo.

Tenho que transformar adversidade em vantagem.

A segunda regra envolvia preservar cuidadosamente todos os recursos e planejar sem se esquecer deles.

Ele tinha um recurso enfiado no colchão: o seu canivete suíço do Exército. Era dos pequenos, com apenas duas lâminas, mas até a menor delas era capaz de cortar a garganta de um homem. Era uma sorte incrível estar com ele, e Barbie sabia disso.

Qualquer que fosse, a rotina imposta por Howard Perkins se esfarelara depois da sua morte e da ascensão de Peter Randolph. Barbie achava que os choques sofridos pela cidade nos últimos quatro dias abalariam qualquer departamento de polícia, mas não era só isso. Em resumo, Randolph era estúpido e preguiçoso e, em qualquer burocracia, os subalternos tendiam a seguir o exemplo de quem estivesse por cima.

Tinham tirado fotos suas e tomado as impressões digitais, mas levaram cinco horas até que Henry Morrison, com cara de cansaço e nojo, descesse e parasse a quase 2 metros da cela de Barbie. Bem longe para não ser agarrado.

— Esqueceu alguma coisa, não foi? — perguntou Barbie.

— Esvazia os bolsos e joga tudo no corredor — disse Henry. — Depois tira as calças e passa pela grade.

— Se eu obedecer, pode me dar algo pra beber pra eu não ter que tomar água no vaso sanitário?

— Do que você está falando? Junior trouxe água pra você. Eu vi.

— Ele jogou sal dentro.

— Isso. Com certeza. — Mas Henry parecera um pouco inseguro. Talvez ainda houvesse um ser humano pensante em algum lugar lá dentro. — Faz o que eu estou mandando, Barbie. Barbara, quero dizer.

Barbie esvaziou os bolsos: carteira, chaves, moedas, algumas notas, a medalha de São Cristóvão que usava como talismã de boa sorte. Nisso, o canivete suíço já tinha sumido há muito tempo dentro do colchão.

— Pode continuar me chamando de Barbie quando puser a corda no meu pescoço, se quiser. É nisso que o Rennie está pensando? Forca? Ou pelotão de fuzilamento?

— Só cala a boca e joga as calças pela grade. A camisa também.

Henry soava igualzinho a um durão de cidade pequena, mas Barbie achou que parecia mais inseguro do que nunca. Isso era bom. Isso era um começo.

Dois dos novos policiais-garotos tinham descido. Um segurava uma lata de gás de pimenta; o outro, uma arma de eletrochoque.

— Precisa de ajuda, policial Morrison? — perguntou um deles.

— Não, mas vocês podem parar aí no pé da escada e ficar de olho até eu terminar aqui — respondera Henry.

— Não matei ninguém — disse Barbie baixinho, mas com toda a sinceridade genuína que conseguiu arranjar. — E acho que você sabe disso.

— O que eu sei é que é melhor você calar a boca, a menos que queira levar um choque.

Henry vasculhou as roupas, mas não mandou Barbie tirar a cueca nem abrir a boca. Uma revista tardia e malfeita, mas Barbie lhe deu alguns pontos por ter se lembrado — ninguém mais pensara naquilo.

Quando terminou, Henry chutou os jeans, agora de bolsos vazios e sem cinto, de volta por entre as grades.

— Pode me devolver a medalha?

— Não.

— Henry, pensa bem. O que eu faria...

— Cala a boca.

De cabeça baixa, com os pertences pessoais de Barbie nas mãos, Henry passou entre os dois policiais-garotos. Os policiais-garotos foram atrás, um parando tempo suficiente para sorrir para Barbie e passar o dedo no pescoço.

Desde então, ficara sozinho, sem nada para fazer a não ser deitar no catre e olhar a pequena fenda da janela (vidro corrugado opaco reforçado com arame), esperando o nascer do sol e se perguntando se realmente tentariam usar nele o afogamento simulado ou se Searles só estava arrotando vantagens. Se tentassem e fossem tão ruins naquilo quanto em revista de prisioneiros, havia uma boa probabilidade de o afogarem.

Ele também se perguntou se alguém não desceria antes do amanhecer. Alguém com uma chave. Alguém... que poderia ficar um pouco perto demais da porta. Com o canivete, a fuga não era completamente impossível, mas assim que o sol nascesse provavelmente seria. Talvez devesse ter tentado em Junior quando este lhe passara o copo d'água salgada pela grade... só que Junior estava com muita vontade de usar a arma. A probabilidade seria pequena e Barbie não estava tão desesperado assim. Ao menos, ainda não.

Além disso... pra onde eu iria?

Mesmo que fugisse e sumisse, podia estar deixando para os amigos um mundo de dor. Depois de exaustivo "interrogatório" por policiais como Melvin e Junior, talvez eles viessem a considerar a Redoma o menor dos seus problemas. Agora era Big Jim que estava na sela, e gente como ele, quando chegava lá, tendia a esporear com força. Às vezes, até o cavalo cair.

Ele caiu num sono leve e perturbado. Sonhou com a loura na velha picape Ford. Sonhou que ela parava para ele e os dois saíam de Chester's Mill bem a tempo. Ela desabotoava a blusa para mostrar os bojos de um sutiã violeta rendado quando uma voz disse:

— Ei, você, babacão. Hora de acordar.

22

Jackie Wettington passou a noite na casa dos Everett, e, embora as crianças estivessem tranquilas e a cama do quarto de hóspedes fosse confortável, não conseguiu dormir. Às quatro horas da manhã, decidiu o que precisava fazer. Entendia os riscos; também entendia que não conseguiria descansar com Barbie numa cela do porão da delegacia. Se fosse capaz de se adiantar e organizar algum tipo de resistência — ou apenas uma investigação a sério dos assassinatos —, achava que já teria começado. Mas se conhecia bem demais para sequer pensar no caso. Fora bastante boa no que fizera em Guam e na Alemanha — quase tudo se resumia a enxotar soldados bêbados dos bares, perseguir desertores e arrumar a bagunça depois de acidentes de carro na base —, mas o que acontecia em Chester's Mill estava bem além das atribuições de um primeiro-sargento. E da única policial de rua que trabalhava em horário integral com um monte de homens de cidade pequena que a chamavam pelas costas de policial Peitchola. Achavam que ela não sabia, mas sabia, sim. E agora um pouco de sexismo ginasial era a sua menor preocupação. Isso tinha que acabar, e Dale Barbara era o homem que o presidente dos Estados Unidos escolhera para dar fim àquilo. O prazer do comandante em chefe não era sequer o mais importante. A primeira regra era não deixar o seu pessoal para trás. Isso era sagrado, o Famoso Automático.

Tinha que começar fazendo Barbie saber que não estava sozinho. Então ele poderia planejar as suas ações com isso em mente.

Às cinco da manhã, quando Linda desceu de camisola, as primeiras luzes tinham começado a se esgueirar pelas janelas, revelando árvores e arbustos perfeitamente imóveis. Nem um sopro de brisa.

— Preciso de um Tupperware — disse Jackie. — Uma vasilha. Tem que ser pequeno e precisa ser opaco. Você tem algo assim?

— Claro, mas por quê?

— Porque nós vamos levar café da manhã pro Dale Barbara — disse Jackie. — Flocos de cereais. E vamos pôr um bilhete no fundo.

— Do que você está falando? Jackie, não posso fazer isso. Tenho filhos.

— Eu sei. Mas não posso fazer sozinha, porque senão não me deixam descer lá. Talvez se eu fosse homem, mas não equipada com isso. — Ela apontou os seios. — Preciso de você.

— Que tipo de bilhete?

— Eu vou soltá-lo amanhã à noite — disse Jackie, com mais calma do que sentia. — Durante a grande assembleia da cidade. Não vou precisar de você nessa parte...

— Você não vai me *envolver* nessa parte! — Linda segurava com força o decote da camisola.

— Fala baixo. Estou pensando talvez em Romeo Burpee, supondo que consiga convencê-lo de que o Barbie não matou a Brenda. Vamos usar toucas ninjas ou coisa parecida pra ninguém nos identificar. Ninguém vai ficar surpreso; todo mundo da cidade já acha que ele tem cúmplices.

— Você tá maluca!

— Não. Na delegacia só vai ficar um mínimo de pessoal durante a assembleia; três, quatro pessoas. Talvez só dois. Tenho certeza disso.

— *Eu* não!

— Mas a noite de amanhã ainda tá longe. Ele vai ter que aguentar ao menos até lá. Agora, me arranja o pote.

— Jackie, não posso fazer isso.

— Pode sim. — Era Rusty, parado na porta e parecendo relativamente enorme com os shorts de ginástica e uma camiseta dos New England Patriots. — É hora de começarmos a correr riscos, com ou sem filhos. Estamos por nossa conta aqui, e isso tem que parar.

Linda o olhou um instante, mordendo os lábios. Depois, se abaixou até um dos armários de baixo.

— Os Tupperwares estão aqui.

23

Quando chegaram à delegacia, a recepção estava vazia — Freddy Denton fora para casa dormir —, mas havia meia dúzia de policiais mais jovens por ali, tomando café e conversando, empolgados o suficiente para se levantarem num horário que a maioria deles não experimentava de forma consciente havia muito tempo. Entre eles, Jackie viu dois dos múltiplos irmãos Killian, uma frequentadora do Dipper's e motoqueira de cidade pequena chamada Lauren Conree e Carter Thibodeau. Os outros não conhecia pelo nome, mas reconheceu dois como gazeteiros crônicos do colégio que já tinham várias pequenas infrações de trânsito e registros de porte de drogas no currículo. Os novos "policiais" — os mais novos dentre os novos — não estavam fardados, mas usavam retalhos de pano azul amarrados no alto do braço.

Todos estavam armados, menos um.

— O que vocês duas estão fazendo aqui tão cedo? — perguntou Thibodeau, vindo na direção delas. — Eu tenho uma desculpa: os analgésicos acabaram.

Os outros gargalharam como ogros.

— Trouxemos o café da manhã do Barbara — disse Jackie. Ela teve medo de olhar para Linda, medo da expressão que veria no rosto de Linda.

Thibodeau espiou dentro do pote.

— Sem leite?

— Ele não precisa de leite — disse Jackie, e cuspiu no pote de flocos de milho. — Eu dou uma molhadinha pra ele.

Os outros deram vivas. Vários bateram palmas.

Jackie e Linda chegaram até a escada e Thibodeau disse:

— Me dá isso.

Por um instante, Jackie ficou paralisada. Ela se viu jogando o pote nele e depois saindo correndo. O que a impediu foi um fato bem simples: não tinham para onde fugir. Mesmo que conseguissem sair da delegacia, seriam agarradas antes de chegar ao Memorial de Guerra.

Linda pegou o Tupperware da mão de Jackie e o estendeu. Thibodeau espiou lá dentro. Depois, em vez de investigar os flocos para ver se havia prêmios escondidos, também cuspiu.

— Minha contribuição — disse ele.

— Espera um instante, espera um instante — disse a garota Conree. Era uma ruiva alta e magra, com corpo de modelo e o rosto furado de acne. A voz estava um pouco fanhosa, porque o dedo estava enfiado no nariz até a segunda falange. — Tenho uma coisa aqui também.

O dedo saiu com uma meleca enorme na ponta. A srta. Conree depositou-a em cima dos flocos, com mais aplausos e o grito de alguém: "*Laurie cava ouro verde!*"

— Todas as caixas de flocos de milho vêm com um brinquedinho surpresa — disse ela, sorrindo vagamente. Soltou a mão na coronha do 45 que levava. Magra como era, Jackie achou que o recuo provavelmente a jogaria longe se ela tivesse ocasião de atirar.

— Tudo pronto — disse Thibodeau. — Vou com vocês.

— Ótimo — disse Jackie, e quando pensou em como chegara perto de apenas pôr o bilhete no bolso e tentar entregá-lo a Barbie, sentiu um arrepio. De repente, o risco que corriam parecia loucura... mas agora era tarde demais. — Mas fica atrás, na escada. E Linda, fica atrás de mim. Não vamos correr riscos.

Ela achou que talvez ele achasse ruim, mas ele não disse nada.

24

Barbie sentou-se no catre. Do outro lado da grade estava Jackie Wettington com um pote de plástico branco numa das mãos. Atrás dela, Linda Everett segurava com as duas mãos a arma desembainhada e apontada para o chão. Carter Thibodeau era o último da fila, no pé da escada, com o cabelo despenteado e a camisa azul da farda desabotoada para mostrar a atadura que cobria a mordida de cachorro no ombro.

— Olá, policial Wettington — disse Barbie. Uma luz branca e tênue se esgueirava pela fenda da sua janela. Era o tipo de primeira luz que faz a vida parecer a maior das piadas. — Sou inocente de tudo que me acusam. Não posso falar em indiciamento, porque não fui...

— Cala a boca — disse Linda detrás dela. — Não estamos interessados.

— É isso aí, Lourinha — disse Carter. — Manda ver, garota.

Ele bocejou e coçou a atadura.

— Fica aí sentado — disse Jackie. — Não mova um músculo.

Barbie sentou-se. Ela empurrou o pote plástico por entre as grades. Era pequeno e passou.

Ele pegou o pote. Estava cheio de flocos de milho. O cuspe brilhava em cima dos flocos secos. Havia outra coisa também: uma meleca verde, úmida e riscada de sangue. Mesmo assim, a barriga roncou. Estava com muita fome.

Também estava ferido, apesar de tudo. Porque achara que Jackie Wettington, que reconhecera como ex-militar da primeira vez que a viu (em parte era o corte de cabelo, mas principalmente a postura dela), era uma pessoa melhor. Fora fácil lidar com o nojo de Henry Morrison. Aquilo era mais difícil. E a outra policial, casada com Rusty Everett, o olhava como se ele fosse uma espécie rara de inseto perigoso. Ele tivera esperanças de que ao menos alguns policiais regulares do departamento...

— Come — mandou Thibodeau do seu lugar nos degraus. — Preparamos direitinho pra você. Não foi, garotas?

— Foi — concordou Linda. Os cantos da sua boca baixaram. Foi pouco mais do que um tique, mas o coração de Barbie se alegrou. Achou que ela estava fingindo. Talvez fosse excesso de esperança, mas...

Ela se moveu de leve, bloqueando com o corpo a linha de visão entre Thibodeau e Jackie... embora não houvesse necessidade. Thibodeau estava mais ocupado tentando espiar pela borda da atadura.

Jackie deu uma olhada para trás para se assegurar que estava tudo bem, depois apontou o pote, abriu as mãos e ergueu as sobrancelhas. *Desculpe*. Depois disso, apontou dois dedos para Barbie. *Presta atenção*.

Ele fez que sim.

— Aproveita, babacão — disse Jackie. — Ao meio-dia, a gente traz coisa melhor. Que tal um cocobúrguer?

Na escada, onde agora puxava as bordas da atadura, Thibodeau deu uma gargalhada.

— Se te sobrarem dentes pra mastigar — disse Linda.

Barbie preferiu que ela tivesse ficado calada. *Não sou sádica nem sequer zangada. Só sou assustada, uma mulher que gostaria de estar em qualquer* lugar, menos ali. Mas Thibodeau não deu mostras de perceber. Ainda examinava o estado do seu ombro.

— Vamos — disse Jackie. — Não quero ver ele comer.

— Está bem molhadinho? — perguntou Thibodeau. Endireitou-se quando as mulheres desceram o corredor entre as celas até a escada, com Linda recolocando a arma no coldre. — Por que se não estiver... — Ele soltou o pigarro.

— Eu dou um jeito — disse Barbie.

— Claro que dá — disse Thibodeau. — Por enquanto. Depois, eu quero ver.

Eles subiram a escada. Thibodeau foi por último, e deu uma palmada no traseiro de Jackie. Ela riu e lhe deu um tapa. Era boa, muito melhor que a mulher de Everett. Mas ambas tinham demonstrado muita coragem. Coragem *assustadora*.

Barbie tirou a meleca dos flocos e a jogou no canto onde mijara. Limpou as mãos na camisa. Então começou a remexer os flocos. No fundo, os dedos encontraram uma tirinha de papel.

Tente aguentar até amanhã à noite. Se conseguirmos tirar você daí, pense num lugar seguro. Você sabe o que fazer com isso.

Barbie fez.

25

Uma hora depois de ele comer o bilhete e depois os flocos de milho, passos pesados desceram a escada devagar. Era Big Jim Rennie, já vestido de terno e gravata para outro dia de governo debaixo da Redoma. Atrás dele vinham Carter Thibodeau e outro sujeito — um Killian, a julgar pelo formato da cabeça. Este trazia uma cadeira e tinha dificuldade com ela; era o que os antigos ianques chamariam de "rapaz estouvado". Entregou a cadeira a Thibodeau, que a colocou diante da cela, no final do corredor. Rennie sentou-se, puxando delicadamente as pernas das calças para conservar o vinco.

— Bom dia, sr. Barbara. — Havia uma leve ênfase satisfeita no título educado.

— Vereador Rennie — disse Barbie. — O que posso fazer pelo senhor além de revelar o meu nome, posto e número de série... que nem sei se eu consigo me lembrar?

— Confessar. Nos poupar de problemas e aliviar a sua alma.

— O sr. Searles mencionou algo ontem à noite sobre afogamento simulado — disse Barbie. — Ele me perguntou se eu já vi no Iraque.

A boca de Rennie estava franzida num leve sorriso que parecia dizer *Fala mais, animais falantes são tão interessantes.*

— Na verdade, eu vi. Não faço ideia da frequência com que a técnica foi realmente usada em campo, os relatórios variavam; mas eu vi duas vezes. Um dos homens confessou, embora a confissão fosse inútil. O homem que ele citou como fabricante de bombas da Al-Qaeda era um professor de escola que fora embora do Iraque pro Kwait 14 meses antes. O outro teve uma convulsão e sofreu danos cerebrais, então dele não saiu confissão nenhuma. No entanto, se tivesse sido capaz, tenho certeza de que ele confessaria. *Todo mundo* confessa no afogamento simulado, geralmente em questão de minutos. Tenho certeza de que eu confessaria também.

— Então poupe-se do sofrimento — disse Big Jim.

— O senhor parece cansado. Está tudo bem?

O sorrisinho foi substituído por um minúsculo desdém. Emanava da profunda ruga entre as sobrancelhas de Rennie.

— O meu estado atual não é da sua conta. Uma palavra de conselho, sr. Barbara. Não tente me enrolar que eu não tento enrolar o senhor. O senhor deveria se preocupar com o seu próprio estado. Talvez esteja bem agora, mas isso pode mudar. Em questão de minutos. Veja bem, estou mesmo pensando em experimentar o afogamento simulado. Na verdade, estou considerando isso a sério. Assim, confesse os assassinatos. Poupe-se de muita dor e sofrimento.

— Acho melhor não. E se o senhor usar o afogamento simulado, eu sou capaz de falar todo tipo de coisa. Talvez seja bom ter isso em mente quando o senhor decidir quem quer que esteja na sala quando eu começar a falar.

Rennie pensou melhor. Embora estivesse bem-vestido, ainda mais para de manhã tão cedo, seu rosto estava pálido e os olhos pequenos, contornados por carne roxa como hematomas. Não parecia mesmo bem. Se Big Jim caísse morto, Barbie imaginava dois resultados possíveis. Um deles, que o mau tempo político de Mill se limparia sem gerar mais nenhum tornado. O outro, um caótico banho de sangue no qual a morte do próprio Barbie (provavelmente por linchamento, não por pelotão de fuzilamento) seria seguida pelo expurgo dos suspeitos de serem seus parceiros. Julia talvez fosse a primeira da lista. E Rose poderia ser a segunda; gente assustada acredita fervorosamente em culpa por associação.

Rennie se virou para Thibodeau.

— Afaste-se, Carter. Até a escada, por favor.

— Mas se ele tentar agarrar o senhor...

— Aí você mata ele. E ele sabe disso. Não sabe, sr. Barbara?

Barbie fez que sim.

— Além disso, não vou me aproximar mais do que isso. Essa é a razão de eu querer que você se afaste. Temos aqui uma conversa particular.

Thibodeau recuou.

— Agora, sr. Barbara, de que coisas o senhor falaria?

— Eu sei tudo sobre o laboratório de *meth*. — Barbie manteve a voz bem baixa. — O chefe Perkins sabia, e estava prestes a prender você. Brenda achou o arquivo no computador. Por isso você a matou.

Rennie sorriu.

— *Essa* é uma fantasia ambiciosa.

— O procurador-geral do estado não vai pensar assim, dados os seus motivos. Não estamos falando de uma fabriqueta improvisada num trailer; essa é a General Motors da metanfetamina.

— Até o fim do dia — disse Rennie — o computador de Perkins vai ser destruído. O dela também. Suponho que deva haver cópias de certos documentos no cofre da casa de Duke, coisas sem sentido, é claro; lixo cruel com motivação política saído da mente de um homem que sempre me detestou; e, se assim for, o cofre vai ser aberto, e os documentos, queimados. Pelo bem da cidade, não pelo meu. Essa é uma situação de crise. Todos precisamos nos unir.

— Brenda passou adiante uma cópia daquele arquivo antes de morrer.

Big Jim sorriu, revelando uma fila dupla de dentinhos minúsculos.

— Uma confidência merece outra, sr. Barbara. Devo confidenciar?

Barbie abriu as mãos: *Fique à vontade.*

— Na minha confidência, Brenda vem me visitar e diz a mesma coisa. Diz que entregou a Julia Shumway a cópia de que você fala. Mas eu sei que é mentira. Talvez ela pretendesse, mas não entregou. E mesmo que entregasse... — Ele deu de ombros. — Os seus cúmplices queimaram o jornal da srta. Shumway ontem à noite. Uma péssima decisão da parte deles. Ou a ideia foi sua?

Barbara repetiu:

— Há outra cópia. Eu sei onde está. Se me submeter ao afogamento simulado, eu vou confessar a localização. Em voz alta.

Rennie riu.

— O senhor fala com grande sinceridade, sr. Barbara, mas passei a vida toda negociando e sei reconhecer um blefe. Talvez eu só deva mandar executá-lo sumariamente. A cidade adoraria.

— Mesmo que fizesse isso sem revelar antes quem são os meus cúmplices? Até Peter Randolph questionaria essa decisão, e ele não passa de um puxa-saco burro e assustado.

Big Jim se levantou. As bochechas pendentes estavam cor de tijolo velho.

— Você não sabe com quem está mexendo.

— Claro que sei. Vi gente do seu tipo várias vezes no Iraque. Usavam turbantes em vez de gravata, mas fora isso são iguaizinhos. Até o blá-blá-blá sobre Deus.

— Bom, você me convenceu a desistir do afogamento simulado — disse Big Jim. — É uma vergonha, também, porque eu sempre quis ver como é ao vivo.

— Aposto que sim.

— Por enquanto, vamos apenas mantê-lo nessa cela aconchegante, tudo bem? Acho que você não vai comer muito, porque comer interfere com o raciocínio. Quem sabe? Com pensamento construtivo, talvez arranje razões melhores pra que eu o deixe vivo. O nome dos moradores da cidade que são contra mim, por exemplo. Uma lista completa. Vou lhe dar 48 horas. Então, se não conseguir me convencer, vai ser executado na praça do Memorial de Guerra com a cidade toda assistindo. Vai servir de aula prática.

— O senhor realmente não parece bem, vereador.

Rennie o estudou muito sério.

— O seu tipo é o que causa mais problemas no mundo. Se eu não achasse que a sua execução serviria de princípio unificador desta cidade e de catarse muito necessária, mandaria o sr. Thibodeau te matar agora mesmo.

— Faça isso e tudo vem à tona — disse Barbie. — De uma ponta a outra da cidade, todos vão saber das suas operações. Aí quero ver você obter consenso na sua assembleia de merda, seu tiranozinho de meia-tigela.

As veias se incharam nos lados do pescoço de Big Jim; outra pulsou no meio da testa. Por um instante, ele pareceu estar à beira de explodir. Depois, sorriu.

— Nota 10 pela tentativa, sr. Barbara. Mas o senhor está mentindo.

E foi embora. Todos foram embora. Barbie se sentou no catre, suando. Sabia como estava perto do limite. Rennie tinha razões para mantê-lo vivo, mas não eram razões fortes. E depois havia o bilhete entregue por Jackie Wettington e Linda Everett. A expressão do rosto da sra. Everett indicava que ela sabia o suficiente para estar apavorada, e não só por si. Seria mais seguro que ele tentasse fugir usando o canivete. Dado o nível atual de profissionalismo da polícia de Chester's Mill, achou que conseguiria. Precisaria de um pouco de sorte, mas conseguiria.

Mas não tinha como dizer a elas que o deixassem tentar sozinho.

Barbie se deitou e pôs as mãos na nuca. Uma questão o incomodava mais do que todas as outras: o que acontecera à cópia do arquivo VADER que deveria ter sido entregue a Julia? Porque não chegara até ela; quanto a isso, ele tinha certeza de que Rennie falava a verdade.

Não havia como saber, e nada a fazer senão esperar.

Deitado de costas, olhando o teto, foi o que Barbie começou a fazer.

TOCA A MÚSICA DAQUELA BANDA MORTA

1

Quando Linda e Jackie voltaram da delegacia, Rusty e as meninas estavam sentados nos degraus da frente à sua espera. As Jotinhas ainda estavam de pijama — os leves, de algodão, não os de flanela que costumavam usar naquela época do ano. Embora ainda nem fosse sete da manhã, o termômetro do lado de fora da janela da cozinha marcava 19 graus.

Normalmente, as duas meninas teriam descido correndo o caminho para abraçar a mãe bem antes de Rusty, mas nessa manhã ele as venceu por vários metros. Agarrou Linda pela cintura e ela jogou os braços no pescoço dele com força quase dolorosa — não um abraço de oi-bonitão, mas o agarramento de um afogado.

— Tá tudo bem com você? — sussurrou ele no ouvido dela.

O cabelo dela se esfregou para cima e para baixo no rosto dele quando ela fez que sim. Depois, Linda se afastou. Os seus olhos brilhavam.

— Eu tinha certeza de que o Thibodeau iria olhar os flocos de milho, foi ideia da Jackie cuspir lá dentro, foi genial, mas eu tinha *certeza*...

— Por que a mamãe tá chorando? — perguntou Judy. Parecia prestes a chorar também.

— Não tou — disse a mãe, e enxugou os olhos. — É, talvez só um pouquinho. Porque eu tou muito feliz de ver o papai.

— Nós tamos *todas* felizes de ver o papai! — disse Janelle a Jackie. — Porque o papai, *ELE É O CHEFE!*

— Novidade pra mim — disse Rusty, depois beijou Linda na boca, com força.

— Beijo na boca! — disse Janelle, fascinada. Judy cobriu os olhos e riu.

— Vamos, meninas, balanço — disse Jackie. — Depois, vistam-se pra ir pra escola.

— *QUERO IR LÁ NO ALTO!* — gritou Janelle, correndo na frente.

— Escola? — perguntou Rusty. — É isso mesmo?

— Isso mesmo — disse Linda. — Só os pequenos, na Escola Gramatical da rua Leste. Meio horário. Wendy Goldstone e Ellen Vanedestine se apresentaram como voluntárias pra dar aulas. Do jardim ao terceiro ano numa sala, do quarto ao sexto em outra. Não sei se vai haver algum aprendizado, mas vai dar às crianças um lugar pra ir e um clima de normalidade. Talvez. — Ela olhou o céu, que estava sem nuvens, mas assim mesmo tinha um tom amarelado. *Como um olho azul ficando com catarata*, pensou. — Eu adoraria um pouco de normalidade. Olha o céu.

Rusty deu uma olhada rápida e segurou a mulher com os braços esticados para poder examiná-la.

— Vai continuar com isso? Tem certeza?

— Tenho. Mas foi por pouco. Esse tipo de coisa pode ser divertido em filmes de espionagem, mas na vida real é horrível. Não vou tirar ele de lá, querido. Por causa das meninas.

— Os ditadores sempre usam as crianças como reféns — disse Rusty. — Alguma hora alguém tem que dizer que isso não funciona mais.

— Mas não aqui e não agora. Foi ideia da Jackie, então ela que cuide disso. Não vou participar e não vou deixar *você* participar. — Mas ele sabia que, se exigisse isso dela, ela faria o que ele pedisse; era essa a expressão por trás da expressão. Se isso o transformava em chefe, não era o que ele queria ser.

— Vai trabalhar? — perguntou ele.

— É claro. As crianças vão pra Marta, Marta leva as meninas à escola, Linda e Jackie se apresentam pra mais um dia de trabalho na polícia debaixo da Redoma. Qualquer outra coisa pareceria esquisita. Detesto ter que pensar assim. — Ela soltou a respiração. — E também estou cansada. — Deu uma olhada para ver se as meninas conseguiriam escutar. — Fodida de tão exausta. Mal consegui dormir. Você vai pro hospital?

Rusty fez que não.

— Ginny e Twitch vão ficar sozinhas ao menos até o meio-dia... apesar de que, com aquele sujeito novo pra ajudar, acho que tudo vai dar certo. Thurston é meio Nova Era, mas é bom. Vou até a casa de Claire McClatchey. Preciso conversar com os garotos e preciso ir até onde acharam o pico de radiação no contador Geiger.

— O que eu digo a quem perguntar onde você está?

Rusty pensou um pouco.

— A verdade, eu acho. Ao menos parte dela. Diz que eu estou investigando um possível gerador da Redoma. Isso vai fazer o Rennie pensar duas vezes no próximo passo que estiver planejando.

— E se perguntarem onde? Porque vão perguntar.

— Diz que não sabe, mas que acha que é no lado oeste da cidade.

— Serra Negra fica ao norte.

— Isso. Se o Rennie mandar o Randolph enviar alguns policiais, eu quero que vão pro lugar errado. Se depois alguém te cobrar, diz só que estava cansada e deve ter se confundido. E escuta, querida: antes de ir pra delegacia, faz uma lista das pessoas que podem acreditar que o Barbie é inocente dos assassinatos. — Pensando de novo *nós e eles*. — Precisamos conversar com essas pessoas antes da assembleia de amanhã. Muito discretamente.

— Rusty, tem certeza disso? Porque depois do incêndio de ontem à noite, a cidade inteira vai estar atrás dos Amigos de Dale Barbara.

— Se eu tenho certeza? Claro. Se eu gosto disso? Com toda a certeza não.

Ela olhou de novo o céu tingido de amarelo, depois os dois carvalhos no jardim da frente, as folhas pendendo moles e imóveis, cores vivas desbotando num marrom sem graça. E suspirou.

— Se o Rennie armou pra cima do Barbara, é provável que tenha mandado queimar o jornal. Você sabe disso, não é?

— Sei.

— E se a Jackie *conseguir* tirar o Barbara da cadeia, vai esconder ele onde? Que lugar da cidade é seguro?

— Vou ter que pensar nisso.

— Se você conseguir achar e desligar o gerador, toda essa babaquice de 007 se torna desnecessária.

— Reza pra isso acontecer.

— Vou rezar. E a radiação? Não quero que você tenha leucemia nem nada desse tipo.

— Tenho uma ideia sobre isso.

— Posso perguntar?

Ele sorriu.

— Talvez não. É bem maluca.

Ela entrelaçou os dedos nos dele.

— Toma cuidado.

Ele a beijou de leve.

— Você também.

Olharam Jackie empurrando as meninas nos balanços. Tinham muita razão para ter cuidado. Ainda assim, Rusty achou que o risco estava entrando na sua vida como fator importante. Isto é, se queria continuar olhando o seu reflexo quando se barbeasse pela manhã.

2

Horace, o corgi, gostava de ração de gente.

Na verdade, Horace, o corgi, *adorava* ração de gente. Por estar meio gordinho (além do focinho um pouco grisalho nos últimos anos), não devia comê-la, e Julia interrompera totalmente a alimentação com comida da mesa depois que o veterinário lhe disse sem rodeios que aquela generosidade encurtaria a vida do seu companheiro de casa. Essa conversa acontecera havia 16 meses; desde então, Horace ficara restrito à ração premium e, de vez em quando, uma guloseima canina dietética. As guloseimas pareciam plástico-bolha de isopor e, a julgar pelo olhar de censura de Horace antes de comê-las, ela também desconfiava que talvez tivessem gosto de plástico-bolha. Mas ela manteve a linha: nada de pele de frango frita, nada de salgadinhos de queijo, nada de pedacinhos da rosquinha matutina dela.

Para Horace, isso limitava a ingestão de comestíveis *verboten*, mas não lhe dava fim por completo; a dieta imposta simplesmente o obrigou a procurar comida, coisa de que Horace gostava bastante, porque lhe devolvia a natureza dos seus ancestrais caçadores de raposa. Os passeios da manhã e da noite eram especialmente ricos em delícias culinárias. Era espantoso o que as pessoas deixavam nas sarjetas da rua Principal e da rua Oeste, que constituíam a rota normal do seu passeio. Havia batatas fritas, batatinhas chips, biscoitos de manteiga de amendoim, de vez em quando um papel de sorvete com um pouco de chocolate ainda grudado. Certa vez ele encontrou uma torta Table Talk inteirinha. Ela sumiu do prato e entrou no seu estômago antes que se pudesse dizer *colesterol*.

Ele não conseguia abocanhar todas as delícias que encontrava; às vezes Julia via o que ele estava tentando pegar e o puxava pela guia antes que pudesse ingerir. Mas muito ele conseguia, porque geralmente Julia passeava com ele levando um livro ou um exemplar dobrado do *New York Times* na outra mão. Ser ignorado a favor do *Times* nem sempre era bom — quando ele queria uma boa coçadinha na barriga, por exemplo —, mas nos passeios a ignorância era uma bênção. Para os pequenos corgis amarelos, ignorância significa guloseima.

Naquela manhã ele estava sendo ignorado. Julia e a outra mulher — a que era dona da casa, porque o cheiro dela estava por toda parte, principalmente na vizinhança do quarto onde os seres humanos vão deixar as fezes e marcar o território — estavam conversando. Uma vez a outra mulher chorou, e Julia a abraçou.

— Estou melhor, mas não *totalmente* melhor — disse Andrea. Estavam na cozinha. Horace sentia o cheiro do café que tomavam. Café frio, não quente. Também sentia cheiro de bolinhos. O tipo que tem cobertura. — Eu ainda tenho vontade. — Se ela estava falando de bolinhos com cobertura, Horace também.

— A vontade pode durar muito tempo — disse Julia —, e essa nem é a parte mais importante. Eu louvo a sua coragem, Andi, mas o Rusty estava certo: a frio é tolice, é perigoso. Você teve muita sorte de não ter sofrido uma convulsão.

— Pelo que eu sei, sofri, sim. — Andrea tomou um pouco de café. Horace ouviu o gole. — Venho tendo sonhos muito vivos. Um deles foi com um incêndio. Bem grande. No Halloween.

— Mas você está melhor.

— Um pouco. Estou começando a achar que posso conseguir. Julia, você é bem-vinda aqui pra ficar comigo, mas eu acho que há lugares melhores. O *cheiro*...

— A gente pode dar um jeito no cheiro. Arranjamos um ventilador a pilha no Burpee. Se cama e mesa for mesmo uma oferta, e incluir Horace, eu cuido disso pra você. Quem quer largar o vício não devia fazer isso sozinho.

— Acho que não há outro jeito, querida.

— Você sabe o que eu quero dizer. Por que fez isso?

— Porque, pela primeira vez desde que fui eleita, essa cidade pode precisar de mim. E porque Jim Rennie ameaçou me tirar os comprimidos se eu fizesse objeção aos planos dele.

Horace não deu mais atenção ao resto. Estava mais interessado num cheiro que chegava ao seu nariz sensível vindo do espaço entre a parede e uma das pontas do sofá. Era nesse sofá que Andrea gostava de se sentar em dias melhores (embora consideravelmente mais medicados), às vezes assistindo a programas como *Os caçados* (continuação inteligente de *Lost*) e *Dança dos famosos*, às vezes um filme na HBO. Nas noites de cinema, ela costumava comer pipoca de micro-ondas. Punha a terrina na mesinha de canto. Como viciados raramente são asseados, caía pipoca debaixo da mesa. Fora isso que Horace farejara.

Deixando as mulheres no seu blá, ele se enfiou debaixo da mesinha até aquele espaço. Era um lugar estreito, mas a mesinha de canto formava uma ponte natural e ele era um cão bastante estreito também, principalmente depois de entrar na versão corgi dos Vigilantes do Peso. Os primeiros piruás estavam logo depois do arquivo VADER, ali caído no seu envelope pardo. Na verdade, Horace estava em pé sobre o nome da sua dona (escrito com a letra bonita da falecida Brenda Perkins) e aspirava os primeiros pedacinhos de um tesouro surpreendentemente rico quando Andrea e Julia voltaram à sala.

Uma mulher disse: *Leva isso pra ela*.

Horace ergueu os olhos, orelhas em pé. Aquela não era Julia nem a outra mulher; era uma vozmorta. Horace, como todos os cães, ouvia vozesmortas com bastante frequência, e às vezes via seus donos. Os mortos estavam por toda parte, mas gente viva não os via, assim como não sentia a maior parte dos 10 mil aromas que havia ao redor em todos os minutos de todos os dias.

Leva isso pra Julia, ela precisa disso, é dela.

Isso era ridículo. Julia jamais comeria nada que tivesse passado pela boca dele, Horace sabia disso pela longa experiência. Mesmo que ele empurrasse com o focinho ela não comeria. Era ração de gente, tudo bem, mas agora também era ração de chão.

A pipoca, não. O...

— Horace? — perguntou Julia naquela voz aguda que dizia que ele estava se comportando mal, como em *Ah, seu cachorro danado, você sabe muito bem*, blá-blá-blá. — O que você tá fazendo aí atrás? Vem pra cá!

Horace deu marcha a ré. Mostrou o seu sorriso mais encantador — caramba, Julia, como eu te adoro —, torcendo para não haver pipoca presa na ponta do focinho. Conseguira alguns pedaços, mas sentia que o veio principal lhe escapara.

— Andou catando comida?

Horace sentou-se, olhando-a com a expressão certa de adoração. Que ele sentia mesmo; ele a amava muitíssimo.

— Uma pergunta melhor seria *o que* você andou comendo? — Ela se curvou para olhar no espaço entre o sofá e a parede.

Antes que conseguisse, a outra mulher começou a ter ânsias de vômito. Cruzou os braços em torno do corpo na tentativa de impedir um ataque de tremores, mas não adiantou. O seu cheiro mudou, e Horace soube que ela ia vomitar. Ele observava com atenção. Às vezes vômito de gente tinha coisas boas.

— Andi? — perguntou Julia. — Você tá bem?

Que pergunta estúpida, pensou Horace. *Não está sentindo o cheiro?* Mas essa pergunta também era estúpida. Julia mal conseguia sentir o próprio cheiro quando estava suada.

— Estou. Não. Eu não devia ter comido aquele pãozinho de passas. Vou...

Ela saiu correndo da sala. Para aumentar os cheiros que vinham do lugar de cagar-mijar, supôs Horace. Julia foi atrás. Por um instante Horace pensou em se espremer de volta debaixo da mesa, mas farejou a preocupação de Julia e preferiu correr nos seus calcanhares.

Já esquecera tudo sobre a vozmorta.

3

Do carro, Rusty ligou para Claire McClatchey. Era cedo, mas ela atendeu ao primeiro toque, e ele não ficou surpreso. Naqueles dias, ninguém em Chester's Mill estava dormindo muito, ao menos não sem ajuda farmacológica.

Ela prometeu estar com Joe e os amigos em casa às 8h30 no máximo, ela mesma os buscaria se necessário. Em voz mais baixa, disse:

— Acho que o Joe está caidinho pela garota dos Calvert.

— Seria um bobo se não estivesse — disse Rusty.

— O senhor vai ter que levar eles até lá?

— Vou, mas não na zona de radiação alta. Isso eu prometo, sra. McClatchey.

— Claire. Se vou deixar o meu filho ir com você até uma área onde parece que os animais se suicidam, acho que seria bom nos tratarmos por você.

— Então você leva Benny e Norrie pra sua casa e eu prometo cuidar deles na ida ao local. Assim está bom?

Claire disse que estava. Cinco minutos depois de desligar, Rusty saía da estrada de Motton, estranhamente deserta, e entrava na travessa Drummond, uma ruinha ladeada pelas casas mais bonitas de Eastchester. A mais bonita de todas era a que tinha BURPEE na caixa do correio. Logo em seguida, Rusty estava na cozinha dos Burpee, tomando café (quente; o gerador dos Burpee ainda funcionava), com Romeo e a mulher, Michela. Ambos pareciam pálidos e desgostosos. Rommie estava vestido, Michela ainda de roupão.

— Acha que foi mesmo o tal Barbie que matou a Bren? — perguntou Rommie. — Porrque se foi, mon ami, eu mesmo mato ele.

Michela pôs a mão sobre o seu braço.

— Você não é tão burro assim, querido.

— Acho que não — disse Rusty. — Acho que armaram pra cima dele. Mas se você disser pra alguém que eu disse isso, nós vamos arranjar encrenca.

— Rommie sempre amou aquela mulher. — Michela sorria, mas havia gelo na sua voz. — Às vezes, acho que mais do que a mim.

Rommie não confirmou nem negou; na verdade, parecia nem ter escutado. Inclinou-se na direção de Rusty, os olhos castanhos penetrantes.

— Do que você está falando, doutorr? Armarram como?

— Agora não é hora de falar nisso. Estou aqui por outra razão. E temo que também seja secreta.

— Então não quero escutar — disse Michela. Ela saiu da cozinha, levando consigo a xícara de café.

— Hoje à noite não terrei mulher amorrosa — disse Rommie.

— Sinto muito.

Rommie deu de ombros.

— Tenho outra, do outrro lado da cidade. Misha sabe, mas não admite. Diga qual o outrro negócio, doutor.

— Uns garotos acham que encontraram o que está gerando a Redoma. São jovens, mas inteligentes. Eu confio neles. Levaram um contador Geiger e encontraram um pico de radiação na estrada da Serra Negra. Não na zona de perigo, mas eles não chegaram muito perto.

— Perto do quê? O que eles viram?

— Uma luz roxa piscando. Sabe onde fica o velho pomar?

— Orra, é clarro. A prroprriedade dos McCoy. Eu costumava ir lá com as garrotas. Dá prra ver a cidade inteirra. Eu tinha um Willys velho... — Ele ficou saudoso um instante. — Ah, não imporrta. Só uma luz piscando?

— Também encontraram vários animais mortos... alguns veados, um urso. Os garotos acharam que tinham se suicidado.

Rommie o olhou muito sério.

— Eu vou com você.

— Tudo bem... até certo ponto. Um de nós tem que ir até o fim, e esse devo ser eu. Mas eu preciso de uma roupa contra radiação.

— No que você está pensando, doutor?

Rusty lhe disse. Quando terminou, Rommie puxou um maço de Winston e ofereceu-o por cima da mesa.

— O meu aperitivo predileto — disse Rusty, e pegou um. — Então, o que acha?

— Ah, posso ajudar — disse Rommie, acendendo os cigarros. — Tenho tudo naquela minha loja, como todo mundo nessa cidade sabe *très bien*. — Apontou o cigarro para Rusty. — Mas não vai querrer fotos suas no jorrnal, porque vai ficar muito engrraçado.

— Não estou preocupado com isso — disse Rusty. — O jornal pegou fogo ontem à noite.

— Eu soube — disse Rommie. — Aquele tal Barbarra de novo. Os amigos dele.

— Acredita nisso?

— Ah, sou uma alma crrédula. Quando Bush disse que tinha bomba atômica no Irraque, eu acrreditei. Disse prra todo mundo: "Ele é o carra que sabe." Também acrredito que Oswald agiu sozinho prra matar Kennedy.

Na outra sala, Michela gritou:

— Para de falar esse lixo de francês falsificado!

Rommie deu a Rusty um sorriso que dizia *Olha o que eu tenho que aguentar*.

— Claro, querida — disse ele, sem absolutamente nenhum vestígio do sotaque de Pierre. Depois, encarou Rusty outra vez. — Deixa o carro aqui. Vamos na minha van. Tem mais espaço. Você me deixa na loja e vai buscar os garotos. Eu monto a sua roupa contra radiação. Quanto às luvas... Não sei.

— Temos luvas forradas de chumbo no armário da sala de radiografia do hospital. Vão até o cotovelo. Posso arranjar um dos aventais...

— Boa ideia, detesto ver você pôr em risco a sua contagem de espermatozoides...

— Também deve haver alguns pares de óculos forrados de chumbo que os técnicos e radiologistas usavam na década de 1970. Mas talvez tenham jogado fora. Só espero que a contagem de radiação não suba muito além da última leitura dos garotos, que ainda estava no verde.

— Só que você disse que eles não chegaram muito perto.

Rusty suspirou.

— Se a agulha daquele contador Geiger chegar a oitocentos ou mil por segundo, a preservação da minha fertilidade vai ser a menor preocupação.

Antes de partirem, Michela, agora vestindo minissaia e um suéter espetacularmente justo, voltou à cozinha e censurou o marido por ser um idiota. Ia lhes arranjar encrenca. Já fizera isso antes e faria de novo. Só que agora o problema podia ser maior do que ele pensava.

Rommie a abraçou e falou com ela com um francês rápido. Ela respondeu na mesma língua, cuspindo as palavras. Ele respondeu. Ela bateu o punho duas vezes no ombro dele, depois chorou e o beijou. Lá fora, Rommie virou-se para Rusty com cara de quem pede desculpas e deu de ombros.

— Ela não consegue evitar — disse. — Tem alma de poeta e a estrutura emocional de um cachorro de ferro-velho.

4

Quando Rusty e Romeo Burpee chegaram à loja de departamentos, Toby Manning já estava lá, esperando para abrir as portas e servir ao público, se fosse do agrado de Rommie. Petra Searles, que trabalhava na drogaria do outro lado da rua, estava sentada junto dele. Estavam em cadeiras de jardim com etiquetas dizendo GRANDE LIQUIDAÇÃO DE VERÃO penduradas nos braços.

— Acho que você não vai querer conversar sobre essa roupa contra radiação que vai montar antes das... — Rusty olhou o relógio — dez horas?

— Melhor não — disse Rommie. — Você me chamaria de maluco. Pode ir, doutor. Vai buscar as luvas, os óculos e o avental. Conversa com os garotos. Me dá algum tempo.

— Vamos abrir, chefe? — perguntou Toby quando Rommie saiu do carro.

— Não sei. Talvez à tarde. Vou ficar um pouco ocupado agora de manhã.

Rusty foi embora. Só quando chegou à ladeira da praça da Cidade percebeu que Toby e Petra usavam braçadeiras azuis.

5

Ele achou luvas, aventais e um par de óculos forrados de chumbo nos fundos do armário da radiografia, cerca de dois segundos antes de desistir. O elástico dos óculos estava arrebentado, mas ele achou que Rommie conseguiria prendê-lo de volta. Como bônus, não teria de explicar a ninguém o que estava fazendo. O hospital inteiro parecia dormir.

Voltou lá para fora, farejou o ar — parado, com um toque desagradável de fumaça — e olhou para oeste, para a mancha preta pendente onde os mísseis tinham se chocado. Parecia um tumor de pele. Sabia que estava se concentrando em Barbie e em Big Jim e nos assassinatos porque eram o elemento humano, coisas que ele meio que entendia. Mas ignorar a Redoma seria um erro — um erro potencialmente catastrófico. Ela tinha que sumir, e logo, senão seus pacientes com asma e doença pulmonar obstrutiva crônica começariam a ter problemas. E eles seriam só os canários das minas de carvão.*

Aquele céu manchado de nicotina.

— Nada bom — murmurou, e jogou o material que catara na traseira da van. — Nada bom mesmo.

6

As três crianças estavam na casa dos McClatchey quando ele lá chegou, e estranhamente caladas para garotos que seriam aclamados como heróis nacionais até o final daquela quarta-feira de outubro, caso a sorte os favorecesse.

— Aí, rapazes, prontos? — perguntou Rusty, com mais animação do que sentia. — Antes de irmos até lá vamos ter que passar no Burpee, mas isso não deve de...

— Antes, eles têm algo a te contar — disse Claire. — Meu Deus, eu preferia que não tivessem. Isso está ficando cada vez pior. Quer um copo de suco de laranja? Estamos tentando tomar tudo antes que estrague.

Rusty ergueu o polegar e o indicador como quem diz "só um pouco". Nunca gostara muito de suco de laranja, mas queria que ela saísse da sala e sentiu que ela queria sair. Parecia pálida e soava assustada. Não achava que fosse por causa do que os garotos tinham encontrado na Serra Negra; era outra coisa.

Bem o que eu estou precisando, pensou ele.

Quando ela saiu, Rusty disse:

— Contem logo.

Benny e Norrie se viraram para Joe. Ele suspirou, afastou o cabelo da testa, suspirou de novo. Havia pouca semelhança entre esse adolescente sério e

---

* Referência à prática de mineiros de carvão ingleses e americanos de levarem canários para dentro das minas, disseminada até o início do século XX. Os pássaros, mais frágeis que os humanos, sentiam antes o efeito da inalação de gases como metano e monóxido de carbono. Seu adoecer servia de aviso aos mineiros para que se protegessem ou saíssem da mina. (N. da T.)

o garoto que brandia cartazes e agitava todo mundo no pasto de Alden Dinsmore três dias antes. O rosto estava tão pálido quanto o da mãe, e algumas espinhas — talvez as primeiras— tinham aparecido na testa. Rusty já vira erupções assim. Eram causadas pelo estresse.

— O que é, Joe?

— Todo mundo diz que eu sou inteligente — disse Joe, e Rusty se alarmou ao ver que o garoto estava à beira das lágrimas. — Acho que eu sou, mas às vezes preferiria não ser.

— Não se preocupa — disse Benny —, você é burro num monte de coisas importantes.

— Cala a boca, Benny — disse Norrie com gentileza.

Joe nem notou.

— Com 6 anos, eu conseguia vencer o meu pai no xadrez, e a minha mãe quando eu tinha 8. Tirava 10 na escola. Sempre vencia a Feira de Ciências. Escrevo os meus programas de computador há dois anos. Não estou me gabando. Eu sei que sou nerd. — Norrie sorriu e pôs a mão sobre a dele. Ele a segurou. — Mas é que eu só faço ligações, entende? É só isso. Se A, então B. Se *não* A, então B vai almoçar. E talvez o alfabeto todo.

— O que exatamente você está querendo dizer, Joe?

— Eu não acho que o cozinheiro cometeu esses assassinatos. Quer dizer, *nós* não achamos.

Ele se sentiu aliviado quando Norrie e Benny concordaram. Mas isso não foi nada perto do olhar de alegria (misturada com incredulidade) que surgiu no seu rosto quando Rusty disse:

— Nem eu.

— Eu falei que ele era foda — disse Benny. — Também dá uns pontos maneiros.

Claire voltou com o suco num copinho minúsculo. Rusty tomou um golinho. Quente, mas tomável. Sem gerador, amanhã não seria.

— Por que *você* acha que não foi ele? — perguntou Norrie.

— Vocês primeiro. — O gerador na Serra Negra se esgueirara momentaneamente para os fundos da mente de Rusty.

— A gente viu a sra. Perkins ontem de manhã — disse Joe. — Nós távamos na praça da Cidade, começando a procurar com o contador Geiger. Ela tava subindo o morro da praça.

Rusty pôs os óculos na mesa junto à cadeira e se inclinou à frente com as mãos cruzadas entre os joelhos.

— Que horas eram?

— O meu relógio parou lá na Redoma, no domingo, por isso não sei com certeza, mas aquela baita briga no supermercado tava acontecendo quando a gente viu ela. Então tinha que ser, tipo, 9h15. Não mais do que isso.

— Nem menos. Porque o quebra-quebra estava acontecendo. Vocês escutaram.

— É — disse Norrie. — Era um barulhão.

— E tem certeza de que era Brenda Perkins? Não podia ser nenhuma outra mulher? — O coração de Rusty batia com força. Se ela fora vista com vida durante o quebra-quebra, então Barbie estava mesmo limpo.

— Todos nós conhecemos ela — disse Norrie. — Ela foi até minha chefe bandeirante antes de eu sair. — Que, na verdade, ela tivesse sido expulsa por fumar não parecia relevante, logo, ela o omitiu.

— E mamãe me contou o que as pessoas estão falando sobre os crimes — disse Joe. — Ela me contou tudo o que ela sabia. Sabe, as plaquinhas de identificação.

— Mamãe não *queria* contar tudo o que ela sabia — disse Claire —, mas o meu filho sabe ser muito insistente e isso parecia importante.

— E é — disse Rusty. — Aonde a sra. Perkins foi?

Essa foi Benny que respondeu.

— Primeiro até a casa da sra. Grinnel, mas o que ela disse não deve ter sido muito legal, porque a sra. Grinnel bateu a porta na cara dela.

Rusty franziu a testa.

— É verdade — disse Norrie. — Acho que a sra. Perkins tava entregando correspondência ou coisa assim. Ela deu um envelope pra sra. Grinnell. A sra. Grinnell pegou e bateu na porta. Que nem o Benny falou.

— A-há — disse Rusty. Como se tivesse havido entrega de correspondência em Chester's Mill depois de sexta-feira. Mas o que parecia importante era que Brenda estava viva e cumprindo tarefas numa hora em que Barbie tinha um álibi. — Depois, aonde ela foi?

— Atravessou a Principal e subiu a rua Mill — disse Joe.

— Esta rua.

— Isso.

Rusty passou a sua atenção para Claire.

— Ela...

— Ela não veio aqui — disse Claire. — A não ser que tenha sido quando eu estava no porão, vendo quantos enlatados nós ainda temos. Fiquei lá embaixo uma meia hora. Talvez uns quarenta minutos. Eu... eu queria fugir do barulho do supermercado.

Benny disse o que dissera na véspera:

— A rua Mill tem quatro quarteirões. Montes de casas.

— Pra mim essa não é a parte importante — disse Joe. — Liguei pro Anson Wheeler. Ele também era skatista, e às vezes ainda leva a prancha até a pista lá de Oxford. Perguntei a ele se o sr. Barbara estava de serviço ontem de manhã, e ele disse que sim. Disse que o sr. Barbara foi até o Food City quando o quebra-quebra começou. A partir daí, ficou com Anson e a sra. Twitchell. Então o sr. Barbara tem um álibi pra sra. Perkins, e se lembra do que eu disse sobre se *não* A, então não B? Não o alfabeto todo?

Rusty achou a metáfora um pouco matemática demais para questões humanas, mas entendeu o que Joe estava dizendo. Havia outras vítimas para as quais Barbie talvez não tivesse álibi, mas o mesmo depósito de corpos era um forte argumento a favor de um só assassino. E se Big Jim *tinha* matado ao menos uma das vítimas — como indicavam as marcas de pontos na cara de Coggins —, então provavelmente matara todas.

Ou talvez fosse Junior. Junior, que agora andava armado e usava insígnia.

— Nós temos que ir à polícia, não temos? — perguntou Norrie.

— Tenho medo disso — disse Claire. — Muito, muito medo disso. E se o Rennie matou a Brenda Perkins? Ele também mora aqui na rua.

— Foi o que eu disse ontem — observou Norrie.

— E não parece provável que, depois de falar com uma vereadora que lhe bateu a porta na cara, ela fosse tentar o próximo que morasse mais perto?

Joe disse (com bastante indulgência):

— Duvido que haja alguma ligação, mãe.

— Talvez não, mas mesmo assim ela pode ter ido falar com Jim Rennie. E Peter Randolph... — Ela balançou a cabeça. — Quando Big Jim manda pular, Peter pergunta a altura.

— Boa, sra. McClatchey! — gritou Benny. — A senhora é o máximo, oh, mãe do meu...

— Obrigada, Benny, mas nesta cidade o máximo é Jim Rennie.

— O que nós vamos fazer? — Joe olhava Rusty com olhos preocupados.

Rusty pensou de novo na mancha. No céu amarelo. No cheiro de fumaça no ar. Também guardou um pensamento para a determinação de Jackie Wettington de tirar Barbie da cadeia. Por mais perigoso que fosse, provavelmente seria melhor para o cara do que o depoimento de três garotos, ainda mais quando o chefe de polícia que tomaria o depoimento mal era capaz de limpar a bunda sem o manual de instruções.

— Agora, nada. Dale Barbara está em segurança onde está. — Rusty torceu para que fosse verdade. — Temos esse outro assunto pra resolver. Se vocês realmente acharam o gerador da Redoma, e se nós conseguirmos desligá-lo...

— O resto dos problemas vai simplesmente se resolver sozinho — disse Norrie Calvert. Parecia profundamente aliviada.

— Pode ser mesmo — disse Rusty.

7

Depois que Petra Searles voltou à drogaria (para fazer o inventário, disse ela), Toby Manning perguntou a Rommie se poderia ajudar em alguma coisa. Rommie fez que não.

— Vai pra casa. Vê o que você pode fazer pelo papai e pela mamãe.

— É só o papai — disse Toby. — Mamãe foi ao supermercado lá em Castle Rock sábado de manhã. Ela acha que o Food City é caro demais. O que o senhor vai fazer?

— Pouca coisa — disse Rommie vagamente. — Me diz uma coisa, Tobes... por que você e Petra estão usando esses panos azuis nos brraços?

Toby deu uma olhada no braço, como se tivesse esquecido que estava ali.

— Só pra mostrar solidariedade — disse. — Depois do que aconteceu ontem à noite no hospital... depois de *tudo* o que está acontecendo...

Rommie fez que sim com a cabeça.

— Não virou policial, não é?

— Claro que não. É mais... lembra do 11 de Setembro, quando parecia que todo mundo tinha um gorro e uma camisa do Corpo de Bombeiros ou da Polícia de Nova York? É parecido. — Ele pensou um pouco. — Acho que, se precisassem de ajuda, eu gostaria de me apresentar, mas parece que está tudo bem. O senhor tem certeza de que não precisa de nada?

— Tenho. Agorra, vai. Eu ligo se decidir abrrir hoje à tarde.

— Certo. — Os olhos de Toby faiscaram. — Talvez pudéssemos fazer uma Liquidação da Redoma. Sabe aquele ditado? Quando a vida nos dá limões, a gente faz uma limonada.

— Talvez, talvez — disse Rommie, mas duvidava que fosse haver uma liquidação assim. Nessa manhã, ele estava muito menos interessado do que de costume em desovar mercadorias vagabundas a preços que parecessem pechinchas. Sentia que sofrera grandes mudanças nos três últimos dias; não tanto de caráter, mas de perspectiva. Parte disso tinha a ver com o combate ao incêndio e a camaradagem que veio depois. Aquilo fora obra da verdadeira cidade, pensou, em seu melhor caráter. E muito daquilo tinha a ver com o assassinato da sua antiga amante Brenda Perkins... em quem Rommie ainda pensava como Brenda Morse. Ela fora quente e popular, e se ele descobrisse quem a esfriara — supondo que Rusty estivesse certo e que não tivesse sido Dale Barbara —, essa pessoa pagaria. Rommie Burpee cuidaria disso pessoalmente.

Nos fundos da loja cavernosa ficava a seção de Consertos Domésticos, convenientemente localizada ao lado da seção de Faça Você Mesmo. Nesta última, Rommie pegou um conjunto de pesadas tesouras de cortar chapa; depois entrou na primeira e foi até o canto mais distante, escuro e empoeirado do seu reino varejista. Ali, achou duas dúzias de rolos de 20 quilos de folha de chumbo Santa Rosa, normalmente usada em telhados, impermeabilização e isolamento de chaminés. Colocou dois rolos (e as tesouras) num carrinho de compras e levou-os pela loja toda até chegar ao departamento esportivo. Ali, começou a trabalhar selecionando e escolhendo. Várias vezes caiu na gargalhada. Ia dar certo, mas, ah, Rusty Everett ia ficar *très amusant*.

Quando terminou, endireitou-se para esticar as costas tortas e avistou, do outro lado do departamento esportivo, um cartaz com um veado no cruzamento das linhas de uma mira. Escrito acima do veado havia o seguinte lembrete: A TEMPORADA DE CAÇA ESTÁ CHEGANDO — HORA DE SE ARMAR!

Do jeito que iam as coisas, Rommie achou que se armar seria boa ideia. Ainda mais se Rennie ou Randolph decidissem que confiscar todas as armas, menos as da polícia, seria boa ideia.

Ele levou outro carrinho até os armários trancados das armas, vasculhando só pelo tato os respeitáveis chaveiros pendurados no cinto. O Burpee vendia exclusivamente produtos Winchester, e dado que a temporada de caça aos veados começaria dali a apenas uma semana, Rommie achou que conseguiria justificar alguns furos no estoque caso lhe perguntassem. Escolheu uma Wildcat .22, uma Black Shadow de ação rápida e duas Black Defenders, também de ação rápida. A elas, acrescentou uma Model 70 Extreme Weather (com mira telescópica) e uma 70 Featherweight (sem). Pegou munição para todas as armas e depois empurrou o carrinho até o escritório e guardou as armas no seu velho e verde cofre de chão Defender.

Isso é paranoia, você sabe, pensou enquanto girava o disco.

Mas não *parecia* paranoico. E, quando voltou para esperar Rusty e os garotos, lembrou-se de amarrar um pano azul no braço. E de dizer a Rusty que fizesse o mesmo. Camuflagem não era má ideia.

Todos os caçadores de veados sabiam disso.

8

Às oito horas daquela manhã, Big Jim estava de volta ao seu escritório em casa. Carter Thibodeau — agora o seu guarda-costas pessoal até segunda ordem, decidira Big Jim — estava mergulhado num número de *Car and Driver*, lendo uma comparação entre o BMW H 2012 e o Ford Vesper R/T 2011. Ambos pareciam carros maravilhosos, mas só maluco não sabia que os BMWs eram demais. O mesmo se aplicava, pensou, a quem não soubesse que agora o sr. Rennie era o BMW H de Chester's Mill.

Big Jim estava se sentindo bastante bem, em parte porque tivera outra hora de sono depois de visitar Barbara. Precisaria de muitos cochilos de beleza nos dias que viriam. Tinha que ficar com tudo em cima. Não admitiria a si mesmo que também temia mais arritmias.

Ter Thibodeau à mão tranquilizou bastante sua mente, ainda mais com Junior agindo de maneira tão instável (*Coloquemos dessa forma*, pensou). Thibodeau tinha cara de criminoso, mas parecia ter talento para o papel de ajudante de campo. Big Jim ainda não tinha muita certeza, mas achava que, na verdade, Thibodeau poderia se mostrar mais inteligente do que Randolph.

Decidiu tirar a prova.

— Quantos homens guardando o supermercado, filho? Você sabe? — Carter pôs de lado a revista e puxou do bolso de trás um caderninho gasto. Big Jim aprovou.

Depois de folhear um pouco, Carter disse:

— Cinco ontem à noite, três regulares e dois novos. Nenhum problema. Hoje, vão ser só três. Todos novos. Aubrey Towle, o irmão dele é dono da livraria, sabe?, além de Todd Wendlestat e Lauren Conree.

— E você aquiesce em que isso bastaria?

— Hein?

— Você *concorda*, Carter. Aquiescer significa concordar.

— É, deve bastar. Com a luz do dia e tudo. — Sem pausa para calcular o que o chefe gostaria de ouvir. Rennie gostou muito disso.

— Certo. Agora escute. Quero que você fale com Stacey Moggin agora de manhã. Diga a ela que chame todos os policiais que temos no nosso rol. Quero todos no Food City às sete da noite de hoje. Vou falar com eles.

Na verdade, faria outro discurso, dessa vez com tudo em cima. Dar corda neles como no relógio de bolso do vovô.

— Certo. — Carter fez uma anotação no caderninho de ajudante de campo.

— E diga a cada um que tente levar mais alguém.

Carter passava o lápis roído pela lista do caderno.

— Já temos... deixa eu ver... 26.

— Talvez não seja suficiente. Lembra do supermercado ontem de manhã e do jornal da Shumway ontem à noite. Somos nós ou a anarquia, Carter. Sabe o que significa *essa* palavra?

— Há, sei sim, senhor. — Carter Thibodeau tinha bastante certeza de que significava um estande de tiro com arco e supôs que o novo chefe dizia que Mill poderia se tornar uma galeria de tiro ou coisa assim se não segurassem as rédeas com força. — Talvez a gente devesse recolher as armas ou coisa assim.

Big Jim sorriu. Sim, em vários aspectos, um rapaz maravilhoso.

— Isso está previsto, provavelmente a partir da semana que vem.

— Se a Redoma ainda estiver aí. O senhor acha que vai estar?

— Acho que sim. — *Tinha que* estar. Ainda havia tanto a fazer. Precisava tomar providências para espalhar a reserva de gás de volta na cidade. Todos os vestígios do laboratório de metanfetamina atrás da emissora de rádio tinham que ser apagados. Além disso, e era fundamental, ele ainda não atingira a grandeza. Embora estivesse a caminho.

— Enquanto isso, mande alguns policiais, os *regulares*, irem ao Burpee confiscar as armas que estão lá. Se Romeo Burpee criar algum problema, devem dizer que é pra impedir que os amigos de Dale Barbara ponham as mãos nelas. Entendeu bem?

— Claro. — Carter fez outra anotação. — Denton e Wettington? Pode ser?

Big Jim franziu a testa. Wettington, a garota de peito grande. Não confiava nela. Achava que não gostava muito de policiais com peitos. Garotas não tinham nada a ver com impor a lei, mas era mais do que isso. Era o jeito como ela o olhava.

— Freddy Denton, sim, Wettington, não. Nem Henry Morrison. Manda Denton e George Frederick. Diga a eles que guardem as armas na caixa-forte da delegacia.

— Entendido.

O telefone de Rennie tocou, e o seu cenho se franziu ainda mais. Ele atendeu e disse:

— Vereador Rennie.

— Olá, vereador. Aqui fala o coronel James O. Cox. Fui encarregado do chamado Projeto Redoma. Achei que já era hora de conversarmos.

Big Jim se recostou na cadeira, sorrindo.

— Bom, então basta começar, coronel, e Deus o abençoe.

— Fui informado de que o senhor prendeu o homem que o presidente dos Estados Unidos encarregou de cuidar de tudo em Chester's Mill.

— Está correto, senhor. O sr. Barbara foi acusado de assassinato. Quatro corpos. Acho difícil que o presidente queira um assassino desses no comando. Não seria muito bom para a sua posição nas pesquisas.

— O que deixa o senhor no comando.

— Ah, não — disse Rennie, com um sorriso ainda maior. — Sou só um humilde segundo vereador. Andy Sanders é que está no comando, e Peter Randolph, nosso novo chefe de polícia, como o senhor já deve saber, foi o policial que efetuou a prisão.

— Em outras palavras, as suas mãos estão limpas. Essa será a sua postura assim que a Redoma sumir e a investigação começar.

Big Jim adorou a decepção que ouviu na voz do melequento. Aquele filho da égua do Pentágono estava acostumado a comandar; ser comandado era uma experiência nova para ele.

— Por que estariam sujas, coronel Cox? A plaquinha de identificação de Barbara foi encontrada numa das vítimas. Nada poderia ser mais rotineiro.

— Conveniente.

— Chame como quiser.

— Se o senhor sintonizar as redes jornalísticas da TV a cabo — disse Cox —, verá que estão sendo levantadas questões sérias sobre a prisão de Barbara, principalmente à luz da ficha de serviço dele, que é exemplar. Também estão sendo levantadas questões sobre a sua ficha, que não é tão exemplar assim.

— Acha que isso me surpreende? Os senhores são ótimos na hora de controlar noticiários. Fazem isso desde o Vietnã.

— A CNN divulgou uma reportagem sobre uma investigação a respeito de práticas de propaganda enganosa do senhor no final da década de 1990. A NBC noticiou que o senhor foi investigado por empréstimos aéticos em 2008. Acredito que o senhor foi acusado de cobrar taxas de juros ilegais, aí por volta dos 40%, não foi? Depois reclamar de volta carros e caminhões que já tinham sido pagos duas ou três vezes? Os seus eleitores provavelmente já estão assistindo a isso.

Todas essas acusações tinham sido engavetadas. Ele pagara um bom dinheiro para que *fossem* engavetadas.

— O povo da minha cidade sabe que esses noticiários mostrarão as coisas mais ridículas caso elas vendam mais alguns tubos de creme para hemorroidas e vidros de soníferos.

— Tem mais. De acordo com o procurador-geral do estado do Maine, o chefe de polícia anterior, o tal que morreu no sábado passado, estava investigando o senhor por sonegação de impostos, apropriação indébita de recursos e propriedades municipais e envolvimento com drogas ilegais. Não divulgamos nada disso à imprensa nem temos a intenção de fazê-lo... se o senhor ceder. Renuncie ao cargo de vereador. O sr. Sanders também deve renunciar. Nomeiem Andrea Grinnell, a terceira vereadora, como autoridade no comando e Jacqueline Wettington como representante do presidente em Chester's Mill.

Big Jim foi arrancado do que lhe restava de bom humor.

— Você está louco? Andi Grinnell é viciada em drogas, em OxyContin, e a tal Wettington não tem sinal de cérebro naquela cabeça melequenta!

— Posso lhe garantir que não é verdade, Rennie. — Nada de *senhor*; a Era dos Bons Sentimentos parecia ter terminado. — Wettington foi condecorada por ajudar a desmantelar uma quadrilha de traficantes de drogas que operava no 67º Hospital de Apoio ao Combate de Würzburg, na Alemanha, e foi pessoalmente recomendada por um homem chamado Jack Preacher, o policial mais durão que já existiu no diabo desse Exército, na minha humilde opinião.

— Não há nada de humilde no senhor, e a sua linguagem sacrílega não combina bem comigo. Sou cristão.

— Um cristão traficante de drogas, segundo as minhas informações.

— Paus e pedras podem quebrar os meus ossos, mas palavras não me atingem. — *Ainda mais debaixo da Redoma*, pensou Big Jim, e sorriu. — Tem alguma prova concreta?

— Ora, vamos, Rennie, de um cacique a outro, que importância isso tem? Para a imprensa, a Redoma é melhor do que o 11 de Setembro. E é notícia importante e *simpática*. Se não começar a ceder, vou sujá-lo tanto que você nunca mais vai se livrar. Quando a Redoma se romper, eu vou mandá-lo para uma comissão de inquérito do Senado, os tribunais e a cadeia. Isso eu lhe prometo. Mas desista e nada disso acontecerá. Isso eu também lhe prometo.

— Quando a Redoma se romper — ponderou Rennie. — E quando isso vai ser?

— Talvez mais cedo do que você pensa. Planejo ser o primeiro a entrar, e a minha primeira ordem vai ser lhe pôr algemas e colocar num avião que o levará a Fort Leavenworth, no Kansas, onde você será hóspede dos Estados Unidos enquanto aguardar o julgamento.

Big Jim ficou momentaneamente sem palavras com a audácia daquilo. Depois, riu.

— Se realmente quisesse o que é melhor para a cidade, Rennie, você renunciaria. Veja o que aconteceu durante o seu turno: seis assassinatos, dois no hospital ontem à noite, sabemos disso, um suicídio e um saque ao supermercado. Você não tem competência pro serviço.

A mão de Big Jim se fechou com força na bola de beisebol dourada. Carter Thibodeau o olhava com o cenho franzido de preocupação.

Se estivesse aqui, coronel Cox, o senhor poderia provar do remédio que eu dei a Coggins. Com Deus como testemunha, era o que eu faria.

— Rennie?

— Estou aqui. — Ele fez uma pausa. — E você está aí. — Outra pausa. — E a Redoma não vai sumir. Acho que ambos sabemos disso. Jogue a maior bomba atômica que você tiver, deixe inabitáveis as cidades em volta por duzentos anos, mate todo mundo em Chester's Mill com a radiação se a radiação atravessar e *nem assim* ela vai sumir. — Agora ele respirava depressa, mas o coração batia forte e firme no peito. — Porque a Redoma é a vontade de Deus.

E, no fundo do seu coração, era nisso que ele acreditava. Assim como acreditava que a vontade de Deus era que ele assumisse o controle da cidade e assim permanecesse durante as próximas semanas, meses e anos.

— O quê?

— Você me ouviu. — Sabendo que ele apostava tudo, todo o seu futuro, na continuação da existência da Redoma. Sabendo que alguns pensariam que ele era maluco de agir assim. Sabendo também que essas pessoas eram pagãos infiéis. Como o coronel James O. Melequento Cox.

— Rennie, seja sensato. Por favor.

Big Jim gostou do *por favor*; trouxe-lhe o bom humor de volta correndo.

— Vamos recapitular, ok, coronel Cox? Andy Sanders manda aqui, não eu. Embora eu aprecie a cortesia da ligação de um mandachuva como o senhor, naturalmente. E embora eu tenha certeza de que Andy apreciará a sua oferta de cuidar de tudo, por controle remoto, por assim dizer, acho que posso falar por ele quando digo que o senhor pode pegar a sua oferta e enfiá-la onde o sol não brilha. Aqui estamos por nossa conta e vamos *cuidar disso* por nossa conta.

— Você está louco — disse Cox, perplexo.

— É assim que os infiéis sempre chamam os religiosos. É a sua última defesa contra a fé. Estamos acostumados com isso, e não fico magoado com o senhor. — Isso era mentira. — Posso lhe fazer uma pergunta?

— Faça.

— Vai cortar o nosso telefone e os computadores?

— Você até que gostaria disso, não é?

— É claro que não. — Outra mentira.

— Os telefones e a internet continuam. E também a entrevista coletiva de sexta-feira. Na qual vão lhe fazer algumas perguntas difíceis, eu lhe garanto.

— Não vou comparecer a nenhuma entrevista coletiva em futuro próximo, coronel. Nem eu nem Andy. E a sra. Grinnell não vai adiantar muito, coitada. Por isso, pode cancelar a sua...

— Ah, não, nada disso. — Aquilo era um *sorriso* na voz de Cox? — A entrevista coletiva vai acontecer ao meio-dia de sexta-feira, pra haver tempo de vender muito creme contra hemorroidas no noticiário da noite.

— E quem da nossa cidade o senhor espera que compareça?

— Todo mundo, Rennie. Absolutamente todo mundo. Porque nós vamos deixar os seus parentes irem até a Redoma na fronteira com Motton, o lado do acidente de avião no qual morreu a esposa do sr. Sanders, você deve se lembrar. A imprensa vai estar lá pra registrar tudo. Será como um dia de visita na penitenciária estadual, só que ninguém é culpado de nada. A não ser você, talvez.

Rennie ficou furioso de novo.

— *Você não pode fazer isso!*

— Ah, posso sim. — O sorriso *estava* lá. — Você pode se sentar no seu lado da Redoma e me mostrar a língua: eu posso me sentar do meu lado e fazer a mesma coisa. Os visitantes vão fazer fila, e os que concordarem em comparecer vão usar camisetas onde estará escrito DALE BARBARA É INOCENTE e LIBERTEM DALE BARBARA e IMPEACHMENT PARA JAMES RENNIE. Vai haver reuniões lacrimosas, mãos encostadas em mãos com a Redoma no meio e até, talvez, tentativas de beijos. Serão imagens *excelentes* para a TV, servirá de *excelente* propaganda. Principalmente, fará o povo da sua cidade perguntar o que estão fazendo com um incompetente como você no controle.

A voz de Big Jim se reduziu a um grunhido grave.

— Eu não vou permitir.

— E como vai impedir? Mais de mil pessoas. Você não conseguiria matar todos. — Quando voltou a falar, a voz estava calma e sensata. — Vamos, vereador, vamos resolver isso. Você ainda pode sair disso limpo. Só precisa largar o controle.

Big Jim viu Junior passar pelo corredor feito um fantasma na direção da porta da frente, ainda usando as calças do pijama e os chinelos, e mal notou. Junior poderia ter caído morto no corredor e Big Jim continuaria curvado sobre a escrivaninha, a bola de beisebol dourada fechada numa das mãos e o telefone na outra. Um pensamento batucava na cabeça: pôr Andrea Grinnell no comando, com a policial Peitchola como vice.

Era piada.

Uma piada de *mau gosto*.

— Coronel Cox, vá se foder.

Ele desligou, girou a cadeira da escrivaninha e jogou a bola dourada. Atingiu a foto autografada de Tiger Woods. O vidro se estilhaçou, a moldura caiu no chão e Carter Thibodeau, que estava acostumado a provocar medo nos corações mas raramente o sentia no seu, pulou de pé.

— Sr. Rennie? Está tudo bem?

Ele não parecia bem. Manchas roxas irregulares surgiram no seu rosto. Os olhinhos estavam arregalados e saltavam das órbitas de gordura enrijecida. A veia da testa pulsava.

— *Nunca* vão tirar de mim esta cidade — sussurrou Big Jim.

— Claro que não — disse Carter. — Sem o senhor, estamos acabados.

Isso relaxou Big Jim até certo ponto. Estendeu a mão para o telefone, mas se lembrou de que Randolph fora para casa dormir. O novo chefe tivera pouco tempo precioso de cama desde que a crise começara, e dissera a Carter que pretendia dormir ao menos até o meio-dia. Sem problemas. O homem era inútil mesmo.

— Carter, escreva um bilhete. Mostre pro Morrison, se ele estiver tomando conta da delegacia agora de manhã, e depois deixe na mesa do Randolph. Em seguida, volte direto pra cá. — Ele parou para pensar um instante, franzindo a testa. — E veja se Junior foi pra lá. Ele saiu enquanto eu conversava pelo telefone com o coronel Faz-O-Que-Eu-Quero. Se não foi, não precisa procurar por ele, mas se foi, veja se ele está bem.

— Certo. Qual é a mensagem?

— "Caro chefe Randolph: Jacqueline Wettington deve ser cortada imediatamente da polícia de Chester's Mill."

— Quer dizer, demitida?

— Isso mesmo.

Carter ainda rabiscava no seu caderno, e Big Jim lhe deu tempo de terminar. Estava bem de novo. Melhor do que bem. Estava *sentindo*.

— Acrescente: "Caro policial Morrison: hoje, quando Wettington chegar, por favor lhe informe que foi dispensada do serviço e mande-a esvaziar o armário. Caso ela lhe pergunte a causa, diga-lhe que estamos reorganizando o departamento e que os seus serviços não são mais necessários."

— *Necessários* é com *c* ou com dois *ss*, sr. Rennie?
— A grafia não importa. A *mensagem* importa.
— Certo. Tudo bem.
— Se ela fizer mais perguntas, que venha falar comigo.
— Entendido. Isso é tudo?
— Não. Diga a quem a vir primeiro que lhe tire a arma e a insígnia. Se ela se irritar e disser que a arma é propriedade pessoal dela, podem lhe dar um recibo e lhe dizer que será devolvida ou que ela será reembolsada quando a crise passar.

Carter rabiscou mais um pouco e ergueu os olhos.
— O que o senhor acha que há de errado com Junes, sr. Rennie?
— Não sei. Só uma sensação, imagino. Seja o que for, não tenho tempo de cuidar disso agora. Tenho assuntos mais urgentes a tratar. — Ele apontou o caderno. — Traz isso aqui.

Carter levou. A sua letra era como os rabiscos redondos de um garoto da terceira série, mas estava tudo lá. Rennie assinou.

9

Carter levou os frutos do seu trabalho de secretário para a delegacia. Henry Morrison os recebeu com uma incredulidade que chegou às raias do motim. Carter também procurou Junior, mas Junior não estava lá, e ninguém o vira. Ele pediu a Henry que ficasse de olho.

Então, num impulso, desceu para visitar Barbie, deitado no catre com as mãos na nuca.

— O seu chefe ligou — disse. — Aquele tal de Cox. O sr. Rennie o chama de coronel Faz-O-Que-Eu-Quero.

— Aposto que sim — disse Barbie.

— O sr. Rennie mandou ele se foder. E quer saber? O seu parceiro do Exército teve que engolir e sorrir. O que você acha disso?

— Não me surpreende. — Barbie continuou olhando o teto. Parecia calmo. Era irritante. — Carter, já pensou em tudo o que está acontecendo? Já tentou pensar no longo prazo?

— Não há mais longo prazo, *Baaarbie*. Não mais.

Barbie só ficou olhando o teto com um sorrisinho que levantava o cantinho da boca. Como se soubesse algo que Carter não sabia. Isso deixou Carter com vontade de destrancar a porta da cela e socar até apagar aquele monte de bosta. *Aí lembrou do que ocorrera no estacionamento do Dipper's. Vamos ver se Barbara consegue usar seus truques sujos com um pelotão de fuzilamento. Vamos ver.*

— Vejo você depois, *Baaaarbie*.

— Tenho certeza — disse Barbie, sem se dar ao trabalho de olhar para ele. — É pequena a cidade, filho, e pro time nós torcemos.

10

Quando a campainha da porta do presbitério tocou, Piper Libby ainda estava com a camiseta e os shorts do time de hóquei dos Bruins que lhe serviam de pijama. Abriu a porta supondo que a visitante seria Helen Roux, uma hora antes do compromisso marcado às dez, para discutir como seria o funeral de Georgia. Mas era Jackie Wettington. Estava de uniforme, mas não havia insígnia no lado esquerdo do peito nem arma no coldre da cintura. Parecia aturdida.

— Jackie? O que aconteceu?

— Fui demitida. Aquele canalha estava comigo atravessada na garganta desde a festa de Natal da delegacia, quando tentou me passar a mão e eu lhe dei um tapa, mas duvido que tenha sido só isso, ou até se isso contou...

— Entra — disse Piper. — Achei um fogão a gás num dos armários da despensa; acho que era do pastor anterior, e por incrível que seja ainda funciona. Uma xícara de chá quente soa bem?

— Maravilhoso — disse Jackie. As lágrimas se acumularam nos olhos e transbordaram. Quase zangada, ela as limpou das bochechas.

Piper a levou até a cozinha e acendeu o fogãozinho de acampamento Brinkman de uma só boca que estava na bancada.

— Agora me conta tudo.

Jackie contou, sem deixar de incluir as condolências de Henry Morrison, que foram meio desajeitadas, mas sinceras.

— Ele *cochichou* essa parte — disse, aceitando a xícara que Piper lhe deu. — É como se aquela porra tivesse virado a Gestapo agora. Desculpe a expressão.

Piper fez um gesto para dizer que não tinha importância.

— Henry diz que, se eu protestar amanhã na assembleia da cidade, só vou piorar as coisas; Rennie vai inventar um monte de acusações falsas de incompetência. Ele deve ter razão. Mas o maior incompetente no departamento hoje é quem está mandando lá. Quanto ao Rennie... ele está enchendo a delegacia de policiais que vão ser leais a ele em caso de protestos organizados contra o modo como ele está agindo.

— É claro que sim — disse Piper.

— A maioria dos novatos é jovem demais pra comprar uma cerveja legalmente, mas estão armados. Pensei em dizer ao Henry que ele é o próximo... Ele já andou fazendo comentários sobre como o Randolph está administrando o departamento, e claro que os dedos-duros passaram adiante os comentários, mas pela cara eu pude ver que ele já sabe.

— Quer que eu vá falar com Rennie?

— Não ia adiantar nada. Na verdade, não tou chateada de ter saído, só detesto ser demitida. O maior problema é que eu vou ser o bode expiatório do que vai acontecer amanhã à noite. Talvez eu tenha que sumir junto com o Barbie. Sempre supondo que a gente encontre um lugar pra *onde* sumir.

— Não entendi do que você está falando.

— Eu sei, mas eu vou te contar. E é aqui que começa o perigo. Se você não guardar segredo, lá vou eu pro Galinheiro. Talvez até ao lado do Barbara quando o Rennie preparar o pelotão de fuzilamento.

Piper a olhou muito séria.

— Tenho 45 minutos até que a mãe de Georgia Roux chegue. Isso dá pra você me dizer o que tem a dizer?

— Dá e sobra.

Jackie começou com o exame dos corpos na funerária. Descreveu as marcas de pontos no rosto de Coggins e a bola de beisebol dourada que Rusty vira. Respirou fundo e depois falou do plano de ajudar Barbie a fugir durante a assembleia especial da cidade na noite seguinte.

— Embora eu não faça ideia de onde a gente pode colocá-lo *se é que vamos* conseguir tirá-lo de lá. — Tomou um gole de chá. — Então, o que você acha?

— Que eu quero outra xícara. E você?

— Não, obrigada.

Na bancada, Piper disse:

— O que você está planejando é perigosíssimo, e duvido que eu precise te dizer isso, mas talvez não haja outro modo de salvar a vida de um homem inocente. Nunca acreditei nem por um segundo que Dale Barbara fosse culpado desses crimes, e depois do meu próprio encontro pessoal com os nossos agentes da lei, a ideia de que vão executá-lo pra que não assuma o comando não me surpreende muito. — Depois, seguindo sem saber a linha de raciocínio de Barbie: — O Rennie não está vendo a longo prazo, nem os policiais. Só se preocupam com quem manda na casinha da árvore. Esse tipo de pensamento é como um desastre prestes a acontecer.

Ela voltou à mesa.

— Quase desde o dia em que eu voltei pra cá pra assumir o pastorado, que era a minha ambição desde pequena, soube que Jim Rennie era um monstro em embrião. Agora, se me perdoa o tom melodramático da expressão, o monstro nasceu.

— Graças a Deus — disse Jackie.

— Graças a Deus que o monstro nasceu? — Piper sorriu e ergueu as sobrancelhas.

— Não. Graças a Deus que você também pensa assim.

— Tem mais, não é?

— É. A não ser que você não queira participar.

— Querida, já estou participando. Se você pode ser presa por conspirar, eu posso ser presa por escutar e não denunciar. Agora nós somos aquilo que o nosso governo gosta de chamar de "terroristas locais".

Jackie recebeu essa ideia com silêncio tristonho.

— Não é só de Libertem Dale Barbara que você está falando, não é? Você quer organizar um movimento de resistência ativa.

— Acho que quero — disse Jackie, e deu uma risada bem desamparada. — Depois de seis anos no Exército dos Estados Unidos, nunca imaginaria isso... Sempre fui do tipo "meu país em primeiro lugar, certo ou errado", mas... já pensou que a Redoma pode não sumir? Nem no outono, nem no inverno? Talvez nem no ano que vem, nem nas nossas vidas inteiras?

— Já. — Piper estava calma, mas quase toda a cor sumira do seu rosto. — Já, sim. Acho que passou pela cabeça de todo mundo em Mill, mesmo que só lá no fundinho.

— Então pense nisso. Quer passar um ano, ou cinco, numa ditadura comandada por um idiota homicida? Supondo que nós tenhamos cinco anos?

— É claro que não.

— Então a única ocasião de detê-lo pode ser agora. Talvez não esteja mais em embrião, mas essa coisa que ele está construindo, essa máquina, ainda está na infância. É a melhor hora. — Jackie fez uma pausa. — Se ele mandar a polícia começar a recolher as armas dos cidadãos comuns, pode ser a única hora.

— O que quer que eu faça?

— Vamos fazer uma reunião aqui no presbitério. Hoje à noite. Essas pessoas, se todas quiserem vir. — Do bolso de trás, ela tirou a lista que elaborara com Linda Everett.

Piper desdobrou a folha de papel e a estudou. Havia oito nomes. Ela ergueu os olhos.

— Lissa Jamieson, a bibliotecária dos cristais? Ernie Calvert? Tem certeza desses dois?

— Quem seria melhor pra recrutar do que uma bibliotecária, quando a gente lida com uma ditadura em formação? Quanto ao Ernie... o meu entendimento é que, depois do que aconteceu no supermercado ontem, se ele topasse com Jim Rennie em chamas na rua, não mijaria nele nem pra apagar o fogo dele.

— O pronome está meio confuso, mas a imagem é pitoresca.

— Ia pedir a Julia Shumway que sondasse Ernie e Lissa, mas agora eu mesma faço isso. Parece que vou ter muito tempo livre.

A campainha tocou.

— Deve ser a mãe enlutada — disse Piper, se levantando. — Imagino que já esteja meio alta. Ela gosta de licor de café, mas duvido que isso amorteça muito a dor.

— Você não me disse o que acha da reunião — disse Jackie.

Piper Libby sorriu.

— Diga aos seus parceiros terroristas locais que cheguem entre as nove e as nove e meia de hoje. Que venham a pé, e um de cada vez — esquema padrão da Resistência Francesa. Não precisam anunciar o que estão fazendo.

— Obrigada — disse Jackie. — Muito mesmo.

— Não há de quê. É a minha cidade também. Posso sugerir que você se esgueire pela porta dos fundos?

11

Havia uma pilha de trapos limpos na traseira da van de Rommie Burpee. Rusty juntou dois com um nó e fez um lenço que amarrou na parte de baixo do rosto, mas o nariz, a garganta e os pulmões estavam pesados com o fedor do urso morto. Os primeiros vermes tinham eclodido nos olhos, na boca aberta e na carne do cérebro exposto.

Ele parou, deu alguns passos para trás e depois cambaleou um pouco. Rommie o agarrou pelo cotovelo.

— Se ele desmaiar, segure — disse Joe, nervoso. — Talvez essa coisa atinja os adultos com mais força.

— Foi só o cheiro — disse Rusty. — Agora estou bem.

Mas, mesmo longe do urso, o mundo fedia: fumacento e pesado, como se toda a cidade de Chester's Mill tivesse se transformado numa grande sala fechada. Além dos cheiros de fumaça e de bicho podre, conseguia farejar vida vegetal em decomposição e um fedor pantanoso que, sem dúvida, subia do leito meio seco do Prestile. *Ah, se soprasse um ventinho*, pensou, mas só havia uma lufada pálida de brisa ocasional que trazia mais mau cheiro. Bem a oeste, havia nuvens — provavelmente chovia a cântaros lá em New Hampshire —, mas quando chegavam à Redoma as nuvens se abriam como um rio que se dividisse num grande afloramento de pedras. Rusty duvidava cada vez mais da possibilidade de chuva debaixo da Redoma. Pensou em verificar alguns sites meteorológicos... se tivesse tempo livre. Sua vida ficara horrivelmente ocupada e de uma desestruturação inquietante.

— Será que o Irmão Urso morreu de raiva, doutor? — perguntou Rommie.

— Duvido. Acho que é exatamente o que os garotos disseram: simples suicídio.

Eles se amontoaram na van, Rommie atrás do volante, e subiram devagar a estrada da Serra Negra. Rusty estava com o contador Geiger no colo, que clicava sem parar. Ele observou a agulha subir rumo à marca de +200.

— Para aqui, sr. Burpee! — gritou Norrie. — Antes que saia da floresta! Se o senhor desmaiar, é melhor isso não acontecer enquanto estiver dirigindo, mesmo que a 15km/h.

Obediente, Rommie parou a van.

— Desçam, garotos. Eu fico cuidando de vocês. O doutor continua sozinho.

Ele se virou para Rusty.

— Leva a van, mas dirrige devagar e parra assim que a contagem radiativa ficar alta demais e perrigosa. Ou se começar a ficar tonto. Vamos andar atrrás de você.

— Toma cuidado, sr. Everett — disse Joe.

Benny acrescentou:

— Não se preocupe se o senhor desmaiar e bater com a van. A gente empurra o senhor de volta pra estrada quando acordar.

— Obrigado — disse Rusty. — Vocês são todos coração, pra mais de quilômetro.

— Hein?

— Nada, nada. — Rusty se sentou atrás do volante e fechou a porta do lado do motorista. No banco do passageiro, o contador Geiger clicava. Ele foi

— bem devagar — para fora da floresta. Lá em cima, a estrada da Serra Negra se erguia rumo ao pomar. A princípio, não viu nada de estranho, e teve um momento de profunda decepção. Então uma luz roxa e forte o atingiu nos olhos e ele pisou no freio com pressa. Alguma coisa lá em cima, isso mesmo, algo brilhante em meio à confusão de macieiras não cuidadas. Logo atrás dele, no espelho externo da van, viu os outros pararem de andar.

— Rusty? — chamou Rommie. — Tudo bem?

— Estou vendo.

Ele contou até 15 e a luz roxa se acendeu de novo. Estendia a mão para o contador Geiger quando Joe o olhou pela janela do lado do motorista. As novas espinhas se destacavam na pele como estigmas.

— Está sentindo alguma coisa? Tonteira? Zoeira na cabeça?

— Não — disse Rusty.

Joe apontou para a frente.

— Foi ali que nós desmaiamos. Bem ali.

Rusty conseguiu ver as marcas na terra remexida no lado esquerdo da estrada.

— Vão até lá — disse Rusty. — Vocês quatro. Vamos ver se desmaiam de novo.

— Cristojesus — disse Benny, se juntando a Joe. — O que a gente é, cobaia?

— Na verdade, acho que Rommie é que é a cobaia. Está disposto, Rommie?

— Tô. — Ele se virou para os garotos. — Se eu desmaiar e vocês não, me arrastem de volta pra cá. Aqui parrece ser forra do alcance.

O quarteto andou até as marcas na terra, Rusty observando atentamente atrás do volante da van. Tinham quase chegado lá quando Rommie primeiro desacelerou e depois cambaleou. Norrie e Benny foram juntos firmá-lo de um lado, Joe do outro. Mas Rommie não caiu. Dali a segundos, voltou a se endireitar.

— Não sei se foi real ou só... como é que se diz... força de sugestão, mas agorra estou bem. Fiquei só meio tonto por um segundo, sabe. Garotos, vocês sentirram alguma coisa?

Eles fizeram que não. Rusty não se surpreendeu. *Era* como catapora: uma doença leve que acometia principalmente crianças, que só a pegavam uma vez.

— Vai em frrente, doutor — disse Rommie. — Entendo que não queirra carregar todos esses pedaços de folha de chumbo até lá se não for necessário, mas toma cuidado.

Rusty avançou lentamente. Ouviu o ritmo dos cliques do contador Geiger se acelerar, mas não sentiu absolutamente nada fora do comum. No alto do morro, a luz piscava a intervalos de 15 segundos. Ele alcançou Rommie e as crianças e depois os ultrapassou.

— Não sinto na... — começou, e então veio: não tontura, exatamente, mas uma sensação de estranheza e de clareza peculiar. Enquanto durou, ele sentiu que a cabeça era um telescópio e que conseguiria ver o que quisesse, não importava a distância. Conseguiria ver o irmão pegando a condução da manhã para o trabalho em San Diego, se quisesse.

Em algum lugar, num universo adjacente, ouviu Benny gritar:

— Epa, o dr. Rusty está desmaiando!

Mas não estava; ainda via a estrada de terra perfeitamente bem. *Divinamente* bem. Cada pedra e lasca de mica. Se tinha se desviado — e ele achou que tinha —, fora para evitar o homem que de repente estava ali. O homem era magro e ficava ainda mais alto com uma cartola comprida e absurda, vermelha, branca e azul, comicamente inclinada. Usava jeans e uma camiseta que dizia SWEET HOME ALABAMA TOCA A MÚSICA DAQUELA BANDA MORTA.

Não é um homem, é um boneco de Halloween.

Claro, com certeza. O que mais poderia ser, com pás de jardinagem verdes em vez de mãos e uma cabeça de aniagem com cruzes brancas bordadas em vez de olhos?

— Doutor! *Doutor!* — Era Rommie.

O boneco de Halloween explodiu em chamas.

Um instante depois, sumiu. Agora havia apenas a estrada, o morro e a luz roxa, piscando a intervalos de 15 segundos, parecendo dizer *Vem cá, vem cá, vem cá.*

12

Rommie abriu a porta do motorista.

— Doutor... Rusty... você está bem?

— Ótimo. Veio e foi. Acho que foi igual com você. Rommie, você *viu* alguma coisa?

— Não. Por um instante, achei ter sentido cheiro de queimado. Mas acho que é porque o ar está mesmo com cheiro de fumaça.

— Eu vi uma fogueira de abóboras em chamas — disse Joe. — Eu te disse, não foi?

— Foi. — Rusty não dera importância suficiente àquilo, apesar do que ouvira da boca da própria filha. Agora, estava dando.

— Eu ouvi gritos — disse Benny —, mas esqueci do resto.

— Eu também ouvi — disse Norrie. — Era de dia, mas ainda estava escuro. Tinha os gritos. E acho que tinha fuligem caindo no meu rosto.

— Doutor, talvez seja melhor a gente voltar — disse Rommie.

— Isso não vai acontecer — disse Rusty. — Não se houver a possibilidade de eu tirar daqui as minhas filhas e os filhos de todo mundo.

— Aposto que alguns adultos iriam gostar de ir também — observou Benny. Joe lhe deu uma cotovelada.

Rusty olhou o contador Geiger. A agulha estava parada em +200.

— Fiquem aqui — disse ele.

— Doutor — disse Joe —, e se a radiação ficar mais forte e o senhor desmaiar? O que a gente faz?

Rusty pensou um pouco.

— Se eu ainda estiver perto, me arrastem de lá. Mas não você, Norrie. Só os garotos.

— Por que não eu? — perguntou ela.

— Porque talvez você queira ter filhos um dia. Filhos com dois olhos e todos os membros presos no lugar certo.

— Certo. Daqui eu não saio — disse Norrie.

— Pros outros, uma exposição rápida não deve provocar problemas. Mas quero dizer *bem* rápida. Se eu subir até o meio do morro ou chegar ao pomar, me deixem lá.

— Vai ser difícil, doutor.

— Não quero dizer pra sempre — disse Rusty. — Você tem mais folha de chumbo na loja, não tem?

— Tenho. A gente devia ter trrazido.

— Concordo, mas não se pode pensar em tudo. Se o pior acontecer, traz o resto do rolo de chumbo, põe pedaços nas janelas do veículo que estiver usando e me pega. Droga, a essa altura talvez eu já esteja em pé de novo e andando rumo à cidade.

— Claro. Ou ainda caído lá recebendo uma dose letal.

— Olha, Rommie, provavelmente estamos nos preocupando à toa. Acho que a tontura e até o desmaio das crianças é como os outros fenômenos ligados à Redoma. Só dá uma vez, depois tudo bem.

— Talvez você esteja apostando a sua vida nisso.

— Alguma hora a gente tem que começar a apostar.

— Boa sorte — disse Joe, e estendeu pela janela o punho fechado.

Rusty bateu nele de leve com o seu e fez o mesmo com Norrie e Benny. Rommie também estendeu o punho fechado.

— O que é bom pros garrotos também é bom pra mim.

13

Vinte metros além do lugar onde Rusty tivera a visão do boneco de cartola, os cliques do contador Geiger subiram para um rugido estático. Ele viu a agulha parar em +400, no início do vermelho.

Parou e puxou a roupa que preferiria não vestir. Olhou para os outros atrás.

— Uma palavra de alerta — disse. — E eu estou falando especificamente com o senhor, sr. Benny Drake. Quem rir, volta pra casa.

— Não vou rir — disse Benny, mas logo estavam todos rindo, inclusive o próprio Rusty. Ele tirou os jeans e vestiu calças de futebol americano por cima da cueca. No lugar onde ficava o enchimento das coxas e nádegas, enfiou pedaços já cortados do rolo de chumbo. Depois, vestiu um par de caneleiras e por cima delas prendeu mais folha de chumbo. Em seguida, pôs uma gola de chumbo para proteger a tireoide e um avental de chumbo para proteger os testículos. Era o maior que tinham, e ia até as caneleiras alaranjadas. Pensara em vestir outro avental nas costas (ficar ridículo era melhor do que morrer de câncer de pulmão, na opinião dele), mas decidiu que não precisava. Já aumentara o seu peso para mais de 130kg. E a radiação não se curva. Se ficasse de frente para a fonte, achou que não haveria problema.

Bom. Talvez.

Até então, Rommie e os garotos tinham conseguido se restringir a risinhos discretos e a algumas risadas estranguladas. O controle fraquejou quando Rusty enfiou numa touca de natação tamanho XG dois pedaços de folha de chumbo e a enfiou na cabeça, mas só quando ele calçou as luvas até o cotovelo e pôs os óculos é que o perderam totalmente.

— *Está vivo!* — gritou Benny, andando com os braços esticados como o monstro de Frankenstein. — *Mestre, ele está vivo!*

Rommie cambaleou até o lado da estrada e se sentou numa pedra, curvado de tanto rir. Joe e Norrie caíram na própria estrada, rolando como galinhas tomando banho de terra.

— Já pra casa, todos vocês — disse Rusty, mas ele sorria quando voltou (não sem dificuldade) para a van.

À frente dele, a luz roxa piscava como um farol.

14

Henry Morrison saiu da delegacia quando não dava mais para aguentar as palhaçadas de vestiário estridentes dos novos recrutas. Estava tudo dando errado, tudo mesmo. No fundo, ele já sabia disso antes mesmo que Thibodeau, o brutamontes que agora guardava o vereador Rennie, aparecesse com uma ordem para chutar Jackie Wettington, boa policial e mulher ainda melhor.

Henry viu isso como o primeiro passo do que talvez fosse uma iniciativa abrangente para remover da guarda os policiais mais antigos, aqueles que Rennie veria como partidários de Duke Perkins. Ele mesmo seria o próximo. Freddy Denton e Rupert Libby provavelmente ficariam; Rupert era um panaca moderado, Denton, um caso grave. Linda Everett iria embora. Stacey Moggin também, provavelmente. Então, com exceção daquela cabeça de vento da Lauren Conree, a Guarda Municipal de Chester's Mill voltaria a ser um clube do Bolinha.

Ele desceu devagar a rua Principal, quase totalmente vazia — como a rua de uma cidade-fantasma do faroeste. Sam Relaxado Verdreaux estava sentado embaixo da marquise do Globe, e aquela garrafa entre os seus joelhos provavelmente não continha Pepsi-Cola, mas Henry não parou. Que o velho pau-d'água tomasse a sua pinga.

Johnny e Carrie Carver cobriam de tábuas a vitrine da frente do Posto & Mercearia. Os dois usavam as braçadeiras azuis que tinham começado a aparecer pela cidade toda. Elas davam arrepios em Henry.

Ele gostaria de ter aceitado a vaga na polícia de Orono quando lhe ofereceram no ano anterior. Não era um passo adiante na carreira e ele sabia que alunos da universidade eram um pé no saco quando estavam bêbados ou doidões, mas o salário era melhor e Frieda disse que as escolas de Orono eram topo de linha.

Mas, no fim das contas, Duke o convencera a ficar prometendo-lhe forçar um aumento de 5 mil por ano na próxima assembleia da cidade e dizendo a Henry — sob absoluto segredo — que ia demitir Peter Randolph se este não se aposentasse voluntariamente.

— Você seria promovido a assistente do chefe de polícia, e aí são mais 10 mil por ano — dissera Duke. — Quando eu me aposentar, você pode até chegar ao comando, se quiser. É claro que a alternativa é levar os garotos da universidade estadual com vômito secando nas calças de volta pro alojamento. Pensa bem.

Soara bom para ele, soara bom (bem... *muito* bom) para Frieda e, naturalmente, deixara aliviados os garotos, que tinham detestado a ideia de se mudar. Só que agora Duke estava morto, Chester's Mill estava debaixo da Redoma e a Guarda Municipal virara algo que não parecia nada bom e cheirava ainda pior.

Ele entrou na rua Prestile e viu Junior diante da fita amarela da polícia em torno da casa dos McCain. Junior usava calças de pijama, chinelos e mais nada. Balançava visivelmente, e a primeira ideia de Henry foi que Junior e Sam Relaxado tinham muito em comum naquele dia.

A segunda ideia foi sobre e para o Departamento de Polícia. Talvez não ficasse muito tempo lá, mas ainda estava lá, e uma das regras mais firmes de Duke Perkins sempre fora *Não quero ver jamais o nome de um policial de Chester's Mill na coluna de Atas do Tribunal do* Democrata. E Junior, quer Henry gostasse, quer não, era policial.

Ele parou a Unidade 3 junto ao meio-fio e foi até onde Junior balançava para a frente e para trás.

— Ei, Junes, vamos voltar pra delegacia, tomar um café e... — *Ficar sóbrio* era como pretendia terminar a frase, mas aí ele observou que a calça do pijama do garoto estava encharcada. Junior se mijara.

Tão alarmado quanto enojado — ninguém deveria ver aquilo, Duke daria voltas no túmulo —, Henry estendeu a mão e segurou o ombro de Junior.

— Vamos, filho. Você está pagando mico.

— Elas ero minhas nam'radas — disse Junior sem se virar. Balançou mais depressa. O rosto, a parte que Henry conseguia ver, estava sonhador e extasiado. — Gelei elas pra encher elas. Nada bom. Francês. — Ele riu e aí cuspiu. Ou tentou. Um fio grosso e branco ficou pendurado no queixo, balançando como um pêndulo.

— Já basta. Vou te levar pra casa.

Então Junior se virou, e Henry viu que ele não estava bêbado. O olho esquerdo estava vermelho vivo. A pupila estava grande demais. O lado esquerdo da boca, repuxado para baixo, deixava ver alguns dentes. Aquele olhar fixo fez Henry pensar um instante no sr. Sardônico do filme *Máscara do terror*, que o apavorara quando garoto.

Junior não precisava tomar café na delegacia nem ir para casa dormir. Junior precisava ir para o hospital.

— Vem, filho — disse ele. — Anda.

A princípio, Junior pareceu bem obediente. Henry o escoltou quase todo o caminho até o carro, quando Junior parou de novo.

— Cheiravam igual, eu gostei — disse. — Horrí horrí horrí, a neve já vai começar.

— Claro, com certeza. — Henry tivera esperanças de fazer Junior contornar o capô e entrar pela porta da frente, mas agora isso parecia impraticável. A traseira teria de servir, muito embora os bancos de trás dos carros da polícia costumassem feder bastante. Junior olhou por sobre o ombro para a casa dos McCain, e uma expressão de saudade surgiu no rosto semiparalisado.

— Nam'rads! — gritou Junior. — Golhosas! Nada bom, francês! Tudo francês, difetido! — Ele pôs a língua para fora e a estalou rapidamente contra os lábios. O barulho era parecido com o que o Papa-léguas faz antes de fugir correndo do Coiote numa nuvem de fumaça. Depois riu e começou a voltar na direção da casa.

— Não, Junior — disse Henry, prendendo-o pelo cós da calça do pijama. — A gente tem...

Junior deu meia-volta com velocidade surpreendente. Não havia riso agora; o rosto era uma cama de gato retorcida de ódio e fúria. Lançou-se sobre Henry, brandindo os punhos. Pôs a língua para fora e a mordeu com força. Balbuciava numa língua estranha que parecia não ter vogais.

Henry fez a única coisa em que conseguiu pensar: saiu de lado. Junior passou por ele na corrida e começou a dar socos nas luzes no alto do carro da polícia, quebrando uma delas e ferindo os nós dos dedos. Agora havia gente saindo de casa para ver o que estava acontecendo.

— Nmd bnnt mnt! — rugia Junior. — Mnt! Mm! Nmd! Nmd!

Um dos pés escorregou no meio-fio e caiu na sarjeta. Ele titubeou, mas se manteve em pé. Agora também havia sangue no cuspe que pendia do queixo; ambas as mãos estavam muito cortadas e pingavam.

— Ela me deixou louco da fida! — gritou Junior. — Rubei ela co joelho prela calar a boca, e ela cagou! Cagou tudo! Eu... Eu...

Ele se calou. Pareceu pensar. E disse:

— Preciso de ajuda.

Então estalou os lábios — o som tão alto quanto o estalo de uma pistola 22 no ar parado — e caiu para a frente, entre o carro da polícia estacionado e a calçada.

Henry o levou para o hospital, com as luzes e a sirene ligadas. O que não queria era pensar nas últimas coisas que Junior dissera, coisas que quase faziam sentido. Não queria pensar nisso.

Já tinha problemas demais.

15

Rusty subiu lentamente a Serra Negra, olhando várias vezes o contador Geiger, que agora rugia como um rádio AM entre as estações. A agulha subiu da marca de + 400 para a de +1K. Rusty apostava que chegaria até +4K quando estivesse no alto do morro. Sabia que não seria boa notícia — na melhor das hipóteses, a sua "roupa antirradiação" era improvisada —, mas continuou em frente, lembrando-se que a radiação era cumulativa; se fosse rápido, não receberia uma dose letal. *Posso perder temporariamente o cabelo, mas não dá pra pegar uma dose letal. É como um voo de bombardeio: vai, faz o serviço e vai embora logo.*

Ele ligou o rádio, pegou as Nuvens Poderosas de Alegria na WCIK e desligou no ato. O suor escorreu para dentro dos olhos e ele piscou para tirá-lo. Mesmo com o ar-condicionado no máximo, fazia um calor dos diabos na van. Olhou pelo retrovisor e viu seus parceiros exploradores reunidos. Pareciam bem pequenos.

O rugido do contador Geiger sumiu. Ele olhou. A agulha caíra de volta a zero.

Rusty quase parou, mas percebeu que, se parasse, Rommie e os garotos pensariam que estava com problemas. Além disso, provavelmente eram as pilhas. Mas, quando olhou de novo, viu que a luz de ligado ainda brilhava com força.

No alto do morro, a estrada acabava num retorno diante de um comprido celeiro vermelho. Um caminhão velho e um trator mais velho ainda estavam na frente, o trator inclinado sobre uma única roda. O celeiro parecia em bom estado, embora algumas janelas estivessem quebradas. Atrás dele, havia uma casa de fazenda deserta com parte do telhado desmoronado, talvez com o peso da neve do inverno.

A porta no fim do celeiro estava aberta e, mesmo com janelas fechadas e o ar-refrigerado a toda, Rusty conseguiu sentir o cheiro de sidra das maçãs velhas. Parou ao lado dos degraus que levavam à casa. Havia uma corrente estendida sobre eles, com uma placa: INVASORES SERÃO PROCESSADOS. A placa estava velha e enferrujada e era obviamente ineficaz. Havia latas de cerveja espalhadas pela varanda toda, na qual a família McCoy deve ter se sentado nas noites de verão, aproveitando a brisa e olhando a paisagem: toda a cidade de Chester's Mill à direita e até New Hampshire se a gente olhasse para a esquerda. Alguém pintara WILDCATS ARRASA numa parede que já fora vermelha e agora era rosa desbotado. Na porta, em spray de outra cor, estava CENTRAL DE ORGIAS. Rusty achou que devia ser o desejo de algum adolescente com fome de sexo. Ou talvez fosse o nome de alguma banda de heavy metal.

Pegou o contador Geiger e lhe deu um tapinha. A agulha pulou e o instrumento cacarejou algumas vezes. Parecia estar funcionando; só não captava nenhuma radiação forte.

Ele saiu da van e, após um rápido debate interior, tirou quase toda a proteção improvisada, ficando só de avental, luvas e óculos. Depois, percorreu a extensão do celeiro, segurando o tubo sensor do contador Geiger à sua frente e prometendo a si mesmo que voltaria para vestir o resto da "roupa" assim que a agulha pulasse.

Mas, quando ele saiu pela lateral do celeiro e a luz piscou a menos de 40 metros, a agulha não se mexeu. Parecia impossível — isto é, se a radiação estivesse ligada à luz. Rusty só conseguiu pensar numa única explicação possível: o gerador criara um cinturão radiativo para desestimular exploradores como ele. Para se proteger. O mesmo poderia se aplicar à tontura que sentira, que, no caso das crianças, levara à inconsciência de fato. Proteção, como os espinhos de um ouriço ou o perfume de um gambá.

Não é mais provável que o contador esteja com defeito? Você pode estar recebendo uma dose letal de raios gama neste exato momento. A maldita coisa é uma relíquia da guerra fria.

Mas, quando se aproximou da beira do pomar, Rusty viu um esquilo passar correndo pelo capim e subir numa das árvores. O bichinho parou num galho pesado de frutas não colhidas e fitou o bípede intruso lá embaixo, os olhos brilhantes, o rabo arrepiado. Para Rusty, isso parecia bom, embora esquisitíssimo, e não havia nenhum cadáver de animal no capim nem nos caminhos cheios de mato entre as árvores: nenhum suicídio nem vítimas prováveis de radiação.

Agora estava muito perto da luz, as piscadas regulares tão brilhantes que quase fechava os olhos cada vez que vinham. À direita, o mundo inteiro parecia jazer aos seus pés. Conseguia ver a cidade, perfeita, parecendo de brinquedo, a mais de 6 quilômetros. A grade das ruas; a torre da igreja Congregacional; o cintilar de alguns carros se movendo. Conseguia ver a estrutura baixa de tijolos do Hospital Catherine Russell e, bem a oeste, a mancha preta onde os mísseis tinham se chocado. Lá pendia ela, um sinal na bochecha do dia. O céu no alto era azul desbotado, quase da cor normal, mas no horizonte o azul se transformava num amarelo veneno. Tinha bastante certeza de que parte daquela cor fora causada pela poluição — o mesmo lixo que deixara as estrelas cor-de-rosa —, mas suspeitava que a maior parte era tão sinistra quanto o pólen de outono grudado na superfície invisível da Redoma.

Voltou a avançar. Quanto mais tempo ficasse ali em cima — principalmente ali em cima, sem ser visto —, mais nervosos os amigos ficariam. Queria ir diretamente à fonte da luz, mas antes saiu do pomar e foi até a beira da encosta. Dali conseguia ver os outros, embora fossem pouco mais do que pontinhos. Baixou o contador Geiger e depois acenou devagar com ambas as mãos acima da cabeça, de um lado para o outro, para mostrar que estava bem. Eles acenaram de volta.

— Tudo bem — disse ele. Dentro das luvas pesadas, as mãos estavam escorregadias de suor. — Vamos ver o que nós temos aqui.

16

Era hora do lanche na Escola Gramatical da rua Leste. Judy e Janelle Everett estavam sentadas numa das pontas do pátio com a amiga Deanna Carver, que tinha 6 anos — em termos de idade, bem no meio das Jotinhas. Deanna usava uma faixinha azul amarrada na manga esquerda da camiseta. Insistira para Carrie amarrá-la antes de ir para a escola, para ficar igual aos pais.

— Pra que isso? — perguntou Janelle.

— Quer dizer que eu gosto da polícia — disse Deanna, e mastigou o seu Fruit Roll-Up.

— Quero um — disse Judy —, só que amarelo. — Ela pronunciou esta palavra com todo o cuidado. Quando pequena, ela dizia *lelo*, e Jannie ria dela.

— Não pode ser amarelo — disse Deanna —, só azul. Esse Roll-Up está *bom*. Queria ter um bilhão.

— Você ia engordar — disse Janelle. — Ia *explodir*.

Riram com isso, depois ficaram caladas algum tempo e observaram as crianças maiores, as Jotinhas beliscando os biscoitos de manteiga de amendoim feitos em casa. Algumas meninas brincavam de amarelinha. Os meninos subiam no trepa-trepa, e a srta. Goldstone empurrava as gêmeas Pruitt no balanço duplo. A sra. Vanedestine organizara um jogo de bola.

Tudo parecia bem normal, pensou Janelle, mas não era normal. Ninguém gritava, ninguém chorava com o joelho ralado, Mindy e Mandy Pruitt não pediam à srta. Goldstone que admirasse os penteados iguais. Todos pareciam *fingir* que estavam no recreio, até os adultos. E todos, ela inclusive, não paravam de dar olhares furtivos para o céu, que deveria estar azul, mas não estava.

Mas o pior não era nada disso. O pior, desde as convulsões, era a certeza sufocante de que algo ruim aconteceria.

Deanna disse:

— Eu ia ser a Pequena Sereia no Halloween, mas agora não vou mais. Não vou ser nada. Não quero sair. Tou com medo do Halloween.

— Você teve um pesadelo? — perguntou Janelle.

— Tive. — Deanna afastou de si o Fruit Roll-Up. — Não quero o resto disso. Não tou mais com tanta fome.

— Não — disse Janelle. Ela não queria nem o resto dos seus biscoitos de manteiga de amendoim, e isso não era mesmo coisa dela. E Judy só comera meio biscoito. Janelle lembrou uma vez que vira Audrey encurralar um camundongo na garagem. Lembrou que Audrey latira e avançara sobre o camundongo quando ele tentou sair correndo do canto onde estava. Isso a deixara triste, e ela gritara para a mãe levar Audrey embora para que não comesse o camundongo. Mamãe riu, mas atendeu.

Agora *elas* eram o camundongo. Jannie esquecera a maioria dos sonhos que tivera durante as convulsões, mas disso ainda sabia.

Agora *elas* é que estavam no canto.

— Eu só vou ficar em casa — disse Deanna. Havia uma lágrima no olho esquerdo, brilhante, límpida e perfeita. — Ficar em casa no Halloween. Não vou nem vir à escola. Não vou. Ninguém pode me obrigar.

A sra. Vanedestine parou o jogo de bola e começou a tocar o sino do fim do recreio, mas nenhuma das três meninas se levantou logo.

— Já é Halloween — disse Judy. — Olha. — Ela apontou para o outro lado da rua, onde havia uma abóbora na varanda da casa dos Wheeler. — E olha. — Dessa vez ela apontou um par de fantasmas de papelão ladeando as portas do correio. — E *olha*.

Dessa última vez ela apontou o gramado da biblioteca. Ali, Lissa Jamieson montara um boneco de pano. Sem dúvida, quisera que ficasse divertido, mas o que diverte os adultos costuma dar medo às crianças, e Janelle ficou com a ideia de que o boneco do gramado da biblioteca poderia ir visitá-la naquela noite quando estivesse deitada no escuro esperando dormir.

A cabeça era de aniagem, com olhos que eram cruzes brancas feitas de linha. O chapéu era uma cartola torta, como a que o gato usava no livro do dr. Seuss. Tinha pás de jardinagem em vez de mãos (*mãos feias que pegam e agarram*, pensou Janelle) e uma camiseta com algo escrito. Ela não entendeu o que queria dizer, mas conseguiu ler as palavras: SWEET HOME ALABAMA TOCA A MÚSICA DAQUELA BANDA MORTA

— Viu? — Judy não estava chorando, mas os olhos estavam arregalados e solenes, cheios de algum conhecimento complexo e sinistro demais para ser expresso. — Já é Halloween.

Janelle pegou a mão da irmã e a pôs de pé.

— Não, não é — disse... mas tinha medo de que fosse. Algo ruim ia acontecer, algo com fogo. Nada de gostosuras, só travessuras. Travessuras *malvadas*. Travessuras *ruins*.

— Vamos entrar — disse a Judy e Deanna. — Vamos cantar e tudo. Vai ser legal.

Geralmente era, mas não nesse dia. Mesmo antes da grande explosão no céu, não foi legal. Janelle não parava de pensar no boneco com olhos de cruz branca. E a camiseta meio assustadora: TOCA A MÚSICA DAQUELA BANDA MORTA.

17

Quatro anos antes que a Redoma caísse, o avô de Linda Everett morrera e deixara para cada neto uma quantia pequena mas satisfatória. O cheque de Linda fora de 17.232,04 dólares. A maior parte fora para o fundo universitário das Jotinhas, mas ela achara muito justo gastar algumas centenas com Rusty. O aniversário do marido estava chegando, e ele queria uma Apple TV desde que esta surgira no mercado alguns anos antes.

Ela lhe comprara presentes mais caros no decorrer do casamento, mas nenhum lhe agradara mais. A ideia de baixar filmes da internet e depois assistir a eles na televisão em vez de ficar preso à tela menor do computador o deixava empolgadíssimo. O aparelho era um quadrado de plástico branco, com 18cm de lado e 2cm de espessura. O objeto que Rusty achou na Serra Negra era tão parecido com o seu acessório da Apple TV que a princípio pensou que *era* um deles... só que modificado, é claro, para que pudesse manter prisioneira uma cidade inteira além de transmitir *A pequena sereia* em alta definição para o televisor via wi-fi.

A coisa na borda do pomar dos McCoy era cinza-escuro em vez de branco, e em vez do famoso logotipo da maçã em cima Rusty observou esse símbolo um tanto preocupante:

彡

Acima do símbolo, havia uma excrescência encapuzada do tamanho do nó do seu dedo mindinho. Dentro do capuz havia uma lente feita de vidro ou cristal. Era daí que saíam os raios roxos espacejados.

Rusty se curvou e tocou a superfície do gerador — se *era* um gerador. Um choque violento imediatamente subiu pelo seu braço e lhe perpassou o corpo. Tentou recuar e não conseguiu. Os músculos estavam travados. O contador Geiger deu um zurro só e ficou calado. Rusty não sabia se a agulha fora ou não para a zona de perigo, porque também não conseguia mover os olhos. A luz deixava o mundo, afunilando-se para fora dele como água que escoa pelo ralo da banheira, e ele pensou com clareza súbita e calma: *Vou morrer. Que jeito estúpido de ir...*

Então, naquela escuridão, surgiram rostos — só que não eram rostos humanos, e mais tarde ele não teria certeza de serem mesmo rostos. Eram sólidos geométricos que pareciam revestidos de couro. A única parte deles que parecia vagamente humana eram formas de losango nas laterais. Poderiam ser orelhas. As cabeças — se *eram* cabeças — viraram-se umas para as outras, em discussão ou algo que poderia ser confundido com isso. Achou ter ouvido risos. Achou ter sentido empolgação. Visualizou crianças no pátio da Escola Gramatical — as filhas, talvez, com a amiga Deanna Carver — trocando lanches e segredos no recreio.

Tudo isso aconteceu no decorrer de segundos, com certeza não mais do que quatro ou cinco. Então acabou. O choque se dissipou tão repentina e completamente quanto o das pessoas que tocavam a superfície da Redoma pela primeira vez; tão depressa quanto a tontura e a visão do boneco de cartola torta que a acompanhara. Ele estava apenas ajoelhado no alto do morro que dava para a cidade, derretendo de calor com os acessórios de chumbo.

Mas a imagem daquelas cabeças de couro ficou. Inclinadas umas para as outras e rindo numa conspiração obscena e infantil.

Os outros estão lá embaixo me olhando. Acena. Mostra pra eles que você tá bem.

Ele ergueu as duas mãos sobre a cabeça — agora elas se moviam facilmente — e acenou devagar de um lado para o outro, como se o coração não pulasse feito lebre no peito, como se o suor não lhe corresse pelo corpo em arroios agudamente aromáticos.

Lá embaixo, na estrada, Rommie e os garotos acenaram de volta.

Rusty respirou fundo várias vezes para se acalmar e depois segurou o tubo sensor do contador Geiger junto do quadrado plano e cinzento, que estava sobre uma touceira esponjosa de capim. A agulha ondulou pouco abaixo da marca +5. Contagem de fundo, nada mais.

Rusty tinha pouca dúvida de que esse objeto quadrado e plano era a fonte dos seus problemas. Criaturas — seres humanos, não, *criaturas* — o usavam para mantê-los prisioneiros, mas isso não era tudo. Também o usavam para observar.

E para se divertir. Os canalhas estavam *rindo*. Ele escutara.

Rusty despiu o avental, jogou-o sobre a caixa com a sua lente levemente elevada, levantou-se e se afastou. Por um instante, nada aconteceu. Então o avental pegou fogo. O cheiro foi pungente e horroroso. Ele observou a superfície brilhante formar bolhas e borbulhar, observou as chamas surgirem. Então o avental, que em essência não passava de uma folha de chumbo coberta de plástico, simplesmente se desfez. Por um instante, houve pedaços ardentes, o maior ainda em cima da caixa. Um instante depois, o avental — ou o que restava dele — se desintegrou. Alguns pedacinhos de cinza continuaram a girar — e o cheiro — mas fora isso... *puf*. Foi-se.

Eu vi isso? perguntou-se Rusty, e aí falou em voz alta, perguntando ao mundo. Sentia o cheiro de plástico queimado e um cheiro mais pesado que supôs que fosse o chumbo derretido — insano, impossível —, mas ainda assim o avental sumira.

— Eu *vi* mesmo isso?

Como se em resposta, a luz roxa piscou no nó do capuz acima da caixa. Estariam aqueles pulsos renovando a Redoma, como o toque do dedo no teclado do computador pode atualizar a tela? Permitiam que os cabeças de couro vigiassem a cidade? As duas coisas? Nenhuma delas?

Ele disse a si mesmo para não se aproximar novamente do quadrado plano. Disse a si mesmo que o mais inteligente a fazer seria correr de volta à van (sem o peso do avental, ele *poderia* correr) e depois dirigir como louco, só parando para buscar os companheiros que aguardavam lá embaixo.

Em vez disso, aproximou-se de novo da caixa e caiu de joelhos diante dela, uma postura parecida demais com oração para o seu gosto.

Descalçou uma das luvas, tocou o chão ao lado da coisa e depois puxou a mão de volta. Muito quente. Pedacinhos do avental em chamas tinham chamuscado parte do capim. Depois, estendeu a mão para a caixa propriamente dita, preparando-se para outra queimadura ou choque... embora não fosse de nenhum dos dois que tivesse mais medo, estava com medo é de ver outra vez aquelas formas de couro, aquelas quase cabeças curvadas juntas numa conspiração de risos.

Mas não houve nada. Nem visões, nem calor. A caixa cinzenta era fria ao toque, muito embora tivesse visto o avental de chumbo borbulhar em cima dela e realmente pegar fogo.

A luz roxa piscou. Rusty tomou cuidado para não pôr a mão na frente. Em vez disso, agarrou os lados da coisa, dizendo adeus mentalmente à mulher e às meninas, dizendo-lhes que sentia muito ser tão imbecil. Esperou pegar fogo e se queimar. Como isso não aconteceu, tentou erguer a caixa. Embora tivesse a área de um prato e não fosse muito mais grossa, não conseguiu movê--la. A caixa podia muito bem estar soldada no alto de um pilar plantado em 30 metros de rocha da Nova Inglaterra — só que não estava. Estava pousada em cima de um capinzal, e quando ele enfiou os dedos por baixo, eles se tocaram. Ele cruzou os dedos e tentou erguer a coisa de novo. Nada de choque, nada de visões, nada de calor; nada de movimento também. Nem mesmo uma balançadinha.

Ele pensou: *As minhas mãos estão segurando algum tipo de artefato alienígena. Uma máquina de outro mundo. Talvez eu até tenha vislumbrado os seus operadores.*

A ideia era intelectualmente espantosa — aterradora, até —, mas não tinha nenhum gradiente emocional, talvez porque estivesse atordoado demais, estupefato demais com informações que não conseguia classificar.

E agora? Infernos, e agora?

Não sabia. E parecia que, afinal de contas, não estava emocionalmente insensível, pois uma onda de desespero o varreu, e ele mal conseguiu se segurar para não vocalizar esse desespero com um grito. As quatro pessoas lá embaixo poderiam ouvir e pensar que ele estava com problemas. E é claro que estava. Também não estava sozinho.

Ele se levantou sobre pernas que tremiam e ameaçavam ceder debaixo dele. O ar quente e abafado parecia colar na sua pele como óleo. Percorreu devagar o caminho de volta até a van por entre as árvores cheias de maçãs. A única coisa de que tinha certeza era que, sob nenhuma circunstância, Big Jim poderia saber do gerador. Não porque tentaria destruí-lo, mas porque, muito provavelmente, poria uma guarda em volta dele para garantir que *não fosse* destruído. Para garantir que continuasse a fazer o que fazia, para que *ele* pudesse continuar fazendo o que fazia. Por enquanto, ao menos, Big Jim gostava da situação do jeito que estava.

Rusty abriu a porta da van e foi então que, menos de 2 quilômetros ao norte de Serra Negra, uma imensa explosão abalou o dia. Foi como se Deus se inclinasse e atirasse com uma espingarda celeste.

Rusty gritou de surpresa e olhou para cima. Imediatamente protegeu os olhos do feroz sol temporário que ardia no céu sobre a fronteira entre o TR-90 e Chester's Mill. Outro avião batera na Redoma. Só que dessa vez não fora um mero Seneca V. Subia fumaça preta do ponto de impacto, que segundo Rusty estimou estava a ao menos 6 mil metros de altura. Se o ponto preto deixado pelos mísseis era um sinal na bochecha do dia, então essa nova marca era um tumor de pele. Um tumor que haviam deixado solto.

Rusty esqueceu o gerador. Esqueceu as quatro pessoas que esperavam por ele. Esqueceu as próprias filhas, pelas quais acabara de se arriscar a ser queimado vivo e depois desincorporado. Por um período de dois minutos, não houve espaço para nada na sua mente a não ser um espanto negro.

Caíam escombros na terra do outro lado da Redoma. A quarta parte anterior e esmagada do jato foi seguida por um motor em chamas; o motor foi seguido por uma chuva de poltronas azuis do avião, muitas com passageiros ainda presos a elas; as poltronas foram seguidas por uma imensa asa brilhante, indo e vindo como uma folha de papel na brisa; a asa foi seguida pela cauda do que provavelmente era um 767. A cauda estava pintada de verde-escuro. Uma forma verde mais clara tinha sido sobreposta. A Rusty parecia um trevo.

Um trevo não, um trifólio.

Então o corpo do avião caiu na terra como uma flecha com defeito e pôs a floresta em chamas.

18

A explosão abala a cidade e todos saem para olhar. Em toda Chester's Mill, eles saem para olhar. Ficam diante das casas, nas entradas de garagem, nas calçadas, no meio da rua Principal. E, embora o céu ao norte da prisão deles esteja bastante nublado, têm de proteger os olhos do brilho — que a Rusty, no seu lugar no alto da Serra Negra, parece um segundo sol.

É claro que veem o que é; os de olhos mais penetrantes dentre eles conseguem até ler o nome no corpo do avião em queda antes que desapareça abaixo do alto das árvores. Não é nada sobrenatural; até já aconteceu antes, e nesta mesma semana (embora em escala menor, é verdade). Mas provoca no povo de Chester's Mill um tipo de temor mal-humorado que dominará a cidade daí até o fim.

Quem já cuidou de um paciente terminal dirá que há um momento em que a negação morre e a aceitação consegue entrar. Para a maioria do povo de Chester's Mill, essa virada aconteceu no meio da manhã de 25 de outubro, quando estavam sozinhos ou com os vizinhos observando mais de trezentas pessoas caírem na floresta do TR-90.

Mais cedo, naquela manhã, talvez 15% da população da cidade usassem braçadeiras azuis de "solidariedade"; ao pôr do sol desta quarta-feira de outubro, o número terá dobrado. Quando o sol nascer amanhã, serão mais de 50% da população.

A negação dá lugar à aceitação; a aceitação gera dependência. Quem já cuidou de um paciente terminal também vai dizer isso. Quem está doente precisa de alguém que lhe leve comprimidos e copos de suco frio e doce para engoli-los. Precisa de alguém que massageie as articulações doloridas com creme de arnica. Precisa de alguém que fique sentado junto quando a noite é escura e as horas se arrastam. Precisa de alguém que diga *Durma agora, pela manhã será melhor. Estou aqui, pode dormir. Durma agora. Durma e deixe que eu cuido de tudo.*

Durma.

19

O policial Henry Morrison levou Junior ao hospital — a essa altura o garoto recuperara uma aparência xaroposa de consciência, embora ainda falasse bobagens — e Twitch o levou para dentro numa maca. Foi um alívio vê-lo se afastar.

Henry pegou no catálogo o número do telefone de Big Jim e da prefeitura, mas ninguém atendeu — eram linhas fixas. Estava escutando um robô lhe dizer que o número do celular de James Rennie não estava na lista quando o jato explodiu. Saiu correndo como todos que eram capazes de andar e ficou no retorno, olhando a nova marca preta na superfície invisível da Redoma. Os últimos destroços ainda caíam.

Big Jim estava de fato na sua sala na Câmara de Vereadores, mas desligara o telefone para que pudesse trabalhar nos dois discursos — o que faria aos policiais naquela noite, o que faria à cidade toda na noite seguinte — sem interrupções. Ouviu a explosão e saiu correndo. A primeira ideia que teve foi que Cox mandara uma bomba atômica. Uma bomba atômica melequenta! Se atravessasse a Redoma, estragaria tudo!

Ele se viu parado ao lado de Al Timmons, o zelador da Câmara. Este apontou para o norte, alto no céu, onde a fumaça ainda subia. A Big Jim, pareceu uma explosão antiaérea num velho filme da Segunda Guerra Mundial.

— *Foi um avião!* — gritou Al. — *E dos grandes! Jesus! Eles não foram avisados?*

Big Jim teve uma sensação de alívio cautelosa, e seu coração que martelava diminuiu um pouco o ritmo. Se era um avião... *só* um avião e não uma bomba nuclear nem nenhum tipo de supermíssil...

O celular tocou. Ele o tirou do bolso do paletó e o abriu.

— Peter? É você?

— Não, sr. Rennie. Aqui é o coronel Cox.

— O que o senhor fez? — berrou Rennie. — Em nome de Deus, o que vocês fizeram agora?

— Nada. — Não havia nada da autoridade ríspida anterior na voz de Cox; ele parecia espantado. — Isso... não teve nada a ver conosco. Foi... espera um instante.

Rennie esperou. A rua Principal estava cheia de gente fitando o céu de boca aberta. Para Rennie, pareciam ovelhas com roupas humanas. Amanhã à noite, se amontoariam na prefeitura e fariam *bééé bééé bééé*, quando vai melhorar? E *bééé bééé bééé*, cuide de nós até lá. E ele cuidaria. Não porque quisesse, mas porque era a vontade de Deus.

Cox voltou. Agora parecia cansado além de espantado. Não era o mesmo homem que pressionara Big Jim a desistir. *E é assim que eu quero que você fique, parceiro*, pensou Rennie. *Exatamente assim.*

— As informações iniciais são de que o voo 179 da Air Ireland bateu na Redoma e explodiu. Saiu de Shannon e ia para Boston. Já temos duas testemunhas independentes que afirmam ter visto um trifólio na cauda, e uma equipe da ABC que estava filmando perto da zona da quarentena, em Harlow, pode ter registrado... mais um segundo.

Foi muito mais do que um segundo; mais do que um minuto. O coração de Big Jim vinha se desacelerando rumo à velocidade normal (se 120 batidas por minuto podem ser descritas dessa forma), mas agora se acelerou de novo e deu um daqueles passos em falso cíclicos. Ele tossiu e bateu no peito. O coração pareceu quase se ajeitar, depois caiu numa total arritmia. Ele sentiu o suor surgir na testa. O dia antes escuro de repente ficou claro demais.

— Jim? — Era Al Timmons, e embora estivesse bem ao lado de Big Jim, a sua voz parecia vir de uma galáxia muito, muito distante. — Está tudo bem?

— Ótimo — disse Big Jim. — Fique bem aqui. Eu posso precisar de você.

Cox voltou.

— Foi mesmo o voo da Air Ireland. Acabei de assistir à filmagem do acidente transmitida pela ABC. Uma repórter fazia uma locução e aconteceu bem atrás dela. Eles filmaram tudo.

— Tenho certeza de que a audiência vai subir.

— Sr. Rennie, nós tivemos as nossas divergências, mas espero que o senhor transmita aos seus eleitores que não há nada a temer.

— Basta me dizer como uma coisa dessas...

O coração pulou de novo. A respiração entrou rasgando e parou. Ele bateu no peito uma segunda vez — com mais força — e sentou-se num banco ao lado do caminho de tijolos que ia da prefeitura até a calçada. Agora Al olhava para ele em vez da cicatriz que o acidente deixara na Redoma, a testa franzida de preocupação — e, pensou Big Jim, medo. Mesmo agora, com tudo isso ocorrendo, ele ficou feliz ao ver aquilo, contente ao saber que era considerado indispensável. As ovelhas precisam de pastor.

— Rennie? Você está aí?

— Estou aqui. — O coração também, mas longe de estar bem. — Como isso aconteceu? Como *pôde* acontecer? Pensei que vocês tinham avisado a todo mundo.

— Não temos certeza e só vamos ter quando recuperarmos a caixa-preta, mas temos uma boa ideia. Mandamos uma diretriz avisando a todas as empresas aéreas que se afastassem da Redoma, mas essa é a rota costumeira do voo 179. Achamos que alguém se esqueceu de reprogramar o piloto automático. Simples assim. Vou dar mais detalhes assim que chegarem aqui, mas agora o mais importante é evitar que o pânico se espalhe na cidade.

Mas, sob certas circunstâncias, o pânico poderia ser bom. Sob certas circunstâncias, poderia — como os saques a supermercados e os incêndios propositais — ter um efeito benéfico.

— Isso foi uma estupidez em grande escala, mas ainda assim só um acidente — dizia Cox. — Faça com que o seu povo saiba disso.

Eles vão saber o que eu contar e acreditar no que eu quiser que acreditem, pensou Rennie.

O coração pulou como gordura numa frigideira quente, acalmou-se brevemente num ritmo mais normal e depois pulou de novo. Ele apertou o botão vermelho END sem responder a Cox e largou o celular de volta no bolso. Depois, olhou para Al.

— Preciso que você me leve ao hospital — disse, falando com toda a calma que conseguiu arranjar. — Acho que eu não estou me sentindo muito bem.

Al, que usava uma Braçadeira da Solidariedade, pareceu mais alarmado do que nunca.

— Claro, Jim. Fica aí sentado que eu vou buscar o carro. Não podemos deixar que nada te aconteça. A cidade precisa de você.

E como eu sei disso, pensou Big Jim, sentado no banco e olhando a grande mancha preta no céu.

— Procure o Carter Thibodeau e diga pra me encontrar aqui. Quero ele por perto.

Havia outras instruções que queria dar, mas nisso o seu coração parou completamente. Por um instante, o para sempre se abriu aos seus pés, um abismo escuro e nítido. Rennie ofegou e bateu no peito. Ele explodiu a todo galope. Com isso, ele pensou: *Não me deixe na mão agora, eu tenho muita coisa a fazer. Não ouse, seu melequento. Não ouse.*

20

— O que foi isso? — perguntou Norrie, com voz aguda e infantil, e depois respondeu à própria pergunta. — Foi um avião, não foi? Um avião cheio de gente. — Ela caiu em lágrimas. Os meninos tentaram segurar as lágrimas e não conseguiram. O próprio Rommie ficou com vontade de chorar.

— É — disse ele. — Acho que foi isso mesmo.

Joe se virou para olhar a van, que agora vinha na direção deles. Quando chegou ao pé da serra, se apressou, como se Rusty mal pudesse esperar para voltar. Quando chegou e saltou, Joe viu que havia outra razão para a pressa: o avental de chumbo sumira.

Antes que Rusty pudesse dizer alguma coisa, o celular tocou. Ele o abriu, olhou o número e aceitou a ligação. Esperava Ginny, mas era o novo ajudante, Thurston Marshall.

— Sim, diga. Se for sobre o avião, eu vi... — Ele escutou, franziu um pouco a testa e fez que sim com a cabeça. — Tudo bem. Certo. Estou indo agora. Diga pra Ginny ou Twitch que deem 2 miligramas de Valium intravenoso pra ele. Não, melhor 3. E diga pra ele se acalmar. Isso não faz parte da natureza dele, mas diga para tentar. Dê ao filho 5 miligramas.

Fechou o telefone e olhou os outros.

— Os dois Rennie estão no hospital, o mais velho com arritmia cardíaca, que já teve antes. Essa porra desse idiota devia estar usando marca-passo há dois anos. Thurston diz que o mais novo tem sintomas que parecem de glioma. Espero que ele esteja errado.

Norrie virou para Rusty o rosto manchado de lágrimas. Estava com o braço em volta de Benny Drake, que limpava os olhos furiosamente. Quando Joe veio e ficou ao seu lado, ela pôs o outro braço em torno dele.

— Isso é um tumor cerebral, não é? — perguntou ela. — Um dos ruins.

— Quando aparecem em rapazes da idade de Junior Rennie, quase todos são ruins.

— O que você encontrou lá em cima? — perguntou Rommie.

— E o que aconteceu com o avental? — acrescentou Benny.

— Achei o que o Joe achou que eu acharia.

— O gerador? — perguntou Rommie. — Doutor, tem certeza?

— Tenho. Não se parece com nada que eu já vi. Tenho quase certeza de que ninguém na Terra já viu coisa igual.

— Algo de outro planeta — disse Joe, com voz tão baixa que era um sussurro. — *Sabia*!

Rusty o olhou com atenção.

— Você não pode dizer nada sobre isso. Nenhum de nós. Se perguntarem, digam que nós procuramos e não achamos nada.

— Nem pra minha mãe? — perguntou Joe, queixoso.

Rusty quase cedeu nesse ponto, mas endureceu o coração. Já era um segredo partilhado por cinco pessoas, o que era demais. Mas os garotos mereciam saber, e Joe McClatchey adivinhara de qualquer jeito.

— Nem ela, ao menos por enquanto.

— Não consigo mentir pra ela — disse Joe. — Não dá certo. Ela tem Visão de Mãe.

— Então diga só que me jurou guardar segredo e que é melhor pra ela que seja assim. Se ela pressionar, peça que ela converse comigo. Vamos, preciso voltar pro hospital. Rommie, você dirige. Os meus nervos estão em frangalhos.

— Você não vai... — começou Rommie.

— Vou contar tudo. No caminho. Talvez a gente consiga até imaginar o que fazer.

21

Uma hora depois de o 767 da Air Ireland bater na Redoma, Rose Twitchell entrou na delegacia de Chester's Mill com um prato coberto por um guardanapo. Stacey Moggin estava de volta à recepção, parecendo tão cansada e distraída quanto Rose.

— O que é isso? — perguntou Stacey.

— Almoço. Pro meu cozinheiro. Dois sanduíches de bacon, alface e tomate.

— Rose, não posso deixar você descer lá. Não posso deixar *ninguém* descer lá.

Mel Searles conversava com dois recrutas novos sobre uma exposição de caminhões gigantes a que assistira no Centro Cívico de Portland na primavera passada. Nisso, olhou em volta.

— Eu levo pra ele, srta. Twitchell.

— Você *não* — disse Rose.

Mel pareceu surpreso. E um pouco magoado. Sempre gostara de Rose e achou que ela gostava dele.

— Não confio que você não vai deixar cair o prato — explicou ela, embora não fosse a verdade toda; o fato era que ela não confiava nada nele. — Já vi você jogar futebol americano, Melvin.

— Ah, poxa, eu não sou tão desajeitado assim.

— E eu também quero ver se ele está bem.

— Ele não pode receber visitantes — disse Mel. — É ordem do chefe Randolph, e ele recebeu a ordem diretamente do vereador Rennie.

— Pois eu vou descer. Você vai ter que usar a sua arma de eletrochoque em mim, e se fizer isso nunca mais te faço outro waffle de morango do jeito que você gosta, com massa bem molinha no meio. — Ela olhou em volta e farejou. — Além disso, eu não estou vendo esses dois homens por aqui agora. Ou estou enganada?

Mel pensou em endurecer, mesmo que fosse só para impressionar os novatos, mas decidiu que não. Gostava mesmo de Rose. E gostava dos waffles, principalmente quando ficavam meio moles. Puxou o cinto para cima e disse:

— Tudo bem. Mas eu vou descer junto, e você não vai dar nada pra ele sem que eu olhe debaixo do guardanapo.

Ela o levantou. Embaixo havia dois sanduíches de bacon, alface e tomate e um bilhete escrito atrás de uma comanda do Rosa Mosqueta. *Fique forte*, dizia. *Acreditamos em você.*

Mel pegou o bilhete, amassou-o e o jogou na cesta de lixo. Errou, e um dos recrutas correu para pegá-lo.

— Vem — disse, e parou, pegou meio sanduíche e deu uma mordida enorme. — Ele não ia conseguir comer tudo mesmo — disse a Rose.

Rose nada respondeu, mas enquanto ele a guiava escada abaixo, ela *realmente* pensou por um instante em bater na cabeça dele com o prato.

Quando ela estava no meio do corredor, Mel disse:

— Só até aí, srta. Twitchell, eu faço o resto do caminho.

Ela lhe entregou o prato e, tristonha, viu Mel se ajoelhar, empurrar o prato entre as grades e anunciar:

— O almoço está servido, messiê.

Barbie o ignorou. Olhava para Rose.

— Obrigado. Mas se foi Anson que fez, não sei se eu ficarei grato depois da primeira mordida.

— Eu que fiz — disse ela. — Barbie, por que bateram em você? Estava tentando fugir? Você está *péssimo*.

— Não estava tentando fugir, só resistir à prisão. Não foi, Mel?

— Pode parar com a conversinha esperta, senão eu entro aí e te tiro os sanduíches.

— Pois pode tentar — disse Barbie. — Podemos discutir a questão.

Quando Mel não mostrou nenhuma vontade de aceitar a oferta, Barbie voltou novamente a sua atenção para Rose.

— Foi um avião? Parecia um avião. Um dos grandes.

— A ABC diz que foi um jato da Air Ireland. Lotado.

— Deixa eu adivinhar. Estava a caminho de Boston ou Nova York e algum geninho não muito inteligente esqueceu de reprogramar o piloto automático.

— Não sei. Não estão falando dessa parte ainda.

— Vamos. — Mel voltou e lhe segurou o braço. — Chega de papo. Você tem que ir embora antes que eu me meta em encrenca.

— Você está bem? — perguntou Rose a Barbie, resistindo à ordem — ao menos por ora.

— Estou — disse Barbie. — E você? Já fez as pazes com Jackie Wettington?

E qual seria a resposta correta a *essa* pergunta? Até onde sabia, Rose não tinha pazes a fazer com Jackie. Achou ter visto Barbie dar uma sacudidinha na cabeça e torceu para não ser só imaginação.

— Ainda não — respondeu.

— Pois devia. Diz pra ela deixar de ser escrota.

— É, vai esperando — murmurou Mel. Segurou o braço de Rose. — Agora vamos; não me obrigue a te arrastar.

— Diz pra ela que eu disse que você é legal — gritou Barbie enquanto ela subia a escada, dessa vez indo à frente com Mel logo atrás. — Vocês duas deviam mesmo conversar. E obrigado pelos sanduíches.

Diz pra ela que eu disse que você é legal.

Era essa a mensagem, ela tinha certeza. Não achou que Mel tivesse entendido; ele sempre fora burro, e a vida debaixo da Redoma não parecia ajudá-lo a ficar mais esperto. E provavelmente era por isso que Barbie correra o risco.

Rose decidiu procurar Jackie assim que possível e passar a mensagem: *Barbie diz que eu sou legal. Barbie diz que você pode conversar comigo.*

— Obrigada, Mel — disse ela, quando chegaram à sala de controle. — Foi muita gentileza sua me deixar fazer isso.

Mel olhou em volta, não viu ninguém com mais autoridade do que ele e relaxou.

— Sem problema, mas não ache que vai voltar com o jantar, porque isso não vai acontecer. — Ele pensou melhor e depois ficou filosófico. — Mas acho que ele merece algo legal, porque daqui a uma semana vai estar tão tostadinho quanto os sanduíches que você fez.

Isso nós vamos ver, pensou Rose.

22

Andy Sanders e o Chef estavam sentados ao lado do depósito da WCIK, fumando *meth*. Bem à frente deles, no campo que cercava a torre de rádio, havia um monte de terra marcado com uma cruz feita com tábuas de caixote. Debaixo do monte jazia Sammy Bushey, torturadora de Bratzes, vítima de estupro, mãe do Pequeno Walter. O Chef disse que, mais tarde, roubaria uma cruz normal do cemitério ao lado do lago Chester. Se houvesse tempo. Talvez não houvesse.

Ele ergueu o controle como se quisesse enfatizar a questão.

Andy estava triste por Sammy, como ficara triste por Claudette e Dodee, mas agora era uma tristeza clínica, guardada em segurança dentro da sua própria Redoma: podia ser vista, a sua existência podia ser avaliada, mas não se podia exatamente entrar lá dentro com ela. O que era bom. Tentou explicar isso ao Chef Bushey, embora se perdesse um pouco no meio — era um conceito complexo. Mas o Chef concordou e passou a Andy um grande narguilé de vidro. Gravado na lateral estavam as palavras **VENDA ILEGAL**.

— É bom, não é? — perguntou o Chef.

— É! — respondeu Andy.

Por algum tempo, então, eles discutiram os dois grandes temas dos doidões renascidos: como aquela merda era boa e como era foda usar aquela merda boa. Em certo momento, houve uma enorme explosão ao norte. Andy protegeu os olhos, que ardiam com tanta fumaça. Quase deixou cair o narguilé, mas o Chef o salvou.

— Que merda, é um *avião*! — Andy tentou se levantar, mas as pernas, embora cheias de energia, não o sustentaram. Voltou a se sentar.

— Não, Sanders — disse o Chef. Deu uma tragada no narguilé. Sentado de pernas cruzadas como estava, Andy o achou parecido com um índio com o cachimbo da paz.

Encostados na lateral do depósito, entre Andy e Chef, havia quatro AK--47s automáticos, de fabricação russa mas, como muitos outros ótimos itens guardados no depósito, importados da China. Havia também cinco caixotes empilhados cheios de carregadores de munição e uma caixa de granadas RGD-5. O Chef traduzira para Andy os ideogramas da caixa de granadas: *Não deixe essa filha da mãe cair.*

Agora, o Chef pegou um dos AKs e o pôs sobre os joelhos.

— Isso *não* foi um avião — disse mais alto.

— Não? Então o que foi?

— Um sinal de Deus. — Chef olhou o que pintara na lateral do depósito: duas citações (interpretadas com liberdade) do Apocalipse, com o número 31 mostrado com destaque. Depois, olhou de novo para Andy. Ao norte, a nuvem de fumaça se dissipava no céu. Abaixo dela, nova fumaça subia de onde o avião caíra na floresta. — Eu entendi a data errada — disse, com voz taciturna. — O Halloween vai vir mesmo mais cedo esse ano. Talvez hoje, talvez amanhã, talvez depois de amanhã.

— Ou no dia seguinte — acrescentou Andy, querendo ajudar.

— Talvez — admitiu o Chef —, mas acho que vai ser mais cedo. Sanders!

— O que é, Chef?

— Pega uma arma. Agora você está no exército do Senhor. Você é um soldado cristão. Os dias de puxar o saco daquele apóstata filho da puta acabaram.

Andy pegou um AK e o pôs em cima das coxas nuas. Gostou do peso e do calor da arma. Verificou se a trava de segurança estava no lugar. Estava.

— Que apóstata filho da puta é esse de que você está falando, Chef?

Chef lhe fixou um olhar de puro desprezo, mas quando Andy estendeu a mão para o narguilé ele o entregou com bastante boa vontade. Havia muito para os dois, haveria de agora até o fim, e, sim, realmente, o fim não demoraria.

— Rennie. *Aquele* apóstata filho da puta.

— Ele é meu amigo, meu parceiro, mas pode ser muito mandão, é verdade — admitiu Andy. — Meu *Deus*, como essa merda é boa.

— É mesmo — concordou o Chef mal-humorado, e pegou de volta o narguilé (que Andy agora considerava o Cachimbo da Paz do Fumódromo).

— É o mais longo dos cachimbos longos, o mais puro dos puros, e o que é isso, Sanders?

— Remédio pra melancolia! — respondeu Andy, animado.

— E o que é aquilo? — apontando a nova marca preta na Redoma.

— Um sinal! De Deus!

— Isso — disse o Chef, mais tranquilo. — É exatamente o que é. Agora estamos numa viagem divina, Sanders. Sabe o que aconteceu quando Deus abriu o sétimo selo? Você *leu* o Apocalipse?

Andy se lembrava vagamente da época do acampamento cristão que frequentara quando adolescente, de anjos saindo do sétimo selo como palhaços do carrinho do circo, mas não queria explicar assim. O Chef talvez achasse blasfêmia. Por isso, só balançou a cabeça.

— Achei que não — disse o Chef. — Você pode ter recebido *pregação* na Sagrado Redentor, mas pregação não é educação. Pregação não é a verdadeira *merda visionária*. Entende?

O que Andy entendia é que queria outra baforada, mas fez que sim.

— Quando o sétimo selo se abriu, sete anjos surgiram com sete trombetas. E toda vez que um deles soprava a corneta, uma praga caía sobre a Terra. Pronto, fuma aqui, isso vai ajudar a sua concentração.

Há quanto tempo estavam lá fumando? Horas, ao que parecia. Tinham mesmo visto um avião cair? Andy achava que sim, mas agora não tinha total certeza. Aquilo parecia terrivelmente distante. Talvez devesse dar um cochilo. Por outro lado, era maravilhoso, quase um êxtase, só estar ali com o Chef, ficando doidão e sendo instruído.

— Quase me matei, mas Deus me salvou — disse ele ao Chef. A ideia era tão maravilhosa que os olhos se encheram de lágrimas.

— Claro, claro, isso é óbvio. Essa outra coisa não é. Presta atenção.

— Estou prestando.

— O primeiro anjo tocou e caiu sangue sobre a Terra. O segundo anjo tocou e um grande monte ardendo em fogo foi lançado ao mar. São os seus vulcões e tal.

— É! — gritou Andy, e sem querer apertou o gatilho do AK-47 pousado no seu colo.

— É melhor prestar atenção — disse o Chef. — Se a trava de segurança não estivesse acionada, você teria lançado o meu gravetinho num pinheiro lá longe. Dá uma tragada nessa merda. — Ele entregou o narguilé a Andy. Este nem se lembrava de ter devolvido o cachimbo, mas devia ter devolvido. E que horas *eram*? Pareciam estar no meio da tarde, mas como poderia? Ele não sentira fome na hora do almoço, e *sempre* sentia fome na hora do almoço, era a sua melhor refeição.

— Agora escuta, Sanders, porque essa é a parte importante.

O Chef conseguia citar de memória porque fizera um estudo e tanto do Apocalipse depois que se mudara ali para a estação de rádio; lia e relia obsessivamente, às vezes até a aurora manchar o horizonte.

— "E o terceiro anjo tocou, e caiu do céu uma grande estrela! Ardendo como uma tocha!"

— Acabamos de ver isso!

O Chef concordou. Os seus olhos estavam fixos na mancha preta onde o voo 179 da Air Ireland encontrara o seu fim.

— "E o nome da estrela era Absinto; e muitos homens morreram das águas, porque se tornaram amargas." *Você* está amargo, Sanders?

— Não! — garantiu Andy.

— Não. Somos *brandos*. Mas agora que a Estrela Absinto ardeu no céu, homens amargos virão. Deus me disse isso, Sanders, e não é bobagem. Pode conferir e você vai ver que não falo bobagem. Querem nos tirar tudo isso aqui. Rennie e os seus parceiros idiotas.

— De jeito nenhum! — gritou Andy. Uma paranoia súbita e horrivelmente intensa o dominou. Já poderiam estar ali! Parceiros idiotas se esgueirando entre aquelas árvores! Parceiros idiotas descendo a estrada da Bostinha numa fila de caminhões! Agora que o Chef tocara no assunto, ele até entendeu por que Rennie queria fazer aquilo. Ele diria: "livrar-se das provas".

— Chef! — E agarrou o ombro do novo amigo.

— Solta aí, Sanders. Assim dói.

Ele soltou um pouco.

— Big Jim já falou em vir aqui e tirar os cilindros de gás. *Esse é o primeiro passo!*

O Chef concordou.

— Já estiveram aqui uma vez. Levaram dois cilindros. Eu deixei. — Ele parou e depois deu um tapinha nas granadas. — Não vou deixar de novo. Concorda com isso?

Andy pensou nos quilos de droga dentro do prédio no qual estavam encostados e deu a resposta que o Chef esperava.

— Meu irmão — disse, e abraçou o Chef.

O Chef estava quente e fedido, mas Andy o abraçou com entusiasmo. Lágrimas corriam pelo rosto que ele deixara de barbear num dia útil pela primeira vez em mais de vinte anos. Isso era ótimo. Isso era... era...

Comunhão!

— Meu irmão — soluçou no ouvido do Chef.

O Chef o afastou e o olhou solenemente.

— Somos agentes do Senhor — disse.

E Andy Sanders, agora totalmente sozinho no mundo a não ser pelo profeta esquelético ao seu lado, disse amém.

23

Jackie encontrou Ernie Calvert atrás da casa, tirando ervas daninhas do jardim. Estava um pouco preocupada em falar com ele apesar do que dissera a Piper, mas nem precisava. Ele segurou os ombros dela com mãos surpreendentemente fortes para um homenzinho tão gorducho. Os olhos dele brilharam.

— Graças a Deus alguém viu o que aquele balão inflado está querendo! — Ele deixou cair as mãos. — Desculpe. Eu sujei a sua blusa.

— Tudo bem.

— Ele é perigoso, policial Wettington. Sabe disso, não sabe?

— Sei.

— E esperto. Provocou aquele maldito saque ao supermercado do mesmo jeito que um terrorista planejaria um atentado.

— Disso eu não tenho dúvida.

— Mas também é estúpido. Esperto e estúpido é uma combinação terrível. Você convence os outros a irem atrás, entende. Até o inferno. Veja só aquele Jim Jones, lembra dele?

— O que fez todos os seguidores tomarem veneno. Então, você vai vir à reunião?

— Pode apostar. E boca fechada. A não ser que queira que eu fale com Lissa Jamieson. Eu faria isso com todo o prazer.

Antes que Jackie respondesse, o celular tocou. Era o telefone pessoal; ela devolvera o que a delegacia lhe entregara junto com a insígnia e a arma.

— Alô, aqui é Jackie.

— *Mihi portatoe vulneratos*, sargento Wettington — disse uma voz desconhecida.

O lema da sua antiga unidade em Würzburg — *tragam-me os seus feridos* — e Jackie respondeu sem sequer pensar:

— Em macas, muletas ou sacos, consertamos todos com cuspe e trapos. Quem diabos está falando?

— Coronel James Cox, sargento.

Jackie afastou o telefone da boca.

— Pode me dar um minuto, Ernie?

Ele fez que sim e voltou ao jardim. Jackie andou até a cerca de madeira meio torta na beira do quintal.

— Em que posso ajudá-lo, coronel? E essa ligação é segura?

— Sargento, se esse seu Rennie conseguir grampear ligações feitas de fora da Redoma, estamos lascados.

— Ele não é o meu Rennie.

— Bom saber.

— E eu não estou mais no Exército. O 67º não está sequer no meu retrovisor hoje em dia, senhor.

— Bom, isso não é bem verdade, sargento. Por ordem do presidente dos Estados Unidos, você foi reincorporada. Bem-vinda de volta.

— Senhor, não sei se agradeço ou se mando o senhor se foder.

Cox riu sem muito humor.

— Jack Reacher está dizendo oi.

— Foi assim que o senhor conseguiu o meu telefone?

— O telefone e referências. Referências de Reacher têm muito valor. Você perguntou em que podia ajudar. A resposta é dupla, as duas partes simples. Uma, tire o Dale Barbara dessa confusão em que ele está. A menos que ache que ele é culpado do que o acusam.

— Não, senhor. Tenho certeza de que não é. Quer dizer, *nós* temos. Somos vários.

— Bom. *Muito* bom. — Não havia como não sentir o alívio na voz do homem. — Número dois, você pode derrubar esse canalha do Rennie do seu poleiro.

— Isso seria serviço do Barbie. Se... o senhor tem certeza de que a ligação é segura?

— Toda.

— Se nós conseguirmos tirá-lo de lá.

— Isso está em andamento, então?

— Está, senhor, ao menos eu acredito que sim.

— Excelente. Quantos camisas-pardas o Rennie tem?

— Agora, uns trinta, mas ainda está contratando. E aqui em Mill são camisas-azuis, mas eu entendo o que o senhor quer dizer. Não o subestime, coronel. Ele tem a maioria da cidade na mão. Nós vamos tentar tirar o Barbie de lá, e é bom o senhor torcer pra dar certo, porque não posso cuidar de Big

Jim sozinha. Derrubar ditadores sem ajuda externa está uns 9 quilômetros acima do meu nível salarial. E só como informação, os meus dias na polícia de Chester's Mill acabaram. O Rennie me deu um pé na bunda.

— Me mantenha informado quando e como puder. Solte o Barbara e entregue a ele a operação de resistência. Nós veremos quem vai levar o pé na bunda.

— O senhor tinha vontade de estar aqui, não é?

— De todo o coração. — Sem hesitar. — Em 12 horas eu arrancaria as rodas do carrinho vermelho daquele filhodaputa.

Na verdade, Jackie duvidava; as coisas eram diferentes debaixo da Redoma. Quem estava fora não entenderia. Até o tempo era diferente. Há cinco dias, tudo estava normal. Vejam só agora.

— Mais uma coisa — disse o coronel Cox. — Separe um tempinho do seu dia cheio pra assistir à TV. Vamos fazer o possível pra tornar desconfortável a vida do Rennie.

Jackie se despediu e desligou. Depois voltou para onde Ernie cuidava do jardim.

— Tem gerador? — perguntou ela.

— Morreu ontem à noite — disse ele, com bom humor azedo.

— Então vamos a algum lugar onde haja uma TV funcionando. O meu amigo diz que é bom nós assistirmos ao noticiário.

Seguiram para o Rosa Mosqueta. No caminho, encontraram Julia Shumway e a levaram junto.

ARREBENTADOS

1

O Rosa Mosqueta ficou fechado até as 17h, quando Rose planejava oferecer uma ceia leve, composta na maior parte de sobras. Preparava a salada de batata com um olho na TV em cima do balcão quando começaram a bater à porta. Eram Jackie Wettington, Ernie Calvert e Julia Shumway. Rose atravessou o restaurante vazio, enxugando as mãos no avental, e destrancou a porta. Horace, o corgi, trotava junto aos calcanhares de Julia, orelhas erguidas e sorriso amistoso. Rose conferiu se a placa FECHADO ainda estava no lugar e retrancou a porta atrás de todos.

— Obrigada — disse Jackie.

— Não há de quê — respondeu Rose. — Eu queria mesmo falar com você.

— Nós viemos por causa daquilo — disse Jackie, apontando a TV. — Eu estava no Ernie e encontramos a Julia no caminho pra cá. Ela estava sentada na calçada em frente à casa dela, divagando sobre as ruínas.

— Eu não estava divagando — disse Julia. — Horace e eu estávamos tentando imaginar como publicar um jornal depois da assembleia da cidade. Vai ter que ser pequeno, provavelmente só duas páginas, mas *vai haver* um jornal. Eu já me decidi.

Rose deu uma olhada na TV. Nela, uma moça bonita falava. Abaixo dela, uma faixa com a legenda POUCAS HORAS ATRÁS CORTESIA ABC. De repente, houve uma explosão e uma bola de fogo se abriu no céu. A repórter se encolheu, gritou, rodopiou. Nisso, o câmera já a tirava do enquadramento, fixando-se nos fragmentos do jato da Air Ireland que caíam.

— Não param de reprisar a filmagem do acidente com o avião — disse Rose. — Quem ainda não viu que se esbalde. Jackie, eu vi o Barbie no final da manhã; fui levar uns sanduíches pra ele e me deixaram descer até as celas. Melvin Searles foi o meu cicerone.

— Sorte sua — disse Jackie.

— Como ele está? — perguntou Julia. — Ele está bem?

— Parece o cão chupando manga, mas acho que está, sim. Ele disse... talvez eu devesse te contar em particular, Jackie.

— Seja o que for, eu acho que você pode dizer na frente do Ernie e da Julia.

Rose pensou no caso, mas só por um instante. Se Ernie Calvert e Julia Shumway não fossem de confiança, ninguém seria.

— Ele disse que eu tinha que conversar com você. Fazer as pazes, como se tivéssemos brigado. Ele me mandou te dizer que eu sou legal.

Jackie se virou para Ernie e Julia. Pareceu a Rose que uma pergunta havia sido feita e respondida.

— Se o Barbie diz que é, então é — disse Jackie, e Ernie concordou enfaticamente com a cabeça. — Querida, nós vamos fazer uma reuniãozinha hoje à noite. No presbitério da Congregacional. É meio segredo...

— Meio, não, *é* segredo — disse Julia. — E do jeito que estão as coisas na cidade agora, é melhor que continue sendo.

— Se é sobre o que eu acho que é, estou dentro. — Depois Rose baixou a voz. — Mas o Anson, não. Ele está usando uma daquelas malditas braçadeiras.

Bem nesse instante o logotipo ÚLTIMAS NOTÍCIAS CNN apareceu na tela da televisão, acompanhado da irritante musiquinha de desastre em tom menor que agora a rede tocava a cada nova notícia da Redoma. Rose esperava ver Anderson Cooper ou o seu querido Wolfie, ambos agora baseados em Castle Rock, mas quem apareceu foi Barbara Starr, a correspondente da rede no Pentágono. Estava diante da aldeia de barracas e trailers que servia de base avançada do Exército em Harlow.

— Don, Kyra... O coronel James O. Cox, porta-voz do Pentágono desde o último sábado, quando surgiu o enorme mistério conhecido como a Redoma, vai falar à imprensa pela segunda vez desde que a crise começou. O tema foi anunciado aos jornalistas há apenas alguns instantes e com certeza vai dar uma injeção de ânimo nas dezenas de milhares de americanos com parentes e amigos na cidade sitiada de Chester's Mill. Fomos informados de que... — Ela escutou alguma coisa no fone de ouvido. — Agora conosco o coronel Cox.

Os quatro no restaurante sentaram-se nos bancos do balcão, observando a imagem passar para o interior de uma grande barraca. Havia talvez quarenta repórteres sentados em cadeiras de armar e outros em pé ao fundo. Cochichavam entre si. Um palco improvisado fora montado numa das pontas da barraca. Nele havia um pódio envolvido por microfones e flanqueado por bandeiras americanas. Havia uma tela branca atrás.

— Bem profissional pruma operação montada às pressas — comentou Ernie.

— Ah, acho que já estava sendo preparada — disse Jackie. Recordava a conversa com Cox. *Vamos fazer o possível pra tornar desconfortável a vida de Rennie*, dissera ele.

Abriu-se uma aba no lado esquerdo da barraca e um homem baixo, em boa forma, de cabelo grisalho andou com passos firmes até o palco improvisado. Ninguém pensara em pôr uns degraus ou mesmo um caixote para ele subir, mas não houve problema para o palestrante convidado; ele pulou facilmente, sem perder sequer o ritmo do passo. Vestia uma simples farda cáqui de combate. Se tinha medalhas, não eram visíveis. Não havia nada na camisa a não ser uma tira onde se lia CEL. J. COX. Não levava anotações. Os repórteres silenciaram imediatamente, e Cox lhes deu um sorrisinho.

— Esse cara deve dar entrevistas coletivas desde que nasceu — observou Julia. — Ele parece *bom*.

— Quieta, Julia — disse Rose.

— Senhoras e senhores, obrigado por estarem aqui — disse Cox. — Serei breve e depois responderei a algumas perguntas. A situação de Chester's Mill e da Redoma, como está sendo chamada, continua a mesma: a cidade ainda está isolada, não fazemos ideia do que está causando essa situação ou do que a provocou e ainda não conseguimos romper a barreira. É claro que os senhores saberiam se tivéssemos conseguido. Mas os melhores cientistas dos Estados Unidos, os melhores do mundo inteiro, vêm trabalhando no caso, e estamos estudando algumas opções. Não façam perguntas sobre elas, porque por enquanto não haverá respostas.

Os jornalistas murmuraram, descontentes. Cox esperou. Abaixo dele, a legenda da CNN mudou para AINDA SEM RESPOSTAS. Quando o burburinho morreu, Cox continuou.

— Como sabem, criamos uma área de isolamento em volta da Redoma, a princípio de 1,5 quilômetro, ampliada para 2 quilômetros no domingo e 4 na terça-feira. Houve algumas razões para isso e a mais importante foi que a Redoma é perigosa para quem tem certos implantes, como marca-passos. Outra razão é que temíamos que o campo de força que gera a Redoma pudesse causar outros efeitos nocivos que talvez fossem mais difíceis de reconhecer.

— O senhor está falando de radiação, coronel? — perguntou alguém.

Cox o congelou com o olhar e, quando achou que o repórter estava devidamente punido (não fora Wolfie, Rose ficou contente ao ver, mas aquele tagarela meio careca da FOX News que diz que não embroma), continuou.

— Agora acreditamos que não há efeitos nocivos, ao menos a curto prazo, e assim marcamos para depois de amanhã, sexta-feira, 27 de outubro, o Dia de Visita na Redoma.

Com isso, jorrou uma torrente insana de perguntas. Cox esperou que acabasse e, quando a plateia silenciou, pegou um controle remoto na prateleira sob o púlpito e apertou um botão. Uma fotografia em alta resolução (boa demais para ter sido baixada do Google Earth, na estimativa de Julia) surgiu na tela branca. Mostrava Mill e as duas cidades ao sul, Motton e Castle Rock. Cox pousou o controle e pegou uma caneta laser.

Agora, a legenda no pé da tela dizia SEXTA-FEIRA: DIA DE VIZITA NA REDOMA. Julia sorriu. O coronel Cox pegara a CNN sem revisor ortográfico.

— Acreditamos que podemos receber e acomodar 1.200 visitantes — disse Cox com energia. — Serão só parentes próximos, ao menos desta vez... e todos esperamos e rezamos que nunca seja preciso uma próxima vez. Os pontos de encontro serão aqui, no Parque de Exposições de Castle Rock, e aqui, no Autódromo de Oxford. — Ele mostrou os dois locais. — Teremos duas dúzias de ônibus, 12 em cada local. Serão oferecidos por seis distritos escolares vizinhos, que suspenderão as aulas nesse dia para ajudar nessa iniciativa, e por isso lhes somos muito gratos. Haverá um vigésimo quinto ônibus para a imprensa na loja Iscas e Anzóis Shiner, em Motton. — Secamente: — Como a Shiner também é autorizada a vender bebidas alcoólicas, tenho certeza de que quase todos vocês a conhecem. Também daremos permissão para um, repito, *um*, caminhão de filmagem nessa viagem. As senhoras e os senhores organizarão uma cobertura conjunta; a emissora oficial será escolhida por sorteio.

Subiu um gemido, mas foi superficial.

— Há 48 lugares no ônibus da imprensa e, obviamente, há centenas de jornalistas aqui, vindos do mundo inteiro...

— *Milhares!* — gritou um homem grisalho, e houve uma gargalhada geral.

— Rapaz, fico feliz de *alguém* estar se divertindo — disse Ernie Calvert com amargor.

Cox se permitiu um sorriso.

— Obrigado pela correção, sr. Gregory. Os lugares serão distribuídos de acordo com as empresas, redes de TV, Reuters, Tass, AP etc., e caberá a cada uma escolher os seus representantes.

— Melhor que seja o Wolfie para a CNN, é só o que eu posso dizer — anunciou Rose.

Os repórteres tagarelavam empolgados.

— Posso continuar? — perguntou Cox. — E vocês que estão mandando torpedos, por favor, parem.

— Oooh — disse Jackie. — Adoro homens impositivos.

— Com certeza vocês sabem que o tema aqui não são vocês. Estariam se comportando assim se fosse um desmoronamento numa mina ou gente presa nos escombros depois de um terremoto?

Isso foi recebido com silêncio do tipo que enche uma sala da quarta série depois que a professora finalmente perde a paciência. Ele era *mesmo* impositivo, pensou Julia, e por um instante desejou de todo o coração que Cox estivesse ali debaixo da Redoma, no comando. Mas é claro que, se porcos voassem, choveria bacon do céu.

— As senhoras e os senhores têm duas tarefas a cumprir: ajudar a divulgar e assegurar que tudo corra bem no Dia de Visita depois da divulgação.

A legenda da CNN virou IMPRENSA AJUDA VIZITANTES NA SEXTA.

— Não queremos de jeito nenhum um estouro da boiada com parentes do país todo correndo para o oeste do Maine. Já temos quase 10 mil parentes dos que estão presos debaixo da Redoma aqui na região; os hotéis, motéis e campings estão lotadíssimos. A mensagem aos familiares de outras regiões do país é: "Se não estiver aqui, não venha." Além de não receber o crachá de visitante, será mandado de volta nas barreiras aqui, aqui, aqui e aqui. — Ele iluminou Lewiston, Auburn, North Windham e Conway, em New Hampshire.

— Os familiares que já estão na área devem comparecer aos postos de registro já criados no Parque de Exposições e no Autódromo. Se está pensando em pular no carro agora mesmo, não faça isso. Isso aqui não é liquidação de eletrodomésticos, e chegar na frente não garante nada. Os visitantes serão selecionados por sorteio e é preciso se registrar para participar do sorteio. Os que se registrarem para a visita devem trazer dois documentos com foto. Tentaremos dar prioridade aos visitantes com dois ou mais familiares em Mill, mas não podemos prometer nada. E um aviso, pessoal: quem aparecer na sexta-feira para embarcar nos ônibus sem o crachá ou com crachá falso, em outras palavras, quem tentar atrapalhar nossa operação, será preso. Melhor *não* tentar. O embarque começará às 8h da manhã de sexta-feira. Se tudo der certo, vocês vão passar ao menos quatro horas com os seus familiares, talvez mais. Atrapalhem a operação e o tempo de todo mundo junto à Redoma vai se reduzir. Os ônibus partirão da Redoma às 17h.

— Onde os visitantes vão ficar? — gritou uma mulher.

— Eu já estava chegando aí, Andrea. — Cox pegou o controle remoto e deu um zoom na rodovia 119. Jackie conhecia bem a área; quase quebrara o maldito nariz na Redoma bem ali. Dava para ver o telhado da casa da fazenda Dinsmore, dos anexos e dos estábulos.

— Há um mercadinho junto à Redoma, no lado de Motton. — Cox o fez brilhar com a caneta. — Os ônibus vão estacionar aqui. Os visitantes vão descer e andar até a Redoma. Há muito espaço nos dois lados onde as pessoas podem se reunir. Todos os destroços que havia aí foram removidos.

— Os visitantes terão permissão de ir até a Redoma? — perguntou um repórter.

Mais uma vez, Cox encarou a câmera, dirigindo-se diretamente aos possíveis visitantes. Rose imaginou a esperança e o medo que aquelas pessoas, assistindo em bares e TVs de hotéis, escutando no rádio do carro, deveriam estar sentindo agora. Ela também sentia bastante dos dois.

— Os visitantes terão permissão de chegar a 2 metros da Redoma — disse Cox. — Nós consideramos que seja uma distância segura, embora não possamos garantir nada. Esse não é um parque de diversões que teve a segurança testada. Quem tiver implantes eletrônicos tem que *ficar longe*. Cada um terá que cuidar de si nesse aspecto; não podemos verificar o peito de todo mundo atrás de marca-passos. Os visitantes também deixarão nos ônibus todos os aparelhos eletrônicos, como iPods, celulares e BlackBerries, entre outros. Os repórteres com câmeras e microfones ficarão a distância. O espaço mais próximo é para os visitantes e o que acontecer entre eles e os seus entes queridos só é da conta deles. Pessoal, tudo dará certo se vocês nos ajudarem. Se me permitem usar termos de *Jornada nas estrelas*, ajudem-nos a conseguir. — Ele pousou a caneta laser. — Agora eu vou responder a algumas perguntas. *Bem* poucas. Sr. Blitzer.

O rosto de Rose se iluminou. Ergueu uma nova xícara de café e brindou à tela da televisão.

— Está bonito hoje, Wolfie! Pode comer biscoito na minha cama sempre que quiser.

— Coronel Cox, há algum plano de acrescentar uma entrevista coletiva com as autoridades da cidade? Sabemos que o segundo vereador James Rennie é que está no comando agora. Como anda isso?

— Estamos *tentando* marcar uma entrevista coletiva com o sr. Rennie e outras autoridades da cidade que quiserem comparecer. Seria ao meio-dia, caso tudo se cumpra de acordo com o cronograma que imaginamos.

Uma onda de aplauso espontâneo dos repórteres foi a resposta. A coisa de que mais gostavam era de entrevistas coletivas, a menos que pegassem algum político de alto nível na cama com uma prostituta de luxo.

— Em termos ideais, a entrevista acontecerá bem ali na estrada, com os porta-vozes da cidade, sejam quem forem, do lado deles e os senhores e senhoras do lado de cá — disse Cox.

Algazarra excitada. Eles gostavam das possibilidades visuais.

Cox apontou.

— Sr. Holt.

Lester Holt, da NBC, pulou de pé.

— Tem certeza de que o sr. Rennie vai comparecer? Pergunto porque tem havido notícias de malversação financeira por parte dele e algum tipo de investigação criminal dos seus negócios pelo procurador-geral do estado do Maine.

— Ouvi falar dessas notícias — disse Cox. — Não estou em condições de comentá-las, embora o sr. Rennie talvez queira fazer isso. — Ele parou, não exatamente sorrindo. — *Eu* com certeza quereria.

— Rita Braver, coronel Cox, CBS. É verdade que Dale Barbara, o homem que o senhor indicou como administrador de emergência de Chester's Mill, foi preso por assassinato? Que na verdade a polícia de Chester's Mill acredita que ele é um assassino em série?

Silêncio total da imprensa; só olhos atentos. O mesmo acontecia com as quatro pessoas sentadas junto ao balcão do Rosa Mosqueta.

— É verdade — disse Cox. Um murmúrio abafado veio dos repórteres reunidos. — Mas não temos como verificar as acusações nem conferir quais são as provas. O que temos é a mesma conversa por internet e telefone que, sem dúvida, os senhores e as senhoras também têm. Dale Barbara é um oficial condecorado. Nunca foi preso. Conheço-o há muitos anos e votaria nele para presidente dos Estados Unidos. Não tenho razão nenhuma para dizer que cometi um erro com base no que sei neste momento.

— Ray Suarez, coronel, PBS. O senhor acredita que as acusações contra o tenente Barbara, agora coronel Barbara, podem ter motivação política? Que

James Rennie pode ter mandado prendê-lo para impedir que assumisse o comando como o presidente ordenou?

E é essa a razão da segunda metade desse espetáculo circense, percebeu Julia. *Cox transformou a imprensa em Voz da América e nós somos as pessoas por trás do Muro de Berlim.* Ela estava cheia de admiração.

— Sr. Suarez, se puder entrevistar o vereador Rennie na sexta-feira, não se esqueça de lhe fazer essa pergunta. — Cox falava com certa calma pétrea. — Senhoras e senhores, isso é tudo.

Saiu tão firme quanto entrou e, antes que os jornalistas reunidos pudessem sequer começar a gritar mais perguntas, ele se foi.

— Uau, uau, uau — murmurou Ernie.

— É — disse Jackie.

Rose desligou a televisão. Parecia brilhante, energizada.

— A que horas é essa reunião? Não lamento nada do que o coronel Cox disse, mas isso pode tornar a vida do Barbie mais difícil.

2

Barbie soube da entrevista coletiva de Cox quando um Manuel Ortega de rosto corado desceu e lhe contou. Ortega, ex-empregado de Alden Dinsmore, usava agora uma camisa azul, um distintivo de lata que parecia feito em casa e um 45 pendurado num segundo cinto afivelado nos quadris, como um caubói. Barbie o conhecia como um sujeito gentil de cabelo ralo, pele sempre queimada de sol, que gostava de pedir no jantar pratos de café da manhã — panqueca, bacon, ovos supermoles — e falar de vacas, suas preferidas sendo as Galloway cintadas que nunca conseguia convencer o sr. Dinsmore a comprar. Era ianque até os ossos, apesar do nome, e tinha o senso de humor seco dos ianques. Barbie sempre gostara dele. Mas esse era um Manuel diferente, um estranho em quem todo o bom humor secara. Trouxe a notícia dos últimos acontecimentos, quase toda berrada pelas grades e acompanhada de dose considerável de saliva cuspida. O seu rosto estava quase radiativo de fúria.

— Nem uma palavra sobre a plaquinha de identificação que acharam na mão daquela pobre moça, nem *uma* palavrinha de merda sobre isso! E depois o panaca de calça cáqui atacou Jim Rennie, que tem segurado as pontas da cidade sozinho desde que isso aconteceu! *Sozinho*! Só com *CUSPE* e *BARBANTE*!

— Calma, Manuel — disse Barbie.

— O nome é policial Ortega, seu filho da mãe!

— Tá bom. Policial Ortega. — Barbie estava sentado no catre, pensando como seria fácil para Ortega tirar do cinto o velho Schofield 45 e começar a atirar. — Eu estou aqui dentro, Rennie está aí fora. Pra ele, tenho certeza de que está tudo bem.

— *CALA A BOCA*! — gritou Manuel. — Nós estamos *TODOS* aqui dentro! Todos debaixo dessa merda de Redoma! Alden só faz beber, o garoto que restou não come e a sra. Dinsmore não para de chorar por causa do Rory. Jack Evans explodiu os miolos, sabia? E esses babacas militares lá fora não conseguem pensar em nada melhor do que jogar lama. Um monte de mentiras e histórias inventadas enquanto você provoca saques a supermercados e depois põe fogo no jornal! Provavelmente pra que a sra. Shumway não publique *QUEM VOCÊ É*!

Barbie ficou calado. Achou que, sem dúvida, uma única palavra dita em sua defesa o faria levar um tiro.

— É assim que eles pegam os políticos de que não gostam — disse Manuel. — Querem que um assassino em série, um estuprador que estupra os *mortos* assuma o comando no lugar de um cristão? Isso é que é baixo nível.

Manuel puxou a arma, ergueu-a, apontou-a entre as grades. Para Barbie, o buraco na ponta parecia tão grande quanto a entrada de um túnel.

— Se a Redoma desmoronar antes que você seja encostado no muro mais próximo e fuzilado — continuou Manuel —, eu vou me dar um minutinho pra fazer o serviço. Sou o primeiro da fila, e agora a fila pra acabar com você está bem comprida aqui em Mill.

Barbie continuou calado e esperou morrer ou continuar respirando. Os sanduíches de bacon, alface e tomate de Rose Twitchell tentavam voltar garganta acima e sufocá-lo.

— Estamos tentando sobreviver e *eles* só conseguem jogar lama no homem que está mantendo essa cidade longe do caos. — De repente, ele enfiou a pistola enorme de volta no coldre. — Foda-se. Você não vale a pena.

Ele se virou e voltou rumo à escada, de cabeça baixa e ombros caídos.

Barbie se encostou na parede e soltou a respiração. Havia suor na testa. A mão que ele ergueu para limpá-lo tremia.

3

Quando a van de Romeo Burpee subiu a entrada de automóveis da casa dos McClatchey, Claire saiu correndo de casa. Chorando.

— Mãe! — gritou Joe, e saiu da van antes mesmo que Rommie terminasse de estacionar. Os outros foram atrás. — Mãe, o que aconteceu?

— Nada — soluçou Claire, agarrando o filho e abraçando-o. — Vai ter um Dia de Visita! Na sexta-feira! Joey, talvez a gente consiga ver o seu pai!

Joe soltou um viva e dançou com ela. Benny abraçou Norrie... e aproveitou a oportunidade para roubar um beijo rápido, observou Rusty. Diabinho abusado.

— Rommie, me leva pro hospital — disse Rusty. Acenou para Claire e os garotos enquanto voltavam de ré para a rua. Ficou contente de se afastar da sra. McClatchey sem ter que falar com ela; talvez a Visão de Mãe também funcionasse com auxiliares médicos. — E pode me fazer o favor de falar inglês em vez desse françoá de desenho animado no caminho?

— Quem não tem herança cultural pra aproveitar — disse Rommie — inveja quem tem.

— É, e a sua mãe usa galocha — disse Rusty.

— Verrdade, mas só quando chove.

O celular de Rusty tocou uma vez: um torpedo. Ele o abriu e leu: REUNIAO 2130 PRESBIT CONG QUEM NAO FOR DANÇOU JW

— Rommie — disse, fechando o celular. — Supondo que eu sobreviva aos Rennie, você iria a uma reunião comigo hoje à noite?

4

No hospital, Ginny o recebeu no saguão.

— É Dia do Rennie no Cathy Russell — anunciou, com cara de quem não estava muito descontente. — Thurse Marshall foi ver os dois. Rusty, aquele homem é um presente de Deus. Dá pra ver que não gosta do Junior, foram ele e Frankie que o maltrataram lá no lago, mas foi totalmente profissional. É um desperdício esse sujeito no departamento de inglês de uma universidade; ele devia estar fazendo isso. — Ela baixou a voz. — Ele é melhor do que eu. E *muito* melhor do que o Twitch.

— Onde ele está agora?

— Foi lá pra onde está morando pra ver aquela namoradinha dele e as duas crianças que adotaram. Parece que também se preocupa genuinamente com os garotos.

— Ai, meu Deus, Ginny está apaixonada — disse Rusty, sorrindo.

— Não seja criança. — Ela lhe deu um olhar zangado.

— Em que quartos estão os Rennie?

— Junior no 7, o pai no 19. O pai veio com aquele tal Thibodeau, mas deve ter mandado que ele fosse cumprir alguma tarefa, porque estava sozinho quando foi ver o filho. — Ela sorriu com cinismo. — Não foi visita longa. Ficou quase o tempo todo naquele celular dele. O garoto só fica sentado, embora esteja novamente racional. Não estava quando Henry Morrison trouxe.

— E a arritmia de Big Jim? Como estamos com isso?

— Thurston conseguiu acalmar.

Por enquanto, pensou Rusty, e não sem satisfação. *Quando passar o efeito do Valium, vai recomeçar a velha contradança cardíaca.*

— Vai ver o garoto primeiro — disse Ginny. Estavam sozinhos no saguão, mas ela mantinha a voz baixa. — Não gosto dele, nunca gostei, mas agora estou com pena. Acho que ele não tem muito tempo.

— Thurston disse alguma coisa ao Rennie sobre o estado do Junior?

— Disse, sim, que o problema era potencialmente grave. Mas parece que é menos grave do que todos aqueles telefonemas dele. Talvez alguém tenha contado a ele sobre o Dia de Visita na sexta-feira. Rennie está irritadíssimo com isso.

Rusty pensou na caixa na Serra Negra, só um retângulo delgado com uma área menor do que $300cm^2$, e nem assim conseguira levantá-lo. Sequer movê-lo. Também pensou no riso dos cabeças de couro que avistara rapidamente.

— Algumas pessoas simplesmente não gostam de visitantes — disse.

5

— Como você está se sentindo, Junior?

— Legal. Melhor. — Parecia apático. Usava um jaleco do hospital e estava sentado junto à janela. A luz era impiedosa no seu rosto emaciado. Parecia um quarentão desgastado.

— Conta o que aconteceu antes de você desmaiar.

— Eu ia pra faculdade, aí em vez disso fui pra casa da Angie. Queria dizer pra ela fazer as pazes com o Frank. Ele está se arrastando.

Rusty pensou em perguntar se Junior sabia que Frank e Angie estavam mortos, mas não — de que adiantaria? Em vez disso, perguntou:

— Estava indo pra faculdade? E a Redoma?

— Ah, é. — A mesma voz apática, sem emoção. — Esqueci isso.

— Que idade você tem, filho?

— Vinte... e um?

— Qual era o nome da sua mãe?

Junior pensou um pouco.

— Jason Giambi — disse, finalmente, depois soltou um riso agudo. Mas a expressão apática e emaciada do rosto não mudava nunca.

— Quando a Redoma caiu?

— Sábado.

— E isso foi há quanto tempo?

Junior franziu a testa.

— Uma semana? — perguntou, finalmente. Em seguida: — Duas semanas? Faz algum tempo, com certeza. Finalmente se virou para Rusty. Os olhos brilhavam com o Valium que Thurse Marshall lhe injetara. — *Baaarbie* mandou você fazer todas essas perguntas? Ele matou todos eles, sabe. — Fez que sim com a cabeça. — Achamos as taquinhas de pentificação. — Uma pausa. — *Plaquinhas*.

— Barbie não me mandou fazer nada — disse Rusty. — Ele está preso.

— E logo, logo vai estar no inferno — disse Junior com objetividade seca. — Vamos julgar e executar ele. O meu pai que disse. Não tem pena de morte no Maine, mas ele disse que nós estamos numa situação de guerra. Salada de ovos tem calorias demais.

— É verdade — disse Rusty. Trouxera o estetoscópio, o aparelho de pressão e o oftalmoscópio. Enrolou a braçadeira no braço de Junior. — Você sabe o nome dos três últimos presidentes americanos na ordem, Junior?

— Claro. Bush, Push e Tush. — Deu uma gargalhada enlouquecida, mas ainda sem nenhuma expressão facial.

A pressão de Junior era de 14,7 por 12,0. Rusty se preparara para coisa pior.

— Sabe quem veio visitar você antes de mim?

— Sei. O velhote que eu e Frankie encontramos no lago pouco antes de acharmos os garotos. Espero que aqueles garotos estejam bem. Eram bem bonitinhos.

— Lembra o nome deles?

— Aidan e Alice Appleton. Nós fomos até o clube e aquela garota de cabelo ruivo me bateu punheta por baixo da mesa. Achei que ela ia clarear tudo antes de se acabar. — Uma pausa. — *De acabar*.

— A-hã. — Rusty usou o oftalmoscópio. O olho direito de Junior estava bom. O disco óptico do esquerdo estava protuberante, condição conhecida como papiledema. Era um sintoma comum de tumores cerebrais avançados e do inchaço resultante.

— Está vendo alguma coisa azul, Raul?

— Não. — Rusty pousou o oftalmoscópio e depois ergueu o indicador na frente do rosto de Junior. — Quero que você toque o meu dedo com o seu. Depois, o nariz.

Foi o que Junior fez. Rusty começou a mover o dedo devagar para a frente e para trás.

— Continua.

Junior conseguiu ir uma vez do dedo que se movia até o nariz. Depois atingiu o dedo, mas tocou a bochecha. Da terceira vez, errou o dedo e tocou a sobrancelha direita.

— Oba. Quer mais? Consigo passar o dia fazendo isso, sabe.

Rusty empurrou a cadeira para trás e se levantou.

— Vou mandar Ginny Tomlinson te trazer um remédio.

— Depois do remédio, posso ir pra minhocada? Pra minha casa, quer dizer?

— É melhor passar a noite conosco, Junior. Em observação.

— Mas eu estou bem, não estou? Tive uma das minhas dores de cabeça antes, uma daquelas brabas, mas já passou. Estou bem, não estou?

— Agora não posso dizer nada — respondeu Rusty. — Quero conversar com Thurston Marshall e dar uma olhada nos livros.

— Cara, aquele sujeito nem é médico. É professor de inglês.

— Talvez seja, mas ele te tratou bem. Melhor do que você e o Frank trataram ele, pelo que eu sei.

Junior fez um gesto de desdém.

— A gente só tava brincando. Além disso, tratamos bem os gatoros, não foi?

— Nesse caso não posso discutir. Por enquanto, Junior, relaxe. Por que não assiste à TV?

Junior pensou um pouco e perguntou:

— O que tem pro jantar?

6

Naquelas circunstâncias, a única coisa em que Rusty conseguiu pensar para reduzir o inchaço do que servia de cérebro a Junior Rennie foi manitol intravenoso. Pegou a ficha pendurada na porta e viu um bilhete preso com uma letra redonda desconhecida:

> *Caro dr. Everett: O que acha de manitol para este paciente? Não posso receitar, não faço ideia da dose correta.*
>
> *Thurse*

Rusty rabiscou a dose. Ginny estava certa; Thurston Marshall era bom.

7

A porta do quarto de Big Jim estava aberta, mas o quarto estava vazio. Rusty ouviu a voz do homem vindo do dormitório preferido do falecido dr. Haskell. Rusty foi até a sala dos médicos. Não pensou em pegar a ficha de Big Jim, um esquecimento do qual se arrependeria.

Big Jim estava totalmente vestido e sentado junto à janela com o celular ao ouvido, muito embora o cartaz da parede mostrasse um celular vermelho vivo com um X vermelho em cima para os incapazes de ler. Rusty achou que lhe daria muito prazer ordenar a Big Jim que desligasse o telefone. Talvez não fosse a forma mais política de começar o que seria uma combinação de exame e discussão, mas sentiu muita vontade. Deu um passo à frente e parou. A seco.

Uma lembrança nítida surgiu: não conseguir dormir, levantar-se para pegar um pedaço do pão de laranja e uva-do-monte de Linda, escutar Audrey gemendo baixinho no quarto das meninas. Ir até lá dar uma olhada nas Jotinhas. Sentar-se na cama de Jannie debaixo de Hannah Montana, o seu anjo da guarda.

Por que essa lembrança demorou tanto para vir? Por que não durante o encontro com Big Jim, no escritório da casa de Big Jim?

Porque na época eu não sabia dos assassinatos, estava concentrado no gás. E porque a Janelle não estava tendo uma convulsão, estava só no sono REM. Falando enquanto dormia.

Ele tem uma bola de beisebol dourada, papai. É uma bola má.

Nem na noite anterior, no necrotério, aquela lembrança ressurgira. Só agora, quando era tarde-demais-e-meia.

Mas pense no que isso significa: aquele aparelho na Serra Negra, além de emitir radiação limitada, pode estar transmitindo outra coisa. Chame de premonição induzida, chame de coisa que nem nome tem, mas, não importa como se cha-

me, existe. E se Jannie estava certa a respeito da bola de beisebol dourada, todos os garotos que fizeram pronunciamentos de Sibila sobre um desastre no Halloween também podem estar certos. Mas será no dia exato? Ou poderia ser antes?

Rusty achava que era o segundo caso. Para os garotos da cidade, superempolgados com gostosuras ou travessuras, já era Halloween.

— Não me *importa* o que você entendeu, Stewart — dizia Big Jim. Parecia que 3 miligramas de Valium não o tinham amaciado; soava fabulosamente irritado como sempre. — Você e Fernald vão até lá, e levem Roger com vo... hein? O quê? — Ele escutou. — Eu nem devia te contar. Não assistiu à melequenta da televisão? Se ele ficar insolente, você...

Ele ergueu os olhos e viu Rusty à porta. Por um instante apenas, Big Jim ficou com o olhar espantado de quem recorda uma conversa e tenta decidir quanto o recém-chegado pode ter ouvido.

— Stewart, tem gente aqui. Ligo depois, e quando eu ligar é bom você me dizer o que eu quero escutar. — Ele desligou sem dizer até logo, estendeu o celular para Rusty e desnudou os dentinhos superiores num sorriso. — Eu sei, eu sei, está errado, mas os problemas da cidade não podem esperar. — Suspirou. — Não é fácil ser o único de quem todos dependem, ainda mais quando a gente não se sente bem.

— Deve ser difícil — concordou Rusty.

— Que Deus me ajude. Gostaria de saber qual a minha filosofia, parceiro?

Não.

— Claro.

— Quando fecha uma porta, Deus abre uma janela.

— Acha mesmo?

— *Sei* que é assim. E o que sempre tento lembrar é que quando a gente reza pelo que *quer*, Deus se faz de surdo. Mas quando a gente reza pelo que precisa, ele é *todo* ouvidos.

— A-há. — Rusty entrou na sala dos médicos. Na parede, a TV estava sintonizada na CNN. O som estava desligado, mas havia uma foto de James Rennie pai projetando-se atrás do locutor: preta e branca, nada lisonjeira. Um dos dedos de Big Jim estava erguido, assim como o lábio superior. Não num sorriso, mas num muxoxo notavelmente canino. A legenda embaixo dizia CIDADE DA REDOMA: SANTUÁRIO DAS DROGAS? A imagem mudou para um anúncio de carros usados de Jim Rennie, aquele irritante que sempre acabava com um dos vendedores (nunca o próprio Big Jim) gritando: *Com Big Jim NEGOCIANDO, quem entra a pé já sai RODANDO!*

Big Jim apontou e sorriu com tristeza.

— Vê o que os amigos do Barbara lá fora estão fazendo comigo? Ora, por que a surpresa? Quando veio redimir a humanidade, Cristo foi obrigado a carregar a própria cruz até o Monte Calvário, onde morreu em sangue e pó.

Rusty refletiu, e não pela primeira vez, sobre que remédio estranho o Valium era. Não sabia se realmente havia *veritas in vino*, mas havia muita verdade no Valium. Quando você o dava a alguém, especialmente por via intravenosa, com frequência ouvia exatamente o que a pessoa pensava de si mesma.

Rusty puxou uma cadeira e preparou o estetoscópio para a função.

— Levanta a camisa. — Quando Big Jim pousou o celular para obedecer, Rusty o enfiou no bolso do peito. — Vou levar isso, tá bem? Vai ficar na mesa da recepção. Lá pode usar celular. As cadeiras não são tão estofadas quanto aqui, mas também não são ruins.

Ele esperava que Big Jim protestasse, talvez explodisse, mas ele só espiou e expôs uma barriga protuberante de Buda e grandes peitos masculinos moles por cima. Rusty se inclinou e checou os batimentos. Estava bem melhor do que esperara. Ficaria contente com 110 batidas por minuto mais moderada ventriculação prematura. Em vez disso, o coração de Big Jim saltitava a 90, sem nenhuma batida fora do tempo.

— Estou me sentindo muito melhor — disse Big Jim. — Foi só estresse. Estou sob um estresse *terrível*. Vou ficar mais uma ou duas horas aqui pra descansar. Já percebeu que dá pra ver todo o centro da cidade dessa janela, parceiro? E vou ver Junior mais uma vez. Depois disso, vou embora e...

— Não é só estresse. Você está acima do peso e fora de forma.

Big Jim desnudou os dentes superiores naquele sorriso falsificado.

— Administro uma empresa e uma cidade, parceiro... ambas no azul, aliás. Isso deixa pouco tempo pra esteiras, steps etc.

— Dois anos atrás, você foi internado com taquicardia atrial paroxística, Rennie. Isso é...

— Eu sei o que é. Fui até o site da WebMD e lá diz que pessoas saudáveis costumam ter...

— Ron Haskell te disse com muita clareza pra controlar o peso, controlar a arritmia com medicação e, se a medicação não funcionasse, estudar opções cirúrgicas pra corrigir o problema pela raiz.

Big Jim começava a parecer uma criança infeliz presa numa cadeira alta.

— Deus me disse que não! Deus disse nada de marca-passo! E Deus estava certo! Duke Perkins tinha marca-passo, e veja o que aconteceu!

— Sem falar na viúva dele — disse Rusty baixinho. — Que azar o dela, também. Deve ter ido ao lugar errado na hora errada.

Big Jim o examinou, olhinhos de porco a calcular. Depois, ergueu os olhos para o teto.

— As luzes estão acesas de novo, não estão? Consegui seu gás, como você pediu. Algumas pessoas não têm muita gratidão. É claro que um homem na minha posição se acostuma com isso.

— Amanhã à noite acaba outra vez.

Big Jim balançou a cabeça.

— Amanhã à noite você terá gás suficiente pra manter esse lugar funcionando até o Natal, se for necessário. Isso eu prometo por ser tão bom com os seus pacientes e boa pessoa no geral.

— Eu *tenho* dificuldade pra ser grato quando me devolvem o que já era meu. Sou mesmo esquisito.

— Ah, então agora você se iguala ao hospital? — roncou Big Jim.

— Por que não? O senhor acabou de se igualar a Cristo. É melhor voltarmos ao problema clínico, não acha?

Com desagrado, Big Jim abanou as mãos largas de dedos grossos.

— Valium não é cura. Se sair daqui, pode estar com arritmia de novo às cinco da tarde. Ou simplesmente travar de forma completa. O lado bom é que assim você encontraria o Salvador antes de escurecer aqui na cidade.

— E o que você recomendaria? — Rennie falou com calma. Recuperara a compostura.

— Posso dar algo que provavelmente resolverá o problema, ao menos a curto prazo. É um remédio.

— Que remédio?

— Mas tem um preço.

— Eu sabia — disse Big Jim baixinho. — Eu sabia que você estava do lado do Barbara no dia em que foi até o meu escritório com aquela história de me dá isso, me dá aquilo.

A única coisa que pedira fora o gás, mas Rusty ignorou isso.

— Como você sabia que o Barbara *tinha* um lado na época? Os assassinatos ainda não tinham sido descobertos, então como você sabia que ele *tinha* um lado?

Os olhos de Big Jim faiscaram de alegria, paranoia ou ambos.

— Eu tenho os meus truques, parceiro. E qual é o preço? O que você gostaria de trocar pelo remédio que vai evitar que eu tenha um enfarte? — E, antes que Rusty respondesse: — Deixa eu adivinhar. Você quer a liberdade do Barbara, não é?

— Não. Essa cidade lincharia ele assim que pusesse o pé do lado de fora.

Big Jim riu.

— De vez em quando você mostra uma pitada de bom-senso.

— Quero que você renuncie. Sanders também. Deixe a Andrea Grinnell assumir, com Julia Shumway pra ajudar até que Andi se livre das drogas.

Big Jim riu mais alto dessa vez, e deu um tapa na coxa para completar.

— Eu achei que o Cox era ruim: ele queria que aquela peituda ajudasse a Andrea; mas você consegue ser muito pior. Shumway! Aquela coisa-que-rima-com-aranha que não sabe somar dois mais dois!

— Eu sei que você matou o Coggins.

Ele não queria dizer aquilo, mas saiu antes que conseguisse frear. E qual o problema? Só estavam os dois ali, a menos que John Roberts, da CNN, também contasse, olhando da TV presa na parede. Além disso, o resultado valeu a pena. Pela primeira vez desde que aceitara a realidade da Redoma, Big Jim se abalou. Tentou manter o rosto neutro e não conseguiu.

— Você tá maluco.

— Você sabe que não. Ontem à noite, eu fui à Funerária Bowie e examinei o corpo das quatro vítimas de homicídio.

— Você não tinha o direito de fazer isso! Você não é legista! Não é nem um melequento de um *médico*!

— Relaxa, Rennie. Conta até dez. Lembra do seu coração. — Rusty fez uma pausa. — Pensando melhor, *foda-se* o seu coração. Depois da merda que você aprontou e da merda que está aprontando agora, *foda-se* o seu coração. Tinha marcas em todo o rosto do Coggins. Marcas muito atípicas, mas fáceis de identificar. Marcas de pontos. Não tenho dúvida de que combinam com a bola de beisebol que eu vi na sua mesa.

— Isso não significa nada. — Mas Rennie deu uma olhada na porta aberta do banheiro.

— Significa muito. Ainda mais levando-se em conta que os outros corpos estavam jogados no mesmo lugar. Pra mim, isso indica que quem matou o Coggins matou os outros. Eu acho que foi você. Ou talvez você e o Junior. Fizeram um time de pai e filho? Foi assim?

— Eu me recuso a dar ouvidos a isso! — Começou a se levantar. Rusty o empurrou de volta para a cadeira. Foi surpreendentemente fácil.

— Fica aí onde você está! — berrou Rennie. — Caralho, fica aí onde você está!

Rusty disse:

— Por que você matou ele? Ameaçou denunciar seu negócio com drogas? Ele participava?

— Fica aí onde você está! — repetiu Rennie, embora Rusty já tivesse se sentado. Na hora não lhe ocorreu que talvez Rennie não estivesse falando com ele.

— Eu posso guardar segredo — disse Rusty. — E posso te dar algo que vai cuidar da sua taquicardia melhor do que Valium. Em troca, você renuncia. Anuncia a renúncia por razões de saúde a favor de Andrea na grande assembleia de amanhã. Você vai sair de lá como herói.

Não havia como recusar, pensou Rusty; o homem estava acuado.

Rennie virou-se para a porta aberta do banheiro de novo e disse:

— Agora podem vir.

Carter Thibodeau e Freddy Denton surgiram do banheiro onde estavam escondidos — e ouvindo tudo.

8

— Que merda — disse Stewart Bowie.

Ele e o irmão estavam na sala de trabalho, no porão da funerária. Stewart maquiava Arietta Coombs, o mais recente suicídio de Mill e a mais recente freguesa da Funerária Bowie.

— Maldito *monte de merda* fodido e filho da puta!

Ele largou o celular no balcão e do bolso largo na frente do avental verde emborrachado tirou um pacote de biscoitos Ritz recheados de manteiga de amendoim. Stewart sempre comia quando se irritava, sempre fazia bagunça com a comida ("Os porcos comeram aqui", dizia o pai quando o jovem Stewie saía da mesa), e agora havia migalhas de Ritz no rosto de Arietta, virado para cima e nada pacífico; se ela pensara que engolir desentupidor de ralo seria uma forma rápida e indolor de fugir da Redoma, se enganara redondamente. O maldito produto corroera o caminho todo pelo estômago e pelas costas.

— O que aconteceu? — perguntou Fern.

— Por que eu fui me envolver com o filho da puta do Rennie?

— Por dinheiro?

— De que adianta dinheiro agora? — rugiu Stewart. — O que eu vou fazer, um monte de compras na Loja de Departamentos Burpee? Ah, isso me dá mesmo um tesão enorme!

Ele abriu a boca da viúva idosa e jogou lá dentro os restos de biscoito.

— Toma, sua puta, tá na hora do lanche.

Stewart agarrou o celular, apertou o botão CONTATOS e escolheu um número.

— Se ele não estiver lá — disse, talvez para Fern, talvez para si mesmo —, eu vou até lá, acho ele e lhe enfio uma daquelas galinhas bem no maldito...

Mas Roger Killian estava lá. E no seu maldito galinheiro. Stewart conseguia ouvir os cacarejos. Também conseguia ouvir as escalas dos violinos de Mantovani saindo do sistema de som do galinheiro. Quando os garotos estavam lá, era Metallica ou Pantera.

— Lô?

— Roger. É Stewie. Está bem, irmão?

— Tô — concordou Roger, o que provavelmente queria dizer que dera umas baforadas, mas e daí?

— Vem aqui pra cidade. Encontra comigo e com o Fern no pátio da prefeitura. Vamos pegar dois caminhões grandes, aqueles que têm guindaste, e ir até a WCIK. Todo o gás tem que ser trazido de volta pra cidade. Não podemos fazer tudo num dia só, mas o Jim diz que temos que começar. Amanhã vou recrutar mais uns cinco ou seis em quem possamos confiar, parte do maldito exército particular do Jim, se ele quiser abrir mão deles, e nós acabamos.

— Ah, Stewart, não... Eu tenho que alimentar as galinhas! Todos os meninos que me restavam viraram policiais!

O que significa, pensou Stewart, *que você quer sentar naquela tua salinha pra fumar* meth, *ouvir música ruim e assistir a vídeos de lésbicas se beijando no teu computador*. Ele não sabia como alguém conseguia ficar com tesão com um fedor de titica tão pesado que dava para esmagar alguém, mas Roger Killian conseguia.

— Não é uma missão voluntária, irmão. Recebi ordens e estou lhe dando uma ordem. Meia hora. E se por acaso você encontrar qualquer um dos seus filhos por aí, arrasta ele junto.

Desligou antes que Roger recomeçasse aquelas queixas de merda e, por um instante, só ficou ali, fulo de raiva. A última coisa que tinha vontade de fazer naquele resto de tarde de quarta-feira era gastar os músculos para pôr cilindros de gás em caminhões... mas era o que faria, tudo bem. Faria mesmo.

Pegou a mangueira na pia, enfiou-a pela dentadura de Arietta Coombs e ligou a água. Era uma mangueira de pressão e o cadáver deu um pulo na mesa.

— Uma aguinha pro biscoito descer, vovó — grunhiu. — Senão você vai engasgar.

— Para! — gritou Fern. — Vai arrombar o buraco do...

Tarde demais.

9

Big Jim olhou para Rusty com um sorriso de *viu o que você arranjou?* Depois, se virou para Carter e Freddy Denton.

— Vocês ouviram o sr. Everett tentar me coagir?

— Claro que sim — disse Freddy.

— Ouviram que ele ameaçou me negar remédios que poderiam me salvar a vida caso eu me recusasse a renunciar?

— Ouvimos — disse Carter, e presenteou Rusty com um olhar negro. Rusty se perguntou como é que pudera ser tão estúpido.

Foi um dia cansativo — foi por isso.

— O remédio em questão talvez seja um medicamento chamado verapamil, que aquele sujeito de cabelo comprido me ministrou no soro.

Big Jim mostrou os dentinhos noutro sorriso desagradável.

Verapamil. Pela primeira vez, Rusty se amaldiçoou por não pegar a ficha de Big Jim pendurada na porta e examiná-la. Não seria a última vez.

— Que tipo de crime nós temos aqui, na opinião de vocês? — perguntou Big Jim. — Ameaça criminosa?

— Claro, e extorsão — disse Freddy.

— Porra nenhuma, foi tentativa de homicídio — disse Carter.

— E quem vocês acham que mandou ele fazer isso?

— Barbie — disse Carter, e atingiu Rusty na boca. Rusty não percebeu a vinda do golpe e sequer começou a erguer a guarda. Cambaleou para trás, bateu numa das cadeiras e caiu sobre ela de lado, com a boca sangrando.

— Isso é por resistir à prisão — observou Big Jim. — Mas não basta. Ponham ele no chão, amigos. Quero ele no chão.

Rusty tentou correr, mas mal conseguiu sair da cadeira quando Carter agarrou um dos seus braços e o girou. Freddy pôs o pé atrás das suas pernas. Carter empurrou. *Como garotos no pátio da escola*, pensou Rusty ao cair.

Carter se abaixou ao lado dele. Rusty lhe deu um golpe. Bem na bochecha esquerda de Carter. Carter sacudiu a cabeça com impaciência, como o homem que tenta se livrar de uma mosca incômoda. Um instante depois, estava sentado no peito de Rusty a lhe sorrir. É, que nem no pátio da escola, só que sem inspetor para interromper as coisas.

Ele virou a cabeça para Rennie, que agora estava em pé.

— Você não vai querer fazer isso — ofegou. O coração batia com força. Mal conseguia respirar o suficiente para alimentá-lo. Thibodeau era muito pesado. Freddy Denton estava nos seus joelhos, ao lado dos outros dois. Para Rusty, parecia o juiz numa daquelas lutas armadas de vale-tudo.

— Mas eu quero, Everett — disse Big Jim. — Na verdade, que Deus o abençoe, eu *tenho*. Freddy, pega meu celular. Está no bolso do peito dele, e não quero que se quebre. O melequento roubou. Pode acrescentar isso à ficha quando levar ele pra delegacia.

— Mais gente sabe — disse Rusty. Ele nunca se sentira tão desamparado. E tão estúpido. Dizer a si mesmo que não fora o primeiro a subestimar James Rennie pai não adiantava. — Mais gente sabe o que você fez.

— Talvez — disse Big Jim. — Mas quem são? Outros amigos de Dale Barbara, é claro. Os que começaram o saque do supermercado, os que queimaram a redação do jornal. Os que criaram essa Redoma, aliás, não tenho dúvida. Algum tipo de experiência do governo, é isso que eu acho. Mas nós não somos ratos numa caixa, somos? Somos, Carter?

— Não.

— Freddy, o que você tá esperando?

Freddy estivera escutando Big Jim com uma expressão que dizia *Agora entendi*. Pegou o celular de Big Jim no bolso de Rusty e o jogou num dos sofás. Depois, se virou para Rusty.

— Há quanto tempo você tá planejando isso? Há quanto tempo ficou planejando nos trancar na cidade pra ver o que a gente faria?

— Freddy, ouça o que você está dizendo — disse Rusty. As palavras saíram num assovio. Céus, como Thibodeau era pesado. — Isso é loucura. Não faz sentido. Não consegue ver que...

— Segura a mão dele no chão — disse Big Jim. — A esquerda.

Freddy fez o que lhe foi mandado. Rusty tentou lutar, mas com Thibodeau lhe segurando os braços, não tinha apoio.

— Sinto muito fazer isso, parceiro, mas o povo dessa cidade tem que entender que nós temos o terrorismo sob controle.

Rennie poderia dizer o quanto quisesse que sentia muito, mas um instante antes de pôr o calcanhar do sapato e todos os seus 105 quilos sobre a mão esquerda fechada de Rusty, este viu um motivo diferente surgir na frente das calças de gabardina do segundo vereador. Ele gostava daquilo, e não só no sentido cerebral.

Então o calcanhar apertou e moeu: com força, com mais força, com toda a força. O rosto de Big Jim se contraiu com o esforço. Apareceu suor sob os olhos. A língua estava presa entre os dentes.

Não grita, pensou Rusty. *A Ginny vai vir, e aí vai cair no fogo também. E ele quer que você grite. Não dê a ele esse prazer.*

Mas, quando escutou o primeiro estalo debaixo do calcanhar de Big Jim, ele gritou. Não conseguiu segurar.

Houve outro estalo. E um terceiro.

Big Jim recuou, satisfeito.

— Ponham ele de pé e levem pra cadeia. Que vá conversar com o amigo dele.

Freddy examinava a mão de Rusty, que já começava a inchar. Três dos quatro dedos estavam curvados bem fora de prumo.

— Arrebentados — disse, com grande satisfação.

Ginny apareceu na porta da sala dos médicos, os olhos arregalados.

— Em nome de Deus, o que vocês estão fazendo?

— Prendendo esse canalha por extorsão, ameaça criminosa e tentativa de homicídio — disse Freddy Denton enquanto Carter punha Rusty Everett de pé. — E é só o começo. Ele resistiu à prisão e nós o subjugamos. Por favor, sai da frente, senhora.

— Vocês estão doidos! — gritou Ginny. — Rusty, a sua *mão*!

— Eu estou bem. Liga pra Linda. Diz pra ela que esses *brutamontes*...

Ele não disse mais nada. Carter o agarrou pelo pescoço e correu com ele para fora da porta com a cabeça baixa. No seu ouvido, Carter sussurrou:

— Se eu tivesse certeza de que aquele velho sabe tanto de medicina quanto você, eu mesmo te mataria.

Tudo isso em quatro dias e pouco, espantou-se Rusty, enquanto Carter o forçava a descer o corredor, cambaleando e quase dobrado ao meio, agarrado pelo pescoço. A mão esquerda não era mais mão, era só um naco berrante de dor abaixo do pulso. *Só quatro dias e pouco.*

Ele gostaria de saber se os cabeças de couro — o que quer ou quem quer que fossem — estavam gostando do espetáculo.

10

A tarde estava no fim quando Linda finalmente encontrou a bibliotecária de Mill. Lissa descia a 117 de bicicleta, na direção da cidade. Disse que ficara conversando com as sentinelas do lado de fora da Redoma, tentando obter mais informações sobre o Dia de Visita.

— Eles não podem conversar com os habitantes, mas alguns falam — disse ela. — Ainda mais quando a gente deixa os três botões de cima da blusa abertos. Parece que isso é bom pra começar uma conversa. Ao menos com os caras do Exército. Já os fuzileiros... Acho que eu podia tirar a roupa toda e dançar a macarena que eles não fariam nem buu. Aqueles rapazes parecem imunes a apelo sexual. — Ela sorriu. — Não que alguém vá me confundir com a Kate Winslet.

— Conseguiu alguma informação interessante?

— Nenhuma. — Lissa estava montada na bicicleta, olhando Linda pela janela do carona. — Eles não sabem de nada. Mas estão preocupadíssimos conosco; fiquei comovida com isso. E ouvem tantos boatos quanto nós. Um deles me perguntou se era verdade que cem pessoas já tinham se suicidado.

— Pode entrar no carro um instante?

O sorriso de Lissa aumentou.

— Estou sendo presa?

— Tem uma coisa que eu quero falar com você. — Lissa baixou o descanso da bicicleta e entrou, tirando antes do caminho a prancheta de Linda e o radar de velocidade que não funcionava. Linda lhe contou a visita clandestina à funerária e o que tinham achado lá, e depois a proposta de reunião no presbitério. A resposta de Lissa foi veemente e imediata.

— Eu vou estar lá; nem tentem me deixar de fora.

O rádio soltou um pigarro e Stacey falou.

— Unidade 4, Unidade 4. Câmbio-câmbio-câmbio.

Linda agarrou o microfone. Não foi em Rusty que pensou; foi nas meninas.

— Quatro aqui, Stacey. Câmbio.

O que Stacey Moggin lhe disse em seguida transformou a inquietação de Linda em puro terror.

— Tenho algo ruim pra te contar, Lin. Eu diria pra se sentar, mas acho que não *adianta* se sentar pra uma coisa dessas. Rusty foi preso.

— O quê? — Linda quase gritou, mas só para Lissa; não apertou o botão ENVIAR na lateral do microfone.

— Puseram ele lá embaixo no Galinheiro, junto do Barbie. Ele está bem, mas parece que quebrou a mão; estava segurando ela contra o peito, e estava toda inchada. — Ela baixou a voz. — Disseram que foi por resistir à prisão. Câmbio.

Dessa vez, Linda se lembrou de ligar o microfone.

— Já estou indo. Diz pra ele que eu estou indo. Câmbio.

— Não posso — disse Stacey. — Ninguém mais pode descer lá, só os policiais de uma lista especial... e eu não estou nela. Há uma montanha de acusações, inclusive tentativa de homicídio e cúmplice de homicídio. Volta pra cidade com calma. Não vão deixar que você veja ele, e não há por que se arrebentar pelo caminho...

Linda ligou o microfone três vezes: *câmbio-câmbio-câmbio*. Depois, disse:

— Eu vou ver ele assim mesmo.

Mas não o viu. O chefe Peter Randolph, parecendo recém-descansado do cochilo, a recebeu no alto da escada da delegacia e lhe disse que queria de volta a arma e a insígnia; como esposa de Rusty, também era suspeita de conspirar contra o governo legal da cidade e fomentar a insurreição.

Ótimo, foi o que teve vontade de dizer. *Me prende, me põe lá embaixo com meu marido.* Mas aí pensou nas meninas, que agora estariam na casa de Marta, esperando que ela as buscasse, querendo lhe contar tudo sobre o dia de aula. Também pensou na reunião no presbitério à noite. Não poderia comparecer se estivesse numa cela, e agora a reunião era mais importante que nunca.

Afinal, se iam soltar um prisioneiro amanhã à noite, por que não dois?

— Diz pra ele que eu amo ele — pediu Linda, desafivelando o cinto e tirando o coldre. Nunca gostara mesmo do peso da arma. Parar o trânsito para atravessar os pequenos a caminho da escola, e dizer aos garotos do secundário que jogassem o cigarro fora junto com os palavrões... essas coisas eram mais o seu forte.

— Eu transmito a mensagem, sra. Everett.

— Alguém deu uma olhada na mão dele? Disseram que a mão dele pode estar quebrada.

Randolph franziu a testa.

— Quem disse?

— Não sei quem ligou. Ele não se identificou. Talvez fosse um dos nossos rapazes, mas a recepção lá na 117 não é muito boa.

Randolph pensou um pouco e decidiu deixar para lá.

— A mão do Rusty está bem — disse ele. — E nossos rapazes não são mais seus rapazes. Vai pra casa. Acho que nós vamos ter perguntas a lhe fazer mais tarde.

Ela sentiu as lágrimas e as segurou.

— O que eu devo dizer pras minhas filhas? Devo dizer que o papai está na cadeia? Você sabe que Rusty é um dos caras do bem; você *sabe* disso. *Meu Deus*, foi ele que diagnosticou a sua vesícula no ano passado!

— Não posso ajudar muito nisso, sra. Everett — disse Randolph; os dias em que a chamava de Linda pareciam ter ficado para trás. — Mas sugiro que *não* conte que papai conspirou com Dale Barbara no assassinato de Brenda Perkins e Lester Coggins; dos outros não tenho muita certeza, foram claramente crimes sexuais e talvez Rusty não soubesse deles.

— Isso é loucura!

Talvez Randolph não tenha escutado.

— Também tentou matar o vereador Rennie não lhe dando acesso a um remédio vital. Por sorte, Big Jim teve a perspicácia de esconder alguns policiais por perto. — Ele balançou a cabeça. — Ameaçar não dar remédios capazes de salvar a vida de um homem que adoeceu cuidando da cidade. Eis o seu cara do bem; eis o seu maldito cara do bem.

Ela estava numa enrascada, e sabia disso. Foi embora antes que a situação piorasse. As cinco horas até a reunião no presbitério da Congregacional se estendiam bem compridas diante dela. Ela não conseguia pensar em nenhum lugar para ir, em nada para fazer.

Foi quando pensou.

11

A mão de Rusty não estava nada bem. Isso até Barbie podia ver, e havia três celas vazias entre eles.

— Rusty, há algo que eu possa fazer?

Rusty conseguiu sorrir.

— Não, a menos que possa me jogar uma aspirina. Darvocet seria ainda melhor.

— Acabou de acabar. Não te deram nada?

— Não, mas a dor diminuiu um pouco. Eu vou sobreviver. — Aquele papo era bem mais durão do que na realidade; a dor era fortíssima, e ele estava prestes a piorá-la. — Mas eu tenho que fazer algo com esses dedos.

— Boa sorte.

Por milagre, nenhum dos dedos estava quebrado, só um osso da mão. O quinto metacarpo. A única coisa que poderia fazer era rasgar tiras da camiseta e usá-las como tala. Mas primeiro...

Ele agarrou o indicador esquerdo, deslocado na articulação interfalangeana proximal. No cinema, essas coisas sempre aconteciam depressa. Depressa era dramático. Infelizmente, depressa poderia piorar em vez de melhorar. Ele aplicou uma pressão firme, lenta e crescente. A dor era pavorosa; ele a sentia até a articulação do maxilar. Conseguiu escutar o dedo ranger como a dobradiça de uma porta que passa muito tempo sem ser aberta. Em algum lugar, tanto perto quanto em outro país, ele avistou Barbie em pé na porta da cela, observando.

Então, de repente, o dedo ficou magicamente reto e a dor diminuiu. Naquele, ao menos. Ele se sentou no catre, ofegando como quem termina uma corrida.

— Pronto? — perguntou Barbie.

— Ainda não. Também tenho que ajeitar o dedo do foda-se. Talvez precise dele.

Rusty agarrou o dedo médio e começou de novo. E novamente, bem quando parecia que a dor não poderia piorar mais, a articulação deslocada voltou ao lugar. Agora havia só o problema do mindinho, que apontava para fora como se quisesse fazer um brinde.

E faria, se pudesse, pensou ele. *"Ao dia mais fodido da história."* Ao menos da história de Eric Everett.

Começou a enrolar o dedo. Esse também doeu, e foi o que mais demorou.

— O que você fez? — perguntou Barbie, depois estalou os dedos duas vezes, com força. Apontou o teto e pôs uma das mãos em concha junto à orelha. Será que sabia mesmo que o Galinheiro tinha escuta ou só desconfiava? Rusty decidiu que não importava. Seria melhor se comportar como se tivesse, embora fosse difícil acreditar que alguém naquele bando de patetas tivesse pensado nisso.

— Cometi o erro de tentar fazer Big Jim renunciar — disse Rusty. — Sem dúvida eles vão acrescentar uma dúzia de outras acusações, mas fui preso basicamente por dizer a ele que parasse de forçar tanto a barra, senão teria um enfarte.

É claro que isso deixava de lado o assunto de Coggins, mas Rusty achou que assim seria melhor para a sua saúde.

— Como é a comida aqui?

— Não é ruim — disse Barbie. — Rose me trouxe o almoço. Mas é bom tomar cuidado com a água. Pode estar meio salgada.

Ele abriu os dois primeiros dedos da mão direita, apontou os olhos com eles e depois apontou a boca: *observe*.

Rusty fez que sim.

Amanhã à noite, fez Barbie com a boca, sem emitir som.

Eu sei, respondeu Rusty de volta com a boca. Exagerar as sílabas fez os lábios se racharem e voltarem a sangrar.

Barbie fez com a boca: *Precisamos... de... um... lugar... seguro.*

Graças a Joe McClatchey e os amigos, Rusty achou que essa parte estava resolvida.

12

Andy Sanders teve uma convulsão.

Era mesmo inevitável: não estava acostumado com a *meth* e andara fumando muito. Estava no estúdio da WCIK, escutando a sinfonia do Nosso Pão de Cada Dia se elevar em *Como sois grande*, e regendo junto. Via-se voando por cordas de violino eternas.

O Chef estava em algum lugar com o narguilé, mas deixara com Andy um suprimento de gordos cigarros híbridos que chamava de piticos.

— É melhor tomar cuidado com esses, Sanders — dissera. — São explosivos. "Pois não dado ao vinho deves ser moderado." Primeira Epístola a Timóteo. Também se aplica a isso.

Andy concordou solenemente, mas fumou feito demônio depois que o Chef se foi: dois piticos, um depois do outro. Baforou até virarem só guimbas quentes que lhe queimaram os dedos. O cheiro de mijo de gato assado do *ice* já subira para o primeiro lugar da sua parada de sucessos aromaterápica. Estava no meio do terceiro pitico e ainda regia como Leonard Bernstein quando deu uma tragada especialmente profunda e imediatamente apagou. Caiu no chão e ficou se contorcendo num rio de música sacra. Espuma de cuspe escorria entre os dentes cerrados. Os olhos semiabertos rolavam nas órbitas, vendo coisas que não estavam ali. Ao menos, ainda não.

Dez minutos depois, ele acordou de novo, animado o bastante para sair correndo pelo caminho entre o estúdio e o depósito vermelho e comprido dos fundos.

— *Chef!* — berrava. — *Chef, cadê você? ELES ESTÃO VINDO!*

O Chef Bushey saiu pela porta lateral do depósito. O cabelo se eriçava da cabeça em fusos engordurados. Vestia calças de pijama imundas, manchadas de mijo na virilha e capim na barra. Estampadas com sapos de desenho animado que diziam RIBBIT, pendiam precariamente das flanges ossudas dos quadris, exibindo um tufo de pelos pubianos na frente e a rachadura da bunda atrás. Levava o AK-47 numa mão. Na coronha, pintara com cuidado as palavras GUERREIRO DE DEUS. O controle de porta de garagem estava na outra mão. Ele pousou o Guerreiro de Deus, mas não o Controle de Porta de Deus. Segurou os ombros de Andy e o sacudiu com força.

— Para com isso, Sanders, você está histérico.

— Eles estão vindo! Os homens amargos! Como você disse!

O Chef pensou no caso.

— Alguém ligou pra avisar?

— Não, foi uma visão! Desmaiei e tive uma visão!

Os olhos do Chef se arregalaram. A desconfiança deu lugar ao respeito. Olhou Andy, a estrada da Bostinha e Andy de novo.

— O que você viu? Quantos? Eram todos ou só uns poucos, como antes?

— Eu... Eu... Eu...

Chef o sacudiu de novo, mas dessa vez com mais gentileza.

— Calma, Sanders. Agora você está no exército do Senhor, e...

— Um soldado cristão!

— Isso, isso, isso. E eu sou o seu superior. Portanto, faça o relatório.

— Eles vêm em dois caminhões.

— Só dois?

— É.

— Alaranjados?

— É!

O Chef puxou a calça de pijama (que voltou à posição anterior quase de imediato) e concordou.

— Caminhões do município. Talvez aqueles mesmos três imbecis: os Bowie e o sr. Galinha.

— Sr...?

— Killian, Sanders, quem mais? Ele fuma *ice*, mas não entende o *propósito* do *ice*. É um idiota. Vem buscar mais gás.

— Será que a gente deve se esconder? Só se esconder e deixar eles levarem?

— Foi o que eu fiz antes. Mas não desta vez. Chega de me esconder e deixar que os outros levem tudo. A estrela Absinto ardeu. É hora de os homens de Deus içarem a sua bandeira. Você está comigo?

E Andy, que debaixo da Redoma perdera tudo o que já importara para ele, não hesitou.

— Estou!

— Até o fim, Sanders?

— Até o fim!

— Onde você deixou a sua arma?

Pelo que Andy conseguia se lembrar, estava no estúdio, encostada no pôster de Pat Robertson com o braço nos ombros do falecido Lester Coggins.

— Vamos buscar — disse Chef, pegando o GUERREIRO DE DEUS e verificando a trava. — E de agora em diante você leva ela com você, entendeu?

— Certo.

— A caixa de munição está lá?

— Está. — Andy arrastara um daqueles caixotes até lá havia apenas uma hora. Ao menos, achava que fora há uma hora; os piticos eram terríveis nisso de entortar as beiradas do tempo.

— Um instantinho — disse o Chef. Entrou pela lateral do depósito, foi até o caixote de granadas chinesas e pegou três. Deu duas a Andy e mandou que as pusesse no bolso. Pendurou a terceira granada pelo anel de detonação no cano do GUERREIRO DE DEUS. — Sanders, me disseram que, depois de puxar o pino, temos sete segundos pra nos livrarmos dessas chupa-picas, mas quando experimentei uma na vala de cascalho lá embaixo, foram uns quatro. Não se pode confiar nas raças orientais. Não se esqueça disso.

Andy disse que não se esqueceria.

— Tudo bem, vamos. Vamos buscar a sua arma.

Hesitante, Andy perguntou:

— Vamos usá-las?

Chef pareceu surpreso.

— Não, não, só se a gente precisar.

— Bom — disse Andy. Apesar de tudo, realmente não queria machucar ninguém.

— Mas se forçarem a barra, nós faremos o que for necessário. Você entende isso?

— Entendo — respondeu Andy.

Chef lhe deu um tapinha no ombro.

13

Joe perguntou à mãe se Benny e Norrie podiam dormir ali. Claire disse que tudo bem, se os pais deles concordassem. Na verdade, seria quase um alívio. Depois da aventura na Serra Negra, ela gostou da ideia de ficar de olho neles. Poderiam fazer pipoca no fogão de lenha e continuar o barulhento jogo de Banco Imobiliário que tinham começado uma hora atrás. Era barulhento *demais*, na verdade; a conversa e os miados tinham um toque nervoso, como quem passa assoviando do lado do cemitério, de que ela não gostava.

A mãe de Benny concordou, e, para a sua surpresa, a de Norrie também.

— Ótimo — disse Joanie Calvert. — Ando querendo uns tragos desde que isso aconteceu. Parece que hoje é a minha chance. E, Claire? Diz praquela menina pra ir atrás do avô amanhã pra dar um beijo nele.

— Quem é o avô?

— Ernie. Conhece Ernie, não conhece? Todo mundo conhece Ernie. Ele se preocupa com ela. Eu também, às vezes. Aquele skate... — Houve um tremor na voz de Joanie.

— Eu digo pra ela.

Claire mal desligara e bateram à porta. A princípio, não soube quem era a mulher de meia-idade com o rosto pálido e tenso. Então percebeu que era Linda Everett, que costumava ajudar as crianças a atravessar a rua diante da escola e multava os carros que ficavam tempo demais nas zonas de duas horas de estacionamento na rua Principal. E não era mesmo de meia-idade. Só que agora parecia.

— Linda! — exclamou Claire. — O que aconteceu? Foi o Rusty? Aconteceu alguma coisa com o Rusty? — Ela estava pensando em radiação... ao menos era o que lhe vinha à frente na mente. Nos fundos, ideias ainda piores se esgueiravam.

— Ele foi preso.

O jogo de Banco Imobiliário na sala de jantar se interrompera. Agora os participantes estavam juntos na porta da sala, fitando Linda solenemente.

— As acusações mais parecem um rol de lavanderia e incluem cumplicidade no assassinato de Lester Coggins e Brenda Perkins.

— *Não!* — gritou Benny.

Claire pensou em lhes pedir que saíssem da sala e decidiu que não adiantava. Achou que sabia por que Linda estava ali e compreendia, mas ainda a odiava um pouquinho por ter ido. E Rusty também, por envolver as crianças. Só que estavam todos envolvidos, não estavam? Debaixo da Redoma, envolvimento não era mais uma questão de opção.

— Ele se meteu no caminho do Rennie — disse Linda. — Essa é a verdadeira razão. Essa é a verdadeira razão de *tudo*, no que diz respeito a Big Jim: quem está ou não no caminho dele. Ele esqueceu inteiramente a situação terrível que nós vivemos aqui. Não, é pior. Ele está *usando* a situação.

Joe olhou Linda com solenidade.

— O sr. Rennie sabe aonde nós fomos hoje cedo, sra. Everett? Ele sabe da caixa? Acho que ele não deveria saber da caixa.

— Que caixa?

— A que nós encontramos na Serra Negra — disse Norrie. — Nós só vimos a luz que ela emite; Rusty foi até lá e olhou.

— É o gerador — disse Benny. — Só que ele não conseguiu desligar. Não conseguiu nem levantar, embora tenha dito que era bem pequena.

— Eu não sei nada sobre isso — disse Linda.

— Então o Rennie também não sabe — concluiu Joe. Parecia que tinham lhe tirado dos ombros o peso do mundo.

— Como é que você sabe?

— Porque ele teria mandado os policiais interrogarem a gente — disse Joe. — E se a gente não respondesse, ele ia levar *a gente* pra cadeia.

A distância, vieram duas leves explosões. Claire inclinou a cabeça e franziu a testa.

— Foram fogos ou tiros?

Linda não sabia, e como não vieram da cidade — fracas demais para isso —, não deu bola.

— Garotos, me contem o que aconteceu na Serra Negra. Contem tudo. O que vocês viram e o que o Rusty viu. Hoje à noite, talvez tenham que contar pra outras pessoas. Está na hora de juntar tudo o que nós sabemos. Na verdade, já passou da hora.

Claire abriu a boca para dizer que não queria se envolver, mas não disse. Porque não havia opção. Ao menos, nenhuma que conseguisse ver.

14

O estúdio da WCIK ficava bem afastado da estrada da Bostinha, e o caminho que levava até lá (asfaltado, em situação bem melhor do que a estrada propriamente dita) tinha quase meio quilômetro. Na ponta que dava na Bostinha, era flanqueado por um par de carvalhos centenários. A folhagem de outono, numa estação normal tão colorida que serviria para um calendário ou folheto turístico, pendia agora mole e marrom. Andy Sanders estava atrás de um daqueles troncos enrugados. O Chef estava atrás do outro. Dava para ouvir o rugido de motores a diesel de caminhões grandes se aproximando. O suor caiu nos olhos de Andy e ele o limpou.

— Sanders!

— O quê?

— A arma está destravada?

Andy verificou.

— Está.

— Tudo bem. Presta atenção e vê se entende de primeira. Se eu te disser pra começar a atirar, você *metralha* aqueles filhos da puta! De cima pra baixo, da esquerda pra direita! Se eu *não* te disser pra atirar, fica aí parado. Entendeu bem?

— En-entendi.

— Acho que não vai haver nenhuma morte.

Graças a Deus, pensou Andy.

— Não se forem só os Bowie e o sr. Galinha. Mas não dá pra ter certeza. Se eu tiver que fazer uma encenação, você me dá apoio?

— Dou. — Sem hesitar.

— E tira o dedo desse maldito gatilho senão você vai explodir a própria cabeça.

Andy olhou para baixo, viu que o dedo estava mesmo enrolado no gatilho do AK e o retirou com pressa.

Aguardaram. Andy conseguia ouvir o coração bater no meio da cabeça. Disse a si mesmo que era estupidez ter medo — se não fosse um telefonema fortuito, já estaria morto —, mas não adiantou. Porque um novo mundo se abrira diante dele. Sabia que podia ser um mundo falso (não vira o que as drogas tinham feito com Andi Grinnell?), mas era melhor do que o mundo de merda onde vivera até então.

Deus, por favor, faça com que vão embora, orou. *Por favor.*

Os caminhões surgiram, rodando devagar e soltando fumaça negra nos restos amortecidos do dia. Quando espiou detrás da sua árvore, Andy conseguiu ver dois homens no caminhão da frente. Provavelmente os Bowie.

Por muito tempo, o Chef não se mexeu. Andy começou a achar que, afinal de contas, ele mudara de ideia e pretendia deixar que levassem o gás. Então, o Chef se adiantou e disparou duas rajadas rápidas.

Doidaço ou não, a mira do Chef era boa. Os dois pneus da frente do primeiro caminhão se esvaziaram. A dianteira balançou três ou quatro vezes e então o caminhão parou. O de trás quase bateu na traseira. Andy conseguiu ouvir o som fraco de música, algum hino, e calculou que quem dirigia o segundo caminhão não ouvira os tiros por causa do rádio. Enquanto isso, a cabine do caminhão da frente parecia vazia. Os dois homens tinham se abaixado e ficado invisíveis.

O Chef Bushey, ainda descalço e usando só a calça do pijama RIBBIT (o controle de porta de garagem estava pendurado como um bipe no cordão frouxo da cintura) saiu detrás da árvore.

— Stewart Bowie! — gritou. — Fern Bowie! Saiam daí e falem comigo! — Ele encostou no carvalho o GUERREIRO DE DEUS.

Nada na cabine do caminhão da frente, mas a porta do motorista do segundo caminhão se abriu e Roger Killian desceu.

— Qual é o problema? — berrou. — Tenho que voltar e dar comida pras minhas gali... — Então, viu o Chef. — Oi, Philly, o que há?

— Se abaixa! — berrou um dos Bowie. — Esse filhodaputa maluco tá atirando!

Roger olhou o Chef, depois o AK-47 encostado na árvore.

— Talvez estivesse, mas ele baixou a arma. Além disso, é só ele. Qual é o problema, Phil?

— Agora sou Chef. Me chame de Chef.

— Tudo bem, Chef, qual é o problema?

— Desce daí, Stewart — gritou o Chef. — Você também, Fern. Acho que ninguém vai se machucar aqui.

As portas do caminhão da frente se abriram. Sem virar a cabeça, o Chef disse:

— Sanders! Se algum desses dois idiotas estiver armado, atire. Nada de um tiro só; é pra transformar eles em queijo suíço.

Mas nenhum dos Bowie estava armado. Fern estava com as mãos para cima.

— Com quem você está falando, parceiro? — perguntou Stewart.

— Vem pra cá, Sanders — disse Chef.

Andy obedeceu. Agora que a ameaça de carnificina imediata parecia ter passado, começava a se divertir. Se tivesse se lembrado de trazer um dos piticos do Chef, tinha certeza de que se divertiria ainda mais.

— Andy? — disse Stewart, espantado. — O que *você* está fazendo aqui?

— Fui convocado para o exército do Senhor. E vocês são homens amargos. Sabemos tudo sobre vocês, e aqui não é o seu lugar.

— *Hein?* — espantou-se Fern. Baixou as mãos. O capô do caminhão da frente se inclinava lentamente na direção da estrada enquanto os grandes pneus dianteiros continuavam a se esvaziar.

— Bem dito, Sanders — falou o Chef. E então, para Stewart: — Vocês três, embarquem naquele segundo caminhão. Deem meia-volta e levem essas bundas de merda de volta pra cidade. Quando chegarem, digam àquele filho apóstata do demônio que agora a WCIK é nossa. Isso inclui o laboratório e todos os suprimentos.

— Que merda você tá falando, Phil?

— *Chef*.

Stewart fez um gesto, abanando a mão.

— O nome que quiser, mas me diz qual é o...

— Eu sei que o seu irmão é estúpido — disse o Chef — e o sr. Galinha ali provavelmente não consegue amarrar os sapatos sem ler as instruções...

— Ei! — gritou Roger. — Veja lá como você fala!

Andy ergueu o AK. Achou que, quando tivesse oportunidade, pintaria CLAUDETTE na coronha.

— Não, veja lá você como fala.

Roger Killian empalideceu e deu um passo atrás. Isso nunca acontecera quando Andy discursava nas assembleias da cidade, e foi muito gratificante.

O Chef continuou falando como se não tivesse havido interrupção.

— Mas você tem ao menos meio cérebro, Stewart, então use. Deixa esse caminhão bem aqui onde está e volta pra cidade no outro. Diz pro Rennie que isso aqui não lhe pertence mais, pertence a Deus. Diz pra ele que a estrela Absinto ardeu, e que, se não quiser que o Apocalipse venha mais cedo, é melhor nos deixar em paz. — Ele reconsiderou. — Também pode dizer que vamos continuar transmitindo música. Duvido que ele se preocupe com isso, mas pra alguns na cidade ela pode ser um consolo.

— Sabe quantos policiais ele tem agora? — perguntou Stewart.

— Não dou a mínima.

— Acho que uns trinta. Até amanhã talvez sejam cinquenta. E metade da maldita cidade tá usando braçadeiras de apoio azuis. Se ele mandar pegarem em armas, ninguém vai achar ruim.

— Não vai adiantar também — disse o Chef. — A nossa fé está no Senhor, e a nossa força é de dez.

— Bem — disse Roger, exibindo a sua capacidade matemática —, então são vinte, mas vocês ainda estão em desvantagem.

— Cala a boca, Roger — disse Fern.

Stewart tentou de novo.

— Phil... Chef, quer dizer... você precisa se acalmar, porque não tem problema nisso. Ele não quer a droga, só o gás. Metade dos geradores da cidade já pifou. Até o fim de semana, vão ser três quartos. Deixa a gente levar o gás.

— Preciso dele pra cozinhar. Sinto muito.

Stewart o olhou como se ele tivesse enlouquecido. *Provavelmente enlouqueceu mesmo*, pensou Andy. *Nós dois, provavelmente*. Mas é claro que Jim Rennie também era louco, então empatava.

— Vai embora agora — disse o Chef. — E avise a ele que, se tentar mandar soldados contra nós, vai se arrepender.

Stewart pensou um pouco e deu de ombros.

— Não tenho mesmo nada a ver com isso. Vamos, Fern. Roger, eu dirijo.

— Tá bom pra mim — disse Roger Killian. — Detesto isso de motores. — Deu a Chef e Andy um último olhar cheio de desconfiança e partiu de volta para o segundo caminhão.

— Deus os abençoe, amigos — gritou Andy.

Stewart deu um olhar azedo para trás, por sobre o ombro.

— Deus te abençoe também. Porque Deus sabe que você vai precisar.

Os novos donos do maior laboratório de metanfetamina da América do Norte ficaram lado a lado, observando o grande caminhão laranja dar marcha a ré na estrada, fazer o retorno de forma desajeitada e ir embora.

— Sanders!

— Diga, Chef.

— Quero dar um tchã na música, e imediatamente. Essa cidade precisa de Mavis Staples. E um pouco de Clark Sisters. Depois que resolver essa merda, vamos fumar.

Os olhos de Andy se encheram de lágrimas. Pôs o braço em torno dos ombros ossudos do ex-Phil Bushey e apertou.

— Amo você, Chef.

— Obrigado, Sanders. Vamos voltar. Mantenha a arma carregada. De agora em diante, temos que fazer turnos de vigia.

15

Big Jim estava sentado ao lado do leito do filho enquanto a aproximação do pôr do sol deixava o dia alaranjado. Douglas Twitchell viera dar uma injeção em Junior. Agora o rapaz estava profundamente adormecido. De certa forma, Big Jim sabia que seria melhor se Junior morresse; vivo e com um tumor pressionando o cérebro, não havia como saber o que faria ou diria. É claro que o garoto era sangue do seu sangue, mas havia o bem maior em que pensar: o bem da cidade. Um dos travesseiros do armário provavelmente serviria...

Foi então que o celular tocou. Ele olhou o nome na telinha e franziu a testa. Alguma coisa dera errado. Stewart dificilmente ligaria tão cedo se não fosse assim.

— O quê.

Escutou com espanto crescente. *Andy* lá? Andy com uma *arma*?

Stewart esperava que ele respondesse. Esperava que lhe dissessem o que fazer. *Entra na fila, parceiro*, pensou Big Jim, e suspirou.

— Me dê um instante. Preciso pensar. Eu ligo de volta.

Desligou e pensou no novo problema. Podia levar um grupo de policiais até lá naquela noite. De certa forma, a ideia era atraente: atiçá-los no Food City e depois ele mesmo comandar o ataque. Se Andy morresse, melhor ainda. Isso faria de James Rennie Sr. todo o governo municipal.

Por outro lado, a assembleia especial da cidade seria amanhã à noite. Todos iriam e haveria perguntas. Ele tinha certeza de que conseguiria jogar a culpa do laboratório em Barbara e nos Amigos de Barbara (na cabeça de Big Jim, Andy Sanders agora se tornara oficialmente um Amigo de Barbara), mas ainda assim... não.

Não.

Ele queria o rebanho assustado, mas não em pânico total. O pânico não serviria ao seu propósito, que era obter o controle total da cidade. E se deixasse Andy e Bushey ficarem mais um pouco onde estavam, que mal faria? Talvez até fosse bom. Ficariam relaxados. Podiam até se imaginar esquecidos, porque as drogas eram ricas em vitamina E de Estupidez.

Sexta-feira, por outro lado — depois de amanhã —, era o dia que o melequento do Cox escolhera para Dia de Visita. Todos correriam de novo para a fazenda Dinsmore. Burpee iria armar outra barraquinha de cachorro-quente, com certeza. Enquanto a surumbamba rolasse e Cox desse a sua entrevista coletiva de um homem só, o próprio Big Jim comandaria uma tropa de 16 ou 18 policiais até a emissora de rádio e varreria de lá aqueles drogados problemáticos.

Isso. Era essa a resposta.

Ligou de volta para Stewart e lhe disse que deixasse tudo como estava.

— Mas eu achei que você queria o gás — disse Stewart.

— Nós vamos pegá-lo — disse Big Jim. — E você pode nos ajudar a cuidar daqueles dois, se quiser.

— Ah, pode ter certeza de que quero. Aquele filhodaputa — desculpe, Big Jim — aquele filhodamãe do Bushey precisa de uma lição.

— Ele vai ter. Sexta-feira à tarde. Marca na sua agenda.

Big Jim se sentia bem de novo, o coração batendo firme e devagar no peito, sem nenhum tropeço nem batida a mais. E isso era bom, porque havia muito a fazer, começando com a palestra para a polícia esta noite no Food City: o ambiente certo para mostrar a importância da ordem a um monte de novos policiais. Realmente, não havia nada como um cenário de destruição para fazer todo mundo brincar de seguir o líder.

Ele ia sair do quarto, depois voltou e beijou o rosto do filho adormecido. Livrar-se de Junior talvez fosse necessário, mas por enquanto isso também podia esperar.

16

Outra noite cai sobre a cidadezinha de Chester's Mill: outra noite debaixo da Redoma. Mas para nós não há descanso; temos que comparecer a duas reuniões, e também temos que dar uma olhada em Horace, o corgi, antes de dormir. Hoje Horace faz companhia a Andrea Grinnell, e embora por enquanto esteja matando o tempo, ele não esqueceu a pipoca entre o sofá e a parede.

Então vamos, você e eu, enquanto a noite se espalha contra o céu como um paciente anestesiado sobre a mesa. Vamos enquanto as primeiras estrelas desbotadas começam a aparecer lá em cima. Hoje à noite, esta é a única cidade, numa área de quatro estados, em que elas estão visíveis. A chuva se espalhou pelo norte da Nova Inglaterra e os espectadores de noticiários de canais a cabo logo terão acesso a algumas notáveis fotografias de satélite mostrando um buraco nas nuvens que imita com exatidão o formato de meia de Chester's Mill. Ali as estrelas brilham, mas agora são estrelas sujas, porque a Redoma está suja.

Cai chuva forte em Tarker's Mills e na parte de Castle Rock conhecida como "A Vista"; Reynolds Wolf, meteorologista da CNN (nenhum parentesco com o Wolfie de Rose Twitchell), diz que, embora ninguém ainda tenha certeza *absoluta*, o fluxo de ar de oeste para leste empurra as nuvens contra a lateral oeste da Redoma e esprime-as como esponjas antes que consigam fugir para o norte e para o sul. Ele chama isso de "fenômeno fascinante". Suzanne Malveaux, a âncora, lhe pergunta como ficaria o clima a longo prazo debaixo da Redoma, se a crise continuar.

— Suzanne — diz Reynolds Wolf —, essa é uma boa pergunta. Só temos certeza de que hoje não chove em Chester, embora a superfície da Redoma seja permeável o bastante para que alguma umidade possa passar onde a chuva for mais forte. A Agência Atmosférica e Oceânica Nacional diz que a probabilidade de precipitação debaixo da Redoma a longo prazo não é grande. E nós sabemos que o principal curso d'água da cidade, o riacho Prestile, praticamente secou. — Ele sorri, mostrando um conjunto espetacular de dentes televisivos. — Graças a Deus existem poços artesianos!

— Tem razão, Reynolds — diz Suzanne, e então o lagarto da seguradora Geico aparece nas telas de TV dos Estados Unidos.

Chega de noticiários; vamos flutuar por certas ruas semidesertas, passar pela igreja Congregacional e pelo presbitério (a reunião ali ainda não começou, mas Piper encheu a máquina grande de café, e Julia está fazendo sanduíches à luz de um lampião sibilante), pela casa dos McCain, cercada pelas curvas tristes de fita amarela da polícia, pelo morro da praça da Cidade e pela Câmara de Vereadores, onde o zelador Al Timmons e dois amigos seus limpam e arrumam tudo para a assembleia especial da noite de amanhã, pela praça do Memorial de Guerra, onde a estátua de Lucien Calvert (bisavô de Norrie; provavelmente não preciso dizer isso a você) faz a sua longa vigília.

Que tal uma paradinha para olharmos Barbie e Rusty? Não vai haver problema em ir até lá embaixo; só há três policiais na sala de controle, e Stacey Moggin, que está na recepção, dorme com a cabeça apoiada no braço. O resto da delegacia está no Food City, ouvindo o mais recente e empolgante discurso de Big Jim, mas não importaria se estivessem todos aqui, porque somos invisíveis. Sentiriam apenas um ventinho quando passássemos por eles.

Não há muito o que ver no Galinheiro, porque a esperança é tão invisível quanto nós. Os dois homens não têm nada para fazer a não ser esperar até amanhã à noite e torcer para que tudo dê certo para eles. A mão de Rusty dói, mas a dor não é tão forte quanto ele achou que seria, e o inchaço não é tão grande quanto temia. Além disso, Stacey Moggin, que Deus a abençoe, lhe passou dois Excedrins por volta das cinco da tarde.

Por enquanto, os dois homens — os nossos heróis, suponho — estão sentados no catre e brincam de adivinhar. É a vez de Rusty.

— Animal, vegetal ou mineral? — pergunta.

— Nenhum deles — responde Barbie.

— Como assim, nenhum deles? *Tem* que ser um deles.

— Não é — diz Barbie. Ele está pensando no Vovô Smurf.

— Você tá me enrolando.

— Não estou.

— *Tem* que estar.

— Para de reclamar e começa a perguntar.

— Pode me dar uma pista?

— Não. É o seu primeiro não. Ainda tem 19.

— Espera um minuto aí. Isso não é justo.

Que tal deixá-los para aliviar como puderem o peso das próximas 24 horas? Vamos seguir o nosso caminho pelo monte ainda fumegante de cinzas onde ficava o *Democrata* (que pena, não serve mais à "Cidadezinha que Parece uma Bota") e passar pela Drogaria Sanders (chamuscada mas ainda de pé, embora Andy Sanders nunca mais vá cruzar a sua porta), pela livraria e pela Maison des Fleurs de LeClerc, onde todas as flores estão mortas ou moribundas. Passemos pelo sinal apagado que marca o cruzamento das rodovias 119 e 117 (encostamos nele; balança de leve e se endireita de novo) e cruzemos o estacionamento do Food City. Somos tão silenciosos quanto a respiração adormecida de uma criança.

A grande vidraça da frente do supermercado foi coberta de compensado requisitado na serraria de Tabby Morrell, e o grosso da sujeira do chão foi limpo por Jack Cale e Ernie Calvert, mas o Food City ainda está uma bagunça terrível, com caixas e produtos secos espalhados de cabo a rabo. A mercadoria que restou (o que não foi levado para várias despensas ou armazenado no pátio atrás da delegacia, em outras palavras) está espalhada ao acaso nas prateleiras. A geladeira de refrigerantes, a de cervejas e o freezer de sorvetes estão arrebentados. Há um fedor forte de vinho derramado. Esses restos de caos são exatamente o que Big Jim Rennie quer que o seu novo quadro — extremamente jovem, na maior parte — de oficiais da lei veja. Quer que percebam que a cidade toda pode ficar assim, e é bem esperto para saber que não precisa dizer isso em voz alta. Eles entenderão a questão: é o que ocorre quando o pastor falta com o dever e o rebanho estoura.

Precisamos escutar o discurso dele? Não. Amanhã à noite escutaremos Big Jim e já basta. Além disso, todos sabemos como são essas coisas; as duas maiores especialidades dos Estados Unidos são os demagogos e o rock and roll, e já ouvimos bastante dos dois em nossas vidas.

Mas devemos examinar o rosto dos seus ouvintes antes de irmos. Observe como estão enlevados, e então lembre-se de que muitos deles (Carter Thibodeau, Mickey Wardlaw e Todd Wendlestat, para citar apenas três) são rapazes que não conseguiam passar nem uma semana de escola sem serem suspensos por criar problemas na sala de aula ou brigar no banheiro. Mas Rennie os hipnotizou. Nunca foi muito bom no corpo a corpo, mas quando está diante de uma multidão... upa, upa e tchá-tchá-tchá, como dizia o velho Clayton Brassey na época em que ainda tinha alguns neurônios em funcionamento. Big Jim lhes fala da "fina linha azul" e do "orgulho de estar ao lado dos seus parceiros policiais" e que "a cidade depende de vocês". Outras coisas, também. As coisas boas que nunca perdem o encanto.

Big Jim passa a falar de Barbie. Diz que os amigos de Barbie ainda estão por aí, semeando discórdia e fomentando dissensão em nome de seus maus propósitos. Baixa a voz e diz:

— Vão tentar me desacreditar. As mentiras que eles contarão não têm fim.

Isso é recebido com um grunhido de desprazer.

— Vocês vão dar ouvidos às mentiras? Vão deixar que me desacreditem? Vão permitir que esta cidade fique sem um líder forte na hora de maior necessidade?

É claro que a resposta é um retumbante *NÃO!* E, embora Big Jim continue (como a maioria dos políticos, ele acredita não só em dourar a pílula como em pintá-la com tinta spray), podemos deixá-lo agora.

Vamos seguir por essas ruas desertas até o presbitério da Congregacional. E vejam! Há alguém com quem podemos andar: uma garota de 13 anos de jeans desbotados e camiseta de skate à moda antiga, com a morte alada. O muxoxo de garota-problema que é o desespero da mãe sumiu do rosto de Norrie Calvert hoje à noite. Foi substituído por uma expressão de assombro que a faz parecer a menina de 8 anos que foi não faz muito tempo. Seguimos o seu olhar e vemos uma imensa lua cheia subindo das nuvens a leste da cidade. Tem a cor e o formato de um grapefruit rosado recém-cortado.

— Ai... meu... *Deus*... — sussurra Norrie. A mão fechada se aperta entre as parcas saliências dos seios quando ela olha aquele capricho rosado de lua. Depois continua andando, não tão espantada a ponto de se esquecer de olhar em volta de vez em quando para verificar se não está sendo notada. Isso é ordem de Linda Everett: tinham de ir sozinhos, tinham de não chamar a atenção e tinham de se assegurar de não serem seguidos.

— Isso não é brincadeira — dissera Linda. Norrie ficou mais impressionada com o rosto pálido e tenso do que com as palavras. — Se nos pegarem, não vamos perder só uma fase ou pontos de vida. Vocês entendem isso, garotos?

— Posso ir com Joe? — perguntou a sra. McClatchey. Estava quase tão pálida quanto a sra. Everett.

A sra. Everett fez que não com a cabeça.

— Má ideia.

E isso impressionara Norrie mais do que tudo. Não, não era um jogo; talvez vida e morte.

Ah, mas lá está a igreja, e o presbitério enfiado logo ao lado. Norrie vê a luz branca e brilhante dos lampiões a gás no fundo, onde deve ficar a cozinha. Logo estará lá dentro, longe do olhar daquela horrível lua cor-de-rosa. Logo estará a salvo.

É o que ela pensa quando uma sombra se destaca de uma das sombras mais densas e a segura pelo braço.

17

Norrie se espantou demais para gritar, o que foi bom; quando a lua rosa iluminou o rosto do homem que a abordara, ela viu que era Romeo Burpee.

— O senhor quase me *matou* de susto — sussurrou ela.

— Desculpe. Só estava aqui forra de olho. — Rommie soltou o braço dela, olhou em volta. — Onde estou os seus amigos?

Norrie sorriu.

— Não sei. Era pra gente vir sozinhos e por caminhos diferentes. Foi o que a sra. Everett disse. — Ela olhou morro abaixo. — Acho que a mãe do Joey está vindo agora. Vamos entrar.

Eles andaram na direção da luz dos lampiões. A porta interior do presbitério estava aberta. Rommie bateu de leve na lateral da tela e disse:

— Rommie Burpee e amiga. Se tem senha, não nos deram.

Piper Libby abriu a porta e os deixou entrar. Olhou curiosa para Norrie.

— Quem é você?

— Ora, ora, se não é a minha neta — disse Ernie, entrando na sala. Tinha um copo de limonada numa das mãos e um sorriso no rosto. — Vem cá, garota. Estava com saudades.

Norrie lhe deu um abraço forte e o beijou, como a mãe instruíra. Não esperava obedecer às ordens tão cedo, mas ficou contente com isso. E a ele contaria a verdade que nenhuma tortura arrancaria dos seus lábios diante dos rapazes com quem andava.

— Vovô, eu tou apavorada.

— Todos nós estamos, doçura. — Ele a abraçou com mais força e depois olhou o rosto virado para cima. — Não sei o que você está fazendo aqui, mas agora que veio, que tal um copo de limonada?

Norrie viu a cafeteira e disse:

— Prefiro café.

— Eu também — disse Piper. — Enchi até em cima e ia ligar quando lembrei que não há eletricidade. — Ela deu uma sacudidela na cabeça, como se quisesse limpá-la. — Isso me atinge cada vez de um jeito.

Houve outra batidinha na porta dos fundos e Lissa Jamieson entrou, as faces cheias de cor.

— Guardei a bicicleta na garagem, reverenda Libby. Espero que não haja problemas.

— Tudo bem. E se estamos fazendo uma conspiração criminosa aqui, como Rennie e Randolph sem dúvida afirmariam, é melhor me chamar de Piper.

18

Todos chegaram cedo e Piper deu início à reunião do Comitê Revolucionário de Chester's Mill logo depois das nove. A princípio, o que a impressionou foi o desequilíbrio da divisão sexual: oito mulheres e apenas quatro homens. E dos quatro homens, um já tinha passado da idade da aposentadoria e dois não tinham idade suficiente para entrar sozinhos em filmes proibidos para menores. Ela teve de se lembrar que centenas de exércitos guerrilheiros de várias partes do mundo puseram armas nas mãos de mulheres e crianças menores do que as que estavam ali naquela noite. Nem por isso era correto, mas às vezes o correto e o necessário entravam em conflito.

— Gostaria que baixássemos a cabeça um minuto — disse Piper. — Não vou orar porque não tenho mais certeza de com quem eu falo quando faço isso. Mas talvez vocês queiram dizer algumas palavras ao Deus da sua compreensão, porque hoje precisamos de toda a ajuda possível.

Fizeram o que ela pediu. Alguns ainda estavam de cabeça baixa e olhos fechados quando Piper levantou a sua para fitá-los: duas policiais recém-demitidas, um gerente de supermercado aposentado, uma jornalista que não tinha mais jornal, uma bibliotecária, a dona do restaurante local, uma viúva da Redoma que não conseguia parar de girar a aliança no dedo, o magnata da loja de departamentos local e três garotos de rosto atipicamente solene amontoados no sofá.

— Ok, amém — disse Piper. — Vou passar a reunião para Jackie Wettington, que sabe o que está fazendo.

— Talvez isso seja otimista demais — disse Jackie. — Pra não dizer apressado. Porque eu vou passar a reunião pra Joe McClatchey.

Joe pareceu espantado.

— Eu?

— Mas antes que ele comece — continuou ela — vou pedir aos amigos dele que fiquem de vigia. Norrie na frente e Benny nos fundos.

Jackie viu o protesto no rosto dos dois e ergueu a mão para se antecipar.

— Isso não é uma desculpa pra tirar vocês da sala. É importante. Não preciso dizer que não vai ser nada bom se as autoridades constituídas nos pegarem num conclave. Vocês dois são os menores. Procurem alguma sombra bem densa e se escondam. Se virem alguém de aparência suspeita se aproximar, ou algum carro da polícia, batam palmas assim.

Ela bateu uma vez, depois duas, depois mais uma.

— Prometo contar tudo a vocês depois. A nova ordem do dia é reunir informações, sem segredos.

Quando os dois saíram, Jackie se virou para Joe.

— Essa caixa de que a Linda falou. Conta pra todo mundo. Do início ao fim.

Joe o fez de pé, como se recitasse na escola.

— Então nós voltamos pra cidade — terminou. — E aquele escroto do Rennie prendeu o Rusty. — Ele limpou o suor da testa e voltou a se sentar no sofá.

Claire lhe abraçou os ombros.

— Joe diz que seria ruim o Rennie saber da caixa — disse ela. — Ele acha que o Rennie pode querer que ela continue fazendo o que está fazendo em vez de tentar desligar ou destruir.

— Acho que ele tem razão — disse Jackie. — Portanto, a existência e a localização dela são o nosso primeiro segredo.

— Não sei... — disse Joe.

— O quê? — perguntou Julia. — Você acha que ele *devia* saber?

— Talvez. Mais ou menos. Preciso pensar.

Jackie continuou sem lhe fazer mais perguntas.

— Eis o segundo ponto da pauta. Eu quero tentar tirar Barbie e Rusty da cadeia. Amanhã à noite, durante a grande assembleia da cidade. Barbie é o cara que o presidente nomeou pra assumir o governo da cidade...

— Qualquer um menos Rennie — grunhiu Ernie. — Filhodaputa incompetente, acha que é dono da cidade.

— Numa coisa, ele é bom — disse Linda. — Sabe criar problemas quando é bom pra ele. O saque ao supermercado e o incêndio do jornal... Eu acho que os dois ocorreram por ordem dele.

— É claro que sim — disse Jackie. — Qualquer um que mata o próprio *pastor*...

Rose arregalou os olhos para ela.

— Você está dizendo que o *Rennie* matou o Coggins?

Jackie lhes contou sobre a sala de trabalho no porão da funerária e que as marcas no rosto de Coggins combinavam com a bola de beisebol dourada que Rusty vira no escritório de Rennie. Escutaram consternados, mas sem descrença.

— As garotas também? — perguntou Lissa Jamieson com uma vozinha horrorizada.

— Eu responsabilizaria o filho por isso. — Jackie falava quase bruscamente. — E esses assassinatos provavelmente não estavam ligados às maquinações políticas de Big Jim. Junior desmaiou hoje de manhã. Na casa dos McCain, aliás, onde os corpos foram encontrados. Por ele.

— Que coincidência — disse Ernie.

— Ele está no hospital. Ginny Tomlinson diz que quase com certeza é um tumor no cérebro. Que pode provocar comportamento violento.

— Uma equipe de pai e filho assassinos? — Claire abraçava Joe com mais força do que nunca.

— Não exatamente uma equipe — disse Jackie. — Digamos, uma característica de comportamento selvagem, algo genético, que surge sob pressão.

— Mas os corpos estarem no mesmo lugar é um forte indício de que, se *houve* dois assassinos, estariam trabalhando juntos — disse Linda. — A questão é que o meu marido e Dale Barbara, quase com certeza, estão presos por um assassino que quer usá-los pra montar uma grandiosa teoria da conspiração. A única razão pra ainda não terem sido mortos na prisão é que o Rennie quer usá-los como exemplo. Quer executá-los em público. — O rosto dela se contraiu um instante, enquanto lutava com as lágrimas.

— Não consigo acreditar que ele chegou a esse ponto — disse Lissa. Torcia de um lado para o outro a cruz egípcia que usava pendurada. — Ele é um *vendedor de carros usados*, pelo amor de Deus.

Isso foi recebido com silêncio.

— Vejamos agora — disse Jackie, depois que o silêncio se estendeu um pouco. — Quando eu lhes contei o que eu e Linda pretendemos fazer, transformei isso numa conspiração *de verdade*. Vou pedir uma votação. Quem quiser participar, levante a mão. Quem não levantar a mão pode ir embora, desde que prometa não dizer nada sobre o que nós discutimos. O que vocês não iam mesmo querer fazer; se não contarem a ninguém quem estava aqui e o que foi discutido, não terão que explicar o que ouviram. Isso é perigoso. Nós podemos acabar na cadeia ou coisa pior. Então vamos levantar as mãos. Quem quer ficar?

Joe levantou a mão primeiro, mas Piper, Julia, Rose e Ernie Calvert não demoraram a segui-lo. Linda e Rommie levantaram a mão juntos. Lissa olhou para Claire McClatchey. Ela suspirou e concordou. As duas levantaram a mão.

— É isso aí, mãe — disse Joe.

— Se você contar ao seu pai no que eu deixei que você se metesse — disse ela —, não vai precisar que o James Rennie te mate. Eu mesma faço isso.

19

— Linda não pode ir à delegacia buscar eles — disse Rommie. Falava com Jackie.

— Quem, então?

— Você e eu, querida. Linda vai à grande assembleia. Onde seiscentas ou oitocentas pessoas vão poder testemunhar que a viram.

— Por que eu não posso ir? — perguntou Linda. — Foi o meu *marido* que eles pegaram.

— É exatamente por isso — disse Julia, simplesmente.

— Como você quer fazer? — perguntou Rommie a Jackie.

— Bom, sugiro que nós usemos máscaras...

— *Dãã...* — disse Rose, e fez uma careta. Todos riram.

— Nós estamos com sorte — comentou Rommie. — Tenho um ótimo sortimento de máscarras de Halloween na loja.

— Talvez eu possa ser a Pequena Sereia — disse Jackie, um pouco desejosa. Percebeu que todos a olhavam e corou. — Ou qualquer coisa. Seja como for, precisamos de armas. Tenho uma a mais em casa, uma Beretta. Tem alguma coisa, Rommie?

— Separrei algumas espingardas e carrabinas no cofre da loja. Ao menos uma delas tem mirra telescópica. Não vou dizer que sabia que isso ia acontecer, mas sabia que *algo* ia acontecer.

Joe ergueu a voz.

— Vocês também vão precisar de um veículo pra fugir. A sua van, não, Rommie, porque todo mundo conhece.

— Quanto a isso, tenho uma ideia — disse Ernie. — Vamos pegar um veículo da loja de carros usados do Jim Rennie. Ele tem meia dúzia de vans já velhas da companhia telefônica que comprou na primavera passada. Estão nos fundos. Usar um carro dele seria, como é que se diz, justiça poética.

— E exatamente como conseguir as chaves? — perguntou Rommie. — Vai arrombar o escritórrio dele?

— Se escolhermos uma sem ignição eletrônica, eu faço ligação direta — disse Ernie. Olhando Joe com a testa franzida, acrescentou: — Prefiro que não conte isso à minha neta, rapaz.

Joe encenou a pantomima de fechar os lábios com um zíper que fez todos rirem de novo.

— A assembleia extraordinária da cidade está marcada pra começar às sete da noite de amanhã — disse Jackie. — Se nós chegarmos à delegacia por volta das oito...

— Podemos fazer coisa melhor — disse Linda. — Se tenho que ir à maldita assembleia, posso também fazer algo de bom. Vou com um vestido com bolsos grandes e levo o meu rádio da polícia, o extra, que ainda está no meu carro particular. Vocês ficam na van, prontos pra partir.

A tensão aumentava na sala; todos a sentiam. Aquilo começava a ser real.

— Na árrea de entrregas atrás da minha loja — disse Rommie. — Forra de vista.

— Quando Rennie estiver embalado no discurso — disse Linda —, dou um toque triplo no rádio. É o sinal pra vocês partirem.

— Quantos policiais vai haver na delegacia? — perguntou Lissa.

— Talvez eu consiga descobrir com Stacey Moggin — disse Jackie. — Mas não vão ser muitos. Por que seriam? Pelo que Big Jim sabe, não existem Amigos de Barbie de verdade, só os fantoches que ele inventou.

— Ele também quer garantir que a bunda mole dele fique bem protegida — disse Julia.

Isso provocou alguns risos, mas a mãe de Joe parecia preocupadíssima.

— De qualquer forma, vai ter *alguns* na delegacia. O que vocês vão fazer se resistirem?

— Eles não vão resistir — disse Jackie. — Vão estar trancados nas próprias celas antes de saberem o que aconteceu.

— Mas e se resistirem?

— Então vamos tentar não matá-los. — A voz de Linda estava calma, mas os olhos eram os da criatura que arranjou coragem num último esforço desesperado para se salvar. — Vai haver mortes de qualquer jeito, provavelmente, se a Redoma durar muito mais tempo. A execução do Barbie e do meu marido na praça do Memorial de Guerra vai ser só o começo.

— Digamos que vocês os tirem de lá — disse Julia. — Vão levar pra onde? Trazer pra cá?

— De jeito nenhum — disse Piper, e tocou a boca ainda inchada. — Eu já estou na lista negra do Rennie. Sem falar daquele cara que agora é guarda-costas pessoal dele. Thibodeau. Meu cachorro mordeu ele.

— Nenhum lugar perto do centro da cidade seria uma boa ideia — disse Rose. — Eles podem vasculhar casa a casa. Deus sabe muito bem que ele tem policiais suficientes.

— E mais todas as pessoas com brraçadeirras azuis — acrescentou Rommie.

— E as casas de veraneio perto do lago Chester? — perguntou Julia.

— É possível — disse Ernie —, mas eles também pensariam nisso.

— Ainda pode ser a melhor sugestão — disse Lissa.

— Sr. Burpee? — perguntou Joe. — O senhor ainda tem aquele rolo de chumbo?

— Claro, toneladas. E me chama de Rommie.

— Se o sr. Calvert conseguir furtar uma van amanhã, o senhor poderia escondê-la atrás da loja e pôr um monte de pedaços de chumbo já cortados na traseira? De tamanho suficiente pra cobrir as janelas?

— Acho que sim...

Joe olhou para Jackie.

— E a senhora conseguiria falar com esse coronel Cox, se for preciso?

— Consigo — responderam juntas Jackie e Julia, e depois se entreolharam com surpresa.

A luz se acendia no rosto de Rommie.

— Você está pensando na velha casa do McCoy, não é? No alto da Serra Negra. Onde está a caixa.

— É. Pode ser má ideia, mas se todos tivermos que fugir... se estivermos todos lá em cima... podemos defender a caixa. Sei que parece maluquice, já que é a coisa que está causando todos os problemas, mas não podemos deixar o Rennie pôr as mãos nela.

— Esperro que non seja repetir a batalha do Álamo num pomar de macieirras — disse Rommie —, mas entendo a sua ideia.

— Tem mais uma coisa que dá pra fazer — disse Joe. — É meio arriscado e talvez não dê certo, mas...

— Fala logo — incentivou Julia. Ela olhava Joe McClatchey com um tipo de assombro pensativo.

— Bom... o contador Geiger ainda tá na sua van, Rommie?

— Acho que sim.

— Talvez alguém pudesse devolver pro abrigo antirradiação de onde ele saiu. — Joe se virou para Jackie e Linda. — Uma de vocês consegue entrar lá? Quer dizer, eu sei que demitiram vocês.

— Acho que Al Timmons nos deixaria entrar — disse Linda. — E deixaria Stacey Moggin entrar, com certeza. Ela está conosco. A única razão pra não estar aqui agora é porque ficou de plantão. Por que arriscar, Joe?

— Porque... — Ele falava com lentidão atípica, tateando o caminho. — Bom, tem radiação por lá, entende? *Muita* radiação. É só um cinturão; aposto que dá pra passar de carro por ela sem nenhuma proteção e não sofrer nada, se dirigir depressa e não fizer isso muitas vezes; mas disso *eles* não sabem. O problema é que eles não sabem que tem radiação por lá. E não saberão se não tiverem o contador Geiger.

Jackie franziu a testa.

— É uma ideia legal, garoto, mas eu não gosto de mostrar ao Rennie exatamente aonde nós estamos indo. Não combina com a minha ideia de esconderijo seguro.

— Não precisa ser assim — disse Joe. Ainda falava devagar, testando pontos fracos. — Quer dizer, não exatamente. Uma de vocês podia falar com o Cox, entende? Pedir a ele que ligue pro Rennie e diga que estão captando radiação localizada. O Cox pode dizer algo tipo: "Não deu pra identificar exatamente onde porque vem e vai, mas é muito forte, talvez até letal, então toma cuidado. Por acaso vocês não têm um contador Geiger?"

Houve um longo silêncio enquanto pensavam no caso. Então, Rommie disse:

— Levamos Barbarra e Rusty pra fazenda McCoy. Vamos todos parra lá se necessárrio for... e prrovavelmente vai serr. E se *eles* tentarrem ir até lá...

— Vão ver o pico de radiação no contador Geiger que vai fazê-los voltar correndo pra cidade com as mãos sobre as gônadas inúteis — interrompeu Ernie. — Claire McClatchey, você tem um gênio aí.

Claire abraçou Joe com força, desta vez com os dois braços.

— Ah, se eu conseguisse que ele arrumasse o quarto! — disse ela.

20

Horace estava deitado no tapete da sala de estar de Andrea Grinnell com o focinho sobre uma das patas e um dos olhos na mulher com quem a dona o deixara. Em geral, Julia o levava a toda parte; ele era silencioso e nunca causava problemas mesmo quando havia gatos, para os quais não ligava por causa do seu cheiro de erva fedorenta. Mas naquela noite ocorreu a Julia que ver Horace vivo quando o seu cachorro estava morto poderia fazer Piper Libby sofrer. Também notara que Andi gostava de Horace e achou que o corgi poderia afastar a mente de Andi dos sintomas da abstinência, que tinham se reduzido sem desaparecer.

Por algum tempo, funcionou. Andi achou uma bola de borracha na caixa de brinquedos que ainda guardava para o único neto (que agora já passara há tempos do estágio da caixa de brinquedos). Horace, obediente, caçou a bola e a trouxe de volta como pedido, embora não houvesse nisso muito desafio; ele preferia bolas que pudessem ser pegas no voo. Mas serviço era serviço, e ele continuou até que Andi começou a tremer como se estivesse com frio.

— Ah... Ah, merda, lá vem de novo. — Ela se deitou no sofá, tremendo toda. Agarrou uma das almofadas contra o peito e fitou o teto. Logo os dentes começaram a bater — um som muito incômodo, na opinião de Horace.

Ele trouxe a bola, na esperança de distraí-la, mas ela o afastou.

— Não, querido, agora não. Deixa isso passar.

Horace levou a bola de volta para a frente da TV desligada e se deitou. O tremor da mulher diminuiu e o cheiro de doente também. Os braços que apertavam a almofada se afrouxaram quando ela começou a cochilar e depois a roncar.

O que significava que era hora do lanche.

Horace se enfiou debaixo da mesa outra vez, andando por cima do envelope pardo que continha o arquivo VADER. Além dele, ficava o Nirvana da pipoca. Ah, cachorro de sorte!

Horace ainda se refestelava, o traseiro sem rabo balançando de prazer próximo do êxtase (os piruás espalhados eram incrivelmente *amanteigados*, incrivelmente *salgados* e, melhor do que tudo, envelhecidos com perfeição), quando a vozmorta falou de novo.

Leva aquilo pra ela.

Mas ele não podia. A sua dona saíra.

A outra ela.

A vozmorta não aceitaria recusa, e a pipoca quase acabara, de qualquer modo. Horace marcou as últimas que restavam para lhes dar atenção futura e depois recuou até que o envelope estivesse na sua frente. Por um instante, esqueceu o que devia fazer. Depois se lembrou e o pegou na boca.

Que cachorro bonzinho.

21

Alguma coisa fria lambeu a bochecha de Andrea. Ela a empurrou e virou de lado. Por um instante ou dois quase escapou de volta para o sono curativo, e então houve um latido.

— Cala a boca, Horace. — Ela pôs a almofada do sofá sobre a cabeça.

Houve outro latido, e então 15 quilos de corgi pousaram na sua perna.

— *Ah!* — gritou Andi, sentando-se. Olhou o par de brilhantes olhos castanhos e o rosto sorridente de raposa. Só que havia algo interrompendo o sorriso. Um envelope de papel pardo. Horace o largou na barriga dela e pulou de volta no chão. Não podia subir em mobília que não fosse dele, mas a vozmorta falara como se fosse uma emergência.

Andrea pegou o envelope, que ficara vincado pela ponta dos dentes de Horace e tinha marcas leves das suas patas. Também havia um piruá de pipoca grudado, que ela jogou longe. O que havia dentro parecia bem grosso. Escrito na frente do envelope, em letras de forma, estavam as palavras ARQUIVO VADER. Abaixo, também em letras de imprensa: JULIA SHUMWAY.

— Horace? Onde arranjou isso? — É claro que Horace não podia responder, mas nem precisou. O piruá de pipoca lhe revelou o lugar. Então uma lembrança surgiu, tão cintilante e irreal que mais parecia um sonho. *Era* um sonho ou Brenda Perkins fora mesmo à sua porta depois daquela primeira noite terrível de abstinência? Enquanto o saque ao supermercado acontecia do outro lado da cidade?

Pode guardar isso pra mim, querida? Só por algum tempo? Tenho um serviço a fazer e não queria levar isso comigo.

— Ela esteve aqui — disse a Horace —, e estava com esse envelope. Eu peguei... pelo menos acho que sim... mas aí tive que vomitar. Vomitar *de novo*. Devo ter jogado o envelope na mesinha enquanto corria pro banheiro. Será que caiu? Você achou no chão?

Horace deu um latido agudo. Podia ser concordância; podia ser *Quero brincar mais de bola se você quiser.*

— Ora, obrigada — disse Andrea. — Que cãozinho bonzinho. Vou entregar pra Julia assim que ela voltar.

Não se sentia mais sonolenta, e, por enquanto, também não tremia. Estava era curiosa. Porque Brenda estava morta. Assassinada. E deve ter acontecido pouco depois da entrega daquele envelope. O que poderia torná-lo importante.

— Vou só dar uma olhadinha, tá? — perguntou ela.

Horace latiu de novo. Para Andi Grinnell, soou como *Por que não?*

Andrea abriu o envelope, e a maioria dos segredos de Big Jim Rennie caiu no seu colo.

22

Claire chegou primeiro. Benny foi o seguinte, depois Norrie. Os três estavam sentados juntos na varanda da casa dos McClatchey quando Joe chegou, cortando caminho pelos gramados e ficando na sombra. Benny e Norrie tomavam refrigerante Dr. Brown's Cream Soda, morno. Claire ninava uma garrafa de cerveja do marido enquanto oscilava devagar de um lado para o outro no banco de balanço da varanda. Joe se sentou ao lado dela, e Claire abraçou os seus ombros ossudos. *Ele é frágil*, pensou. *Ele não sabe, mas é. É quase um passarinho.*

— Oi, cara — disse Benny, entregando-lhe o refrigerante que guardara para ele. — A gente estava começando a ficar meio preocupado.

— A srta. Shumway tinha mais umas perguntas pra fazer sobre a caixa — disse Joe. — Mais do que eu podia responder, na verdade. Caramba, tá quente aqui, não tá? Quente que nem numa noite de verão. — Ele voltou o olhar para cima. — E olha aquela *lua*.

— Não quero — disse Norrie. — Assusta.

— Tá tudo bem, querido? — perguntou Claire.

— Sim, mãe. E você?

Ela sorriu.

— Não sei. Isso vai dar certo? O que vocês acham? Quero dizer, o que acham *de verdade*.

Por um instante, nenhum deles respondeu, e isso a assustou mais do que tudo. Então Joe a beijou no rosto e disse:

— Vai dar certo.

— Tem certeza?

— Tenho.

Ela sempre conseguia saber quando ele estava mentindo — embora soubesse que o talento a abandonaria quando ele fosse mais velho —, mas dessa vez ela não chamou a atenção para isso. Só o beijou de volta, o hálito quente e um pouco paternal devido à cerveja.

— Desde que não haja derramamento de sangue.

— Sem sangue — disse Joe.

Ela sorriu.

— Tudo bem; pra mim está bom.

Ficaram ali sentados no escuro mais algum tempo, falando pouco. Depois só entraram, deixando a cidade a dormir sob a lua rosa.

Era pouco mais de meia-noite.

SANGUE POR TODA PARTE

1

Era meia-noite e meia, madrugada de 26 de outubro, quando Julia entrou na casa de Andrea. Entrou em silêncio, mas não havia necessidade; ouviu música no radinho portátil de Andi: as Staples Singers, pondo os bofes para fora cantando *Get Right Church*.

Horace veio pelo corredor recebê-la, balançando o traseiro e dando aquele sorriso meio louco de que só os corgis parecem capazes. Curvou-se diante dela, as patas abertas, e Julia lhe deu uma coçadinha entre as orelhas — era o seu ponto mais sensível.

Andrea estava sentada no sofá, tomando um copo de chá.

— Desculpe a música — disse, baixando o rádio. — Eu não conseguia dormir.

— A casa é sua, querida — disse Julia. — E quanto à WCIK, ela é o máximo.

Andi sorriu.

— Desde hoje à tarde só toca um gospel animadíssimo. Estou me sentindo como se ganhasse na loteria. Como foi a reunião?

— Boa. — Julia se sentou.

— Quer conversar a respeito?

— Você não precisa dessa preocupação. Só precisa se concentrar em melhorar. E quer saber? Você *parece* um pouco melhor.

Era verdade. Andi ainda estava pálida e magra demais, mas os círculos escuros sob os olhos tinham desbotado um pouco, e os olhos propriamente ditos tinham um novo brilho.

— Obrigada por dizer isso.

— Horace se comportou?

— Muito bem. Jogamos bola e depois dormimos um pouco. Se eu pareço melhor, talvez seja por isso. Nada como um cochilo pra melhorar a aparência de uma mulher.

— E as costas?

Andrea sorriu. Era um sorriso estranho, de quem sabia das coisas, sem muito humor.

— As minhas costas não estão nada más. Quase nenhuma pontada, nem quando me curvo. Sabe o que eu acho?

Julia fez que não.

— Acho que, quando se trata de drogas, o corpo e a mente conspiram juntos. Se o cérebro quer drogas, o corpo ajuda. Diz "Não se preocupe, não sinta culpa, tá tudo bem, eu estou mesmo sentindo dor". Não é exatamente de hipocondria que eu estou falando, não é simples assim. É só que... — A voz se calou e os olhos ficaram distantes, enquanto ela ia para outro lugar.

Onde?, perguntou-se Julia.

Então ela voltou.

— A natureza humana pode ser destrutiva. Me diz, você acha que uma cidade é como um corpo?

— Acho — disse Julia instantaneamente.

— Será que ela diz que sente dor pra que o cérebro receba a droga que quer?

Julia pensou e fez que sim.

— Acho.

— E nesse momento Big Jim Rennie é o cérebro da cidade, não é?

— É, querida. Eu diria que é.

Andrea sentou-se no sofá, a cabeça levemente abaixada. Então, desligou o radinho de pilha e se levantou.

— Acho que eu vou me deitar. E, sabe, acho que até consigo dormir.

— Isso é bom. — Então, sem nenhuma razão que fosse capaz de articular, Julia perguntou: — Andi, aconteceu alguma coisa enquanto eu estive fora?

Andrea pareceu surpresa.

— Ora, aconteceu. Eu e Horace jogamos bola. — Ela se curvou sem nenhuma careta de dor, movimento que há apenas uma semana declararia impossível, e estendeu a mão. Horace foi até ela e deixou que acariciasse a sua cabeça. — Ele é ótimo pra buscar a bola.

2

No quarto, Andrea se instalou na cama, abriu o arquivo VADER e começou a ler tudo de novo. Com mais atenção desta vez. Quando afinal enfiou as folhas de papel de volta no envelope pardo, eram quase duas da manhã. Ela pôs o envelope na gaveta da mesa junto à cama. Também na gaveta estava uma pistola 38 que o irmão Douglas lhe dera de aniversário dois anos antes. Ela ficara consternada, mas Dougie insistira que uma mulher morando sozinha precisava de proteção.

Agora ela a pegou, abriu o cilindro e verificou as câmeras. A que rolaria sob o percussor ao apertar o gatilho pela primeira vez estava vazia, por instrução de Twitch. As outras cinco estavam carregadas. Havia mais balas na prateleira de cima do armário, mas nunca lhe dariam a chance de recarregar. O pequeno exército de policiais dele a mataria primeiro.

E se ela não conseguisse matar Rennie com cinco tiros, provavelmente não merecia mesmo viver.

— Afinal de contas — murmurou enquanto devolvia o revólver à gaveta, — pra que foi que eu me endireitei, ora bolas?

A resposta parecia clara, agora que o Oxy tinha saído do seu cérebro: ela se endireitara para *atirar* direito.

— Amém a isso — disse, e desligou a luz.

Cinco minutos depois, dormia.

3

Junior estava bem acordado. Estava sentado junto à janela na única cadeira do quarto do hospital, observando a esquisita lua rosa baixar e se enfiar atrás de uma mancha negra na Redoma que, para ele, era nova. Essa era maior e muito mais alta do que a deixada pelos mísseis que não deram certo. Teria havido alguma outra tentativa de romper a Redoma enquanto ele estivera inconsciente? Não sabia e não se importava. O importante é que a Redoma ainda se mantinha. Caso contrário, a cidade estaria iluminada como Vegas e cheia de soldados. Ah, sim, havia luzes aqui e ali, marcando alguns insones obstinados, mas na maior parte Chester's Mill dormia. Isso era bom, porque ele tinha coisas em que pensar.

Ou seja, *Baaarbie* e os amigos de Barbie.

Junior não estava com dor de cabeça quando se sentou junto à janela, e sua memória havia voltado, mas ele sabia que era um menino muito doente. Havia uma fraqueza suspeita em todo o lado esquerdo do corpo, e às vezes escorria cuspe daquele lado da boca. Quando o limpava com a mão esquerda, às vezes conseguia sentir a pele contra a pele, outras vezes, não. Além disso, havia uma forma de fechadura, escura e bem grande, flutuando no lado esquerdo da visão. Como se algo tivesse se rasgado dentro daquele globo ocular. Ele achou que tinha.

Conseguia se lembrar da raiva louca que sentira no Dia da Redoma; conseguia se lembrar de que perseguira Angie pelo corredor até a cozinha, jogando-a contra a geladeira e lançando o joelho no seu rosto. Conseguia se lembrar do som que fizera, como se houvesse um prato de porcelana atrás dos olhos dela e o joelho o tivesse estilhaçado. Agora aquela raiva se fora. O que ocupava o seu lugar era uma fúria sedosa que fluía pelo corpo vinda de alguma fonte inesgotável no fundo da cabeça, uma fonte que, ao mesmo tempo, petrificava e esclarecia.

O velho de merda em quem ele e Frankie tinham dado uma dura no lago Chester viera examiná-lo mais cedo, naquela noite. O velho de merda agira como profissional, medira a temperatura e a pressão, perguntara como estava a dor de cabeça e até verificara os reflexos do joelho com um martelinho de borracha. Então, depois que ele saiu, Junior ouviu conversas e risos. O nome de Barbie foi mencionado. Junior se esgueirou até a porta.

Era o velho de merda e uma das chupadoras de doce, aquela carcamana bonitinha cujo nome era Búfalo ou coisa parecida. O velho de merda abrira a blusa dela e tateava as suas tetas. Ela abrira o zíper dele e lhe sacudia o pinto. Uma luz verde venenosa os cercava.

— Junior e o amigo dele me bateram — dizia o velho de merda —, mas agora o amigo dele está morto e logo ele vai estar também. Ordens de Barbie.

— Eu gosto de chupar o pinto do Barbie que nem um pirulito de hortelã — disse a garota-búfalo, e o velho de merda disse que também gostava. Então, quando Junior piscou, os dois só estavam andando pelo corredor. Nada de aura verde, nada de coisas sujas. Então talvez fosse uma alucinação. Por outro lado, talvez não. Uma coisa era certa: estavam todos juntos naquilo. Todos em aliança com *Baaarbie*. Ele estava na cadeia, mas isso era apenas temporário. Para despertar simpatia, provavelmente. Tudo parte do *plaaano* de *Baaarbie*. Além disso, ele achava que, na cadeia, estava fora do alcance de Junior.

— Errado — sussurrou, sentado junto à janela, olhando a noite com a visão agora defeituosa. — *Errado*.

Junior sabia exatamente o que lhe acontecera; veio num relâmpago, e a lógica era inegável. Sofria de envenenamento por tálio, como o que acontecera com aquele russo na Inglaterra. As plaquinhas de identificação de Barbie estavam revestidas com pó de tálio, e Junior as manuseara, e agora estava morrendo. E como o pai o mandara ao apartamento de Barbie, isso significava que *ele* também fazia parte daquilo. Era outro dos... como é que se diz... dos... dos que de Barbie...

— Peixinhos — sussurrou Junior. — Só mais um filé de peixinho de Big Jim Rennie.

Depois que se pensava naquilo — depois que a mente *clareava* — fazia todo o sentido. O pai queria calá-lo por causa de Coggins e Perkins. Portanto, envenenamento por tálio. Tudo batia.

Lá fora, além do gramado, um lobo passou aos pulos pelo estacionamento. No gramado propriamente dito, duas mulheres nuas faziam um 69. *Sessenta e nove, apoteose!*, repetiam ele e Frankie quando garotos ao verem duas meninas andando juntas, sem saber o que aquilo queria dizer, só que ofendia. Uma das rachadas parecia Sammy Bushey. A enfermeira — Ginny era o nome dela — lhe dissera que Sammy morrera, o que obviamente era mentira e significava que Ginny também estava no rolo; no rolo com *Baaarbie*.

Haveria alguém naquela cidade inteira que não estivesse? Que ele pudesse ter *certeza* de que não estava?

Sim, percebeu que havia duas pessoas. As crianças que ele e Frank tinham achado perto do lago, Alice e Aidan Appleton. Ele se lembrou dos seus olhos assustados e de como a menina o abraçara quando ele a pegou no colo. Quando lhe disse que ela estava a salvo, ela perguntou *Jura?*, e Junior respondera que sim. Ele se sentira muito bem ao jurar. O peso confiante dela também o fizera se sentir bem.

Tomou uma decisão súbita: mataria Dale Barbara. Quem se metesse no seu caminho ele mataria também. Depois procuraria o pai e o mataria... coisa que sonhava fazer havia anos, ainda que nunca admitisse isso por completo a si mesmo até agora.

Depois que terminasse, procuraria Aidan e Alice. Se alguém tentasse detê-lo, mataria também. Levaria as crianças de volta ao lago Chester e tomaria conta delas. Cumpriria a promessa feita a Alice. Dessa forma, ele não morreria. Deus não o deixaria morrer envenenado pelo tálio enquanto estivesse tomando conta das crianças.

Agora, Angie McCain e Dodee Sanders saltitavam pelo estacionamento, usando saias e suéteres de animadoras de torcida com grandes **W**s dos Mill's Wildcats no peito. Elas o viram olhando e começaram a rebolar os quadris e erguer as saias. O rosto delas escorria e se sacudia de podridão. Repetiam: "*Abre a porta da despensa! A trepada é a recompensa! Viva o TIME!*"

Junior fechou os olhos. Abriu-os. As namoradas tinham sumido. Outra alucinação, como o lobo. Sobre as moças do 69 ele não tinha tanta certeza.

Talvez, pensou, não devesse levar as crianças para o lago, afinal. Era muito longe da cidade. Talvez as levasse para a despensa dos McCain. Ficava mais perto. Havia muita comida.

E, naturalmente, estava escuro.

— Vou tomar conta de vocês, garotos — disse Junior. — Vou manter vocês a salvo. Depois que o Barbie morrer, toda a conspiração vai acabar.

Por algum tempo, encostou a testa no vidro, e depois também dormiu.

4

A bunda de Henrietta Clavard só sofrera hematomas e não se quebrara, mas ainda doía como um filhodaputa — ela descobrira que, aos 84 anos, *tudo* o que desse errado na gente doía como um filhodaputa —, e a princípio achou que fora a bunda que a acordara às primeiras luzes da manhã de quinta-feira. Mas parecia que o efeito do Tylenol que tomara às três da manhã ainda não passara. Além disso, ela achara a almofada em anel do falecido marido (John Clavard sofria de hemorroidas), e isso ajudara bastante. Não, era outra coisa, e pouco depois de acordar ela percebeu o que era.

Buddy, o irish setter dos Freeman, uivava. Buddy *nunca* uivava. Era o cachorro mais bem educado da rua Battle, uma ruela logo depois da entrada do Catherine Russell. Além disso, o gerador dos Freeman parara de funcionar. Henrietta achou que talvez fosse isso que a acordara e não o cachorro. Com certeza a ajudara a dormir na noite anterior. Não era um daqueles geradores barulhentos que sopravam no ar a fumaça azul da exaustão; o dos Freeman tinha um ronronar grave e brando que, na verdade, acalmava bastante. Henrietta achou que era caro, mas os Freeman podiam pagar. Will era dono da franquia Toyota que Big Jim Rennie já cobiçara e, embora fosse uma época difícil para todos os vendedores de automóveis, Will sempre parecera a exceção da regra. Ano passado, ele e Lois tinham construído na casa um puxado agradável e de bom gosto.

Mas aqueles *uivos*. O cão parecia machucado. Um animal de estimação machucado era o tipo de coisa que gente como os Freeman cuidaria de imediato... então por que não cuidavam?

Henrietta se levantou (franzindo um pouco o rosto quando a bunda saiu do buraco confortável da rosquinha de espuma) e foi até a janela. Dava para ver perfeitamente bem os dois níveis da casa dos Freeman, embora a luz fosse cinzenta e apática, em vez de nítida e clara como costumava ser nas manhãs do final de outubro. Da janela, ouvia Buddy ainda melhor, mas não via ninguém se mexendo por lá. A casa estava inteiramente às escuras, sem nenhum lampião aceso em nenhuma janela. Dava para pensar que tinham ido para algum lugar, mas os dois carros estavam estacionados na entrada. E, de qualquer forma, aonde eles iriam?

Buddy continuava a uivar.

Henrietta vestiu o robe, calçou os chinelos e saiu. Quando estava parada na calçada, um carro parou. Era Douglas Twitchell, sem dúvida a caminho do hospital. Tinha os olhos inchados e segurava um copo descartável de café com o logotipo do Rosa Mosqueta quando saiu do carro.

— Tudo bem, sra. Clavard?

— Tudo, mas tem algo errado com os Freeman. Está ouvindo?

— Estou.

— Eles também deviam estar. O carro está aí, por que não dão um jeito nisso?

— Vou dar uma olhada. — Twitch tomou um gole de café e pousou o copo no capô do carro. — Fique aqui.

— Bobagem — disse Henrietta Clavard.

Percorreram uns 20 metros de calçada e subiram pela entrada de garagem dos Freeman. O cachorro uivava sem parar. O som gelava a pele de Henrietta, apesar do calor mole da manhã.

— O ar está péssimo — disse. — Cheira como o de Rumford quando eu era recém-casada e todas as fábricas de papel ainda funcionavam. Isso não pode fazer bem à gente.

Twitch grunhiu e tocou a campainha dos Freeman. Como ninguém respondeu, deu uma batidinha na porta e depois socou-a com força.

— Veja se está destrancada — disse Henrietta.

— Eu não sei se devo, senhora....

— Ora bolas. — Ela passou à frente dele e experimentou a maçaneta. Girou. Ela abriu a porta. A casa estava em silêncio e cheia de profundas sombras matutinas.

— Will? — gritou. — Lois? Estão aí? — Ninguém respondeu, só mais uivos.

— O cachorro está lá atrás — disse Twitch.

Seria mais rápido atravessar a casa, mas nenhum deles gostaria de fazer isso, então seguiram pela entrada de automóveis e pela passagem lateral entre a casa e a garagem em que Will guardava não os carros, mas os seus brinquedos: duas motoneves, um todo-terreno, uma Yamaha de motocross e uma enorme Honda Gold Wing.

Havia uma cerca alta de privacidade em volta do quintal dos Freeman. O portão ficava depois da passagem lateral. Twitch abriu o portão e foi imediatamente atingido pelos 30kg de um frenético irish setter. Gritou de surpresa e levantou os braços, mas o cachorro não queria mordê-lo; Buddy estava no modo por-favor-me-salve, ligado no máximo. Pôs as patas na frente do último guarda-pó limpo de Twitch, sujando-o de terra, e começou a lhe lamber o rosto.

— Para! — gritou Twitch. Empurrou Buddy, que saiu mas pulou de novo, deixando mais marcas no guarda-pó de Twitch e limpando-lhe as bochechas com uma comprida língua rosada.

— *Buddy, no chão!* — ordenou Henrietta, e Buddy se sentou imediatamente, gemendo e passando os olhos de um para o outro. Uma poça de urina começou a se espalhar debaixo dele.

— Sra. Clavard, isso não é bom.

— Não — concordou Henrietta.

— Talvez fosse melhor a senhora ficar com o ca...

Mais uma vez, Henrietta disse *bobagem* e marchou para o quintal dos Freeman, deixando que Twitch a alcançasse. Buddy se arrastou atrás deles, cabeça baixa e rabo entre as pernas, gemendo desconsolado.

Havia um pátio com piso de pedra e churrasqueira. A churrasqueira estava cuidadosamente coberta com uma lona verde que dizia A COZINHA ESTÁ FECHADA. Além dela, à beira do gramado, havia uma plataforma de sequoia. No alto da plataforma ficava a banheira quente dos Freeman. Twitch achou que a cerca alta estava lá para que pudessem ficar nus na banheira, talvez até com um aconchego a mais se desse vontade.

Will e Lois estavam ali agora, mas os dias de aconchego tinham se acabado. Usavam sacos plásticos transparentes sobre a cabeça. Parecia que os sacos tinham sido amarrados no pescoço com barbante ou elástico marrom. Estavam enevoados por dentro, mas não a ponto de Twitch não conseguir ver o rosto arroxeado dos dois. Pousados na borda de sequoia, entre os restos mortais de Will e Lois Freeman, havia uma garrafa de uísque e um vidrinho de remédio.

— Para — disse. Não sabia se falava sozinho, com a sra. Clavard ou talvez com Buddy, que acabara de soltar outro uivo de pesar. Sem dúvida não podia estar falando com os Freeman.

Henrietta não parou. Foi até a banheira, subiu os dois degraus com as costas tão eretas quanto as de um soldado, fitou o rosto descolorido dos seus excelentes vizinhos (e normalíssimos, diria ela), deu uma olhada na garrafa de uísque, viu que era Glenlivet (ao menos, tinham ido embora com estilo), depois pegou o vidro de remédio com o rótulo da Drogaria Sanders.

— Ambien ou Lunesta? — perguntou Twitch gravemente.

— Ambien — disse ela, e ficou contente porque a voz que lhe saiu da garganta e boca secas parecia normal. — Dela. Embora eu ache que os dois tomaram ontem à noite.

— Há algum bilhete?

— Aqui, não — respondeu ela. — Talvez lá dentro.

Mas não havia, ao menos em nenhum lugar óbvio, e nenhum deles conseguiu pensar numa razão para esconder um bilhete de suicídio. Buddy os seguiu de quarto em quarto, sem uivar, mas gemendo no fundo da garganta.

— Acho que eu vou levá-lo pra casa comigo — disse Henrietta.

— Tem que ser. Não posso levá-lo pro hospital. Vou ligar pra Stewart Bowie vir... buscá-los. — Fez um gesto com o polegar por cima do ombro. O estômago estava embrulhado, mas essa não era a pior parte; a pior parte era a depressão que começou a se esgueirar dentro dele, lançando uma sombra sobre a sua alma normalmente ensolarada.

— Não entendo por que fizeram isso — disse Henrietta. — Se fosse um ano debaixo da Redoma... ou mesmo um mês... aí, talvez. Mas menos de uma *semana*? Não é assim que pessoas estáveis reagem aos problemas.

Twitch achou que entendia, mas não quis dizer a Henrietta: *seria* um mês, *seria* um ano. Talvez mais. E sem chuva, com menos recursos e ar mais poluído. Se o país com a tecnologia mais moderna do mundo não conseguira entender até então o que acontecera em Chester's Mill (muito menos resolver o problema), era provável que isso não acontecesse tão cedo. Will Freeman deve ter entendido isso. Ou talvez tenha sido ideia de Lois. Talvez, quando o gerador parou, ela tenha dito *Vamos agir antes que a água da banheira esfrie, querido. Vamos sair de baixo da Redoma enquanto a barriga ainda está cheia. O que acha? Mais um mergulho com alguns tragos pra nos despedirmos.*

— Talvez o avião tenha sido a gota d'água — disse Twitch. — O da Air Ireland que bateu na Redoma ontem.

Henrietta não respondeu com palavras; puxou um pigarro e cuspiu na pia da cozinha. De certa forma, foi um gesto chocante de repúdio. Os dois saíram de novo.

— Mais gente vai fazer isso, não é? — perguntou ela, quando chegaram de volta à calçada. — Porque o suicídio às vezes fica no ar. Como um vírus de resfriado.

— Alguns já fizeram. — Twitch não sabia se o suicídio era indolor, como diz a canção, mas nas circunstâncias corretas, com certeza era atraente. Talvez ainda mais atraente quando a situação era sem precedentes e o ar começava a cheirar tão mal quanto naquela manhã sem vento e de um calor antinatural.

— Suicidas são covardes — disse Henrietta. — Regra pra qual não há exceção, Douglas.

Twitch, cujo pai tivera uma morte longa e arrastada em consequência do câncer de estômago, duvidava disso, mas nada disse.

Henrietta se curvou para Buddy com as mãos nos joelhos ossudos. Buddy esticou o pescoço para cheirá-la.

— Vamos pra casa do lado, meu amigo peludo. Tenho três ovos. Você pode comer antes que estraguem.

Ela começou a andar e depois se virou de novo para Twitch.

— *Eles são covardes* — disse, dando a cada palavra uma ênfase especial.

5

Jim Rennie saiu do Cathy Russell, dormiu profundamente na sua própria cama e acordou renovado. Embora não admitisse a ninguém, parte da razão era saber que Junior não estava em casa.

Agora, às 8h, o seu Hummer preto estava estacionado uma ou duas casas acima do Rosa (na frente de um hidrante, mas e daí? Por enquanto não havia corpo de bombeiros). Tomava café da manhã com Peter Randolph, Mel Searles, Freddy Denton e Carter Thibodeau. Carter ocupara o lugar que estava se tornando seu: à direita de Big Jim. Usava duas armas esta manhã: a pessoal no quadril e a Beretta Taurus de Linda Everett, recentemente devolvida, num coldre de ombro.

O quinteto tomara a mesa do papo-furado nos fundos do restaurante, depondo sem nenhum escrúpulo os fregueses regulares. Rose não se aproximou; mandou Anson servi-los.

Big Jim pediu três ovos fritos, porção dupla de linguiça e torrada frita no bacon, do jeito que a mãe costumava fazer. Ele sabia que tinha que reduzir o colesterol, mas hoje precisaria de toda a energia que pudesse acumular. Na verdade, nos próximos dias; depois disso, tudo estaria sob controle. Então poderia cuidar do colesterol (fábula que contava a si mesmo havia dez anos).

— Cadê os Bowie? — perguntou a Carter. — Queria a meleca dos Bowie aqui, cadê eles?

— Tiveram que atender a um chamado na rua Battle — disse Carter. — O sr. e a sra. Freeman se suicidaram.

— Aquele melequento se matou? — exclamou Big Jim. Os poucos fregueses — a maioria no balcão, assistindo à CNN — olharam e logo desviaram o olhar de novo. — Ora, ora! Não fico nem um pouco surpreso! — A ideia de que a revendedora Toyota poderia ser dele lhe ocorreu... mas para que iria querê-la? Uma ameixa muito maior caíra no seu colo: a cidade toda. Já começara a esboçar uma lista de decretos-leis que baixaria assim que assumisse o poder executivo total. Isso aconteceria hoje à noite. Além disso, fazia anos que odiava aquele filhodamãe bajulador do Freeman e a coisa-que-rima-com-aranha peituda da mulher dele.

— Rapazes, ele e Lois estão tomando café da manhã no céu. — Parou e caiu na gargalhada. Não era muito político, mas não conseguiu se segurar. — No quarto de empregada, sem dúvida.

— Enquanto estavam lá, os Bowie receberam outro telefonema — disse Carter. — Fazenda Dinsmore. Outro suicídio.

— Quem? — perguntou o chefe Randolph. — Arlen?

— Não. A mulher dele. Shelley.

Isso realmente *era* quase uma vergonha.

— Vamos baixar a cabeça um minuto — disse Big Jim, e estendeu as mãos. Carter pegou uma; Mel Searles, a outra; Randolph e Denton fecharam o círculo.

— Ohsenhorabençoeessaspobresalmas, emnomedeJesusamém — disse Big Jim, e ergueu a cabeça. — Aos negócios, Peter.

Peter puxou o caderno. O de Carter já estava ao lado do prato; Big Jim gostava cada vez mais do garoto.

— Encontrei o gás que sumiu — anunciou Big Jim. — Está na WCIK.

— Jesus! — exclamou Randolph. — Temos que mandar uns caminhões até lá pra buscar!

— Isso, mas não hoje — disse Big Jim. — Amanhã, enquanto todo mundo estiver recebendo a visita dos parentes. Já comecei a cuidar disso. Os Bowie e Roger vão até lá de novo, mas nós vamos precisar de alguns policiais também. Fred, você e Mel. E eu diria mais uns quatro ou cinco. Você, não, Carter, quero você comigo.

— Por que precisa de policiais pra pegar cilindros de gás? — perguntou Randolph.

— Bom — disse Jim, limpando a gema do ovo com um pedaço de torrada frita —, isso nos leva de volta ao nosso amigo Dale Barbara e seus planos pra desestabilizar a cidade. Tem homens armados por lá, e parece que estão protegendo um tipo de laboratório de drogas. Acho que Barbara instalou aquilo lá bem antes de aparecer aqui em pessoa; foi tudo bem planejado. Um dos guardas atuais é Philip Bushey.

— Aquele *fracassado* — grunhiu Randolph.

— O outro, sinto muito dizer, é Andy Sanders.

Randolph espetava batatas fritas. Com isso, largou o garfo com estardalhaço.

— Andy?

— Triste, mas verdadeiro. Foi Barbara que pôs ele no negócio; sei por boa fonte, mas não me pergunte quem; ele pediu anonimidade. — Big Jim suspirou e enfiou um pedaço de pão frito coberto de gema de ovo no seu buraco de bolo. Meu *Deus*, como se sentia bem nessa manhã! — Suponho que Andy precisava de dinheiro. Eu soube que o banco estava a ponto de lhe tomar a drogaria. Ele *nunca* teve cabeça pra negócios.

— Nem pro governo da cidade — acrescentou Freddy Denton.

Em geral, Big Jim não gostava de ser interrompido por inferiores, mas nesta manhã estava gostando de tudo.

— Infelizmente, é verdade — disse, depois se inclinou sobre a mesa o máximo que o barrigão permitia. — Ele e Bushey atiraram num dos caminhões que mandei lá ontem. Estouraram os pneus da frente. Aqueles melequentos são perigosos.

— Viciados em drogas e armados — disse Randolph. — O pesadelo da lei. Os homens que forem até lá vão ter que usar coletes à prova de balas.

— Boa ideia.

— E não posso garantir a segurança do Andy.

— Deus o ama, eu sei disso. Faça o que tiver que fazer. Precisamos daquele gás. A cidade clama por ele, e eu pretendo anunciar na assembleia de hoje que descobrimos uma nova fonte.

— Tem certeza de que eu não posso ir, sr. Rennie? — perguntou Carter.

— Eu sei que pra você é uma decepção, mas quero você comigo amanhã, não lá onde vão fazer a festa da visita. Randolph também, acho. Alguém tem que coordenar essa coisa, que pode virar uma surumbamba. Temos que evitar que pessoas sejam pisoteadas. Embora provavelmente algumas venham a ser, porque ninguém sabe se comportar. É melhor mandar o Twitchell levar a ambulância pra lá.

Carter escreveu isso.

Enquanto ele escrevia, Big Jim se virou para Randolph. O rosto estava comprido de tristeza.

— Detesto dizer isso, Pete, mas o meu informante insinuou que Junior também pode estar envolvido com o laboratório de drogas.

— Junior? — disse Mel. — Não, *Junior* não!

Big Jim fez que sim e limpou o olho seco com o punho.

— Pra mim também é difícil acreditar. Não *quero* acreditar, mas vocês sabiam que ele está no hospital?

Eles fizeram que sim.

— Overdose — sussurrou Rennie, inclinando-se ainda mais sobre a mesa. — Parece ser a explicação mais provável para o que ele está passando. — Ele se endireitou e se voltou outra vez para Randolph. — Não tenta ir pela estrada principal, eles vão estar esperando por isso. Cerca de 1,5 quilômetro a leste da emissora, tem uma estrada de acesso...

— Eu conheço — disse Freddy. — Era lá que ficava o terreno de Sam Relaxado Verdreaux antes de o banco tomar. Acho que agora toda aquela terra pertence à Sagrado Redentor.

Big Jim sorriu e fez que sim, embora a terra realmente pertencesse a uma empresa de Nevada da qual ele era o presidente.

— Vão por ali e se aproximem da emissora por trás. Ali é quase tudo mato crescido, e não deve haver dificuldades.

O celular de Big Jim tocou. Ele olhou a telinha, quase deixou tocar até a secretária eletrônica atender e aí pensou: *Ah, e daí?* Sentindo-se tão bem quanto naquela manhã, escutar Cox espumar pela boca talvez fosse agradável.

— Aqui fala Rennie. O que o senhor quer, coronel Cox?

Escutou, o sorriso desbotando um pouco.

— Como saber que o senhor está dizendo a verdade a esse respeito?

Escutou mais um pouco e desligou sem se despedir. Ficou um instante parado, a testa franzida, processando o que ouvira. Então levantou a cabeça e falou com Randolph.

— Nós temos um contador Geiger? Talvez no abrigo antirradiação?

— Caramba, não sei. Talvez Al Timmons saiba.

— Fala com ele e manda verificar.

— É importante? — perguntou Randolph, e ao mesmo tempo Carter perguntou:

— Radiação, chefe?

— Nada preocupante — disse Big Jim. — Como Junior diria, ele só está querendo me meter medo. Disso eu tenho certeza. Mas verifique esse contador Geiger. Se estiver lá e se ainda funcionar, traz pra mim.

— Certo — disse Randolph, parecendo assustado.

Big Jim agora desejou ter deixado a secretária eletrônica atender, afinal de contas. Ou ter ficado de boca fechada. Searles podia comentar a respeito, começar um boato. Droga, *Randolph* também. E provavelmente não era nada, só aquele melequento de chapéu de lata tentando estragar um dia bom. O dia mais importante da sua vida, talvez.

Ao menos Freddy Denton mantivera a pouca atenção que tinha na questão a ser tratada.

— A que horas o senhor quer que ataquemos a emissora, sr. Rennie?

Mentalmente, Big Jim repassou o que sabia sobre o cronograma do Dia de Visita e depois sorriu. Era um sorriso genuíno, que enfeitava as bochechas levemente engorduradas com boa alegria e revelava os seus dentinhos.

— Ao meio-dia. Nisso todos estarão papeando lá na 119 e o resto da cidade vai estar vazio. Então vão até lá e peguem aqueles melequentos que estão sentados no nosso gás bem ao meio-dia, como num daqueles filmes antigos de faroeste.

6

Às 11h15 daquela manhã de quinta-feira, a van do Rosa Mosqueta seguia para o sul pela rodovia 119. Amanhã a estrada ficaria engarrafada, fedendo a escapamento, mas hoje estava estranhamente deserta. Sentada atrás do volante estava a própria Rose, com Ernie Calvert no banco do carona. Norrie estava sentada entre os dois, na cobertura do motor, agarrada ao skate coberto de adesivos com logotipos de bandas punk que já não existiam mais há tempos, como Stalag 17 e Dead Milkmen.

— O ar está com um cheiro tão *ruim* — disse Norrie.

— É o Prestile, querida — explicou Rose. — Virou um grande pântano fedorento no ponto em que corria na direção de Motton. — Ela sabia que não era só o cheiro do rio moribundo, mas não falou nada. Tinham de respirar, logo não havia por que se preocupar com o que poderiam estar respirando. — Falou com a sua mãe?

— Falei — disse Norrie, de má vontade. — Ela vai vir, mas não gostou muito da ideia.

— Vai trazer os mantimentos que tiver, quando chegar a hora?

— Vai. Na mala do carro. — O que Norrie não acrescentou foi que Joanie Calvert poria na mala primeiro o suprimento de bebidas; a comida viria em segundo lugar. — E a radiação, Rose? Não dá pra cobrir todos os carros que subirem com folha de chumbo.

— Se só passarem uma ou duas vezes, deve dar tudo certo. — A própria Rose confirmara isso na internet. Também descobrira que a segurança em caso de radiação dependia da força dos raios, mas não via sentido em se preocupar com coisas que não podiam controlar. — O importante é limitar a exposição... e o Joe diz que o cinturão não é largo.

— A mãe do Joey não quer vir — disse Norrie.

Rose suspirou. Disso ela sabia. O Dia de Visita era uma bênção e uma maldição. Podia proteger a retirada deles, mas os que tinham parentes do outro lado queriam vê-los. *Talvez McClatchey não seja escolhido no sorteio*, pensou.

À frente deles estava a loja de Carros Usados de Jim Rennie, com o grande cartaz COMPRAR COM BIG JIM É GOSTOSO ASSIM! **FACILITAMOS O PAGAMENTO!**

— Lembrem-se... — começou Ernie.

— Já sei — disse Rose. — Se houver alguém lá, é só dar meia-volta e retornar pra cidade.

Mas no pátio todas as vagas RESERVADAS PARA FUNCIONÁRIOS estavam vazias, o salão estava deserto e havia uma placa branca com a mensagem FECHADO ATÉ SEGUNDA ORDEM pendurada na porta principal. Rose foi para os fundos a toda. Lá havia fileiras de carros e caminhões com placas nas janelas mostrando o preço e frases como PECHINCHA e NOVO EM FOLHA e EI! OLHE PARA MIM! (com o O transformado num olho feminino sexy, de longos cílios). Esses eram os cansados cavalos de batalha do estábulo de Big Jim, nada como os polidos puros-sangues alemães e de Detroit lá na frente. No fundo do terreno, enfileirados junto à cerca de correntes que separava a propriedade de Big Jim de um terreno cheio de lixo e coberto de mato, havia uma série de vans da companhia telefônica, algumas ainda com o logotipo da AT&T.

— Aqueles — disse Ernie, enfiando a mão atrás do assento. Tirou uma tira de metal comprida e fina.

— Isso aí é uma chave mixa — disse Rose, achando graça apesar do nervosismo. — Por que você tem uma chave mixa, Ernie?

— Da época em que eu ainda trabalhava no Food City. Você se espantaria com o tanto de gente que tranca as chaves dentro do carro.

— Como você vai dar a partida, vô? — perguntou Norrie.

Ernie sorriu de leve.

— Eu dou um jeito. Para aqui, Rose.

Ele desceu e foi até a primeira van, movendo-se com agilidade surpreendente para um homem de quase 70 anos. Espiou pela janela, balançou a cabeça e foi para a seguinte. Depois para a terceira, mas essa estava com o pneu vazio. Depois de olhar a quarta, virou-se para Rose e mostrou o polegar erguido.

— Vai em frente, Rose. Chispa.

Rose achava que Ernie não queria que a neta o visse usando a chave mixa. Ficou comovida com isso e voltou para a frente da loja sem dizer mais nada. Ali, parou de novo.

— Está tudo bem, meu amor?

— Está, sim — disse Norrie, descendo. — Se ele não conseguir, a gente simplesmente volta pra cidade a pé.

— São quase 5 quilômetros. Ele consegue?

O rosto de Norrie estava pálido, mas ela conseguiu sorrir.

— Vovô consegue andar muito mais do que eu. Faz 6,5 quilômetros por dia, diz que isso mantém as articulações lubrificadas. Vai logo, antes que alguém te veja.

— Você é uma garota de coragem — disse Rose.

— Eu *não* me sinto corajosa.

— Os corajosos nunca se sentem assim, querida.

Rose voltou à cidade. Norrie ficou olhando até ela sumir de vista e começou a fazer manobras no terreno da frente. O piso tinha uma leve inclinação, e ela só precisava dar impulso num sentido... embora estivesse tão ligada que se achava capaz de empurrar o skate pelo morro da praça da Cidade acima e nem sentir. Porra, naquele momento provavelmente conseguiria levar um capote e nem sentir. E se alguém aparecesse? Ora, tinha andado até lá com o avô, que queria dar uma olhada numas vans. Só estava esperando por ele, depois voltariam a pé para a cidade. Vovô adorava andar, todo mundo sabia. Lubrificava as juntas. Só que Norrie achava que não era só isso, não era nem o principal. Ele começara a fazer caminhadas quando vovó começara a ficar confusa com as coisas (ninguém ia dizer que era Alzheimer, embora todo mundo soubesse). Norrie achou que ele andava para esquecer a tristeza. Algo assim era possível? Ela achava que sim. Sabia que, quando andava de skate, fazendo um duplo kink irado na pista de Oxford, só havia espaço dentro dela para alegria e medo, e a alegria mandava na casa. O medo morava no puxadinho dos fundos.

Depois de algum tempo que pareceu muito, a ex-van da companhia telefônica saiu de trás do prédio com o vovô no volante. Norrie enfiou o skate debaixo do braço e embarcou. O seu primeiro passeio num veículo roubado.

— Vô, você é fera — disse ela, e o beijou.

7

Joe McClatchey ia para a cozinha, querendo uma das latas de suco de maçã que restavam na geladeira desligada, quando ouviu a mãe dizer *Bump* e parou.

Sabia que os pais tinham se conhecido na faculdade, na Universidade do Maine, e que naquela época os amigos de Sam McClatchey o chamavam de Bump, mas mamãe raramente o chamava assim e, quando chamava, ria e corava, como se o apelido tivesse algum tipo de segunda leitura picante. Isso Joe não sabia. O que sabia é que para ela escorregar daquele jeito — escorregar no *passado* daquele jeito — é porque devia estar nervosa.

Ele se aproximou um pouco mais da porta da cozinha. Estava escancarada, e dava para ver a mãe e Jackie Wettington, hoje vestida de blusão e jeans desbotado em vez da farda. Elas o veriam também, se erguessem os olhos. Ele não tinha a mínima intenção de ficar espionando; não seria uma boa, ainda mais com a mãe nervosa, mas por enquanto as duas só olhavam uma para a outra. Estavam sentadas à mesa da cozinha. Jackie segurava a mão de Claire. Joe viu que os olhos da mãe estavam úmidos, e isso lhe deu vontade de chorar também.

— Você não pode — dizia Jackie. — Eu sei que quer, mas simplesmente não pode. Não se tudo der certo hoje à noite.

— Posso ao menos ligar pra ele e dizer por que eu não vou estar lá? Ou mandar um e-mail! Isso eu posso fazer!

Jackie fez que não. O rosto era gentil, mas firme.

— Ele pode comentar, e a história pode chegar até o Rennie. Se o Rennie farejar alguma coisa antes que nós tiremos Barbie e Rusty de lá, vamos ter um desastre enorme nas mãos.

— Se eu pedir que ele guarde total segredo...

— Mas Claire, você não entende? Tem coisa demais em jogo. A vida de dois homens. A nossa também. — Ela fez uma pausa. — A do seu filho.

Os ombros de Claire caíram e depois voltaram a se endireitar.

— Então você leva o Joe. Eu vou depois do Dia de Visita. O Rennie não vai desconfiar de mim; não sei a diferença entre Adão e Dale Barbara, nem conheço Rusty, a não ser de "oi" na rua. Meu médico era o dr. Hartwell, lá em Castle Rock.

— Mas o Joe conhece o *Barbie* — disse Jackie com paciência. — Foi o Joe quem armou a transmissão de vídeo quando lançaram os mísseis. E Big Jim sabe disso. Acha que ele não iria te prender e te pressionar até que você dissesse aonde nós fomos?

— Eu não contaria — disse Claire. — Eu *nunca* contaria.

Joe entrou na cozinha. Claire limpou o rosto e tentou sorrir.

— Ah, oi, querido. Estávamos falando sobre o Dia de Visita e...

— Mãe, ele pode fazer mais do que te pressionar — disse Joe. — Ele pode te *torturar*.

Ela pareceu chocada.

— Ah, *isso* ele não faria. Eu sei que ele não é um homem bom, mas é vereador da cidade, afinal de contas, e...

— Ele *era* vereador da cidade — disse Jackie. — Agora está se candidatando a imperador. E mais cedo ou mais tarde todo mundo fala. Quer que o Joe fique em algum lugar imaginando que alguém está arrancando as unhas dos dedos da mãe dele?

— Para com isso! — exclamou Claire. — Isso é horrível!

Jackie não soltou as mãos de Claire quando ela tentou puxá-las.

— É tudo ou nada, e é tarde demais pra ser nada. Essa coisa já está em movimento e nós temos que nos mover com ela. Se fosse só Barbie fugir sozinho sem a nossa ajuda, Big Jim talvez até deixasse ele ir. Porque todo ditador precisa de um inimigo-fantasma. Mas não vai ser só ele, não é? E isso significa que ele vai tentar nos achar e acabar conosco.

— Como eu queria nunca ter entrado nisso! Como eu queria nunca ter ido àquela reunião, e nunca deixado que o Joe fosse!

— Mas nós temos que deter ele! — protestou Joe. — O sr. Rennie tá tentando transformar Mill, saca, num Estado policial!

— Não posso deter ninguém! — Claire quase choramingava. — Sou uma reles *dona de casa*!

— Se te serve de consolo — disse Jackie —, provavelmente você ganhou a sua entrada nisso na hora em que os garotos acharam aquela caixa.

— Isso *não* é consolo. *Não* é!

— De certa forma, até que nós temos sorte — continuou Jackie. — Não chamamos gente inocente demais pra entrar nisso conosco, ao menos ainda não.

— Rennie e a polícia dele vão nos achar de qualquer jeito — disse Claire. — Você não sabe disso? Dentro dessa cidade não tem *tanta* cidade assim.

Jackie sorriu sem alegria.

— Até então nós seremos mais. Com mais armas. E o Rennie vai saber disso.

— Vamos ter que tomar a emissora de rádio assim que pudermos — disse Joe. — As pessoas precisam conhecer o outro lado da história. Nós temos que transmitir a verdade.

Os olhos de Jackie se iluminaram.

— É uma *puta* boa ideia, Joe.

— Meu Deus — disse Claire. E pôs as mãos sobre o rosto.

8

Ernie estacionou a van da empresa telefônica junto à plataforma de entregas do Burpee. *Agora sou um criminoso*, pensou, *e a minha neta de 12 anos é minha cúmplice. Ou será que já tem 13?* Não importa; ele não achava que Peter Randolph iria tratá-la como menor de idade se fossem pegos.

Rommie abriu a porta dos fundos, viu que eram eles e veio para a plataforma com armas em ambas as mãos.

— Algum prroblema?

— Tudo tranquilo — disse Ernie, subindo os degraus da plataforma. — Não tem ninguém na estrada. Tem mais armas?

— Tenho. Algumas. Lá dentrro, atrrás da porta. Me ajuda também, srta. Norrie.

Norrie pegou duas espingardas e as entregou ao avô, que as enfiou na traseira da van. Rommie trouxe um carrinho até a plataforma de desembarque. Nele, havia uma dúzia de rolos de folha de chumbo.

— Não prrecisamos descarregar isso agorra — disse. — Só vou cortar os pedaços das janelas. Nós fazemos o parra-brisa depois de chegar lá. Deixamos uma fenda pra olhar, como os velhos tanques Sherman, e dirrigimos assim. Norrie, enquanto Ernie e eu fazemos isso, vê se consegue trazer aquele outro carrinho de mão. Se não conseguir, deixa lá e depois vamos buscar.

O outro carrinho estava cheio de caixas de alimentos, a maioria enlatados ou sacos de concentrados para acampamento. Uma das caixas estava cheia de envelopes de pó para refresco com desconto. O carrinho de mão estava pesado, mas depois que começou a se mover foi fácil. Pará-lo foi bem diferente; se Rommie não tivesse se esticado para segurá-lo de onde estava, em pé na traseira da van, o carrinho de mão teria caído da plataforma.

Ernie terminara de bloquear as pequenas janelas traseiras da van furtada com pedaços de folha de chumbo, presos com generosa aplicação de fita crepe. Então, limpou a testa e disse:

— Isso é um inferno de tão arriscado, Burpee; estamos planejando um maldito comboio até o pomar dos McCoy.

Rommie deu de ombros e começou a carregar as caixas de suprimentos, forrando as paredes da van e deixando o meio livre para os passageiros que esperava levar mais tarde. Uma árvore de suor crescia nas costas da camisa.

— Temos que torcer que, se a gente agir rápido e em silêncio, a grrande assembleia nos sirva de coberturra. Não temos muita opção.

— Julia e a sra. McClatchey vão ter chumbo na janela dos carros? — perguntou Norrie.

— Claro. Hoje à tarde. Vou ajudar. Depois vão ter que deixar o carro atrrás da loja. Não dá pra sair por aí com janelas forradas de chumbo... haverria perguntas.

— E aquele seu Escalade? — perguntou Ernie. — Ele levaria o resto dos suprimentos sem nem reclamar. A sua mulher podia levá-lo pa...

— Misha não vai — disse Rommie. — Não quer ter nada a ver com isso. Pedi, só faltou implorrar de joelhos, mas erra como se fosse um soprro de vento passando pela casa. Acho que eu já sabia, porque não contei nada além do que ela já sabe... o que não é muito, mas não vai deixá-la livrre de encrrencas se o Rennie cair em cima dela. Mas ela não quer saber.

— Por que não? — perguntou Norrie, os olhos arregalados, e só percebeu que a pergunta podia ser grosseira depois de falar, quando viu a testa franzida do avô.

— Porrque ela é querrida e teimosa. Eu disse que podiam machucar ela. "Pois que tentem", ela disse. Essa é a minha Misha. Bom, que se dane. Se eu tiver uma chance mais tarde, posso ir até lá e ver se ela muda de ideia. Dizem que é prerrogativa das mulherres. Venham, vamos embarcar mais algumas caixas. E não cobre as armas, Ernie. Podemos prrecisar delas.

— Nem acredito que envolvi você nisso, garota — disse Ernie.

— Tudo bem, vovô. Prefiro estar dentro do que fora. — E ao menos isso era verdade.

9

BONC. Silêncio.

BONC. Silêncio.

BONC. Silêncio.

Ollie Dinsmore estava sentado de pernas cruzadas a um metro da Redoma com a velha mochila de escoteiro ao lado. A mochila estava cheia de pedras que catara diante da porta — tão cheia, na verdade, que ele cambaleara até ali em vez de andar, achando que o fundo de lona se rasgaria e se soltaria da mochila, espalhando a munição. Mas não, e ali estava ele. Escolheu outra pedra — uma bem lisa, polida por alguma antiga geleira — e, erguendo a mão acima do ombro, a jogou na Redoma, onde bateu no que parecia ser só ar e ricocheteou. Pegou outra e jogou de novo.

BONC. Silêncio.

A Redoma tinha uma coisa a seu favor, pensou. Podia ser a razão para o irmão e a mãe estarem mortos, mas pelo velho e cabeludo Jesus, uma carga de munição era suficiente para durar o dia todo.

Bumerangues de pedra, pensou, e sorriu. Era um sorriso de verdade, mas o deixava com uma cara meio terrível, porque o rosto estava magérrimo. Não vinha comendo muito e achou que demoraria bastante a sentir vontade de comer de novo. Ouvir um tiro e encontrar a mãe caída ao lado da mesa da cozinha com o vestido erguido mostrando a calcinha e metade da cabeça destruída... uma coisa dessas não ajudava o apetite de ninguém.

BONC. Silêncio.

O outro lado da Redoma era uma colmeia de atividade; uma cidade de barracas tinha brotado. Jipes e caminhões corriam de um lado para o outro, e centenas de militares passavam zumbindo enquanto os superiores gritavam ordens e xingavam, muitas vezes na mesma frase.

Além das barracas já levantadas, três novas e compridas estavam sendo armadas. As placas já instaladas diante delas diziam POSTO DE RECEPÇÃO DE VISITANTES 1, POSTO DE RECEPÇÃO DE VISITANTES 2 e POSTO DE PRIMEIROS SOCORROS. Outra barraca ainda mais comprida tinha uma placa na frente dizendo LANCHES. E pouco depois de Ollie se sentar e começar a jogar na Redoma o seu tesouro de pedras, chegaram dois caminhões-plataforma carregados de banheiros químicos. Agora, fileiras de alegres cagadouros azuis estavam lá em pé; bem longe da área onde ficariam os familiares para falar com os entes queridos que poderiam ver, mas não tocar.

A coisa que saíra da cabeça da mãe parecia geleia de morango mofada, e o que Ollie não conseguia entender era por que ela agira daquele jeito e naquele lugar. Por que no cômodo onde faziam quase todas as refeições? Será que ficara tão maluca que não se lembrara que tinha outro filho que poderia comer de novo (supondo que não morresse de fome antes), mas que jamais iria esquecer o horror do que ficara ali no chão?

É, pensou ele. *Maluca assim. Porque Rory sempre foi o favorito, o queridinho. Ela mal notava que eu estava perto, a não ser quando eu esquecia de alimen-*

tar as vacas ou de limpar o estábulo quando elas estavam no pasto. Ou quando recebia D no boletim. Porque ele só tirava A.

Jogou uma pedra.

BONC. Silêncio.

Havia vários caras do Exército montando pares de placas ali perto da Redoma. As viradas para Mill diziam

ATENÇÃO!
PARA A SUA SEGURANÇA!
FIQUE A 2 METROS DA REDOMA!

Ollie adivinhou que as placas viradas para o outro lado diziam a mesma coisa, e do outro lado talvez funcionassem, porque do outro lado haveria muita gente para manter a ordem. Aqui, no entanto, haveria talvez oitocentos moradores da cidade e talvez duas dúzias de policiais, na sua maioria novos no emprego. Deste lado, manter as pessoas longe seria como proteger um castelo de areia da maré montante.

As calcinhas dela estavam molhadas, e havia uma poça entre as pernas abertas. Ela mijara nas calças pouco antes de puxar o gatilho ou logo depois. Ollie achou mais provável depois.

Jogou uma pedra.

BONC. Silêncio.

Havia um cara do Exército ali perto. Era bem jovem. Não havia nenhum tipo de insígnia nas mangas, por isso Ollie achou que devia ser soldado raso. Parecia ter uns 16 anos, mas Ollie achou que só podia ser mais velho. Já ouvira falar de garotos que mentiam a idade para servir, mas achou que isso fora antes de todo mundo ter computador para saber desse tipo de coisa.

O cara do Exército olhou em volta, viu que ninguém prestava atenção nele e falou em voz baixa. O sotaque era do Sul.

— Garoto? Não quer parar com isso? Tá me deixando maluco.

— Vai pra outro lugar então — respondeu Ollie.

BONC. Silêncio.

— Não posso. São ordens.

Ollie não respondeu. Em vez disso, jogou outra pedra.

BONC. Silêncio.

— Por que você tá fazendo isso? — perguntou o cara do Exército. Agora ele só mexia com as duas placas que tinha que instalar para que pudesse conversar com Ollie.

— Porque mais cedo ou mais tarde, uma delas não vai ricochetear. E quando isso acontecer, eu vou me levantar e sair andando e nunca mais quero ver essa fazenda. Nunca mais ordenhar uma vaca. Como está o ar aí fora?

— Bom. Mas friozinho. Sou da Carolina do Sul. Não é assim em outubro na Carolina do Sul, isso eu posso garantir.

Onde Ollie estava, a menos de 3 metros do garoto sulista, fazia muito calor. E fedia.

O cara do Exército apontou além de Ollie.

— Por que não para com as pedras e faz alguma coisa com as vacas? — Ele disse *va-a-cas*. — Leva pro estábulo e ordenha ou esfrega aquele creme nas tetas, alguma coisa dessas.

— Não precisamos levar as vacas. Elas sabem onde ir. E agora não precisam ser ordenhadas, nem precisam de creme também. O úbere delas está seco.

— É mesmo?

— É. O meu pai diz que tem alguma coisa errada no capim. Diz que o capim está errado porque o ar está errado. O cheiro aqui não é bom, sabe. Tem cheiro de bosta.

— É mesmo?

O cara do Exército parecia fascinado. Deu no alto das placas, uma de costas para a outra, uma ou duas batidas com o martelo, embora já parecessem bem firmes.

— É. A minha mãe se matou hoje de manhã.

O cara do Exército erguera o martelo para bater mais uma vez. Agora simplesmente o deixou cair.

— Está brincando comigo, garoto?

— Não. Ela deu um tiro na cabeça junto da mesa da cozinha. Eu que achei ela.

— Caralho, que coisa horrível.

O cara do Exército se aproximou da Redoma.

— Levamos o meu irmão pra cidade quando ele morreu domingo passado, porque ainda estava vivo... um pouco... mas a minha mãe estava mortinha da silva e a gente enterrou no outeiro. O meu pai e eu. Ela gostava de lá. Era bonito lá antes que tudo ficasse tão *nojento*.

— Jesus, garoto! Você passou pelo inferno!

— Ainda tô lá — disse Ollie e, como se as palavras abrissem uma válvula em algum lugar lá dentro, começou a chorar. Levantou-se e foi até a Redoma. Ele e o jovem soldado se encararam, a menos de meio metro de distância. O soldado ergueu a mão, fazendo uma careta quando o choque temporário passou por ele e saiu. Pôs a mão na Redoma, os dedos abertos. Ollie ergueu a sua mão e a apertou contra o seu lado da Redoma. As mãos pareciam se tocar, dedo com dedo, palma com palma, mas não. Era um gesto inútil que seria repetido várias vezes no dia seguinte: centenas de vezes, milhares.

— Garoto...

— Soldado Ames! — berrou alguém. — Sai daí, seu imbecil!

O soldado Ames pulou como um garoto flagrado roubando geleia.

— Vem cá! Acelerado!

— Espera aí, garoto — disse o soldado Ames, e correu para receber a sua bronca. Ollie imaginou que tinha que ser uma bronca, já que não se podia rebaixar um soldado raso. Sem dúvida não o poriam no xadrez ou o que fosse por conversar com um dos animais do zoológico. *Nem ganhei amendoim*, pensou Ollie.

Por um momento, olhou as vacas que não davam mais leite — que mal mordiscavam o capim — e depois sentou-se ao lado da mochila. Ele procurou e achou outra pedra bem redonda. Pensou no esmalte lascado nas unhas da mão aberta da mãe morta, a que estava com a arma ainda fumegante ao lado. Então jogou a pedra. Ela bateu na Redoma e ricocheteou.

BONC. Silêncio.

10

Às 16h daquela tarde de quinta-feira, enquanto as nuvens se mantinham sobre o norte da Nova Inglaterra e o sol brilhava como um refletor turvo sobre Chester's Mill atravessando as nuvens pelo buraco em forma de meia, Ginny Tomlinson foi ver como estava Junior. Perguntou se ele precisava de alguma coisa para a dor de cabeça. Ele disse que não, depois mudou de ideia e pediu Tylenol ou Advil. Quando ela voltou, ele atravessou o quarto para pegar o remédio. Na ficha, ela escreveu *Ainda manca, mas parece melhor*.

Quando Thurston Marshall enfiou a cabeça pela porta 45 minutos depois, o quarto estava vazio. Ele supôs que Junior tivesse ido para a sala dos médicos, mas quando foi até lá estava vazia, a não ser por Emily Whitehouse, a paciente do enfarte. Emily se recuperava bem. Thurse lhe perguntou se ela vira um rapaz moreno que mancava. Ela disse que não. Thurse voltou ao quarto de Junior e olhou o armário. Estava vazio. O rapaz com o provável tumor cerebral se vestira e se dera alta sem ligar para a papelada.

11

Junior foi para casa a pé. A perna que mancava pareceu ficar totalmente boa depois que os músculos se aqueceram. Além disso, o contorno escuro de fechadura que flutuava do lado esquerdo da visão encolhera para o tamanho de uma bola de gude. Talvez não tivesse recebido uma dose muito grande de tálio, afinal de contas. Difícil dizer. Ainda assim, tinha que cumprir a promessa feita a Deus. Se cuidasse dos garotos Appleton, Deus cuidaria dele.

Quando saiu do hospital (pela porta dos fundos), matar o pai estava no alto da lista de afazeres. Mas, quando realmente chegou à casa — à casa em que sua mãe morrera, em que Lester Coggins e Brenda Perkins morreram —, mudou de ideia. Se matasse o pai agora, a assembleia extraordinária da cidade seria cancelada. Junior não queria isso, pois a assembleia extraordinária seria ótima cobertura para sua missão principal. A maioria dos policiais estaria lá, e isso facilitaria o acesso ao Galinheiro. Só queria estar com as plaquinhas de identificação envenenadas. Adoraria enfiá-las na garganta moribunda de *Baaarbie*.

Big Jim nem estava em casa, afinal de contas. A única coisa viva na casa era o lobo que vira galopando no estacionamento do hospital durante a madrugada. Estava no meio da escada, olhando para ele e grunhindo do fundo do peito. O pelo estava eriçado. Os olhos eram amarelos. No pescoço, estavam penduradas as plaquinhas de Dale Barbara.

Junior fechou os olhos e contou até dez. Quando os abriu, o lobo sumira.

— Eu sou o lobo agora — sussurrou para a casa quente e vazia. — Eu sou o lobisomem e vi Lon Chaney dançar com a rainha.

Subiu a escada, mancando de novo mas sem notar. A farda estava no armário, assim como a arma — uma Beretta 92 Taurus. A delegacia tinha umas 12, pagas, na maior parte, com verba federal do Departamento de Segurança Interna. Conferiu o pente de 15 tiros da Beretta e viu que estava cheio. Pôs a arma no coldre, afivelou o cinto na cintura cada vez menor e saiu do quarto.

No alto da escada parou, perguntando-se aonde ir até que a assembleia estivesse em pleno andamento e ele pudesse agir. Não queria falar com ninguém, não queria sequer ser visto. Então teve a ideia: um bom esconderijo que também ficava perto da ação. Desceu a escada com cuidado — a maldita coxeadura estava de volta, e o lado esquerdo do rosto estava tão dormente que parecia até congelado — e se arrastou pelo saguão. Parou um instante na frente do escritório do pai, pensando em abrir o cofre e queimar o dinheiro lá dentro. Decidiu que não valia a pena. Lembrou-se vagamente de uma piada com banqueiros numa ilha deserta que enriqueceram vendendo as roupas uns para os outros, e soltou um risinho agudo mesmo sem conseguir recordar o final da piada e mesmo sem nunca ter entendido a graça direito.

O sol se pusera atrás das nuvens a oeste da Redoma e o dia ficara sombrio. Junior saiu andando da casa e desapareceu na escuridão.

12

Às 17h15, Alice e Aidan Appleton entraram, vindos do quintal nos fundos da casa emprestada. Alice disse:

— Caro? Pode levar Aidan e eu... *mim* e Aidan... pra grande assembleia?

Carolyn Sturges, que fazia sanduíches de geleia e manteiga de amendoim para o jantar na bancada de Coralee Dumagen com o pão de Coralee Dumagen (dormido, mas comível), olhou as crianças com surpresa. Nunca vira crianças quererem ir a reuniões de adultos; se perguntassem a ela, diria que provavelmente sairiam correndo na direção oposta para evitar um evento tão chato. Ficou tentada. Porque, se as crianças fossem, *ela* poderia ir.

— Têm certeza? — perguntou, se abaixando. — Vocês dois?

Antes desses últimos dias, Carolyn diria que não tinha nenhum interesse em filhos, que queria uma carreira de professora e escritora. Talvez romancista, embora lhe parecesse que escrever romances era muito arriscado; e se a gente gastasse todo aquele tempo, escrevesse mil páginas, e fosse horrível? Mas a poesia... percorrer o país (talvez de motocicleta)... declamar e fazer seminários, livre como um pássaro... isso seria legal. Talvez conhecer alguns homens interessantes, tomar vinho e discutir Sylvia Plath na cama. Alice e Aidan a fizeram mudar de ideia. Ela se apaixonara por eles. Queria que a Redoma se rompesse, é claro que queria, mas devolver esses dois à mãe lhe cortava o coração. Ela quase torcia que também cortasse um pouquinho o coração deles. Talvez fosse crueldade, mas assim era.

— Ade? É o que *você* quer? Porque reuniões de gente grande podem ser terrivelmente compridas e chatas.

— Quero ir — disse Aidan. — Quero ver todo mundo.

Então Carolyn entendeu. Não era a discussão dos recursos e como a cidade os usaria dali para a frente que lhes interessava; por que interessaria? Alice tinha 9 anos e Aidan, 5. Mas ver todo mundo reunido, como uma grande, enorme família extensa? Isso fazia sentido.

— Vocês vão se comportar? Sem se mexer nem cochichar demais?

— É claro — disse Alice com dignidade.

— E vão fazer todo o xixi que tiverem aí dentro antes de a gente sair?

— *Vamos!* — Dessa vez a menina ergueu os olhos para mostrar como Caro estava sendo uma estupidinik incômoda... e Caro meio que amou aquilo.

— Então o que vou fazer é embrulhar esses sanduíches pra viagem — disse Carolyn. — E vamos levar duas latas de refrigerante pra crianças que sabem se comportar e usam canudinho. Supondo que as crianças em questão tenham feito todo o xixi possível antes de pôr mais líquido garganta adentro, é claro.

— Eu uso canudinhos desde sempre — disse Aidan. — Tem bulinho?

— Ele quer dizer bolinho recheado — disse Alice.

— Eu sei o que ele quer dizer, mas não tem. Mas talvez haja bolachas. Do tipo com açúcar e canela por cima.

— Bolachas com canela são legais — disse Aidan. — Eu te amo, Caro.

Carolyn sorriu. Achou que nenhum poema que já lera era tão bonito. Nem mesmo o de Williams sobre ameixas frias.

13

Andrea Grinnell desceu a escada devagar mas com firmeza, enquanto Julia a fitava com espanto. Andi sofrera uma transformação. A maquiagem e uma boa escovada no desastre arrepiado que era o cabelo fizeram a sua parte, mas não era só isso. Ao olhá-la, Julia percebeu como fazia tempo que vira a terceira vereadora da cidade como realmente era. Nessa noite, ela usava um lindo vestido vermelho com cinto — parecia Ann Taylor — e levava uma grande bolsa de pano fechada com um cordão.

Até Horace ficou boquiaberto.

— Como eu estou? — perguntou Andi quando chegou ao pé da escada. — Como se pudesse ir voando até a assembleia se tivesse uma vassoura?

— Você está ótima. Vinte anos mais nova.

— Obrigada, querida, mas eu tenho espelho lá em cima.

— Se ele não te mostrou como você está melhor, é bom experimentar o daqui de baixo, onde tem mais luz.

Andi pôs a bolsa no outro braço, como se estivesse pesada.

— Bom. Eu devo estar. Ao menos um pouco.

— Tem certeza de que você se sente forte o bastante pra isso?

— Acho que sim, mas se começar a tremer e me debater, saio pela porta lateral.

Andi não tinha a mínima intenção de sair, com ou sem tremor.

— O que é que tem na bolsa?

O lanchinho de Jim Rennie, pensou Andrea. *Que eu pretendo dar pra ele na frente da cidade inteira.*

— Sempre levo o meu tricô às assembleias da cidade. Às vezes são muito lentas e chatas.

— Não acho que essa vá ser chata — disse Julia.

— Você não vem?

— É, acho que vou — disse Julia vagamente. Esperava estar bem longe do centro de Chester's Mill antes que a assembleia terminasse. — Tenho coisas pra fazer antes. Consegue chegar lá sozinha?

Andi lhe deu um olhar cômico de *Mãe, por favor*.

— Descer a rua, descer o morro, e pronto. Faço isso há anos.

Julia olhou o relógio. Eram 17h45.

— Você não está saindo cedo demais?

— Al vai abrir as portas às seis horas, se não me engano, e quero ter certeza de conseguir um bom lugar.

— Como vereadora, você devia estar lá em cima no palco — disse Julia. — Se for o que você quer.

— Não, acho que não. — Andi trocou a bolsa de ombro outra vez. O tricô *estava* ali dentro; o arquivo VADER também e o 38 que o irmão Twitch lhe dera para proteger o lar. Achou que também serviria para proteger a cidade. A cidade *era* como um corpo, mas tinha uma vantagem sobre o corpo humano: quando o cérebro ficava ruim, podia-se fazer um transplante. E talvez não fosse preciso matar. Ela rezava que não.

Julia a olhava curiosa. Andrea percebeu que devaneara.

— Acho que hoje eu vou me sentar junto com o povo. Mas vou ter o que dizer quando a hora chegar. Pode contar com isso.

14

Andi estava certa sobre Al Timmons abrir as portas às 18h. Nisso a rua Principal, quase vazia o dia todo, se enchia de cidadãos que iam para a Câmara de Vereadores. Outros desciam o morro da praça da Cidade em pequenos grupos, vindos das ruas residenciais. Começavam a chegar carros de Eastchester e Northchester, a maioria lotados. Parecia que ninguém queria ficar sozinho naquela noite.

Ela chegou cedo o suficiente para escolher o seu lugar e ficou na terceira fila a contar do palco, junto ao corredor central. Bem à frente dela, na segunda fila, estavam Carolyn Sturges e os pequenos Appleton. Os garotos estavam boquiabertos e de olhos arregalados para tudo e para todos. Parecia que o menininho segurava uma bolacha no punho fechado.

Linda Everett foi outra que chegou cedo. Julia contara a Andi que Rusty fora preso — absolutamente ridículo — e sabia que a mulher dele estaria arrasada, mas ela escondia bem com uma bela maquiagem e um vestido bonito de bolsos grandes. Dada a sua situação (boca seca, dor de cabeça, estômago embrulhado), Andi lhe admirou a coragem.

— Vem sentar comigo, Linda — disse, dando um tapinha na cadeira a seu lado. — Como está o Rusty?

— Não sei — disse Linda, passando por Andrea e se sentando. Algo num daqueles bolsos engraçados bateu na madeira. — Não me deixaram vê-lo.

— Essa situação vai ser retificada — disse Andrea.

— Claro — respondeu Linda, muito séria. — Vai ser. — Depois, se inclinou à frente. — Oi, garotos, como vocês se chamam?

— Esse é o Aidan — disse Caro, e essa é...

— O meu nome é Alice. — A menininha estendeu uma mão majestosa: da rainha ao leal súdito. — Mim e Aidan... Aidan e eu... somos redomórfãos. É tipo órfãos da Redoma. O Thurston que inventou. Ele faz truques de mágica, como tirar moeda da orelha da gente e tudo mais.

— Bom, vocês parecem muito bem — disse Linda, sorrindo. Não tinha vontade de sorrir; nunca estivera tão nervosa na vida. Só que *nervosa* era uma palavra muito suave. Ela estava se cagando de medo.

15

Às 18h30, o estacionamento atrás da Câmara de Vereadores estava cheio. Depois disso, as vagas da rua Principal se encheram, e as da rua Oeste e da rua Leste. Às 18h45, até o estacionamento do correio e o dos bombeiros estavam lotados, e quase todos os lugares do salão da Câmara estavam ocupados.

Big Jim previra a possibilidade de excesso de lotação, e Al Timmons, ajudado por alguns novos policiais, pusera no gramado bancos do Salão da Legião Americana. Havia APOIE OS NOSSOS SOLDADOS escrito em alguns; JOGUE MAIS BINGO! em outros. Grandes alto-falantes Yamaha tinham sido instalados nos dois lados da porta da frente.

A maior parte da força policial da cidade — e todos os policiais veteranos, menos um — estavam presentes para manter a ordem. Quando os retardatários reclamaram de ter que se sentar do lado de fora (ou ficar lá em pé, quando até os bancos se encheram), o chefe Randolph lhes disse que deviam ter chegado mais cedo: quem vai ao ar perde o lugar. Também acrescentou que estava uma noite agradável, quente e bonita, e que mais tarde deveria haver outra grande lua cor-de-rosa.

— Agradável pra quem não se incomoda com o fedor — disse Joe Boxer. O dentista andava de péssimo humor desde o confronto no hospital por causa dos seus waffles libertados. — Tomara que a gente consiga ouvir direito com essas coisas. — Apontou os alto-falantes.

— Vão ouvir direitinho — disse o chefe Randolph. — Nós pegamos no Dipper's. Tommy Anderson diz que são o que tem de melhor, e foi ele mesmo que instalou. Imagine que você está num drive-in sem imagens.

— Acho que é um pé no saco — disse Joe Boxer, depois cruzou as pernas e ficou beliscando o vinco das calças.

Do seu esconderijo dentro da Ponte da Paz, Junior os viu chegar, espiando por uma rachadura da parede. Espantou-se de ver tanta gente da cidade no mesmo lugar ao mesmo tempo e ficou agradecido pelos alto-falantes. Conseguiria escutar tudo de onde estava. E assim que o pai realmente pegasse ímpeto, ele passaria à ação.

Que Deus ajude quem se meter no meu caminho, pensou.

Era impossível deixar de ver o corpanzil do pai com a ladeira da barriga, mesmo na escuridão crescente. E também a Câmara de vereadores estava totalmente iluminada esta noite, e a luz de uma das janelas desenhava um retângulo que ia até onde estava Big Jim, à beira do estacionamento lotado. Carter Thibodeau estava ao lado.

Big Jim não se sentiu observado — ou melhor, ele se sentia observado por *todo mundo*, o que dá na mesma. Conferiu o relógio e viu que acabara de dar 19h. O seu senso político, afiado no decorrer de muitos anos, lhe disse que as reuniões importantes deviam começar sempre com dez minutos de atraso; nem mais, nem menos. O que significava que já era hora de começar a descer a pista. Segurava uma pasta com o discurso dentro, mas depois de começar não precisaria mais dele. Sabia o que iria dizer. Parecia que tinha feito o discurso durante o sono na noite passada, não uma vez, mas várias, e cada vez fora melhor.

Cutucou Carter.

— Hora de começar o espetáculo.

— Certo.

Carter correu até onde Randolph estava em pé nos degraus da Câmara (*provavelmente acha que se parece com Júlio Melequento César*, pensou Big Jim) e o trouxe de volta.

— Entramos pela porta lateral — disse Big Jim. Consultou o relógio. — Daqui a cinco... não, quatro minutos. Você na frente, Peter, eu depois, Carter atrás de mim. Vamos direto pro palco, certo? Andem com *confiança* — nada de arrastar a meleca dos pés. Vai haver aplausos. Fiquem em posição de sentido até começarem a diminuir. Então se sentem. Peter, você fica à minha esquerda. Carter, à minha direita. Vou até o púlpito. Oração primeiro, depois todo mundo se levanta pra cantar o hino nacional. Depois disso, eu vou falar e passar a pauta rápido como um raio. Eles vão votar sim a tudo. Entendido?

— Estou nervoso pra caramba — confessou Randolph.

— Não fique. Tudo vai dar certo.

Sem dúvida, quanto a isso ele estava errado.

16

Enquanto Big Jim e o seu séquito andavam rumo à porta lateral da Câmara de Vereadores, Rose entrava com a van do restaurante na casa dos McClatchey. Atrás dela, havia um sedã Chevrolet simples dirigido por Joanie Calvert.

Claire saiu da casa com uma mala numa das mãos e uma sacola de lona cheia de mantimentos na outra. Joe e Benny Drake também levavam malas, embora a maior parte das roupas de Benny tivesse saído das gavetas de Joe. Benny levava outra sacola de lona menor com o saque à despensa dos McClatchey. Do pé do morro vinha o som amplificado de aplausos.

— Depressa — disse Rose. — Estão começando. Hora de evacuar.

Lissa Jamieson estava com ela. Abriu a porta da van e começou a passar as coisas para dentro.

— Temos folha de chumbo pra cobrir as janelas? — perguntou Joe a Rose.

— Temos, e mais pedaços pro carro da Joanie também. Vamos chegar até onde você disser que é seguro e depois bloqueamos as janelas. Passa aquela mala.

— Isso é loucura, sabiam? — disse Joanie Calvert. Andou em linha reta entre o seu carro e a van do Rosa Mosqueta, o que levou Rose a acreditar que ela só tomara um trago ou dois para se fortalecer. O que era bom.

— Deve ser mesmo — disse Rose. — Está pronta?

Joanie suspirou e pôs o braço nos ombros magros da filha.

— Pra quê? Pra ver a vaca ir pro brejo? Por que não? Quanto tempo vamos ter que ficar lá?

— Não sei — disse Rose.

Joanie soltou outro suspiro.

— Bom, ao menos está quente.

Joe perguntou a Norrie:

— Cadê seu avô?

— Com Jackie e o sr. Burpee, na van que roubamos do Rennie. Ele vai esperar lá fora enquanto eles entram pra buscar o Rusty e o sr. Barbara. — Ela lhe deu um sorriso apavorado. — Vai servir de motorista.

— Macaco velho não devia meter a mão em cumbuca — observou Joanie Calvert. Rose teve vontade de levantar a mão e lhe dar um tapa, e uma olhada lhe revelou que Lissa tivera a mesma vontade. Mas não era hora de discutir, muito menos de brigar.

A união faz a força; a desunião traz a forca, pensou Rose.

— E Julia? — perguntou Claire.

— Vem com Piper. E o cachorro.

Do centro da cidade, amplificado (e com os que estavam nos bancos do lado de fora unindo as suas vozes), veio o Coro Unido de Chester's Mill cantando o hino nacional americano.

— Vamos — disse Rose. — Vou na frente.

Joanie Calvert repetiu, com um tipo de bom humor doloroso:

— Ao menos está quente. Vamos, Norrie, seja a copilota da sua velha mãe.

17

Havia um beco para entregas no lado sul da Maison des Fleurs de LeClerc, e ali estava estacionada a van furtada da companhia telefônica com a frente para fora. Ernie, Jackie e Rommie Burpee estavam sentados e escutando o hino nacional que vinha do alto da rua. Jackie sentiu uma pontada nos olhos e viu que não era a única a ficar comovida; Ernie, sentado atrás do volante, tirara um lenço do bolso de trás e limpava os olhos com ele.

— Acho que não vamos precisar que a Linda nos diga pra partir — disse Rommie. — Não esperava alto-falantes. Não pediram pra mim.

— Ainda assim, é bom que todos vejam ela lá — disse Jackie. — Você pegou a máscara, Rommie?

Ele ergueu a cara de Dick Cheney estampada em plástico. Apesar do enorme estoque, Rommie não conseguira para Jackie uma máscara de Ariel; ela se contentara com Hermione, a amiga de Harry Potter. A máscara de Darth Vader de Ernie estava atrás do banco, mas Jackie achou que provavelmente estariam numa encrenca se ele tivesse mesmo que usá-la. Não disse isso em voz alta.

E na verdade, de que importa? Quando de repente nós não estivermos mais na cidade, todo mundo vai ter uma boa ideia de por que nós fugimos.

Mas desconfiar não era o mesmo que saber, e se desconfiar fosse o máximo que Rennie e Randolph conseguissem, os amigos e parentes que estavam deixando para trás talvez não fossem submetidos a nada além de um interrogatório mais intenso.

Talvez. Em circunstâncias como aquelas, percebeu Jackie, essa era uma palavra grandiosa.

O hino terminou. Houve mais aplausos e então o segundo vereador da cidade começou a falar. Jackie conferiu a pistola que levava — a sua particular — e achou que os próximos minutos provavelmente seriam os mais demorados da sua vida.

18

Barbie e Rusty estavam na porta das respectivas celas, escutando Big Jim se lançar ao seu discurso. Graças aos alto-falantes do lado de fora da porta principal da Câmara, podiam ouvir bastante bem.

— *Obrigado! Obrigado a todos! Obrigado por virem! E obrigado por serem o povo mais corajoso, firme e engenhoso dos Estados Unidos da América!*

Aplausos entusiasmados.

— *Senhoras e senhores... e crianças, também, vejo algumas na plateia...*

Risos bem-humorados.

— *Estamos numa situação terrível aqui. Disso vocês sabem. Hoje, pretendo lhes contar como foi que aconteceu. Não sei tudo, mas vou lhes contar o que eu sei, porque vocês merecem. Quando eu terminar de lhes pintar o quadro, nós teremos uma pauta breve mas importante a examinar. Mas, em primeiríssimo lugar, quero lhes dizer que estou ORGULHOSO de vocês, que me sinto HUMILDE por ser o homem que Deus, e vocês também, escolheram para ser o seu líder nessa terrível conjuntura, e quero GARANTIR que, juntos, atravessaremos as dificuldades, juntos e com a ajuda de Deus sairemos disso MAIS FORTES, MAIS FIÉIS e MELHORES do que antes! Agora podemos ser israelitas no deserto...*

Barbie ergueu os olhos e Rusty deu uma banana com o punho.

— *... mas logo chegaremos a CANAÃ e ao banquete de leite e mel que o Senhor e os nossos compatriotas americanos com certeza nos prepararão!*

Aplausos enlouquecidos. Parecia uma ovação de pé. Quase certo de que, mesmo que *houvesse* um microfone ali embaixo, os três ou quatro policiais lá em cima estariam agora amontoados na porta da delegacia, escutando Big Jim, Barbie disse:

— Prepare-se, meu amigo.

— Estou preparado — Rusty disse. — Pode acreditar.

Desde que Linda não seja um dos que planejaram invadir, pensou. Não queria que ela matasse ninguém, mas mais do que isso, não queria que ela corresse o risco de ser morta. Não por ele. *Que ela fique bem onde está. Ele pode ser maluco, mas, ao menos, se ela estiver com o resto da cidade, vai estar a salvo.*

Foi o que ele pensou antes de o tiroteio começar.

19

Big Jim estava exultante. Tinha todos exatamente onde queria: na palma da mão. Centenas de pessoas, os que tinham votado nele e os que não tinham. Nunca vira tantos naquele salão, nem mesmo quando as orações na escola e o orçamento escolar foram discutidos. Estavam sentados coxa a coxa, ombro a ombro, do lado de fora e de dentro, e faziam mais do que lhe dar ouvidos. Com Sanders desaparecido em ação e Grinnell sentada na plateia (era difícil não ver aquele vestido vermelho na terceira fila), ele *possuía* a multidão. Os olhos de todos lhe imploravam que cuidasse deles. Que os salvasse. O que completava a exultação era ter o seu guarda-costas ao lado e ver as filas de policiais — os *seus* policiais — arrumadas nos dois lados do salão. Nem todos estavam ainda fardados, mas todos estavam armados. Na plateia, ao menos mais uns cem usavam braçadeiras azuis. Era como ter o seu próprio exército particular.

— Meus concidadãos, a maioria de vocês sabe que prendemos um homem chamado Dale Barbara...

Surgiu uma tempestade de vaias e assovios. Big Jim esperou que diminuísse, sério por fora, rindo por dentro.

— ... pelo assassinato de Brenda Perkins, Lester Coggins e duas mocinhas adoráveis que todos nós conhecíamos e amávamos: Angie McCain e Dodee Sanders.

Mais vaias, intercaladas com gritos de "Enforca ele!" e "Terrorista!" O grito de terrorista parecia ser de Velma Winter, gerente diurna do Brownie's.

— O que vocês não sabem — continuou Big Jim — é que a Redoma é o resultado de uma conspiração perpetrada por um grupo de elite de cientistas renegados e financiada secretamente por um grupo dissidente do governo. *Somos cobaias de uma experiência, meus concidadãos, e Dale Barbara foi o homem indicado pra mapear e conduzir essa experiência por dentro!*

Isso foi recebido com silêncio espantado. Depois, houve um rugido ofendido.

Quando tudo se aquietou, Big Jim continuou, as mãos plantadas nos dois lados do púlpito, o rosto largo brilhando de sinceridade (e, talvez, hipertensão). O discurso estava à sua frente, mas ainda dobrado. Não havia por que olhar. Deus usava suas cordas vocais e lhe movia a língua.

— Quando falo de financiamento secreto, talvez vocês se perguntem o que eu quero dizer. A resposta é horrível, mas simples. Dale Barbara, auxiliado por um número ainda desconhecido de moradores da cidade, montou uma fábrica de drogas que vem fornecendo enorme quantidade de cristais de metanfetamina aos grandes traficantes, alguns com ligações com a CIA, em todo o litoral leste. E, embora ele ainda não tenha nos revelado o nome de todos os outros conspiradores, parece que um deles, me corta o coração lhes dizer isso, é Andy Sanders.

Tumulto e gritos de espanto da plateia. Big Jim viu Andi Grinnell começar a se levantar da cadeira e depois voltar a se sentar. *Isso mesmo*, pensou, *fica aí sentadinha. Se for imprudente a ponto de me questionar, eu te como viva. Ou aponto o dedo e te acuso. E eles te comerão viva.*

E, na verdade, ele sentia vontade de fazer isso.

— O chefe de Barbara, o seu controle, é o homem que todos vocês viram no noticiário. Ele afirma ser coronel do Exército americano, mas de fato ocupa alto cargo no conselho de cientistas e autoridades do governo responsável por essa experiência satânica. Tenho aqui a confissão de Barbara a respeito disso.
— Ele deu um tapinha no paletó esporte, cujo bolso interno continha a carteira e um Novo Testamento tamanho míni com as palavras de Cristo impressas em vermelho.

Enquanto isso, surgiam mais gritos de "Enforca ele!". Big Jim ergueu uma das mãos, a cabeça baixa, o rosto grave, e os gritos acabaram silenciados.

— Nós votaremos a punição de Barbara como uma cidade, como um organismo único dedicado à causa da liberdade. Está nas suas mãos, senhoras e senhores. Se votarem pela execução, ele será executado. Mas não haverá forca enquanto eu for seu líder. Ele será executado pelo pelotão de fuzilamento da polícia...

Aplausos enlouquecidos o interromperam, e a maior parte da plateia se levantou. Big Jim se inclinou sobre o microfone.

— ... mas só depois que obtivermos *cada fiapo de informação que ainda se esconde naquele* MISERÁVEL CORAÇÃO DE TRAIDOR!

Agora quase todos tinham se levantado. Mas não Andi; ela estava sentada na terceira fila, junto ao corredor central, olhando para ele com olhos que deveriam ser suaves, enevoados e confusos, mas não eram. *Olha pra mim o quanto quiser*, pensou ele, *desde que fique aí sentadinha como uma boa menina*.

Enquanto isso, ele se deleitava com os aplausos.

20

— Agorra? — perguntou Rommie. — O que acha, Jackie?

— Espera mais um pouco — respondeu ela.

Era instinto, nada mais, e em geral o seu instinto era confiável.

Mais tarde, ela se perguntaria quantas vidas poderiam ter sido salvas se tivesse dito a Rommie *tudo bem, vamos*.

21

Pela rachadura na parede lateral da Ponte da Paz, Junior viu que até as pessoas nos bancos do lado de fora tinham se levantado, e o mesmo instinto que disse a Jackie para esperar mais um pouco lhe disse que era hora de agir. Ele saiu mancando da ponte, pelo lado da praça da Cidade, e foi até a calçada. Quando a criatura que o gerara voltou a falar, partiu na direção da delegacia de polícia. A mancha escura no lado esquerdo do campo de visão se expandira de novo, mas a mente estava limpa.

Estou indo, Baaarbie. Estou indo atrás de você agora mesmo.

22

— Essas pessoas são mestras em desinformação — continuou Big Jim —, e quando vocês forem até a Redoma visitar seus entes queridos, a campanha contra mim chegará ao ponto máximo. Cox e os seus representantes não se deterão diante de nada pra me caluniar. Vão me chamar de mentiroso, de ladrão, podem até dizer que era minha a fábrica de drogas deles...

— *E é mesmo* — disse uma voz clara e forte.

Era Andrea Grinnell. Todos os olhos se fixaram nela quando se levantou, um ponto de exclamação humano com o vestido vermelho vivo. Ela olhou Big Jim um instante com uma expressão de desprezo frio e depois se virou para encarar o povo que a elegera terceira vereadora quando o velho Billy Cale, pai de Jack Cale, morrera de derrame quatro anos antes.

— Vocês precisam pôr o medo de lado um instante — disse ela. — Quando fizerem isso, verão que a história que ele está contando é ridícula. Jim Rennie acha que pode tocar vocês como se fossem gado numa tempestade. Eu vivi com vocês minha vida inteira e acho que ele está errado.

Big Jim esperou gritos de protesto. Não houve nenhum. Não que os moradores da cidade acreditassem nela necessariamente; só estavam espantados com essa virada súbita dos acontecimentos. Alice e Aidan Appleton tinham se virado inteiramente e estavam ajoelhados nas poltronas, fitando a dama de vermelho. Caro estava igualmente espantada.

— Uma experiência secreta? Quanta bobagem! O nosso governo tem feito coisas muito erradas nos últimos cinquenta anos mais ou menos, eu sou a primeira a admitir, mas manter uma cidade inteira presa por um tipo de campo de força? Só pra ver o que a gente vai fazer? Isso é idiota. Só gente apavorada acreditaria nisso. Rennie sabe disso, por isso está orquestrando o terror.

Big Jim perdera o ritmo por um instante, mas nisso reencontrou a sua voz. E é claro que estava com o microfone.

— Senhoras e senhores, Andrea Grinnell é uma boa mulher, mas não está no seu juízo perfeito esta noite. É claro que está tão chocada quanto todos nós, mas além disso, sinto muito dizer que ela tem um grave problema de dependência de drogas, devido a uma queda e ao consequente uso de um medicamento extremamente viciante chamado...

— Faz dias que eu não tomo nada, só aspirina — disse Andrea, em voz clara e forte. — E estou de posse de documentos que mostram...

— Melvin Searles? — trovejou Big Jim. — Você e vários dos nossos policiais, com gentileza e firmeza, podem remover a vereadora Grinnell da sala e levá-la pra casa? Ou talvez pro hospital, pra ficar em observação. Ela não está bem.

Houve alguns murmúrios de aprovação, mas não o clamor que ele esperava. E Mel Searles dera apenas um passo à frente quando Henry Morrison meteu a mão no peito de Mel e o jogou para trás, contra a parede, com um choque audível.

— Deixa ela terminar — disse Henry. — Ela também é autoridade na cidade, então deixa ela terminar.

Mel ergueu os olhos para Big Jim, mas Big Jim, quase hipnotizado, observava Andi tirar um envelope pardo da grande bolsa. Soube o que era no instante em que o viu. *Brenda Perkins*, pensou ele. *Ah, aquela puta. Mesmo morta, a sua putaria continua.*

Quando Andi ergueu o envelope, ele começou a balançar de um lado para o outro. Os tremores voltavam, a merda dos tremores. Não poderiam ter escolhido hora pior, mas ela não se surpreendeu; na verdade, era de se esperar. Era o estresse.

— Os documentos neste envelope chegaram a mim por intermédio de Brenda Perkins — disse ela, e ao menos a voz era firme. — Foram reunidos pelo marido dela e pelo procurador-geral do estado. Duke Perkins investigava James Rennie por causa de uma lista enorme de crimes e contravenções graves.

Mel olhou o amigo Carter em busca de orientação. E Carter o encarou, os olhos brilhantes, penetrantes e quase divertidos. Apontou Andrea e depois pôs o lado da mão contra a garganta: *Faz ela calar a boca.* Dessa vez, quando Mel partiu para a frente, Henry Morrison não o deteve; como quase todo mundo na sala, Henry estava boquiaberto olhando Andrea Grinnell.

Marty Arsenault e Freddy Denton se juntaram a Mel quando ele saiu correndo pela frente do palco, abaixado como quem corre na frente da tela do cinema. Do outro lado do salão da Câmara de Vereadores, Todd Wendlestat e Lauren Conree também se puseram em ação. A mão de Wendlestat estava num pedaço serrado de bengala de castanheira que ele levava como cassetete; a de Conree, na coronha da arma.

Andi os viu chegando, mas não parou.

— A prova está neste envelope, e acredito que prova que... — *que Brenda Perkins morreu por isso*, era o que pretendia dizer, mas nesse momento a mão esquerda suada e trêmula perdeu a força e largou a bolsa. Esta caiu no corredor, e o cano do seu 38 de proteção doméstica saiu como um periscópio da boca aberta da bolsa.

Claramente, ouvido por todos no salão agora silencioso, Aidan Appleton disse:

— Uau! Essa senhora tem uma arma!

Outro instante de silêncio espantado se seguiu. Então Carter Thibodeau pulou do assento e correu para a frente do chefe, gritando *"Arma! Arma! ARMA!"*

Aidan desceu para o corredor para investigar mais de perto.

— *Não, Ade!* — berrou Caro, e se curvou para segurá-lo bem quando Mel deu o primeiro tiro.

Ele fez um buraco no chão de madeira polida diante do nariz de Carolyn Sturges. Voaram lascas. Uma a atingiu logo abaixo do olho direito e o sangue começou a lhe correr pelo rosto. Ela teve a vaga consciência de que agora todos gritavam. Ajoelhou-se no corredor, agarrou Aidan pelos ombros e o enfiou entre as coxas como uma bola de futebol americano. Ele voou de volta para a fila onde estivera sentado, surpreso mas incólume.

— ARMA! ELA TEM UMA ARMA! — berrou Freddy Denton, e tirou Mel do caminho. Mais tarde, juraria que a moça estava tentando pegar a arma, e que ele só quisera feri-la, de qualquer modo.

23

Graças aos alto-falantes, os três na van roubada ouviram a mudança das festividades na prefeitura. O discurso de Big Jim e o aplauso que o acompanhava foram interrompidos por alguma mulher que falava alto, mas estava longe demais do microfone para que entendessem as palavras. A voz dela foi afogada por uma algazarra geral pontilhada de gritos. Depois houve um tiro.

— Que *inferno*! — disse Rommie.

Mais tiros. Dois, talvez três. E gritos.

— Não importa — disse Jackie. — Vamos, Ernie, depressa. Se vamos fazer, é preciso fazer agora.

24

— *Não!* — gritou Linda, pulando de pé. — Sem tiros! Tem crianças aqui! TEM CRIANÇAS AQUI!

A Câmara de Vereadores explodiu num pandemônio. Talvez por um ou dois minutos tivessem deixado de ser gado, mas agora eram. O estouro na direção da porta da frente começou. Os primeiros conseguiram sair, depois a multidão se atolou. Algumas almas que mantinham um fiapo de bom-senso desceram pelos corredores laterais e central rumo às portas de saída que flanqueavam o palco, mas foram minoria.

Linda correu para Carolyn Sturges, querendo puxá-la para a relativa segurança dos bancos, quando Toby Manning, correndo pelo corredor central, a atingiu. O joelho dele bateu na nuca de Linda e ela caiu para a frente, tonta.

— *Caro!* — berrava Alice Appleton de algum lugar muito longe. — *Caro, levanta! Caro, levanta! Caro, levanta!*

Carolyn começou a se levantar, e foi então que Freddy Denton lhe deu um tiro bem entre os olhos, matando-a instantaneamente. As crianças começaram a guinchar. O rosto delas estava respingado de sangue.

Linda teve a vaga consciência de ser chutada e pisada. Ficou de quatro (nesse momento, ficar em pé estava fora de questão) e engatinhou pelo lado oposto àquele em que estivera sentada. A mão se esparramou em mais sangue de Carolyn.

Alice e Aidan tentavam chegar até Caro. Sabendo que poderiam ficar gravemente feridos se chegassem ao corredor (e não querendo que vissem como ficara a mulher que ela achava que era a mãe deles), Andi curvou-se sobre o banco na frente dela para segurá-los. Deixara cair o envelope VADER.

Carter Thibodeau esperava por isso. Ainda estava em pé na frente de Rennie, protegendo-o com o corpo, mas puxara a arma e a apoiava no antebraço. Aí apertou o gatilho, e a encrenqueira de vestido vermelho — a que causara a confusão — caiu voando para trás.

A Câmara de Vereadores estava um caos, mas isso Carter ignorou. Desceu a escada e andou com firmeza até onde a mulher de vestido vermelho caíra. Quando veio gente correndo pelo corredor central, jogou-os para fora do caminho, primeiro à esquerda, depois à direita. A menininha, aos gritos, tentou se agarrar à sua perna, e Carter a chutou para o lado sem olhar.

A princípio, não viu o envelope. Então o avistou. Estava caído ao lado de uma das mãos abertas da tal Grinnell. Uma grande pegada impressa em sangue fora carimbada sobre a palavra VADER. Ainda calmo no caos, Carter olhou em volta e viu que Rennie fitava os escombros da plateia, o rosto chocado e incrédulo. Ótimo.

Carter puxou as fraldas da camisa. Uma mulher aos berros — era Carla Venziano — correu para ele, que a empurrou para o lado. Então, enfiou o envelope VADER nas costas, sob o cinto, e cobriu-o com a fralda da camisa.

Uma pequena apólice de seguro era sempre boa coisa.

Voltou de costas para o palco, não querendo ser pego de surpresa. Ao chegar aos degraus, virou-se e subiu-os aos pulos. Randolph, o destemido chefe de polícia da cidade, ainda estava sentado com as mãos plantadas sobre as coxas carnudas. Poderia ser uma estátua se não fosse a veia isolada que pulsava no centro da testa.

Carter pegou Big Jim pelo braço.

— Vamos, chefe.

Big Jim o olhou como se não soubesse onde estava nem mesmo quem era. Então, os olhos se clarearam um pouco.

— Grinnell?

Carter apontou o corpo da mulher esparramado no corredor central, a poça crescente em torno da cabeça combinando com o vestido.

— Certo, ótimo — disse Big Jim. — Vamos sair daqui. Lá embaixo. Você também, Peter. Levanta. — E quando Randolph continuou sentado a fitar a multidão enlouquecida, Big Jim lhe deu um chute na perna. — *Anda!*

No pandemônio, ninguém ouviu os tiros no prédio ao lado.

25

Barbie e Rusty se entreolharam.

— Que *diabos* está acontecendo lá? — perguntou Rusty.

— Não sei — respondeu Barbie —, mas não parece bom.

Vieram mais tiros da Câmara de Vereadores, depois um muito mais perto: no andar de cima. Barbie torceu para serem os seus amigos... então ouviu alguém berrar *"Não, Junior! Você está maluco? Wardlaw, me dá cobertura!"* Mais tiros se seguiram. Quatro, talvez cinco.

— Ai, Jesus — disse Rusty. — Lá vem encrenca.

— Eu sei disso — disse Barbie.

26

Junior parou nos degraus da delegacia, olhando por sobre o ombro o alvoroço recém-surgido na Câmara de Vereadores. Agora as pessoas nos bancos do lado de fora estavam em pé e esticavam o pescoço, mas não havia nada para ver. Não para eles, e não para ele. Talvez alguém tivesse assassinado o seu pai — ele torcia por isso; lhe pouparia o trabalho — mas, enquanto isso, a sua missão era dentro da delegacia. No Galinheiro, para ser específico.

Junior empurrou a porta que tinha TRABALHANDO JUNTOS: VOCÊ E A POLÍCIA DA SUA CIDADE escrito. Stacey Moggin veio correndo na direção dele. Rupe Libby estava atrás dela. Na sala de controle, em pé diante da placa mal-humorada que dizia CAFÉ E ROSQUINHAS *NÃO* SÃO DE GRAÇA, estava Mickey Wardlaw. Grandalhão ou não, parecia muito assustado e inseguro.

— Você não pode entrar, Junior — disse Stacey.

— Claro que posso. — *Claro* saiu *carr*. Era a dormência no lado da boca. Envenenamento por tálio! Barbie! — Sou da polícia. — *Sodapliss.*

— Você é um bêbado, isso é o que você é. O que está havendo lá? — Mas aí, decidindo talvez que ele era incapaz de resposta coerente, a piranha lhe deu um empurrão no centro do peito. Isso o fez cambalear na perna ruim e quase cair. — Vai embora, Junior. — Ela olhou por sobre o ombro e disse as suas últimas palavras na face da Terra. — Fica onde está, Wardlaw. Ninguém vai lá pra baixo.

Quando ela se virou, na intenção de empurrar Junior para fora da delegacia, viu o cano de uma Beretta da polícia. Houve tempo para mais um pensamento — *Ah, não, ele não faria isso* — e então uma luva de boxe indolor a atingiu entre os seios e a jogou para trás. Ela viu o rosto espantado de Rupe Libby de cabeça para baixo, quando a cabeça caiu para trás. E se foi.

— *Não, Junior! Você está maluco?* — berrou Rupe, tentando agarrar a arma. — *Wardlaw, me dá cobertura!*

Mas Mickey Wardlaw só ficou ali parado, boquiaberto, enquanto Junior enfiava cinco balas no primo de Piper Libby. A mão esquerda estava dormente, mas a direita ainda estava boa; ele nem precisava ter mira muito boa com um alvo estacionário a apenas 2 metros de distância. Os dois primeiros tiros atingiram a barriga de Rupe, jogando-o contra a mesa de Stacey Moggin e a derrubando. Rupe se dobrou ao meio, segurando-se. O terceiro tiro de Junior errou o alvo, mas os outros dois entraram no alto da cabeça de Rupe. Ele caiu numa grotesca posição de balé, as pernas se abrindo para os lados e a cabeça — o que restava dela —, descendo para descansar no chão, como numa última reverência profunda.

Junior mancou até a sala de controle com a Beretta fumegante estendida à frente. Não conseguia se lembrar exatamente de quantos tiros dera; achava que sete. Talvez oito. Ou dezenove — quem poderia saber com certeza? A dor de cabeça voltara.

Mickey Wardlaw ergueu a mão. Havia um sorriso assustado e apaziguador no seu grande rosto.

— Sem problemas comigo, bródi — disse. — Faz o que você tem que fazer. — E fez o sinal da paz.

— Vou fazer — disse Junior. — *Bródi*.

Atirou em Mickey. O meninão caiu, o sinal da paz agora enquadrando o buraco na cabeça onde antes havia um olho. O olho que restava rolou para fitar Junior com a humildade burra de uma ovelha no cercado. Junior lhe deu outro tiro, só para garantir. Depois, olhou em volta. Parecia que o lugar era só dele.

— Tudo bem — disse ele. — Tuuudo... *bem*!

Partiu para a escada, depois voltou até o corpo de Stacey Moggin. Verificou que ela usava uma Beretta Taurus igual à dele e ejetou o pente da sua arma. Trocou-o pelo pente cheio do cinto dela.

Junior se virou, cambaleou, caiu de joelhos e se levantou de novo. Agora a mancha preta no lado esquerdo da visão parecia grande como uma tampa de bueiro, e ele teve a ideia de que o olho esquerdo estava bem fodido. Bom, tudo bem; se precisasse de mais do que um olho para matar um homem trancado numa cela, não valeria nem um pio num galinheiro. Cruzou a sala de controle, escorregou no sangue do falecido Mickey Wardlaw e quase caiu de novo. Mas se endireitou a tempo. O coração batia com força, mas ele achou bom. *Está me mantendo esperto*, pensou.

— Oi, *Baaarbie* — gritou ele escada abaixo. — Eu sei o que você me fez e eu vou acabar com você. Se quer rezar, é melhor rezar depressa.

27

Rusty observou as pernas que desceram mancando a escada de metal. Sentia cheiro de fumaça de pólvora, sentia cheiro de sangue e entendia perfeitamente que chegara a sua hora de morrer. O homem que mancava estava ali para pegar Barbie, mas quase com certeza não iria desperdiçar um certo auxiliar médico engaiolado pelo caminho. Ele nunca mais veria Linda nem as Jotinhas.

O peito de Junior ficou visível, depois o pescoço, depois a cabeça. Rusty deu uma olhada na boca, caída para a esquerda num desdém congelado, e no olho esquerdo, que chorava sangue, e pensou: *Já foi longe demais. Um espanto ainda estar de pé, e uma pena que não tenha esperado mais um pouco. Mais um pouco e ele não seria capaz de atravessar a rua.*

De leve, em outro mundo, ouviu uma voz amplificada por um megafone vinda da Câmara de Vereadores: "NÃO CORRAM! NÃO ENTREM EM PÂNICO! O PERIGO ACABOU! AQUI FALA O POLICIAL HENRY MORRISON, E REPITO: O PERIGO ACABOU!"

Junior escorregou, mas nisso estava no último degrau. Em vez de cair e quebrar o pescoço, só se apoiou no joelho. Descansou assim um instante, parecendo um boxeador à espera da contagem obrigatória para se levantar e reiniciar a luta. Para Rusty, tudo parecia claro, próximo e muito querido. O mundo precioso, de repente diáfano e sem substância, era agora apenas uma única gaze que se desenrolava entre ele e o que viesse depois. Se viesse.

Acaba de cair, pensou, para Junior. *De cara no chão. Desmaia, seu filho da puta.*

Mas, com muito esforço, Junior se levantou, fitou a arma na mão como se nunca tivesse visto uma coisa daquelas e olhou pelo corredor até a cela na ponta, onde Barbie estava em pé, as mãos enroladas nas grades, devolvendo o olhar.

— Baaarbie — disse Junior num sussurro sentimental, e se lançou à frente. Rusty deu um passo atrás, achando que talvez Junior não o visse ao passar. E talvez se matasse depois de acabar com Barbie. Sabia que eram pensamentos negros, mas também sabia que eram pensamentos práticos. Não podia fazer nada por Barbie, mas talvez conseguisse sobreviver.

E talvez desse certo se estivesse numa das celas do lado esquerdo do corredor, porque esse era o lado cego de Junior. Mas fora posto numa cela à direita, e Junior o viu se mexer. Parou e espiou Rusty, o rosto semiparalisado ao mesmo tempo perplexo e astuto.

— Fusty — disse. — É o seu nome? Ou é Berrick? Não consigo me lembrar.

Rusty queria implorar pela vida, mas a língua estava colada no céu da boca. E de que adiantaria implorar? O rapaz já erguia a arma. Junior ia matá-lo. Nenhum poder terreno o deteria.

A mente de Rusty, naquela situação extrema, buscou uma fuga que muitas outras mentes encontraram nos últimos momentos de consciência — antes que o interruptor fosse desligado, antes que a armadilha se abrisse, antes que a pistola pressionada contra a têmpora cuspisse fogo. *É um sonho*, pensou. *Tudo. A Redoma, a loucura no pasto de Dinsmore, o saque ao supermercado; este rapaz também. Quando ele puxar o gatilho, o sonho vai terminar e eu vou acordar na minha cama, numa manhã fresca e revigorante de outono. Vou me virar pra Linda e dizer: "Que pesadelo eu tive, você não vai acreditar."*

— Fecha os olhos, Fusty — disse Junior. — Vai ser melhor assim.

28

O primeiro pensamento de Jackie Wettington ao entrar no saguão da delegacia foi *Ah, meu Deus amado, tem sangue por toda parte.*

Stacey Moggin estava caída contra a parede debaixo do quadro de avisos comunitários com a nuvem de cabelo louro espalhada em torno dela e os olhos vazios fitando o teto. Outro policial — ela não conseguiu identificar qual — estava caído de cara na frente da mesa virada da recepção, as pernas abertas para os lados num impossível *grand écart*. Além dele, na sala de controle, um terceiro policial estava morto, caído de lado. Esse só podia ser Wardlaw, um dos garotos novos. Era grande demais para ser outra pessoa. A placa sobre a mesinha do café estava respingada de sangue e cérebro do garoto. Agora dizia C FÉ E ROSQUI *NÃO* SÃO D AÇA.

Houve um leve claque atrás dela. Ela girou, sem perceber que erguera a arma até ver Rommie Burpee na porta da frente. Ele nem a notou; fitava os corpos dos três policiais mortos. O claque fora a máscara de Dick Cheney. Ele a tirara e a deixara cair no chão.

— Jesus Cristo, o que aconteceu aqui? — perguntou ele. — Isso é...

Antes que conseguisse terminar, veio um grito lá de baixo, no Galinheiro:

— *Ei, seu cara de merda! Te peguei, não foi? Te peguei de boa!*

Então, incrivelmente, risos. Eram agudos e maníacos. Por um instante, Jackie e Rommie só conseguiram se entreolhar, incapazes de se mexer.

Então, Rommie disse:

— Acho que é o Barbara.

29

Ernie Calvert estava sentado atrás do volante da van da companhia telefônica, ligada em ponto morto junto ao meio-fio marcado POLÍCIA APENAS 10 MIN. Trancara todas as portas, com medo de ser invadido por uma ou mais das pessoas em pânico que fugiam da prefeitura pela rua Principal. Segurava a espingarda que Rommie pusera atrás do banco do motorista, embora não tivesse certeza de que conseguiria atirar em quem tentasse invadir; conhecia aquelas pessoas, por anos lhes vendera mantimentos. O terror tornara estranho o seu rosto, mas não irreconhecível.

Viu Henry Morrison percorrer de um lado para o outro o gramado da Câmara de Vereadores, parecendo um cão de caça atrás de um rastro. Berrava no megafone e tentava levar um pouco de ordem ao caos. Alguém o derrubou e Henry logo se levantou, Deus o abençoasse.

E agora havia outros: Georgie Frederick, Marty Arsenault, o garoto Searles (reconhecível pela atadura que ainda usava na cabeça), os dois irmãos Bowie, Roger Killian e dois outros novatos. Freddy Denton marchava pelos degraus largos da frente da Câmara com a arma fora do coldre. Ernie não viu Randolph, embora fosse de esperar, caso não soubesse das coisas, que o chefe de polícia estivesse no comando do destacamento de pacificação, que em si cambaleava à beira do caos.

Ernie *sabia* das coisas. Peter Randolph sempre fora um verme petulante e incapaz, e a sua ausência naquele circo enlouquecido não surpreendeu Ernie nem o preocupou. O que o *preocupou* foi que ninguém saía da delegacia e que houvera mais tiros. Foram abafados, como se tivessem sido dados lá embaixo, onde estavam os prisioneiros.

Não sendo muito de rezar, agora Ernie rezou. Para que ninguém que fugia da Câmara de Vereadores notasse o velho atrás do volante da van em marcha lenta. Que Jackie e Rommie saíssem a salvo, com ou sem Barbara e Everett. Ocorreu-lhe que podia simplesmente ir embora, e ficou chocado ao perceber como a ideia era tentadora.

O celular tocou.

Por um instante ficou só ali sentado, sem saber o que escutava, então o tirou do cinto. Quando o abriu, viu JOANIE na telinha. Mas não era a nora; era Norrie.

— Vô! Está tudo bem?

— Tudo — disse ele, olhando o caos à sua frente.

— Tiraram eles?

— Está acontecendo agora, querida — disse, na esperança de que fosse verdade. — Não dá pra falar. Está a salvo? Está no... no lugar?

— Estou! Vô, *brilha de noite*! O cinturão de radiação! Os carros também brilharam, mas aí parou! A Julia diz que acha que não é perigoso! Ela acha que é falso, pra assustar as pessoas!

É melhor não contar com isso, pensou Ernie.

Mais dois tiros amortecidos e abafados vieram de dentro da delegacia. Alguém estava morto lá no Galinheiro; tinha que ser.

— Norrie, não posso falar agora.

— Vai dar tudo certo, vô?

— Vai, vai. Te amo, Norrie.

Fechou o telefone. *Brilha*, pensou, e se perguntou se chegaria a ver aquele brilho. A Serra Negra ficava perto (numa cidade pequena, tudo fica perto), mas agora parecia muito longe. Olhou as portas da delegacia, tentando forçar os amigos a saírem. E quando não saíram, ele desceu da van. Não aguentava mais ficar ali sentado. Tinha que entrar e ver o que estava acontecendo.

30

Barbie viu Junior erguer a arma. Ouviu Junior dizer a Rusty que fechasse os olhos. Berrou sem pensar, sem ideia do que ia dizer até que as palavras lhe saíram da boca. "*Ei, seu cara de merda! Te peguei, não foi? Te peguei de boa!*" O riso que veio depois parecia o riso de um lunático que abandonasse os remédios.

Então é assim que eu rio quando estou preparado para morrer, pensou Barbie. *Tenho que me lembrar disso.* O que o fez rir ainda mais.

Junior se virou para ele. O lado direito do rosto revelava a surpresa; o esquerdo estava paralisado num muxoxo de desdém. Lembrou a Barbie algum supervilão que lera na juventude, mas não conseguia se lembrar qual era. Talvez um dos inimigos de Batman, eles eram sempre os mais horripilantes. Então se lembrou de que, quando o irmão caçula Wendell tentava dizer *inimigos*, saía *nimicos*. Isso o fez rir mais do que nunca.

Pode haver jeitos piores de morrer, pensou, ao passar ambas as mãos pelas grades e, com os dedos médios erguidos, mandá-lo se foder duas vezes. *Se lembra do Stubbs, de* Moby Dick? *"Seja qual for o meu destino, irei até ele rindo."*

Junior viu Barbie lhe mostrar o dedo, em estéreo, e esqueceu tudo sobre Rusty. Começou a descer o corredor com a arma erguida à frente. Os sentidos de Barbie estavam muito aguçados agora, mas não confiava neles. Quase com certeza, as pessoas que pensou ter ouvido se mover e falar lá em cima eram só a sua imaginação. Ainda assim, a gente tem que representar o papel até o fim. No mínimo, ele daria a Rusty um pouco mais de respiração, um pouco mais de tempo.

— Olha você aí, seu cara de merda — disse. — Lembra como acabei com você naquela noite no Dipper's? Você gritou como uma putinha.

— Não gritei. — O som mais parecia um prato exótico num cardápio chinês. O rosto de Junior era um desastre. O sangue do olho esquerdo pingava pela face escurecida pela barba por fazer. Ocorreu a Barbie que talvez tivesse uma chance. Não muito boa, mas uma chance ruim era melhor do que nenhuma. Começou a andar de um lado para o outro na frente do catre e do vaso sanitário, primeiro devagar, depois mais depressa. *Agora você sabe como se sente o pato mecânico da galeria de tiro*, pensou. *Também tenho que me lembrar disso.*

Junior seguia os seus movimentos com o olho bom.

— Você fodeu com ela? Você fodeu com a Angie? — *Cefudecuel? Cefudecuaenjj?*

Barbie riu. Era o riso louco, aquele que ainda não reconhecia como seu, mas nele não havia nada fingido.

— Se eu fodi com ela? Se eu *fodi* com ela? Junior, eu fodi com ela por cima, por baixo e por trás, tudo contado e registrado. Fodi com ela enquanto ela cantava *Hail to the Chief* e *Bad Moon Rising*. Fodi com ela até ela bater no chão e berrar por muito mais. Eu...

Junior inclinou a cabeça na direção da arma. Barbie viu e se jogou para a esquerda sem demora. Junior atirou. A bala atingiu a parede de tijolos no fundo da cela. Voaram lascas vermelhas e escuras. Algumas atingiram a grade — Barbie ouviu o chocalhar metálico, como ervilhas numa caneca de lata, mesmo com o tiro tinindo nos ouvidos —, mas nenhuma atingiu Junior. Merda. Do corredor, Rusty berrou alguma coisa, talvez tentando distrair Junior, mas este não podia mais ser distraído. Estava com o alvo principal na mira.

Ainda não, nada disso, pensou Barbie. Ainda ria. Era doido, maluco, mas ria. *Ainda não, seu filho da puta feio e caolho.*

— Ela disse que você não conseguia, Junior. Chamou você de El Brocha Supremo. A gente ria disso enquanto...

Pulou para a direita no mesmo instante em que Junior atirou. Dessa vez, ouviu a bala passar pelo lado da cabeça: o som foi de *zzzzzz*. Mais lascas de tijolo pularam. Uma feriu a nuca de Barbie.

— Vamos lá, Junior, o que há de errado com você? Você atira como uma marmota fazendo contas. Tá lelé? Era o que Angie e Frankie sempre diziam...

Barbie fez uma finta para a direita e depois correu para o lado esquerdo da cela. Junior atirou três vezes, as explosões ensurdecedoras, o fedor da pólvora queimada rico e forte. Duas balas se enterraram no tijolo; a terceira atingiu a base metálica do vaso sanitário com um som de *spang*. A água começou a jorrar. Barbie bateu na outra parede da cela com força suficiente para chacoalhar os dentes.

— Te peguei agora — ofegou Junior. *Tchegueigorra.* Mas no fundo do que restava da sua máquina de pensar superaquecida, ele duvidou. O olho esquerdo estava cego e o direito, borrado. Não via um Barbie, mas três.

O filhodamãe odioso se abaixou quando Junior atirou, e essa bala também errou. Um olhinho preto se abriu no meio do travesseiro na cabeceira do catre. Mas ao menos ele estava no chão. Chega de dança e sacolejo. *Graças a Deus eu pus aquele pente novo*, pensou Junior.

— Você me envenenou, *Baaarbie*.

Barbie não fazia ideia do que ele estava falando, mas concordou na mesma hora.

— Isso mesmo, seu chupa-picazinho odioso, foi mesmo.

Junior passou a Beretta entre as grades e fechou o olho esquerdo ruim; isso reduziu o número de Barbies que via para apenas dois. A língua estava presa entre os dentes. O rosto escorria de sangue e suor.

— Quero ver você correr agora, *Baaarbie*...

Barbie não podia correr, mas podia se arrastar e se arrastou, indo direto para Junior. A bala seguinte assoviou por sobre a cabeça e ele sentiu uma vaga queimadura numa das nádegas quando o projétil rasgou os jeans e a cueca e removeu a camada superior da pele ali debaixo.

Junior recuou, tropeçou, quase caiu, se agarrou nas grades da cela à direita e se levantou de novo.

— Fica parado, seu filho da puta!

Barbie girou para o catre e enfiou a mão ali, atrás do canivete. Tinha esquecido tudo sobre a merda do canivete.

— Quer nas costas? — perguntou Junior atrás dele. — Tudo bem, pra mim está ótimo.

— Mata ele! — berrou Rusty. — Mata ele, MATA ELE!

Antes do próximo tiro, Barbie só teve tempo de pensar: *Jesus Cristo, Everett, de que lado você está?*

31

Jackie desceu a escada com Rommie atrás. Teve tempo de perceber a névoa de fumaça que passava em volta das lâmpadas engaioladas do teto e o fedor de pólvora queimada, e então Rusty Everett gritou *Mata ele, mata ele*.

Viu Junior Rennie no fim do corredor, agarrado às grades da última cela, aquela que os policiais às vezes chamavam de Ritz. Gritava alguma coisa, mas estava tudo embolado.

Ela nem pensou. Nem mandou Junior levantar as mãos e se virar. Simplesmente lhe meteu duas balas nas costas.

Uma penetrou no pulmão direito; a outra perfurou o coração. Junior estava morto antes de escorregar até o chão com o rosto apertado entre duas grades da cela, os olhos puxados com tanta força que parecia uma máscara mortuária japonesa.

O que o corpo em queda revelou foi Dale Barbara em pessoa, agachado no catre com o canivete cuidadosamente escondido na mão. Nunca tivera a chance de abri-lo.

32

Freddy Denton agarrou o ombro do policial Henry Morrison. Naquela noite, Denton não era a sua pessoa favorita e nunca mais seria. *Não que já tenha sido*, pensou Henry amargamente.

Denton apontou.

— Por que aquele velho idiota do Calvert entrou na delegacia?

— Como é que eu vou saber? — perguntou Henry, e agarrou Donnie Baribeau, que passava correndo, gritando alguma merda sem sentido sobre terroristas.

— Mais devagar! — berrou Henry na cara de Donnie. — Acabou tudo! Está tudo bem!

Fazia dez anos que Donnie cortava o cabelo de Henry e contava as mesmas piadas velhas duas vezes por mês, mas agora olhava Henry como se não o conhecesse. Então se soltou e correu na direção da rua Leste, onde ficava a barbearia. Talvez quisesse se refugiar lá.

— Nenhum civil tem nada que fazer na delegacia hoje — disse Freddy. Mel Searles fumegava ao seu lado.

— Ora, por que não vai lá ver, assassino? — perguntou Henry. — Leva esse inútil com você. Porque nenhum dos dois vai servir pra nada aqui.

— Ela ia pegar a arma — disse Freddy pela primeira de muitas vezes. — E eu não queria matar. Só deter, tipo assim.

Henry não tinha a intenção de discutir.

— Vai até lá e manda o velho sair. E vê se tem alguém tentando soltar os prisioneiros enquanto nós estamos aqui correndo como um monte de galinhas de cabeça cortada.

Uma luz surgiu nos olhos confusos de Freddy Denton.

— Os prisioneiros! Mel, vamos!

Eles começaram a correr, mas foram paralisados pela voz de Henry, amplificada pelo megafone, 3 metros atrás deles:

— E LARGUEM ESSAS ARMAS, SEUS IDIOTAS!

Freddy fez o que a voz amplificada ordenou. Mel também. Atravessaram a praça do Memorial de Guerra e subiram correndo os degraus da delegacia com as armas no coldre, o que provavelmente foi muito bom para o avô de Norrie.

33

Sangue por toda parte, pensou Ernie, igual a Jackie. Fitou a carnificina, desolado, e depois se forçou a avançar. Tudo dentro da mesa da recepção tinha se espalhado quando Rupe Libby a atingiu. No meio do lixo havia um retângulo de plástico vermelho que ele rezou para que o povo lá embaixo talvez pudesse aproveitar.

Abaixava-se para pegá-lo (dizendo a si mesmo para não vomitar, dizendo a si mesmo que ainda era muito melhor do que o vale A Shau, no Vietnã) quando alguém atrás dele disse:

— Puta que o santo pariu de manhã! Levanta, Calvert, devagar. As mãos sobre a cabeça.

Mas Freddy e Mel ainda tentavam pegar as armas quando Rommie subiu a escada para procurar o que Ernie já achara. Rommie estava com a Black Shadow de ação rápida que guardara no cofre e a apontou para os dois policiais sem hesitar um instante.

— Vocês aí, bons rapazes, é melhor entrrar — disse. — E fiquem juntos. Ombrro a ombrro. Se eu ver luz entre vocês, atirro. E não estou brrincando mesmo.

— Baixa isso — disse Freddy. — Somos da polícia.

— Grrandes cuzões é o que vocês são. Fiquem ali encostados no quadrro de avisos. E com os ombrros bem juntinhos. Ernie, que diabos você está fazendo aqui?

— Ouvi tiros. Fiquei preocupado. — Ele ergueu o cartão vermelho que abria as celas do Galinheiro. — Você vai prrecisar disso, acho. A menos... a menos que estejam mortos.

— Não estão mortos, mas foi por pouco. Leve lá prra Jackie. Eu fico de olho nesses dois.

— Você não pode soltar eles, estão presos — disse Mel. — Barbie é assassino. O outro tentou enquadrar o sr. Rennie com uns documentos ou... ou coisa parecida.

Rommie não se deu ao trabalho de responder.

— Vai logo, Ernie. Depressa.

— O que vai acontecer conosco? — perguntou Freddy. — Você não vai nos matar, vai?

— Por que eu te mataria, Freddy? Você ainda me deve aquele motocultivador que comprrou de mim na prrimavera passada. As prrestações atrrasadas também, se bem me lembro. Não, só vamos trrancar vocês no Galinheirro. Prra ver se gostam lá de baixo. Tem cheirro de mijo, mas vai ver que vocês gostam.

— Você teve que matar o Mickey? — perguntou Mel. — Ele era só um garoto miolo mole.

— Não matamos nenhum deles — disse Rommie. — Foi o seu bom amigo Junior que fez isso. — *Não que alguém vá acreditar nisso amanhã à noite*, pensou.

— Junior! — exclamou Freddy. — Cadê ele?

— Transportando carvão lá no inferno, eu dirria — respondeu Rommie. — É onde põem os novatos.

34

Barbie, Rusty, Jackie e Ernie subiram. Os dois ex-prisioneiros pareciam ainda não acreditar que estavam vivos. Rommie e Jackie escoltaram Freddy e Mel até o Galinheiro. Quando Mel viu o corpo amarrotado de Junior, disse:

— Vocês vão se arrepender disso!

— Cala a boca e entrra no seu novo lar — retrucou Rommie. — Os dois na mesma cela. Afinal de contas, vocês são amigos.

Assim que Rommie e Jackie voltaram ao andar de cima, os dois começaram a berrar.

— Vamos sair daqui enquanto ainda podemos — disse Ernie.

35

Nos degraus, Rusty olhou as estrelas cor-de-rosa e inspirou o ar que fedia e cheirava maravilhosamente bem ao mesmo tempo. Virou-se para Barbie.

— Eu não esperava ver o céu de novo.

— Nem eu. Vamos cair fora da cidade enquanto temos chance. Que tal Miami Beach?

Rusty ainda ria quando entrou na van. Vários policiais estavam no gramado da prefeitura, e um deles — Todd Wendlestat — ergueu os olhos. Ernie ergueu a mão e acenou; Rommie e Jackie também; Wendlestat devolveu o aceno e depois se abaixou para ajudar uma mulher que caíra de pernas abertas na grama quando os saltos altos a traíram.

Ernie se enfiou atrás do volante e ligou os fios elétricos pendurados abaixo do painel. O motor ligou, a porta lateral se fechou e a van se afastou do meio-fio. Subiu lentamente rumo ao morro da praça da Cidade, desviando-se de alguns participantes da assembleia que andavam estupefatos pela rua. Depois, saíram do centro da cidade e seguiram para a Serra Negra, pegando velocidade.

FORMIGAS

1

Eles começaram a ver o brilho do outro lado de uma velha ponte enferrujada que agora só cruzava um lamaçal. Barbie se inclinou para a frente entre os bancos dianteiros da van.

— O que é isso? Parece o maior relógio fluorescente do mundo.
— É radiação — disse Ernie.
— Não se preocupe — completou Rommie. — Temos muita folha de chumbo.
— Norrie me ligou do celular da mãe enquanto eu esperava vocês — contou Ernie. — Ela me falou do brilho. Disse que Julia acha que não passa de um tipo de... espantalho, acho que podemos dizer assim. Não perigoso.
— Pensei que Julia tinha se formado em jornalismo, não em ciência — disse Jackie. — Ela é uma pessoa ótima e inteligente, mas ainda assim vamos blindar isso aqui, não é? Porque não estou com muita vontade de ganhar um câncer de mama ou de ovário de presente quando fizer 40 anos.
— Passamos depressa — disse Rommie. — Você pode até pôr um pedaço daquela folha de chumbo na frente das calças, se for se sentir melhor assim.
— Isso é tão engraçado que me esqueci de rir — disse ela... e então, riu ao se imaginar com calças de chumbo, elegantemente cavadas nas laterais.

Chegaram ao urso morto junto ao poste telefônico. Conseguiriam vê-lo mesmo com os faróis apagados, porque nisso as luzes combinadas da lua cor-de-rosa e do cinturão radiativo quase dariam para ler um jornal.

Enquanto Rommie e Jackie cobriam as janelas da van com folha de chumbo, os outros formaram um semicírculo em torno do urso que apodrecia.

— Não foi radiação — supôs Barbie.
— Não — disse Rusty. — Suicídio.

— E tem outros.

— Tem. Mas os animais menores parecem a salvo. As crianças e eu vimos muitos passarinhos e tinha um esquilo no pomar. Vivinho da silva.

— Então quase com certeza Julia está certa — concluiu Barbie. — A faixa brilhante é um espantalho e os animais mortos, outro. É a velha coisa: cinto *mais* suspensórios.

— Não estou entendendo, amigo — comentou Ernie.

Mas Rusty, que aprendera a abordagem do cinto com suspensórios quando estudava medicina, entendeu perfeitamente.

— Dois avisos pra se afastar — disse ele. — Animais mortos de dia, um cinturão brilhante de radiação à noite.

— Até onde eu sei — disse Rommie, indo até eles à beira da estrada — a radiação só brilha em filmes de ficção científica.

Rusty pensou em lhe dizer que estavam *vivendo* num filme de ficção científica, e Rommie perceberia isso quando se aproximasse daquela estranha caixa no alto do morro. Mas é claro que Rommie estava certo.

— Eles *querem* que a gente veja — disse. — É a mesma coisa com os bichos mortos. Querem que a gente diga: "Uau, se aqui tem um tipo de raio suicida que afeta mamíferos de grande porte, melhor eu me afastar. Afinal de contas, eu *sou* um mamífero de grande porte."

— Mas os garotos não se afastaram — disse Barbie.

— Porque são garotos — disse Ernie. E, depois de pensar um instante: — E skatistas. É uma raça diferente.

— Eu ainda não gosto disso — foi a vez de Jackie —, mas como não temos pra onde ir, talvez possamos passar por esse Cinturão de Van Allen ali antes que eu perca a coragem que me resta. Depois do que aconteceu na delegacia, estou me sentindo meio abalada.

— Esperem um instante — disse Barbie. — Tem alguma coisa fora de ordem aqui. Eu estou vendo, mas me deem um instante pra pensar num jeito de explicar.

Esperaram. O luar e a radiação iluminavam os restos mortais do urso. Barbie o fitava. Finalmente, levantou a cabeça.

— Tudo bem, eis o que está me incomodando. Essa história de *eles*. Sabemos que existem porque a caixa que o Rusty achou não é um fenômeno natural.

— Certíssimo, é uma coisa fabricada — disse Rusty. — Mas não terrestre. Aposto a minha vida nisso. — Então pensou em como chegara perto de perder a vida não havia nem uma hora e tremeu. Jackie lhe segurou o ombro.

— Essa parte agora não importa — disse Barbie. — *Eles* existem, e se quisessem mesmo nos manter afastados, conseguiriam. Estão mantendo o *mundo* inteiro fora de Chester's Mill. Se quisessem nos afastar da caixa deles, por que não pôr uma minirredoma em volta dela?

— Ou um som harmônico que cozinhasse o nosso cérebro como coxinhas no micro-ondas — sugeriu Rusty, entrando no espírito da coisa. — Diabos, radiação *de verdade*, por assim dizer.

— A radiação pode *ser* de verdade — disse Ernie. — Na verdade, o contador Geiger que você trouxe aqui confirmou isso bastante bem.

— É — concordou Barbie —, mas isso significa que o que o contador Geiger registrou é perigoso? Rusty e os garotos não estão cheios de lesões, nem perdendo cabelo, nem vomitando até o forro do estômago.

— Ao menos ainda não — disse Jackie.

— Que *otimista* — comentou Rommie.

Barbie ignorou a conversa paralela.

— Sem dúvida, se sabem fazer uma barreira tão forte que resiste aos melhores mísseis que os Estados Unidos conseguem lançar, *eles* poderiam criar um cinturão radiativo que matasse depressa, talvez instantaneamente. Seria até do interesse deles fazer isso. Algumas mortes humanas horríveis teriam muito mais probabilidade de desencorajar exploradores do que um monte de animais mortos. Não, eu acho que a Julia está certa, e o chamado cinturão radiativo na verdade é um brilho inofensivo que foi preparado pra ser registrado pelos nossos detetores. Que, provavelmente, parecem bem primitivos pra *eles*, se forem mesmo extraterrestres.

— Mas por quê? — explodiu Rusty. — Por que uma barreira? Não consegui levantar a maldita coisa, ela nem balançou! E quando pus o avental de chumbo em cima, ele pegou fogo. Mas a caixa estava fria ao toque!

— Se estão protegendo a caixa, ela pode ser destruída ou desligada de algum jeito — disse Jackie. — A não ser...

Barbie sorria. Sentia-se estranho, quase como se flutuasse acima da própria cabeça.

— Continua, Jackie. Fala.

— A não ser que eles *não* estejam protegendo a caixa, não acha? Não de quem esteja decidido a se aproximar dela.

— Tem mais — continuou Barbie. — Não poderíamos dizer que, na verdade, estão *apontando* pra ela? Joe McClatchey e os amigos praticamente seguiram um rastro de migalhas.

— Está aqui, terráqueos insignificantes — disse Rusty. — O que vão fazer com isso, vocês que têm coragem suficiente pra se aproximar?

— Parece que é isso mesmo — disse Barbie. — Vamos. Vamos subir até lá.

2

— É melhor eu dirigir a partir daqui — disse Rusty a Ernie. — Foi ali na frente que os garotos desmaiaram. Rommie quase desmaiou. Eu também senti. E tive um tipo de alucinação. Um boneco de Halloween que pegou fogo de repente.

— Outro aviso? — perguntou Ernie.

— Não sei. — Rusty foi até onde a floresta acabava e o terreno aberto e pedregoso subia rumo ao pomar dos McCoy. Logo à frente, o ar brilhava tanto que tiveram de franzir os olhos, mas não havia fonte; o brilho ficava simplesmente ali flutuando. Para Barbie, lembrava o tipo de luz dos vagalumes, só que ampliada um milhão de vezes. O cinturão parecia ter uns 50 metros de largura. Além dele, o mundo estava escuro de novo, a não ser pelo brilho rosado do luar.

— Tem certeza de que não vai desmaiar de novo? — perguntou Barbie.

— Parece que é como tocar a Redoma: a primeira vez deixa a gente vacinado. — Rusty se instalou atrás do volante, pôs a alavanca de transmissão em "drive" e disse: — Segurem a dentadura, senhoras e senhores.

Pisou no acelerador com força suficiente para os pneus de trás girarem em falso. A van disparou rumo ao brilho. Estavam blindados demais para ver o que aconteceu depois, mas várias pessoas já no morro, à beira do pomar, assistiram de onde olhavam com angústia crescente. Por um instante, a van ficou claramente visível, como no meio da luz de um refletor. Quando cruzou o cinturão, continuou a brilhar por vários segundos, como se mergulhasse em rádio. E arrastou atrás de si uma cauda de cometa de brilho evanescente, como a exaustão do cano de descarga.

— Caralho — disse Benny. — Parece o melhor efeito especial que eu já vi.

Depois, o brilho em torno da van se esvaiu e a cauda desapareceu.

3

Quando passaram pelo cinturão brilhante, Barbie sentiu uma tontura momentânea, nada mais. Para Ernie, o mundo real dessa van e dessas pessoas foi substituído por um quarto de hotel que cheirava a pinho e trovejava com o som das Cataratas do Niágara. E ali estava a sua esposa, com apenas 12 horas de casada, vindo para ele, com uma camisola que não passava de um sopro de fumaça violeta, pegando as mãos dele e pondo-as sobre os seios, dizendo *Dessa vez a gente não precisa parar, querido*.

Então ouviu Barbie gritar, e isso o trouxe de volta.

— Rusty! Ela está tendo uma convulsão! Para!

Ernie olhou em volta e viu Jackie Wettington se sacudindo, os olhos erguidos nas órbitas, os dedos abertos.

— Ele levantou a cruz e tudo está queimando! — gritou. Saía cuspe dos seus lábios. — *O mundo está queimando! AS PESSOAS ESTÃO QUEIMANDO!* — Ela deu um guincho que encheu a van.

Rusty quase jogou a van na vala lateral, voltou para o meio da estrada, desceu e correu até a porta lateral. Quando Barbie a abriu, Jackie limpava o cuspe do queixo com a mão em concha. Rommie estava com o braço em volta dela.

— Você está bem? — perguntou Rusty.

— Agora estou. Eu só... foi que... tudo estava pegando fogo. Era de dia, mas estava escuro. As pessoas estavam q-q-queimando... — Ela começou a chorar.

— Você disse alguma coisa sobre um homem com uma cruz — disse Barbie.

— Uma cruz grande e branca. Pendurada numa cordinha ou numa tira de couro cru. Estava no peito dele. No peito nu. Aí ele levantou ela na frente do rosto. — Ela inspirou fundo, soltou o ar em pequenos jorros. — Está tudo sumindo agora. Mas... *uuu!*

Rusty ergueu dois dedos na frente dela e perguntou quantos via. Jackie deu a resposta correta e seguiu o seu polegar quando ele o moveu primeiro de um lado para o outro, depois de cima para baixo. Deu-lhe um tapinha no ombro e em seguida olhou desconfiado o cinturão brilhante. O que foi mesmo que Gollum dissera de Bilbo Baggins? *É traiçoeiro, precioso.*

— E você, Barbie? Tudo bem?

— Tudo. Uma tonturinha por alguns segundos e foi só. Ernie?

— Eu vi minha mulher. E o quarto de hotel onde ficamos na lua de mel. Claro como o dia.

Ele pensou de novo nela a se aproximar dele. Havia anos que não pensava nisso, e que vergonha negligenciar lembrança tão maravilhosa. A brancura das coxas debaixo da camisolinha curta; o belo triângulo escuro de pelos pubianos; os mamilos duros contra a seda, quase parecendo arranhar a palma da mão quando ela enfiou a língua na sua boca e lambeu o revestimento interno do lábio inferior.

Dessa vez a gente não precisa parar, querido.

Ernie se recostou e fechou os olhos.

4

Rusty subiu o morro — devagar, agora — e estacionou a van entre o celeiro e a dilapidada casa da fazenda. A van do Rosa Mosqueta estava lá; a da Loja de Departamentos Burpee; também um Chevrolet Malibu. Julia estacionara o seu Prius dentro do celeiro. Horace, o corgi, estava sentado junto ao para-choque traseiro, como se o guardasse. Não parecia um canino feliz, e não fez nenhum movimento para ir recebê-los. Dentro da casa, dois lampiões a gás estavam acesos.

Jackie apontou a van com TODO DIA É LIQUIDAÇÃO NO BURPEE na lateral.

— Como isso chegou aqui? A sua mulher mudou de ideia?

Rommie sorriu.

— Você não conhece Misha dirreito pra pensar uma coisa dessas. Não, tenho que agradecer a Julia. Ela recrrutou os dois repórterres prremiados dela. Esses rapazes...

Ele se interrompeu quando Julia, Piper e Lissa Jamieson surgiram das sombras enluaradas do pomar. As três vinham aos tropeços, uma ao lado da outra, de mãos dadas, e as três choravam.

Barbie correu para Julia e a segurou pelos ombros. Ela estava na ponta da pequena fila, e a lanterna que segurava na mão livre caiu na terra coberta de mato do jardim da frente. Ergueu os olhos para ele e fez um esforço para sorrir.

— Então tiraram você de lá, coronel Barbara. Mais um pro time da casa.

— O que aconteceu com vocês? — perguntou Barbie.

Nisso, Joe, Benny e Norrie vieram correndo com as mães logo atrás. Os gritos dos garotos se interromperam quando viram o estado das três mulheres. Horace correu para a dona, latindo. Julia se ajoelhou e enterrou o rosto no pelo dele. Horace a cheirou e, de repente, se afastou. Sentou-se e uivou. Julia o olhou e cobriu o rosto, como se estivesse envergonhada. Norrie agarrara a mão de Joe à sua esquerda e a de Benny à direita. O rosto deles estava solene e assustado. Pete Freeman, Tony Guay e Rose Twitchell saíram da casa, mas não se aproximaram. Ficaram amontoados junto à porta da cozinha.

— Fomos olhar aquilo — disse Lissa com voz arrastada. A sua costumeira vivacidade à la ai-o-mundo-é-tão-maravilhoso sumira. — Nós nos ajoelhamos em volta. Tem um símbolo que eu nunca vi antes... não é da cabala...

— É horrível — disse Piper, enxugando os olhos. — E aí Julia tocou nele. Foi a única, mas nós... nós todas...

— Vocês viram eles? — perguntou Rusty.

Julia soltou as mãos e o olhou com cara de espanto.

— Vi. Vi sim, todas vimos. *Eles*. Horríveis.

— Os cabeças de couro — disse Rusty.

— *O quê?* — perguntou Piper. Depois, concordou. — É, acho que pode ser isso mesmo. Rostos sem rosto. Rostos *altos*.

Rostos altos, pensou Rusty. Não sabia o que isso significava, mas sabia que era verdade. Pensou de novo nas filhas com a amiga Deanna trocando segredos e lanches. Depois, pensou no melhor amigo de infância — ao menos por algum tempo; ele e Georgie brigaram violentamente no segundo ano — e o horror o inundou como uma onda.

Barbie o segurou.

— O quê? — Quase gritava. — O que é?

— Nada. Só que... Eu tinha um amigo quando era pequeno. George Lathrop. Certa vez ele ganhou de aniversário uma lente de aumento. E às vezes... no recreio...

Rusty ajudou Julia a se levantar. Horace voltara para ela, como se o que o assustara sumisse como o brilho sumira da van.

— Vocês faziam o quê? — perguntou Julia. Parecia quase calma outra vez. — Conta.

— Era na velha Escola Gramatical da rua Principal. Duas salas só, uma pras turmas do primeiro ao quarto ano, a outra pras turmas do quinto ao oitavo. O pátio não era pavimentado. — Ele deu um riso trêmulo. — Diabos, não havia nem água corrente, só uma latrina que os garotos chamavam de...

— Casa do Mel — disse Julia. — Eu também frequentei.

— George e eu íamos até a cerca depois do trepa-trepa. Tinha formigueiros lá e a gente punha fogo nas formigas.

— Não se culpa por isso, doutor — disse Ernie. — Muitas crianças já fizeram isso, ou coisa pior.

O próprio Ernie, junto com alguns amigos, já mergulhara o rabo de um gato em querosene e pusera fogo com um fósforo. Era uma lembrança que não contaria a ninguém, como também não contaria os detalhes da sua noite de núpcias.

Em especial porque a gente riu muito quando o gato saiu disparado, pensou. *Deus do céu, como a gente riu.*

— Continua — disse Julia.

— Acabou.

— Não acabou — insistiu ela.

— Olha — disse Joanie Calvert —, eu sei que isso tudo é muito psicológico, mas acho que não é hora...

— Psiu, Joanie — disse Claire.

Julia não tirava os olhos do rosto de Rusty.

— Que importância isso tem pra você? — perguntou Rusty. Naquele momento, sentia-se como se não houvesse ninguém olhando. Como se fossem só eles dois.

— É só me contar.

— Certo dia, enquanto estávamos fazendo... aquilo... me ocorreu que as formigas também têm as suas vidinhas. Sei que isso soa como uma xaropada sentimental...

— Milhões de pessoas no mundo inteiro acreditam exatamente nisso — disse Barbie. — Guiam a vida por isso.

— Seja como for, eu pensei: "Estamos machucando as formigas. Estamos queimando as formigas, talvez torrando elas vivas nas suas casas subterrâneas." Sobre as que recebiam o efeito direto da lente de aumento de Georgie, não havia o que duvidar. Algumas só paravam de se mexer, mas a maioria realmente pegava fogo.

— Isso é horrível — disse Lissa. Ela torcia o seu ankh de novo.

— É mesmo, senhora. E naquele dia eu disse a Georgie que parasse. Ele não quis. Disse: "É guerra jucular." Eu me lembro bem. Não *nuclear*, mas *jucular*. Tentei tirar a lente de aumento dele. No instante seguinte, a gente estava brigando e a lente se quebrou.

Ele parou.

— Isso não é verdade, embora seja o que eu disse na época, e nem a surra que o meu pai me deu me fez mudar a história. A história que o George contou aos pais *dele* foi a verdadeira: eu quebrei o diabo da coisa de propósito. — Apontou a escuridão. — Do mesmo jeito que quebraria aquela caixa, se pudesse. Porque agora nós somos as formigas e aquilo é a lente de aumento.

Ernie pensou de novo no gato com o rabo em chamas. Claire McClatchey lembrou que ela e a melhor amiga do terceiro ano tinham se sentado em cima de uma garota que chorava e que as duas odiavam. A garota era nova na escola e tinha um sotaque sulista engraçado, e parecia que falava com a boca cheia de purê de batata. Quanto mais a menina nova chorava, mais elas riam. Romeo Burpee lembrou do porre que tomara na noite em que Hillary Clinton chorou em New Hampshire, brindando à tela da TV e dizendo: "Acabou pra você, diabo de garota, sai do caminho e deixa um homem fazer o serviço dele."

Barbie lembrou de um certo ginásio: o calor do deserto, o cheiro de merda, o som de risos.

— Quero ver com meus próprios olhos — disse. — Quem vai comigo?
Rusty suspirou.
— Eu vou.

5

Enquanto Barbie e Rusty se aproximavam da caixa com o seu estranho símbolo e a luz pulsante e brilhante, o vereador James Rennie estava na cela onde Barbie estivera preso fazia pouco tempo naquela noite.

Carter Thibodeau o ajudara a erguer o corpo de Junior até o catre.
— Me deixa com ele — disse Big Jim.
— Chefe, eu sei que o senhor deve estar se sentindo muito mal, mas tem mil coisas que precisam da sua atenção agora mesmo.
— Eu sei disso. E vou cuidar delas. Mas primeiro preciso de um tempinho com meu filho. Cinco minutos. Depois você pode arranjar dois camaradas pra levar ele até a funerária.
— Tudo bem. Sinto muito pela sua perda. Junior era um bom rapaz.
— Não, não era — retrucou Big Jim. Falava num tom de voz suave, digo-apenas-o-que-é. — Mas era meu filho e eu amava ele. E isso não é tão mau assim, você sabe disso.

Carter pensou um pouco.
— Eu sei.

Big Jim sorriu:
— Eu *sei* que você sabe. Estou começando a achar que você é o filho que eu devia ter.

O rosto de Carter corou de prazer quando subiu a escada aos pulos até a sala de controle.

Quando o outro se foi, Big Jim se sentou no catre e baixou a cabeça de Junior no seu colo. O rosto do rapaz não estava marcado, e Carter lhe fechara os olhos. Se a gente ignorasse o sangue que empapava a camisa, poderia estar dormindo.

Era meu filho e eu amava ele.

Era verdade. Estivera prestes a sacrificar Junior, sim, mas isso tinha um precedente; bastava ver o que acontecera no Monte Calvário. E, como Cristo, o rapaz morrera por uma causa. Qualquer que tivesse sido o dano causado, o delírio de Andrea Grinnell seria reparado quando a cidade percebesse que Barbie matara vários policiais dedicados, inclusive o filho único do seu líder. Barbie solto e, provavelmente, planejando novas diabruras era um bônus político.

Big Jim ficou mais algum tempo sentado, penteando o cabelo de Junior com os dedos e olhando extasiado o rosto sossegado do rapaz. Então, entredentes, cantou para ele como a mãe cantara quando o rapaz era um bebê deitado no berço, olhando o mundo lá em cima com espanto nos olhos arregalados. "Tutu Marambá... não venhas mais cá... Que o pai do menino te manda matar... Tutu Marambá..."

Então, parou. Não conseguia se lembrar do resto. Ergueu a cabeça de Junior e se levantou. O coração deu uma finta irregular, ele prendeu a respiração... mas aí se acalmou de novo. Achou que acabaria tendo de arranjar um pouco mais daquele verapa-sei-lá-o-quê na farmácia de Andy, mas por enquanto havia trabalho a fazer.

6

Deixou Junior e subiu a escada devagar, segurando o corrimão. Carter estava na sala de controle. Os corpos tinham sido removidos e folhas duplas de jornais absorviam o sangue de Mickey Wardlaw.

— Vamos até a Câmara antes que isso aqui se encha de policiais — disse a Carter. — O Dia de Visita começa oficialmente... — ele olhou o relógio — daqui a umas 12 horas. Temos muito que fazer até lá.

— Eu sei.

— E não se esquece do meu filho. Quero que os Bowie façam tudo direito. Uma apresentação respeitosa dos restos mortais e um bom caixão. Diga ao Stewart que, se eu vir Junior num daqueles troços baratos lá dos fundos, eu mato ele.

Carter rabiscava no caderninho.

— Eu cuido disso.

— E diz pro Stewart que logo eu vou conversar com ele. —Vários policiais entraram pela porta da frente. Pareciam desanimados, um pouco assustados, muito jovens e inexperientes. Big Jim se içou da cadeira onde se sentara enquanto recuperava o fôlego. — Hora de ir.

— Por mim, tudo bem — disse Carter. Mas ele parou.

Big Jim olhou em volta.

— Tem algo em mente, filho?

Filho. Carter gostou do som daquele *filho*. O seu pai morrera cinco anos antes, ao bater com a picape numa das pontes gêmeas de Leeds, e não foi grande perda. Agredia a mulher e os dois filhos (agora o irmão mais velho de Carter servia nos Fuzileiros Navais), mas Carter não se importava muito; a mãe tinha o café com aguardente para se entorpecer e o próprio Carter sempre dera os seus golinhos. Não, o que ele detestava no velho era que vivia se queixando e era estúpido. Todos supunham que Carter também era estúpido — diabos, até Junes pensava assim —, mas não era. O sr. Rennie entendera isso, e sem dúvida o sr. Rennie não vivia se queixando.

Carter descobriu que não estava mais indeciso sobre o que fazer agora.

— Eu tenho algo que o senhor talvez queira.

— É mesmo? — Big Jim descera na frente de Carter, dando a este a oportunidade de ir até o seu armário. Ele o abriu e tirou o envelope com VADER escrito. Entregou-o a Big Jim. A pegada sangrenta impressa nele parecia brilhar.

Big Jim abriu o fecho.

— Jim — disse Peter Randolph. Viera sem ser notado e estava em pé junto à mesa virada da recepção, com ar exausto. — Acho que acalmamos a situação, mas não encontro vários dos novos policiais. Acho que eles podem ter abandonado o barco.

— Era de se esperar — disse Big Jim. — E é temporário. Vão voltar quando tudo voltar ao normal e perceberem que o Dale Barbara não vai comandar uma quadrilha de canibais sedentos de sangue pra comer eles vivos.

— Mas com essa maldita coisa do Dia de Visita...

— Quase todo mundo vai se comportar o melhor possível amanhã, Pete, e tenho certeza de que nós temos policiais suficientes pra cuidar dos que não se comportarem.

— O que nós vamos fazer com a entrevista cole...

— Você não tá vendo que eu estou um pouco ocupado aqui? Não está vendo, Pete? Céus! Vai até a sala de reuniões da Câmara de Vereadores daqui a meia hora e a gente discute o que você quiser. Mas agora, *me deixa sozinho, por favor.*

— É claro. Sinto muito. — Pete recuou, o corpo tão rígido e ofendido quanto a voz.

— Para — disse Rennie.

Randolph parou.

— Você não me deu condolências pelo meu filho.

— Eu... Sinto muitíssimo.

Big Jim mediu Randolph com os olhos.

— Sente mesmo.

Quando Randolph se foi, Rennie tirou do envelope as folhas de papel, olhou-as rapidamente e depois enfiou-as de volta lá dentro. Olhou Carter com curiosidade sincera.

— Por que não me deu isso imediatamente? Estava planejando guardar?

Agora que entregara o envelope, Carter não viu opção a não ser a verdade.
— É. Por algum tempo, ao menos. Por precaução.
— Precaução? Por quê?
Carter deu de ombros.
Big Jim não insistiu na pergunta. Como alguém que mantinha dossiês rotineiros sobre tudo e todos que pudessem criar problemas, nem precisava. Uma outra pergunta lhe interessava mais.
— Por que você mudou de ideia?
Mais uma vez, Carter não viu opção a não ser a verdade.
— Porque eu quero ser o seu homem de confiança, chefe.
Big Jim levantou as sobrancelhas grossas.
— *Mesmo*? Mais do que ele? — Indicou com a cabeça a porta pela qual Randolph acabara de sair.
— Ele? Ele é uma piada.
— Isso. — Big Jim largou a mão no ombro de Carter. — Isso mesmo. Vamos. E assim que nós chegarmos à Câmara, queimar esses documentos no aquecedor a lenha da sala de reuniões vai ser o nosso primeiro ponto de pauta.

7

Eram mesmo *altos*. E horríveis.
Barbie os viu assim que o choque que passou pelos seus braços se reduziu. O primeiro impulso forte foi largar a caixa, mas ele o combateu e se segurou, olhando as criaturas que os aprisionavam. Aprisionavam e torturavam por prazer, se Rusty estivesse certo.
O rosto — se *era* rosto — deles era cheio de ângulos, mas os ângulos eram acolchoados e pareciam mudar a cada segundo, como se a realidade subjacente não tivesse forma fixa. Não sabia dizer quantos estavam lá, nem onde. A princípio, achou que eram quatro; depois oito; depois só dois. Inspiravam nele uma profunda sensação de asco, talvez por serem tão alienígenas que, na verdade, ele não conseguia entendê-los. A parte do cérebro que cuidava de interpretar informações sensoriais não conseguia decodificar as mensagens que os olhos transmitiam.
Os meus olhos não conseguiriam vê-los, não mesmo, nem com telescópio. Essas criaturas estão numa galáxia muito, muito distante.

Não havia como saber — a razão lhe dizia que os donos da caixa podiam ter uma base debaixo do gelo do polo Sul, ou talvez estivessem na órbita da Lua numa versão da nave estelar *Enterprise* — mas ele sabia. Estavam em casa... o que quer que fosse a *casa* deles. Estavam observando. E gostando.

Só podiam gostar, porque os filhos da puta estavam rindo.

Então ele voltou ao ginásio em Fallujah. Estava quente porque não havia ar-condicionado, só ventiladores de teto que empurravam em voltas e voltas o ar xaroposo com cheiro de suor. Tinham deixado todos os interrogados ir embora, exceto dois Abduls burros a ponto de aparecer um dia depois que duas bombas de fabricação caseira tiraram seis vidas americanas e um francoatirador tirara outra, a de um garoto de Kentucky de quem todos gostavam — Carstairs. E começaram a chutar os Abduls pelo ginásio e lhes arrancar a roupa, e Barbie gostaria de dizer que fora embora, mas não foi. Gostaria ao menos de dizer que não tinha participado, mas tinha. Ficaram febris naquilo. Ele se lembrava de ter chutado a bunda ossuda e suja de merda de um Abdul e da marca vermelha que o coturno deixou. Nisso, os dois Abduls nus. Lembrou-se de Emerson chutando os *cojones* pendurados do outro com tanta força que voaram na frente dele e dizendo *Isso é por Carstairs, seu negro fodido do deserto.* Alguém logo daria à mãe dele uma bandeira, com ela sentada numa cadeira de armar junto ao túmulo, sempre igual, sempre igual. Então, assim que Barbie se lembrou que, tecnicamente, era responsável por esses homens, o sargento Hackermeyer puxou um deles pelo resto desenrolado do *hijab* que agora era a sua única roupa e o segurou contra a parede e encostou a arma na cabeça de Abdul e houve uma pausa e ninguém disse *não* nessa pausa e ninguém disse *não faça isso* nessa pausa e o sargento Hackermeyer puxou o gatilho e o sangue atingiu a parede como atingiu a parede por 3 mil anos ou mais, e foi isso, foi adeus, Abdul, não se esqueça de escrever quando não estiver ocupado molhando o biscoito naquelas virgens.

Barbie largou a caixa e tentou se levantar, mas as pernas o traíram. Rusty o agarrou e o segurou até ele se endireitar.

— Cristo — disse Barbie.

— Você viu eles, não foi?

— Foi.

— São crianças? O que acha?

— Talvez. — Mas não era bem isso, não era no que o coração acreditava. — É provável.

Voltaram devagar até onde os outros estavam reunidos diante da casa.

— Você está bem? — perguntou Rommie.

— Estou — disse Barbie. Tinha que falar com as crianças. E com Jackie. Com Rusty também. Mas não agora. Primeiro tinha que se controlar.

— Tem certeza?

— Tenho.

— Rommie, tem mais daquela folha de chumbo na sua loja? — perguntou Rusty.

— Tem. Deixei na plataforma de desembarque.

— Ótimo — disse Rusty, e pediu emprestado o celular de Julia. Torcia para que Linda estivesse em casa e não numa sala de interrogatório da delegacia, mas só podia mesmo torcer.

8

O telefonema de Rusty foi necessariamente rápido, menos de trinta segundos, mas para Linda Everett foi longo o suficiente para fazer aquela quinta-feira terrível dar uma curva de 180 graus rumo à luz do sol. Sentou-se à mesa da cozinha, pôs as mãos no rosto e chorou. Chorou com o máximo de silêncio possível, porque agora havia quatro crianças lá em cima em vez de apenas duas. Levara com ela para casa as crianças Appleton, e agora tinha os Azinhos além das Jotinhas.

Alice e Aidan tinham ficado nervosíssimos — meu Deus, é claro que ficaram —, mas a companhia de Jannie e Judy ajudou. Doses de Benadryl por toda parte também. A pedido das filhas, Linda abrira sacos de dormir no quarto delas e agora os quatro estavam espalhados no chão entre as camas, Judy e Aidan abraçados.

Mal ela se controlara e houve uma batida na porta da cozinha. A primeira ideia foi a polícia, embora com o derramamento de sangue e a confusão no centro da cidade ela não os esperasse tão cedo. Mas não havia nada autoritário naquelas batidinhas leves.

Ela foi até a porta, parando para pescar um pano de prato na ponta da bancada e enxugar o rosto. A princípio, não reconheceu o visitante, principalmente porque o cabelo estava diferente. Não havia mais rabo de cavalo; ele caía sobre os ombros de Thurston Marshall, emoldurando o rosto, deixando-o parecido com uma lavadeira velha que tivesse recebido más notícias — notícias terríveis — depois de um dia longo e difícil.

Linda abriu a porta. Por um instante, Thurse ficou na soleira.

— A Caro morreu? — A voz era baixa e áspera. *Como se a tivesse gastado em Woodstock cantando* The Fish Cheer *e a voz nunca mais tivesse voltado*, pensou Linda. — Morreu mesmo?

— Morreu sim, infelizmente — disse Linda, também em voz baixa. Por causa das crianças. — Sr. Marshall, sinto muitíssimo.

Por um instante, ele só continuou ali. Depois, agarrou os cachos grisalhos que pendiam nos dois lados do rosto e começou a balançar para a frente e para trás. Linda não acreditava em romances de um semestre; nisso era antiquada. Daria a Marshall e Caro Sturges dois anos no máximo, talvez apenas seis meses — o tempo que levasse para os seus órgãos sexuais pararem de fumegar —, mas naquela noite não havia como duvidar do amor daquele homem. Ou da sua perda.

O que quer que sentissem, as crianças aprofundaram, pensou ela. *E a Redoma, também*. Viver debaixo da Redoma intensificava tudo. A Linda já parecia que estavam debaixo dela não há dias, mas há anos. O mundo exterior se esvaía como um sonho quando a gente acordava.

— Entra — disse ela. — Mas em silêncio, sr. Marshall. As crianças estão dormindo. As minhas e as suas.

9

Ela lhe deu chá feito ao sol — não frio, nem muito fresco, mas o melhor que podia fazer dadas as circunstâncias. Ele tomou metade, baixou o copo e depois esfregou os punhos nos olhos como uma criança que já tivesse passado muito da hora de dormir. Linda reconheceu o que era aquilo, um esforço para se controlar, e ficou quieta, esperando.

Ele inspirou fundo, soltou a respiração e depois enfiou a mão no bolso do peito da velha camisa de trabalho azul que usava. Tirou uma tirinha de couro e amarrou o cabelo nas costas. Ela considerou isso um bom sinal.

— Conta o que aconteceu — disse Thurse. — E como aconteceu.

— Eu não vi tudo. Alguém me deu um bom chute na nuca enquanto eu tentava puxar a sua... a Caro... pra fora do caminho.

— Mas um dos policiais atirou nela, não foi isso? Um dos policiais dessa cidade cheia de policiais alegres e rápidos no gatilho.

— Foi. — Ela estendeu a mão sobre a mesa e pegou a dele. — Alguém gritou *arma*. E *havia* uma arma. Era da Andrea Grinnell. Ela pode ter levado a arma à assembleia com a ideia de assassinar Rennie.

— Acha que isso justifica o que aconteceu com a Caro?

— Céus, não! E o que aconteceu com a Andi foi puro e simples assassinato.

— Caro morreu tentando proteger as crianças, não foi?

— Foi.

— Filhos que nem eram dela.

Linda não disse nada.

— Só que eram. Dela e meus. Seja por sorte da guerra ou da Redoma, eram nossos, os filhos que nunca teríamos de outra maneira. E até a Redoma se romper, se isso acontecer um dia, são meus.

Linda pensava furiosamente. Poderia confiar neste homem? Achou que sim. Sem dúvida Rusty confiara nele; dissera que o sujeito era bom para cacete como paramédico para quem estava fora de ação há tanto tempo. E Thurston detestava os que mandavam ali debaixo da Redoma. Tinha boas razões.

— Sra. Everett...

— Linda, por favor.

— Linda, posso dormir no seu sofá? Eu gostaria de estar aqui caso eles acordem durante a noite. Se não acordarem — *tomara* que não —, eu gostaria que me vissem aqui quando descessem pela manhã.

— Tudo bem. Nós tomamos o café da manhã juntos. Flocos de milho. O leite ainda não estragou, mas logo vai estragar.

— Parece bom. Depois que as crianças comerem, vamos embora. Perdoe o que vou dizer se você for daqui, mas eu já me enchi de Chester's Mill. Não posso me separar da cidade por completo, mas pretendo fazer o possível. O único paciente em estado grave no hospital era o filho do Rennie, e ele se deu alta hoje à tarde. Vai voltar, aquela massa crescendo na cabeça dele vai *obrigá-lo* a voltar, mas por enquanto...

— Ele morreu.

Thurston não pareceu muito surpreso.

— Uma convulsão, suponho.

— Não. Um tiro. Na cadeia.

— Gostaria de dizer que sinto muito, mas não sinto.

— Nem eu — disse Linda. Ela não sabia com certeza o que Junior fazia lá, mas tinha uma boa ideia de como o pai em luto contaria a história.

— Vou levar os garotos de volta ao lago onde eu e Caro estávamos quando isso aconteceu. Lá é tranquilo e tenho certeza de que vou encontrar comida suficiente pra algum tempo. Talvez um bom tempo. Talvez até encontre um lugar com gerador. Mas no que diz respeito à vida em comunidade — ele deu um tom satírico às palavras — eu estou fora. Alice e Aidan também.

— Talvez eu tenha um lugar melhor pra irmos.

— É mesmo? — E quando Linda não disse nada, ele estendeu a mão pela mesa e tocou as dela. — Você tem que confiar em alguém. E posso ser eu.

Assim, Linda lhe contou tudo, inclusive que teriam de parar no Burpee para pegar folhas de chumbo antes de sair da cidade e ir para a Serra Negra. Conversaram até quase meia-noite.

10

A parte norte da casa da fazenda McCoy era inútil — graças à neve pesada do inverno anterior, agora o telhado estava dentro da sala de visitas — mas, no lado oeste, havia uma sala de jantar em estilo country quase tão comprida quanto um vagão de trem, e foi ali que os fugitivos de Chester's Mill se reuniram. Primeiro Barbie interrogou Joe, Norrie e Benny sobre o que tinham visto ou sonhado quando desmaiaram à beira do que agora chamavam de cinturão brilhante.

Joe se lembrou de abóboras de fogo. Norrie disse que tudo ficara preto e que o sol sumira. A princípio, Benny afirmou não se lembrar de nada. Depois, deu um tapa na boca.

— Tinha uns gritos — disse. — Eu ouvi gritos. Foi ruim.

Ponderaram em silêncio sobre isso. Depois, Ernie disse:

— Abóboras de fogo não reduzem muito as possibilidades, se é o que você está tentando fazer, coronel Barbara. Provavelmente tem uma pilha delas no lado ensolarado de cada celeiro da cidade. Tem sido uma boa temporada pra elas. — Ele fez uma pausa. — Ao menos, foi.

— Rusty, e as suas meninas?

— Praticamente a mesma coisa — respondeu Rusty, e contou o que conseguiu lembrar.

— Sem mais Halloween, sem mais Grande Abóbora — repetiu Rommie, pensativo.

— Gente, dá pra ver um padrão aqui — disse Benny.

— Descobriu a pólvora, Sherlock — comentou Rose, e todos riram.

— Sua vez, Rusty — disse Barbie. — E quando você desmaiou ao subir até aqui?

— Não cheguei a desmaiar — disse Rusty. — E tudo isso pode ser explicado pela pressão que todos nós estamos sofrendo. Histeria coletiva, inclusive com alucinações coletivas, é comum quando se está sob estresse.

— Obrigado, dr. Freud — respondeu Barbie. — Agora nos conta o que você viu.

Rusty chegara à cartola com as suas listras patrióticas quando Lissa Jamieson exclamou:

— É o boneco do gramado da biblioteca! Está usando uma velha camiseta minha com uma frase de Warren Zevon...

— "Sweet Home Alabama, toca a música daquela banda morta" — disse Rusty. — E pás de jardinagem em vez de mãos. Seja como for, pegou fogo. Aí, puf, sumiu. A tontura também.

Ele olhou os outros em volta. Os seus olhos arregalados.

— Relaxa, gente, provavelmente eu já tinha visto o boneco antes de tudo isso acontecer e o meu subconsciente simplesmente vomitou ele de volta. — Apontou o dedo para Barbie. — E se me chamar de dr. Freud outra vez, te faço engolir.

— Você o viu *mesmo* antes? — perguntou Piper. — Talvez quando foi buscar as meninas na escola ou coisa assim? Porque a biblioteca fica bem em frente ao pátio da escola.

— Não, que eu me lembre, não. — Rusty não acrescentou que não buscava as meninas na escola desde o comecinho do mês, e duvidava que na época já houvesse algum enfeite de Halloween na cidade.

— Agora você, Jackie — disse Barbie.

Ela umedeceu os lábios.

— É tão importante assim?

— Acho que é.

— Gente em chamas — contou ela. — E fumaça, com fogo brilhando através dela sempre que se mexia. O mundo todo parecia estar pegando fogo.

— Isso — disse Benny. — Todo mundo gritava porque estava pegando fogo. Agora eu me lembro. — De repente, ele enfiou o rosto no ombro de Alva Drake. Ela pôs o braço em torno dele.

— Ainda faltam cinco dias pro Halloween — disse Claire.

— Acho que não — foi o comentário de Barbie.

11

O fogão a lenha no canto da sala de reuniões da Câmara de Vereadores estava empoeirado e abandonado, mas ainda usável. Big Jim checou se a chaminé estava aberta (guinchou, enferrujada) e depois removeu a papelada de Duke Perkins do envelope com a pegada ensanguentada. Folheou os papéis, fez uma careta para o que viu e jogou tudo no fogão. O envelope ele guardou.

Carter estava ao telefone, falando com Stewart Bowie, dizendo-lhe o que Big Jim queria para o filho, que começasse a trabalhar agora mesmo. *Um bom rapaz*, pensou Big Jim. *Ele vai longe. Desde que se lembre de que lado do pão está a manteiga, é claro.* Quem esquecia pagava o preço. Andrea Grinnell descobrira isso naquela noite.

Havia uma caixa de fósforos de madeira na prateleira ao lado do fogão. Big Jim acendeu um e o encostou no canto das "provas" de Duke Perkins. Deixou aberta a porta do fogão para vê-las queimar. Era muito gratificante.

Carter foi até ele.

— Stewart Bowie está na espera. Devo dizer que o senhor fala com ele depois?

— Me dá o celular aqui — disse Big Jim, e estendeu a mão para pegar o aparelho.

Carter apontou o envelope.

— Não vai queimar aquilo também?

— Não, vou encher de papel branco da máquina de xerox.

Carter levou um instante para entender.

— Ela só estava com alucinações causadas pela droga, não é?

— Coitada — concordou Big Jim. — Desce até o abrigo antirradiação, filho. Lá. — Com o polegar, apontou a porta, discretíssima, a não ser por uma velha placa de metal com triângulos pretos contra um campo amarelo, não muito longe do fogão a lenha. — São dois cômodos. Nos fundos do segundo, tem um pequeno gerador.

— Certo.

— Na frente do gerador tem um alçapão. É difícil de ver, mas você encontra, se procurar. Abre e olha lá dentro. Deve ter oito ou dez botijões de gás pequenos acomodados ali embaixo. Ao menos, tinha da última vez que eu olhei. Confere e me diz quantos são.

Ele aguardou para ver se Carter perguntaria por que, mas Carter não perguntou. Simplesmente se virou para obedecer. Então, Big Jim lhe disse.

— Só por precaução, meu filho. Pingos em todos os *is*, esse é o segredo do sucesso. E ter Deus ao nosso lado, é claro.

Quando Carter saiu, Big Jim apertou o botão de espera... e se Stewart não estivesse mais lá, ia ver só.

Stewart estava.

— Jim, sinto muito pela sua perda — disse. Na mesma hora, um ponto a seu favor. — Nós vamos cuidar de tudo. Estou pensando no caixão Descanso Eterno; é de carvalho, dura mil anos.

Vai e pega o outro, pensou Big Jim, mas ficou calado.

— E vai ser o nosso melhor serviço. Ele vai parecer prestes a acordar e sorrir.

— Obrigado, parceiro — disse Big Jim. Pensando, *Sei muito bem o que você vai fazer.*

— Agora, sobre esse ataque amanhã... — disse Stewart.

— Eu ia telefonar sobre isso. Você está querendo saber se ainda vai acontecer. Vai.

— Mas com tudo o que houve...

— Não houve nada — retrucou Big Jim. — E por isso podemos agradecer à misericórdia de Deus! Pode me dar um amém a isso, Stewart?

— Amém — respondeu Stewart devidamente.

— Só uma surumbamba provocada por uma mulher armada e mentalmente perturbada. Sem dúvida agora ela está jantando com Jesus e todos os santos, porque nada do que aconteceu foi culpa dela.

— Mas Jim...

— Não me interrompe quando eu estiver falando, Stewart. Foram as drogas. Essa coisa maldita apodreceu o cérebro dela. Todos vão perceber isso assim que se acalmarem um pouco. Chester's Mill foi abençoada com um povo sensato e corajoso. Confio que vão aguentar, sempre aguentaram, sempre aguentarão. Além disso, agora eles só têm uma coisa na cabeça: ver os seus entes queridos. A nossa operação ainda vai acontecer ao meio-dia. Você, Fern, Roger. Melvin Searles. Fred Denton vai comandar. Pode escolher mais quatro ou cinco, se achar necessário.

— Ele é o melhor que você consegue? — perguntou Stewart.

— Fred é bom — disse Big Jim.

— E Thibodeau? Esse rapaz que tem ficado ao seu la...

— Stewart Bowie, toda vez que você abre a boca metade das tripas cai. Você precisa se calar um pouco e escutar. Estamos falando de um viciado em drogas esquelético e um farmacêutico que não sabe espantar um ganso. Você me dá um amém a isso?

— Tá, amém.

— Usa os caminhões da cidade. Procura o Fred assim que largar o telefone; ele deve estar por aí. Diz pra ele o que é o quê. Diz que vocês têm que se proteger, só por precaução. Temos todo aquele lixo da Segurança Interna na sala dos fundos da delegacia, coletes à prova de bala, jaquetas antiestilhaços e sei lá mais o quê, e seria bom usar. Depois, vai até lá e expulsa aqueles camaradas. Nós precisamos daquele gás.

— E o laboratório? Estava pensando que talvez fosse melhor queimá-lo...

— Está *maluco*? — Carter, que acabara de voltar à sala, o olhou surpreso. — Com todos aqueles produtos químicos lá guardados? O jornal da tal Shumway é uma coisa; aquele depósito é outra totalmente diferente. É bom tomar cuidado, parceiro, senão vou começar a achar que você é tão estúpido quanto Roger Killian.

— Está bem. — Stewart parecia ofendido, mas Big Jim avaliou que faria o que mandara. Mas não tinha mais tempo para ele, de qualquer modo; Randolph chegaria a qualquer instante.

O desfile de imbecis nunca acaba, pensou.

— Agora me diz o velho e bom Glória ao Senhor — disse Big Jim. Na cabeça, imaginou-se sentado nas costas de Stewart, esfregando o rosto do outro na terra. Era uma imagem alegre.

— Glória ao Senhor — murmurou Stewart Bowie.

— Amém, irmão — disse Big Jim, e desligou.

12

O chefe Randolph chegou pouco depois, com cara de cansado mas não insatisfeito.

— Acho que perdemos pra sempre alguns novos recrutas — Dodson, Rawcliffe e o garoto Richardson sumiram todos —, mas a maioria dos outros ficou. E consegui alguns novos. Joe Boxer... Stubby Norman... Aubrey Towle... o irmão dele é dono da livraria, sabe...

Big Jim escutou esse recitativo com bastante paciência, embora sem lhe dar muita atenção. Quando Randolph finalmente acabou, Big Jim lhe passou o envelope VADER por cima da lustrosa mesa de reuniões.

— Eis o que a pobre da Andrea estava sacudindo. Dá uma olhada.

Randolph hesitou, depois abriu os fechos e tirou o conteúdo.

— Aqui só tem papel em branco.

— Certíssimo, papel novo em folha. Quando reunir a sua tropa amanhã, sete da manhã em ponto, na delegacia, porque pode acreditar no seu tio Jim quando ele disser que as formigas vão começar a sair do formigueiro bem cedo, cuide pra que saibam que a pobre coitada estava tão iludida quanto o anarquista que matou o presidente McKinley.

— Isso não é uma montanha? — perguntou Randolph.

Big Jim parou um instante para imaginar de que pé de imbecis caíra o filhinho da sra. Randolph. Então continuou. Esta noite não teria um bom sono de oito horas, mas com a bênção de Deus talvez conseguisse cinco. E precisava delas. O coitado do seu velho coração precisava delas.

— Usa todos os carros da polícia. Dois policiais em cada carro. Veja se todos têm gás de pimenta e armas de eletrochoque. Mas quem der um tiro na frente dos repórteres e câmeras e do melequento mundo exterior... eu lhe arranco as tripas.

— Sim, senhor.

— Manda descerem pelo acostamento da 119, margeando a multidão. Sem sirene, mas com as luzes piscando.

— Como num desfile — disse Randolph.

— Isso, Pete, como num desfile. Deixa a estrada pros pedestres. Diga aos que estiverem de carro que desçam e caminhem. Usa os megafones. Quero todos bem cansados quando chegarem lá. Gente cansada tende a ser bem comportada.

— Não acha que devíamos poupar alguns policiais pra procurar os prisioneiros fugidos? — Ele viu os olhos de Big Jim relampejarem e ergueu uma mão. — Só perguntando, só perguntando.

— Ora, e merece uma resposta. Você é o chefe de polícia, afinal de contas. Não é, Carter?

— É — respondeu Carter.

— A resposta é *não*, chefe Randolph, porque... preste bastante atenção... *eles não podem escapar*. Há uma Redoma em volta de Chester's Mill e eles *absotivamente... posilutamente... não podem escapar*. Agora entendeu essa linha de raciocínio? — Ele observou o rosto de Randolph se corar e disse: — Agora tome cuidado com a resposta. Ao menos, *eu* tomaria.

— Entendi.

— Então entenda isso também: com Dale Barbara à solta, sem falar do seu correligionário Everett, o povo vai buscar com mais fervor a proteção dos seus funcionários públicos. E, por mais que estejamos sobrecarregados, nós estaremos à altura da ocasião, não é?

Randolph finalmente entendeu. Podia não saber que havia um presidente e uma montanha chamados McKinley, mas *parecia* entender que, de várias formas, um Barbie voando era mais útil do que um Barbie na mão.

— É — respondeu. — Estaremos. Bem à altura. E a entrevista coletiva? Se você não vai estar lá, quem quer nomear...

— Não, não vou estar. Vou estar bem aqui no meu posto, que é meu lugar, acompanhando os acontecimentos. Quanto à imprensa, os repórteres podem muito bem entrevistar as mil e tantas pessoas que vão se amontoar lá no lado sul da cidade como espectadores boquiabertos numa obra. E boa sorte pra traduzir as bobagens que eles vão ouvir.

— Algumas pessoas podem dizer coisas não muito elogiosas sobre nós — comentou Randolph.

Big Jim deu um sorriso gelado.

— Foi por isso que Deus nos deu costas largas, parceiro. Além disso, o que aquele melequento intrometido do Cox vai fazer? Entrar aqui marchando e nos destituir?

Randolph deu a devida risadinha, seguiu para a porta e depois pensou noutra coisa.

— Vai haver muita gente por lá e por muito tempo. Os militares montaram banheiros químicos no lado deles. Não acha que devíamos fazer o mesmo no nosso lado? Acho que temos alguns no depósito. Principalmente pro pessoal do trânsito. Talvez Al Timmons pudesse...

Big Jim lhe deu um olhar sugerindo que achava que o novo chefe de polícia enlouquecera.

— Se fosse eu a decidir, o nosso povo ficaria em segurança em casa amanhã, em vez de sair da cidade como os israelitas fugiram do Egito. — Parou para dar ênfase. — Se alguns ficarem apertados, que caguem no mato mesmo.

13

Quando Randolph finalmente foi embora, Carter disse.

— Se eu jurar que não estou puxando o saco, posso dizer uma coisa?

— Claro que pode.

— Adoro ver como o senhor opera, sr. Rennie.

Big Jim sorriu — um grande sorriso ensolarado que lhe iluminou o rosto todo.

— Pois você terá a sua oportunidade, filho; já aprendeu com os outros, agora aprenda com o melhor.

— É o que planejo.

— Agora preciso que você me dê uma carona até a minha casa. Amanhã, me encontra exatamente às oito horas. Nós vamos vir pra cá assistir ao espetáculo na CNN. Mas primeiro nós vamos nos sentar no morro da praça da Cidade pra observar o êxodo. É mesmo triste; israelitas sem Moisés.

— Formigas sem formigueiro — acrescentou Carter. — Abelhas sem colmeia.

— Mas, antes de ir me buscar, quero que você visite algumas pessoas. Ou tente; aposto que elas terão sumido sem avisar.

— Quem?

— Rose Twitchell e Linda Everett. A mulher do paramédico.

— Sei quem é.

— Dê também uma olhada na Shumway. Disseram que talvez esteja com Libby, a pastora do cachorro mal-humorado. Se encontrar alguma delas, pergunte onde estão os fugitivos.

— De leve ou à força?

— Moderado. Não quero necessariamente que Everett e Barbara sejam capturados logo, mas não me incomodaria saber onde estão.

Nos degraus lá fora, Big Jim inspirou profundamente o ar fedorento e depois suspirou com algo que parecia satisfação. Carter se sentia bastante satisfeito. Uma semana antes, trocava amortecedores com óculos de segurança para impedir que os flocos esvoaçantes de ferrugem dos sistemas de exaustão apodrecidos pelo sal lhe caíssem nos olhos. Hoje, era um homem de posição e influência. Um pouco de ar fedorento parecia um preço pequeno a pagar por isso.

— Tenho uma pergunta a fazer — disse Big Jim. — Se não quiser responder, tudo bem.

Carter o olhou.

— A garota Bushey — disse Big Jim. — Como era? Gostosa?

Carter hesitou e disse:

— Um pouco seca no início, mas ficou bem molhadinha depois.

Big Jim riu. O som era metálico, como o som das moedas que caem na bandeja de uma máquina de bingo.

14

Meia-noite, e a lua cor-de-rosa descia rumo ao horizonte de Tarker's Mills, onde poderia ficar pendurada até o amanhecer, transformando-se em fantasma antes de, finalmente, sumir.

Julia escolheu o caminho pelo pomar até onde a terra dos McCoy descia no lado oeste da Serra Negra e não se surpreendeu ao ver uma sombra escura encostada numa das árvores. À direita, a caixa com o símbolo alienígena gravado em cima emitia um relâmpago a cada 15 segundos: o menor e mais estranho farol do mundo.

— Barbie? — perguntou ela, mantendo a voz baixa. — Como vai Ken?

— Foi pra São Francisco marchar na Parada do Orgulho Gay. Sempre soube que aquele rapaz não era hétero.

Julia riu, pegou a mão dele e a beijou.

— Meu amigo, estou felicíssima por você estar bem.

Ele a abraçou e beijou os dois lados do rosto antes de soltá-la. Beijos demorados. Reais.

— Minha amiga, eu também.

Ela riu, mas um arrepio a percorreu, do pescoço aos joelhos. De um tipo que ela reconhecia, mas que não sentia havia muito tempo. *Calma, moça*, pensou. *Ele tem idade pra ser seu filho.*

Bom... se ela tivesse engravidado aos 13 anos.

— Todo mundo está dormindo — disse Julia. Até Horace. Está com as crianças. Ficaram brincando de jogar varinhas até que a língua dele praticamente se arrastou no chão. Aposto que ele pensa que morreu e foi para o paraíso.

— Tentei dormir. Não consegui.

Duas vezes chegara perto de cochilar e nas duas vezes se viu de volta ao Galinheiro, diante de Junior Rennie. Na primeira vez, Barbie escorregara em vez de fazer uma finta para a direita e caíra de pernas abertas sobre o catre, virando um alvo perfeito. Na segunda vez, Junior enfiara a arma entre as grades com um braço plástico absurdamente comprido e o segurara para que parasse tempo suficiente para se despedir da vida. Depois desse, Barbie saíra do celeiro, onde dormiam os homens, e fora até ali. O ar ainda cheirava como o quarto onde um fumante vitalício tivesse morrido seis meses antes, mas era melhor do que o ar da cidade.

— Tão poucas luzes lá embaixo — disse ela. — Numa noite comum, haveria nove vezes mais, mesmo a esta hora. As lâmpadas da rua pareceriam um colar de pérolas com duas voltas.

— Mas tem aquilo. — Barbie pusera um dos braços em torno dela, mas ergueu o outro e apontou o cinturão brilhante. Se não fosse a Redoma, onde acabava de repente, ela achou que formaria um círculo perfeito. Daquele jeito, parecia uma ferradura.

— É. Por que acha que Cox não mencionou? Eles devem ter visto nas fotos de satélite. — Ela pensou melhor. — Ao menos ele não me disse nada. Talvez tenha dito a você.

— Não, e teria. O que significa que eles *não* veem.

— Acha que a Redoma... o quê? Filtra isso?

— Alguma coisa assim. Cox, as redes de notícias, o mundo exterior... eles não veem porque não precisam. Acho que nós precisamos.

— Acha que Rusty está certo? Somos só formigas torturadas por crianças cruéis com uma lente de aumento? Que tipo de raça inteligente permitiria que crianças fizessem uma coisa dessas a outra raça inteligente?

— *Nós* achamos que somos inteligentes, mas e eles? Sabemos que as formigas são insetos sociais, construtores de casas, de colônias, arquitetos espantosos. Trabalham duro como nós. Sepultam os mortos como nós. Têm até guerras raciais, formigas pretas contra vermelhas. Sabemos disso tudo, mas não pressupomos que as formigas sejam inteligentes.

Ela puxou o braço dele para envolvê-la melhor, embora não fizesse frio.

— Inteligentes ou não, está errado.

— Concordo. A maioria concordaria. Rusty sabia disso até quando criança. Mas a maioria das crianças não tem uma ideia moral do mundo. Isso leva anos pra se desenvolver. Quando nos tornamos adultos, a maioria abandona as coisas infantis, que incluem queimar formigas com uma lente de aumento ou arrancar asas de moscas. Talvez os adultos *deles* façam o mesmo. Quero dizer, se chegarem a notar coisinhas como nós. Quando foi a última vez que você se abaixou e realmente examinou um formigueiro?

— Ainda assim... se achássemos formigas em Marte, ou mesmo micróbios, nós não os destruiríamos. Porque a vida no universo é mercadoria muito preciosa. Todos os outros planetas do nosso sistema são desertos, pelo amor de Deus.

Barbie pensou que, se a Nasa encontrasse vida em Marte, não teria escrúpulo nenhum de destruí-la para pôr no microscópio e estudar, mas não disse nada.

— Se fôssemos mais avançados cientificamente... ou espiritualmente, talvez isso é que seja necessário pra sair viajando pelo grandioso lá-fora, víssemos que há vida por toda parte. Tantos mundos habitados e formas de vida inteligentes quanto formigueiros nessa cidade.

A mão dele agora descansava na lateral do seu seio? Ela acreditava que sim. Fazia muito tempo que nenhuma mão de homem descansava ali, e era muito bom.

— Só tenho certeza de que há mais mundos do que podemos ver com os nossos telescópios insignificantes aqui na Terra. E até com o Hubble. E... *eles* não estão aqui, sabe. Não é uma invasão. Só estão olhando. E... talvez... brincando.

— Eu sei como é — disse ela. — Servir de brinquedo.

Ele a olhava. À distância de um beijo. Ela não se incomodaria de ser beijada; não, de jeito nenhum.

— O que você quer dizer? O Rennie?

— Você acredita que há certos momentos de definição na vida de uma pessoa? Divisores de água que nos fazem mudar de verdade?

— Acredito — disse ele, pensando no sorriso vermelho que a sua bota deixara nas nádegas de Abdul. Apenas um trapalhão ordinário levando a sua vidinha ordinária. — É claro.

— O meu aconteceu no quarto ano. Na Escola Gramatical da rua Principal.

— Conta.

— Não vai levar muito tempo. Foi a tarde mais demorada da minha vida, mas a história é curta.

Ele esperou.

— Eu era filha única. O meu pai era o dono do jornal local; tinha alguns repórteres e um vendedor de anúncios, mas fora isso era quase uma orquestra de um homem só, e era assim que ele gostava. Nunca foi questionado que eu assumiria o jornal quando ele se aposentasse. Ele acreditava nisso, a minha mãe acreditava nisso, as professoras acreditavam nisso e é claro que *eu* acreditava nisso. A minha formação universitária estava toda planejada. Nada tão caipira quanto a Universidade do Maine, nada disso, não pra filhinha de Al Shumway. A filhinha de Al Shumway iria pra Princeton. Quando eu estava no quarto ano, tinha uma flâmula de Princeton em cima da minha cama e as minhas malas praticamente já estavam feitas.

"Todo mundo, eu, inclusive, simplesmente cultuava o chão onde eu pisava. A não ser os meus parceiros do quarto ano, é claro. Na época, eu não entendia a causa, mas agora me pergunto como é que eu não via. Eu era a que se sentava na primeira fila e sempre levantava a mão quando a sra. Connaught fazia uma pergunta, e sempre acertava a resposta. Entregava os deveres de casa antes da hora, quando possível, e me apresentava como voluntária pra mais tarefas. Só tirava nota máxima e era meio puxa-saco. Uma vez, quando a sra. Connaught voltou pra sala depois de nos deixar sozinhos alguns minutos, o nariz da pequena Jessie Vachon estava sangrando. A sra. Connaught disse que deixaria todos nós de castigo, a menos que alguém contasse quem tinha feito aquilo. Eu levantei a mão e disse que tinha sido Andy Manning. Andy deu um soco no nariz da Jessie porque a Jessie não emprestou a borracha enfeitada dela. E eu não vi nada de errado nisso, porque era verdade. Está vendo o quadro?

— Nítido e claro.

— Esse pequeno episódio foi a última gota. Certo dia, não muito depois, eu voltava pra casa cruzando a praça e um monte de garotas esperavam por mim dentro da Ponte da Paz. Eram seis. A chefe era Lila Strout, que hoje é Lila Killian; ela se casou com Roger Killian, que combina perfeitamente com ela. Nunca acredite em quem disser que as crianças não levam os seus rancores pra idade adulta.

"Elas me levaram até o coreto. Primeiro eu lutei, mas aí duas delas — Lila foi uma, Cindy Collins, a mãe de Toby Manning, a outra — me bateram. E não no ombro, como as crianças costumam fazer. Cindy me bateu no rosto, e Lila me socou diretamente no seio direito. Como doeu! Os seios estavam começando a crescer, e doíam mesmo quando estavam em paz.

"Eu comecei a chorar. Em geral, esse é o sinal, ao menos entre as crianças, de que a situação foi longe demais. Não naquele dia. Quando eu comecei a berrar, Lila disse: 'Cala a boca, senão apanha mais.' Também não tinha ninguém pra impedir. Era uma tarde fria e chuvosa, e a praça estava deserta, a não ser por nós.

"Lila me deu um tapa na cara com força suficiente pra fazer o meu nariz sangrar e disse: 'Dedo-duro! Alcaguete! Até os cachorros da cidade têm nojo de você!' E as outras garotas riram. Disseram que era porque eu tinha dedurado o Andy, e na época eu achei que era, mas hoje vejo que era tudo, até o jeito como as minhas saias e blusas e até a fita do cabelo combinavam. Elas usavam roupas, eu tinha trajes. O Andy foi só a última gota."

— Elas bateram em você?

— Me deram uns tapas. Puxões de cabelo. E... cuspiram em mim. Todas elas. Isso foi depois que as minhas pernas cederam e eu caí no coreto. Estava chorando mais do que nunca, e cobria o rosto com as mãos, mas senti. Cuspe é quente, sabia?

— Sei.

— Elas diziam coisas como *queridinha da professora* e *bonitinha da mamãe* e *metida*. Aí, quando pensei que tinham acabado, Corrie Macintosh disse: "Vamos tirar as calças dela!" Porque naquele dia eu estava de calça comprida, calças bonitas que a minha mãe tinha comprado num catálogo. Eu adorava. Eram o tipo de calça que uma subeditora usaria ao cruzar o clube dos alunos de Princeton. Ao menos, era o que eu pensava na época.

"Lutei mais dessa vez, mas claro que elas venceram. Quatro delas me seguraram enquanto Lila e Corrie puxavam as minhas calças. Aí Cindy Collins começou a rir, apontando e dizendo: 'Ela tem o ursinho Puff na calcinha!' E tinha mesmo, junto com Bisonho e Guru. Começaram a rir, todas, e... Barbie... fui diminuindo... diminuindo... diminuindo. Até que o chão do coreto virou um grande deserto plano e eu era um inseto preso bem no meio. *Morrendo* bem no meio.

— Como uma formiga debaixo da lente, em outras palavras.

— Ah, não! Não, Barbie! Estava *frio*, não quente.. Eu estava *congelando*. Estava com as pernas arrepiadas. Corrie disse: "Vamos tirar a calcinha dela também!", mas isso era ir um pouco além do que elas estavam dispostas. Talvez como a segunda melhor coisa a fazer, Lila pegou a minha linda calça comprida e jogou no telhado do coreto. Depois disso, foram embora. Lila foi a última a ir. E disse: "Se você nos dedurar dessa vez, eu pego a faca do meu irmão e corto esse seu focinho de cadela."

— O que aconteceu? — perguntou Barbie. E, sim, a mão dele estava mesmo descansando contra o lado do seio dela.

— A princípio, o que aconteceu foi só uma menininha assustada encolhida ali no coreto, sem saber como voltaria pra casa sem que metade da cidade a visse com uma ridícula calcinha de bebê. Fiquei me sentindo a menina mais insignificante, mais burra que já existiu. Finalmente, eu decidi esperar que escurecesse. Os meus pais iriam ficar preocupados, podiam até chamar a polícia, mas eu não liguei. Ia esperar escurecer e depois me esgueirar pra casa pelos becos. E me esconderia atrás das árvores se viesse alguém.

"Eu devo ter cochilado um pouco porque, de repente, Kayla Bevins estava em pé acima de mim. Ela tinha estado lá com as outras, batendo e puxando o meu cabelo e cuspindo em mim. Não xingou tanto quanto as outras, mas participou. Ajudou a me segurar quando Lila e Corrie tiraram a minha calça e, quando viram que uma das pernas estava pendurada na borda do telhado, Kayla subiu na grade e jogou pra cima, pra que eu não conseguisse alcançá-la.

"Eu implorei que ela não me machucasse mais. Eu estava além de coisas como orgulho e dignidade. Implorei que não tirasse a minha calcinha. Então implorei que me ajudasse. Ela só ficou ali, escutando, como se eu não fosse nada pra ela. Eu não *era* nada pra ela. Soube disso naquele momento. Acho que esqueci isso com o passar dos anos, mas é como se eu voltasse àquela verdade específica em consequência da experiência da Redoma.

"Finalmente, eu desisti e só fiquei lá fungando. Ela me olhou mais um pouco e depois tirou o suéter que usava. Era uma coisa velha, larga e marrom que ia quase até os joelhos. Ela era uma menina grandona e o suéter era grande. Ela jogou em cima de mim e disse: 'Usa isso pra voltar pra casa, vai parecer um vestido.'

"Foi tudo o que ela disse. E, embora frequentasse a escola com ela por mais oito anos até a formatura na Escola Secundária de Mill, nós nunca mais nos falamos. Mas às vezes, em sonhos, eu ainda a ouço dizer aquela única coisa: *Usa isso pra voltar pra casa, vai parecer um vestido*. E eu vejo o rosto dela. Sem ódio nem raiva, mas também sem pena. Ela não fez aquilo por pena, e não fez aquilo pra me calar. Não sei por que ela fez aquilo. Não sei sequer por que ela voltou. Você sabe?"

— Não — disse ele, e lhe beijou a boca. Foi rápido, mas quente, úmido e maravilhoso.

— Por que você fez isso?

— Porque parecia que você precisava, e eu sei que eu precisava. E depois, Julia?

— Vesti o suéter e fui pra casa, o que mais? E os meus pais estavam à espera.

Ela ergueu o queixo com orgulho.

— Nunca contei o que aconteceu, e eles nunca descobriram. Por uma semana vi as calças no caminho da escola, caídas lá, no telhadinho cônico do coreto. Toda vez sentia a vergonha e a dor, como uma faca no coração. Então um dia elas sumiram. Isso não fez a dor ir embora, mas depois foi um pouco melhor. Surda em vez de aguda.

"Nunca dedurei as meninas, embora o meu pai ficasse furioso e me deixasse de castigo até junho; eu só podia ir à escola e nada mais. Fui proibida até de fazer com a escola a viagem ao Museu de Arte de Portland, que eu tinha passado o ano inteiro esperando. Ele disse que eu poderia fazer a viagem e ter todos os meus privilégios de volta se dissesse o nome das crianças que tinham me 'agredido'. Foi a palavra que ele usou. Mas eu não disse, e não só porque calar a boca fosse a versão infantil do Credo.

— Você fez isso porque, no fundo, achava que tinha merecido o que te aconteceu.

— *Merecer* não é a palavra certa. Achei que tinha comprado e pago por aquilo, o que não é a mesma coisa de jeito nenhum. Depois disso, a minha vida mudou. Continuei tirando boas notas, mas parei de levantar a mão toda hora. Nunca deixei de tirar notas ótimas, mas parei de *me gabar*. Podia ter sido oradora da turma na formatura do secundário, mas me segurei no segundo semestre do último ano. Só o suficiente pra garantir que Carlene Plummer ganhasse, não eu. Eu não queria. Nem o discurso, nem a atenção que vinha com o discurso. Fiz alguns amigos, os melhores na área de fumantes nos fundos da escola.

"A maior mudança foi ir pra faculdade no Maine e não em Princeton... onde eu realmente fui aceita. O meu pai ferveu e trovejou, afirmando que filha dele não iria pruma faculdade de caipiras, mas eu fui muito firme."

Ela sorriu.

— *Muitíssimo* firme. Mas abrir mão é o ingrediente secreto do amor, e eu amava muito o meu pai. Amava os dois. O meu plano era ir pro campus de Orono da Universidade do Maine, mas durante o verão, depois da minha formatura, me candidatei de última hora a Bates, eles chamam de pedido por circunstâncias especiais, e fui aceita. Meu pai me fez pagar a matrícula com meu próprio dinheiro, e paguei satisfeita, porque afinal houve um pouco de paz na família depois de 16 meses de guerra de fronteiras entre o país dos Pais Controladores e o principado menor mas bem fortificado da Adolescente Teimosa. Fiz bacharelado em jornalismo e isso terminou o serviço de fazer sarar a brecha... que tinha estado lá desde aquele dia no coreto. Meus pais nunca souberam por quê. Não estou aqui em Mill por causa daquele dia; meu futuro no *Democrata* estava bastante previsto, mas sou a pessoa que sou em boa parte por causa daquele dia.

Ela ergueu os olhos para ele de novo, olhos brilhantes de lágrimas e desafio.

— Mas eu não sou uma formiga. *Não sou* uma formiga.

Ele a beijou de novo. Ela o abraçou com força e o beijou de volta o melhor que conseguiu. E quando a mão dele puxou a blusa dela para fora das calças e depois se enfiaram até o meio do tronco para segurar os seios, ela o beijou com a língua. Quando se separaram, ela respirava depressa.

— Você quer? — perguntou ele.

— Quero. E você?

Ele pegou a mão dela e a pôs sobre os jeans, onde o tanto que ele queria ficou evidente na mesma hora.

Um minuto depois ele estava em cima dela, descansando sobre o cotovelo. Ela o pegou pela mão para guiá-lo.

— Vai com calma, coronel Barbara. Eu praticamente esqueci como se faz isso.

— É como andar de bicicleta — disse Barbie.

Pelo jeito ele estava certo.

15

Quando acabou, ela ficou deitada com a cabeça no braço dele, olhando lá em cima as estrelas cor-de-rosa, e perguntou no que ele pensava.

Ele suspirou.

— Nos sonhos. Nas visões. Nos sei-lá-o-que-são. Está com o celular?

— Sempre. E a carga está se segurando bem, embora não dê pra saber por quanto tempo. Pra quem você pretende ligar? Cox, acho...

— Achou certo. Tem o número dele na memória?

— Tenho. — Julia estendeu a mão para as calças descartadas e tirou o celular do cinto. Ligou para COX e entregou o aparelho a Barbie, que começou a falar quase na mesma hora. Cox deve ter atendido ao primeiro toque.

— Oi, coronel. Aqui é Barbie. Estou fora. Vou me arriscar e dizer onde estamos. Na Serra Negra. O antigo pomar McCoy. O senhor tem isso no seu... tem. É claro que tem. E o senhor tem imagens de satélite da cidade, certo?

Ele escutou e depois perguntou a Cox se as imagens mostravam uma ferradura de luz em volta do morro, terminando na fronteira com o TR-90. Cox respondeu negativamente e depois, a julgar pelo modo como Barbie escutava, pediu mais detalhes.

— Agora, não — disse Barbie. — Agora eu preciso que você faça algo por mim, Jim, e quanto mais cedo melhor. Nós vamos precisar de alguns Chinooks.

Ele explicou o que queria. Cox escutou e depois respondeu.

— Não posso explicar direito agora — disse Barbie —, e provavelmente não faria muito sentido mesmo que eu explicasse. Só aceite a minha palavra de que alguma merda muito feia está acontecendo aqui, e eu acredito que há coisa pior a caminho. Talvez só no Halloween, se tivermos sorte. Mas acho que não teremos sorte.

16

Enquanto Barbie falava com o coronel James Cox, Andy Sanders estava sentado com as costas na lateral do depósito atrás da WCIK, olhando as estrelas anormais. Estava alto como uma pipa, feliz como uma ostra, fresco como um pepino, outras comparações talvez se apliquem. Mas havia uma profunda tristeza — estranhamente tranquila, quase confortadora — correndo por baixo, como um poderoso rio subterrâneo. Nunca tivera premonições em toda a sua vida prosaica, prática, comum. Mas agora tinha. Essa era a sua última noite na face da Terra. Quando os homens amargos viessem, ele e o Chef Bushey partiriam. Era simples, e na verdade não tão ruim assim.

— Eu já estava na fase de bônus, de qualquer jeito — disse. — Desde que quase tomei aqueles comprimidos.

— O que é, Sanders? — Pelo caminho, o Chef veio de trás da emissora, com o facho da lanterna logo à frente dos pés. A calça larga do pijama de sapinhos ainda pendia precariamente nas asas ossudas dos quadris, mas algo novo fora acrescentado: uma grande cruz branca. Estava amarrada ao pescoço por uma tira de couro cru. Pendurado no ombro estava o GUERREIRO DE DEUS. Duas granadas pendiam da coronha em outra tira de couro cru. Na mão que não segurava a lanterna, estava o controle de porta de garagem.

— Nada, Chef — disse Andy. — Só estava falando sozinho. Parece que eu sou o único que escuta hoje em dia.

— Que bobagem, Sanders. Uma bobajona total e completa. *Deus* escuta. Ele escuta as almas do mesmo jeito que o FBI escuta telefones. Eu também escuto.

A beleza disso — e o consolo — fez a gratidão inundar o coração de Andy. Ele ofereceu o narguilé.

— Dá uma tragada nessa merda. Vai acender o seu fogão.

Chef soltou um riso rouco, deu uma tragada profunda no cachimbo de vidro, prendeu a fumaça e depois a tossiu.

— Bazum! — disse. — Poder de Deus! Poder de *hora em hora*, Sanders!

— É isso aí — concordou Andy. Era o que Dodee sempre dizia, e ao pensar nela o coração se partiu de novo. Enxugou os olhos sem perceber. — Onde você arranjou a cruz?

Chef apontou a emissora com a lanterna.

— Coggins tinha uma sala lá. A cruz estava na mesa dele. A gaveta de cima estava trancada, mas forcei a fechadura. Sabe o que mais havia lá, Sanders? O material de masturbação mais *nojento* que já vi.

— Crianças? — perguntou Andy. Não se surpreenderia. Quando o diabo pega, os pastores podem cair muito fundo. Fundo o bastante para rastejar de cartola debaixo de uma cascavel.

— Pior, Sanders. — Baixou a voz. — Orientais.

O Chef pegou o AK-47 de Andy, que estava sobre as suas coxas. Iluminou a coronha, onde Andy escrevera CLAUDETTE com todo o cuidado, usando um dos pincéis atômicos da emissora.

— Minha mulher — disse Andy. — Foi a primeira baixa da Redoma.

Chef o segurou pelo ombro.

— Você é um bom homem por se lembrar dela, Sanders. Fico contente que Deus tenha nos unido.

— Eu também. — Andy pegou o narguilé de volta. — Eu também, Chef.

— Você sabe o que deve acontecer amanhã, não sabe?

Andy agarrou a coronha de CLAUDETTE. Foi resposta suficiente.

— O mais provável é que estejam com colete à prova de balas, e se tivermos de ir à guerra, mire na cabeça. Nada de um tiro só; basta cobrir eles com a rajada. E se parecer que vão nos vencer... você sabe o que vem depois, não é?

— Sei.

— Até o fim, Sanders? — Chef ergueu o controle diante do rosto e iluminou-o com a lanterna.

— Até o fim — concordou Andy. E tocou o controle com o cano de CLAUDETTE.

17

Ollie Dinsmore acordou de repente de um pesadelo, sabendo que havia algo errado. Ficou na cama, olhando as primeiras luzes pálidas e um tanto sujas espiando pela janela, tentando se convencer de que era só o sonho, algum pesadelo horrível de que não se lembrava direito. Fogo e gritos, era tudo o que conseguia lembrar.

Gritos, não. Berros.

O despertador barato tiquetaqueava na mesinha de cabeceira. Ele o agarrou. Quinze para as seis e nenhum som do pai andando pela cozinha. Mais revelador ainda, nenhum cheiro de café. O pai já estava sempre vestido às 5h15, no máximo ("Vacas não esperam", era a escritura preferida de Alden Dinsmore) e sempre havia café sendo feito às 5h30.

Não nessa manhã.

Ollie se levantou e vestiu as calças de ontem.

— Pai?

Nenhuma resposta. Nada além do tique-taque do relógio e, longe, o mugido de um bezerro descontente. O pavor se instalou no menino. Disse a si mesmo que não havia razão para isso, que a sua família — unida e perfeitamente feliz havia apenas uma semana — aguentara todas as tragédias permitidas por Deus, ao menos por algum tempo. Disse a si mesmo, mas não acreditava.

— Papai?

O gerador lá dos fundos ainda funcionava e ele conseguia ver os numerozinhos verdes do fogão e do micro-ondas quando foi até a cozinha, mas a cafeteira elétrica estava desligada e vazia. A sala também estava vazia. O pai estava assistindo à TV quando Ollie fora se deitar ontem à noite, e o aparelho ainda estava ligado, embora sem som. Um sujeito de cara torta demonstrava a nova e aperfeiçoada toalha ShamWow.

— Você gasta quarenta dólares por mês em papel-toalha e joga o seu dinheiro fora — disse o cara torto naquele outro mundo onde essas coisas talvez tivessem importância.

Ele está lá fora alimentando as vacas, é só isso.

Só que ele teria desligado a TV para poupar energia, não teria? Tinham um cilindro de gás enorme, mas não duraria para sempre.

— Pai?

Ainda sem resposta. Ollie foi até a janela e olhou o celeiro. Ninguém lá. Com nervosismo crescente, desceu o corredor dos fundos até o quarto dos pais, fortalecendo-se para bater à porta, mas não houve necessidade. A porta estava aberta. A grande cama de casal estava bagunçada (o olho do pai para a bagunça parecia ficar cego quando saía do celeiro), mas vazia. Ollie começou a se virar, mas avistou algo que o apavorou. Desde que se lembrava, o retrato de casamento de Alden e Shelley ficava pendurado ali na parede. Agora sumira, e só um quadrado mais claro no papel de parede marcava o lugar onde ficara.

Não há por que ter medo.

Mas havia.

Ollie continuou a descer o corredor. Havia mais uma porta, e essa, que ficara aberta durante o ano anterior, estava fechada. Tinham grudado nela alguma coisa amarela. Um bilhete. Mesmo antes de se aproximar o bastante para ler, Ollie reconheceu a letra do pai. Tinha que reconhecer; havia bilhetes suficientes naquela letra grande à espera dele e de Rory quando voltavam da escola, e sempre terminavam do mesmo jeito.

Varre o celeiro, depois você brinca. Limpa os tomateiros e pés de feijão, depois você brinca. Traz a roupa limpa pra sua mãe, e não deixa arrastar na lama. Depois você brinca.

Acabou a hora de brincar, pensou Ollie com tristeza.

Mas então um pensamento esperançoso lhe ocorreu: talvez estivesse sonhando. Seria possível? Depois da morte do irmão por ricochete e do suicídio da mãe, por que não sonharia em acordar numa casa vazia?

O bezerro mugiu de novo, e mesmo isso parecia um som ouvido num sonho.

O quarto atrás da porta com o bilhete tinha sido do vovô Tom. Com o lento sofrimento da insuficiência cardíaca congestiva, fora morar com eles quando não conseguiu mais morar sozinho. Por algum tempo conseguira andar até a cozinha para comer com a família, mas no fim ficara preso ao leito, primeiro com uma coisa plástica presa no nariz — se chamava cateto, ou coisa parecida —, depois com uma máscara de plástico no rosto a maior parte do tempo. Certa vez Rory dissera que ele parecia o astronauta mais velho do mundo, e mamãe lhe dera um tapa na cara.

No final, todos se revezavam para trocar os cilindros de oxigênio, e certa noite mamãe o achou morto no chão, como se tentasse se levantar e tivesse morrido disso. Gritou por Alden, que foi, olhou, escutou o peito do velho e desligou o oxigênio. Shelley Dinsmore começou a chorar. Desde então, o quarto ficara quase sempre fechado.

Desculpe era o que dizia o bilhete na porta. *Vai pra cidade Ollie. Os Morgan ou os Denton ou a Rev. Libby cuidam de você.*

Ollie olhou o bilhete por muito tempo, depois girou a maçaneta com a mão que não parecia sua, torcendo para que não houvesse sujeira.

Não havia. O pai estava deitado na cama do vovô com as mãos cruzadas no peito. O cabelo estava penteado do jeito que ele penteava quando ia à cidade. Segurava a foto do casamento. Um dos velhos tanques verdes de oxigênio do vovô ainda estava no canto; Alden pendurara na válvula o seu boné dos Red Sox, o que dizia CAMPEÕES MUNDIAIS.

Ollie sacudiu o ombro do pai. Sentiu cheiro de bebida e, por alguns segundos, a esperança (sempre teimosa, às vezes odiosa) reviveu no seu coração. Talvez só estivesse bêbado.

— Pai? *Papai?* Acorda!

Ollie não sentia nenhuma respiração contra o rosto, e agora via que os olhos do pai não estavam completamente fechados; pequenos crescentes brancos espiavam entre as pálpebras superiores e inferiores. Havia um cheiro do que a mãe chamava de *eau de pipi*.

O pai penteara o cabelo, mas enquanto jazia morto, como a falecida esposa, mijara nas calças. Ollie se perguntou se saber que isso podia acontecer o teria impedido.

Sem se virar, se afastou lentamente da cama. Agora que queria sentir que estava sonhando, não sentiu. Estava vivendo uma *realidade* ruim, e disso ninguém acordava. O estômago se contraiu e uma coluna de líquido vil subiu pela garganta. Ele correu para o banheiro, onde foi confrontado por um intruso de olhos arregalados. Quase gritou antes de se reconhecer no espelho sobre a pia.

Ajoelhou-se junto ao vaso sanitário, agarrando o que ele e Rory chamavam de corrimão de aleijado do vovô, e vomitou. Quando aquilo saiu dele, deu a descarga (graças ao gerador e ao poço bom e fundo, ele *podia* dar a descarga), baixou a tampa e sentou-se nela, tremendo todo. Ao seu lado, na pia, estavam dois vidros de comprimidos do vovô Tom e uma garrafa de Jack Daniels. Tudo estava vazio. Ollie pegou um dos vidros de comprimidos. PERCOCET, dizia o rótulo. Nem deu atenção ao outro.

— Agora estou sozinho — disse.

Os Morgan ou os Denton ou a Rev. Libby cuidam de você.

Mas ele não queria que cuidassem dele — era o que a mãe faria com uma peça de roupa no quarto de costura. Às vezes ele odiara a fazenda, mas sempre a amara mais. Aquela fazenda o possuía. A fazenda e as vacas e a pilha de lenha. Eram dele e ele era delas. Sabia disso, assim como sabia que Rory teria ido embora para ter uma carreira brilhante e bem-sucedida, primeiro na universidade e depois nalguma cidade longe dali, onde iria a peças e galerias de arte e coisas assim. O irmão menor fora inteligente e conseguiria se fazer no grande mundo; Ollie talvez fosse inteligente a ponto de não se enredar em empréstimos bancários e cartões de crédito, e só.

Decidiu sair e alimentar as vacas. Daria a elas ração dupla, se quisessem comer. Talvez houvesse até uma vaca ou duas que quisessem ser ordenhadas. Se assim fosse, poderia mamar um pouco direto da teta, como fizera quando criança.

Depois, iria até o grande pasto, o máximo que conseguisse, e jogaria pedras na Redoma até que as pessoas começassem a aparecer para ver os parentes. *Grande coisa*, diria o pai. Mas não havia ninguém que Ollie quisesse ver, a não ser, talvez, o soldado Ames, da Carolina do Sul. Sabia que a tia Lois e o tio Scooter talvez fossem — moravam perto, em New Gloucester — mas o que diria se aparecessem? *Oi, tio, está todo mundo morto menos eu, obrigado por vir?*

Não, assim que as pessoas de fora da Redoma começassem a chegar, ele admitiu que iria até onde a mãe estava enterrada e abriria outra cova ali perto. Isso o deixaria ocupado, e talvez, quando chegasse a hora de se recolher, ele conseguisse dormir.

A máscara de oxigênio do vovô Tom estava pendurada no gancho da porta do banheiro. A mãe a lavara cuidadosamente e a pendurara ali, sabe-se lá por quê. Ao olhá-la, a verdade finalmente caiu sobre ele, e foi como se um piano atingisse o chão de mármore. Ollie bateu as mãos no rosto e começou a balançar para a frente e para trás no assento sanitário, uivando.

18

Linda Everett encheu de enlatados duas sacolas de pano, quase as deixou junto à porta da cozinha, mas decidiu deixá-las na despensa até ela, Thurse e as crianças estarem prontos para sair. Quando viu o rapaz Thibodeau subindo pela entrada, ficou contente. Aquele rapaz a deixava apavorada, mas teria muito mais a temer se ele visse duas bolsas cheias de sopa, feijão e atum.

Vai a algum lugar, sra. Everett? Vamos conversar a respeito.

O problema era que, de todos os novos policiais que Randolph contratara, Thibodeau era o único inteligente.

Por que o Rennie não mandou o Searles?

Porque Melvin Searles era burro. Elementar, meu caro Watson.

Pela janela da cozinha, ela deu uma espiada no quintal e viu Thurston empurrando Jannie e Alice no balanço. Audrey estava ali perto, com o focinho na pata. Judy e Aidan estavam na caixa de areia. Judy abraçara Aidan e parecia consolá-lo. Linda a amou por isso. Torcia para que conseguisse satisfazer o sr. Carter Thibodeau e mandá-lo embora antes que as cinco pessoas no quintal chegassem a saber que ele estivera ali. Ela não atuava desde que representara Stella em *Um bonde chamado desejo*, lá na escola técnica, mas voltaria ao palco nesta manhã. A única boa crítica que desejava era a continuação da sua liberdade e das pessoas lá longe.

Correu pela sala, pondo no rosto o que ela torcia que fosse uma cara ansiosa e adequada antes de abrir a porta. Carter estava em pé no capacho BEM-VINDO com o punho erguido para bater. Ela teve de erguer os olhos; media 1,75m, mas ele tinha 15cm ou mais acima dela.

— Ora, ora, vejam só — disse ele sorrindo. — Toda animada e bem-disposta, e ainda nem são sete e meia. — Ele não estava com muita vontade de sorrir; não fora uma manhã produtiva. A pregadora sumira, a piranha do jornal sumira, os seus dois repórteres de estimação pareciam ter sumido e Rose Twitchell também. O restaurante estava aberto e o rapaz Wheeler cuidava do local, mas disse que não tinha a mínima ideia de onde Rose poderia estar. Carter acreditou nele. Anse Wheeler parecia um cachorro que esquecera onde enterrara seu osso favorito. A julgar pelo cheiro horrível que vinha da cozinha, também não tinha a mínima ideia do que era cozinhar. Carter fora até os fundos, à procura da van do Rosa Mosqueta. Sumira. Não ficou surpreso.

Depois do restaurante, fora à loja de departamentos, batendo primeiro na frente e depois nos fundos, onde algum funcionário descuidado deixara um monte de rolos de isolamento de telhado para qualquer mão-leve furtar. Só que, quando a gente pensava melhor, quem ia querer isolamento de telhado numa cidade onde não chovia mais?

Carter achara que a casa de Everett também seria um buraco vazio e só foi até lá para dizer que obedecera à risca as instruções do chefe, mas ouviu as crianças no quintal enquanto subia pela entrada de automóveis. E a van dela também estava lá. Sem dúvida que era dela; havia uma daquelas lâmpadas magnéticas no painel. O chefe dissera interrogatório moderado, mas já que Linda Everett era a única que conseguira encontrar, Carter achou que podia ficar no lado mais duro do moderado. Gostasse ou não — e não gostaria —, Everett teria de responder não só por si, como também pelos que ele não conseguira encontrar. Mas antes que ele abrisse a mão, ela já estava falando. Não só falava como o pegou pela mão e o puxou mesmo para dentro.

— Vocês acharam ele? Por favor, Carter, Rusty está bem? Se ele não estiver... — Ela largou a mão dele. — Se ele não estiver, fala baixo, as crianças estão lá atrás e não quero que fiquem mais nervosas do que já estão.

Carter passou por ela, foi à cozinha e espiou pela janela sobre a pia.

— O que o médico hippie está fazendo aqui?

— Ele trouxe as crianças de que está cuidando. Caro as levou à assembleia de ontem à noite e... você sabe o que aconteceu com ela.

Esse blá-blá-blá corrido era a última coisa que Carter esperava. Talvez ela não soubesse de nada. O fato de que estivera na assembleia da véspera e ainda estava ali nessa manhã certamente favorecia essa ideia. Ou talvez só estivesse tentando desequilibrá-lo. Dando um, como é que se diz, golpe preventivo. Era possível; ela era esperta. Bastava olhar para ver. E quase bonita, para alguém mais velho.

— Vocês acharam ele? Barbara... — Ela achou fácil pôr ansiedade na voz. — Barbara feriu ele? E o deixou por aí? Pode me dizer a verdade.

Ele se virou para ela, sorrindo à vontade na luz diluída que vinha da janela.

— Você primeiro.

— Hein?

— Você primeiro, foi o que eu disse. Você *me* conta a verdade.

— Eu só sei que ele foi embora. — Ela deixou os ombros caírem. — E você não sabe pra onde. Dá pra ver que não sabe. E se Barbara matar ele? E se ele já estiver mor...

Carter a agarrou, girou-a como giraria a parceira se estivesse dançando quadrilha e puxou o braço dela nas costas até que o ombro estalou. Agiu com rapidez tão estranha e líquida que ela só entendeu o que ele queria fazer quando terminou.

Ele sabe! Ele sabe e vai me machucar! Me machucar até eu contar...

O hálito dele estava quente na orelha dela. Ela sentiu a aspereza da barba raspada arranhar a sua bochecha quando ele falou, e isso a deixou toda arrepiada.

— Não tente enrolar um enrolador, mamãe. — Foi pouco mais do que um sussurro. — Você e Wettington sempre foram unidas, bunda com bunda, peito com peito. Quer me convencer de que não sabia que ela ia soltar seu marido? É isso que você está dizendo?

Ele puxou o braço dela mais para o alto e Linda teve de morder o lábio para sufocar um grito. As crianças estavam lá fora, Jannie gritando por sobre o ombro para Thurse empurrar com mais força. Se ouvissem um grito vindo da casa...

— Se ela tivesse me contado, eu teria dito ao Randolph — ofegou. — Acha que eu ia arriscar a vida do Rusty quando ele não fez nada?

— Ele fez muita coisa. Ameaçou não dar remédio ao chefe se ele não renunciasse. Puta chantagem. Eu *ouvi*. — Ele puxou o braço dela outra vez. Um gemidinho lhe escapou. — Tem alguma coisa a dizer a respeito? *Mamãe?*

— Talvez ele tenha feito isso. Não vi nem falei com ele, como saberia? Mas nessa cidade ele ainda é o que mais se parece com um médico. Rennie não executaria ele. Talvez o Barbara, mas não o Rusty. Eu sei disso, e você deve saber também. Agora me solta.

Por um instante, ele quase a soltou. Tudo fazia sentido. Então, teve uma ideia melhor, e a empurrou até a pia.

— Se abaixa, mamãe.

— Não!

Ele puxou o braço dela para cima outra vez. Parecia que o osso do ombro ia ser arrancado do soquete.

— *Se abaixa*. Como se fosse lavar esse lindo cabelo louro.

— Linda? — gritou Thurston. — Como estão as coisas?

Jesus, não deixe ele perguntar sobre os mantimentos. Por favor, Jesus.

Então, outra ideia lhe ocorreu. Onde estavam as malas das crianças? Cada uma das meninas preparara uma malinha de viagem. E se estivessem na sala?

— Diz pra ele que você está bem — disse Carter. — Não queremos envolver o hippie nisso. Nem as crianças. Queremos?

Por Deus, não. Mas onde estavam as malas?

— Tudo bem! — respondeu ela.

— Tudo quase pronto? — gritou ele.

Ah, Thurse, cala a boca!

— Mais cinco minutinhos!

Thurston ficou lá olhando como se fosse dizer mais alguma coisa e depois voltou a empurrar as meninas.

— Bom trabalho. — Agora ele se encostava nela, e estava com tesão. Deu para ela sentir contra os fundilhos das calças. Era grande como uma chave inglesa. Depois ele se afastou.

— Quase pronto o quê?

Ela quase disse *café da manhã*, mas os pratos sujos estavam na pia. Por um instante a mente dela virou um vazio trovejante e ela quase desejou que ele encostasse o pau duro nela de novo, porque, quando a cabeça menor dos homens fica ocupada, a cabeça maior desliga.

Mas ele puxou o braço dela para cima outra vez.

— Fala comigo, mamãe. Deixa o papai feliz.

— Biscoitos! — disse ela num só fôlego. — Eu prometi fazer biscoitos. As crianças pediram!

— Biscoitos sem luz? — perguntou ele. — O melhor truque da semana.

— São do tipo que não precisa assar! Olha na despensa, seu filho da puta!

Se ele olhasse, acharia mesmo na prateleira mistura para biscoitos de aveia que não precisavam de forno. Mas é claro que, se olhasse para baixo, também veria os mantimentos que ela embalara. E faria mesmo isso se notasse quantas prateleiras da despensa estavam agora vazias ou quase.

— Você não sabe onde ele está. — A ereção estava de volta contra ela. Com a dor pulsante no ombro, ela mal notou. — Tem certeza disso.

— Claro. Achei que você sabia. Achei que você tinha vindo me contar que ele estava ferido ou m-m...

— Acho que você está mentindo deslavadamente. — O braço dela foi puxado mais um pouco, e agora a dor era excruciante, a necessidade de gritar insuportável. Mas ela deu um jeito de segurar. — Acho que você sabe, sim, mamãe. E se não me contar, vou arrancar seu braço do ombro. Última chance. Onde ele está?

Linda se resignou a ter o braço ou o ombro quebrado. Talvez ambos. A questão era se conseguiria ou não segurar os gritos, que fariam Thurston e as Jotinhas virem correndo. De cabeça baixa, o cabelo caindo na pia, ela disse:

— No cu. Por que não chupa, seu puto? Quem sabe ele sai e te diz oi.

Em vez de quebrar o braço dela, Carter riu. Aquela fora mesmo boa. E ele acreditou. Ela nunca ousaria falar assim com ele, a menos que estivesse dizendo a verdade. Só queria que ela não estivesse de calça jeans. Foder com ela talvez ainda estivesse fora de questão, mas sem dúvida chegaria bem perto se ela estivesse de saia. Ainda assim, uma boa esfregada não era o pior jeito de começar o Dia de Visita, mesmo que contra calças jeans e não contra uma bela calcinha macia.

— Fica parada e de boca fechada — disse ele. — Se obedecer, talvez saia dessa inteira.

Ela ouviu o tilintar da fivela do cinto e o raspar do zíper. Então, o que se esfregara contra ela se esfregou de novo, só que agora com bem menos pano no meio. Uma partezinha dela ficou contente de ao menos ter vestido calças bem novas; ela torceu para que ele se arranhasse bastante.

Desde que as Jotinhas não entrem e me vejam assim.

De repente, ele apertou mais e com mais força. A mão que não segurava o seu braço lhe agarrou ó seio.

— Ei, mamãe — murmurou ele. — Ei, ei, mamãe.

Ela sentiu o espasmo dele, embora não a umidade que se seguia a tais espasmos como o dia segue a noite; os jeans eram grossos demais para isso, graças a Deus. Um momento depois, a pressão no seu braço finalmente afrouxou. Ela poderia ter chorado de alívio, mas não chorou. Não choraria. Ela se virou. Ele reafivelava o cinto.

— Talvez seja melhor trocar essas calças antes de fazer biscoitos. Ao menos, eu trocaria, se fosse você. — Deu de ombros. — Mas sabe lá, talvez você goste. Cada macaco no seu galho.

— É assim que vocês protegem a lei por aqui agora? É assim que o seu chefe quer que se defenda a lei?

— Ah, ele é mais de ver o quadro geral. — Carter se virou para a despensa, e o coração disparado dela pareceu parar. Então, ele deu uma olhada no relógio e subiu o zíper. — Liga pro sr. Rennie ou pra mim se o seu marido entrar em contato. É o melhor a fazer, pode acreditar. Caso contrário, e se eu descobrir, o próximo tiro que eu der vai pelo velho cu acima. Quer as crianças estejam olhando, quer não. Não me incomodo com plateia.

— Sai daqui antes que eles entrem.

— Diz por favor, mamãe.

A garganta dela travou, mas ela sabia que logo Thurston viria ver como ela estava, e ela falou.

— Por favor.

Ele seguiu para a porta, depois olhou a sala de estar e parou. Vira as malinhas.

Ela tinha certeza.

Mas ele estava pensando em outra coisa.

— E devolve a lâmpada giratória que eu vi na sua van. Caso tenha esquecido, você foi demitida.

19

Ela estava no andar de cima quando Thurston e as crianças entraram dali a três minutos. A primeira coisa que fez foi olhar o quarto das crianças. As malinhas estavam nas camas. O ursinho de pelúcia de Judy saía de uma delas.

— Ei, crianças! — gritou ela alegremente. *Toujours gai*, ela era assim. — Olhem alguns livros de figuras que eu desço num instante!

Thurston chegou ao pé da escada.

— Precisamos mesmo...

Ele viu o rosto dela e parou. Ela lhe acenou.

— Mãe? — gritou Janelle. — A gente pode tomar a última Pepsi se dividir?

Embora geralmente vetasse a ideia de refrigerantes assim tão cedo, ela respondeu:

— Tudo bem, mas não derramem!

Thurse subiu metade dos degraus.

— O que aconteceu?

— Fala baixo. Veio um policial. Carter Thibodeau.

— O altão de ombros largos?

— Ele. Veio me interrogar...

Thurse empalideceu, e Linda soube que ele recordava o que lhe gritara quando achou que ela estava sozinha.

— Acho que está tudo bem — disse ela —, mas preciso que você verifique se ele foi mesmo embora. Estava a pé. Confere a rua e olha pela cerca dos fundos do quintal dos Edmund. Tenho que trocar de calça.

— O que ele fez com você?

— *Nada!* — cochichou ela. — Só confere se ele foi embora, e, se foi, vamos sair correndo daqui.

20

Piper Libby largou a caixa e sentou-se, olhando a cidade com lágrimas a se acumular nos olhos. Pensava em todas aquelas orações tarde da noite a Não--Taí. Agora sabia que tinham sido apenas uma piada boba de calouro, e o motivo da piada, no fim das contas, fora ela. *Havia* um Taí por lá. Só que não era Deus.

— Você viu eles?

Ela levou um susto. Norrie Calvert estava ali em pé. Parecia mais magra. Mais velha, também, e Piper viu que ela seria bonita. Para os garotos com quem andava, provavelmente já era.

— Vi, sim, querida.

— Rusty e Barbie estão certos? As pessoas que estão nos olhando são só crianças?

Piper pensou: *Talvez só mesmo uma consiga reconhecer outra.*

— Não tenho 100% de certeza, querida. Experimenta.

Norrie a olhou.

— Posso?

E Piper, sem saber se era certo ou errado, fez que sim.

— Pode.

— Se eu ficar... não sei... esquisita ou coisa assim, você me puxa?

— Puxo. E não precisa, se não quiser. Não é um desafio.

Mas para Norrie era. E ela estava curiosa. Ajoelhou-se no capim alto e agarrou a caixa com firmeza pelos lados. Ficou imediatamente eletrizada. A cabeça caiu para trás com tanta força que Piper ouviu as vértebras do pescoço estalarem como nós dos dedos. Estendeu a mão para a garota, mas deixou-a cair quando Norrie relaxou. O queixo caiu até o peito e os olhos, que estavam bem fechados quando o choque a atingiu, se abriram de novo. Estavam distantes e nebulosos.

— Por que vocês estão fazendo isso? — perguntou ela. — *Por quê?*

Os braços de Piper se arrepiaram.

— Digam! — Uma lágrima caiu de um dos olhos de Norrie sobre o alto da caixa, onde chiou e sumiu. — *Digam!*

O silêncio se estendeu. Pareceu muito demorado. Então a menina soltou as mãos e se inclinou para trás até que o traseiro descansou nos calcanhares.

— Crianças.

— Com certeza?

— Com certeza. Não sei quantas. Não paravam de mudar. Usam chapéus de couro. Têm a boca suja. Usavam óculos e olhavam a caixa delas. Só que a delas é como uma televisão. Elas veem *tudo*, na cidade inteira.

— Como sabe?

Norrie balançou a cabeça, incapaz.

— Não sei dizer, só sei que é verdade. São crianças más de boca suja. Nunca mais quero tocar naquela caixa. Estou me sentindo tão *imunda*! — E começou a chorar.

Piper a abraçou.

— Quando você perguntou por que, o que eles disseram?
— Nada.
— Acha que eles ouviram?
— Ouviram. Só não ligaram.

Detrás deles veio um som rítmico e firme, cada vez mais alto. Dois helicópteros de transporte vinham do norte, quase encostando no alto das árvores do TR-90.

— É melhor tomarem cuidado com a Redoma, senão vão bater que nem o avião! — gritou Norrie.

Os helicópteros não bateram. Chegaram à beira do espaço aéreo seguro, a uns 3 quilômetros dali, e começaram a descer.

21

Cox falara a Barbie de uma velha estradinha que ia do pomar McCoy até a fronteira do TR-90 e disse que ainda parecia transitável. Barbie, Rusty, Rommie, Julia e Pete Freeman a percorreram de carro por volta das sete e meia da manhã de sexta-feira. Barbie confiava em Cox, mas não necessariamente nas fotos de uma velha trilha para caminhões tirada a 300km de altura, então foram na van que Ernie Calvert roubara do pátio de Big Jim Rennie. *Essa* Barbie tinha toda a boa vontade de perder, caso ficasse presa. Pete estava sem câmera; a sua Nikon digital parara de funcionar quando ele se aproximara da caixa.

— ETs não gostam de paparazzi, bródi — disse Barbie. Achou que era uma frase moderadamente engraçada, mas, quando se tratava da sua câmera, Pete não tinha senso de humor.

A ex-van da companhia telefônica foi até a Redoma e agora os cinco observavam os dois enormes CH-47 vadearem rumo a um campo de feno alto no TR-90. A estrada continuava até lá e os rotores dos Chinooks levantavam grandes nuvens de poeira. Barbie e os outros protegeram os olhos, mas era só instinto desnecessário; a poeira se ergueu até a Redoma e depois rolou para os dois lados.

Os helicópteros pousaram com o decoro lento das damas gordas que se instalam no teatro em poltronas pequenas demais para os seus traseiros. Barbie ouviu o guincho infernal do metal em pedras que se elevavam do chão e o helicóptero da esquerda se deslocou lentamente uns 30 metros para o lado antes de tentar de novo.

Uma figura pulou da cabine aberta do primeiro e andou pela nuvem de terra remexida, acenando para o lado com impaciência. Barbie reconheceria aquele hidrantezinho impaciente em qualquer lugar. Cox desacelerou ao se aproximar e estendeu uma das mãos como o cego que procura obstruções no escuro. Logo limpava a poeira do seu lado.

— É bom vê-lo respirando o ar da liberdade, coronel Barbara.

— Sim, senhor.

Cox mudou o olhar.

— Olá, sra. Shumway. Olá, outros Amigos de Barbara. Quero saber de tudo, mas você terá que ser rápido; tenho um pequeno circo de cavalinhos do outro lado da cidade e não quero perder nada.

Cox sacudiu o polegar por sobre o ombro para onde o desembarque já começara: dúzias de ventiladores Air Max ligados a geradores. Com alívio, Barbie viu que eram grandes, do tipo usado para secar quadras de tênis e pit stops de pistas de corrida depois de chuvas fortes. Cada um estava aparafusado na sua plataforma-carrinho de duas rodas. Os geradores pareciam ter no máximo 20 HP. Torceu para que bastassem.

— Primeiro, quero que me diga que *aquilo* não será necessário.

— Não sei com certeza — disse Barbie —, mas acho que será. Talvez você possa arranjar mais alguns pro lado da 119, onde os moradores da cidade vão encontrar os parentes.

— Hoje à noite — disse Cox. — É o máximo que eu posso fazer.

— Leva alguns daqui — disse Rusty. — Se precisarmos de todos, vai ser uma merda muito merda mesmo.

— Não dá, filho. Talvez se pudéssemos cruzar o espaço aéreo de Chester's Mill, mas se pudéssemos o problema não existiria, não é? E pôr uma fila de ventiladores industriais com geradores no lugar onde vão estar os visitantes praticamente destrói o nosso objetivo. Ninguém escutaria nada. Esses bichinhos são *barulhentos*. — Ele deu uma olhada no relógio. — Agora, quanto vocês conseguem me contar em 15 minutos?

O HALLOWEEN CHEGA MAIS CEDO

1

Às 7h45, o Honda Odyssey Green quase novo de Linda Everett foi até a plataforma de desembarque atrás da loja de departamentos Burpee. Thurse ia de carona. A garotada (silenciosa demais para crianças que partiam numa aventura) estava no banco de trás. Aidan abraçava a cabeça de Audrey. Esta, provavelmente sentindo a angústia do menininho, aguentava com paciência.

O ombro de Linda ainda pulsava apesar das três aspirinas, e ela não conseguia tirar da cabeça a cara de Carter Thibodeau. Nem o cheiro dele: uma mistura de suor e água de colônia. Não parava de esperar que ele aparecesse atrás dela num dos carros de polícia da cidade, bloqueando a fuga. *O próximo tiro que eu der vai pelo velho cu acima. Quer as crianças estejam olhando, quer não.*

Ele faria isso, também. Faria. E embora não pudesse sair da cidade, estava louca para deixar o máximo possível de distância entre ela e o novo Sexta-Feira de Rennie.

— Pega um rolo inteiro e tesouras de cortar metal — disse a Thurse. — Estão debaixo daquela caixa de leite. Rusty me falou.

Thurston abrira a porta, mas aí parou.

— Não posso fazer isso. E se mais alguém precisar?

Ela não ia discutir; provavelmente acabaria gritando com ele e assustando as crianças.

— Como quiser. Mas depressa. Isso é como um desfiladeiro fechado.

— O mais depressa possível.

Mas pareceu que ele levava uma eternidade para cortar pedaços do rolo de folha de chumbo, e ela teve de se segurar para não se inclinar para fora da janela e perguntar se ele era uma velha chata desde que nascera ou se aprendera depois.

Cala a boca. Ele perdeu alguém que amava ontem à noite.

É, e se não se apressassem ela poderia perder tudo. Já havia gente na rua Principal, seguindo para a 119 e para a fazenda Dinsmore, na intenção de ocupar os melhores lugares. Linda pulava toda vez que um alto-falante da polícia berrava: "PROIBIDO CARROS NA ESTRADA! QUEM NÃO FOR DEFICIENTE FÍSICO TEM QUE CAMINHAR."

Thibodeau era esperto e farejara alguma coisa. E se voltasse e visse que a van sumira? Iria procurá-la? Enquanto isso, Thurse não parava de cortar pedaços de chumbo do rolo de revestimento de telhado. Ele se virou e ela achou que terminara, mas só media visualmente o para-brisa. Começou a cortar de novo. Separando outro pedaço. Talvez estivesse mesmo *tentando* deixá-la maluca. Uma ideia boba, mas depois que entrou na cabeça não quis mais sair.

Ainda sentia Thibodeau se esfregando contra o seu traseiro. O arranhado da barba. Os dedos lhe apertando o seio. Disse a si mesma para não olhar o que ele deixara no traseiro da calça quando a despiu, mas não conseguiu se segurar. A palavra que lhe surgiu na cabeça foi *esporro*, e ela se viu numa luta breve e dura para manter o café da manhã na barriga. O que também o agradaria, se ele descobrisse.

O suor lhe brotou na testa.

— Mãe? — Judy, bem junto ao seu ouvido. Linda pulou e soltou um grito. — Desculpa, não queria assustar. Posso comer alguma coisa?

— Agora, não.

— Por que aquele homem não para de falar no megafone?

— Querida, não posso conversar agora.

— Tá triste?

— Estou. Um pouco. Agora senta.

— Vamos ver o papai?

— Vamos. — *A menos que nos peguem e eu seja estuprada na frente de vocês.* — Agora senta.

Finalmente Thurse estava vindo. Graças a Deus pelos pequenos favores. Parecia trazer quadrados e retângulos suficientes para blindar um tanque.

— Viu? Não foi tão ruim ass... Ah, merda.

As crianças riram, o som como limas ásperas corroendo o cérebro de Linda.

— Moedinha no vidro, sr. Marshall — disse Janelle.

Thurse olhava para baixo, perplexo. Enfiara as tesouras no cinto.

— Vou pôr isso de volta debaixo da caixa de lei...

Linda as agarrou antes que ele terminasse, engoliu a vontade momentânea de as enfiar até o cabo no peito estreito dele — admirável a capacidade de se conter, pensou — e saiu para guardá-las pessoalmente.

Nesse momento, um veículo se enfiou atrás da van, bloqueando o acesso à rua Principal, única saída daquele beco.

2

No alto do morro da praça da Cidade, logo abaixo do cruzamento em Y no qual a avenida Highland se separava da rua Principal, estava o Hummer de Jim Rennie em marcha lenta. Lá debaixo vinham as exortações amplificadas para que todos largassem o carro e caminhassem, a menos que fossem deficientes. As pessoas escorriam pelas calçadas, muitas com mochila às costas. Big Jim as olhou com aquela espécie de desprezo sofrido que só sentem os cuidadores que fazem o seu serviço por dever e não por amor.

Contra a maré, vinha Carter Thibodeau. Dava passos largos pelo meio da rua, de vez em quando empurrando alguém para fora do seu caminho. Chegou ao Hummer, sentou-se no banco do carona e limpou o suor da testa com o braço.

— Cara, como é bom esse ar-condicionado. Nem são oito da manhã e já vai dar 26 graus lá fora. E o ar fede que nem uma merda de cinzeiro. Desculpe o termo, chefe.

— Que tipo de sorte você teve?

— O tipo ruim. Falei com a policial Everett. Ex-policial Everett. Os outros sumiram.

— Ela sabe de alguma coisa?

— Não. Não tem notícias do médico. E Wettington tratou ela feito uma imbecil, não contou nada e só disse merda.

— Tem certeza?

— Tenho.

— As crianças estão com ela?

— Estão. O hippie também. Aquele que ajeitou o seu coração. Mais os dois garotos que Junior e Frankie acharam no lago. — Carter pensou a respeito. Com a garota dele morta e o marido dela sumido, ele e Everett provavelmente vão pular na cama antes do fim de semana. Se quer que eu vá lá de novo, chefe, eu vou.

Big Jim ergueu um único dedo do volante e o balançou para mostrar que isso não seria necessário. Estava com a atenção em outra coisa.

— Olha pra eles, Carter.

Carter não poderia evitar. O tráfego de gente a pé para fora da cidade aumentava de minuto a minuto.

— A maioria vai chegar à Redoma às nove, e os melequentos dos familiares só chegam às dez. No mínimo. A essa altura, vão estar morrendo de sede. Ao meio-dia, quem não se lembrou de levar água vai tomar mijo de vaca no lago de Alden Dinsmore, Deus os ama. Deus *tem* que amá-los, porque a maioria é burra demais pra trabalhar e assustada demais pra roubar.

Carter latiu uma gargalhada.

— É com isso que temos que lidar — disse Rennie. — A turba. A escória melequenta. O que eles querem, Carter?

— Não sei, chefe.

— Claro que sabe. Querem comida, Oprah, música country e uma cama quente pra fazer coisa feia quando o sol se põe. Pra que possam fazer outros iguais a eles. E, caramba, aí vem outro membro da tribo.

Era o chefe Randolph, subindo o morro com dificuldade e limpando com um lenço o rosto vermelho vivo.

Agora Big Jim estava em pleno modo palestra.

— O nosso serviço, Carter, é tomar conta deles. Podemos não gostar, talvez nem sempre achemos que merecem, mas é o serviço que Deus nos deu. Só que, pra fazer o serviço, temos primeiro que cuidar de nós, e foi por isso que anteontem guardamos boa quantidade de frutas e verduras frescas do Food City na repartição pública da cidade. Você não sabia disso, não é? Ora, tudo bem. Você está um passo à frente deles e eu estou um passo à sua frente, e é assim que deve ser. A lição é simples: o Senhor ajuda quem se ajuda.

— Sim, senhor.

Randolph chegou. Ofegava, havia círculos sob os olhos e parecia ter emagrecido. Big Jim apertou o botão que abria a sua janela.

— Entra, chefe, aproveite o ar-condicionado.

E, quando Randolph partiu para o banco do carona, Big Jim acrescentou:

— Aí, não, Carter está sentado aí. — Sorriu. — Entra atrás.

3

Não foi um carro da polícia que estacionou atrás da van Odyssey; foi a ambulância do hospital. Com Dougie Twitchell ao volante. Ginny Tomlinson estava no banco do carona com um bebê adormecido no colo. A porta de trás se abriu e Gina Buffalino desceu. Ainda usava o uniforme listrado. A garota que a seguiu, Harriet Bigelow, estava de jeans e uma camiseta que dizia "EQUIPE DE BEIJO OLÍMPICO DOS EUA".

— O quê... o quê... — Parecia ser o máximo de que Linda era capaz. O coração disparara, o sangue pulsava com tanta força na cabeça que parecia que os tímpanos adejavam.

— Rusty nos ligou e mandou que fôssemos pro pomar da Serra Negra — disse Twitch. — Nem sabia que tinha um pomar lá, mas Ginny sabia, e... Linda? Querida, você está pálida como um fantasma.

— Estou bem — disse Linda, e percebeu que estava prestes a desmaiar. Beliscou o lóbulo das orelhas, truque que Rusty lhe ensinara havia muito tempo. Como muitos dos seus remédios populares (vencer os cistos sebáceos com a lombada de um livro pesado era outro), deu certo. Quando ela voltou a falar, a voz parecia mais próxima e um tanto *mais real*. — Ele te disse pra passar aqui primeiro?

— Disse. Pra pegar um pouco daquilo. — Ele apontou o rolo de folha de chumbo na plataforma de desembarque. — Só por segurança, foi o que ele disse. Mas vou precisar dessa tesoura.

— Tio Twitch! — gritou Janelle, e correu para os seus braços.

— O que é que há, gatinha? — Ele a abraçou, a girou, a pôs no chão. Janelle espiou o bebê pela janela do passageiro. — Qual é o nome *dela*?

— É ele — disse Ginny. — O nome dele é Pequeno Walter.

— Legal!

— Jannie, volta pra van, temos que ir embora — disse Linda.

— Ei, vocês, quem está cuidando do hospital? — perguntou Thurse.

Ginny ficou sem graça.

— Ninguém. Mas Rusty disse pra gente não se preocupar, a menos que houvesse alguém precisando de cuidados constantes. Além do Pequeno Walter, não tinha ninguém. Então peguei o bebê e viemos. Twitch disse que talvez possamos voltar depois.

— *Alguém* devia voltar — disse Thurse, entristecido. Linda notou que a tristeza parecia ser a posição default de Thurston Marshall. — Três quartos da cidade estão trotando pela 119 até a Redoma. A qualidade do ar é ruim e até as 10h já vai estar fazendo uns 30 graus, mais ou menos na hora em que chegarão os ônibus de visitantes. Se Rennie e seus comparsas fizeram algo pra oferecer abrigo, não me disseram. Pode haver muita gente doente em Chester's Mill antes do pôr do sol. Com sorte, só internação e asma, mas pode haver também alguns enfartes.

— Gente, talvez fosse melhor voltar — disse Gina. — Estou me sentindo como um rato que abandona o navio naufragado.

— Não! — exclamou Linda tão incisivamente que todos a olharam, até Audi. — Rusty disse que alguma coisa ruim vai acontecer. Pode não ser hoje... mas disse que pode ser. Peguem o chumbo pras janelas da ambulância e *vão embora*. Não ouso esperar. Um dos brutamontes do Rennie foi me visitar hoje de manhã e se voltar até a casa e vir que a van sumiu...

— Vamos, vamos — disse Twitch. — Vou dar ré pra que vocês possam sair. Não peguem a rua Principal, já está uma bagunça.

— A rua Principal, na frente da delegacia? — Linda quase tremeu. — Não, obrigada. O táxi da mamãe vai pela rua Oeste até a Highland.

Twitch entrou atrás do volante da ambulância e as duas jovens enfermeiras conscritas embarcaram de novo, Gina dando a Linda um último olhar de dúvida por sobre o ombro.

Linda parou, olhando primeiro o bebê suado e adormecido, depois Ginny.

— Talvez você e Twitch possam voltar ao hospital hoje à noite pra ver como está a situação. Digam que foram atender a um chamado lá em Northchester ou coisa parecida. Façam o que fizerem, não mencionem nada sobre a Serra Negra.

— Não.

Agora é fácil falar, pensou Linda. *Talvez não achem tão fácil fingir se Carter Thibodeau forçar vocês contra a pia.*

Ela empurrou Audrey de volta, fechou a porta de correr e se sentou atrás do volante da Odyssey Green.

— Vamos sair daqui — disse Thurse, embarcando ao lado dela. — Não me sinto tão paranoico desde a época dos Panteras Negras.

— Ótimo — disse. — Porque a perfeita paranoia traz a perfeita consciência.

Ela saiu com a van de ré, passando pela ambulância, e começou a subir a rua Oeste.

4

— Jim — disse Randolph, no banco de trás do Hummer —, andei pensando sobre esse ataque.

— É mesmo? Por que não nos dá o benefício dos seus pensamentos, Peter?

— Sou chefe de polícia. Se a questão for escolher entre o controle da multidão na fazenda Dinsmore e o comando de um ataque a um laboratório de drogas onde pode haver viciados armados guardando substâncias ilegais... bem, eu sei qual o meu dever. Digamos assim.

Big Jim descobriu que não queria discutir a questão. Discutir com imbecis era contraproducente. Randolph não fazia ideia do tipo de arma que podia estar armazenado na emissora de rádio. Na verdade, nem o próprio Big Jim (não havia como dizer o que Bushey pusera na conta da empresa), mas ao menos conseguia imaginar o pior, façanha mental da qual esse balão de gás fardado parecia incapaz. E se algo acontecesse a Randolph... ora, ele já não decidira que Carter seria um substituto mais do que adequado?

— Tudo bem, Pete— disse ele. — Longe de mim ficar entre você e o seu dever. Você é o novo oficial no comando, com Fred Denton como auxiliar. Isso te satisfaz?

— Caramba, claro que sim! — Randolph encheu o peito. Parecia um galo gordo prestes a cacarejar. Embora não fosse famoso pelo senso de humor, Big Jim teve de sufocar uma risada.

— Então vai pra delegacia e começa a reunir o pessoal. Caminhões da cidade, não esqueça.

— Certo! Atacamos ao meio-dia! — Sacudiu no ar o punho fechado.

— Vai pela floresta.

— Sabe, Jim, queria falar sobre isso. Parece meio complicado. Aquela mata atrás da emissora é muito fechada... vai haver urtiga... e sumagre-venenoso, que é ainda pi...

— Tem uma estrada de acesso — disse Big Jim. Estava chegando ao fim da paciência. — Quero que você use. Ataque pelo lado cego.

— Mas...

— Uma bala na cabeça seria muito pior do que urtiga. Foi bom conversar com você, Pete. É bom ver você tão... — Mas tão o quê? Pomposo? Ridículo? Idiota?

— Tão cheio de entusiasmo — disse Carter.

— Obrigado, Carter, exatamente o que eu pensei. Pete, diga ao Henry Morrison que agora ele está encarregado do controle da multidão na 119. *E use a estrada de acesso.*

— Mas eu acho...

— Carter, abre a porta pra ele.

5

— Ah, meu Deus — disse Linda, e fez a van virar para a esquerda. Bateu no meio-fio a menos de 100 metros do cruzamento da Principal com a Highland. As três meninas riram com a batida, mas o pequeno Aidan, coitado, parecia apenas apavorado, e agarrou de novo a cabeça da sofredora Audrey.

— O quê? — exclamou Thurse. — *O quê?*

Ela estacionou no gramado de alguém, atrás de uma árvore. Era um carvalho de bom tamanho, mas a van também era grande, e o carvalho perdera a maior parte das folhas apáticas. Queria acreditar que estavam escondidos, mas não estavam.

— É o Hummer do Jim Rennie parado no meio da merda do cruzamento.

— Palavrão de novo! — disse Judy. — *Duas* moedinhas no vidro do palavrão!

Thurse espichou o pescoço.

— Tem certeza?

— Acha que mais alguém na cidade tem um veículo imenso daqueles?

— Ah, caralho — disse Thurston.

— Vidro do palavrão! — Dessa vez, Judy e Jannie falaram juntas.

Linda sentiu a boca seca e a língua grudou no céu da boca. Thibodeau saía pelo lado do carona do Hummer, e se olhasse para lá...

Se ele nos vir, atropelo ele, pensou. A ideia lhe deu uma certa calma perversa.

Thibodeau abriu a porta de trás do Hummer. Peter Randolph desceu.

— Aquele homem está puxando a cueca — informou Alice Appleton ao grupo como um todo. — A minha mãe diz que isso é falta de papel higiênico.

Thurston Marshall caiu na risada, e Linda, que acharia que não havia mais riso nenhum dentro dela, riu também. Logo todos riam, até Aidan, que com certeza não sabia do que riam. Linda também não tinha muita certeza.

Randolph desceu o morro a pé, ainda puxando o traseiro da calça da farda. Não havia razão nenhuma para isso ter graça, e por isso ficou mais engraçado ainda.

Não querendo ficar de fora, Audrey começou a latir.

6

Em algum lugar, um cão latia.

Big Jim escutou, mas não se deu ao trabalho de se virar. Observar Peter Randolph descer o morro a pé o inundava de bem-estar.

— Veja só ele ajeitando a cueca — observou Carter. — O meu pai costumava dizer que isso era falta de papel higiênico.

— Agora só falta ele ir pra WCIK — disse Big Jim. — Se teimar em fazer um ataque de frente, é provável que seja o último lugar aonde vai. Vamos voltar pra Câmara de Vereadores e assistir a esse festival por algum tempo na TV. Quando ficar cansativo, quero que você ache o médico hippie e diga pra ele que, se tentar escapulir pra algum lugar, vamos atrás dele e jogamos ele na cadeia.

— Sim, senhor. — Era um dever que não se incomodaria de cumprir. Talvez pudesse dar outra dura na ex-policial Everett, dessa vez lhe tirando as calças.

Big Jim engrenou o Hummer e desceu o morro devagar, buzinando para quem não saísse logo da frente dele.

Assim que ele entrou no acesso da Câmara de Vereadores, a van Odyssey passou pelo cruzamento e seguiu para fora da cidade. Não havia trânsito de pedestres no alto da rua Highland, e Linda acelerou rapidamente. Thurse Marshall começou a cantar "Noventa e nove quilômetros", e logo todas as crianças cantavam com ele.

Linda, que a cada décimo de quilômetro que o odômetro girava sentia um pouco mais de terror deixá-la, logo começou a cantar também.

7

O Dia de Visita chega a Chester's Mill, e um clima de expectativa voraz toma conta das pessoas que percorrem a pé a rodovia 119 rumo à fazenda Dinsmore, onde a manifestação de Joe McClatchey dera tão errado apenas cinco dias atrás. Estão esperançosos (embora não exatamente felizes) apesar daquela lembrança — apesar também do calor e do ar fedorento. Agora o horizonte além da Redoma parece borrado e, acima das árvores, o céu escureceu, devido ao acúmulo de material particulado. É melhor quando se olha diretamente, mas mesmo assim não é perfeito; o azul tem uma tonalidade amarelada, como uma película de catarata no olho de um velho.

— Era como ficava o céu acima das fábricas de papel, quando funcionavam a todo vapor na década de 1970 — diz Henrietta Clavard, aquela da bunda não-exatamente-quebrada. Ela oferece a garrafa de ginger ale a Petra Searles, que caminha ao seu lado.

— Não, obrigada — diz Petra. — Eu trouxe água.

— Temperada com vodca? — indaga Henrietta. — Porque essa aqui está. Meio a meio, querida; chamo isso de Foguete Seco Canadense.

Petra pega a garrafa e dá um gole saudável.

— Uau! — comenta.

Henrietta faz que sim em tom pragmático.

— Pois é, dona. Não é lá grande coisa, mas serve pra alegrar o dia.

Muitos dos peregrinos levam placas que planejam mostrar aos visitantes do mundo exterior (e às câmeras, é claro), como a plateia de um programa de auditório. Mas placas de programas de auditório são sempre alegres. A maioria dessas não é. Algumas, restos da manifestação do último domingo, dizem COMBATA O PODER! e NOS DEIXEM SAIR, CACETE! Há outras novas, que dizem EXPERIÊNCIA DO GOVERNO: *POR QUÊ???*, SEM MAIS FINGIMENTO e SOMOS SERES HUMANOS, NÃO COBAIAS. A de Johnny Carver diz PAREM COM ISSO EM NOME DE DEUS! ANTES Q SEJA TARDE!! A de Frieda Morrison, errada mas apaixonada, pergunta PELO CRIME DE QUEM TAMOS MORRENDO? A de Bruce Yardley é a única a ter um tom totalmente positivo. Presa numa vara de 2 metros e embrulhada em papel crepom azul (na Redoma, se elevará acima das outras), diz OI MÃE E PAI EM CLEVELAND! AMO VOCÊS!

Nove ou dez placas fazem referência às Escrituras. Bonnie Morrell, esposa do dono da madeireira da cidade, leva uma que proclama **NÃO** OS PERDOAI, PORQUE **SABEM** O QUE FAZEM! A de Trina Cale diz O SENHOR É O MEU PASTOR debaixo de um desenho que talvez seja de uma ovelha, embora seja difícil ter certeza.

A de Donnie Baribeau diz, simplesmente, ORAI POR NÓS.

Marta Edmunds, que às vezes toma conta das meninas dos Everett, não está entre os peregrinos. O ex-marido mora em South Portland, mas ela duvida que apareça, e o que diria se aparecesse? *A pensão está atrasada, seu chupa-pica?* Em vez da rodovia 119, ela vai para a estrada da Bostinha. A vantagem é que não precisa andar. Ela vai no seu Acura (e liga o ar-condicionado no máximo). O seu destino é a casinha aconchegante onde Clayton Brassey passou os anos da velhice. É seu tio-bisavô em segundo grau (ou coisa parecida) e, embora ela não tenha certeza do parentesco nem do grau de afastamento, sabe que ele tem gerador. Se ainda estiver funcionando, ela pode assistir à TV. Também quer se certificar de que o tio Clayt está bem — ou tão bem quanto pode estar quem tem 105 anos e um cérebro que virou aveia Quaker.

Ele não está bem. Clayton Brassey despiu o manto de morador mais velho da cidade. Está sentado na sala de estar, na sua cadeira favorita, com o urinol de esmalte lascado no colo e a bengala do *Boston Post* encostada na parede ao lado, e frio como uma bolacha. Não há sinal de Nell Toomey, a tataraneta e principal cuidadora; ela foi para a Redoma com o irmão e a cunhada.

— Ah, tio — diz Marta —, sinto muito, mas provavelmente já era hora.

Ela vai até o quarto, pega um lençol limpo no armário e o joga sobre o velho. O resultado o faz parecer um pouco um móvel coberto numa casa abandonada. Uma cômoda alta, talvez. Marta ouve o gerador funcionando nos fundos e pensa *que se dane*. Liga a TV, sintoniza na CNN e se senta no sofá. O que se desenrola na tela quase a faz esquecer que faz companhia a um cadáver.

É uma tomada aérea, feita com uma teleobjetiva poderosa num helicóptero que sobrevoa a feira de usados de Motton, onde estacionarão os ônibus de visitantes. Os que saíram cedo de casa dentro da Redoma já chegaram. Atrás deles, vem o *haj*: duas pistas de asfalto, cheias de lado a lado e que se estendem até lá atrás, no Food City. A semelhança entre os moradores da cidade e formigas em viagem é inequívoca.

Algum locutor não para de falar, usando palavras como *maravilhoso* e *extraordinário*. A segunda vez que ele diz *Nunca vi nada assim*, Marta silencia o aparelho, pensando *Ninguém viu, idiota*. Pensa em se levantar e ver o que há para beliscar na cozinha (talvez não seja muito correto com um cadáver na sala, mas ela está com fome, porra), quando a imagem vira uma tela dividida. Na metade esquerda, outro helicóptero acompanha agora a fila de ônibus que sai de Castle Rock, e a legenda no pé da tela diz VISITANTES CHEGARÃO POUCO DEPOIS DAS 10 HORAS.

É hora de fazer um lanchinho, afinal de contas. Marta encontra bolachas, manteiga de amendoim e, melhor do que tudo, três garrafas frias de Budweiser. Leva tudo para a sala numa bandeja e se instala.

— Obrigada, tio — diz.

Mesmo sem som (*principalmente* sem som), as imagens justapostas são instigantes, hipnóticas. Quando a primeira cerveja sobe à cabeça (alegremente!), Marta percebe que é como esperar que uma força irresistível atinja um objeto imóvel, e se pergunta se haverá uma explosão quando se encontrarem.

Não muito longe do ajuntamento, no morrinho onde cavava o túmulo do pai, Ollie Dinsmore se apoia na pá e observa a multidão chegar: duzentos, depois quatrocentos, depois oitocentos. Oitocentos, ao menos. Vê uma mulher com um bebê nas costas, num daqueles cangurus, e se pergunta se está louca de levar uma criança naquele calor sem nem um chapéu para lhe proteger a cabeça. Os moradores da cidade que chegam ficam em pé ao sol nebuloso, observando e esperando ansiosos os ônibus. Ollie pensa na caminhada lenta e triste que farão depois que a comoção acabar. A volta toda até a cidade no calor fervilhante do fim da tarde. Depois, vira-se novamente para o serviço em suas mãos.

Atrás da multidão crescente, nos dois acostamentos da 119, a polícia — uma dúzia, em sua maioria novos policiais comandados por Henry Morrison — estaciona com as luzes pulsando. Os dois últimos carros chegam tarde, pois Henry ordenou que enchessem o porta-malas com botijões d'água da torneira do Corpo de Bombeiros, onde descobriu que o gerador não só funcionava como parecia bom para continuar funcionando mais uns 15 dias. A água não será suficiente — uma quantidade ridícula de tão pouca, na verdade, dado o tamanho da multidão — mas é o máximo que podem fazer. Vão poupá-la para os que desmaiarem no sol. Henry torce para que não sejam muitos, mas sabe que haverá alguns, e amaldiçoa Jim Rennie pela falta de preparativos. Sabe que é porque Rennie não dá a mínima, e na cabeça de Henry isso piora ainda mais a negligência.

Ele veio com Pamela Chen, única dos novos "recrutas especiais" em quem confia totalmente, e quando vê o tamanho da multidão a manda ligar para o hospital. Quer a ambulância ali a postos. Ela volta cinco minutos depois com uma notícia que Henry acha ao mesmo tempo inacreditável e nada surpreendente. Um dos pacientes atendeu ao telefone na recepção, diz Pamela — uma moça que chegara de manhã cedo com o pulso machucado. Diz que todo o pessoal médico sumiu, e a ambulância também.

— Ora, mas não é ótimo? — pergunta Henry. — Espero que os seus conhecimentos de primeiros socorros sejam bons, Pammie, porque talvez você tenha de usá-los.

— Eu sei fazer ressuscitação cardiorrespiratória — diz ela.

— Ótimo. — Ele aponta Joe Boxer, o dentista amante de waffles. Boxer usa uma braçadeira azul e acena com empáfia para pessoas dos dois lados da estrada (a maioria não lhe dá atenção). — E se alguém ficar com dor de dente, aquele idiota metido pode arrancar.

— Se tiverem grana pra pagar — diz Pamela. Ela já tivera sua experiência com Joe Boxer, quando os dentes do siso nasceram. Ele disse alguma coisa sobre "trocar um serviço por outro" enquanto olhava os seios dela de um jeito que ela não gostou nem um pouquinho.

— Acho que tem um boné dos Red Sox no banco de trás do meu carro — diz Henry. — Se tiver, pode trazer aqui? — E aponta a mulher que Ollie já notara, a tal com o bebê de cabeça descoberta. — Põe no garoto e diz praquela mulher que ela é uma idiota.

— Eu levo o chapéu, mas não vou dizer uma coisa dessas — responde Pamela baixinho. — Aquela é Mary Lou Costas. Tem 17 anos, está casada há um ano com um caminhoneiro que tem quase o dobro da idade dela e provavelmente está torcendo pra que ele venha.

Henry suspira.

— Mesmo assim é uma idiota, mas acho que com 17 anos todos nós somos.

E eles continuam a chegar. Um homem parece não ter água, mas traz um rádio-gravador enorme que berra a música evangélica da WCIK. Dois amigos dele desenrolam uma faixa. As palavras são marcadas por dois S gigantescos e mal desenhados. POR FAVOR NOS SALVEM, diz a faixa.

— Isso vai ser feio — diz Henry, e é claro que está certo, mas não faz ideia de quanto.

A multidão crescente aguarda ao sol. Os que têm a bexiga frouxa perambulam para mijar no mato a oeste da estrada. A maioria se arranha toda antes de se aliviar. Uma gorda (Mabel Alston; também sofre da doença que chama de dia-betty) torce o tornozelo e fica lá uivando até que dois homens a ajudam a se pôr de volta sobre o pé bom. Lennie Meechum, gerente da agência de correio da cidade (ao menos até esta semana, quando a entrega dos correios dos Estados Unidos foi cancelada até futuro próximo), lhe empresta uma bengala. Depois, diz a Henry que Mabel precisa de uma carona para voltar à cidade. Henry diz que não pode usar nenhum carro e que ela vai ter que descansar na sombra.

Lennie gira os braços para os dois lados da estrada.

— Caso você não tenha percebido, é pasto de um lado e espinheiros do outro. Não tem nenhuma sombra.

Henry aponta o estábulo dos Dinsmore.

— Tem bastante sombra lá.

— É quase a meio quilômetro daqui! — diz Lennie indignado.

São no máximo 200 metros, mas Henry não discute.

— Põe ela no banco da frente do meu carro.

— Quente demais ao sol — diz Lennie. — Ela vai precisar do ar-condicionado.

É, Henry sabe que ela vai precisar do ar-condicionado, o que significa ligar o motor, o que significa queimar gasolina. Não há escassez por enquanto — quer dizer, supondo que possam tirá-la dos tanques do Posto & Mercearia —, e ele acha que terão de se preocupar com o depois depois.

— A chave está na ignição — diz ele. — Não liga no máximo, entendeu?

Lennie diz que sim e vai até Mabel, mas esta não se dispõe a andar, embora o suor escorra pelas faces e o rosto esteja vermelho-vivo.

— Não fui ainda! — reclama ela. — Eu tenho que *ir*!

Leo Lamoine, um dos novos policiais, vai até Henry. É companhia de que Henry não faz questão; Leo tem cérebro de nabo.

— Como é que ela chegou aqui, campeão? — pergunta ele. Leo Lamoine é o tipo de homem que chama todo mundo de "campeão".

— Não sei, mas chegou — diz Henry, cansado. Está ficando com dor de cabeça. — Junta umas mulheres pra levar ela pra trás do meu carro e ajudar enquanto ela faz xixi.

— Quais, campeão?

— As grandes — diz Henry, e se afasta antes que a vontade forte e súbita de dar um soco no nariz de Leo Lamoine o domine.

— Que tipo de polícia é essa? — pergunta uma mulher enquanto ela e mais quatro escoltam Mabel até a traseira da Unidade 3, onde Mabel poderá urinar enquanto se segura no para-choque, as outras em pé na frente em nome do recato.

Henry gostaria de responder *o tipo despreparado, graças aos seus líderes destemidos Rennie e Randolph*, mas não. Sabe que a boca lhe criou problemas na noite da véspera, quando falou a favor de que escutassem Andrea Grinnell. O que diz é:

— A única que nós temos.

Para ser justo, a maioria das pessoas, como a guarda de honra de Mabel, estava mais do que disposta a ajudar. Os que se lembraram de trazer água a dividem com os que não, e a maioria bebe só o necessário. Mas há idiotas em todas as multidões, e os dessa tomavam água à vontade e sem pensar. Alguns mastigavam biscoitos e bolachas que os deixariam com mais sede depois. A bebezinha de Mary Lou Costas começa a chorar irritada debaixo do boné dos Red Sox, grande demais para ela. Mary Lou trouxe uma garrafa d'água e agora começa a molhar com ela o rosto e o pescoço superaquecidos da menina. Logo a garrafa estará vazia.

Henry pega Pamela Chen e aponta Mary Lou de novo.

— Pega aquela garrafa e enche com a água que nós trouxemos — diz. — Não deixa muita gente ver, senão acaba tudo antes do meio-dia.

Ela faz o que lhe mandam e Henry pensa: *Pelo menos uma que pode realmente virar uma boa policial de cidade pequena, se quiser o emprego.*

Ninguém se dá ao trabalho de olhar aonde Pamela vai. Isso é bom. Quando os ônibus chegarem, esse pessoal vai esquecer tudo sobre a sede e o calor por algum tempo. É claro que, depois que os visitantes forem embora... e com a longa caminhada de volta à cidade pela frente...

Ele tem uma ideia. Henry faz um inventário dos seus "policiais" e vê um monte de imbecis mas alguns em quem confia; Randolph levou quase todos os semidecentes para alguma missão secreta. Henry acha que tem a ver com a operação antidrogas que Andrea acusou Rennie de comandar, mas o que é não lhe interessa. Só sabe que não estão ali e que essa função ele não pode cumprir sozinho.

Mas sabe quem pode e o chama.

— O que você quer, Henry? — pergunta Bill Allnut.

— Está com as chaves da escola?

Allnut, que há trinta anos é zelador da Escola Secundária, faz que sim.

— Bem aqui. — O chaveiro pendurado no cinto faísca ao sol nebuloso. — Estou sempre com elas, por quê?

— Pega a Unidade 4 — diz Henry. — Volta pra cidade o mais depressa possível sem atropelar nenhum retardatário. Pega um dos ônibus escolares e traz pra cá. Um dos de 47 assentos.

Allnut não parece contente. A boca se abre de um jeito ianque que Henry, também ianque, viu a vida inteira, conhece bem e detesta. É um olhar de penúria que diz *tenho que cuidar do meu lado, amigo.*

— Essa gente toda não cabe num ônibus só, tá maluco?

— Toda, não — diz Henry —, só os que não vão conseguir voltar sozinhos.

Ele está pensando em Mabel e no bebê superaquecido da garota Corso, mas é claro que até as três da tarde vai haver mais gente que não conseguirá caminhar de volta à cidade. Ou talvez a lugar nenhum.

A boca de Bill Allnut se fecha com ainda mais firmeza; agora o queixo se projeta como a proa de um navio.

— Não, senhor. Os meus dois filhos vêm com as mulheres, eles disseram. Vão trazer os filhos. Não quero perder esse encontro. E não vou abandonar minha mulher. Está toda nervosa.

Henry gostaria de sacudir o homem pela sua estupidez (e esganá-lo de uma vez pelo egoísmo). Em vez disso, requisita as chaves de Allnut e lhe pede que lhe mostre qual delas abre a garagem. Depois, manda Allnut voltar para a mulher.

— Sinto muito, Henry — explica Allnut —, mas tenho que ver meus filhos e netos. Mereço isso. Não pedi que nenhum perneta, coxo e cego viesse e não vou pagar pela estupidez dos outros.

— Claro, você é um bom americano, ninguém questiona isso — diz Henry. — Some da minha frente.

Allnut abre a boca para protestar, pensa melhor (talvez haja algo visível na cara do policial Morrison) e se afasta arrastando os pés. Henry grita para chamar Pamela, que não protesta quando a mandam voltar à cidade, só pergunta onde, o quê e por quê. Henry lhe explica.

— Certo, mas... esses ônibus têm câmbio manual? Porque eu não sei dirigir com câmbio manual.

Henry berra a pergunta para Allnut, que está com a mulher Sarah junto da Redoma, ambos examinando com ansiedade a estrada vazia do outro lado da fronteira de Motton.

— O Dezesseis é manual! — grita Allnut de volta. — Todos os outros são automáticos! E diz pra ela prestar atenção à trava! Os ônibus não funcionam se ela não puser cinto de segurança!

Henry manda Pamela ir andando, dizendo-lhe que se apresse o máximo que a prudência permitir. Quer o ônibus ali o mais cedo possível.

A princípio, as pessoas ficam paradas, observando ansiosas a estrada vazia. Depois, a maioria delas se senta. As que trouxeram mantas as abrem. Alguns usam as placas para proteger a cabeça do sol nebuloso. A conversa se arrasta, e pode-se ouvir com bastante clareza Wendy Goldstone perguntar à amiga Ellen onde estão os grilos — não há nenhum cantando no capim alto.

— Ou será que eu estou surda? — pergunta.

Não está. Os grilos estão calados ou mortos.

No estúdio da WCIK, o espaço central arejado (e de um frescor confortável) ressoa com a voz de Ernie "Barril" Kellogg e o seu Delight Trio a se cantar "Recebi um telefonema do Céu e era Jesus quem falava". Os dois homens não escutam; assistem à TV, tão hipnotizados pelas imagens da tela dividida quanto Marta Edmunds (que está na segunda Budweiser e esqueceu tudo sobre o cadáver do velho Clayton Brassey debaixo do lençol). Tão hipnotizados quanto todo mundo nos Estados Unidos e, sim, no mundo além.

— Olha, Sanders — diz o Chef num sopro.

— Estou vendo — diz Andy. Está com CLAUDETTE no colo. Chef lhe ofereceu também um par de granadas de mão, mas dessa vez Andy recusou. Tem medo de puxar o pino e ficar paralisado. Viu isso num filme certa vez.

— É fantástico, mas você não acha que é melhor nos prepararmos pras visitas?

O Chef sabe que Andy está certo, mas é difícil tirar os olhos do lado da tela onde o helicóptero acompanha os ônibus e o grande caminhão de vídeo que encabeça o desfile. Conhece cada marco geográfico por onde passam; são reconhecíveis até de cima. Agora, os visitantes estão chegando perto.

Agora todos estamos chegando perto, pensa ele.

— Sanders!

— O que, Chef?

O Chef lhe entrega uma latinha de pastilhas para a garganta.

— As rochas não vão escondê-los; as árvores mortas não lhes dão abrigo; nem o grilo, alívio. Em que livro está agora não consigo lembrar.

Andy abre a latinha, vê seis cigarros grossos enrolados à mão apertados ali, e pensa: *Esses são os soldados do êxtase*. É o pensamento mais poético da sua vida e lhe dá vontade de chorar.

— Pode me dar um amém, Sanders?

— Amém.

O Chef usa o controle remoto para desligar a TV. Gostaria de ver os ônibus chegarem — doidão ou não, paranoico ou não, gosta de histórias sobre encontros felizes como todo mundo —, mas os homens amargos podem chegar a qualquer momento.

— Sanders!

— Diga, Chef.

— Vou tirar da garagem o caminhão das Refeições Cristãs sobre Rodas e estacionar do outro lado do depósito. Posso ficar atrás dele e ter uma visão clara da floresta. — Ele pega o GUERREIRO DE DEUS. As granadas penduradas nele balançam e regiram. — Quanto mais penso, mais certeza tenho de que é por lá que eles virão. Tem uma estrada de acesso. Provavelmente acham que eu não a conheço, mas... — os olhos vermelhos do Chef faíscam — o Chef sabe mais do que pensam.

— Sei disso. Amo você, Chef.

— Obrigado, Sanders. Amo você também. Se vierem pela floresta, eu deixo que cheguem a campo aberto e depois derrubo eles como trigo na época da colheita. Mas não podemos pôr todos os ovos na mesma cesta. Por isso, quero que você fique na frente, onde nós estávamos no outro dia. Se algum deles vier por lá...

Andy ergue CLAUDETTE.

— Isso mesmo, Sanders. Mas não seja apressado. Atrai pra fora o máximo que puder antes de começar a atirar.

— Pode deixar. — Às vezes, Andy tem a sensação de que deve estar vivendo um sonho; esta é uma dessas vezes. — Como o trigo na época da colheita.

— É isso aí. Mas escuta, porque é importante, Sanders. Não vem depressa se me ouvir atirar. E eu não vou depressa se ouvir *você* atirar. Podem achar que não estamos juntos, mas esse truque eu conheço. Sabe assoviar?

Andy enfia dois dedos na boca e dá um assovio penetrante.

— Bom, Sanders. Espantoso, na verdade.

— Aprendi na Escola Gramatical. — *Quando a vida era muito mais simples*, ele não acrescenta.

— Não faça isso, a menos que corra perigo de ser vencido. Aí eu vou. E se *me* ouvir assoviar, corra como o diabo pra reforçar a minha posição.

— Certo.

— Vamos fumar um, Sanders, o que acha?

Andy aprova a moção.

Na Serra Negra, na beira do pomar dos McCoy, 17 exilados da cidade se destacam contra o céu manchado, como índios num bangue-bangue de John Ford. A maioria fita em silêncio fascinado o desfile mudo de pessoas que passa pela rodovia 119. Estão a quase 10 quilômetros, mas o tamanho da multidão torna impossível não ver.

Rusty é o único que olha algo mais próximo, que o enche de alívio tão grande que lhe dá vontade de cantar. Uma van Odyssey prateada sobe correndo a estrada da Serra Negra. Ele prende a respiração quando o veículo se aproxima da beira das árvores e do cinturão de brilho, que agora voltou a ficar invisível. Há tempo para que pense como seria horrível se o motorista — Linda, supõe — desmaiasse e a van batesse, mas aí ela passa do ponto perigoso. Pode ter havido um leve zigue-zague, mas ele sabe que até isso pode ter sido a sua imaginação. Logo estarão ali.

Estão uns 100 metros à esquerda da caixa, mas Joe McClatchey acha que assim mesmo consegue senti-la: uma pequena pulsação que lhe escava o cérebro toda vez que a luz violeta brilha. Pode ser só sua mente brincando com ele, mas ele acha que não.

Barbie está em pé ao seu lado, com o braço em volta da srta. Shumway. Joe lhe dá um tapinha no ombro e diz:

— Dá uma sensação ruim, sr. Barbara. Toda aquela gente junta. É uma sensação *horrível*.

— É mesmo — diz Barbie.

— *Eles* estão observando. Os cabeças de couro. Dá pra sentir.

— Dá, sim — diz Barbie.

— Eu também — concorda Julia, em voz quase baixa demais para ser escutada.

Na sala de reuniões da Câmara de Vereadores, Big Jim e Carter Thibodeau assistem em silêncio à imagem da tela dividida da TV dar lugar a uma tomada no nível do solo. A princípio, a imagem se sacode, como o vídeo de um tornado que se aproxima ou dos momentos imediatamente após um atentado com carro-bomba. Veem céu, cascalho e pés que correm. Alguém murmura:

— Vamos, depressa.

Wolf Blitzer diz:

— Chegou o caminhão da imprensa. É óbvio que estão se apressando e tenho certeza de que em instantes... isso. Céus, vejam isso.

A câmera se firma sobre as centenas de moradores de Chester's Mill junto à Redoma, bem quando se levantam. É como observar um grupo grande de adoradores ao ar livre se erguendo para orar. Os que estão na frente são lançados contra a Redoma pelos que estão atrás; Big Jim vê narizes, bochechas e lábios amassados, como se os moradores da cidade fossem pressionados contra uma parede de vidro. Sente um instante de vertigem e percebe por quê: é a primeira vez que vê a coisa de fora. Pela primeira vez, a enormidade da coisa e a sua realidade o atingem. Pela primeira vez, fica verdadeiramente assustado.

De leve, um tanto amortecido pela Redoma, vem o som de tiros.

— Acho que eu ouvi tiros — diz Wolf. — Anderson Cooper, você ouviu tiros? O que está acontecendo?

De leve, soando como uma ligação telefônica via satélite vinda do fundo do sertão australiano, Cooper responde.

— Wolf, ainda não chegamos lá, mas tenho um monitor pequeno e parece...

— Agora eu estou vendo — diz Wolf. — Parece que...

— É o Morrison — afirma Carter. — O sujeito é corajoso, isso eu tenho que dizer.

— Vai ser demitido amanhã — responde Big Jim.

Carter o olha com as sobrancelhas erguidas.

— Pelo que disse na assembleia de ontem?

Big Jim lhe aponta o dedo.

— Sabia que você é um garoto esperto.

Na Redoma, Henry Morrison não pensa na assembleia de ontem nem em coragem, nem mesmo no seu dever; pensa que pessoas vão ser esmagadas contra a Redoma se não agir depressa. Assim, dá um tiro para o ar. Vários outros policiais — Todd Wendlestat, Ranee Conroy e Joe Boxer — entendem o recado e fazem o mesmo.

As vozes que berram (e os gritos de dor dos da frente que estavam sendo esmagados) dão lugar a um silêncio chocado, e Henry usa o megafone: "ESPALHEM-SE! ESPALHEM-SE, CARALHO! TEM ESPAÇO PRA TODOS, *É SÓ SE ESPALHAREM!*"

O palavrão tem efeito ainda mais tranquilizante do que os tiros e, embora os mais teimosos permaneçam na estrada (Bill e Sarah Allnut se destacam entre eles, assim como Johnny e Carrie Carver), os outros começam a se espalhar ao longo da Redoma. Alguns vão para a direita, mas a maioria vai para a esquerda, para o pasto de Alden Dinsmore, onde o caminho é mais fácil. Henrietta e Petra estão entre eles, cambaleando de leve devido às doses liberais de Foguete Seco Canadense.

Henry põe a arma no coldre e diz aos outros policiais que façam o mesmo. Wendlestat e Conroy obedecem, mas Joe Boxer continua a segurar o seu 38 cano curto — uma arma baratinha, a mais vagabunda que Henry já viu.

— Me obriga — diz com um muxoxo, e Henry pensa: *Tudo isso é um pesadelo. Logo eu acordo na minha cama, vou até a janela e fico lá olhando um lindo dia revigorante de outono.*

Muitos que preferiram ficar longe da Redoma (um número inquietante ficou na cidade, começando a sentir problemas respiratórios) podem assistir à televisão. Trinta ou quarenta orbitaram até o Dipper's. Tommy e Willow Anderson estão na Redoma, mas deixaram o bar aberto com a TV de tela grande ligada. Os que se reúnem no piso de madeira do salão de baile para assistir o fazem em silêncio, embora haja alguns chorando. As imagens da TV de alta definição são muito nítidas. São de cortar o coração.

Também não são os únicos afetados pela visão de oitocentas pessoas ao longo da barreira invisível, algumas com as mãos apoiadas no que parece ar.

— Nunca vi tanta saudade em rostos humanos — diz Wolf Blitzer. — Eu... — Ele engasga. — Acho que é melhor deixar as imagens falarem por si.

Ele se cala, e isso é bom. A cena não precisa de narração.

Na entrevista coletiva, Cox disse: *Os visitantes vão descer e andar... os visitantes terão permissão de chegar a 2 metros da Redoma, consideramos que seja uma distância segura.* É claro que nada disso acontece. Assim que a porta dos ônibus se abre, as pessoas transbordam numa inundação, gritando o nome dos mais íntimos e mais queridos. Alguns caem e logo são pisoteados (um morrerá nesse estouro da boiada e 14 ficarão feridos, meia dúzia gravemente). Os soldados que tentam manter a zona de segurança diretamente na frente da Redoma são empurrados para longe. As fitas amarelas NÃO ATRAVESSE são derrubadas e somem no pó levantado por pés que correm. Os recém-chegados enxameiam à frente e se espalham no seu lado da Redoma, a maioria chorando e todos gritando por esposas, maridos, avós, filhos, filhas, noivas. Quatro mentiram sobre os vários aparelhos médicos eletrônicos ou se esqueceram deles. Três morrem imediatamente; o quarto, que não viu seu implante auditivo a pilha na lista de aparelhos proibidos, ficará em coma uma semana antes de expirar com múltiplas hemorragias cerebrais.

Pouco a pouco eles se ajeitam e as câmeras do pool de emissoras veem tudo. Observam os moradores da cidade e os visitantes pressionarem as mãos umas nas outras, com a barreira invisível entre elas; observam as tentativas de se beijarem; examinam homens e mulheres que choram ao se olhar nos olhos; notam os que desmaiam, dentro e fora da Redoma, e os que caem de joelhos e rezam de frente uns para os outros, as mãos postas erguidas; registram o homem do lado de fora que soca com os punhos a coisa que o separa da esposa grávida, soca até a pele se abrir e as gotas de sangue se pendurarem no ar; espiam a velha que tenta passar os dedos, as pontas brancas e lisas contra a superfície invisível entre elas, na testa da neta chorosa.

O helicóptero da imprensa decola de novo e sobrevoa, mandando mensagens de uma dupla serpente humana que se estende por quase meio quilômetro. No lado de Motton, as folhas brilham e dançam com as cores do fim de outubro; no lado de Chester's Mill, pendem moles. Atrás dos moradores da cidade — na estrada, nos campos, presos nos arbustos — há dúzias de cartazes jogados fora. Nesse momento de reencontro (ou quase reencontro), a política e os protestos foram esquecidos.

Candy Crowley diz:

— Wolf, sem dúvida esse é o evento mais triste e mais estranho que já vi em todos os meus anos de jornalismo.

Mas os seres humanos são extremamente adaptáveis, e pouco a pouco a empolgação e a estranheza começam a passar. Os reencontros se transformam em conversa de verdade. E, atrás dos visitantes, os que foram vencidos, dos dois lados da Redoma, são levados embora. No lado de Mill, não há barraca da Cruz Vermelha aonde levá-los. A polícia os deixa na pouca sombra dos seus carros para esperar Pamela Chen com o ônibus da escola.

Na delegacia, o grupo de ataque à WCIK assiste com o mesmo fascínio calado de todo mundo. Randolph deixa; ainda há tempo. Confere os nomes na prancheta e depois faz um aceno para que Freddy Denton vá com ele até os degraus da frente. Esperara de Freddy tristeza por ele assumir o papel de chefão (a vida toda, Peter Randolph julgou os outros por si), mas nada disso. Isso é coisa muito maior do que tirar velhos bêbados e sujos de dentro de uma loja, e

Freddy está exultante de ceder a responsabilidade. Não se incomodaria de assumir o crédito se tudo der certo, mas digamos que não dê? Randolph não tem esses escrúpulos. Um desempregado encrenqueiro e um farmacêutico gentil que não diria merda se a visse no prato? O que poderia dar errado?

E, quando chegam aos degraus onde Piper Libby rolou não faz muito tempo, Freddy descobre que não conseguirá fugir totalmente ao papel de líder. Randolph lhe entrega uma folha de papel. Nele há sete nomes. Um é o de Freddy. Os outros seis são Mel Searles, George Frederick, Marty Arsenault, Aubrey Towle, Stubby Norman e Lauren Conree.

— Você vai levar esse grupo pela estrada de acesso — diz Randolph. — Sabe qual é?

— Sei, sai da Bostinha desse lado da cidade. O pai do Sam Relaxado abriu aquele trecho...

— Não me importa quem abriu — diz Randolph —, basta ir até o fim. Ao meio-dia, leva os seus homens pelo cinturão de árvores até lá. Você vai sair nos fundos da emissora. *Meio-dia*, Freddy. Não é um minuto antes nem um minuto depois.

— Achei que *todos* nós iríamos por lá, Pete.

— O plano mudou.

— Big Jim sabe da mudança?

— Big Jim é vereador, Freddy. Eu sou o chefe de polícia, sou seu superior, por isso, por favor, cala a boca e escuta.

— Desculpe — diz Freddy, e põe as mãos em concha nas orelhas de um jeito no mínimo atrevido.

— Eu vou estacionar na estrada que passa pela *frente* da emissora. Levo o Stewart e o Fern comigo. E Roger Killian também. Se Bushey e Sanders forem idiotas a ponto de atacar você, se nós escutarmos tiros vindos de trás da emissora, em outras palavras, nós três entramos na dança e pegamos eles por trás. Entendeu?

— Entendi. — Para Freddy, parece mesmo um plano muito bom.

— Tudo bem, vamos sincronizar os relógios.

— Há... como é?

Randolph suspira.

— Temos que ver se eles marcam a mesma hora, pra que o meio-dia chegue ao mesmo tempo pra nós dois.

Freddy ainda parece confuso, mas obedece.

Lá dentro da delegacia, alguém — Stubby, parece — grita:

— Uau, caiu mais um! Os desmaiados estão empilhados que nem lenha atrás dos carros!

Isso é recebido com risos e aplausos. Estão empolgados e entusiasmados por terem sido escolhidos para a "possível tarefa de tiro", como diz Melvin Searles.

— Saímos às 11h15 — diz Randolph a Freddy. — Isso nos dá quase 45 minutos pra assistir ao espetáculo na TV.

— Quer pipoca? — pergunta Freddy. — Tem bastante no armário em cima do micro-ondas.

— Acho que pode ser.

Lá na Redoma, Henry Morrison vai até o carro e se serve de refrigerante. A farda está encharcada de suor, e ele não consegue se lembrar de já ter ficado tão cansado (ele acha que boa parte disso se deve ao ar ruim; não consegue inspirar direito), mas no geral está satisfeito consigo e com seus homens. Conseguiram evitar um esmagamento em massa na Redoma, ninguém morreu do seu lado — ainda — e o povo está se acalmando. Meia dúzia de operadores de câmera de TV correm de um lado para o outro no lado de Motton, registrando o máximo possível de imagens de reencontros calorosos. Henry sabe que é invasão de privacidade, mas acha que os Estados Unidos e o mundo lá fora podem ter o direito de ver isso. E, em geral, ninguém se incomoda. Alguns até gostam; estão obtendo os seus 15 minutos de fama. Henry tem tempo de procurar o pai e a mãe, mas não se surpreende quando não os vê; moram onde Judas perdeu as botas, em Derry, e já estão com idade bem avançada. Duvida que tenham posto o nome no sorteio de visitantes.

Um novo helicóptero vem girando do oeste e, embora Henry não saiba, o coronel James Cox está lá dentro. Cox também não está inteiramente insatisfeito com o modo como o Dia de Visita vem se desenrolando até agora. Disseram que ninguém, no lado de Chester's Mill, fizera preparativos para uma entrevista coletiva, mas isso não o surpreende nem incomoda. Com base no extenso dossiê que acumulou, ficaria mais surpreso se Rennie aparecesse. Cox batera continência por muitos anos e conseguia farejar a quilômetros de distância gente covarde que usava o cargo para intimidar.

Então Cox vê a longa fila de visitantes e os moradores presos diante deles. A imagem tira James Rennie da sua cabeça.

— Não pode haver merda pior — murmura. — Nunca se viu merda pior.

No lado da Redoma, o policial especial Toby Manning grita: "*Lá vem o ônibus!*" Embora os civis mal percebam — estão extasiados com os parentes ou ainda os procuram —, os policiais dão vivas.

Henry vai até a traseira do carro e, sem dúvida, um grande ônibus escolar amarelo acaba de passar pelos Carros Usados de Jim Rennie. Pamela Chen pode não pesar 50 quilos nem quando molhada, mas veio direitinho, e com um ônibus grande.

Henry confere o relógio e vê que são 11h20. *Vamos conseguir*, pensa ele. *Vamos conseguir sem problemas.*

Na rua Principal, três grandes caminhões alaranjados sobem o morro da praça da Cidade. No terceiro, Peter Randolph está amontoado com Stew, Fern e Roger (cheirando a galinha). Quando pegam a 119 rumo ao norte, indo para a estrada da Bostinha e a emissora de rádio, um pensamento ocorre a Randolph, que mal se controla para não dar um tapa na testa.

Têm bastante poder de fogo, mas esqueceram os capacetes e os coletes de Kevlar.

Voltar pra buscar? Se o fizerem, só chegarão ao local ao 12h15, talvez mais tarde. E sem dúvida os coletes são mesmo uma precaução desnecessária. São 11 contra dois, e os dois provavelmente doidaços.

Realmente, era para ser uma mamata.

8

Andy Sanders estava estacionado atrás do mesmo carvalho que usara como cobertura na primeira vez que os homens amargos vieram. Embora não tivesse nenhuma granada, estava com seis carregadores de munição na frente do cinto e outros quatro saindo das costas da calça. Havia mais duas dúzias no caixote a seus pés. Suficiente para segurar um exército... embora achasse que, se Big Jim realmente mandasse um exército, logo o venceriam. Afinal de contas, ele era só um embrulhador de comprimidos.

Parte dele não conseguia acreditar que estava fazendo aquilo, mas outra parte — um aspecto do seu caráter do qual nunca suspeitaria sem a *meth* — estava terrivelmente satisfeita. Ofendida também. Os Big Jims do mundo não teriam tudo nem conseguiriam tomar tudo. Dessa vez não haveria negociação, política nem recuos. Ficaria ao lado do amigo. A sua *alma gêmea*. Andy entendia que esse estado de espírito era niilista, mas tudo bem. Passara a vida calculando custos, e a não-dou-a-minimite dos doidões era uma delirante mudança para melhor.

Ouviu caminhões se aproximarem e olhou o relógio. Tinha parado. Ergueu os olhos para o céu e avaliou, pela posição da mancha branca amarelada que antes era o Sol que devia ser quase meio-dia.

Escutou o som crescente dos motores a diesel e, quando o som divergiu, soube que o seu compadre tinha sacado a jogada — sacado tão bem quanto qualquer jogador de defesa sábio e experiente numa tarde de domingo. Alguns deles estavam indo para os fundos da emissora pela estrada de acesso que havia lá.

Andy deu mais uma tragada funda no seu atual pítico, prendeu a respiração o mais que pôde e soltou a fumaça. Com arrependimento, jogou a bagana no chão e pisou em cima. Não queria que nenhuma fumaça (por mais que fosse delirantemente esclarecedora) revelasse a sua posição.

Amo você, Chef, pensou Andy Sanders, e soltou a trava de segurança do Kalashnikov.

9

Havia uma corrente fina atravessando a sulcada estrada de acesso. Freddy, atrás do volante do caminhão da frente, não hesitou; simplesmente a atingiu e rompeu com a grade dianteira. O caminhão da frente e o que vinha atrás (pilotado por Mel Searles) seguiram para a floresta.

Stewart Bowie estava ao volante do terceiro caminhão. Parou no meio da estrada da Bostinha, apontou a torre de transmissão da WCIK e depois olhou Randolph, apertado contra a porta com o seu fuzil HK semiautomático entre os joelhos.

— Avança mais um quilômetro — instruiu Randolph —, depois para e desliga o motor. — Eram só 11h35. Excelente. Bastante tempo.

— Qual é o plano? — perguntou Fern.

— O plano é esperar até o meio-dia. Quando ouvirmos tiros, avançamos imediatamente e pegamos eles por trás.

— Esses caminhões são bem barulhentos — disse Roger Killian. — E se aqueles caras ouvirem a gente chegar? Vamos perder o... como é que se diz... elefante surpresa.

— Não vão nos ouvir — disse Randolph. — Vão estar sentados na emissora, assistindo à televisão no conforto do ar-condicionado. Nem vão saber o que atingiu eles.

— Não devíamos estar com coletes à prova de balas ou coisa assim? — perguntou Stewart.

— Por que carregar todo aquele peso num dia tão quente? Para de se preocupar. O Cheech e o Chong lá vão estar no inferno antes mesmo de perceber que morreram.

10

Pouco depois das 12 horas, Julia olhou em volta e viu que Barbie sumira. Quando ela voltou à casa da fazenda, ele punha enlatados na traseira da van do Rosa Mosqueta. Pusera também várias sacolas na van roubada da companhia telefônica.

— O que você tá fazendo? Ontem mesmo nós descarregamos tudo isso.

Barbie virou para ela o rosto tenso, sem sorriso.

— Eu sei, e acho que foi um erro. Não sei se é por estar perto da caixa ou não, mas de repente comecei a sentir aquela lente de aumento de que o Rusty falou bem em cima da minha cabeça, e logo o sol vai subir e começar a brilhar por ela. Tomara que eu esteja errado.

Ela o estudou.

— Tem mais coisas? Te ajudo se tiver. Sempre podemos guardar de novo mais tarde.

— É — disse Barbie, e lhe deu um sorriso forçado. — Sempre podemos guardar de novo mais tarde.

11

No fim da estrada de acesso havia uma pequena clareira com uma casa há muito abandonada. Ali, os dois caminhões alaranjados pararam e o grupo de ataque desembarcou. Grupos de dois descarregaram pesadas sacolas cilíndricas marcadas em estêncil com as palavras **SEGURANÇA INTERNA**. Numa das sacolas, algum espertinho acrescentara LEMBREM-SE DO ÁLAMO com pincel atômico. Dentro, havia mais semiautomáticas HK, duas espingardas de ação rápida com capacidade para oito tiros e munição, munição, munição.

— Há, Fred? — Era Stubby Norman. — A gente não devia usar coletes ou algo assim?

— Vamos pegar eles por trás, Stubby. Não se preocupa com isso. — Freddy torceu para a voz soar melhor do que ele se sentia. Estava com um baita nó na boca do estômago.

— Damos a eles a oportunidade de se render? — perguntou Mel. — Sabe, o sr. Sanders é vereador e coisa e tal.

Freddy pensara nisso. Também pensara na Parede da Honra, onde estavam penduradas as fotos dos três policiais de Chester's Mill que tinham morrido no cumprimento do dever desde a Segunda Guerra Mundial. Não tinha pressa de pôr a sua foto naquela parede e, como o chefe Randolph não dera ordens específicas sobre o tema, sentiu-se livre para dar as suas.

— Se as mãos estiverem pra cima, eles vivem — disse. — Se estiverem desarmados, vivem. Qualquer outra coisa, morrem bem morridos. Algum problema?

Nenhum. Eram 11h56. Quase hora do show.

Examinou os homens (mais Lauren Conree, de cara tão enfezada e tão sem peito que quase passaria por um deles), respirou fundo e disse:

— Me sigam. Fila indiana. Paramos na beira da floresta e examinamos a situação.

Os temores de Randolph a respeito de urtiga e sumagre-venenoso provaram-se infundados, e as árvores estavam suficientemente espaçadas para tornar bem fácil o avanço, mesmo estando carregados de material bélico. Freddy achou que a sua pequena tropa se movia pelas touceiras de zimbro que não conseguiam evitar com furtividade e silêncio admiráveis. Começava a sentir que tudo ia dar certo. Na verdade, estava quase ansioso por aquilo. Agora que realmente estavam a caminho, o nó do estômago se desfizera.

Com calma, vai, pensou. *Calma e silêncio. E aí, pam! Não vão nem saber o que aconteceu.*

12

O Chef, agachado atrás da camionete azul estacionada no capim alto atrás do depósito, escutou-os quase assim que saíram da clareira onde a antiga residência dos Verdreaux afundava aos poucos de volta à terra. Para os seus ouvidos apurados pela droga e o cérebro em Alerta Vermelho, soaram como uma manada de búfalos atrás da mina d'água mais próxima.

Correu para a frente da caminhonete e se ajoelhou com a arma apoiada no para-choque. As granadas antes penduradas no cano do GUERREIRO DE DEUS estavam agora no chão atrás dele. O suor brilhava nas costas magras e cravejadas de espinhas. O controle de porta estava preso à cintura do pijama de sapinho.

Seja paciente, aconselhou a si mesmo. *Você não sabe quantos são. Deixa eles entrarem em terreno aberto antes de atirar, e aí é só ceifá-los rapidinho.*

Espalhou diante de si vários pentes de munição do GUERREIRO DE DEUS e aguardou, pedindo a Cristo que Andy não tivesse de assoviar. Pedindo que ele também não. Era possível que ainda conseguissem sair dessa e viver para lutar mais um dia.

13

Freddy Denton chegou à borda da mata, empurrou com o cano da espingarda um ramo de abeto para o lado e espiou. Viu o capinzal crescido com a torre de transmissão no meio, emitindo um zumbido baixo que parecia sentir nas obturações dos dentes. Em torno dela havia uma cerca com placas dizendo ALTA VOLTAGEM. Na extrema esquerda da sua posição ficava o prédio de tijolos do estúdio, de um andar só. Entre eles, um grande celeiro vermelho... Supôs que fosse um depósito. Ou fábrica de drogas. Ou ambos.

Marty Arsenault se enfiou ao lado dele. Círculos de suor escureciam a camisa da farda. Os olhos pareciam aterrorizados.

— O que aquele caminhão está fazendo ali? — perguntou, apontando com o cano da arma.

— É o caminhão das Refeições sobre Rodas — disse Freddy. — Pra doentes presos ao leito e coisa assim. Nunca viu pela cidade?

— Vi e ajudei a carregar — respondeu Marty. — Eu troquei a igreja católica pela Sagrado Redentor ano passado. Por que não está no depósito? — Ele falava à moda ianque e "depóóósito" soou como o grito de uma ovelha descontente.

— Como é que eu vou saber e por que me preocuparia? — perguntou Freddy. — Eles estão no estúdio.

— Como você sabe?

— Porque é lá que fica a TV, e o grande espetáculo da Redoma está em todos os canais.

Marty ergueu o seu HK.

— Deixa eu dar uns tiros naquele caminhão só pra ter certeza. Pode ter uma bomba. Ou eles podem estar lá dentro.

Freddy empurrou o cano para baixo.

— Jesus Cristo, está maluco? Eles não sabem que nós estamos aqui e você quer avisar? A sua mãe teve algum filho que sobreviveu?

— Foda-se — disse Marty. Reconsiderou. — Foda-se a sua mãe também.

Freddy olhou para trás, por sobre o ombro.

— Vamos, rapazes. Vamos atravessar o capim até o estúdio. Olhar pelas janelas dos fundos e conferir a posição deles. — Sorriu. — Mar de almirante.

Aubrey Towle, homem de poucas palavras, disse:

— Veremos.

14

No caminhão que ficara na estrada da Bostinha, Fern Bowie falou:

— Não ouvi nada.

— Você vai ouvir — disse Randolph. — Basta esperar.

Era meio-dia e dois.

15

Chef observou os homens amargos saírem da proteção e começarem a se mover numa diagonal pelo campo, rumo aos fundos do estúdio. Usavam fardas de verdade da polícia; os outros quatro vestiam camisas azuis que o Chef adivinhou que *deveriam* ser fardas. Reconheceu Lauren Conree (antiga freguesa dos seus dias de vendedor de maconha) e Stubby Norman, do brechó local. Também reconheceu Mel Searles, outro antigo freguês e amigo de Junior. Amigo também do falecido Frank DeLesseps, o que provavelmente significava que era um dos caras que tinham currado Sandy. Pois não curraria mais ninguém — não depois de hoje.

Sete. Ao menos deste lado. No de Sanders, quem saberia?

Esperou mais e, quando não vieram mais, se levantou, plantou os cotovelos no capô da camionete e berrou: *"EIS QUE O DIA DO SENHOR VEM, HORRENDO, COM FUROR E IRA ARDENTE; PARA PÔR A TERRA EM ASSOLAÇÃO!"*

As cabeças se viraram de repente, mas por um momento eles ficaram paralisados, sem tentar erguer as armas nem correr. Não eram mesmo policiais, viu o Chef; apenas passarinhos no chão, burros demais para voar.

"E PARA DESTRUIR DO MEIO DELA OS SEUS PECADORES! ISAÍAS TREZE! SELÁ, FILHOS DA PUTA!"

Com essa homilia e conclamação ao julgamento, o Chef abriu fogo, varrendo-os da esquerda para a direita. Dois policiais fardados e Stubby Norman caíram para trás como bonecas quebradas, pintando o capim alto com o seu sangue. A paralisia dos sobreviventes se desfez. Dois se viraram e fugiram para a floresta. Conree e o último dos policiais fardados seguiram para o estúdio. O Chef os perseguiu e atirou de novo. O Kalashnikov cuspiu uma rajada rápida e o pente se esvaziou.

Conree deu um tapa na nuca como se tivesse sido picada, caiu de cara no capim, deu dois chutes e ficou parada. O outro, um careca, chegou aos fundos do estúdio. O Chef não se preocupou muito com o par que correra para a floresta, mas não queria deixar o Careca fugir. Se o Careca contornasse o canto do prédio, poderia ver Sanders e atirar nele pelas costas.

O Chef agarrou um carregador novo e o instalou com o punho.

16

Frederick Howard Denton, por alcunha Careca, não pensava em nada quando chegou aos fundos do estúdio da WCIK. Vira a garota Conree cair com a garganta arrebentada e esse foi o fim das considerações racionais. Agora, só sabia que não queria a sua foto na Parede da Honra. Tinha que se proteger, e isso significava entrar. Havia uma porta. Atrás dela, um grupo evangélico cantava "Daremos as mãos em volta do trono". Freddy agarrou a maçaneta. Não quis girar.

Trancada.

Largou a arma, levantou a mão que a tinha segurado e gritou:

— Eu me rendo! Não atira, eu me...

Três golpes pesados o atingiram na parte baixa das costas. Ele viu respingos vermelhos atingirem a porta e teve tempo de pensar. *Devíamos ter lembrado dos coletes*. Então desmoronou, ainda segurando a maçaneta com uma das mãos enquanto o mundo fugia dele às pressas. Tudo o que ele era e tudo o que já soubera diminuiu até um único ponto brilhante e ardente de luz. Então se apagou. A mão escorregou da maçaneta. Ele morreu de joelhos, encostado na porta.

17

Melvin Searles também não pensou. Mel vira Marty Arsenault, George Frederick e Stubby Norman serem derrubados na frente dele, sentira ao menos uma bala passar bem na frente dos filhos da puta dos seus *olhos* e esse tipo de coisa não leva a pensar.

Mel só correu.

Tropeçou de volta pelas árvores, sem ligar para os galhos que açoitavam seu rosto, caindo uma vez e levantando, e finalmente invadiu a clareira onde estavam os caminhões. Ligar um e ir embora seria a linha de ação mais racional, mas Mel e razão tinham se separado. Provavelmente teria corrido direto pela estrada de acesso até a Bostinha se o outro sobrevivente do ataque à porta dos fundos não o agarrasse pelo ombro e o jogasse contra o tronco de um pinheiro grande.

Era Aubrey Towle, o irmão do dono da livraria. Era um homem grande, de passos lentos e olhos pálidos que às vezes ajudava o irmão Ray a arrumar as prateleiras mas raramente falava. Havia gente na cidade que achava Aubrey retardado, mas agora ele não parecia nada retardado. Nem parecia em pânico.

— Vou voltar e pegar aquele filhodaputa — informou a Mel.

— Boa sorte, parceiro — disse Mel. Afastou-se da árvore e virou-se de novo para a estrada de acesso.

Aubrey Towle o empurrou de volta, dessa vez com mais força. Afastou o cabelo dos olhos e depois apontou o fuzil Heckler Koch para a seção mediana de Mel.

— Você não vai a lugar nenhum.

De trás, veio outra matraca de tiros. E gritos.

— Ouviu isso? — perguntou Mel. — Quer voltar *praquilo*?

Aubrey o olhou com paciência.

— Não precisa vir comigo, mas tem que me dar cobertura. Entendeu? Faz isso senão eu mesmo te mato.

18

O rosto do chefe Randolph se abriu num sorriso tenso.

— O inimigo está engajado na retaguarda do nosso objetivo. Tudo de acordo com o plano. Vai, Stewart. Sobe a entrada. Vamos desembarcar e cortar caminho pelo estúdio.

— E se estiverem no depósito? — perguntou Stewart.

— Então ainda vamos ser capazes de pegá-los por trás. Agora, *vai*! Antes que a gente perca a festa!

Stewart Bowie foi.

19

Andy ouviu os tiros atrás do depósito, mas como o Chef não assoviara, ficou onde estava, abrigado atrás da árvore. Torcia para que tudo estivesse bem lá atrás, porque agora tinha os seus próprios problemas: um caminhão da cidade preparava-se para subir pela entrada da emissora.

Andy contornou a árvore quando o caminhão subiu, sempre mantendo o carvalho entre ele e o veículo. Este parou. As portas se abriram e quatro homens saíram. Andy tinha bastante certeza de que os três eram os mesmos que haviam ido até lá antes... E sobre o sr. Galinha não havia dúvida. Andy reconheceria em qualquer lugar aquelas botas de borracha verde sujas de titica. Homens amargos. Andy não tinha a mínima intenção de deixar que pegassem o Chef de surpresa.

Saiu de trás da árvore e começou a andar pelo meio do caminho, CLAUDETTE segura junto ao peito na posição de apresentar armas. Os pés esmagavam o cascalho, mas havia muita cobertura sonora: Stewart deixara o motor do caminhão ligado e a música evangélica se despejava do estúdio em alto volume.

Ele ergueu o Kalashnikov, mas se obrigou a esperar. *Que eles se agrupem, se quiserem.* Quando se aproximaram da porta da frente do estúdio, eles realmente se agruparam.

— Ora, ora, o sr. Galinha e todos os seus amigos — disse Andy, numa imitação passável de John Wayne. — Como vão, rapazes?

Eles começaram a se virar. *Por você, Chef*, pensou Andy, e abriu fogo.

Matou os dois irmãos Bowie e o sr. Galinha com a primeira rajada. Randolph ele só arranhou. Andy tirou o carregador como o Chef Bushey lhe ensinara, pegou outro na cintura das calças e pôs no lugar. O chefe Randolph rastejava rumo à porta do estúdio com sangue escorrendo do braço e da perna direitos. Olhou por sobre os ombros, os olhos à espreita imensos e brilhantes no rosto suado.

— Por favor, Andy — sussurrou. — As ordens não eram de te machucar, só de levar de volta pra você trabalhar com Jim.

— Claro — disse Andy, e chegou a rir. — Não tente enrolar um enrolador. Você ia levar todo esse...

Uma longa rajada explodiu atrás do estúdio. O Chef poderia estar em encrencas, podia precisar dele. Andy ergueu CLAUDETTE.

— *Por favor, não me mata!* — gritou Randolph. Pôs a mão sobre o rosto.

— Pensa no rosbife que você vai jantar com Jesus — disse Andy. — Ora, daqui a três segundos você vai estar abrindo o guardanapo.

A rajada prolongada do Kalashnikov rolou Randolph quase até a porta do estúdio. Depois, Andy correu para os fundos do prédio, ejetando o carregador parcialmente usado e pondo outro cheio pelo caminho.

Do campo, veio um assovio agudo e penetrante.

— Estou indo, Chef! — berrou Andy. — *Aguenta aí que eu estou indo!* Algo explodiu.

20

— Me dá cobertura — disse Aubrey de cara feia à beira da floresta. Tirara a camisa, rasgara-a ao meio e amarrara metade na testa, aparentemente buscando um ar de Rambo. — E se você tá pensando em me pegar pelas costas, é bom acertar de primeira, senão volto aqui e te corto essa garganta de merda.

— Eu cubro você — prometeu Mel. E cobriria. Ao menos ali, na borda da floresta, estaria em segurança.

Provavelmente.

— Aquele doidão não vai desistir — disse Aubrey. Respirava depressa, entrando no clima. — Aquele perdedor. Aquele drogado fodido. — E, elevando a voz: — *Vou aí te pegar, seu pirado!*

O Chef saíra de trás do caminhão das Refeições sobre Rodas para ver o que caçara. Voltou a atenção para a mata assim que Aubrey Towle saiu de lá, berrando a plenos pulmões.

Então Mel começou a atirar e, embora os tiros passassem longe, o Chef se agachou instintivamente. Quando o fez, o controle de porta de garagem se soltou do cós frouxo da calça de pijama e caiu no capim. Ele se curvou para pegá-lo, e foi então que Aubrey abriu fogo com o fuzil automático. Os buracos de bala costuraram uma trajetória maluca na lateral do caminhão das Refeições sobre Rodas, fazendo sons ocos ao se chocar com o metal e estilhaçando a janela do carona em migalhas faiscantes. Uma bala guinchou pela tira de metal da lateral do quebra-vento.

O Chef abandonou o controle de porta de garagem e voltou a atirar. Mas o elemento surpresa se fora, e Aubrey Towle não era um alvo fácil. Corria de um lado para o outro, seguindo rumo à torre de transmissão. Não lhe daria cobertura, mas limparia a linha de fogo de Searles.

O carregador de Aubrey se esvaziou, mas a última bala cavou um sulco no lado esquerdo da cabeça do Chef. O sangue jorrou e um chumaço de cabelo caiu num dos ombros finos do Chef, onde ficou grudado no suor. O Chef caiu de bunda, soltou momentaneamente o GUERREIRO DE DEUS e o pegou de novo. Não achava que estivesse gravemente ferido, mas já era hora de Sanders vir, se ainda pudesse. O Chef Bushey enfiou dois dedos na boca e assoviou.

Aubrey Towle chegou à cerca que circundava a torre transmissora bem na hora em que Mel voltou a abrir fogo na borda da mata. Dessa vez, o alvo de Mel era a traseira do caminhão de Refeições sobre Rodas. As balas a rasgaram em ganchos e flores de metal. O tanque de combustível explodiu e a metade traseira do caminhão voou numa almofada de chamas.

O Chef sentiu um calor monstruoso contra as costas e teve tempo de pensar nas granadas. Explodiriam? Viu o homem junto à torre mirar nele e, de repente, a opção ficou clara: atirar de volta ou pegar o controle da porta. Preferiu o controle e, assim que a sua mão se fechou sobre ele, o ar à sua volta se encheu de repente de abelhas invisíveis que zumbiam. Uma lhe picou o ombro; outra lhe socou o lado e rearrumou os intestinos. O Chef Bushey tropeçou e rolou, soltando mais uma vez o controle de porta. Estendeu a mão para ele e outro enxame de abelhas encheu o ar em volta. Engatinhou no capim alto, deixando o controle de porta onde estava, agora só à espera de Sanders. O homem da torre de transmissão — *Um homem amargo e corajoso entre sete*, pensou o Chef, *isso mesmo* — andava na sua direção. Agora o GUERREIRO DE DEUS estava muito pesado, todo o seu corpo estava pesado, mas o Chef conseguiu se pôr de joelhos e puxar o gatilho.

Nada aconteceu.

O carregador estava vazio ou engasgara.

— Seu doidão fodido — disse Aubrey Towle. — Seu maluco. Toma isso, seu cabeça de...

— *Claudette!* — gritou Sanders.

Towle girou, mas era tarde demais. Houve uma metralha curta e dura de fogo e quatro balas chinesas 7.62 arrancaram dos ombros quase toda a cabeça de Aubrey.

— Chef! — gritou Andy, e correu até onde o amigo se ajoelhava no capim, com sangue escorrendo do ombro, lado e têmpora. Todo o lado esquerdo do rosto do Chef estava rubro e molhado. — *Chef! Chef!* — Ele caiu de joelhos e abraçou o Chef. Nenhum dos dois viu Mel Searles, o último homem em pé, sair da mata e começar a andar com cautela na direção deles.

— Pega o gatilho — sussurrou o Chef.

— O quê? — Andy olhou um instante o gatilho de CLAUDETTE, mas obviamente não era dele que o Chef falava.

— Controle de porta — sussurrou o Chef. O olho esquerdo se afogava em sangue; o outro fitava Andy com intensidade clara e lúcida. — Controle de porta, Sanders.

Andy viu o controle de porta de garagem caído no capim. Pegou-o e o entregou ao Chef. Este o envolveu com a mão.

— Você... também... Sanders.

Andy fechou a mão sobre a do Chef.

— Amo você, Chef — disse, e beijou os lábios secos e respingados de sangue do Chef Bushey.

— Amo... você... também... Sanders.

— Ei, seus viados! — gritou Mel com certa jovialidade delirante. Estava só a 10 metros.

— Arranjem um quarto! Não, tenho uma ideia melhor! *Arranjem um quarto no inferno!*

— Agora... Sanders... *agora!*

Mel abriu fogo.

Andy e o Chef foram jogados para o lado pelas balas, mas antes de serem dilacerados, as mãos juntas apertaram o botão branco que dizia ABRIR.

A explosão foi branca e envolveu tudo.

21

À beira do pomar, os exilados de Chester's Mill fazem um piquenique quando começam os tiros — não vindos da 119, onde a visita continua, mas a sudoeste.

— É lá na estrada da Bostinha — diz Piper. — Céus, adoraria ter binóculos.

Mas não precisam disso para ver a flor amarela que se abre quando o caminhão das Refeições sobre Rodas explode. Com uma colher de plástico, Twitch come picadinho de frango com molho de ketchup.

— Não sei o que está acontecendo lá embaixo, mas com certeza é na emissora de rádio — comenta.

Rusty agarra o ombro de Barbie.

— É lá que está o gás! Eles estocaram pra fabricar drogas! *É lá que está o gás!*

Barbie tem um instante de terror claro e premonitório; um momento em que o pior ainda está para acontecer. Então, a 6 quilômetros dali, uma fagulha branca e brilhante pisca no céu enevoado, como um relâmpago que sobe em vez de descer. Um momento depois, uma explosão titânica abre um buraco bem no centro do dia. Uma bola de fogo vermelho esconde primeiro a torre da WCIK, depois as árvores atrás dela, depois o horizonte inteiro ao se espalhar para o Norte e para o Sul.

As pessoas na Serra Negra gritam, mas não conseguem se ouvir no rugido vasto, esmagador, crescente quando 35 quilos de explosivo plástico e 38 mil litros de gás sofrem uma mudança explosiva. Cobrem os olhos e cambaleiam para trás, pisando nos sanduíches e derramando os copos. Thurston agarra Alice e Aidan no colo e, por um instante, Barbie vê o seu rosto contra o céu que empretece — o rosto comprido e aterrorizado de um homem que observa os Portões do Inferno literalmente se abrirem, e o oceano de fogo à espera logo além.

— *Temos que voltar pra fazenda!* — berra Barbie. Julia se agarra a ele, chorando. Ao lado dela está Joe McClatchey, tentando ajudar a mãe em prantos a se levantar. Essas pessoas não vão a lugar nenhum, ao menos por algum tempo.

A sudoeste, onde a maior parte da estrada da Bostinha deixará de existir nos próximos três minutos, o céu azul amarelado vai ficando preto, e Barbie tem tempo de pensar, com calma perfeita: *Agora estamos debaixo da lente.*

A explosão estilhaça todas as janelas do centro da cidade quase deserto, faz persianas voarem, entorta postes telefônicos, arranca as portas das dobradiças, amassa caixas do correio. Em toda a rua Principal, o alarme dos carros dispara. Para Big Jim Rennie e Carter Thibodeau, parece que a sala de reuniões foi atingida por um terremoto.

A TV ainda está ligada. Wolf Blitzer pergunta, com alarme real na voz:

— O que é isso? Anderson Cooper? Candy Crowley? Chad Myers? Soledad O'Brien? Alguém sabe que diabos foi *isso*? O que está havendo?

Na Redoma, os mais novos astros da TV americana olham em volta, mostrando somente as costas às câmeras enquanto protegem os olhos e fitam a cidade. Uma câmera dá uma panorâmica, revelando por um instante a coluna monstruosa de fumaça negra e detritos que gira no horizonte.

Carter pula de pé. Big Jim lhe agarra o pulso.

— Uma olhada rápida — diz Big Jim. — Pra ver se é muito ruim. Depois volta logo pra cá. Talvez tenhamos que ir pro abrigo antirradiação.

— Certo. — Carter sobe a escada correndo. Os cacos de vidro da porta da frente quase vaporizada se esmagam sob as botas quando ele atravessa o saguão correndo. O que vê ao chegar aos degraus de fora é tão além de tudo o que já imaginou que o faz cair de volta na infância e, por um momento, fica paralisado e pensa: *É como a maior trovoada, a mais horrível que já se viu, só que pior.*

O céu a oeste é um inferno vermelho alaranjado cercado de vagalhões de nuvens do mais profundo ébano. O ar já está fedendo com o gás explodido. O som é como o rugido de uma dúzia de usinas siderúrgicas funcionando a toda.

Diretamente acima dele, o céu escurece com pássaros em voo.

É a visão deles — pássaros que não têm para onde ir — que rompe a paralisia de Carter. Isso e o vento que sente contra o rosto. Há seis dias que não há vento em Chester's Mill, e esse é ao mesmo tempo quente e nojento, fedendo a gás e madeira vaporizada.

Um imenso carvalho arrancado cai na rua Principal, derrubando emaranhados de cabos elétricos fatais.

Carter foge de volta pelo corredor. Big Jim está em pé no alto da escada, o rosto pesado pálido, assustado e, para variar, irresoluto.

— Pra baixo — diz Carter. — Abrigo antirradiação. Está chegando. O fogo está chegando. E quando chegar, vai comer essa cidade viva.

Big Jim geme.

— O que aqueles idiotas *fizeram*?

Carter não se importa. Seja o que for, está feito. Se não se moverem depressa, estarão feitos também.

— Tem purificador de ar lá embaixo, chefe?

— Tem.

— Ligado ao gerador?

— É claro.

— Agradeça a Cristo por isso. Talvez tenhamos chance.

Ajudando Big Jim a descer a escada para que se mova mais depressa, Carter só torce para que não cozinhem vivos lá embaixo.

A porta do Dipper's tinha sido aberta e travada, mas a força da explosão arranca as travas e fecha a porta. O vidro é tossido lá para dentro e várias pessoas em pé nos fundos do salão de dança se cortam. Whit, irmão de Henry Morrison, tem a jugular retalhada.

A multidão corre para a porta, a TV de tela grande completamente esquecida. Pisoteiam o pobre Whit Morrison no local onde jaz moribundo numa poça cada vez maior do seu próprio sangue. Chegam à porta e mais gente se corta quando forçam a abertura esfacelada.

— Os pássaros! — grita alguém. — Meu Deus, vejam os pássaros!

Mas a maioria olha para oeste e não para cima — para oeste, onde o destino ardente vem rolando sobre eles sob um céu que agora é negro como a meia-noite e cheio de ar venenoso.

Os que conseguem correr seguem a dica dos pássaros e começam a trotar, galopar ou simplesmente desembestam pelo meio da rodovia 117. Vários outros se jogam dentro dos carros, e há múltiplas batidas no cascalho do estacionamento onde, em priscas eras, Dale Barbara levou uma surra. Velma Winter entra na sua velha picape Datsun e, depois de evitar o bate-bate no estacionamento, descobre que a sua preferencial até a estrada está bloqueada por pedestres em fuga. Olha para a direita — para a tempestade de fogo que ondula na direção deles como um grande vestido em chamas, comendo a floresta entre a Bostinha e o centro da cidade — e avança às cegas, apesar das pessoas no caminho. Atinge Carla Venziano, que foge com o bebê no colo. Velma sente a picape sacudir ao passar sobre o corpo dos dois e, resoluta, bloqueia os ouvidos para os guinchos de Carla, com as costas quebradas e o bebê Steven morto esmagado debaixo dela. Velma só sabe que tem que sair dali. Ela tem que dar um jeito de sair.

Na Redoma, os reencontros foram encerrados por um estraga-prazeres apocalíptico. Os de dentro têm algo mais importante do que os parentes para ocupá-los agora: a gigantesca nuvem em cogumelo que cresce a noroeste da sua posição, subindo com uma força de fogo já com mais de um quilômetro de altura. A primeira lufada de vento — o vento que fez Carter e Big Jim fugirem para o abrigo antirradiação — os atinge, e eles se encolhem contra a Redoma, praticamente ignorando as pessoas atrás. De qualquer modo, as pessoas atrás recuam. Têm sorte; *podem*.

Henrietta Clavard sente uma mão fria segurar a sua. Vira-se e vê Petra Searles. O cabelo de Petra se soltou dos grampos que o seguravam e pende contra o rosto.

— Tem mais suco de alegria? — pergunta Petra, e dá um horrível sorriso vamos-beber.

— Pena, acabou — diz Henrietta.

— Bom, talvez não importe.

— Fica junto de mim — diz Henrietta. — É só ficar junto de mim. Vai dar tudo certo.

Mas, quando Petra olha nos olhos da velha, não vê crença nem esperança. A festa praticamente acabou.

Olhe agora. Olhe e veja. Oitocentas pessoas estão amontoadas contra a Redoma, a cabeça virada para cima e os olhos arregalados, observando o fim inevitável que vem correndo na sua direção.

Eis ali Johnny e Carrie Carver, e Bruce Yardley, que trabalhava no Food City. Eis Tabby Morrell, que tem uma madeireira que logo será reduzida a rodopios de cinzas, e a mulher, Bonnie; Toby Manning, que trabalhava na loja de departamentos; Trina Cole e Donnie Baribeau; Wendy Goldstone com a amiga e colega de magistério Ellen Vanedestine; Bill Allnut, que não quis ir buscar o ônibus, e a mulher Sarah, que grita para que Jesus a salve enquanto vê o fogo chegando. Eis aqui Todd Wendlestat e Manuel Ortega com o rosto erguido burramente para oeste, onde o mundo some em fumaça. Tommy e Willow Anderson, que nunca receberão outra banda de Boston no seu bar de beira de estrada. Veja todos, toda uma cidade de costas para uma parede invisível.

Atrás deles, os visitantes passam do recuo à retirada, e da retirada à fuga desenfreada. Ignoram os ônibus e correm diretamente pela estrada rumo a Motton. Alguns soldados mantêm a posição, mas a maioria larga as armas, dispara atrás da multidão e não olha para trás, como Ló não olhou para Sodoma.

Cox não foge. Cox se aproxima da Redoma e grita:

— *Ei, você! Oficial no comando!*

Henry Morrison se vira, anda até a posição do coronel e encosta as mãos numa superfície dura e mística que não consegue ver. Respirar ficou difícil; um vento mau empurrado pela tempestade de fogo atinge a Redoma, gira e volta contra a coisa faminta que vem: um lobo negro de olhos vermelhos. Ali, na fronteira de Motton, está o rebanho de ovelhas de que se alimentará.

— Ajuda a gente — diz Henry.

Cox olha a tempestade de fogo e estima que chegará à posição atual da multidão em no máximo 15 minutos, talvez apenas três. Não é fogo nem explosão; nesse ambiente fechado e já poluído, é um cataclisma.

— Senhor, eu não posso — diz ele.

Antes que Henry responda, Joe Boxer lhe agarra o braço. Ele gagueja.

— Larga, Joe — diz Henry. — Não há pra onde fugir e nada a fazer senão rezar.

Mas Joe Boxer não reza. Ainda segura a sua estúpida pistolinha barata e, depois de uma última olhada enlouquecida no inferno que vem chegando, põe a arma na têmpora como quem joga roleta-russa. Henry tenta segurá-la, mas é tarde demais. Boxer puxa o gatilho. Nem morre na mesma hora, embora um jorro de sangue saia voando do lado da cabeça. Cambaleia, acenando a pistolinha estúpida como se fosse um lenço, gritando. Então cai de joelhos, ergue a mão uma vez para o céu que escurece, como um homem nas garras de uma revelação divina, e cai de cara na linha branca tracejada da rodovia.

Henry vira o rosto espantado para o coronel Cox, que ao mesmo tempo está a um metro e a um milhão de quilômetros de distância.

— Sinto tanto, meu amigo — diz Cox.

Pamela Chen chega aos tropeços.

— *O ônibus!* — grita ela para Henry acima do rugido que cresce. — *Temos que pegar o ônibus e ir direto contra aquilo! É a nossa única chance!*

Henry sabe que não é chance nenhuma, mas faz que sim, dá uma última olhada em Cox (este nunca esquecerá os olhos infernais e desesperados do policial), pega a mão de Pammie Chen e a segue até o ônibus 19 enquanto o negrume enfumaçado dispara na direção deles.

O fogo chega ao centro da cidade e explode pela rua Principal como um maçarico num cano. A Ponte da Paz evapora. Big Jim e Carter se encolhem no abrigo antirradiação quando a Câmara de Vereadores implode acima deles. A delegacia de polícia suga para dentro as paredes de tijolo e depois as cospe para o céu. A estátua de Lucien Calvert é arrancada do pedestal na praça do Memorial de Guerra. Lucien voa para o negrume ardente com o rifle corajosamente erguido. No gramado da biblioteca, o boneco de Halloween com a alegre cartola e as mãos de pá de jardinagem sobe num lençol de labaredas. Surge um alto barulho sugado — parece o aspirador de pó de Deus — quando o fogo faminto de oxigênio suga o ar bom para encher o seu único pulmão venenoso. Os prédios da rua Principal explodem um atrás do outro, jogando para o ar as tábuas, mercadorias, telhas e vidros como confete na véspera de ano-novo: o cinema abandonado, a Drogaria Sanders, a Loja de Departamentos Burpee, o Posto & Mercearia, a livraria, a loja de flores, o barbeiro. Na funerária, os acréscimos mais recentes do rol de mortos começam a assar nos cofres de metal como frangos numa panela de ferro. O fogo termina a sua corrida triunfante pela rua Principal engolindo o Food City, depois continua rolando na direção do Dipper's, onde os que ainda estão no estacionamento gritam e se agarram. A última coisa que veem na face da Terra é uma parede de fogo de 100 metros de altura correndo ansiosa para encontrá-los, como Albion com os seus amados. Agora as labaredas rolam pelas estradas principais, fervendo o asfalto numa sopa. Ao mesmo tempo, se espalha para Eastchester, beliscando tanto as casas yuppies quanto os poucos yuppies encolhidos lá dentro. Michela Burpee logo correrá para o porão, mas tarde demais; a cozinha explodirá em torno dela e a última coisa que verá na face da Terra será a geladeira Amana derretendo.

Os soldados em pé na fronteira entre Tarker e Chester, mais perto da origem da catástrofe, recuam aos trambolhões quando o fogo bate punhos impotentes contra a Redoma, deixando-a preta. Sentem o calor passar, fazendo a temperatura subir mais de 10 graus em segundos, encaracolando as folhas das árvores mais próximas. Mais tarde, um deles dirá: "Foi como ficar do lado de fora de uma bola de vidro com uma explosão nuclear lá dentro."

Agora as pessoas que se encolhem contra a Redoma começam a ser bombardeadas com pássaros mortos e moribundos, pois os pardais, pintarroxos, estorninhos, corvos, gaivotas e até gansos batem na Redoma que aprenderam tão depressa a evitar. E do outro lado do pasto de Dinsmore vem um estouro de cães e gatos da cidade. Também há gambás, marmotas, porcos-espinho. Veados saltam entre eles, e vários alces galopam desajeitados, e naturalmente o gado de Alden Dinsmore, os olhos rolando e mugindo de angústia. Quando chegam à Redoma, batem contra ela. Os sortudos morrem. Os sem sorte ficam caídos em alfineteiros de ossos quebrados, latindo e guinchando e miando e mugindo.

Ollie Dinsmore vê Dolly, a bela vaca suíça castanha que já lhe dera a fita azul de primeiro lugar no 4-H (a mãe a batizara, achara que Ollie e Dolly era bonitinho). Dolly galopa pesadamente rumo à Redoma com o weimaraner de alguém lhe mordendo as pernas já ensanguentadas. Ela bate na barreira com um barulho que ele não consegue ouvir acima do fogo que chega... só que na cabeça *consegue* ouvir, e, de certo modo, ver o cão igualmente condenado atacar a pobre Dolly e começar a rasgar o seu úbere indefeso é ainda pior do que encontrar o pai morto.

A visão da vaca moribunda que já tinha sido a sua preferida rompe a paralisia do menino. Ele não sabe se há sequer a mínima chance de sobreviver a esse dia terrível, mas de repente vê duas coisas com total clareza. Uma é o tanque de oxigênio com o boné dos Red Sox do pai pendurado. A outra é a máscara de oxigênio do vovô Tom pendurada no gancho da porta do banheiro. Quando corre para a fazenda onde passou a vida inteira — a fazenda que logo deixará de existir —, Ollie só tem uma ideia totalmente coerente: o porão das batatas. Enterrado debaixo do estábulo e entrando por debaixo do morro atrás dele, o porão das batatas talvez seja seguro.

Os expatriados ainda estão em pé na borda do pomar. Barbie não conseguiu fazer com que o escutassem, muito menos movê-los. Mas têm de voltar para a casa e para os veículos. Logo.

Dali têm uma visão panorâmica da cidade inteira, e Barbie consegue avaliar a trajetória do fogo do jeito que um general consegue avaliar a rota mais provável do exército invasor pelas fotografias aéreas. Segue para sudeste, e pode ficar do lado oeste do Prestile. O rio, embora seco, ainda deve servir de barreira natural contra o fogo. A tempestade explosiva que o fogo gerou também ajudará a mantê-lo longe do quadrante mais ao norte da cidade. Se o fogo arder até onde a Redoma faz fronteira com Castle Rock e Motton — o calcanhar e a sola da bota —, essa parte de Chester's Mill que faz fronteira com o TR-90 e com Harlow ao norte pode se salvar. Do fogo, ao menos. Mas não é o fogo que o preocupa.

O que o preocupa é esse vento.

Agora ele o sente, correndo sobre os ombros e entre as pernas abertas com força suficiente para fazer as roupas ondularem e emaranhar o cabelo de Julia em torno do rosto dela. O vento foge deles para alimentar o fogo, e como Mill agora é um ambiente quase totalmente fechado, haverá muito pouco ar bom para substituir o que está sendo perdido. Barbie vê uma imagem de pesadelo com peixinhos dourados flutuando mortos na superfície de um aquário cujo oxigênio se exauriu.

Julia se vira para ele antes que consiga agarrá-la e aponta algo lá embaixo: alguém subindo com esforço a estrada da Serra Negra, puxando um objeto com rodas. Dessa distância, Barbie não consegue saber se o refugiado é homem ou mulher, e não importa. É quase certo que, seja quem for, morrerá de asfixia muito antes de chegar até um lugar alto.

Ele pega a mão de Julia e põe os lábios junto do ouvido dela.

— Temos que ir. Pega a Piper e manda ela agarrar quem estiver ao lado. Todo mundo...

— *E ele?* — berra ela, ainda apontando a figura que anda com esforço. Pode ser um carrinho de bebê que ele ou ela está puxando. Está carregado com alguma coisa que deve ser pesada, porque a figura está curvada e avança muito devagar.

Barbie tem de fazer com que ela entenda, porque o tempo está acabando.

— Deixa ele pra lá. Vamos voltar pra fazenda. *Agora*. Todo mundo de mãos dadas pra ninguém ficar para trás.

Ela tenta se virar e olhá-lo, mas Barbie a segura firme. Quer que ela escute, literalmente, porque tem de fazer com que entenda.

— Se não formos agora, vai ser tarde demais. Vamos ficar sem ar.

Na rodovia 117, Velma Winter encabeça um desfile de veículos em fuga na sua picape Datsun. Só consegue pensar no fogo e na fumaça que enchem o retrovisor. Está a 110 quando bate na Redoma, da qual, em pânico, se esquecera completamente (só mais um pássaro, em outras palavras, esse no chão). A colisão acontece no mesmo ponto onde Billy e Wanda Debec, Nora Robichaud e Elsa Andrews sofreram um revés. O motor da picape leve de Velma é arremetido para trás e a dilacera ao meio. A parte de cima do corpo sai pelo para-brisa, espirrando intestinos como serpentinas, e se esborracha na Redoma como uma barata suculenta. É o começo de um engavetamento de 12 veículos no qual muitos morrem. A maioria só se fere, mas não sofrerão por muito tempo.

Henrietta e Petra sentem o calor lavá-las. Acontece o mesmo com as centenas apertadas contra a Redoma. O vento levanta o cabelo e sacode roupas que logo estarão ardendo.

— Segura a minha mão, querida — diz Henrietta, e Petra obedece.

Elas observam o grande ônibus amarelo fazer uma volta ampla e bêbada. Cambaleia pela vala, quase acerta Richie Killian, que primeiro se afasta e depois pula adiante com agilidade, agarrando-se à porta traseira quando o ônibus passa. Ele ergue os pés e se agacha no para-choque.

— Tomara que consigam — diz Petra.

— Tomara mesmo, querida.

— Mas acho que não vão.

Agora alguns veados que saltam da conflagração que se aproxima estão em chamas.

Henry pegou o volante do ônibus. Pamela está ao lado dele, segurando-se num mastro cromado. Os passageiros são cerca de uma dúzia de moradores da cidade, a maioria embarcada mais cedo porque sofriam de problemas físicos. Entre eles estão Mabel Alston, Mary Lou Costas e o bebê de Mary Lou, ainda com o boné de beisebol de Henry. O respeitável Leo Lamoine também embarcou, embora pareça que o seu problema é emocional e não físico; ele choraminga de terror.

— *Pisa fundo e vai pro norte!* — grita Pamela. O fogo já quase os atingiu, está a menos de 500 metros, e o som abala o mundo. — *Acelera feito um filho da puta e não para por nada!*

Henry sabe que não adianta, mas, como também sabe que prefere morrer assim do que encolhido sem esperanças com as costas contra a Redoma, acende os faróis e vai em frente. Pamela é jogada para trás e cai no colo de Chaz Bender, o professor — ajudaram Chaz a entrar no ônibus quando começou a sentir palpitações. Ele agarra Pammie para firmá-la. Há guinchos e gritos de alarme, mas Henry mal escuta. Sabe que vai perder a visão da estrada apesar dos faróis, mas e daí? Como policial, já passou por esse trecho mil vezes.

Use a força, Luke, pensa, e na verdade ri enquanto dirige rumo às trevas flamejantes com o pedal do acelerador enfiado até o fundo. Agarrado à porta traseira do ônibus, de repente Richie Killian não consegue respirar. Tem tempo de ver os braços pegarem fogo. Um instante depois, a temperatura do lado de fora do ônibus pula para oitocentos graus e ele é queimado no seu poleiro como um fiapinho de carne caído numa grelha quente de churrasco.

As luzes que correm pelo centro do ônibus estão acesas, lançando um brilho fraco de lanchonete à meia-noite sobre o rosto aterrorizado e encharcado de suor dos passageiros, mas o mundo lá fora ficou totalmente preto. Redemoinhos de cinzas se projetam contra os fachos ultraencurtados dos faróis. Henry dirige de memória, se perguntando quando os pneus explodirão debaixo deles. Ainda ri, embora não consiga se ouvir acima do guincho de gato escaldado do motor do 19. Ele se mantém na estrada; é só isso o que se pode pedir a ele. Quanto tempo até que saiam do outro lado da parede de fogo? Será possível que *consigam* sair? Ele começa a achar que pode ser. Bom Deus, que espessura terá?

— Você está conseguindo! — grita Pamela. — Você está *conseguindo*!

Talvez, pensa Henry. *Talvez esteja*. Mas, Jesus, que *calor*! Ele estende a mão para o botão do ar-condicionado, querendo ligá-lo no FRIO MAX, e é então que a janela implode e o ônibus se enche de fogo. Henry pensa, *Não! Não! Não quando estamos tão perto!*

Mas, quando o ônibus carbonizado avança para fora da fumaça, ele não vê nada além de uma devastação negra. As árvores se queimaram como tocos ardentes e a própria estrada é uma vala borbulhante. Depois uma sobrecapa de fogo cai sobre ele vinda de trás e Henry Morrison não sabe mais nada. O 19 sai dos restos da estrada e cai cuspindo labaredas por todas as janelas quebradas. A mensagem que empretece rapidamente na traseira diz: DEVAGAR, AMIGO! NÓS AMAMOS NOSSOS FILHOS!

Ollie Dinsmore dispara rumo ao celeiro. Com a máscara de oxigênio do vovô Tom no pescoço e levando dois tanques com uma força que nunca soube ter (o segundo, avistou ao cruzar a garagem), o menino corre para a escada que o levará ao porão das batatas lá embaixo. Um som raivoso e dilacerante vem de cima quando o telhado começa a arder. No lado oeste do celeiro, as abóboras também começam a arder, o cheiro rico e sufocante, como Ação de Graças no inferno.

O fogo avança rumo ao lado sul da Redoma, correndo pelos últimos 100 metros; há uma explosão quando os estábulos de vacas leiteiras de Dinsmore são destruídos. Henrietta Clavard encara o fogo que vem e pensa: *Ora, sou velha. Tive a minha vida. Estou melhor do que essa pobre moça.*

— Se vira, querida — diz a Petra —, e põe a cabeça no meu peito.

Petra Searles vira para Henrietta um rosto muito jovem e riscado de lágrimas.

— Vai doer?

— Só um segundo, querida. Fecha os olhos e, quando abrir, você vai estar banhando os pés num riacho fresco.

Petra diz as suas últimas palavras.

— Parece bom.

Ela fecha os olhos. Henrietta faz o mesmo. O fogo as envolve. Num segundo estão lá, no próximo... somem.

Cox ainda está perto do outro lado da Redoma, e as câmeras ainda funcionam na sua posição segura no local da feira de usados. Ao redor do país, todos assistem com fascínio abalado. Os comentários aturdidos viram silêncio e a única trilha sonora é o fogo, que tem muito a dizer.

Por um instante Cox ainda consegue ver a comprida cobra humana, embora as pessoas que a formam sejam apenas silhuetas contra o fogo. A maioria deles, como os expatriados da Serra Negra, que finalmente voltam para a fazenda e os veículos, se dão as mãos. Então o fogo ferve contra a Redoma, e eles somem. Como se para compensar o seu desaparecimento, a Redoma propriamente dita se torna visível: uma grande parede carbonizada subindo para o céu. Mantém quase todo o calor do lado de dentro, mas fulgura do lado de fora o suficiente para fazer Cox se virar e sair correndo. Ele arranca a camisa fumegante pelo caminho.

O fogo ardeu na diagonal que Barbie previra, varrendo Chester's Mill de noroeste a sudeste. Quando morrer, será com rapidez extraordinária. O que levou foi oxigênio; o que deixa para trás é metano, formaldeído, ácido hidroclorídrico, dióxido e monóxido de carbono, além de traços de gases igualmente nocivos. Também nuvens sufocantes de matéria particulada: casas, árvores e, naturalmente, pessoas volatilizadas.

O que deixa para trás é veneno.

22

Vinte e oito exilados e dois cães vão num comboio até onde a Redoma fazia fronteira com o TR-90, chamado de Cantão pela velha guarda. Estavam amontoados em três picapes, dois carros e na ambulância. Quando chegaram, o dia escurecera e o ar ficara cada vez mais difícil de respirar.

Barbie pisou com força no freio do Prius de Julia e correu para a Redoma, onde um preocupado tenente-coronel do Exército e meia dúzia de outros soldados avançaram para encontrá-lo. A corrida foi curta, mas, quando chegou à faixa vermelha pintada em spray na Redoma, Barbie ofegava. O ar bom desaparecia como água pelo ralo da pia.

— Os ventiladores! — disse arquejante para o tenente-coronel. — Liga os ventiladores! — Claire McClatchey e Joe saíram da picape da loja de departamentos, ofegantes e cambaleando. A picape da companhia telefônica veio atrás. Ernie Calvert saiu, deu dois passos e caiu de joelhos. Norrie e a mãe tentaram ajudá-lo a se levantar. Ambas choravam.

— Coronel Barbara, o que aconteceu? — perguntou o tenente-coronel. De acordo com a tirinha da farda, o seu nome era STRINGFELLOW. — Explique.

— Foda-se a explicação! — berrou Rommie. Trazia no colo uma criança semiconsciente, Aidan Appleton. Thurse Marshall cambaleava atrás dele com o braço em volta de Alice, cuja camiseta polvilhada de brilhos estava grudada no corpo; ela vomitara. — Foda-se a explicação, *liga logo esses ventiladorres!*

Stringfellow deu a ordem e os refugiados se ajoelharam, as mãos encostadas na Redoma, inspirando ansiosos a leve brisa de ar limpo que os imensos ventiladores conseguiam forçar pela barreira.

Atrás deles, o fogo rugia.

SOBREVIVENTES

1

Só 397 dos 2 mil moradores de Mill sobrevivem ao incêndio, a maioria deles no quadrante nordeste da cidade. Até o anoitecer, que tornará completa a escuridão suja dentro da Redoma, serão 106.

Quando o sol nasce na manhã de sábado, brilhando fraco pela única parte da Redoma não totalmente enegrecida, a população de Chester's Mill é de apenas 32 habitantes.

2

Ollie bateu a porta do porão de batatas antes de correr escada abaixo. Também ligou o interruptor que acendia a luz, sem saber se ainda funcionaria. Funcionou. Quando chegou aos tropeções no porão do celeiro (agora gelado, mas não por muito tempo; já conseguia sentir o calor começando a forçar a entrada atrás dele), Ollie se lembrou do dia quatro anos antes em que os caras da Ives Electric, de Castle Rock, foram até o celeiro descarregar o novo gerador Honda.

— É melhor que esse filhodamãe funcione direito — dissera Alden, mastigando uma folha de capim —, porque foi um roubo e eu me endividei até a raiz do cabelo pra comprar.

Funcionara direito. Ainda funcionava direito, mas Ollie sabia que não seria por muito tempo. O fogo o engoliria, assim como engolira tudo o mais. Se ainda tivesse um minuto de luz, ficaria surpreso.

Talvez eu nem esteja vivo daqui a um minuto.

O classificador de batatas estava no meio do chão sujo de concreto, uma complexidade de correias, correntes, engrenagens que parecia um antigo instrumento de tortura. Além dele, havia uma pilha imensa de batatas. Fora um outono bom para elas, e os Dinsmore tinham acabado a colheita só três dias antes de a Redoma cair. Num ano normal, Alden e os meninos passariam novembro classificando batatas para vender na feira da cooperativa agrícola de Castle Rock e em várias barraquinhas de beira de estrada em Motton, Harlow e Tarker's Mills. Nada de dinheiro de batata este ano. Mas Ollie achou que elas poderiam lhe salvar a vida.

Correu até a beira da pilha e parou para examinar os dois cilindros. O mostrador do da casa estava apenas meio cheio, mas a agulha do mostrador do da garagem estava lá no verde. Ollie deixou o meio cheio cair no concreto e prendeu a máscara no da garagem. Fizera isso muitas vezes quando o vovô Tom estava vivo, e era serviço de segundos.

Assim que pôs a máscara de volta no pescoço, a luz se apagou.

O ar foi ficando mais quente. Ele se ajoelhou e começou a se enterrar no peso frio das batatas, empurrando com os pés, protegendo o cilindro comprido com o corpo e empurrando-o debaixo de si com uma das mãos. Com a outra, fazia movimentos desajeitados de natação.

Escutou a avalanche de batatas atrás dele e combateu o pânico da ânsia de voltar. Era como estar enterrado vivo, e dizer a si mesmo que se *não estivesse* enterrado vivo com certeza morreria não ajudava muito. Ofegava, tossia, parecia respirar tanto pó de batata quanto ar. Pôs a máscara de oxigênio no rosto e... nada.

Remexeu na válvula do cilindro por um tempo que parecia para sempre, o coração batendo forte no peito como um animal na jaula. Flores vermelhas começaram a se abrir na escuridão diante dos seus olhos. O frio peso vegetal o pressionava. Fora maluco de fazer aquilo, tão maluco quanto Rory, disparando uma arma na Redoma, e ia pagar o preço. Ia morrer.

Então os dedos finalmente encontraram a válvula. A princípio não quis girar, e ele notou que tentava girar para o lado errado. Inverteu os dedos e um jorro de ar fresco e abençoado irrompeu na máscara.

Ollie ficou deitado debaixo das batatas, arfando. Pulou um pouco quando o fogo arrombou a porta no alto da escada; por um momento conseguiu mesmo ver o berço sujo onde estava. Estava ficando mais quente e ele se perguntou se o cilindro meio cheio que deixara para trás explodiria. Também se perguntou quanto tempo mais o cilindro cheio lhe daria e se valia a pena.

Mas isso era o seu cérebro. O corpo só tinha um imperativo: a vida. Ollie começou a rastejar mais fundo na pilha de batatas, arrastando o cilindro consigo, ajustando a máscara no rosto toda vez que entortava.

3

Se os bookmakers de Las Vegas tivessem aceitado apostas sobre prováveis sobreviventes da catástrofe do Dia de Visita, as de Sam Verdreaux pagariam mil para um. Mas probabilidades piores já foram vencidas — é isso que continua levando gente de volta às mesas de jogo — e Sam era a figura que Julia avistara subindo com esforço a estrada da Serra Negra pouco antes que os exilados corressem para os veículos na casa da fazenda.

Sam Relaxado, o Homem Conservado em Álcool, viveu pela mesma razão que Ollie: tinha oxigênio.

Quatro anos antes, consultara o dr. Haskell (O Mágico — você se lembra dele). Quando disse que andava sem fôlego, o dr. Haskell checara a respiração chiada do velho bebum e lhe perguntara se fumava muito.

— Bom — respondera Sam —, eu costumava fumar até quatro maços por dia quando morava na floresta, mas agora que recebo pensão por invalidez, reduzi um pouco.

O dr. Haskell perguntou quanto era isso em termos de consumo real. Sam disse que achava que agora eram dois maços por dia. American Iggles.

— Eu fumava Chesterfoggies, mas agora só tem com filtro — explicara. — E é caro. Os Iggles são baratos e dá pra tirar o filtro antes de acender. Mole, mole. — Então, começou a tossir.

O dr. Haskell não encontrou câncer de pulmão (quase uma surpresa), mas as radiografias mostraram um belíssimo caso de enfisema, e disse a Sam que provavelmente teria de usar oxigênio pelo resto da vida. Não era um bom diagnóstico, mas deu paz ao sujeito. Como dizem os médicos, quando a gente ouve cascos não pensa em zebras. Além disso, todo mundo tende a ver o que está procurando, não é? E embora se possa dizer que o dr. Haskell tenha morrido como herói, ninguém, nem Rusty Everett, jamais o confundiu com Gregory House. Na verdade, Sam estava com bronquite, que melhorou pouco tempo depois de O Mágico fazer o diagnóstico.

Mas nisso Sam requisitara entregas semanais de oxigênio da Castelos no Ar (empresa sediada em Castle Rock, naturalmente) e nunca cancelou o serviço. Por que cancelaria? Como os remédios para hipertensão, o oxigênio era pago pelo serviço que ele chamava de O PLANO. Sam não entendia O PLANO direito, mas entendia que o oxigênio não saía do seu bolso. Também descobrira que respirar oxigênio puro tinha o efeito de alegrar o corpo.

No entanto, às vezes se passavam semanas sem que Sam pensasse em visitar o galpãozinho sujeco que considerava "o bar de oxigênio". Então, quando os caras da Castelos no Ar vinham buscar os cilindros vazios (coisa em que costumavam ser negligentes), Sam ia até o bar de oxigênio, abria as válvulas, esvaziava os cilindros, empilhava-os no velho carrinho vermelho do filho e os levava até o caminhão azul vivo com bolhas de ar.

Se ainda morasse na estrada da Bostinha, local do antigo lar dos Verdreaux, Sam teria queimado até virar torresmo (como aconteceu com Marta Edmunds) minutos depois da explosão inicial. Mas há muito tempo o lar e a floresta que o cercava lhe tinham sido tomados por causa de impostos atrasados (e comprados de volta em 2008 por uma das várias empresas de fachada de Jim Rennie... uma pechincha baratíssima). Mas a irmã caçula tinha uma terrinha perto do riacho de Deus e era lá que Sam morava no dia em que o mundo explodiu. O barraco não era grande coisa, e tinha que fazer as suas necessidades numa latrina externa (a única água corrente vinha de uma antiga bomba manual na cozinha), mas, carácoles, os impostos estavam pagos, a caçula cuidava disso... e ele tinha O PLANO.

Sam não se orgulhava do seu papel de instigador do saque ao Food City. Por anos, tomara muita pinga e cerveja com o pai de Georgia Roux, e se sentira mal ao atingir com uma pedra a cara da filha do homem. Não parava de pensar no som que aquele pedaço de quartzo fizera ao bater, e como o maxilar quebrado de Georgia ficara pendente, fazendo-a parecer um boneco de ventríloquo com a boca arrebentada. Podia ter matado a moça, Cristo Jesus. Provavelmente era um milagre que não tivesse... não que ela tivesse durado muito mais. E uma ideia ainda mais triste lhe ocorreu: se a tivesse deixado em paz, ela não teria ido para o hospital. E se não estivesse no hospital, provavelmente ainda estaria viva.

Se visse as coisas desse jeito, ele a matara, *sim*.

A explosão na emissora de rádio o fez acordar de repente do sono de bêbado, agarrando o peito e olhando em volta loucamente. A janela acima da cama tinha explodido. Na verdade, todas as janelas tinham explodido e a porta da frente do barraco, virada para oeste, fora arrancada das dobradiças.

Ele saiu e ficou paralisado no jardim da frente cheio de mato e pneus velhos, fitando o oeste, onde o mundo inteiro parecia estar em chamas.

4

No abrigo antirradiação debaixo de onde antes ficava a Câmara de Vereadores, o gerador — pequeno, antiquado e agora a única coisa entre os ocupantes e o grande além — funcionava direitinho. As lâmpadas a pilha lançavam um brilho amarelado nos cantos da sala principal. Carter estava sentado na única cadeira, Big Jim ocupava quase todo o idoso sofá de dois lugares e comia sardinhas de uma lata, catando-as uma a uma com os dedos grossos e deitando-as em Saltines.

Os dois tinham pouco a dizer; a TV portátil que Carter encontrara pegando poeira no depósito atraía toda a sua atenção. Só pegava um único canal — a WMTW de Poland Spring —, mas um bastava. Era até demais; a devastação era difícil de compreender. O centro da cidade fora destruído. As fotos de satélite mostravam que as florestas em torno do lago Chester tinham se reduzido a escória e a multidão do Dia de Visita na 119 era agora pó no vento que morria. Até uma altura de 6 mil metros, a Redoma ficara visível: uma fuliginosa prisão sem fim cercando uma cidade que agora estava 70% carbonizada.

Não muito depois da explosão, a temperatura no porão passou a subir consideravelmente. Big Jim disse a Carter que ligasse o ar-condicionado.

— O gerador vai aguentar? — perguntara Carter.

— Se não aguentar, vamos assar — respondera Big Jim, irritado —, qual a diferença?

Não me dê esporro, pensou Carter. *Não me dê esporro porque foi você que fez isso acontecer. Você é o responsável.*

Ele se levantara para procurar o ar-condicionado e, enquanto isso, outra ideia lhe passou pela cabeça: como aquelas sardinhas fediam. Perguntou-se o que o chefe diria se ele lhe dissesse que o troço que punha na boca fedia a boceta velha e morta.

Mas Big Jim falara sério quando o chamara de *filho*, por isso Carter ficou de boca fechada. E, ao ser ligado, o ar-condicionado começou a funcionar na mesma hora. Mas o som do gerador se aprofundou um pouco, como se sofresse com a carga a mais. Queimaria o suprimento de gás bem mais depressa.

Não importa, ele está certo, é preciso, disse Carter a si mesmo enquanto observava as cenas incansáveis de devastação na TV. A maioria vinha de satélites ou aviões de reconhecimento em altitude elevada. Em nível mais baixo, quase toda a Redoma ficara opaca.

Mas, como ele e Big Jim descobriram, não na parte nordeste da cidade. Por volta das três da tarde, a cobertura passou de repente para lá, com vídeos gravados atrás de um movimentado posto avançado do Exército na floresta.

— Aqui é Jake Tapper no TR-90, distrito não incorporado ao município ao norte de Chester's Mill. É o mais perto que nos permitiram chegar, mas, como podem ver, *há* sobreviventes. Repito, *há* sobreviventes.

— Há sobreviventes bem aqui, seu débil mental — disse Carter.

— Cala a boca — disse Big Jim. O sangue estava se acumulando nas bochechas pesadas e se lançava pela testa numa linha ondulada. Os olhos se projetaram nas órbitas e as mãos se cerraram. — É o Barbara. Aquele filhoda-mãe do Dale Barbara.

Carter o viu entre os outros. A imagem era transmitida por uma câmera com teleobjetiva longuíssima, o que deixava a imagem trêmula — era como olhar alguém numa névoa de calor —, mas ainda estava bastante clara. Barbara. A pastora faladeira. O médico hippie. Um monte de crianças. A mulher do Everett.

Aquela piranha mentiu o tempo todo, pensou. *Ela mentiu e o estúpido do Carter acreditou.*

— O rugido que vocês escutam não são helicópteros — dizia Jake Tapper. — Se pudermos recuar um pouco... — A câmera recuou, revelando uma fila de ventiladores imensos sobre carrinhos, cada um deles ligado a um gerador. A visão de todo aquele poder a poucos quilômetros dali deixou Carter doente de inveja.

— Agora dá pra ver — continuava Tapper. — Não são helicópteros, são ventiladores industriais. Agora... se pudermos voltar aos sobreviventes... — A câmera obedeceu. Estavam ajoelhados ou sentados à beira da Redoma, bem diante dos ventiladores. Carter conseguiu ver o cabelo deles se mexendo com a brisa. Não voando, mas se mexendo com clareza. Como plantas numa lenta corrente submarina.

— Olha lá a Julia Shumway — maravilhou-se Big Jim. — Eu devia ter matado aquela coisa-que-rima-com-aranha quando pude. — Carter não lhe deu atenção. Seus olhos estavam pregados na TV.

— O sopro combinado de quatro dúzias de ventiladores seria suficiente pra derrubar aquelas pessoas, Charlie — disse Jake Tapper —, mas daqui parece que estão recebendo o mínimo suficiente de ar pra se manterem vivos numa atmosfera que se transformou numa sopa venenosa de dióxido de carbono, metano e Deus sabe o que mais. Nossos especialistas dizem que o suprimento limitado de oxigênio de Chester's Mill foi quase todo para alimentar o fogo. Um deles, o professor de Química de Princeton Donald Irving, me disse pelo celular que agora o ar dentro da Redoma não deve estar muito diferente da atmosfera de Vênus.

A imagem passou para Charlie Gibson, com cara de preocupado, mas a salvo em Nova York. (*Canalha de sorte*, pensou Carter.)

— Alguma notícia do que pode ter provocado o incêndio?

De volta a Jake Tapper... e aos sobreviventes na sua pequena cápsula de ar respirável.

— Nenhuma, Charlie. Foi algum tipo de explosão, isso parece claro, mas não houve mais notícias dos militares e nada de Chester's Mill. Algumas pessoas que você vê na tela devem ter celular, mas se estão se comunicando é só com o coronel James Cox, que desceu aqui faz uns 45 minutos e foi imediatamente conversar com os sobreviventes. Enquanto a câmera mostra uma panorâmica dessa triste cena no ponto onde nós estamos, que é bem distante, vou ler para os espectadores preocupados dos Estados Unidos e do mundo inteiro o nome das pessoas junto à Redoma que foram identificadas. Talvez você ainda tenha fotos de várias e possa mostrá-las na tela enquanto eu leio. Acho que a lista está na ordem alfabética, mas não posso garantir.

— Tudo bem, Jake. E, sim, nós temos algumas fotos, mas vá devagar.

— Coronel Dale Barbara, antes tenente Barbara, Exército dos Estados Unidos. — Uma foto de Barbie com farda camuflada do deserto surgiu na tela. Tinha o braço em volta de um garoto iraquiano sorridente. — Veterano condecorado e, recentemente, chapeiro da lanchonete da cidade.

— Angelina Buffalino... temos foto dela?... não?... tudo bem.

— Romeo Burpee, dono da loja de departamentos local. — Havia uma foto de Rommie. Estava em pé ao lado de uma churrasqueira de quintal com a mulher e usava uma camiseta que dizia ME BEIJA QUE EU SOU FRANCÊS.

— Ernest Calvert, a filha Joan e a neta Eleanor Calvert. — A foto parecia tirada numa reunião de família: havia Calverts por toda parte. Norrie, ao mesmo tempo bonita e carrancuda, estava com o skate debaixo do braço.

— Alva Drake... o filho dela, Benjamin Drake...

— Desliga isso — grunhiu Big Jim.

— Ao menos estão em campo aberto — disse Carter, melancólico. — Não enfiados num buraco. Eu me sinto como a porra do Saddam Hussein quando estava foragido.

— Eric Everett, a esposa Linda e as duas filhas...

— Outra família! — disse Charlie Gibson com uma voz de aprovação que era quase mormonesca. Isso bastou para Big Jim; ele se levantou e desligou a TV com uma torcida dura do pulso. Ainda segurava a lata de sardinhas e derramou um pouco do azeite nas calças com o movimento.

Isso aí não vai sair nunca, pensou Carter, mas não disse.

Eu estava assistindo, pensou Carter, mas não disse.

— A mulher do jornal — remoeu Big Jim, sentando-se de novo. As almofadas sibilaram ao se esvaziar sob o seu peso. — Ela sempre foi contra mim.

Usou todas as artimanhas. Todas as artimanhas melequentas. Pode me trazer outra lata de sardinha?

Vai buscar, pensou Carter, mas não disse. Levantou-se e pegou outra lata de sardinha.

Em vez de comentar a associação olfativa que fizera entre as sardinhas e os órgãos genitais de falecidas, fez a pergunta que parecia óbvia.

— O que a gente vai fazer, chefe?

Big Jim removeu a chavinha da base da lata, enfiou-a na tirinha e desenrolou a tampa para revelar um novo esquadrão de peixes mortos. Eles brilhavam gordurentos sob a luz das lâmpadas de emergência.

— Esperar o ar limpar, subir e começar a catar os cacos, filho. — Suspirou, pôs um peixe pingante num Saltine e o comeu. As migalhas de biscoito grudaram nos lábios em contas de óleo. — É o que gente como nós sempre faz. Os responsáveis. Os que puxam o arado.

— E se o ar não limpar? A TV disse...

— Socorro, o céu está caindo, socorro, o céu está caindo! — declamou Big Jim num falsete estranho (e estranhamente perturbador). — Dizem isso há anos, não é? Os cientistas e os liberais de coração partido. Terceira Guerra Mundial! Reatores nucleares se derretendo até o centro da Terra! Pane nos computadores no ano 2000! O fim da camada de ozônio! Calotas polares derretendo! Furacões assassinos! Aquecimento global! Ateus maricas de titica que não confiam na vontade de um Deus amoroso e cuidadoso! Que se recusam a acreditar que *haja* um Deus amoroso e cuidadoso!

Big Jim apontou o dedo engordurado mas firme para o rapaz.

— Ao contrário da crença dos humanistas seculares, o céu *não* está caindo. Eles não conseguem lavar a mancha de covardia que têm na testa, "o homem culpado foge quando ninguém o persegue", sabe, Levítico, mas isso não muda a verdade de Deus: os que acreditam Nele não se cansarão, mas subirão com asas de águia. Isaías. Lá fora o que há é basicamente fumaça. Só vai levar algum tempo pra ir embora.

Mas, duas horas depois, pouco depois das quatro horas daquela tarde de sexta-feira, um som agudo de *quiip-quiip-quiip* veio da alcova onde ficava o sistema de apoio mecânico do abrigo antirradiação.

— O que é isso? — perguntou Carter.

Big Jim, agora acachapado no sofá com os olhos semifechados (e gordura de sardinha na papada), sentou-se e escutou.

— Purificador de ar — disse. — Parecido com um Sterilair gigante. Tem um deles no salão lá da loja de carros. Bom aparelhinho. Não só deixa o ar limpo e doce, como impede aqueles choques de eletricidade estática que a gente acaba levando no tempo fri...

— Se o ar da cidade está se limpando, por que o purificador de ar começou a funcionar?

— Por que você não vai lá em cima, Carter? Abre a porta um pouquinho e vê como estão as coisas. Isso te acalmaria?

Carter não sabia se sim nem se não, mas sabia que ficar ali sentado ia deixá-lo maluco. Ele subiu a escada.

Assim que ele saiu, Big Jim levantou e foi até a fila de gavetas entre o fogão e a pequena geladeira. Para um homem tão grande, movia-se com rapidez e silêncio surpreendentes. Achou o que procurava na terceira gaveta. Olhou por sobre o ombro para garantir que ainda estava sozinho e se serviu.

Na porta no alto da escada, Carter se viu diante de um cartaz bem ameaçador:

PRECISA CONFERIR A CONTAGEM RADIATIVA?
PENSE BEM!!!

Carter pensou. E a conclusão a que chegou foi que, quase com certeza, Big Jim só falava merda sobre a limpeza do ar. Aquele pessoal em fila diante dos ventiladores provava que a troca de ar entre Chester's Mill e o mundo exterior era quase nenhuma.

Ainda assim, não faria mal nenhum verificar.

A princípio, a porta não se mexeu. O pânico provocado por pensamentos sinistros de estar enterrado vivo o fez empurrar com mais força. Dessa vez, a porta se mexeu só um pouquinho. Ele ouviu tijolos caindo e madeira raspando. Talvez pudesse abrir mais, mas não havia por quê. O ar que entrou pelos poucos centímetros que abrira não era ar nenhum, era algo que cheirava como o lado de dentro de um tubo de escapamento quando o motor estava funcionando. Não precisava de nenhum instrumento complicado para dizer que dois ou três minutos fora do abrigo o matariam.

A pergunta era: o que dizer a Rennie?

Nada, sugeriu a voz interior fria de sobrevivente. *Ouvir algo assim só vai deixar ele pior. Mais difícil de lidar.*

E o que exatamente *assim* significava? Que importância tinha, se iam morrer no abrigo antirradiação quando o gerador ficasse sem combustível? Se era esse o caso, que importância teria tudo aquilo?

Ele voltou escada abaixo. Big Jim estava sentado no sofá.

— E...?

— Bem ruim — disse Carter.

— Mas respirável, certo?

— É, sim. Mas vai fazer a gente passar mal. Melhor esperar, chefe.

— É claro que é melhor esperar — disse Big Jim, como se Carter tivesse sugerido outra coisa. Como se Carter fosse o maior idiota do universo. — Mas vai dar tudo certo, essa é a questão. Deus cuida de tudo. Ele sempre cuida. Enquanto isso, temos ar bom aqui dentro, não está quente demais e tem bastante comida. Por que não vê os doces que nós temos, filho? Chocolate, coisas assim? Eu ainda estou com fome.

Não sou o seu filho, o seu filho está morto, pensou Carter... mas não disse. Foi até o depósito ver se havia chocolate nas prateleiras.

5

Por volta das dez horas daquela noite, Barbie caiu num sono perturbado, com Julia bem ao seu lado, os corpos encaixados. Junior Rennie dançou pelos seus sonhos: Junior em pé na frente da cela no Galinheiro. Junior com a arma. E dessa vez não haveria salvação, porque o ar lá fora virara veneno e estava todo mundo morto.

Esses sonhos finalmente se foram e ele dormiu mais profundamente, a sua cabeça — e a de Julia — inclinada para a Redoma e o ar fresco que passava por ela. Era o suficiente para viver, mas não para dar conforto.

Algo o acordou por volta das duas da madrugada. Pela Redoma manchada, olhou as luzes amortecidas do acampamento do Exército do outro lado. Então o som veio de novo. Era tosse, baixa, áspera e desesperada.

Uma lanterna se acendeu à sua direita. Barbie se levantou com o máximo de silêncio possível, não querendo acordar Julia, e foi até a luz, passando por sobre os outros que dormiam no capim. A maioria estava só de roupa de baixo. As sentinelas a 3 metros estavam enroladas em casacos de feltro e luvas, mas ali estava mais quente do que nunca.

Rusty e Ginny estavam ajoelhados ao lado de Ernie Calvert. Rusty tinha o estetoscópio no pescoço e uma máscara de oxigênio na mão, presa a um pequeno botijão vermelho no qual estava escrito **AMBULÂNCIA CRH NÃO REMOVA SEMPRE TROQUE**. Abraçadas, Norrie e a mãe olhavam ansiosas.

— Desculpa por ele ter te acordado — disse Joanie. — Ele está doente.

— Muito doente? — perguntou Barbie.

Rusty balançou a cabeça.

— Não sei. Parece bronquite ou um resfriado forte, mas é claro que não é. É o ar ruim. Eu dei um pouco do que tinha na ambulância e ajudou por algum tempo, mas agora... — Ele deu de ombros. — E não gosto do som do coração. Ele passou por muito estresse e não é mais um garoto.

— Não tem mais oxigênio? — perguntou Barbie. Apontou o botijão vermelho, que parecia muito o tipo de extintor que todos têm no armário da cozinha e sempre esquecem de recarregar. — É *isso*?

Thurse Marshall se uniu a eles. No facho da lanterna, parecia carrancudo e cansado.

— Tem mais um, mas concordamos, Rusty, Ginny e eu, em guardar pras crianças. Aidan também começou a tossir. Eu pus ele o mais perto possível da Redoma e dos ventiladores, mas ainda está tossindo. Vamos começar a dar a Aidan, Alice, Judy e Janelle o ar que resta, em doses racionadas, quando acordarem. Talvez se os oficiais trouxerem mais ventiladores....

— Não importa quanto ar fresco soprem na gente — disse Ginny —, só um pouco passa. E por mais perto que fiquemos da Redoma, nós ainda estamos respirando esse *lixo*. E os que estão passando mal são exatamente os que se esperaria.

— Os mais velhos e os mais novos — disse Barbie.

— Volta a dormir, Barbie — disse Rusty. — Poupa as suas forças. Aqui você não pode fazer nada.

— E você, pode?

— Talvez. Também temos descongestionante nasal na ambulância. E epinefrina, se for necessário.

Barbie engatinhou de volta ao longo da Redoma com a cabeça virada para os ventiladores — todos agora faziam isso, sem pensar — e ficou horrorizado ao ver como estava cansado quando alcançou Julia. O coração batia com força e ele estava sem fôlego.

Julia estava acordada.

— Como ele está?

— Não sei — admitiu Barbie —, mas não pode estar bem. Estão dando oxigênio da ambulância, mas ele não acordou.

— Oxigênio! Tem mais? Quanto?

Ele explicou e ficou triste ao ver a luz dos olhos dela se apagar um pouco.

Ela lhe pegou a mão. Os dedos estavam suados e frios.

— É como estar preso numa mina desmoronada.

Agora estavam sentados, um de frente para o outro, os ombros encostados na Redoma. A mais leve das brisas suspirava entre eles. O rugido constante dos ventiladores Air Max se tornara um ruído de fundo; erguiam a voz para falar acima dele, mas fora isso nem notavam mais.

Notaríamos se parassem, pensou Barbie. *Ao menos por alguns minutos. Então não notaríamos mais nada, nunca mais.*

Ela deu um sorriso fraco.

— Para de se preocupar comigo, se é o que você está fazendo. Eu estou bem pra uma senhora republicana de meia-idade que não consegue recuperar o fôlego. Ao menos, consegui trepar mais uma vez. Positivo, operante e muito bom também.

Barbie sorriu de volta.

— O prazer foi todo meu, pode acreditar.

— E a ogiva nuclear que vão tentar no domingo? O que você acha?

— Não acho. Só torço.

— Tem esperança?

Ele não queria lhe dizer a verdade, mas a verdade era o que ela merecia.

— Com base em tudo o que aconteceu e com o pouco que nós sabemos sobre as criaturas que comandam a caixa, não muita.

— Me diz que você não desistiu.

— Isso eu posso fazer. Estou bem menos assustado do que deveria. Acho que é porque... é insidioso. Estou até me acostumando com o fedor.

— É mesmo?

Ele riu.

— Não. E você? Assustada?

— É, mas principalmente triste. É assim que o mundo acaba, não com um barulhão, mas arfando. — Ela tossiu de novo, com o punho fechado junto à boca. Barbie podia ouvir outras pessoas fazendo o mesmo. Um seria o menininho que agora era o menininho de Thurston Marshall. *Ele vai receber coisa melhor pela manhã*, pensou Barbie, e depois se lembrou do que Thurston dissera: *ar em doses racionadas*. Não era assim que um menino devia respirar.

Não era assim que ninguém devia respirar.

Julia cuspiu no capim e depois o encarou de novo.

— Não acredito que nós fizemos isso conosco. As coisas que comandam a caixa, os cabeças de couro, criaram a situação, mas acho que são só um monte de crianças observando a festa. É o equivalente a um videogame pra eles, talvez. Estão lá fora. Nós estamos dentro, e nós fizemos isso a nós mesmos.

— Você já tem problemas suficientes sem se responsabilizar por isso — disse Barbie. — Se há um responsável, é Rennie. Foi ele que montou o laboratório pra fabricar drogas, foi ele que começou a roubar gás de todas as fontes da cidade. Também foi ele que mandou os homens pra lá e provocou algum tipo de confronto, disso eu tenho certeza.

— Mas quem o elegeu? — perguntou Julia. — Quem deu poder pra ele fazer essas coisas?

— Você, não. O seu jornal fez campanha contra ele. Ou eu estou errado?

— Você está certo — disse ela —, mas só nos últimos oito anos, mais ou menos. No começo, o *Democrata,* eu, em outras palavras, achou que ele era a melhor coisa do mundo. Quando descobri quem ele era de verdade, já estava com o cargo no bolso. E tinha aquele pobre coitado do Andy Sanders na frente pra servir de proteção.

— Você ainda não pode se culpar...

— Posso e me culpo. Se eu soubesse que aquele filhodaputa brigão e incompetente iria acabar no comando durante uma crise verdadeira, eu teria... teria... Eu teria sufocado ele como um gatinho num saco.

Ele riu e começou a tossir.

— Cada vez você parece menos republica... — começou ele e se interrompeu.

— O quê? — perguntou ela, e depois também escutou. Alguma coisa chocalhava e guinchava no escuro. Chegou mais perto e eles viram uma figura que andava com dificuldade e empurrava um carrinho de bebê.

— Quem está aí? — gritou Dougie Twitchell.

Quando o moroso recém-chegado respondeu, a voz veio levemente abafada. Pela máscara de oxigênio dele, descobriu-se.

— Ora, graças a Deus — disse Sam Relaxado. — Tive um pequeno cochilo à beira da estrada e achei que ia ficar sem ar antes de chegar aqui em cima. Mas cá estou. Bem na hora, também, porque estou quase vazio.

6

O acampamento do Exército na rodovia 119, em Motton, era um lugar triste naquela manhã de sábado. Só restavam três dúzias de militares e um helicóptero Chinook. Uma dúzia de homens carregava as grandes barracas e alguns ventiladores Air Max restantes que Cox dera ordem de levar para o lado sul da

Redoma assim que veio a notícia da explosão. Os ventiladores nunca foram usados. Quando chegaram, não havia ninguém para apreciar o pouco ar que conseguiam forçar pela barreira. O fogo se apagou às seis da tarde, estrangulado pela falta de combustível e oxigênio, mas todos no lado de Chester's Mill estavam mortos.

A barraca médica estava sendo desmontada e enrolada por uns 12 homens. Os que não se ocupavam dessa tarefa tinham sido encarregados do mais antigo serviço dos exércitos: policiar a área. Era trabalho de mentirinha, mas ninguém daquela patrulha lascada se importava. Nada os faria esquecer o pesadelo a que tinham assistido na tarde anterior, mas catar papéis, latas, garrafas e pontas de cigarro ajudava um pouco. Logo amanheceria e o grande Chinook ligaria os motores. Subiriam a bordo e iriam para outro lugar. Os integrantes desse exército de zés-ninguém mal podiam esperar.

Um deles era o soldado Clint Ames, de Hickory Grove, na Carolina do Sul. Segurava numa das mãos um saco de lixo verde e andava lentamente pelo capim pisoteado, catando aqui e ali cartazes abandonados ou latas de Coca-Cola amassadas, para que, se aquele mandachuva do sargento Groh olhasse para ele, parecesse que estava trabalhando. Estava quase dormindo em pé e, a princípio, achou que as batidinhas que escutou (pareciam nós dos dedos num pirex grosso) faziam parte de um sonho. Quase *tinha que* ser, porque pareciam vir do outro lado da Redoma.

Ele bocejou e se espreguiçou com uma das mãos na nuca. Quando fez isso, as batidinhas voltaram. Vinham mesmo detrás da parede enegrecida da Redoma.

Então uma voz. Fraca e desincorporada, como a voz de um fantasma. Provocou arrepios.

— Tem alguém aí? Alguém consegue me ouvir? Por favor... Eu estou morrendo.

Jesus Cristo, ele *conhecia* aquela voz! Parecia...

Ames largou o saco de lixo e correu para a Redoma. Pôs as mãos na superfície enegrecida e ainda morna.

— Garoto das vacas? É você?

Eu estou maluco, pensou. *Não pode ser. Ninguém sobreviveria àquele fogaréu.*

— AMES! — berrou o sargento Groh. — Que diabos você está fazendo aí?

Ele estava prestes a se virar quando a voz atrás da superfície carbonizada voltou.

— Sou eu. Não... — Houve uma série irregular de tossidas fortes. — Não vai embora. Se estiver aí, soldado Ames, não vai.

Nisso apareceu uma mão. Era tão fantasmagórica quanto a voz, os dedos sujos de fuligem. Esfregava para limpar um lugar no lado de dentro da Redoma. Um instante depois, surgiu um rosto. A princípio, Ames não reconheceu o garoto das vacas. Depois, percebeu que o menino usava uma máscara de oxigênio.

— Estou quase sem ar — chiou o garoto das vacas. — O mostrador está no vermelho. Já está lá... há quase meia hora.

Ames fitou os olhos assombrados do garoto das vacas, que o fitou de volta. Então um único imperativo surgiu na mente de Ames: não podia deixar o garoto das vacas morrer. Não depois de tudo a que ele sobrevivera... embora para Ames fosse impossível imaginar *como* sobrevivera.

— Garoto, escuta. Você vai ficar de joelhos e...

— *Ames, seu imbecil inútil!* — berrava o sargento Groh, vindo a passos largos. — Para de brincar e trabalha! Não estou com paciência nenhuma pra essa sua moleza de maricas!

O soldado Ames o ignorou. Estava inteiramente concentrado no rosto que parecia fitá-lo atrás de uma parede de vidro sujo.

— Se deita e tenta respirar por baixo! Faz isso agora, garoto, agora mesmo!

O rosto saiu de vista, deixando Ames torcendo para que o garoto das vacas estivesse fazendo o que dissera e não tivesse apenas desmaiado.

A mão do sargento Groh caiu sobre o seu ombro.

— Está surdo? Eu disse...

— Traz os ventiladores, sargento! Nós temos que pegar os ventiladores!

— Do que você está falan...

Ames gritou na cara do temido sargento Groh:

— *Tem alguém vivo aí dentro!*

7

Só restava um único cilindro de oxigênio no carrinho vermelho quando Sam Relaxado chegou ao campo de refugiados junto à Redoma, e a agulha do mostrador estava pouco acima de zero. Ele não fez objeção quando Rusty tirou a máscara e a pôs no rosto de Ernie Calvert, só se arrastou até a Redoma, ali onde Barbie e Julia estavam sentados. O recém-chegado caiu de quatro e respirou fundo. Horace, o corgi, sentado ao lado de Julia, o olhou com interesse.

Sam rolou e se deitou de costas.

— Não é muito, mas é o melhor do que eu tinha. O último restinho dos cilindros nunca tem o gosto bom do novinho de cima. — Então, inacreditavelmente, ele acendeu um cigarro.

— Apaga isso, tá maluco? — disse Julia.

— Estava doido por um desses — disse Sam, tragando com satisfação. — Não dá pra fumar com oxigênio por perto, sabe. Pode explodir a gente. Mas tem gente que faz isso.

— Deixa ele — disse Rommie. — Não pode ser pior do que o lixo que a gente está respirando. Pelo que sabemos, o alcatrão e a nicotina do pulmão dele servem de proteção.

Rusty veio e se sentou.

— Aquele cilindro secou — disse —, mas Ernie conseguiu respirar mais um pouco com ele. Parece estar descansando melhor agora. Obrigado, Sam.

Sam fez um gesto de desdém.

— O meu ar é o seu ar, doutor. Ou ao menos, era. Você não pode fazer mais com alguma coisa na ambulância? Os caras que trazem os meus cilindros... que traziam, ao menos, antes que esse saco de merda caísse no ventilador, podiam fazer mais no caminhão. Eles tinham um, comossediz, um tipo de bomba.

— Condensador de oxigênio — disse Rusty —, e você tem razão, nós temos um a bordo. Infelizmente, está quebrado. — Ele mostrou os dentes num arremedo de sorriso. — Está quebrado há uns três meses.

— Quatro — disse Twitch, chegando. Olhava o cigarro de Sam. — Será que você tem outro desses?

— Nem pensa nisso — disse Ginny.

— Com medo de poluir esse paraíso tropical com fumaça passiva, querida? — perguntou Twitch, mas quando Sam Relaxado lhe estendeu o maço amassado de American Eagles, Twitch fez que não.

Rusty disse:

— Eu mesmo fiz a requisição de um concentrador de O_2 novo. À diretoria do hospital. Disseram que o orçamento estava estourado, mas que talvez a cidade me ajudasse. Aí mandei a requisição aos vereadores.

— Rennie — disse Piper Libby.

— Rennie — concordou Rusty. — Recebi de volta uma carta impessoal dizendo que o meu pedido seria avaliado na assembleia do orçamento em novembro. Então lá a gente vê o que acontece. — Ele acenou as mãos para o céu e riu.

Agora os outros se reuniam em volta, olhando Sam com curiosidade. E o cigarro com horror.

— Como chegou aqui, Sam? — perguntou Barbie.

Sam adorou contar a história. Começou a explicar que, por causa do diagnóstico de enfisema, passara a receber entregas regulares de oxigênio graças ao PLANO, e como às vezes os cilindros cheios acabavam ficando com ele. Contou ter ouvido a explosão e o que viu quando saiu.

— Sabia o que ia acontecer assim que eu vi o tamanho da coisa — disse. Agora a plateia incluía os militares do outro lado. Cox, vestindo bermudas e uma camiseta cáqui, estava entre eles. — Vi incêndios grandes antes, quando trabalhei na floresta. Algumas vezes tivemos que largar tudo e só fugir deles, e se um daqueles antigos caminhões International Harvester que tínhamos na época se atolasse nós nunca conseguiríamos. O incêndio da copa é o pior, porque cria o próprio vento. Vi na hora que era isso que ia acontecer. Alguma coisa muito grande explodiu. O que foi?

— Gás — disse Rose.

Sam passou a mão no queixo com a barba branca por fazer.

— Ah, mas não era só gás. Tinha algum produto químico também, porque algumas labaredas eram *verdes*. Se tivessem vindo na minha direção, eu já era. Vocês também. Mas foi pro sul. O formato da terra tem algo a ver com isso, posso apostar. E o leito do rio também. Seja como for, eu sabia o que ia acontecer, e tirei os cilindros do bar de oxigênio...

— Do quê? — perguntou Barbie.

Sam deu uma última tragada no cigarro e depois o apagou na terra.

— Ah, é só o nome que eu dei ao barraco onde eu guardava os tanques. Seja como for, eu tinha cinco cheios...

— *Cinco!* — Thurston Marshall quase gemeu.

— É — disse Sam, com alegria —, mas nunca conseguiria arrastar cinco. Estou ficando velho, né?

— Não dava pra usar um carro, uma picape? — perguntou Lissa Jamieson.

— Senhora, perdi a carteira faz sete anos. Talvez oito. Multa demais por dirigir bêbado. Se me pegassem de novo atrás do volante de qualquer coisa maior que um carrinho de brinquedo, me poriam na penitenciária e jogariam a chave fora.

Barbie pensou em ressaltar a falha fundamental da história, mas por que desperdiçar o fôlego quando agora era tão difícil arranjar fôlego?

— Seja como for, achei que conseguia levar quatro cilindros naquele carrinho vermelho meu, e não tinha andado nem 400 metros quando comecei a respirar o primeiro. Tive, né?

Jackie Wettington perguntou:

— Você sabia que a gente estava aqui?

— Não, senhora. É um lugar alto, só isso, e eu sabia que o meu ar enlatado não duraria pra sempre. Não sabia de vocês e também não sabia desses ventiladores. Foi só o caso de não ter pra onde ir.

— Por que demorou tanto? — perguntou Pete Freeman. — Não são nem 5 quilômetros do riacho de Deus até aqui.

— Bom, isso é engraçado — disse Sam. — Eu vinha pela estrada... sabe, a estrada da Serra Negra... e passei numa boa pela ponte... ainda respirando o primeiro cilindro, embora estivesse um calor poderoso e... uau! Vocês viram aquele urso morto? O que parece que esmagou o cérebro no poste telefônico?

— Vimos — disse Rusty. — Deixa eu adivinhar. Um pouco além do urso, você ficou tonto e desmaiou.

— Como você sabe?

— A gente veio por lá — disse Rusty — e ali tem algum tipo de força. Parece atingir mais as crianças e os velhos.

— Ainda não estou velho — disse Sam, com voz ofendida. — Meu cabelo só ficou branco mais cedo, como o da minha mãe.

— Quanto tempo ficou desmaiado? — perguntou Barbie.

— Bom, eu não uso relógio, mas estava escuro quando finalmente voltei a andar, então foi um bom tempo. Acordei uma vez porque mal conseguia respirar, troquei de cilindro e dormi de novo. Maluquice, né? E os sonhos que eu tive! Mais pareciam coisa de circo! A última vez que acordei, foi de verdade. Estava escuro e passei pra outro cilindro. A troca não foi muito difícil, porque não estava escuro *de verdade.* Devia estar, devia estar mais escuro do que o cu da galinha, com toda a fuligem que o fogo jogou na Redoma, mas tem um lugar claro lá onde eu deitei. Não dá pra ver à luz do dia, mas à noite é como um bilhão de vagalumes.

— O cinturão brilhante, é como a gente chama — disse Joe. Ele, Norrie e Benny estavam todos juntos. Benny tossia na mão.

— Um bom nome — disse Sam com aprovação. — Seja como for, eu sabia que tinha *alguém* aqui em cima, porque nisso escutei os ventiladores e vi as luzes. — Com a cabeça, ele indicou o acampamento do outro lado da Redoma. — Não sabia se ia conseguir chegar aqui antes que o ar acabasse, aquele morro é foda e eu suguei tudo daqueles dois sem nem pensar, mas consegui.

Ele olhava Cox com curiosidade.

— E, aí, coronel Klink, consigo ver a sua respiração. É melhor vestir um casaco ou vir pra cá, onde está quentinho. — E riu, mostrando os poucos dentes que lhe restavam.

— É Cox e não Klink, e eu estou bem.

— Com o que você sonhou, Sam? — perguntou Julia.

— É engraçado você perguntar — respondeu ele —, porque do bolo todo só me lembro de um, e era sobre você. Você estava deitada no coreto da praça e chorava.

Julia apertou a mão de Barbie, com força, mas os olhos não saíram do rosto de Sam.

— Como você sabia que era eu?

— Porque estava coberta de jornais — explicou Sam. — Números do *Democrata*. Você abraçava eles contra o corpo como se estivesse nua por baixo, me desculpe, mas você perguntou. Não é o sonho mais engraçado do mundo?

O walkie-talkie de Cox bipou três vezes: *breque-breque-breque*. Ele o tirou do cinto.

— O que é? Fala depressa, estou ocupado aqui.

Todos escutaram a voz que respondeu:

— Temos um sobrevivente aqui no lado sul, coronel. Repito: *Temos um sobrevivente*.

8

Quando o sol nasceu na manhã de 28 de outubro, "sobrevivente" era tudo o que o último membro da família Dinsmore podia afirmar. Ollie estava deitado com o corpo apertado contra a base da Redoma, respirando apenas o suficiente do ar dos grandes ventiladores do outro lado para continuar vivo.

Fora uma corrida para limpar o suficiente do lado dele da Redoma antes que o resto do oxigênio do cilindro acabasse. Era o que ele deixara no chão quando se enfiou embaixo das batatas. Ele se lembrava de ter achado que explodiria. Não explodiu, e isso foi muito bom para Oliver H. Dinsmore. Se tivesse explodido, agora ele estaria morto debaixo de um túmulo de batatas roxas e brancas.

Ele se ajoelhara no seu lado da Redoma e escavara placas de crosta preta, sabendo que parte daquela coisa era tudo o que restava de seres humanos. Era impossível esquecer isso ao ser repetidamente furado por fragmentos de osso.

Sem o estímulo constante do soldado Ames, ele tinha certeza de que teria desistido. Mas *Ames* não desistiu, só ficava insistindo: cava, porra, arranca essa merda, garoto das vacas, você tem que fazer isso pros ventiladores funcionarem.

Ollie achou que não desistiu porque Ames não sabia o seu nome. Ollie conseguira conviver com os garotos da escola que o chamavam de chuta-merda e puxa-teta, mas imagine só se ia morrer escutando um metido a besta da Carolina do Sul chamá-lo de garoto das vacas.

Os ventiladores começaram a funcionar com um rugido e ele sentiu a primeira leve aragem de ar na pele superaquecida. Arrancou a máscara do rosto e apertou a boca e o nariz diretamente contra a superfície suja da Redoma. Então, arfando e tossindo fuligem, continuou a raspar a crosta carbonizada. Conseguia ver Ames do outro lado, de quatro com a cabeça inclinada como um homem que tenta espiar dentro de um buraco de rato.

— É isso aí! — gritou. — Arranjamos mais dois ventiladores que estamos trazendo. Não vai desistir agora, garoto das vacas! Não desiste!

— Ollie — disse, ofegante.

— O quê?

— O nome é... Ollie. Para de me chamar... de garoto das vacas.

— Vou chamar você de Ollie de agora em diante se continuar limpando um espaço pros ventiladores funcionarem.

O pulmão de Ollie deu um jeito de sugar o suficiente do que passava pela Redoma para manter o garoto vivo e consciente. Ele observou o mundo clarear pela sua fenda na fuligem. A luz também ajudou, embora doesse o coração ver o brilho rosado da aurora manchado pela película de imundície que ainda restava do seu lado da Redoma. A luz era boa, porque ali dentro estava tudo escuro e torrado e duro e silencioso.

Tentaram tirar Ames da guarda às cinco da manhã, mas Ollie gritou para que ele ficasse, e Ames se recusou a sair dali. Quem estava no comando cedeu. Aos poucos, parando para apertar a boca na Redoma e sugar mais ar, Ollie contou como sobrevivera.

— Sabia que tinha que esperar o fogo apagar — disse —, então fui muito econômico com o oxigênio. Uma vez o vovô Tom me disse que um cilindro duraria a noite toda se ele dormisse, então eu só fiquei lá parado. Por um bom tempo nem precisei usar, porque tinha ar debaixo das batatas e eu respirei.

Ele pôs os lábios na superfície, sentindo o gosto da fuligem, sabendo que podia ser o resíduo de alguém que estava vivo 24 horas antes, sem se importar. Sugou avidamente e tossiu a crosta enegrecida até que conseguiu continuar.

— No começo estava frio embaixo das batatas, mas aí ficou mais quente e depois muito quente. Achei que ia queimar vivo. O celeiro estava queimando bem em cima da minha cabeça. *Tudo* estava ardendo. Mas foi tão quente e tão rápido que não durou muito, e talvez tenha sido isso que me salvou. Não sei. Fiquei onde estava até o primeiro cilindro esvaziar. Aí precisei sair. Estava com medo de que o outro tivesse explodido, mas não. Mas aposto que foi por pouco.

Ames concordou. Ollie sugou mais ar pela Redoma. Era como tentar respirar por um pano grosso e sujo.

— E a escada. Se fosse madeira em vez de concreto, eu não ia conseguir sair. No começo nem tentei. Só me arrastei de volta pra debaixo das batatas porque estava quente demais. As que estavam do lado de fora da pilha assaram com casca e tudo — dava pra sentir o cheiro. Aí ficou difícil puxar o ar, e vi que o segundo cilindro também estava acabando.

Ele parou, tomado por um ataque de tosse. Quando ficou sob controle, continuou.

— O que eu mais queria era ouvir uma voz humana outra vez antes de morrer. Fico contente de ser você, soldado Ames.

— O meu nome é Clint, Ollie. E você não vai morrer.

Mas os olhos que espiavam pela fenda suja na base da Redoma, como olhos que espiam pela abertura de vidro de um caixão, pareciam conhecer outra verdade mais verdadeira.

9

Da segunda vez que o despertador tocou, Carter soube o que era, embora tivesse acordado de um sono sem sonhos. Porque parte dele não ia dormir *de verdade* até que aquilo acabasse ou ele morresse. Pelo jeito, instinto de sobrevivência era isso: um vigia acordado no fundo do cérebro.

A segunda vez foi por volta das sete e meia da manhã de domingo. Ele sabia porque o seu relógio de pulso era do tipo que acende quando se aperta um botão. As luzes de emergência tinham apagado durante a noite e o abrigo antirradiação estava completamente às escuras.

Ele se sentou e sentiu alguma coisa cutucar a sua nuca. O corpo da lanterna que usara na noite passada, talvez. Tateou para encontrá-la e a ligou. Estava no chão. Big Jim, no sofá. Fora Big Jim que o cutucara com a lanterna.

É claro que ele fica com o sofá, pensou Carter, ressentido. *Ele é o chefe, não é?*

— Vamos, filho — disse Big Jim. — O mais depressa possível.

Por que tem que ser eu? pensou Carter... mas não disse. Tinha que ser ele porque o chefe era *velho*, o chefe era *gordo*, o chefe tinha o *coração doente*. E porque era o chefe, é claro. James Rennie, o Imperador de Chester's Mill.

Imperador de carros usados, é só o que você é, pensou Carter. *E está fedendo a suor e azeite de sardinha.*

— Anda. — Voz irritada. E assustada. — O que você está esperando?

Carter se levantou, o facho da lanterna balançando pelas prateleiras cheias do abrigo antirradiação (tantas latas de sardinha!), e seguiu para o depósito. Uma das luzes de emergência ainda estava acesa lá, mas tremulava, quase apagada. O zumbido agora era mais alto, um *AAAAAAAAAAA* constante. O som do destino próximo e cruel.

Nós nunca vamos sair daqui, pensou Carter.

Ele jogou o facho da lanterna no alçapão diante do gerador, que continuava emitindo o zumbido irritante e sem modulação que, por alguma razão, o fazia lembrar do chefe quando discursava. Talvez porque ambos os ruídos se resumissem à mesma ordem estúpida: *Me dá comida, me dá comida, me dá comida. Me dá gás, me dá sardinha, me dá gasolina premium pro meu Hummer. Me dá comida. Vou morrer do mesmo jeito, e depois* você *também vai, mas quem se importa? Quem dá a mínima? Me dá comida, me dá comida, me dá comida.*

Agora dentro do depósito só havia seis cilindros de gás. Quando ele trocasse o que estava quase vazio, haveria cinco. Cinco botijõezinhos, um pouco maiores que os de cozinha, entre eles e a morte por sufocação quando o purificador deixasse de funcionar.

Carter puxou um dos cilindros do depósito, mas só o pôs ao lado do gerador. Não pretendia trocar o cilindro atual antes que se esvaziasse totalmente, apesar daquele irritante *AAAAAAA*. Não. Não. Como costumavam dizer sobre o café Maxwell House, era bom até a última gota.

Mas sem dúvida aquele zumbido dava nos nervos. Carter considerou que podia achar o alarme e silenciá-lo, mas aí como saberiam que o gerador estava ficando sem gás?

Como dois ratos presos num balde virado, é isso que nós somos.

Ele repassou os números na cabeça. Restavam seis tanques, cada um durava cerca de 11 horas. Mas podiam desligar o ar-condicionado, e assim cada tanque talvez durasse 12 ou até 13 horas. Por segurança, digamos 12. Doze vezes seis era... vejamos...

O *AAAAAAA* tornava a matemática mais difícil que o normal, mas ele finalmente chegou lá: 72 horas entre eles e a morte horrível por sufocamento ali embaixo no escuro. E por que estava escuro? Porque ninguém se dera ao trabalho de trocar a pilha das lâmpadas de emergência. Por isso. Provavelmente não eram trocadas há vinte anos ou mais. O chefe andara *poupando*. E porque só sete botijõezinhos de merda no depósito quando havia cerca de um zilhão de litros lá na WCIK, esperando pra explodir? Porque o chefe gostava de ter tudo *bem onde ele queria*.

Ali sentado, escutando o *AAAAAAA*, Carter recordou uma das frases do pai: *Poupe um centavo e perca um dólar*. Isso era Rennie da cabeça aos pés. Rennie, o Imperador de Carros Usados. Rennie, o político figurão. Rennie, o supervilão das drogas. Quanto ganhara com o tráfico? Um milhão de dólares? Dois? E que importância tinha isso?

Provavelmente nunca teria gastado nada, pensou Carter, *e é óbvio que não vai gastar agora. Não tem nada com que gastar dinheiro aqui embaixo. Tem todas as sardinhas que quiser comer e são de graça.*

— Carter? — A voz de Big Jim veio flutuando pela escuridão. — Você vai trocar esse troço ou vai ficar só escutando o barulho?

Carter abriu a boca para berrar que iam esperar, que cada minuto contava, mas bem então o *AAAAAAA* finalmente parou. E também o *quip-quip-quip* do purificador de ar.

— Carter?

— Estou trocando, chefe. — Com a lanterna presa no sovaco, Carter puxou o cilindro vazio, pôs o cheio numa plataforma de metal de tamanho suficiente para conter um cilindro dez vezes maior e ligou o conector.

Cada minuto contava... contava? *Por que* contava, se ia acabar na mesma conclusão sufocante?

Mas o vigia da sobrevivência lá dentro achou que a pergunta era idiota. O vigia da sobrevivência achava que 72 horas eram 72 horas, e cada minuto dessas 72 horas contava. Por que quem sabe o que pode acontecer? Os militares podiam finalmente descobrir como abrir a Redoma. Podia até sumir sozinha, indo tão de repente e tão sem explicação como viera.

— *Carter?* O que você está fazendo aí atrás? A melequenta da minha avó seria mais rápida e ela já morreu!

— Quase pronto.

Ele verificou se a conexão estava firme e pôs o polegar no botão de ligar (achando que, se a bateria que ligava o pequeno gerador fosse tão velha quanto a das lâmpadas de emergência, eles estariam numa encrenca). Então parou.

Eram 72 horas se fossem os *dois*. Mas se fosse só ele, talvez conseguisse esticar para 90 ou mesmo 100, se desligasse o purificador até que o ar ficasse muito ruim. Ele dera essa última ideia a Big Jim, que a rejeitara na mesma hora.

— Eu tenho o coração fraco — lembrara a Carter. — Quanto pior o ar, mais provável que ele queira pifar.

— *Carter?* — Em voz alta e exigente. Uma voz que lhe chegou aos ouvidos do mesmo jeito que o cheiro das sardinhas do chefe lhe chegara ao nariz. — *O que está acontecendo aí?*

— Tudo pronto, chefe! — gritou, e apertou o botão. O motor de arranque zumbiu e o gerador ligou imediatamente.

Tenho que pensar nisso, disse Carter a si mesmo, mas o vigia da sobrevivência pensava diferente. O vigia da sobrevivência achava que cada minuto perdido era um minuto desperdiçado.

Ele foi bom comigo, disse Carter a si mesmo. *Ele me deu responsabilidades.*

Serviço sujo que ele não queria fazer, foi o que te deu. E um buraco no chão pra morrer. Isso também.

Carter se decidiu. Tirou a Beretta do coldre enquanto voltava para a sala principal. Pensou em enfiá-la nas costas para que o chefe não visse, mas decidiu que não. Afinal de contas, o homem o chamara de *filho*, e talvez até falasse sério. Merecia coisa melhor do que um tiro inesperado na nuca e ir embora despreparado.

10

Não estava escuro na extremidade nordeste da cidade; ali a Redoma estava muito suja, mas não opaca. O sol brilhava por ela e deixava tudo de um rosa febril.

Norrie correu para Barbie e Julia. Ela tossia e estava sem fôlego, mas correu ainda assim.

— O meu avô está tendo um enfarte! — gemeu e caiu de joelhos, tossindo e ofegando.

Julia abraçou a menina e virou o rosto dela para os ventiladores que rugiam. Barbie engatinhou até onde os exilados cercavam Ernie Calvert, Rusty Everett, Ginny Tomlinson e Dougie Twitchell.

— Deem espaço, pessoal! — gritou Barbie. — O sujeito precisa de ar!

— Esse é o problema — disse Tony Guay. — Deram a ele o que restava... o que seria pros garotos... mas...

— Epi — disse Rusty, e Twitch lhe entregou uma seringa. Rusty deu a injeção. — Ginny, começa as compressões. Quando se cansar, troca com Twitch. Depois, eu.

— Também quero — disse Joanie. As lágrimas corriam pelo seu rosto, mas ela parecia bastante serena. — Tive aulas.

— Eu tive também — disse Claire. — Posso ajudar.

— E eu — completou Linda baixinho. — Fiz a reciclagem no último verão

É pequena a cidade, e pro time nós torcemos, pensou Barbie. Ginny, o rosto ainda inchado dos ferimentos, começou as compressões no peito. Trocou com Twitch bem na hora em que Julia e Norrie se juntaram a Barbie.

— Vão conseguir salvá-lo? — perguntou Norrie.

— Não sei — respondeu Barbie. Mas ele *sabia*; esse era o problema.

Twitch assumiu o lugar de Ginny. Barbie observou as gotas de suor da testa de Twitch escurecerem a camisa de Ernie. Dali a uns cinco minutos ele parou, tossindo, sem fôlego. Quando Rusty começou a avançar, Twitch balançou a cabeça.

— Ele faleceu. — Twitch virou-se para Joanie e disse: — Sinto muito, sra. Calvert.

O rosto de Joanie tremeu e depois se contraiu. Ela soltou um grito de dor que virou um ataque de tosse. Norrie a abraçou, também voltando a tossir.

— Barbie — disse uma voz. — Uma palavrinha?

Era Cox, agora vestindo farda camuflada marrom e uma jaqueta acolchoada contra o frio do outro lado. Barbie não gostou da expressão sombria do rosto de Cox. Julia foi com ele. Inclinaram-se perto da Redoma, tentando respirar devagar mas regularmente.

— Teve um acidente na base da Força Aérea em Kirtland, Novo México. — Cox mantinha a voz baixa. — Faziam os últimos testes no míssil nuclear que nós queríamos tentar e... merda.

— Ele *explodiu*? — perguntou Julia, horrorizada.

— Não, senhora, derreteu. Duas pessoas morreram e mais meia dúzia pode morrer de queimaduras ou envenenamento por radiação. A questão é: nós perdemos o míssil. Perdemos a merda do míssil.

— Foi defeito? — perguntou Barbie. Quase torcendo para que fosse, porque significava que poderia ter dado certo.

— Não, coronel, não foi. Foi por isso que usei a palavra *acidente*. Acontece quando todo mundo está com pressa, e estamos todos com uma pressa do caralho.

— Sinto muito por esses homens — disse Julia. — Os parentes já sabem?

— Dada a sua situação, é muita gentileza sua pensar nisso. Logo serão informados. O acidente aconteceu à uma da madrugada. O trabalho já começou no Garoto Dois. Deve estar pronto em três dias. Quatro, no máximo.

Barbie fez que sim.

— Obrigado, senhor, mas não sei se temos todo esse tempo.

Um longo queixume agudo de pesar — o queixume de uma criança — veio de trás deles. Quando Barbie e Julia olharam, o queixume virou uma série de tossidas fortes e arfadas tentando respirar. Viram Linda se ajoelhar ao lado da filha mais velha e acolher a menina nos braços.

— *Ela não pode ter morrido!* — gritava Janelle. — *Audrey não pode ter morrido!*

Mas tinha. A golden retriever dos Everett morrera à noite, em silêncio e sem confusão, enquanto as Jotinhas dormiam ao lado dela.

11

Quando Carter voltou à sala principal, o segundo vereador de Mill comia flocos de milho de uma caixa com um papagaio de desenho animado na frente. Carter reconheceu esse pássaro mítico dos muitos cafés da manhã da infância: Tucano Sam, santo padroeiro dos Froot Loops.

Deve estar velho como o diabo, pensou Carter, e teve um momento passageiro de pena do chefe. Depois pensou na diferença entre setenta e poucas horas de ar e oitenta ou cem e endureceu o coração.

Big Jim remexeu e tirou mais flocos da caixa, depois viu a Beretta na mão de Carter.

— Ora, ora — disse.

— Sinto muito, chefe.

Big Jim abriu a mão e deixou os Froot Loops cascatearem de volta na caixa, mas a mão estava grudenta e alguns anéis de cores vivas se agarraram aos dedos e à palma. O suor brilhava na testa e pingava na linha recuada do cabelo.

— Filho, não faça isso.

— É preciso, sr. Rennie. Não é nada pessoal.

E não era mesmo, decidiu Carter. Nem um tiquinho. Estavam presos ali, e só. E como aconteceu em consequência de decisões de Big Jim, ele é que teria de pagar o preço.

Big Jim pousou a caixa de Froot Loops no chão. Fez isso com cuidado, como se tivesse medo de que a caixa se estilhaçasse se tratada com rudeza.

— Então o que é?

— Só... ar.

— Ar. Entendo.

— Eu poderia ter vindo com a arma nas costas e lhe pôr uma bala na cabeça, mas não quis fazer isso. Quis lhe dar tempo de se preparar. Porque o senhor foi bom pra mim.

— Então não me faça sofrer, filho. Se não é pessoal, não me faça sofrer.

— Se o senhor ficar parado, não vai sofrer. Será rápido. Como matar um veado ferido na floresta.

— Podemos conversar?

— Não, senhor. Eu já me decidi.

Big Jim fez que sim.

— Então tudo bem. Posso fazer uma oração primeiro? Você me permitiria?

— Sim, senhor, pode orar se quiser. Mas seja rápido. Isso também é difícil pra mim, sabe.

— Acredito. Você é um bom menino, filho.

Carter, que não chorava desde os 14 anos, sentiu uma pontada no canto do olho.

— Me chamar de filho não vai ajudar.

— Isso *me* ajuda. E ver que você está comovido... isso também me ajuda.

Big Jim moveu o corpanzil do sofá e ficou de joelhos. No ato de fazer isso, derrubou os Froot Loops e soltou uma risadinha triste.

— Não foi lá essas coisas como última refeição, isso eu posso garantir.

— Provavelmente não. Lamento.

Big Jim, agora de costas para Carter, suspirou.

— Mas vou comer rosbife na mesa do Senhor daqui a poucos minutos, então está tudo bem. — Ele ergueu o dedo gordo e o apertou no alto da nuca. — Bem aqui. O tronco cerebral. Tudo bem?

Carter engoliu o que parecia uma grande bola seca de algodão.

— Sim, senhor.

— Quer se ajoelhar comigo, filho?

Carter, que vivera sem orações mais tempo do que vivera sem lágrimas, quase disse sim. Então se lembrou que o chefe sabia ser dissimulado. Provavelmente não estava sendo dissimulado agora, provavelmente estava além desse ponto, mas Carter vira o homem trabalhar e não ia se arriscar. Fez que não.

— Faz a sua oração. E se quiser chegar ao amém, é bom mesmo que seja curta.

De joelhos, de costas para Carter, Big Jim pôs as mãos sobre a almofada do sofá, ainda afundada pelo peso da sua bunda bem considerável.

— Meu Deus, aqui é o Seu servo, James Rennie. Acho que estou indo para o Senhor, querendo ou não. A taça foi erguida até os meus lábios, e não consigo...

Um grande soluço seco lhe escapou.

— Apaga a luz, Carter. Não quero chorar na sua frente. Um homem não morre assim.

Carter estendeu a arma até quase tocar a nuca de Big Jim.

— Tudo bem, mas foi o seu último pedido. — Então, apagou a luz.

Soube que fora um erro assim que o fez, mas aí já era tarde. Ouviu o chefe se mexer, e ele era rapidíssimo para um homem grande de coração fraco. Carter atirou e, com o flash da arma, viu um buraco de bala aparecer na almofada afundada do sofá. Big Jim não estava mais ajoelhado na sua frente, mas não podia ter ido longe, por mais veloz que fosse. Quando Carter cutucou o botão da lanterna, Big Jim avançou com a faca de açougueiro que pegara na gaveta junto ao fogão do abrigo antirradiação, e 15 centímetros de aço entraram no estômago de Carter Thibodeau.

Ele berrou de agonia e atirou de novo. Big Jim sentiu a bala zumbir junto à orelha, mas não recuou. Também tinha um vigia da sobrevivência, que o servira muitíssimo bem no decorrer dos anos, e agora ele dizia que, se recuasse, morreria. Levantou-se, puxando a faca para cima ao se erguer, eviscerando o garoto estúpido que achara que levaria a melhor sobre Big Jim Rennie.

Carter berrou de novo ao ser aberto. Gotas de sangue respingaram no rosto de Big Jim, impulsionadas pelo que ele, devotamente, torceu para ser o último suspiro do garoto. Empurrou Carter para trás. No facho da lanterna caída, Carter cambaleou, esmagando os Froot Loops caídos e segurando a barriga. O sangue jorrou sobre seus dedos. Ele tateou as prateleiras e caiu de joelhos numa chuva de sardinhas Vigo, marisco frito Snow e sopas Campbell. Por um instante ficou ali, como se tivesse pensado melhor e decidido orar, afinal. O cabelo caía sobre o rosto. Aí perdeu as forças e caiu.

Big Jim pensou na faca, mas era trabalhoso demais para um homem que sofria do coração (prometeu a si mesmo novamente que cuidaria disso assim que essa crise acabasse). Em vez disso, pegou a arma de Carter e foi até o garoto tolo.

— Carter? Ainda está entre nós?

Carter gemeu, tentou se virar, desistiu.

— Vou pôr uma bala no alto da sua nuca, como você sugeriu. Mas quero lhe dar um último conselho antes. Está me ouvindo?

Carter gemeu de novo. Big Jim interpretou isso como assentimento.

— Eis o conselho: nunca dê a um bom político tempo pra orar.

E puxou o gatilho.

12

— Acho que tá morrendo! — gritou o soldado Ames. — Acho que o garoto tá morrendo!

O sargento Groh se ajoelhou ao lado de Ames e espiou pela fenda suja na base da Redoma. Ollie Dinsmore estava deitado de lado com os lábios quase apertados contra uma superfície que agora conseguiam ver, graças à imundície ainda agarrada. Na melhor voz de sargento de ordem unida, Groh gritou:

— *Ei! Ollie Dinsmore! De frente! No centro!*

Devagar, o menino abriu os olhos e fitou os dois homens acocorados a menos de meio metro, mas num mundo mais frio e mais limpo.

— O quê? — sussurrou.

— Nada, filho — disse Groh. — Volta a dormir.

Groh se virou para Ames.

— Relaxa, soldado. Ele está bem.

— Não está, não. Basta olhar pra ele!

Groh pegou Ames pelo braço e o ajudou — não sem gentileza — a se levantar.

— Não — concordou em voz baixa. — Não está nem um pouquinho bem, mas está vivo e dormindo e agora é o melhor que nós podemos desejar. Vai precisar de menos oxigênio assim. Vai comer alguma coisa. Tomou o seu café da manhã?

Ames fez que não. A ideia de café da manhã nem lhe passara pela cabeça.

— Quero estar aqui caso ele acorde. — Ele parou, depois foi fundo. — Quero estar aqui caso ele morra.

— Ele não vai morrer por enquanto — disse Groh. Não fazia ideia se isso era verdade ou não. — Vai pegar alguma coisa no caminhão, mesmo que seja só uma fatia de mortadela dentro de um pão. Você está péssimo, soldado.

Ames virou a cabeça na direção do menino que dormia no chão carbonizado com a boca e o nariz encostados na Redoma. O rosto estava riscado de sujeira, e eles mal conseguiam ver o peito subir e descer.

— Quanto tempo acha que ele tem, sargento?

Groh sacudiu a cabeça.

— Pouco, provavelmente. Alguém no grupo do outro lado já morreu hoje de manhã, e vários não estão bem. E lá está melhor. Mais limpo. Você tem que se preparar.

Ames sentiu que ia chorar.

— O garoto perdeu a família toda.

— Vai comer alguma coisa. Eu fico de olho até você voltar.

— Mas depois disso, posso ficar?

— O garoto quer você, soldado, o garoto fica com você. Pode ficar até o fim.

Groh observou Ames correr até a mesa perto do helicóptero, onde a comida estava servida. Ali fora, eram dez horas de uma linda manhã de fim de outono. O sol brilhava e derretia o resto de uma geada forte. Mas a meros centímetros, havia um mundo-bolha de crepúsculo perpétuo, um mundo onde o ar era irrespirável e o tempo deixara de ter significado. Groh se lembrou de um lago no parque da cidade onde nascera. Wilton, Connecticut, era isso mesmo. Havia carpas douradas no lago, bem grandes. Os garotos costumavam alimentá-las. Até o dia em que um dos guardas do parque causou um acidente com algum fertilizante, foi isso. Adeus, peixes. Todos os dez ou 12, flutuando mortos na superfície.

Olhando o menino sujo adormecido do outro lado da Redoma, era impossível não pensar naquelas carpas... só que meninos não são peixes.

Ames voltou, comendo alguma coisa que obviamente não queria. Não era um bom soldado, na opinião de Groh, mas era um bom garoto de bom coração.

O soldado Ames se sentou. O sargento Groh se sentou com ele. Por volta do meio-dia, receberam notícias do lado norte da Redoma: outro sobrevivente de lá morrera. Um menininho chamado Aidan Appleton. Outro garoto. Groh achava que tinha conhecido a mãe dele na véspera. Torcia para estar errado, mas achava que não.

— Quem fez isso? — Ames perguntou. — Quem criou essa porra, sargento? E por quê?

Groh sacudiu a cabeça.

— Não faço ideia.

— Isso não faz *sentido*! — gritou Ames. Além deles, Ollie se mexeu, ficou sem ar e moveu o rosto adormecido novamente para a brisa escassa que passava pela barreira.

— Não acorda ele — disse Groh, pensando: *Se ele se for durante o sono, será melhor para todos nós.*

13

Às duas da tarde, todos os exilados tossiam, exceto — inacreditável, mas verdadeiro — Sam Verdreaux, que parecia se sentir muito bem no ar ruim, e Pequeno Walter Bushey, que só fazia dormir e mamar de vez em quando uma ração de leite ou suco. Barbie sentou-se encostado na Redoma, abraçado a Julia. Não muito longe, Thurston Marshall estava sentado ao lado do cadáver do pequeno Aidan Appleton, que morrera de forma súbita e aterradora. Thurse, que agora tossia sem parar, estava com Alice no colo. Ela chorara até dormir. A uns 5 metros, Rusty se aconchegava à mulher e às meninas, que também tinham chorado até dormir. Rusty levara o corpo de Audrey para a ambulância, para que as meninas não tivessem de olhá-lo. Prendeu a respiração pelo caminho: mesmo a 15 metros da Redoma, o ar ficava sufocante, mortal. Assim que recuperou a respiração, achou que devia fazer o mesmo com o menininho. Audrey seria boa companhia para ele; sempre gostara de crianças.

Joe McClatchey se deixou cair ao lado de Barbie. Agora parecia mesmo um espantalho, o rosto pálido cheio de espinhas e com círculos de carne roxa feito hematomas abaixo dos olhos.

— Mamãe está dormindo — disse Joe.

— Julia também — disse Barbie —, então fale baixo.

Julia abriu o olho.

— Dormindo nada — disse ela, e na mesma hora fechou o olho de novo. Tossiu, parou, tossiu mais um pouco.

— Benny está muito mal — disse Joe. — Está com febre, como o menininho antes de morrer. — Ele hesitou. — Mamãe também está bem quente. Talvez seja só por causa do calor aqui dentro, mas... Acho que não é isso. E se *ela* morrer? O que todos nós vamos fazer?

— Nós, não — disse Barbie. — Eles vão pensar em alguma coisa.

Joe balançou a cabeça.

— Não vão. E você sabe disso. Eles estão lá fora. Nada lá fora pode nos ajudar. — Ele olhou a terra devastada e enegrecida onde na véspera havia uma cidade e riu (som áspero como um grasnido, e pior porque realmente havia nele alguma diversão). — Chester's Mill é uma cidade desde 1803, aprendemos na escola. Mais de duzentos anos. E uma semana pra varrer ela da face da Terra. Uma semana de merda, foi o tempo que levou. O que você acha disso, coronel Barbara?

Barbie não conseguiu pensar no que dizer.

Joe cobriu a boca, tossiu. Atrás deles, os ventiladores rugiam e rugiam.

— Eu sou um garoto inteligente. Sabia? Quer dizer, não estou me gabando, mas... Eu sou inteligente.

Barbie pensou na transmissão de vídeo que o garoto armara perto do local do míssil.

— Nem discuto, Joe.

— Nos filmes do Spielberg, é o garoto inteligente que descobre a solução no último instante, não é assim?

Barbie sentiu Julia se mexer de novo. Agora os dois olhos estavam abertos, e ela fitava Joe muito séria.

As lágrimas escorriam pelo rosto do menino.

— Em que belo garoto do Spielberg eu me transformei. Se estivéssemos no Jurassic Park, os dinossauros iam nos comer, com certeza.

— Ah, se eles se cansassem — disse Julia, sonhadora.

— Hein? — Joe piscou para ela.

— Os cabeças de couro. As *crianças* cabeças de couro. Crianças costumam se cansar das brincadeiras e fazer outra coisa. Ou — ela tossiu com mais força — ou os pais os chamam pra ir pra casa jantar.

— Talvez não comam — disse Joe, soturno. — Talvez nem tenham pais.

— Ou talvez o tempo deles seja diferente — disse Barbie. — No mundo deles, talvez tenham acabado de se sentar em torno da versão deles da caixa. Pra eles, a brincadeira pode estar só começando. Nem sabemos direito se são crianças.

Piper Libby veio ficar com eles. Estava corada e o cabelo grudava no rosto.

— São crianças — disse.

— Como você sabe? — perguntou Barbie.

— Eu sei. — Ela sorriu. — São o Deus em que eu deixei de acreditar faz uns três anos. Deus acabou virando um monte de garotinhos maus brincando de videogame interestelar. Não é engraçado? — O sorriso se alargou e depois ela caiu em prantos.

Julia olhava a caixa com a luz roxa piscante. O rosto estava pensativo e meio sonhador.

14

É noite de sábado em Chester's Mill. É a noite em que as senhoras da Ordem da Estrela do Oriente costumavam se reunir (e em geral, depois da reunião, iam para a casa de Henrietta Clavard tomar vinho e contar as melhores piadas sujas). É a noite em que Peter Randolph e os amigos costumavam jogar pôquer (e também contar as melhores piadas sujas). A noite em que Stewart e Fern Bowie costumavam ir a Lewiston arranjar duas putas num bordel da rua Lower Lisbon. A noite em que o reverendo Lester Coggins costumava fazer reuniões de oração com adolescentes no salão do presbitério da Sagrado Redentor e Piper Libby organizava bailes de adolescentes no porão da Igreja Congregacional. A noite em que o Dipper's costumava ferver até uma da manhã (e por volta de meia-noite e meia a multidão bêbada começava a cantar seu hino *Dirty Water*, uma música que todas as bandas de Boston conheciam bem). A noite em que Howie e Brenda Perkins costumavam caminhar de mãos dadas na praça da cidade, dando oi a outros casais que conheciam. A noite em que se dizia que Alden Dinsmore, a mulher Shelley e os dois filhos jogavam bola à luz da Lua cheia. Em Chester's Mill (como na maioria das cidades pequenas em que todos torcem pelo time), as noites de sábado costumavam ser as melhores, feitas para dançar, trepar e sonhar.

Não esta. Esta é negra e parece interminável. O vento morreu. O ar envenenado é quente e parado. Lá onde costumava ser a rodovia 119 até que o calor da fornalha a ferveu, Ollie Dinsmore está deitado com o rosto apertado na sua fenda na escória, ainda se agarrando à vida com teimosia, e, a apenas meio metro, o soldado Clint Ames continua sua vigília paciente. Algum garoto esperto quis acender um refletor no menino; Ames (apoiado pelo sargento Groh, que afinal de contas não é tão ogro assim) conseguiu impedir que acontecesse, argumentando que acender refletores sobre gente adormecida é o que se faz com terroristas, não com adolescentes que provavelmente vão morrer antes de o Sol nascer. Mas Ames tem uma lanterna, e de vez em quando a acende sobre o menino para ter certeza de que ainda respira. Ainda, mas cada vez que Ames usa a lanterna, espera que mostre que essa respiração curta parou de vez. Na verdade, parte dele começou a torcer por isso. Parte dele começou a aceitar a verdade: não importa até que ponto Ollie Dinsmore foi engenhoso ou se a sua luta foi heroica; ele não tem futuro. Vê-lo lutar é terrível. Pouco antes da meia-noite, o próprio soldado Ames adormece, sentado, com a lanterna na mão frouxa.

Dormes?, dizem que Jesus indagou a Pedro. *Não pudeste vigiar uma hora?*

A isso o Chef Bushey acrescentaria: *Evangelho de Mateus, Sanders.*

Pouco depois de uma da manhã, Rose Twitchell sacode Barbie para acordá-lo.

— Thurston Marshall morreu — diz ela. — Rusty e o meu irmão estão levando o corpo pra ambulância pra menina não ficar nervosa demais quando acordar. — Depois, acrescenta: — *Se* ela acordar. Alice também está mal.

— Agora todos estamos mal — diz Julia. — Menos Sam e aquele bebezinho dopado.

Rusty e Twitch voltam correndo do grupo de veículos, desmoronam diante de um dos ventiladores e começam a respirar atabalhoadamente. Twitch começa a tossir e Rusty o aproxima mais do ar, com tanta força que a testa de Twitch bate na Redoma. Todos escutam o barulho.

Rose ainda não terminou o inventário.

— Benny Drake também está mal. — Ela baixa a voz num sussurro. — Ginny diz que talvez não dure até o sol nascer. Ah, se houvesse algo que a gente pudesse *fazer*...

Barbie não responde. Nem Julia, que olha mais uma vez na direção de uma caixa que, embora com menos de 300cm² de área e uns 2cm de espessura, não pode ser mexida. Os olhos estão distantes, especulativos.

A lua avermelhada finalmente sai da imundície acumulada na parede leste da Redoma e lança a sua luz sangrenta. É fim de outubro e, em Chester's Mill, outubro é o mês mais rude, misturando lembrança e desejo. Não há lilases nessa terra morta. Nem lilases, nem árvores, nem capim. A lua olha a ruína e pouco mais.

15

Big Jim acordou no escuro, agarrando o peito. O coração negava fogo outra vez. Ele lhe deu um soco. Depois o alarme do gerador disparou, quando o cilindro atual de gás chegou ao ponto de perigo. *AAAAAAAAAA. Comida, comida.*

Big Jim pulou e gritou. O pobre coração torturado sacudia, falhava, pulava, depois corria para alcançar a si mesmo. Ele se sentia como um carro velho com o carburador ruim, o tipo de calhambeque que a gente podia aceitar numa troca, mas nunca venderia, o tipo que só servia para o desmanche. Ele ofegou e socou. Esse era tão ruim quanto aquele que o mandara para o hospital. Talvez até pior.

AAAAAAAAAAA: o som de algum inseto imenso e pavoroso — uma cigarra, talvez — ali no escuro com ele. Quem sabe o que poderia ter entrado ali enquanto ele dormia?

Big Jim tateou atrás da lanterna. Com a outra mão, socava e esfregava alternadamente, dizendo ao coração que se acalmasse, que não fosse um *bebê* tão melequento; ele não passara por tudo aquilo só para morrer no escuro.

Achou a lanterna, lutou para se pôr de pé e tropeçou no corpo do falecido ajudante de ordens. Gritou de novo e caiu de joelhos. A lanterna não quebrou, mas rolou para longe dele, lançando um facho móvel na prateleira mais baixa da esquerda, cheia de caixas de espaguete e latas de massa de tomate.

Big Jim engatinhou atrás dela. Quando o fez, os olhos abertos de Carter Thibodeau se *moveram*.

— Carter? — O suor corria pelo rosto de Big Jim; as faces pareciam cobertas com alguma gordura leve e fedorenta. Conseguia sentir a camisa grudando no corpo. O coração deu outro daqueles sacolejos saltados e então, com espanto, se acalmou de novo no ritmo normal.

Bom. Não. Não exatamente. Mas ao menos num ritmo mais parecido com o normal.

— Carter? Filho? Está vivo?

Ridículo, é claro; Big Jim o eviscerara como um peixe na margem do rio e depois lhe dera um tiro na nuca. Estava tão morto quanto Adolf Hitler. Mas ele juraria... bom, *quase* juraria... que os *olhos* do garoto...

Ele combateu a ideia de que Carter ia estender a mão e agarrá-lo pela garganta. Disse a si mesmo que era normal se sentir um pouco

(*aterrorizado*)

nervoso, porque, afinal de contas, o rapaz quase o matara. E ainda esperava que Carter se sentasse e o puxasse para a frente e enterrasse dentes famintos na sua garganta.

Big Jim apertou os dedos debaixo da mandíbula de Carter. A carne grudenta de sangue estava fria e nenhum pulso se mexia ali. Claro que não. O garoto estava morto. Estava morto há 12 horas ou mais.

— Você está jantando com o seu Salvador, filho — sussurrou Big Jim. — Rosbife e purê de batata. Torta de maçã de sobremesa.

Isso o fez se sentir melhor. Engatinhou atrás da lanterna e, quando achou que ouviu algo se mexer atrás dele — o sussurro de uma mão, talvez, escorregando pelo chão de concreto, buscando às cegas —, não olhou para trás. Tinha que alimentar o gerador. Tinha que silenciar o *AAAAAA*.

Enquanto puxava um dos quatro cilindros restantes do cubículo de depósito, o coração entrou em arritmia de novo. Ele se sentou ao lado do alçapão aberto, ofegando e tentando tossir para fazer o coração voltar ao ritmo normal. E orando, sem perceber que a sua oração era, basicamente, uma série de exigências e racionalizações: faz isso parar, nada disso foi culpa minha, me tira daqui, fiz o melhor possível, deixa tudo como era antes, fui traído por incompetentes, cura o meu coração.

— Em nome de Jesus, amém — disse. Mas o som das palavras arrepiou em vez de confortar. Eram como ossos chocalhando numa tumba.

Quando o coração se acalmou um pouco, o grito áspero de cigarra do alarme tinha parado. O cilindro atual se esvaziara. A não ser pelo brilho da lanterna, agora estava tão escuro na segunda sala do abrigo antirradiação quanto na primeira; a lâmpada de emergência que restava tinha dado a última piscadela havia sete horas. Na luta para tirar o cilindro vazio e pôr o novo na plataforma ao lado do gerador, Big Jim teve a leve lembrança de carimbar INDEFERIDO numa requisição de manutenção do abrigo que fora parar na sua escrivaninha um ano ou dois atrás. Aquela requisição provavelmente incluía o custo de baterias novas para as lâmpadas de emergência. Mas ele não podia se culpar. O dinheiro do orçamento da cidade era limitado e todos viviam estendendo a mão: *Me dá comida, me dá comida.*

Al Timmons devia ter feito isso por iniciativa própria, disse a si mesmo. *Pelo amor de Deus, é demais pedir um pouco de iniciativa? Em parte, não é pra isso que a gente paga o pessoal da manutenção? Ele podia ter ido até aquele sapo do Burpee e pedido as baterias como doação, pelo amor do céu. Era o que eu faria.*

Ele ligou o cilindro ao gerador. Então o coração titubeou outra vez. A mão sacudiu e ele deixou a lanterna cair no depósito, onde bateu num dos cilindros que restavam. A lente se estilhaçou e ele ficou mais uma vez na escuridão total.

— *Não!* — gritou. — *Não, inferno, NÃO!*

Mas de Deus não houve resposta. O silêncio e o escuro se apertaram contra ele enquanto o coração sobrecarregado engasgava e lutava. Coisa traidora!

— Não importa. Vai ter outra lanterna na outra sala. Fósforos também. Só preciso achar. Se o Carter tivesse empilhado logo, eu iria direto até eles. — Era verdade. Ele superestimara o garoto. Achara que o garoto era um dos que chegam, mas no final era um dos que vão. Big Jim riu, depois se obrigou a parar. O som numa escuridão tão completa era um tanto fantasmagórico.

Não importa. Liga o gerador.

Isso. Certo. O gerador era a tarefa um. Podia verificar novamente a conexão depois que estivesse funcionando e o purificador de ar quipasse de novo. Então arranjaria outra lanterna, talvez até um lampião. Bastante luz até a próxima troca.

— Esse é o preço — disse. — Quem quer as coisas feitas direito nesse mundo tem que fazer com as próprias mãos. É só perguntar ao Coggins. É só perguntar à coisa-que-rima-com-aranha Perkins. Eles sabem. — Riu mais um pouco. Não podia impedir, porque *era* engraçado. — Eles descobriram. Ninguém mexe com cachorro grande quando só tem pau pequeno. Não, senhor. Não meeeesmo.

Tateou atrás do botão de ligar, encontrou, apertou. Nada aconteceu. De repente, o ar na sala pareceu mais pesado do que nunca.

Apertei o botão errado, só isso.

Sabendo que não, mas acreditando porque é preciso acreditar em certas coisas. Soprou nos dedos como um jogador querendo esquentar um par de dados frios. Depois, tateou até que os dedos acharam o botão.

— Deus — disse —, aqui é o Seu servo James Rennie. Por favor, faça essa maldita coisa ligar. Peço em nome do Seu Filho Jesus Cristo. — E apertou o botão.

Nada.

Ficou sentado no escuro com os pés enfiados no compartimento do gás, tentando empurrar o pânico que queria descer e comê-lo vivo. Tinha que pensar. Era a única maneira de sobreviver. Mas era difícil. Quando a gente está no escuro, quando o coração ameaça se rebelar a qualquer segundo, pensar é difícil.

E o pior? Tudo o que fizera e tudo pelo que trabalhara nos últimos trinta anos de vida parecia irreal. Como o jeito que as pessoas eram do outro lado da Redoma. Andavam, falavam, dirigiam, até voavam em aviões e helicópteros. E nada disso importava, não debaixo da Redoma.

Se controle. Se Deus não te ajudar, se ajude.

Certo. A primeira coisa era a luz. Até uma caixa de fósforos serviria. *Tinha que* haver alguma coisa numa das prateleiras da outra sala. Ele só iria tateando — bem devagar, bem metódico — até encontrar. Então acharia baterias para o melequento do motor de arranque. *Havia* baterias, disso tinha certeza, porque ele precisava do gerador. Sem o gerador, morreria.

Suponhamos que consiga ligá-lo de novo. O que vai acontecer quando o gás acabar?

Ah, mas algo interviria. Ele não iria morrer ali embaixo. Rosbife com Jesus? Abriria mão dessa refeição, na verdade. Se não pudesse sentar à cabeceira da mesa, preferia pular a coisa toda.

Isso o fez rir de novo. Ele avançou bem devagar e com todo o cuidado de volta até a porta que dava para a sala principal. Estendeu as mãos à frente, como um cego. Depois de sete passos, elas tocaram a parede. Ele se moveu para a direita, passando a ponta dos dedos pela madeira e... ah! Vazio. A porta. Bom.

Ele passou por ela, avançando agora com mais confiança apesar do negrume. Lembrava-se perfeitamente da planta da sala: estantes dos dois lados, sofá bem à fren...

Ele tropeçou de novo no maldito *garoto* melequento e caiu de cara. Bateu a testa no chão e gritou — mais de surpresa e indignação do que de dor, porque havia carpete para amortecer o golpe. Mas, meu Deus, havia uma mão morta entre as suas pernas. Parecia lhe agarrar o saco.

Big Jim ficou de joelhos, engatinhou à frente e bateu a cabeça de novo, dessa vez no sofá. Soltou outro grito, depois subiu no sofá, puxando as pernas atrás de si depressa, como um homem puxaria as pernas da água se percebesse que estava infestada de tubarões.

Ficou ali tremendo, dizendo a si mesmo que se acalmasse, tinha que se acalmar senão teria *mesmo* um enfarte.

Quando a gente sente essas arritmias, é preciso se concentrar e respirar fundo e devagar, dissera o médico hippie. Na hora, Big Jim achou que era bobagem da Nova Era, mas agora não havia mais nada — ele não estava com o seu verapamil — e tinha que tentar.

E pareceu que funcionava. Depois de vinte inspirações profundas e expirações longas e lentas, conseguiu sentir o coração se aquietar. O gosto de cobre saía da boca. Infelizmente, um peso parecia se instalar no seu peito. A dor se esgueirava pelo braço esquerdo. Ele sabia que eram sintomas de enfarte, mas achou que uma indigestão de tanta sardinha que comera era igualmente provável. *Mais* provável. As respirações longas e lentas estavam cuidando direitinho do coração (mas ele ainda teria de cuidar disso quando saísse daquela encrenca, talvez até ceder e fazer a cirurgia de ponte de safena). O calor era o problema. O calor e o ar pesado. Tinha que achar aquela lanterna e ligar o gerador de novo. Só mais um minuto, talvez dois...

Havia alguém respirando ali.

É claro. Eu estou respirando aqui.

Ainda assim ele tinha bastante certeza de que ouvira outra pessoa. Mais do que só uma. Parecia que havia várias pessoas ali com ele. E achou que sabia quem eram.

Isso é ridículo.

É, mas um dos respiradores estava atrás do sofá. Outro estava escondido no canto. E um estava em pé a menos de um metro dele.

Não. Parem!

Brenda Perkins atrás do sofá. Lester Coggins no canto, a mandíbula solta e pendurada.

E bem à sua frente...

— Não — disse Big Jim. — Isso é bobagem. Isso é pura *bosta*.

Ele fechou os olhos e tentou se concentrar em fazer inspirações longas e lentas.

— Cheira mesmo bem aqui, pai — recitou Junior diante dele. — Cheira igual à despensa. E às minhas namoradas.

Big Jim guinchou.

— Me ajuda aí, cara — disse Carter, de onde estava caído no chão. — Ele me cortou legal. Me deu um tiro, também.

— Parem com isso — sussurrou Big Jim. — Não estou escutando nada disso, por isso *parem*. Estou contando inspirações. Estou acalmando o meu coração.

— Ainda tenho os documentos — disse Brenda Perkins. — E montes de cópias. Logo vão estar pregadas em todos os postes telefônicos da cidade, do mesmo jeito que Julia pregou o último número do jornal. "Estai certos de que o vosso pecado vos há de atingir". Números, capítulo 32.

— Vocês não estão aqui!

Mas então *algo* — pareceu um dedo — beijou um caminho pela sua face.

Big Jim guinchou de novo. O abrigo antirradiação estava cheio de gente morta que ainda assim respirava o ar cada vez pior, e se aproximavam. Mesmo no escuro, conseguia ver o seu rosto pálido. Conseguia ver os olhos do filho morto.

Big Jim pulou do sofá, açoitando o ar negro com os punhos.

— Vão embora! Todos vocês, se afastem de mim!

Ele correu para a escada e tropeçou no primeiro degrau. Dessa vez não havia carpete para amortecer o golpe. O sangue começou a pingar nos olhos. Uma mão morta lhe acariciou a nuca.

— Você me matou — disse Lester Coggins, mas com a mandíbula quebrada saiu *Ooêê êê aôôô*.

Big Jim correu escada acima e se jogou na porta do alto com todo o seu peso considerável. Ela se escancarou, empurrando a madeira carbonizada e os tijolos caídos na frente. Abriu só o bastante para ele se espremer por ali.

— Não! — latiu. — Não, não me toquem! Nenhum de vocês me toque!

Estava quase tão escuro nas ruínas da sala de reuniões da Câmara de Vereadores quanto no abrigo, mas com uma grande diferença: o ar não valia nada.

Big Jim percebeu isso quando inspirou pela terceira vez. O coração, torturado além do suportável por essa ofensa final, subiu mais uma vez para a garganta. Dessa vez, ali ficou.

De repente, Big Jim sentiu que estava sendo esmagado da garganta até o umbigo por um peso terrível: um comprido saco de aniagem cheio de pedras. Lutou para voltar à porta como um homem que se move pela lama. Tentou se espremer pela abertura, mas dessa vez ficou preso. Um som terrível começou a sair da boca escancarada e da garganta fechada, e o som era *AAAAAAA: me dá comida, me dá comida, me dá comida.*

Ele se debateu uma vez, novamente, depois outra vez: a mão estendida, buscando o resgate final.

Foi acariciada do outro lado. *Papaaaaai*, sussurrou uma voz.

16

Alguém sacudiu Barbie para acordá-lo logo antes do amanhecer de domingo. Ele abriu os olhos relutante, tossindo, virando-se instintivamente para a Redoma e os ventiladores do outro lado. Quando a tosse finalmente cedeu, ele olhou para ver quem o acordara. Era Julia. O cabelo pendia frouxo e as faces estavam coradas de febre, mas os olhos estavam claros. Ela disse:

— Benny Drake morreu uma hora atrás.

— Ah, Julia. Jesus. Sinto muito.

A voz estava rouca e áspera, não era a sua voz de verdade.

— Tenho que chegar até a caixa que está fazendo a Redoma — disse ela. — Como é que eu chego até a caixa?

Barbie balançou a cabeça.

— É impossível. Mesmo que conseguisse fazer alguma coisa com ela, está no morro, a meio quilômetro daqui. Não conseguimos nem chegar às vans sem prender a respiração, e elas estão a menos de 5 metros.

— Tem um jeito — disse alguém.

Olharam em volta e viram Sam Relaxado Verdreaux. Ele fumava o seu último cigarro e os olhava com olhos sóbrios. Ele *estava* sóbrio; inteiramente sóbrio pela primeira vez em oito anos.

E repetiu:

— Tem um jeito. Eu posso mostrar.

USA ISSO PRA VOLTAR PRA CASA, VAI PARECER UM VESTIDO

1

Eram sete e meia da manhã. Tinham todos se reunido, mesmo a mãe sofrida e de olhos vermelhos do falecido Benny Drake. Alva abraçava os ombros de Alice Appleton. A ousadia e o atrevimento da menina tinham sumido e, quando ela respirava, roncos chocalhavam no seu peito magro.

Quando Sam terminou o que tinha a dizer, houve um momento de silêncio... a não ser, é claro, pelo rugido onipresente dos ventiladores. Então, Rusty disse:

— É loucura. Vocês vão morrer.

— Se ficarmos aqui, nós vamos viver? — perguntou Barbie.

— Por que tentariam fazer uma coisa dessas? — perguntou Linda. — Mesmo que a ideia do Sam dê certo e vocês consigam...

— Ah, eu acho que vai dar certo — disse Rommie.

— Claro que vai — concordou Sam. — Um cara chamado Peter Bergeron me contou, pouco depois do grande incêndio de Bar Harbor em 47. Pete tinha muitos defeitos, mas nunca foi mentiroso.

— Mesmo que dê certo — disse Linda —, *por quê*?

— Porque há uma coisa que nós não tentamos — respondeu Julia. Agora que se decidira e que Barbie dissera que iria com ela, estava serena. — A gente não tentou implorar.

— Você está maluca, Jules — disse Tony Guay. — Acha que eles vão *ouvir*? Ou escutar, se ouvirem?

Julia virou o seu rosto sério para Rusty.

— Daquela vez, quando o seu amigo George Lathrop queimava formigas vivas com a lente de aumento, *você* as ouviu implorar?

— Formigas não imploram, Julia.

— Você disse: "me ocorreu que as formigas também têm as suas vidinhas". *Por que* isso lhe ocorreu?

— Porque... — Ele se calou e deu de ombros.

— Talvez você as tenha escutado — disse Lissa Jamieson.

— Com o devido respeito, isso é bobagem — disse Pete Freeman. — Formigas são *formigas*. Não podem implorar.

— Mas a gente pode — interrompeu Julia. — E também não temos as nossas vidinhas?

A isso ninguém retrucou.

— O que mais podemos tentar?

Atrás deles, o coronel Cox falou. Tinham praticamente se esquecido dele. Agora o mundo do lado de fora e os seus cidadãos pareciam irrelevantes.

— Eu tentaria, se estivesse no lugar de vocês. Não me citem, mas... sim. Eu tentaria. Barbie?

— Eu já concordei — disse Barbie. — Ela tem razão. Não há mais nada.

2

— Deixa eu ver os sacos — disse Sam.

Linda lhe entregou três sacos de lixo verdes. Em dois deles, pusera roupas para si e para Rusty e alguns livros para as meninas (agora as camisas, calças, meias e roupas de baixo estavam jogadas de qualquer jeito atrás do grupinho de sobreviventes). Rommie doara o terceiro, que usara para carregar duas espingardas de caça. Sam examinou os três, encontrou um furo no saco que contivera as armas e o deixou de lado. Os outros dois estavam intactos.

— Tudo bem — disse —, escutem com atenção. Deve ser a van da dona Everett que vai até a caixa, mas precisamos dela aqui primeiro. — Ele apontou a Odyssey. — Tem certeza de que as janelas estão fechadas, dona? É bom ter certeza, porque vidas vão depender disso.

— Estão fechadas — disse Linda. — Nós estávamos usando o ar-condicionado.

Sam olhou Rusty.

— Você vai dirigir até lá, Doc, mas a primeira coisa que vai fazer é *desligar o ar-condicionado*. Sabe por que, não sabe?

— Pra proteger o ambiente dentro da cabine.

— Um pouco do ar ruim vai entrar quando abrirem a porta, claro, mas não vai ser muito se forem rápidos. Ainda vai ter ar bom lá dentro. Ar da *cida-*

de. Quem estiver lá dentro vai conseguir respirar direito no caminho até a caixa. Aquela picape velha não serve, e não só porque a janela está aberta...

— Nós *tivemos* que abrir — disse Norrie, olhando a van roubada da telefônica. — O ar-condicionado estava enguiçado. O v-vovô *disse*. — Uma lágrima escorreu devagar do olho esquerdo e riscou a sujeira no rosto. Agora havia sujeira por toda parte, e fuligem, quase fina demais para ver, flutuando no ar turvo.

— Tudo bem, querida — disse Sam. — Os pneus também não valem um penico. Uma olhada e a gente sabe de que loja de carros usados veio *essa* gracinha.

— Estou vendo que isso significa que, se precisarmos de outro veículo, é a minha van — disse Rommie. — Eu vou buscar.

Mas Sam fez que não com a cabeça.

— É melhor que seja o carro da dona Shumway, porque os pneus são menores e mais fáceis de manejar. Além disso, estão novinhos em folha. O ar lá dentro vai estar mais limpo.

Joe McClatchey deu um sorriso súbito.

— O ar dos pneus! Pôr o ar dos pneus nos sacos de lixo! Cilindros de mergulho feitos em casa! Sr. Verdreaux, isso é *genial*!

Sam Relaxado sorriu, mostrando todos os seis dentes que lhe restavam.

— Não posso aceitar o crédito, filho. O crédito é de Pete Bergeron. Ele me falou de uns homens que ficaram presos atrás daquele incêndio de Bar Harbor depois que a copa das árvores pegou fogo. Estavam bem, mas o ar não servia pra respirar. Então o que fizeram foi tirar a tampinha de um pneu do caminhão de troncos e se revezar respirando direto dali até que o vento limpou o ar. Pete disse que eles contaram que o gosto era horrível, igual ao de peixe morto e velho, mas que isso os manteve vivos.

— Um pneu vai ser suficiente? — perguntou Julia.

— Talvez, mas não dá pra confiar no estepe se for uma daquelas rosquinhas de emergência feitas pra durar 30 quilômetros estrada abaixo e só.

— Não é, não — disse Julia. — Detesto aquelas coisas. Pedi ao Johnny Carver que me arranjasse um novo, e ele arranjou. — Ela olhou para a cidade. — Acho que agora Johnny está morto. Carrie também.

— É melhor tirar um pneu do carro também, só por segurança — disse Barbie. — Você está com o macaco, não está?

Julia concordou com a cabeça.

Rommie Burpee sorriu sem muito humor.

— Trago você correndo de volta pra cá, Doc. A sua van contrra o híbrrido da Julia.

— Eu trago o Prius — disse Piper. — Fica aí mesmo, Rommie. Você está mal pra caralho.

— Bela expressão pra uma pastorra — resmungou Rommie.

— Você devia estar grato por eu ainda me sentir animada o bastante pra falar palavrão. — Na verdade, a reverenda Libby não parecia nada animada, mas Julia lhe entregou as chaves mesmo assim. Nenhum deles estava com cara de quem tivesse vontade de sair, beber e dançar, e Piper estava em melhor forma do que muitos; Claire McClatchey estava pálida como leite.

— Certo — disse Sam. — Temos mais um probleminha, mas antes...

— O quê? — perguntou Linda. — Que outro problema?

— Não se preocupa com isso agora. Primeiro vamos trazer o material rodante até aqui. Quando vocês querem tentar?

Rusty olhou a pastora da Igreja Congregacional de Mill. Piper concordou.

— Nenhuma hora é melhor que agora — respondeu Rusty.

3

Os cidadãos restantes observaram, mas não sozinhos. Cox e quase cem soldados a mais tinham se juntado do outro lado da Redoma, assistindo com a atenção silenciosa dos espectadores de um jogo de tênis.

Rusty e Piper respiraram fundo na Redoma, enchendo o pulmão com o máximo possível de oxigênio. Depois saíram correndo de mãos dadas na direção dos veículos. Quando chegaram lá, se separaram. Piper tropeçou e caiu de joelhos, largando as chaves do Prius, e todos que estavam olhando gemeram.

Então ela as pegou do capim e se levantou. Rusty já estava na Odyssey com o motor ligado quando ela abriu a porta do carrinho verde e se jogou lá dentro.

— Tomara que tenham se lembrado de desligar o ar-condicionado — disse Sam.

Os veículos vieram numa parelha quase perfeita, o Prius fazendo sombra na van muito maior como um cão terrier pastoreando uma ovelha. Foram depressa até a Redoma, sacudindo no terreno acidentado. Os exilados se afastaram diante deles, Alva com Alice Appleton no colo e Linda com uma Jotinha tossindo em cada braço.

O Prius parou a menos de meio metro da barreira suja, mas Rusty deu meia-volta na Odyssey e parou de ré.

— O seu marido tem um bom par de colhões, e pulmões melhores ainda — disse Sam a Linda, sem rodeios.

— É porque parou de fumar — disse Linda, e não ouviu ou fingiu não ouvir o risinho estrangulado de Twitch.

Bons pulmões ou não, Rusty não demorou. Bateu a porta atrás dele e correu até a Redoma.

— Mamão com açúcar — disse... e começou a tossir.

— O ar dentro da van é respirável, como Sam disse?

— Melhor do que o que nós temos aqui. — Ele riu distraído. — Mas Sam acertou outra coisa: sempre que a porta se abre, um pouco mais de ar bom sai e um pouco mais de ar ruim entra. Provavelmente vocês *conseguem* chegar à caixa sem o ar dos pneus, mas não sei se conseguem voltar sem ele.

— Eles não vão dirigir, nenhum deles — disse Sam. — *Eu* dirijo.

Barbie sentiu os lábios se virarem no primeiro sorriso genuíno a lhe enfeitar o rosto há dias.

— Achei que você tinha perdido a carteira.

— Não estou vendo nenhum policial aqui — disse Sam. Ele se virou para Cox. — E o senhor, capitão? Está vendo algum meganha local ou a polícia do condado?

— Nenhum — respondeu Cox.

Julia puxou Barbie de lado.

— Tem certeza de que quer tentar?

— Tenho.

— Você sabe que a probabilidade varia entre pouca e nenhuma, não é?

— Sei.

— Tem talento pra implorar, coronel Barbara?

Ele se recordou do ginásio em Fallujah: Emerson chutando o saco de um dos prisioneiros com tanta força que voaram à frente, Hackermeyer puxando o outro pelo *hijab* e encostando a arma na cabeça dele. O sangue atingira a parede como sempre atinge a parede, de volta à época em que os homens lutavam com clavas.

— Não sei — disse. — Só sei que é a minha vez.

4

Rommie, Pete Freeman e Tony Guay usaram o macaco para erguer o Prius e tiraram uma das rodas. Era um carro pequeno e, em circunstâncias normais, talvez conseguissem levantar a traseira usando só as mãos. Não agora. Embora o carro estivesse parado perto dos ventiladores, tiveram de correr várias vezes para respirar junto à Redoma até terminar o serviço. No final, Rose ocupou o lugar de Tony, que tossia demais para continuar.

Mas, finalmente, estavam com duas rodas com pneus novos encostadas na Redoma.

— Até agora, tudo bem — disse Sam. — Agora o outro probleminha. Espero que alguém tenha uma ideia, porque eu não tenho mesmo.

Todos os olharam.

— O meu amigo Peter disse que aqueles caras arrancaram a válvula e respiraram direto do pneu, mas aqui isso não vai dar certo. É preciso encher os sacos de lixo, mas isso exige um buraco maior. Podemos furar os pneus, mas sem algo pra enfiar no buraco, tipo um canudo, vamos perder o ar em vez de guardá-lo.. Então... como vai ser? — Ele olhou em volta esperançoso. — Será que alguém trouxe uma barraca? Uma daquelas com polos ocos de alumínio?

— As meninas têm uma casa de boneca — disse Linda —, mas está em casa, na garagem. — Então ela se lembrou de que a garagem se fora, junto com a casa a que pertencia, e riu feito louca.

— Que tal o corpo de uma caneta? — perguntou Joe. — Eu tenho uma Bic...

— Muito pequena — disse Barbie. — Rusty? E a ambulância?

— Um tubo traqueal? — perguntou Rusty em dúvida, depois respondeu à própria pergunta. — Não, ainda pequeno demais.

Barbie se virou.

— Coronel Cox? Alguma ideia?

Cox fez que não com relutância.

— Provavelmente nós temos aqui mil coisas que serviriam, mas isso não ajuda muito.

— Isso não pode nos impedir! — exclamou Julia. Barbie ouviu frustração e um toque de pânico na voz dela. — *Esquece* os sacos! Levamos os pneus e respiramos diretamente deles!

Sam já fazia que não com a cabeça.

— Não basta, dona. Sinto muito, mas não dá.

Linda se curvou perto da Redoma, respirou fundo várias vezes, prendeu a última. Depois, foi até a traseira da Odyssey, esfregou um pouco da fuligem do vidro de trás e espiou.

— A sacola ainda está lá — disse. — Graças a Deus.

— Que sacola? — perguntou Rusty, segurando-a pelos ombros.

— A da Best Buy com o seu presente de aniversário dentro. Oito de novembro, ou você esqueceu?

— Esqueci. De propósito. Quem gosta de fazer 40 anos? O que é?

— Eu sabia que, se guardasse dentro de casa antes de embrulhar, você ia achar... — Ela olhou para os outros, seu rosto tão sujo e solene quanto o de um menino de rua. — Ele é muito intrometido. Por isso deixei na van.

— O que você comprou pra ele, Linnie? — perguntou Jackie Wettington.

— Tomara que seja um presente pra todos nós — disse Linda.

5

Depois de prontos, Barbie, Julia e Sam Relaxado abraçaram e beijaram todo mundo, até as crianças. Havia pouca esperança no rosto das quase duas dúzias de exilados que ficariam para trás. Barbie tentou dizer a si mesmo que era só porque estavam exaustos e agora com falta de ar crônica, mas sabia que não. Eram beijos de despedida.

— Boa sorte, coronel Barbara — disse Cox.

Barbie lhe fez um rápido sinal de cabeça como agradecimento e se virou para Rusty. Era Rusty que realmente importava, porque ele é que estava debaixo da Redoma.

— Não perca a esperança e não deixe que percam a esperança. Se não der certo, cuida deles enquanto puder, o melhor que puder.

— Pode deixar. Tente o máximo que puder.

Barbie inclinou a cabeça na direção de Julia.

— Acho que a tentativa é dela. E, porra, talvez a gente consiga voltar, mesmo que não dê certo.

— Com certeza — disse Rusty. Soava sincero, mas aquilo em que acreditava estava nos seus olhos.

Barbie lhe deu um tapinha no ombro e depois se reuniu a Sam e Julia na Redoma, mais uma vez respirando fundo o pouquinho de ar limpo que passava. Disse a Sam:

— Tem certeza de que quer tentar?

— Tenho. Eu preciso compensar o que fiz.

— O que foi que você fez, Sam? — perguntou Julia.

— Prefiro não contar. — Ele deu um sorrisinho. — Principalmente à dona do jornal da cidade.

— Está pronta? — perguntou Barbie a Julia.
— Estou. — Ela segurou a mão dele, deu-lhe um apertão rápido. — O máximo possível.

6

Rommie e Jackie Wettington se posicionaram na porta traseira da van. Quando Barbie gritou "Pronto!", Jackie abriu a porta lateral e Rommie jogou lá dentro as duas rodas do Prius. Barbie e Julia se jogaram em seguida, e as portas foram fechadas atrás deles uma fração de segundo depois. Sam Verdreaux, velho e embebido de álcool, mas ainda ágil feito um grilo, já estava atrás do volante da Odyssey, ligando o motor.

O ar dentro da van fedia como o que agora era o mundo exterior — um aroma de madeira carbonizada em cima com um fedor de tinta e terebintina por baixo —, mas ainda melhor do que tinham respirado na Redoma, mesmo com dezenas de ventiladores soprando.

Não vai ficar assim por muito tempo, pensou Barbie. *Não com nós três respirando.*

Julia agarrou a sacola amarela e preta típica da Best Buy e a virou. O que caiu foi um cilindro plástico com as palavras PERFECT ECHO. E abaixo: 50 CDs GRAVÁVEIS. Ela começou a puxar a cobertura selada de celofane sem sucesso imediato. Barbie enfiou a mão no bolso para pegar o canivete e o coração se apertou. O canivete não estava lá. Claro que não. Agora era apenas uma pelota derretida debaixo do que restava da delegacia.

— Sam! Por favor, me diga que você tem um canivete!

Sem dizer palavra, Sam jogou um para trás.

— Era do meu pai. Estou com ele a vida toda e quero de volta.

As laterais do canivete eram marchetadas de madeira, quase lisas de tanto uso, mas quando ele o abriu, a única lâmina estava afiada. Cortaria o celofane e faria belos furos nos pneus.

— Depressa! — berrou Sam, e acelerou o motor da Odyssey. — Não avançamos enquanto vocês não me disserem que está tudo ok, e duvido que o motor funcione pra sempre com esse ar!

Barbie abriu o celofane. Julia o tirou. Quando ela deu meia-volta para a esquerda no cilindro plástico, ele se soltou da base. Os CDs virgens previstos para o aniversário de Rusty Everett descansavam num eixo de plástico preto. Ela jogou os CDs no piso da van e depois fechou o punho em volta do eixo. A boca se espremeu com o esforço.

— Deixa que eu faço is... — disse ele, mas aí ela o quebrou.

— Meninas também são fortes. Ainda mais quando estão morrendo de medo.

— É oco? Se não for, voltamos à estaca zero.

Ela ergueu o eixo até o rosto. Barbie olhou por uma das pontas e viu o olho azul dela a fitá-lo da outra.

— Vamos, Sam — disse. — Estamos prontos.

— Tem certeza de que vai dar certo? — gritou Sam, pondo a alavanca da transmissão automática em *drive*.

— Pode apostar! — respondeu Barbie, porque *Como é que eu vou saber* não alegraria ninguém. Nem a ele.

7

Os Sobreviventes da Redoma observaram em silêncio a van percorrer o caminho de terra que voltava à "caixa de luz", como Norrie Calvert passara a dizer. A Odyssey esmaeceu na neblina de poluição, virou fantasma e depois sumiu.

Rusty e Linda estavam juntos, em pé, cada um com uma criança no colo.

— O que acha, Rusty? — perguntou Linda.

— Acho que precisamos torcer pelo melhor — foi a resposta.

— E nos preparar pro pior?

— Isso também — concordou ele.

8

Passavam pela casa da fazenda quando Sam gritou para trás.

— Vamos entrar no pomar agora. Segurem-se bem, garotos, porque não vou parar essa merda nem que arrebente o trem de pouso.

— Vai em frente — disse Barbie, e um sacolejo fortíssimo o jogou no ar com os braços em volta de uma das rodas. Julia segurava a outra como uma vítima de naufrágio que se agarra à boia salva-vidas. Macieiras passaram voando. As folhas pareciam sujas e desanimadas. A maioria das frutas caíra, derrubadas pelo vento que sugara o pomar depois da explosão.

Outro sacolejo tremendo. Barbie e Julia subiram e desceram juntos, Julia caída sobre o colo de Barbie sem largar a sua roda.

— Onde arranjou a sua carta, seu velho maluco? — berrou Barbie. — Na Sears?

— No Walmart! — respondeu o velho. — *Tudo* é mais barato no Mundo de Wally! — Então parou de rir. — Estou vendo. Estou vendo a dona piscante do bordel. Luz roxa e forte. Vou parar bem ao lado. Esperem eu parar pra esburacar esses pneus, senão eles rasgam de uma vez só.

Dali a um instante, ele pisou no freio e fez a Odyssey parar guinchando, e Barbie e Julia caíram sobre o encosto do banco de trás. *Agora sei como se sente uma bolinha de pinball*, pensou Barbie.

— Você dirige como um taxista de Boston! — disse Julia indignada.

— Não esquece a gorjeta — Sam foi interrompido por um forte ataque de tosse —, vinte por cento. — A voz parecia engasgada.

— Sam? — perguntou Julia. — Você está bem?

— Talvez não — disse ele, sem rodeios. — Estou sangrando em algum lugar. Pode ser a garganta, mas parece que é mais fundo. Acho que rompi o pulmão. — E começou a tossir de novo.

— O que a gente pode fazer? — perguntou Julia.

Sam controlou a tosse.

— Faz eles desligarem essa merda dessa barreira pra gente sair daqui. Meu cigarro acabou.

9

— Sou só eu — disse Julia. — É bom que você saiba.

Barbie fez que sim.

— Sissiora.

— Você só cuida do ar. Se o que eu vou tentar não der certo, podemos trocar de lugar.

— Ajudaria se eu soubesse exatamente no que você pensou.

— Não há nada de exato nisso. Só tenho intuição e um pouco de esperança.

— Não seja tão pessimista. Também tem dois pneus, dois sacos de lixo e um eixo oco.

Ela sorriu. O rosto tenso e sujo se iluminou.

— Devidamente anotado.

Sam tossia de novo, curvado sobre o volante. Cuspiu alguma coisa.

— Deus amado e seu filho Jesus, que gosto horrível isso tem — disse. — *Depressa*.

Barbie furou o seu pneu com a faca e ouviu o ruído do ar assim que puxou a lâmina. Julia bateu o eixo na mão dele com a mesma eficiência de uma enfermeira instrumentadora. Barbie o enfiou no buraco, viu a borracha agarrá-lo... e sentiu um jorro divino de ar no rosto suado. Respirou profundamente uma vez, incapaz de se controlar. O ar era muito mais fresco, muito mais *rico*, do que o jogado sobre a Redoma pelos ventiladores. O cérebro pareceu acordar, e ele tomou uma decisão imediata. Em vez de pôr o saco de lixo sobre o bocal improvisado, rasgou um pedaço grande de um deles.

— O que você está *fazendo*? — gritou Julia.

Não havia tempo de dizer que ela não era a única a ter intuição.

Ele tapou o eixo com o plástico.

— Confia em mim. Vai até a caixa e faz o que você tem que fazer.

Ela lhe deu uma última olhada que parecia ser só olhos e abriu a porta lateral da Odyssey. Quase caiu no chão, endireitou-se, tropeçou num montinho e se ajoelhou ao lado da caixa de luz. Barbie a seguiu com as duas rodas. Estava com o canivete de Sam no bolso. Ajoelhou-se e ofereceu a Julia o pneu com o eixo preto espetado.

Ela tirou a tampa, inspirou — as bochechas se esvaziando com o esforço — exalou para o lado, inspirou de novo. As lágrimas corriam pelas faces, abrindo ali lugares limpos. Barbie chorava também. Não tinha nada a ver com emoção; era como se estivessem no meio da pior chuva ácida do mundo. Era muito pior do que o ar na Redoma.

Julia inspirou mais.

— Bom — disse, falando ao expirar e quase assoviando a palavra. — Muito bom. Sem peixe. Poeira. — Ela inspirou de novo e inclinou o pneu na direção dele.

Ele fez que não e o devolveu, embora o seu pulmão começasse a latejar. Ele bateu no peito e apontou para ela.

Ela inspirou fundo mais uma vez e outra. Barbie apertava o alto do pneu para ajudá-la. De longe, em algum outro mundo, podia ouvir Sam tossindo, tossindo, tossindo.

Ele vai se arrebentar, pensou Barbie. Sentia-se como se também fosse arrebentar se não respirasse logo, e quando Julia empurrou o pneu para ele uma segunda vez, ele se curvou sobre o canudo improvisado e inspirou profundamente, tentando puxar o ar empoeirado e maravilhoso até o fundo do pulmão. Não havia o bastante, parecia que nunca haveria o bastante, e houve um momento em que o pânico

(Meu Deus estou me afogando)

quase tomou conta dele. A ânsia de correr de volta para a van — deixa Julia pra lá, deixa Julia se virar — quase foi forte demais para resistir... mas ele resistiu. Fechou os olhos, respirou e tentou encontrar o centro calmo e frio que estava ali em algum lugar.

Calma. Devagar. Calma.

Ele inspirou o pneu longamente, mais uma vez, e o coração que batia forte começou a se desacelerar um pouco. Viu Julia se inclinar e segurar a caixa pelos dois lados. Nada aconteceu, e isso não surpreendeu Barbie. Ela tocara a caixa quando subiram ali pela primeira vez, e agora estava imune ao choque.

De repente, as costas dela se arquearam. Ela gemeu. Barbie tentou lhe oferecer o eixo-canudo, mas ela o ignorou. O sangue jorrou do nariz e começou a pingar pelo canto do olho direito. Gotas vermelhas desceram pela face.

— O que está acontecendo? — gritou Sam. A voz estava abafada, sufocada.

Não sei, pensou Barbie. *Não sei o que está acontecendo.*

Mas de uma coisa ele sabia: se ela não inspirasse logo, morreria. Ele tirou o canudo do pneu, segurou-o com os dentes e mergulhou o canivete de Sam no segundo pneu. Enfiou o canudo no buraco e o tampou com o retalho de plástico.

Depois, esperou.

10

Este é o tempo que não é tempo:

Ela está numa vasta sala branca sem teto com um céu verde alienígena no alto. É... o quê?... A sala de brinquedos? É, a sala de brinquedos. A sala de brinquedos *deles.*

(Não, ela está deitada no chão do coreto.)

Ela é uma mulher de certa idade.

(Não, é uma menininha.)

O tempo não existe.

(É 1974 e existe todo o tempo do mundo.)

Ela precisa respirar no pneu.

(Não precisa.)

Algo a olha. Algo terrível. Mas *ela* é terrível para *aquilo* também, porque ela é maior do que devia ser, e está aqui. Não devia estar aqui. Devia estar na caixa. Mas ela ainda é inofensiva. Aquilo sabe, muito embora seja

(só uma criança)

muito jovem; mal saiu do berçário, na verdade. E fala.

— *Você é de mentirinha.*

— Não, eu sou de verdade. Por favor, eu sou de verdade. Todos nós somos.

O cabeça de couro a olha com o seu rosto sem olhos. Franze a testa. Os cantos da boca se viram para baixo, embora não tenha boca. E Julia percebe a sorte que teve de encontrar um deles sozinho. Geralmente são mais, mas foram

(para casa jantar para casa almoçar dormir à escola sair de férias, não importa se foram)

para outro lugar. Se estivessem aqui juntos, a mandariam de volta. Essa pode mandá-la de volta sozinha, mas está curiosa.

Ela?

É.

Essa é fêmea, como ela.

— *Por favor, liberta a gente. Por favor, deixa a gente viver a nossa vidinha.*

Nenhuma resposta. Nenhuma resposta. Nenhuma resposta. Então:

— *Vocês não são de verdade. Vocês são...*

O quê? O que ela disse? *Vocês são brinquedos da loja?* Não, mas é algo assim. Julia tem uma faísca de lembrança da fazenda de formigas que o irmão teve quando crianças. A recordação vem e vai em menos de um segundo. Fazenda de formigas também não é certo, mas assim como *brinquedos da loja*, chega perto. Na mesma categoria, como diz o outro.

— *Como vocês podem ter vida se não são de verdade?*

— *NÓS SOMOS MUITO REAIS!* — grita ela, e esse é o gemido que Barbie escuta. — *TÃO REAIS QUANTO VOCÊ!*

Silêncio. Uma coisa com uma cara de couro que muda numa vasta sala branca sem teto que também de certa forma fica no coreto de Chester's Mill. Então:

— Prova.

— Me dá a mão.

— *Eu não tenho mão. Não tenho corpo. Corpos não são de verdade. Corpos são sonhos.*

— Então me dá a sua mente!

A menina cabeça de couro não dá. Não quer.

Então Julia a toma.

11

Este é o lugar que não é lugar:

Faz frio no coreto, e ela está com tanto medo. Pior, ela está... humilhada? Não, é muito pior do que humilhação. Se conhecesse a palavra *aviltada*, diria: *Sim, sim, é isso, estou aviltada.* Elas tiraram a calça dela.

(E em algum lugar há soldados chutando gente nua num ginásio. Essa é a vergonha de outra pessoa misturada com a dela.)

Ela chora.

(Ele quer chorar, mas não chora. Nesse momento eles precisam esconder o que houve.)

Agora as meninas a abandonaram, mas o nariz ainda sangra — Lila lhe deu um tapa e prometeu lhe arrancar o nariz se contasse e todas cuspiram nela e agora ela está ali deitada e deve ter chorado muito mesmo porque acha que o olho está sangrando e o nariz também e ela não consegue recuperar o fôlego. Mas não se importa que sangre ou onde sangre. Prefere sangrar até a morte no chão do coreto do que voltar para casa com aquela estúpida calcinha de bebê. Ficaria contente de sangrar até a morte por mil lugares se assim não tivesse de ver o soldado

(Depois disso Barbie tenta não pensar naquele soldado, mas quando acontece pensa em "Hackermeyer, o monstro".)

puxa o homem nu pela coisa

(hijab)

que ele usa na cabeça, porque ela sabe o que vem depois. É o que sempre vem depois quando se está debaixo da Redoma.

Ela vê que uma das meninas voltou. Kayla Bevins voltou. Está ali em pé e olha a estúpida Julia Shumway que se achava esperta. A estúpida Julinha Shumway com a sua calcinha de bebê. Será que Kayla voltou para tirar o resto da sua roupa e jogar tudo no telhado do coreto, para ela voltar para casa nua com a mão sobre a perereca? Por que as pessoas são tão más?

Ela fecha os olhos para não chorar e quando os abre de novo Kayla mudou. Agora não tem rosto, só um tipo de capacete de couro que não para de mudar e não mostra compaixão, nem amor, nem mesmo ódio.

Só... *interesse*. É isso. O que isso aqui faz quando eu faço... *isso*?

Julia Shumway não vale mais nada. Julia Shumway não importa; encontre o mais vil dos vis, depois olhe mais abaixo, e lá está ela, um inseto Shumway que tenta fugir. Ela também é um inseto-prisioneiro nu; um inseto-prisioneiro num ginásio sem nada no corpo a não ser o chapéu que se desenrola na cabeça e debaixo do chapéu a última lembrança do pão árabe cheiroso e recém-assado nas mãos da esposa. Ela é um gato com o rabo pegando fogo, uma formiga sob o microscópio, uma mosca prestes a perder as asas para os dedos curiosos de um aluno da terceira série num dia de chuva, um jogo para crianças sem corpo entediadas com o universo inteiro a seus pés. Ela é Barbie, ela é Sam morrendo na van de Linda Everett, ela é Ollie morrendo nas cinzas, ela é Alva Drake chorando o filho morto.

Mas, principalmente, ela é uma menininha encolhida nas tábuas cheias de farpas do coreto da praça da Cidade, uma menininha punida pela sua arrogância inocente, uma menininha que cometeu o erro de pensar que era grande quando era pequena, que tinha importância quando não tinha, que o mundo se importava com ela quando na realidade o mundo é uma imensa locomotiva morta com motor mas sem farol. E com todo o coração e mente e alma ela grita:

— *POR FAVOR, DEIXA A GENTE VIVER! EU IMPLORO, POR FAVOR!*

E por apenas um instante *ela* é a cabeça de couro na sala branca; *ela* é a menina que (por razões que nem sabe explicar a si mesma) voltou ao coreto. Por um momento terrível Julia é a que fez em vez de ser aquela a quem foi feito. É até o soldado com a arma, o monstro com que Dale Barbara ainda sonha, aquele que não parou.

Então ela só é ela mesma de novo.

Erguendo os olhos para Kayla Bevins.

A família de Kayla é pobre. O pai corta lenha no TR e bebe no Freshie's Pub (que, com o passar do tempo, se transformará no Dipper's). A mãe tem uma antiga marca rosada e grande na bochecha, e os garotos a chamam de cara de cereja ou cabeça de morango. Kayla não tem nenhuma roupa bonita. Hoje está usando um velho suéter marrom e uma saia velha de xadrez e mocassins gastos e meias brancas meio frouxas. Um dos joelhos está arranhado, onde ela caiu ou foi empurrada no pátio da escola. É Kayla Bevins, tudo bem, mas agora o seu rosto é feito de couro. E embora assuma muitas formas, nenhuma delas chega perto de ser humana.

Julia pensa: *Eu estou vendo como a criança é para a formiga, se a formiga erguer os olhos do seu lado da lente de aumento. Se erguer os olhos pouco antes de começar a queimar.*

— *POR FAVOR, KAYLA! POR FAVOR! NÓS ESTAMOS VIVOS!*

Kayla baixa os olhos para ela sem fazer nada. Então, cruza os braços na frente do corpo — são braços humanos nessa visão — e tira o suéter por cima da cabeça. Não há amor na sua voz quando fala; não há arrependimento nem remorso.

Mas pode haver piedade.

Ela diz

12

Julia foi arrancada da caixa como se uma mão lhe desse um tapa. A respiração presa saiu do seu corpo. Antes que pudesse inspirar, Barbie a agarrou pelos ombros, puxou o tampão de plástico do eixo e o enfiou na sua boca, torcendo para não lhe cortar a língua nem — Deus queira que não — enfiar o plástico duro no céu da boca. Mas não podia permitir que ela respirasse o ar envenenado. Tão faminta de oxigênio como ela estava, isso poderia lhe provocar convulsões ou matá-la na mesma hora.

Onde quer que estivesse, Julia pareceu entender. Em vez de tentar lutar, ela abraçou com força a roda do Prius e começou a sugar freneticamente o eixo. Ele conseguiu sentir tremores imensos e convulsivos lhe passarem pelo corpo.

Sam finalmente parara de tossir, mas agora havia outro som. Julia também escutou. Sugou mais um pouco do pneu e ergueu os olhos arregalados nas órbitas sombrias e fundas.

Um cachorro latia. Tinha que ser Horace, porque era o único cão que restara. Ele...

Barbie agarrou o braço dela com tanta força que ela achou que o quebraria. No rosto dele havia uma expressão de puro espanto.

A caixa com o estranho símbolo flutuava a um metro do chão.

13

Horace foi o primeiro a sentir o ar fresco, porque estava mais perto do chão. Começou a latir. Depois Joe sentiu: uma brisa, espantosamente fria, contra as costas suadas. Ele estava encostado na Redoma, e a Redoma se movia. Se movia para *cima*. Norrie estivera cochilando com o rosto encostado no peito de Joe, e agora ele viu um cacho do cabelo sujo e emplastrado dela começar a flutuar. Ela abriu os olhos.

— O quê...? Joey, o que está acontecendo?

Joe sabia, mas estava espantado demais para lhe contar. Tinha uma sensação fria e deslizante nas costas, como uma vidraça interminável sendo erguida.

Horace agora latia loucamente, as costas curvadas, o focinho no chão. Era a sua posição *quero-brincar*, mas Horace não estava brincando. Enfiou o nariz debaixo da Redoma que subia e farejou o ar fresco, frio e doce.

Paraíso!

14

No lado sul da Redoma, o soldado Clint Ames também cochilava. Estava sentado de pernas cruzadas no acostamento macio da rodovia 119, enrolado à moda indígena num cobertor. De repente o ar escureceu, como se os sonhos ruins que passavam velozes pela sua cabeça tivessem assumido forma física. Então ele tossiu até acordar.

A fuligem regirava em torno dos seus pés calçados de botas e pousava nas pernas da farda cáqui. Em nome de Deus, de onde vinha aquilo? Todo o fogo acontecera lá dentro. Então ele viu. A Redoma subia como uma vidraça gigantesca. Era impossível — ela chegava a quilômetros abaixo assim como acima, todo mundo sabia —, mas estava acontecendo.

Ames não hesitou. Engatinhou para a frente e segurou Ollie Dinsmore pelos braços. Por um instante, sentiu a Redoma que subia lhe raspar o meio das costas, vítrea e dura, e teve tempo de pensar *Se descer agora, vai me cortar ao meio*. Depois, ele arrastou o garoto para fora.

Por um instante, achou que puxava um cadáver.

— *Não!* — gritou. Levou o garoto até um dos ventiladores que rugiam. — *Não ouse morrer no meu colo, garoto das vacas!*

Ollie começou a tossir, depois se inclinou à frente e vomitou de leve. Ames o segurou enquanto isso. Agora os outros corriam na direção deles, gritando jubilosos, o sargento Groh na frente.

Ollie vomitou de novo.

— Não me chama de garoto das vacas — sussurrou.

— Chamem a ambulância! — berrou Ames. — Precisamos da ambulância!

— Não, vamos levar ele pro Hospital Geral Central do Maine no helicóptero — disse Groh. — Já andou de helicóptero, garoto?

Ollie, os olhos estonteados, fez que não. Depois, vomitou nos sapatos do sargento Groh.

Groh sorriu e apertou a mão imunda de Ollie.

— Bem-vindo de volta aos Estados Unidos, filho. Bem-vindo de volta ao mundo.

Ollie pôs o braço em torno do pescoço de Ames. Sabia que ia desmaiar. Tentou se segurar o bastante para agradecer, mas não conseguiu. A última coisa que percebeu antes que as trevas o levassem de novo foi que o soldado sulista o beijou no rosto.

15

Na parte norte, Horace foi o primeiro a sair. Correu diretamente para o coronel Cox e começou a dançar em torno dos seus pés. Horace não tinha cauda, mas não importava; todo o seu traseiro se balançava.

— Não acredito — disse Cox. Pegou o corgi no colo e Horace começou a lhe lamber o rosto num frenesi.

Os sobreviventes se reuniram do seu lado (a linha de demarcação era visível no capim, claro de um lado e cinza e sem vida no outro), começando a entender, mas não ousando acreditar. Rusty, Linda, as Jotinhas, Joe McClatchey e Norrie Calvert, com suas respectivas mães ao lado. Ginny, Gina Buffalino e Harriet Bigelow abraçadas. Twitch segurava a irmã Rose, que soluçava e embalava o Pequeno Walter. Piper, Jackie e Lissa se deram as mãos. Pete Freeman e Tony Guay, tudo o que restava da equipe do *Democrata*, estava atrás delas. Alva Drake se apoiava em Rommie Burpee, que segurava Alice Appleton no colo.

Observaram a superfície suja da Redoma se erguer rapidamente no ar. A folhagem de outono do outro lado era de cortar o coração de tão colorida.

O ar fresco e doce ergueu o cabelo deles e secou o suor na pele.

— Porque agora vemos como por um vidro escuro — disse Piper Libby. Ela chorava. — Mas então veremos face a face.

Horace pulou do colo do coronel Cox e começou a fazer oitos pelo capim, dando latidinhos, farejando e tentando mijar em tudo ao mesmo tempo.

Os sobreviventes, sem acreditar, ergueram os olhos para o céu claro que se arqueava sobre o final da manhã de domingo no outono da Nova Inglaterra. E, acima deles, a barreira suja que os mantivera prisioneiros ainda subia, movendo-se cada vez mais depressa, encolhendo numa linha como um longo risco de lápis numa folha de papel azul.

Um pássaro passou pelo lugar onde estivera a Redoma. Alice Appleton, ainda no colo de Rommie, olhou para cima e riu.

16

Barbie e Julia se ajoelharam com a roda entre eles, alternando inspirações no eixo-canudo. Observaram a caixa começar a subir de novo. A princípio foi devagar, e pareceu pairar uma segunda vez numa altura de uns 20 metros, como se em dúvida. Depois, subiu direto, a uma velocidade grande demais para olhos humanos a seguirem; seria como tentar ver uma bala em voo. A Redoma voava para o alto ou, por assim dizer, era *recolhida*.

A caixa, pensou Barbie. *Está puxando a Redoma para cima como um ímã puxa limalha de ferro.*

Uma brisa veio atingi-los. Barbie acompanhou o seu avanço na ondulação do capim. Balançou Julia pelo ombro e apontou direto para o norte. O céu imundo e cinzento estava azul de novo, quase brilhante demais para olhar.

As árvores tinham entrado em foco perfeito.

Julia ergueu a cabeça do canudo e respirou.

— Não sei se é uma boa... — começou Barbie, mas aí a brisa chegou. Ele a viu erguer o cabelo de Julia e sentiu que secava o suor no seu rosto riscado de sujeira, tão suave como a mão de uma amante.

Julia tossia de novo. Ele bateu nas costas dela, respirando pela primeira vez enquanto o fazia. O ar ainda fedia e se agarrava à garganta, mas era respirável. O ar ruim soprava para o sul, enquanto o ar fresco do TR-90 do outro lado da Redoma — o que *fora* o lado do TR-90 — se despejava sobre eles. A segunda inspiração foi melhor; a terceira, melhor ainda; a quarta, uma dádiva de Deus.

Ou de uma menina de cabeça de couro.

Barbie e Julia se abraçaram junto ao quadrado preto de chão onde estivera a caixa. Nada cresceria ali, nunca mais.

17

— Sam! — gritou Julia. — Temos que buscar o Sam!

Eles ainda tossiam ao correr até a Odyssey, mas Sam não. Estava caído sobre o volante, olhos abertos, mal respirando. A parte de baixo do rosto estava barbada de sangue e, quando Barbie o empurrou para trás, viu que o azul da camisa do velho virara um roxo lamacento.

— Consegue carregar ele? — perguntou Julia. — Consegue carregar ele até onde estão os soldados?

A resposta era quase certamente não, mas Barbie disse:

— Posso tentar.

— Não — sussurrou Sam. Os olhos se moveram na direção deles. — Dói demais. — Sangue fresco escorria da boca a cada palavra. — Você conseguiu?

— Julia conseguiu — disse Barbie. — Não sei direito como, mas ela conseguiu.

— Em parte, foi o homem no ginásio — disse ela. — O que o monstro matou com um tiro.

A boca de Barbie se escancarou, mas ela não notou. Abraçou Sam e o beijou nas duas bochechas.

— Você também, Sam. Você nos trouxe aqui e viu a menininha no coreto.

— Você não era uma menininha no meu sonho — disse Sam. — Era adulta.

— Mas a menininha ainda estava lá. — Julia tocou o peito. — Aqui também. Ela vive.

— Me ajuda a sair da van — sussurrou Sam. — Quero respirar ar fresco antes de morrer.

— Você não vai...

— Quieta, mulher. Nós dois sabemos a verdade.

Cada um deles segurou um braço, ergueram-no suavemente do volante e o deitaram no chão.

— Sente o cheiro desse ar — disse ele. — Meu bom Deus. — Ele inspirou profundamente e depois tossiu um jorro de sangue. — Estou sentindo um aroma de madressilva.

— Eu também — disse ela, e tirou o cabelo dele da testa.

Ele pôs a mão sobre a dela.

— Eles ficaram... ficaram arrependidos?

— Era uma só — disse Julia. — Se fossem mais, nunca teria dado certo. Acho que não dá pra combater uma multidão propensa à crueldade. E não... ela não se arrependeu. Ficou com pena, mas não se arrependeu.

— Não é a mesma coisa, não é? — sussurrou o velho.

— De jeito nenhum.

— A piedade é pros fortes — disse, e suspirou. — Eu só posso me arrepender. O que eu fiz foi por causa da bebida, mas assim mesmo me arrependo. Desfaria se pudesse.

— Seja o que for, você compensou tudo no fim. — disse Barbie. Pegou a mão esquerda de Sam. A aliança pendia no terceiro dedo, grotesca de tão grande na carne pouca.

Os olhos de Sam, de um azul ianque desbotado, pousaram nele, que tentou sorrir.

— Talvez sim... pelo *fazer*. Mas fiquei *feliz* ao fazer. Acho que não dá pra compensar uma coisa des... — Ele começou a tossir de novo, e mais sangue voou da sua boca quase sem dentes.

— Para agora — disse Julia. — Para de tentar falar.

Estavam ajoelhados um de cada lado dele. Ela olhou Barbie.

— Esqueça aquilo de carregar ele. Rompeu algo por dentro. Vamos precisar buscar ajuda.

— Ah, o *céu* — disse Sam Verdreaux.

Foram as últimas palavras. Ele expirou, achatou o peito e não houve nova inspiração para erguê-lo. Barbie ia fechar os olhos dele, mas Julia lhe segurou a mão e o impediu.

— Deixa ele olhar — disse. — Mesmo que esteja morto, deixa ele olhar enquanto puder.

Sentaram-se ao seu lado. Havia pássaros cantando. E, em algum lugar, Horace ainda latia.

— Acho que eu tenho que ir procurar o meu cachorro — disse Julia.

— É — concordou ele. — A van?

Ela fez que não.

— Vamos andando. Acho que aguentamos um quilômetro se formos devagar, não acha?

Ele a ajudou a se levantar.

— Vamos descobrir — disse ele.

18

Enquanto caminhavam de mãos dadas pela margem gramada da velha estrada de suprimentos, ela lhe contou o máximo que conseguiu sobre o que chamava de "estar dentro da caixa".

— Então — disse ele quando ela terminou. — Você contou a ela as coisas terríveis de que nós somos capazes, ou mostrou... e mesmo assim ela nos libertou.

— Eles sabem tudo sobre coisas terríveis — explicou ela.

— Aquele dia em Fallujah é a pior lembrança da minha vida. O que torna isso tão ruim é que... — Ele tentou pensar em como Julia explicara. — Era eu que fazia, em vez de ser aquele a quem era feito.

— Você *não* fez aquilo — disse ela. — Foi o outro homem.

— Não importa — contrapôs Barbie. — O cara está morto do mesmo jeito, não importa quem fez.

— Teria acontecido se só estivessem dois ou três de vocês naquele ginásio? Ou se fosse você sozinho?

— Não. É claro que não.

— Então põe a culpa no destino. Ou em Deus. Ou no universo. Mas para de se culpar.

Ele talvez não fosse capaz de fazer isso, mas entendeu o que Sam dissera no final. Arrependimento pelo erro era melhor do que nada, supôs Barbie, mas nenhuma tristeza depois do fato poderia reparar a alegria sentida na destruição, fosse esta queimar formigas ou atirar em prisioneiros.

Ele não sentira alegria em Fallujah. Nisso, podia se considerar inocente. E isso era bom.

Os soldados corriam na direção deles. Talvez tivessem mais um minuto a sós. Talvez dois.

Ele parou e a abraçou.

— Te amo pelo que você fez, Julia.

— Eu sei disso — disse ela calmamente.

— O que você fez foi muito corajoso.

— Me perdoa por ter roubado as suas lembranças? Eu não queria; só aconteceu.

— Totalmente perdoada.

Os soldados estavam mais perto. Cox corria com o resto, com Horace dançando nos seus calcanhares. Logo Cox estaria ali, perguntaria quem era Ken e, com essa pergunta, o mundo os reclamaria de volta.

Barbie olhou o céu azul, inspirou profundamente o ar que se limpava.

— Não consigo acreditar que acabou.

— Acha que um dia volta?

— Talvez não a este planeta, e não por causa daquele grupo. Vão crescer e sair da sala de brinquedos, mas a caixa vai ficar lá. E outras crianças vão achar. Mais cedo ou mais tarde, o sangue sempre atinge a parede.

— Isso é horrível.

— Talvez, mas posso te contar uma coisa que a minha mãe sempre dizia?

— É claro.

Ele recitou:

— Depois da noite escura, a luz da aurora brilha mais pura.

Julia riu. Era um som adorável.

— O que a menina cabeça de couro te disse no final? — perguntou ele. — Fala depressa, porque eles estão quase aqui e isso só pertence a nós.

Ela pareceu surpresa por ele não saber.

— Ela disse o que a Kayla disse. "Usa isso pra voltar pra casa, vai parecer um vestido."

— Ela estava falando do suéter marrom?

Julia pegou de novo a mão dele.

— Não. Das nossas vidas. Das nossas vidinhas.

Ele pensou um pouco.

— Se ela te deu, vamos vestir.

Julia apontou.

— Olha quem está chegando!

Horace a vira. Imprimiu velocidade, contornou os homens que corriam e, assim que passou por eles, se abaixou e engrenou a quarta marcha. Um enorme sorriso lhe ornava o focinho. As orelhas estavam para trás, grudadas no crânio. A sombra corria ao seu lado no capim manchado de fuligem. Julia se ajoelhou e estendeu os braços.

— *Vem pra mamãe, meu amor!* — berrou.

Ele pulou. Ela o pegou no ar e caiu para trás, rindo. Barbie a ajudou a se levantar.

Andaram juntos de volta ao mundo, usando o presente que tinham recebido: vida, apenas.

Piedade não era amor, refletiu Barbie... mas, para uma criança, dar roupas a quem está nu só podia ser um passo na direção certa.

22 de novembro de 2007 — 14 de março de 2009

NOTA DO AUTOR

Tentei escrever *Sob a redoma* pela primeira vez em 1976 e fugi com o rabo entre as pernas depois de duas semanas de trabalho, que corresponderam a umas 75 páginas. O manuscrito tinha se perdido há muito tempo no dia em que me sentei para recomeçar, mas lembrava o suficiente da abertura — "O avião e a marmota" — para recriá-la quase exatamente.

Fiquei assoberbado não pelo grande elenco — gosto de romances com população generosa —, mas pelos problemas técnicos que a história apresentava, em especial as consequências ecológicas e meteorológicas da Redoma. O fato de essa mesma preocupação levar o livro a parecer importante para mim fez com que eu me sentisse covarde — e preguiçoso —, mas estava com um medo enorme de estragar tudo. Assim, passei para outra coisa, mas a ideia da Redoma nunca me saiu da cabeça.

Nos anos que se passaram desde então, o meu bom amigo Russ Dorr, auxiliar médico de Bridgeton, no Maine, me ajudou com os detalhes médicos de muitos livros, principalmente *A dança da morte*. No final do verão de 2007, perguntei se estaria disposto a aceitar um papel muito maior como pesquisador-chefe de um longo romance intitulado *Sob a redoma*. Ele concordou e, graças a Russ, acho que a maior parte dos detalhes técnicos está certa. Foi Russ que pesquisou mísseis guiados por computador, o padrão da corrente de jato, receitas de metanfetamina, geradores portáteis, radiação, possíveis avanços na tecnologia de celulares e mil outras coisas. Também foi Russ que inventou a roupa antirradiação improvisada de Rusty Everett e que percebeu ser possível respirar o ar dos pneus, ao menos por algum tempo. Cometemos erros? Claro. Mas a maioria será minha, porque entendi ou interpretei errado algumas respostas dele.

Os meus dois primeiros leitores foram a minha mulher Tabitha e a minha nora Leanora Legrand. Ambas foram duras, humanas e prestativas.

Nan Graham preparou os originais do livro, do dinossauro original para um animal de tamanho um pouco mais manejável; todas as páginas do manuscrito foram marcadas com as alterações dela. Devo-lhe muitos agradecimentos por todas as manhãs em que se levantou às seis e pegou o lápis. Tentei escrever um livro que mantivesse o pedal no fundo o tempo todo. Nan entendeu isso e, sempre que eu aliviava, ela punha o pé em cima do meu e berrava (à margem, como as preparadoras de texto gostam de fazer): "Mais depressa, Steve! Mais depressa!"

Surendra Patel, a quem o livro é dedicado, foi amigo e fonte infalível de consolo por trinta anos. Em junho de 2008, recebi a notícia de que morrera de enfarte. Sentei-me na escada do escritório e chorei. Quando essa parte acabou, voltei ao trabalho. Era o que ele esperaria.

E *você*, Leitor Fiel. Obrigado por ler essa história. Se tiver se divertido tanto quanto eu, nós dois saímos ganhando.

S. K.

1ª EDIÇÃO [2012] 19 reimpressões

ESTA OBRA FOI COMPOSTA PELA ABREU'S SYSTEM EM ADOBE GARAMOND
E IMPRESSA PELA LIS GRÁFICA EM OFSETE SOBRE PAPEL PÓLEN DA
SUZANO S.A. PARA A EDITORA SCHWARCZ EM JUNHO DE 2024

A marca FSC® é a garantia de que a madeira utilizada na fabricação do papel deste livro provém de florestas que foram gerenciadas de maneira ambientalmente correta, socialmente justa e economicamente viável, além de outras fontes de origem controlada.